Über 40 Jahre
Heyne Science Fiction
& Fantasy
2500 Bände
Das Gesamt-Programm

SCIENCE FICTION

Herausgegeben
von Wolfgang Jeschke

Von **Stephen Baxter** erschien in der Reihe
HEYNE SCIENCE FICTION & FANTASY:

Zeitschiffe · 06/5295
Anti-Eis · 06/5891
Mission Ares · 06/5982
Spuren · (in Vorb.)
Titan · (in Vorb.)

DER XEELEE-ZYKLUS:

Das Floß · 06/5162
Das Geflecht der Unendlichkeit · 06/5240
Ring · 06/5397
Flux · 06/5937

STEPHEN BAXTER

Roman

Aus dem Englischen von
MARTIN GILBERT

Deutsche Erstausgabe

WILHELM HEYNE VERLAG
MÜNCHEN

HEYNE SCIENCE FICTION & FANTASY
Band 06/5982

Titel der englischen Originalausgabe
VOYAGE
Deutsche Übersetzung von Martin Gilbert
Das Umschlagbild ist von Chris Moore

Umwelthinweis:
Dieses Buch wurde auf chlor- und
säurefreiem Papier gedruckt

Redaktion: Wolfgang Jeschke
Copyright © 1996 by Stephen Baxter
Erstausgabe 1996 by HarperCollins*Publishers*, London
Mit freundlicher Genehmigung des Autors
und HarperCollins*Publishers*, London
Copyright © 1999 der deutschen Ausgabe und der Übersetzung
by Wilhelm Heyne Verlag GmbH & Co. KG, München
http://www.heyne.de
Printed in Germany Juni 1999
Umschlaggestaltung: Atelier Ingrid Schütz, München
Technische Betreuung: M. Spinola
Satz: Schaber Datentechnik, Wels
Druck und Bindung: Ebner Ulm

ISBN 3-453-14868-1

Inhalt

Vorbemerkung des Autors	7
Das Weisse Haus in Washington	13

Erstes Buch
ENTSCHEIDUNG
15

Zweites Buch
TRAJEKTORIEN
191

Drittes Buch
APOLLO-N
393

Viertes Buch
ANNÄHERUNGEN
559

Fünftes Buch
ARES
771

Sechstes Buch
MANGALA
883

Nachwort
VERLORENER MARS
909

*Für meinen Neffen
William Baxter*

Vorbemerkung des Autors

Im Jahr 1996 haben die Anzeichen von Leben auf dem Mars ein großes Interesse an bemannten Raumflügen zum Roten Planeten ausgelöst, doch solche Missionen liegen noch viele Jahre, wenn nicht Jahrzehnte in der Zukunft. Allerdings wäre die NASA schon 1986 in der Lage gewesen, Astronauten zum Mars zu schicken.

Mission Ares indes beschreibt eine Geschichte, wie sie hätte sein können: eine Zeitlinie, die mit der unseren bis zum Herbst 1963 identisch ist und dann abzweigt.

Dieser Roman ist ein Produkt der Phantasie. Um der Handlung einen realistischen Touch zu geben, werden bestimmte lebende Personen, die am bemannten Raumfahrtprogramm der USA beteiligt waren, namentlich erwähnt. Weil ich meine Geschichte mit der Geschichte unseres Landes verweben wollte, habe ich ein paar historische Persönlichkeiten durch fiktive Charaktere ersetzt. Insbesondere handelte es sich beim zweiten Amerikaner, der die Erde umkreiste, um Scott Carpenter und nicht um den im Roman erwähnten Chuck Jones. Der zweite Mann auf dem Mond war Buzz Aldrin und nicht der hier genannte Joe Muldoon. Alle anderen Personen der Handlung sind frei erfunden, wobei jede Ähnlichkeit mit lebenden Personen unbeabsichtigt und zufällig ist.

Ich möchte Simon Bradshaw, Eric Brown und Calvin Johnson, die unterschiedliche Versionen des Manuskripts gelesen und kommentiert haben, für ihre unschätzbare Hilfe danken. Dank auch an die Belegschaft des Johnson Space Centers der NASA in Houston, die mir einen Großteil ihrer Zeit und Energie bei den Recherchen für dieses Buch gewidmet hat – vor allem an Eileen Hawley, Paul Dye, Frank Hughes, den Astronauten Michael Foale und ganz besonders an Kent Joosten von der Solar System Exploration Division des JSC, der meine Mars-Mission mit großer Aufmerksamkeit und Sorgfalt begleitet hat. Die Unterstützung dieser Freunde hat die Präzision meiner Darstellungen wesentlich erhöht, und sollten dennoch Fehler beziehungsweise Auslassungen im Buch vorkommen, bin ich allein dafür verantwortlich.

In unserer Geschichte sind die Amerikaner nicht zum Mars geflogen. Falls die USA jemals bereit gewesen wären, die geistigen und materiellen Anstrengungen für eine solche Mission zu unternehmen, dann im Jahr 1969. Grafiken im Anhang des Buchs zeigen die wahrscheinliche technische Ausstattung der Mission. Im Schlußwort interpretiere ich für interessierte Leser die historischen Punkte, an denen Amerika sich vom Mars abgewandt hat.

1996 brauchen wir Wissenschaftler auf dem Mars. Sie hätten schon seit einem Jahrzehnt dort sein können. Mein Roman ist eine Geschichte dieses verlorenen, alternativen Universums, und ich habe mich bemüht, sie so ›wahr‹ wie möglich zu erzählen.

So wäre es gewesen.

Stephen Baxter
Great Missenden
August 1996

Hier spricht Ares-Startkontrolle im Jacqueline B. Kennedy-Raumhafen.

Wir haben soeben die Sechs-Minuten-Marke beim Countdown unterschritten. Wir stehen nun bei T minus fünf Minuten einundfünfzig Sekunden.

Ares wartet auf Startrampe 39-A auf die Starterlaubnis.

Die Startvorbereitungen erfolgen planmäßig.

Die Besatzung des Raumschiffs ist im Kontrollraum einem letzten Status-Test unterzogen worden. Die Besatzung hat ihre Bereitschaft für die Durchführung der Mission erklärt. Die Klarmeldung wurde dem Prüfingenieur übermittelt.

Der Prüfingenieur wird noch ein paar Status-Überprüfungen vornehmen.

Der Leiter der Startoperationen gibt grünes Licht für den Start.

Die Bodenstation in Houston meldet, daß alle Systeme der orbitalen Ares-Mehrstufenrakete einwandfrei funktionieren. Die Notwendigkeit, für das Andockmanöver in Konjunktion mit der Mehrstufenrakete zu stehen, öffnet für den heutigen Start nur ein schmales Fenster.

Der Leiter der Bodenstation erteilt nun Starterlaubnis. Wir stehen bei T minus vier Minuten fünfzig Sekunden.

Vor dem Start verspürt man den Wunsch, noch einmal nach den Pelikanen und Reihern Ausschau zu halten, die sich hier im Marschland von Merrit Island tummeln. Vor vierzig Jahren gehörte Merritt allein den Vögeln. Heute sind sie zwar auch noch da, werden aber alle paar Monate von einem Start in ihrer Ruhe gestört.

Bisher sind neun Saturn VB-Starts erforderlich gewesen, um den Ares-Komplex in den Orbit zu bringen. Der heutige Start ist der zehnte. Den Vögeln ist es nicht vergönnt, ungestört zu nisten.

T minus vier Minuten. Als Auftakt für die Zündung der Haupttriebwerke sind die Vorwärmer für die Treibstoffdüsen aktiviert worden. T minus drei Minuten fünfundvierzig Sekunden. Der Treibstoff fließt durch den letzten Filter vor den Haupttriebwerken. Die ausgepreßten Tröpfchen sprühen von der Saturnrakete weg und legen sich als Nebel auf das Startgelände.

Die Zufuhr von flüssigem Sauerstoff wurde abgestellt. Wir setzen die Tanks nun unter Druck.

Die Windgeschwindigkeit beträgt weniger als zehn Knoten. Wir haben eine dünne Wolkendecke. Die Witterungsbedingungen für einen Start sind fast ideal.

Es herrscht das für Florida typische feuchtwarme Wetter an diesem historischen Tag, Donnerstag, dem 21. März 1985.

T minus drei Minuten vierzig Sekunden.

Man sagt mir, es hätten sich heute schätzungsweise eine Million Menschen eingefunden. So viele Zuschauer hatten wir seit Apollo 11 nicht mehr. Herzlich willkommen. Es wird Sie vielleicht interessieren, daß unter den Prominenten, die heute in der VIP-Lounge den Start verfolgen, sich auch die Apollo-11-Astronauten Neil Armstrong, Joe Muldoon und Michael Collins befinden sowie der Kosmonaut Wladimir Wiktorenko. Außerdem Liza Minelli, Clint Eastwood, Steven Spielberg, George Lucas, William Shatner, die SF-Autoren Arthur C. Clarke, Ray Bradbury und Isaac Asimov sowie der Sänger John Denver. Wir werden euch bestimmt nicht enttäuschen.

T minus drei Minuten zwanzig Sekunden. Ares wird nun von den Bordsystemen mit Energie versorgt.

Gleich haben wir T minus drei Minuten.

T minus drei Minuten.

Die kardanische Aufhängung der Triebwerke wird überprüft, um die volle Beweglichkeit des Antriebs zu gewährleisten. Dann übernimmt die Flugsteuerung die Kontrolle über den Antrieb.

T minus zwei Minuten zweiundfünfzig Sekunden. In beiden Stufen sind die Flüssigsauerstoff-Ventile geschlossen worden. Die Brennstoff- und Sauerstofftanks werden unter Druck gesetzt.

Es naht T minus zwei Minuten.

T minus zwei Minuten. Noch zwei Minuten bis zum Start.

Die Flüssigwasserstoff-Ventile sind geschlossen worden, und die Wasserstofftanks werden unter Druck gesetzt.

T minus eine Minute fünfzig Sekunden. Der Countdown wurde bisher nicht unterbrochen.

Der Capcom, John Young, hat den Astronauten Phil Stone, Ralph Gershon und Natalie York gerade einen guten Flug gewünscht. ›Vielen Dank‹, hat Kommandant Stone erwidert, ›wir wissen, daß es ein guter Flug werden wird.‹

T minus eine Minute fünfunddreißig Sekunden.

T minus eine Minute zehn Sekunden. Die Flüssigsauerstoff-Tanks haben Betriebsdruck erreicht.

T minus eine Minute.

Der Auslöser für das Wasser-Schalldämpfer-System wird in wenigen Sekunden aktiviert.

Der Auslöser ist aktiviert.

T minus fünfundvierzig Sekunden.

T minus vierzig Sekunden. Die Flug-Recorder laufen. Ares ist startklar.

»Ein gutes Gefühl«, meldet Astronaut Stone.

In wenigen Sekunden werden wir die Redundanz-Sequenz einschalten. Dies ist das automatische System für einen Notstop der Triebwerke.

T minus siebenundzwanzig Sekunden. Schalldämpfer-System aktiviert. Booster aktiviert.

T minus fünfzehn, vierzehn, dreizehn.

T minus zehn, neun, acht.

Zündung der Haupttriebwerke.

DAS WEISSE HAUS IN WASHINGTON

Donnerstag, 13. Februar 1969

MEMORANDUM für

    Den Vizepräsidenten
    Den Verteidigungsminister
    Den Direktor der Nationalen Luft- und Raumfahrtbehörde
    Den Wissenschaftlichen Beirat

Ich benötige in naher Zukunft eine definitive Empfehlung, in welche Richtung das Raumfahrtprogramm der USA sich nach der Apollo-Serie entwickeln sollte. Deshalb bitte ich den Verteidigungsminister, den Direktor der NASA und den Wissenschaftlichen Beirat, jeweils ein Konzept zu entwickeln und sich zu einer vom Vizepräsidenten geleiteten ›Arbeitsgruppe Raumfahrt‹ zusammenzuschließen, um für mich ein koordiniertes Programm und eine Finanzplanung auszuarbeiten. Es bleibt Ihnen unbenommen, die Unterstützung von Vertretern aus Wissenschaft, Technik und Wirtschaft sowie des Kongresses und öffentlicher Stellen in Anspruch zu nehmen.
    Ich bitte um die Vorlage des Konzepts bis zum 1. September 1969.

    Richard M. Nixon

Handschriftlicher Zusatz: Spiro*, müssen wir wirklich zum Mars fliegen? Welche Optionen hätten wir sonst noch? RMN.

Veröffentlichte Dokumente der Präsidenten der Vereinigten Staaten: Richard M. Nixon, 1969 (Washington, DC: Presseamt der Regierung, 1969)

---

* Spiro Agnew, unter Nixon Vizepräsident der USA. – *Anm. d. Übers.*

Erstes Buch

ENTSCHEIDUNG

Zeitdauer der Mission [Tag/Std:Min:Sek]
Minus 000/00:00:08

York, Gershon und Stone waren in ihren orangefarbenen Druckanzügen so eng zusammengepfercht, daß sie mit den Ellbogen zusammenstießen. Kein Tageslicht drang in die enge, von fluoreszierenden Strahlern erhellte Kabine der Kommandokapsel.

Ein Ruck fuhr durch die Kapsel. Besorgt schaute York auf ihre Kameraden.

»Treibstoffpumpen«, sagte Stone.

Nun vernahm York ein Rumoren – wie ein entferntes Donnern –, dessen Vibrationen sich durch die gepolsterte Liege bis in ihren Körper fortpflanzten.

Ein paar Dutzend Meter unter York flossen flüssiger Sauerstoff und Wasserstoff zusammen und vermischten sich in der ersten Stufe der Triebwerksbrennkammern.

Sie spürte, wie der Herzschlag sich beschleunigte, bis das Herz in der Brust hämmerte. *Nur mit der Ruhe, verdammt.*

Ein kleiner Metallkosmonaut, plump und mit mongolischen Zügen, baumelte an einer Kette über ihrem Kopf. Das war Boris, ein Geschenk von Wlad Wiktorenko. Die Figur, deren groteske Gesichtszüge hinter einem stilisierten Helm hervorlugten, schwang wie ein Pendel hin und her. Alles Gute, *Ba-riis*.

Der Lärm setzte kakophonisch ein und steigerte sich zu einem stetigen Tosen. Es war, als ob sie im Rachen eines brüllenden Riesen steckten.

»Alle fünf normal. Bereit für Dehnung«, rief Phil Stone.

Die fünf Flüssigbrennstoff-Raketen der ersten Stufe der Saturn VB, des MS-IC, hatten acht Sekunden vor den vier Feststoff-Boostern der Saturn gezündet. Und nun erfolgte die ›Dehnung‹, als der gewaltige Schub auf die Struktur der Rakete wirkte. Sie *spürte*, wie das Schiff in die Höhe gewuchtet wurde, und sie hörte das Stöhnen von Metall, als die Verbindungsstreben der segmentierten Booster sich durchbogen.

Das war eigentlich zu erwarten gewesen. Aber trotzdem... *Mein Gott. Was für eine Konstruktion.*

»Drei, zwei. FSR-Zündung«, sagte Stone.

Nun gab es kein Zurück mehr. Die Booster gingen los wie Feuerwerkskörper; waren sie erst einmal gezündet, gab es kein Halten mehr, bis sie ausgebrannt waren.

»Die Uhr läuft...«

Null.

Ein leichter Ruck ging durch das Modul. Die Sprengbolzen hatten die Zusatztriebwerke vom Startturm abgetrennt.

Ein Flugkörper mit der Masse der Saturn VB schoß nicht in den Himmel, sondern löste sich langsam und behäbig von der Erdoberfläche.

Die Kabine schüttelte sich. Die Befestigungen der Liegen klapperten.

»Aufstieg«, sagte Stone gleichmütig. »Los geht's!«

»Super!« jubelte Ralph Gershon. »Volle Pulle!«

Abgehoben. Mein Gott. Ich bin in der Luft.

Erregung überkam sie. Nun wurde sie sich der Realität des Flugs erst richtig bewußt. »*Pojechali!*« rief sie. *Los geht's!* – der spontane Ausruf eines begeisterten Juri Gagarin.

Allmählich schneller werdend stieg die Rakete auf.

York wurde in den Gurten umhergeschleudert und stieß mit Gershon zusammen.

Die Saturn VB stieg träge am Startturm empor, wobei die automatische Steuerung die fünf Düsen der ersten Stufe schwenkte, um den Scherwind auszugleichen. Rechts, links, vor, zurück – die ruckartigen Manöver waren so heftig, daß sie blaue Flecken bekam.

Darauf hatte keine Simulation sie vorbereitet. Es war, als ob sie von einer Explosion durchgeschüttelt wurde.

»Ausleger«, rief Stone. »Wir sind vom Turm weg.«

John Young, der Leiter der Bodenstation Houston, meldete sich über Funk.

»Ares, Houston. Bestätigung. Ihr habt euch vom Turm gelöst.«

York wurde nach vorn gerissen. Die Kapsel hatte sich um neunzig Grad gedreht; sie saß nun auf der Liege und spürte den Schub der ersten Stufe im Rücken.

»Houston, wir schlagen gerade ein paar Purzelbäume«, sagte Stone.

»Weitermachen.«

Die Saturn erhob sich in einem Bogen über die Küste von Florida und nahm Kurs auf den Atlantik.

Unten an den Stränden von Florida hatten Kinder in großen Buchstaben Abschiedsgrüße in den Sand geschrieben. GUTEN FLUG, ARES. York hob den Kopf und schaute nach rechts zum winzigen Sichtfenster. Doch dort war nichts zu sehen. Sie befanden sich in einer Art Kokon; der Hitzeschild war wie ein Kegel über die Kommandokapsel gestülpt.

Das Innere der Kommandokapsel hatte die Größe eines Kleinwagens. Es war klein, ungemütlich, nüchtern und metallisch. Eben im Stil der Sechziger, sagte York sich. Die grau und gelb lackierten Wände waren mit Skalen, Schaltern und Unterbrechern besetzt. Notizzettel, mit denen die Besatzungsmitglieder sich untereinander verständigten sowie Notfallinstruktionen waren mit Klettverschlüssen an den Kabinenwänden angebracht.

Bei den drei Liegen für die Besatzung handelte es sich um bessere Feldbetten. York lag rücklings auf der rechten Liege der Kommandokapsel. Stone lag in seiner Eigenschaft als Kommandant auf der linken Liege, und Ralph Gershon lag auf der mittleren. Die großen Hebel, die aus der Luke hinter Gershons Kopf wuchsen, erinnerten an ein U-Boot-Schott.

»Ares, Houston. Ihr seid auf Kurs.«

»Roger, John«, sagte Stone. »Dieses Baby läuft gut.«

»Roger.«

»Mach zu, Mutter«, schrie Gershon. »Die Kacke ist am Dampfen!« York hörte das Tremolo in seiner Stimme, das durch die Vibrationen der Rakete verursacht wurde.

»Zehntausend und Mach null komma fünf«, sagte Young.

Mach null komma fünf. Noch nicht einmal eine halbe Minute unterwegs, und schon die Hälfte der Schallgeschwindigkeit erreicht.

John Young klang weder ängstlich noch nervös. Für ihn war es ein ganz normaler Tag im Büro.

Damals, im Jahr 1969, hatte John mit Apollo 10 den Mond umrundet. Und wenn die Apollo-Missionen nicht eingestellt worden wären, wäre er wohl als Kommandant eines Raumschiffs auf dem Mond gelandet.

Wenn Young die NASA nicht wegen der Pläne für Apollo-N kritisiert hätte, wäre er vielleicht an Stones Stelle gewesen.

Die Vibrationen wurden heftiger. Yorks Kopf rasselte im Helm wie eine Erbse in der Schote. Die ganze Kabine bebte, und sie vermochte sich nicht mehr auf die Instrumente vor sich zu konzentrieren.

»Mach null komma neun«, sagte Stone. »Vierzig Sekunden. Mach eins. Überschreiten neunzehntausend.«

»Ares, bei vierzig Überschall.«

Auf einmal verlief der Flug viel ruhiger – als ob man von Kopfsteinpflaster auf eine asphaltierte Straße gewechselt wäre. Sogar die Triebwerksgeräusche waren verstummt; sie waren inzwischen so schnell, daß sie ihrem eigenen Schall davonflogen.

»Ares, ihr seht gut aus.«

»Rog«, sagte Stone. »Gut, wir reduzieren den Schub.«

Die Triebwerke wurden heruntergefahren, um den Punkt der maximalen Beschleunigung abzufedern – den Punkt, wo das Zusammenwirken der Luftdichte und der Geschwindigkeit der Zusatztriebwerke eine Belastungsspitze für die Kapsel darstellte.

»Triebwerke hochfahren und los!«

»Roger. Triebwerke hochfahren und los.«

Der Druck legte sich wie eine Klammer um Yorks Brust; sie rang nach Luft, während die Lunge gegen den Schub der Triebwerke ankämpfte.

»Fünfunddreißigtausend Fuß«, sagte Stone. »Überschreiten Mach eins komma neun. FSR-Brennkammerdruck runter auf drei Kilogramm pro Quadratzentimeter.«

»Bestätigung«, sagte John Young am Boden. »Bereit zum Abtrennen der FSR.«

»Rog.«

Sie hörte einen schwachen, dumpfen Knall. Die Kabine bebte, und sie wurde in den Gurten durchgeschüttelt. Die Sprengbolzen hatten die ausgebrannten Feststoffraketen abgetrennt. Sie spürte einen Druckabfall, doch dann nahm die Beschleunigung der zentralen Flüssigkeitsraketen der MS-IC wieder zu und preßte sie auf die Liege.

»Klar bei Trennung«, sagte Young.

»Es läuft wie geschmiert, John.«

Die ausgebrannten Feststoff-Booster lösten sich wie brennende Streichhölzer vom Schiff. Die Booster waren die markanteste optische Veränderung der VB gegenüber der Konstruktion der Saturn V. Mit ihrer Hilfe brachte die VB die doppelte Nutzlast der V in den Erdorbit.

»Eins komma fünf Kilometer pro Sekunde«, sagte Stone. »Zurückgelegte Entfernung fünfzig Kilometer.«

Sie schaute auf den Beschleunigungsmesser. Dreifache Schwerkraft. Es war zwar unangenehm, aber in der Zentrifuge hatte sie schon viel mehr ausgehalten.

Kühle, nach Metall und Kunststoff riechende Luft zirkulierte im Helm.

Nach dem Abstoßen der Booster verlief der Flug viel ruhiger. Motoren, die mit Flüssigkeit betrieben wurden, liefen prinzipiell ruhiger als solche, die Feststoffe verbrannten. Sie hörte das sonore Brummen der MS-IC-Triebwerke und das stete Surren der Ausrüstung der Kommandokapsel.

Alles lief wie am Schnürchen. Die Besatzung der Kabine hatte das Gefühl, sich im Innern einer Nähmaschine zu befinden. Von den Beschleunigungskräften einmal abgesehen, mutete die Szene geradezu irreal an: als ob es sich um eine Simulation handelte.

»Drei Minuten«, sagte Stone. »Höhe neunundsechzig Kilometer, zurückgelegte Entfernung hundertzwölf Kilometer.«

»Abtrennung der ersten Stufe«, sagte Gershon. »Gleich stoßen zwei Züge zusammen.«

Wie vorgesehen verstummten die Triebwerke der ersten Stufe.

Die Beschleunigung brach ab.

Es war, als ob sie von einem Katapult abgeschossen worden wären. Sie wurde in den Gurten nach vorn geschleudert, in Richtung der Instrumente. Die Gurte rissen sie wieder auf die Liege, und dann wurde sie erneut nach vorn gedrückt.

Die Triebwerke der ersten Stufe hatten die Rakete wie eine Ziehharmonika gestaucht, und nach dem Verstummen der Triebwerke dehnte die Ziehharmonika sich aus und wurde erneut gestaucht. Es war eine unglaubliche Tortur.

Gershon hatte recht gehabt. Als ob zwei Züge ineinander gerast wären. *Noch etwas, das man mir bei den Simulationen unterschlagen hat.*

Sie hörte das Knattern der Sprengbolzen, welche die ausgebrannte MS-IC absprengten. Und nun hörte sie weitere Schläge, die über die Liege übertragen wurden und sich als Stöße gegen den Rücken bemerkbar machten: kleine Raketen feuerten, um den flüssigen Sauerstoff und Wasserstoff in den Tanks der zweiten Stufe nach unten zu drücken.

Die Schwingungen meldeten sich zurück, als die Triebwerke der zweiten Stufe gezündet wurden, und sie wurde wieder auf die Liege gepreßt.

Plötzlich ertönte ein lauter Knall, als ob jemand gegen die Hülle der Kommandokapsel hämmerte. Flammen und Rauch waberten vor dem Sichtfenster.

»Turm«, meldete Stone.

»Roger, Turm.«

Der Rettungsturm war abgesprengt worden und hatte den konischen Hitzeschild über der Kommandokapsel mitgerissen. Gleißendes Tageslicht strömte in die Kabine, spielte über die orangefarbenen Druckanzüge und blendete die Instrumente aus.

York blickte durchs Fenster. Über sich sah sie einen blauen, sich verdunkelnden Himmel, unter sich einen hellen Ausschnitt der Wolken und des Ozeans.

»Äh... Houston, wir schlagen vor, daß wir heute nach Sicht fliegen«, sagte Stone trocken.

Nun trieb eine Menge Schrott an Yorks Fenster vorbei, der vom abgesprengten Rettungsturm und der MS-IC stammte. Als ob die Kapsel mit Konfetti beworfen worden wäre, das in der Sonne funkelte.

»Triebwerke abschalten«, sagte Young.

»Rog«, sagte Stone. »Drücke auf ECO.«

Was auch immer nun geschehen würde, Ares würde diesen Kurs halten, bis die MS-II-Haupttriebwerke abgeschaltet wurden. Bis sie in den Orbit gegangen waren.

»Ares, ihr habt Go um fünf plus dreißig, mit ECO um acht plus vierunddreißig.«

Ares hatte inzwischen Mach 15 und eine Höhe von hundertdreißig Kilometern erreicht. Und noch immer feuerten die Triebwerke, und noch immer gewannen sie an Höhe. Die Gravitationsquelle der Erde war *tief*.

»Acht Minuten. Ares, Houston, ihr habt Go um acht.«

»Sieht gut aus«, sagte Stone.

Plötzlich verstummten die Triebwerksgeräusche, und die Vibrationen klangen ab. Der Rückstoß war wuchtig. York wurde erneut nach vorn geschleudert und von den Gurten zurückgerissen.

»ECO!« rief Stone.

Die Triebwerke wurden abgeschaltet; die MS-II-Stufe war nun auch ausgebrannt.

...Und diesmal kam die Schwerkraft nicht wieder. Es war, als ob man mit dem Auto über eine Bodenwelle gerast wäre und die Räder keinen Kontakt mehr zur Straße bekommen hätten.

»Bereit für Abstoßen der MS-II.«

Wieder ertönte ein dumpfer Knall, und ein leichter Ruck fuhr durch die Kabine.

»Roger, wir bestätigen die Trennung, Ares«, sagte John Young.

»Äh... wir haben eins null eins komma vier mal eins null drei komma sechs.«

»Roger, wir bestätigen, eins null eins komma vier mal eins null drei komma sechs ...«

Die Parameter eines fast perfekten kreisförmigen Orbits um die Erde, in einer Höhe von hundertsechzig Kilometern.

Phil Stones Stimme klang so gleichmütig wie Youngs. *Ein ganz normaler Tag im Büro*. Nur daß das

Büro, das er leitete, sich mit acht Kilometern pro Sekunde bewegte.

York schaute auf die glitzernde Wölbung der Erde, die runzlige Haut der Ozeane und die an Schlagsahne erinnernden Wolken.

Ich bin im Orbit. Mein Gott. Sie fühlte große Erleichterung, daß sie noch am Leben war und daß sie diesen enormen Energieverlust überlebt hatte.

Über ihr schwebte der kleine Kosmonaut, mit schlaffer und zusammengerollter Kette.

Sonntag, 20. Juli 1969
Tranquility Base

Joe Muldoon sah durch das Dreiecksfenster der Mondfähre.

Muldoon war fasziniert vom Spiel des Lichts und der Farben auf der Mondoberfläche. Wenn er den Blick von der aufgehenden Sonne wandte und nach Westen sah, erstrahlte die flache Landschaft in goldbraunem Glanz. Das Gelände im Halbschatten wies einen schwächeren Kontrast auf. Und wenn er sich vorbeugte und zur Seite blickte, wirkte die im Kernschatten liegende Oberfläche aschgrau, als ob er durch einen Polarisationsfilter schaute.

Nicht einmal die Lichtverhältnisse hatten Ähnlichkeit mit denen auf der Erde.

Draußen hüpfte Armstrong wie ein Ballon über die an einen Strand erinnernde Mondoberfläche. Der weiße Anzug glänzte im Sonnenlicht. Er war der hellste Gegenstand auf der Oberfläche des Monds, doch die Waden und die blauen Überschuhe waren schon mit dunkelgrauem Staub bedeckt. Muldoon sah Armstrongs Gesicht nicht. Es war hinter dem goldfarben verspiegelten Helmvisier verborgen.

Er sah auf die Uhr. Der Kommandant war vor vierzehn Minuten nach draußen gegangen.

»Neil, soll ich rauskommen?«

»Ja«, rief Armstrong. »Eine Sekunde. Ich will erst noch das LEC zu dir rüberschicken.«

Armstrong stapfte um die Mondfähre herum und schob das LEC zur Seite, die flaschenzugbetätigte Fördereinrichtung, mit deren Hilfe Muldoon Ausrüstung zu seinem Kommandanten auf die Oberfläche hinuntergeschickt hatte.

Muldoon drehte sich in der luftleeren Kabine und kniete sich hin. Dann kroch er rückwärts durch die kleine Luke der Mondfähre und über die ›Veranda‹, die Plattform, die zur Leiter führte, welche am vorderen Landebein der Mondfähre angebracht war. Der Druckanzug schien sich jeder Bewegung zu widersetzen, als ob Muldoon in einem Paßform-Ballon steckte; nur mit Mühe gelang es ihm, sich mit den Handschuhen am Geländer der ›Veranda‹ festzuhalten.

Armstrong lotste ihn hinaus. »Nun weißt du auch, welche Schwierigkeiten ich hatte. Ich versuche, dein PLSS von hier unten im Auge zu behalten. Es sieht so aus, als ob du gut vom Modul wegkommst. Die Schuhe ragen schon über die Kante ... gut, laß dich fallen. Alles klar. Du hast ungefähr einen Zoll Luft über dem PLSS.«

Als Muldoon auf die oberste Sprosse der Leiter trat, hielt er sich am Geländer fest und richtete sich auf. Er sah die kleine Fernsehkamera, die Armstrong an der Außenwand der Mondfähre montiert hatte, um seinen Ausstieg zu filmen. Die Kamera hatte ihn im Visier.

»Ich gehe noch einmal zurück«, sagte er. »Muß nachsehen, ob ich den Zündschlüssel abgezogen und die Handbremse angezogen habe ...«

»Gute Idee.«

»Wir müßten meilenweit gehen, um hier einen Mietwagen zu bekommen.«

Er schwebte etwa drei Meter über der Mondoberfläche. Die Aufstiegsrampe zur Mondfähre befand sich direkt vor ihm, die spinnenartige Abstiegsrampe unter ihm. »Gut, ich stehe nun auf der obersten Sprosse und überblicke die Teller der Landebeine. Ich hüpfe einfach die Sprossen hinunter.«

»Ja«, sagte Armstrong. »Das ist ganz einfach, und das Gehen fällt einem auch sehr leicht. Joe, du hast noch drei Sprossen unter dir. Dann kommt ein breiter Zwischenraum.«

»Ich halte mich mit einer Hand fest und stelle beide Füße auf die vierte Sprosse von oben...«

Es war ein Routinevorgang, wie eine Simulation in der Peter-Pan-Anlage im MSC. Erfreut meldete er Houston den erfolgreichen Abstieg.

Doch als er erst einmal auf dem Landeteller der *Eagle* stand, verschlug es ihm die Sprache.

Ein Morgen auf dem Mond

Muldoon hielt sich an der Leiter fest und drehte sich langsam. Der Anzug hüllte ihn wie eine warme, behagliche Blase ein; er hörte das Summen der Pumpen und Lüfter im PLSS – dem Lebenserhaltungssystem, das er als Tornister auf dem Rücken trug – und spürte die leichte Sauerstoffbrise im Gesicht.

Die Mondfähre stand auf einer weiten Ebene, die mit Kratern übersät war, deren Durchmesser zwischen ein paar Zentimetern und ein paar Metern variierte. Das Licht der tiefstehenden Sonne warf lange Schatten. Die Flanken der zahlreichen Felsen waren von Meteoriteneinschlägen punktiert.

Die Oberfläche war mit Gestein und Felsbrocken

übersät und wies Steilwände auf, die vielleicht sechs Meter in die Höhe ragten – wobei es jedoch schwierig war, die Entfernung zu bestimmen, weil es weder Pflanzen noch Gebäude oder Menschen gab, die Muldoon als Maßstab gedient hätten: das Terrain war noch öder als eine irdische Wüste. Wegen der fehlenden Atmosphäre waren die Felsen am Horizont genauso scharf konturiert wie die zu seinen Füßen.

Muldoon war überwältigt. Weder die Simulationen noch die Erdumkreisung während der Gemini-Mission hatten ihn auf die Fremdartigkeit dieses Orts vorbereitet, die kristallklare Sicht und den schroffen Kontrast zwischen der Schwärze des Himmels und der geröll- und kraterübersäten Mondoberfläche.

Muldoon hielt sich mit beiden Händen an der Leiter fest, stieß sich vom Landeteller ab und hopste auf den Mond.

Es war wie ein Spaziergang im Schnee.

Er spürte festen Boden unter einer elastischen, ein paar Zoll dicken Schicht. Bei jedem Schritt wirbelte er Staub auf, der wie eine Wolke mikroskopischer Golfbälle auf einer parabolischen Bahn davonflog. Er wußte, wie nicht vorhandene atmosphärische Turbulenzen und fehlende Schwerkraft sich auf die hiesige Geologie auswirkten.

In einem der kleineren Krater erkannte er kleine helle Fragmente mit einem metallischen Glanz, die aussahen wie Quecksilberkügelchen. Und hier und da sah er transparente Kristalle auf der Oberfläche herumliegen, die Ähnlichkeit mit Glassplittern hatten. Er wünschte sich, er hätte einen Probenbehälter am Gürtel gehabt. Auf diese Glasperlen würde er noch einmal zurückkommen, wenn offiziell Proben genommen wurden.

Die Fußabdrücke waren präzise konturiert, als ob er durch feinen, feuchten Sand gegangen wäre. Von einem besonders markanten Fußabdruck machte er ein

Foto. Er würde hier für Millionen von Jahren überdauern, sagte er sich, wie der versteinerte Fußabdruck eines Dinosauriers. Nur der stete Hagel von Mikrometeoriten, dieses Echo der gewaltigen Bombardements in grauer Vorzeit, würde ihn allmählich abschleifen.

Muldoon war nun damit beschäftigt, das Gleichgewicht zu halten. Er drehte Pirouetten und machte Sprünge wie ein Tänzer. Die Anziehungskraft dieser kleinen Welt war so gering, daß er nicht wußte, wann er aufrecht stand, zumal die Masseträgheit des Rückentornisters seine Bewegungen noch verstärkte.

»... Pulvrige Oberfläche«, meldete er nach Houston. »Der Stiefel gleitet darüber hinweg... Es ist schwierig, das Gleichgewicht zu halten. Man kommt erst nach ein paar Schritten zum Stehen. Um die Richtung zu ändern, muß man einen Ausfallschritt machen und sich etwas zurücklehnen. Nur durch Armbewegungen verlieren die Füße nicht den Kontakt zum Boden. So leicht sind wir dann doch nicht...«

Er spürte einen Druck in der Nierengegend. Er blieb stehen und entleerte sich in den Urinschlauch; er hatte den Eindruck, in die Hose zu machen. *Neil ist vielleicht der erste Mensch auf dem Mond gewesen. Aber ich bin der erste, der hier pinkelt.*

Er schaute auf. Ein Stern ging am östlichen Himmel auf und stieg dem Zenit entgegen, direkt über seinem Kopf. Es war das Apollo-Raumschiff, das im Orbit wartete, um sie wieder nach Hause zu bringen.

Armstrong schälte die silbrige Kunststoffolie ab und las die Inschrift auf der Plakette, die an einem Landebein der Mondfähre befestigt war. Sie zeigte die beiden Hemisphären der Erde. Darunter stand: ›An dieser Stelle haben Menschen vom Planeten Erde zum erstenmal den Mond betreten. Juli 1969 n. Chr. Wir kamen zum Segen der ganzen Menschheit.‹ Die Plakette trug die Signaturen der Besatzungsmitglieder und des Präsidenten der Vereinigten Staaten.

Dann entfalteten sie das Sternenbanner. Die Fahne war mit Draht versteift worden, damit sie auch hier ›wehte‹, wo es keinen Wind gab.

Die beiden versuchten, die Stange in den Boden zu rammen. Doch so sehr sie sich auch bemühten, der Fahnenmast drang nur sechs bis acht Zoll tief in den Boden ein, und Muldoon befürchtete, daß die Fahne vor den Augen der zahllosen Fernsehzuschauer umkippen würde.

Endlich hatten sie die Stange tief genug in den Boden gerammt und entfernten sich.

Muldoon führte noch ein paar Bewegungsversuche durch.

Er versuchte einen Zeitlupen-Sprint. Bei jedem Schritt sprang er so hoch, daß die Zeit sich zu verlangsamen schien. Auf der Erde hätte er in der ersten Sekunde eines Falls fünf Meter zurückgelegt; hier waren es nur sechzig Zentimeter. Also hing er bei jedem Schritt in der Luft und mußte erst die Landung abwarten.

Schließlich verbesserte er die Fortbewegung. Er bückte sich und pendelte beim Laufen hin und her. Er hüpfte mehr, als daß er lief: mit einem Fuß abstoßen, das Gewicht verlagern, auf dem anderen Fuß landen.

Er atmete schwer und hörte, wie das Wasser zischend im Kühlsystem des Anzugs zirkulierte, in den Schläuchen, die sich um seine Glieder und den Oberkörper schlängelten.

Er fühlte sich wieder wie ein junger Hüpfer. Eine Zeile aus einem alten Roman drängte sich in sein Bewußtsein: *Wir hängen nun nicht mehr am Schürzenzipfel von Mutter Erde ...*

Die Stimme des Leiters der Bodenstation riß ihn aus den Gedanken.

»Tranquility Base, hier ist Houston. Würdet ihr beide bitte für eine Minute vor die Kamera treten?«

Torkelnd kam Muldoon zum Stillstand.

Armstrong hatte inzwischen eine Alufolie aus einem Rohr gezogen und sie ausgebreitet. Das Experiment hatte den Zweck, Teilchen einzufangen, die von der Sonne abgestrahlt wurden. »Wiederholen Sie, Houston.«

»Rog. Wir möchten, daß ihr beide für eine Minute in den Erfassungsbereich der Kamera tretet. Neil und Joe, der Präsident der Vereinigten Staaten befindet sich nun in seinem Büro und möchte ein paar Worte an euch richten.«

Der Präsident? Gottverdammt; ich wette, Neil hat davon gewußt.

»Das wäre uns eine Ehre«, hörte er Armstrong in formellem Ton sagen.

»Sie sind dran, Mister President. Hier ist Houston. Ende.«

Muldoon schwebte zu Armstrong hinüber und stellte sich vor die Kamera.

Hallo, Neil und Joe. Ich melde mich telefonisch aus meinem Büro im Weißen Haus. Dieses Telefongespräch wird in die Geschichte eingehen. Ich möchte Ihnen sagen, wie stolz wir alle auf Ihre Leistung sind. Dies ist der größte Moment im Leben eines jeden Amerikaners. Und für die Menschen in aller Welt, denn ich bin sicher, daß auch sie die Bedeutung dieses Augenblicks würdigen werden. Sie haben den Weltraum für die Menschheit erobert ...

Das vorherrschende Gefühl, das Muldoon während der Ansprache des Präsidenten verspürte, war Ungeduld. Er und Armstrong hatten auch so schon kaum Zeit – höchstens zweieinhalb Stunden für ihren Mondspaziergang –, zumal jede Sekunde in den endlosen Simulationen in Houston choreographiert und in den kleinen, am Ärmel befestigten Checklisten verplant war. Nixons Rede war in den Simulationen jedoch nicht geprobt worden, und Muldoon fühlte zunehmend Unbehagen beim Gedanken an die Arbeit, die noch zu erledigen war. Sie würden etwas auslassen müssen. Er sah sie schon mit weniger Proben als erwartet zur Erde zurückkehren, und vielleicht würden sie sogar auf die Dokumentation verzichten müssen und zusammenraffen, was ihnen gerade in die Hände kam ... Die Wissenschaftler würden darüber wenig erbaut sein.

Er hätte gern eine Probe von diesen glitzernden Splittern in den Kratern oder von einem der Kristalle genommen. Doch dafür war einfach keine Zeit mehr.

Im Grunde war Muldoon die Wissenschaft einerlei. Aber er hatte das dringende Bedürfnis, die Checkliste abzuhaken. Das Abhaken der Checkliste war nämlich die Voraussetzung für die Teilnahme am nächsten Flug.

Bei diesen Gedanken verflog ein Teil der Leichtigkeit, an der er sich eben noch erfreut hatte.

...Für einen Moment in der Geschichte der Menschheit sind alle Menschen der Erde vereint. Vereint im Stolz auf Ihre Leistungen und vereint im Gebet, daß Sie wohlbehalten zur Erde zurückkehren mögen.

»Danke, Sir«, erwiderte Armstrong. »Wir betrachten es als große Ehre und Privileg, nicht nur die Vereinigten Staaten zu repräsentieren, sondern die friedliebenden Menschen aller Nationen – und alle Menschen mit einer Vision für die Zukunft.«

Haben Sie vielen Dank. Und nun möchte ich Ihnen kurz einen besonderen Gast geben, der heute bei mir im Oval Office weilt.

Einen Gast? fragte Muldoon sich. *Mein Gott. Hat er eine Ahnung, was dieser Anruf überhaupt kostet?*

Und dann drangen vertraute Töne – dieser abgehackte Bostoner Akzent – aus dem Kopfhörer, und

Muldoon spürte, wie eine atavistische Spannung von ihm Besitz ergriff.

Hallo, meine Herren. Wie geht es Ihnen? Ich möchte Ihnen nicht Ihre wertvolle Zeit auf dem Mond stehlen. Ich wollte nur kurz aus meiner Rede vor dem Kongreß am 25. Mai 1961 zitieren – das ist gerade erst acht Jahre her...

Nun ist die Zeit gekommen, mit großen Schritten voranzugehen... es ist an der Zeit, daß Amerika zu neuen Ufern aufbricht... es ist an der Zeit, daß diese Nation die Führung bei der Erforschung des Weltraums übernimmt, der in mancherlei Hinsicht den Schlüssel für die Zukunft der Erde enthält.

Ich glaube, diese Nation sollte sich das Ziel setzen, noch in diesem Jahrzehnt einen Menschen zum Mond zu schicken und ihn sicher zur Erde zurückzubringen. Kein Raumfahrtprojekt in diesem Zeitraum wird die Menschheit stärker beeindrucken oder eine größere Bedeutung für die Fernerkundung des Weltraums haben – und kein Projekt wird mit solchen Anstrengungen und Kosten verbunden sein...

Mein Gott, sagte Muldoon sich. Nixon haßt Kennedy; das ist doch allgemein bekannt. Muldoon fragte sich, welchem publikumswirksamen, politischen oder sogar geopolitischen Kalkül der alte JFK es zu verdanken hatte, daß Nixon ihm ausgerechnet heute wieder zu einem Auftritt im Rampenlicht verholfen hatte.

Er hatte Mühe, sich auf Kennedys Worte zu konzentrieren.

Die fünfzehn Meter entfernte Mondfähre wirkte wie eine riesige Spinne, die vom gleißenden Sonnenlicht beschienen wurde. Die *Eagle* war eine ebenso komplexe wie filigrane Konstruktion aus Blattgold und Aluminium, wobei die Symmetrie der Rampe durch den bauchigen Treibstofftank zur Rechten beeinträchtigt wurde. Die Mondfähre starrte von Antennen, Kopplungsöffnungen und Steuertriebwerken. Er sah den Staub, der sich über den mit Blattgold beschichteten Mantel des Triebwerks der Mondfähre gelegt hatte. Im Sonnenlicht wirkte die Mondfähre zerbrechlich: das Gewicht der Aluminiumkapsel war von den Ingenieuren der Herstellerfirma auf ein Minimum reduziert worden. Doch hier, auf dieser kleinen, statischen Welt, stimmten die Proportionen der Mondfähre wieder.

Sie ahnen gar nicht, wie nervös ich an jenem Tag war, meine Herren. Ich war mir nicht sicher, ob es richtig war, diese ehrwürdige Versammlung um so hohe Beträge zu bitten, ja sogar um eine Transformation unserer Volkswirtschaft. Doch wo dieses Ziel nun erreicht wurde, danke ich Ihnen, Neil und Joe, und Ihren Kollegen für Ihren Wagemut. Und den vielen fähigen Menschen unseres Landes, bei der NASA und der Raumfahrtindustrie, danke ich für ihren großartigen Einsatz... Muldoon schaute unbehaglich auf die stumme Kamera auf dem Stativ. *Er sagte: ›wo dieses Ziel nun erreicht wurde‹.* Vielleicht ging es wirklich nur um Fußabdrücke und Flaggen.

Es war etwa Viertel vor elf an einem warmen Juliabend in Houston. Er fragte sich, wie viele Mondscheinspaziergänger wohl schon unterwegs waren.

Jill würde noch immer zu Hause vor dem Fernsehgerät sitzen – oder?

...nach einem schwierigen Jahrzehnt zuhause und in der Welt hat Apollo Amerika zu einem neuen Selbstbewußtsein verholfen. Wo wir nun auf dem Mond gelandet sind, dürfen wir nicht zulassen, daß unser gemeinsamer Wille sich wieder in Einzelinteressen auflöst. Ich glaube, wir müssen weiter in die Zukunft sehen. In diesem Augenblick des Triumphs von Apollo möchte ich mein Land vor eine neue Herausforderung stellen: weiter zu gehen als in unseren kühnsten Träumen – den Bau unserer großen Raumschiffe fortzusetzen und mit ihnen zum Mars zu fliegen.

Mars?

Die abgehackte Stimme drang als insektengleiches Wispern aus dem Kopfhörer, fern und bedeutungslos.

Vielleicht stimmte sogar, was die Leute sagten: daß die Schüsse, die Kennedy vor sechs Jahren in Texas überlebt hatte, doch mehr in Mitleidenschaft gezogen hatten als nur seinen Körper ...

Er stand reglos da und erkannte nun, daß das Land sich sanft, aber merklich bis zum Horizont und überhaupt in alle Richtungen *krümmte*. Er hatte den Eindruck, auf der Kuppe eines großen, flachen Hügels zu stehen. Er und Armstrong waren zwei Menschen, die auf einer im All treibenden Kugel standen. Ihm wurde schwindlig. Plötzlich fühlte er sich so dicht mit dem Universum verwoben, wie er es auf der Erde nie erlebt hatte.

... Dies wird gewiß die schwierigste Reise werden, seit die großen Entdecker vor über drei Jahrhunderten aufbrachen, um ein Bild unseres Planeten zu zeichnen: eine neue Generation von Helden wird zu einem weit entfernten Ort reisen, wo die Erde nur noch als bloßer Lichtpunkt am Himmel steht und sich nicht mehr von den Sternen unterscheidet ... Wir werden zum Mars fliegen, weil er der einzige Planet außer der Erde ist, der wahrscheinlich Leben trägt. Und wir werden diese Welt in eine zweite Erde verwandeln und somit das Überleben der Menschheit sichern ...

Die Erde schwebte als große blaue, marmorierte Kugel über ihm. Anders als der Mond – von der Erde aus betrachtet – vermittelte sie einen dreidimensionalen Eindruck. Er sah die große, tiefstehende Sonne, deren Licht schräg auf diese öde Welt fiel. Plötzlich bekam er eine Perspektive für die Entfernung, die er bewältigt hatte: er war so weit gereist, daß die Dreifaltigkeit der Lichter, die seit jeher das Bewußtsein der Menschen geprägt hatte – Erde, Mond und Sonne –, sich in einem komplexen Reigen um ihn bewegt und diese neuen relativen Positionen in seiner Wahrnehmung bezogen hatten.

Genauso schnell, wie dieses Gefühl der Entrücktheit

sich eingestellt hatte, war es auch wieder verschwunden. Er hing genauso an der Nabelschnur der Erde, als ob sein Aufenthalt hier nur weitere Simulation im JSC wäre. *Ich schätze, daß man vier Milliarden Jahre der Evolution nicht in einer Woche abschüttelt.*

Er machte sich Gedanken über die Zukunft.

Das ganze Leben lang hatte jemand – jemand außerhalb der NASA – ihn auf *Ziele* angesetzt. Es hatte mit seinem Vater angefangen und sich – *daß er sich ausgerechnet an einem solchen Ort daran erinnerte!* – im Sommerlager fortgesetzt, wo die siegreiche Mannschaft Fleisch und die Verlierer nur Bohnen bekamen. Dann folgten die Akademie, die Luftwaffe und die NASA ...

Er hatte immer einen starken Antrieb verspürt, einen Antrieb, der ihn so weit gebracht hatte – den ganzen Weg bis zum Mond.

Und nun hatte er sein größtes Ziel erreicht.

Er erinnerte sich an das Stimmungstief, das er nach der Rückkehr von der Gemini-Mission durchlebt hatte. Wie schwer würde die Rückkehr ihm diesmal zu schaffen machen?

Kennedy hatte seine Rede inzwischen beendet. Es trat ein etwas verlegenes Schweigen ein, und Muldoon fragte sich, ob er seinerseits etwas sagen sollte.

»Es ist uns eine Ehre, mit Ihnen zu sprechen, Sir«, versicherte Armstrong in diesem Moment.

Vielen Dank. Ich bedanke mich bei Präsident Nixon für die erwiesene Gastfreundschaft und richte ihm meine besten Grüße für Sie aus, wenn er Sie am Donnerstag an Bord des Flugzeugträgers empfängt.

Muldoon überwand seine Schüchternheit und sagte: »Ich freue mich sehr darauf, Sir.«

Dann folgte er Armstrongs Beispiel, hob die Hand zum Gruß und trat aus dem Erfassungsbereich der Kamera.

Er war ebenso perplex wie beunruhigt. Es war, als ob die Schwerkraft der Erde ihn jetzt schon niederdrückte.

Er würde sich ein neues Ziel suchen müssen, das war alles.

Was, fragte er sich, wenn Kennedys phantastische Mars-Vision Realität werden würde? Das wäre das richtige Projekt für ihn.

Vielleicht durfte er an diesem neuen Programm teilnehmen. Dieses gewaltige Ziel würde seinem Leben für die nächsten zwanzig Jahre wieder eine Richtung und einen Sinn geben ...

Doch um das zu erreichen, mußte er sich diesem ganzen PR-Rummel entziehen, der nach der Rückkehr auf ihn wartete.

Für ihn würde die Rückkehr zur Erde ungleich schwieriger sein als der Flug zum Mond.

Er entfernte sich von der Kamera und ging zur *Eagle* zurück, die aus dieser Perspektive wie ein Spielzeug wirkte.

Samstag, 4. Oktober 1969
Nuklearraketen-Testgelände, Jackass Flats, Nevada

Die Brise aus der Wüste trug Brandgeruch heran, der mit Öl- und Farbgeruch von der Testanlage geschwängert war. Der Brodem war irgendwie surreal, als ob York aus Nevada auf einen Wüstenplaneten versetzt worden wäre.

Ich habe irgendwo gelesen, daß Mondstaub so riecht, sagte sie sich. *Er riecht verbrannt, nach Asche – ein Herbstduft.*

Im Jahr 1969 war Natalie York einundzwanzig Jahre alt.

In Ben Priestleys Corvette hatten sie die hundertvierzig Kilometer von Vegas nach Jackass Flats in weniger als einer Stunde abgespult.

Am Zielort wurden sie von Mike Conlig erwartet, der sie durch die Sicherheitsabsperrungen schleuste. Zu dieser späten Stunde hielt sich nur noch das Sicherheitspersonal in der Station auf. Als die drei – York, Priest und Petey, Priests Sohn – aus Bens Corvette stiegen, sah York, daß der Wagen mit einer Staubschicht bedeckt war. Der sich abkühlende Motor knackte.

Nevada war ein großes, menschenleeres Territorium, dessen zerklüftete Topographie von unansehnlichen Bergen gekrönt wurde. Die Sonne hing rund und rot am westlichen Horizont, und nach der Hitze des Tages kühlte die Luft sich schnell ab. Das Gelände war öde. York sah salzresistente Pflanzen und Creosote-Büsche, die sich hier und da in den Boden krallten sowie vereinzelte Ansammlungen von Beifuß. *Sicher ein geeigneter Ort für den Test einer Atomrakete*, sagte York sich. *Aber diese Einöde gibt einem den Rest*.

Im Fachjargon diskutierten Mike und Ben ein paar Aspekte der Testergebnisse, die sie an jenem Tag bekommen hatten. Wenn York in den – zu – vielen Stunden, die sie während des Geologiestudiums an der UCLA in Studentenkneipen rumgehängt waren, etwas gelernt hatte, dann das, die Ohren ›auf Durchzug zu stellen‹. Also überließ sie Mike und Ben sich selbst und machte einen kleinen Spaziergang.

Petey, Ben Priests zehnjähriger Sohn, war ein schlankes und muskulöses Energiebündel. Er rannte vor den anderen her, wobei sein blondes Haar im letzten Licht des Tages leuchtete.

Das Testgelände war ein Rechteck, das im Süden von einer Straße und im Norden von einer Eisenbahnstrecke begrenzt wurde. Sie entfernten sich in westlicher Richtung von den Gebäuden, vor denen der

Wagen geparkt war, zur statischen Versuchseinrichtung, dem Triebwerksprüfstand Eins.

Diese Versuchsstation befand sich in einer weiten Senke, die zwischen zwei großen Auffaltungen lag: dem Colorado-Plateau und der Wasatch Range im Osten sowie der Bergkette der Sierra Nevada im Westen. Die paar Baracken mit Dächern aus Teerpappe wirkten in der wuchtigen Geologie der Wüste wie Fliegendreck.

Sie erreichten die Versuchsstation. Die Anlage war etwa neun Meter hoch und wirkte ebenso primitiv wie komplex. York erkannte ein dünnes, zylindrisches Gebilde, das von einem Gerüst eingeschlossen war. Das Gerüst war unlackiert und teilweise schon korrodiert. Das Ding war auf einem Flachwagen montiert, der an eine kleine Lokomotive angehängt war. Röhren führten vom Gerüst zu anderen Bereichen der Versuchsstation, und in der Ferne sah sie kugelförmige Tieftemperatur-Tanks in der Sonne glänzen: sie tippte auf flüssigen Wasserstoff.

Petey Priest preßte das Gesicht gegen den Maschendraht-Zaun des Testgeländes, daß rautenförmige Abdrücke auf seinem Gesicht zurückblieben. Fasziniert starrte er auf die Anlage.

York beobachtete Conlig und Priest.

Mike Conlig war gebürtiger Texaner und siebenundzwanzig Jahre alt. Er war etwas kleiner als York, war von stämmiger Statur und hatte mit Schwielen besetzte und narbige Hände. Das schwarze Haar, das er zu einem Pferdeschwanz geflochten hatte, verriet seine irische Abstammung. Das Hemd spannte sich über einem Bauchansatz.

York hatte Mike vor einem halben Jahr auf einer Party in Ricketts House am Caltech kennengelernt, das eine halbe Stunde Fahrtzeit von UCLA entfernt war. York war dabei ein gewisses Risiko eingegangen, denn

Frauen waren im Caltech nicht zugelassen. Natalie gefielen sein agiler Verstand und der Umstand, daß er sie wegen ihres Intellekts respektierte ... und sein muskulöser Körper.

Am selben Abend noch war sie mit Mike ins Bett gegangen.

Mike war das genaue Gegenteil von Ben Priest, sagte sie sich, während sie die beiden betrachtete.

Ben Priest war einunddreißig Jahre alt. Er war groß, drahtig und hatte ständig ein Grinsen im Gesicht. Er war Marineflieger mit einem Dutzend Jahren Erfahrung, davon zwei Jahre bei der Erprobungsstelle der Marine in Patuxent River, Maryland – und seit 1965 war er NASA-Astronaut, obwohl er noch keinen Weltraumflug absolviert hatte.

York wußte, daß Mike und Ben Freundschaft geschlossen hatten, als Ben in seiner Eigenschaft als Repräsentant der Astronauten hierher versetzt worden war. Sie zweifelte nicht daran, daß Mike sich der in der Station herrschenden Kamaraderie anpaßte – Männer in provisorischen Behausungen an der Grenze der Zivilisation, die den ganzen Tag mit NERVA spielten und sich abends einen hinter die Binde kippten.

Bei Mike hatte das körperliche Auswirkungen, sagte sie sich, aber nicht bei Ben ...

Nun wurden auf dem Testgelände aus Sicherheitsgründen die Flutlichter eingeschaltet, und der Turm verwandelte sich in eine Skulptur aus Schatten und schimmernden Reflexen, die Karikatur eines Raumschiffs. Als ob der Ehrgeiz, von dem die hier arbeitenden Männer und Frauen erfüllt waren, die Geometrie dieses Orts so geprägt hätten, daß er nicht ganz von dieser Welt schien.

Während er mit Priest die Ereignisse des Tages Revue passieren ließ, ließ Mike Conlig Natalie nicht aus den Augen. Sie ließ indes den Blick über die Anlage schweifen. Natalie war ein ›langes Elend‹ und hatte eine intensive Ausstrahlung. Das schwarze Haar hatte sie zurückgebunden, und diese buschigen Augenbrauen, die sie so haßte, waren nun in Konzentration zusammengezogen.

Dieser Besuch war wichtig für Conlig.

Indem er und Priest sie hierher gebracht hatten und ihr Einblick in ihre Arbeit gewährten, verstießen sie streng genommen gegen die Vorschriften der NASA und AEC; und ein Kind wie Petey hatte hier schon gar nichts verloren. Doch an einem so entlegenen Ort siegte die Wirklichkeit über die Vorschriften. *Wir sind alle brave Jungs hier draußen*, sagte er sich.

Zumal er großen Wert darauf legte, Natalie diesen Ort zu zeigen: wo er arbeitete, wie er sein Leben verbrachte. Das war ihm ein paar Regelverstöße wert. Er wollte, daß Natalie Jackass Flats mit eigenen Augen sah.

Natalie reagierte grundsätzlich mit Mißtrauen und Argwohn auf Forschungsprojekte, die von der Regierung finanziert wurden. Conlig sah das jedoch ganz anders. Für ihn war dieses schäbige Versuchsgelände das Tor zur Zukunft: zu anderen Welten, zu Kolonien auf dem Mond.

Und letztlich zum Mars.

Ben Priest versuchte, Natalie die Versuchsanlage zu erklären. Er lenkte ihren Blick auf das Objekt innerhalb des Gerüsts und sagte ihr, sie solle versuchen, es zu identifizieren. Eine formschöne Düse ragte oben in den Himmel ...

»Ach«, sagte sie. »Ich verstehe. Es ist eine Rakete. Und das da oben ist die Düse. Es ist eine Rakete auf der Abschußrampe. Wie in Cape Kennedy.«

Ben Priest lachte. »Nur daß sie auf dem Kopf steht.«

»Eines Tages wird sie von Kennedy starten«, sagte

Conlig defensiv. »Es wird nicht mehr lange dauern. Jedenfalls ein Nachfolgemodell; dieser Vogel wird nie fliegen.«

»Dies ist ein Triebwerk der jüngsten Generation«, sagte Ben. »Es ist unser ganzer Stolz. Der XE-Prototyp ist fast serienreif. Die ersten Geräte, die hier vor zehn Jahren konstruiert wurden, hießen Kiwis.«

»Ach«, sagte York. »Vögel ohne Flügel.«

»Und nun«, sagte Ben, »arbeiten wir an einer Reihe von Projekten unter der Sammelbezeichnung NERVA. Das steht für ›Nuklearantrieb ...‹«

»›... für raketengestützte Versuchs-Anwendungen‹. Ich weiß.«

»Aber wir dürfen nach wie vor nur Vögel ohne Flügel bauen«, sagte Priest. »Wir sind stolz auf dieses Baby, Natalie. Wir haben ihm einen Schub von fast fünfzigtausend Pfund eingehaucht. Und wir haben *achtundzwanzig* Starts absolviert. Zuverlässigkeit wird nämlich ein wichtiger Faktor bei Langstrecken-Raumflügen sein ...«

Conlig beobachtete Natalie und versuchte ihre Reaktion zu ergründen.

Conlig, der sechs Jahre älter war als Natalie, hatte den Hochschulabschluß fast in Rekordzeit geschafft – sein Fachgebiet waren exotische, hitzebeständige Refraktions-Werkstoffe für miniaturisierte Fissionsreaktoren.

Conlig war sicher – und Natalie auch –, daß er in seiner Disziplin eine Spitzenposition erreichen würde. Und weil – wenn man Spiro Agnew Glauben schenken wollte – Raketen mit Nuklearantrieb eine Revolution in der Raumfahrt einleiten würden, würde er wohl einen sehr hohen Gipfel erklimmen. Inzwischen würde die Geologie York jeweils für mehrere Monate an einen anderen Ort führen. Es wäre eine komische Beziehung, um es milde auszudrücken.

Das Bewußtsein, daß sein Leben vom Erfolg oder Mißerfolg einer nuklearen Rakete bestimmt werden würde, vermittelte ihm auch ein komisches Gefühl. *Ich lebe im Grunde schon in der Zukunft,* sagte er sich.

Für Conlig waren Raketen mit Atomantrieb die simpelsten und ästhetischsten Maschinen der Welt. Im Gegensatz zu einer Saturn-Rakete wurde bei ihnen nichts verbrannt. Es wurde nur hochverdichteter flüssiger Wasserstoff in einem Reaktorkern erhitzt, und an der Rückseite des Schiffs trat dann heißes Gas aus.

Eine nukleare Zusatzstufe würde die Leistung einer Saturn V um den Faktor Zwei erhöhen: es wäre nun möglich, mehr als die Hälfte der bisherigen Nutzlast zum Mond zu befördern.

Doch zuvor waren noch erhebliche technische Probleme zu lösen.

Bei der Betriebsflüssigkeit handelte es sich um flüssigen Wasserstoff, der auf fünfundzwanzig Grad über dem absoluten Nullpunkt heruntergekühlt worden war. Wenn der Wasserstoff in den Reaktor strömte, wurde er jedoch auf eine Temperatur von über zweitausend Grad erhitzt.

Kühlsysteme waren Mike Conligs Spezialität.

Es gab aber noch andere Schwierigkeiten. So mußte die Besatzung zum Beispiel vor Strahlung abgeschirmt werden. Außerdem konnte man nur eine begrenzte Anzahl von Raketen bündeln, weil die Neutronenemissionen interferierten etc...

Dennoch machte das Projekt Fortschritte. Kurzfristig peilte man einen RIFT, einen Reaktor-im-Flug-Test, an. Doch bis dahin hatten sie noch eine Menge zu tun. Die Nukleartechnik mußte mit größter Sorgfalt gehandhabt werden: nicht auszudenken, was passieren würde, wenn eine Rakete über Florida abschmierte, nur weil jemand in Kap Kennedy Mist gemacht hatte.

Doch eines Tages würden sie fliegen, sagte Conlig

sich. Gewiß, es gab noch Probleme. Aber sie würden sie lösen. Sobald Nixon der ›Arbeitsgruppe Raumfahrt‹ grünes Licht gab.

Die ›Arbeitsgruppe Raumfahrt‹ war ein Ausschuß unter Vorsitz des Vizepräsidenten Agnew, den Nixon beauftragt hatte, ein Weltraum-Programm für die Zeit nach den Apollo-Missionen zu entwerfen. Diese Arbeitsgruppe sollte im September ihren Bericht vorlegen. Es ging das Gerücht, daß sie einen bemannten Raumflug zum Mars befürwortete. Sollte ein solches Programm beschlossen werden, würde das Projekt wohl mit beachtlichen Finanzmitteln ausgestattet werden.

Ben Priest erläuterte Natalie noch immer die Details des XE-Prototyps. Plötzlich wurde Conlig sich bewußt, daß sie nicht nur optisch miteinander harmonierten, sondern auch einen gelösten Eindruck machten. Er verspürte einen Anflug von Eifersucht.

Doch Natalie war eine harte Nuß für Priest. Sie redete über Politik, wie immer.

Natalie York lachte unbehaglich; sie spürte einen Anflug von Ehrfurcht – oder vielleicht auch Abscheu – beim Anblick des schlanken XE-Prototyps.

»Sie sagten, hier würden schon seit zehn Jahren nukleare Raketen entwickelt?«

»Ja«, sagte Priest.

»Und wieso? Flüge zum Mars werden doch erst seit kurzer Zeit diskutiert, oder?«

Priest kratzte sich am Ohr. »Die Versuche, die anfangs auf diesem Testgelände stattfanden, hatten nur peripher mit Raumfahrt zu tun, Natalie. Ende der fünfziger Jahre waren Raketen mit chemischem Antrieb noch Zukunftsmusik. Und die Atomraketen waren plumpe und schwere Geräte...«

»Ach so. Hier wurden Interkontinentalraketen gebaut. *Nukleare* Interkontinentalraketen.«

»Es handelte sich um Versuche«, erklärte Priest gleichmütig. »Nur für den Notfall. Bedenken Sie, daß die UdSSR damals einen großen Vorsprung vor uns hatte, mit ihren chemischen Interkontinentalraketen mit hoher Nutzlast. Doch unsere chemischen Raketen wurden immer größer, die Bomben wurden immer leichter, und damit wurde das Programm schließlich überflüssig. Später erwog die NASA, die Atomraketen im Rahmen der Apollo-Missionen für Mondflüge einzusetzen. Doch dann wurden die Saturn-Raketen entwickelt...«

»Und nun müssen wir Atomraketen bauen, weil wir zum Mars fliegen wollen.«

»He, Ben«, sagte Mike. »Vielleicht wirst du der erste Mensch auf dem Mars sein. In der Atomrakete *Spiro Agnew*.«

Ben schnaubte. Dann legte er die zu einem Trichter geformten Hände an den Mund und intonierte im Stil von Cronkite* : »Und nun schalten wir live zu Jackass Flats, wo das prächtige Raumschiff *Agnew* bereitsteht, die Menschheit ins Weltall zu tragen, ihrer neuen Bestimmung entgegen... ich übergebe an Dan.«

»Danke, Walter. Wo ich hier unter dem strahlend blauen Himmel von Nevada stehe, fällt mir wieder diese Anekdote ein...«

Die beiden alberten herum und rempelten sich gegenseitig an. Petey wurde durch ihr Gelächter angelockt und schlug seinem Vater spielerisch auf den Rücken.

York folgte ihnen gemächlich.

Sie sah sich nun gründlicher um und versuchte den Aufbau der Anlage zu ergründen. »Ich würde gern wissen, wie das hier funktioniert«, sagte sie zu Priest, als das Gelächter verstummt war.

---

* Walter Cronkite, ein prominenter Nachrichtensprecher der USA – *Anm. d. Übers.*

»Nun, die Bahnstrecke ist die Hauptader«, sagte er und wies auf die Schienen. »Die Gleise enden an diesem Gebäude, dem Lager für radioaktive Materialien. Die Versuchsobjekte werden erst dann radioaktiv, nachdem sie gefeuert haben. Sie werden auf den Flachwagen zu den Testkammern gebracht und dort einem Probelauf unterzogen. Danach kommen sie auf eine Deponie am östlichen Ende der Schienen.«

»Weil sie zu verstrahlt sind, um sie zu bergen?«

»Ja.« Priest zuckte die Achseln. »Mike spricht zwar von Wiederaufbereitung, aber es hat eher den Anschein, daß ein interplanetares Raumschiff mit einem ganzen Bündel von NERVA-Raketen ausgerüstet werden wird. Wenn ein Triebwerk ausgebrannt ist, wird es abgestoßen, um die Besatzung vor der Radioaktivität zu schützen. Sämtliche nuklearen Raketen werden schon für das Ausscheren aus dem Erdorbit benötigt; für weitere Kurskorrekturen stehen dann chemische Raketen zur Verfügung.«

»Na toll. Und das haltet ihr für eine *rationelle* Art des Raumflugs?«

Er grinste sie an, wobei sein Gebiß fahl in der Dämmerung schimmerte. »Wenn ich damit zum Mars komme, ist es verdammt rationell.«

»Haben sich hier schon Unfälle ereignet?«

»Sicher. Das ist schließlich ein Testgelände. Was haben Sie sonst erwartet?«

»Was für Unfälle waren das?«

»Risse im Atomreaktor. Ozonbildung in eingeschlossenen Luftblasen. Verlust von Moderator ...«

»Und Verletzungen?«

»Geplatzte Trommelfelle. Ein paar Verbrennungen.« Priest schien Unbehagen zu empfinden. »Natalie, was wollen Sie von mir hören? Das NRTG ist das Produkt einer anderen Zeit. Sie müssen die Dinge aus der damaligen Perspektive betrachten.«

»Sicher.« Eine andere Zeit also. Aber dieser verfluchte Ort wird noch immer genutzt. Und Mike arbeitet hier, um Gottes willen. Sie schauderte, als ob sie spürte, wie die radioaktiven Teilchen des Kalten Krieges ihren Körper perforierten.

Sie ließ den Blick schweifen. »Wie haltet ihr überhaupt die Radioaktivität zurück, nachdem die Testraketen gefeuert haben? Ich denke da an den radioaktiven Wasserstoff, der in die Luft entweicht...«

»Wie... ›zurückhalten‹?« fragte Ben.

Sie quetschten sich in Bens Corvette und rasten auf dem Interstate nach Vegas, wo sie übernachten und den Sonntag verbringen wollten. Petey schlief schon während der Fahrt ein.

Ben schaltete das Radio an. Es kamen gerade Nachrichten, und York lauschte trübsinnig den Verlustmeldungen aus Vietnam.

Es war inzwischen dunkel geworden, und gleißende Sterne erschienen am Himmel über der Wüste.

Ben beugte sich nach vorn und drehte das Radio lauter. »He, Mike, hör mal. Agnew spricht.«

...Die drei Optionen, die unsere Arbeitsgruppe definiert hat, stellen ein ausgewogenes Programm dar ... eine Palette von bemannten Raumflügen, Raumsonden und Satelliten – zum Wohle der Menschheit und zum Zweck einer verstärkten internationalen Zusammenarbeit im All...

Dann ertönte die sonore Stimme Wernher von Brauns, der vor dem Senat sprach. *Ich sage, wir sollten es schnell tun und den Fuß auf einen neuen Planeten setzen, solange wir noch die Gelegenheit dazu haben...*

»Es ist also immer noch die Rede davon, zum Mars zu fliegen«, sagte York.

»Sicher«, sagte Ben. »Agnews drei Optionen beziehen sich allesamt auf den Flug zum Mars. Der einzige Unterschied zwischen ihnen besteht darin, daß man um so früher dort ankommt, je größer der Jahresetat ist. Obwohl..."

»Was?«

»Obwohl er noch eine vierte Option genannt hat: daß wir die bemannte Raumfahrt nämlich ganz einstellen.« Priest schaute auf die Straße. »Ich schätze, wir müssen einfach abwarten.«

»Agnew ist ein Arschloch«, sagte York mit milder Stimme.

»Vielleicht, aber das Arschloch hat ein Faible für Raumschiffe und Astronauten«, sagte Mike und beugte sich nach vorn. »Das macht ihn für mich zu einem sympathischen Arschloch.«

»Ein Flug zum Mars ist eine nette Idee«, sagte York. »Aber es ist auch Science Fiction. Oder?«

Mike klopfte ihr auf die Schulter. »Du hast den XE-Prototyp gesehen. Wir sind in der Lage, diesen Vogel zu bauen. Alles, was wir brauchen, ist das Geld.«

»Wieviel Geld?«

»Es bleibt noch im Rahmen«, sagte Ben. »Die effektiven Kosten sind wahrscheinlich niedriger als bei den Apollo-Missionen. Das Programm ist modular aufgebaut. Ein paar Basiskomponenten werden für unterschiedliche Missionen unterschiedlich kombiniert. Mit einer Raumfähre geht man kostengünstig in den Orbit, eine nukleare Rakete befördert Lasten zum Mond, und für darüber hinausgehende Einsätze werden ›Blechdosen‹ – Raumstation-Module – unterschiedlich konfiguriert. Ein Mars-Raumschiff würde man aus Stations-Modulen als Unterkünfte für die Besatzung und nuklearen Triebwerken kombinieren...«

Das reizte York zum Widerspruch. Sie wollte das Unbehagen artikulieren, das sie seit dem Anblick des Testgeländes empfand. »Wozu soll das gut sein? Noch mehr Fußabdrücke und Flaggen, wie bei Apollo?«

»Nein«, sagte Mike schroff.

Es schwang schon Ungeduld in seiner Stimme mit, seit sie das Testgelände verlassen hatten. Sie hatte das Gefühl, daß die Antwort, die sie ihm dort gegeben hatte, nicht seinen Erwartungen entsprochen hatte.

»Hast du denn nicht zugehört, Natalie?« fragte er nun. »Agnew hat eine großartige Vision präsentiert. Wir könnten 1982 schon auf dem Mars sein. Und 1990 werden wir hundert Menschen im Erdorbit haben, achtundvierzig auf dem Mond und achtundvierzig in einer Mars-Basis ...«

»Ja, sicher«, sagte sie ironisch. »Ja, ich habe zugehört. Und ich höre auch, daß Agnew ausgebuht wird, wenn er in der Öffentlichkeit davon spricht, zum Mars zu fliegen. Die Menschen wollen das nicht, Mike. Der Krieg strapaziert die Wirtschaft ohnehin schon über Gebühr.«

Ben reagierte bestürzt auf ihre Tiraden.

»Ich glaube sowieso nicht, daß Nixon zustimmt«, sagte Ben. »Man sagt, er liebäugelt mit der Raumfähre und will die anderen Vorschläge der Arbeitsgruppe ad acta legen. Die Raumfähre ist nämlich noch erschwinglich. Andererseits hat Nixon ein Faible für Helden ...«

»Kennedy hat ihn nach dem Gespräch, das er im Juli bei der Mondlandung mit Armstrong und Muldoon führte, in die Ecke gedrängt«, sagte Mike. »Zumal er sich auch danach immer wieder für dieses Projekt ausgesprochen hat.«

York knurrte. »Nixon haßt Kennedy. Außerdem ist Kennedy auch nur ein Opportunist. Glaubt ihr wirklich, *er* hätte wie Johnson Gelder ins Apollo-Projekt gepumpt, wenn er 1963 nicht wegen Invalidität aus dem Weißen Haus hätte ausziehen müssen? Wenn er wirklich für die Dinge hätte *zahlen* müssen, die er aus dem Rollstuhl in Auftrag gab?«

»Johnson war ein Anhänger der Raumfahrt«, sagte Mike. »Du bist ganz schön zynisch, Natalie.«

»Johnson war nur auf seinen Vorteil bedacht. Weshalb sind die NASA-Zentren wohl im Süden konzentriert?«

»Da kommt man schon ins Grübeln«, sagte Ben. »Was, wenn in Dallas nicht auf Kennedy geschossen worden wäre? Oder wenn er selbst anstatt seiner Frau getötet worden wäre? Wenn er als die treibende Kraft im Hintergrund ausgefallen wäre, hätte man vielleicht das *ganze* Programm eingestellt.«

»Wie dem auch sei«, sagte York, »ich hoffe nur, daß ihr *Fliegerasse* diesmal, was auch immer geschieht, Konkurrenz von ein paar Wissenschaftlern bekommt.«

»Hör nicht auf sie, Ben«, sagte Conlig. »Sie will cool wirken. Rate mal, was an der Wand ihres Schlafzimmers im Haus ihrer Mutter hängt.«

»Halt den Mund, Mike.«

»Bilder vom Mars.«

Ben schaute sie interessiert an.

»Teufel, da war ich gerade sechzehn. Für eine Weile habe ich mich vom Rummel um Mariner 4 beeindrucken lassen...«

Mariner 4 war eine Raumsonde der NASA, die den Mars im Juli 1964 erreicht hatte. Mariner hatte nicht über genug Brennstoff verfügt, um in einen Orbit um den Mars zu gehen; die Sonde hatte den Planeten einmal umkreist und Aufnahmen gemacht. Mariner hatte insgesamt einundzwanzig Bilder zur Erde geschickt. Sie deckten vielleicht ein Prozent der Marsoberfläche ab.

Natalie York hatte vor Mariner keinen Gedanken an den Mars, geschweige denn an andere Welten, verschwendet. Sie interessierte sich nicht für Astronomie, Raumfahrt, fremde Welten und dergleichen. Astronomie war etwas für die paar alten Männer, die Zugang zu den großen Teleskopen hatten und sie für ihre obskuren, Jahrzehnte umspannenden Projekte einsetzten. Schon damals, im Jahre 1964, war Geologie – das Studium der Erde – das, was *ihre* Phantasie beflügelte. Da hatte sie es wenigstens mit greifbaren Dingen zu tun, die man mit Augen und Händen untersuchen konnte.

Mariner änderte alles. Für eine Weile zumindest.

Sie erinnerte sich an einen Schullehrer, der ihr die Grundlagen der Astronomie nahebringen wollte.

Als Mariner im Juli 1964 den Mars erreichte, hatte der Planet in Opposition gestanden. Mars war ein Planet, der wie die Erde die Sonne umkreiste, nur daß er einen größeren Bahndurchmesser als die Erde hatte und sein Jahr doppelt so lang dauerte. Das bedeutete, daß seine Entfernung zur auf der Innenbahn laufenden Erde ständig schwankte. Doch wenn Erde und Mars diese Positionen einnahmen, stand der Mars der Erde am nächsten. *Opposition. Das ist also damit gemeint. Dann steht der Mars mitten am Nachthimmel auf der der Sonne gegenüber liegenden Seite, von der Erde aus gesehen. Der Punkt der dichtesten Annäherung.*

Sie erinnerte sich, daß sie, nachdem sie das gelernt hatte, sich plötzlich als ein Passagier der Erde gefühlt hatte – als ob sie ein riesiges Raumschiff wäre, das an diesem großen roten Schiff namens Mars vorbeiflog.

Um ihre Aufgabe zu erfüllen, müssen die Astronomen in der Lage sein, ihre Position relativ zum Rest des Universums zu bestimmen. Sie müssen sich von der Vorstellung lösen, daß die Erde eine Scheibe ist.

Sie hatte sich Kontophotkopien der von Mariner 4 zur Erde gefunkten Bilder besorgt und sie sich übers Bett gehängt.

Das erste Bild zeigte den Planeten aus geringer Höhe, mit gekrümmtem Horizont und unscharfen Oberflächenmarkierungen. Dennoch war das Bild ungleich schärfer als die dunstige, unwirkliche Scheibe, die man beim Blick durch ein Teleskop sah.

Die Fotos von Mariner zeigten den Mars aus der Perspektive eines Astronauten im Orbit.

Die nächsten Bilder waren Abbildungen der Oberfläche, gleichsam aus der Vogelperspektive. Die Monochrom-Bilder wirkten wie Luftaufnahmen einer irdischen Wüste ...

»Mariner«, sagte Ben Priest, »war ein Schock für uns alle. Vor Mariner glaubten wir, schon alles über den Mars zu wissen. Wir glaubten, man könne nur mit einer Atemmaske ausgerüstet auf der Oberfläche herumspazieren. Wir glaubten, daß die dunklen Flecken auf der Oberfläche jahreszeitlichen Schwankungen unterlägen und daß vielleicht eine Art Vegetation existierte.

Doch nun sieht alles ganz anders aus. Wir haben uns in jeder Hinsicht geirrt. Der Mars hat keine Ähnlichkeit mit der Erde.

Mariners siebtes Bild war die eigentliche Überraschung.

Das siebte Bild zeigte Krater. *Damit* hatte nun niemand gerechnet.

Von wegen irdische Wüste. Mars hatte mehr Ähnlichkeit mit dem Mond.

»Wir wissen nun«, sagte Priest, »daß die Atmosphäre sehr dünn ist. Sie besteht überwiegend aus Kohlendioxid und Spuren von Wasserdampf. Sauerstoff gibt es überhaupt nicht. Nicht einmal Stickstoff ... Mariner hat keine Kanäle gefunden. Obwohl die Sonde ein Gebiet überflogen hat, wo man mit vielen Kanälen gerechnet hatte.

Alle bisherigen Annahmen waren plötzlich Makulatur. Bei einer so dünnen Atmosphäre gibt es kein Leben, höchstens primitive Organismen. Kein Vergleich mit terrestrischem Leben. Allerdings wird diese Frage erst dann abschließend beantwortet werden, wenn Menschen dort gelandet sind. Die NASA-Fritzen sagten, das sei ein Schlag ins Kontor gewesen. Plötzlich war der Mars als Ziel nicht mehr interessant. Wenn wir nicht zum Mars fliegen, wenn die finanziellen und materiellen Ressourcen nicht bereitgestellt werden, dann liegt das in meinen Augen an der Schockwirkung von Mariner 4.«

York zuckte die Achseln. »Aber die NASA hat den Mars doch jahrelang wie sauer Bier angepriesen. Man hat ihn als eine Art Freizeitpark im Weltraum bezeichnet, auf dem es von Leben nur so wimmelte und der die vielen Milliarden sehr wohl rechtfertigte, die man in Triebwerke und Raumschiffe investieren wollte...«

»Ein Freizeitpark«, sagte Priest lachend. »Wirklich gut.«

Für York war der Mars aber viel mehr. Mariner hatte ihr Interesse für den Mars geweckt, und sie vertiefte sich in die Geschichte der Phantasien, die sich um diesen Planeten rankten. Sie besorgte sich in der Bibliothek einschlägige Werke. *Der Mars als Ursprung des Lebens* von Percival Lowell, New York, 1909; *Der Mars und seine Kanäle* von Lowell, New York, 1906... Sie hatte phantastische Bilder von großen Bewässerungskanälen gesehen, die das Antlitz eines sterbenden, verdörrenden Mars durchfurchten und ausführliche Schilderungen der wogenden Vegetation und der Tierherden gelesen, mit denen die roten Ebenen des Mars angeblich bedeckt waren. *Das Mars-Projekt*: Wernher von Braun, University of Illinois, 1953. Auf dem Einband prangte eine große Rakete, wie bei einem Kinderbuch. Von Braun wollte zehn Raumschiffe im Erdorbit bauen, jeweils mit einer Masse von dreieinhalbtausend Tonnen und einer Besatzung von sieben Mann. Es hätte neunhundert Flüge in den Orbit bedurft, um die Flotte fertigzustellen. Zudem hatte er Zweihunderttonnen-Landungsboote projektiert, die jeweils fünfzig Mann und Vorräte für ein Jahr auf die Oberfläche bringen sollten... Diese Visionen, sagte sie sich, waren infantile Machtphantasien im Gewand seriöser Konstruktionspläne.

York hatte sich nicht weiter damit befaßt. Schon mit sechzehn hatte York ein Faible für die Stringenz und Logik der Wissenschaft gehabt; sie wurde zunehmend intoleranter gegenüber Unlogik, Wunschdenken und der emotionalen Färbung rationaler Prozesse aller Art.

(Folglich war sie den meisten Jungen, mit denen ihre Mutter sie verkuppeln wollte, weit überlegen. Obwohl man hätte annehmen sollen, daß jemand, der eine so schmutzige Scheidung hinter sich hatte wie Maisie York, gelernt hätte, sich nicht in die Beziehungen anderer Leute einzumischen...)

Für sie war der *wirkliche* Mars jedenfalls weitaus interessanter als Lowells anthropozentrische Träume.

Mariner hatte den Mars in einen lohnenswerten Ort für geologische – oder besser: areologische – Studien verwandelt.

Wie würde die Areologie, die Geologie des Mars, sich von der irdischen unterscheiden? Was würde man dort über die Erde erfahren, das man zuhause nie erfahren hätte? Wahrscheinlich eine ganze Menge.

Mariners dreizehntes Bild hatte sie elektrisiert.

Das dreizehnte Bild zeigte frostüberzogene Kraterwände.

Mein Gott. Nicht wie der Mond, und auch nicht wie die Erde. Der Mars ist anders. Einzigartig.

Ben musterte York interessiert und mit fragendem Blick. »Dann bist du also ein richtiger Mars-Fan. Ich sollte dich mal zum JPL mitnehmen. Dort werden die planetarischen Sonden von... He, Natalie. Vielleicht solltest du dich dort bewerben.«

»Wofür?«

»Fürs Astronauten-Corps.«

»Ich? Machst du Witze?«

»Wieso nicht? Du bist doch qualifiziert. Und wir brauchen Leute wie dich. Sogar Spiro sagt das; er glaubt, es hätten sich so wenig Leute für Apollo beworben, weil die Projekte so technikorientiert waren.«

»Stimmt doch auch.«

Priest starrte sie an. »Ich meine es ernst, Natalie. Das wäre *die* Gelegenheit für dich. Du könntest für Jorge Romeros Geologentrupp in Flagstaff arbeiten und die ›Mond-Spaziergänger‹ ausbilden. Auf diese Art ist auch Jack Schmitt ins Programm gekommen, und es heißt, daß er demnächst zum Mond fliegen wird.«

»Im Moment mache ich mir eher Sorgen um dich, Ben. Wie bekommt ein Verrückter wie du überhaupt die Erlaubnis, nachts Auto zu fahren?«

»Hier.« Er nahm eine Hand vom Lenkrad, schlug den Kragen hoch und löste einen silbernen Anstecker in Gestalt eines Kometenschweifs von der Jacke.

»Was ist das?«

»Meine Astronautenspange. Bald mache ich einen Raumflug. Du brauchst das eher als ich. Nimm es. Und wenn du dann 1982 mit der *Spiro Agnew* als erster Mensch auf dem Mars landest, wirf sie in den tiefsten Krater und denk dabei an mich.«

»Du bist verrückt«, wiederholte sie. »Du solltest sie Petey geben.«

Er sagte nichts.

Ihre Gedanken schweiften zu Jackass Flats ab.

Sie fangen den abgeblasenen Wasserstoff nicht einmal auf. Und Mike dachte gar nicht daran, mir davon zu erzählen. Wieso nicht? Weil er mir das nicht zumuten wollte? Oder weil er die Fehler selbst nicht erkennt?

Welches Zeugnis stellen wir uns damit aus? Und – müssen wir diesen Scheiß wirklich machen und zum Mars fliegen?

Sie schloß die Finger um die Spange, die Ben ihr gegeben hatte.

Die Autobahn zog sich als vom Sternenlicht beschienenes Band durch die Landschaft. Am Horizont sahen sie schon das Glühen von Vegas.

Montag, 27. Oktober 1969
Luftwaffenstützpunkt Edwards, Kalifornien

Major Philip Stone trat 1953 mit zwanzig Jahren in die US-Luftwaffe ein.

Er wurde sofort nach Korea versetzt und flog eine Reihe riskanter Einsätze. Insgesamt glichen die Einsätze in Korea jedoch einem Tontaubenschießen. Allerdings vermochte Stone sich nicht so recht für den Luftkampf zu begeistern. Zudem bezeichneten seine Kameraden ihn als steif. Für Stone kam es indes nur darauf an, in jedem Kampf etwas dazuzulernen – entweder über seine Maschine oder über sich selbst.

Nach dem Krieg konzentrierte er seine Neugier auf etwas anderes.

Anfang der sechziger Jahre führte der Weg ins All – zumindest für die Angehörigen der Luftwaffe – über das im Experimentalstadium befindliche Raketenflugzeug-Programm. Die X-15 vermittelte dem Piloten schon bei Flügen bis zur offiziell festgelegten Untergrenze des ›Weltraums‹ in einer Höhe von achtzig Kilometern das Gefühl eines Raumflugs. Die X-15 war das Vorläufermodell der X-20, die den Piloten erst wie eine Rakete in den Orbit befördert hätte und mit der er dann wie in einem Flugzeug zurück*geflogen* wäre.

Doch in einer Periode, wo die Menschen in ballistischen Kapseln wie Mercury und Gemini ins All geschleudert wurden, war die X-20 ihrer Zeit zu weit voraus, und die Kosten waren bald so hoch wie für das gesamte Mercury-Programm – ohne daß auch nur eine einzige Maschine gestartet wäre. Also wurde das Projekt eingestellt.

Nun führte der Weg in den Weltraum einzig und allein über die NASA. Neil Armstrong war als ehemaliger X-15-Pilot auch diesen Weg gegangen. Und Stone war entschlossen, in seine Fußstapfen zu treten.

Doch zuvor wollte er noch etwas erledigen.

Im Jahr 1969 war Stone siebenunddreißig Jahre alt.

»Trennung minus eine Minute.«

»Eine Minute«, sagte Stone. »Rog. Daten ein. Notstrom-Batterie an. Ich bin bereit, wenn du bereit bist, Kumpel. Hauptschalter ist umgelegt, Beleuchtung des Systemschalters ist aktiviert...«

Die B-52 erreichte die Startposition über Delamar Dry Lake in Nevada. Das Raketenflugzeug löste sich wie eine schlanke schwarze Rakete mit Stummelflügeln von der Tragfläche des Bombers. Das mit flüssigem Sauerstoff und Ammoniakanhydrid gefüllte Projektil war startbereit.

Stone war in der X-15 hermetisch eingeschlossen. Das Triebwerk der B-52 befand sich vielleicht einen Meter über seinem Kopf, doch Stone, der in der Druckkanzel wie in einem Kokon eingesponnen war, hörte den Lärm kaum. Aus dem Augenwinkel sah er die Rotte der Abfangjäger, welche die B-52 eskortierten. *Nach diesem Flug ist ›verdammt noch mal‹ Schluß.*

Nach fünfzehn Jahren neigte das X-15-Programm sich dem Ende zu. Es gab nur noch eine flugfähige X-15: diese hier, die X-15-1. Die Maschine flog ihren ersten Einsatz im Jahre 1960. Sie war ein Veteran mit neunundsiebzig Einsätzen auf dem Buckel. Die Besatzung von Edwards wollte das Programm mit diesem, dem zweihundertsten Flug abschließen. Man hatte

Phil gebeten, sich dafür zur Verfügung zu stellen. Doch dann war es über einer Reihe von Verzögerungen und technischen Pannen Winter geworden, und nun fand der Flug ein *Jahr* später statt als ursprünglich geplant.

Für Stone war das ein verlorenes Jahr. Doch er hatte in der Zwischenzeit den Wechsel zur NASA vorbereitet, um die Voraussetzungen für die neue Laufbahn zu optimieren.

»Fünfzehn Sekunden bis zur Trennung. Abfangjäger in Position. Zehn Sekunden.«

Er spürte, wie das Herz im silbernen Druckanzug etwas schneller schlug. Wie es einem solchen Moment angemessen war.

»Drei. Zwei. Eins. *Los!*«

Mit einem vernehmlichen Knacken gab die B-52 die X-15 frei. Die Maschine tauchte unter dem Trägerflugzeug weg, und Stone wurde in den Gurten nach vorn gerissen.

In einer Höhe von fünfundvierzigtausend Fuß tauchte Stone aus dem Schatten der Bombertragfläche hervor und wurde vom gleißenden Sonnenlicht geblendet. Das Licht in dieser Höhe war ein tiefes Blau und glich fast schon Dämmerlicht. Die Abfangjäger waren als silberne Lichtpunkte um ihn herum verstreut, und ihre Kondensstreifen durchschnitten die Luft.

Das Land krümmte sich unter der Nase des Flugzeugs, als ob die Mojave-Wüste eine riesige Kuppel wäre. Er sah den erodierten Buckel von Soledad, den Einsamen Berg, der über dem achthundert Meter über dem Meeresspiegel gelegenen Rogers Dry Lake dräute. Die zahlreichen ausgetrockneten Salzseen mit ihren Tupfern aus kargen Pflanzen glitzerten wie Glas. Es war ein öder, trostloser Ort. Jeden Sommer buk die Wüstensonne die feuchten Flußbetten zu einer glatten

Fläche zusammen. Der Ort war ein ideales Flugfeld, das überall eine sichere Landung ermöglichte.

Es war kurz nach halb elf.

Per Knopfdruck zündete Stone das Raketentriebwerk der X-15.

Er wurde in den Sitz gepreßt. Das Flugzeug ging in den Steigflug, während Ammoniak und Sauerstoff verbrannt wurden. Er raste hinauf in den Himmel, dessen Blau immer dunkler wurde. Bis auf Stones Atem, der im Innern des Helms widerhallte, war es fast still – das Triebwerksgeräusch und die Abgase blieben hinter ihm zurück.

Weit voraus sah er einen Lichtpunkt wie einen schwachen Stern. Es war ein Abfangjäger in großer Höhe. Plötzlich stand er wie ein Blitz vor Stone und fiel dann hinter ihn zurück, als ob er in der Luft verharrte.

Bei vierzigtausend Fuß erreichte er Mach null komma neun und spürte einen Ruck, wie ein Leichtflugzeug, das in Turbulenzen geriet. Er flog nun so schnell, daß die Luftmoleküle nicht mehr imstande waren, dem Flugzeug rechtzeitig auszuweichen.

Die Turbulenzen legten sich, als er die Schallmauer durchbrach.

Achtzigtausend Fuß.

Er schob den Schubhebel bis zum Anschlag vor und wurde mit viereinhalb Ge in den Sitz gepreßt. Die X-15-1 stieg fast senkrecht. Die Farbe des Himmels wechselte von Azur zu Marineblau. Er war schon so hoch, daß er mitten am Tag die Sterne sah; in dieser Höhe faserte die Atmosphäre bereits aus, so daß sie den aerodynamischen Steuerflächen der Maschine kaum noch Widerstand bot.

Das Gefühl der Macht, der Rausch der Geschwindigkeit und die Beherrschung des Flugzeugs waren überwältigend.

Nun hatte er neunzigtausend Fuß erreicht, bei einer Steigrate von dreitausendzweihundert Fuß pro Sekunde. Die Wüste breitete sich unter ihm aus; das über sechshundert Meter über dem Meeresspiegel gelegene Terrain wirkte wie das ausgetrocknete Dach der Welt.

Nach einer Flugdauer von kaum einer Minute gab es die ersten Schwierigkeiten.

Er bekam eine Nachricht von der Bodenstation. Es hörte sich so an, als ob sie die Telemetrie des Vogels verloren hätten. Das Problem war nur, die Funkverbindung hatte sich plötzlich so verschlechtert, daß er nicht sicher war, *was* sie sagten.

Eine Warnlampe leuchtete auf. Noch eine Störung. Aus irgendeinem Grund waren die automatischen Korrekturdüsen abgeschaltet worden. Zunächst war das noch kein Problem; die Atmosphäre war noch immer so dicht, daß er in der Lage war, das Flugzeug aerodynamisch zu steuern.

In der unteren Atmosphäre flog die X-15 wie ein normales Flugzeug. Sie hatte konventionelle aerodynamische Flächen – Querruder und Höhenruder –, die Stone elektronisch oder mechanisch bediente. Doch oberhalb der Atmosphäre war die X-15 ein Raumschiff. Die automatische Fluglageregelung – mit kleinen Schubdüsen wie bei einem Raumschiff – erfolgte durch ein Steuergerät mit der Bezeichnung MH96. Dann gab es noch ein manuelles Fluglageregelungs-System (FRS), das über einen an der linken Seite des Pilotensitzes befindlichen Knüppel betätigt wurde.

Er hatte den Fehler schnell gefunden. Das automatische FRS hatte sich selbst abgeschaltet, weil der Stellfaktor des MH96, des Steuersystems, auf unter fünfzig Prozent gefallen war. Der Stellfaktor sollte reduziert werden, wenn das Flugzeug sich in der dichten Atmosphäre befand; dann sollte das MH96 sich selbst deaktivieren, um Brennstoff – Wasserstoffperoxid – zu sparen. Doch diesmal hatte der Stellfaktor sich verringert, weil die Steuerhydraulik der aerodynamischen Flächen defekt war. Da das Steuergerät infolgedessen mit falschen Daten versorgt wurde, hatte es das automatische FRS abgeschaltet.

Es sah so aus, als ob die Störungen in der Elektrik sich nun nicht mehr nur auf das Funkgerät beschränkten. *Sieht so aus, als wären wir von einer Schlange gebissen worden, alter Freund.*

Zumal der Raketenbrennstoff sowieso gleich verbraucht war. Er betätigte einen Schalter, und das Triebwerk wurde mit einem Knall abgeschaltet.

Er wurde in die Gurte gedrückt und driftete dann wieder zurück.

Nun befand er sich auf einer ballistischen Flugbahn, und die X-15 würde antriebslos dem Scheitelpunkt der Parabel zustreben. Er hatte kein Gefühl mehr für Geschwindigkeit und Bewegung. Er saß schwerelos in der Kabine und hatte den Eindruck, als ob ihm die Eingeweide zum Hals herauskommen würden.

Er versuchte die Probleme zu verdrängen. Er war noch immer in der Luft und noch immer unversehrt. Was auch immer mit dem MH96 geschah, er mußte sein Programm abarbeiten, eine ganze Testreihe für die NASA und die Luftwaffe.

Eine Minute einundvierzig Sekunden.

Er aktivierte das Sonnenspektrum-Meßgerät und den Mikrometeoriten-Kollektor im Behälter unter der linken Tragfläche.

Plötzlich schoß der Stellfaktor des MH96-Steuersystems ohne ersichtlichen Grund auf neunzig Prozent hinauf, und das automatische FRS wurde wieder aktiviert.

Er überprüfte die Instrumente. Wie bei den meisten

Experimentalflugzeugen hatte auch das Cockpit der X-15 eine primitive Einrichtung, mit blanken Nieten und freiliegenden Kabeln. Wenigstens schien er die Maschine seit dem Übergang auf den Gleitpfad zum erstenmal völlig unter Kontrolle zu haben. Er freute sich zwar über das Anspringen der Automatik, fragte sich aber besorgt, welches System wohl als nächstes ausfallen würde.

Er hatte wenig Zutrauen zu der alten Kiste. *Vielleicht weiß sie, daß es ihr letzter Flug ist; vielleicht möchte sie lieber mit flammendem Ruhm untergehen, als für ein paar Jahrzehnte in einem Museum verrotten.*

Bald würde er den Scheitelpunkt erreichen, den Gipfel der Flugbahn bei zweihundertsechzigtausend Fuß.

Es war Zeit, die präzise Position einzunehmen, die für die Messung des Sonnenspektrums erforderlich war. Er mußte die Maschine nach unten drücken und nach links abfallen. Er flog bereits in einem Anflugwinkel von null Grad, doch das Flugzeug gierte und rollte leicht nach rechts. Also ließ er für zwei Sekunden die Rollkorrektur-Düse feuern, um die Tragflächen in die Horizontale zu bringen. Dann ließ er die Gierkorrektur-Düse feuern, um die Nase der X-15 nach links zu drücken. Die X-15 verhielt sich nun wie eine kardanisch aufgehängte Plattform, die jede von ihm gewünschte Richtungsänderung ausführte. Um das Rollen nach links zu unterbinden, ließ er eine weitere Düse feuern...

Er rollte noch immer nach links. *Mein Gott. Was nun?*

Gerade als er das Manöver beenden wollte, hatte das MH96 wieder versagt und das automatische FRS deaktiviert.

Um die Rotation der Maschine zu stoppen, ließ er die rechte Rollkorrektur-Düse für weitere acht Sekunden feuern. Doch die Luft war hier oben so dünn, daß die aerodynamische Lageregelung nur noch bedingt funktionierte und träge ansprach. Er ließ die Gierkorrektur-Düsen des manuellen FRS feuern.

Stone spürte, wie der Schweiß sich unter den Augen sammelte. Er kam überhaupt nicht mehr zur Ruhe; ein Problem jagte das andere.

Plötzlich sprang das MH96 wieder an, und mit ihm das automatische FRS. Stone betätigte erneut die manuelle Gierkontrolle, um den Kurs zu korrigieren. Zunächst wirkte das System der Gierneigung anscheinend korrekt entgegen – doch dann setzte das verdammte Gerät wieder aus, und der Referenzwert wurde überschritten.

Zu allem Überfluß rotierte nun auch noch die Kugel der Rollanzeige. Er rollte wieder nach links. Er versuchte, das mit drei Stößen der manuellen Rollkontrolle auszugleichen, doch er überzog die Maschine und rollte nun nach rechts ...

Achtzig Kilometer hoch. Der Himmel war nun blauschwarz getönt, und die Instrumentenbeleuchtung strahlte wie der Lichterschmuck an einem Weihnachtsbaum. Am Horizont sah er die dicke Luftschicht, die er durchstoßen hatte. Er hatte einen Blick auf die Westküste der USA, von San Francisco bis hinunter nach Mexiko. In der klaren Luft breitete die Erde sich wie eine Reliefkarte unter ihm aus.

Drei Minuten dreiundzwanzig Sekunden. Die Gierneigung beschleunigte sich und betrug nun fünf bis sechs Grad pro Sekunde. Und die Kursabweichung von der B-52 betrug bereits fünfzig Grad. Bei dieser extremen Fluglage drohte die Maschine abzuschmieren. Sie rollte nach links. Er lief Gefahr, ins Trudeln zu geraten und unkontrolliert in die Atmosphäre einzutreten.

Und wenn das geschah, würde er sich in einer qualmenden Ellipse mit einer Länge von zehn Meilen und einer Breite von einer Meile über die Wüste verteilen.

Um das Rollen zu kompensieren, betätigte er bei vollem Querruderausschlag nach links das linke FRS. Mehr konnte er nicht tun. Doch das Rollen schien sich nur noch zu verstärken. Und nun nickte die Maschine auch noch.

Der sternenübersäte Himmel und die glühende Wüste unter ihm drehten sich immer schneller um das Cockpit, während er hektisch die Steuerung betätigte.

Zweihundertvierzigtausend Fuß über dem Boden geriet die – noch immer mit Überschallgeschwindigkeit fliegende X-15 – ins Trudeln, wobei sie sich um zwei Achsen gleichzeitig drehte.

Er machte der Bodenstation Meldung.

»Was haben Sie gesagt, Phil?« fragten sie ungläubig.

»Ich sagte, ich bin, gottverdammt noch mal, ins Trudeln geraten.« Er wunderte sich nicht über ihre Reaktion; es war ihnen nämlich nicht möglich, vom Boden aus den Kurs der X-15 zu erkennen; was sie sahen, waren ausgeprägte Roll- und Nickbewegungen.

Zumal man nicht wußte, wie ein Flugzeug sich verhielt, das bei Überschallgeschwindigkeit ins Trudeln geriet. Man hatte zwar ein paar Windkanalversuche durchgeführt, um das Verhalten der X-15 im Grenzbereich zu simulieren, nur daß die Ergebnisse nicht sehr aussagekräftig gewesen waren.

Auch das Pilotenhandbuch enthielt keinerlei Hinweise für die Stabilisierung der Maschine.

Stone zog alle Register, unter Zuhilfenahme der manuellen FLR und der aerodynamischen Steuerung. *Volles Höhen- und Querruder. Was noch?*

Das Flugzeug wurde durchgeschüttelt, und er wurde von einer Seite zur anderen geschleudert. Das Atmen fiel ihm schwer, und er war kaum noch in der Lage, einen klaren Gedanken zu fassen. Es war alles so schnell gegangen. *Ich habe das Leitwerk verloren. Nun ist alles aus.*

Plötzlich aktivierte das MH96 wieder die automatische FLR. Die Korrekturdüsen feuerten und neutralisierten das Trudeln. Stone unterstützte die FLR durch den Einsatz der Steuerflächen.

Die X-15 stabilisierte sich und ging wieder in den Horizontalflug.

Stone fiel ein Stein vom Herzen. Er hatte eine Höhe von hundertzwanzigtausend Fuß und flog Mach Fünf. *Nun muß ich nur noch in die gottverdammte Atmosphäre eintreten.*

Er zog die Maschine hoch und gab ein obszönes Stoßgebet von sich, als die Steuerung auf seine Befehle reagierte. Nachdem er den vorschriftsmäßigen Anflugwinkel von dreißig Grad erreicht hatte, öffnete er die Luftbremsen und fuhr die Klappen am hinteren Vertikalstabilisator des Flugzeugs aus. Das Gefühl für die Geschwindigkeit kehrte zurück, als die Verzögerungskräfte einsetzten. Er wurde in die Gurte gedrückt. Die Vorderkanten der Tragflächen glühten in einem dunklen, bedrohlichen Rot.

Der Himmel wurde schnell heller. Er sah Edwards als ein über die Wüste gelegtes Gitter, vierhundert Kilometer vom Startpunkt entfernt.

In einer Höhe von achtzehntausend Fuß zog er die Luftbremsen ein und betätigte die aerodynamische Steuerung, um in einen korkenzieherartigen Sinkflug zu gehen – mit dem Ziel, so viel Geschwindigkeit und Energie wie möglich zu verzehren.

In einer Höhe von tausend Fuß über dem ausgetrockneten See ging er in den Horizontalflug über und stieß die Bauchflosse ab. Er fuhr die Landeklappen aus und zog die vom Wiedereintritt versengte Nase hoch. Zwei Abfangjäger setzten sich neben ihn.

Dann setzte die X-15 auf. Die Kufen am Heck wirbelten Staub und Steine auf, und Stone wurde durchgeschüttelt, während die Kufen über den ausgetrockneten See hoppelten. Das Bugrad hing noch für ein paar Sekunden in der Luft, bevor es aufsetzte und seinerseits eine Staubwolke aufwirbelte.

Anderthalb Kilometer vom Aufsetzpunkt kam die X-15 zum Stehen. Die Abfangjäger donnerten über sie hinweg.

Nachdem der Staub sich auf die Kanzel gelegt hatte, schaltete Stone alle Systeme ab, schloß die Augen und ließ sich in den Sitz zurückfallen.

Das Korsett des Druckanzugs bohrte sich ihm in den Rücken.

Stone hatte sich als Pilot bewährt. Doch mit einem Flug wie dem heutigen würde er bei der NASA keine Punkte sammeln. *Ich habe ein Überschall-Trudeln unter Kontrolle gebracht! Ich habe die Kiste heil 'runtergebracht, und wenn ich in der Lage bin, das zu rekonstruieren, komme ich ins Handbuch. Und trotzdem hab ich es verbockt. Ich habe die wissenschaftlichen Untersuchungen nicht abgeschlossen, und ich habe die Checkliste nicht vollständig abgehakt.* Und das war das einzige, wofür die NASA sich interessierte.

Eine Faust schlug gegen die Kanzel. Die Bodenbesatzung war angekommen; durch das staubige Glas sah er ein breit grinsendes Gesicht. Er hob eine behandschuhte Hand und krümmte Daumen und Zeigefinger zu einem ›Perfekt‹-Symbol.

Ein Tagewerk im Raumfahrtprogramm war vollbracht.

Montag, 13. April 1970
›*Angelhaken*‹, *Kambodscha*

Im Jahre 1970 war Ralph Gershon fünfundzwanzig Jahre alt.

Er war in ärmlichen Verhältnissen auf einem Bauernhof in Iowa aufgewachsen und hatte bei der harten Arbeit vom Flug ins Weltall geträumt. Als Kind war er mit Weinbaum und Clarke, Rice Burroughs und Bradbury zum Mars geflogen; später hatte er fasziniert die Entstehung des Raumfahrt-Programms verfolgt. Er hatte ein paar Flugstunden genommen, in der Schule gebüffelt und wurde schließlich – wobei er gegen viele Vorurteile ankämpfen mußte – in die Akademie und dann in die Luftwaffe aufgenommen.

Er hatte einen Traum verwirklicht.

Aber die Wirklichkeit war dann nicht so wundervoll.

Gershon war kaum von der Basis aufgestiegen, als er auch schon über dem Dschungel dahinflog. Er erstreckte sich als schwarzes Meer bis zum Horizont, dunkler als der Himmel.

Sein Flügelmann hatte bereits Vollschub gegeben und war nicht mehr zu sehen; er befand sich wohl schon oberhalb der Viertausend-Fuß-Marke.

Während die Maschine stieg, schwoll das Turbinengeräusch an, und der Propeller schnitt durch rauchige Luft. Nun sah Gershon Lichtblitze, rote Nadelstiche im getarnten Boden. Die Nadelstiche waren Mündungsblitze der Artillerie.

Die Luft war von Rauch geschwängert: etwa doppelt so schlimm wie der durchschnittliche Smog von Los Angeles. Der Rauch regte Gershons Phantasie an. Dort unten unterhielten Hunderte, wenn nicht Tausende von Bauern rauchige Feuer auf ihren matschigen Feldern.

Jeder von ihnen trug seinen Teil dazu bei, um ihm, Gershon, und seinen Kameraden das Leben schwerzumachen. Man durfte gar nicht darüber nachdenken – dann wurde einem nämlich bewußt, wie groß dieses Land war und welche Schläge es verkraftete.

Also verdrängte Gershon den Gedanken daran.

Nun ging er in den Horizontalflug. »Marschflug«, wies er seinen Flügelmann an.

Die Radarüberwachung meldete sich über Funk. Damit hatte er schon gerechnet. Er schaltete die Taschenlampe ein, um die Karte zu markieren.

Gershon hatte eigentlich ein Ziel in Südvietnam angreifen sollen. Doch nun wies die Leitstelle ihm ein neues Ziel zu.

Gershon änderte den Kurs. Die Maschine spulte weitere Kilometer über dem anonymen, komplexen Dschungel ab.

Nach dem Einsatz würden die Verantwortlichen alle Beweise für die Mission vernichten und melden, daß der Angriff wie geplant in Südvietnam stattgefunden habe.

Und nicht im neutralen Kambodscha.

Und wie bei vorherigen Einsätzen würde Gershon auch diesmal wieder einen falschen Bericht abfassen müssen.

Er schaute gen Himmel. Irgendwo dort oben war Apollo 13 zum Mond unterwegs.

Gershon tat sich schwer damit, das grandiose Abenteuer am Himmel, bei dem drei Männer ihr Leben für eine sinnvolle Sache riskierten, mit diesem sinnlosen und verlogenen Scheißkrieg auf einen Nenner zu bringen.

Nach einer Stunde lief ein Zittern durch die Maschine – Schwingungen in Längsrichtung, so daß er im Sitz hin und her ruckte. Ein Nachtflug schien aus jeder

Mücke einen Elefanten zu machen, bis man vor Angst fast den Verstand verlor. Er wußte nicht, ob solche Vibrationen ein echter Defekt waren oder nur eine Erscheinung, die er am Tag gar nicht zur Kenntnis genommen hätte.

Er versuchte sie abzureiten, und nach einer Weile ebbten die Schwingungen tatsächlich ab. Die Produktion dieser Maschinen – der einsitzigen Douglas A-1 Skyraider – war 1957 eingestellt worden. Vor dreizehn Jahren. Sie dürften eigentlich gar nicht mehr fliegen. Die Ersatzteilversorgung wurde nur noch durch das Ausschlachten von Flugzeugwracks gewährleistet.

In der Dunkelheit mußte Gershon nach Zeit und Entfernung fliegen: eine Art ›Pi-mal-Daumen‹-Navigation, die lediglich auf Kurs, Geschwindigkeit und Flugzeit basierte. Präzise war das nicht. Dennoch wähnte Gershon sich nun über der vom KBO gemeldeten Position. Der KBO war sein Kampfbeobachter, der freundliche kambodschanische Späher, der den Auftrag hatte, seine Bomben ins Ziel zu bringen.

Er drehte an den Knöpfen des Funkgeräts. »Hallo Topdog, hier ist Pilgrim. Wie ist die Verständigung? Topdog, Pilgrim. Wie ist die Verständigung?«

Ein paar Kilometer entfernt hörte er das Bellen einer Siebenunddreißig-Millimeter-Flak.

Gershon übte sich in Geduld. Schließlich war der arme Kerl dort unten im finsteren Dschungel von feindlichen Soldaten umzingelt.

Es rauschte im Funkgerät, und dann ertönte eine entfernte Stimme. »Pilgrim. Topdog. Du kommst Topdog zu Hilfe?«

»Ja, Topdog. Pilgrim kommt dir zu Hilfe. Du hast böse Buben?«

»Rager, rager, Pilgrim.« *Rager* sollte *Roger* bedeuten. Der KBO sprach den Slang, den die Piloten mit den

Eingeborenen vereinbart hatten, mit denen sie zusammenarbeiteten. »Hab viele, viele böse Buben. Sie sind überall. Sie schießen mit großem Gewehr auf mich.«

Großes Gewehr? Gershon spähte hinunter in die Dunkelheit. Er sah keine Mündungsblitze von Artilleriegeschützen; also wurde das Gefecht vielleicht nur mit Gewehren ausgetragen.

Vor Gewehren hatte Gershon keine Angst. Es war sogar irgendwie prickelnd. Die Kugeln prasselten wie Regen auf eine Blechbüchse und machten kleine Löcher ins Flugzeug.

Aber ›großes Gewehr‹ bedeutete vielleicht auch einen Mörser.

Er vermochte es nicht mit Bestimmtheit zu sagen. Topdog hingegen befand sich im Brennpunkt des Geschehens, im Höllenschlund auf dem schwarzen Erdboden.

»Gut, Topdog, du gibst uns deine Koordinaten. Wir holen dich raus.« Gershon knipste die Taschenlampe an, notierte die Zahlen und verglich sie mit den Einträgen auf der Karte.

Die Koordinaten stimmten nicht mit dem Ort überein, an dem der KBO sich befinden sollte.

Gershon rief seinen Flügelmann: »He. Bestätigst du das?«

»Bestätigt.«

»Entweder weiß er nicht, wo er ist, oder er ist hundert Kilometer von hier entfernt.«

»Du mußt ihn rufen, Pilgrim.«

Gershon zögerte und fragte sich, was er tun solle. Diese Art von Versteckspiel war bei einem KBO nicht ungewöhnlich.

Dann drangen wiederum Stimmen durch die Dunkelheit zu den Bombern herauf und gaben Koordinaten für den Bombenabwurf durch. Und wenn die Besatzungen diese Koordinaten dann überprüften, stellte sich heraus, daß sie die Position der eigenen Truppen bezeichneten.

»Topdog, hier ist Pilgrim. Hörst du mein Flugzeug?«

»Pilgrim, Topdog. Ich höre dein Flugzeug. Du kommst nach Norden vielleicht drei Kilometer.«

Gershon flog nach Norden.

Gershon schaute nach unten. Die Berge hier waren hoch, und bei der Flughöhe von zehntausendfünfhundert Fuß war nicht mehr viel Platz dazwischen.

»He, Topdog. Hörst du mein Flugzeug jetzt?«

»Rager, rager, Pilgrim. Du nun über meiner Position.«

Es lag ein Tal unter ihm, eine schwarze Wunde in der Landschaft, die mit dem Pelz des Dschungels bedeckt war.

»Topdog, Pilgrim sieht großes Tal. Wo bist du?«

»Rager, Pilgrim. Böse Buben im Tal. Du wirfst Bombe in Mitte von Tal.«

Das hätte einen Präzisionsabwurf erfordert. »Topdog, ich will wissen, wo *du* bist.« Schließlich wollte Gershon den KBO nicht auch noch wegpusten.

»Pilgrim, Topdog oben auf Berg. Du bombardierst böse Buben.«

»In Ordnung, Topdog, Pilgrim wirft Bombe ins Tal.«

Gershon positionierte den Waffenwahlschalter so, daß eine Unterflügel-Napalmbombe von fünfhundert Pfund ausgelöst wurde. Dann schaltete er eine Positionslampe ein, um dem Flügelmann seine Flugrichtung anzuzeigen.

Er drückte die Maschine im Vertrauen auf die Instrumente nach unten und ging in einen Vierzig-Grad-Sturzflug.

Er unterschritt die Gipfelhöhe der Berge und näherte sich schnell dem Ziel. Durch das Bombensichtgerät sah er die schimmernden Konturen des Tals.

Der Zeiger des Höhenmesser rotierte, und Gershons Atem ging unregelmäßig. Er machte sich keine Sorgen wegen der Flak; im Moment kam es nur darauf an, nicht am Boden zu zerschellen.

Er drückte auf den Auslöser.

Die fünfhundert Pfund lösten sich mit einem Ruck von der Maschine. Er zog das Flugzeug hoch und grunzte unter der Last von drei Ge auf der Brust.

Die Napalmbombe explodierte wie ein Feuerwerkskörper über der Landschaft. Sie glich einer riesigen Glühlampe, die plötzlich auf dem Talboden aufleuchtete und den rauchigen Himmel über ihm in eine milchige Kuppel verwandelte. Es war ein gespenstischer, fast schöner Anblick.

»Pilgrim! Du hast Bombe Nummer Eins. Sehr gut. Du machst das gleiche noch mal.«

»Gut, Topdog, wir werden sie hier plazieren.«

Gershon tauschte mit dem Flügelmann die Position, und nun ging dieser in den Sturzflug. Im Tal war es nicht länger dunkel; es hatte sich in ein Inferno aus Flammen und den Leuchtspuren von Zwanzig-Millimeter-Geschossen verwandelt, die wie feurige Juwelen funkelten. Gershon erhaschte einen Blick auf die Maschine seines Flügelmanns, deren Konturen sich vor dem Feuer abzeichneten. Der Flügelmann drehte eine Rolle und ging in den Horizontalflug.

»Sehr gute Bombe, Pilgrim.«

»Alles klar, Topdog.«

»He, Pilgrim. Du hast Radio?«

Gershon wußte nicht, wovon der KBO sprach; der Einsatz war schließlich vorbei. »Wiederhole, Topdog. Wiederhole.«

»Topdog hört Radio. Stimme von Amerika. Ihr tapferen Jungs habt Probleme.«

»Was?«

»Apollo. Tapfere Jungs. Raumschiff in schrecklicher Gefahr, sagt Stimme von Amerika. Du verstehst?«

Mein Gott, sagte er sich elektrisiert. *Was, zum Teufel, ist da passiert? Ob sie es wohl nach Hause schaffen ...*

Aber daß ich das ausgerechnet von einem armen Kerl erfahren muß, der in einem Scheißloch in den Bergen von Kambodscha hockt.

»Roger, Topdog. Ich bestätige. Danke.«

»Und dir eine gute Nacht, Pilgrim.«

Ja. Eine gute Nacht, um meinen Bericht zu frisieren.

Irgendwo am Himmel über ihm – trotz der Gefahr, in der diese Jungs sich befanden – bestanden Amerikaner großartige, wundervolle Abenteuer. Und er flog in diesem Blecheimer und schüttete flüssiges Feuer über Bauern aus. Das, was er tat, war so schmutzig, daß nicht einmal seine eigene Regierung zugeben würde, daß es geschah.

Ich muß hier raus. Natürlich mußte die NASA trotz des Drucks aus dem Weißen Haus erst noch einen schwarzen Mann ins Weltall schicken. Ralph Gershon würde sich in Geduld üben müssen ...

Aber schlechter als jetzt konnte es für ihn nicht mehr kommen.

Gershon und sein Flügelmann zogen die Maschinen hoch, und Gershon ging auf Heimatkurs.

Zeitdauer der Mission [Tag/Std:Min:Sek]
Plus 000/00:12:22

Die Erde stand als eine Wand aus blauem Licht vor ihr, so hell wie der Ausschnitt eines tropischen Himmels. Sie war so geblendet, daß der Himmel pechschwarz wurde, wenn sie den Blick abwandte. Die winzigen Fenster des Kommandomoduls waren bereits schartig, aber das gleißende blaue Licht, das dennoch hindurchfiel, tauchte die Kabine in strahlende Helligkeit.

»Houston, wir sind hier in einer Sauna.« Stone tippte mit dem behandschuhten Zeigefinger auf eine Temperaturanzeige. »Siebenundsiebzig.«

»Bestätigt, Ares«, sagte Young. »Wir empfehlen Ihnen, Kühlflüssigkeit durch den sekundären Kühlkreislauf zu schicken.«

»Rager«, sagte Gershon. »Äh... in Ordnung, Houston. Nun sehe ich eine Schwankung in der Wasserstandsanzeige. Sie schwankt zwischen sechzig und achtzig Prozent.«

»Bestätigt, Ralph; wir arbeiten daran...«

Und Stone mutmaßte, daß eine Helium-Blase sich in einem der Treibstofftanks der Steuertriebwerke gebildet hätte. Young sagte ihm, er solle die Steuertriebwerke ein paarmal feuern lassen, um die Blase zu verbrennen. Stone tat wie geheißen. Inzwischen hatte Young eine Antwort auf das Problem mit der Wasserstandsanzeige gefunden: es hatte den Anschein, als ob die Störung auf einen defekten Transducer zurückzuführen sei...

Und so jagten ein Problem und eine Überprüfung die andere.

York hatte indes eine eigene Checkliste, die sie abhaken mußte. Sie arbeitete zügig die einzelnen Punkte ab, öffnete und schloß Unterbrecher, legte Schalter um und rief Stone und Gershon Instruktionen zu. Sie war umgeben von der im Helm zischenden Luft, dem Summen der Instrumente und Pumpen der Kommandokapsel, dem Rascheln von Papier, dem Rauschen von Youngs Stimme, die von der Bodenstation durchdrang und den leisen Stimmen von Gershon und Stone, die ihre post-orbitalen Checklisten abarbeiteten.

Es handelte sich um eine profane Prozedur, die sie schon ein Dutzend Mal in den Simulationen erledigt hatten.

Und doch war es etwas völlig anderes, diese Routine nicht in einem bodengestützten Ausbildungszentrum durchzuführen, sondern *hier*.

Wenn sie nach vorn aus der Kapsel blickte, sah sie die Krümmung des Planeten. Es war ein blauweißer Bogen, der vom dunklen All überwölbt wurde. Doch wenn sie nach unten sah, füllte die Haut der Erde das Fenster aus und zog stetig an ihr vorbei, als ob sie auf einem Computerbildschirm eine Landkarte betrachtete.

Sie staunte über die Transparenz der Luft. Die Atmosphäre hatte eine verblüffende Tiefenwirkung und dreidimensionale Anmutung. Die Wolken wurden von Schatten unterlegt, während sie über die Meere hinwegzogen. Die Wolken verdichteten sich mit abnehmender Entfernung zum Äquator, und wenn sie nach vorn schaute, tangential zur Erdoberfläche, sah York die Wolken in die Atmosphäre emporsteigen, als ob Ares auf eine Wand aus Dampf zuflöge. Auf dem Land erkannte sie Städte – einen grauen, verwinkelten Flickenteppich – und die Linien von Fernstraßen. Die braun-orangefarbene Tönung der Wüsten stach ihr förmlich in die Augen, doch die Wälder und verschiedenen Klimazonen waren schwerer zu erkennen; ihre Färbung kontrastierte weniger stark mit der Atmosphäre, und sie erschienen als graublaue Strukturen mit einer Ahnung von Grün.

Das fehlende Grün enttäuschte sie.

Sie sah das Kielwasser eines Schiffs, das wie ein Pinselstrich auf der ruhigen Meeresoberfläche ausfaserte.

Gershon, der auf dem mittleren Sitz festgeschnallt war, beugte sich zu ihr herüber. »Was für ein Anblick.«

Sie drehte den Kopf – und bereute es sofort. Sie hatte das Gefühl, ihr Kopf sei ein mit einer Flüssigkeit gefüllter Behälter, die bei jeder Bewegung schwappte. Sie hielt den Kopf für ein paar Sekunden ruhig und wartete ab, bis das Schwappen abgeklungen war. Sie versuchte, an etwas anderes zu denken als an den Magen.

Raumadaptions-Syndrom. Sie wußte durchaus, was mit ihr geschah. In der Schwerelosigkeit nahmen Kalziumpartikel, die sich auf empfindlichen Härchen im Innenohr befanden, ungeordnete Positionen ein, so daß der Körper nicht mehr wußte, wo oben war. Normalerweise legte sich das nach ein paar Tagen wieder.

Doch im Moment war das höchst unangenehm für York.

Vorsichtig drehte sie sich wieder zum Fenster um. Sie flogen nun über Gewitterwolken dahin, die sich zu scheinbar massiven, kilometerhohen Wolkenklippen und -schluchten auftürmten. Sie sah Blitze, die wie Lebewesen durch die Wolken zuckten und sich durch Sturmfronten von ein paar tausend Kilometern fortpflanzten. Die von innen leuchtenden Wolken glühten purpurn und rosa, wie Neonskulpturen. »Sieh dir das an. Es hat den Anschein, als ob die Gewitterwolken nach uns ausgriffen.«

»Sie erreichen nur ein Zehntel unserer Höhe«, sagte Gershon milde.

»Der Druck ist wieder in Ordnung«, meldete Stone und nahm die Handschuhe und den Helm ab.

York löste die Verschlüsse der Handschuhe, zog sie aus und steckte sie in eine Tasche an der Liege. Sie faßte den Helm an den Seiten, löste die Arretierung und nahm ihn ab.

Sie bewegte sich zu schnell. Plötzlich schwappte wieder die Flüssigkeit im Kopf, und Speichel sammelte sich im Mund.

Der Helm rollte über den Boden und prallte gegen eine Schalterbank. Gershon ergriff ihn und lachte. »Abfangen!« Im Druckanzug wirkte er klein und kompakt. Mit Schwung warf er den Helm in die Luft, und die Kopfbedeckung taumelte um zwei Drehachsen.

York kam sich wie ein Trottel vor. Beim Anblick des Helms würgte sie plötzlich.

»O Mann«, sagte Stone angeekelt. Er reichte ihr eine Plastiktüte. York riß sie auf und steckte den Kopf hinein.

Während sie sich erbrach, driftete eine grünliche Kugel von der Größe eines Tennisballs aus dem Beutel. Die Kugel schimmerte, und die Oberfläche pulsierte.

York schaute ehrfürchtig zu. *Vielleicht sollte ich das filmen.* Es war eine Demonstration der Strömungslehre in der Schwerelosigkeit; sie fragte sich, ob es wohl möglich war, die von der Oberflächenspannung verursachten Wellenmuster vom Computer berechnen zu lassen.

Nun teilte der Klumpen aus Erbrochenem sich. Eine Hälfte driftete zur Wand, und die andere nahm geradewegs Kurs auf Gershon.

»Scheiße«, sagte Gershon angewidert und versuchte auszuweichen.

Der Klumpen traf ihn an der Brust; er löste sich sofort auf und verteilte sich wie ein Spiegelei über den ganzen Anzug. *Wieder Oberflächenspannung*, sagte York sich geistesabwesend.

»Mein Gott«, sagte Gershon. »Scheiße.«

Stone reichte Gershon ein paar Reinigungstücher. »Komm schon, Mann. Das hätte jedem von uns passieren können. Wir müssen hier saubermachen.«

Also turnten sie in der Kabine umher und versuchten, mit Papiertüchern und Plastikbeuteln Brocken von Erbrochenem einzufangen.

Wo ihr Magen sich nun beruhigt hatte, sagte York sich, daß es im Grunde gar nicht so unangenehm war. Es war fast so, als ob sie Schmetterlinge jagte.

»Numerische Steuerung Eins – Brennphase«, sagte Stone. Er betätigte den Schalter für die Schubkontrolle und blickte auf die Instrumente.

York empfand die Brennphase als heftig und unregelmäßig. Sie wurde wieder auf die Liege gedrückt; die Beschleunigung war zwar gering, aber nachhaltig.

Durchs Fenster sah sie, wie die Schubdüsen der Triebwerke für die Lage- und Bahnregelung Wasserdampf ausstießen; sie hatte den Eindruck, sich über einen Boden aus dunklem, mit Frost überzogenem Glas zu erheben. Die Kontinente waren von Ketten aus hellen Lichtpunkten gesäumt, die sich wie Straßenlampen aus der Vogelperspektive ausnahmen. Nur daß es sich bei diesen Punkten nicht um Straßenlampen handelte, sondern um *Städte*.

Sie rutschte auf der Liege herum und schaute nach vorn, auf die Masse des Planeten.

Sie sah die Schicht aus glühender Luft, die helle Schicht aus ionisiertem Gas am Rand der Atmosphäre. Die klar definierte Linie täuschte einen Sonnenaufgang vor. Und dann sah sie, wie erst ein Ausschnitt des Himmels eine blaue Färbung annahm und wie dieses Blau sich dann entlang des Horizonts ausbreitete. Die Farbpalette wurde vielfältiger und verschmolz zu einem hellen Fleck, bei dem es sich um die aufgehende Sonne handelte. Die Krümmung der Erde wurde in alle Farben des Spektrums getaucht. Das Licht der Dämmerung erreichte sie *durch* die Schicht der Atmosphäre; für einen kurzen Moment sah sie die Schatten der Wolken, die über die orangefarbene Meeresoberfläche zogen.

Dann stieg die Sonne so hoch, daß sie die Wolken von oben anstrahlte. Das Meer nahm eine rote Färbung an, und der Horizont schickte einen Schwall blauweißen Lichts zu ihr herüber.

Spontan griff sie in die Tasche des Druckanzugs und holte eine Handvoll von dem Gras heraus, das Wladimir Wiktorenko ihr gegeben hatte. Sie legte es auf den Handteller und zerrieb es vorsichtig; es verströmte ein süßliches Aroma, wie ein Kraut. Es war *polin*, eine Art von Wermut, der in der Steppe von Kasachstan gedeiht.

Stone beendete die Brennphase. Der Knopf sprang wieder heraus. »Zweihundertsieben Fuß pro Sekunde«, sagte er.

»Alles klar«, murmelte Gershon. »Hundertfünfundneunzig zu zweihunderteins.«

»Bestätigt die Brennphase, Ares«, rief Young. »Ihr seid vierhundert Kilometer vom Landeplatz entfernt, Distanz abnehmend.«

»Bestätigt, John. Vorbereitung auf Numerische Steuerung Zwei...«

Die Besatzung hatte mit der Hälfte der Ares den Orbit erreicht: die Apollo-Kommandokapsel, die Betriebs- und Versorgungseinheiten, das Mars-Exkursions-Modul – das MEM – sowie das Missionsmodul, das ihnen während der Reise als Unterkunft dienen würde. Der Rest – das Raketentriebwerk mit den Brennstofftanks – war bereits im Orbit stationiert und montiert worden. Nach ihrer Rückkehr würden sie dort andocken.

Das Missionsmodul war ein kompakter Zylinder, an dessen Vorderseite die Apollo wie ein filigraner silberner Kegel angeflanscht war. Das MEM – ein gedrungener Kegelstumpf – befand sich an der Rückseite. An der Grundfläche der Verkleidung des MEM war ein Orbitales Manöver-Modul angeflanscht, das mit einem modifizierten Antriebssystem der Apollo-Betriebs-und Versorgungseinheit bestückt war. Das OMM würde abgestoßen werden, bevor sie an der Mehrstufenrakete andockten. Doch zunächst mußte Stone das OMM viermal feuern lassen, um die Mehrstufenrakete ins All zu jagen.

»Bereit für NCC«, meldete Stone.

»Bestätigt«, sagte Young. »Hundertvierzig Kilometer, Tendenz abnehmend.«

Der Korrekturstoß machte sich als kurzes Zischen bemerkbar.

»Natalie, du müßtest nun die Triebwerke sehen«, murmelte Stone. »Direkt in Flugrichtung.«

York drückte sich die Nase am Fenster platt. Die kurzen Zündungen positionierten die Ares bruchstückweise in immer höhere Orbits, bis die Ares die Mehrstufenrakete schließlich überholen würde.

Das Schiff flog nun deutlich höher als beim Eintritt in den Orbit. Die Erdkrümmung war viel ausgeprägter, und sie sah ganze Landmassen mit Wolkentupfern.

Plötzlich sah sie es: einen silbrig glänzenden Stift, der über dem Horizont hing.

»Ich sehe ihn.«

»Da bin ich aber erleichtert«, sagte Stone trocken. »Houston, ich leite die koelliptische Kombinationszündung mit achtundzwanzig Fuß pro Sekunde ein.«

»Bestätigt, Phil.«

Ein Ruck fuhr durchs Schiff.

»Schub diesmal etwas zu gering, Ares. Eins komma sechs Fuß pro Sekunde.«

»Bestätige das«, sagte Gershon und gackerte Stone in gespielter Empörung an.

»Euer Orbit liegt nun sechzehn Kilometer unter dem des Triebwerks. Entfernung beträgt hundert Kilometer und nimmt weiter ab.«

»Rog«, sagte Stone. »Einleitung der letzten Phase.«

York hörte Elektromagneten klacken, während Stone per Knopfdruck die Bremsdüsen feuern ließ.

»Wünsche maximalen Wirkungsgrad, Ares«, sagte Young. »Ihr kommt mit vierundvierzig Metern pro Sekunde rein.«

Stone führte noch zwei weitere Kurskorrekturen und fünf Bremsmanöver durch. Dann, vielleicht einen Kilometer von den Triebwerken entfernt, peilte er die Mehrstufenrakete im rechten Winkel an und führte die

Apollo-Kapsel in einem kurzen Inspektionsflug an den Triebwerken vorbei. Die Bremsdüsen feuerten, und York wurde in die Gurte gepreßt.

York sah die Mehrstufenrakete gravitätisch am Fenster vorbeirollen.

Die kompakte Mehrstufenrakete war randvoll mit Treibstoff. Das Herzstück war ein wuchtiges MS-II-Triebwerk, eine zweite Saturn-Stufe, die zu einem Triebwerk für den Einschuß in eine Transferbahn modifiziert worden war. An der Vorderseite der MS-II war eine zylinderförmige MS-IVB angeflanscht, eine modifizierte dritte Saturn-Stufe. An beiden Seiten der MS-II waren die beiden Außentanks angebracht, deren silbrige Zylinder so groß waren wie die MS-II-Stufe selbst. Diese Zusatztanks enthielten über tausend Tonnen flüssigen Sauerstoff und Wasserstoff, den die Ares benötigen würde, um den Erdorbit zu verlassen.

Die MS-II und die Tanks wirkten wie drei dicke Würstchen, aus deren Mitte der Stift der MS-IVB herausragte. Der Rest des Ares-Ensembles – das Missionsmodul, das MEM und Apollo – würde an der Vorderseite des MS-IVB andocken und in der Gesamtheit das erste Mars-Raumschiff ergeben, eine knapp hundert Meter lange Nadel.

Die Mehrstufenrakete war so konfiguriert, daß sie auf die Sonne wies. Somit wurde die Verdunstung des Tieftemperatur-Brennstoffs in den Tanks auf ein Minimum reduziert. Die Verstrebungen und Steuerdüsen warfen Schatten auf die in der Sonne leuchtenden silbernen Hüllen der Brennstofftanks. Die Unterseite der Triebwerke wurde vom Licht der Erde mit seinen blauen und grünen Pastelltönen angestrahlt. Sie sah die Klappen der Sonnensegel, die an der Seite der MS-IVB-Stufe wie Flügel zusammengefaltet waren. Die Sonnensegel würden sich entfalten, wenn

Ares sich auf dem Flug zum Mars befand. UNITED STATES stand in dicken roten Lettern auf der Hülle der MS-II, wobei dieser Schriftzug noch einmal in kleineren Buchstaben auf den Schutzklappen der Sonnensegel erschien. Dort war auch das NASA-Logo abgebildet. Sie sah die Streben und Stifte, mit denen die Außentanks an den Flanken der MS-II befestigt waren und die golden glänzenden Schlünde der vier J-2S-Triebwerke der MS-II, bei denen es sich um verbesserte Versionen der Triebwerke handelte, die Apollo zum Mond befördert hatten.

Um diese Masse im Erdorbit zu montieren, waren neun Saturn-VB-Flüge in den letzten fünf Jahren erforderlich gewesen – die Hälfte davon bemannt. Die Triebwerksstufen und die Tanks hatte man in Einzelteilen in den Orbit gebracht und dort montiert. Anschließend waren sie von Tank-Modulen mit Brennstoff beschickt worden. Die Mehrstufenrakete stellte eine Weiterentwicklung der Apollo-Saturn-Technik dar, wobei die Grundkonstruktion aus den sechziger Jahren stammte. Allerdings hatte die NASA eine ganze Reihe neuer Techniken entwickeln müssen, um das zu bewerkstelligen: die Montage schwerer Komponenten im Orbit, die langfristige Lagerung superkalter Flüssigkeiten, orbitale Betankung.

So, wie die komplexe und massive Triebwerksgruppe über der Erde segelte und vom gleißenden, nicht durch eine Atmosphäre gefilterten Sonnenlicht beschienen wurde, sah die Struktur aus wie ein großes, mit Juwelen besetztes Raumschiffsmodell. Wenn sie erst einmal angedockt hatten, würde sie die Mehrstufenrakete für ein Jahr nicht mehr aus dieser Perspektive sehen. Nicht, wie ihr nun bewußt wurde, bis sie von der Mehrstufenrakete ins MEM überwechselte und in einen Orbit um den Mars ging.

Stone streckte sich, hob die Arme über den Kopf und drückte den Rücken durch, so daß er von der Liege emporschwebte. Mit offensichtlicher Erleichterung entfaltete er die langen Gliedmaßen; für einen Astronauten war er im Grunde zu groß, sagte York sich.

»Es war ein langer Tag«, sagte er. »Was haltet ihr davon, wenn wir etwas essen, bevor wir mit dem Andockmanöver weitermachen. Wenn du dich darum kümmern würdest, Natalie?«

Essen? Jetzt? »Sicher«, sagte sie. »Wird gemacht.«

»Rager«, sagte Gershon und erhob sich von der Liege. Er bewegte sich in der Mikrogravitation, als ob er nie etwas anderes getan hätte; er stieg von der Liege auf, stieß sich an der Konsole vor sich ab und schlängelte sich wie ein Aal durch die Kabine.

Er verankerte sich in der Gerätenische unterhalb der Liegen. Dann driftete er zum Proviantbehälter hinüber und hob den Deckel: er war vollgestopft mit Zellophanpäckchen, die mit Klettverschlüssen fixiert wurden.

York wußte, daß das Essen besser werden würde, wenn sie erst einmal das Missionsmodul erreicht hatten. Doch solange sie in dieser Apollo-Kapsel steckten, mußten sie sich damit behelfen, Wasser in farblich markierte Beutel mit dehydrierter Nahrung zu pressen. Aber sie wollte sich nicht beklagen. Mit dem Wasserkocher für Essen und Kaffee, der Zahnpasta und sogar einem Rasierapparat für die Männer glich die Kommandokapsel einem gemütlichen Wohnmobil.

Gershon schwebte mit ein paar golden markierten Beuteln herauf. »He. Die hab ich vorne gefunden. Hat einer von uns etwa eine Goldkarte?« flachste er.

Stone lächelte. »Nee. Ich hatte sie ausgelegt, damit ihr sie auch findet.«

York musterte die Beutel. »Rindfleisch und Kartoffeln. Karamelpudding. Gebäck. Traubensaft.« Sie schaute Stone an. »Was soll das? Davon sagt mir gar nichts zu. Ich hasse Karamelpudding.«

»Ich hielt es für angebracht. Dies war nämlich das erste Menü, das die Besatzung von Apollo 11 im All verzehrt hat. Gleich nachdem sie den Erdorbit verlassen und Kurs auf den Mond genommen hatten.«

»Schon gut«, sagte Ralph Gershon, zog einen Schlauch aus dem Trinkwassertank und füllte mit Elan die Beutel auf.

Wieder beäugte York die Beutel. *Karamelpudding in memoriam. Bizarr.*

Aber vielleicht war es doch angebracht.

Montag, 13. April 1970
Zentrum für Bemannte Raumfahrt, Houston

Chuck Jones klappte das Helmvisier herunter und zog an den Kabeln des Druckanzugs, um die Anschlüsse zu überprüfen.

Dann trat er an den Rand des Tanks. Das große blaue Rechteck erinnerte an ein Schwimmbecken. Es befanden sich bereits Taucher im Wasser, die wie Delphine um die Simulation herumschwammen. Kabel zogen sich durch das Wasser und wickelten sich um die kompakte weiße Form der Simulation.

Verdammt, das ist ein Kinderspiel, sagte Jones sich. *Simulationen. Wie ich Simulationen hasse.*

Er drehte sich zu seinem Partner, Adam Bleeker, um. Weil der Anzug so steif war, mußte Jones wie ein Kaninchen durch die Gegend hoppeln. »Alles klar, Junge?«

Bleeker wirkte erschrocken. »Sicher. Klar doch, Chuck.«

Jones lachte in sich hinein. Er wußte, daß schon ein Lächeln genügte, um einen grünen Jungen wie Bleeker aus der Fassung zu bringen. »Guter Junge. Willkommen in der Anlage für Schwerelosigkeits-Training im sonnigen Texas. Ein schöner Anblick, nicht wahr?«

Bleeker wandte sich dem Wasser zu. »Irgendwie habe ich heute keine Lust dazu, Chuck.«

»Ich auch nicht, Adam; ich auch nicht. Aber wir müssen da durch, oder wir dürfen die schönen Vögel nicht fliegen. Bist du soweit?«

»Gehen wir rein.«

Jones trat auf die Plattform. Der Atem rauschte in den Ohren. Nun hing er über dem Becken, und mit wimmernder Hydraulik senkte die Plattform die plumpe, verkabelte Gestalt ins Wasser.

Die Taucher behängten ihn mit Gewichten, die den Auftrieb neutralisierten und somit Schwerelosigkeit simulierten. Dann packten sie Jones an den Armen und zogen ihn auf die Simulation zu. Das Wasser war wohltemperiert, damit die Taucher angenehme Bedingungen vorfanden.

Der WET-F war einer der größten Simulatoren am ZBR. Das Becken befand sich im Zentrum von Gebäude 29, einem großen Rundbau, der früher eine Zentrifuge beherbergt hatte. Nun stand ein Krankenfahrzeug am Becken, und in der Nähe war eine Dekompressionskammer. Die in ihre Einzelteile zerlegten Simulatoren für andere Übungen standen neben dem Wasser und würden im Bedarfsfall von Laufkatzen ins Becken hinabgesenkt werden.

Jones haßte den WET-F. Er fühlte sich vom ihn umgebenden Wasser bedrängt: dem Widerstand, den es jeder Bewegung entgegensetzte, dem trüben Licht, den blubbernden Blasen und den schemenhaften Tauchern.

Der Kontrast zur Stille des eiskalten Alls hätte kaum schroffer sein können.

Im Wasser sah er das massige Modell einer S-IVB,

einer dritten Saturn-Stufe. Die Öffnung des Triebwerkstrichters klaffte vor ihm. Der Kopplungstunnel, ein dünner Zylinder, war an der Vorderseite der S-IVB angeflanscht, an deren Vorderseite sich wiederum ein primitives Modell einer angedockten Apollo-Kommandokapsel befand.

Nach dem Erreichen des Orbits sollte die ausgebrannte S-IVB als Raumstation – als Skylab – eingesetzt werden. Die S-IVB und die Apollo-Kapsel mit der Besatzung sollten separat ins All geschickt werden, und zwar von Saturn IB-Raketen, den kleineren und billigeren Verwandten der Saturn V. Die Astronauten würden an die Rakete andocken, indem sie die Apollo mit der Nase voran an die Kopplungsöffnung bugsierten und durch spezielle Kopplungstunnel in die Rakete krochen. Anschließend würde die Besatzung das Innere der Rakete reinigen und sich im großen Flüssigwasserstofftank häuslich einrichten.

Dieser Simulator war nicht lackiert und hatte auch sonst keinen Feinschliff. Offensichtlich war er in aller Eile zusammengedengelt worden.

Die Stimme des Versuchsleiters ertönte im Kopfhörer: »Guten Morgen, Chuck, Adam.«

Guten Morgen, du Arschloch.

Bleeker drehte sich um und winkte in eine der allgegenwärtigen Kameras.

»Ich wollte vorher noch einmal die Basis-Parameter der Simulation mit euch durchgehen«, sagte der Versuchsleiter. »Es handelt sich nicht um eine integrierte Simulation.« Also waren sie nicht mit der Zentrale verbunden. »Wir haken hier nur versuchsweise die Checkliste ab, nach der wir uns richten müssen, wenn wir im Orbit die Werkstatt einrichten. Gut, machen wir weiter.«

Die Taucher nickten Jones zu und geleiteten ihn zum Apollo-Modell. Es handelte sich nur um einen offenen

Käfig, der am Kopplungstunnel montiert war. Die Simulation sollte in dem Moment beginnen, wo die Besatzung in die Werkstatt eindrang, um sie bewohnbar zu machen.

Zuerst mußten sie das Haltegestell am Bug der Apollo abbauen und den Tunnel zur Werkstatt öffnen. Dieser Teil müßte zumindest glatt über die Bühne gehen, weil es sich bei diesem Andockmanöver um eine Standardroutine bei den Mondflügen handelte.

Jones hörte Bleekers rasselnden Atem, während er am schweren Haltegestell zerrte. »Immer mit der Ruhe, Junge. Wir werden nach Stunden bezahlt.«

Bleeker lachte und entspannte sich ein wenig.

Nachdem sie das Haltegestell abmontiert hatten, übergab Bleeker es einem Taucher.

Dann drang Bleeker durch die Kopplungsöffnung in den Kopplungstunnel ein, gefolgt von Jones. Der Tunnel war eng und mit Schränken ausgekleidet. Die gesamte Ausrüstung für die Wohnquartiere und Experimente sowie Kleidung und Nahrung etc. waren während des Starts in diesen Schränken verstaut; nachdem sie den Wasserstofftank umgebaut hatten, würden Jones und Bleeker noch einmal zurückkommen, die Schränke ausräumen und die Ausrüstung in den Tank schaffen müssen.

Nun drang Bleeker in den Wasserstofftank selbst vor.

Die Metallwände des Tanks traten vor ihm auseinander. Es war stockdunkel, und Jones hatte das Gefühl, Bleeker in eine riesige, unheimliche Metallgruft zu folgen. »Halt, Adam; laß uns etwas Licht ins Dunkel bringen.« Jones nahm die Taschenlampe vom Gürtel und klemmte sie an die Stange, die entlang der Längsachse des Tanks verlief.

Das Licht der Lampe drang durchs Wasser und traf auf die rückwärtige Wand, deren Ausbuchtung auf ihn wies. Dies war das Schott zwischen dem Wasserstofftank und dem darunter befindlichen Flüssigsauerstofftank des Zusatztriebwerks. Helium-Druckkugeln klebten wie große silberne Warzen an den Wänden. Handläufe und Stangen zogen sich durch die Metallhöhle, und zusammengefaltete Trennwände und andere Ausrüstungsgegenstände waren säuberlich an den Wänden des Tanks aufgereiht. *Zu ordentlich. Ich frage mich, was diese armen Schmocks vorfinden werden, wenn der Ernstfall eintritt und dieser Vogel im Orbit hängt.*

Die Skylabs waren im Grunde Provisorien. Doch sie verhalfen der NASA zu den notwendigen Erfahrungen mit Blick auf orbitale Operationen und Langstreckenflüge, bevor die wirklichen Raumstationen zum Einsatz kamen.

»Gut, Männer«, sagte der Versuchsleiter. »Wie ihr wißt, besteht eure erste Aufgabe im Orbit darin, den Verschluß der Brennstoffleitungen zu kontrollieren. Heute übergehen wir das jedoch und kommen gleich zum Verlegen des Bodens.«

»Wir kennen die Prüfliste auch«, knurrte Jones. »Mach weiter, du Eumel.« An der Stange glitt er tiefer in den Tank hinein.

Nun widmeten Bleeker und Jones sich den an der Wand des Tanks gestapelten Bündeln mit Bodensegmenten. Ihre Aufgabe bestand darin, über die ganze Breite des Tanks und auf zwei Dritteln der Länge einen Boden aus Aluminiumprofilen zu verlegen. Das Anbringen der Profile glich dem Legen eines Puzzles, wobei die Achse des Tanks als Bezugspunkt diente.

Die beiden Männer arbeiten sich von den Wänden des Tanks zum Zentrum vor. Es war eine einfache, aber langwierige und ermüdende Arbeit. Jones hatte Probleme, die Werkzeuge mit den behandschuhten Händen zu greifen, zumal das Wasser jeder Bewegung Widerstand entgegensetzte.

Taucher waren ihnen in den Tank gefolgt. Einer hatte eine Unterwasserkamera dabei und filmte sie.

Der Versuchsleiter wollte sie aufmuntern: »Wir wissen eure Hilfe zu schätzen, Jungs. Wir wissen sehr wohl, daß ihr auch für andere Missionen vorgesehen seid und daß ihr diese hier vielleicht gar nicht ausführen werdet...«

Hoffentlich nicht, sagte Jones sich.

Chuck Jones sollte zum Mond fliegen. Er war Stellvertreter des Kommandanten von Apollo 15, was ihm aufgrund des für die Besatzungen geltenden Rotationsprinzips nach zwei weiteren Flügen, also bei Apollo 18, ein eigenes Kommando einbringen würde.

Der Kongress hatte den NASA-Etat für das Haushaltsjahr 1971 jedoch gekürzt und auf den Stand von 1962 zurückgeführt. Und Nixon hatte noch immer nicht auf die Vorschläge der ›Arbeitsgruppe Weltraum‹ in bezug auf die künftige Entwicklung des Raumfahrtprogramms reagiert, obwohl das Gerücht ging, daß er unter dem ständigen Druck von Kennedys medienwirksamen Inszenierungen nun doch mit einem Mars-Programm liebäugelte.

Auf jeden Fall würde die NASA Saturn V-Raketen brauchen, um die Skylabs und Raumstation-Module hochzuschießen und die NERVA-Testflüge durchzuführen. Folglich würde die NASA die Saturn V-Starts strecken müssen. Die verbleibenden Mondflüge, Apollo 14 bis 20, würden in Halbjahres-Abständen erfolgen...

Im Oval Office kursierte das Gerücht, wonach spätere Flüge ganz gestrichen würden.

Jones war schon ins All geflogen. Einmal.

Als Nachfolger von John Glenn hatte er bei der zweiten Mercury-Mission dreimal die Erde umkreist. Es war ein regelrechter Spaziergang gewesen. Er hatte das Gefühl der Schwerelosigkeit genossen und die Kapsel so ausgerichtet, daß die Erde ständig vor dem Sichtfenster stand.

Doch bei den Manövern im Orbit hatte er zuviel Brennstoff – Wasserstoffperoxid – verbraucht.

Als er zur Erde zurückkehren wollte, wußte niemand, ob er noch genug Brennstoff hatte, um die Kapsel so auszurichten, daß sie im richtigen Winkel in die Atmosphäre eintrat. Vielleicht hatte er durch die Faxen im Orbit den ganzen Brennstoff vergeudet. Hatte er nicht; er schoß zwar um vierhundert Kilometer über den Zielpunkt hinaus, doch nach ein paar Stunden wurde er von den Helikoptern eines Flugzeugträgers aus dem Wasser gefischt.

Jones war mit sich zufrieden. Leider waren die Obermuckel der NASA nicht mit ihm zufrieden: seine Kapriolen hätten ihn auch den Kopf kosten können.

Offiziell blieb Jones im Dienst und wurde für einen späteren Flug vorgesehen. Dennoch herrschte fortan eine gewisse Distanz zwischen Jones und dem übrigen Astronauten-Korps. Deke Slayton, der Chefastronaut, hatte ihm mit einem Wink mit dem Zaunpfahl nahegelegt, den Dienst zu quittieren.

Doch da war Jones erst recht bockig geworden und hatte das rundweg abgelehnt. *Er* wußte, daß er eine gute Leistung erbracht hatte. Er hatte sogar Glenn übertroffen; zumindest hielt er sich das zugute.

Also blieb er weiterhin Astronaut und würde auch zum Mond fliegen. Um nicht aus der Übung zu kommen, arbeitete er unter Slayton und Alan Shepard – auch ein Weltraumpionier, der wegen eines Ohrenleidens nicht mehr fliegen durfte – in der Bodenstation.

Jones hatte dort für volle acht Jahre Dienst getan: Flugpläne erstellt und trainiert, an Simulationen und Einsatzprofilen gearbeitet. *Acht Jahre.*

Nun waren die damaligen Vorgesetzten anscheinend im Ruhestand, denn seine Eigenmächtigkeiten waren vergessen, und man erteilte ihm wieder Flugerlaubnis.

Nur daß er nicht viel davon hatte, wenn die Mondflüge eingestellt wurden. Und für den Mars wäre er dann wohl zu alt.

Es war nicht Forscherdrang, der Jones beseelte. Für ihn zählte nicht das Ziel – der Mond –, sondern nur die Reise dorthin: eine Mission, die Gelegenheit zu einem tollkühnen Probeflug bot.

Die Skylabs würden ihm das nicht bieten. Für ihn stellte es gewiß nicht den Höhepunkt seiner Karriere dar, die Erde auf einer niedrigen Umlaufbahn in einem besseren Mülleimer zu umkreisen und die Tage abzureißen.

Er wollte unbedingt zum Mond fliegen.

Jones knallte die Schrauben mit einer solchen Vehemenz fest, daß die Ärzte, die am Monitor seine Lebensfunktionen überwachten, einen Schreck bekamen.

Als der Boden fertig war, gratulierte der Versuchsleiter ihnen. »Gut gemacht, Jungs. Wir machen eine Pause. Bis zum nächsten Einsatz haben wir noch etwas Zeit. Steigt durch den Kopplungstunnel aus.«

Bleeker folgte den Tauchern, fädelte sich durch den engen Kopplungstunnel und tauchte wieder ins lichtdurchflutete Wasser ein.

»Und jetzt du, Chuck«, sagte der Versuchsleiter.

Jones drang in den dunklen Tunnel ein, wobei er durch die an den Wänden aufgereihten Schränke behindert wurde. Das bißchen Licht stammte von den Lampen im Tank hinter ihm und dem blauen Wasser des Beckens vor ihm.

Als er sich im Tunnel befand, wurde die Ausstiegsluke des Apollo-Modells zugeschlagen.

Jones bremste abrupt ab und zog mit den behandschuhten Händen am Lukenhebel. Er gab nicht nach.

»Was ist hier los?«

»Jones«, sagte der Versuchsleiter mit rauher Stimme. »Alle Systeme sind ausgefallen. Die Energieversorgung der Kommandokapsel ist zusammengebrochen; eine Rückkehr ist unmöglich, genauso das Ablegen von der Kopplungsöffnung. Zu allem Überfluß wird die Energieversorgung der Werkstatt gleich zusammenbrechen. Tu etwas.«

Nun gingen die Lichter aus. Er driftete in völliger Dunkelheit. Sogar die Tanklichter waren erloschen.

»Was ist das für ein Scheißspiel...?«

Er holte tief Luft und beruhigte sich. Die Versuchsleiter waren berüchtigt für solche Einlagen. Er mußte reagieren, und zwar schnell; echauffieren konnte er sich später immer noch.

Theoretisch wußte er Bescheid. Für den Fall, daß den Skylab-Astronauten der Rückweg versperrt war, würde ein neues Schiff starten. Wenn die paralysierte Apollo jedoch an der Kopplungsöffnung festhing, hatte er auch nicht viel davon.

In der Finsternis verlor er die Orientierung.

Diese abgefuckten Sims.

Er versuchte sich zu konzentrieren und rief sich den Kopplungstunnel in Erinnerung, wie er ihn vor der ›Panne‹ gesehen hatte: die Kopplungsöffnung vor sich, den Tunnel zur Werkstatt hinter sich.

Plötzlich überkam ihn Panik. Er schlug blindlings um sich und hieb gegen Spinde und Handläufe. Der Raum hier war *zu* groß, sagte er sich; das raubte ihm die Orientierung. Wenn er sich in der Mercury befände...

Ruhig. Du bist nicht in Gefahr. Du kannst immer noch in den Tank zurück. Die Taucher sind noch dort.

Ja, sagte er sich verdrossen. *Und wenn ich das tue, habe ich ausgeschissen. Der Große Alte Mann des Astronauten-*

Büros. Werft ihn für zwei Minuten in ein Schwimmbecken, und er versagt kläglich.

Im Grunde versage ich jetzt schon, sagte er sich. *Schon dadurch, daß ich so lang brauche. Wie viele Sekunden? Eine halbe Minute? Sie erwarten irgend etwas von mir, etwas, das ich tun soll und das ich übersehen habe. Denk nach, verdammt. Wenn die Kopplungsöffnung blockiert ist, wie ...*

Und dann kam ihm die Erleuchtung. Der Kopplungstunnel hatte zwei Kopplungsöffnungen. Bleeker war durch die axiale Luke gegangen – doch es gab auch noch eine radiale Luke an der Seite des Kopplungstunnels, die gerade für solche Fälle vorgesehen war.

Er griff nach unten und fand die Luke auf Anhieb; sie klemmte zwar, gab aber nach ein paar Versuchen nach.

Bleeker klopfte Jones auf die Schulter. Der Schlag wurde durch die Gewebelagen des Anzugs gedämpft. »Was hast du da drin gemacht, Alter? Dich rasiert? Lies das nächstemal das Handbuch durch.«

»Arschloch«, knurrte Jones. »Du warst schließlich nicht da drin, oder?«

»Ist eben Montag, Chuck. Nimm's nicht persönlich.«

Verdammte Ingenieure. Verdammte neunmalkluge Anfänger.

Mit Hilfe der Taucher schwammen sie zum Beckenrand.

Dienstag, 14. April 1970
Zentrum für Bemannte Raumfahrt, Houston

Nach Fred Michaels' antiker Taschenuhr war es dreiviertel zwei. Ihm wurde bewußt, daß er wie hypnotisiert auf die Uhr gestarrt hatte.

»Mr. Agronski möchte Sie sprechen, Sir«, schleimte Tim Josephson. »Er wartet in Ihrem Büro.«

»Das heißt *Doktor* Agronski, verdammt.«

»'tschuldigung. Soll ich ihm ausrichten, Sie würden zu ihm kommen?«

Michaels, der über die Störung ungehalten war, wandte sich ab, anstatt zu antworten, und schaute durchs Fenster auf die in drei Reihen gestaffelte Belegschaft des Kontrollzentrums.

Aus der Perspektive des Podests an der Rückseite des MOCR, das aller Welt als NASA-Kontrollzentrum bekannt war, erschien die Lage undramatisch. Doch das Personal wirkte ziemlich derangiert, mit gelockerten oder abgenommenen Krawatten und zerknitterten Hemden. Die Tische waren mit Kaffeetassen, Handbüchern und Notizzetteln übersät.

Er sah John Muldoon an der Rückseite des MOCR auf und ab gehen. Neun Monate nach seinem Mondflug hatte Muldoon eine Sechs-Stunden-Schicht als Capcom für Jim Lovell und die Apollo-13-Besatzung hinter sich, doch traf er keine Anstalten, den Raum zu verlassen. Vielmehr würde Muldoon gleich zum Gebäude 5 hinübergehen, wo andere Astronauten während der Freischicht Simulationen der Prozeduren laufen ließen, welche die Besatzung von Apollo 13 für den Rückflug würde durchführen müssen.

Siebzehn Stunden waren seit der Havarie von Apollo 13 nun vergangen; Michaels vermutete, daß die Leute seitdem kein Auge zugemacht hatten.

Josephson hustete. Der Assistent war ein schlanker junger Mann mit schütterem Haar, der den Titel eines Dr. phil. führte. Ohne Doktortitel war man hier im MOCR nicht einmal fürs Kaffeekochen qualifiziert.

»Sir, Dr. Agronski...«

»Ja, ja.«

Leon Agronski gehörte Präsident Nixons Wissenschaftlichem Beirat an und war insbesondere für das kostenintensive Raumfahrtprogramm verantwortlich.

Michaels kannte den Grund für Agronskis Erscheinen: er wollte ›Optionen‹ für den NASA-Etat für das Haushaltsjahr 1971 und darüber hinaus vorlegen, bevor der Staatshaushalt dem Weißen Haus zur Entscheidung vorgelegt wurde.

Weitere Einschnitte.

Michaels war als Inspektor für die Bemannte Raumfahrt zuständig und berichtete Thomas Paine, dem NASA-Direktor. Es hatte Michaels fast das Herz gebrochen, als Paine im Februar des Jahres sich an die Öffentlichkeit gewandt und die Einschnitte bei Skylab sowie die Einstellung einiger NASA-Projekte verkündet hatte.

»Wissen Sie«, sinnierte er, »wenn wir es schaffen, Apollo 13 'rumzureißen, machen wir wieder etwas Boden gut. Und das Bewußtsein dieser intensiven Zusammenarbeit wird uns wieder zu großen Leistungen befähigen ...«

Josephson hatte bisher jeden Blickkontakt vermieden; nun war er etwas mutiger geworden und wandte sich direkt an Michaelson: »Fred, ich weiß, daß Sie sich ärgern. Aber es ist noch nicht aller Tage Abend. Und Doktor Agronski kommt extra aus Washington, um mit Ihnen zu sprechen.«

Michaels grunzte. Josephson hatte natürlich recht. Es war noch nicht aller Tage Abend.

Und vielleicht gelang es ihm, diesen Schlamassel doch noch zu seinem Vorteil zu wenden. Seine Stimmung hellte sich etwas auf.

»In Ordnung, reden wir mit ihm«, sagte er. »Aber nicht in einem verdammten Bürogebäude. Er soll 'rüberkommen – bitten Sie ihn in den Nebenraum mit der Mondoberfläche.« Dann kam ihm noch ein Gedanke. »Ach – und, Tim ...«

»Sir?«

»Bitten Sie auch Joe Muldoon hinzu.«

Der Nebenraum hätte eigentlich als Operationszentrale für die Mondspaziergänge dienen sollen. An den Wänden hingen Checklisten für die Besatzungen sowie Aufnahmen der Landezone, die von Orbiter- und Apollo-Missionen stammten. Das Gebiet hieß Fra Mauro und war im lunaren Hochland gelegen: der erste, auch in wissenschaftlicher Hinsicht interessante Ort, an dem ein Raumschiff landen sollte. Noch war er unberührt.

Bei Michaels Eintreffen saßen Muldoon und Agronski an einem großen walnußförmigen Tisch im Mittelpunkt des Raums. Agronski, dürr bis zur Magersucht, blätterte in ein paar Notizzetteln, die er aus der Aktentasche geholt hatte; Muldoon standen vor Müdigkeit Ringe um die Augen, und er hatte die großen, kräftigen Hände auf dem Tisch gefaltet. Er schaute Michaels ungeduldig an. Josephson wuselte herum und schenkte Kaffee ein.

Michaels setzte sich auf einen Stuhl, und die promovierte Hilfskraft schenkte ihm Kaffee ein. Dann zog Josephson sich zurück und überließ die drei sich selbst.

Michaels stellte Muldoon Agronski vor. »Leon, Joe gehört zur Reserve-Besatzung für Apollo 14 und soll als Kommandant von Apollo 17 fliegen. Joe, ich habe Sie eingeladen, um uns auf die Sprünge zu helfen.«

Das ist der zweite Amerikaner auf dem Mond, Agronski, du schmallippiges Arschloch, sagte Michaels sich. *Sieh ihn dir nur an! In voller Lebensgröße und doppelt so mutig! Eine lebende Legende! Bekunde ihm ein wenig Respekt!*

Bei den Lichtstrahlen, die den Raum durchzuckten, war Michaels nicht in der Lage, Agronskis Augen hinter der dünnrandigen Brille zu erkennen.

Joe Muldoon sah Michaels düster an. Muldoons Blick aus diesen blauen Augen in dem massigen Schädel mit dem schütteren Haar sprach Bände: er hielt

Michaels für einen Sesselfurzer, der Muldoon an einem Tag wie diesem nur die Zeit stahl. Wo er – Muldoon – doch viel lieber in Gebäude 5 oder in der MOCR bei den anderen Jungs gewesen wäre und sich Gedanken um die Rettung der Besatzung dort draußen gemacht hätte ...

Mein Gott, sagte Michaels sich plötzlich. *Vielleicht habe ich einen Fehler gemacht. Wenn Muldoon an die Decke geht, wird das eine mittlere Katastrophe.* Er warf Muldoon einen beschwichtigenden Blick zu.

Agronski übergab Michaels ein Dokument aus seiner Aktentasche. »Es tut mir leid, Oberst Muldoon; ich hatte nicht mit Ihrer Anwesenheit gerechnet. Ich habe nur zwei Exemplare dabei.«

Muldoon musterte den Wissenschaftlichen Beirat mit seinem Raubvogelblick, doch der schien das nicht zu bemerken.

Bei dem Dokument handelte es sich um eine Kopie aus mehreren Originalunterlagen mit handschriftlichen Eintragungen und dem Siegel des Präsidenten auf der ersten Seite.

»Dies ist die Ansprache, die der Präsident im März halten wollte«, sagte Agronski. »Eine formelle Erwiderung auf den Bericht der ›Arbeitsgruppe Raumfahrt‹. Aber er hat sie zurückgezogen. Ich möchte Ihnen dieses Manuskript zeigen, Fred, um Ihnen die Denkweise der Regierung vor Augen zu führen.«

Michaels überflog den Text.

... Während des letzten Jahrzehnts ist der Mond das Hauptziel unseres nationalen Raumfahrtprogramms gewesen ... Ich glaube, diese Errungenschaften sollten uns eine neue Perspektive des Raumfahrtprogramms vermitteln ... Wir müssen neue Ziele definieren, die den Gegebenheiten der siebziger Jahre gerecht werden. Wir müssen, auf dem Erfolg der Vergangenheit aufbauend, nach neuen Zielen streben. Aber wir müssen auch zur Kenntnis nehmen, daß noch

viele Probleme auf diesem Planeten zu lösen sind. Das ist nur durch den Einsatz entsprechender Ressourcen möglich. Einen Stillstand des Raumfahrtprogramms darf es nicht geben. Doch wo wir genug Zeit haben und das Universum uns offensteht, sollten wir einen Schritt nach dem andern tun. Bei der Erschließung des Weltraums müssen wir kühn, aber auch überlegt handeln...

Mein Gott, sagte Michaels sich. *Wir stecken in Schwierigkeiten.*

Er las weiter. Wirtschaftliche Erwägungen dominierten. Der Rotstift führte Regie. Kein Geld mehr für Mondflüge nach Apollo 20. Das Raumstation-Projekt im Grunde auf Skylab reduziert. Alle Entscheidungen für die Zeit nach Apollo und Skylab verschoben – also *auf Eis gelegt*.

Die Machbarkeitsstudien für das Space Shuttle schienen davon ausgenommen, aber auch nur, weil Nixon das Shuttle als Minimaloption betrachtete: Wir müssen die Kosten der Raumfahrt substantiell reduzieren... mittelfristig müssen wir kostengünstigere und einfachere Wege finden, Nutzlast ins All zu transportieren...

Michaels legte das Papier hin. *Dann meint Nixon also, wir sollten einen Billigflug zum Mars nehmen.*

Bei LBJ* hätte es das nicht gegeben.

Doch Johnson war nicht mehr Präsident. Nun gab dieses wankelmütige Republikaner-Pack im Weißen Haus den Ton an. Und nun wurde Michaels im Alter von einundsechzig Jahren bewußt, daß die politischen Hebel, an denen er bisher gesessen hatte, nicht mehr griffen. Selbst die Kontakte zu den Kennedys waren nicht mehr so wertvoll wie ehedem.

Er fühlte sich müde und verbraucht.

Vielleicht sollte ich mich pensionieren lassen und nach

---

* Lyndon Baines Johnson, Vorgänger von Nixon – *Anm. d. Übers.*

Dallas gehen, sagte er sich. *Und an meinem Golfschlag arbeiten.*

Er sah, daß Agronski den Blick über die Bilder an den Wänden schweifen ließ. »Tolle Bilder, was?« sagte Michaels pointiert.

Agronski reagierte nicht.

»Leon, weshalb hat der Präsident diese Vorlage zurückgezogen?«

»Weil, offen gesagt, niemand im Weißen Haus weiß, welche Wirkung Kennedys Bemerkungen über die Mars-Option in der Öffentlichkeit haben. Und nun...« – Agronski wies mit ausladender Geste auf die gewellten Fotos von Fra Mauro – »habt ihr uns das hier eingebrockt. Die öffentliche Meinung ist ein wankelmütig' Ding, Fred. Nach Apollo 13 wird Amerika mit voller Kraft dem Mars entgegenstreben – oder das Raumfahrtprogramm überhaupt einstellen.«

Muldoon wurde blaß um die Nase. »Sie sprechen über das Leben von drei Menschen, verdammt.«

Agronski musterte ihn prüfend. »Mit euch Leuten von der NASA ist es doch immer das gleiche. Ihr seid so emotional und unrealistisch. Auch Sie, Fred. Jedesmal, wenn wir um Vorschläge zu bestimmten Punkten bitten, kommt ihr gleich mit Maximalforderungen: sehen Sie sich nur diesen Bericht der ›Arbeitsgruppe Raumfahrt‹ an, mit seinen ›ausgewogenen Programmen‹ und dem ›breiten technischen Spektrum‹. Sie wollen mal eben zum Mars fliegen, doch das zieht anscheinend einen ganzen Rattenschwanz nach sich: Nukleartriebwerke, eine Raumfähre, Raumstationen etcetera pp. Die gleiche alte Vision, die von Braun seit den Fünfzigern hochhält – obwohl man gar keine Raumstation braucht, um zum Mond zu fliegen. Eure versteckten Agenden sind, ehrlich gesagt, nicht sehr gut versteckt. Ihr solltet endlich einmal lernen, Prioritäten zu setzen.«

»Die Arbeitsgruppe bittet lediglich um ein Mandat für die Kolonisierung des Sonnensystems«, sagte Muldoon verärgert. »Wodurch auch die Zukunft der Menschheit gewährleistet würde, wie Kennedy schon sagte. Gibt es vielleicht eine noch höhere Priorität?«

»Um Gottes willen«, sagte Agronski schroff. »Wir sind eine kriegführende Nation, Oberst Muldoon. Und der Krieg ist wie eine Sickergrube für Geld, Ressourcen und die Moral der Bevölkerung.«

»Klar«, sagte Muldoon. »Und für das Geld, das Apollo unterm Strich kostet, könnte man den Krieg noch um zwölf Monate verlängern. Was für ein Preis.«

Agronski überhörte das. »Der Staatshaushalt ist nun einmal kein Füllhorn. Sie müssen nicht einmal der Regierung angehören, um das zu erkennen. Und die öffentliche Meinung steht gegen Sie. Ich nehme nicht an, daß ihr Weltraum-Flieger vom *Tag der Erde* gehört habt, den die Grünen in ein paar Wochen veranstalten wollen...«

»Doch, verdammt, ich habe davon gehört.«

»Abfallbeseitigung. Kundgebungen. Volkspädagogik. Das steht im nächsten Jahrzehnt auf der Tagesordnung, Oberst Muldoon: unsere Probleme hier auf der Erde rangieren vor Ihren Kapriolen im Weltall.«

»Vielleicht. Aber es war Agnew, der die ›Arbeitsgruppe Weltraum‹ ins Leben gerufen hat und nicht die NASA«, sagte Michaels knurrig.

Doch das focht Agronski nicht an. »Es ist an der Zeit, daß ihr von eurem hohen Roß 'runterkommt. Ihr seid nicht die Überflieger, für die ihr euch während des Apollo-Projekts gehalten habt. Ihr seid eine Dienstleistungs-Agentur mit begrenztem Etat. Damit werdet ihr euch abfinden müssen...«

Michaels mußte zugeben, daß Agronski so falsch nicht lag.

Michaels' unmaßgeblicher Meinung zufolge war

der Direktor der NASA, Thomas O. Paine, ein Idiot: ein Traumtänzer, der Agnew mit grandiosen Visionen vollaberte, ohne sich dabei zu fragen, ob dies bei den Führungskräften im Weißen Haus auch auf Akzeptanz stieß. Paine stellte einen deutlichen Kontrast zu seinem Vorgänger, Jim Webb, dar, den Michaels sehr geschätzt hatte. Webb hatte ein ausgeprägtes Gespür für politische Trends besessen und bewußt auf langfristige Planung verzichtet. Zumal die NASA mit langfristigen Plänen ohnehin schlechte Erfahrungen gemacht hatte – sie wurden nämlich zwischen den verschiedenen Abteilungen zerrieben. Webb war der Ansicht, daß Langfrist-Planung ein Glücksspiel sei und abschreckend auf den Finanzminister und die NASA-Oberen wirkte.

Paine erkannte anscheinend nicht, daß das eigentliche Problem darin bestand, angesichts der schweren Zeiten, die auf die NASA zukamen, die Existenz der Organisation zu sichern. An die Auflage neuer Programme war unter diesen Umständen gar nicht zu denken.

Michaels hätte die Sache ganz anders angepackt.

»Fred«, sprach Agronski, »vergessen Sie Ihre schönen Raumstationen und die fünfzig Mann, die Sie bis 1980 auf dem Mond haben wollten. Der Präsident möchte das haben, was er privat als ›Kennedy-Option‹ bezeichnet.« Er tippte auf das Dokument. »In dieser Vorlage wollte er ein Element aus dem Bericht der Arbeitsgruppe herauspicken – die Raumfähre –, auf das wir uns konzentrieren sollen. Doch was, wenn er sich für etwas anderes entscheiden sollte – für ein spektakuläreres Ziel, das genauso schnell und günstig zu erreichen wäre?«

In offenkundiger Verwirrung starrte Muldoon Agronski an.

Michaels hatte jedoch verstanden. *Er darf nicht offen*

sprechen. Man muß zwischen den Zeilen lesen. Kennedy setzt sich anscheinend durch. Nixon will Geld sparen. Allerdings will er seine Präsidentschaft auch nicht mit dem Makel behaften, das Raumfahrtprogramm gekillt zu haben – nicht mit einem larmoyanten Kennedy im Hintergrund.

»Sie spielen auf den Mars an«, sagte er zu Agronski. »Nach dem ganzen Scheiß über den *Tag der Erde* sind Sie doch hier, um über einen Flug zum Mars zu sprechen. Stimmt's?«

Muldoon war konsterniert.

»Was sagt Paine denn dazu?«

Agronski musterte ihn. »Doktor Paine ist im Moment nicht das Thema«, sagte er.

Ich wußte es. Sie schießen ihn ab. Er hatte die Gerüchte aus dem Weißen Haus gehört. *Paine verweigerte nicht nur die Zusammenarbeit, er untergrub auch noch die Autorität des Präsidenten. Wir brauchen einen neuen Chef, der mit uns und nicht gegen uns arbeitet und der den Präsidenten in einem günstigen Licht erscheinen läßt, anstatt ihn in Verlegenheit zu bringen...* Paine war bereits Geschichte. Und aus der Art, wie Agronski ihn nun ansah, schloß Michaels, daß er, Fred Michaels, die Chance erhielt, die Nachfolge des NASA-Chefs anzutreten und dabei Leuten wie George Low und Jim Fletcher vorgezogen wurde.

Mars und der Posten des Leiters der NASA – alles an einem Tag. Spiele in Spielen. Aber ich muß Agronski etwas auf den Rückweg mitgeben, die Aussicht auf eine kostengünstige Mars-Option. Überhaupt ist das Ganze zu schön, um wahr zu sein. Ich frage mich, wo der Haken bei der Sache ist.

Die Astronauten reagierten unterschiedlich auf die Unterhaltung. Michaels sah, daß ein Ausdruck der *Hoffnung* auf Muldoons Gesicht erschien; ein zartes Pflänzchen der Hoffnung, als ob Muldoon befürchtete, diese magische Möglichkeit – *wir fliegen vielleicht zum*

Mars – würde dahinschmelzen, wenn er es sich zu sehr wünschte.

Er fragte sich, inwieweit Muldoon über die Vorgänge hinter den Kulissen Bescheid wußte oder ob er überhaupt etwas wußte. Beim Blick in Muldoons offenes, zorniges Gesicht verspürte Michaels einen Anflug von Scham wegen seiner Berechnung. Muldoons Anwesenheit schien nämlich die Wirkung auf *ihn* zu haben, die er sich eigentlich mit Blick auf Agronski erhofft hatte.

Joe Muldoon schwieg, weil er befürchtete, sonst diesen schwierigen, irreal anmutenden Verhandlungsprozeß zu stören. Womöglich war das alles nur ein Traum.

Mars. Sie reden noch immer vom Mars. Wenn Fred Michaels nun die richtigen Worte findet und die richtigen Dinge tut, macht er vielleicht den Weg zum Mars frei. Für uns.

Für mich.

Und dann hätte Joe Muldoons Leben wieder einen Sinn.

Die Monate seit der Rückkehr vom Mond waren so schlimm gewesen, wie Muldoon es befürchtet hatte.

Seine letzte PR-Tour hatte ihn an einen Ort namens Morang in Nepal geführt. Er hatte den Schulkindern die übliche Geschichte erzählt: *Als ich auf dem Mond war* ...

›Als ich auf dem Mond war, habe ich die Erde nicht so gut gesehen. Tranquility Base war in der Nähe des Mond-Äquators – im Mittelpunkt der Mondoberfläche, von euch aus gesehen. Also stand die Erde direkt über mir, und im Raumanzug fiel es mir schwer, den Kopf zurückzulegen.

Das Sonnenlicht war sehr hell, und der Boden unter dem schwarzen Himmel war hellbraun. Ich hatte das Gefühl, an einem Strand zu stehen. Ich erinnere mich, wie Neil dort herumhopste. Er sah aus wie ein Strandball in Menschengestalt, der über den Sand sprang. Weil die Farben auf dem Mond ziemlich blaß sind, brachte die *Eagle*, die wie ein kleines, zerbrechliches Haus aussah, richtig Farbe auf den Mond: Schwarz, Silber, Orange und Gelb ...‹

Er verstummte und lauschte dem Prasseln des Regens auf dem Holzdach der Schule, schaute auf die runden Gesichter der Kinder, die mit untergeschlagenen Beinen vor ihm auf dem Boden saßen, und sah das skeptische Stirnrunzeln der Lehrerin.

Die paar Stunden, die er auf dem Mond herumspaziert war, standen mit der Präsenz einer *Eagle* in den Weiten seines Bewußtseins. Doch durch die Reden, die er nach der Rückkehr zur Erde auf den endlosen Vortragsreisen gehalten hatte, waren die Konturen der zugrunde liegenden Erinnerungen verschwommen. Inzwischen wirkte die Episode durch die ständigen Wiederholungen trivial.

Nun bin ich weit vom Mond entfernt. Und bei all diesen verdammten Einsparungen werde ich wohl nie mehr dorthin zurückkehren. Mir bleiben nur noch die Erzählungen. Verflixt und zugenäht.

Als er fertig war, hatten die nepalesischen Schulkinder ihm Fragen gestellt. Diese Fragen waren Muldoon eigenartig erschienen.

›Wen hast du gesehen?‹

›Wo denn?‹

›Auf dem Mond. Wen hast du gesehen?‹

›Niemanden. Es gibt dort niemanden.‹

›Aber *was* hast du gesehen?‹

Dann dämmerte es Muldoon. Vielleicht entsprachen die amerikanischen Klischees von Strandbällen und Sand nicht der Mentalität und dem Wissensstand dieser Kinder. Er mußte sich verständlicher ausdrücken.

›Es gibt dort nichts. Keine Menschen, weder Pflanzen

noch Bäume, auch keine Tiere. Nicht einmal Luft oder Wind. Nichts.‹

Die Kinder schauten sich in offensichtlicher Verwirrung an.

Muldoon und die Kinder redeten einfach aneinander vorbei.

Auf ein Signal der Lehrerin hin – selbst noch ein halbes Kind – spendeten sie ihm höflichen Beifall, und er verteilte amerikanische Fähnchen und Bilder von der Landezone.

Als er das Schulhaus verließ, hörte er die Lehrerin noch sagen: ›Hört nicht auf ihn. Er irrt sich…‹

Im Hotelzimmer soff er systematisch die Minibar leer.

Später erfuhr er, daß die Nepalesen glaubten, nach dem Tod käme man auf den Mond. Die Kinder hatten geglaubt, die Seelen ihrer Vorfahren und Großeltern lebten auf dem Mond. Also hätte Muldoon sie auch sehen müssen, wo er schon einmal dort war. Und er hatte ihnen erzählt, es gebe keinen Himmel. Kein Wunder, daß die Kleinen verwirrt waren.

Er hatte einen Spaziergang auf dem Mond gemacht. Und nun war er, in diesem Winkel der Erde, mit einem Haufen Kinder in einem Schuppen konfrontiert worden, denen man noch immer – ungeachtet seiner Präsenz auf dem Mond, ungeachtet seiner Augenzeugenberichte vom Mond – Aberglauben einimpfte.

Das ganze verdammte Unternehmen kam ihm so sinnlos vor.

Bevor er heute als Capcom den Dienst am JSC angetreten hatte, war ein Brief in der Post gewesen. Man bot ihm einen Vertrag für eine Kreditkarten-Werbung an. *Kennen Sie mich? Letztes Jahr habe ich einen Spaziergang auf dem Mond gemacht. Leider hilft mir das nicht bei der Platzreservierung im Flugzeug…* Gottverdammter Müll.

Damit würde er fünfmal soviel verdienen wie bisher. Allerdings müßte er dafür aus der NASA ausscheiden.

Jill würde das sicher begrüßen. Jill war nicht so wie andere Frauen. Sie hatte keine Ahnung von militärischen Gepflogenheiten; Jill hatte keine Ahnung von den Flügen, den Gefahren und dem Dünnschiß, den die NASA während einer Mission verzapfte ...

Und Tatsache war, daß die NASA ihn nie wieder zum Mond schicken würde.

Weshalb sollte er also nicht ausscheiden?

Vielleicht würde der Nimbus des Mond-Spaziergängers verblassen; vielleicht würde er den Heldenstatus verlieren. Der Meinungsumschwung zuungunsten des Programms hatte sich ohnehin noch verstärkt. Die Presse übte sogar Kritik an seinem und Armstrongs Verhalten auf dem Mond. Sie hätten sich zu lange mit dem zeremoniellen Teil aufgehalten. Sie hätten weniger Steine gesammelt als erwartet. Die meisten Proben seien nicht ordentlich dokumentiert worden. Sie hätten die Fußabdrücke mit der falschen Kamera abgelichtet und uninteressante Bilder mit nach Hause gebracht, weil sie nicht mehr genug Zeit für 3-D-Aufnahmen gehabt hätten. Nicht einmal die Aufnahmen, die sie aus dem Orbit gemacht hatten, fanden Gnade. Sie wurden als Schnappschüsse vom Erdaufgang abqualifiziert, ohne daß der unerforschte Mond zu sehen gewesen wäre.

Teufel, das war kaum unsere Schuld. Nixon wollte etwas von uns, nicht umgekehrt. Und was, zum Kuckuck, hätten wir mit dem ganzen wissenschaftlichen Krempel auch machen sollen? Er war alles andere als narrensicher: es unterlaufen einem zwangsläufig Fehler, wenn man nur ein paar Stunden hat, um auf dem Mond herumzulaufen ...

Er bekämpfte die Depression, das Gefühl der Leere mit Alkohol, und hatte schon zuviel intus. Es war genau das gleiche wie nach dem Gemini-Flug. Noch ein paar Jahre, und er wäre zu einem depressiven Fettsack heruntergekommen, der einem zunehmend irritierten Publikum Kriegsgeschichten auftischte.

Er erinnerte sich daran, daß er an jenem Tag in Nepal ein Nickerchen gemacht hatte. Nach dem Aufwachen wollte er ins Bad. Beim Versuch, aus dem Bett zu schweben, war er der Länge nach auf den Fußboden geknallt, weil er sich mit den Beinen im Bettlaken verheddert hatte. Und nach dem Rasieren wollte er die Flasche Rasierwasser in der Luft treiben lassen. Sie fiel ins Waschbecken und zersplitterte.

An jenem Abend in Nepal war er als Ehrengast in ein feines Restaurant mit westlichem Standard eingeladen. Er beschloß, die anderthalb Kilometer zu Fuß zu gehen, um wieder einen klaren Kopf zu bekommen. Die Straße war holprig und steil; schließlich befand er sich hier im Vorgebirge des Himalaya. Bald wurde er müde.

Die Straße wurde von knienden Kindern gesäumt. Sie hielten Kerzen in den Händen und schauten zu ihm auf, wobei die runden Gesichter wie kleine Monde in der Dämmerung leuchteten.

Es war ein Akt der Verehrung.

Sie halten mich für einen Gott. Einen Gott, der sie besucht.

So darf man Menschen nicht behandeln, verdammt. Man hatte ihn zu einem gestrandeten Mond-Spaziergänger stilisiert. Am liebsten wäre er an einem Strand entlanggegangen.

Er versuchte sich darauf zu konzentrieren, was Michaels und Agronski sagten.

Michaels wuchtete seine Leibesfülle vom Stuhl und ließ den eindrucksvollen Schmerbauch für eine Minute über dem Tisch dräuen. »Meine Herren, schau'n wir mal, ob wir die Sache nicht endlich auf die Reihe kriegen.«

Er zog ein Flip-Chart von der Wand weg. Die ersten paar Blätter waren mit kaum verständlichen Notizen beschriftet, die auf die Checklisten des abgebrochenen Mondspaziergangs der Apollo 13-Astronauten Bezug nahmen: ›DOKUMENTIERTE PROBE: Probe auswählen / Gnomon in der Sonne vor der Probe aufstellen / Probe & Gnomon [8,5,2] x Sonne / Probe bergen…‹ Es lag eine besondere Poesie in der Art und Weise, wie diese Technikfritzen miteinander kommunizierten, sagte er sich.

Er blätterte zu einem leeren Blatt weiter und schrieb drauflos. »Schau'n wir mal, was wir hier haben. Welche Strategie wenden wir an? Welche Mindestvoraussetzungen sind für einen Flug zum Mars erforderlich? Kurzfristig sehe ich drei Bereiche: zunächst müssen wir Probeflüge mit den Nuklearraketen durchführen. Dann müssen wir die Module des Mars-Schiffs – wie die Landekapsel – so konzipieren, daß die Besatzung die gesamte Flugdauer übersteht. Schließlich müssen wir weitere Erfahrungen mit längeren Aufenthalten im Weltraum sammeln.« Er notierte die Punkte. »Doch ob wir uns nun auf die Raumfähre konzentrieren, ein Saturn-Programm ins Auge fassen oder beides: fünf Jahre müssen wir für die Entwicklung einer neuen Trägerrakete wohl veranschlagen. Also werden wir uns in der Zwischenzeit mit der Saturn V behelfen müssen.« Er warf einen Blick auf Agronski. »Sie wissen, daß wir die Produktionseinstellung der Saturn V bereits bekanntgegeben haben.«

»Natürlich.«

»Nun haben wir außer den Mondflügen noch das Skylab-Programm, für das wir vielleicht auch noch ein paar V's benötigt hätten. Allerdings haben wir das Programm vor ein paar Monaten geändert; wir greifen wieder das Konzept der ›Nassen Werkstatt‹ auf, für deren Start eine Saturn IB genügt. Also stehen die restlichen sieben einsatzbereiten beziehungsweise im Bau befindlichen Saturn V – SA-509 bis SA-515 – für die Apollo-Missionen zur Verfügung.«

»Wie viele Starts kalkulieren Sie für ein Mars-Programm ein?« fragte Agronski.

Michaels plusterte die Backen auf. »Sagen wir mal, in den nächsten fünf Jahren sechs Flüge mit einer Saturn V und vielleicht zehn mit einer Saturn IB. Das müßte für das Skylab genügen; und vielleicht schaffen wir es sogar, mit NERVA die ersten bemannten Flüge in den Erdorbit durchzuführen, bevor wir die neue Trägerrakete bekommen. Joe, findet das Ihre Zustimmung?«

»Ja, glaub schon«, grunzte Muldoon. »Wenn Sie veraltetes Material einsetzen und wieder einen Brand riskieren wollen, wie damals bei Apollo 1.«

»Aber, Joe ...«

»Sechs Saturn V«, sagte Agronski. »Und dann hätten wir noch sieben Mondflüge, Apollo 14 bis 20.« Er setzte ein schmallippiges Grinsen auf.

Das ist es also. Nun kenne ich den Preis für den Mars und für Paines Posten. Es hatte den Anschein, daß Agronski einen verspäteten Rachefeldzug führte. Agronski hatte nämlich nie ein Hehl daraus gemacht, daß er das Programm für den bemannten Flug zum Mond mißbilligte, und das Vorhaben nach Kräften behinderte. *Agronski weiß, daß Apollo damit gestorben ist. Hier und jetzt, in diesem Raum.*

»Nun«, sagte Agronski selbstgefällig. »Natürlich weiß ich, daß es viele Stimmen gegen eine Fortsetzung der Mondflüge gibt, sogar in den Reihen der NASA. Das ganze System ist einfach zu komplex. ›Eines Tages wird Apollo noch jemanden umbringen, wenn es nicht schon Lovell und seine Besatzung auf dem Gewissen hat‹ – so sagt man doch, oder? Ich glaube, eine Einstellung des Programms würde nicht auf nennenswerten Widerstand stoßen – nicht einmal bei der NASA, nachdem die erste Landung nun absolviert wurde. Und...«

Muldoon stieß den Stuhl zurück und erhob sich. »Dann beenden wir die Mondflüge also«, sagte der Hüne in heiligem Zorn. »Wo wir gerade erst dort angekommen sind. Mein Gott, Fred. Die späteren Flüge wären erst die Krönung des Programms«, sagte Muldoon. »J-Klasse-Missionen mit neuen Landekapseln, dreitägigem Aufenthalt auf der Oberfläche, mit Hochleistungs-Tornistern mit einer Kapazität von sieben Stunden für Mondspaziergänge und Elektrofahrzeugen. Wir hätten Landschaften von unglaublicher Schönheit und hohem wissenschaftlichen Nutzwert gesehen. Wir hatten sogar erwogen, auf die Rückseite des Monds zu gehen.«

Michaels starrte Muldoon an. Er war stolz auf seine Fähigkeiten als Amateur-Politiker, doch in diesem alles entscheidenden Augenblick fehlten ihm die Worte.

»Ich weiß, Joe. Ich weiß.«

Michaels konnte sich die Attacken ausmalen, denen er von seiten der Wissenschaftler ausgesetzt sein würde. Womöglich gelang es ihm nicht einmal, Paine oder anderen maßgeblichen Leuten wie George Mueller, der immerhin ein Verfechter der Raumstationen war, einen solchen Handel schmackhaft zu machen. Darüber hinaus bestand die Gefahr, daß ein Mars-Programm die Tätigkeit der NASA einengen und einem einzigen Ziel unterordnen würde, wie es schon bei Apollo der Fall gewesen war.

Er versuchte, sich auf Muldoon zu konzentrieren und die Lage in seiner Gegenwart zu klären.

»Vielleicht müssen die Flüge gar nicht gestrichen werden, Joe. Vielleicht könnten wir das Programm strecken. Ein paar Flüge auf später verschieben...«

Muldoon wandte sich Michaels zu, wobei die Muskeln sich unter dem Hemd anspannten. »Tu das nicht, Fred. Laß die Mondflüge nicht sterben.«

Aus dem Augenwinkel sah Michaels Agronskis Gesicht, der von diesem Ausbruch von Monomanie angewidert schien.

Er weiß, daß er gewonnen hat. Er weiß, daß es mit einer bloßen Verschiebung nicht getan ist. Ich muß diesen Opfern zustimmen, sie innerhalb der NASA verkaufen und dann als ihr Direktor durchsetzen, um uns allen eine Zukunft zu geben. Und es werden noch viel schmerzlichere Einschnitte auf uns zukommen.

Michaels hatte das Gefühl, als ob die ganze Geschichte, Vergangenheit und Gegenwart, in diesem Moment auf ihn einstürzte und daß er, wie auch immer seine Entscheidung ausfiele, vielleicht das Schicksal ganzer Welten bestimmte.

Sonntag, 21. Juni 1970
Hampton, Virginia

Nachdem Jim Dana an Richmond vorbeigefahren war, bog er mit der Corvette vom Highway 1 in südöstlicher Richtung auf den schmaleren State Highway 60 ab. Die Städte wurden immer seltener und kleiner. Und hinter Williamsburg schien es dann gar nichts mehr zu geben außer Wäldern, Sümpfen und vereinzelten Bauernhäusern.

Es war ein frischer Junitag, und bald stieg Dana die salz- und ozonhaltige Meeresluft in die Nase. Die Sonne brannte auf den Ellbogen, der lässig aus dem Wagenfenster ragte. Die Landschaft um ihn herum schien sich auszudehnen und wieder die riesigen Dimensionen der Kindheit einzunehmen. Die Schreie der Seemöwen hallten in der Luft.

Gegen Mittag erreichte er Hampton: seine direkt an

der Spitze der Halbinsel gelegene Heimatstadt – im Grunde nicht mehr als ein Fischerdorf. Er fuhr Straßen entlang, die ihm so vertraut waren, daß er fast glaubte, seine Erinnerungen hätten die Welt von damals wiederauferstehen lassen. Er sah dieselben heruntergekommenen Anleger, die im Brackwasser dümpelnden Kähne der Krabbenfischer, die Möwen: all die Symbole der Kindheit waren noch da. Es war, als ob zwölf Jahre von ihm abfielen und mit ihnen all seine beruflichen und privaten Erfolge – Mary und die Kinder, die Akademie, der Dienst in der Luftwaffe – und ihn wieder auf den Status eines Zehnjährigen reduzierten.

Menschen waren zum Mond geflogen. Und die Denker des ein paar Kilometer weiter nördlich gelegenen Forschungszentrums in Langley hatten dabei eine Schlüsselrolle gespielt, Danas Vater Gregory eingeschlossen. Doch an Hampton schien das alles spurlos vorübergegangen zu sein.

Seine Eltern traten auf die Veranda, um ihn zu begrüßen. Die Fenster waren blitzblank, die Veranda war gefegt, und die Glöckchen, die der Wind immer zum Klingen brachte, blitzten unter dem strahlend blauen Himmel. Doch das kleine Holzhaus wirkte irgendwie vernachlässigt, und überhaupt hatte die Stadt schon bessere Zeiten gesehen. Dana spürte, daß Klaustrophobie ihn wie ein alter, schlecht sitzender Mantel einengte.

Seine Mutter, Sylvia, war fülliger und älter geworden, und ihr Gesicht wirkte müder und eingefallener, als er es in Erinnerung hatte. Doch nun erschien ein so strahlendes Lächeln auf diesem Gesicht, daß Dana ein unbestimmtes Gefühl der Schuld verspürte. Und dann kam sein Vater, Gregory Dana, in einer alten Strickjacke und mit nachlässig gebundener Krawatte und wischte sich die Hände an einem ölverschmierten Lappen ab. Gregorys Augen waren hinter den staubigen Brillengläsern kaum zu sehen – *John Lennon-Brille*, sagte Dana sich und verkniff sich ein Grinsen.

Gregory schüttelte Dana die Hand. »Und wie kommt der große Astronaut voran?«

Gregory hatte diese Frage gestellt, solange Dana sich erinnerte. Der Unterschied war nur, daß es nun so aussah, als ob die Frage bald wörtlich zu verstehen sei.

Das Mittagessen ging recht steif vonstatten. Seine Eltern hatten ihre Zuneigung ihm gegenüber schon immer sparsam dosiert. Also erzählte er von Mary, den Kindern und wie sehr sie sich über die Geschenke gefreut hätten, die sie jüngst zum Geburtstag bekommen hatten: den Modellbausatz einer Saturn V-Rakete, der für den zweijährigen Jake noch viel zu kompliziert war, und den selbstgestrickten Pulli für Maria.

Nach dem Essen steckte Gregory Dana den Tabaksbeutel in die Tasche seiner verschlissenen grauen Strickjacke. »Na, Jimmy, wollen wir hinten in der Werkstatt ein bißchen fachsimpeln?«

Danas Mutter nickte ihm zu. Schon in Ordnung, er sollte ruhig gehen.

»Klar, Paps.«

Bei der sogenannten Werkstatt handelte es sich im Grunde um eine leerstehende Kammer an der Rückseite des Hauses. Sie war angefüllt mit Büchern, Werkzeugen, halbfertigen Modellen und einer Tafel, auf der irgendwelche unleserlichen Gleichungen standen.

Dana räumte ein paar Skizzen von einem Hocker. Er war bereits mit einer Patina aus feinem Staub überzogen. Sämtliche verfügbaren Oberflächen waren mit Zetteln, angekauten Bleistiften, Tabakkrümeln und unvollendeten Modellen belegt. Gregory hatte Sylvia untersagt, hier sauberzumachen. Als Dana schon größer war, hatte er zwar versucht, das Chaos zu begrenzen, doch seit er das Elternhaus verlassen hatte, war der Verschlag wohl kein einziges Mal gereinigt worden.

Sein Vater wuselte nun in der Werkstatt herum, klaubte diverse Teile aus dem Durcheinander und sortierte sie penibel. Dabei schmauchte Gregory zufrieden ein Pfeifchen, und der aromatische Tabakduft, der den Raum erfüllte, weckte Erinnerungen in Dana.

Sonntagnachmittags war Gregory oft mit Dana auf die Wiesen neben dem Flugfeld von Langley hinausgegangen, wo sie sich mit anderen Ingenieuren von Langley trafen und Flugzeug- und Raketenmodelle fliegen ließen – wobei es sich jedoch nicht um vorgefertigte Modelle gehandelt hatte, sondern um Eigenbauten, die in solchen Verschlägen wie dem von Gregory gebastelt wurden. Es war das Höchste für Dana gewesen, einen windigen Nachmittag mit diesen Exzentrikern zu verbringen, die sich selbst als Superhirne bezeichneten und von den Einwohnern von Hampton geschnitten wurden.

Als kleiner Junge hatte Dana seine Zukunft darin gesehen, in Langley Flugzeuge und Raketen zu entwickeln.

»Na«, sagte Gregory, ohne ihn anzuschauen, »wohin wirst du nun versetzt?«

»Ich bin nicht sicher. Aller Wahrscheinlichkeit nach gehe ich nach Edwards.« In die Mojave-Wüste, zum renommiertesten Testgelände der amerikanischen Luftwaffe.

»Wirst du dort auch fliegen?«

»Vielleicht. Ist sogar wahrscheinlich. Aber nicht die neuesten Maschinen.«

»Und«, fragte Gregory gleichmütig, »wirst du dann für längere Zeit dort bleiben?«

»In meinem Geschäft ist gar nichts längerfristig, Paps. Das weißt du doch selbst.« Diese Frage hörte er jedesmal, wenn er nach Hause kam.

Gregory hatte ein rundes Gesicht mit weichen Zügen und leichten Hängebacken, und der massige Schädel war mit schütterem Haar bedeckt. »Es ist wegen deiner Mutter. Sie macht sich Sorgen. Ich...«

»Paps«, sagte Dana, »ich bin doch kein Kampfpilot. Du brauchst dir deshalb keine Sorgen zu machen. Ich werde nicht nach Vietnam gehen. Ich will am Raumfahrtprogramm teilnehmen und nicht in den Krieg ziehen. Ich weiß nicht, wie oft ich noch versetzt werde...«

»Wäre es möglich, in Edwards auch eine Astronauten-Ausbildung machen?«

Dana holte tief Luft. »Sicher. Überhaupt wird Edwards noch eine Schlüsselstellung einnehmen«, sagte er. »Man wird sich dort mit der Entwicklung der Raumfähre beschäftigen und dabei auf den Trägersystemen aufbauen, die früher in Edwards erprobt wurden. Außerdem ist Edwards dem Vernehmen nach als Landeplatz für die Raumfähre vorgesehen. Sie kommt aus dem Weltraum rein und geht in der Salzwüste runter.«

»*Falls* die Raumfähre gebaut wird«, grunzte Gregory. »Es gibt auch schon Pläne für einen Flug zum Mars. Und *dafür* nehmen wir auch wieder primitive Raketen. V-2.«

Dana grinste. »Die deutschen Raketen, Paps?«

»Es ist dieser Dilettantismus, der mich aufregt. Von Brauns Konstruktionen sehen alle gleich aus. Seit dreißig Jahren! Riesige, ›übermotorisierte‹ Maschinen! Hauptsache, auf dem schnellsten Weg zu den Sternen!«

»Immerhin haben die Deutschen schon einen Mann auf den Mond geschickt«, gab Dana zu bedenken.

»Natürlich. Aber es ist nicht *elegant*.«

Nicht elegant. Langley hat eben keinen Sinn für Ästhetik.

»Im Grunde hat die Theorie der Raumfahrt sich seit

den Tagen von Jules Verne nicht fortentwickelt«, beanstandete Gregory.

»Ach, komm schon, Paps; das stimmt nun wirklich nicht.« Die Mondreisenden in den Science Fiction-Romanen von Jules Verne, die er im neunzehnten Jahrhundert geschrieben hatte, wurden von Florida aus mit einer großen Kanone zum Mond geschossen. »Sogar Verne hätte erkannt, daß seine Reisenden durch die enorme Beschleunigung an die Innenwand des Projektils geschmiert worden wären.«

Gregory wedelte mit der Pfeife. »Ja, natürlich. Darauf kommt es aber nicht an. Schau – Verne hat seine Reisenden mit einem Impuls losgeschickt: einem Schub, der durch die Kanone erzeugt wurde. Nach diesem kurzen Moment bewegte das Raumschiff sich antriebslos auf einem langgestreckten Orbit um die Erde.

Und mit Apollo ist es das gleiche. Unsere großen Brocken, von Brauns Saturn-Raketen, sind auch schon nach ein paar Minuten ausgebrannt, und das bei einem mehrtägigen Flug. Sie verleihen dem Raumschiff auch nur einen Impuls. Und die Mars-Studien beruhen auf demselben Prinzip. Schau hier.«

Gregory ging zur Tafel und wischte sie mit dem Ärmel ab. Dann kramte er in der Tasche der Strickjacke und brachte schließlich ein Stück Kreide zum Vorschein. Er malte zwei konzentrische Kreise an die Tafel. »Das sind die Orbits von Erde und Mars. Jedes Objekt im Sonnensystem bewegt sich auf einem Orbit um die Sonne: in Ellipsen mit unterschiedlicher Streckung.

Wie kommen wir nun von der Erde auf dem Innenkreis zum Mars auf dem Außenkreis? Wir verfügen nicht über die Technik, um die Raketen für einen längeren Zeitraum feuern zu lassen. Wir müssen deshalb mit Impulsen arbeiten und von einer elliptischen Bahn zur nächsten hüpfen, als ob wir von einer fahrenden Straßenbahn auf die andere springen würden. Und wir müssen die Flugbahn zum Mars und zurück aus Abschnitten von verschiedenen Ellipsen zusammenfügen. Wir treten und wir rollen, treten und rollen. Wie ein Radfahrer ...«

Dana betrachtete die Entwürfe seines Vaters und war in Gedanken doch in Langley.

Das Samuel P. Langley Memorial Laboratory war das älteste Luftfahrt-Forschungszentrum der USA und Ausgangspunkt aller anderen Einrichtungen dieser Art. Es war während des Ersten Weltkriegs gegründet worden, weil man verhindern wollte, daß das Land der Gebrüder Wright hinter die Europäer zurückfiel, deren Luftfahrttechnik durch den Krieg einen Innovationsschub erfuhr. Es war eine andere Welt gewesen, wo die individualistischen Traditionen des alten Amerika noch Bestand hatten und wo es nicht erstrebenswert schien, die technokratischen Strukturen zu übernehmen, welche die totalitären Staaten in Europa zunehmend prägten.

Also arbeiteten die Leute in Langley mit geringen Mitteln und weitgehend unbeachtet von der Öffentlichkeit, mauserten sich jedoch zu Pionieren in der Luft- und Raumfahrttechnik. Und damals – so hatte Gregory Jim erzählt – bezeichneten die Einwohner von Hampton den Bürgerkrieg noch immer als ›den letzten Krieg‹.

Gregory hatte Jim oft nach Langley mitgenommen. Das Forschungszentrum war eine Ansammlung altehrwürdiger, massiver Gebäude mit breiten Veranden. Fast wirkte das Gelände wie der Campus einer Universität. Doch auf den akkurat gestutzten Rasenflächen und zwischen den von Bäumen gesäumten Wegen befanden sich exotische Gebilde: große Kuppeln, aus denen bis zu zehn Meter lange Röhren ragten. Das waren Langleys berühmte Windkanäle.

Im Lauf der Zeit hatte Jim Dana eine Übereinstimmung zwischen der Architektur von Langley – eine eigenartige Kombination aus konventionellen und exotischen Elementen – mit dem komplexen Bewußtsein seines Vaters festgestellt.

Wegen der peripheren Lage von Hampton machten viele brillante junge Luftfahrtingenieure einen großen Bogen um den Ort. Diejenigen, die dennoch nach Langley kamen, waren ebenso motiviert wie verschroben – auch Gregory machte da keine Ausnahme, wie Jim zu seinem Leidwesen erkannt hatte. Und die ortsansässigen Virginier hatten von der Ankunft der ›Eierköpfe‹ – diese Bezeichnung hatte sich bis heute gehalten – kaum Notiz genommen. Also blieben die Ingenieure von Langley im Dienst und in der Freizeit weitgehend unter sich und lebten in ihrer eigenen kleinen Welt.

Nachdem Dana von zuhause ausgezogen war, hatte er erkannt, daß die Welt hinter Virginia noch nicht zu Ende war.

»Ich weiß nicht, wieso du überhaupt noch hier bist«, hatte er einmal zu seinem Vater gesagt. »An den anderen NASA-Standorten geht die Post richtig ab. Wieso ziehst du nicht einmal in Erwägung, dich zu verändern?« Der mangelnde Ehrgeiz seines Vaters war ihm unbegreiflich.

»Weil Leute wie ich hier am besten aufgehoben sind«, hatte Gregory erwidert. »Die Medien interessieren sich kaum für Langley. Nicht einmal der Rest der NASA interessiert sich sonderlich dafür. Für Außenstehende ist dieser Ort nur eine Ansammlung von grauen Gebäuden und grauen Menschen, die auf Rechenschieber starren und lange Gleichungen an Schiefertafeln schreiben. Doch wer sich für die Forschung in der Luftfahrt begeistert, hat dort das Paradies gefunden – einen unvergleichlichen und wundervollen Ort.«

Jim wußte, daß Langley den USA in der Luft- und Raumfahrt enorme Fortschritte beschert hatte. Während des Zweiten Weltkriegs hatte man sich dort mit der Entwicklung von Kampfflugzeugen beschäftigt und danach mit den Programmen, aus denen das erste Überschallflugzeug, die Bell X-1, hervorging. Angehörige von Langley hatten die Arbeitsgruppe gebildet, die für das Mercury-Programm verantwortlich war, und später befaßten sie sich mit der konstruktiven Optimierung der Gemini- und Apollo-Raumschiffe...

Gregory hatte nie über seine Vergangenheit gesprochen. Dana wußte, daß er während des Kriegs eine schwere Zeit durchgemacht hatte. Vielleicht, so sagte er sich, war Langley nach all diesen Widrigkeiten eine Art Zufluchtsort geworden. Es bildete nämlich einen Puffer zwischen ihm und dem Druck der konkurrierenden Rüstungsbetriebe einerseits und der NASA-Politik andererseits. Es war, als ob die Männer von Langley – und es handelte sich auch fast ausschließlich um Männer – zu einem stillschweigenden Konsens gefunden hätten, daß sie an diesem Standort bleiben und mit den gleichen bescheidenen Mitteln weiterarbeiten würden – obwohl das von Langley initiierte Raumfahrtprogramm förmlich explodierte.

Gregory war erst einundvierzig. Doch Dana sah, daß er an persönlicher Statur gewonnen hatte, daß er seinen Platz gefunden hatte; und hier würde Gregory, der mit seinem leichten französischen Akzent die Leute entzückte, bis ans Ende seiner Tage bleiben und nach Lust und Laune in diesem friedlichen, isolierten Kokon arbeiten.

Daß Gregory in Langley blieb, bedeutete natürlich auch, daß er und Sylvia mehr oder weniger in

Hampton festsaßen und wahrscheinlich auch in dem verfallenden Ort ausharren mußten; zumal Gregory nicht mehr mit einer Gehaltserhöhung rechnen konnte, weil er das Ende der Laufbahngruppe bereits erreicht hatte...

Gregory hatte eine Halbellipse gemalt, die im einen Extrem den Erdorbit tangierte und im anderen den Marsorbit. »Hier haben wir einen Minimalenergie-Transferorbit, auch Hohmann-Ellipse genannt. Jede andere Flugbahn hätte einen höheren Energiebedarf... Um zur Erde zurückzukehren, müssen wir einer ähnlichen Halbellipse folgen.« Er verschob den Mars um vielleicht zwei Drittel auf seinem Orbital-Pfad und malte eine weitere Ellipse, die sich diesmal vom Mars zur Erde erstreckte. »Der Rückflug dauert genauso lang wie der Hinflug, etwa zweihundertsechzig Tage. Und dann müssen wir noch die Wartezeit auf dem Mars berücksichtigen, bis Erde und Mars so zueinander stehen, daß der Rückflug überhaupt möglich wird: nicht weniger als vierhundertachtzig Tage. Also beträgt die Gesamtdauer der Mission volle neunhundertsiebenundneunzig Tage – mehr als zweieinhalb Jahre. Der längste bisherige Raumflug hatte eine Dauer von zwei *Wochen*; eine Mission von einer solchen Zeitdauer ist gewiß ausgeschlossen.«

»Trotzdem erstellt Rockwell gerade ein solches Missions-Profil für die NASA«, sagte Dana. »Sie befassen sich nur mit der chemischen Technik. Und in Marshall betrachtet man die nuklearen Optionen.« Nuklearraketen mit naturgemäß höherer Leistung wären in der Lage, ein Schiff auf eine flachere Ellipse zu bringen und dadurch Zeit zu sparen. »Die Marshall-Studie legt eine Gesamtflugdauer von maximal vierhundertfünfzig Tagen zugrunde...«

»Noch mehr große Raketen! Pfui!«

Dana grinste. »Immer noch nicht *elegant* genug für dich, Paps? Aber wo soll hier überhaupt Platz sein für Eleganz? Es sieht doch wohl so aus, als seien wir den Gesetzen der Himmelsmechanik unterworfen. Entweder Hohmann oder Brachialgewalt.«

»Genau. Die Eleganz besteht nun darin, zu warten: warten, bis wir einen geeigneten Antrieb entwickelt haben; wie zum Beispiel ein Ionentriebwerk, das die Flugdauer *wirklich* reduziert. Aber das werde ich nicht mehr erleben, und du vielleicht auch nicht.«

»Hmm.« Dana nahm seinem Vater die Kreide aus der Hand und zog selbst ein paar konzentrische Kreise. »Das Bild ist natürlich unvollständig. Das System hat schließlich noch mehr Planeten: Venus innerhalb der Erde, Jupiter außerhalb vom Mars. Und die anderen.«

»Und wo liegt da der Unterschied?« fragte Gregory mißmutig.

»Ich weiß nicht.« Dana versenkte den Kreidestummel wieder in der Jackentasche seines Vaters. »Du bist schließlich der Experte.«

»Nein, nein, das ist nicht mein Fachgebiet.«

»Vielleicht gibt es eine Möglichkeit, sich die anderen Planeten für einen Flug zum Mars zunutze zu machen. Die NASA erstellt bereits solche Szenarien: sie wollen das Schwerefeld von Jupiter und der anderen Riesenplaneten nutzen, um eine Sonde bis zum Neptun zu schleudern...«

»Was schlägst du da vor? Daß wir über den Jupiter zum Mars fliegen sollen? Das ist doch lächerlich. Jupiter ist dreimal so weit von der Sonne entfernt wie der Mars.«

Dieser barsche und ungeduldige Ton war Dana nur zu vertraut. Gereizt hob er die Hände. »Ich schlage gar nichts vor, Paps. Ich habe nur eine Feststellung getroffen, zum Teufel.«

Doch Gregory starrte weiterhin auf die Tafel, wobei die mit Kreidestaub überzogenen Brillengläser seine Augen verdeckten. Eine von Danas Bemerkungen hatte ihm, wie bei Jules Verne, einen Impuls verliehen und ihn auf eine neue spekulative Flugbahn geschickt. Jim Dana existierte in diesem Moment gar nicht mehr für ihn.

Zum Teufel damit, sagte er sich. *Ich führe nun mein eigenes Leben und habe eigene Sorgen. Ich habe keine Zeit mehr für diesen Kram.*

Vielleicht hatte ich nie welche.

Dana wandte sich ab, klopfte sich den Staub aus der Jacke und überließ seinen Vater seinen Gedanken.

Den Rest des Nachmittags verbrachte er bei seiner Mutter. Sie saßen auf der Hollywoodschaukel hinter dem Haus, tranken selbstgemachte Limonade und unterhielten sich. In der Ferne schrien Seemöwen.

Gregory Dana entwarf präzise interplanetare Flugbahnen.

... Im Alter von fünfzehn Jahren, im Jahre 1944, war Gregory Dana noch kein Raketeningenieur gewesen. Vielmehr gehörte er zu den Untermenschen, zu den dreißigtausend Franzosen, Russen, Tschechen und Polen, die im Innern eines ausgehöhlten Bergs in Thüringen schufteten.

Alle Verrichtungen erfolgten langsam – sogar das Anziehen –, und Dana war schon hungrig, wenn morgens um fünf die Arbeit begann. Das erste Essen, eine Suppe, gab es aber erst um vierzehn Uhr.

Und dann stürmten die SS-Wachen durch den qualmenden Tunneleingang in den Berg und prügelten mit Stöcken und Fäusten auf Köpfe und Schultern der Arbeiter ein. Der Tunnel war die Hölle. Er wimmelte von mit weißem Staub überzogenen und mit Steinen, Zementsäcken, Trägern und Kisten beladenen Gefangenen, und die über Nacht Gestorbenen wurden an den Füßen aus den Pritschen gezerrt.

Gregory Dana wurde von den Aufsehern geschätzt, weil er mit seinen kleinen Händen auch komplizierte Arbeiten zu verrichten vermochte. Also wurden ihm leichtere, komplexere Aufgaben zugewiesen. Im Laufe der Zeit entwickelte er ein Verständnis für die Funktionsweise der großen Maschinen, an denen er arbeitete und bekam auch mit, welche Visionen die militärischen Planer des Reiches hatten.

Die Arbeiter im *Mittelwerk* wußten bereits, daß Hitler die Produktion von nicht weniger als zwölftausend A-2-Raketen befohlen hatte, die von Braun entwickelt hatte – oder das, was die Deutschen nun als V-2 bezeichneten: V für *Vergeltungswaffe*, Rachewerkzeug.

Es gab Pläne für den Bau einer riesigen Kuppel am Pas de Calais – sechzigtausend Tonnen Beton –, von der aus Raketen in Vierzehner-Salven auf England geschossen werden sollten. Und es gab noch weiterreichende Pläne: Raketenabschüsse von U-Booten, größere Raketen mit einer Reichweite von mehreren tausend Kilometern und – der größte Traum von allen! – eine große Raumstation, welche die Erde in einer Höhe von achttausend Kilometern umkreiste und mit einem großen Spiegel ausgestattet war, der das Sonnenlicht reflektierte und Städte verdampfte und Meere zum Sieden brachte.

Visionen eben!

... Aber die V-2 war die alltägliche Realität. Dieses große, mit Heckflossen versehene Projektil mit einer Länge von über dreizehn Metern war imstande, eine Bombe mit einer Sprengkraft von einer Tonne über dreihundert Kilometer weit zu befördern! Die vier Tonnen schwere Rakete bestand aus nicht weniger als zweiundzwanzigtausend Einzelteilen!

Dana verliebte sich förmlich in die V-2. Es war ein

wundervolles Gerät, eine Maschine aus einer anderen Welt, aus einer lichten Zukunft – und Dana erkannte auch den Traum, der mit der Rakete Gestalt angenommen hatte, den Traum der Konstrukteure.

Auch wenn die Arbeit ihn umbrachte.

Eines Morgens – so früh, daß die Sterne noch leuchteten und Frost den Boden bedeckte –, sah er, wie die Ingenieure von der Forschungseinrichtung in Peenemünde – Wernher von Braun, Hans Udet, Walter Riedel und die anderen sowie ein paar junge uniformierte Männer, von denen manche kaum älter waren als Dana – zu den Sternen hinaufschauten und sich leise unterhielten.

Dana folgte der Richtung ihres Blicks und erkannte einen hellen, stetig glühenden Stern, der rötlich schimmerte wie ein Rubin.

Der ›Stern‹ war natürlich der Planet Mars in seinem Glanz.

Natürlich: *das* war der Traum, der diese jungen, intelligenten Deutschen umtrieb und ansporrnte – daß eines Tages die Scheibe des Mars im Schein der von Menschenhand erbauten Städte erstrahlte. Und diese Menschen sollten von einem fernen Nachfolger der V-2 dorthin geflogen werden.

Mit fünfzehn hatte Gregory Dana bereits begriffen, daß diese jungen Männer aus Peenemünde von der strahlenden Schönheit der V-2 und dem, wofür sie stand, geblendet waren. Es war keine bloße Schwärmerei: ja, er verstand den ungeheuerlichen Zwiespalt und begnügte sich damit, seine Pläne bis nach dem Krieg aufzuschieben. Er träumte davon, selbst noch größere Raketen zu bauen und sogar einen Sohn zu zeugen, der als erster Mensch den Mars oder die Venus betrat.

Wie er die jungen Ingenieure aus Peenemünde beneidete, die in ihren schmucken Uniformen im *Mittelwerk* umhergingen; *ihnen* schien es nichts auszumachen, an den aufgestapelten Leichen und an den bis zum Skelett abgemagerten Menschen vorbeizuschlendern, die die großen Raumschiffe zusammenbauten! Dieser Zwiespalt war erdrückend. Dana fragte sich, ob ein solcher Schmutz und solche Qualen der unvermeidliche Preis waren, den man für den Traum vom Raumflug bezahlen mußte.

Er versuchte sich vorzustellen, er wäre einer dieser klugen Deutschen in ihren SS-Uniformen.

Wenn er sich solchen Träumereien hingab, linderte das etwas den Schmerz, den er jeden Tag verspürte.

Und dann war dieser Morgen wieder da.

In seiner Werkstatt, im sonnigen Juni des Jahres 1970, arbeitete Gregory Dana in Erinnerungen versunken an der Tafel, um den Traum von der Raumfahrt zu verwirklichen.

Als Dana vom Hof fuhr, kam sein Vater aus dem Haus gerannt und legte die Hände auf den Windschutzscheibenrahmen der Corvette. Er hatte Kreidespuren an der Stirn.

»Wohin willst du?«

»Ich muß fahren, Paps«, sagte Dana bedauernd. »Ich muß nach ...«

»Ich glaube, es funktioniert«, erklärte Gregory atemlos. »Natürlich ist es noch zu früh, um sicher zu sein, aber ...«

»Was funktioniert?«

»Venus. Nicht Jupiter – *Venus*. Verne hat ausgedient – wir brauchen diese riesigen Nuklearraketen überhaupt nicht!«

»Paps, ich ...«

Sylvia hakte sich bei Gregory unter. »Auf Wiedersehen, mein Junge. Fahr vorsichtig.«

»Ich rufe an, wenn ich zuhause bin, Mama.«

Am Ende des Blocks blickte Dana noch einmal

zurück. Sylvia winkte, doch sein Vater war schon wieder in der Werkstatt verschwunden.

Donnerstag, 9. Juli 1970
San Gabriel-Berge, Kalifornien

Es war später Vormittag; von einem strahlend blauen Himmel brannte die Sonne auf Yorks unbedeckten Kopf und die bloßen Schultern herab.

Jorge Romero hatte die Gruppe in ein kleines Tal geführt, von dem aus man einen freien Blick auf die Hügel hatte. Nun wandte er sich einem alten, knorrigen Eisenholz-Baum zu. »Dieser Baum ist eure Landekapsel. Ihr seid soeben auf dem Mond gelandet. Ich möchte nun, daß ihr dort hinübergeht und mir sagt, was ihr seht.«

Die drei Astronauten – Jones, Priest und Bleeker – sahen in die angegebene Richtung. Mit den Baseballkappen, den T-Shirts und den verspiegelten Sonnenbrillen waren sie kaum voneinander zu unterscheiden.

York wußte, daß Romeros Frage leicht zu beantworten war. Dies war eine interessante Gegend: es war zwar nicht der Mond, aber die Schichtung der bunten Felsformationen hatte durchaus eine gewisse Ähnlichkeit mit dem Mond. Doch die Körpersprache und der Gesichtsausdruck der Astronauten kündeten von einer Mischung aus Verwirrung, Verlegenheit und Verärgerung.

Mein Gott, sagte York sich. *Dieser Ausflug wird eine Katastrophe.*

Doch Romero fuchtelte mit den Armen. »Kommt schon! Das einzige, wovon ihr auf dem Mond zuwenig habt, ist Zeit. Sie – Charles. Kommen Sie her.«

Mit einem süffisanten Grinsen an Bleekers Adresse

schlenderte Chuck Jones zu Romero hinüber. Er lehnte sich neben Romero gegen den Baum und erzählte ihnen, was er so sah.

York schätzte Romero auf Anfang Fünfzig, doch er war kräftig und geschmeidig und steckte anscheinend noch voller Energie. Die von der Sonne verbrannte Nase lugte unter der Sonnenbrille hervor, und ein paar Strähnen graumelierten Haars fielen unter dem Schlapphut hervor. York hatte vor ein paar Jahren eine Vorlesung bei Romero besucht. Der von Flagstaff aus operierende Romero war ein hervorragender Geologe und Geochemiker. Sie hatte sofort gespürt, daß er selbst den trägsten Studenten aufrüttelte – zum Beispiel den durchschnittlichen biersüffelnden und klugschwätzenden Helden-Astronauten.

Nachdem Ben Priest ihr also gesagt hatte, Romero hätte sich bereit erklärt, den beiden Apollo 14-Besatzungen eine geologische Grundausbildung zu vermitteln und nachdem Ben ihr angeboten hatte, Romero zu assistieren, hatte sie mit Freuden eingewilligt.

»... Nein, nein, nein! Was ist denn mit den Schichten in dem Berg dort drüben?«

»Sehen Sie, Professor ...«

»Und das herausragende Merkmal der Landschaft habt ihr überhaupt nicht gesehen!«

Jones wirkte konsterniert; das dichte Haar auf Händen und Armen des stämmigen Manns schien sich vor Zorn zu sträuben. »Was für ein ›herausragendes Merkmal‹ denn, um Himmels willen?«

»Sehen Sie hier.« Romero kniete sich hin und hob ein paar weiße Gesteinssplitter vom Talboden auf. »Sehen Sie? Solche Steine gibt es überall – stimmt's? –, wo Sie nun *genauer* hinsehen.«

Jones hatte genug. »Das ist ein verdammtes Feldlager.« Er trat gegen einen von Romeros weißen Steinen. »Ben, das ist eine verdammte Zeitverschwendung.

Unser Programm ist auch ohne diesen Mist schon dicht gepackt genug.«

»Komm schon, Chuck«, sagte Adam Bleeker gemütlich. »Gib ihm wenigstens eine Chance.«

»Scheiß drauf und scheiß auf dich«, gab Jones ihm zu verstehen. »Hört zu: wir sind doch nur die gottverdammte Reserve-Mannschaft für Apollo 14. Zum einen werden wir wahrscheinlich nicht einmal zum Mond fliegen. Zum zweiten sind die Mond-Apenninen das Ziel, und nicht Kalifornien. Weshalb sollte ich also über einen Haufen beschissener kalifornischer Steine stolpern? Zum dritten bin Pilot. Ich sehe nicht ein, weshalb ich über die Geologie des Mondes Bescheid wissen muß, um meine Aufgabe zu erfüllen.«

»Sieh mal, Chuck ...«, sagte York und trat vor.

Der verächtliche Blick, den er ihr nun zuwarf, ließ sie innehalten; gerade so lange, daß Romero Zeit hatte, die Hand zu heben.

»Nur mit der Ruhe. Mr. Jones hat natürlich völlig recht.«

Jones wirkte verwirrt.

»Es kommt nicht darauf an, ob Sie über die San Gabriel-Berge Bescheid wissen. Natürlich nicht. Im Grunde kommt es auch nicht darauf an, ob Sie über den Mond Bescheid wissen. Worauf es mir aber ankommt, ist, daß Sie lernen müssen, zu *beobachten*, wenn die Mission ein durchschlagender Erfolg werden soll.«

Ein durchschlagender Erfolg. Ben Priest mußte ein Grinsen unterdrücken, und York fragte sich, ob er Romero ein paar Boxer-Sprüche beigebracht hatte, mit denen er Jones kontern konnte.

Auf jeden Fall hatte er damit Erfolg. Jones bückte sich und hob einen weißen Stein auf. »Wenn Sie mir nun noch sagen würden, wozu das, verdammt noch mal, gut sein soll.«

»Der Stein heißt Anorthosit«, sagte Romero gleichmütig. »Und wir vermuten stark, daß er der Hauptbestandteil der Kruste des Urmonds war.«

»Wirklich?« Nun trat Adam Bleeker vor und nahm Jones den Stein aus der Hand – als ob es die einzige Anorthosit-Probe im Tal sei, sagte York sich. »Wie das?«

Jones schmollte noch immer, doch nun stand er nicht mehr im Mittelpunkt, sondern Romero hatte wieder die Kontrolle übernommen.

»In der Entstehungsphase war der Mond wahrscheinlich eine Schmelze. Als er sich dann abkühlte, bildete sich bis zu einer Tiefe von etwa hundertfünfzig Kilometern eine Kruste aus anorthositischem Gestein – helles Gestein wie dieses hier. Sehen Sie, die Hauptbestandteile von Anorthositen, wie Plagioclase, sind leicht; die schwereren Mineralien wie Eisen und Magnesium haben sich im Mondkern abgelagert. Und nun glauben wir, daß die helleren, älteren Gebiete, die wir an der Mondoberfläche ausgemacht haben, hauptsächlich aus Anorthosit bestehen, während es sich bei den dunklen *maria* um erstarrte Lavaseen handelt.«

Bleeker mußte bei dieser Vorstellung grinsen. »Dann waren die *maria* früher einmal Meere.«

York nickte. »Es muß ein unglaublicher Anblick gewesen sein: Meere von der Größe des Mittelmeers, in denen rotglühende Lava brodelte...«

Ihre Stimme erstarb. Jones, dessen Augen hinter der Sonnenbrille nicht zu sehen waren, schaute sie an und machte sich bei Ben Priest über sie lustig. Darüber, wie sie beim Sprechen die Augenbrauen hochzog.

Ben fühlte sich unbehaglich. Er wußte nicht, ob er den Scherz des Kommandanten mit einem Grinsen quittieren oder sich über den Affront gegen seine Freundin ärgern sollte.

Auf jeden Fall schwieg York nun. Sie war wütend

und fühlte sich wieder wie die linkische Sechzehnjährige, die sie einmal gewesen war.

Mit ausladender, theatralischer Geste entfernte Jorge Romero sich ein paar Schritte. »Hört zu. Ich möchte, daß ihr diesen Ort als bessere Beobachter verlaßt, als die ihr hergekommen seid. Aber ihr sollt noch etwas mitnehmen: ein Gespür für das *Drama* der Geologie.« Er ließ den Blick schweifen. »Wenn ihr euch in einem Tal wie diesem umseht, nehmt ihr vielleicht ein paar staubige Felsen wahr. *Ich* sehe aber gewaltige Prozesse, welche die Oberflächen von Welten umformten und im Zeitablauf erstarrt sind. Ich bin sicher, daß Natalie die gleiche Wahrnehmung hat. Wir sehen es nur deshalb nicht, weil wir im Vergleich zu diesen Abläufen Eintagsfliegen sind.

Und nun fliegt ihr vielleicht zum Mond! Ihr müßt diese Gelegenheit beim Schopf packen und mit offenem Herzen und Bewußtsein dorthin gehen. Glaubt mir, wenn ich sage, daß ich alles geben würde, um mit euch zu tauschen.«

Chuck Jones trat vor und spuckte einen Kaugummi auf den staubigen Erdboden. »Klar. Wir werden eh nie zum Mond fliegen; es sei denn, Dave Scott und Jim Irvine fahren bei einer dieser öden Expeditionen mit ihrem Mondauto über eine gottverdammte Klippe. *Sie* fliegen mit der letzten Apollo zum Mond, nicht wir. Deshalb meine ich, Sie sollten die Ansage abkürzen, Prof, und die Checkliste abhaken, damit wir von hier wegkommen.«

Er trat gegen einen weiteren Anorthositen, der im Weg lag und verließ das Tal.

An dieser Exkursion hätten mindestens vier Astronauten teilnehmen sollen. Doch nachdem Fred Michaels das Programm kurz vorher gestrichen hatte, fehlte den Jungs wohl die Motivation für ein nun sinnlos erscheinendes Training. Wenigstens hatten diese drei sich aufgerafft, doch Jones' Renitenz verwandelte die ganze Sache in einen Gang durchs Fegefeuer.

York war durchweg abgestoßen von den Astronauten, denen sie bislang begegnet war. Ben stellte offensichtlich eine Ausnahme dar. Zumal sie es ohnehin kaum glaubte, daß Typen wie Jones überhaupt Astronaut geworden waren; er wies nämlich eine frappierende Ähnlichkeit mit einem Familie Feuerstein-Raumfahrer aus den Fünfzigern auf. In ihren Augen war der ganze Haufen über die Maßen arrogant und selbstherrlich.

Zum Teufel mit ihnen.

Sie und ihre Freunde in Berkeley hatten in den letzten Monaten wenig getan, außer die Nachwirkungen der Vorgänge an der Kent State University im Mai zu verfolgen. Ein paar von ihnen bereiteten selbst Sympathiekundgebungen vor. Sie hätte wetten mögen, daß Chuck Jones – wahrscheinlich auch Bleeker und sogar Ben – überhaupt nichts vom Aufruhr an der Kent State wußten, der das Land zu zerreißen drohte. Dafür waren sie viel zu sehr mit ihren wichtigen Programmen beschäftigt.

Plötzlich überkam sie blinde Wut, fast ein Haß auf diese Astronauten und das System, dessen Produkt sie waren.

Während er durch die Landschaft stolperte, nahm Chuck Jones die Steine um sich herum kaum wahr. Immer wieder ließ er die Ereignisse der letzten Tage Revue passieren.

Fred Michaels, Inspektor der NASA, war höchstpersönlich im Gebäude 4 des Astronauten-Büros erschienen, um die Axt zu schwingen. Da stand er nun in seiner Weste, plump wie ein Otter, in einem Raum voller hemdsärmliger Leute mit Bürstenhaarschnitt.

Für Chuck Jones war Michaels' persönliches Erscheinen kein Trost.

Michaels verkündete lakonisch, daß die Erbsenzähler *alle* noch ausstehenden Mondflüge gestrichen hätten – bis auf Apollo 14, die Anfang 1971 starten sollte.

Jones war fassungslos; mit ein paar dürren Worten machte Michaels seine, Jones', erste und einzige Chance auf einen Mondflug zunichte.

Es wurden zwar Proteste laut, doch Michaels ging gar nicht auf die Fragen der Leute ein. »Es ist zum Nutzen des Programms, verdammt, zum langfristigen Wohl der NASA. Wir haben getan, was wir tun mußten. Und Tom Paine* gefällt das genauso wenig wie mir. Sogar noch weniger. Aber wir mußten diese Kröte schlucken, um unsere Zukunft zu sichern. Ich bin sicher, die meisten von euch verstehen das.«

Klar, sagte Jones sich, vom Kopf her verstehen wir das schon. Aber wenn gerade der Flug gestrichen wurde, für den man jahrelang trainiert hat, steckt man das trotzdem nicht so einfach weg.

Und die Stimmung im Büro war noch schlechter geworden, nachdem Deke Slayton sich mit versteinertem Gesicht erhoben und verkündet hatte, daß diese letzte Mission, Apollo 14, zu einer J-Klasse-Mission aufgewertet werden sollte, einer qualifizierten wissenschaftlichen Expedition. Also würde Apollo 14 die neue Landekapsel mit dem Mondfahrzeug sowie die Betriebs- und Versorgungseinheit mit der orbitalen Instrumentenbatterie erhalten, die eigentlich für Apollo 15 vorgesehen war. Und wo sie schon die Ausrüstung von Apollo 15 hatten, wurde ihnen auch gleich deren Landeplatz zugewiesen: ein Ort namens Hadley im Vorgebirge der Mond-Apenninen.

---

* Direktor der NASA – *Anm. d. Übers.*

Doch die ursprüngliche Besatzung von Apollo 15 – Dave Scott, Jim Irwin und Al Worden – trainierten auch schon intensiv für die Landung in Hadley.

Also, sagte Deke, müsse er Alan Shepard und seine Leute rausnehmen, die eigentlich für Apollo 14 vorgesehen waren. Statt dessen sollten nun Scott und seine Besatzung die Mission durchführen und Jones, Bleeker und Priest als Reservebesatzung mitnehmen. Der Start würde um ein paar Monate verschoben werden, damit Boeing genug Zeit für die Fertigstellung des Rovers blieb und Grumman in die Lage versetzt wurde, die Verbesserungen an der Landekapsel vorzunehmen. Deke äußerte die Erwartung, daß Shepards Leute ab sofort Scotts Besatzung beim Training unterstützten.

Jones sah, daß Al Shepard die Besprechung mit einem Gesicht wie ein Grabstein verließ. Es war schon nicht ratsam, Al über den Weg zu laufen, wenn er einen guten Tag hatte; und es war offensichtlich, daß man ihn trotz seines Rangs nicht schon vor der Besprechung von den Änderungen in Kenntnis gesetzt hatte. Slayton war auch ein alter Kumpel von Al. Ihre Freundschaft reichte bis zu den Tagen von Mercury zurück. *Eine beschissene Art, die Dinge zu regeln, Deke.* Jones erwartete, daß Shepard Slayton noch ein paar freundliche Worte sagen würde, nachdem das hier vorbei war.

Zumal Jones selbst auch noch etwas zu sagen hatte.

Nach ein paar Stunden stürmte er in Slaytons Büro.

»Verdammt, Deke, mit der Rolle als Ersatzmann bin ich nicht einverstanden. Mir steht das Kommando über die Besatzung von 14 zu und nicht Scott.« Schließlich hatte er – Jones – zu den Mercury-Astronauten gehört *und* war der vierte Amerikaner im All gewesen. Und er trainierte bereits in der Freizeit für spätere J-Klasse-Missionen.

Er hatte verdammt lang auf diese Krönung seiner

Karriere gewartet und würde nicht kampflos die Flagge streichen und sich mit Flügen in der Skylab-Mülltonne begnügen.

Doch Deke hatte seine Einwände mit einer Handbewegung abgetan. »Das ist unbegründet, Chuck. Hör zu: Al Shepard gehört auch zu den ersten Astronauten – für den Fall, daß du das vergessen haben solltest –, *und* er hat nach dieser schlimmen Ohrenerkrankung viele Jahre auf einen zweiten Flug gewartet. Und er war der *erste* Amerikaner im All; also rangiert Al vor dir, Chuck. Und trotzdem stelle ich ihn zugunsten von Dave Scott zurück. Du mußt dich damit abfinden, Chuck. Das gefällt mir genauso wenig wie dir, aber Scotts Mannschaft ist für die eine Mission, die wir noch haben, am besten qualifiziert.«

»Klar.« Natürlich verstand Jones das. Der Erfolg der Mission stand im Vordergrund; niemand in der NASA wollte auch nur das geringste Risiko eines Scheiterns eingehen.

Niemand außer den Astronauten, die sich nicht an Bord des letzten Apollo-Raumschiffs befanden.

Das Verständnis hinderte ihn allerdings nicht daran, es weiter zu versuchen, und er war noch für eine lange Zeit in Slaytons Büro geblieben und hatte ihn umzustimmen versucht...

Da lag wieder ein alter Stein, Anorthosit oder sonst ein Scheiß, im Weg. Jones trat dagegen und ging weiter.

Für den Nachmittag war ein simulierter dreistündiger Mondspaziergang angesetzt. Weil zu wenig Astronauten verfügbar waren, mußte York einspringen. Jones tat sich mit Priest zusammen und Bleeker mit York. Jorge Romero würde vom Fahrzeug aus den Capcom mimen. Die Astronauten waren mit Tornistern, Funkgeräten und Kameras bepackt und folgten Routen, die auf Karten eingetragen waren, deren Qualität den Orbital-Photographien mit ihrer niedrigen Auflösung entsprach.

York und Bleeker hielten am ersten Probenpunkt an. Sie standen vor einem großen, zerklüfteten Felsbrocken mit Durchschüssen von Anorthosit. Bleeker stellte ein Gnomon auf und machte Aufnahmen vom Felsen. Das Gnomon war ein Kalibierungs-Gerät, ein kleines Stativ mit einer Farbskala für die Photographie und einem frei aufgehängten Stab in der Mitte, um die Senkrechte auszuloten. Bleeker schlug mit dem Hammer gegen den Fels und brach ein faustgroßes Stück los. Er verstaute die Probe in einem Teflonbeutel und steckte sie in Yorks Rückentornister. York sah, daß er sich zu diesem Zweck Spezialhandschuhe angezogen hatte, die so steif waren, daß er die Probe kaum greifen konnte.

»Na, wie war ich?«

Sie erwiderte sein Grinsen. »Standard-Operations-Prozedur, Adam; Jorge wird stolz auf dich sein.«

Sie gingen weiter.

Bleeker wandte das Gesicht der Sonne zu, wobei der Anflug eines Lächelns zu sehen war. Der blasse und sommersprossige Bleeker – ein Junge aus den Nordstaaten – hatte sich unter der kalifornischen Sonne ordentlich mit Sonnencreme eingeschmiert. York war heute das erstemal mit ihm allein. Er kam ihr nichtssagend und phantasielos vor. *Idealprofil für einen Mond-Spaziergänger*, sagte sie sich.

»Dieses Training unterscheidet sich wohl sehr von dem, was du bisher gemacht hast«, sagte sie.

»Darauf kannst du wetten. Vor allem im Vergleich zu der Aufgabe, die ich vor dem Eintritt ins Astronauten-Büro hatte.«

»Und was war das?«

»Staffel 510. Das ist eine Jagdbomber-Staffel, die in

Virginia stationiert ist. Eine schöne Gegend. Bist du schon mal dort gewesen?«

»Nein ... welche Art von Bomben?«

Er schaute sie an. »Spezialwaffen«, beschied er sie mit der Reserviertheit eines Geheimnisträgers.

Ach so. Nuklearwaffen.

»Wir wurden ausgebildet, Einsätze von Westdeutschland aus zu fliegen. Wir hätten das feindliche Radar im Tiefflug in dreißig Metern Höhe unterflogen.« Er veranschaulichte das Manöver mit der Hand und winkelte sie dann nach oben ab. »Es kam darauf an, die Ladung genau im richtigen Moment abzuwerfen. Das Paket wäre dann in einer drei Kilometer langen Kurve ins Ziel gegangen.« Er grinste schüchtern. »Und ich mußte die Maschine senkrecht hochziehen, bevor es knallte.«

»Klingt echt riskant.«

»Das Fliegen ist an sich riskant«, sagte er gleichmütig. »Aber die F100, die wir flogen, waren schöne Geräte ...«

Für eine Weile erging er sich in Lobreden über die F100: die ›Super Saber‹, das erste Kampfflugzeug der Welt, das für Marschflug im Überschallbereich ausgelegt war.

York stellte die Ohren auf ›Durchzug‹.

Die F100 war von Rockwell produziert worden: derselbe Hersteller, der die Apollo-Raumschiffe gebaut und der sich nun um den Auftrag für das Mars-Raumschiff beworben hatte. Wenn man bedachte, wohin das Geld in der Hauptsache ging, dann stellte der Unternehmensbereich ›Raumfahrttechnik‹ bei Firmen wie Rockwell nur einen dünnen, glänzenden Firnis auf der Oberfläche der eigentlichen Geschäftstätigkeit, der militärischen Entwicklung, dar.

»Der Ausstieg hat mir aber nicht so gut gefallen.«

»Ausstieg?«

»Es war eine ›Einweg‹-Mission. Die Maschinen hatten nicht genug Treibstoff für den Rückweg. Wir mußten Hunderte von Kilometern von der Basis entfernt aussteigen und uns nach dem Absturz der Maschine irgendwie durchschlagen.«

»Meine Güte«, sagte York. »Du mußtest den Rückweg durch ein nukleares Schlachtfeld antreten?«

»Ich war dafür ausgebildet«, sagte er. »Ich war Teil der globalen Strategie. Neue Waffen bedingen neue Einsatz-Strategien. Gegenseitige Abschreckung lautete die Parole. ›Sicherheit ist das Kind des Schreckens, und das Überleben der Zwillingsbruder der Vernichtung…‹.«

Sie gruselte sich bei diesem Zitat. »Schön gesagt.«

»Winston Churchill.« Seine Augen waren wie Fenster, durch die blaues Licht fiel.

Ihr wurde bewußt, daß er durchaus intelligent war. Nur daß er eben anders war als sie und die Leute, mit denen sie Umgang pflegte. Ein Kalter Krieger. Sie schauderte.

Er warf einen Blick auf die Checkliste. »He, sieh mal: wir haben den letzten Haltepunkt übersehen.«

Sie machten kehrt und gingen in ihren Fußspuren zurück, wobei sie neue Probenbeutel zückten.

Am späten Nachmittag fanden sie sich beim Fahrzeug ein. Romero grinste zwar noch immer und scherzte gar mit Jones, doch York glaubte, unter dem Staub und der Sonnencreme Ringe um Romeros Augen zu erkennen.

Im Radio des Fahrzeugs wurde eine Rede übertragen, die Walter Mondale vor dem Kongress hielt, wo gerade über den Etatentwurf der NASA debattiert wurde: *…Ich halte ein Projekt, das mit solch gigantischen Kosten verbunden ist wie diese Mars-Mission, angesichts der Unterernährung vieler Menschen, der Verschmutzung unserer Flüsse und Seen und des Niedergangs unserer*

Städte und ländlichen Regionen schlicht für gewissenlos. Für welche Werte treten wir ein? Was ist uns wichtiger ...?

York und Ben Priest zapften sich aus einer Kanne eine Tasse Kaffee und entfernten sich ein Stück. Die tief am Himmel stehende Sonne stach ihnen in die Augen; sie hatte kaum etwas von ihrer Intensität verloren.

»Ich glaube, Romero bekommt nun Chucks Frust wegen des gestrichenen Flugs zu spüren«, sagte York.

»Nee. Chuck ist immer so, wenn es um die ›Wissenschaft‹ geht«, sagte Priest und nahm einen Schluck Kaffee. »Das ist schädlich.«

»›Schädlich‹ ist das richtige Wort. Kannst du ihn nicht irgendwie beruhigen?«

Er grinste sie an. »Ich befürchte, du kennst dich in Astronauten-Psychologie nicht aus, Natalie. Was diese Kerle betrifft, so ist das Wort des Kommandanten das Evangelium. Er gibt für die Besatzung und die ganze Mission den Ton an. Wenn der Kommandant ein ruhiger Typ ist, wie Armstrong, dann gilt das auch für die Besatzung; und wenn er eine Kappe mit einem Propeller tragen und ein Lied singen will, wie Pete Conrad, dann hat die ganze Truppe eine Kappe mit Propeller zu tragen und ein Lied zu singen. So läuft das eben. Gott sei Dank nimmt Dave Scott die Wissenschaft aber ernst. Ich glaube, wenn Chuck der Kommandant wäre, würde 14 vielleicht den Nadir des wissenschaftlichen Programms von Apollo darstellen und nicht den Zenit.«

Nun hörte sie, daß die Lautstärke wieder anschwoll. Romero klärte Jones darüber auf, wie wichtig es sei, Proben von großen Felsen zu nehmen, falls sie dazu in der Lage wären – weil große Felsen sich nämlich nicht weit vom Ort ihrer Entstehung entfernt hätten. Und das *Umfeld* einer Probe sei für einen guten Geologen genauso wichtig wie die *Zusammensetzung* des Steins...

Jones hingegen erklärte Romero, wohin er sich sein Geologenhämmerchen stecken solle.

Das hat keinen Sinn, sagte York sich wütend. *Wir dürfen diese Kasper nicht zum Mond schicken. Propeller-Kappen und andere Kindereien ...*

So geht das nicht weiter. Wenn wir wirklich zum Mars fliegen wollen, dann brauchen wir eine neue Klasse von Astronauten. Eine bessere.

Ben hatte sie immer wieder ermuntert, sich zu bewerben und dem Programm anzuschließen. *Vielleicht sollte ich das auch tun. Ich weiß, daß ich eine bessere Leistung bieten würde als ein Trottel wie Chuck Jones.*

Sie ging zum Fahrzeug zurück und holte sich noch einen Kaffee.

Zeitdauer der Mission [Tag/Std:Min:Sek]
Plus 001/13:45:57

»Bereit für TOI«, sagte Capcom Bob Crippen. »Eine Minute dreißig.«

»Danke«, erwiderte Gershon.

York stülpte sich den Helm über und arretierte ihn im Halsring des Druckanzugs. Durch die steifen Handschuhe geriet diese Verrichtung zu einer fummeligen Angelegenheit. Sie legte sich in die Haltegurte.

Erneut spürte sie, wie die kalte, muffige Luft ihr ins Gesicht blies.

Die montierte Ares glich einem schlanken, zerbrechlichen Metallkugelschreiber. Sie war ein großes, helles Objekt und von der Erde aus mit bloßem Auge leicht zu erkennen – ein Stern, der über Cape Canaveral hinwegzog.

»Bereit, um AT H-Zwei unter Druck zu setzen.«
»Bestätige.«

York legte ein paar Schalter um, wodurch die Temperatur in den zwei großen Außentanks des Zusatztriebwerks anstieg. Flüssiger Wasserstoff würde sieden und verdampfen und den Flüssigbrennstoff durch die Leitungen in die Brennkammern des MS-II pressen.

York war Geologin, und in dieser Eigenschaft würde sie auch zum Mars fliegen. Doch eine Besatzung bestand aus nur drei Mitgliedern. Wenn sie schon ins All flog, hatte sie sich auch mit den profanen Verrichtungen vertraut machen müssen, die für das Funktionieren des Raumschiffs und des Zusatztriebwerks unerläßlich waren.

Und Natalie Yorks Ressort waren die Außentanks.

Ihr Wissen war mittlerweile so umfangreich, daß sie in der Lage gewesen wäre, technische Dokumentationen über Zusatztanks zu schreiben. Im Grunde hatte sie das bereits getan.

»Eine Minute«, sagte Gershon.

York schaute durch das rechte Fenster auf den westlichen Atlantik, über dem gerade die Sonne aufging. Sie sah Schiffe auf dem Golf und Landstreifen, die wie auf einer Zeichentrick-Landkarte arrangiert waren.

TOI stand für ›Transfer Orbit Injection‹ und bedeutete, daß sie nun aus dem Erdorbit ausscherten und sich in eine Flugbahn zum Mars einschossen. Dies war ein entscheidender Augenblick für die Mission – und für ihr Leben.

Doch anderthalb Tage im Erdorbit waren zuwenig gewesen.

Sie hatte versucht, ein paar Impressionen der Erde im Gedächtnis zu speichern. *Nacht über Afrika*: die über die Wüste verstreuten Lagerfeuer der Nomaden. *Gewitter über Neuseeland*: Blitze, die wie Glühbirnen unter den gazeartigen Wolkenschichten explodierten, wo eine Entladung die nächste auslöste und in einer Kettenreaktion das ganze Land überzog.

6. November 1986. An diesem Tag sollte Ares in den Erdorbit zurückkehren. Am fünfhundertfünfundneunzigsten Tag der Mission. Dann werde ich dich wiedersehen. *An einem schönen Sonntagmorgen, lauter Steine vom Mars im Gepäck.*

»Ares, bereit für Zündung«, sagte Crippen.

Stone stellte den Hauptschalter auf EIN, und York sah, wie er die übrigen Instrumente überflog. Automatische Steuerung, automatische Schubregelung. Das Schiff befand sich in der richtigen Höhe, und die kardanische Aufhängung des Triebwerks war aktiviert, so daß die Düsen in allen Freiheitsgraden geschwenkt werden konnten, um das Schiff zu manövrieren.

Acht Sekunden bis zur Zündung. York spürte einen Stoß im Rücken: Hilfstriebwerke an der Grundfläche der Mehrstufenrakete wurden gezündet, um vor der Hauptzündung den Brennstoffschwund in den Tanks zu kompensieren und das Schiff zu trimmen.

›99:40‹, der Start-Code, erschien auf dem Monitor vor Stone. *Sind Sie sicher, daß Sie das tun möchten?*

Unter dem Bildschirm befand sich ein Knopf mit der Aufschrift WEITER. Stone streckte einen behandschuhten Finger aus und drückte auf den Knopf.

Gershon zählte abwärts: »Fünf. Vier...«

York rüstete sich für den entscheidenden Moment.

Ein dumpfes Rumoren ertönte und pflanzte sich durch die Mehrstufenrakete fort, während die vier mächtigen Triebwerke der MS-II neunzig Meter tiefer zündeten. Die Beschleunigung war langsam, fast sachte und drückte sie mit leichtem Druck auf die Liege.

Nach siebenunddreißig Stunden in der Mikrogravitation fühlte sie sich richtig schwer. Doch wenigstens war der Übergang nicht so abrupt wie beim letztenmal: diesmal verlief der Flug wirklich wie im Simulator. Im weiteren Verlauf der Mission – nachdem Ares den Brennstoff verbraucht und die Masse reduziert hatte – würde die MS-II viel schneller beschleunigen.

Gershon gab die Beschleunigungswerte durch. York hörte, daß seine Stimme durch den Kaugummi, den er im Mund hatte, leicht verzerrt wurde. *Mit Fruchtgeschmack.* Wie war es möglich, in einem Raumanzug Kaugummi zu kauen? Bei Gershon mußte man damit rechnen, daß er den Gummi mit der Zunge an die Innenseite des Helmvisiers pappte, um ihn später wieder abzulösen. Der Kerl war schon eine Marke.

»Ares, Houston, ihr seht gut aus von hier unten«, sagte Crippen. »Voll auf Kurs.«

»Danke«, sagte Stone. »Hier oben sieht es auch gut aus. Alle Werte im grünen Bereich.«

Sie sah aus dem Fenster. Die Erde schrumpfte deutlich. Es war ein bemerkenswerter Anblick, als ob die Erde ein Spezialeffekt wäre, der nun hinter dem Fenster verschwand.

Das Gefühl der Bewegung war erstaunlich. Fast erlebte sie einen Rausch der Geschwindigkeit.

»Wie läuft's, York?« fragte Stone trocken.

Sie fuhr herum. Er hatte sie wieder beim Gaffen erwischt. »Gut, gut, Phil.«

Sie wandte sich wieder ihrer Station zu. Sie hatte eine Aufgabe zu erledigen. *Wegen mir wird die Mission nicht scheitern.* Das Mantra eines jeden, der am Ares-Programm beteiligt war.

Sie warf Stone einen Blick zu. Er hatte seine Instrumente im Blick und war auf das Ziel fixiert. Anscheinend hatte er sie schon wieder vergessen. Stone hatte sich voll unter Kontrolle. Das hatte er immer.

Sie überprüfte den Status der Außentanks, der auf den Anzeigen vor ihr dargestellt wurde.

Jede Minute wurden ungefähr zweihunderttausend Liter flüssiger Sauerstoff und Wasserstoff aus den Tanks in die Triebwerke der MS-II gepumpt. Der

Druck in den Tanks fiel bereits deutlich ab; um diesen Druckabfall auszugleichen, leitete ein kompliziertes ›Abgasrückführungssystem‹ einen Teil der verdampften Gase von den Triebwerken in die Tanks zurück. Die Brennstoffzuführung war ein komplexes Gewirr aus großen Röhren, aus denen superkalte Flüssigbrennstoffe in ultraheiße Brennkammern sprudelten...

Mitten in der Brennphase sagte Crippen: »Ares, Houston, wir wollen nun auf Sendung gehen.«

Stone und Gershon stöhnten gequält. York sah verlegen in die Kamera, die über ihrem Kopf montiert war.

»Wir hätten gern fünf Minuten fürs Fernsehen und eine Außenaufnahme mit einem Kommentar von euch, wenn möglich.«

»Bestätigt«, sagte Stone.

Die NASA hatte beschlossen, die dramatischsten Momente der Mission im Fernsehen zu übertragen. Durch diese PR-Maßnahme für Ares sollte das amerikanische Volk sehen, was mit seinem Geld geschah. So war zum Beispiel schon der Start aus der Kommandokapsel übertragen worden. York hielt das jedoch nicht für eine gute Idee. Für eine Generation, die mit dem bombastischen Feuerwerk von *Krieg der Sterne* aufgewachsen war, wirkte der Start wahrscheinlich zu betulich.

Stone nickte York zu, und sie aktivierte per Knopfdruck die Kamera.

»In Ordnung«, sagte Stone. »Willkommen auf der Ares. Sie sehen uns hier in der Kommandokapsel. Wir befinden uns gerade mitten im TOI-Manöver. Wir sehen durch die Fenster die Sonne an uns vorüberziehen und natürlich auch die Erde. Seit dem Start der Mission sind siebenunddreißig Stunden, einundfünfzig Minuten und ein paar Sekunden verstrichen. Und nun zeigt Ralph Ihnen die Aussicht.«

Stone nickte York zu. Sie streckte die Hand aus und

löste die Kamera aus der Halterung. Weil sie wegen des Schubs nicht zu schweben vermochte, mußte sie Gershon die Kamera reichen. Sie war schwer und sperrig selbst in der schwachen Beschleunigung der MS-II.

»In Ordnung, Houston, los geht's«, sagte Gershon. »Hier seht ihr die Erde, wie sie unter uns wegfällt.«

»Bestätigt, Ares. Schöne Bilder.«

»Es ist wirklich ein phantastischer Anblick«, sagte Gershon. »Wir stehen nun über dem Atlantik, und ich sehe die Ostküste von Florida bis hinauf nach Neufundland – ein kristallklares Bild. Ich weiß nicht, ob ihr es ebenfalls in dieser Brillanz seht.«

»Wir sehen es.«

»Und wenn ich nach rechts schaue, erkenne ich am Horizont Westeuropa und Afrika. Ich sehe Spanien und die Britischen Inseln, aus einer verkürzten Perspektive. Die Britischen Inseln leuchten in einem satteren Grün als das bräunliche Grün, das wir in Spanien haben. Über Spanien ist es leicht dunstig, und über Südengland haben sich ein paar Kumulus-Wolken aufgetürmt.«

»Bestätigt. Das entspricht dem heutigen Wetterbericht.«

»Gut zu wissen, daß ich den richtigen Planeten betrachte, Houston ...«

»Ich bekomme gerade einen Kommentar über den Punkt auf der Erde, von dem aus die Sonnenstrahlen zu uns reflektiert werden«, sagte Stone. »Die Ozeane haben eine einheitliche, tiefblaue Färbung. Mit Ausnahme dieses Abschnitts, einem Kreis mit vielleicht einem Achtel des Erdradius. In diesem Gebiet verwandelt das Blau des Wassers sich in einen Grauton. Ich bin sicher, daß dies der Punkt ist, von dem aus die Sonnenstrahlen zu uns zurückgeworfen werden.«

»Roger, Phil«, sagte Crippen. »Das wurde schon

früher beobachtet. Es hat Ähnlichkeit mit Licht, das auf eine Bowlingkugel fällt. Man erhält diesen hellen Punkt, und das Blau des Wassers nimmt dann eine gräuliche Färbung an.«

»Genau, eine Bowlingkugel. Oder vielleicht Phils Birne.« Gershon lachte über seinen eigenen Witz.

York drehte den Kopf und überzeugte sich von der Richtigkeit dieser Aussage. Die blaue Oberfläche des Ozeans wurde von einem hellen Licht beschienen. Verdammt. Das Ding sieht wirklich aus wie eine Kugel. Wie eine Stahlkugel.

»Danke, Ares. Könnten wir nun eine Innenansicht bekommen, bitte? Vielleicht möchtet ihr uns erzählen, was es mit dem TOI auf sich hat.«

Gershon beförderte die Kamera durch die Kabine zurück, und York plazierte sie wieder auf der Halterung, so daß die drei in einer Weitwinkelperspektive erfaßt wurden. Sie fing Stones Gesicht ein, und der rollte mit den Augen und wies auf sie und die Kamera.

York war auf Sendung.

Sie widmete sich wieder den Instrumenten und vermied es, allzu oft in die Kamera zu blicken. Sie hatte einen Kloß im Hals, und ihr Gesicht lief unter dem Helm rot an. Plötzlich spürte sie jede einzelne Falte des Druckanzugs. Sie drückte auf die Sendetaste des Mikros. »In Ordnung, Houston. Dies ist unser TOI-Manöver: TOI für Transfer Orbit Injection. Im Moment feuert die Hauptantriebsstufe, die MS-II, um uns aus der Erdumlaufbahn hinauszutragen. Die MS-II ist eine Version der zweiten Stufe der alten Saturn V, die zu einer orbitalen Zündstufe umgebaut wurde. Die S-II, die Apollo zum Mond brachten, verfügten über 5 J-2-Triebwerke. Wir haben nur noch vier Triebwerke – modernisierte Einheiten mit dem Kürzel J-2S. Das Zentraltriebwerk ist durch eine Kopplungsöffnung für einen Flüssigsauerstoff-Tanker ersetzt worden. Das

MS-II hat eine wirkungsvollere Isolierung, um ein Verdampfen des Brennstoffs zu verhindern, verfügt über Hilfstriebwerke und zusätzliche Kopplungsöffnungen an der Vorderseite.

Auf jeden Fall sind wir froh, daß die MS-II so gut funktioniert. Die MS-II soll uns nämlich nicht nur von der Erde wegbringen, sondern uns auch abbremsen, wenn wir uns dem Mars nähern und uns aus dem Mars-Orbit herauslösen, wenn wir den Rückflug antreten ...«

Sie verstummte. Sie hatte zu schnell gesprochen und zudem nur Unsinn erzählt. »Dranbleiben«, sagte Crippen, Capcom. »Wir haben die Verbindung unterbrochen. Ares, ihr habt ein großes Publikum gehabt: eine Live-Übertragung in die USA, nach Japan, Westeuropa und in weite Teile von Südamerika. Alle haben sich über die schönen Bilder und die großartige Vorstellung gefreut.«

»Das war erst der Anfang«, versicherte Gershon.

»Wir vermissen euch jetzt schon«, sagte Crippen.

Mein Gott, was für ein Quatsch! Kein Wunder, daß sie die Verbindung unterbrochen hatten.

Sie hatte das gar nicht sagen wollen, sondern etwas Persönliches.

Was für ein Gefühl es war, die Erde hinter sich zu lassen.

Sie hatte frühere Raumfahrer-Generationen immer wegen des Mangels an Eloquenz kritisiert. Doch vielleicht war es gar nicht so einfach, in einer solchen Lage die richtigen Worte zu finden.

»ATs leer«, meldete York. »Bereit für Trennung.«

»Roger«, sagte Stone.

Über eine Million Liter Brennstoff, die in den Erdorbit zu heben fünf Jahre gedauert hatte, waren innerhalb von sechzehn Minuten verpufft.

»Drei, zwei, eins. Feuer.«

Sprengladungen rissen die Sicherungsbolzen und Rahmen an der Ober- und Unterseite der Tanks ab, und die Zuleitungen, die den Brennstoff von den Tanks in den Bauch der MS-II befördert hatten, wurden nun gekappt. Fast erwartete York, das Knacken der Bolzen und ein gedämpftes Klirren zu hören, wie es beim Start der Saturn VB der Fall gewesen war. Doch sie hörte und spürte nichts.

»AT-Trennung durchgeführt«, sagte sie.

»Bestätige AT-Trennung«, sagte Crippen.

»He«, sagte Gershon beim Blick aus dem Fenster. »Ich sehe einen Tank.«

York rutschte auf ihrer Liege herum und drehte den Kopf. Die Konturen des abgesprengten AT hoben sich wie ein mit einer Kegelspitze besetztes, silber-braunes Zigarrenetui gegen die graublaue Erde ab. Auf der silbernen Oberfläche sah sie Buchstaben und orangefarbene Isolationsreste. Brennstoff tröpfelte aus einer der gekappten Leitungen – ein Strom von Kristallen, die vor dem Antlitz der Erde glitzerten. Es hatte den Anschein, als ob der AT verwundet wäre wie ein harpunierter Wal.

Der taumelnde Tank fiel schnell hinter die Ares zurück.

Beide Tanks bewegten sich so schnell, daß sie zusammen mit Ares das Schwerefeld der Erde überwanden. Die Tanks würden als Satelliten um die Sonne kreisen und vielleicht nach Millionen Jahren in die Gravitationsquelle eines Planeten stürzen.

Sie winkte dem Tank zum Abschied zu. *Viel Glück, Baby.*

Schließlich erstarben die Triebwerke. Sie spürte es an der nachlassenden Beschleunigung, dem Abflauen des allgemeinen Geräuschpegels und der Vibrationen von den entfernten Triebwerken.

»Das war's«, sagte Stone. »Schluß. Alle Werte normal.«

»Ihr habt einen ganzen Saal voller Leute hier unten«, ertönte Crippens Stimme, »die sagen, daß ihr gut ausseht, Ares.«

»Das war ein Höllenritt, Bob«, sagte Gershon jubelnd.

»Von hier oben gesehen verlief die Brennphase prima, Houston. Danke.« Er löste den Helm und streifte die Handschuhe ab.

York sah, wie die Erde zu einer hellen, kompakten Kugel im Weltraum schrumpfte, wobei der Atlantische Ozean sich perspektivisch vergrößerte und förmlich auf sie zustieß.

Die Ares-Mehrstufenrakete hatte seit dem Verlassen des Erdorbits erst ein paar hundert Kilometer zurückgelegt. Doch war die Geschwindigkeit schon so hoch, daß die Schwerkraft der Erde sie nicht mehr zu halten vermochte. *Fast siebenhundert Kilometer pro Minute*, sagte York sich: so schnell, daß sie den Mondorbit in nur zwölf Stunden kreuzen würde.

»Ist das etwa Musik, was ich da im Hintergrund höre?« fragte Crippen.

»Nein«, sagte Stone. »Ralph singt.«

Samstag, 7. August 1971
Zentrum für Bemannte Raumfahrt, Houston

Bert Seger hatte noch Papierkram zu erledigen, bevor der Feierabend winkte. Doch als die Nachricht von der Landung eintraf, verließ er sein Büro und ging auf die Galerie des Kontrollzentrums. Er holte eine Zigarre aus der Brusttasche der Jacke, wobei er mit der Hand über die rosa Nelke strich, die seine Frau ihm ins Knopfloch gesteckt hatte.

Nach einem Zwölftage-Flug war Apollo 14 im Pazifik niedergegangen, knapp sieben Kilometer vom Träger *Okinawa* entfernt. Die NASA wäre für eine Weile aus dem Häuschen, erkannte Seger. Scott und Irwin hatten neunzehn Stunden außerhalb der Landekapsel verbracht, im Vergleich zu den nicht einmal drei Stunden, die Armstrong und Muldoon draußen gewesen waren. Und sie hatten einen annähernd dreißig Kilometer langen Marsch im Gelände am Fuß eines Viereinhalbtausenders bewältigt. Inzwischen klappte auch die Koordination zwischen Kontrollzentrum und Astronauten auf der einen und Wissenschaftlern auf der anderen Seite. Fast alle Innovationen der J-Klasse-Mission – die neue Version der Landekapsel, das Mondfahrzeug, die Instrumente der Betriebs- und Versorgungseinheit – hatten einwandfrei funktioniert.

Apollo 14 war der größte Erfolg seit der ersten Landung gewesen: sogar die Skeptiker unter den Wissenschaftlern äußerten sich lobend.

Doch nun war die Mission abgeschlossen.

Segers Schritte hallten in der Stille. Apollo 11 lag gerade zwei Jahre zurück, sagte er sich, und doch war die erste Phase der Erforschung des Monds bereits vorbei. *Verdammt*, sagte Seger sich. *Wir haben gerade erst richtig angefangen und müssen schon wieder aufhören.*

Er verhielt an der Tür zum MOCR, des Kontrollzentrums, und trat ein. Das MOCR war verlassen; die Leute waren schon auf die Landungs-Party gegangen, eine Riesenfete, welche die Jungs von der Auswertung im Gebäude 45 steigen ließen.

Er erklomm die Stufen zur Konsole des Leiters des Kontrollzentrums: hier schlug das Herz der Mission, mehr noch als in der Kommandokapsel des Raumschiffs selbst. Der Großbildschirm an der Stirnseite des Raums war dunkel. Die Konsolen des Kontrollzentrums waren mit Handbüchern, Graphiken, Checklisten und Kopfbügelmikrofonen übersät. Überall standen Aschenbecher voller Zigarettenstummel und halb gerauchter Zigarren herum. Ein paar Mitarbeiter hatten die Fähnchen zurückgelassen, die sie während der Landung des Raumschiffs geschwenkt hatten.

Vielleicht, so sagte er sich, würden diese Konsolen eines Tages Datenströme auffangen, die von einem bemannten Raumschiff im Orbit um den Mars stammten.

Wo er hier stand und diese Gedanken verfolgte, schien es unmöglich. Allerdings mußte die Mondlandung im Jahr 1959 genauso unmöglich erschienen sein, als die NASA noch nicht existierte und Techniker die Hitzeschilde für die Mercury-Schiffe mit Pritschenwagen zum Raumfahrtzentrum gekarrt hatten – auf Matratzen gelagert.

Es war Bert Segers Aufgabe, den Flug zum Mars Realität werden zu lassen.

Vor einem Monat erst war Bert Seger zum Stellvertretenden Direktor des Büros für Bemannten Raumflug ernannt worden, einer der vier großen Abteilungen der NASA. Er hatte den Auftrag, das embryonale Mars-Programm-Büro hier in Houston zu leiten.

Fred Michaels war nach Tom Paines Rücktritt Direktor geworden und schien entschlossen, den Karren aus dem Dreck zu ziehen, in den sein Vorgänger ihn geschoben hatte. Und er hatte Bert Seger persönlich ernannt.

»Bert, die verdammte Mars-Sache droht jetzt schon den Bach runterzugehen, und dabei liegen uns noch nicht einmal die Definitions-Berichte für den Abschluß von Phase A vor. Sehen Sie – ich brauche jemanden, der sich so für den Mars einsetzt, wie Joe Shea sich seinerzeit für das Mondprogamm engagiert hat. Sonst wird Nixon die Sache nie genehmigen.«

Seger verstand. »Sie brauchen einen Vormann«, sagte er. »Und einen Vollstrecker.«

»Verdammt richtig. Werden Sie es tun?«

»Natürlich werde ich es tun.«

»Dann ist das Ihr erster Auftrag«, hatte Michaels gesagt. »Definieren Sie den verdammten Missions-Modus.«

Die konkurrierenden Herstellerfirmen, die sich mit den vorläufigen Studien für die Phase A befaßten, verfolgten zwar unterschiedliche Konzeptionen für die Antriebstechnik, doch in bezug auf die Route herrschte Einvernehmen: ein Direktflug Erde-Mars und zurück. Und nun gab es da einen Kerl in Langley, der einen Wirbel mit einem anderen Modus machte. Erzählte irgend etwas von einem Vorbeiflug an der Venus.

»Ein Typ namens Dana«, sagte Michaels. »Gregory Dana. Er hat mich persönlich angeschrieben. Ist das zu glauben?« Dana hatte den Dienstweg abgekürzt und dabei eine Menge Leute aufgescheucht.

»Hat er recht? Mit der Venus?«

»Woher, zum Teufel, soll ich das wissen? Im Moment ist mir das auch verdammt egal. Dieser Dana hat sie alle in Aufruhr versetzt – Marshall, Langley, die Raumfahrtindustrie, den Haushaltsausschuß, den verdammten Wissenschaftlichen Beirat. Die detaillierten Definitions-Studien für Phase B sollen in Kürze angefordert werden. Dieser Dana gefährdet das alles. Bert, ich möchte, daß Sie das für mich regeln...«

Seger hegte keine Zweifel an seiner Kompetenz, die Sache mit dem Modus selbst zu regeln. Genauso wenig zweifelte er an seiner Befähigung, die eigentliche Aufgabe zu erfüllen: die Durchführung des Mars-Programms – falls das Land sich dafür entschied.

Seger pflegte für ein paar Minuten zu beten, bevor er sein Tagwerk begann oder eine wichtige Aufgabe in Angriff nahm. Er betrachtete das als Ausweis seiner charakterlichen Stärke. Wo er nun im MOCR stand, sprach er also ein kurzes Gebet.

Seine Gedanken galten dieser zerbrechlichen, kleinen Welt in vierhunderttausend Kilometern Entfernung, auf der noch immer drei Landekapseln parkten, die von Fußabdrücken umgeben waren. Doch Seger interessierte sich weder für die Fußabdrücke noch für die Flaggen, nicht einmal für den wissenschaftlichen Aspekt. Auch nicht dafür, daß sie vor den Russen dort gewesen waren. Für ihn zählte nur, daß Apollo als Beleg für die Fähigkeit der Menschheit diente, im Weltraum zu leben und zu arbeiten.

Der Mond war nicht annähernd so exotisch gewesen, wie einige Leute vermutet hatten. Manche hatten prophezeit, die Astronauten würden in kilometertiefem Staub versinken. Oder daß es sich bei den Mondbergen um fragile Gebilde in der Art großer grauer Baisers handeln würde, die sich unter der Berührung der Astronauten in Staubwolken auflösten. Oder daß der Mondstaub sich entzünden oder explodieren würde, wenn die Astronauten ihn in die Landekapsel einschleppten. Oder daß die Astronauten von fürchterlichen Krankheiten befallen würden...

Letztlich hatten doch die nüchternen Ingenieure recht behalten, die den Mond in die Nähe von Arizona gerückt – und die Landebeine der Mondlandekapsel entsprechend konstruiert – hatten. *Das muß ich mir immer vor Augen halten*, sagte er sich. *Der Mars ist auch wie Arizona.*

Für Seger war das eine faszinierende Vorstellung – als ob Erde, Mond und Mars eine physische Einheit bildeten, wobei diese Einheit durch die Errungenschaften der Amerikaner verwirklicht wurde.

Gemessen schritt er die Stufen von der Konsole des Leiters des Kontrollzentrums hinab und schloß die Tür hinter sich.

Montag, 16. August 1971
George C. Marshall-Raumfahrtzentrum,
Huntsville, Alabama

Gregory Dana erschien erst, nachdem die Sitzung bereits begonnen hatte. Er hatte sich die Folien und Berichte unter den Arm geklemmt. Als er im Konferenzraum eintraf – der sich direkt neben von Brauns Büro befand –, war der Saal schon voll, und er mußte sich hinten einen Platz suchen.

Der Raum war im elften Stock des Marshall-Hauptquartiers gelegen, das im Volksmund als ›von Braun-Hilton‹ firmierte. Jeder, der Rang und Namen hatte, schien hier vertreten zu sein: Führungskräfte aus Marshall und aus Houston, ein paar hochrangige Abgesandte des NASA-Hauptquartiers in Washington und viele Vertreter der Herstellerfirmen, deren Studien heute präsentiert werden sollten.

An der Stirnseite des Raums sprach Bert Seger, der Leiter des aufstrebenden Marsprogramm-Büros, ein paar einleitende Worte. Er war so weit entfernt, daß Dana kaum sein Gesicht erkannte.

Sie hatten sich alle hier eingefunden, um der Abschluß-Präsentation der Phase A-Studien des Mars-Missions-Modus beizuwohnen. Bei dieser Zusammenkunft ging es laut Seger darum, sich auf einen Modus für das Entwicklungsprogramm zu verständigen. Diese Gruppe konkurrierte nämlich mit der Planungsgruppe für die wiederverwendbare Raumfähre um finanzielle Mittel und öffentliche Akzeptanz. Eine ähnliche Konferenz hatte kürzlich in Williamsburg stattgefunden, wo einige konzeptionelle Aspekte dieses Programms diskutiert worden waren.

In seinem schnellen Bronx-Dialekt stimmte Seger die Anwesenden ein: er wies auf die Notwendigkeit einer offenen Diskussion hin, forderte die Zuhörer zur Mitarbeit auf und appellierte an die Bereitschaft aller, diesen Raum erst dann zu verlassen, wenn man sich auf welchen Modus auch immer verständigt hatte. Dana erspähte ein kleines Kruzifix an Segers Revers, unter einer verwelkten rosa Nelke.

Dana war sicher, daß jeder die Weiterungen von Segers Ausführungen begriffen hatte. Der Kongress hatte zwar die beantragten Mittel für das NASA-Budget für 1972 bewilligt, doch im Haushaltsjahr 1973 würden erstmals die hohen Ausgaben für das Programm – welches auch immer – erscheinen. Zumal Präsident Nixon noch immer nicht über die Zukunft des Raumfahrtprogramms entschieden hatte. Gerüchten zufolge plante er gar die Einstellung des bemannten Raumflugs und wollte die freigewordenen Mittel für die Förderung eines Quantensprungs bei den ›bodenständigen‹ Wissenschaften nutzen, was eher mit dem Zeitgeist konform ging.

Inzwischen war es wegen des Mars-Modus zwischen den NASA-Zentren Houston und Marshall zu einem offenen Konflikt gekommen.

Das konnte die NASA nun am allerwenigsten gebrauchen. Dana wußte, daß Seger bereits Schadensbegrenzung betrieb, indem er informelle Kontakte und Gespräche vermittelte, Mitarbeiter aus Houston bei Präsentationen aus Marshall mitwirken ließ etc. Und es war offensichtlich, daß Seger bestrebt war, den Konflikt schnellstmöglich beizulegen, bevor er die Empfehlungen nach oben weiterleitete.

Nun legte Seger die Tagesordnung vor. Die Konferenz sollte den ganzen Tag dauern. Die beiden Hauptoptionen – die chemische und nukleare – sollten zuerst vorgestellt werden, gefolgt von den anderen Studien…

Dana mußte zu seinem Leidwesen feststellen, daß seine Option an fünfter Stelle rangierte. *Den letzten beißen die Hunde*, sagte er sich. *Ich komme sogar erst nach den Jungs von General Dynamics mit ihrem lächerlichen Atombomben-Antrieb. Mich bringen sie quasi zum Ausklang.* Er blieb bei diesen organisatorischen Querelen auf der Strecke; durch die Mißachtung des Dienstwegs hatte er wahrscheinlich zu vielen Leuten auf den Schlips getreten. Er spürte, wie der Magen sich vor Enttäuschung und Ärger zusammenkrampfte. *Verdammt, ich weiß, daß ich recht habe. Der Weg zum Mars ist in diesem Hefter vorgezeichnet.* Erregt korrigierte er den Sitz der Brille.

Zuerst wurde die Option mit der Nuklearrakete präsentiert.

In Danas Augen war die Reihenfolge bezeichnend. Diese aus Marshall propagierte Option wurde dem Vernehmen nach von der NASA-Führung favorisiert.

Die Präsentation wurde von einem langhaarigen jungen Mann namens Mike Conlig eröffnet. Conlig war für Marshall tätig, doch zuvor hatte er mehrere Jahre auf dem Testgelände für Nuklearraketen in Nevada gearbeitet. »Wir haben mit unserem XE-Prototyp mit Flüssigwasserstoff-Antrieb achtundzwanzig Starts absolviert und dabei eine Schubkraft von fast fünfundzwanzig Tonnen erreicht.« Conlig zeigte ein Foto einer primitiv anmutenden Versuchseinrichtung vor dem Hintergrund öder Berge. »Wir beschäftigen uns nun mit der Entwicklung von NERVA 1, die eine Schubkraft von etwa fünfunddreißig Tonnen erreichen wird. Anschließend wird das NERVA 2-Modul entwickelt, das bei der Mars-Mission verwendet werden soll. Die Flugerprobung von NERVA 2 wird Mitte der siebziger Jahre erfolgen, wobei sie als eine neue dritte Stufe der Saturn V in den Orbit geschossen wird ...«

Conligs Vortrag war von Kompetenz und Enthusiasmus geprägt, und Dana hörte aufmerksam zu.

Nun ging ein schlanker Mann mit kalten Augen

nach vorn. Sein blondes Haar war von grauen Strähnen durchzogen. »Um die für interplanetare Raumfahrt erforderliche Leistung zu erhalten, haben wir eine ›Baustein‹-Technik entwickelt, in der einzelne NERVA-Antriebsmodule in den Erdorbit gebracht und je nach Anforderung zusammengesetzt werden...« Obwohl die hohe, abgehackt wirkende Stimme durch all die Jahre in Huntsville einen Alabama-Akzent angenommen hatte, waren die scharfen teutonischen Konsonanten dennoch unverkennbar.

Dies war Hans Udet: Udet, der in Peenemünde mit von Braun zusammengearbeitet hatte und nun einer der Führungskräfte von Brauns in Marshall war.

Dana zeigte keine Reaktion.

Dana hatte während seiner Zeit bei der NASA oft mit den Deutschen von Huntsville zu tun gehabt. Selbst jetzt erkannte er bei der NASA noch viele Gesichter aus jenen Tagen im Harz.

Doch ihn hatte man nie erkannt – weshalb auch? –, und er hatte seine Identität auch nie preisgegeben. Über diesen Abschnitt seiner Biographie bewahrte er Stillschweigen. Das *Mittelwerk* war Vergangenheit, und alle Beteiligten hatten nun andere Sorgen.

Er hatte nicht einmal mit Jim darüber gesprochen.

Doch das Gefühl der Minderwertigkeit gegenüber diesen unbeirrbar zuversichtlichen, klugen Deutschen hatte er nie überwunden.

Udet präsentierte Folien mit *zwei* identischen Schiffen, die auf der Erdumlaufbahn montiert werden sollten. Jedes Schiff sollte eine aus vier oder sechs Mitgliedern bestehende Besatzung haben. Die Schiffe würden von NERVA-Modulen aus dem Orbit befördert und für den Flug zum Mars am Bug andocken. Udet wartete mit technischen Daten, Flugzeiten, Entwicklungskosten und sonstigen Schlüsselparametern auf. »Unsere Studie«, sagte Udet, »sieht den Start zum Mars im November 1981 vor...«

Es war ein grandioses Szenario. Typisch von Braun, sagte Dana sich: phantasielos, dumpfe Kraft, ›übermotorisiert‹.

Nun eröffnete Bert Seger die Fragestunde. Die Houston-Fraktion versuchte, mit allerlei detaillierten Fragen die noch unerprobte Nukleartechnik zu diskreditieren: sie erwähnten die Problematik beim Zusammenfügen der nuklearen Module und erkundigten sich nach den Fortschritten bei den erforderlichen Kühltechniken. Außerdem wurde die Frage nach der Vereinbarkeit dieser Option mit den Verträgen für das Verbot atmosphärischer Atomtests aufgeworfen. Dana hatte den Eindruck, daß all diese Punkte noch der Klärung bedurften.

Seger intervenierte zunächst nicht – wobei er der Diskussion dieser Option mehr Zeit einräumte als eigentlich vorgesehen – und orchestrierte dann eine Runde Applaus. All das erhärtete Danas Verdacht, daß diese Option inoffiziell von der NASA favorisiert wurde und daß Seger den Segen der NASA-Oberen hatte, das Verständnis und die Akzeptanz dieses Konzepts zu fördern.

Die zweite Präsentation befaßte sich mit der Option eines chemischen Antriebs. Sie war von Rockwell erstellt worden und wurde von den Leuten in Houston befürwortet. Zufällig war Rockwell auch der Favorit für den Bau der Raumfähre.

Dana erkannte bald, daß das Missions-Profil sich eng an das klassische Minimalenergie-Transferprofil von Hohmann anlehnte, das er Jim damals in der Werkstatt in Hampton erläutert hatte.

Die chemische Option wies einige Vorteile auf. Die Kosten für das Entwicklungsprogramm waren überschaubar, weil das Material auf einer Weiterentwicklung der Saturn-Technik basierte, zum Beispiel unter Verwendung einer verbesserten zweiten Saturn-Stufe als orbitale Zündstufe.

Doch die Nuklear-Fraktion aus Marshall, angeführt von Udet und Conlig, deckte schonungslos die Schwachstellen dieser Option auf. Im Vergleich zum NERVA-Profil müßte man die doppelte Masse in den Orbit wuchten, für eine Mission mit der doppelten Zeitdauer. Die chemische Technik stieß hier an ihre Grenzen. *Zumindest auf diese Art*, sagte Dana sich; *solange man am direkten Transfer klebt*...

Dana erkannte, daß in dieser Diskussion überwiegend die sterilen Argumente wiedergekäut wurden, welche die NASA schon seit ein paar Monaten entzweiten.

Nachdem die Fragestunde beendet war, verzichtete Seger darauf, Applaus zu inszenieren.

Zum Mittagessen gab es ein Buffet mit Rindfleisch und Geflügel. Die Debatte wurde auch beim Essen weitergeführt, wobei die Delegierten ihre Position unterstrichen, indem sie die Kontrahenten mit aufgespießten Fleischbrocken oder Bratkartoffeln attackierten.

Dana machte die schlanke, stattliche Statur von Wernher von Braun aus. Er unterhielt sich mit einem Astronauten: mit Joe Muldoon, einem hochgewachsenen Mond-Spaziergänger, dessen grau-blondes Haar militärisch kurz gestutzt war.

Mit dem wunderlichen kleinen Mann aus Langley indes sprach kaum jemand. *Venus-Katapulteffekt? Was, zum Teufel, soll das bedeuten?* Das reichte Dana. Er verließ das Buffet und setzte sich wieder auf seinen Platz; er war ohnehin kein großer Fleischesser.

Bevor Dana an die Reihe kam, befaßte das Plenum sich mit zwei weiteren Optionen. Beide waren in technischer Hinsicht ambitionierter als die chemische und nukleare Option, die zuvor präsentiert worden waren. Dana argwöhnte, daß sie nur Alibifunktion hatten und bloß der Vollständigkeit halber vorgetragen wurden, ehe man sich offiziell auf einen schon vorab ausgekungelten Modus verständigte.

Ein Vertreter von McDonnell präsentierte eine sogenannte nuklear-elektrische Option, wobei er von Repräsentanten der NASA und ARPA, einer Forschungseinrichtung der Regierung, Schützenhilfe erhielt. Plasma – ein elektrisch geladenes Gas – sollte elektrodynamisch beschleunigt werden und aus einer Raketendüse austreten. Eine Plasma-Rakete entwickelte zwar nur eine sehr geringe Schubkraft, die sich jedoch über mehrere Monate zu gewaltigen Geschwindigkeiten summierte. Zumal diese Technik einen deutlichen Fortschritt gegenüber Jules Vernes altertümlichem ›Tritt-und-Freilauf‹-Modell darstellte. Sie war zwar noch unerprobt, doch ein paar Versuche hatten bereits stattgefunden: schon 1964 hatte eine elektrische Rakete eine beachtliche Höhe erreicht.

Der Mann von McDonnell präsentierte einen Entwurf für ein bemanntes nuklear-elektrisches Raumschiff. Die skurrile Konstruktion sah aus wie eine dreiblättrige Windmühle. Zwei der – jeweils fünfzig Meter langen – Arme enthielten die Reaktoren, und der dritte die Quartiere für die Mannschaft. Die Raketen waren an der Nabe des Rotors montiert, und das Gerät sollte sich dann um die Nabe drehen, um eine künstliche Schwerkraft zu erzeugen. In Danas Augen sah das Gebilde aus wie eine große metallene Schneeflocke, die auf den Mars zuwirbelte. Es war ein ebenso bizarres wie unpraktisches Konzept.

Dann folgte ein Projekt-Manager von General Dynamics. Ein breites Grinsen erschien auf seinem von der kalifornischen Sonne gebräunten Gesicht. »Ich wollte euch NERVA-Leuten nur sagen«, eröffnete er dem Auditorium, »daß ihr einpacken könnt. Mit tausend Tonnen im Erdorbit schaffe ich den Flug zum Mars und zurück in gerade einmal zweihundertfünfzig Tagen – in kaum mehr als der Hälfte eurer Zeit – und mit höchstens zwanzig Mann. Meine Herren, ich präsentiere Ihnen nun das Projekt ›Mars-Express‹.«

Das Konzept sah vor, Ein-Kilotonnen-Atombomben an der Rückseite des Raumschiffs auszustoßen – alle dreißig Sekunden eine – und sie dreihundert Meter hinter dem Schiff zu zünden. Die Druckwellen sollten durch wassergekühlte Federn absorbiert werden, wodurch das Schiff dann Vortrieb bekam. »Als ob man Feuerwerkskörper hinter einer Blechdose zünden würde. Nicht wahr?«

Das Konzept wirkte lächerlich, aber General Dynamics hatte bereits Anfang der sechziger Jahre Versuche unter der Bezeichnung ›Projekt Orion‹ durchgeführt, und der Referent legte Fotos eines kleinen Versuchsmodells vor, das sich mit Hilfe von Sprengstoff ein paar hundert Meter in die Lüfte erhoben hatte.

Technische Probleme bereiteten nur die hohen Temperaturen an der Rückseite des Raumschiffs: die Wärme würde zwischen zwei Explosionen abgeführt werden müssen. Und der Mann von General Dynamics wies auch auf den eigentlichen Haken bei diesem Konzept hin, die radioaktive Strahlung. Doch im Jahre 1960, als die ersten Orion-Versuche erfolgt waren, hatte man Radioaktivität noch als wesentlich harmloser eingestuft. Weil man befürchtete, daß die skrupellosen Sowjets mit dieser ebenso schnellen wie schmutzigen Methode den Weltraum eroberten, mußten die Amerikaner ihnen eben zuvorkommen.

Der Repräsentant von General Dynamics lockerte seinen Vortrag mit Witzen auf und wurde dafür mit dem stärksten Applaus des Tages belohnt.

Dana sackte förmlich auf dem Stuhl zusammen. *Was, zum Teufel, soll ich dem noch entgegensetzen?*

Auf dem Weg zum Podium blätterte Dana in den Unterlagen und Folien und vermied es, den Blick über das Meer aus Maßanzügen schweifen zu lassen. Er schien im Licht des auf ihn gerichteten Strahlers zu erblassen. Es war bereits halb fünf, und nach der Präsentation des Vertreters von General Dynamics schwand den Delegierten die Konzentration. Sie lachten und unterhielten sich.

Dana las vom Blatt ab: »Bemannte Mars-Missionen mit einer Dauer von zwölf bis vierundzwanzig Monaten sind über den Zyklus der Missions-Optionen durch Geschwindigkeiten von bis zu einundzwanzigtausend Metern pro Sekunde definiert. Ein erfolgversprechender Ansatz, die Geschwindigkeit auf zwölf- bis fünfzehntausend Meter pro Sekunde zu reduzieren, ohne die Brutto-Masse des Schiffs zu erhöhen, ist der Flug durch das Schwerefeld der Venus. Aus verschiedenen Studien geht hervor, daß diese Technik auf alle Marsflüge angewandt werden kann und daß in einem Drittel aller Fälle die Antriebserfordernisse unter die Minimalanforderungen des Direkt-Modus sinken...«

Die Zuhörer regten sich und rutschten auf den Stühlen herum. Dana machte weiter. Er spürte, wie der Schweiß ihm ausbrach.

Er präsentierte das Konzept der ›Gravitationsschleuder‹ und versuchte das historische und intellektuelle Gewicht dieses Konzepts zu unterstreichen, indem er zeigte, daß seine Berechnungen auf der Arbeit von anderen namhaften Wissenschaftlern aufbauten. »Die NASA verfolgt das Konzept eines Vorbeiflugs an der Venus bereits, seit Hollister und Sohn unabhängig voneinander in den Jahren 1963 und 1964 ihre Studien veröffentlicht hatten. Nach weiterführenden Studien stellten Sohn und Deerwester ihre zahlreichen Ergebnisse in einem graphischen Format dar, das mit den direkten Flugbahnen im *Handbuch des Planetaren Flugs* der NASA kompatibel ist...«

Es war eine Art interplanetares Billardspiel, erläuterte er. Ein Raumschiff näherte sich einem Planeten so dicht an, daß die Flugbahn durch das Gravitationsfeld dieses Planeten geändert wurde. Während des Vorbeiflugs am Planeten – der den Katapulteffekt bewirkte – würde das Raumschiff Energie aus der Planetendrehung um die Sonne ›zapfen‹ und dadurch beschleunigen; um die Energiebilanz auszugleichen, würde das Planeten-Jahr minimal verlängert werden.

In der Praxis hatte die Abstoßung durch die Gravitationsquelle eines Planeten die Wirkung einer zusätzlichen Raketenstufe – nur daß dieser Effekt ›gratis‹ war. Voraussetzung war jedoch, daß die Navigation stimmte.

»Wir haben die Mariner-Mercury-Mission studiert, die an der Venus vorbei zum Merkur geflogen wäre. Ein Direktflug wäre auch möglich gewesen, zum Beispiel mit einem Titan IIIC-Zusatztriebwerk. Der Gravitationsschleuder-Effekt hätte jedoch den Einsatz des billigeren Atlas-Centaur-Trägersystems ermöglicht...«

»Ja,« ertönte eine Stimme im Publikum, »aber Mariner-Mercury wurde auf Eis gelegt. Zumal das Raumschiff gar keine Besatzung hatte!«

Gelächter.

Dana ließ sich jedoch nicht beirren und wischte sich den Schweiß aus den Augen. Es gab zwei Möglichkeiten, sich die Venus für einen Flug zum Mars zunutze zu machen, sagte er. Entweder flog das Raumschiff tangential an der Venus vorbei und wurde durch die Schwerkraft des Planeten in Richtung Mars beschleunigt, oder das Raumschiff bremste auf dem Rückflug zur Erde ab, indem es den Gravitationseffekt der Venus mit umgekehrtem Vorzeichen nutzte.

»Ersten Schätzungen zufolge müßte man eine Masse von tausend Tonnen in den Erdorbit bringen, um die Dauer der Mission auf sechshundertvierzig Tage zu begrenzen.« Die Masse entsprach der nuklearen Option, und die Dauer der Mission entsprach zwei Dritteln der chemischen Option. »Also erhalten wir ein annähernd optimales Missionsprofil, ohne daß aufwendige neue Techniken entwickelt werden müßten. Daraus resultiert wiederum eine signifikante Verringerung der Entwicklungskosten im Vergleich zu anderen Modi...«

Und es ist elegant. Seht ihr das denn nicht? Keine Brachialgewalt: keine große, nukleare V-2. Nur bewährte Technik, Eleganz und Stil. Denkt mal drüber nach, meine Herren.

»Zusammenfassend möchte ich sagen, daß die Machbarkeit und die Kostenvorteile des ›Venus-Modus‹ für den Flug zum Mars hinreichend belegt sind.«

Dana verließ das Podium und zog sich aus dem gleißenden Licht zurück. Er war wie betäubt.

Seger dankte ihm und eröffnete die Fragerunde, wobei er mit einem Blick auf die Uhr signalisierte, daß die Leute sich beeilen sollten. »... Wie verhält es sich mit der Steuerung und Navigation? Ist Ihnen eigentlich klar, daß Sie von einem Missionsprofil mit *vier* möglichen planetaren Kontakten reden? Der Mars, die Venus – vielleicht sogar zweimal –, und wieder die Erde? Und jeder Kontaktpunkt muß mit einer Präzision von ein paar hundert Kilometern angeflogen werden, nachdem jeweils eine Strecke von vielen *Millionen* Kilometern zurückgelegt wurde. Wie sollten wir so exakt navigieren? Und dabei ist nicht einmal erwiesen, daß auch nur eine einzige Annäherung über solche Entfernungen möglich ist.«

»Es ist möglich«, sagte Dana. »Bedenken Sie, daß die NASA sich bei Apollo für das Mondorbit-Rendezvous entschied – immerhin vierhunderttausend Kilometer entfernt –, ohne daß vorher auch nur ein einziger Praxistest erfolgt wäre.«

Ein Raunen ging durch die Anwesenden. *Der Vergleich hinkte.*

»Und was ist mit dem technischen Aspekt? In der Nähe der Venus hat das Sonnenlicht die vierfache Temperatur wie auf dem Mars. Also müßten Sie Kapazitäten für ein Kühlsystem opfern, das auf dem Mars nur Ballast darstellen würde. Außerdem würde die erhöhte Strahlung von der Sonne ein Problem darstellen...«

Dana wollte antworten – *ich habe die konstruktiven Änderungen des Raumschiffs schon bei der Masseanalyse berücksichtigt, und...* Doch seine Stimme ging im Lärm der Zuhörer unter, die überhaupt nur wenig Interesse an seinen Ausführungen zeigten.

Nun erhob Hans Udet sich, und schlagartig trat Ruhe ein. »Worauf gründen Ihre Zahlen sich?« fragte Udet dezidiert. »Die vorläufigen Analysen der komplexen Missions-Klassen, die Sie beschreiben, sind mir durchaus geläufig. Ich kenne jedoch keine detaillierten Analysen, welche die von Ihnen postulierten Einsparungen belegen.«

Dana stammelte eine Erwiderung. *Unser Verständnis von Raumschiff-Systemen hat sich seit diesen frühen Studien weiterentwickelt, und aus den Zahlen, die ich ermittelt habe, geht hervor, daß...*

»Diese Ergebnisse sind falsch.« Udet ließ den Blick schweifen – ein großer, aristokratischer und beherrschter Mann, der noch nichts von seinem Charme eingebüßt hatte. »Das ist offenkundig. Die uns vorgelegten Zahlen beruhen auf unbewiesenen Annahmen. Der Referent weiß überhaupt nicht, wovon er spricht.

Vielleicht handelt es sich um Inkompetenz, eine bewußte Täuschung oder was auch immer. Wir sollten nicht länger unsere Zeit mit diesem Dilettanten vergeuden.« Er nahm wieder Platz und saß steif wie ein Ladestock da.

Eine Regung des Unbehagens ging durch die Zuhörer, und vereinzelt ertönte ein nervöses Lachen.

Bert Seger stand auf, dankte Dana hastig und wandte sich von ihm ab.

Dana war fassungslos. *Einen solchen Ton sollte man in einem Forum wie diesem nicht anschlagen – und auch sonst nicht. Das ist einfach unzivilisiert.* Nachdem es nun geschehen war, wunderte er sich nicht mehr. *Natürlich hat man meinen Standpunkt nicht anerkannt. Aber hier geht es überhaupt nicht um Logik, Technik oder Wissenschaft.* Es lag daran, daß er die Hierarchie mißachtet und den Dienstweg nicht eingehalten hatte. *Hier geht es um Macht. Um die Hackordnung. Möglicherweise glaubt Udet sogar, was er gesagt hat. Vielleicht ist er wirklich der Ansicht, ich hätte die Zahlen manipuliert, um einen Vorteil für Langley zu erringen.*

Dana sammelte seine Unterlagen ein und verließ das Podium.

Das Licht ging an, und im Konferenzraum wurde es still. Bert Seger erhob sich und schritt das Podium ab, wobei er die Anwesenden mit in die Hüften gestemmten Händen geradezu herausfordernd musterte.

»Ich habe heute viel Positives über die Nuklear-Option gehört«, sagte er. »Sonst habe ich, ehrlich gesagt, nicht viel Sinnvolles gehört.« Er schaute in die Runde. »Ich möchte Ihnen sagen, daß ich es für machbar halte. Ich glaube, wir haben nun eine ›Kennedy-Option‹, die wir dem Präsidenten vorlegen können. Gibt es vielleicht jemanden, der anderer Meinung ist?«

Wernher von Braun stand auf und sprach sich in einer kurzen Stellungnahme für die nukleare Option aus. Dann meldete einer der Befürworter der chemischen Option aus Houston sich zu Wort und gestand mit wohlgesetzten Worten gegenüber den Kollegen aus Marshall die Niederlage ein.

Seger beendete die Konferenz. »Meine Herren, ich möchte Ihnen für die geleistete Arbeit danken. Ich glaube, wir haben einen gangbaren Weg gefunden und wissen nun, wie wir zum Mars kommen.«

Dann applaudierte er, und die Versammelten fielen ein und beklatschten ihr eigenes Werk.

Alle außer Dana. Er konnte sich beherrschen.

Die Deutschen hatten wieder mal gewonnen.

Vielleicht hat Seger recht. Vielleicht haben wir eine historische Entscheidung getroffen, und ich werde es noch erleben, daß Menschen zum Mars fliegen. Aber es ist falsch. Ich weiß, daß es falsch ist.

Zumal man immer noch damit rechen mußte, sagte er sich, daß dieses gewaltige Projekt überhaupt nicht finanziert wurde. Vielleicht entscheidet Nixon sich für den Bau der Raumfähre. Oder für keins von beiden.

Für gar nichts.

Der Beifall hielt an. Die Delegierten bejubelten sich nun selbst.

DIE ZUKUNFT DER NASA

Die aktuellen Pläne sehen drastische Kürzungen beziehungsweise Veränderungen bei der NASA vor. Erreicht werden soll dies durch eine Kappung des bemannten Raumfahrtprogramms und anderer Programme der NASA.

Ich halte das für einen Fehler.

1) Der eigentliche Grund für die Kürzungen im NASA-Haushalt besteht darin, daß die 28% des Gesamthaushalts, die für die

NASA vorgesehen sind, zur Disposition stehen. Mit anderen Worten, es wird gestrichen, weil man hier streichen kann und nicht, weil die NASA etwa schlecht arbeitet oder überhaupt überflüssig wäre.

2) Wir stehen unter dem Zwang, immer mehr in Programme zu investieren, die keine Perspektive für die Zukunft aufzeigen: Sozialhilfe, Zinszahlungen, Aufwendungen für das Gesundheitswesen usw. Wir tun das nicht aus Überzeugung, sondern um die Fehler der Vergangenheit zu korrigieren.

3) Die Zukunft der NASA und die Verwirklichung der geplanten Programme ist von großer Bedeutung für die Zukunft. Gerade von den wissenschaftlichen Erkenntnissen, die durch Skylab und NERVA gewonnen werden, wird unter anderem ein Impuls für die Volkswirtschaft ausgehen, und gleichzeitig werden die vielen qualifizierten (und anderweitig schwer vermittelbaren) Wissenschaftler und Techniker an Projekten arbeiten, die zur Erkenntnisgewinnung über den Weltraum beitragen. Sollten die langfristigen Projekte erst eingestellt und zu einem späteren Zeitpunkt wieder aufgelegt werden, wäre eine erneute Zusammenstellung der NASA-Arbeitsgruppen mit erheblichen Schwierigkeiten verbunden.

4) Als Reaktion auf unseren Druck hat die NASA die beantragten Mittel für Forschung und Entwicklung für die nächsten Haushaltsjahre um die *Hälfte* reduziert.

5) Apollo 14 war in jeder Hinsicht ein Erfolg. Am bedeutendsten ist jedoch der Umstand, daß die Mission das Selbstbewußtsein des amerikanischen Volks gesteigert (und – was ebenso notwendig war – der Welt die amerikanische Überlegenheit vor Augen geführt) hat. Die Ankündigung einer Streichung oder auch nur einer drastischen Kürzung des bemannten Raumfahrtprogramms der Vereinigten Staaten würde sich sehr negativ auswirken. Es würde in mancherlei Hinsicht einer Einstellung Vorschub leisten, die in meinen Augen im In- und Ausland um sich greift: daß unsere besten Jahre schon vorbei seien, daß wir den Rückzug antreten, die Vertei-

digungsanstrengungen reduzieren und uns freiwillig des Status als Supermacht und Nummer Eins in der Welt begeben. Amerika ist so reich, daß es sich mehr leisten kann als eine Erhöhung der Sozialausgaben ...

Handschriftlicher Zusatz: Ich stimme Cap zu. RMN.

Caspar W. Weinberger, Stellvertretender Leiter des Planungs- und Haushaltsausschusses – Memorandum für den Präsidenten, 27. August 1971. Akte 1968-1971: Weißes Haus, Richard M. Nixon, Präsident.
Archiv der NASA, NASA-Hauptquartier, Washington, DC.

Mittwoch, 1. Dezember 1971
Jet Propulsion Laboratory, Pasadena

Ben Priest kurvte durch Glendale, bog nach Norden auf den Linda Vista ab und fuhr am Rose Bowl vorbei. Sein Mietwagen war ein alter Dodge mit defekter Heizung. Es war ein kalter Dezembertag, und York schwitzte und bibberte abwechselnd.

»Die Strecke zieht sich aber«, sagte sie.

Er grinste. »Ja. Hier wurden früher die Raketentriebwerke getestet. Wegen der möglichen Gefährdung der Bevölkerung wurde die Anlage so weit draußen im Arroyo angelegt. Und dann hat man einen Vorort drumherum errichtet.«

York sah, daß der Arroyo mit Bürogebäuden angefüllt war; bei den meisten handelte es sich um triste Kästen, doch es ragte auch ein imposanter Turm aus Stahl und Glas auf.

Die zum JPL führende Straße war auf einer Länge von einem halben Kilometer mit parkenden Autos gesäumt, und die Zufahrt zum Pressezentrum wurde von Übertragungswagen fast blockiert.

Am Eingang zum JPL stand ein Posten, der ihnen

einen Parkplatz zuwies. York hatte den Eindruck, daß es kaum noch ein freies Plätzchen gab.

Eilig betraten sie das Gebäude. Im Innern schien es noch kälter zu sein. Priest führte sie durch Korridore, die mit Lochkarten und Computerausdrucken übersät waren. Schludrig gerahmte Nahaufnahmen vom Mond hingen an den Wänden. JPL war ein Ort der Kontraste; es war ein Bürokomplex wie jeder andere auch, sagte York sich, nur daß es sich um eine junge Belegschaft handelte – niemand trug Anzug und Krawatte, und statt dessen trugen die Leute das Haar länger und hatten sich Smiley-Buttons an den Pulli gesteckt. Ein paar Frauen hatten sogar Hotpants an. Andererseits hatte der Ort auch nicht das lässige Ambiente einer Hochschule; dafür stand hier zu viel auf dem Spiel. Man hatte das Gefühl, daß hier etwas *bewegt* wurde.

Sie erwähnte den vollen Parkplatz.

»Du hättest vor einer Woche hier sein sollen«, sagte Priest, »als die ersten Bilder vom Mars eingingen. Es wimmelte nur so von Presseleuten, Prominenten, Politikern und Science Fiction-Autoren.« Er lachte. »Du hättest ihre Gesichter sehen müssen, als wir ihnen nur die Aufnahme eines Sandsturms präsentierten.«

Es war ein eigenartiges Gefühl, sich wieder in Priests Gesellschaft zu befinden. *Die Vergangenheit holte sie ein.* Sie hatte ihn seit über einem Jahr nicht mehr gesehen und war erstaunt, daß er sein altes Versprechen wahr machte und sie mit hierher nahm, um ihr die Bilder vom Mars zu zeigen. Er schien sich nicht verändert zu haben: schlank, pflichtbewußt, unkompliziert und intelligent.

Sie fühlte sich wohl in seiner Gegenwart. Er war ein angenehmer Umgang. Verheiratet.

Sie fühlte eine innere Unruhe.

Im Moment, so gestand sie sich ein, verfolgte sie

kein klares Ziel, sondern arbeitete nur sporadisch an Hochschul-Projekten mit. Sie war bestrebt, ihr Leben in geordnete Bahnen zu lenken.

Und sie hatte noch immer diese Beziehungskiste mit Mike Conlig, der so in die Arbeit an NERVA vertieft war, daß er sie überhaupt nicht wahrzunehmen schien, falls er ihr überhaupt einmal etwas Zeit widmete. Mikes Leben drehte sich einzig und allein um NERVA; hinter der Schale des sanften Intellektuellen, die sie anfangs angezogen hatte, schien sich der Kern eines besessenen Monomanen zu verbergen.

Sie hatte den Eindruck, daß das ganze Raumfahrtprogramm aus solchen Leuten bestand.

York stellte sich nun die Frage, ob sie wirklich eine Nebenrolle an der Seite eines Hauptdarstellers spielen wollte, dessen Ziele nicht einmal die ihren waren?

Sie betraten die Kommunikationszentrale. Die Wände waren mit Bildschirmen bedeckt, die allesamt körnige, unscharfe Schwarzweiß-Darstellungen zeigten. Handbücher lagen auf den Tischen, und Bahnen von Computerausdrucken schlängelten sich über die Tische, den Boden und an den Wänden entlang. Das Personal – überwiegend hemdsärmlige, langhaarige Männer, deren Sicherheitsausweis an der Hemdtasche baumelte – brütete über den Bildern und Computerausdrucken. Auf den Tischen standen Tassen mit kaltem Kaffee – manche in gefährlicher Nähe zu wichtigen Unterlagen –, und in einer Ecke sah sie einen angebissenen Krapfen, aus dem noch die Füllung troff.

Ein schwacher, aber unverkennbarer Schweißgeruch lag in der Luft.

Priest zuckte die Achseln und schaute wie ein Schaf. »So sieht das immer hier aus, Natalie. Eine Art kontrolliertes Chaos. Dies ist das Herz des Raumfahrt-Operationszentrums. Hier gehen in einem steten Strom die Daten von Mariner ein. Die Leute arbeiten im Schichtdienst. Die Arbeit ist ›adaptiv‹: die Daten des einen Orbits dienen als Grundlage für die nachfolgenden Berechnungen. Da bleibt nicht viel Zeit fürs Saubermachen.«

»Du brauchst dich nicht zu entschuldigen. Du müßtest erst einmal sehen, wie eine geologische Forschungsstätte nach ein paar Tagen aussieht.«

Ein etwa metergroßes Modell des Mariner 9-Raumschiffs hing in einer Ecke des Raums. Sie blieb stehen und betrachtete es. Vier silbrige Sonnensegel waren um eine achteckige Kiste aufgefächert. Ein Raketentriebwerk mit Brennstofftanks war auf der Oberseite der Kiste montiert, und an der Unterseite klebte eine Instrumentenbatterie. York erkannte die winzigen Linsen von Kameras, die im fluoreszierenden Licht glitzerten. Die Sonde wirkte ziemlich primitiv im Vergleich zu den schweren Viking-Sonden, die bereits für den für 1975 geplanten Start entwickelt wurden. Dennoch war Mariner 9 eine Augenweide, wie eine schöne Uhr.

York hegte nach wie vor Zweifel am wissenschaftlichen Nutzwert des Raumflugs. Als Kind hatten die Bilder von Mariner 4 sie fasziniert, ihr sogar einen Schauder über den Rücken gejagt. Doch diese Faszination hatte sich gelegt, und die Fortschritte der späteren Sonden hatte sie gar nicht mehr verfolgt. Und dennoch: dieses schöne, filigrane Ding war von Menschen wie ihr gebaut und ins All geschossen worden, um auf eine Umlaufbahn um den Mars einzuschwenken. Es war das erste von Menschenhand erschaffene Objekt, das einen anderen Planeten umkreiste.

Was für eine Vorstellung!

Priest erzählte ihr vom Staubsturm. »Er hat den ganzen verdammten Planeten überzogen, Natalie. Als wir ankamen, haben wir nichts gesehen. Messungen haben ergeben, daß der Staub eine Höhe von achtzig

Kilometern erreichte. Es klingt unmöglich, aber es stimmt. Einen Gefallen hat der Sturm uns aber getan.«

»Wie das?«

»Auf einmal wollten alle unbedingt einen Blick auf die Monde werfen. Übrigens, soll ich dir einen Kaffee holen? Oder einen Krapfen?«

»Nein danke, Ben.«

Er führte sie durch weitere Korridore zu einem kleineren Labor. Noch mehr hemdsärmliges Personal, das an Computern und Monitoren arbeitete.

»Bildbearbeitung«, sagte Priest. Er führte sie zu einem freien Monitor, und sie nahmen auf wackligen Klappstühlen Platz. Dann bearbeitete er die Tastatur. »Das erste halbwegs deutliche Bild von Phobos bekamen sie beim einunddreißigsten Umlauf – gerade erst vergangene Nacht. Ich bin bis zum frühen Morgen aufgeblieben und habe ihnen bei der Verarbeitung der Daten zugesehen...« Ein Bild wurde nun auf dem Monitor zusammengesetzt, Zeile um Zeile, von oben nach unten. »Mariner nimmt die Bilder auf Magnetband auf und schickt sie zur Erde; einem Zeitungsfoto vergleichbar, das per Fernschreiber übertragen wird. So haben die Leute heute nacht das erste Bild erhalten.«

Sie lächelte. »Was soll das, Ben? Weshalb zeigst du mir nicht einfach das fertige Bild? Veranstaltest du wieder so eine NASA-Show?«

Er hob die Augenbrauen. »Wenn ich es nicht besser wüßte, würde ich dir Zynismus attestieren.«

Impulsiv berührte sie seine Hand. »Es tut mir leid, Ben.« Seine Haut war warm und ledrig.

Er grinste sie an.

Heute fand sie Ben, mit seiner Intelligenz und der Begeisterung für dieses grandiose Mars-Projekt, einfach unwiderstehlich. *Verdammt. Solche Gefühle sollte ich nicht haben.*

Sie konzentrierte sich auf die Bilder.

Die obersten Linien des Bilds waren schwarz gewesen – leerer Raum. Doch nun erkannte sie erste Details, eine weißgraue Kurve, die Linie um Linie Gestalt annahm. Zuerst hielt sie das für die Krümmung einer Kugel, doch dann sah sie, daß die Form zu unregelmäßig für eine Kugel war.

Phobos erwies sich als halb im Schatten liegende Ellipse mit zerklüftetem Rand. In Yorks Augen hatte Phobos mehr Ähnlichkeit mit einem Asteroiden als einem Mond. Er war von alten, großen Kratern übersät, von denen manche so tief waren, daß die Einschläge, die sie verursacht hatten, den kleinen Mond fast zerschlagen haben mußten.

»Natalie, das ist Phobos – er ist etwa halb so groß wie unser Vollmond –, wie du ihn vom Mars aus sehen würdest.«

Phobos sah aus wie eine verschrumpelte Kartoffel. Priest starrte das Bild an, wobei die Schwarz- und Grautöne sich in seinen Augen spiegelten. »Das ist Geschichte, Natalie. Stell dir das mal vor: ich war einer der ersten Menschen, die Phobos und Deimos, die Mars-Monde, gesehen haben. Ich wollte dich daran teilhaben lassen und dir zeigen, was ich gesehen habe.«

Erneut spürte sie den Drang, ihn zu berühren, doch sie unterdrückte ihn.

»Zeig mir den Mars, Ben.«

»Sicher.«

Nach ein paar Minuten hatte Priest Bilder der Oberfläche des Planeten rekonstruiert. Doch der Staubsturm hielt noch immer an. Außer an den Polen waren nur noch an einem Ort Einzelheiten zu sehen: ein Gebiet namens Tharsis in der Nähe des Marsäquators. Es waren vier unregelmäßige, annähernd kreisförmige Punkte zu erkennen, von denen drei sich auf einer Geraden befanden. Der vierte war etwas nach Westen versetzt.

»Was könnte das sein?« fragte sie.

»Wer weiß? Ich schätze, wir werden es erfahren, nachdem der Sturm sich gelegt hat.« Die Belegschaft des Labors nennt diese Erscheinungen ›Carls Markierungen‹. Nach Sagan ...«

Die Formen auf den Bildern erregten ihre Neugier; sie kamen ihr irgendwie bekannt vor. Wenn die Sicht nur etwas besser wäre ... »Du sagst, diese Region würde Tharsis genannt. Wissen wir sonst noch etwas darüber?«

»Eigentlich schon. Du bist die Geologin, Natalie. Du müßtest es wissen.«

»Sag's mir einfach, du Arsch.«

»Seit Mitte der Sechziger werden Radar-Bilder vom Mars gemacht. Diese Tharsis-Region – die von der Erde aus nur als heller Fleck erscheint – ist anscheinend das höchste Plateau auf dem Planeten.«

»Wirklich? Wie hoch denn?«

Er zuckte die Achseln. »Fünfzehn bis dreißig Kilometer über Normalnull. Wir wissen es nicht mit Bestimmtheit. Normalnull aus dem Grund, weil es auf dem Mars ja keine Meere gibt und die Bezeichnung ›Meeresspiegel‹ deshalb nicht anwendbar ist.«

»Ihr müßt doch noch Bilder mit einer höheren Auflösung haben als diese hier. Es ist der einzig sichtbare Punkt auf dem Planten, mein Gott! Jemand muß die Kameras noch einmal darauf ausgerichtet haben.«

Priest hieb in die Tasten und fand auch ein paar Bilder mit mehr Details. Fast hätte sie sich die Nase am Monitor plattgedrückt, so nahe ging sie heran.

»Und du meinst, diese Merkmale seien stabil? Nicht nur ... äh ... Wirbel im Staubsturm oder so?«

»Ach was. Sie existieren schon, seit Mariner vor ein paar Wochen den Mars erreicht hat. Wir sehen hier ohne Zweifel Oberflächenmerkmale.«

Sie erkannte runde Markierungen in jedem Fleck. Und eine Art Kante. *Sie sehen fast aus wie Vulkantrichter. Die Schlünde von Vulkanen.*

Doch weshalb erschienen überhaupt solche Formationen auf dem Mars? *Weil sie sich in Tharsis befinden. Und Tharsis ist die höchstgelegene Region auf dem Mars.* Und weshalb diese spezifischen Merkmale? *Weil sie die höchsten Punkte von Tharsis darstellen – und folglich die höchsten Punkte des Planeten sind...*«

»Mein Gott«, flüsterte sie.

»Natalie? Was ist denn?«

Bei diesen Punkten mußte es sich um Vulkane handeln, die auf einer Art riesigem Schild saßen. Groß genug, um die höchsten Berge auf der Erde zu Maulwurfshügeln zu degradieren. Everest hatte eine Höhe von wenig mehr als acht Kilometern; diese Burschen mußten mindestens dreimal so hoch sein. So hoch, daß sie aus den Staubstürmen herausragten; so hoch, daß sie aus der Atmosphäre selbst herausragten.

»Natalie? Alles in Ordnung?«

Natalie traute ihren Augen nicht. Sie ließ sich von Priest ein Bild nach dem andern zeigen.

Wenigstens, so wurde sie sich später bewußt, hatten die Mysterien der Geologie des Mars sie von Priest abgelenkt.

Samstag, 11. Dezember 1971
NASA-Hauptquartier, Washington, DC

Nachdem Fred Michaels aufgelegt hatte, saß Tim Josephson mit einem Glas Whisky im Büro.

Die Entscheidung war gefallen.

Eigentlich hätte er ein Gefühl des Triumphs spüren müssen. Des Überschwangs. *Wir haben, was wir wollten, bei Gott. Einen neuen großen Spielplatz, ein Programm, mit dem Tausende von NASA-Mitarbeitern für ein Jahrzehnt und länger beschäftigt sein werden.*

Doch er war zu müde und zerschlagen, um in Jubel auszubrechen. Ihm fielen bald die Augen zu. Er hatte den ganzen Tag Telefondienst gehabt und Fred Michaels' Manöver unterstützt. Und es gab immer noch hundert Dinge, die zu erledigen waren. Doch es gab nichts, so sagte er sich, das nicht auch bis morgen Zeit gehabt hätte.

Also zog er die Schuhe aus, legte die Füße auf den Schreibtisch und sprach ins Diktiergerät.

In den letzten Monaten hatte Josephson, der als Assistent für Fred Michaels arbeitete, erstaunliche Einblicke in die Entscheidungsfindung auf höchster Ebene gewonnen: die Bewahrung des nationalen Prestiges, die Verteilung von zweistelligen Milliardenbeträgen und den Postenschacher im Bereich der Politik, der Wirtschaft und der Streitkräfte. Eines Tages würde er ein Buch darüber schreiben. Vielleicht mit dem Titel *Management im Zeitalter der Raumfahrt*.

Die Entscheidung über Amerikas Zukunft im Weltraum hatte sich als außerordentlich schmerzlich erwiesen.

Josephson hatte von Anfang an gewußt, daß Nixon nur das Notwendigste in die Raumfahrt investieren wollte.

Tatsache war, daß Nixon – im Widerspruch zur offiziellen Linie – in der Innenpolitik einen ausgesprochen liberalen Kurs einschlug. Mitten in einem Krieg, der die Ressourcen der Volkswirtschaft aufzehrte, wollte er Mittel freisetzen, um die Sozialausgaben zu erhöhen und das Lohn- und Preisniveau zu stabilisieren.

Und diese Mittel sollten sozusagen aus dem Weltraum kommen. Doch die Raumfahrt-Lobby war ein harter Gegner.

Also hatte Nixon kurz nach seinem Amtsantritt den

Kongress bevollmächtigt, die derzeitigen Ausschüsse für Raumfahrt ›wegzuorganisieren‹, so daß die Raumfahrt nun in die Zuständigkeit des Unterausschusses für Finanzen des Senats und des Unterausschusses für Wissenschaft und Technik des Kongresses fiel. Durch den Verlust des direkten Kanals zum Kongress lief die NASA nun Gefahr, ihren heroischen Status zu verlieren und zu einer Abteilung von vielen zu werden, die um Finanzmittel kämpfte.

Für die meisten am Raumfahrtprogramm beteiligten Leute – sogar innerhalb der NASA – gingen solche Veränderungen unbemerkt vonstatten, doch für Eingeweihte wie Josephson und Michaels waren sie dramatisch und stellten einen Gradmesser für Nixons Entschlossenheit dar, das gesamte Raumfahrtprogramm zu beschneiden.

Doch dann hatte das Weiße Haus den Widerstand der Luft- und Raumfahrtindustrie zu spüren bekommen.

Die Branche kränkelte wie eh und je. Paradoxerweise wurde ihre Situation durch den technischen Fortschritt noch prekärer. Neue Systeme kamen entweder gar nicht erst zum Einsatz oder hatten nur eine kurze Produktionsdauer: *wenn es funktioniert, ist es schon veraltet.* Die Unternehmen der Luft- und Raumfahrtindustrie gingen bei jedem Auftrag, den sie annahmen, ein großes Risiko ein.

Doch offensichtlich brauchte die Regierung eine gesunde Luft- und Raumfahrtindustrie. Also mußten Mittel und Wege gefunden werden, um der Industrie in schlechten Zeiten über die Runden zu helfen: um die Wohlfahrt zu mehren und die Forschung zu subventionieren. Das zivile Raumfahrtprogramm war für diesen Zweck ideal. War es immer schon gewesen.

Also hatte Fred Michaels seit Anfang 1971 die Kunde ausgestreut, daß die Luft- und Raumfahrtindustrie bei den gegenwärtigen Kürzungen im Raumfahrtprogramm kein Jahr mehr durchhalten würde. Dabei wandte er sich insbesondere an Kongressabgeordnete aus Staaten wie Kalifornien, Texas und Florida, wo die Kürzungen zum Wahlkampfthema gemacht wurden. Und er forderte die Auftragnehmer der jeweiligen Programme auf, die Beschäftigungswirkung der entsprechenden Optionen ruhig etwas höher anzusetzen. Damit sollte das Weiße Haus unter Druck gesetzt werden. *1972 ist ein Wahljahr. Wir brauchen ein Raumfahrtprogramm, um die Arbeitsplätze zu sichern... Aber wie soll dieses Programm aussehen?*

Josephson stellte mit gelindem Schrecken fest, wie schnell die wissenschaftlichen und Forschungs-Aspekte des Raumflugs als Faktoren beim Entwurf des neuen Programms über Bord geworfen wurden. Niemand, der auch nur einen Hauch von Verstand hatte, würde der *Wissenschaft* wegen zum Mars oder sonstwohin fliegen. Und niemand – was ihn noch mehr wunderte – wies auf die Übertragung von Innovationen aus der Raumfahrt in andere Bereiche hin. Weshalb sollte man dazu erst ins All fliegen? Weshalb sollte man die F&E-Mittel und die berühmten Management-Qualitäten der NASA da nicht gleich in andere, sinnvollere Programme investieren?

Das waren heikle Fragen. Also vermied Michaels sie von vornherein.

In der Öffentlichkeit stellte Michaels die Raumfahrt als ein Abenteuer dar – etwas, wofür eine Nation wie die USA einfach das Geld haben müsse. Astronauten aus den Glanzzeiten der Raumfahrt wurden als lebende Erinnerung an bessere Zeiten bemüht. Nach Michaels' geschicktem PR-Trara schien der Mars etwas an Akzeptanz gewonnen zu haben. Das hatte einen Schneeball-Effekt zur Folge, und der Kongress war nun geneigt, die Option zu unterstützen.

Und die Umfragen zeigten, daß die Öffentlichkeit

einer Mars-Option immer wohlwollender gegenüberstand.

Doch der NASA-Etat war noch immer viel zu hoch. Im Juli hatten Mitglieder des Kongresses zweimal beantragt, für das Haushaltsjahr 1972 überhaupt keine Mittel für den bemannten Raumflug zu bewilligen.

Es war ein kritischer Moment in der Geschichte, und das Feilschen ging weiter.

Worauf könnten wir verzichten?

Josephson hatte angenommen, Nixon würde wenigstens das Space Shuttle-Programm genehmigen – nur diesen einen Punkt von all den Optionen, die seine Arbeitsgruppe vorgelegt hatte. Zumindest das Ziel der Raumfähre war auch mit geringeren Mitteln zu erreichen, zumal ihr Bau wegen der vielen Spin-offs von der Luft- und Raumfahrtlobby befürwortet wurde.

Doch das Shuttle-Programm war bald Makulatur geworden. In Josephsons Augen war es offensichtlich, daß der Entwurf einer Billig-Raumfähre einen faulen Kompromiß darstellte, der vom Ausschuß zusammengerührt worden war, um an sich unvereinbare Interessen auf einen gemeinsamen Nenner zu bringen. Und Michaels nahm Anleihen bei seinem Vorgänger Paine – ein großer Befürworter der Mars-Option, dessen Nachfolge Michaels im September angetreten hatte – und wies auf den militärischen Nutzen der Raumfähre hin: es war kein Zufall, daß das Shuttle, das nur einen Orbit von maximal hundertsechzig Kilometern erreichte und über hervorragende Flugeigenschaften verfügte, auch ideal für Luftwaffen-Einsätze war.

Das mit modernster Technik ausgestattete Shuttle wäre höchstens für Aufklärungsflüge im niedrigen Erdorbit geeignet. In einer Ära, wo Entspannung angesagt war, bekam die militärische Komponente des Projekts jedoch einen schlechten Beigeschmack. Zumal Kennedy und andere Politiker der Öffentlichkeit ständig vor Augen führten, daß dieses Unternehmen absolut nichts *Heroisches* hatte.

Also hatte Josephson mit einer gewissen Zufriedenheit verfolgt, wie Nixon sich allmählich von der Raumfähre verabschiedet hatte. Bei der nächsten Generation von Trägersystemen für den bemannten Raumflug würde es sich wahrscheinlich um eine verbesserte Saturn-Serie handeln.

Außerdem schien Nixon der Empfehlung der ›Arbeitsgruppe Raumfahrt‹ gefolgt zu sein, den Plan der neuen modularen Raumstationen zu verwerfen und statt dessen nur die Skylab-Serie fortzusetzen, die aus Saturn-Brennstofftanks improvisiert werden sollte. Die NASA-Ingenieure verloren darob schier die Fassung, vor allem Mueller und seine Raumstation-Lobby. Doch all diese Kürzungen schufen ein Kostenprofil, das vielleicht vom Weißen Haus genehmigt werden würde.

Natürlich wäre im Programm auch ein Handel enthalten. Rockwell hatte als Favorit für die Produktion der auf Eis gelegten Raumfähre gegolten. Und nun hatte es den Anschein, daß sein Rivale Boeing das größte Stück vom Kuchen des neuen Zusatztriebwerks bekam, weil Boeing als Hersteller der ersten Stufe der Saturn S-IC Haupt-Auftragnehmer beim neuen Saturn-Projekt werden sollte. Boeing wartete mit allen möglichen Ideen für eine Kostensenkung beim Saturn V-System auf: so sollten zum Beispiel wiederverwendbare Raketen eingesetzt werden, und die S-IC selbst sollte auch wiederverwendet werden können, indem sie mit Tragflächen, Fallschirmen, wasserstoffgefüllten Ballons, Luftbremsen, Paragleitern und Systemen aus rotierenden Fallschirmen ausgerüstet wurde.

Also hatte Rockwell – der Hersteller von Apollo – zur aller Überraschung das Nachsehen. Als Trostpflaster durfte das Unternehmen ein Programm auflegen, in dessen Rahmen die S-II, die wasserstoffbetriebene zweite Stufe der Saturn, zu einer interplanetaren Zündstufe modifiziert wurde. Weil es sich jedoch um den Part handelte, der von NERVA übernommen werden sollte, war das S-II-Programm bereits redundant, bevor es überhaupt begonnen hatte, und es wurde auch schon die Frage nach dem Sinn dieses Programms gestellt.

Dennoch rechnete Johnson damit, daß Rockwell auf die eine oder andere Art entschädigt werden würde. Die Firma war bereits Anwärter für das große Trägerraketen-Programm, das aus der heutigen Entscheidung resultieren würde, obwohl sie noch nicht einmal verkündet war ...

Inzwischen waren die Militärs auf Johnsons Linie eingeschwenkt, nachdem er ihnen versprochen hatte, sie würden bei den neuen Skylabs berücksichtigt werden. Dadurch hatten sie die Möglichkeit, an die Missionsziele der alten Bemannten Orbital-Labors anzuknüpfen.

Beim neuen Raumfahrtprogramm handelte es sich um eine Resultierende des Gleichgewichts der Kräfte, um einen Kompromiß zwischen den Fraktionen im Weißen Haus und im Kongreß. Im Grunde nichts Neues, sagte Josephson sich.

Doch es wäre nicht möglich gewesen, ohne daß Michaels Fäden gezogen, Leute um einen Gefallen gebeten und sich des Geflechts aus politischen Allianzen bedient hätte, das er im Lauf der Jahre geknüpft hatte. Ein nicht so begnadeter Direktor – Thomas Paine zum Beispiel – hätte das niemals zuwege gebracht. Und doch wußte Josephson, daß Michaels' Arbeit gerade erst begonnen hatte. Michaels war es bisher lediglich gelungen, die Zusage für den Start eines neuen Programms zu erhalten; die Herausforderung lag nun darin, dafür zu sorgen, daß diese Zusage auch für die zukünftige Entwicklung des Programms Gültigkeit hatte.

Fred Michaels kannte Nixon noch aus den Sputnik-Tagen, wo er Eisenhowers Vizepräsident gewesen war. Michaels glaubte, daß Nixon den Symbolgehalt des Raumfahrt-Zeitalters von Anfang an erkannt hatte. »In erster Linie geht es hier um Politik und nicht um Wissenschaft«, hatte Michaels Josephson offenbart, und Josephson sprach diese Erkenntnis nun auf Band. »Das eigentliche Motiv für die Raumfahrt ist Prestige. Nixon hat das begriffen. In dieser Hinsicht ist er formbar wie Lehm. Ich sage Ihnen, Tim: im Grunde wundere ich mich überhaupt nicht darüber, wie die Dinge sich entwickelt haben. Alles was er brauchte, war das richtige Argument...«

Vielleicht, sagte Josephson sich. Doch Nixon war auch ein hochintelligenter Pragmatiker, ein Mann, auf dessen Prioritätenliste die Raumfahrt ziemlich weit unten stand.

Er hätte sich auch dafür entscheiden können, die bemannte Raumfahrt ganz einzustellen.

Und doch, und doch...

Und doch war da noch der liebe alte Jack Kennedy, der wie ein Geist aus seinem Studierzimmer in Neuengland sprach und den Amerikanern unablässig sagte, daß sie besser seien als das pessimistische Bild, das sie von sich selbst hatten: daß es ihnen schließlich gelungen sei, vor den Augen der ganzen Welt Menschen auf den Mond zu schicken; daß sie nicht stehenbleiben, sondern weitergehen und sich im Lichte des feurigen Traums immer wieder neu erfinden sollten – des Traums, dessen lebende Verkörperung Kennedy geworden war...

Und heute schlug die Stunde der Entscheidung. Michaels war zu einer Besprechung mit Agronski, anderen Beratern des Präsidenten und Repräsentanten des Haushaltsausschusses gebeten worden.

Agronski, so hatte Michaels Josephson gesagt, war gleich zur Sache gekommen. »Sie werden Ihren Mars-Tinnef bekommen, Fred. Gegen meine Überzeugung.«

»Der Präsident hat das Programm genehmigt.«

»Ja.« Agronski wühlte in seinen Unterlagen. »Es stehen noch ein paar Entscheidungen in bezug auf den Umfang und die Kosten aus...«

Michaels grunzte. »Was hat ihn dazu bewogen?«

»Eine Reihe von Faktoren. Vor allem der Punkt, daß es unser Prestige im In- und Ausland beschädigen würde, wenn wir den bemannten Raumflug ganz einstellten.« Er klang zerknirscht. »Daß die Mars-Mission die einzige Option ist, die sowohl prestigeträchtig ist als auch mit relativ geringem finanziellen Aufwand durchgeführt werden kann. Daß wir den NASA-Etat nur deshalb kürzen wollten, weil es sich angeboten hat. Daß die Streichung des Programms die Luft- und Raumfahrtindustrie in Mitleidenschaft gezogen hätte...«

Michaels hatte verstanden, und Josephson war auch nicht sonderlich erstaunt. Kennedys Lobbyarbeit und Michaels' Wühlarbeit hatten zu einem Umschwung in der öffentlichen Meinung geführt. Zumal 1972 ein Wahljahr war; die Arbeitslosenstatistik in Staaten, die von der Raumfahrt abhingen – Kalifornien, Texas und Florida – gereichte Nixon nicht gerade zum Vorteil. *Und wir hatten auch verdammtes Glück, in Cap Weinberger einen Verbündeten zu finden.* Josephson wußte, daß ohne Caps Fürsprache innerhalb der Regierung das Programm der bemannten Raumfahrt vielleicht gescheitert wäre.

Am Anfang der Besprechung hatte es Auseinandersetzungen über Details und die Interpretation einer Verlautbarung des Präsidenten gegeben. Doch die Entscheidung war gefallen.

Mars.

Trotz seiner Müdigkeit fühlte Josephson eine tiefe Zufriedenheit. Als ob er nach einem guten Essen einen Brandy und eine Zigarre genießen würde.

Eigentlich war es sogar schlecht für Nixon gelaufen, sagte Josephson sich. Nixon hatte recht gehabt; er hatte ein bezahlbares Programm mit einem konkreten Ziel gewollt, ein Programm, das ein solides Fundament für die Zukunft bildete. Doch nun hatte es den Anschein, als ob es wieder auf den Schmonzes mit Fußabdrücken und Flaggen hinausliefe. Und Jack Kennedy – oder vielleicht auch Ted, der von einem ermordeten und einem verkrüppelten Bruder profitierte und nun selbst den Einzug ins Weiße Haus vorbereitete – würde den Lorbeer ernten.

Wie dem auch sei, in einer solchen Gemengelage aus sozialen, politischen, ökonomischen und technischen Kräften, die von Männern wie Michaels, Nixon und Kennedy kontrolliert wurde, war die Entscheidung entstanden. Die Entscheidung – mit welchen Problemen und Unwägbarkeiten sie auch behaftet war –, Amerikaner zum Mars zu schicken.

Eine Putzfrau klopfte an und trat mit einem schweren Staubsauger ein. Josephson schaltete das Diktiergerät aus. Millie Jacks grinste Josephson an; sie war daran gewöhnt, daß er so spät noch arbeitete.

»Wie ich höre, fliegen wir zum Mars, Dr. Josephson?«

»Sieht so aus, Millie.«

»Huu!« stieß Millie ungläubig aus. Doch sie hatte schon alle Aktionen mit einem Kopfschütteln quittiert, welche die NASA seit 1966 durchgeführt hatte. Josephson fragte sich manchmal, ob sie wirklich glaubte, daß die Menschen zum Mond geflogen waren oder ob sie das nur für eine Art Räuberpistole hielt.

Was würde Millie erst sagen, wenn wir ein paar Schwarze oder sogar Frauen in die Mars-Besatzungen aufnähmen. Sie würde sich überhaupt nicht mehr einkriegen.

Vielleicht wird es sich ändern. Vielleicht werden wir in einer anderen Welt leben, wenn wir 1982 zum Mars fliegen.

Mittwoch, 5. Januar 1972

...Ich habe heute entschieden, daß die Vereinigten Staaten die Entwicklung von Systemen und Technik vorantreiben sollen, die geeignet sind, amerikanischen Astronauten eine Landung auf dem Mars zu ermöglichen. Dieses System wird auf einer neuen Generation von Raketen mit Nuklearantrieb basieren, die den interplanetaren Raumflug revolutionieren und zu einer Routineangelegenheit machen werden.

Im Jahre 1971 wurde Amerikas bemanntes Mondflug-Programm eingestellt. Bei den drei erfolgreichen Mondlandungen wurde viel erreicht – wobei die wissenschaftlichen Ergebnisse der dritten Mission die Ergebnisse aller vorherigen bemannten Raumflüge übertrafen, ob in den Erdorbit oder zum Mond. Doch sie hat uns auch zu einer Entscheidung geführt – an einen Punkt, an dem wir entscheiden mußten, wo mit dem Ende von Apollo unser Horizont im Weltraum verläuft und wohin wir von dort aus gehen wollen.

Die wissenschaftlichen Erfahrungen der letzten zehn Jahre haben uns gelehrt, daß Raumschiffe ein notwendiges Werkzeug für die Erforschung des näheren Weltraums – des Mondes und der Planeten – sind und ein wichtiges Hilfsmittel für das Studium der Sonne und Sterne darstellen. Indem wir uns den Weltraum zunutze machten, um die Bedürfnisse der Erde zu befriedigen, haben wir das enorme Potential von Satelliten für die internationale Kommunikation, Klimaforschung und Überwachung der globalen Ressourcen erkannt.

All diese Möglichkeiten und unzählige andere, welche die Wohlfahrt der Menschheit steigern, werden jedoch nur dann

Wirklichkeit, wenn der Traum, der uns so schnell so weit gebracht hat, ebenfalls Wirklichkeit wird: ich meine den Traum der Erforschung des Weltraums, des Ausgreifens der Amerikaner und der gesamten Menschheit ins All. Mit meiner heutigen Entscheidung habe ich der Notwendigkeit Rechnung getragen, diesen Traum zu fördern und zu verwirklichen.

Die NASA und viele Unternehmen der Luft- und Raumfahrtindustrie haben umfassende Konstruktionsentwürfe für die Mars-Mission vorgelegt. Der Kongress hat diese Anstrengungen geprüft und gebilligt. Die Vorbereitungen sind nun so weit gediehen, um mit Zuversicht ein neues Entwicklungsprogramm ins Leben zu rufen. Um die technischen und wirtschaftlichen Risiken zu minimieren, wird die NASA einen evolutionären Ansatz bei der Entwicklung dieses neuen Systems verfolgen. Wenn wir in diesem Tempo weitermachen, werden wir am Ende dieses Jahrzehnts die ersten Komponenten des Mars-Raumschiffs in bemannten Flugversuchen erproben und wenig später einsatzbereit sein. Doch wir werden keine willkürlichen Fristen setzen, wie manche es gefordert haben; wir werden Entscheidungen in Abhängigkeit vom Fortschritt des Programms und nach eingehender Prüfung treffen.

Aus technischen Gründen habe ich mich gegen die Entwicklung der wiederverwendbaren Raumfähre zu diesem Zeitpunkt entschieden. Ungeachtet der offenkundigen ökonomischen Vorteile eines solchen Trägersystems bin ich nicht davon überzeugt, daß unsere Technik schon so ausgereift ist, um ohne Kostenschübe und Verzögerungen die gewaltigen Probleme zu lösen, die dieses Projekt mit sich bringt. Zumal viele dieser wirtschaftlichen Vorteile auch durch Modernisierungen unserer existierenden ›Wegwerf‹-Plattformen zu realisieren wären.

Ein anderer wichtiger Punkt ist, daß dieses Projekt von nationaler Bedeutung Tausenden hochqualifizierter Arbeiter und Hunderten von Unternehmen für die nächsten Jahre ein Betätigungsfeld eröffnet. Die fortdauernde Überlegenheit Amerikas und der amerikanischen Industrie im Bereich der Luft- und Raumfahrt wird ein wichtiger Teil der Nutzlast der Mars-Mission sein.

Wir werden zum Mars fliegen, weil er außer der Erde wohl der einzige Planet ist, auf dem menschliches Leben möglich ist und wo wir Kolonien gründen können. Wir werden zum Mars fliegen, weil die Untersuchung seiner Geologie und Entstehungsgeschichte in hohem Maße zum Verständnis unserer wertvollen Erde beitragen wird.

Und vor allem werden wir zum Mars fliegen, weil er uns über die Schwierigkeiten und Probleme der Gegenwart hinweg eine Perspektive auf eine bessere Zukunft ermöglicht.

›Wir müssen manchmal mit dem Wind und manchmal gegen ihn segeln‹, sagte Oliver Wendell Holmes, ›doch wir müssen segeln, und nicht treiben oder vor Anker liegen‹. Dasselbe gilt für die epische Reise der Menschheit ins All – eine Reise, welche die Vereinigten Staaten von Amerika geführt haben und die sie noch immer führen. Apollo ist in den Hafen zurückgekehrt. Nun ist es an der Zeit, zügig neue Schiffe zu bauen und in fernere Gefilde zu segeln, als unsere Vorfahren sich jemals hätten träumen lassen...

Veröffentlichte Dokumente der Präsidenten der Vereinigten Staaten: Richard M. Nixon, 1972 (Washington, DC: Presseamt der Regierung, 1972)

Mittwoch, 5. Januar 1972

...Wie aus der Verlautbarung des Präsidenten hervorgeht, sind die Studien der NASA und der Luft- und Raumfahrt-Industrie in bezug auf die Mars-Mission nun an dem Punkt angelangt, wo der Übergang zur Entwicklung der Missions-Komponenten entscheidungsreif ist. Die Entscheidung zur Fortführung des Projekts, die der Präsident nun getroffen hat, geht mit den Plänen konform, die dem Kongress für den NASA-Etat des Haushaltsjahrs 1972 vorgelegt und von diesem gebilligt wurden.

Die Mars-Mission wird aus zwei Schiffen bestehen, die im Erdorbit montiert werden. Die Schiffe werden aus mehreren Antriebsmodulen in Gestalt von Nuklearraketen bestehen, die von chemischen Raketen auf der Basis der bewährten Saturn V-Technologie gestartet werden. Das Raumschiff wird in dieser modularen Form konzipiert, um einen schnellen Umbau zu unterschiedlichen Konfigurationen zu ermöglichen: zum Beispiel für Flüge zu anderen Planeten oder den Asteroiden. Die Besatzung wird Module beziehen, bei denen es sich um die ersten aus ›trockenen Brennstofftanks‹ bestehenden Skylab-Raumstationen handelt, die wir ab dem nächsten Jahr ins All schicken wollen. Die Besatzung wird in einer neuen Landekapsel auf der Marsoberfläche landen.

Wie der Präsident bereits ausführte, werden wir nicht nach einem Zeitplan arbeiten. Dennoch hoffen wir, daß wir für die erste Mission bereit sind, wenn 1982 der Mars in Opposition zur Erde steht. Dieser ersten Mission wird ein intensives Entwicklungsprogramm vorausgehen, das unter anderem Flugphasen im Erdorbit umfaßt. Das Programm umfaßt die Entwicklung der Nukleartechnik bis zur Serienreife und die Entwicklung lebenserhaltender Systeme für Langstreckenflüge sowie interplanetarer Kommunikations- und Navigationstechniken. Ein weiterer Schwerpunkt ist die Wiederverwendbarkeit und Steigerung der Zuverlässigkeit der Systeme sowie die Entwicklung von Systemen für den Eintritt in die Marsatmosphäre und die Landung auf dem Mars. Die Rekrutierung von Astronauten für das neue Programm wird in Kürze erfolgen.

Um Landezonen für die bemannte Mission ausfindig zu machen, wird eine Reihe neuer, mit Kameras ausgerüsteter Mariner-Sonden zum Mars geschickt werden. Diese Sonden ersetzen die ursprünglich vorgesehenen wissenschaftlichen Viking-Plattformen, die gestrichen wurden. Der Etat wird also nicht überzogen.

Der Beschluß des Präsidenten ist ein historischer Schritt für das nationale Raumfahrtprogramm. Es wird der Menschheit neue Perspektiven für die Eroberung des Weltalls eröffnen. In zehn Jahren wird die Nation über die Mittel verfügen, Menschen und Ausrüstung über interplanetare Distanzen zu befördern.

Mittelfristig rechnen wir damit, daß solche Missionen ebenso zur Routine werden wie der Flug zum Mond und die sichere Rückkehr zur Erde. Nicht nur der Mars, sondern auch unser Schwester-Planet Venus, die Ressourcen des Asteroidengürtels sowie die Monde des Jupiter und die äußeren Planeten rücken in greifbare Nähe. Hierbei wird es sich um Komponenten eines Raumfahrtprogramms handeln, das eine konzertierte Aktion aus Wissenschaft, Forschung und Anwendung darstellt und sich im Rahmen des gegenwärtigen Etats für die Raumfahrt bewegt.

Ich danke Ihnen ...

Chronologische Akte Frederick W. Michaels, 1972, Archiv der NASA, NASA-Hauptquartier, Washington, DC.

Mittwoch, 5. Januar 1971
NASA-Hauptquartier, Washington, DC

Gregory Dana hatte den Tag mit einer Diskussion von Rendezvous-Techniken für die geplanten Skylab-Missionen verbracht. Auf dem Gang begegnete er ein paar NASA-Mitarbeitern aus Houston, die sich vor dem Schwarzen Brett versammelt hatten.

»Was ist denn hier los?«

»Wissen Sie das noch nicht? Wir fliegen zum Mars. Nixon hat endlich die Genehmigung erteilt. Sehen Sie hier.« Sie bahnten ihm eine Gasse zum Schwarzen Brett. Auf den ersten Blick sah Dana nichts, das für ihn von Interesse gewesen wäre: Karten für eine Sportveranstaltung, verschiedene Fortbildungsmaßnahmen und ein Akupunktur-Kurs (hier im NASA-Hauptquartier!) und einen Aufkleber in Signalorange mit der schlichten Botschaft JESUS HILFT. Doch dort, halb verdeckt von den banalen Aushängen, war ein engbedrucktes Blatt Papier mit einem Briefkopf. Es handelte sich um eine Verlautbarung von Nixon und eine Anmerkung von Michaels, dem neuen NASA-Direktor. Ein paar Pressemeldungen waren auch ausgehängt: ein ›Marsflug-Leitfaden‹ mit simplen Frage-und-Antwort-Informationshappen über die Mission und ein paar spektakuläre künstlerische Impressionen der verschiedenen Phasen der Mission. Es wurden sogar die Optionen skizziert, die diskutiert und wieder verworfen worden waren.

Danas ›Katapult-Modus‹ wurde jedoch nicht erwähnt.

Seit jener apokalyptischen Phase A-Konferenz, die im Juli in Huntsville stattgefunden hatte, war die Entwicklung der Mars-Optionen praktisch an Dana vorbeigegangen. Und nun hörte er zum erstenmal von Nixons Entscheidung – zusammen mit der Putzkolonne des Hauptquartiers und dem Rest der Nation.

Was sollte er nun tun? Noch einen Brief an Fred Michaels schreiben?

Er spürte, wie die Ungerechtigkeit, die schiere Dummheit, ihm ein Loch in den Magen brannte.

Wie dem auch sei, er war aus dem Rennen. Vielleicht wäre Jim wenigstens imstande, ein paar seiner eigenen Träume zu verwirklichen, während diese Entscheidung allmählich in die Praxis umgesetzt wurde.

Dana klemmte sich die Aktentasche unter den Arm und ging.

Zweites Buch

TRAJEKTORIEN

Zeitdauer der Mission [Tag/Std:Min:Sek]
Plus 003/09:23:02

York driftete im Schlafsack. Sie war hundemüde, aber der Schlaf wollte sich einfach nicht einstellen. Ihr Steiß war wund, und sie verspürte einen dumpfen Kopfschmerz, als ob eine Erkältung im Anzug wäre. Plötzlich bekam sie Herzrasen, und das Blut rauschte ihr in den Ohren. Sie vermißte den Druck eines Kissens unter dem Kopf, die Sicherheit einer Decke, in die sie sich kuscheln konnte. Zudem war der Schlafsack zu groß: sie stieß laufend gegen die Innenseite. Und bei jeder Bewegung preßte sie das warme Luftpolster, das sich um den Körper gebildet hatte, aus dem Schlafsack und fröstelte infolgedessen.

Nachdem es ihr endlich gelungen war, sich zu entspannen, überkam sie das Gefühl des Falls. Einmal wäre sie fast im Schlafsack verschwunden, doch dann drifteten die Arme nach oben, *und eine Hand berührte ihr Gesicht* ...

Sie schlug die Augen auf.

Sie steckte in der Schlafkabine an der Grundfläche des Missionsmoduls. Die Kabine war etwas größer als ein Schrank und wurde von einem Schirm abgeteilt. An der Fläche über ihr waren eine Lampe, ein Interkom und ein Ventilator. Dann gab es noch Schubladen für persönliche Dinge wie Unterwäsche. Die Laden waren mit Kunststoffnetzen bespannt, um zu verhindern, daß der Inhalt sich überall verteilte.

Licht und Lärm drangen durch den Schirm. Sie hörte das Summen und Surren der Ausrüstung des Missionsmoduls und das gelegentliche Feuern der Lage- und Bahnregelungs-Düsen, welche die Ares auf die Sonne ausrichteten. Bei dem hellen, antiseptischen Licht der Messe hinter dem Schirm und dem Geruch nach neuem Metall und Kunststoff kam es ihr so vor, als ob sie versuchte, in einem großen Kühlschrank einzuschlafen.

Anscheinend hatte man ursprünglich geplant, die Schlafkabinen durch massive Türen abzuteilen. Sie erinnerte sich sogar an ein Memo, in dem zu lesen war, die Notwendigkeit der Schaffung einer Intimsphäre für die Astronauten sei ›signifikant‹ – die für die NASA typische, ebenso vage wie euphemistische Ausdrucksweise, wenn es um die Funktion der warmen Körper ging, die zu solchen Kosten in den Weltraum befördert wurden. Doch die Türen waren zugunsten einer Gewichtsersparnis weggelassen worden. Soviel also zur *Signifikanz*.

Und nun – zu allem Übel – mußte sie auch noch pinkeln.

Sie versuchte den Druck auf die Blase zu ignorieren, doch er stieg weiter an. Mein Gott. Es war aber ihre eigene Schuld; die Fäkalienröhre – die Toilette des Missionsmoduls, die Abfallbeseitigungs-Station – war nämlich so umständlich zu bedienen, daß sie auf ihre Benutzung verzichtete. Zumal der Harndrang sich seit dem Eintreten in die Mikrogravitation verstärkt zu haben schien.

Sie fügte sich ins Unvermeidliche. Sie schälte sich aus dem Schlafsack, schaltete das Licht an und schob den Schirm zurück. Bei jeder Bewegung schmerzte ihr der Rücken wie die Hölle.

Nach dem TOI hatten die Ares-Module den ersten der ›Tänze‹ aufgeführt, welche die Besatzung bis zum Abschluß der Mission würde ertragen müssen. Unter dem Kommando von Stone hatte Apollo mitsamt der Besatzung sich vom Trägersystem getrennt, gedreht und mit der Spitze voran am Missionsmodul angedockt.

Bei der Einweisung ins Missions-Profil hatte man

ihnen gesagt, mit der Trennung und dem Andocken zu warten, bis das TOI erfolgt war. Darüber hatte York sich gewundert. Weshalb sollten sie warten, bis sie schon unterwegs zum Mars waren, ehe sie sich vom Mutterschiff lösten? Doch in Anbetracht der Katastrophenszenarien, welche die Planer der Mission zugrundelegten, ergab es in gewisser Weise doch einen Sinn. Falls die MS-II bei der TOI-Zündung explodiert wäre, hätte die Besatzung aus der Apollo aussteigen und mit dem Reserveantrieb zurückkehren können. Und falls die Zündung erfolgreich verlief, das Andocken aber nicht, wäre die Besatzung in der Lage, mit Hilfe des leistungsstarken Triebwerks der Betriebs- und Versorgungseinheit zur Erde zurückzukehren.

Jedenfalls war es der Besatzung nach dem erfolgreichen Andocken gelungen, durch den Kopplungstunnel zu kriechen und das Missionsmodul – ihr interplanetares Zuhause – zu beziehen.

York verdrängte die Frage, ob es überhaupt sinnvoll war, das Raumschiff im interplanetaren Raum zu demontieren.

Sie driftete in die Messe. Sie war leicht wie eine Feder und unverwundbar; sie befand sich geradezu in einem Zustand der Trance. Das Missionsmodul war natürlich viel größer als die Apollo-Kommandokapsel. Doch sie lernte, sich in dieser Umgebung zu bewegen und zu agieren. Bald merkte sie, daß sie keine hastigen Bewegungen ausführen durfte. Sonst stieß sie vielleicht mit der Ausrüstung zusammen, legte aus Versehen einen Schalter um oder beschädigte die Ausrüstung sogar. Überhaupt war Hektik unprofessionell. Sie lernte, sich mit der Grazie eines Tauchers zu bewegen.

Das war nicht schwer. Mikrogravitation war nur eine andere Umgebung, und sie würde sich ihren Bedingungen anpassen.

Die Messe mit dem kleinen Kunststofftisch und den drei mit Gurten versehenen Stühlen war sauber und leer. Die Kabine lag im hellen Schein der Deckenlampen. Wände und Böden waren nicht massiv, sondern bildeten ein Mosaik aus beschrifteten Schubladen und Fußhalterungen – Schlaufen aus Kunststoff –, und überall waren Klettverschlüsse. Es gab Richtungsanzeiger für ›oben‹ und ›unten‹, Leitsysteme und Farbcodes. Alles war den Bedingungen in der Schwerelosigkeit angepaßt.

Das Ding sah aus wie eine Flugzeugkabine, sagte sie sich; überall Kunststoff, kompakt und durchdacht, alles an seinem Platz. Wie ein Wohnmobil für den Weltraum. Jetzt war die Einrichtung noch neu, und die Oberflächen hatten keinen Kratzer – doch nach ein paar Monaten würde das schon anders aussehen. Ein Großteil der Ausrüstung des Missionsmoduls war noch verstaut. Die Besatzung würde das Modul während der nächsten Tage einrichten und für den langen Flug konfigurieren müssen.

Die Entsorgungs-Station war eine kleine Kabine mit einer stählernen, verschraubten Toilettenschüssel, deren rustikale Ausführung an eine Latrine in einem militärischen Biwak erinnerte. Sie zog den Schirm zur Seite und drehte sich in der Luft. Dann ließ sie die Hose herunter und setzte sich auf die Schüssel. Gepolsterte Stangen klappten über die Schenkel, um sie auf dem Sitz festzuhalten.

Sie zog einen Schlauch aus der Vorderseite des Behälters. Dieser Schlauch würde den Urin in einen Tank leiten, dessen Inhalt dann im Weltraum entsorgt wurde. Der Schlauch rechtfertigte die aus der Apollo-Ära stammende Bezeichnung ›Pissoir‹, welche die Astronauten noch immer für die Entsorgungs-Station verwendeten. In einem Schrank neben ihr befand sich eine Reihe von farblich markierten Adaptern, um eine

Verwechslung durch die Benutzer auszuschließen. Das war im Grunde unnötig, weil die Adapter ohnehin für die männliche beziehungsweise weibliche Anatomie konzipiert und somit unverwechselbar waren. Im Schrank roch es bereits, und der transparente Kunststoff der Aufsätze färbte sich gelb. *Achtzehn Monate.*

Sie verband den Adapter mit dem Schlauch, stülpte ihn über die intimen Teile und öffnete das Ventil zum Urinsammelbehälter.

Die Benutzung dieser Vorrichtung erforderte eine bestimmte Strategie – mit dem Zweck der Schmerzminimierung. Öffnete sie das Ventil zu früh, dann würde der Unterdruck auf sie wirken. Und wenn das Ventil sich wieder schloß, bestand die Gefahr, daß ein Teil von ihr darin verschwand. Um das zu vermeiden, mußte sie einen Sekundenbruchteil *vor* dem Öffnen des Ventils urinieren. Und dann mußte sie immer noch damit rechnen, daß der Adapter abrutschte und der Urin in goldenen Kügelchen durch die Gegend driftete.

Es kostete sie ein paar Sekunden der Überwindung.

Wo sie nun hier saß, erwog sie, auch den Darm zu entleeren. Rein mechanisch war das leichter als Urinieren. Dazu mußte sie die Schleuder aktivieren, eine rotierende Trommel unter der Schüssel. Der Kot würde an der Trommelwand abgelagert, und nachdem sie das Geschäft erledigt hatte, würde sie einen Schalter betätigen und die Trommel evakuieren. Der Kot würde dann gefriergetrocknet werden.

Obwohl sie einen Druck im Unterleib verspürte, war im Moment nichts zu machen. Es würde wohl ein paar Tage dauern, bis sie sich soweit entspannt hatte, um es zu schaffen. Außerdem fehlte hier die Unterstützung durch die Schwerkraft, wie die Kameraden ihr schadenfroh versichert hatten; sie sah der Verrichtung mit gemischten Gefühlen entgegen.

Sie nahm ein paar Naßtücher und säuberte das Innere des Adapters. Die Tücher hätten aus jeder Drogerie stammen können, wäre da nicht der strenge desinfizierende Geruch gewesen.

Sie entriegelte die Halterungen und stand auf. Dann hielt sie die Hände ins Waschbecken; hierbei handelte es sich um eine Kunststoffkugel, die ihre Hände mit Wasser besprühte, das anschließend in einen Sammelbehälter abfloß. Ein paar Tröpfchen entwichen aus dem Becken und kreisten ums Klo, doch sie holte sie mit Leichtigkeit aus der Luft. An der Wand hing eine Reihe Handtuchhalter in Gestalt kleiner, farblich markierter Gummi-Membranen: die Handtücher, deren Zipfel in die Halter gedrückt waren, hingen wie Flaggen in der Luft. Sie trocknete sich die Hände.

Plötzlich vernahm sie ein Geräusch und drehte sich um.

Ralph Gershon hatte die Messe betreten. Er war mit einem T-Shirt und einer kurzen Hose bekleidet. Er schwebte nur in der Kabine, eine Plastikdose Cola in der einen und einen silbergrauen Lithiumhydroxid-Kanister in der anderen Hand. Die Lithium-Kanister hatten den Zweck, der Luft Kohlendioxid zu entziehen, und die Behälter mußten regelmäßig überprüft und erneuert werden. Die Cola-Dose wies das bekannte rotweiße Design auf und hatte auch die übliche Größe und Form; die einzige Unregelmäßigkeit war der kleine Ausguß an der Oberseite.

Gershon führte einen Finger zum Mund – offensichtlich schlief Stone noch – und hielt ihr die Dose hin.

Sie schüttelte den Kopf. »Zuviel Kohlensäure.«

»Ja«, flüsterte er. »Coke hat eine Million Dollar berappt, um diese Dosen ins Missionsmodul zu schaffen, aber sie kriegen die Mischung einfach nicht richtig hin.« Nun jonglierte er mit den Lithium-Kanistern und Cola-Dosen, so daß sie mit Schwung von einer Hand zur anderen wirbelten. York hatte schon gemerkt, daß die Mikrogravitation wie ein dreidimensionaler Spielplatz für die Jungs war; Stone und Gershon hatten den großen Werkstattbereich des Missionsmoduls kaum betreten, als sie auch schon Kapriolen machten, Purzelbäume schlugen und sich Ausrüstungsgegenstände wie Frisbees zuwarfen.

Gershons Blick schweifte immer wieder zu ihrer Brust.

Sie widerstand der Versuchung, die Arme vor dem Oberkörper zu verschränken. *So ist das eben.* Sie hatte einen Bestand an Büstenhaltern, und in Zukunft würde sie *immer* einen tragen, wenn sie die Schlafkabine verließ. *Keine signifikante Beziehung auf dieser verdammten Mission.*

Gershon schaute weg und nippte an der Cola.

»Was ist mit den Lithium-Zylindern?«

Er zuckte die Achseln. »Du kennst mich doch. Ich mache ab und zu ein Nickerchen. Im Moment bin ich nicht müde und sagte mir, daß ich nun meinen Kram erledigen könnte.« Er stieß ein keckerndes Lachen aus. »Ich habe sogar während des Andockmanövers ein Auge zugetan, mußt du wissen.«

Das entsprach der Wahrheit. Und nun war er hier bei York, die noch immer keine Ruhe fand, süffelte Cola, beäugte ihre Brust und erledigte seinen Kram.

»Du bist ein Arschloch, Ralph«, sagte sie mit Nachdruck.

Er grinste sie an. »Ich weiß übrigens, wie du dich fühlst.«

»Echt?«

»Sicher. Schweren Kopf, stimmt's?«

»Ich weiß, woran das liegt. An der Schwerelosigkeit. Das Blut staut sich im Oberkörper und im Kopf…«

»Schau, wenn es zu schlimm wird, solltest du eine Pille nehmen.«

»Es geht schon.«

»Wie du meinst. Du hast einen wunden Rücken, nicht?«

»Ja.« Sie rieb sich den Steiß. »Woher weißt du das?«

»Du willst wissen, woher das kommt? Ich sag's dir. Im Schlafsack bist du nie ganz stabilisiert. Du bist ständig in Bewegung. Du driftest hierhin und dorthin. Und weißt du, wie der Körper darauf reagiert?«

»Sag's mir.«

»Die Zehen verkrampfen sich. Wie kleine Kugeln.«

»Wieso?«

»Weil wir zwar zum Mars fliegen, aber immer noch gottverdammte Affen sind, die befürchten, jeden Moment vom Baum zu fallen. Und daher kommen auch die Rückenschmerzen.«

»Und was soll ich dagegen tun?«

»Entspann dich.« Er grinste. »Halt dich warm und entspann dich. Und, Natalie. Nimm eine Augenmaske und Ohrenstopfen, wenn es dir hilft. Ich werd's schon nicht weitersagen.«

Sie zog sich in ihre Kabine zurück. *Ich werde eh nicht mehr einschlafen. Ich sollte Gershons Beispiel folgen und mein Tagewerk verrichten.* Doch sie schlüpfte wieder in den warmen Schlafsack, schaltete das Licht aus und streckte sich.

In einer bewußten Anstrengung streckte sie die Zehen aus. Sofort wichen die Rückenschmerzen. *He, was sagt man dazu? Das Arschloch hatte recht.*

Sie schloß die Augen.

Mittwoch, 24. Mai 1972
Moskau

Die Vereinigten Staaten von Amerika und die Union der Sozialistischen Sowjetrepubliken:
Die Betrachtung der Rolle, welche die USA und die UdSSR bei der Erforschung und Nutzung des Weltalls für friedliche Zwecke spielen;
Das Streben nach einem weiteren Ausbau der Zusammenarbeit zwischen den USA und der UdSSR bei der Erforschung und Nutzung des Weltalls für friedliche Zwecke;
Eine Bilanz der positiven Kooperation, welche die Parteien bisher in diesem Bereich vereinbart haben;
Das Bestreben, die wissenschaftlichen Erkenntnisse, welche aus der Erforschung und Nutzung des Weltalls für friedliche Zwecke resultieren, den Völkern der beiden Länder und allen Völkern der Erde zugänglich zu machen;
Die Berücksichtigung der Klauseln des Vertrags über die Grundsätze in bezug auf die Aktivitäten bei der Erforschung und Nutzung des Weltalls, einschließlich des Mondes und anderer Himmelskörper, ebenso wie das Abkommen zur Rettung von Astronauten, der Rückkehr von Astronauten und der Rückkehr von ins Weltall geschossenen Objekten;
Gemäß dem am 11. April 1972 unterzeichneten Abkommen zwischen den Vereinigten Staaten von Amerika und der Union der Sozialistischen Sowjetrepubliken über den Austausch und die Zusammenarbeit auf den Feldern der Wissenschaft, Technik, Bildung, Kultur und anderen sowie zur Fortentwicklung des Grundsatzes der zum beiderseitigen Vorteil gereichenden Kooperation zwischen den beiden Ländern;
haben folgende Vereinbarung getroffen ...

ARTIKEL 3 (von 6)
Die Parteien sind übereingekommen, Projekte für die Entwicklung kompatibler Rendezvous- und Andocksysteme für amerikanische und sowjetische bemannte Raumschiffe und -stationen

durchzuführen, um die Sicherheit bemannter Flüge ins All zu erhöhen und den Boden für die gemeinschaftliche Durchführung von Experimenten in der Zukunft zu bereiten. Der erste Experimentalflug zur Erprobung dieser Systeme ist für die zweite Hälfte der Dekade geplant und sieht das Andocken eines amerikanischen Raumschiffs vom Typ ›Apollo‹ an einer sowjetischen Raumstation vom Typ ›Saljut‹ und/oder einem sowjetischen Raumschiff vom Typ ›Sojus‹ an einer amerikanischen Raumstation vom Typ ›Skylab‹ vor, mit Besuchen von Astronauten im Raumschiff und in der Raumstation der jeweils anderen Seite. Die Umsetzung dieser Projekte erfolgt auf der Basis der Prinzipien und Prozeduren, die gemäß der Zusammenfassung der Ergebnisse der Konferenz der Repräsentanten der Nationalen Luft- und Raumfahrtbehörde der USA und der Akademie der Wissenschaften der UdSSR hinsichtlich der Entwicklung kompatibler Systeme für Rendezvous und Andockmanöver von bemannten Raumschiffen und Raumstationen der USA und der UdSSR vom 6. April 1972 entwickelt werden...

Auszug aus der Absichtserklärung, unterzeichnet von Präsident Richard M. Nixon und dem Vorsitzenden des Ministerrats der Sowjetunion, A. N. Kossygin. Veröffentlichte Dokumente des Präsidenten der Vereinigten Staaten: Richard M. Nixon, 1972 (Washington, DC: Presseamt der Regierung, 1972)

Samstag, 28. Oktober 1972
University of California, Berkeley

Ben Priest rief sie nach Mitternacht an.

»Es ist vorbei, Natalie. Ich sagte mir, das würde dich vielleicht interessieren. Wir haben Mariner verloren.«

Sie setzte sich im Bett auf. »Oh! Wie kommt's?«

»Die Sonde hatte weitere Aufnahmen von Tharsis und Syrtis Major gemacht, und die Bilder waren auch schon auf Band. Doch dann mußte Mariner sich neu positionieren, um für die Übertragung der Bilder die Hochleistungsantenne zur Erde auszurichten, und – futsch. Nichts. Der Brennstoff für die Steuertriebwerke war verbraucht. Dadurch haben wir fünfzehn Bilder verloren.

Aber was mich *wirklich* fuchst«, knurrte er ins Telefon, »ist, daß Mariner noch Brennstoff an Bord hat; nur eben am falschen Ort – in den Tanks für die Bremsraketen und nicht in den Tanks für die Steuertriebwerke. Wir hätten jedoch Leitungen legen können, um den Sprit von den Bremsraketen zu den Steuertriebwerken zu leiten. Damit hätten wir die Lebensdauer von Mariner um ein Jahr verlängert.«

»Aber ...«

»Aber es hätte noch mal dreißigtausend Klicker gekostet. Bei einer Hundert-Millionen-Dollar-Mission. Die paar Piepen waren ihnen anscheinend zuviel.«

»Ach, Ben. Es hat wohl niemand damit gerechnet, daß Mariner überhaupt so lange durchhalten würde. Die Planung hatte gerade einmal neunzig Tage vorgesehen.«

»Vielleicht. Aber wenn ich das geahnt hätte, hätte ich die dreißig Riesen aus eigener Tasche bezahlt. Und dann haben die Wichser auch noch Viking plattgemacht!«

Sie mußte lachen. »Komm schon, Ben. Das klingt gar nicht nach dir. Du bist doch der große ›Mann-auf-dem-Mond‹-Held. Mit den dreißigtausend Mäusen ist wahrscheinlich dein Gehalt gezahlt worden.« Das war grundsätzlich richtig; die unbemannte Erforschung des Mars war eingeschränkt worden, wobei die eingesparten Mittel in die bemannte Raumfahrt flossen.

»Es ist eine Frage der Prioritäten, Natalie. Es ist nicht das verlorene Jahr, das mich fuchst; es sind diese fünfzehn gottverdammten Bilder. Da sind sie nun dort oben auf dem gottverdammten Band gespeichert ...

Wir mußten einen letzten Befehl 'raufschicken, damit Mariner den Sender abstellt.«

O Gott. Die arme, tapfere kleine Sonde. Sie drückte das Kissen gegen das Gesicht, um nicht ein brüllendes Gelächter auszustoßen. Schließlich war es gerade ein paar Tage her, seit sie Ben in einer ähnlichen Stimmung angerufen hatte, nachdem sie den Abend über den aktuellen Umfrageergebnissen gebrütet hatte, die Nixon einen erdrutschartigen Sieg über McGovern verhießen. »Wie lang wird Mariner noch im Orbit bleiben?«

»Fünfzig Jahre.«

»Nun, vielleicht haben wir bis dahin ein bemanntes Raumschiff zum Mars geschickt. Du wirst selbst hinfliegen, Ben. Vielleicht wirst du dir auch die Bilder holen. Und vielleicht wirst du sogar die alte Sonde selbst bergen. Wer weiß?«

Sie hörte sein Lachen. »Sicher. Wir bergen sie und hängen sie ins Museum, wo sie hingehört.«

»Was steht nun für dich an, Ben?«

Sie hörte ihn seufzen. »Apollo-N. Die Testflüge für NERVA. Irgendwann in Wolkenkuckucksheim.«

»Wenigstens werdet ihr, du und Mike, euch vielleicht jetzt öfter sehen. Und vielleicht werde ich euch beide auch öfter sehen.«

»Vielleicht. Aber bis zu den Flügen ist es noch lang hin, Natalie.«

»Ich sollte noch etwas schlafen, Ben.«

»In Ordnung. Gute Nacht, Natalie.«

»Ja. Dir auch, Ben.«

Sie lag hellwach in der Dunkelheit.

Mike war tausend Kilometer von ihr entfernt. Er ging in der Entwicklung von NERVA auf. Wie Ben bereits angedeutet hatte, geriet das verdammte Projekt schon wieder ins Rutschen.

Überhaupt, so wurde ihr bewußt, war es zwischen ihnen nie mehr so gewesen wie an jenem Tag des Jahres 1969, als sie mit Mike und Ben nach Jackass Flats hinausgefahren war.

Sie hatte versucht, mit Mike darüber zu sprechen. Für sie war es mehr gewesen als eine schlichte Diskussion, war über die leidenschaftlichen Debatten hinausgegangen, die ihr in der Vergangenheit ein solches Vergnügen bereitet hatten. NERVA war symbolisch für das Unbehagen, das sie angesichts der Art und Weise empfand, wie ihr Land geführt wurde. Schließlich schien Mike das auch erkannt zu haben. Widerwillig hatte er ihr Pläne für die Rückhaltung des radioaktiven Wasserstoffs und für eine sicherere Endlagerung der ausgebrannten Kernbrennstäbe gezeigt...

Nur daß das auch nichts geholfen hatte. Mike war wohl so intelligent, daß er erkannte, was sie störte, doch es war auch klar, daß es ihm nicht *wichtig* war; nicht so wichtig jedenfalls wie der erfolgreiche Abschluß des Projekts.

Sie liebte Mike. Glaubte sie zumindest. Und er liebte sie. Doch sie wußte auch, daß ihre ständige Trennung und die unterschiedliche Bewertung solcher Projekte wie NERVA einen Keil zwischen sie trieb.

Sie erinnerte sich, daß sie ein halbes Jahr, nachdem sie sich kennengelernt hatten, nach Jackass Flats gefahren waren. Und das war mittlerweile drei Jahre her. Vielleicht sollte sie dieses glückliche halbe Jahr als Ausnahme und nicht als Regel betrachten.

Inzwischen hatten die Geologen in Flagstaff die ersten detaillierten Karten vom Mars erstellt – vier Monate, nachdem Mariner in den Orbit um den Mars gegangen war. York hatte sich Exemplare dieser Karten besorgt und brütete nun darüber.

Der Mars warf alle bisherigen Vorstellungen über den Haufen.

Der Mars war asymmetrisch. Die südliche Hemisphäre war angeschwollen, und das mit Kratern förmlich perforierte Land erhob sich deutlich über Normalnull. Die nördliche Hemisphäre lag größtenteils unter Normalnull und war viel glatter als der Süden ... doch im Norden lag Tharsis.

Tharsis war eine Beule im Planeten, deren Größe und Form der Fläche von Südafrika entsprach. Es war, als ob ein Viertel der gesamten Marsoberfläche durch titanische Kräfte angehoben worden wäre. Die Beule befand sich in einem ›Spinnennetz‹ aus Rissen und Spalten: östlich von Tharsis, in der Coprates-Region, zog sich ein Schluchtensystem fast um ein Viertel des Planetenumfangs.

Das alte, kraterübersäte Gelände im Süden wurde von Rinnen und Kanälen durchzogen, die möglicherweise von fließendem Wasser in die Oberfläche gefräst worden waren. Doch heute war kein Wasser auf der Oberfläche zu erkennen, das zur Schaffung solcher Gräben imstande gewesen wäre. Vielleicht war das Wasser verdunstet oder befand sich in unterirdischen Reservoirs.

Das war es, was für sie den Reiz des Mars ausmachte, diese Mischung aus Mondlandschaft und erdähnlichen Witterungsverhältnissen, eine Kombination, die eine außergewöhnliche Welt ergab: sie glich weder der Erde noch dem Mond, sondern hatte eben die charakteristischen Eigenschaften des Mars.

Doch sie hatte damit nichts zu tun.

Sie hatte schon lange erkannt, daß die Arbeit, die sie verrichtete, keine glanzvolle, aber wenigstens eine solide Karriere begründete. Ihre Zukunft lag wahrscheinlich in der kommerziellen Geologie, und sie würde ihr Leben auf Ölfeldern oder in Bergwerken verbringen. Sie konnte sich schon einmal auf Hitze und Kälte, Klapperschlangen, Kuhmist und giftige Pflanzen einstellen ...

Kurzum: ihr Berufsleben würde todlangweilig werden.

Sie würde Mike nie sehen. Sie interessierte sich nicht einmal für ihre Arbeit. Und inzwischen verbrachte sie ihre Freizeit damit, in der Phantasie geologische Erkundungen auf der pockennarbigen Oberfläche des alten Mars durchzuführen.

Es lief darauf hinaus, sagte sie sich mit vorbehaltloser Offenheit, daß ihr Privatleben seit Jahren stagnierte. Wie ihr Berufsleben.

Irgendwo im Innern spürte sie den Keim einer neuerlichen Entschlossenheit, wie ein Staubkorn, um das eine neue Zukunft sich kristallisiert.

Ich muß näher an diese Mars-Sache ran. Nicht für Mike, nicht einmal für Ben Priest. Für mich.

Vielleicht gab es eine Möglichkeit. Vielleicht erhielt sie im Raumfahrtwissenschaftlichen Laboratorium hier in Berkeley eine Anstellung, in diesem großen weißen Gebäude auf dem Gipfel des Grizzly Peak.

Sie stieg aus dem Bett, grub den Schnellhefter mit Fotos vom Mars aus und widmete sich wieder dem Studium der erodierten Krater.

Donnerstag, 7. Juni 1973
Lyndon B. Johnson-Raumfahrtzentrum, Houston
(das ehemalige Zentrum für Bemannte Raumfahrt)

Phil Stone war der erste, der die Weiterungen von Segers Aussage begriff.

»Mein Gott«, sagte er. »Sie wollen uns zum Mond schicken. Richtig?«

»Ja. Ja, das ist richtig. Das habe ich vor. Ich will Ihnen eine Saturn V geben und Sie in einen Orbit um den Mond schicken.«

Chuck Jones starrte Seger an, wobei sein breites Gesicht sich vor Erstaunen in Falten legte. »Natürlich wollen Sie das.«

Für lange Sekunden saßen die drei schweigend da.

Stone war wie betäubt; in diesem sterilen, nüchternen Büro, noch dazu am frühen Morgen, vermochte er eine solche Neuigkeit nicht zu verarbeiten.

Skylab B, die zweite Saturnmission im Erdorbit mit der Arbeitsbezeichnung ›Nasse Werkstatt‹ sollte Stones erster Flug ins All werden. Er hatte sich schon seit Monaten auf die wissenschaftlichen und praktischen Anforderungen der Mission vorbereitet. Und nun wollte Seger alles über den Haufen werfen und ihn zum Mond schicken? Mein Gott.

Seger befingerte die Spange am Revers. »Sie müssen das größere Bild im Auge haben. NERVA steht wieder auf der Kippe. Das Testprogramm wurde eingestellt, wodurch wiederum Mittel für eine Saturn V frei wurden. Und wir müssen sie nutzen, denn sonst verlieren wir sie. Also will ich sie nutzen, um euch Jungs damit auf eine Mondumlaufbahn zu schicken.«

Stone runzelte die Stirn. »Die Saturn V ist doch gerade für den bemannten Raumflug bestimmt. Wie sollen wir sie dann verlieren?«

Seger zuckte die Achseln. »Wir haben die Kiste zwar gebaut, aber wir haben noch nicht das Geld, um sie auch fliegen zu lassen.«

»Wir können nicht zum Mond fliegen«, knurrte Chuck Jones. »Wir warten noch immer auf das J-2S.« Stationen für den Mondorbit waren zwar geplant, doch die Umsetzung würde noch ein paar Jahre auf sich warten lassen. Zuvor mußte die S-IVB umfassenden Modifikationen unterzogen werden: das modernisierte J-2S-Haupttriebwerk, die Erhöhung der Nutzlastkapazität, eine automatische Trimmung für den Schwund in den Brennstofftanks, elektrische Heizdecken und Mylar-Isolierung, zusätzliche Batterien, eine modernisierte Elektronik... »Die beschissene S-IVB hat nicht mal genug Leistung, um aus eigener Kraft auf eine Mondumlaufbahn zu gelangen.«

»Nein, hat sie nicht. Aber die Leistung reicht trotzdem aus. Sehen Sie.« Seger hatte ein paar Hochglanzbroschüren auf dem Schreibtisch liegen, die er nun verteilte.

Stone überflog sein Exemplar. Es handelte sich um eine Zusammenfassung einer alten McDonnell-Douglas-Studie mit der Bezeichnung LASSO. Aus ihr ging hervor, wie man unter Zuhilfenahme von Saturn-Komponenten im Mondorbit Stationen unterschiedlicher Komplexität und Masse einrichten konnte. Die Broschüre bestand durchweg aus isometrischen Graphiken, farbigen Darstellungen und fettgedruckten Textabschnitten. Und natürlich war das Elaborat – schließlich war es vom Hersteller der S-IVB erstellt worden – über die Maßen optimistisch: ein paar der projektierten Daten gehörten bereits der Vergangenheit an.

»Sehen Sie Abschnitt 1.« Seger wies auf die entsprechende Stelle in der Präsentation. »Hieraus ist ersichtlich, daß wir in der Lage sind, auch *ohne* das modernisierte J-2S eine Station in die Mondumlaufbahn zu bringen.

Auf den ersten Blick verlief der Start einer Saturn V wie bei einer Apollo. Doch anstelle einer Mondlandekapsel würde das Zusatztriebwerk ein Luftschleusen-Modul befördern, das an der Vorderseite der dritten Stufe angebracht war.

Die S-IVB würde das Raumschiff zum Mond schikken. Wie bei den Mondlandungen. Doch wenn die dritte Stufe ausgebrannt war, würde sie nicht abgestoßen werden. Die Apollo würde abkoppeln und über die Kopplungsöffnung an der leeren Stufe andocken. Dann würde die Mehrstufenrakete einer langen Raumflugbahn mit geringem Energiebedarf zum Mond folgen: anderthalb Tage länger als die dreitägigen der Landemanöver. Schließlich würde das Haupttriebwerk der Betriebs- und Versorgungseinheit von Apollo die Rakete abbremsen und auf eine Umlaufbahn um den Mond bringen.

Die leere Stufe würde in etwa das gleiche Gewicht und die gleichen dynamischen Eigenschaften haben wie eine beladene Mondlandekapsel. Also wäre eine Apollo durchaus in der Lage, sie auf eine Mondumlaufbahn zu bringen. Die einzigen Modifikationen, die noch an der S-IVB vorgenommen werden müßten, würden sich auf die übliche Passivierungs- und Neutralisierungs-Ausrüstung beschränken – Ausrüstung, um die Stufe von einem trockenen Brennstofftank zu einer Arbeits-Station umzurüsten – sowie Träger und Gestelle für die Ausrüstung. Man würde Vorräte für einen vierwöchigen Aufenthalt auf der Mondumlaufbahn hinaufschicken und die Station anschließend für spätere Besatzungen modifizieren.

Je eingehender Stone sich mit der Materie befaßte, desto mehr war er von der Durchführbarkeit überzeugt. Es wäre, so wurde ihm bewußt, zu schaffen. *Aber...*

»Wieso?«

Jones schaute von seiner Lektüre auf; Seger musterte Stone mit durchdringendem Blick.

»Wieso *was*?«

»Wieso tun wir das überhaupt, Bert? Im Grunde ist das nur eine Spritztour in den Weltraum. Wir müssen wegen der Gewichtseinsparung so viele Geräte weglassen, daß Skylab B bei den wissenschaftlichen Projekten deutliche Abstriche machen muß.«

»Ich kenne die Problematik, Phil. Aber wir können den ganzen Kram doch auch mit dem zweiten Flug hochschicken, oder? Dann wird bei Ihrem Flug der Schwerpunkt eben eher auf der Flugerprobung als auf der Wissenschaft liegen.« Seger war ein dünner Mann mit einer intensiven Aura. Er hatte schwarzes, zurückgekämmtes Haar und einen dunklen Teint; Stone ging er jedenfalls auf die Nerven. »Wenn Sie einmal auf meinem Stuhl sitzen, Phil, müssen Sie den Nutzen für das Programm als *Ganzes* im Auge haben. Sie dürfen den Blickwinkel nicht nur auf Ihre Mission verengen. Ja, es ist eine Spritztour. Aber was für eine. Sie wird uns wieder an die Spitze katapultieren...«

Jones kam nun auf das Training für die Erdorbit-Missionen zu sprechen, das sie inzwischen abgeschlossen hatten. »Und was ist mit den Russen?« Die Sowjets hatten den Vorschlag unterbreitet, im Erdorbit mit einem Sojus-Raumschiff an Skylab-B anzudocken. »Es würde schon an ein Wunder grenzen, diese Spritztour in eine Rendezvous-Mission im Mondorbit zu verwandeln«, sagte Jones. »Ich meine, die Russkis haben bisher noch keinen einzigen Kosmonauten über den Erdorbit hinausbefördert.«

»Die Sowjets behaupten noch immer, daß sie in ein paar Jahren zumindest in der Lage wären, ein Schiff auf eine Mondumlaufbahn zu schicken – innerhalb der Lebensdauer der Station«, sagte Seger. »Dann wäre das also zu schaffen. Und selbst wenn es nicht zu schaffen ist, könnten wir die Sache mit den Russen vielleicht zu einem schlichten Andockmanöver mit einer Apollo im Erdorbit reduzieren. Davon abgesehen, vergessen Sie die Russen einmal. Chuck, Sie werden Neuland betreten und eine Raumstation im Mondorbit ausrüsten. Niemand hat bisher auch nur etwas annähernd Vergleichbares unternommen. Ich sagte mir, daß diese Herausforderung Sie vielleicht reizen würde.«

Jones machte einen nachdenklichen Eindruck.

Stone wußte, daß Seger die richtigen Knöpfe drückte, was Jones betraf. Die Vorstellung deprimierte ihn.

Bis zu einem gewissen Punkt vermochte Stone sich

sogar in Seger hineinzuversetzen. Paradoxerweise war die Moral der NASA seit der Mars-Entscheidung gesunken. Viele Mitarbeiter hatten an dem eingestellten Raumfähren-Programm gearbeitet, das sie als technische Herausforderung begriffen hatten. Im Vergleich hierzu basierten die Skylabs auf dem Stand der Technik der frühen Sechziger. Außerdem hatten die ständigen Etatkürzungen den Elan der NASA ohnehin gebremst.

Wenn man die Raumfahrtindustrie betrachtete, arbeiteten gerade einmal hunderttausend Leute an den verschiedenen Raumfahrtprogrammen, verglichen mit dem Spitzenwert von einer halben Million während der Apollo-Phase. In Houston, Marshall und den anderen Zentren wurden sogar Entlassungen geplant.

Inzwischen war die NASA wegen der ersten orbitalen Raumstation, Skylab 1, ins Kreuzfeuer der Kritik geraten. Pete Conrad hatte die erste Mission zur Inbetriebnahme von Skylab geleitet. Die zweite Mission hatte militärischen Charakter gehabt, um das Verteidigungsministerium nach der Streichung der Raumfähre zu besänftigen. Ken Mattingly, ein Apollo-Veteran, hatte eine Mannschaft aus militärischen Astronauten geführt – ›Raumfahrt-Pioniere‹ – und im Rahmen eines Geheimprogramms Spionagesatelliten, Strahlungsmeßgeräte und verschlüsselte Nachrichtenstrahlen getestet. Die bisherigen NASA-Flüge hatten bewußt vor den Augen der Öffentlichkeit stattgefunden – eine Politik, die auf Kennedy zurückging.

Der US-Nachrichtendienst hatte inzwischen erfahren, daß sowjetische Kosmonauten in Saljut-Schiffen als Beobachter bei Manövern in Sibirien fungiert und den Kommandeuren auf dem Schlachtfeld in Echtzeit taktische Informationen übermittelt hatten.

Viele Leute waren über die Militarisierung des Weltalls unglücklich und betrachteten diese Entwicklung als Verrat an den hehren Prinzipien von Apollo. Und Jack Kennedy hatte öffentlich dagegen protestiert.

Also hatte Seger vielleicht recht damit, daß ein Flug ins All die Moral der Nation heben würde. Dennoch blieb es eine Spritztour.

Stone hatte selbst eine militärische Ausbildung. Doch hatte er sich nicht aus dem Grund am Raumfahrtprogramm beteiligt, um Spione im All zu plazieren oder waghalsige Einsätze zu fliegen. Für ihn stellte dieses Vorhaben einen faulen Kompromiß dar. Die Wissenschaft wurde auf dem Altar der Politik geopfert. *Wie in den alten Zeiten.*

Und in seinen Augen sprach das nicht gerade für Segers Urteilsvermögen.

Nun beendete Seger die Diskussion. »Chuck, Phil, eine solche Gelegenheit müssen Sie beim Schopf packen. Ein Flug zum Mond ist jetzt genau das Richtige. Die Nation braucht dringend ein Erfolgserlebnis: in dieser Minute sagen zwei Mitarbeiter des Weißen Hauses vor dem Senat gegen den Präsidenten aus. Und was die Risiken betrifft – erinnern Sie sich, daß Apollo 8 schon bei der *zweiten* bemannten Apollo-Mission zum Mond geflogen ist, mit der *ersten* bemannten Saturn V und der *ersten* V, die nach der unbemannten Apollo 6 geflogen ist, die immerhin ein Fehlschlag war...«

Nun verstand Stone. Seger hatte seine Biographie gelesen. *Hier ist Berts Apollo 8. Zurück zum Mond! Ein grandioser Flug: er würde Geschichte schreiben. Und Skylab B soll dafür geopfert werden.*

»Bedenken Sie nur«, sagte Seger, »welchen Auftrieb uns das geben wird, wenn Sie Erfolg haben...«

»Wenn, Bert«, sagte Jones. »*Wenn.*«

Nachdem er noch einmal darüber nachgedacht hatte, war Stone auch nicht glücklicher.

Aber er wollte ins All fliegen. Wenn er diese Kröte schlucken mußte, um das zu erreichen, dann würde er sie eben hinunterwürgen.

Zumal – wie Stone mitten in der hektischen Trainingsphase erkannte – ihm die Vorstellung gefiel, zum Mond zu fliegen...

Freitag, 20. Juli 1973
Mason City, Iowa

Der Artikel ging über die ganze Breite der gestrigen Ausgabe der *Washington Post*. Ralph Gershon saß in der öffentlichen Bibliothek seiner Heimatstadt und las den Artikel immer wieder durch.

... Amerikanische B-52-Bomber haben in den Jahren 1969 und 1970 während einer Reihe von Einsätzen etwa 104 000 Tonnen Bomben über kommunistischen Stützpunkten im neutralen Kambodscha abgeworfen... Das Pentagon hatte die geheime Bombardierung am Montag bestätigt, nachdem ein ehemaliger Major der Luftwaffe berichtet hatte, daß er Berichte über Lufteinsätze über Kambodscha gefälscht und Unterlagen über die tatsächliche Anzahl der Bombenangriffe vernichtet hatte...

Ralph Gershon fühlte eine tiefe Befriedigung. Endlich kam es ans Licht.

Er war davon überzeugt, daß dieser subversive Kram in den letzten Jahren seine Karriere behindert hatte. Vielleicht hatte das auch seine zaghaften Bemühungen zunichte gemacht, ins Raumfahrtprogramm aufgenommen zu werden. Das – und seine Hautfarbe. Vielleicht hatten manche Leute auch Angst, daß er auspacken würde, wenn er ins Rampenlicht der Öffentlichkeit trat. Wenigstens wurde nun alles publik, und niemand vermochte das zu verhindern.

Er traf eine Entscheidung, während er im stickigen

Lesesaal der Bibliothek saß. Ihm gegenüber saß ein alter Mann, der schlief und dem Speichel aus dem Mundwinkel rann. Sobald er wieder bei seinem Geschwader war, würde er sich erneut bei der NASA bewerben.

Bevor er ging, las er noch, daß Ehrlichman und Haldeman vor dem Senat würden aussagen müssen. Endlich, sagte er sich: endlich bekam dieses Arschloch Nixon die Quittung.

Erosion durch Sintfluten auf dem Mars und auf der Erde

Ronald R. Victor (Fachbereich für Geologie, University of Texas, Austin), Natalie B. York (Raumfahrtwissenschaftliches Laboratorium, University of California, Berkeley)

Erschienen: 18. März 1974; überarbeitet: 6. Oktober 1974.

INHALTSANGABE:

Die großen Mars-Kanäle, insbesondere Kasei, Ares, Tiu, Simud und Mangala Valles, verfügen über morphologische Merkmale, die eine erstaunliche Ähnlichkeit mit den Rinnen des ›Kanalisierten Scablands‹ aufweisen. Merkmale des vorherrschenden Musters sind die beachtliche Größe, regionale Querverbindungen und ein gerader Verlauf der Kanäle. Erosionsmerkmale sind stromlinienförmige Hügel, längliche Rinnen, innere Kanal-Katarakte, in Fließrichtung abgeschliffene Hindernisse und vielleicht marginale Katarakte sowie Restberg- und Becken-Topographie. Ablagerungen in Form von Säulenkomplexen in ausgedehnten Gebieten und vielleicht Hängesäulen beziehungsweise Nischensäulen.

›Scabland‹-Erosion findet statt bei tiefen Gewässern mit hoher Fließgeschwindigkeit, die auf massiven Gesteinsuntergrund wirken, als eine hydrodynamische Folge sekundärer Fließphänomene, einschließlich verschiedener Formen makro-turbulen-

ter Strudel und Fließtrennungen. Falls die Analogie zu den ›Kanalisierten Scablands‹ korrekt ist, sind auf dem Mars Fluten mit einem Wasserdurchsatz von Millionen Kubikmetern pro Sekunde und einer maximalen Fließgeschwindigkeit von mehreren Dutzend Metern pro Sekunde aufgetreten, deren Dauer jedoch vielleicht nur ein paar Tage betragen hat ...

Aus Das Bulletin der Geophysikalischen Forschung, Band 23, pp. 27-41 (1974). Copyright 1974 Academia Press, Inc.; alle Rechte vorbehalten.

Juli 1976
Jet Propulsion Laboratory, Pasadena

Später würde York sich sagen, daß ein paar Tage im Sommer 1976 einen Scheideweg in ihrem Leben markiert hatten.

Im folgenden wurde sie von der Entwicklung förmlich überrollt, als ob ein neues Schicksal ihrer harrte.

York lechzte nach Wasser. Obwohl sie sämtliche Scheiben heruntergekurbelt hatte, war es im Auto so heiß wie in der Hölle. Die Sonnenbrille rutschte, und wenn sie den Ellbogen zum Wagenfenster hinaussteckte, bekam sie gleich einen Sonnenbrand.

Sie fummelte am Lenkrad herum und wartete auf Ben Priest.

In ihrem ziellosen, chaotischen Leben war er eine Art ruhender Pol.

Sie hatte ein Riesenposter vom Mars an die Wand ihres Schlafzimmers geheftet, ein Schwarzweiß-Mosaik, das aus fünfzehnhundert Fotos von Mariner 9 zusammengesetzt war. Die Erhebung des Olympus Mons befand sich mitten auf dem Bild. Zumindest hatte das Poster dort gehängt, bis Mike sie aufgefordert hatte, es abzunehmen. Er sagte, Olympus Mons sähe aus wie eine riesige Brustwarze.

Und nun stand sie vor den Toren des JPL und durfte nicht hinein, weil sie keinen Sicherheitsausweis hatte – sie kam sich vor wie ein Groupie, das sich einen Blick auf die neuen sowjetischen Bilder von der Marsoberfläche erhoffte.

Wenigstens erschien nun Ben Priest. Mit dem ergrauenden Bürstenhaarschnitt war er jeder Zoll ein Soldat. Er hatte einen dicken Aktenordner dabei, auf dessen Deckel ein blaues NASA-Logo geprägt war. Obwohl er sich in der Hitze im Trott bewegte, schwitzte er nicht. Das gestärkte kurzärmlige Hemd strahlte blütenweiß im Sonnenlicht.

Diesmal war es ihm nicht gelungen, ihr Zutritt zum Labor zu verschaffen. Die Bilder, welche die Sowjets vom Mars sendeten, waren Verschlußsache.

Ben setzte sich auf den Beifahrersitz. »Ich hab's.«

Sie griff nach dem Ordner. »Gib her.«

»Teufel, nein. Ist das vielleicht eine Art, einen alten Freund zu begrüßen? Gehen wir erst einmal irgendwohin, wo es kühler ist. Solange hat der Mars auch noch Zeit.«

Sie unterdrückte ihre Neugier. *Das wäre unhöflich, Natalie.* Und schließlich war das Ben. Sie startete den Wagen. »Wo ist die nächste Bar?«

»Nur die Wasserlöcher, wo die Jungs vom JPL 'rumhängen. Ich möchte mal meine Ruhe vor ihnen haben.«

»Ich bin im Holiday Inn abgestiegen. Es ist nur ein paar Minuten von hier.«

»Nix wie hin.«

Sie fuhr los.

»Mike wollte doch auch mitkommen«, sagte Ben.

»Ja, aber er hat es dann doch nicht geschafft. Er ist zu tief in den Auspuff einer NERVA 2 'reingekrochen.« *Oder vielleicht auch in seinen eigenen Arsch*, sagte sie sich düster.

»Du weißt, daß das NERVA-Projekt noch immer

nicht richtig auf Touren kommt. Mein Flug mit Apollo-N ist wieder einmal aufgeschoben worden, und...«

»Mike erzählt mir überhaupt nichts. Zumal die Hälfte sowieso geheim ist.«

»So läuft's eben in der NASA. Und wie geht's meiner allerliebsten Geologin so?«

Sie grunzte und korrigierte den Sitz der Sonnenbrille. »Beschissen, wenn du die Wahrheit hören willst. Mein Professor in Berkeley – Cattermole – ist ein widerlicher Furzer.«

Priest lachte. »Kannst du nicht etwas deutlicher werden?«

»Cattermole setzt sich zwar innerhalb des Fachbereichs durch und beschafft Fördermittel. Aber das war's dann auch schon. Er ist so dumm wie Bohnenstroh. Seine Projekte sind ebenso lausig wie seine Methodik. Er betrachtet das Raumfahrtwissenschaftliche Labor von Berkeley bloß als Meißel, mit dem er Geld aus der NASA 'rausklopft. Wenn ich das vorher gewußt hätte, dann hätte ich einen großen Bogen um den Mann gemacht.«

»Aber du hast doch sowieso nur einen Zeitvertrag.«

»Ja, und dann muß ich mich um einen neuen bemühen.«

»Du schaffst das schon. Wenn du es denn willst. Du bist ein kluges Mädchen, Natalie.«

»Komm mir nicht so von oben herab, du Arschloch.«

Er lachte wieder.

»Ja, ich werde schon etwas finden. Vielleicht bekomme ich sogar irgendwo eine Assistentenstelle. Aber...«

»Aber du glaubst nicht, daß die Geologie die Erfüllung für dich ist.«

»Ich weiß nicht, Ben. Vielleicht nicht.« Nicht einmal die Bearbeitung der Mars-Daten befriedigte sie.

»Was wäre die Alternative?«

»Nun, die Ölgesellschaften haben viele Stellenangebote für Geologen. Das Gehalt ist ordentlich, und man ist viel unterwegs.«

Ben sagte nichts. Als sie ihm einen Blick zuwarf, verzog er das Gesicht.

Das brachte sie auf. »Was soll ich denn sonst tun, du Klugscheißer?«

Er grinste und klopfte auf den Ordner auf seinem Schoß. »Das ist doch offensichtlich. Dein Problem ist, daß vor dir schon Tausende von Geologen in Alaska waren.«

»Also?«

»Ich kenne einen Ort, an dem bisher noch kein einziger Geologe war. Dein Problem ist, daß du auf dem falschen Planeten arbeitest.«

Die Bar im Holiday Inn war ziemlich voll. Es war der fünfte Juli, der Tag nach der Zweihundertjahrfeier. Wimpel hingen an den Wänden, und aus gegebenem Anlaß gab es noch andere Dekorationsgegenstände: ein paar Zeitungsfotos von der ›Operation Sail‹, der großen Regatta im Hafen von New York und vergilbte Handzettel für diverse Veranstaltungen.

York erspähte einen Tisch in der Ecke. Als Ben ging, um die Getränke zu holen, schnappte sie sich den Ordner und breitete die sowjetischen Bilder auf dem Tisch aus.

Bei den ersten Bildern handelte es sich um Fotomontagen für PR-Zwecke: das Modell einer Mars 9-Landekapsel auf einer Nachbildung der Marsoberfläche. Die Kapsel schlug auf die Oberfläche auf, nahm die Form einer Kugel an und fuhr dann vier Träger mit Instrumenten und Antennen aus. In der Endphase glich die Kapsel einer geöffneten Blüte mit einem Durchmesser von etwa einem Meter.

Ben kam mit den Getränken zurück: Bierflaschen,

die noch mit einer glitzernden Reifschicht überzogen waren.

Sie schob die PR-Fotos über den Tisch. »Sieh dir nur diesen Mist an. Roter Sand und blauer Himmel.«

Er lachte. »Das kannst du den Sowjets nicht anlasten. Wir hatten doch selbst mit einem solchen Anblick gerechnet. Das Problem ist nämlich, daß wir uns den Mars als Ebenbild der Erde wünschen.« Er nahm eins der Bilder. »Ist ihre Marslandekapsel nicht trotzdem schön?«

»Ja, sicher«, knurrte York. »Aber Viking wäre noch viel schöner gewesen. Viking hätte stereoskopische Kameras, eine vollwertige meteorologische Station und *vier* biologische Experimentalträger gehabt. Und Voyager wäre ein richtiges *Fahrzeug* gewesen.« Voyager, eine schwere Marssonde, die von einer Saturn V ins All geschossen werden sollte, war den Etatkürzungen von 1967 zum Opfer gefallen, und die Viking-Landekapseln waren 1972 gestrichen worden. »Stell dir das mal vor. Wenn wir diese sowjetische Sonde nach einem Flug von ein paar hundert Millionen Kilometern sehen wollen, ist sie nicht da. Traurig.«

Er hob die Hände. »Was soll ich dazu sagen. Wie dem auch sei, so schlechte Arbeit haben die Sowjets nun auch wieder nicht geleistet.«

»Wir hätten es besser gemacht, Ben. Das weißt du auch.«

Um diesen Effekt zu erzielen, hätte die NASA nur eine weitere Mariner-Sonde einsetzen müssen, die hochauflösende Aufnahmen von der Landezone hätte machen und eine Gesteinsprobe mit Atmosphäreneinschluß nehmen können. Es war wie das Mondprogramm der sechziger Jahre; das unbemannte wissenschaftliche Programm war den operativen Erfordernissen der anstehenden bemannten Mission völlig untergeordnet worden. Die mit hochwertigen Kameras bestückte neue Mariner war keine wissenschaftliche

Sonde, sondern ein ›Fernspäher‹ für die bemannten Missionen. *Und wir hätten wenigstens zwei Vikings hochschicken können.*

Inzwischen schickten auch die Sowjets ihre primitiven Sonden zum Mars, jedoch mit einer rein wissenschaftlichen Ausrichtung. Eigentlich hatten die Sowjets schon seit 1960 alljährlich Sonden zum Mars geschickt. Von den diesjährigen Sonden hatte Mars 8 versagt, doch Mars 9 hatte am Vortag die ersten Aufnahmen von der Oberfläche zur Erde gefunkt – am amerikanischen Unabhängigkeitstag. Die erste Marslandekapsel der Menschheit hatte den Sowjets einen gewaltigen Propagandaerfolg beschert.

Priest holte noch mehr Bilder aus dem Ordner. »Hier. Das wolltest du doch sehen ...«

Sie griff sich die Aufnahmen und sichtete sie begierig. Die Bilder waren aufgrund der geringen Auflösung körnig. Aber sie waren in Farbe. Bald war der Tisch mit Bildern von verkrustetem, rostbraunem Mars-Regolith, einem felsigen Horizont und einem rosafarbenen Himmel bedeckt.

»Diese Bilder sind nur für den Dienstgebrauch am JPL bestimmt«, sagte Ben. »Die Sowjets haben sie uns zukommen lassen, weil wir ihnen Mariner-Aufnahmen ihrer Landezone in Hellas zur Verfügung gestellt hatten. Du hast sie also nie gesehen. In Ordnung?«

»Sicher.« Ihr Herz schlug höher. »Meine Güte, Ben, ich kann dir gar nicht sagen, wie sehr ich mich darüber freue. Ich hätte sonst Monate gebraucht, um an diese Aufnahmen zu kommen.«

Er berührte flüchtig ihre Hand; seine Hand war kühl und trocken, und die Berührung erschreckte sie irgendwie. »Es bedeutet mir viel, dich so zu sehen, mußt du wissen.«

Sie schaute auf ihre Hand, die von der seinen umschlossen wurde. Sie war verwirrt und spürte einen

Widerstreit der Gefühle. Dann war ihre komische Beziehung mit Ben Priest also immer noch komisch.

Sie zog die Hand zurück. Sie wollte nicht mehr daran denken. Nicht, wenn sie den *Mars* vor sich auf dem Tisch liegen hatte.

Die sowjetische Landekapsel saß inmitten einer weiten, gewellten Landschaft aus einem ockerfarbenem Material. Felsbrocken waren zwischen flachen Dünen verstreut. In ihren Augen bestand eine Ähnlichkeit mit den Steinwüsten Nordafrikas, Nordamerikas und Asiens. Ein paar Aufnahmen zeigten Ausrüstungsgegenstände der Landekapsel selbst: einen geöffneten Instrumententräger, der auf dem Boden ruhte, ein paar Geräte rustikaler sowjetischer Machart und ein paar weißlackierte Kästen, die mit dem rosigen Himmel kontrastierten. Ein anderes Foto zeigte einen Greifarm für die Entnahme von Proben, der gleichsam im Triumph gen Himmel gereckt war. Sie erkannte Gräben, die der Arm aus dem sandigen Regolith gebaggert hatte.

Es wirkte höchst real, und die Steine waren so plastisch abgebildet, daß sie versucht war, in die Bilder zu greifen und die Steine aufzuheben...

»Natalie? Ist alles in Ordnung?«

Sie schaute zu ihm auf. Er verschwamm vor ihren Augen, und sie spürte, daß eine warme Flüssigkeit ihr die Wange hinunterlief.

»Natalie?«

»Ja.« Mit einer Serviette wischte sie sich die Tränen aus dem Gesicht. »Entschuldigung.«

»Du brauchst dich nicht zu entschuldigen.«

»Ich hatte eben das Gefühl, *dort* zu sein. In dieser Landekapsel, auf dem Mars...«

Ich weiß genau, wo ich bin.

Ich bin in Hellas. Einem der tiefsten Einschlagbecken auf dem Planeten.

Es ist kurz vor der Sonnenwende: im tiefsten Winter, hier in der südlichen Hemisphäre des Mars.

Die rötliche Oberfläche ist mit Felsbrocken übersät. Dort drüben zwischen den Dünen erkenne ich etwas, das nach Einschlagkratern aussieht. Diese Dünen bestehen offenbar aus Flugsand. Und ich erkenne noch weitere Windeffekte, zum Beispiel diese Spuren aus feinkörnigem Sand, die sich zwischen den Felsen hinziehen. Das sagt mir, daß der Wind hier konstant aus einer Richtung weht.

Doch es ist auch offensichtlich, daß die Morphologie der Landschaft nicht allein auf Erosion und Windablagerungen beruht. Dort drüben erkenne ich Abschnitte einer harten, gefritteten Oberfläche. Gefrittet bedeutet eine Kruste aus Mineralsalzen, ein Endprodukt der Verdampfung.

Es hat hier Wasser gegeben, das die Oberfläche geformt hat...

Er bestellte noch ein paar Biere, und sie trank, bis sie beschwipst war.

»Und nun schau dir das mal an.« Ben legte ihr eine Fotokopie vor. »Das ist der Hit.«

Sie überflog den Text. Es handelte sich um ein Manuskript von Boris N. Petrow, Biowissenschaftler und Mitglied der Akademie der Wissenschaften. Der Bericht war zurückhaltend formuliert und in der Fachsprache einer Disziplin abgefaßt, die ihr nur ansatzweise vertraut war. Obendrein wies der Text noch die offizielle sowjetische Sprachregelung auf.

Sie legte das Papier aus der Hand. »Es ist so verdammt vage. Ich werde kaum schlau daraus.«

»Ja.« Er schwenkte das Glas. »Allerdings sind die Resultate genauso vage. Beim biowissenschaftlichen Experiment wird ein Gaschromatograph-Massenspektrometer verwendet.«

»Wir hätten das besser gemacht. Viking wäre mit...«

»Ja, ich weiß. Wie dem auch sei, der GCMS hat nach organischen Molekülen im Regolith gesucht.«

»Und?«

»Der GCMS hat nichts gefunden, Natalie.«

»Nichts? Aber das ist unmöglich...«

Organische Moleküle waren nicht notwendigerweise ein Nachweis für Leben. ›Organisch‹ bedeutete lediglich ›auf Kohlenstoffbasis‹. Trotzdem waren organische Moleküle eine notwendige Vorstufe für erdähnliches Leben, und man hatte erwartet, daß sie auch auf dem Mars vorkamen; organische Substanzen waren sogar in Meteoriten von der Peripherie des Sonnensystems gefunden worden.

»Die Jungs am JPL vermuten, daß auf dem Mars ein Prozeß abläuft, der organische Verbindungen *zerstört*«, sagte Ben. »Ultraviolette Strahlen von der Sonne vielleicht.«

»Dann ist die Oberfläche also sterilisiert.« Sie war am Boden zerstört. Ihr wurde bewußt, daß sie wider alle Vernunft gehofft hatte, auf die eine oder andere Lebensform zu stoßen. Vielleicht eine robuste Flechte, die sich in den Windschatten eines Felsens krallte...

»Der Mars ist tot.«

»Sollte ein renommierter Wissenschaftler wie du wirklich solche voreiligen Schlüsse ziehen?« Er brachte ein weiteres Papier zum Vorschein. »He, hör dir das mal an. Es stammt von ihrem Meteorologen-Team. *Die Winde am späten Nachmittag wehten wieder vorwiegend aus östlichen Richtungen. Erneut drehten die Winde nach Mitternacht auf Südwest und wehten für einen Zeitraum, der zwei Zyklen zu entsprechen scheint, mit geringen Abweichungen aus dieser Richtung. Die maximale Windgeschwindigkeit betrug sieben Meter pro Sekunde, doch es wurden auch Böen mit Spitzengeschwindigkeiten von etwa dreizehn Metern pro Sekunde registriert. Das Temperatur-Minimum, gemessen bei Einbruch der Dämmerung, ent-*

sprach fast dem Wert vom Vortag: minus sechsundneunzig Grad Celsius. Das Maximum, gemessen um vierzehn Uhr sechzehn Ortszeit, betrug minus dreiundvierzig Grad – zwei Grad kälter als zur gleichen Zeit am Vortag. Der mittlere Druck... Mein Gott, Natalie, das ist ein Wetterbericht vom Mars.«

Sie schaute zu ihm hoch. Er hatte einen sanften Ausdruck auf dem Gesicht, und die blauen Augen schienen geradewegs in sie hineinzublicken.

Seit Jahren, so sagte sie sich, hatte sie Kurs auf Ben Priest genommen – vielleicht auf diesen Moment –, wie ein steuerloses Raumschiff auf der Flugbahn zum Zielplaneten.

Sie rückte an ihn heran und beugte sich über die Fotos vom Mars. Ihre Lippen berührten sich sanft, fast furchtsam. Seine Haut war kühl und etwas rauh. Sie drückte sich wieder an ihn, und diesmal wurde es ein richtiger Kuß.

Das hat verdammt lang gedauert. Ben Priest und der Mars. Es war eine passende Kombination.

Schließlich lösten sie sich wieder voneinander.

Er tätschelte ihr die Wange. »Wie, zum Teufel, komme ich denn dazu?«

»Die Sowjets senden Bilder von der Marsoberfläche«, sagte sie. »Das ist ein großer Tag für uns und die Menschheit. Vielleicht sogar ein Schritt in der Evolution. Wie sollte man das sonst feiern?« Sie holte den Zimmerschlüssel aus der Tasche ihrer Bluse. »Komm.«

Ben war schon lang eingeschlafen, und York war immer noch wach. Es war eine höllische Nacht gewesen; die Dunkelheit war mit Wärme und Feuchtigkeit gesättigt. Die Laken lagen lose auf ihr und hinterließen ein klammes Gefühl auf der Haut. Sie hörte das Ticken des Weckers neben dem Bett und das Knarren der sich abkühlenden Rolläden. Aufnahmen der Mars 9 und

Computerausdrucke waren am Fußende des Betts auf dem Boden verstreut, und obendrauf lagen die Kleider.

Sie spürte die Wärme von Ben neben sich. Ben war um den Mond geflogen, und nun lag er hier, in ihrem Bett.

Sie erinnerte sich an Bens Frage. *Woher, zum Teufel, kommt das denn*? Genau das war die Frage. Und wohin gingen sie nun?

Sie fragte sich, ob sie ihn auf Karen und die Kinder ansprechen sollte.

Er hatte sie nicht erwähnt; York wußte nicht einmal, wo Karen sich im Moment aufhielt. Er hatte ihr nur gesagt, daß sie Probleme mit ihrem Sohn hatten: der junge, enthusiastische Petey hatte sich zu einem Peter gewandelt, einem schwierigen Siebzehnjährigen, der die Wände seines Zimmers schwarz gestrichen – und die Bilder von den Sternen und Astronauten überpinselt hatte. Er verbrachte nun mehr Zeit damit, Alice Cooper zu hören als sein Vater.

Ben sprach zwar kaum darüber, aber sie sah ihm an, daß es ihm Kummer bereitete. Ben sprach überhaupt kaum von seiner Familie.

Und York war ein heuchlerisches Arschloch. Vor ein paar Stunden war Karen ihr noch scheißegal gewesen.

Würde Ben Karen jemals verlassen? Offensichtlich waren sie schon lang zusammen. Und sie war eine Seemannsbraut gewesen. Karen hatte Ben geheiratet, obwohl sie wußte, daß sie oft allein sein und sich um ihn Sorgen machen würde. Vielleicht glaubte Ben, ihr Loyalität zu schulden.

Und wenn er sie verließ – was dann? Würde York ihn überhaupt wollen?

Und was war mit Mike?

Es war, so sagte sie sich, ein einziges Chaos. Es war schwer zu verstehen, daß eine Person mit einer derart ausgeprägten Rationalität und Logik nicht imstande war, ihre Beziehungen zu einer Handvoll Leute zu regeln.

Sie dachte nicht weiter darüber nach, sondern hob den Ordner vom Boden auf und vertiefte sich in den Inhalt der sowjetischen Akte.

Sie stieß auf RSF-Ergebnisse. Das Röntgenstrahlen-Fluoreszenz-Gerät hatte eine Analyse der Zusammensetzung des Mars-Regolith zur Erde übermittelt. Sie überflog die Analyse. Siliziumdioxid: fünfundvierzig Prozent; Eisenoxid: achtzehn Prozent... Es gab reichlich Silizium, Eisen, Magnesium, Aluminium, Kalzium und Natrium. Allerdings wichen die prozentualen Anteile von irdischem Gestein ab. Eisen überwog. Kalium hingegen kam kaum vor. Das war wohl signifikant; es bedeutete nämlich, daß das Marsgestein homogener war als das irdische Gestein, das durch die Erdwärme getrennt wurde. Vielleicht hatte der Mars gar keinen Nickel- und Eisenkern wie die Erde...

Sie fluchte stumm und erging sich dann in Spekulationen. Diese Daten waren nicht repräsentativ. Die sowjetische Landekapsel war nämlich nur an einem Punkt des Planeten heruntergegangen, dessen gesamte Oberfläche der Fläche der irdischen Landmasse entsprach. Und sie mußte sich nur das Foto des Greifarms ansehen, um seinen begrenzten Nutzwert zu erkennen. Er vermochte nur loses, bröckliges Material einzusammeln, das die Geologen als *fines* bezeichneten. Das genügte aber nicht für ein vollständiges Bild.

Wir brauchen jemanden, der mit Spaten und Hammer aus der Landekapsel steigt.

Nachdem sie die anfängliche Enttäuschung nun überwunden hatte, waren die biowissenschaftlichen Ergebnisse ihr egal. Es war die Geologie, die sie faszinierte; das Leben war schließlich nur die ›erste Ableitung‹ der Geologie. Dennoch wäre gegen ein positives biowissenschaftliches Ergebnis auch nichts einzuwenden gewesen. *Wenn irgendein Vieh auf Siliziumbasis vor der verdammten russischen Kamera herumgehopst wäre, würden wir schon morgen zum Mars fliegen. Ein fossiler Trilobit hätte aber auch schon genügt.*

Sie erinnerte sich an die unscharfen Bilder von Mariner 4. Und an die erstaunlichen Bilder von Phobos und Olympus Mons, die von Mariner 9 stammten. Durch diese Sonden hatte die Menschheit in den letzten zehn Jahren mehr über den Mars gelernt als im Verlauf der bisherigen Geschichte. Sie war froh, in einer solchen Zeit zu leben, wo so viele alte Geheimnisse gelüftet wurden.

Glücklich. Vielleicht.

Doch es war, als ob sie den Lockruf des Mars hörte.

Sie legte die Berichte aus der Hand. Sie mußte aufhören, sich selbst etwas vorzumachen. Dieses Tröpfeln von Daten war nicht genug. Sie wollte die nächsten dreißig Jahre nicht so verbringen, wie sie die letzten drei verbracht hatte: über körnigen Mariner-Bildern brüten und Hypothesen aufstellen, die zu beweisen sie nie imstande sein würde. *Ich will zum Mars fliegen, verdammt. Ich will mich mit allen vieren auf den steinigen Boden niederlassen, einen Graben ausheben und die behandschuhten Finger in die Erde graben. Ich will den rosigen Himmel und die Zwillingsmonde sehen, den Gipfel von Olympus Mons besteigen und an der Kante des Valles Marineris stehen ...*

Der Mars, der Zug um Zug seine Geheimnisse preisgab, übte einen verführerischen Reiz auf sie aus. Ihr wurde nun bewußt, daß Ben das schon früher erkannt hatte als sie selbst. Ganz zu schweigen von Mike, der ohnehin kaum über seinen eigenen Tellerrand hinausblickte.

Doch der Traum, die Ambitionen an sich, waren nicht das Problem. Das Problem war, daß sie als ›Seiteneinsteiger‹ eine Chance hatte, zum Mars zu fliegen. Ben wurde nicht müde, ihr zu erzählen, daß sie das richtige Alter und die richtige Qualifikation hätte, um sich bei der NASA zu bewerben.

Das Problem war, daß sie es vielleicht wirklich versuchen würde. Doch in dem Moment, wo sie in die NASA eintrat und zum Mars zu fliegen versuchte, würde sie ihr ganzes Leben wegwerfen. Sie würde wieder zur Schule gehen und ein ebenso endloses wie sinnloses Training mit diesen Arschlöchern von der NASA absolvieren müssen, und sie würde vielleicht ein paar Jahre im Erdorbit verbringen und Arbeiten verrichten müssen, die mit ihrer eigentlichen Ausbildung nichts zu tun hatten.

Und es würde wahrscheinlich auch bedeuten, daß sie nie Kinder haben würde.

Wollte sie das alles wirklich opfern und sich einer solchen Strapaze unterziehen, nur für die vage Chance, auf den Hängen von Tharsis umherzuspazieren?

Doch es juckte sie in den Fingern, im Dreck zu wühlen und die lockere Kruste der Marsoberfläche abzutragen.

Am nächsten Tag wollte sie sich mit Mike treffen. Sie hatte in Los Angeles ein Hotelzimmer reserviert, das ihnen für einige Zeit als Liebesnest dienen sollte.

Nach der letzten Nacht hatte sie jedoch ein schlechtes Gefühl wegen der Besprechung oder Verabredung oder wie auch immer sie es in diesem Stadium der Beziehung zu Mike nennen sollte. Aber dann entschied sie sich doch, ihn zu besuchen; sie glaubte, keine andere Wahl zu haben.

Vor dem Abschied kramte Ben einen Zettel aus der Jackentasche. »Hier«, sagte er. »Für dich.«

Achtzehn Stunden später, im Hotelzimmer in LA, massierte York die Spannung aus Mikes Schultern, und schließlich schlief er ein.

York hingegen lag hellwach da.

Sie war steif und fror ein wenig, und die zerknitterten Laken drückten im Rücken. Die wohltuende Wirkung der Schnäpse aus der Mini-Bar war verflogen, und nur ein schaler Nachgeschmack geblieben.

Über eins mußte sie mit Mike noch reden.

Sie öffnete die Nachttischschublade und holte Bens Zettel heraus.

Im weichen Glühen der Lichtsplitter an der Decke vermochte sie den Text nicht zu lesen, erkannte aber ein paar Bilder: das berühmte Foto von Joe Muldoon auf dem Mond, die behandschuhte Hand auf der Brust, und kleine schematische Grafiken von Raumschiffen, die im Sonnensystem umherflogen. An der Rückseite war ein Bewerbungsbogen zum Abtrennen; sie fuhr mit dem Finger über die Perforation.

Der Handzettel war im Auftrag der NASA von der Nationalen Akademie der Wissenschaften herausgegeben worden und hatte den Titel ›Verwendungsmöglichkeiten für Wissenschaftler als Astronauten‹. Er malte die Zukunft im All in leuchtenden Farben: erweiterte Laboratorien im Erd- und Mondorbit, permanente wissenschaftliche Stationen auf der Oberfläche, als Fortsetzung der ersten zaghaften Schritte von Apollo. Und dann wurden die Ziele der NASA über den Mond hinaus dargelegt: die erste bemannte Mars-Mission, Umkreisungen der Venus – und bemannte Flüge zu den Asteroiden und den Jupiter-Monden.

Es war ein Bewerbungsbogen für einen Astronauten.

Erst hatte sie den Zettel schon wegwerfen wollen. Sie war zutiefst enttäuscht von diesem Müll: typische NASA-Träumereien, die ein unbegrenztes Budget und politische Unterstützung voraussetzten. Und dafür sollte sie ihre Karriere opfern und ein Jahrzehnt ihres Lebens wegwerfen? Schließlich war nichts an diesem erstaunlichen Programm *real*...

Nichts davon. Außer vielleicht dem Mars.

Die Probleme waren hinlänglich bekannt: Mikes NERVA-Programm lag Jahre hinter dem Zeitplan zurück, es waren Verzögerungen in der Entwicklung des neuen Saturn-Zusatztriebwerks eingetreten, und das Projekt der Marslandekapsel war unterfinanziert und hatte immer noch keine klare Zielsetzung... und so weiter. Am Ende, falls der NASA überhaupt ein Erfolg beschieden war, würde der Flug zum Mars wahrscheinlich so ablaufen wie der Flug zum Mond: nicht im Rahmen einer langfristigen, integrierten Strategie der Erforschung des Sonnensystems, wie dieses Flugblatt suggerierte, sondern als riskante, singuläre Aktion. Eine andere Arbeitsweise schien angesichts der Organisationsstruktur der NASA auch nicht möglich.

Dennoch waren Fortschritte zu verzeichnen, und die Finanzierung schien zumindest mittelfristig gesichert. Jimmy Carters Einstellung zur Raumfahrt mußte sich erst noch erweisen, aber Ben hatte ihr gesagt, Fred Michaels, der NASA-Direktor, hätte sein Gewicht hinter Ted Kennedy als Vizepräsident in die Waagschale geworfen und ihm geholfen, die Nominierung gegen Walter Mondale zu sichern – der sich schon seit den sechziger Jahren als Kritiker des Raumfahrtprogramms profiliert hatte. Carter und Kennedy galten nun als klare Favoriten für die Wahlen im November. Und dann würden die Dinge besser stehen für Michaels, mit seinen Verbindungen zu den Demokraten und den Verbündeten unter den Kennedys inner- und außerhalb des Weißen Hauses...

Die NASA, so schien es, war noch immer auf Kurs zum Mars.

Sie hatte am Abend mit Mike darüber reden wollen.

Irgendwie war das Thema aber nicht zur Sprache gekommen.

Sie legte den Handzettel wieder in die Schublade.

Mike neben ihr bewegte sich, wachte aber nicht auf. Er war ihr zugewandt; dunkles Haar rahmte sein Gesicht. Er schlief wie ein Kind, sagte sie sich: auf dem Bauch, die Arme um den Kopf und das Gesicht auf der Seite. Im Schlaf war die Anspannung aus dem Gesicht gewichen, und er sah nun etliche Jahre jünger aus als vierunddreißig.

Sie hatte Mike in den letzten Monaten kaum gesehen. Er erstickte förmlich in Arbeit. In ein paar Monaten würde NERVA 2 die Phase A-Entwicklung abgeschlossen haben und sich einer Projektprüfung unterziehen müssen. Dann würde Phase B – Produktion und Operation – anlaufen. Die ersten unbemannten Probeflüge waren für 1978 vorgesehen, und die Vorläufige Musterzulassung – die nach dem ersten bemannten Flug erteilt wurde – sollte bis Mitte 1979 vorliegen.

Doch Mikes Leuten war es noch immer nicht gelungen, dem neuen Triebwerk eine dokumentierte Brenndauer von mehr als ein paar Sekunden zu entlocken.

Mike machte das sehr zu schaffen. Er hatte nun schon seit Wochen fünfzehn bis achtzehn Stunden am Tag gearbeitet. Er war hager geworden, die Augen lagen tief in den Höhlen und waren dunkel gerändert; seine Kleidung und seine Frisur waren unordentlich. Sie wußte nicht, ob das seine persönliche Befindlichkeit widerspiegelte oder den Umstand, daß viele der Probleme bei den Kühlsystemen auftraten, für die er verantwortlich war.

Weil sie noch immer keinen Schlaf fand, schaltete sie das Fernsehgerät ein.

Eine Folge von *Star Trek* flimmerte über den Bildschirm. Die Warp-Triebwerke hatten mal wieder einen

Defekt, und Mr. Scott kroch mit einem Schraubenschlüssel durch eine Art Glasröhre.

»Wenn es so einfach wäre«, nuschelte Mike. Er hatte den Kopf gehoben und schielte verschlafen auf das Fernsehgerät.

»Ich wollte dich nicht aufwecken, Scotty.«

Er griff nach einer Zigarette. »Möchtest du etwas zu trinken?«

»Nein. Ich glaube, der Brandy hält mich wach.« Der Geruch von kaltem Rauch stieg ihr in die Nase; er erinnerte sie an ihre Mutter. »Es gibt Zeiten wie diese, da wünschte ich mir, ich würde rauchen.«

»Denk nicht mal dran«, grunzte er.

Sie fragte sich, ob sie ihm vom Bewerbungsformular in der Schublade erzählen sollte.

Doch er schaute auf die Uhr. »Ich wäre eh aufgewacht. Sie müßten nun wieder einen Probelauf machen. Ich scheine eine Art inneren Wecker zu haben, der mich in solchen Momenten weckt, selbst wenn ich dreißig Kilometer vom Testgelände entfernt bin.«

»Die Zündungen. Die Probeläufe. Immer diese abgefuckten Tests. Mike, wenn du dich nicht irgendwie entspannst, wirst du noch verrückt.«

Er stieß den Rauch aus. »Ich glaube, wir sind jetzt schon ein bißchen verrückt.«

Das Problem war, daß es Teil der ›Unternehmenskultur‹ der NASA geworden war, die Leute so anzutreiben. *Wir alle haben acht Jahre lang achtzehn Stunden pro Tag gearbeitet, um einen Menschen mit Apollo zum Mond zu schicken, und wenn wir das wieder tun müssen, um zum Mars zu kommen, dann werden wir es, verdammt noch mal, eben wieder tun...* Doch es *waren* Fehler bei Apollo gemacht worden, und diese Fehler hatten Menschenleben gekostet.

Sie legte die Hand auf seine. Sie war verkrampft, fast zur Faust geballt. Sie streichelte seine Knöchel.

»Hör mal. Ich habe nachgedacht. Wir sollten uns öfter sehen.«

»Teufel, das weiß ich auch. Aber was sollen wir dagegen tun? Wir haben von Anfang an gewußt, was auf uns zukommt.«

Sie suchte nach Worten. »Aber ich glaube, daß unser Leben irgendwie leer ist, Mike; wir vernachlässigen uns zu sehr. Es gibt zu viele Dinge, die uns ablenken.« Sie deutete ins Hotelzimmer. »Wir brauchen mehr als neutrales Territorium wie das hier. Wir brauchen etwas Dauerhaftes. Ich glaube, wir sollten uns einen Ort suchen, an dem wir leben...«

Er stieß eine Rauchwolke aus. »Wo denn? Wir können doch schon froh sein, wenn wir für mehr als vierundzwanzig Stunden im selben Staat sind.«

Es ärgerte sie, wie er ihre Initiative abwürgte. »Ich weiß. Auf das ›wo‹ kommt es nicht an. Überall. Hier oder vielleicht in Berkeley. Und es käme nicht einmal darauf an, ob das verdammte Haus für Dreiviertel des Jahrs leersteht. *Es wäre unser Haus*, Mike; darum geht es. Es wäre eine Art Basis für uns. Im Moment haben wir nur das Holiday Inn. Ich glaube nicht, daß das genug ist.« *Ich bin achtundzwanzig Jahre alt, um Gottes willen.*

Er drückte die Zigarette aus und beobachtete sie; derweil wurde Captain Kirk, von beiden unbemerkt, mit einer neuen Krise konfrontiert. »Du bist eine verrückte Frau, Natalie York.«

»Vielleicht. Was willst du damit sagen?«

»Wieso jetzt? Ich meine, es kommt überhaupt nicht darauf an, wie wir unser Leben leben und wie oft wir uns sehen. Du wirst deine Karriere doch sowieso nicht aufgeben.«

»Natürlich nicht, und du doch auch nicht.« Sie zupfte an seinen Fingern. »Aber darum geht es gar nicht.«

Worum geht es dann, Natalie? Welcher Urinstinkt hat das an die Oberfläche gebracht, nach dieser langen Zeit?

Und ausgerechnet in dem Moment, wo du einen Weg einschlagen willst, der dich vielleicht für immer von der Erde wegführt ...

Sie hatte gewiß noch nicht verarbeitet, was vergangene Nacht geschehen war.

Vielleicht war das – die Nacht mit Mike – nur eine Art, Ben zu bewältigen, sagte sie sich düster.

Und wenn das stimmte, was bedeutete das dann für sie und Mike? ...

Mein Gott. Was für ein Chaos.

Das Telefon klingelte. Bei dem schrillen Geräusch zuckte sie zusammen.

»Meine Güte.« Er streckte den Arm aus und nahm den Hörer ab. »Hallo? ... In Ordnung, ich komme.« Er legte auf.

»Mike ...«

Er war schon halb aus dem Bett und suchte die Unterhose. »Der Probelauf hat schon wieder nicht geklappt. Die Brenndauer hat nicht einmal eine halbe Sekunde betragen, verdammt.« Er strich ihr übers Haar. »Ich muß hin, Natalie. Schlaf du nur weiter.«

»Ich habe überhaupt nicht geschlafen.« Sie strampelte sich frei und stand auf. Es war kalt im Zimmer. »Ich komme mit.«

»Das mußt du nicht.«

»Ich möchte aber. Zumal wir noch eine Unterhaltung beenden müssen.« Mike hatte sich schon das Hemd angezogen und murmelte etwas vor sich hin, während seine Gedanken längst um die Triebwerksprobleme kreisten.

Er hat wahrscheinlich schon vergessen, worüber wir uns unterhalten haben.

Sie brachen kurz nach drei Uhr morgens zum Testgelände auf. Die Fahrt von der Innenstadt von LA nach Santa Susana würde eine halbe Stunde dauern.

Mike verließ das San Fernando-Tal, und York sah die dort unten glühende Straßenbeleuchtung, ordentliche rechteckige Blöcke aus Lichtern, mit denen der Boden und die Wände des Tals gepflastert waren.

Mike fuhr mit überhöhter Geschwindigkeit und sprach kein Wort mit ihr.

Das Testgelände befand sich in einer geröllübersäten Senke in den Santa Susana-Bergen. Als Mike das Fahrzeug zum Stehen brachte, spürte York einen kalten Lufthauch.

Sie ging mit Mike zum Zentrum der Anlage.

Es stand kein Stern am Himmel, obwohl der Mond längst untergegangen war.

Santa Susana wurde im Auftrag der NASA von Rockwell International betrieben. Die Anlage war im Rahmen des Entwicklungsprogramms für die alte S-II, die zweite Stufe der Saturn V, errichtet worden. Dennoch wurden die Arbeiten an der S-II fortgeführt. Die Anlage wimmelte von Technikern – manche in Asbestoder Strahlenschutz-Anzügen –, die auf dem Meßplatz umherliefen. Sie wirkten wie plumpe Insekten.

Das NERVA 2-Triebwerk stand kopfüber im Herzen der Anlage und war mit einem Maschendrahtzaun gesichert. Im Schein starker Flutlichter ragte der Triebwerkstrichter gen Himmel.

Als sie sich der Umzäunung näherten, kamen Techniker auf Conlig zu. Mike rang sich einen letzten, um Entschuldigung heischenden Blick auf York ab und verschwand.

Sie schritt die Umzäunung ab.

»Hallo. Sie sehen so aus, als ob Sie das brauchen würden.«

Sie drehte sich um. Ein Mann befand sich neben ihr und grinste sie an. Er war groß, hatte einen blassen Teint und blondes Haar. Bekleidet war er mit einem schmutzigen Overall. Er hatte zwei Plastiktassen mit einer bräunlichen Flüssigkeit in den Händen. »Das soll Kaffee sein«, sagte er, »aber ohne vorherige Analyse möchte ich mich da nicht festlegen.«

»Kennen wir uns?«

»Denk schon. Adam Bleeker. Vor ein paar Jahren haben wir eine Exkursion in die San Gabriel-Berge unternommen.«

»Oh.« Der Kalte Krieger-Astronaut. »Mit Ben und Charles Jones. Das war vielleicht ein Reinfall.«

»Ach, das würde ich nicht sagen. Sie haben gute Arbeit geleistet. Übrigens nennt jeder ihn Chuck.«

»Wie auch immer.«

Dankbar nahm sie den Kaffee und nippte daran. Er war warm, hatte aber fast kein Aroma.

Bleeker erzählte ihr, er sei der NASA-Repräsentant bei diesem Projekt. Den gleichen Posten hatte Ben Priest vor ein paar Jahren innegehabt.

»Das ist aber eine ungewöhnliche Tageszeit für einen Triebwerkstest«, bemerkte York.

»Schon, aber wir sind so weit hinter dem Zeitplan zurück. Jede Stunde zählt.«

»Erzählen Sie mir davon. Ich bin mit Mike hergekommen. Kennen Sie ihn? ... Mike Conlig ...«

»Sicher.«

»Nachdem der Anruf gekommen war, hat ihn nichts mehr gehalten.«

Langsam gingen sie das Testgelände ab. Überall standen Techniker, in Fachgespräche vertieft. Die in der Luft liegende Spannung und Niedergeschlagenheit war fast mit Händen zu greifen – Mikes Stimmung potenziert.

Der Kontrast zu Jackass Flats – zur Begeisterung, die Mike dort an den Tag gelegt hatte – war frappierend.

Inmitten des ganzen Szenarios stand das NERVA 2-Triebwerk aufrecht und stumm hinter der Sicherheitsabsperrung. Dieses Triebwerk, so hatte Mike ihr gesagt, war das ›Integrierte Subsystem-Testbett-Triebwerk‹; es handelte sich um einen kompletten, mehr oder weniger einsatzbereiten Motor, aber er war in diesem Gerüst gefangen. Und wenn er gezündet wurde, würde er sich höchstens in die Erde bohren.

Ein Blick auf das Gerüst sagte York, daß es noch Jahre dauern würde, bis NERVA einsatzbereit und in der Lage war, die versprochenen hundert Tonnen interplanetare Schubkraft zu entwickeln.

Die nach oben weisende Düse saß auf einem kurzen, dicken Zylinder, und die beiden kleineren Trichter wuchsen aus den Seiten des Zylinders. Der Zylinder war der Druckmantel, der den radioaktiven Kern enthielt, und die kleinen, kardanisch aufgehängten Düsen dienten der Lage- und Bahnregelung. Sie sah die ringförmig angeordneten, konischen Servomotoren an der Grundfläche des Triebwerks. Die Servomotoren betätigten die Steuertrommel, die wiederum den Reaktor moderierte. Ein großer, sphärischer Wasserstofftank war in der Nähe des Triebwerks angebracht. Von ihm gingen Röhren aus, die sich um Druckhülle und Düse wanden. Dampfschwaden entwichen aus dem Tank, und die Metallwandung war mit einer Eisschicht überzogen.

Adam Bleeker skizzierte die Funktionsweise des Antriebs.

»Flüssigwasserstoff dient sowohl als Brennstoff als auch als Kühlmittel – das wird auch als regenerative Kühlung bezeichnet. Eine Pumpe drückt den Wasserstoff durch den Kühlmantel, der den Druckmantel und den Trichter umgibt. Dann wird der Wasserstoff durch den radioaktiven Kern gepumpt, wo er verdampft und aus dem Trichter austritt ...«

Es gab also noch immer kein Rückhaltesystem für den ausgetretenen Wasserstoff, stellte York abwesend fest.

Bleeker zeigte ihr, wie ein Überströmrohr vom Reaktor einen Teil des heißen Wasserstoffgases auf eine Turbine leitete, welche die Pumpen des Triebwerks während des Flugs antrieb. Das Abgas der Turbopumpe trat durch die kleinen Zusatzdüsen aus und diente als Brennstoff für die Lage- und Bahnregelung.

»Und wo liegt nun das Problem?«

»Kavitation. Gasblasen im Flüssigwasserstoff. Wir haben den Kern auf Betriebstemperatur gebracht und den Wasserstofffluß ausgelöst. Für etwa eine halbe Sekunde hat der Schub den Sollwert erreicht. Doch dann stieg die Kerntemperatur an. Irgendwo hinter der Pumpe ist Kavitation aufgetreten: Wasserstoffblasen haben die Zirkulation des Kühlmittels unterbunden. Deshalb ist die Kerntemperatur weiter angestiegen. Wir mußten den Reaktor 'runterfahren«, sagte er mit müder Stimme. »Sie können sich vorstellen, welchen Sicherheitsbestimmungen wir hier unterliegen. Wenn der Druckkörper geborsten wäre, hätten die radioaktiven Bestandteile sich in die Atmosphäre verflüchtigt, und es wären immense Schadenersatzforderungen auf uns zugekommen. Als wir das Problem erkannten, traten also die Vorschriften in Kraft. Wir stellten die Wasserstoffzufuhr ab und fluteten den verdammten Kern mit Wasser, um die Temperatur zu senken. Nun müssen wir das radioaktive Wasser abpumpen und den Kern per Fernsteuerung zerlegen, um zu überprüfen, ob die Brennstoff-Durchlaufzylinder nicht durch die Hitze beschädigt wurden... Es wird Tage dauern, bis wir für den nächsten Test bereit sind.«

»Mein Gott. Was für eine Bescherung.«

York musterte sein Profil; im hellen Schein der Strahler wirkte Bleekers Haut dünn, fast durchscheinend. Es fiel ihr schwer, Bleekers Reaktion auf diese Vorfälle zu ergründen. Waren die strengen Sicherheitsvorschriften ihm ein Dorn im Auge? Hatte er Probleme damit, in einer solch instabilen und unerprobten Versuchsanordnung mit tödlichen Substanzen zu hantieren? Sie vermochte es nicht zu sagen. Genauso wie bei der ersten Begegnung vermittelte Bleeker den Eindruck, als würde nichts ihn aus der Ruhe bringen. Er wirkte fast seelenlos.

»Sie müssen alle unter starkem Druck stehen«, sagte sie. »Ich weiß, daß die Fähigkeit der NASA, NERVA 2 zu starten, weithin bezweifelt wird.«

»Von wem denn?«

Sie zuckte die Achseln. »Von der Presse. Vom Kongress.«

»Ja«, sagte er gleichmütig. »Vielleicht haben sie auch Grund dazu. Wissen Sie, das Programm wird von den Deutschen in Huntsville geleitet. Und sie haben das konstruktive Ziel – hundert Tonnen Schub für dreißig Minuten – nicht deshalb vorgegeben, weil sie *wußten*, daß es möglich ist; sie haben diesen Wert deshalb definiert, weil wir ihn für das Profil der Mars-Mission *benötigen*. Sie haben keine ausgefeilten Analysen erstellt, sondern einfach drauflosgebaut. So haben sie immer schon gearbeitet. Und in Anbetracht ihrer Erfolgsbilanz läßt sich auch kaum etwas dagegen sagen. Aber ...«

»Aber Sie sind sich nicht so sicher.«

Er zögerte. »Der Entwicklungsplan, nach dem wir vorgehen, basiert auf den Erfahrungen mit der chemischen Antriebstechnik. Der Nuklearkram ist eben etwas *anderes*. Ich glaube, es dämmert ihnen eben erst, wie anders. Und das, obwohl wir schon vieles vom Wunschzettel gestrichen haben, wie zum Beispiel eine Drosselung... ich glaube, wir haben uns übernommen.«

Nun rückte eine Gruppe in weißer Schutzkleidung in die Sperrzone ein und näherte sich der NERVA.

York fragte sich, ob einer von ihnen Mike war. Es gab keine Möglichkeit, das festzustellen.

Grimmig starrte sie auf die reglose NERVA. *Wegen dieses Schrottgeräts werde ich Mike in den nächsten Wochen nicht zu Gesicht bekommen.*

Bleeker verabschiedete sich von ihr, um sich wieder seiner Arbeit zu widmen.

Für ein paar Minuten verfolgte sie die langsam ablaufende und riskante Demontage. Dann ging sie zum Auto zurück und schlief auf der Rückbank ein.

Als sie aufwachte, stand die Sonne schon hoch am Horizont, und im Auto war es stickig und heiß. Von Mike war nichts zu sehen. Sie suchte einen Waschraum auf und hinterließ eine Nachricht für Mike.

Dann fuhr sie nach LA zurück.

Zeitdauer der Mission [Tag/Std:Min:Sek]
Plus 004/21:38:11

Das tägliche Arbeitspensum wurde vom Kontrollzentrum über Nacht nach oben übermittelt, in Form eines sechs Meter langen Computerausdrucks. Die Daten enthielten Zeitvorgaben und kurze persönliche Mitteilungen. York trennte ihren Teil der Liste ab. Den Teil vom Vortag warf sie weg und fügte die aktuelle Ausgabe in den Ordner ein. Dann machte sie sich Gedanken über den Tagesablauf.

Sie ging die Liste durch, wobei sie zuerst nach Punkten mit Zeitvorgabe suchte.

Dann suchte sie nach Aufgaben, die einer Vorbereitung bedurften, und nach solchen, die sie gemeinschaftlich mit den anderen durchführen mußte.

Im Gegensatz zu den Aufgaben, die den ersten Astronauten oblagen, war das Arbeitspensum weniger an starre Fristen gebunden, sondern stellte eher einen ›Einkaufszettel‹ mit Zielvorgaben dar. Anders als in den Tagen, als die Mond-Spaziergänge bis auf die Minute genau choreographiert waren, war die Missions-Planung nun entzerrt. Die ›Einkaufszettel‹-Methode war während der langen Skylab-Flüge der siebziger Jahre aufgekommen. York war erleichtert; schließlich hatte sie – wie ihre Kollegen – langjährige Berufserfahrung und mußte nicht von einem Haufen Experten unten in Houston ›an der langen Leine geführt‹ werden.

Um sie bei der Zeiteinteilung zu unterstützen, hatte sie einen kleinen Wecker in der Tasche stecken, den sie für wenig Geld in einem Laden in Nassau Bay erstanden hatte. Sein primitives Aussehen und die Gangungenauigkeit hatten inmitten dieser HighTech-Umgebung einen besonderen Reiz.

Ihre Hauptaufgabe für den Tag bestand darin, die Wissenschaftliche Plattform hochzufahren. Sie schwebte entlang der Längsachse des zylindrischen Missionsmoduls nach oben.

Das Missionsmodul beruhte auf der Konstruktion der Skylabs, die mittlerweile seit über einem Jahrzehnt im Dienst waren. Wegen der begrenzten Tragfähigkeit der Saturn VB war das Missionsmodul ›trocken‹ in den Erdorbit gebracht worden – ohne Brennstoff, aber schon eingerichtet und mit kompletter Ausrüstung. Die Besatzung bezog im vierzehn Meter langen Brennstofftank Quartier. Unter dem Boden befand sich der wesentlich kleinere Kugeltank für den Flüssigsauerstoff. Dieser war als Lager vorgesehen und sollte mit seinen dickeren Wänden als Notunterkunft für die Besatzung dienen – sie vor Sonnenstürmen schützen, falls im Verlauf der Mission welche auftraten.

Der Wasserstofftank war durch dreieckige Gitterroste in drei Ebenen unterteilt. York trug Spezialschuhe mit V-Profil, womit sie auf beiden Seiten der Gitter Halt fand. Mitten durch die Werkstatt verlief eine Rutschstange, und überall waren Gurte, Sicherungsleinen und Halteschlaufen angebracht.

Die unterste Ebene des Tanks war die ›Unterkunft‹ – die Messe, Schlafkabinen und Toiletten. Die mittlere Ebene diente als Kommando- und Leitzentrale, von der aus alle Subsysteme des Raumschiffs, Umweltprozesse und Flugoperationen überwacht wurden. Außerdem waren hier eine Experimentalstation und eine Fitnessabteilung eingerichtet. Am kreisförmigen Umfang des Tanks verlief ein Parcours fürs Lauftraining. Die Trainingsgeräte, die sich noch immer in Startkonfiguration befanden, waren am Druckmantel verlascht. Und auf der obersten Ebene, in der Spitze der Ares-Mehrstufenrakete, befand sich die Wissenschaftliche Plattform.

Das Modul hatte Ähnlichkeit mit einem Maschinenraum, sagte York sich. Tanks und Vorratskisten waren an den gekrümmten Wänden befestigt, und überall verliefen Kabel und Rohre unter einer gelben Kunststoffverkleidung.

Als sie zur Wissenschaftlichen Plattform hinaufschwebte, hatte sie den Eindruck, eine achteckige Höhle zu betreten. Regale für die Ausrüstung und Stauräume waren an den Wänden montiert. Eine Seite des Oktagons diente als Decke, die für wissenschaftlich-experimentelle Zwecke über Sichtfenster und Luftschleusen verfügte, deren mit massiven Handrädern versehene Luken wie Safetüren aussahen. Alles war noch an seinem Platz, ordentlich verstaut und verpackt.

Sie schwebte zur rechten Wand und verankerte die Füße in zwei Halterungen vor der Instrumenten- und Steuerkonsole: einem breiten Pult mit Schaltern, Bildschirmen und Tastaturen. Sie betätigte ein paar Schalter und bootete die Computer der Wissenschaftlichen Plattform. Anschließend fuhr sie die restliche Ausrüstung hoch und überprüfte sie.

Während die wissenschaftliche Station zum Leben erwachte, glaubte York eine Ähnlichkeit mit einem Labor zu erkennen, das ein Streber in seinem Kinderzimmer eingerichtet hatte. Es war kompakt, klein und irgendwie putzig.

Ein paar Experimente, die Ares durchführen sollte, waren Teil langfristiger Mikrogravitations-Forschungsprogramme. Es gab Versuche zur Züchtung von Protein-Kristallen und der Diffusion von Bakterien unter den Bedingungen der Mikrogravitation sowie ein klobiges Arrangement mit der Bezeichnung ›Wärmerohr-Leistungs-Experiment‹, ein Versuch zur Diffusion der Wärme an überhitzten Stellen in Röhren und Leitungen in der Mikrogravitation.

Doch Ares bot noch ein paar spezielle Möglichkeiten. Es war geplant, von den beiden weit entfernten Bezugspunkten Ares und Erde spektakuläre Vorgänge auf der Sonne zu beobachten, zum Beispiel Sonnenflecken und Protuberanzen. Zu diesem Zweck stand eine ganze Palette von Instrumenten bereit: ein Coronagraph, ein Spektroheliograph und ein spektrographisches Teleskop. Weil die Ares-Mehrstufenrakete sich zur Sonne ausrichten würde, um den Verdampfungsverlust zu minimieren, war die ganze Ausrüstung auf einem Gestell montiert, das wie ein Rückspiegel aus dem Missionsmodul ausgeklappt und ausgerichtet werden würde.

Die Einstellungen dauerten länger als erwartet. Die Computer waren ziemlich langsam. Die Modelle, mit denen Ares ausgerüstet war, waren bereits veraltet: die schon zehn Jahre alte Konstruktion der Plattform war sozusagen um diese leistungsschwachen Maschinen herumgebaut worden. Die Computerfirmen hatten sich gegenüber der NASA verpflichtet, die Ersatzteilversorgung mittelfristig zu gewährleisten. Doch es entbehrte nicht einer gewissen Ironie, daß York – im tiefen Weltraum, auf dem Weg zum Mars – sich mit einer Technik behelfen mußte, die heute kein Schüler, der etwas auf sich hielt, mehr benutzen würde.

Zumal die Arbeit in der Mikrogravitation sich als schwierig erwies. Alles, was nicht niet- und nagelfest war, entschwebte. Auf die größeren Ausrüstungsgegenstände hatte sie wenigstens ein Auge, aber ihr Notebook, Stifte und Taschentücher unterlagen ebenfalls diesem Phänomen. Sie vergeudete viel Zeit damit, die Gegenstände wieder einzufangen. Und sie mußte sich in einer bewußten Anstrengung verankern – in Fußhalterungen, indem sie sich an einem Regal festhielt oder die Beine um eine Strebe schlang –, bevor sie eine Bewegung ausführte. Sonst machte sie jedesmal, wenn sie einen Schalter betätigte, die Bewegung des Schalters mit.

Es war, als ob sie sich auf einer Eisfläche befände: einer großen, unsichtbaren dreidimensionalen Eisfläche, auf deren Oberfläche Gegenstände in gerader Linie herumrutschten und wo sie ständig das Gleichgewicht verlor.

Als York in die Messe zurückdriftete, war Phil Stone schon in der kleinen Bordküche mit der Zubereitung des Essens beschäftigt. Essenspäckchen und Tabletts schwebten neben ihm in der Luft.

Eine an der Wand der Messe montierte Kamera war auf ihn gerichtet; York erinnerte sich, daß für diese Zeit wieder eine Übertragung vorgesehen war. Sie fragte sich, wie viele Leute wohl noch zuschauten.

Stone schaute zu York hoch. »Du siehst jetzt wirklich wie ein Astronaut aus, Natalie.«

»Wieso?«

»Schau mal in den Spiegel.«

Der nächste Spiegel hing über dem Waschbecken. York trieb hinüber und unterzog sich einer Musterung. Das Haar stand in Strähnen vom Kopf ab, wie ein Heiligenschein, und sie schien Tränensäcke bekommen zu haben. Dies war auch ein Effekt der Mikrogravitation: die Ansammlung von Flüssigkeit unter der Gesichtshaut. Bei der Berührung der Zone unter den Augen fühlte die Haut sich zart an, als ob sie gespannt wäre.

Gershon rutschte kopfüber die Stange herunter. »Hallo, japanisches Fräulein«, sagte er und verzog die Lider so, daß er Schlitzaugen bekam.

Statisches Rauschen drang aus den an der Wand befestigten Lautsprechern. »Ares, Houston. Wir sehen hier eine Wundertüte, Phil.« Capcom war heute Bob Crippen.

York spürte, wie die anderen sich versteiften. Crippens gezwungene Witzigkeit signalisierte ihnen, daß sie gleich an die Öffentlichkeit treten würden. *Wir stehen wieder auf der Bühne, Jungs.*

Stone hielt einen unbeschrifteten braunen Beutel hoch. »Guten Tag, Bob. Würden Sie es für möglich halten, daß hier Hühnerklein drin ist? Ich muß diesen Beutel nur in diese kleine Schublade stecken, sehen Sie, wo hundert Milliliter heißes Wasser in den Beutel gespritzt werden. Dann hole ich ihn wieder raus und schüttele den Inhalt ein wenig. Und hier ist es schon, leckeres Hühnerklein.« Er legte das Gericht auf ein neben ihm schwebendes Tablett. Nun befanden sich vier Beutel auf dem Tablett, eine Dose Nüsse und ein Beutel mit Fruchtsaft. Alles war mit Klettverschlüssen fixiert. Stone bugsierte das Tablett zu Gershon. »Komm und hol dir dein Essen ab.«

»Happi-happi.« Gershon schnippte den Verschluß der Futtertüte weg und spritzte sich den Inhalt in den

Mund. Dann winkte er grinsend in die Kamera; er verzehrte das Mahl kopfüber, relativ zu Stone.

»Wir fliegen nun schon seit über zwanzig Jahren ins All«, sagte Stone gemütlich, »und ich schätze, daß unsere Küche inzwischen ganz ordentlich ist. Bei uns gibt es im Grunde das gleiche zu essen, das die Besatzungen der Stationen im Mond- und Erdorbit auch vorgesetzt bekommen. Der Speiseplan hat einen Turnus von sechs Tagen. Die Nahrung ist zum größten Teil rehydrierbar. Wie die Nudeln und das Hühnerfleisch.« Er wies auf sein Tablett. »Rehydrierbare Nahrung hat nämlich den höchsten Nährwert. Wir haben aber auch Nahrungsmittel, die thermostabilisiert sind – vor dem Start gekocht und in einer Kühlbox gelagert. Ich habe hier zum Beispiel gedünstete Tomaten und Hackfleisch mit Zwiebelsauce. Und ein paar Lebensmittel haben sogar ihre ursprüngliche Form, wie diese Mandeln hier. Und dann gibt es noch gefriergetrocknete Birnen und Erdbeersaft ... Wir haben zwar keinen Kühl- oder Gefrierschrank wie die Skylabs, aber wir haben etwas Neues: einen Backofen. Er hat natürlich Umluftschaltung und keine Konvektion. Heiße Luft steigt in der Schwerelosigkeit nämlich nicht auf. Und in der kleinen Küche haben wir sogar fließend warmes und kaltes Wasser.«

»Erzähl ihnen von den Fürzen, Phil«, sagte Gershon sotto voce.

Ja, sicher. Heißes Mikro, du Arschloch.

Dennoch stellten die Winde ein echtes Problem dar. Im Wasserhahn befand sich eine Vorrichtung, die dem Wasser überschüssigen Wasserstoff entziehen sollte, der ein Nebenprodukt der Batterien des Missionsmoduls war. Leider funktionierte das Ding nicht richtig, und so gelangte reichlich Gas in die Mägen der Besatzung.

»Ares, Houston.« Ares war schon so weit von der

Erde entfernt, daß das Signal nach Houston und Crippens Antwort eine Laufzeit von sechs Sekunden hatten. »Phil, es heißt, wir hätten ein ziemlich großes Publikum hier unten.«

»Freut uns zu hören.«

»Phil, schmeckt die Bordverpflegung wirklich?«

Stone zögerte. »Das ist schwer zu sagen. Sogar Nahrung in ihrer natürlichen Form schmeckt hier oben manchmal anders; ich nehme an, das beruht auf gewissen physiologischen Veränderungen – einer Reaktion auf die Mikrogravitation –, die wir noch nicht untersucht haben. Und dann wäre da noch die Verpackung. Ich weiß wohl, daß diese Darreichungsform viele Vorteile hat. So gelangen keine Nahrungspartikel in die Umwelt. Aber die Russen schicken ihren Kosmonauten schon seit 1965 Kuchen und Brot rauf...«

Sechs Sekunden.

»Bestätigt das alles, Phil«, sagte Crippen, »auch wenn das nicht gerade die Antwort auf meine Frage war.«

»Eine andere Antwort bekommen Sie nicht, Bob«, sagte Stone dezidiert.

Nach der Verzögerung hörte York Gelächter im Hintergrund des MOCR.

»Ares, Houston, danke. Ach, Ralph, Phil und Natalie, würdet ihr euch bitte zu einem Gruppenfoto versammeln?«

Stone wirkte verwirrt. »Wiederholen Sie, Houston.«

»Wenn ihr euch für ein paar Minuten im Erfassungsbereich der Kamera versammeln würdet.«

Stone schwebte zu York hinüber, die beim Tisch blieb, und Gershon baute sich hinter ihnen auf und blickte in die Kamera.

»Ares, Houston«, sagte Crippen. »Gleich... äh... um fünf plus eins plus zweiundvierzig...« – die erste

Stunde des fünften Tags der Mission – »...werdet ihr eine wichtige Grenze überschreiten. Auch wenn ihr es nicht spürt. Darüber solltet ihr vielleicht nachdenken, wenn ihr heute eure Mahlzeit einnehmt.«

»Wir sind schon ganz gespannt, Bob.«

»Vielleicht möchte einer von euch uns sagen, was er beim Blick aus dem Fenster sieht.«

York drehte sich um. Beim ›Panorama-Fenster‹ handelte es sich um ein sechzig Zentimeter breites Sichtfenster, das in die Wand der Messe eingelassen und so groß war, daß es die Krümmung des Druckmantels aufgriff. Es hatte eine Dreifach-Verglasung und fühlte sich an wie ein Flugzeugfenster.

»Ich sehe die Erde und den Mond«, meldete sie. »Sie sind beide ziemlich voll. Dann sehe ich noch einen sichelartigen schattigen Ausschnitt an der rechten Seite der beiden Körper.« Aufgrund der großen Entfernung hatte die Erde ihre kugelförmige Erscheinung verloren und war zu einer flachen Schale aus blauem Licht reduziert worden, den fahlen, geschrumpften Satelliten an ihrer Seite. »Das Licht der Erde ist noch immer hell«, sagte sie. »Hell genug, um ein Buch zu lesen, würde ich sagen. Aber...«

»Sprechen Sie weiter, Natalie.«

»Etwas ist anders.« Sie schaute genauer hin. »Der Himmel ist wie in einer klaren Nacht auf der Erde. Und – mein Gott – er ist *voller* Sterne. Bisher hat die Helligkeit der Erde alles andere überstrahlt. Nun sehe ich die Sterne. Zum erstenmal auf dem Flug sehe ich wieder die Sternbilder.«

»Ares, ihr seid nun in die Nacht hinausgegangen.«

»Ja, das stimmt. Und eine große, leere und kalte Nacht dazu.«

»Ares, Houston. Danke, Natalie. Ares, das ist das Besondere: ihr seid nun fast neunhunderttausend Kilometer von der Erde entfernt. Das ist die doppelte

Strecke, die bisher ein Mensch bewältigt hat. Und ihr verlaßt nun die Einflußsphäre der Erde.«

Einflußsphäre – eine imaginäre, um die Erde zentrierte Blase im Raum, eine fast vollkommene Kugel, wo die Anziehungskraft der Erde und der Sonne sich im Gleichgewicht befinden. Innerhalb dieser Sphäre hatte Ares sich in einem von der Erde dominierten Orbit befunden; jenseits dieses Punkts hatte das Schiff den Einflußbereich der Erde verlassen und war in einen Orbit um die Sonne gegangen.

»Danke, Bob«, sagte Stone. »Wir haben verstanden und sind beeindruckt. Fast überkommt uns eine gewisse Demut bei diesem Gedanken...« Stone schien selbst unzufrieden mit diesen banalen Worten. Er schaute York nachdenklich an. »Natalie, möchtest du noch etwas dazu sagen?«

Stumm erwiderte sie seinen Blick. Plötzlich fühlte sie eine innere Leere. *Du hast dich doch so oft über den Schwachsinn aufgeregt, den sie verzapfen. Nun hast du die Gelegenheit, es besser zu machen.*

Aus irgendeinem Grund dachte sie an Ben Priest. Was würde er ihr wohl raten?

Sag einfach, was du fühlst, Natalie. Versteck dich nicht hinter technischen Floskeln. Und es darf dir nicht peinlich sein.

»Houston, Ares. Ich habe den Eindruck, daß wir Menschen auf dem Boden eines Lochs leben. Eines tiefen Gravitations-Lochs, das die Masse der Erde in die Raumzeit gegraben hat. Und von den Milliarden Menschen, die jemals gelebt haben, sind nur wir drei – Phil, Ralph und ich – bis zum Rand dieses Lochs aufgestiegen...«

Sie bemerkte, daß Gershon und Stone sich fragend ansahen. Stone bedeutete Gershon mit einer Geste, still zu sein.

York betrachtete die schrumpfende Erde. Sie hob die

Hand und blendete das Erde-Mond-System aus. »Ich halte nun die Hand hoch, und sie blendet die ganze menschliche Geschichte – sogar die Flüge zum Mond – aus. Wir werden ein Jahr im All verbringen, bis wir den Mars so groß vor uns sehen, wie die zurückfallende Erde nun ist. Ein Jahr in dieser Sammlung von Blechbüchsen, mit nichts als den Sternen und der Sonne vor dem Fenster. Wir wissen, daß es schwer werden wird, trotz des Trainings und der Vorbereitung. Doch wichtig ist nur, daß wir über den Rand des Gravitations-Lochs geklettert sind und nun sehen, was dahinter liegt. Wir sind wirklich in die Nacht hinausgegangen, Houston.«

Stone nickte. Er blickte sie noch immer nachdenklich an.

York schauderte. Plötzlich erschien das Missionsmodul – das tickend, surrend, mit Essensgerüchen und dem Gestank von Fürzen – ihr wie ein kleines, zerbrechliches Heim, die einzige Insel der Wärme und des Lichts in dieser dunklen Nacht.

Sonntag, 15. August 1976
Zwischen Erde und Mond

Nachdem sie für ein paar Tage in langen Unterhosen und Springerkombis in der Kommandokapsel herumgeturnt waren, halfen Jones, Dana und Stone sich gegenseitig beim Anlegen der Druckanzüge. Während des Einschusses in den Mondorbit würden sie auf den Liegen Platz nehmen und sich angurten müssen.

Sie beendeten das Mahl: Suppe und Käse-Sandwiches. Zu trinken gab es Grapefruitsaft. Dana hatte einen Plastikbeutel mit Erbsensuppe. Er nahm einen Löffel Suppe und tippte dann auf den Löffelstiel, wobei der Suppenklumpen unter Beibehaltung der

Form, die er auf dem Löffel gehabt hatte, abdriftete. Doch wenn er die Flüssigkeit dann mit der Fingerspitze berührte, formte sie sich durch die Oberflächenspannung zu einer oszillierenden Kugel. Dana beugte sich vor und sog die Erbsensuppen-Perle in den Mund.

Jim Dana war vom Leben in der Mikrogravitation begeistert und erfreute sich an der Fülle der unerwarteten Details.

Jedenfalls an den meisten.

Vor dem Ankleiden wollte Chuck Jones noch aufs Klo.

Zu diesem Zweck mußte er sich entkleiden und in die orangefarbene Nische unter den drei Liegen steigen. Die sanitäre Einrichtung der Apollo bestand aus Plastiktüten mit Klebestreifen an der Öffnung und seitlich angebrachten fingerförmigen Röhren. Jones mußte mit dem Finger in die Tüte greifen – schließlich würde nichts *fallen* – und den Kot abstreifen und eintüten. Anschließend mußte er eine Kapsel mit Desinfektionsmittel knacken, in den Beutel stecken und diesen dann zukleben.

Bald wurde die Kabine von den Geräuschen und Gerüchen des Vorgangs erfüllt.

Dana ließ es einfach über sich ergehen. Die primitive Konstruktion des Systems war schließlich nicht Jones' Schuld.

Die Ironie war nur, daß das Apollo-System in den letzten Jahren deutlich modernisiert worden war. Rockwell hatte die ursprüngliche Konstruktion gestreckt, die Zuverlässigkeit erhöht und die Nutzlastkapazität gesteigert. Apollo wurde nun überwiegend als Orbital-Fähre eingesetzt, welche die Besatzungen der Skylabs ablöste. Apollo bot Platz für vier Personen und hatte Ressourcen für einen achttägigen Aufenthalt im Orbit. Rockwell führte sogar Versuche mit einer wiederverwendbaren Kommandokapsel durch. Hierzu wurde ein Korrosionschutz gegen das Meerwasser aufgetragen, und die Komponenten wurden nach dem Baukastenprinzip montiert – so war es möglich, eine Kommandokapsel nach der Landung im Meer als Teileträger zu verwenden, auch wenn die Kapsel an sich nicht mehr flugfähig war.

Doch manche Dinge hatten sie noch immer nicht in den Griff bekommen; zum Beispiel die Installationen.

Für Dana war der erste Raumflug mit einer langen Kette von Problemen und Komforteinbußen eine ausgesprochen deprimierende Erfahrung. Der Kontrast zwischen der Zen-artigen Leere des Weltraums jenseits des Monds und den unbeholfenen Versuchen der Menschen, in dieser Leere zu überleben, sprang ihn förmlich an. Und vor dem Hintergrund als Pilot empfand er diese Technik als erschreckend primitiv.

Wir bewegen uns hier wirklich im Grenzbereich unserer Möglichkeiten. Paps hatte recht. Im Grunde sind wir noch nicht soweit. Noch nicht. Wir sind noch nicht intelligent genug. Schlaue Affen, die improvisieren und auf das Glück vertrauen ...

Dennoch war es ein tolles Abenteuer, von dem er seinem Sohn Jake erzählen konnte.

Dana widmete sich nun der Abfallbeseitigung. Er sammelte die Lebensmitteltüten ein und füllte sie mit Pillen, um die Rückstände aufzulösen. Dann faltete er sie zusammen und stopfte sie in einen Müllbeutel. Der Abfall wurde in einem Stauraum deponiert. Schon wenige Stunden nach dem Start von der Erde waren die Sammelbehälter voll, und deshalb wurde der Müll im Weltall entsorgt. Die den Mond anfliegende *Enterprise* wurde von einer Wolke aus Fäkalienbeuteln und anderem Abfall eingehüllt.

Die Besatzung ging die MOI-Checklisten durch. Das alles fand in einer ungewöhnlichen Stille statt, stellte

Dana fest. Der Grund dafür war indes nicht schwer zu erraten. Der Einschuß in eine Mondumlaufbahn galt als kritischer Moment der Mission; davon hing das Gelingen des ganzen Flugs ab – und, auch wenn das für die Astronauten-Karriere weniger wichtig war, der Erfolg des Mondlabors selbst.

Obendrein mußte die Zündung während der Phase erfolgen, wo das Raumschiff sich hinter dem Mond befand und der Funkverkehr zur Erde unterbrochen war. Das Kontrollzentrum war also nicht imstande, ihnen zu helfen.

Nachdem er den Entschluß zur Durchführung dieser Mission erst einmal gefaßt hatte, hatte Bert Seger eine geschickte Öffentlichkeitsarbeit betrieben. Apollo/Moonlab wurde als ein Unternehmen mit hohem Erlebniswert verkauft – die Rückkehr zum Mond, ein Beweis technischer Kompetenz. Außerdem wurde die Nation dadurch vom Fall von Saigon abgelenkt, den explodierenden Spritpreisen, der stagnierenden Wirtschaft, der Inflation... Er hatte sogar die Wünsche der *Star Trek*-Fans berücksichtigt, die auf *Enterprise* als Namen für das Schiff bestanden – die erste Apollo, die seit vier Jahren wieder zum Mond flog. Da verhallten die Proteste des Astronauten-Büros, daß man keinen Schiffsnamen für diese Mission *bräuchte*, ungehört.

Es war eine ausgefeilte PR-Aktion. Doch diese pompöse Inszenierung bedeutete, daß ein Mißerfolg – und sei er nur auf einen dummen Programmierfehler zurückzuführen – um so schwerer wiegen würde.

Apollo schüttelte sich leicht, und Elektromagneten klackten. Die Düsen für die Lage- und Bahnregelung feuerten, um das Rollen des Raumschiffs zu neutralisieren. Die Mehrstufenrakete hatte seit dem Start von der Erde rotiert, damit die Sonnenwärme gleichmäßig auf die Oberfläche der Kapsel einwirkte. Die Besatzung bezeichnete das als ›Grill-Modus‹.

Stone, der sich im Mittelpunkt der drei Liegen befand, sagte plötzlich: »He. Ich sehe den Mond. Direkt unter uns.«

Dana schaute von der Prüfliste auf.

Es hatte den Anschein, als ob Ströme von Öl am Fenster zu Danas Rechten hinabliefen. Dana fühlte einen Anflug von Panik; er hatte keine Ahnung, durch welche Fehlfunktion das verursacht worden war. Dann akkomodierten die Augen sich, und ihm wurde bewußt, daß er auf Berge schaute, die langsam am Fenster vorbeiglitten. Die von den schräg einfallenden Sonnenstrahlen beschienenen Erhebungen zogen lange Schatten hinter sich her.

Die Berge des Mondes. »Mein Gott. Seht mal nach draußen.«

»Das ist nur der abgefuckte Mond«, sagte Jones. »Ihr werdet ihn noch lang genug sehen. Kommt schon, kümmert euch wieder um die Listen. Entfernung sechzehnhundert Kilometer. Zweitausend Meter pro Sekunde... Noch fünfzehn Minuten bis zum Abbruch der Sichtverbindung und dreiundzwanzig Minuten bis zur MOI-Zündung...«

Dana sah, wie die Sonne hinter dem Mondhorizont verschwand und der Mond von der Corona, der äußeren Atmosphäre der Sonne, indirekt angestrahlt wurde. Der Mond war hell beleuchtet, und es hatte den Anschein, als ob die Rückseite in Flammen stünde. Doch Dana erkannte auch die im Schatten liegende Seite, die hinter dem Fenster vorbeizog. Die Erde tauchte sie in ein gespenstisch fahles Licht.

Der Mond sah aus wie eine Glaskugel mit gesprungener Oberfläche; als ob er mit Schrot gespickt wäre. Das weiße Zentrum des Monds, das sich vom Schattenwurf des irdischen Lichts abhob, stach Dana ins Auge: der Mond hatte nun ein erstaunlich räumliches

Aussehen und erschien nicht mehr als die gelbe Scheibe, wie von der Erde aus.

Dana machte einen großen, tiefen Krater aus, bei dem es sich vielleicht um Tycho handelte. Die Topographie des Mondes wirkte verschwommen – ein Eindruck, der durch die Schatten noch verstärkt wurde. Manchmal erschienen die Krater wie Kuppeln und die Berge wie Täler. Die Oberfläche des Monds glich einer Maske, deren Negativabdruck er nun vor Augen hatte.

Im Erdorbit hatte Dana die Krümmung des Horizonts gesehen, doch wegen des Umfangs der Erde hatte der größte Teil sich seinem Blick entzogen. Der Mond indes war eine kleine Welt. Die Krümmung war so stark, daß er die ganze Kugel vor dem geistigen Auge sah; er sah, daß er um eine Felskugel flog, die im dunklen All hing, das sich in alle Richtungen in die Unendlichkeit erstreckte.

Es wirkt so fremdartig. Das ist nicht unsere Welt. Und dennoch befanden sich drei Sternenbanner und drei leere Landegestelle auf diesen stummen Hügeln.

»Dreißig Sekunden bis zum Abbruch der Sichtverbindung«, sagte Jones.

»*Enterprise*, Houston.« Ralph Gershon war der neue Astronaut, der heute als Capcom fungierte. »Die Sichtverbindung bricht gleich ab. Ihr verschwindet hinter dem Mond. Eure Systeme sehen gut aus. Wir sehen euch auf der anderen Seite.«

»Roger, Ralph. Danke. Hier oben ist alles in Ordnung.« Das statische Rauschen aus den Lautsprechern wich plötzlich einem niederfrequenten Brummen.

»Wir verschwinden hinter dem Mond«, sagte Phil Stone leise. »Verlust des Signals.«

Dana starrte auf das Gitter des Lautsprechers. Seine Reaktion machte ihm Angst: er war verwirrt und hatte das Gefühl, verloren zu sein. Zum erstenmal seit dem

Start bestand keine Sichtverbindung mehr zwischen Apollo und der Erde. Das Kontrollzentrum war nicht imstande, Kontakt zur Besatzung aufzunehmen – als ob ein Seil gekappt worden wäre.

Dana war der Ansicht, daß im Lauf der Jahre ein Abhängigkeitsverhältnis zwischen den Astronauten entstanden war. Ob es nun gesund war oder nicht; das Wissen, daß das Kontrollzentrum immer da war, immer mit den klügsten Köpfen besetzt war, nahm den Piloten einen großen Teil der Verantwortung ab. Es war, als ob Houston das Schiff für einen flöge. Auf der anderen Seite waren die wenigen Momente, wo Besatzung und Schiff autonom funktionieren mußten, Momente der Angst. Keine Angst vor der Gefahr, die ohnehin ein ständiger Begleiter war, sondern Angst vor dem Versagen. *Hoffentlich bin nicht ich derjenige, der es verbockt.*

Nun befand sich die Mehrstufenrakete im Anflug auf den Mond. Sie tauchten immer tiefer in die Gravitationsquelle des Satelliten ein, und der Mond wurde immer größer – er schwoll von Minute zu Minute weiter an, und die Landschaft zog an den Fenstern vorbei.

»Seht euch den alten Mond an«, sagte Jones. »Rauher als mein Hintern. Ich werde wohl nie dort unten landen, aber ich bin froh, daß ich überhaupt so weit gekommen bin. Dieser Draufgänger Gershon müßte nun hier sein. Würde sich gewiß wie zuhause fühlen. Ist wie in Kambodscha.« Er stieß ein keckerndes Lachen aus.

Dana versuchte, über den Scherz seines Kommandanten zu grinsen, was ihm aber mißlang. Phil Stone zu seiner Linken schien auch Unbehagen zu verspüren.

Solche Sprüche waren nicht mehr angebracht, sagte Dana sich. Waren sie vielleicht nie gewesen.

Das Raumschiff tauchte in den Mondschatten ein, in totale Dunkelheit: das Licht der Erde fiel nie auf diese verborgene Landschaft, die unter ihnen dahinraste.

Das Funkgerät blieb stumm.

Wir sind allein, wir drei. Die auf der Erde inhaftierte Menschheit versteckt sich hinter dem Mond.

Plötzlich war Dana in bisher nicht gekannter Intensität von der Richtigkeit der Sache überzeugt. *Wie auch immer es dazu gekommen ist, die Entscheidung, das Raumfahrtprogramm fortzuführen, war richtig. Was für ein Abenteuer wäre uns sonst entgangen. Wir müssen weitermachen. Erfahrungen wie diese werden uns verändern. Wir werden unseren Horizont erweitern.*

Die zerklüftete Landschaft zog unter dem Fenster vorbei.

»In Ordnung, ihr Scheißer, genug gegafft. Bereiten wir uns auf die Zündung vor.«

Die *Enterprise* umkreiste den Mond.

Mittwoch, 25. Mai 1977
NASA-Hauptquartier, Washington

Mike Conlig haßte Washington.

Er hatte das Flugzeug kaum verlassen, als die schwüle, drückende Hitze über ihm zusammenschlug. Er spürte eine Art von psychischem Druck, den die Leute auf ihn ausübten, die sich in diesem schäbigen Winkel der Erde zusammengerottet hatten.

Nun saß er zusammen mit Hans Udet und Bert Seger in Tim Josephsons geräumigem, luxuriösem Büro. Conlig fühlte sich fehl am Platz, verloren in dem großen Raum und in diesem großen, weichen Sessel. Und im Anzug fühlte er sich auch unwohl; die Krawatte schien ihn zu strangulieren.

Dann stürmte Tim Josephson mit einem Aktenordner unter dem Arm in den Raum und setzte sich an den schlichten, polierten Schreibtisch. »Ich will gleich zur Sache kommen«, sagte Josephson. »Ich habe Ihre Statusberichte gelesen. Sie wissen, worum es geht. NERVA ist verdammt weit hinter dem Zeitplan zurück. Die Projektprüfung soll in drei Monaten stattfinden. Und nach dem, was ich gehört habe, werden Sie das nicht schaffen.«

Seger zuckte die Achseln. »Da vermag ich Ihnen kaum zu widersprechen, Tim.«

Josephson legte die Hände aufeinander. »In Ordnung. Wir stehen in dieser Hinsicht unter starkem Druck; wir müssen Ihre Arbeit gegen Anfechtungen des Kongresses und anderer Stellen verteidigen. Man sagt, wir hätten hierbei aufs falsche Pferd gesetzt. Die Technik der Nuklearraketen steckt noch in den Kinderschuhen; vielleicht sollten wir lieber eine evolutionäre Politik betreiben und erst einmal die chemische Technik weiterentwickeln. Und zu allem Überfluß sind da noch die Atomkraftgegner, die nicht damit einverstanden sind, daß wir die Saturn-Raketen mit Tonnen von radioaktivem Brennstoff beladen.« Sein Blick schweifte von einem zum andern. »Sie haben sicher von den Protesten in Seebrook oben in New Hampshire gehört: zweitausend Leute haben gegen den Bau des Fissionsreaktors demonstriert. Mit der Nutzung von Nukleartechnik schwimmen wir gegen den Strom, meine Herren.

Aber ich weiß auch, daß die Probleme in diesem einen Bereich nicht das ganze beschissene Programm gefährden dürfen. Wie Sie wissen, hat Rockwell seit 1972 parallel zur nuklearen Option die Entwicklung der chemischen Technik betrieben – in Gestalt der Weiterentwicklung der S-II. Fred Michaels spielt mit dem Gedanken, den Kongress zu bitten, die Finanzierung von NERVA einzustellen und die Mittel für diese Entwicklungslinie bereitzustellen...«

Hans Udet schüttelte den Kopf, wobei sein graublondes Haar im fluoreszierenden Licht schimmerte. »Nein. Begreifen Sie doch...«

Joesephson beugte sich vor. »Nein. Jetzt müssen *Sie* zuhören und begreifen, Hans. Das ist kein Spiel, das wir hier spielen. Es bedarf ungeheurer Anstrengungen, für ein Programm wie das Ihre eine politische Koalition zu bilden und aufrechtzuerhalten. Jim Webb hat das in den Sechzigern für die NASA geleistet; und wir können froh sein, daß Fred Michaels heute diese Rolle übernimmt. Aber Wunder vermag auch er nicht zu vollbringen...«

Dies war das erstemal, daß Conlig Josephson persönlich begegnete. Der aalglatte Inspektor der NASA verströmte eine Aura bürokratischer Kompetenz, die ziemlich telegen war. *Jeder Zoll ein Organisator.* Anfang Vierzig, mit dem kleinen Kopf auf einem langen Hals, der hohen Stirn, den dicken Brillengläsern und dieser schnellen, zielstrebigen Motorik wirkte Josephson wie ein großer Laufvogel.

Doch seine trockenen Worte verfehlten ihre Wirkung bei Conlig nicht; plötzlich war er wie elektrisiert. *Mein Gott. Er hat recht. Wir haben echte Probleme; es wäre durchaus möglich, daß diese Bastarde uns den Hahn zudrehen. Und wenn das passiert, kannst du drauf wetten, daß keiner von uns, der an NERVA arbeitet, auch nur im Ansatz am neuen Programm teilnehmen darf, worum auch immer es sich handelt.* Conligs ganze Karriere – alles, sein ganzes Selbstwertgefühl – hing von dieser Entscheidung ab. *Ein falsches Wort, und meine Laufbahn ist beendet. Weil es nämlich kein weiteres NERVA-Projekt mehr geben wird; jedenfalls nicht für mich.*

»Also.« Josephson hatte seine Vorrede abgeschlossen. Er schwenkte den Kopf und schaute in die Runde. »Ein Resümee. Sie sollen mir sagen, wo Sie stehen und wie Sie die Erfolgsaussichten beurteilen. Ich möchte die ungeschminkte Wahrheit hören; jetzt ist nicht der richtige Moment für falschen Stolz. Das ganze Programm hängt davon ab, daß wir die richtigen Entscheidungen treffen.« Er nahm Udet ins Visier. »Wollen Sie anfangen, Hans?«

Der alte Deutsche setzte sich kerzengerade hin. »Die Wahrheit, Tim? Die Wahrheit, so wie es aus den Berichten hervorgeht, sieht so aus, daß NERVA in Schwierigkeiten steckt. Es ist uns bisher nicht gelungen, eine nennenswerte Brenndauer zu erreichen...« In seinem abgehackten, mit einem Akzent behafteten und nicht ganz fehlerfreien Englisch, das von einem bizarren Alabama-Nölen unterlegt wurde, erläuterte Udet die unzähligen Probleme von NERVA – zu geringe Leistung der Pumpen, Schwachstellen an den Düsen – und die Maßnahmen, welche das Personal zu ihrer Behebung ergriff.

»Wie Sie sehen«, schloß Udet seine Ausführungen, »ist die NERVA keinen Blumentopf wert – im Moment jedenfalls. *Aber...*« Und nun beugte er sich vor und musterte Josephson durchdringend. »Aber das galt auch für die F-1, die erste Stufe der Saturn, in einer vergleichbaren Entwicklungsphase Anfang der sechziger Jahre. Falls die Aussichten nicht noch schlechter waren. *Damals* hatten wir schon Probleme mit einer instabilen Verbrennung; *damals* flogen die verdammten Dinger uns schon um die Ohren. Aber wir durften dranbleiben, Tim. Wir haben die Arbeit fortgeführt. Und wir haben die Probleme so gründlich gelöst, daß die Saturn V nie einen signifikanten Triebwerksschaden erlitten hat.

Und nun ist es das gleiche. Wir brauchen kein Alternativ-Programm. Mit NERVA gibt es Probleme: keine Frage. Aber es handelt sich nur um konstruktive Aspekte. Wir haben uns bisher nicht von solchen Dingen aus dem Konzept bringen lassen und jetzt auch nicht.« Während er sprach, hatte Conlig das Gefühl, daß Udet eine sublime Botschaft an Josephson ausstrahlte. *Wenn Sie mich sehen, sehen Sie von Braun höchstselbst. Meine Triebwerke sind Helden. Wir haben euch zum Mond gebracht, und wir sind auch in der Lage, euch zum Mars zu bringen. Vertrauen Sie meinem Urteil und lassen Sie mich die Arbeit fortführen ...*

Conlig wünschte, er wäre in Santa Susana – oder noch besser, in Nevada, in Jackass Flats, in der stillen Leere der Wüste. Er wollte von diesem politischen Hickhack weg und sich wieder als Ingenieur betätigen.

Er dachte an Natalie.

Seine Beziehung zu Natalie war eine Art von Schmerz, der an der Peripherie seines Bewußtseins nagte. Er wußte, daß sie nicht glücklich war. Verdammt, genauso wenig wie er. Doch nun war in seinem Kopf kein Raum für solche Gedanken. Vielleicht in ein paar Jahren, wenn NERVA sich aus dem Sumpf gezogen hatte, würde er ...

Josephson schaute ihn an. Die stumme Aufforderung, seinen Vortrag zu halten.

Langsam und stockend, ohne Udets preußisch-aristokratischen Redefluß, hob Conlig an zu sprechen.

Er beschrieb die Maßnahmen, die zur Lösung der Probleme bezüglich der Kavitation und der Wasserstoff-Graphit-Korrosion getroffen worden waren. Dann kam er auf die Schwierigkeiten zu sprechen, die sich daraus ergaben, daß die starke Strahlung zu Fehlanzeigen beim Inhalt des Wasserstofftanks führte. Und so weiter. Dennoch, so sagte er Josephson, war die Arbeitsgruppe zuversichtlich, bald einen vernünftigen Probelauf und Systemtest zu erzielen. Immerhin hätte die Ausrüstung schon bewiesen, daß die Konstruktion die Vibrationen und Belastung während eines Flugs aushielt ...

Er bemühte sich, die Situation in möglichst rosigen Farben zu schildern.

Josephson hörte kommentarlos zu. Dann wandte er sich an Bert Seger.

Der Programmdirektor hatte seit einer Woche mit den Leuten von NERVA zusammengesessen, in Santa Susana und den anderen Versuchsanlagen herumgeschnüffelt, wobei er sich offensichtlich selbst über den Stand der Dinge informieren wollte. Nun saß er dem spindeldürren Josephson gegenüber. Die obligatorische Nelke steckte im Knopfloch, direkt unter dem Anstecker mit dem Kruzifix.

Kurz und bündig schilderte Seger die Probleme aus seiner Sicht. »Tim, ich befürchte, daß wir den Zeitplan für NERVA vergessen können, nachdem wir die aktuellen Änderungen vorgenommen haben. Das eigentliche Problem sind die Sicherheitsmaßnahmen; wir müssen die Gerüste nach dem kleinsten Problem dekontaminieren und demontieren. Ich will damit nicht sagen, daß überhaupt keine Sicherheitsmaßnahmen mehr getroffen werden sollen; natürlich nicht. Aber wir müssen die jeweiligen Abschnitte des Programms von nun an realistisch planen. Realistischer jedenfalls, als wir es bisher getan haben. Aber...« Er verstummte.

»Ja, Bert?«

»Sie haben ein paar gute Leute dort draußen, Tim. Sowohl bei uns als auch bei den Auftragnehmern. Sie gehören zu den Besten. Und sie tun alles, um dieses Ding flügge zu machen. Ich empfehle, daß wir diesen Weg weiter beschreiten, Tim; Sie sollten keinen Richtungswechsel vollziehen.«

Josephson hörte stumm zu. »In Ordnung. Danke, Bert, meine Herren. Sie haben im wesentlichen das gesagt, was ich von Ihnen hören wollte. Ich glaube, ich muß Ihr Vertrauen in diese störrische Maschine, die NERVA, teilen. Ich werde Ihnen auch weiterhin Rückendeckung geben. Aber ich hoffe, Sie merken sich, was ich Ihnen heute gesagt habe. Bert, ich möchte, daß

Sie mir einen aussagefähigen Statusbericht vorlegen, den ich oben präsentieren kann. Und ich möchte, daß Sie mir einen neuen Zeitplan vorlegen, Hans: einen realistischen Zeitplan. Und ich möchte, daß Sie sich daran halten – ab sofort.«

Diese deutlichen Worte, die er monoton heruntergeleiert hatte, paßten irgendwie nicht zu Josephsons trockenem Sachbearbeiter-Habitus. Conlig fühlte sich unbehaglich und wollte hier raus.

Als sie durch die Tür gingen, rief Josephson Bert Seger noch einmal zurück. »Ich möchte, daß Sie diese Arschgeigen härter rannehmen, Bert«, hörte Conlig Josephson sagen. »Tolerieren Sie keinen Scheiß mehr. Machen Sie Druck, damit diese nukleare Rakete endlich fertig wird ...«

Das muß man uns nicht erst sagen, sagte Conlig sich, während er den anderen durch die tapezierten Korridore folgte.

Als er das Gebäude verließ, fühlte Conlig trotz der drückenden Hitze eine enorme Erleichterung. Schweißperlen traten ihm auf die Stirn. Es war, als ob der Lehrer ihn nach Hause geschickt hätte. *Abgefuckte Bürokraten*.

Jedenfalls würde er nun wieder an die Arbeit gehen: Energie einsetzen und die Angst abbauen, die sich in ihm angestaut hatte.

Januar 1977 – Januar 1978

Es dauerte ein ganzes Jahr, bis sie von der NASA einen Bescheid auf ihre Bewerbung bekam. Und doch, nachdem sie den ersten Schritt getan hatte, entwickelte sich eine Eigendynamik von zwingender Logik.

Ein paar Wochen, nachdem sie die Bewerbung abgeschickt hatte, erhielt sie ein Telegramm von der Nationalen Akademie der Wissenschaften. Sie verlangte weitere Informationen: einen ausführlicheren Lebenslauf, Kopien von wissenschaftlichen Veröffentlichungen und ein fünfhundert Worte umfassendes Exposé zu den Experimenten, die sie auf dem Mars durchführen wollte.

Also legte sie ihre Ideen über Abflußkanäle dar, daß sie unter dem Mars-Regolith nach Wasser suchen wollte und was das für die Kolonisierung des Planeten bedeuten würde.

Sie redigierte das Exposé so, daß es exakt fünfhundert Worte umfaßte. Sie hatte zuvor schon mit Regierungsbehörden zu tun gehabt und wußte, daß die geringste Regelwidrigkeit all ihre Aussichten zunichte machen würde.

Im Grunde nahm sie die Bewerbung nicht allzu ernst. Aber sie wollte dennoch so weit kommen wie möglich: vielleicht erreichte sie eine Position, wo sie die Wahl hatte, ob sie diese verrückte Option – eine Karriere im Raumfahrtprogramm – weiterverfolgte oder nicht.

York las in einer Fachzeitschrift, daß nicht einmal tausend Wissenschaftler sich auf die Stellenausschreibung der Nationalen Akademie der Wissenschaften beworben hatten: viel weniger – laut Aussage der Presse –, als die NASA sich erhofft hatte.

York verstand das. Die Karriere eines Wissenschaftlers war kurz, wenn man die Produktivität als Maßstab nahm: der Höhepunkt der Schaffenskraft lag bei Ende Zwanzig/Anfang Dreißig. In diesem Alter war York nun. Eine Ausfallzeit war einer langfristigen Karriere unter Umständen abträglich.

Zumal die NASA die Nachwuchswissenschaftler in der Vergangenheit nicht gerade gefördert hatte. Kein einziger der ersten wissenschaftlichen Astronauten, die sich 1965 gemeldet hatten, waren mit Apollo zum Mond geflogen.

Man mußte schon verrückt sein, um die Karriere und das wissenschaftliche Ansehen für die geringe Aussicht aufs Spiel zu setzen, eines fernen Tages ins All zu fliegen; noch dazu bei einer Organisation wie der NASA, die fast nur aus Ingenieuren und Piloten bestand.

Völlig verrückt.

Ein paar Wochen, nachdem sie das Exposé eingereicht hatte, erhielt sie einen Brief von der Akademie. Immerhin war es noch kein Ablehnungsbescheid.

Sie hatte bei den Kriterien Alter, Körpergröße und Gesundheitszustand den Anforderungen genügt und war auch in wissenschaftlicher Hinsicht für das Programm qualifiziert, mit nachgewiesener Expertise in einem relevanten Fachgebiet. Man schickte ihr weitere Formulare zu: einen Bewerbungsbogen für den Öffentlichen Dienst, ein Formular für die Flugtauglichkeits-Untersuchung, wie es auch die Luftwaffen-Piloten ausfüllen mußten und noch ein paar andere.

Und sie sollte sich auf dem Brooks-Luftwaffenstützpunkt in Texas melden, um sich einer Musterung zu unterziehen.

In den Hort der heldenhaften Testpiloten! Mein Gott. Ich bin dicht dran.

Als sie in die texanische Ebene hinabstieg, drängte ihr sich das Bild eines Pfannkuchens auf. Es war ein heißer Junitag; nachdem sie das Flugzeug verlassen hatte und die paar Meter zur Abfertigungshalle ging, fühlte sie sich wie in einem Backofen.

Sie traf sich mit den anderen Kandidaten im Hotel, wo sie untergebracht waren. Angesichts der versammelten Koryphäen wollte sie schier verzagen. Ein Abteilungsleiter Chemie der Firma Caltech hatte sich eingefunden, ein Dr. med. aus Princeton, der gleichzeitig in Physiologie promovierte; ein Physik-Professor von Cornell, ein promovierter Physiologe, der gleichzeitig Jet-Pilot war und ein Dr. med., der auch Jet-Pilot war. Und so weiter. Es war offensichtlich, daß die ›Wissenschaftler‹, die der NASA vorschwebten, auch eine ›operative‹ Qualifikation besaßen; mehrheitlich handelte es sich um Leute mit einer Doppelqualifikation als Pilot und Wissenschaftler.

York war die einzige Frau.

Mein Gott. Weiße männliche Piloten mit Habilitation. Da kann ich gleich einpacken.

Die Kandidaten nahmen gemeinsam das Mittag- und Abendessen ein. Dann organisierten die Männer Ausflüge zum Alamo, der in der Innenstadt von San Antonio gelegen war. York hatte mit diesen Macho-Veranstaltungen nichts am Hut und bemühte sich, nicht in eine Depression zu verfallen.

Am nächsten Morgen mußte sie um sechs Uhr Texas-Zeit aufstehen, was vier Uhr Berkeley-Zeit entsprach. Das war schon einmal das erste Handicap. Sie durfte nicht einmal einen Kaffee trinken; sie mußte die Tests mit nüchternem Magen durchführen und bis zum Mittagessen warten.

Die Tests würden die ganze Woche dauern.

Zuerst wurde sie auf Glukose-Verträglichkeit untersucht. Den Armen wurde Blut entnommen, derweil sie eine ekelhaft süße Glukose-Flüssigkeit schlucken mußte.

Dann erfolgten Sehtests: sie wurde auf Farbenblindheit untersucht, und die Netzhaut wurde photographiert, wobei sie von einem Blitz geblendet wurde. Sie mußte einen Liter lauwarmes Wasser trinken, woraufhin ein Gewicht *auf* den Augapfel gestellt wurde, um den Flüssigkeitsaustritt zu messen.

Anschließend erfolgten medizinische Untersuchungen. Sie mußte vier Stunden lang in einem Faraday'schen Käfig liegen, einer Metallhülle, die sie vor elektrischen Feldern abschirmte, während ein Kardiogramm erstellt wurde. York kam sich vor wie ein Schimpanse im Zoo. Dann wurde sie in einer Art Fallschirmgurt aufgehängt, während das Blut in die Füße floß. Sie mußte hyperventilieren, bis die ersten Ausfallerscheinungen auftraten und das Blickfeld verschwamm.

Dann – brutal schnell – wurde sie einem EKG unterzogen. Sie ging treppauf und treppab, wobei sie Elektroden an die Brust halten mußte. Am Ende des Tests mußte sie in ein Mundstück blasen, zwecks Messung des Volumens des ausgeatmeten Kohlendioxids.

Es erfolgten Untersuchungen des Innenohrvorhofs, des Gleichgewichtsapparats des Mittelohrs. Abwechselnd warmes und kaltes Wasser wurde ihr ins Ohr gespritzt, um die Kanäle des Vestibulums zu irritieren und sie aus dem Gleichgewicht zu bringen. Ärzte schauten ihr in die Augen, um die Zeitdauer zu ermitteln, bis die Augenlider aufhörten zu flattern.

Später sollte sie auf einer geraden Linie durch einen verdunkelten Raum gehen. Damit sollten eventuelle Störungen des Gleichgewichtssinns festgestellt werden. Als das Licht wieder anging, sah sie, daß sie vielleicht einen Meter von der Mittellinie nach links abgewichen war.

Beim Kippstuhl handelte es sich um ein weiteres Gerät zur Untersuchung des Gleichgewichtsapparats. Er hatte eine gewisse Ähnlichkeit mit einem elektrischen Stuhl, der sich auf einer rotierenden Plattform in der Mitte eines stockdunklen Raums befand. Sie wurde auf dem Stuhl angeschnallt, und Elektroden wurden an ihr befestigt, um die Augenbewegung zu verfolgen. Dann wurde der Stuhl mit einer Drehzahl von zwanzig Umdrehungen pro Minute gedreht und gleichzeitig nach vorn und hinten geneigt. Kipp- und

Drehrichtung wurden ständig umgekehrt. Es war wie eine Fahrt in einem Karusell, das von einem Irren betrieben wurde; bei jedem Kippen überkam York ein Brechreiz, doch die Genugtuung des Erbrechens gönnte sie diesen Arschlöchern nicht.

In halbstündigen Intervallen mußte sie Urinproben abliefern; zu diesem Zweck mußte sie reichlich Wasser trinken. Sechsmal wurde ihr eine Blutprobe entnommen. Schließlich kollabierten die Venen in beiden Armen wegen der wiederholten Einstiche.

Die körperlichen Eignungstests wurden durch psychologische Tests aufgelockert: sie mußte mit Bauklötzen spielen, Selbstportraits zeichnen und einen fünfhundert Fragen umfassenden Persönlichkeitstest absolvieren. Des weiteren standen Intelligenztests, Rorschach-Tintenklecks-Tests, Gedächtnis-Tests, Wortschatztests sowie Mathematik-Tests und Tests zum Leseverständnis auf dem Programm.

Sie arbeitete ein Blatt mit ›persönlichen Werten‹ durch, um Aufschluß über die Motive zu geben, aus denen sie zur Raumfahrt neigte. Sie brütete über den fünfzig Fragen, die mögliche Motive beinhalteten wie Geld und Ruhm, das Wohl der Menschheit, Abenteuerlust und Forschungsdrang.

Zunächst wollte York ehrlich antworten. *Natürlich sind es die wissenschaftlichen Entdeckungen. Schließlich wählen sie hier Missions-Spezialisten aus! Was, zum Teufel, erwarten sie sonst?* Doch dann kamen ihr Zweifel. Einseitigkeit, die Fixierung auf die Wissenschaft würde keinen guten Eindruck machen. Jeder Astronaut, sogar ein Spezialist, würde sich auch an Routinearbeiten beteiligen müssen. Zumal ein Mitglied der Mars-Expedition auch in der Öffentlichkeit eine gute Figur machen und in der NASA-Tradition den guten Amerikaner, das Abbild von John Glenn verkörpern mußte.

Also ging sie die Punkte nochmals durch und fragte sich, welche Kriterien in den Augen der Prüfer wohl relevant wären.

Dann wurde ihr bewußt, daß die anderen Kandidaten das gewiß auch schon erkannt und die Antworten in ähnlicher Weise frisieren würden.

Sie ging die Liste ein drittesmal durch und versuchte das zu berücksichtigen...

Ein ernster junger Mann erörterte mit ihr ein von einem Computer erstelltes Streuungsbild. Die Ergebnisse schienen ihn zu verwirren: *hier* war sie nur befähigt, ein Ziel auf einmal zu verfolgen, *dort* erwies sie sich als flexibel und war imstande, mehrere Ziele gleichzeitig und gar in einem ausgewogenen Verhältnis zueinander zu verfolgen; *hier* drüben deutete das Resultat auf eine hohe Eigenmotivation hin, doch *dort* drüben arbeitete sie am liebsten im Team... und so weiter. Die Ergebnisse waren völlig widersprüchlich und degradierten den Test zur Farce.

Sie knirschte mit den Zähnen und schwieg, um es nicht noch schlimmer zu machen. Sie fragte sich, was das alles wohl kostete.

Eines Morgens bekam sie Bariumsulfat zum Frühstück, als Kontrastmittel für eine Röntgenuntersuchung der Gallenblase. Ein andermal wurde ihr eine Tritiumlösung verabreicht, um den prozentualen Anteil an Körperfett zu bestimmen. Sie schluckte Pillen, die Durchfall verursachten und die den Urin grün färbten. Beim EEG wurden ihr elf Nadeln in einen halben Quadratzoll Kopfhaut gepiekst.

Sogar die Zähne wurden kontrolliert. Ein Dentist ließ sich ebenso fröhlich wie dümmlich über den ruinösen Zustand ihres Gebisses aus. Es schien ihm viel Freude zu bereiten, ihr detailliert zu schildern, welche Reparaturarbeiten an ihren Zähnen auszuführen seien. *Sie wollen doch nicht mitten im leeren Raum zwischen Erde und Mars Zahnschmerzen oder gar einen Abszeß bekommen, ho ho!*

Bei ihrer gesunden Lebensweise hatte York bisher kaum ein Krankenhaus von innen gesehen. Die hiesigen Ärzte waren von der Luftwaffe und Spezialisten in der Luft- und Raumfahrtmedizin. In ihrer Unwissenheit hatte sie erwartet, die Tests wären bloß hart. Die Wirklichkeit übertraf dann die schlimmsten Befürchtungen. Sie empfand die Untersuchungen als Qual: barbarisch, brutal, oftmals lächerlich, doch kaum wissenschaftlich.

Bei der letzten Untersuchung, die freitags stattfand, stand eine Sigmoidoskopie auf dem Programm. Sie mußte sich selbst ein Klistier einführen. Dann legte sie sich auf eine Liege, und eine Ärztin schob ihr eine Sonde in den Hintern und dehnte den Darm. Sie schob die Sonde immer weiter hinauf.

York war zu diesem Zeitpunkt ebenso erschöpft wie zornig, gleichermaßen erniedrigt und ängstlich. Es bedurfte einer enormen Willensanstrengung, diese letzte Zumutung über sich ergehen zu lassen.

Vor San Antonio hatte sie die Sache auf die leichte Schulter genommen. Vielleicht, um Ben zu gefallen. Sie hatte es als ein Abenteuer betrachtet. Als amüsantes Kräftemessen zwischen ihr und der NASA – sie wollte sehen, wie weit sie kam, bevor sie rausflog.

Nun war alles anders. Diese Investition in Schmerz und Erniedrigung sollte nicht umsonst gewesen sein.

Die Bewerbung zurückzuziehen kam nun nicht mehr in Frage.

Die medizinischen Untersuchungsergebnisse stellten eine Unbedenklichkeitsbescheinigung dar. Sie hatte

›keine offenkundigen medizinischen und psychischen Probleme‹.

Beruhigend, sagte sie sich. Das war eine Woche in der medizinischen Hölle wert gewesen.

Dann wurde sie zum Vorstellungsgespräch nach Houston eingeladen.

Das Flugzeug landete auf dem Houston Intercontinental. York ging zum Terminal und zum dort befindlichen Continental Airline Presidents' Club. Sie stand vor einer einseitig verspiegelten Glastür. Auf ihr Klopfen hin öffnete ein NASA-Angestellter, ein kleiner, properer Mann in einem Blazer. Sie wies sich aus, und er führte sie hinein – aus dem Blickfeld der Presse? – und bot ihr eine Diät-Limonade an.

Als die Kandidaten vollzählig waren – es war die Gruppe aus San Antonio –, wurden sie in einer Limousine zum Nassau Bay Hilton chauffiert.

Als sie das klimatisierte Flughafengebäude verließ, schlug die feuchte Augusthitze ihr förmlich ins Gesicht; als ob der Boden dampfen würde. Obwohl es schon später Nachmittag war, schien die Sonne noch im Zenit zu stehen.

Die Limousine fuhr zunächst auf der I-59 nach Süden, in Richtung Innenstadt, dann über eine Umgehungsstraße in südöstlicher Richtung auf der 610. Das Nassau Bay Hilton befand sich in der Nähe des JSC, über dreißig Kilometer außerhalb der Stadt an der I-45.

Houston war eine in einer Ebene gelegene, wuchernde Ansiedlung. Die Stadt wirkte neu. Die Straßen waren modern und in gutem Zustand. Große, bunte Reklametafeln, welche die Schnellstraße säumten, stachen ihr ins Auge. Viele waren in spanischer Sprache beschriftet; immerhin wäre Texas einmal fast an Mexiko gefallen.

Es gab nur wenige Anzeichen für das hier angesiedelte Raumfahrtprogramm: aufblasbare Raketen auf dem Gelände von Gebrauchtwagenhökern, eine Ladenzeile mit der Bezeichnung ›Tranquility Plaza‹* und eine Basketballmannschaft, die ›Rockets‹.

Jenseits des hitzeflimmernden Highways ragten die Wolkenkratzer wie Startrampen aus der Ebene. Die Wassertürme, große ovale Tanks, glichen den marsianischen Kampfmaschinen aus *Krieg der Welten*. Entlang der Straße waren Neon-Thermometer aufgestellt, die selbst zu dieser Tageszeit noch etwa fünfunddreißig Grad anzeigten.

Houston würde einen deutlichen Kontrast zu den älteren Städten bilden, in denen sie bisher gelebt hatte. *Möchte ich wirklich hier leben?*

Die anderen Kandidaten unterhielten sich über Elvis' Tod, der erst ein paar Tage zurücklag. Sie hatte nichts dazu zu sagen – vielmehr langweilte die endlose Berichterstattung sie –, und sie war froh, als sie das Hotel endlich erreichten.

Das Nassau Bay Hilton war ein Hochhauskomplex am Ufer des Clear Lake, ein paar Minuten vom JSC entfernt. Die Stimme des Manns an der Rezeption hatte einen starken texanischen Akzent, und in der Lobby gab es einen Andenkenladen mit Cowboyhüten und – stiefeln. Sie hatte ein komfortables Einzelzimmer, mit Aussicht auf einen Yachthafen und ein azurblaues Schwimmbecken, das zu benutzen sie aber keine Zeit haben würde.

Am nächsten Morgen stand sie um halb sechs auf. *Halb vier Berkeley-Zeit*. Die Sonne stand schon hoch am Himmel.

Das Vorstellungsgespräch fand gleich nach dem Frühstück statt. Also wurde sie – es war noch nicht einmal

---
* nach Mare Tranquilitatis auf dem Mond – *Anm. d. Übers.*

halb sieben – in einer Limousine auf der NASA-Straße Eins in westlicher Richtung chauffiert.

Zur Rechten, nördlich der Interstate, befand sich eine umzäunte Koppel. Quaderförmige schwarze und weiße Gebäude waren über die Ebene verstreut, wobei jeder Bau mit großen Zahlen markiert war.

Der Fahrer – ein massiger, schwitzender Mann namens Dave – bog nach rechts in eine breite Einfahrt ein. Zur Rechten stand ein Granitblock mit der Inschrift LYNDON B. JOHNSON SPACE CENTER. Und zur Linken lag eine Saturn V auf dem Boden. Die Triebwerksstufen waren demontiert und auf Lkw-Anhängern deponiert worden.

Dave grinste, als er sah, wie sie die Saturn mit offenem Mund anstarrte. »Das ist nur ein Testgerät«, sagte er. »Die erste, die jemals gebaut wurde. Als es so aussah, als ob wir Apollo einstellen würden, war die Rede davon, eins der Fluggeräte zu nehmen und hier oder vielleicht auf Cape Canaveral auszustellen. Eine Mondrakete im Vorgarten.« Er kicherte und schüttelte den Kopf. »Können Sie sich das vorstellen?«

Die Vorbeifahrt an der Saturn schien eine halbe Ewigkeit zu dauern. Das Raketentriebwerk alterte. York sah Korrosion an den großen Nieten und Spinnweben an den großen A-Trägern, an denen das Triebwerk angeflanscht war. Ein Teil der Textilbespannungen um die Triebwerkstrichter war mit Flechten bewachsen. Das Sternenbanner an der Flanke der zweiten Stufe war verblaßt, und die rote Farbe der Streifen lief an der Hülle hinunter.

Hinter der Saturn befand sich ein kleiner Raketen-Garten. York identifizierte eine Redstone, den schwarzweißen Bleistift, der den ersten Mercury-Kapseln ihre suborbitalen Hüpfer ermöglicht hatte. Die Redstone stand aufrecht, war aber durch Drahtseile am Boden fixiert; York verglich das Ensemble mit dem gefesselten Gulliver. Und sie sah die Raumfähre, ein Produkt des Windkanals, die Attrappe des Space Shuttles, das nie gebaut worden war. Das flugzeugartige Gerät stand senkrecht und wurde von einem großen weißen Außentank gestützt.

Der Rumpf der Raumfähre war ungeschlacht und plump. Die Wölbung der Flügel indes, die aus den Zylindern der Zusatzraketen wuchsen, verlieh ihr in Yorks Augen eine besondere Ästhetik; das Raumflugzeug wirkte elegant, wie ein gestrandetes Relikt aus einer Parallelwelt, einer Zukunft, die nicht Wirklichkeit geworden war.

In Gebäude 110 durchlief sie die Sicherheitskontrollen. Dann erhielt sie eine Mappe mit Fotokopien und wurde zu Gebäude 4 geschickt. Sie ging zu Fuß dorthin.

Bei den Gebäuden handelte es sich um schwarze und weiße Blöcke. Einige gruppierten sich um eine Art Hof, wo Gräser im Sonnenlicht hellgrün leuchteten. Es gab Kirschbäume und einen Ententeich mit einer kunstvollen Steineinfassung. Nur daß die Enten fehlten: Ben Priest hatte ihr gesagt, daß die Tiere zuviel Schmutz gemacht hätten und deshalb verscheucht worden wären. *Wir sind schließlich nicht wegen der Enten hier*. Es herrschte tropische Hitze, und es regte sich kein Lüftchen. Die Stille wurde nur vom Zirpen der Grillen gestört. Das Gehen fiel ihr schwer; sie spürte förmlich, wie die Hitze ihr Energie entzog.

Sie versuchte sich vorzustellen, hier zu arbeiten.

Fahrräder lehnten an jedem Gebäude, und vor den Eingängen standen große, mit Sand gefüllte Aschenbecher, aus denen Zigarettenstummel ragten.

Es herrschte eine ruhige Atmosphäre. Die quaderförmigen Gebäude wirkten nicht wie eine Regierungseinrichtung. Es war eher wie eine Universität, sagte sie sich. Und wirklich hatte Dave, ihr Fahrer, es als ›Campus‹ bezeichnet.

Das JSC hatte seine eigenen marsianischen Wassertürme. Es gab eine ›Antennen-Farm‹, ein eingezäuntes Feld mit großen weißen Schüsseln, die wie Blumen zur Sonne gerichtet waren. Und hier und da schimmerten große Tanks mit flüssigem Stickstoff.

Die Klimaanlage in Gebäude 4 arbeitete auf Hochtouren; es waren fünfzehn Grad Temperatur weniger als draußen. Das Gebäude war düster und verwinkelt. Decken und Böden waren gefliest, und die Wände wiesen den für Firmengebäude der sechziger Jahre charakteristischen gelb-braunen Anstrich auf. Sie spürte, wie der Mut sie verließ. Sie fühlte sich wie in einem trostlosen Sozialamt.

Sie nahm den Aufzug. Das Vorstellungsgespräch sollte in der ›Astronauten-Bibliothek‹ stattfinden.

Auf ihr Klopfen hin wurde die Tür geöffnet, und ein Mann begrüßte sie: groß, spindeldürr, mit graublondem Haar und blauen Augen. Bekleidet war er mit Jeans und einem modischen Hemd. Er lächelte sie an und gab ihr die Hand.

Sie erkannte ihn. Es war Joe Muldoon. Ein Mond-Spaziergänger schüttelte ihr die Hand.

Der unvermittelte Wechsel der Perspektive traf sie mit Wucht. Dies war wirklich das Raumfahrtzentrum. Hier waren echte *Astronauten*, um Himmels willen. *Veteranen*.

Sie versuchte, Muldoon anzuschauen, doch es war ihr nicht möglich, ihm ins Gesicht zu sehen; sein Bild schien vor ihren Augen zu verschwimmen, und sie hatte den Eindruck, daß er glitzerte und leuchtete.

Und ich habe mich beworben, einer von ihnen zu werden. Mein Gott. Werden die Leute mich auch so ansehen? Wie, zum Teufel, werde ich damit umgehen?

Joe Muldoon führte sie zu ihrem Platz, einem mitten im Raum aufgestellten Sessel.

Es gab kaum Bücher in dieser ›Bücherei‹. An der Wand hinter ihr hing eine Reihe von Fotos: Portraits von toten Astronauten, Russen und Amerikanern. *Mein Gott. Hilf mir, mich zu entspannen.* Ein Großbild-Fernsehgerät lief in der Ecke, das die Aktivitäten der Skylab A-Besatzung im Orbit übertrug. Der Ton war leise gestellt. Der geteilte Bildschirm zeigte die Erde aus der Perspektive von Skylab sowie Flugbahndaten der Bodenstation. Gelegentlich hörte sie das Gemurmel der Luft-Boden-Schleife, über welche die Flugleitung mit der Raumschiff-Besatzung sprach.

Das Gremium bestand aus sieben Personen: sieben männliche Weiße an einem langen Tisch aus Eiche. Etliche Gesichter waren ihr aus den Presse- und Fernsehberichten über das Raumfahrtprogramm bekannt: Astronauten, ranghohe NASA-Mitarbeiter aus Wissenschaft und Verwaltung.

Und in der Mitte saß – Chuck Jones. Sie wollte schier verzagen. Der Vierschrötige mit dem dunklen Teint nickte ihr zu. Das früher schwarze, inzwischen graumelierte Haar war militärisch kurz gestutzt.

Mein Gott. Chuck Jones. Seit der Jahre zurückliegenden, bizarren Exkursion mit Jorge Romero in die San Gabriel-Berge hatte sie ihn nicht mehr gesehen.

Jones klopfte auf den Tisch und bat um Ruhe. »Danke, daß Sie gekommen sind, Natalie. Wir haben Ihre Bewerbung gelesen. Sie ist sehr beeindruckend.«

»Danke.«

»Dann können wir die Sache also abkürzen. Berichten Sie uns von Ihren wissenschaftlichen Studien und sagen Sie uns, in welcher Hinsicht sie uns beim Flug zum Mars unterstützen sollen.«

Plötzlich war ihr Mund so trocken wie der Sand von Jackass Flats. *Was für eine Frage.*

Zögerlich antwortete sie.

Sie skizzierte die Hauptrichtung ihrer Arbeit, die geologischen Untersuchungen auf der Grundlage der Mariner-Daten und wie sie an der Formulierung einer Hypothese mitgewirkt hatte, daß es auf dem Mars vielleicht Wasser in flüssiger Form gegeben habe und daß es unter der oxidierten Oberfläche vielleicht immer noch welches gebe. Und daß, wenn die Besatzung dieses Wasser eindeutig nachwies, die weitere Erforschung des Mars gewährleistet sei. *Stoßt auf Wasser, und es wird noch viele Flüge geben, Jungs. Plätze für euch alle. Aber ihr braucht mich, um das Wasser zu finden.*

Chuck Jones musterte sie. Sie war sicher, daß er sich von jener Exkursion an sie erinnerte.

Sie versuchte, locker zu wirken, zu lächeln und ihnen in die Augen zu sehen. Alles, was ihr entgegengebracht wurde, waren kalte Blicke. Doch während sie von ihrer Arbeit sprach, wuchs ihre Zuversicht, und ein Teil der Ehrfurcht fiel von ihr ab. Diese Männer kochten auch nur mit Wasser. Sogar Joe Muldoon. Und wo sie die Prüfer nun mit diesem Bewußtsein betrachtete, wurde ihr bewußt, daß mindestens drei von ihnen sie diskret musterten, ihr auf den Busen und die Beine schauten.

Nach diversen Fragen wollte Jones wissen, nach welchen Kriterien sie eine Landezone auf dem Mars auswählen würde. Wieder so eine heikle Frage, doch ihre Zuversicht war mittlerweile gestiegen. Sie schaute lächelnd in die Runde.

»Natürlich besteht mein Ziel in erster Linie darin, bei der ersten Mission ein erfolgreiches wissenschaftliches Programm durchzuführen«, sagte sie. »Deshalb ist der wissenschaftliche Wert der Landezone das ausschlaggebende Kriterium. Aber es ist auch offenkundig, daß die erste Landung extrem schwierig sein wird. Also müssen wir die Landezone primär nach dem Gesichtspunkt auswählen, eine sichere Landung für die Besatzung zu gewährleisten.« Sie leierte eine kurze Liste herunter: die Landezone müßte sich in einer weiten Ebene befinden, damit der Landeanflug nicht durch Berge beeinträchtigt würde. Die Windgeschwindigkeit müßte gering sein, man müßte eine Jahreszeit mit möglichst wenigen Staubstürmen wählen und so weiter.

Wir müssen einen Wissenschaftler zum Mars schikken. Aber ein toter Wissenschaftler auf dem Mars würde uns nicht viel nützen.«

Das entlockte dem gestrengen Gremium zum erstenmal ein Lächeln. Schließlich war das eine Reprise von Deke Slaytons berühmter Begründung seiner Politik, keine Wissenschaftler auf die frühen Apollo-Missionen mitzunehmen. Es war alles Teil der Botschaft, die sie ihnen vermittelte, in Wort, Gestik und Subtext. *Ich bin eine Wissenschaftlerin, eine gute dazu, mit dem passenden Profil. Aber ich bin bereit, euch Jungs bei der Verwirklichung eurer Träume zu helfen. Mehr noch – ihr braucht mich, um diese Träume zu verwirklichen.*

Nun wurden substantiellere Fragen an sie gerichtet.

»Doktor York, wären Sie bereit für eine zweijährige Reise zum Mars?«

»Ich... sicher. Natürlich nur, wenn realistische Erfolgsaussichten bestehen. Hauptsächlich möchte ich aber aus wissenschaftlichen Gründen zum Mars fliegen. Und ich glaube, ich wäre vielleicht eher imstande, die Erfahrung zu artikulieren als...«

»Soll das nun ›ja‹ oder ›nein‹ heißen, Doktor?«

»Hä?«

»Ich habe Ihnen eine Frage gestellt. Würden Sie zum Mars fliegen wollen?«

»Ich glaube schon. Ja.«

»Doktor York. Angenommen, ich sage Ihnen, die

Chancen, diese Reise zu überleben, stehen bei eins zu zwei. Wollen Sie dann immer noch fliegen?«

»Das ist gar nicht gesagt. Die Statistiken sind ungenau, und die Analysen...«

»Angenommen, ich wüßte es. Würden Sie immer noch fliegen wollen?«

»Eins zu zwei?« *Sei ehrlich, Natalie.* »Auf keinen Fall. Ich würde, sagen wir, eins zu zwanzig akzeptieren, falls das gesichert wäre.«

»Eins zu zehn?«

»Wenn es gesichert wäre.«

»Und wie wollen Sie die Laufbahn als Astronautin und Wissenschaftlerin überhaupt miteinander vereinbaren? Besteht hier nicht die Gefahr einer Konkurrenz?«

»Sicher. Aber das Entwicklungspotential überwiegt diese Nachteile.« *Auf dem Mars war die nächste Entdeckung schon in Sichtweite. Wie bei Darwin auf den Galapagos-Inseln...* »Aber ich müßte meine Karriere schon weiterverfolgen. Ich würde versuchen, zweigleisig zu fahren.«

»Wie soll das aussehen?«

»Vielleicht ein Drittel bis die Hälfte der Zeit sollte ich meinen Forschungen widmen.«

Chuck Jones beugte sich vor. Seine schwarzen Augen schienen direkt in sie hineinzublicken. »Doktor York. Sie sind nicht verheiratet.«

Was, zum Teufel, soll das? »Nein, bin ich nicht.«

»Wie ist Ihre Meinung zur bevorstehenden Nationalen Frauen-Konferenz?«

»... Was soll damit sein? Es tut mir leid, ich vermag nicht zu folgen...«

»Sie müssen wissen, daß sie im November hierher nach Houston kommt. Soweit ich weiß, wird ein Umzug durch Houston stattfinden – die First Lady, Billie Jean King... Wenn Sie dann hier sind und bei der

NASA arbeiten, werden Sie dann an diesem Umzug teilnehmen?«

»Vielleicht. Wahrscheinlich nicht. Ich habe mit solchen Dingen nicht allzu viel am Hut.«

»Werden Sie diese Konferenz unterstützen – *passiv* oder nicht, Doktor York?«

Sind Sie auch eine von diesen Feministinnen, die sich in letzter Zeit mausig machen? Mein Gott. Muß ich darauf antworten? Dem Ärger, den sie verspürte, verlieh sie im Tonfall Ausdruck: »Ich befürworte das Gleichstellungsgesetz von 1974, und mir ist an seiner Durchsetzung gelegen. Ich unterstütze die volle Berufstätigkeit der Frau, flexible Kinderbetreuung und andere grundlegende Dinge. Zum Teufel, ja, ich werde die Konferenz unterstützen, wenn Sie es genau wissen wollen.« Sie sah sie herausfordernd an. *Und wenn das gegen mich spricht, dann fahrt zur Hölle, ihr Arschlöcher.*

»Möchten Sie uns etwas über Ihre Beziehung zu Michael Conlig erzählen?«

Sie spürte, wie die Handflächen sich mit kaltem Schweiß überzogen. *Mein Gott. Das kommt ja immer besser.* Das war geradezu empörend. Für einen Moment erwog sie, den Raum zu verlassen.

Dann erstattete sie ihnen einen knappen Bericht über die ›nicht Fleisch, nicht Fisch‹-Beziehung mit Mike.

»Und sind Sie im Moment zusammen?« fragte Jones.

Sie fragte sich, was die bessere Antwort wäre. Ja oder nein? Vielleicht gelang es ihr später, Mike zu überreden, ihre Version zu bestätigen...

Ach, zum Teufel damit. »Ich weiß nicht, Sir. Es ist ziemlich kompliziert.«

Jones erwiderte ihren Blick für ein paar Sekunden. Dann lehnte er sich im Sessel zurück. »Gut, Doktor. Michael Conlig arbeitet für einen unserer Hauptauftragsnehmer am NERVA 2-Projekt. Aber das wissen Sie bereits. Es wäre gut möglich, daß Sie mit ihm zusammenarbeiten.«

»Wäre möglich.«

»Sind Sie der Ansicht, Ihre *komplizierte* Beziehung würde irgendwelche Probleme aufwerfen?«

Diesmal machte sie kein Hehl aus ihrem Ärger. »Nein. Bin ich nicht. Ich muß diese Unterstellung in aller Form zurückweisen, Sir. Mike konzentriert sich auf seine Arbeit. Er geht geradezu darin auf. Das gilt auch für mich.«

Jones hob die Augenbrauen. »Ist das vielleicht der Grund für die Komplikationen?«

Fick dich. »Wir beide verfolgen ein Ziel. Wir beide würden unsere Arbeit nach besten Kräften verrichten, ob wir nun zusammenarbeiten oder nicht.« Sie schaute trotzig in die Runde, als ob sie das Gremium vor weiteren Fragen dieser Art abschrecken wollte.

Doch die Neugier auf ihr Privatleben schien nun ohnehin gestillt zu sein. Die nächste Frage bezog sich wieder auf die Wasservorkommen auf dem Mars.

Als das Vorstellungsgespräch beendet war, spürte sie eine kalte Befriedigung.

Sie hatte keine Ahnung, ob sie bestanden hatte oder nicht. Es gab zu viele Faktoren, die sich ihrer Kontrolle entzogen, einschließlich der Kultur und Politik der NASA – zu viele Dinge, auf die sie trotz ihrer Qualifikation, Erfahrung und Eloquenz nicht den geringsten Einfluß hatte. Doch wenigstens hatte sie den Eindruck, ihr Bestes gegeben zu haben.

Dennoch fühlte sie sich irgendwie besudelt. Diese verdammten Fragen über Mike. Sie wünschte, sie hätte eine Möglichkeit gefunden, der Antwort auszuweichen.

Doch die einzige Alternative hatte darin bestanden,

zu antworten oder das Handtuch zu werfen. Sie hatte sich fürs Antworten entschieden. Als der Adrenalinstoß nun versiegte, hatte sie das Gefühl, sich selbst untreu geworden zu sein. Sie hatte den ersten Kompromiß von vielen gemacht, die sie wohl akzeptieren mußte, wenn sie in die NASA eintreten und dort überleben wollte.

Als sie sich erhob und zum Gehen wandte, verabschiedete der Mond-Spaziergänger sie mit einem langen und langsamen Winken.

Der Bescheid von der NASA kam – endlich – gleich nach Weihnachten.

Sie stand im Flur des Apartments in Berkeley und sah auf den Umschlag aus weißem Büttenpapier mit dem blauen NASA-Logo.

Dies war ein entscheidender Augenblick in ihrem Leben. Ein wirklicher Scheideweg, eine Gabelung im Schicksal. In einer Richtung lag das Raumfahrtprogramm. Vielleicht sogar der Mars. In der anderen...

Irgendwie war sie nicht imstande, sich vorzustellen, was in der anderen Richtung lag, was folgen würde, falls dieser dünne, edle weiße Briefumschlag eine Absage enthielt.

Sie legte ihn ungeöffnet auf den Schreibtisch.

Dann kochte sie Kaffee und öffnete die restliche Post. Irgendwie schien es nicht angemessen, *Den Brief* wie jeden anderen zu öffnen.

Mike war draußen in Santa Susana mit den Probeläufen beschäftigt. York hatte seit ein paar Wochen nichts mehr von ihm gehört.

Seine Abwesenheit tangierte sie immer weniger. Sie hatten das Gespräch nie beendet, das sie in jener Nacht im Hotel in LA begonnen hatten. *Mein Gott, es war Januar. Fast ein Jahr her.* Sie wußte nicht, welche Richtung ihr Leben nehmen würde. York hatte Mike nicht einmal von der Bewerbung fürs Astronauten-Korps, vom Besuch in Houston und der Quälerei auf dem Luftwaffenstützpunkt erzählt. Ben Priest wußte natürlich Bescheid, aber sie hatte ihn gebeten, Mike nichts davon zu erzählen. Ben hatte sich zwar gewundert – sie hatte sich sogar über sich selbst gewundert –, doch sie hatte darauf bestanden.

Sie rechnete nicht damit, daß ihrer Bewerbung Erfolg beschieden war. Eigentlich nicht. Aber sie wollte sehen, wie weit sie kam. Sie betrachtete es als etwas, das sie nur für sich tat, ohne die Billigung oder Mißbilligung von Mike oder sonst jemandem.

Sie würde Mike alles erzählen, wenn sie scheiterte.

Falls sie scheiterte.

Und wenn sie Erfolg hatte? Wie würde sie es ihm dann beibringen?

Oh, hallo, Schatz, ich bin's. Ach, nichts Besonderes... Ähem... Ja. Ich vermisse dich auch. – Ach, übrigens. Ich habe meine Karriereplanung umgeworfen und werde zum Mars fliegen. Meine Eierstöcke werden von der kosmischen Strahlung verödet werden... Ach was! Wieso ich dir nichts davon gesagt habe? Ach, du weißt doch, wie das ist. Wir beide haben so furchtbar viel um die Ohren!... Mike? Mike?...

Sie öffnete den Umschlag.

Der Bescheid war negativ. Die Bewerbung war abgelehnt worden. Sie erfüllte nicht die verdammten körperlichen Voraussetzungen für die NASA.

Sie wankte zum nächsten Stuhl und setzte sich hin. Etwas schmolz in ihrem Innern und floß wie durch einen Abfluß ab.

Es wird nicht geschehen. Vielleicht werde ich in einem sterilen Labor in Houston eine Gesteinsprobe unter Glas untersuchen. Und jemand anders wird auf dem Mars spazierengehen und mit den Händen durch den rostfarbenen Dreck fahren. Aber nicht ich.

Wo es nun amtlich war, wurde ihr bewußt, wieviel ihr daran gelegen hatte. Im Rückblick sah sie den Traum vom Mars wie einen rubinroten Laserstrahl durch ihr Leben tanzen, nach dem all ihre Handlungen sich ausgerichtet hatten. Sie hatte das Raumfahrtprogramm mit Zynismus betrachtet: seine Kultur und die Auswirkungen auf die Gesellschaft ihres Landes. Zum Teufel, sie lehnte es *wirklich* ab. Die ganze Sache war grundfalsch und eine reine Geldverschwendung, und die wissenschaftlichen Ziele wären auch realisierbar gewesen, ohne schlecht ausgebildete menschliche Wesen in überladenen Raumschiffen mit Leckagen im Bordsystem ins All zu schicken ...

Doch solange sie existierte, diese zerbrechliche Leiter von der Erde ins All, wollte sie sie besteigen. *Ja! Ich gebe es zu. Ich wollte. Ich wollte es mehr als alles andere!*

Sie zerknüllte den Brief und warf ihn auf den Boden.

Sie war froh, daß Mike nicht hier war.

Ben Priest rief ein paarmal an und hinterließ Nachrichten auf dem Anrufbeantworter. Er empfand Mitgefühl für sie.

Sie rief ihn nicht zurück.

Jorge Romero rief an. Er war förmlich am Durchdrehen.

»Weißt du, daß kein einziger Geologe den Eignungstest bestanden hat? Ist das zu fassen? Mein Gott. Wie kann man nur zum Mars fliegen und keinen Geologen mitnehmen? Ich sag dir, Natalie, ich werde darum kämpfen.«

York wollte das eigentlich gar nicht hören.

Es war nun eine Woche her, und sie hatte versucht, die ganze Sache abzuhaken. Die meiste Zeit genügte sie sich selbst, doch nun hätte sie sich doch jemanden zum Reden gewünscht. Und wenn es ihre Mutter gewesen wäre.

Na ja, vielleicht auch nicht.

Sie befand sich in einem leichten Schockzustand: es war, als ob sie alles auf eine Karte gesetzt und ihre ganze Energie in eine Zukunft investiert hätte, die Mars hieß.

Doch nun sagte sie sich, daß der Traum vom Mars eine Art pubertäre Phantasievorstellung gewesen sei, von der sie sich endlich befreien müßte. Sie spürte einen Anflug von Scham, weil sie die üblen Spiele des Bewerbungsausschusses mitgemacht hatte. Und es entsprach sicher der Wahrheit, daß sie weit mehr – sogar in bezug auf die Mars-Studien – hier auf der Erde zu erreichen vermochte, als wenn sie ein Jahrzehnt ihres Lebens mit der vagen Hoffnung auf einen Raumflug vertan hätte.

Sie mußte endlich erwachsen werden.

Eine Sirenenstimme wie Romero hatte ihr nun gerade noch gefehlt.

Doch sein Redefluß hielt an. »Von den Geologen bist du am weitesten gekommen, Natalie. Du warst überhaupt die einzige Frau in der Endausscheidung. Mein Gott, wissen diese Kerle in Houston denn, was sie tun? Das ist doch kein Fliegerclub für Männer. Ich will diese Entscheidung anfechten und ihnen Kontra geben.«

»Ich weiß nicht, Jorge...«

Und so ging es weiter. Doch sie legte nicht auf.

Schließlich war sie damit einverstanden, daß Jorge ihren Namen wieder auf die Liste setzte.

Es gab viele Leute, die Romero einen Gefallen schuldeten. Sie vermutete sogar, daß er mit Ben Priest gesprochen hatte.

Sie mußte wieder nach San Antonio fliegen und sich erneut ein paar Tests unterziehen. Romero zog renommierte Ärzte der Luft- und Raumfahrtmedizin hinzu, die besten des Landes, damit sie sich des Falls annahmen. Diesmal waren die Untersuchungen noch schwerer zu ertragen, so groß war ihre Anspannung.

Sie unterzog sich dem Programm. Wie betäubt durchlief sie die verschiedenen Stationen; es kam ihr geradezu irreal vor.

In der Zwischenzeit versuchte sie, Pläne für den Rest ihres Lebens, hier auf der Erde, zu schmieden. Und sie versuchte, indes ohne Erfolg, einen Weg zu finden, Kontakt zu Mike aufzunehmen.

Einen Monat nach den medizinischen Untersuchungen läutete das Telefon. Als York abhob, hörte sie Chuck Jones' Stimme.

»Natalie?«

Ihr stockte der Atem.

Es war ein ganz normaler Tag gewesen, einer von vielen, der bald aus dem Kurzzeitgedächtnis gelöscht und sich im Dunst der Vergangenheit verlieren würde; als sie jedoch vernahm, was Jones zu sagen hatte, wußte sie, daß sie sich für ihr ganzes Leben an diesen Tag erinnern würde.

»Ja. York.«

»Die neuen medizinischen Ergenbisse sehen gut aus«, sagte Jones direkt. »Wollen Sie zu uns rüberkommen?«

Mein Gott.

»Natalie? Sind Sie noch dran?«

»Äh... ja, ich bin noch dran.«

»Nehmen Sie an?«

...Soll ich es wirklich tun? Aber was war mit den Routineangelegenheiten, die sich aus einem Stellenangebot ergaben? Gehalt, Eintrittsdatum, Stellenbeschreibung? Was ist mit der Rente, um Gottes willen? Soll ich vor lauter Dankbarkeit die Katze im Sack kaufen?

»Ich werde mit neunzigprozentiger Wahrscheinlichkeit annehmen.«

Es trat ein längeres Schweigen ein. Als Jones wieder dran war, sagte er ohne Umschweife: »Wir brauchen ein ›ja‹ oder ›nein‹, Natalie. Dazwischen gibt's nichts.«

Sie atmete durch. *Sei's drum. Geronimo.* »Sie bekommen ein ›ja‹.«

Zeitdauer der Mission [Tag] Plus 066
[Std:Min:Sek] 06:34:51

Phil Stone hatte nicht gut geschlafen. Es war fast eine Erleichterung, als Musik aus dem Lautsprecher drang, von Gitarren erzeugte Sphärenklänge.

Er schloß die Augen und vergrub den Kopf im Schlafsack; vielleicht konnte er noch ein paar Minuten herausschinden.

Er hörte ein dumpfes Klappern und unterdrückte Flüche aus der Schlafkabine neben sich. Eine Faust schlug auf die Schaltfläche eines Interkoms. *Ruhe, verdammt!*

Dann war Ralph also auch schon wach.

Er hörte Natalie niesen. Das lag am Staub. Er stellte ein Problem dar; Staub setzte sich unter den Bedingungen der Mikrogravitation nicht, und trotz der Luftumwälzung und Filter wies die Luft einen hohen Staubanteil auf: durch das Essen, durch Bartstoppeln und Hautabschuppungen.

Die Musik brach ab.

Fred Haise, der heute Capcom war, meldete sich über Funk. »Wenn ihr bereit seid, Ares, habe ich ein paar Aktualisierungen für den Flugplan, für den Speiseplan und die Morgennachrichten.«

»Gebt uns die Nachrichten, Houston«, knurrte Gershon.

»Sicher. Wir haben... Die Lakers haben die Boston Celtics im Spiel um den NBA-Titel vier zu zwei geschlagen. Natalie wird sich freuen, das zu hören. Oder auch nicht. Die Entführung der TWA-Maschine dauert an. Es sieht so aus, als ob die Passagiere von Bord gebracht und in den Slums von Beirut verteilt worden seien... Hier ist etwas für Sie, Ralph; ich weiß, daß Sie ein Faible für Science Fiction haben. Gene Roddenberry hat gesagt, er hätte die Vorbereitungen für eine neue *Star Trek*-Serie abgebrochen. Sie sollte wie die erste Folge sein, und der gewaltige Raum-Kreuzer *Enterprise* sollte mit noch stärkeren Phaser-Batterien bestückt werden, und überhaupt sollte das Schiff an Größe und Leistungsfähigkeit des Antriebs alles bisher Dagewesene in den Schatten stellen. Doch dann hat er es sich anders überlegt; anscheinend hat er sich von euch inspirieren lassen. Roddenberry will nun eine neue Serie mit dem Titel *Star Trek: Explorer* kreieren. Sie handelt von einer Handvoll Menschen und Aliens, die mit einer Nußschale von Raumschiff tiefer ins All vorstoßen als je einer zuvor... Was sagt ihr dazu, Jungs. Die Wissenschaft wird zum Motor der Science Fiction. So heißt es hier.«

Gershon lachte. »Wer spielt mich? Und wer von uns ist das Alien?«

Haise, der zwar eine Frohnatur, aber kein Rhetoriker war, las weiter. Nach ein paar Minuten ging die monotone Stimme Stone zum einen Ohr rein und zum anderen wieder raus.

Dennoch hielt er die Nachrichten von zu Hause für wichtig. Es erinnerte sie daran, daß es eine bewohnbare Welt gab, zu der sie nach dem Flug in dieser Blechbüchse zurückkehren würden.

Stone ging auf die Toilette, wusch sich und zog ein

T-Shirt sowie eine kurze Hose an. Dann hängte er sich eine Lesebrille an einer Schnur um den Hals.

Heute müßte eigentlich ein guter Tag werden. Gemäß Missionsplan sollte Stone ein paar optische Beobachtungen vornehmen, um das TCM-2, das morgige Kurskorrektur-Manöver vorzubereiten. Dies war ein Höhepunkt der Mission, auf den er sich schon seit der Erstellung des Flugplans gefreut hatte.

Doch zuvor mußte er noch viel Routinekram erledigen.

[Std:Min:Sek] 08:15:31
Nach dem üblichen diffizilen Frühstück bestand für die Besatzung der erste Punkt der Tagesordnung darin, die Wände des Missionsmoduls mit Desinfektionstüchern abzuwischen.

Das mußte alle paar Wochen getan werden – und noch öfter, wenn die Eierköpfe auf der Erde ihnen sagten, daß die bakterielle Belastung im Missionsmodul den Grenzwert überschritten hatte. Das war auch ein Problem der Mikrogravitation. Mikroorganismen fanden auf den driftenden Wassertropfen ideale Lebensbedingungen vor und vermehrten sich in den Winkeln des Moduls rasant. Darüber hinaus beeinträchtigte die Mikrogravitation die Immunreaktion der Besatzung: das hatte etwas mit der verringerten Anzahl von Lymphozyten im Blut zu tun.

Anschließend schwebte die Besatzung zur *Raum-Arche*.

Bei der *Arche* handelte es sich um eine Reihe von Tierversuchen, von denen ein paar von ›Jugend forscht‹ entwickelt worden waren. Es gab Kunststoffbehälter in verschiedenen Größen, in denen Elritzen, sechs Mäuse, ein paar hundert Fliegenpuppen und eine Spinne namens Arabella enthalten waren. Es gab sogar einen Behälter mit Würmern. Stone tippte gegen einen der transparenten Behälter. Er sah, daß die Elritzen enge Kreise zogen; offensichtlich waren sie durch die fehlende Schwerkraft desorientiert.

Während der Planung der Mission hatte York ihre Skepsis in bezug auf den wissenschaftlichen Nutzen der *Arche* zum Ausdruck gebracht, und Gershon hatte es von vornherein abgelehnt, sich mit einem solchen Mist zu befassen. Doch nun waren beide, wie Stone feststellte, recht angetan von der Ausrüstung.

Stone fand die Würmer interessant. Sie stammten von Samoa und hießen Palolo. Sie lebten in Tunnels, die sie tief in Korallenbänke trieben und tauchten nur zur Paarung auf, im letzten Viertel des Oktobermonds. Alljährlich. Doch niemand wußte, wie die Würmer den richtigen Zeitpunkt feststellen konnten. In Samoa waren die durch den Mond verursachten Gezeiten zu schwach, um von den Würmern wahrgenommen zu werden. Zumal das Mondlicht höchstens ein paar Zentimeter in die felsigen Behausungen der Würmer vordrang.

Deshalb sollte durch dieses Experiment ermittelt werden, wie die Würmer sich verhielten, wenn sie nicht mehr dem irdischen Schwerefeld ausgesetzt waren.

Die Spinne befand sich in einem Behälter mit dem Etikett *Araneus Diadematus*. Ein solides Netz mit einem Durchmesser von mindestens dreißig Zentimetern war im Behälter aufgespannt. Die Spinne hockte im Mittelpunkt.

»Gut, Arabella«, murmelte Stone, »dann bist du nun ein Astronaut, was? Schau'n wir mal, was du so draufhast.« Er öffnete die Vorderseite des Behälters, und die Fäden des Netzes wurden in Schwingungen versetzt. Dann zerriß das Netz, und die Spinne driftete haltlos in der Luft. Er hatte ein schlechtes Gewissen wegen der Vernichtung des Netzes. Doch bei dem Experiment ging es gerade darum, daß die Spinne ein neues Netz spinnen sollte. Akustische Transducer erzeugten ein hochfrequentes Schallfeld im Behälter, das durch jede Bewegung der Spinne gestört wurde. Außerdem gab es Lichtschranken und eine Kamera.

Die dreiköpfige Besatzung scharte sich um den Behälter, riß Witze über die Spinne und tippte an den Behälter und die Ausrüstung.

Nun schwebte Stone zu einem kleinen Experimental-Garten hinüber. Er hatte eher Ähnlichkeit mit einer Vitrine, in der sich ein Blech mit Erdreich von den Ausmaßen einer Aktentasche befand. Dort gediehen Erbsen, Weizen, Gurken, Petersilie, Zwiebeln, Dill, Fenchel und Knoblauch. Ein paar Pflanzen wuchsen in der Mikrogravitation, und andere in einer botanischen Zentrifuge, in der die Bedingungen auf dem Mond und dem Mars simuliert wurden.

Stone inspizierte die Reihen der Pflänzchen. Die Erbsen hatten sich in den ersten paar Wochen gut entwickelt, doch nun sah es so aus, als ob sie verdorren würden. Er gab ihnen Wasser und Nährstoffe. Die Pflanzen bildeten nur sporadisch Samen, doch aus Tests ging hervor, daß die Pflanzen einen hohen Nährwert hatten; die Mikrogravitation beeinträchtigte also nicht die Protein-Synthese. Die Wurzeln schlugen jedoch in alle Richtungen aus, weil sie in der Schwerelosigkeit nicht in der Lage waren, sich zu orientieren.

Stone wurde vom Kontrast der grünen, fruchtbaren Pflanzen und der kalten Schwärze hinter der wenige Zentimeter dicken Hülle des Missionsmoduls überwältigt. Er hauchte die Erbsenpflänzchen an, um mit konzentriertem Kohlendioxid ihr Wachstum zu stimulieren.

[Std:Min:Sek] 09:57:57
Stone zog am isokinetischen Trainingsgerät. Die Maschine war in der Mitte des Missionsmoduls an einem

Ausleger verschraubt. Das Gerät hatte einen Hebel mit zwei Griffen, Schulterpolster und Handgriffe, die über eine Gelenkkette eine Luftturbine antrieben. Die Trainingsmaschine war eine Neuentwicklung, welche die Tretmühlen und Rudergeräte ersetzte, die bei früheren Flügen verwendet worden waren. Indem er die Füße auf einer Plattform abstützte, vermochte Stone eine Reihe von Übungen durchzuführen.

Er schaute ständig auf die in der Maschine integrierte Uhr und grämte sich jedesmal wegen der Zeit, die er noch trainieren mußte. Er fühlte sich unwohl; das Hemd war durchgeschwitzt, und Schweiß klebte an der Brust und zwischen den Schulterblättern. Als einzige Ablenkung diente ein kleines rundes Beobachtungsfenster, das neben ihm in die Druckhülle eingelassen war. Er starrte hinaus in die Dunkelheit.

Nach ein paar Monaten – so hatte Stone es jedenfalls verstanden – paßten die Körperfunktionen sich an die Mikrogravitation an und pendelten sich in einem neuen Gleichgewicht ein, das sich jedoch von dem auf der Erde unterschied. Das neurovestibuläre System, der Ausgleichs-Mechanismus im Ohr, versagte zuerst – deshalb auch die Raumkrankheit –, doch erholte es sich nach ein paar Tagen wieder. Dann stellte der Flüssigkeitshaushalt des Körpers sich um, anschließend das kardiovaskuläre System, das Herz und die Blutgefäße.

Der irdische Normalzustand indes stellte sich nicht mehr ein.

Stones Gehirn, das nicht auf Mikrogravitation programmiert war, glaubte, das überschüssige Blut würde sich im Kopf ansammeln, weil zuviel Flüssigkeit im Körper war. Also befahl es den Nieren, mehr Urin auszuscheiden. Und das barg die Gefahr der Dehydrierung. Deshalb mußte Stone täglich über einen Liter Flüssigkeit mit einer Salzlösung trinken. Das hatte die NASA von den Russen abgeschaut.

Die übermäßige Urinausscheidung hatte jedoch zur Folge, daß Kalzium und Kalium aus den Knochen gezogen wurden. Wegen des Kalziummangels bestand nun das Risiko, daß die Knochen spröde wurden oder sich Nierensteine bildeten, und das fehlende Kalium verursachte womöglich Herzprobleme. Also mußte er Nahrungsmittelzusätze einnehmen, und für den Fall von gravierendem Knochenschwund waren anabolische Steroide verfügbar.

Die Muskeln wurden nur minimal belastet, so daß – falls er dem nicht entgegenwirkte – Muskelschwund eintreten würde. Deshalb mußte er an der Trainingsmaschine das volle Programm absolvieren. Dann gab es noch Hilfsmittel wie den Pinguin-Anzug – so genannt, weil man beim Training wie der besagte Vogel umherwatschelte. Dieser Anzug bestand aus elastischen Bändern, die den Träger in eine fötale Körperhaltung zwangen. Auf diese Art arbeiteten die Muskeln ständig, als ob sie sich gegen die Schwerkraft stemmten. Und dann gab es noch den *chibis*, die russische Bezeichnung für Kiebitz. Das hatte die NASA auch von den Sowjets abgekupfert: verstärkte Beinkleider, die den Luftdruck an den Beinen verringerten und das Herz zu größerer Aktivität anregten, um Blut aus dem Unterleib nach oben zu pumpen.

Die isokinetischen Übungen wirkten auch dem Mineralien-Entzug der Knochen entgegen. Die Knochen waren immer stark genug, um den von den Muskeln ausgeübten Belastungsspitzen standzuhalten.

Die Besatzung mußte sich alle paar Tage einem Elektrokardiogramm und Seismokardiogramm unterziehen sowie die Atemfrequenz und das Atemvolumen messen. Die Ergebnisse wurden an die Ärzte auf der Erde übermittelt. Insgesamt ging durch den biomedizinischen Krempel ein *ganzer Tag* pro Woche verloren.

Der Besatzung gefiel das gar nicht. Deshalb sagte Stone sich, daß er den anderen mit gutem Beispiel vorangehen müsse. Wenn er schluderte, würden sie das auch tun. Also achtete er darauf, daß er wenigstens das Trainings-Minimum von einer Stunde pro Tag einhielt.

Dennoch entwickelte Stone, allen Vorsorgemaßnahmen zum Trotz, einen klassischen Fall von Hühnerbeinen, wie die Astronauten es nannten. An den Beinen trat Muskelschwund ein. Die Fußsohlen waren so weich wie bei einem Kleinkind. Und die Körperteile, die am schnellsten ermüdeten, waren die Hände. Die Hände wurden ständig auf eine Art und Weise beansprucht, die auf der Erde unüblich war. Sie zogen ihn durchs Modul und bremsten seine Masse ab.

[Std:Min:Sek] 11:43:24
Heute war Stones Duschtag. Jeder durfte einmal pro Woche duschen.

Er zog Hemd und Hose aus und schwang die Beine in die labile Duschkabine. Hierbei handelte es sich um einen Zylinder aus weißem Gewebe, der an eine große Ziehharmonika erinnerte. Er zog den Vorhang zu und hakte ihn in eine an der Decke befestigte Metallscheibe ein. Dann seifte er sich ein und spülte mit klarem Wasser nach. In Ermangelung der Schwerkraft floß das Wasser durch den Luftstrom vom Körper ab.

Er hatte das Gefühl, daß ganze Hautschichten sich lösten; die Katzenwäsche, die zwischen den Duschbädern nur möglich war, genügte eben nicht. Eine angenehme Nebenwirkung war, daß die Dusche die Muskeln entkrampfte.

Durch das in der Luft hängende Wasser hatte die Sache sowieso mehr Ähnlichkeit mit einer Sauna als mit einer Dusche.

Er dachte über seine Leute nach.

Sie alle waren von NASA-Psychologen über das menschliche Verhalten während langer Phasen der Isolation aufgeklärt worden. Stone hielt sich mit seiner Flugerfahrung für abgeklärt und robust. Doch bei seinen Leuten erkannte er hin und wieder die typischen Anzeichen der Isolation: Schlafstörungen, Langeweile, Unruhe, Ängstlichkeit, Zorn, Depressionen, Kopfschmerzen, Reizbarkeit, nachlassende Konzentration und ein Verlust des Raum- und Zeitgefühls.

Die Ares wurde täglich mit Botschaften von irgendwelchen wohlmeinenden Leuten, Familienangehörigen und Freunden bombardiert, doch die Zeitverzögerung war inzwischen so groß, daß eine vernünftige Konversation unmöglich war. Und irgendwie hatten diese vertrauten Stimmen von jenseits der relativistischen Barriere den Effekt, daß der Besatzung die Isolation um so deutlicher bewußt wurde.

All das machte der Mannschaft zu schaffen.

Gershon wirkte ziemlich souverän, zumindest an der Oberfläche. Er war noch immer der alte Scherzkeks. Doch es traten zunehmend Dissonanzen auf. Gershon war von Beruf Pilot und kurze, heftige Adrenalinstöße gewöhnt.

Dennoch bewährte Ralph sich in Stones Augen. Gershon wußte, daß er seine Chance bekommen würde, wenn er die Marsfähre auf die Oberfläche brachte. Stone betrachtete es als seine Aufgabe, den Mann zu motivieren, bis sie den Mars erreicht hatten.

York indes war ein anderer Fall.

York war zugeknöpft, penibel und ein wenig verschlossen. Und *überaus* arrogant und herablassend. Und noch dazu ein Zivilist. Gershons Witze und Späßchen brachten sie schier zur Weißglut, doch sie sagte nie etwas; statt dessen fraß sie es in sich hinein und schmollte nur. Das vergiftete die ganze Atmosphäre.

York war wie viele der berufstätigen Frauen, mit

denen Stone bisher zu tun gehabt hatte. Soll heißen, sie hatte eine schwere Profilneurose.

Aber er beneidete und bewunderte sie wegen ihrer inneren Stärke.

Was ihn selbst betraf, so gestand Stone sich ein, daß die Mission alles für ihn war: das Raumschiff fliegen, seinen Auftrag ausführen, nachdem sie auf dem Mars gelandet waren und wieder zurückfliegen.

York hatte, im Gegensatz zu ihm, einen Blick für die größeren Zusammenhänge: diese grandiose Erfahrung, den interplanetaren Flug. Das waren innere Reservoire, aus denen York Kraft schöpfte und an denen sie – in dem Maße, wie sie im Verlauf der Mission aus ihrem Schneckenhaus herauskam – die anderen teilhaben ließ.

Zuweilen wurde sie sogar richtig poetisch.

Stone wußte, wie wichtig das war. Er hoffte, daß sie es auf diese Art schaffen würden. Und laut Aussage von Houston stieg sogar die Zuschauerquote der wöchentlichen Fernseh-Berichte – die nach der anfänglichen Begeisterung durch den Start steil abgefallen war – wieder an. Das war hauptsächlich Yorks Verdienst.

Er trocknete sich mit einem Handtuch ab und saugte die Wassertropfen in der Dusche mit einem Unterdruckschlauch ab. Das war eine fummelige und zeitaufwendige Arbeit.

Nachdem er die Duschkabine endlich abgebaut und verstaut hatte, war er wieder so frustriert und angespannt wie zuvor. Die entspannende Wirkung der Dusche war bereits verflogen.

[Std:Min:Sek] 13:12:51
Stone setzte sich an die Kontrollen des Missionsmoduls und ging die Betriebs-Parameter der Mehrstufenrakete durch: Lebensmittelverbrauch, Brennstoff-

verbrauch für die Lage- und Bahnregelung, Verdunstungsfaktor des Flüssigbrennstoffs...

Die Werte lagen überwiegend im grünen Bereich.

Doch die Sonnensegel, die wie Flügel aus den Seiten des S-IVB-Zusatztriebwerks wuchsen, drohten zu überhitzen. Die Segel konnten um fünfundzwanzig Grad geschwenkt werden, so daß die Sonnenstrahlen im spitzen Winkel einfielen und die Segel nicht überhitzten. Stone formulierte eine Empfehlung an das Kontrollzentrum, den Schwenk schon ein paar Tage früher auszuführen; Minuten später erwiderte Houston, daß man den Vorschlag prüfte.

Dann traten Schwierigkeiten bei der Stromversorgung einer ferngesteuerten Antennenschüssel auf, die zur Erde gerichtet war. Die Stärke des Signals war um drei Dezibel gesunken: vielleicht war ein Teil des Systems unter der thermischen Belastung ausgefallen. Das würde sich unter Umständen zu einem ernsten Problem auswachsen, denn die Übertragungsgeschwindigkeit, mit der hochauflösende Bilder zur Erde gesendet wurden, verringerte sich durch diesen Defekt. Die Bodenstation sagte, man würde zunächst nichts unternehmen, sondern erst ein paar Simulationen laufen lassen und Analysen erstellen.

Und nun traten noch Probleme mit ein paar Reglern der siebzehn Akkus des Moduls auf. Ein Regler, Nummer Fünfzehn, war schon vor ein paar Tagen ausgefallen, und nun folgte Nummer Drei. Das reduzierte die Stromversorgung des Moduls um ungefähr zweihundert Watt. Houston vermutete irgendwo einen Niederspannungs-Erregerstrom, der die Regler zu oft abschaltete, und Stone mußte die Zündsysteme des Moduls umgehen und die Daten für den Energieverbrauch für die Spezialisten in den Nebenräumen des MOCR auslesen.

Es war eine langwierige, beinahe stumpfsinnige Arbeit. Der Routinekram gab einem wirklich den Rest; das war eine der Widrigkeiten des Langstrecken-Raumflugs. Doch das mußte sein, um diesen in Handarbeit hergestellten Blecheimer in Betrieb zu halten.

[Std:Min:Sek] 15:40:01
Endlich kam er dazu, sich der Navigation zu widmen.

Er schwebte zum Panoramafenster in der Messe hinunter und packte das optische Besteck aus.

Das Besteck umfaßte ein Teleskop mit achtundzwanzigfacher Vergrößerung und einen Sextanten. Der Sextant war ein kompaktes Gerät mit einem Okular und einer kalibrierten halbrunden Skala, um die Winkel zwischen den Sternen zu messen. Stone hantierte gern mit diesen schönen, schweren Messinginstrumenten. Falls er von diesem Flug ein Andenken mitnehmen würde, dann keinen Marsstein, sondern dieses kleine Instrument.

Stone plazierte sich vor das Panoramafanster.

Zuerst bestimmte er den scheinbaren Durchmesser der Sonnenscheibe, wodurch er die Entfernung des Raumschiffs von der Sonne ermittelte. Dann bestimmte er die Winkel zwischen der Venus und einem Fixstern und zwischen der Erde und demselben Fixstern. Mit diesen drei Messungen hatte er die Position im Raum bestimmt. Zur Sicherheit würde er noch ein paar zusätzliche Messungen durchführen.

Er war nicht imstande, das optische Instrument in der Mikrogravitation ruhig zu halten. Doch er kompensierte dieses Manko, indem er die Instrumente in der Luft driften ließ; dann hielt er das Auge ans Okular und bekam ein genaues Ergebnis.

Das erste TCM* war zehn Tage nach dem Start von der Erde erfolgt. Schon zu diesem Zeitpunkt war das

---
* TCM: Trajectory Correction Maneuver = Flugbahn-Korrekturmanöver

Schiff deutlich von der programmierten Flugbahn abgewichen. Die Verantwortlichen in Houston hatten der Ares Parameter für Kurskorrekturen übermittelt, und das Korrektursystem der MS-II-Stufe – zwei modifizierte Mondfähren-Triebwerke – hatte die Geschwindigkeit um mehr als sieben Meter pro Sekunde erhöht. Doch nach den aktuellen Daten wich das Raumschiff noch immer leicht vom Kurs ab. Heute würde Stone Position und Geschwindigkeit des Raumschiffs ermitteln und den Kurs neu bestimmen; und morgen, wenn sie es denn schafften, würde das zweite TCM das Schiff vollends auf den richtigen Kurs bringen.

Die Bodenstation verfügte über eine ganze Palette an Möglichkeiten, um die Position eines Raumschiffs zu bestimmen. Je schneller das Schiff sich von der Erde entfernte, desto stärker wurde die Trägerfrequenz des Funks verschoben, wie beim Pfeifen eines vorbeifahrenden Zugs. Zur Bestimmung der Entfernung wurde ein Modulationsmuster – ein kurzer digitaler Code – zum Raumschiff abgestrahlt und wieder aufgefangen. Anhand der Laufzeit des Signals sahen die Spezialisten auf der Erde, wie weit das Schiff von der Erde entfernt war. Darüber hinaus verwendete die Ares eine experimentelle Methode, wobei der Winkel zwischen der Ares und einem Quasar – einer weit entfernten Radioquelle – gemessen wurde.

Doch nicht einmal die Kombination dieser Techniken erlaubte eine hinreichend präzise Ortung der Ares; die Genauigkeit betrug nur etwa die Hälfte des erforderlichen Werts.

Die Ares verfügte selbst über automatische optische Sensoren. Zum einen gab es zwei Sonnensensoren – Cadmiumsulfid-Photowiderstände – auf dem Sonnensegel. Dann gab es noch ein sogenanntes Sternfolge-Gerät, eine Linse mit einer Sondenröhre. Doch das automatische System war nicht allzu effektiv. Alle paar

Tage wurde das Sternfolge-Gerät durch helle Teilchen irritiert, Abfallpartikel, die zusammen mit dem Raumschiff die Sonne umkreisten.

Also mußte Phil Stone – wie die irdischen Seefahrer es seit Tausenden von Jahren getan hatten – das Schiff nach den Sternen navigieren.

Er summte bei der Arbeit. Er wußte, daß er sein Handwerk beherrschte. Er hatte in Planetarien auf der Erde und im Mondlabor geübt; er war in der Lage, Messungen mit einer Genauigkeit von ein paar Bogensekunden durchzuführen. Diese Befähigung verschaffte ihm eine große Befriedigung.

Als er fertig war, packte er die Instrumente zusammen und schwebte wieder zu seiner Steuerkonsole. Dann gab er die Zahlen in den Computer ein, um die Position zu ermitteln. Natürlich würde er die Rohdaten an Houston übermitteln, doch er wollte sich beweisen, daß er selbst auch dazu imstande war.

Stone fand Gefallen daran, die Flugbahn des Raumschiffs zu visualisieren und zu ermitteln, wo er sich gerade befand.

Die Energie, die zum Einschuß in die Transferbahn verbraucht wurde, war für menschliche Begriffe monumental. Schließlich hatte es fünf Jahre gedauert, den Treibstoff in den Orbit zu transportieren. Im kosmischen Maßstab indes war der Betrag so gering, daß die Flugbahn des Raumschiffs kaum von der Erdbahn abwich. Nachdem der Ares-Verbund sich von der Erde abgestoßen hatte, driftete er nun neben dem Heimatplaneten im Orbit, wie ein Hund neben seinem Herrchen.

Die ersten Ergebnisse sahen gut aus; das Raumschiff war dort, wo es sein sollte. Wenn durch die TCM-2-Zündung die Geschwindigkeit um einen Meter pro Sekunde erhöht würde, wäre das schon genug.

Nach getaner Arbeit gönnte er sich eine Pause. Er drehte die Beleuchtung der Messe herunter und saß in der warmen Kabine am Panoramafenster, umgeben vom Summen der Lüfter.

Die Ares war nun allein im Weltraum: Erde und Mond waren zu einem Paar sternenartiger Lichtpunkte geschrumpft. Im ganzen Universum erschien nur die Sonne als Scheibe.

Das Gefühl der Isolation war überwältigend: weitaus intensiver, als er es bei den bisherigen Raumflügen erlebt hatte. Nicht einmal in Moonlab hatte er sich so einsam gefühlt. Wenn man sich nicht gerade hinter dem Mond befand, hatte man die Erde immer im Blick. Und in Skylab A dominierte die Erde ohnehin jeden wachen Augenblick, und man fand Halt an dieser großen Decke aus Licht, an den Kontinenten und Ozeanen, die unter einem dahinzogen.

Hier draußen war das anders. Es gab kein ›oben‹ und ›unten‹: es gab nur kleine Felseninseln, die im All umhertrieben. Für den interplanetaren Raumflug würden die Menschen eine neue Art der Wahrnehmung entwickeln müssen, sagte er sich, ein dreidimensionales Bewußtsein.

Während die Augen sich an die Dunkelheit anpaßten, kamen die Sterne zum Vorschein: Millionen – viel mehr, als durch die trübe Atmosphäre der Erde zu sehen waren. Er sah die Galaxis, einen großen Fluß aus Sternen. Er erkannte den Rand der Scheibe in Richtung des galaktischen Zentrums, im Sternbild des Schützen. Staubwolken zogen um die Peripherie der Galaxis und erweckten den Eindruck, als ob sie gezackt wäre. Die näheren Sterne funkelten in den dunklen Narben. Und er sah die Jupitermonde, vier an der Zahl, neben dem leuchtenden Planeten aufgereiht.

Ralph schwebte aus der Helligkeit der Messe herauf und brachte ihm das Essen, zwei Beutel mit warmgemachtem, rehydrierten Eintopf. Stone steckte sich einen Stift in den Mund und rührte das Wasser ein, bis die Pampe die richtige Konsistenz hatte.

[Std:Min:Sek] 19:37:20
Nach dreizehn Stunden hatte die Besatzung ihr Tagespensum erfüllt. York fühlte sich wieder kribbelig. Also schluckte sie eine Tablette und ging schlafen. Stone wollte noch aufbleiben und vielleicht einen Brief schreiben.

Doch Gershon, der auch noch voller nervöser Energie steckte, wollte Darts spielen.

Die Dartscheibe war neben dem magnetischen Kartenspiel die Freizeiteinrichtung des Missionsmoduls. Die Dartpfeile hatten Klettspitzen und waren gut ausbalanciert.

Mit einem Spiel in der Schwerkraft war es aber nicht zu vergleichen. Für einen zielgenauen Wurf empfahl es sich, den Dartpfeil nicht zu schnell, aber doch mit etwas Schwung durch die Luft zu bewegen, um ihn zu stabilisieren. War er nämlich zu langsam, geriet er durch die Luftströmungen ins Trudeln.

Gershon stellte die Scheibe auf der Wissenschaftlichen Plattform auf, und er und Stone warfen die Pfeile so, daß sie die Werkstatt in ihrer ganzen Länge durchflogen.

[Std:Min:Sek] 21:01:32
Gershon sagte ihm, er solle aufstehen und in die *Raum-Arche* kommen.

Arabellas Behälter war nicht richtig geschlossen gewesen, und die Spinne hatte sich selbstandig gemacht. Gershon wies auf ein großes Netz, das sich auf einer Fläche von ein paar Quadratmetern von einer Seite des Missionsmoduls zur andern zog.

Stone hoffte, daß trotz der mehrfachen Sterilisierung

des Moduls genug Insekten überlebt hatten, um Arabella als Nahrung zu dienen. Gershon schüttete die Fruchtfliegen-Larven aus.

Sie flogen zum Mars, eingehüllt in ein Spinnennetz. Stone fand, daß das ein schönes Bild war.

[Std:Min:Sek] 23:32:37
Stone hatte seinen üblichen Weltraum-Traum.

Eigenartigerweise war er sich der Gründe für den Traum bewußt, obwohl er schlief: die Brise vom Wandventilator, das Gefühl des Falls in der Mikrogravitation, vielleicht eine unterbewußte Erkenntnis der Geschwindigkeit, mit der er reiste.

All das verquickte sich zu einem Traum vom Fliegen.

Er war umgeben von Wäldern, Flüssen und einem blauen Himmel, und er flog in geringer Höhe, wie ein Raubvogel.

Juni 1978
University of California, Berkeley

Manchmal kam York die Aussicht, die Stelle in Houston anzutreten, geradezu attraktiv vor, verglichen mit der Kungelei in den Elfenbeintürmen der Universität. Sie würde dorthin gehen, wo große Dinge geschahen: die Leute dort befaßten sich mit wichtigeren Tätigkeiten als Anträgen für neue Finanzmittel, und die Leistung wurde nicht nur an der Zahl der wissenschaftlichen Veröffentlichungen pro Jahr gemessen.

Dann wiederum kam ihr das völlig irreal vor.

Viele Leute rieten ihr von einer Tätigkeit für die NASA ab, von den akademischen Führungskräften abwärts. So sagte man ihr zum Beispiel, daß der Schwerpunkt der Astronautik sich nicht in Houston befände, sondern an Universitäten wie Cornell, wo Carl Sagan lehrte. Hätte ihre Arbeit über Ablaufkanäle auf dem Mars denn davon profitiert, wenn sie ihr Bündel geschnürt hätte und nach Texas gegangen wäre?

Die NASA schien wirklich eine anti-wissenschaftliche Haltung einzunehmen. Nach der Landung von Apollo 11 hatte gleich eine ganze Gruppe von Wissenschaftlern gekündigt: Bill Hess, Chefwissenschaftler in Houston, Elbert King, Kurator der Mondproben, Eugene Shoemaker, Leitender Geologe von Apollo. Shoemaker hatte seiner Skepsis hinsichtlich der Ausrichtung des Raumfahrtprogramms Ausdruck verliehen und die mangelnde Eignung des Apollo-Systems für die Erkundung des Mondes kritisiert: so wurden Oberflächenproben zum Beispiel mit Flaschenzügen in die Landekapsel gehievt! Und es sah mitnichten so aus, als ob die Dinge sich gebessert hätten. Wäre es beim Mars-Programm etwa anders?

Es war deprimierend. Wenn diese bedeutenden Männer schon nicht imstande waren, in der NASA etwas zu bewirken, welche Möglichkeiten hatte *sie* dann?

Besorgte Freunde hielten ihr Zeitungsberichte unter die Nase. Der Fall *Tennessee Valley gegen Hill* war soeben abgeschlossen worden. Der Oberste Gerichtshof hatte gegen den Bau des neuen Tellico-Damms entschieden, weil er das einzige bekannte Habitat eines kleinen Fisches namens Schneckenfänger überfluten würde... Die Menschen waren heute nicht mehr für sinnlose technische Großprojekte zu gewinnen – galt das nicht auch für sie? –, und was war wohl größer und sinnloser als die NASA?

Andere Leute unkten, sie würde als billige Hilfskraft verschlissen und Butterbrote für die Astronauten schmieren. Und wenn sie dann in den akademischen Betrieb zurückkehren wollte, würde eine riesige Lücke im Lebenslauf klaffen. Sie würde eine vielversprechende Karriere aufs Spiel setzen.

Außerdem brauchst du dir nur Dallas anzugucken, um zu sehen, in welche kulturelle Wüste du dich begeben willst. Und das Klima dort unten in Texas, meine Liebe. O je!

Sie stellte sich stur, schwang sich sogar zur Anwältin des Raumfahrtprogramms auf. Als eine Anwendung der Regierungstechnik rangierte die Raumfahrt irgendwo zwischen echter Wissenschaft und dem Gegenteil. Zumindest trug sie nicht aktiv zur militärischen Vernichtung von Menschen bei. Sie zitierte Ben Priest als ein Beispiel eines intelligenten, besonnenen Erwachsenen, der – wenn vielleicht auch mit Mühe – in der Schlangengrube der NASA überlebte.

Wie dem auch sei, der einzige Weg zum Mars führte über Houston. Damit war die Sache erledigt, was sie betraf.

Sie sah Mike Conlig nicht mehr.

Als sie sich schließlich dazu durchrang, ihm von ihrer Bewerbung zu erzählen, schien er nicht überrascht. Sie hatte sogar den Eindruck, als ob er es gar nicht ernst nähme.

Er rief noch ein paarmal an, aus Marshall und Santa Susana. Doch er kam nicht nach Berkeley, um mit ihr zu reden oder ihr zu helfen, eine Entscheidung zu treffen.

Vielleicht hielt er das für eine Laune von ihr und glaubte, daß sie es sowieso nicht schaffen würde. Wenn das stimmte, dann kannte er sie aber schlecht.

Oder vielleicht glaubte er auch, daß sie ein Verhältnis mit Ben Priest hatte. Seit Pasadena, und das war nun schon zwei Jahre her, war sie nur noch einmal mit Ben ins Bett gegangen. Doch sie war keine Schauspielerin; das, was geschehen war, verrieten ihre Stimme, der Blick und die Körpersprache... falls Mike überhaupt so feinfühlig war, das zu erkennen.

Was er, wie sie traurig erkannte, nicht war.

Doch ihre Unterhaltung war zu steif, und es blieben zu viele Dinge unausgesprochen, um es mit Sicherheit zu sagen.

Es waren *viele* Details zu beachten.

Sie erhielt einen zweiten Brief. Aus ihm ging hervor, daß sie sich in sechs Wochen in Houston melden sollte, um mit der Grundausbildung zu beginnen. Das war eine lächerlich kurze Frist für einen engagierten Wissenschaftler, um sich von seinen Verpflichtungen zu lösen. Sie verordnete sich einen achtzehnstündigen Arbeitstag. Sie versuchte, ihre eigene Forschungsarbeit abzuschließen und einen Beitrag zu den Gruppenarbeiten zu leisten. Sie wies den Doktoranden, die mit ihr zusammenarbeiteten, neue Aufgaben zu und ließ die Lehraufträge auslaufen.

Ihr Gehalt bei der NASA entsprach dem, was sie auch an der Universität als Dozentin bekommen hätte. Sie hatte zwar nicht erwartet, als Astronautin Reichtümer anzuhäufen, doch die Bezahlung war erbärmlich; vor allem in Anbetracht der Umwälzungen in ihrem Leben, dem enormen Zeitaufwand und den *Risiken*, um Himmels willen.

Das machte ihr so zu schaffen, daß sie Ben Priest anrief.

»Hat man mich auf dem Kieker?«

»Das hat nichts mit dir zu tun. Du mußt bedenken, daß du in einer riesigen Hackordnung ganz unten stehst, Natalie. Du kannst nicht mehr erwarten als ein Militär-Astronaut im Rang eines Stabsoffiziers. Das wirst du wohl einsehen. Und ihr Gehalt ist gestaffelt, weil sie nach der militärischen Tabelle besoldet werden.«

»Ja, aber die Tarife für Zivilangestellte sind auch gestaffelt, wenn man erst mal drin ist. Es herrscht ein Beförderungsstau, und ...«

Er unterbrach sie: »Das mußt du selbst wissen, Natalie. Ist das wirklich wichtig? Hängt es wirklich vom Gehalt ab, ob du zur NASA gehen willst? Wenn nicht, hör auf zu nörgeln und mach weiter.«

Sie ließ sich das durch den Kopf gehen.

Sie unterschrieb die Unterlagen.

Sie mußte sich um die Rentenversicherung kümmern. Sie verkaufte das Auto und kündigte die Mietwohnung. Dann setzte sie ein neues Testament auf: ihre Mutter war die Hauptbegünstigte, und – nach einiger Überlegung – setzte sie Ben Priest als Testamentsvollstrecker ein. Sie kaufte sich eine neue Garderobe: Sommerhosen und Blusen, die dem Klima in Houston angemessen waren. Sie sprach mit ihrer Bank und stellte einen Nachsendeantrag für die Post.

Sie wurde sogar Opfer von Nachstellungen der Presse und örtlichen Rundfunkstationen, die auf eine Geschichte über die Frau im Weltall erpicht waren. Nach dem Erscheinen der ersten gehässigen Story – *Weltraum-Schönheit hinter dem Mond* – jagte sie die Reporter weg, und damit schien die Sache erledigt.

Dann fanden Abschiedszeremonien statt. Sie haßte das.

Sie fuhr ein letztesmal durch Berkeley. Den Dwight Way entlang, über die Telegraph Street, an den Häuschen mit den Schindeldächern vorbei, und dann durch den Strawberry Canyon. Die Hügel waren mit üppigem sommerlichen Grün überzogen. In der Ferne, jenseits der Ebene von Berkeley, sah sie das Weichbild von San Francisco und Marin County, mit der rostfarbenen Golden Gate-Brücke als Bindeglied. Die Luft war klar und roch nach Eukalyptus.

Wie konnte sie all das gegen den feuchten Smog von Houston eintauschen?

Sie hatte nicht berücksichtigt, wie problematisch dieser Aspekt ihrer Odyssee werden würde. Ihr Arbeitsplatz, das Apartment, das sie seit Jahren bewohnt hatte, Berkeley an sich: all das, so wurde ihr nun – vielleicht zu spät – bewußt, machte ihr Leben aus. Die Areologie, die Erforschung der Geologie des Mars, und der Flug ins All waren eine Sache – doch sie hatte nicht geahnt, wie schwer es ihr fallen würde, die Wohnung zu räumen, die Karten und Abschiedsgeschenke entgegenzunehmen, Adressen auszutauschen und immer wieder *Auf Wiedersehen* zu sagen.

Mittwoch, 5. Juli 1978
Zentrale von Rockwell International, Los Angeles

Gershon ging um den Wagenpark, um sich nach der Fahrt von der Stadt hierher die Beine zu vertreten. Es war kälter, als er es von Kalifornien erwartet hätte.

Die Niederlassung von Rockwell zog sich an der südlichen Grenze des Internationalen Flughafens von Los Angeles hin. Auf der anderen Seite des Zauns befand sich die Betonfläche des Flughafens. Flugzeuge rollten wie Spielzeuge zwischen entfernten Gebäuden. Er hörte das leise Grollen startender Jets, und ein schwacher Geruch von Kerosin stieg ihm in die Nase. Wenn er die Augen zusammenkniff, erkannte er eine Anzahl großer Flugzeuge in einer Warteschleife am Himmel.

Das Gebäude des Rockwell-Hauptquartiers war ein trister, vierstöckiger Backsteinbunker ohne ein einziges Fenster. So etwas hatte Ralph Gershon noch nie gesehen; der Bau sah aus wie diese skurrilen modernen Skulpturen, mit denen die Künstler einen Reibach machten. *Kein Tageslicht. Mein Gott.* Er war zu einer Konferenz mit der Technischen Kontaktgruppe MEM hier, und solche Besprechungen waren ohnehin die Hölle. Die Vorstellung, den ganzen Tag in diesem Backsteinbau zu verbringen, war deprimierend.

Hinter der Ansammlung von Firmengebäuden überblickte er den Imperial Boulevard bis hinunter nach Santa Monica. Es war ein schönes Bild, wie das Licht der Morgensonne sich im stahlgrauen, stillen Meer spiegelte.

»Hier.«

Ein kleiner, drahtiger Mann stand neben ihm. Er hatte schütteres Haar, trug eine randlose Brille und wurde von Sommersprossen entstellt. Er hielt eine Packung Zigaretten in die Höhe.

»Danke«, sagte Gershon. »Ich rauche nicht.«

»Uh huh.« Der Typ nahm sich eine Zigarette, klopfte damit gegen die Packung und steckte sie an. Er hatte überproportional lange, knochige Arme, die aus den zu kurzen Hemdärmeln ragten. Auf dem Parkplatz, direkt hinter ihm, stand ein metallic-schwarzer Ford Thunderbird. »Sie sahen so aus, als ob Sie eine gebrauchen könnten.« Der Mann hatte einen breiten New Yorker Akzent. Er war vielleicht fünfzig und kam Gershon irgendwie bekannt vor.

»Sie sind wegen der MEM-Sache hier?« fragte Gershon.

»Ja. Und Sie? Sind Sie von der NASA? Ein Pilot vielleicht?«

»Woher wissen Sie das?«

Der Mann tippte sich gegen sein Bäuchlein. »Weil Sie so sportlich wirken.«

»Ich bin der Vertreter des Astronauten-Büros.« Gershon zögerte, bevor er das Wort ›Astronaut‹ aussprach. Das tat er immer. *Sehen Sie mich an, den großen Astronauten. Dabei habe ich gerade einmal ein Schulflugzeug für die NASA geflogen.* Doch dieses Männchen hatte das Wort ›Pilot‹ verwendet. Vielleicht wußte er Bescheid.

Der Fremde reichte ihm die Hand. »Mein Name ist Lee. John K. Meine Freunde nennen mich JK.«

Der Druck der schwieligen Hand war fest. Das war nicht der Händedruck eines Bürohengstes.

»Sind Sie einer von den MEM-Bewerbern?«

»Nee«, sagte Lee. »Ich bin von der CA. Columbia Aviation. Sagen Sie nur, Sie hätten noch nie von uns gehört.«

Gershon grinste.

Lee zuckte die Achseln. »Wir sind Zulieferer für Rockwell und andere Firmen und führen auch Versuche für die NASA durch. Wir entwickeln Lifting Bodies und so. Wir sind zwar klein, aber auf Expansionskurs, und wir sind besser als die anderen. Wenn die Konzepte präsentiert werden, treten wir gegen die Großen an und versuchen, uns auch ein Stück vom Kuchen abzuschneiden.« Er betrachtete das Hauptquartier, den großen Backsteinbau. »Ich habe für eine Weile hier gearbeitet, müssen Sie wissen. Unter Dutch Kindelberger.«

Gershon musterte Lee mit neuem Interesse. Natürlich war dieser Name ihm ein Begriff. Jedes Kind, das sich wie Gershon für Flugzeuge und seine Konstrukteure begeistert hatte, kannte Dutch Kindelberger. Dutch hatte Rockwell – die damals noch als North American Aviation firmierte – während der Kriegsjahre aufgebaut, indem er das vielleicht beste amerikanische Fluggerät jener Zeit produzierte, die P-51 Mustang.

»Dutch hat dieses Gebäude selbst entworfen«, sagte Lee. »Wir nannten es die ›Ziegelei‹.«

»Ich wußte gar nicht, daß Kindelberger auch ein Architekt war.«

»War er auch nicht.« Lee grinste. »Sie halten den Bau

nicht für repräsentativ?« Er ließ den Blick schweifen, über den Flughafen, den Boulevard, das Ensemble der Rockwell-Gebäude. »Auf dem Hauptgebäude befand sich ein Schild, dort drüben ...« Er deutete in die entsprechende Richtung. »Es war meilenweit zu sehen. ›Heimat der X-15‹.«

Bei Gershon machte es ›klick‹. »Ihr Gesicht kam mir die ganze Zeit schon bekannt vor.« Er erinnerte sich vage an ein Foto, das er als Kind aus der Zeitung ausgeschnitten hatte: ein Experimentalflugzeug in Edwards, vor dem eine Reihe grinsender junger Ingenieure angetreten war; alle mit Brille, Biberzähnen und wuscheligem Haar. »Sie haben an der X-15 gearbeitet?«

»Nein«, sagte Lee. »Aber ich weiß, was Sie jetzt denken.«

»Die B-70. Sie haben an der B-70 gearbeitet, nicht wahr? Mit Harrison Storms.«

Harrison Storms war der Mann, der das Apollo-Raumschiff für Rockwell entworfen hatte. Und zuvor hatte er die B-70 konstruiert, einen Überschall-Bomber. Gershon erinnerte sich an die alten Fotos: der Edelstahlrumpf, der einen weißen Anstrich bekommen hatte, um die bei Mach 3 entstehende Hitze abzuleiten, die großen Deltatragflächen in fünf Metern Höhe ...

»Der Kongress hat das Projekt gestrichen«, sagte Lee. »Wir haben nur zwei dieser verdammten Dinger gebaut. Und von einer weiß ich, daß sie mit einer F-104 zusammengestoßen ist. Die andere wurde wohl verschrottet.«

»Nein. Sie existiert noch. In einem Museum.«

Lee beäugte Gershon und lächelte dann. »Wie ist das möglich? Davon wußte ich gar nichts.«

Gershon schaute auf die Uhr. »Kommen Sie. Es ist schon nach neun. Wir müssen gehen.«

»Sicher. Wir wollen schließlich nichts verpassen, nicht wahr?«

Nebeneinander betraten sie die ›Ziegelei‹.

Zwei korpulente Angestellte mühten sich mit einem sperrigen Overheadprojektor ab. »Weißt du auch wirklich, wie man dieses Ding fliegt, Al?« fragte einer.

Al lachte nur.

Gershon versuchte, es sich auf dem kleinen, harten Stuhl bequem zu machen. Die Aktentasche verstaute er unter dem Tisch. Es war jetzt schon heiß und stickig, und der Kragen scheuerte am Hals.

Das Wort ›fliegen‹ brachte bei ihm eine Saite zum Klingen. Einen Projektor fliegen. Einen Tisch fliegen. Mein Gott. Worte, die von Leuten in den Mund genommen wurden, deren Verständnis vom *Fliegen* sich darauf beschränkte, bei der Flugbegleiterin einen Drink zu ordern.

Der Vorsitzende bat um Ruhe. Es handelte sich um Tim Josephson, den NASA-Inspektor – ein ›langes Elend‹ mit dem Habitus eines Bücherwurms. Er nahm auf einem Drehstuhl an der Stirnseite des Tischs Platz und rasselte die Tagesordnungspunkte herunter.

Lee lehnte sich zu Gershon hinüber. »Was sagen Sie dazu? Das ist Dutchs altes Büro. Da steht sogar noch sein Stuhl, um Himmels willen. Rockwell muß wirklich scharf sein auf diesen Auftrag.«

Die Wand hinter Josephson zierte ein Gemälde. Es zeigte eine P-51 Mustang, die frontal auf den Betrachter zuflog.

Gershon wollte hier raus und etwas *tun*.

Doch so lief es im Astronauten-Büro nicht. Man mußte sich auch mit unangenehmen Dingen befassen.

»Hören Sie«, hatte Chuck Jones in seiner Eigenschaft als Chef-Astronaut gesagt. »Wir müssen jemanden aus dem Büro für das MEM* abstellen.«

---

* MEM: Mars Excursion Module = Mars-Landefähre

Gershon glaubte, man hätte ihm einen Schlag mit dem Hammer versetzt. »Aber das gibt es doch noch gar nicht.«

»Um so besser.« Und dann hatte Jones Gershon erzählt, wie Pete Conrad sich an der Entwicklung der Steuerung und Instrumente für die Mondlandefähre beteiligt hatte. »Conrad hat *Monate* in Sperrholzmodellen des LEM* verbracht, inmitten von bunten Schaltern und Skalen, und ist in seiner Phantasie auf dem Mond gelandet.« Jones hielt Daumen und Zeigefinger hoch, mit einer Haaresbreite Abstand zwischen beiden. »Und er war *so* dicht dran, als erster Mensch auf dem Mond zu landen. Und Sie wollen mir nun erzählen, Sie wüßten besser als der alte Pete Conrad, wie die Dinge hier laufen?«

Dann war der Auftrag vielleicht doch nicht so übel, hatte Gershon sich gesagt.

Das Problem war nur, daß es noch immer nicht so aussah, als ob das MEM jemals fliegen würde, außer in den Hochglanzbroschüren der Luft- und Raumfahrtindustrie.

Die Landung eines Raumschiffs auf dem Mars war kein Kinderspiel. Und das war auch schon das einzige, worüber Einigkeit herrschte. Selbst wenn man den Hintern erst einmal dorthin geschwungen hatte, wurde man mit einem Planeten konfrontiert, der einen Zwitter aus Erde und Mond darstellte: aber von beiden nur die schlechten Eigenschaften, wie Gershon befürchtete. Die schlierige Luft war zu dick, um mit einem Zinnblech-Vehikel auf dem Strahl einer Rakete zur Oberfläche zu fliegen, so wie das LEM gelandet war; man brauchte einen Hitzeschild. Andererseits war die Luft zu dünn, um auf einem Gleitpfad zu landen, so wie eine Raumfähre auf der Erde landete. Man

---

* LEM: Lunar Excursion Module = Mond-Landefähre

mußte eine Lösung dazwischen finden, eine Kreuzung zwischen einem Flugzeug und einem Raumschiff.

Also waren Auseinandersetzungen vorprogrammiert. Schließlich hatte noch nie jemand versucht, ein Gerät zu bauen, um Menschen auf dem Mars abzusetzen.

Weil es obendrein um viel Geld und große Politik ging, beschränkten die Auseinandersetzungen sich nicht nur auf die Technik.

Die Kontaktgruppe war erst vor kurzem gebildet worden und ging auf eine Initiative von Fred Michaels selbst zurück. Er wollte mit ihrer Hilfe versuchen, den Knoten des Disputs durchzuhauen, der den Bau des MEM verzögerte. Die Gruppe brachte sämtliche Fraktionen zusammen – die Luft- und Raumfahrtingenieure von Rockwell, McDonnell, Grumman und Boeing sowie die NASA-Sektionen aus Marshall, Ames, Langley und Houston –, um die strittigen Punkte zu klären.

Nun legten die jeweiligen Gruppen ihren Standpunkt dar.

Zuerst präsentierte eine Delegation von Grumman ihre Sicht der Dinge.

Das Grumman-MEM würde als Halbkegel – wie eine senkrecht halbierte Apollo-Kommandokapsel – den Mars-Orbit verlassen und auf dem Planeten landen. Mit geballter elektronischer Unterstützung vermochte die Besatzung das Gerät sogar zu steuern. Nach dem Eintritt in die Atmosphäre würde das MEM kippen, so daß es mit der Spitze auf die Planetenoberfläche wies. Nach dem Abstoßen des Hitzeschilds würde etwas zum Vorschein kommen, das wie eine aufgeblasene Mondfähre mit Teleskop-Landebeinen aussah. Das Gerät würde auf dem Strahl der Düsen am Bug zur Oberfläche hinuntersinken. Auf dem Boden würde das MEM sich dann entfalten und die Unterkünfte für die Besatzung zur Oberfläche hinabschwenken.

Grumman hatte schon das Apollo-Mondmodul gebaut. Gershon wußte zufällig, daß Grumman sich der stillschweigenden Zustimmung aus Marshall erfreute, repräsentiert von Hans Udet und den anderen alten Deutschen. Im Grunde handelte es sich also nur um eine Weiterentwicklung des Mondmoduls, mit der für die Deutschen typischen brachialen Kraftentfaltung.

Die Leute von Grumman hatten ein Modell mitgebracht, einen Modellbausatz des Geräts: es bestand aus ausziehbaren Landebeinen, rotierenden Kabinen und einem Hitzeschild. Unter den Händen der nervösen Referenten brachen einzelne Teile des Modells ab. Das Ding wirkte völlig überzüchtet. Als der auf dem Kopf stehende Kegel sich teilte und das Innenleben des Geräts freilegte, drängte Gershon sich der Vergleich mit einer Eistüte auf.

JK Lee beugte sich vor und lachte leise. »Mein Gott, ist das Ding häßlich. Und die Entwicklungsanstrengungen wären eh für die Katz'.«

»Wieso denn?«

»Das Ding ist ein Bastard. Zu viele Köche verderben den Brei. Man müßte einen neuen Werkstoff für den Hitzeschild entwickeln, um diese große Fläche abzudecken. *Und* man müßte einen Lifting Body konstruieren, der in der Mars-Atmosphäre flugtauglich wäre. *Und* man müßte auch gleich eine neue Landekapsel entwickeln. Und wozu?«

»Was würden Sie also tun?«

»Ich? Wenn ich Grumman wäre? Ich würde den Konstrukteuren sagen, sie sollen den Nachtisch weglassen und sich nur aufs Hauptgericht konzentrieren. Man müßte einen Ansatz wählen und diesen konsequent verfolgen. Wenn man einen Lifting Body bauen will, na schön. Aber diese Mond-Stelzen? Nein danke.«

Die Delegation von Boeing hielt sich mit Details zu ihrem Landefahrzeug zurück; statt dessen konzentrierten sie sich auf den Eintritt in die Atmosphäre. Ihr MEM würde aus dem Orbit absteigen, in die Atmosphäre eintreten und dann, in etwa zehn Kilometern Höhe, würde es einen Ballonschirm – eine Kombination aus Ballon und Fallschirm – entfalten. Das große, aufblasbare Segel würde in der dünnen Luft eine Bremswirkung erzielen. Dann würden Fallschirme, die sich in einer exakt berechneten Reihenfolge entfalteten, das Gerät so dicht zur Oberfläche hinunterbringen, daß Bodeneffekt-Raketen schließlich eine sichere Landung gewährleisteten.

Das Problem war nur, daß noch niemand einen Ballonschirm hergestellt, geschweige denn im Windkanal getestet hatte. Zumal es ohnehin unmöglich war, ihn in der dichteren Erd-Atmosphäre zu erproben.

Großen Raum in der Boeing-Präsentation nahmen die Techniken des Zusammenlegens von Fallschirmen ein. Es war sterbenslangweilig. Gershon zwang sich zwar, Notizen zu machen, doch wenn er dann auf den Notizblock schaute, war er nicht einmal imstande, das Gekrakel zu lesen.

Die dritte Präsentation erfolgte von Rockwell selbst; das Unternehmen wurde von Langley und vom JPL unterstützt. Und sie stellte auch die plausibelste Option vor. Basis war ebenfalls ein Lifting Body, der jedoch fortschrittlicher war als Grummans primitiver Halbkegel: es handelte sich um eine bikonische Konstruktion, einen Kegelstumpf, der von einer spitzen Nase gekrönt wurde. Das MEM war in der Lage, direkt von der Erde kommend in die Marsatmosphäre einzutreten, ohne daß es zuvor in einen Parkorbit um den Mars hätte gehen müssen. Mit dem Steuerknüppel und den Pedalen für die Steuerruder hatte der Pilot den Doppelkegel hundertprozentig unter Kontrolle. Das Raumschiff würde einem komplizierten Eintrittspfad folgen, wobei es durch wiederholte Luftbremsung die Geschwindigkeit aufzehrte und zwischendurch Wärme abführte. Der Doppelkegel würde mit der Grundfläche nach unten landen und wäre gleich wieder startbereit.

Doch es gab auch Schwachpunkte. Die Elektronik war derart komplex, daß die Astronauten nicht imstande waren, das Ding im Fall eines Computerabsturzes manuell zu landen. Zudem boten die vielen gekrümmten Flächen der Luft einen großen Widerstand, weshalb fast die ganze Fläche des Doppelkegels mit Hitzeschilden verkleidet werden müßte.

Der Doppelkegel erschien Gershon wie ein Hybride aus Langleys traditioneller Ausrichtung auf Flugzeuge und die Expertise von JPL in Cybernetik und Computertechnik, wobei diese Punkte mit Rockwells unersättlichem Appetit auf üppige und ehrgeizige Entwicklungs-Etats verquirlt worden waren.

Bei der Betrachtung der Präsentation spürte Gershon ein merkwürdiges Jucken in Händen und Füßen.

Lee grinste ihn an. »Ich sehe es an Ihrem Blick. Sie würden das Ding gern direkt zum Mars fliegen und vielleicht noch ein paar Kreise über Olympus Mons ziehen.«

»Ja, ja.«

Lee wedelte mit der Hand. »Ich will mich nicht über Sie lustig machen. Aber Sie müssen bedenken, daß wir hier über eine Entwicklungsdauer von mindestens zwanzig Jahren reden. Das nehme ich jedenfalls an. Mein Gott, bisher hat noch *niemand* einen Doppelkegel geflogen. Nicht einmal ein abgefucktes Sperrholzmodell. Es sei denn, die Russen hätten etwas am Kochen, was ich aber nicht glaube.

Und dann reden Sie davon, einen Doppelkegel zu bauen und damit zum *Mars* zu fliegen. Was wissen wir denn schon von der Atmosphäre des Mars? Junge, wenn Sie sehen wollen, wie Ihr Enkel im roten Staub landet, dann investieren Sie Ihr Geld in einen Doppelkegel. Aber Sie und ich, wir werden den Mars bestimmt nicht sehen...«

Die drei Präsentationen dauerten bis in die Abendstunden. Zum Schluß wurden in aller Ausführlichkeit die Vorzüge der jeweiligen Konzepte erörtert: Mannschaftsstärken, mögliche Aufenthaltsdauer auf dem Mars, Anfangsmasse im Erdorbit, Differenzgeschwindigkeit, aerodynamische Charakteristika wie das Auftriebs-Luftwiderstand-Verhältnis. Die Diskussion verlor sich in Details, und nach einer Weile wurde Gershon klar, daß es allen Beteiligten eher um ihre Profilierung als um eine Entscheidungsfindung ging.

Gershon betrachtete Dutch Kindelbergers Wandgemälde und fragte sich, wie die Mustang sich wohl geflogen hatte.

Als die Versammlung sich gegen einundzwanzig Uhr auflöste, verabredeten die Delegierten sich in diversen Bars.

JK Lee kam auf Gershon zu. »Sie wirken gestresst.«

Gershon grinste ihn an. »Ich hätte nichts gegen ein paar kühle Bierchen einzuwenden. Aber nicht gerade in einer Bar mit diesen Vertretertypen.«

»Ja. Hören Sie. Sie wollen hier raus? Es ist eine klare Nacht. Wir könnten eine Spritztour machen, vielleicht rauf nach Edwards.«

Der Luftwaffenstützpunkt Edwards. In der Wüste des Hochlands. »Fahren wir.«

Sie verließen die ›Ziegelei‹. Lee steuerte den schwarzen Thunderbird aus der Parkbucht. Sie hielten noch einmal an und kauften ein paar Sechserpacks Bier, und dann verließ Lee die Stadt in nördlicher Richtung.

Die Nacht war frisch und wolkenlos, doch am Horizont war das schwefelgelbe Glühen der Stadt zu sehen. Gershon mußte den Kopf in den Nacken legen, um in einem kleinen runden Himmelsausschnitt überhaupt ein paar Sterne zu sehen. Er glaubte, er hätte dort oben das große Rechteck von Pegasus, dem geflügelten Pferd, gesehen.

Er kam sich irgendwie eingesperrt vor, als ob die Stadt mit dem Smog eine große Kiste wäre, in die man ihn gesteckt hatte.

Lee steuerte das Auto mit einem Finger am Lenkrad. »Ich weiß noch, wie ich hierher gekommen bin. Das war '55 oder noch früher. In den Tagen der B-70. Damals führte nur eine zweispurige Straße aus der Stadt über den Newhall-Paß und durch den Mint Canyon zur Wüste hinauf. Und Palmdale war nur eine Tankstelle inmitten einer Baumgruppe... Hat sich alles sehr verändert.«

»Schon möglich.«

»Und? Hatten Sie einen guten Tag?«

Gershon grunzte. »Habe schon bessere erlebt.«

»Sie haben wohl nichts übrig für Fachgespräche.«

»Das waren gar keine Fachgespräche. Zumal die meisten Anwesenden wohl eh keine Ingenieure waren.«

Lee brach in schallendes Gelächter aus. »Da haben Sie recht. Aber hier geht es um Politik. Sie müssen es mal so sehen. Als Nixon 1972 das Space Shuttle auf Eis legte, waren die Bosse der Luft- und Raumfahrtindustrie stinksauer. Sie wollten das verdammte Ding, weil es *neu* gewesen wäre. Dann wären sie nämlich in der Lage gewesen, mit Hilfe massiver Subventionen die alten Saturn-Werkzeuge auf den Schrott zu werfen und die Ausrüstung zu modernisieren. Doch bei dem Stufenprogramm, nach dem wir nun arbeiten, greift alles ineinander. Und fast alles ist im Besitz der Firmen, die diese Komponenten gebaut haben.

Dann arbeitet also Boeing zum Beispiel an der neuen MS-IC, der modifizierten ersten Saturn-Stufe, die von dieser Firma selbst konzipiert wurde. Und McDonnell-Douglas, drüben in Huntington Beach, baut die Skylabs und Moonlabs – in Raumstationen umgewandelte dritte Saturn-Stufen –, die McDonnell auch entwickelt hatte. Und so weiter.

»Aber das ›Filetstück‹ unter den Aufträgen – die fortschrittlichste Technik, die prestigeträchtigste Arbeit des nächsten Jahrzehnts – wird das MEM sein. Ein völlig neues Raumschiff, das ein paar Menschen zum Mars befördern und viele Menschen reich machen wird ...«

»Die NASA hat noch keine Aufforderung zur Angebotsabgabe ausgesprochen?«

»Natürlich nicht. Wo denken Sie hin? Die NASA wird von ihren Auftragnehmern bedrängt. Obendrein bekämpfen die NASA-Zentren sich gegenseitig.«

»Schon möglich«, sagte Gershon düster. »Aber wir haben seit 1972 schon sechs Jahre vertan.«

»Sie wollen noch mal fliegen, bevor Sie in den Ruhestand gehen.«

»Sie haben's erfaßt.«

»Teufel, ich verstehe das. Hören Sie, wollen Sie ein Bier?«

»Trinken Sie eins mit?«

»Klar.«

Die Bierdosen waren gerade erst aus dem Kühlschrank des Ladens gekommen und noch mit Reif überzogen. Gershon sprach dem Gebräu ordentlich zu, und er spürte, wie die Anspannung des Tages von ihm abfiel.

Die San Gabriel-Berge lagen nun hinter ihnen, und Lee steuerte den Thunderbird durch die Dunkelheit.

Die von den Scheinwerfern ausgeleuchtete Straße war schnurgerade und in beiden Richtungen leer.

Nun war der Himmel bis zum Horizont mit Sternen übersät. JK Lee arretierte das Lenkrad mit beiden Beinen. In der einen Hand hielt er ein Bier, zog mit derselben Hand eine Zigarette aus der Packung und zündete sie mit der anderen an. Die Zigarettenglut und die Instrumentenbeleuchtung tauchten sein Gesicht in ein schwaches, diffuses Licht.

»Was würden Sie tun?« fragte Gershon.

»Hä?«

»Wenn Sie ein MEM bauen sollten.«

»Ich? – Ach, wir werden den Auftrag nicht bekommen. Damit würde die NASA zu vielen Leuten auf die Füße treten. Zumal die Großen uns sowieso ausstechen würden. Rockwell wird den Zuschlag bekommen. Das weiß doch jeder. Sie werden ein paar Fäden ziehen, wie sie es schon bei Apollo 11 getan haben. Dem Vernehmen nach dürfen sie als Ausgleich für das von Nixon gestrichene Space Shuttle das MEM bauen. Das und die umgerüstete zweite Saturn-Stufe für den Einschuß in die Transferbahn. Man darf schließlich seine Wähler nicht verärgern.« Durch den Bronx-Akzent wirkte diese Aussage irgendwie drollig.

Gershon grunzte und nahm einen ordentlichen Schluck Bier. »Aber wenn Sie es bauen würden«, hakte er nach.

»Wenn wir es bauen würden?« Lee dachte kurz nach, wobei er die Bierdose im Schoß balancierte. »Nun, man müßte den konkreten Anforderungen Rechnung tragen. Eine solche Gelegenheit, ein Flug zum Mars, wird sich wohl nur einmal bieten. Also wird man etwas bauen, das schnell und kostengünstig herzustellen ist und das auf Anhieb funktioniert. Aber wir wissen eben nicht, ob Lifting Bodies und Doppelkegel funktionieren, und wir müßten vielleicht viel

Zeit und Geld investieren, nur um festzustellen, daß sie nicht funktionieren.«

»Also?«

»Also greift man auf Bewährtes zurück und fängt mit einem flachen A-durch-L-Profil an, sagen wir null komma fünf.

A durch L: Auftrieb geteilt durch Luftwiderstand, das aerodynamische Grundmaß eines Körpers. »Null komma fünf. Das ist die Form einer Apollo-Kommandokapsel.«

»Genau. Bauen Sie eine dicke, fette Kommandokapsel. Das einzige Problem würde darin bestehen, den Hitzeschild zu vergrößern. Von dieser Konstruktion wissen wir nämlich, daß sie funktioniert. Mit Apollo wurden acht bemannte Mondflüge durchgeführt, und seit 1975 drei Skylab-Missionen und eine Moonlab-Mission pro Jahr ... wie viele Flüge sind das per Saldo, fünfundzwanzig? Und die Apollo 13 CM hat sogar die Explosion der Betriebs- und Versorgungseinheit überlebt.«

»Aber eine solche Konstruktion wäre in der Marsatmosphäre nicht manövrierfähig.«

»Einem Doppelkegel wäre sie wohl unterlegen, aber bis zu einem gewissen Grad wäre sie doch manövrierfähig. Es ist wie bei Apollo. Das Schiff wird durch die Verlagerung des Schwerpunkts gesteuert, und der Auftrieb resultiert aus der Form des Schiffs. Und das ist der eigentliche Vorteil. Die Flugeigenschaften wären so unkompliziert, daß man das verdammte Ding sogar manuell fliegen könnte, falls die Elektronik ausfiele. Mit einem Doppelkegel wäre das nicht möglich.«

»Wie soll der Eintritt in die Atmosphäre erfolgen? Mit Fallschirmen?«

»Nein«, sagte Lee nach einigem Überlegen. »Die Luft ist zu dünn. Man müßte den Hitzeschild abstoßen und mit einem Abstiegstriebwerk landen, wie bei der

Mondfähre. Grumman hat das auch vorgeschlagen. Und dann bräuchte man eine Wiederaufstiegsstufe, die obere Hälfte des Kegels, um in den Orbit zu gehen. Der Hitzeschild und die Oberflächen-Ausrüstung würden zurückbleiben.«

Für Gershon klang das plausibel. Es wäre kostengünstig, es würden nur geringe Entwicklungskosten anfallen, und das System war ausgereift. *Das würde schon genügen, um zum Mars zu fliegen. Und das Ding könnte in ein paar Jahren fliegen.*

»JK, Sie sollten ein Angebot abgeben. Das ist mein voller Ernst.«

Lee lachte nur.

Er fuchtelte mit der Hand, in der er die Bierdose hielt. »Sehen Sie.«

Gershon sah die Wüste als fahle Kruste im Sternenlicht. Salzflächen. Und am Horizont erschien wie aus dem Nichts eine Lichterkette, wie eine Stadt in der Wüste.

»Edwards«, sagte Lee. »Hierher bin ich mit Stormy Storms gekommen, um die X-15 fliegen zu sehen. Mein Gott, waren das noch Zeiten.« Er nahm noch einen Schluck aus der Dose und warf sie dann aus dem Auto.

Gershon gab ihm eine neue Dose, und der Thunderbird jagte auf die riesigen Hangars des Luftwaffenstützpunkts zu, die sich aus der Dunkelheit schälten.

Montag, 7. August 1978
Lyndon B. Johnson-Raumfahrtzentrum, Houston

Sie wurde eine Stunde lang in Gebäude 110 aufgehalten, dem Sicherheitsbüro des JSC.

Wie soll man auftreten, wenn man ein frischgebackener Astronaut ist, der gerade den Dienst antritt? Man hat keinen Sicherheitsausweis, denn den bekommt man erst auf dem Gelände des Raumfahrtzentrums ausgehändigt...

Streng genommen, sagte York sich, war das eine unendliche Regression, eine Paradoxie. Logisch betrachtet war es unmöglich, ins JSC zu gelangen. Sie versuchte, der Pförtnerin das zu erklären.

Die Pförtnerin, von deren breitem, teigigem Gesicht der Schweiß troff, sah sie nur kurz an und widmete sich wieder den Presseleuten, die sich hinter ihr drängelten. Nach einer Weile gab York es auf und nahm in dem Kabuff Platz. Hätte nur noch gefehlt, daß sie wie ein Schulmädchen die Hände im Schoß faltete.

Schließlich kam eine Sekretärin mit Pumps angetippelt und holte sie ab.

Die Sekretärin führte sie durch das stachelige Gras des Geländes. Die Frau war um die Dreißig. Sie zog eine so intensive Duftwolke hinter sich her – Parfüm, Gesichtspuder und Haarspray –, daß York fast die Augen tränten. Sie schaute York seltsam an, und York sah, daß sie sich fragte, ob sie ihr von Frau zu Frau den Tip geben sollte, etwas für ihre Frisur zu tun.

York packte die leere Aktentasche und fragte sich, was sie hier überhaupt wollte.

Die Sekretärin führte sie zu Gebäude 4 und sagte ihr, daß man von ihr erwartete, ab sofort an den regelmäßigen Pilotenbesprechungen teilzunehmen. Jeden zweiten Montag um acht Uhr: sie kam also schon zu spät.

Sie huschte durch die Hintertür in den Besprechungsraum.

Es saßen vielleicht fünfzig Leute im Raum: nur Männer, mit offenen, glattrasierten Gesichtern und kurzen Haaren. Bekleidet waren sie mit Polohemden und Sommerhosen. Es wurden Witze gerissen, und tiefes, kehliges Lachen hallte durch den Saal.

Chuck Jones, der Chefastronaut, stand an der Stirnseite des Raums. Er hatte die Hände in die Hüften gestemmt und referierte über technische Daten des Schulflugzeugs T-38.

York erspähte einen freien Platz, nicht weit von der Tür, und mit gemurmelten Entschuldigungen zwängte sie sich an ein paar Beinpaaren vorbei. Die Astronauten ließen sie zwar anstandslos durch, doch sie spürte die neugierigen und fragenden Blicke auf sich, mit denen die Männer ihre Figur und das ungeschminkte Gesicht musterten. *Was, zum Teufel, ist das? Ist das etwa eine Frau? Bist du hier, um Notizen zu machen, Baby? Ich trinke übrigens Koffeinfreien* ...

Sie erspähte Ben Priest, der mit verschränkten Armen in der ersten Reihe saß und völlig unbeteiligt wirkte.

»Mir wurde von Ellington gemeldet«, sagte Jones, »daß ein paar von euch Jungs nicht die Ausrüstung überprüfen, bevor sie die T-38 fliegen.«

Vereinzeltes Stöhnen war zu hören. »Mein Gott, Chuck, müssen wir das noch mal durchkauen?«

»Wir wollen uns das Privileg bewahren, die T-38 zu fliegen. Es ist jedoch ein Privileg, das uns jederzeit entzogen werden kann. Ihr seid vielleicht Astronauten, aber das befreit euch nicht von der Verantwortung für das Gerät, das ihr fliegt. Ich will nur vermeiden, daß ihr es euch mit den Kameraden in Ellington verderbt ...«

Dann nahm Jones die Diensteinteilung für die nächsten zwei Wochen vor. »Bleeker, Dana und Stone gehen von Dienstag bis Freitag nach Cape Canaveral. Gershon für die ganze Woche nach Downey. Curval und Priest nach Los Angeles.«

»He, Chuck«, sagte jemand. »Ich dachte, Sie würden mit uns nach LA gehen.«

»Nein, ich habe es mir anders überlegt. Ich werde nach Cape Canaveral gehen. Ich will mir die neue Kommandokapsel ansehen, die dort gebaut wird.«

»Lieben Sie uns denn nicht mehr, Chuck?«

»Ihr geht nach Westen, und ich gehe nach Osten ...«
Die nächste halbe Stunde wurde mit einem solchen Quatsch vertrödelt. Schließlich wurde York unruhig; vom Fachjargon schwirrte ihr der Kopf, und sie wunderte sich über das gemächliche Tempo und die scheinbare Zeitverschwendung. Sie fühlte sich wie in einem ungewöhnlich sauberen Umkleideraum für Männer.

Sie war verschüchtert und fühlte sich fehl am Platz. *Wie soll ich mich in einer solchen Umgebung behaupten?*

Sie traf mit den anderen Anfängern zusammen: acht Leute, alles Männer, die meisten mit Flugerfahrung. Sie machten einen intelligenten und dynamischen Eindruck. Meine Güte, drei von ihnen trugen bereits Polohemden mit dem NASA-Logo! Woher hatten sie das *gewußt?*

Chuck Jones unternahm mit den Neuen eine Besichtigung des Raumfahrtzentrums.

York lugte in die leeren Büros hochrangiger Astronauten. Die Räume sahen alle gleich aus, ordentlich, aufgeräumt und kaum bewohnt, mit Raumschiff- und Flugzeugbildern an den Wänden. Auf den Schreibtischen stand Spielzeug: Flugzeuge, Mondfähren und Modelle der neuen Saturn VB mit abnehmbaren Zusatztriebwerken.

Fast erwartete sie, Polohemden mit dem NASA-Logo an den Kleiderhaken zu sehen.

Überall, wo sie hinkamen, grüßten die Leute Jones wie einen König. Er schien gar keine Notiz davon zu nehmen. *Mein Gott*, sagte York sich. *Hier muß es aber ein paar monumentale Egos geben.*

Jones führte die neunköpfige Gruppe ins Gebäude 30 und versorgte sie mit Kaffee. Dann wies er sie ein. Im ersten Jahr hatte York den Status eines ›Ascan‹ – eines Astronauten-Kandidaten. Sie würde für ein halbes Jahr Vorlesungen in Astronomie, Aerodynamik, Physiologie, Raumschiffs-Systemen, interplanetarer Navigation, Physik der oberen Atmosphäre und so weiter besuchen... Sie mußte wieder die Schulbank drücken. Außerdem standen Besuche in Kennedy, Marshall, Langley und anderen NASA-Zentren auf dem Programm.

Sie würden ›geeicht‹ werden, wie Jones sich ausdrückte; die Ausbilder würden versuchen, sie mit einem bestimmten Grundwissen in allen Bereichen auszustatten, unabhängig vom jeweiligen Hintergrund. Das geschah zum Teil auch aus PR-Zwecken, vermutete York, damit sie imstande waren, zu jedem Aspekt ihrer zukünftigen Missionen einen intelligenten Kommentar abzugeben.

Sie würden auch körperlich trainieren, in Simulatoren, Zentrifugen etcetera. Außerdem würden sie Flugerfahrung erwerben, auf dem Rücksitz einer T-38; doch im Gegensatz zu früheren Nachwuchs-Astronauten würde diese Gruppe keine richtige Flugausbildung machen.

Das stellte einen Bruch mit der Tradition dar. *Sie lassen Astronauten zu, die keine Piloten sind!* Chuck Jones machte den Eindruck, als ob er Kreide fressen müßte, als er sich diese Mitteilung abrang, und ein paar der Jungs wirkten enttäuscht; einer fragte sogar, ob er die Flugausbildung *freiwillig* machen dürfe.

Nach dem Ascan-Jahr würden die Kandidaten in die Gruppe der Aktiven übernommen und hätten dann die Aussicht, für einen Raumflug ausgewählt zu werden. Zwei Jahre vor einem Flug würde dann das missionsspezifische Training beginnen...

»In der Theorie«, sagte Jones.

»*In der Theorie*, Sir?« fragte jemand.

»Ich rede jetzt Klartext«, sagte Jones. »Ihr werdet in absehbarer Zeit nicht in den Weltraum fliegen. Bei eurer Intelligenz wißt ihr, wie es um den Staatshaushalt bestellt ist.

Selbst wenn wir zum Mars fliegen, und selbst wenn – *wenn!* – ein Wissenschaftler ausgewählt wird« – Jones' Tonfall machte deutlich, was er davon hielt –, »sind noch viele Leute vor euch. Einschließlich etlicher Wissenschaftler, die schon seit Jahren hier sind und noch nicht ein einziges Mal geflogen sind. Es ist noch schlimmer als bei Apollo. Bei Apollo waren wenigstens ein paar Mondflüge geplant. Zum Mars ist nur ein einziger Flug geplant, und die Konkurrenz um die Plätze für diesen Flug ist gnadenlos.«

Jones schaute mit seinen kalten schwarzen Augen in die Runde, und York hatte Mühe, dem Druck dieses Blicks zu widerstehen, als ob er eine Art feindlicher Radarenergie verströmt hätte. »Sie müssen mit langen Wartezeiten rechnen und mit der Möglichkeit, daß überhaupt keine Flüge mehr stattfinden. *Wir brauchen Sie hier nicht*. Ich sage das nur, damit Sie Bescheid wissen.«

Ben Priest führte sie zum Mittagessen ins Nassau Bay Hilton aus.

Sie inspizierte die Speisekarte. »Fleischgerichte. Meeresfrüchte. Salat. Kartoffeln. Mehr Fleischgerichte. Mein Gott, Ben.«

Er grinste und nippte an einer Cola. »Willkommen in Houston.«

»Wie hält ein zivilisierter Mensch wie du es hier nur aus, Ben?«

»Sei nicht so versnobt, Natalie.«

York bestellte sich ein Hähnchenschnitzel. Was ihr dann serviert wurde, war ein tellergroßes, dick paniertes Stück Fleisch. Die ersten Bissen schmeckten noch gut, doch das Fleisch war zäh, und bald bekam sie Zahnschmerzen.

Oh, wie ich Houston lieben werde. Ich fühle mich schon richtig heimisch.

»Sag mal«, sagte Priest. »Was hältst du denn von den Astronauten, die du eben en masse gesehen hast?«

»Kapitäne von Schulmannschaften und Klassensprecher. Hinterwäldler.«

Er lachte. »Schon möglich. Dann trifft das aber auch auf mich zu. Hier bin ich nur der ›Öhi‹ aus Ohio.«

»Das ist mein Ernst, Ben. Vielleicht ist es das, was mit der NASA nicht stimmt. Diese Jungs haben es zu einfach.«

»Zu leicht?«

»Sicher. Trotz ihrer großen Leistungen. Tag für Tag erhalten die Astronauten einen klar umrissenen Auftrag, den sie bloß ausführen müssen. Der Rest der Menschheit hat es nicht so leicht.«

Er grunzte und tranchierte sein T-Bone-Steak. »Eins steht zumindest fest«, sagte er.

»Und was?«

»Ob du diese Pfadfinderkolonie nun richtig beurteilst oder ob es sich nur um einen subjektiven Eindruck handelt, von dem wir hier reden; es wird dir verdammt schwer fallen, hier eine Nische zu finden.«

Sie wußte, daß er recht hatte. Der Flug zum Mars wäre vielleicht noch die leichteste Übung.

Nach dem Essen machte Priest mit ihr eine Stadtrundfahrt und war ihr bei der Wohnungssuche behilflich.

Sie war erleichtert, als sie sich in Bens vertrauter Corvette vom JSC entfernte. Und es war eine Erleichterung, mit Ben zusammenzusein.

Sie drehte sich zu ihm um. Er sprach kein Wort beim Fahren. Wenn er nun die Hand zu ihr ausstreckte...

Aber er streckte sie nicht aus. Er saß so steif da, als ob er sie ganz vergessen hätte. *Wahrscheinlich ist er in dieser Hinsicht genauso ratlos wie ich.*

Ihre Beziehung zu Ben war schon komisch, sagte sie sich. Fast so komisch wie die lange Beziehung mit Mike Conlig. Sicher. *Und was ist der gemeinsame Nenner, York?*

Nachdem sie und Ben sich auch körperlich nähergekommen waren, hatten sie viel weniger miteinander geredet. Und wenn sie sich unterhielten, dann nur über Banalitäten. Ben schien nicht einmal in der Lage, eine Trennung von Karen auch nur in Erwägung zu ziehen, und was York betraf, so dümpelte die Beziehung mit Mike Conlig so vor sich hin. Je länger sie dauerte, desto größer würde die emotionale Last. *Haben Ben und ich nur eine Affäre? Springen wir nur ab und zu in die Kiste?*

Es war, als ob die bipolaren Beziehungen, die Ben und York hatten, sie immer auseinanderbrachten, wenn sie sich gerade näherkamen.

Doch eines wußte sie mit Bestimmtheit. Wenn sie den ersten Morgen am Johnson Space Center irgendwie überstehen wollte, dann war sie auf Bens Beistand angewiesen, um nicht den Verstand zu verlieren.

Houston deprimierte sie. Die Stadt schwitzte unter einer Käseglocke aus feuchtwarmer Luft. Die Luftverschmutzung war unerträglich. Das flache Land befand sich auf der Höhe des Meeresspiegels und wurde von lehmigen Flüssen und Sümpfen durchzogen. Im Umkreis von hundert Meilen gab es keinen einzigen Hügel. Der Boden außerhalb der Stadt war eine klebrige Substanz, die von den Einheimischen als ›Gumbo‹ bezeichnet wurde, eine Masse aus Schlamm, Lehm und Muschelschalen; kümmerliche Kiefern und knorrige Eichen wuchsen auf Feldern mit hartem, stachligem Gras.

Ben fuhr mit ihr zum San Jacinto-Monument hinaus, einem wuchtigen Obelisken aus den dreißiger Jahren, der von einem texanischen Stern gekrönt wurde. Er diente als Denkmal für den Sieg von General Sam Houston über die Mexikaner. Sie fuhren zur Aussichtsplattform an der Spitze hinauf. Der Park mit dem Obelisken war in ein mehrere Quadratkilometer großes Gelände mit Raffinerien eingebettet. Aus dieser Perspektive existierte das JSC überhaupt nicht; Houston hatte von der Ölkrise der frühen Siebziger profitiert, und als York das Gewirr aus Pipelines betrachtete, erkannte sie, daß Houston in der Hauptsache vom Erdöl lebte und daß das Raumfahrtprogramm nur ein Arbeitgeber von vielen war.

An der Basis des Monuments roch es nach Erdöl.

Zur Wohnungssuche fuhr Ben sie zurück zum NASA-Gelände am Clear Lake im Südosten der Stadt. Clear Lake war, wie Ben sich ausdrückte, weder klar noch ein See, sondern ein Seitenarm der Galveston Bay – das war offensichtlich ein Standard-Witz des JSC. Die NASA-Straße Eins, der Zubringer zum JSC, verlief parallel zur Küste, und zwischen Badeorten, die schon bessere Tage gesehen hatten, waren moderne Wohnsiedlungen errichtet worden – Nassau Bay und El Lago. Die Badeorte aus der Gründerzeit bildeten einen eigentümlichen Kontrast zum Raumfahrtzentrum: durch die salzhaltige Luft und die intensive Sonneneinstrahlung waren die Fassaden verblichen, und die Gebäude machten einen heruntergekommenen und geradezu unheimlichen Eindruck. York sagte sich, daß die Einheimischen es als Schock empfunden haben mußten, als die NASA per Dekret des Präsidenten vor zwanzig Jahren hier gelandet war.

Die Neubauten waren im Ranchhaus-Stil errichtet worden, hübsche kleine Bungalows mit winzigen Vorgärten. Die Siedlung war grün, gepflegt und vermittelte den Eindruck von Wohlstand.

»Mein Gott«, grunzte York. »Der amerikanische Traum von 1962. Das Häuschen im Grünen, Mum und zwei Kinder, Grillfeste und ein Segelboot. Wie bei den Waltons.«

»Nein.« Priest lächelte hinter der Sonnenbrille. »Dies ist Astronauten-Territorium. Dann wäre der Vergleich mit ›Bezaubernde Jeannie‹ schon zutreffender. Aber du gibst dem Ort überhaupt keine Chance, Natalie.«

»Nicht?«

»Nein. Clear Lake ist eine Art wissenschaftliche Gemeinde. Zum einen haben wir das JSC und dann noch die chemische Industrie im Umland. Hier gibt es mehr Doktoren pro Quadratmeter als in den meisten Orten außerhalb der Universitätsstädte. Du wirst dich hier sicher heimisch fühlen.«

»Hör auf, mich aufmuntern zu wollen, Ben.«

»Das will ich gar nicht. Glaub mir. Du hast es noch sehr gut angetroffen. Die ›Sternen-Stadt‹ in Moskau, wo die Kosmonauten leben, hat mehr Ähnlichkeit mit einer Kaserne...«

Die Siedlungen, die Ben ihr zeigte, hießen The Cove, El Dorado, Lakeshire Place und The Leeward. Sie machten keinen schlechten Eindruck, und die besseren Wohngegenden hatten sogar einen Zugang zum Strand. Doch die Inneneinrichtung hatte ödes Einheitsformat: die Wohnungen waren die reinsten Kaninchenställe, mit schwächlichen Klimaanlagen, billiger Möblierung und geschmacklosen Bildern an den Wänden.

Sie entschied sich für ein Viertel namens Portofino. Die Architektur war zwar genauso langweilig wie überall sonst, doch es gab immerhin einen großen, sauberen Swimmingpool, den sie unbedingt bald ausprobieren wollte.

Nachdem sie die Formalitäten erledigt hatte, ließ die Vermieterin – eine kompakte Frau mit starkem texanischen Akzent und einem neckischen T-Shirt – die beiden in der Wohnung allein.

York spürte, daß Ben sich innerlich von ihr distanzierte.

Sie ging zum Fenster. Die Luft war so stickig, daß das Atmen schwerfiel. Der Himmel war dicht bewölkt, und der zu erwartende Regen würde die Hitze erst recht speichern.

Sie spürte, wie eine dumpfe Niedergeschlagenheit sie überkam, so drückend wie die Luft. *Was will ich überhaupt hier in diesem lausigen Apartment und in dieser verdammten Männer-Stadt?*

Nachdem sie das Gebäude wieder verlassen hatte, sah sie ein Auto, dessen Scheiben von der hohen Luftfeuchtigkeit beschlagen waren.

Freitag, 8. Dezember 1978
Wasatch, Utah

Beim Anflug auf Salt Lake City hatte Gregory Dana einen spektakulären Blick auf den See. Zuflüsse glitzerten wie Schneckenspuren, und menschliche Siedlungen zeichneten sich als verschwommene graue Flecken entlang der Straßen ab. Es war ein klarer Morgen, und der blaue Himmel schien bis auf die Wüste weit vor dem Flugzeug hinabzureichen.

Dana stellte sich vor, auf einem fremden Planeten zu landen, einer Welt mit sengend heißen Wüsten und vereinzelten Binnenmeeren.

Für die meisten Menschen, so sagte er sich, stellte die komplexe Welt der menschlichen Gesellschaft das gesamte Universum dar, losgelöst vom physikalischen Unterbau. Die meisten Menschen entwickelten nie eine *Perspektive*: das Bewußtsein, daß ihr Leben in einer dünnen Luftschicht auf einer kleinen, rotierenden Felskugel ablief, daß ihr Bewußtsein im Vergleich zu den geologischen Zeiträumen dem Flackern einer Glühlampe glich, daß sie ein Universum bewohnten, das sich aus Zuständen entwickelt hatte und unausweichlich in Zustände zurückfallen würde, die nicht die geringste Übereinstimmung mit den ihnen bekannten Verhältnissen aufwiesen.

Allein schon der Blick aus der Luft vermittelte dem Flugreisenden eine Perspektive, die früheren Generationen verwehrt gewesen war. *Wenn der Raumflug uns ein Bewußtsein unserer wahren Natur vermittelt, dann wird das allein die Kosten schon rechtfertigen*, sagte er sich.

Er ließ den Blick durch die Kabine schweifen. Die meisten Reisenden – selbst diejenigen, welche der NASA angehörten und wie er am Raumfahrtprogramm beteiligt waren – hatten sich hinter Unterlagen, Büchern oder Zeitungen verschanzt.

Morton Thiokol hatte einen Wagen geschickt, der ihn vom Flughafen abholte. Der Fahrer – ein junger, lebhafter Mann mit einer verspiegelten Sonnenbrille – stellte sich als Jack vor und verstaute Danas Gepäck im Kofferraum. Die Aktentasche wollte Dana aber nicht aus der Hand geben.

Jack fuhr auf der Schnellstraße nach Norden, in Richtung Brigham City. Der Fahrer sagte ihm, daß er ihn zur ersten Testzündung der SRB bringen würde, dem Feststoff-Booster der neuen Saturn VB-Klasse. Der Einsatz von Feststoffraketen als Zusatztriebwerke bei einer bemannten Stufenrakete war einer der strittigsten Punkte des Modernisierungsprogramms der Saturn, und die NASA unternahm auch keine Anstrengungen, diese Kontroverse beizulegen.

Dana hatte Zweifel hinsichtlich einer Zusammenarbeit mit Udet gehegt und sich gefragt, ob er imstande wäre, den Leuten in Marshall seine Version plausibel zu machen. Zumal ein solcher Auftrag sich ohnehin außerhalb seines Kompetenzbereichs befand.

»Sie dürfen sich überall umsehen und Empfehlungen aussprechen«, hatte Seger gesagt, »und ich werde dafür sorgen, daß man Ihnen zuhört. Es darf uns bei diesem Projekt kein Fehler unterlaufen, Doktor Dana...«

Doch was sollte er aus einer Testzündung lernen? Hierbei handelte es sich offensichtlich um eine Vorführung, um ihn zu beeindrucken und zu überwältigen. Das war typisch für Hans Udet; Dana ärgerte sich über diese Zeitverschwendung.

Er ließ die Schlösser des Aktenkoffers aufspringen; als ob er sich rächen wollte, wandte er den Blick von der Landschaft, die vor den Wagenfenstern vorbeizog und widmete sich technischen Dokumentationen.

Der Fahrer setzte ihn bei der Wasatch-Abteilung von Morton Thiokol ab, ein paar Kilometer außerhalb von Brigham City. Jack berührte Dana leicht am Ellbogen und führte ihn zu einem Bürocontainer, der sich etwas abseits der staubigen Straße auf einem Gerüst befand.

Beim Testgelände handelte es sich um eine Ansammlung von Gebäuden, die sich um eine breite kraterartige Senke in der Wüste verteilten. Flache Hügel mit schwarzgrüner Vegetation säumten das Gelände. Im Osten ragten blaue Berge in den Himmel.

Jack wies auf einen ein paar Kilometer entfernten Meßplatz. Dana kniff die Augen zusammen, um in der gleißenden Helligkeit etwas zu sehen und erkannte einen dünnen weißen Zylinder, der flach auf dem Boden lag.

Der Bürocontainer verfügte erstaunlicherweise über eine Klimaanlage und war zudem mit einem Kühlschrank und einer Kaffeemaschine ausgestattet. Erleichtert sog Dana die warme, feuchte Luft ein. Hans Udet erwartete ihn schon.

»Doktor Dana. Ich freue mich, daß Sie hier sind.«

Wirklich? Was für ein Kontrast zu unserer letzten Begegnung, Hans, bei der Präsentation der Mars-Modi in Huntsville...

Skeptisch schüttelte Dana dem Deutschen die Hand und blickte sich in dem Bürocontainer um. Er sah ein Schnittmodell der SRB und künstlerische Impressionen in dem kraftvollen, visionären Stil, den die NASA, wie Dana sich sagte, in den letzten Jahren als Klischee kultiviert hatte. Aus einem Wandlautsprecher wurde in gedämpfter Lautstärke über den Fortschritt der Versuche berichtet.

Offensichtlich handelte es sich bei diesem Büro um eine Art potemkinsches Dorf, um zu Besuch weilende Entscheidungsträger zu beeindrucken. *Wie mich. Ich sollte mich wohl geschmeichelt fühlen.*

»Sind wir allein?«

»Doktor Dana, dies ist ein großer Tag für uns – die erste integrierte Testzündung –, und mir war besonders daran gelegen, daß Sie sich das anschauen. Als mein Gast. Darf ich Ihnen den Aktenkoffer abnehmen? Möchten Sie einen Kaffee? Oder vielleicht ein Bier?

Dana nahm lieber ein Glas Orangensaft – der fast auf den Gefrierpunkt heruntergekühlt zu sein schien – und setzte sich auf einen Stuhl.

Udet nahm die typische Pose eines Versicherungsvertreters ein. »Ich möchte Sie über den Hintergrund unseres SRB-Projekts aufklären«, sagte Udet und wies auf eine Grafik mit dem geplanten Startprofil. »Die Feststoff-Booster haben vom Triebwerkstrichter bis zur Nase eine Länge von fünfundvierzig Metern und einen Durchmesser von dreieinhalb Metern. In der Startkonfiguration der Saturn VB werden vier dieser Triebwerke mit der ersten Stufe MS-IC zu einer Mehrstufenrakete zusammengefaßt. Die Booster werden der MS-IC einen Gesamtschub von über zweieinhalbtausend Tonnen verleihen, wodurch die VB imstande ist, eine Nutzlast von mehr als zweihundert Tonnen in den LEO* zu befördern: das ist *doppelt* soviel wie bei der Saturn V. Das MS-IC selbst ist deutlich verbessert worden und verfügt nun über die F-1A-Haupttriebwerke, die mit neuen Fertigungstechniken und Werkstoffen produziert wurden. Die SRBs sind weltweit die größten Feststoff-Booster – und um die Wirtschaftlichkeit zu erhöhen, sind sie die ersten wiederverwendbaren Triebwerke dieser Art...«

»Und die ersten, die bei einer bemannten Rakete eingesetzt werden sollen.«

»Ja, das ist richtig.«

Dana öffnete den Aktenkoffer und legte ein Dokument auf den Schoß. »Doktor Udet, unsere Zeit ist begrenzt. Könnten wir nun zu den Spezifikationen kommen? Die Startsequenz interessiert mich dabei besonders.«

Udets Augen strahlten himmelblau hinter der Brille. Der Deutsche musterte Dana prüfend, als ob er den weiteren Verlauf berechnete. Dann nahm er mit choreographierten Bewegungen neben Dana Platz; er saß locker da, unverkrampft und mit freundlicher Körpersprache. »Ich verstehe Ihre Besorgnis, Doktor Dana; ich habe das Memorandum gelesen, das Sie für Bert Seger verfaßt haben. Mein Anliegen ist nun, diese Besorgnis zu entkräften und Ihnen zu versichern, daß sie unbegründet ist.«

Wider Willen wurde Dana durch Udets Beherrschtheit und seine preußisch-aristokratische Haltung aus dem Konzept gebracht. Danas Brille war verrutscht; er rückte sie zurecht und bemühte sich, mit fester Stimme

---

* LEO: Low Earth Orbit = Niedrige Erdumlaufbahn

zu sprechen: »Und mein Anliegen ist, daß keine Kompromisse bei der Sicherheit gemacht werden, zugunsten nachrangiger Ziele wie Wiederverwendbarkeit, Terminplanung und Kostenrechnung.«

»Natürlich. Und wenn ich ...«

»Könnten wir auf die Frage des Starts zurückkommen?« Er kramte im Aktenkoffer und holte eine handschriftliche Notiz heraus. »Ich habe eine Vorab-Analyse einiger Ausfallmodi beim Start erstellt. Ich werde das natürlich noch formell dokumentieren.«

»Ich bin sicher, daß wir alle Ausfallmodi in Betracht gezogen haben, Doktor Dana.«

»Da bin ich mir sicher«, murmelte Dana. »Aber vielleicht sollten wir das doch noch einmal durchgehen. Nur ein Beispiel: es hat den Anschein, als ob unmittelbar vor dem Abheben die Booster und der Rest des Bündels einem Vorgang unterlägen, den mein Sohn als ›Dehnung‹ bezeichnet – während der paar Sekunden zwischen der Zündung der Triebwerke der MS-IC und dem Bruch der Halterungen der Mehrstufenrakete.«

»Ich bin mit der Astronautenterminologie vertraut«, sagte Udet mit einem gezwungenen Lächeln.

»Die durch diese ›Dehnung‹ verursachte strukturelle Belastung der Mehrstufenrakete führt dazu, daß das Bündel beim Start in Schwingungen versetzt wird und während der ersten paar Sekunden des Flugs mit einer Periode von drei bis vier Sekunden in Längsrichtung oszilliert.« Dana zeigte auf eine Textpassage, die er dick unterstrichen hatte. »Aus dieser Skizze ersehen Sie, daß die Stoßstellen der segmentierten Raketen während der ›Dehnung‹ und der darauffolgenden Stauchung am stärksten belastet werden. Ich glaube, daß diese Belastungsspitzen den maximalen dynamischen Druck während des Flugs noch übertreffen.«

»Die Stoßstellen sind für solche Belastungen ausgelegt. Das ist alles schon berücksichtigt worden«, sagte Udet. Er schien etwas ungehalten.

»Gewiß. Aber ich möchte die dokumentierten Testergebnisse sehen, bevor ich in Erwägung ziehe, die Projektprüfung abzuzeichnen. Zudem möchte ich noch weitere Empfehlungen vorlegen.« Er brachte mehr Unterlagen zum Vorschein. »Ich möchte, daß das Gummi der Segmentdichtungen durch einen temperaturbeständigen Verbundwerkstoff ersetzt wird. Außerdem müßten die Stöße der Dichtungen anders konstruiert werden. Dadurch könnte man ein eventuelles Verformen der Stoßstellen während der ›Dehnung‹ um einige Größenordnungen reduzieren. Zusätzlich müßten Beobachtungsfenster bei den Brennversuchen und eine elektrische Heizung für die Stoßstellen installiert werden...«

Während er die Punkte durchging, hörte Udet höflich und mit unbewegter Miene zu.

Eine neue Durchsage, die Dana nicht verstand, drang aus dem Lautsprecher, und Udet drehte den Kopf, um die Nachricht zu verfolgen. Dann wandte er sich Dana wieder mit geschäftsmäßigem Lächeln zu und legte die pergamentartigen Wangen in Falten. »Wir werden das Gespräch fortsetzen«, versicherte Udet. »Aber der Brennversuch findet in ein paar Minuten statt. Wenn Sie mich begleiten wollen – nehmen Sie Ihr Getränk mit, wenn Sie möchten...«

Dana folgte ihm. Irgendwie hatte er das Gefühl, sich ungebührlich verhalten zu haben – als ob es unangebracht gewesen wäre, an einem Tag von solch visionärer Bedeutung mit kleinlichen Bedenken aufzuwarten.

In einem Gefährt, das an einen Golfkarren erinnerte, fuhr Udet mit Dana aufs Testgelände hinaus.

Sie hielten vielleicht anderthalb Kilometer vom

Triebwerk entfernt an. Udet war Dana behilflich, aus dem Karren zu steigen und über eine kurze Metallleiter in einen Graben zu klettern. Der provisorisch ausgeschachtete und mit Spritzbeton ausgekleidete Graben war etwas über einen Meter tief. Ein Techniker reichte Dana eine Schutzbrille und einen weißen Helm.

Das Versuchstriebwerk war ein schlanker weißer Zylinder, der flach auf der Erde lag. Die Rakete wurde von großen rechteckigen Rahmen am Boden gehalten, und die Nase war mit einer großen Halbschale abgedeckt. *Wie ein gefallener Gott, der an den Boden gefesselt ist, damit er nicht entkommt.* Die Montagestöße zwischen den Hüllsegmenten leuchteten golden in der Sonne, die sich dem Zenit näherte. Der große Triebwerkstrichter war auf einen Hügel gerichtet.

Leute gingen um das Triebwerk herum. Vor dem mächtigen weißen Körper wirkten sie wie Zwerge. Die Rampe war mit Instrumenten und Kameras auf zerbrechlich aussehenden Stativen bestückt, und in den schwarzen Schlund des Triebwerkstrichters waren Sonden eingeführt.

Udet tippte Dana auf die Schulter und beugte sich zu ihm herüber. »Wir haben noch ein paar Minuten. Reden wir offen, Sie und ich.«

Dana musterte ihn argwöhnisch.

»Ich möchte über das *Risiko* sprechen«, sagte Udet. »Ich glaube nämlich, das ist der Kern der Diskussion, die wir führen. Wir haben in diesem Land eine fast zwanzigjährige Erfahrung in den Bereichen Bau und Betrieb bemannter Raumflugsysteme gesammelt. Und während dieser Zeit hat das Konzept des Risikos sich ...« Udet zögerte, was völlig untypisch für ihn war und suchte offensichtlich nach dem richtigen Wort.

»›Entwickelt‹?« half Dana ihm aus.

Udet wölbte eine Augenbraue. »Sehr gut. ›Entwickelt‹. Wir haben die Notwendigkeit erkannt, Prinzipien zu entwickeln, die komplexer sind als die schlichte Forderung, ›die Besatzung um jeden Preis zu schützen‹ und so weiter.«

»›Wir‹?«

»Ja«, sagte Udet schroff. »Wir, die wir letztlich für die Sicherheit der jungen Männer verantwortlich sind, die wir in den Orbit schicken. Im Gegensatz zu denjenigen – bei allem Respekt –, die nur zuschauen. Wie Sie.

Die Bewertung des ›Risikos‹ entwickelt sich im Verlauf einer Mission. Bedenken Sie das. Das Zusatztriebwerk der Apollo 12 wurde während des Starts vom Blitz getroffen. Das Raumschiff hat zwar sicher den Orbit erreicht, aber die elektrischen Systeme der Apollo waren schwer beschädigt, und es war unmöglich, die Fallschirme in der Kommandokapsel auf ihre Funktionsfähigkeit zu überprüfen. Nach Abwägung aller Umstände beschloß man, die Mission fortzusetzen. Wenn wir nämlich einen Start überstanden haben, so problematisch er auch war, müssen wir weitermachen; sonst würden wir nämlich eine andere Besatzung dem größeren Risiko eines *weiteren* Starts aussetzen, um denselben Punkt zu erreichen. Und was die Fallschirme betrifft: falls Conrad und seine Leute bei der Rückkehr zur Erde umgekommen wären, hätte das ebensogut nach einer Mondlandung anstatt davor geschehen können.«

»Ich kenne die Geschichte, Doktor Udet. Was wollen Sie damit sagen?«

»Daß dieses ganze Geschäft« – Udet machte eine ausladende Geste – »nur die Verwirklichung, die werkstofftechnische Umsetzung eines *Traums* darstellt. Eines Traums, den Sie und ich teilen. Doch dieser Traum ist ohne Risiken nicht zu verwirklichen. Deshalb geht es bei unserer Mission auch nicht darum, das Risiko auszuschließen, sondern es zu *kalkulieren*. Und aus dieser Perspektive müssen Sie eine Beurteilung des Projekts vornehmen...«

Erneut fühlte Dana angesichts von Udets Gelassenheit und Kompetenz Unbehagen. Vermochte er sich der Überzeugung dieses Mannes wirklich entgegenzustellen?

Über einen entfernten Lausprecher erfolgte der Countdown. Udet stand aufrecht im Graben, wobei sein silbriges Haar im Sonnenlicht leuchtete. *Für Momente wie diesen lebt Udet*, sagte Dana sich.

»Später«, sagte Udet leise zu Dana, »möchte ich Ihnen die Brennstoffherstellung in Wasatch zeigen. Der Brennstoff wird in großen Behältern vermischt und direkt in die Hüllsegmente abgefüllt. Er hat die Konsistenz von Gummi...« *Dreizehn. Zwölf.* Das Personal hatte sich von der Rakete zurückgezogen. Der leuchtende Körper lag verlassen auf dem Wüstenboden.

»... Der Brennstoff entzündet sich nur bei extremer Hitze. Er reagiert weder auf statische Veränderungen noch auf Reibung oder Stöße. Wie Sie sehen, ist es eine sehr sichere Sache.«

Sechs. Fünf.

»Deshalb ist auch ein kleines Raketentriebwerk *in* der Hülle erforderlich, um den Brennstoff zu entzünden. Und wenn der erst einmal entflammt ist, braucht man auch keine Pumpen oder Tieftemperaturspeicher mehr. Eine ordentliche Rakete brennt einfach...«

Ja. Und wenn sie erst mal angezündet ist, geht sie nicht mehr aus.

Zwei. Eins.

Weiße Flammen stachen aus dem Triebwerkstrichter. Es herrschte eine gespenstische Stille. Die Flamme erreichte den Hügel hinter der vertäuten Rakete, und der geblendete Dana hatte den Eindruck, das Sonnenlicht über der Wüste sei abgedunkelt worden. Das Blau und Orange der Landschaft schien im Vergleich zu diesem Feuer – Raketenlicht, heißer als die Oberfläche eines Sterns –, das die Menschen auf die Erde gebracht hatten, zu Grautönen zu verblassen.

Und nun kam der Schall bei ihm an.

Zuerst vernahm er ein dumpfes Grollen, das direkt aus den Tiefen der Erde zu dringen schien. Und dann hörte er ein heftiges Prasseln, ein hochfrequentes Geräusch. Es klang, als würde eine riesige Leinwand zerrissen; das Geräusch bauschte seine Kleidung und zerzauste ihm das Haar. Er spürte, wie der Boden bebte, als ob er mit einem großen, unsichtbaren Hammer bearbeitet würde.

Udet beugte sich zu ihm herüber und rief: »Das ist der Traum, Doktor Dana.« Er sah Dana mit zerzaustem und von orangefarbenem Staub gepudertem Haar an. »Von null auf zwanzig Millionen Pferdestärken in weniger als einer Sekunde! *Das* ist es, was ich Ihnen zeigen wollte. *Das* ist es, wofür wir arbeiten, Sie und ich. *Das* ist es, was Sie immer bedenken müssen, wenn Sie Ihre Studien betreiben und Ihre Berichte abfassen.«

Dana wurde von der Intensität des Mannes überwältigt. Natürlich hatte Udet recht. Es war wirklich ein Traum, ein Traum aus Raketenlicht, der vor den Augen zweier alter Männer aus Europa in der Wüste der Vereinigten Staaten Wirklichkeit wurde. Der Traum des *Mittelwerks*.

Die Flammen schlugen noch immer aus der gefesselten Rakete, und Rauch, der vom Wüstenstaub orange und grau gefärbt wurde, waberte über dem Hügel.

Februar 1970
Lyndon B. Johnson-Raumfahrtzentrum, Houston

Der Raum war abgedunkelt und warm. Ein paar der Trainees hatten die Füße hochgelegt. Einer – Bob Gold, ein Texaner mit Segelohren, der ein paar Meter vor York saß, hatte den Kopf in den ausrasierten Stiernacken gelegt und gab ein leises Schnarchen von sich, das sich wie das Keckern eines Vogels anhörte.

Der Ausbilder legte eine neue Folie auf den Projektor. Weil die Fokussierung des Projektors nicht funktionierte, verschwamm die Darstellung zum Mittelpunkt hin. Der Ausbilder, ein Astronaut namens Ralph Gershon, griff zum teleskopartigen Zeigestock und tippte an die Leinwand, worauf das Bild zitterte und noch unschärfer wurde.

Gershon fummelte nicht etwa aus Nervosität so herum, wie York in ihrer Trägheit erkannte, sondern weil er keine rechte Lust auf die Vermittlung des Lehrstoffs hatte.

»Dies hier ist das ECLSS der MEM-Konfiguration«, sagte Gershon. »Passen Sie gut auf. Vielleicht wird eines Tages Ihr Leben davon abhängen, wie gut Sie dieses Baby kennen.«

Die neue Folie zeigte ein kompliziertes Blockdiagramm, das mit spinnenartigen Pfeilen und verwirrenden Abkürzungen versehen war. Diese Darstellung hatte keinerlei Ähnlichkeit mit den Bildern, die York bisher gesehen hatte.

Der Schnarcher vor York schluckte und kaute schmatzend auf einem Schleimbrocken herum.

»Dies«, sagte Gershon und tippte wieder auf das Diagramm, »ist das grundlegende ECLSS-Konzept, das unabhängig von der Konstruktion des restlichen MEM verwirklicht werden wird. Hier haben Sie das Molekular-Doppelsieb für die Ce-O-Zwei-Reinigung.

Und die Ha-Zwei-O-Klärung erfolgt mit dieser Mehrfachfilter-Einheit hier. Das hier steigert die Leistung der Brennstoffzellen. Und die atmosphärischen Gase werden natürlich tiefgekühlt gespeichert. Im Gegensatz zur Druckspeicherung.« Blinzelnd schaute Gershon in die Runde. »Weiß jemand, weshalb? Wegen des günstigeren Gewichts-Volumen-Verhältnisses. Und wir haben hier kein O-Zwei-Aufbereitungssystem. Wir führen die gesamte Atemluft mit und blasen die Abluft aus. Will jemand mir sagen, weshalb? Weil das MEM ein Kurzstrecken-Raumschiff ist und das zusätzliche Gewicht des Aufbereitungssystems deshalb nicht gerechtfertigt wäre...«

York merkte, daß Gershons Trick – indem er dem Kurs eine Frage stellte und sie beiläufig selbst beantwortete, bevor jemand die Gelegenheit bekam, sich zu äußern – sie langsam verrückt machte.

Gershon sagte den Lehrgangsteilnehmern, sie sollten die Kopie des Diagramms in ihren Büchern vervollständigen; dann verließ er den Raum und steuerte die Kaffeemaschine an.

Obwohl Gershon sich durchaus mit MEM-Konstruktionen auskannte, war er kein ausgebildeter Ausbilder. Er war ein kleiner, drahtiger Mann Mitte Dreißig. Anscheinend stammte er aus Iowa, doch lebte er schon so lange in Houston, daß er einen texanische Akzent angenommen hatte. Und nach all diesen Jahren war Gershon noch immer nur ein Astronauten-Anwärter, der auf seinen ersten Flug wartete, irgendwelche Hilfsdienste verrichtete und hoffnungsvolle Nachwuchskräfte unterrichtete.

Für York war Gershon ein deprimierendes Vorbild.

Sie blätterte ihr ›Malbuch‹ durch. So bezeichneten die Trainees die Werke, die vor jeder Vorlesung ausgegeben wurden; es handelte sich um Wälzer, die nur Grafiken und keinen Text enthielten. Die Diagramme auf dem Projektor sollten bis auf die Farben mit den Diagrammen in den Büchern identisch sein, und die Trainees – allesamt hochqualifizierte Spezialisten – mußten wie Schüler die Diagramme in den Büchern mit Buntstiften kolorieren. Sie mußten sich jeden Transistor, jedes Ventil, jede Röhre und jeden Schaltkreis jedes gottverdammten Raumschiffs merken, sei es nun geplant oder schon in Betrieb.

Malbücher waren wirklich die letzten Lehrmittel, sagte sie sich. Zumal alles Systemwissen dieser Welt Jim Lovells Apollo 13 nichts geholfen hätte, als der Sauerstofftank explodierte.

Außerdem bestand das Problem, daß das MEM als bewegliches Ziel ausgelegt war. Das MEM unterschied sich insofern von früheren Raumschiffsgenerationen, als die grundlegenden Entwürfe – Doppelkegel, Ballonschirme, Steckdüsen-Raketentriebwerke – *vor* dem Bau der ersten Schiffe bereits erprobt waren. Es stellte einen deutlichen Kontrast zu Apollo dar und schien in ihren Augen viel logischer zu sein. Doch aus diesem Grund entsprach das ECLSS-Diagramm in ihrem Buch nicht in allen Details dem Diagramm auf der Leinwand, und dieses entsprach wiederum nicht exakt der Realität des Raumschiffs, das irgendwann einmal gebaut werden würde. Weshalb sollte sie sich also mit dem ganzen Kram belasten?

Das war alles Teil ihres Ascan-Lehrplans, eines Dokuments, das tatsächlich wie ein Strömungsdiagramm konzipiert war. Man folgte dem Fluß, arbeitete hier ein einstündiges Modul über Subsysteme ab und besuchte dort eine mehrstündige Vorlesung über Raumfahrtmedizin, bis man Barrieren im Flußdiagramm überwand, die einen auf die nächsthöhere Leistungsstufe hoben. Es war ein starres Ausbildungssystem, das von einem Ingenieur und nicht von einem Pädagogen entwickelt worden war.

Das war typisch NASA. Nicht daß es ihr gelungen wäre, jemanden für diesen Schwachpunkt zu sensibilisieren.

Die Neuen mußten ihre eigenen Buntstifte mitbringen, und York verschaffte es eine Art Lustgewinn, Triebwerkstrichter in Signalorange auszumalen, Sauerstofftanks in Puterrot und Elektromagneten in Xenonblau.

Nachdem die Vorlesung beendet war, rannte sie zu Ben Priest. Ben steckte gerade im Training für seinen ersten Flug: Apollo-N, die orbitale Erprobungsmission für NERVA 2, die für Ende nächsten Jahres geplant war.

Er war ebenfalls frustriert und gereizt, nachdem er den ganzen Tag in einer integrierten Simulation verbracht hatte.

Aus irgendeinem Grund stand die übliche Barriere heute nicht zwischen ihnen. Sie standen nur in Tuchfühlung auf dem Gang und schauten sich ins Gesicht. Vielleicht teilten sie nur ihre Frustration. Wie dem auch sei, sie *wußte*, daß es heute geschehen würde.

Sie setzten sich in Bens Auto und fuhren zu ihrem Apartment.

Es war das dritte Mal in ebensovielen Jahren.

»Diese verdammten Malbücher. Als ob man das Autofahren in der theoretischen Ausbildung lernen sollte«, knurrte sie. Sie nahm einen Schluck Cola und hielt sich die kühle, mit Reif überzogene Dose an die Brust.

Ben, der in ihrem Bett lag, lachte nur und hob seine Bierbüchse zum Mund. »Wenn du von den Vorlesungen genug hast, dann setz dich doch mal in den Simulator.«

»Mein Gott, Ben, wir kommen gar nicht an die Simulatoren ran. Das ist noch ein Problem. Hier wimmelt es nur so von Astronauten. Ich meine von *echten* Astronauten«, sagte sie bitter. »Von blöden Kampfpiloten wie dir, die wirklich fliegen werden.«

»Das sollte dich nicht kümmern. Versuch es trotzdem.«

»Die Simulatoren sind bis drei Uhr morgens ausgebucht!«

Er wirkte ungeduldig und zog die Decke über den Bauch. »Dann komm halt um drei Uhr morgens. Was willst du überhaupt, Natalie? Niemand hat gesagt, daß es einfach werden würde. Du mußt den anderen immer um eine Länge voraus sein. Sorg dafür, daß man Notiz von dir nimmt. Klopf an Chuck Jones' Tür und bitte um Aufträge.«

Sie grunzte. »Das ist eine saudumme Art, ein Raumfahrt-Programm voranzutreiben.«

»Vielleicht, aber so läuft das eben.«

Wie er so dalag, wirkte er irgendwie unruhig. Sie wußte, daß er diesen Abend noch zum JSC zurückfahren mußte. Doch sie verspürte das Bedürfnis, ihn hierzubehalten und mit ihm zu reden. Sie drängte sich ihm auf, aber Ben war der einzige Freund, den York hier hatte.

Seit dem Störfall in Three Mile Island vor ein paar Wochen war sogar der Kontakt zu etlichen Freunden in Berkeley abgebrochen. Die waren nämlich der Ansicht, daß es unmoralisch von ihr sei, an einem High-Tech-Programm mitzuarbeiten, das dazu diente, nukleares Material in den *Orbit* zu schicken, um Himmels willen.

Wenn sie nicht Ben gehabt hätte, um all die Probleme durchzukauen, mit denen sie im Rahmen des Programms konfrontiert wurde, wäre sie wohl bald verrückt geworden.

»Wie geht's übrigens Mike?« fragte er.

Sie schaute weg. »Ich weiß nicht. Ist sehr beschäftigt. Gespannt wie eine Uhrfeder.« Sie zögerte. »Und wie geht's Karen?«

Er zuckte zusammen. »Das habe ich nicht verdient.«

»... Sicher nicht. Tut mir leid.«

»Mir auch«, grunzte er.

Sie packte die Coladose und versuchte, das Problem zu durchdringen. *Wir können uns über den Mars unterhalten und über Kulturschocks bei der NASA, aber wenn es um uns geht, weichen wir immer aus.* »Ich weiß gar nicht, ob Mike möchte, daß ich hier arbeite.«

»Würde es denn etwas ändern?«

Nein. Nicht mehr. Allerdings gelang es ihr nicht, das auch zu sagen.

Priest trank das Bier aus. »Ich glaube, du befindest dich gerade in einem Entscheidungsprozeß, Natalie. Und das gilt vielleicht auch für Mike. Das ist schade. Ich liebe euch beide. Aber ich glaube nicht, daß wir alle eine glückliche Familie sein werden.«

»Wahrscheinlich nicht. Du aber auch nicht.«

»Was, zum Teufel, soll das nun wieder heißen?« fragte er.

»Nichts. Es tut mir leid, Ben.«

Er schwenkte die Bierdose und wich ihrem Blick aus. »Ich habe schon erwogen, auszuziehen.«

»Und wieso?«

Er wirkte irritiert. »Was glaubst du denn? Um hierher zu kommen, meine Güte. Um bei dir zu sein.«

»Ach«, sagte sie erstaunt. »Und was hindert dich daran?« fragte sie sanft.

»... Ich glaube nicht, daß ich Karen verlassen kann.«

»Wieso nicht? Liebst du sie denn noch?«

Er drehte sich zu ihr um und verwuschelte ihr das Haar. »Komm schon, Natalie, du bist doch Wissenschaftlerin. Was ist das denn für eine Frage? Was hat ›Liebe‹ noch für eine Bedeutung, wenn man seit vielen

Jahren mit jemandem verheiratet ist und wenn man einen Sohn aufgezogen hat... Man transzendiert die Liebe. Liebe ist etwas für Teenager.«

»Und weshalb verläßt du sie dann nicht?«

»Aus Loyalität.« Er schüttelte den Kopf. »Nein, das stimmt nicht. Weil wir eine Art Abkommen getroffen hatten, ganz am Anfang. Karen hat in mich – investieren müssen. Immer wenn ich fliege...«

»Ach, nun verstehe ich«, sagte sie. »Karen ist eine Seemannsbraut.«

»Zieh es nicht ins Lächerliche, Natalie. Es mag dir komisch vorkommen, aber es ist ein stabiles System. Karen hat über die Jahre mein Risiko mitgetragen, und ich mute ihr noch mehr zu, wenn ich mit der Apollo-N ins All fliege. Vielleicht werden wir uns trennen; doch wenn wir es tun, soll es ihre Entscheidung sein.«

»Nun, das ist klar wie nur was«, seufzte sie.

Er lachte. »Was willst du mir sagen? Daß ich dein wäre, wenn ich mit einem Koffer hier aufkreuzen würde?«

Sie dachte darüber nach. »Ich weiß nicht«, sagte sie. »Ich könnte nie eine Seemannsbraut sein.«

»Das weiß ich.« Er nahm ihr Gesicht in die Hände. »Du bist etwas ganz Besonderes, Natalie.«

Sie nahm einen Schluck Cola. Ihre Gedanken schweiften wieder zur NASA ab. »Weißt du, die Alten Köpfe im Büro wollen uns überhaupt nicht dort haben...«

»*Alte Köpfe?*«

»Ben, nun tu nicht so, als ob du das noch nie gehört hättest. Die Alten. So nennen wir euch, die Dienstälteren.«

»Mich auch?«

»Dich auch, du Arsch. Und die ältesten der Alten Köpfe sind die schlimmsten. Chuck Jones und der Rest der Mercury-Generation.«

»Ach, komm schon«, sagte Ben. »Diese Jungs sind ganz in Ordnung. Ich meine, sie sind die guten Jungs. Sie treiben das Programm voran und versuchen, noch einen Flug zu ergattern. Sie sind wenigstens nicht in den Vorruhestand gegangen, um in Werbesendungen aufzutreten oder irgendwo als Frühstücksdirektor anzuheuern. Sie sind auch nicht in Talkshows aufgetreten oder haben ihre Raumanzüge verhökert. Männer wie Joe Muldoon und John Young, Fred Haise und Chuck Jones sind die alte Garde ...«

»Vielleicht.« Im Rückblick wunderte sie sich über die Verehrung, die sie diesen Männern entgegengebracht hatte. Doch es war schon erstaunlich, wie die Einstellung einer Person gegenüber umzuschlagen vermochte, wenn man über einen längeren Zeitraum immer nur von ihr brüskiert wurde. »Sie reden nur vom *Fliegen*«, sagte sie verschnupft. »Und von der Gänsejagd und davon, wie sie schnell mit ihren Sportwagen von ihren gemütlichen Häuschen in El Lago zum JSC rasen.«

»Welches Verhalten hättest du denn von ihnen erwartet? Diese Jungs sind im Grunde Testpiloten.«

»Aber mir bringt man das Fliegen nicht bei! Aber das ist noch nicht alles. Selbst wegen der wissenschaftlichen Projekte, die wir durchführen wollen, rümpfen sie die Nase.«

»Chuck Jones auch?«

»Gerade Jones. Kennst du zum Beispiel Bob Gold aus meiner Gruppe?«

»Sicher.«

»Bob wollte sich im nächsten Jahr freistellen lassen, um einen Forschungsauftrag an der University of Texas anzunehmen. Bei der Einführungsveranstaltung hatte man uns diese Möglichkeit in Aussicht gestellt, um den Kontakt zu unseren alten Hochschulen aufrechtzuerhalten. Aber Jones hat es nicht erlaubt. Er sagte, er würde Bob hier brauchen! Wozu denn, um Gottes willen? Um als Staffage bei irgendwelchen Versuchen mitzuwirken? Ben, für ein paar dieser Versuche würde ein x-beliebiges Lebewesen genügen. Es müßte nicht einmal ein *Bewußtsein* haben. Bob spielt jedenfalls mit dem Gedanken, aufzuhören.«

»Dann soll er eben aufhören.« Die Unruhe, die sie schon an ihm wahrgenommen hatte, schien nun an die Oberfläche zu drängen. »Ich verstehe dich. Aber du mußt das mit dir selbst ausmachen, Natalie...«

Aber York war noch nicht fertig. »Noch etwas. Da sitzt du zum Beispiel im Büro und willst den Stoff nachbereiten. Dann kommt so ein grinsendes Arschloch rein und sagt: ›He, Natalie, in Gebäude 4 findet eine Besprechung statt. Es geht um EVA-Überschuhe oder S-Band-Antennenhalterungen oder einen anderen Scheiß, den Sie sich anhören sollten‹. Was soll man da machen?«

»Hingehen«, sagte Priest dezidiert. Mit einer endgültig wirkenden Geste stellte er das Bier auf dem Nachttisch ab. »Hör mir wenigstens einmal zu, Natalie. Du mußt eine Entscheidung treffen. Dieses verdammte Gejammer... Wenn du ins akademische Leben zurückwillst, zurück zu deiner alten Arbeit, dann schnür dein Bündel und geh.«

»Das würde ich auch am liebsten tun.«

»Dann solltest du nicht nur reden, sondern handeln. Wenn du aber hierbleiben willst, dann mußt du mitspielen. Nach *ihren* Regeln, den Regeln der Alten Köpfe oder wie auch immer ihr sie nennt. Jack Schmitt war der erfolgreichste Wissenschaftsastronaut der Sechziger. Wie das wohl möglich war?«

»Weil er der beste Geologe war?«

»Er war ein guter Geologe. Doch es gab viele gute Geologen, die sich aus dem Programm verabschiedet und Schmitt zurückgelassen haben. Schmitt hat sich nützlich gemacht, und zwar so, daß er den anderen Leuten – den Entscheidungsträgern – aufgefallen ist. Man bestimmte ihn zum Repräsentanten der Astronauten für die Mondausrüstung der Apollo, und er führte den Auftrag aus. Und ohne daß man ihn dazu aufgefordert hätte, kümmerte er sich gleich auch um die Landestufe der Mondfähre. Er entwarf Strategien zur Erkundung des Mondes. Er bewirkte, daß die anderen Jungs die Geologie ernst nahmen.«

»Aber, Ben – *Schmitt ist nie auf dem Mond gelandet.*«

Priest schüttelte den Kopf. »Du hörst mir nicht zu. Wenn Schmitt nicht gewesen wäre, würden uns längst nicht so gute geologische Forschungsergebnisse vom Mond vorliegen. Daran solltest du einmal denken. Er hatte Pech – die späteren Mondlandungen, die in seine Dienstzeit gefallen wären, wurden gestrichen. Aber er hat sich selbst die bestmögliche Chance gegeben.« Er musterte sie. »Immerhin hat Schmitt in Moonlab gearbeitet und ist bis auf hundert Kilometer an den Mond herangekommen. Und du kennst doch auch Ralph Gershon, nicht wahr?«

»Sicher. Ein riesengroßes Arschloch.«

»Nein.« Nun wurde Ben ungehalten. »Du bist das Arschloch, Natalie. Es tut mir leid, aber es ist die Wahrheit. Hör zu: Gershon hat es genauso schwer wie du, nur in anderer Hinsicht. Er ist der beste Pilot der NASA, und die meisten von uns wissen das auch. Aber er paßt eben nicht rein. Er gehört zu einer anderen Generation als diese Jungs. Er hat in einem schmutzigen Krieg gekämpft, und vielleicht wird ihm unterstellt, etwas von diesem Schmutz sei an ihm kleben geblieben.

Aber«, fuhr Priest fort, »Ralph hat nicht aufgegeben. Er setzt alles daran, einen Platz in einer Rakete zu bekommen. So macht er sich zum Beispiel nützlich, indem er für euch das Kindermädchen spielt.«

»Aber er ist ein lausiger Ausbilder!«

Priest schüttelte den Kopf. »Moment! Das ist nicht der Maßstab. Daß er den Auftrag angenommen hat, ihn ausführt und ein ›Mannschaftsspieler‹ ist: *das* ist es, was zählt. Und obendrein verbringt Ralph sein halbes Leben in Langley und bei Rockwell – wo auch immer Komponenten des MEM getestet werden. Und weißt du, weshalb? Er sagt sich nämlich, wenn es einmal soweit ist, will er niemanden um sich haben, der sich besser mit dem MEM auskennt als er. Genauso wie Schmitt spielt er mit vollem Einsatz.«

»Und das sollte ich auch tun?«

»Das solltest du auch tun. Und noch mehr. Hör auf mit diesem Gejammer, um Himmels willen. Du hast hier eine einmalige Gelegenheit. Setz dich in den Simulator. Nutze alle Ausbildungsmöglichkeiten, so sinnlos sie dir auch erscheinen mögen. Besuch die Vorträge über die verdammten EVA-Gamaschen oder was auch immer. Und such nach Möglichkeiten, deine Fähigkeiten zu entwickeln. Laß dich zum Beispiel auf die Bewerberliste für den Marsflug setzen...«

»Ich wußte gar nicht, daß es eine solche Liste gibt.«

»Jetzt weißt du es«, sagte er.

»Verdammt, Ben, ich hasse es, wenn du mir Ratschläge gibst.«

Er lachte. »Nur weil ich recht habe.« Er sah auf die Rolex, die er auf den Nachttisch gelegt hatte. »Verdammt. Ich muß los. Muß auch wieder die Schulbank drücken und die NERVA-Steuersysteme auf den neusten Stand bringen.«

»Also«, sagte sie und streichelte ihm den Rücken. »Dann müssen wir noch etwas erledigen, was?«

»Ja. Wir müssen noch etwas erledigen. Wir werden reden.«

Er schwang die Beine aus dem Bett.

Nach ein paar Wochen wurde das Leben interessanter.

Yorks Gruppe wurde nun an den Systemen ausgebildet. York arbeitete sich durch die Hierarchie der Ausbildungssysteme – zuerst anhand von schriftlichen Unterlagen, dann mit Computerunterstützung –, so daß sie eine ganzheitliche Vorstellung von dem Raumschiff bekam, das sie fliegen würde.

Die Räumlichkeiten von Gebäude 5 waren mit Einzelsystem-Trainingsgeräten ausgestattet – Elementen von Apollo-Steuerkonsolen –, wobei Computer einfache Simulationen laufen ließen. Und dann gab es noch für jede der drei Besatzungs-Stationen integrierte Trainingsgeräte in einer Apollo-Kommandokapsel.

Schließlich kam sie ins Gebäude 9, das Modell- und Integrations-Labor. Raumschiffmodelle im Maßstab eins zu eins waren in dem hangargroßen Gebäude verteilt. Die Ausrüstung diente der generischen Ausbildung, um die für jeden Flug erforderlichen Fertigkeiten zu vermitteln; die komplizierteren Simulatoren waren spezifischen Missionen vorbehalten.

Die Halle war kein Ort der modernsten HighTech. Das Material war abgenutzt und verschrammt. Graffiti waren an die Wände gesprüht, und die überall verstreuten Werkbänke waren mit Abfall übersät: Papierhandtücher, ein Eimer mit leeren Coladosen. Kein Astronaut im aktiven Dienst verirrte sich jemals hierher. Wenn sie am Wochenende hierher kam, war die Halle leer; nachdem die Raumflüge im Lauf der Jahre Routine geworden waren, hatte sich am JSC eine Beamtenmentalität breitgemacht.

Gebäude 9 führte ihr vor Augen, wo ihr Platz war; als eine Ascan stand sie weit unten in der Nahrungskette.

Sie versuchte sich an der Luftlager-Anlage, einem Bürostuhl, der auf einem Luftkissen schwebte, das von nach unten gerichteten Düsen erzeugt wurde. Sie driftete wie ein Eishockey-Puck über den mit Epoxidharz beschichteten Boden und umrundete eine Skylab-Station. Auf diese Art lernte sie, sich in einer simulierten Null-G-Umgebung zu bewegen, wenn auch nur in zwei Dimensionen.

Schließlich kletterte sie in die Kabine, ein Modell einer Apollo-Kommandokapsel, die wie ein Metallzelt in der Mitte von Gebäude 9 saß. Sie mußte mit den Füßen voran durch die winzige Luke einsteigen. Bei den drei Liegen handelte es sich um primitive Metallgestelle mit Textilgurten, die noch dazu schrecklich eng zusammengerückt waren. Unter den Liegen, in der Basis des Kegels, befand sich ein Stauraum, der als unterer Nutzlastraum bezeichnet wurde.

York setzte sich auf die mittlere Liege, die für den Piloten der Kommandokapsel bestimmt war. Sie schaute nach oben, zur Spitze des Kegels. Die Fenster wirkten klein und weit entfernt, und trotz der offenen Luke fühlte sie sich eingesperrt. Vor ihr befand sich eine große, halbrunde Instrumentenkonsole mit schlachtschiffgrauem Anstrich: Kippschalter, Rändelräder, Drucktasten und Drehschalter mit Anschlägen. Die Maßeinheiten waren überwiegend metrisch, und die Leuchten und Sichtfenster hatten graue Marken beziehungsweise spiralig rot und weiß gestreifte Stäbe, die die Scheiben bedeckten, wenn die Einstellungen verändert wurden. Außerdem gab es eine Tastatur, einen Bildschirm und einen künstlichen Horizont sowie diverse Hebel und Drucktasten: Translationsregler, mit denen die Steuertriebwerke geschwenkt wurden.

Die Konsole wirkte komplex, fast schon überfrachtet. Wie, zum Teufel, sollte sie sich hier zurechtfinden?

Sie experimentierte mit den Schaltern. Zwei Ausführungen überwogen: kleine silberne Dreiwegschalter, oder – für komplexere Funktionen – zylindrische

Zweiweghebel, die man erst herausziehen mußte, bevor man sie betätigen konnte. Das mußte eine schreckliche Fummelei sein mit den Handschuhen des Druckanzugs, sagte sie sich. Die Schalter wurden auf beiden Seiten von Metallrähmchen gesichert, damit sie im freien Fall nicht versehentlich betätigt wurden. Sie betätigte alle Schalter der Konsole und bekam so ein Gefühl für ihre Handhabung.

Dann sah sie, daß kleine Grafiken in die Konsole geätzt waren: Schaltkreise und Flußdiagramme. Sie befragte die Handbücher. Hier war zum Beispiel ein Diagramm, das eine Anordnung von Schaltern verband, die den Wasserzufluß von den Brennstoffzellen regulierten. Die grauen Linien bezeichneten den Fluß des Wassers, entweder zu den Reglern der Speichertanks oder zum Entsorgungssystem.

Alle Schalter waren in dem einen oder anderen Diagramm enthalten. Nachdem sie das System hinter den Diagrammen erst einmal durchschaut hatte, begriff sie auch die Logik der Konsole. Sie war nun in der Lage, die Schalter nach Funktionsgruppen zu unterscheiden und Bezüge zwischen den Schaltern herzustellen.

Sie saß allein in der Apollo, studierte ihre Handbücher und lernte, wie man das Raumschiff flog.

Montag, 11. Juni 1979
›Sternen-Stadt‹, Moskau

Der Buskonvoi umfuhr Moskau auf der Stadtautobahn. Sie fuhren nach Nordosten, Richtung Kaliningrad. Es herrschte starker Verkehr – überwiegend Lkws –, und die Straße wurde von Wohngebäuden gesäumt, tristen, großen grauen Kästen.

Joe Muldoon sah aus einem schmutzigen Fenster.

Ein derart deprimierender Anblick war ihm noch nicht untergekommen.

Sie fuhren auf direktem Weg von Flughafen zur ›Sternen-Stadt‹. Das war Muldoons zweiter Besuch hier. Der erste war schöner gewesen. Damals waren die Amerikaner – Muldoon, Bleeker und Stone sowie die NASA-Techniker und Manager – in einem Intourist-Hotel einquartiert worden. Es war zwar kein Palast gewesen, hatte sich aber in der Moskauer Innenstadt befunden, von wo aus man den Roten Platz und den Kreml zu Fuß erreicht hatte. Jeden Morgen hatten die Sowjets die Amerikaner mit Bussen zur ›Sternen-Stadt‹ gefahren und abends wieder abgeholt.

Und im Keller hatte das Hotel sogar eine Bar gehabt.

Diese Bar war ein Anziehungspunkt für Ausländer gewesen, einer der wenigen internationalen Plätze der Stadt. Dort traf man Amerikaner an, Deutsche, Kubaner und Tschechen. Muldoon und die Jungs von der NASA hatten die Bar mit Beschlag belegt.

Es hatte keine Schwierigkeiten gegeben, nur daß es abends manchmal spät geworden war und sie morgens kaum aus dem Bett gekommen waren. Ganz zu schweigen von den Sowjets! *In der Bar schlagen sie über die Stränge, diese Amerikanskis!*

Deshalb wurde diesmal ein anderes Arrangement getroffen.

Vor Kaliningrad bog der Konvoi nach Osten ab und fuhr in Richtung Schtschelkowo. Die Architektur änderte sich. Bald wurde die Straße zu beiden Seiten von Holzhäusern gesäumt; im Gegensatz zu den grauen Blocks im sozialistischen Einheitsstil waren diese Häuser bunt gestrichen und mit Schnitzereien verziert. Muldoon stieg Rauch in die Nase. Und alle paar hundert Meter sah er öffentliche Wasserpumpen, die von Hand bedient werden mußten.

Die Szenerie wirkte zwar idyllisch, war aber erschreckend primitiv. Holzhäuser und Ziehbrunnen in unmittelbarer Nähe eines Ausbildungszentrums für Kosmonauten!

Auf einer nicht beschilderten Straße bog der Konvoi in einen Kiefernwald ein. Gleich hinter der Kurve befand sich ein Wachposten. Nachdem die Fahrer die Formalitäten geklärt hatten, fuhr der Konvoi auf eine große Lichtung im Wald. Dort standen ein paar große Wohnhäuser, ein paar flache Verwaltungsgebäude und ein paar Läden. Am einen Ende der Lichtung befanden sich kleine Seen, am anderen ein Dutzend großer, klobiger Bauwerke.

Mit Kopftüchern verhüllte Babuschkas schoben Kinderwagen auf den Gehwegen, untermalt von ständigem Fluglärm.

Dies war also die ›Sternen-Stadt‹, die eigens für die Ausbildung und Unterbringung des Kosmonauten-Korps aus dem Boden gestampft worden war. Muldoon erschien sie wie ein Zwitter aus einem Hochschul-Campus und einem militärischen Ausbildungslager.

Der Fahrer deutete auf das Hydro-Becken, die Anlage für das Training in der Schwerelosigkeit und das Kosmonauten-Museum. Inmitten der Lichtung, mit dem Gesicht zum Konvoi, stand eine Statue von Gagarin: überlebensgroß, heroisch, ehrfurchtgebietend.

Muldoon schnitt eine Grimasse. Von *ihm* war nirgends eine Statue aufgestellt worden, obwohl er viel weiter gekommen war als Gagarin. Nun, dafür war er auch noch nicht tot.

Seine Unterkunft war sehr großzügig und glich schon fast einer Suite. Er durchstreifte die Räume. Sie waren mit wuchtigen, altmodischen Möbeln vollgestellt: Sofas, Plüschsesseln, massiven Tischen. Der Boden war mit einem dicken Teppich belegt, und die Wände waren mit Velourtapeten tapeziert. Als er schließlich das Bad ausfindig machte, mußte er lachen. Es gab keine Seife, keine Stöpsel für Badewanne und Waschbecken und nur ein Handtuch.

Und wahrscheinlich eine Wanze in jeder verdammten Lampenfassung.

Er schaute aus dem Fenster. Sein Blick fiel auf weiße Birken und Stacheldrahtzaun. Eine schwarze Limousine fuhr auf einer der Zufahrtsstraßen: wahrscheinlich KGB, sagte Muldoon sich. *Ein zweites Zuhause. Wie ein beschissenes Straflager.*

Er stopfte ein Kosmetiktuch in den Abfluß und ließ Badewasser ein.

Er zog sein Dinnerjacket an und ging in die Bar hinunter.

Sie war nicht mit der Bar im Moskauer Intourist zu vergleichen. Ein Barkeeper mit asiatischen Gesichtszügen trocknete Gläser ab. Muldoon bestellte ein Bier. Das tschechische Erzeugnis war kühl und wohlschmeckend. Außer ihm war niemand hier. Miserable Klaviermusik klimperte aus einem Lautsprecher.

Am Abend sollte ein Empfang mit anschließendem Dinner im Speisesaal des Wohngebäudes stattfinden, um die Fortschritte von Moonlab-Sojus zu feiern. Fred Michaels höchstpersönlich hatte sich angesagt, und Gott allein wußte, wie viele sowjetische Prominenz. *Du mußt es locker nehmen, Muldoon. Paß auf, was du sagst. Verprell die Leute nicht.* Er wußte, was beim Dinner auf ihn zukommen würde: Fleisch in rauhen Mengen, mit Strömen von Soße und Butter. Ein Härtetest für Magen und Galle.

Jemand klopfte ihm auf den Rücken. »Mein Freund Joe. Ich wußte, daß ich Sie hier finden würde. Willkommen in *Zwezdnoj Gorodok*. Wie ich sehe, trinken Sie noch immer diese Plörre. He, Barmann!« Wladimir Wiktorenko schnippte mit den Fingern.

Der Barkeeper stellte eine Flasche Wodka auf den Tresen, zwei Gläser und einen Salzstreuer. »Hier. Trinken Sie. Muttermilch«, befahl Wiktorenko und schenkte Muldoon gleich ein Glas ein.

Muldoon leckte sich das Salz von der Hand und kippte die Flüssigkeit hinunter; sie hatte keinen Geschmack, verätzte ihm aber fast die Kehle. »Danke, mein Freund«, sagte er in holprigem Russisch. »Sie sehen gleich viel besser aus.« Im Mondorbit sollten die Amerikaner Russisch und die Russen Englisch sprechen. Die Sprachausbildung bereitete Muldoon bei dem ganzen verdammten Programm die größten Probleme.

Wiktorenko stieß ein bellendes Lachen aus und goß sich selbst einen hinter die Binde. »Heute abend werden wir fünf aus dieser Flasche trinken und den Pakt besiegeln. Nach der Rückkehr vom Mond werden wir uns wieder treffen und aus der nämlichen Flasche auf unseren Erfolg anstoßen.« Er schenkte Muldoon nach.

»Auf die Mission«, sagte Muldoon.

»O nein.« Wiktorenko warf in gespieltem Entsetzen die Hände in die Luft. »So etwas darf man nicht sagen. In Rußland beschwört man damit das Unglück herauf. Hat man Ihnen das nach siebenhundert Unterrichtsstunden noch immer nicht beigebracht? *Tss*. Wir sollten auf die Vorbereitungen anstoßen. Das ist genug.«

»Dann eben auf die Vorbereitungen.« Muldoon nahm einen vorsichtigen Schluck.

Wladimir Pawlowitsch Wiktorenko war eine Art Legende unter den Kosmonauten – und auch unter den Astronauten. Er war kräftig, jovial und vital; der massige Schädel mit dem graumelierten kurzen Haar schien ohne Halsansatz aus dem Rumpf zu wachsen. Die rosigen Pausbacken rührten wohl vom Borschtsch und den Kartoffeln her. Er hatte in etwa den gleichen Werdegang wie Muldoon: im Jahre 1960 hatte er sich bei der ersten Anwerbungswelle für das Kosmonauten-Programm beworben. 1966 hatte er dann als Co-pilot an der Woschod 3-Mission teilgenommen, einem Flug, bei dem eine modifizierte Wostok-Kapsel in einem riskanten Einsatz zwei Leute in den Orbit befördert hatte, und Wiktorenko hatte zugesehen, wie sein Copilot aus der nicht gerade vertrauenerweckenden Luftschleuse ausstieg und einen Spaziergang im All unternahm.

Gerüchten zufolge hatten die Sowjets Wiktorenko als erste Wahl für das inzwischen eingestellte Mondlandeprogramm vorgesehen. Muldoon hatte versucht, Näheres darüber zu erfahren, doch Wiktorenko hatte sich in Schweigen gehüllt.

Und nun war Wiktorenko sozusagen Muldoons Kollege, der Kommandant der sowjetischen Besatzung für Moonlab-Sojus.

Wiktorenko erkundigte sich nach Jill, Muldoons Frau, die er in Houston getroffen und mit seinem überwältigenden Charme betört hatte.

Muldoon zuckte nur die Achseln.

Jill war nicht gerade begeistert gewesen von seiner Rückkehr in den aktiven Dienst, und schon gar nicht von der Rückkehr zum *Mond*, um Gottes willen. Um die Wahrheit zu sagen, er wußte nicht einmal, ob sie noch auf ihn warten würde, wenn er von diesem Flug zurückkehrte.

Er vermochte ohnehin nichts daran zu ändern. Er mußte einfach fliegen; für ihn war das ein Parameter, eine Tatsache, mit der er leben mußte. Auch wenn das letztlich die Trennung von Jill bedeutete. Er sprach das zwar nicht aus, doch er spürte, daß Wiktorenko ihn auch so verstand. Jedenfalls drang der Kosmonaut nicht in ihn.

Muldoon spürte, wie die entspannende Wirkung des Wodkas einsetzte und spülte mit Bier nach.

Nun füllte die Bar sich allmählich; NASA-Ingenieure und Techniker bildeten das Gros, flankiert von ein paar Sowjets. Dann kam Adam Bleeker hereinspaziert. Er nickte Muldoon zu und steuerte die Bar an.

Es freute Muldoon, daß Amerikaner und Russen reibungslos zusammenarbeiteten. Es hatte auch lang genug gedauert, das zu bewerkstelligen. Anfangs hatten die Sowjets sich der Idee gemeinsamer Raumflüge widersetzt, weil sie den Amerikanern nicht trauten – und in den USA hatte man den Verdacht gehegt, daß die wahren Motive der Sowjets darin bestanden, sich Zugang zu amerikanischer Technik zu verschaffen.

Doch das war Unsinn, sagte Muldoon sich. Schließlich war sowohl die Sojus- als auch die Moonlab/Apollo-Technik bereits zehn Jahre alt; was, zum Teufel, hätte man da noch abkupfern sollen? Zumal Carter und Ted Kennedy sich für dieses Projekt engagierten; Carter betrachtete die Moonlab-Mission – die eigentlich auf Nixon zurückging – als Symbol für seine Leistung, die Sowjets zur Unterzeichnung des SALT II-Vertrags zu bewegen.

Manchmal kam Muldoon die Geschwindigkeit des Wandels geradezu unheimlich vor; sie schien sich zu erhöhen, je älter er wurde.

»Wissen Sie, Wladimir, wir arbeiten nun schon seit ein paar Jahren an diesem Programm, doch manchmal kommt es mir noch immer irreal vor, daß wir, Sie und ich, in einer Moskauer Bar Wodka trinken. Die noch dazu vom KGB betrieben wird.«

»Wie das?«

»Wenn die Dinge sich anders entwickelt hätten, wäre ich vielleicht mit zwei Atombomben unter den Tragflächen nach Moskau geflogen anstatt mit einer Zahnbürste.«

»Atombomben«, sagte Wiktorenko. »Wirklich. Und nun sind wir Kameraden. Aber das ist es gerade, was Männer wie Sie und mich auszeichnet, Joe. Wir sind Flieger. Wir steigen auf und führen unseren Auftrag aus, wie auch immer er lautet. Bis an den Rand des Abgrunds. Und darüber hinaus. Einst hatten wir den Auftrag, Atomwaffen zu transportieren. Und nun haben wir den Auftrag, uns im Weltraum die Hände zu schütteln. Und das werden wir nach besten Kräften durchführen. Die anderen – die Bürohengste und sogar die Ingenieure – werden das nie verstehen. Das ist immer schon so gewesen.

Ich erinnere mich noch an die Einführung ins Wostok-Programm«, sagte er. »Ich wurde in eine Isolierkammer gesteckt. Eine Kiste. Für ein paar Wochen. Und dann in eine Wärmekammer und dann in eine Dekompressionskammer. Und dann wurde ich plötzlich zum Flughafen gebracht, in ein Flugzeug verfrachtet und erhielt den Befehl, mit dem Fallschirm abzuspringen. Die Ärzte, diese Quacksalber, begründeten diese Behandlung damit, daß sie herausfinden müßten, wie ich auf den abrupten Wechsel von einer abgeschlossenen Kabine in die Unendlichkeit des Alls reagieren würde. *Ha.*«

»Oberst Muldoon. Oberstleutnant Wiktorenko. Freut mich, Sie zu sehen...«

Das war Fred Michaels. Der NASA-Direktor stand etwa einen halben Meter von Muldoon entfernt. Ein paar Schweißperlen standen auf seinem Gesicht. Hinter ihm erkannte Muldoon den Inspektor, Josephson – ein Bürohengst par excellence.

Wiktorenko ließ Michaels eine überschwengliche Begrüßung zuteil werden und bestand darauf, daß er und Josephson einen doppelten Wodka zur Brust nahmen.

Tim Josephson nahm Muldoon beiseite. »Es tut mir

leid, Sie damit zu behelligen, Joe. Aber wir brauchen noch heute abend eine Entscheidung von Ihrer Besatzung.«

»In welcher Hinsicht?«

Josephson schlug eine Mappe auf. »Das Rufzeichen für die Apollo beim Moonlab/Sojus-Flug. Wie Sie wissen, haben wir auf Initiative des Kongresses hin alle Schüler des Landes aufgefordert, sich im Rahmen eines Wettbewerbs einen passenden Namen auszudenken.« Er blätterte in der Mappe. »Wir haben siebentausend Vorschläge von insgesamt einundsiebzigtausend Schulkindern erhalten. Jeder Name ist das Ergebnis einer Projektarbeit. Die Beurteilungskriterien wurden folgendermaßen gewichtet: achtzig Prozent für die Qualität und Kreativität des Projekts und zwanzig Prozent für die Prägnanz des Namens und das Vermögen, den Geist Amerikas zu vermitteln. Und...«

»Halten Sie mal die Luft an, Josephson. Um Himmels willen.«

»Ich habe hier eine Liste der neunundzwanzig Endrunden-Teilnehmer. Wir liegen jetzt schon hinter dem Zeitplan zurück. Ich habe mir gesagt, wenn Sie und die Besatzung sich heute abend damit befassen würden und...«

Muldoon kippte sich noch einen Wodka hinter die Binde. »Verpissen Sie sich.«

Josephson starrte ihn schockiert durch seine Brille an. Er sperrte den Mund auf und machte ihn wieder zu. Dann schaute er für eine Minute auf den Boden, als ob er sich sammeln würde.

Als er wieder aufsah, war sein Gesicht versteinert.

»Oberst Muldoon. Wir sollten das vielleicht woanders besprechen. Auf Ihrem Zimmer?«

Michaels war sichtlich empört. Wladimir Wiktorenko blinzelte ihm zu.

Ach, zum Teufel. »Klar. Gehen wir.«
Muldoon trank den Wodka aus.

»Hören Sie, Josephson. Ich ...«
»Sie hören mir jetzt zu!«
Josephson stand wie ein Strich in der Landschaft. Er hatte sich völlig unter Kontrolle und wirkte in Muldoons engem Zimmer geradezu einschüchternd. »Ich habe genug von Ihrer Inkompetenz, Oberst, und der Art und Weise, wie Sie sich selbst, die NASA und die Regierung zum Gespött machen. Sie und Ihre Raumkadetten können froh sein, daß sie diesen Flug überhaupt bekommen haben. Wir haben Ihre Auftritte in der Öffentlichkeit verfolgt. Wir wissen, daß Sie sich über die Streichung der letzten Mondflüge ärgern. Wir wissen, daß Sie den gemeinsamen Flug lediglich für einen PR-Gag halten. Wir wissen, daß es Ihnen gegen den Strich geht, mit primitiver sowjetischer Technik zu arbeiten.«

Muldoon spürte, daß Gefahr im Verzug war. »Sehen Sie ...«

»Ich mußte mich vor dem Kongress rechtfertigen, weil Sie gegen die NASA vom Leder gezogen haben. *Sie*, Muldoon. Die Astronauten gehen dorthin und werden als Helden gefeiert. Ich bin hingegangen und wurde zur Sau gemacht. Das wird mir nie wieder passieren. Ist das klar? Und nun nehmen Sie diese Liste.«

Beim Blick in Josephsons schmale, berechnende Augen sah Muldoon, daß alles – sein ganzes Leben, seine Hoffnungen – von diesem Augenblick abhing. *Die Straße zum Mars führt durch diesen Flaschenhals, vorbei an diesem Blatt Papier, an den einundsiebzigtausend Schulkindern und ihren lächerlichen siebentausend Namen, in diesem verschissenen Raum auf der falschen Seite des Planeten. Da muß ich wohl durch.*

Und die Leichtigkeit des Monds war schon lange verflogen.

Er nahm die Liste von Josephson und warf einen Blick auf die Namen. *Abenteuer. Blake. Adler. Ausdauer...*

»Soll ich Phil suchen«, sagte Josephson, »und...«

»Nein. Ich bin der Kommandant. Hier.« Er tippte auf einen Namen. »Dieser hier.«

Josephson schaute auf das Papier. »Grissom.«

»Der Kommandant von Apollo 1.«

Josephson musterte Muldoon für einen Moment und nickte. Dann wandte er sich ab und verließ den Raum.

Muldoon spritzte sich Wasser ins Gesicht. Dann ging er wieder in die Bar und betrank sich systematisch.

Donnerstag, 10. April 1980
Luftwaffenstützpunkt Ellington, Houston

Sie brauchte eine Stunde, um sich umzuziehen.

Die Sicherheitsbelehrung bot schon mal einen Vorgeschmack auf das, was sie noch erwarten würde. Sie wurde mit Fakten überhäuft, mit D-Ringen, Abzugsleinen, Sauerstoffflaschen, Sauerstoffmangel, Überlebenstechniken... *Mein Gott. Dabei fliege ich in der verdammten Kiste nur als Passagier mit.*

Und nun war sie in eine Fliegerkombi gezwängt und hatte eine Sauerstoffmaske auf dem Gesicht. Sie war mit Gurten an den Sitz gefesselt, mit einem Fallschirm auf dem Rücken. Die Taschen der Fliegermontur waren mit Notsauerstoff, einem Funkgerät und Überlebensutensilien für alle möglichen Umgebungen vollgestopft. In einer Beintasche befand sich ein Verbandspäckchen. Sie hatte sogar einen Fliegerhelm, eine Lederhaube im Stil des Ersten Weltkriegs. *Seht mich an, mich, das neue Flieger-As.*

Sie ging aufs Flugfeld hinaus. Dort wartete bereits Phil Stone, der Chef-Astronaut. Stone war groß, hatte eine Glatze und ging schon auf die Sechzig zu. Er grinste und schüttelte ihr mit einer behandschuhten Pranke die Hand. »Willkommen zum Jungfern-Flug«, sagte er.

Unsicher erwiderte sie das Lächeln.

Hinter ihm stand die T-38 wie ein glänzendes Spielzeug auf der Rollbahn. Das Schulflugzeug sah aus wie ein weißer Dartpfeil. Die Tragflächen wirkten wie gestutzte Schwingen, und der schlanke weiße Rumpf sah eher aus wie eine Rakete. Es schien völlig ausgeschlossen, daß eine derart kleine, kompakte Maschine sich in die Lüfte zu erheben vermochte.

Das wird ein Drahtseilakt werden, Natalie. Du sagst, du willst Astronautin werden. Du machst dich über den Trend lustig, daß die Astronauten wie Helden verehrt werden. Damit hast du recht.

Aber es bedeutet auch, daß du dich Situationen wie dieser stellen mußt.

Zwei Mechaniker waren ihr behilflich, in die Maschine zu klettern. Die T-38 war so schmal, daß sie sich förmlich hineinquetschen mußte. Sie würde in einem separaten Cockpit hinter Stone sitzen, unter einer eigenen Glaskuppel.

Stone stieg vor ihr ins Flugzeug und fragte sie über Funk: »Natalie, hören Sie mich?«

»Sicher, Phil. Laut und deutlich. Und ich...«

Er unterbrach sie. »Letzte Sicherheitsinstruktionen«, sagte er. »Ich werde Ihnen sagen, wann Sie das Dach der Kanzel schließen sollen. Keine Hektik, Natalie. Ihr Fallschirm ist so eingestellt, daß er sich sofort öffnet, nachdem Sie mit dem Schleudersitz ausgestiegen sind. Das wird in geringer Höhe immer so gemacht. Später werde ich Ihnen dann sagen, wann Sie ihn auf große Höhe umstellen sollen und wann eine Verzögerung zwischen Ausstieg und Öffnen des Fallschirms notwendig ist. Dazu befestigen Sie den Haken an diesem Ring am Fallschirm und...«

Das Geräusch der Triebwerke schwoll zu einem Brüllen an und übertönte seine Worte.

Das Flugzeug rollte auf die Piste.

Stone, der in der Kanzel vor ihr saß, steuerte die Maschine mit ruhigen und präzisen Bewegungen. Die Anzeigen vor ihr reagierten synchron mit Stones Instrumenten. Es sah aus wie ein mechanisches Klavier.

Sie spürte, wie ihr Pulsschlag sich erhöhte, die Atmung sich beschleunigte und der Gummigeruch hinter der Maske strenger wurde. Sie spürte, wie Schweiß von den Schläfen tropfte und sich in der Brille sammelte.

Sie tröstete sich mit dem Gedanken, daß sie einen Flug antreten würde, der nur wenigen Menschen vergönnt war: hoch, schnell, wahrscheinlich wunderschön. Selbst wenn sie das Korps morgen verließ, würde sie diese Erfahrung noch mitnehmen...

Ja, aber ich bin ziemlich sicher, daß ich es schaffen werde...

Unvermittelt schoß das Flugzeug die Rollbahn entlang. Sie wurde in den Sitz gepreßt. Nach ein paar Sekunden spürte sie, daß die Räder den Kontakt zum Boden verloren.

Das Flugzeug zog steil hoch, und sie sah den Boden nicht mehr.

Über sich sah sie eine Wolkendecke. Die Wolken schienen förmlich vor ihr zu explodieren, und sie schoß in weißen Nebel hinein. Nach einer Sekunde hatte sie die Wolkendecke durchstoßen und tauchte in hellen Sonnenschein hinaus.

Sie sah nach unten: das Land wirkte wie ein verblichener brauner Flickenteppich, über dem die grauen Schatten von Wolken hingen.

Die T-38 stieg fast senkrecht, wie eine Rakete. Binnen weniger Sekunden nahm der Himmel eine purpurne Färbung an.

Die Erdoberfläche lag nun tief unter ihr, und die Werke der Menschheit waren bereits zu zweidimensionalen Farbtupfern geschrumpft. Angesichts der Leichtigkeit, mit der sie sich in die Lüfte geschwungen hatte, erstaunte der Gedanke sie, daß noch vor einem Jahrhundert kein Mensch auf dieser Erde einer solchen Erfahrung teilhaftig geworden war.

Wissenschaftsastronauten mußten sich nicht mehr der Tortur einer Flugausbildung unterziehen. An flugdynamischen Situationen führte jedoch kein Weg vorbei, um sich an Mikrogravitation und hohe Beschleunigung zu gewöhnen und die Symptome von Luftkrankheit und Sauerstoffmangel zu erkennen. Also bestand der Preis, den sie zahlen mußten, in regelmäßigen Flugstunden auf dem Rücksitz einer Northrup T-38, dem modernsten Schulflugzeug.

Erfahrene Astronauten nahmen die Nachwuchs-Astronauten unter ihre Fittiche. Und wenn man erst einmal dort oben war, konnten sie alles mit einem machen, was sie wollten.

Doch sie vertraute Stone. Sie wußte es zu würdigen, daß er Zeit von seinem eigenen Training für Moonlab-Sojus erübrigte, um für sie das Kindermädchen zu spielen.

»Was sagen Sie dazu«, sagte Stone. »Achtundvierzigtausend Fuß. So hoch sind Sie noch nie geflogen, Natalie.«

Sie war schon so hoch in der Stratosphäre, höher als der höchste Berg, so hoch, daß sie ohne Sauerstoffgerät nicht mehr hätte atmen können. *An der Grenze zum*

Weltraum, nicht wahr? Willkommen in deinem neuen Zuhause, Weltraum-Mädchen.

»Gut«, sagte Stone. »Lassen wir's langsam angehen. Wir gehen runter mit der Geschwindigkeit. Sind Sie in der Lage, die Fluggeschwindigkeit abzulesen?«

»Sicher.«

»Dann tun Sie das, was ich tue.«

Als die Geschwindigkeit des Jets dreihundert Kilometer pro Stunde unterschritt, bockte und zitterte er, als ob die Luft sich in ein Medium aus unsichtbaren Klumpen verwandelt hätte.

»Die Maschine mag es nicht, wenn die Zügel angezogen werden«, sagte Stone. »Also ...«

Er schob den Schubhebel nach vorn, und das Flugzeug schoß vorwärts. Sonnenlicht spiegelte sich in dem Panzer um York, und die angestrahlte Erde drehte sich unter ihr.

»Langsames Rollen«, sagte Stone.

Die Erde kippte seitlich weg. York hatte gar nicht den Eindruck, daß sie rollten; sie verspürte nur einen leichten Anstieg der Beschleunigung, die sie in den Sitz drückte.

Der Horizont krümmte sich, klappte sozusagen nach oben, und die purpurne Stratosphäre glitt unter den Bauch des Flugzeugs.

Abrupt ging das Flugzeug wieder in die Horizontale. Das Rollen hatte vielleicht fünfzehn Sekunden gedauert.

»Schnelles Rollen«, sagte Stone.

Diesmal drehte das Flugzeug sich in Sekundenschnelle; Erde, Himmel und Sonne drehten sich im Kreis, und das Licht zuckte stroboskopartig über Schoß und Hände. Der Magen widersetzte sich dem Rollen, als wäre er mit Quecksilber gefüllt.

Nach anderthalb Umdrehungen ging das Flugzeug in die Rückenlage. York schaute auf und sah den Golf von

Mexiko, der wie eine große Landkarte an einer grauen Zimmerdecke wirkte. Die Schwerkraft zerrte an ihr – *ein negatives Ge –*; die Schultern drückten gegen die Gurte, und der behelmte Kopf schlug gegen das Kanzeldach. Das Blut floß in den Kopf und verursachte ein dumpfes Gefühl, als ob sie eine Grippe bekäme.

»Genauso wie der Kipptisch, was, Natalie«, sagte Stone trocken.

Mit einer schnellen halben Rolle brachte er das Flugzeug wieder in die richtige Lage; die Maschine stabilisierte sich in diesem Zustand und schaukelte leicht in der Luft.

Für eine Sekunde schwiegen beide. Stones fliegerisches Können war bemerkenswert, sagte York sich...

Und dann drückte Stone das Flugzeug nach unten und hielt auf die entfernte Erdoberfläche zu; das Triebwerksgeräusch wurde lauter.

»Parabolische Kurve«, übertönte Stones Stimme den Lärm der Triebwerke.

Dann müßte ich nun schwerelos sein. Sie entspannte den Arm und sah, wie die Hand aufwärts driftete. »Mein Gott.« Sie spürte die Schwerelosigkeit im Magen; es war, als ob die inneren Organe nach oben in den Brustkorb wanderten.

»Ist Ihnen schlecht?«

»Etwas.« Sie überprüfte, ob sie an den Beutel in der Beintasche der Fliegerkombi herankam.

Stone traf keine Anstalten, den Sturzflug abzubrechen. »Ach, das macht nichts. Wenn es zu schlimm wird, betrachten Sie einfach die Instrumente und schauen Sie nicht aus dem Fenster.«

»Gut, aber...«

Die Worte erstarben ihr auf den Lippen, als Stone das Flugzeug in eine brutale S-Kurve zwang. Sie machte jede Bewegung mit, und die glühende Landschaft wirbelte um die Kanzel.

Und dann brachte er das Flugzeug wieder in den Sturzflug und beschleunigte in Richtung des Golfs von Mexiko. Der Ozean schimmerte wie eine Stahlplatte.

Bei zwanzigtausend Fuß riß Stone die Maschine hoch. Die Triebwerke heulten auf, und die Schwerkraft preßte sie in den Sitz; der Kopf wurde ihr förmlich zwischen die Schultern gerammt, und das Gesichtsfeld wurde durch einen schwarzen Tunnel begrenzt.

Die T-38 schoß wieder in den Himmel, und das Licht nahm erneut eine purpurne Färbung an.

Sie schmeckte Speichel am Gaumen, ätzend wie rostiges Eisen. »Phil, es geht mir nicht so gut.«

»Wenn Sie reihern müssen, nehmen Sie die Sauerstoffmaske ab.«

Ich wünschte, ich wüßte wie.

»Und stellen sie das Gemisch in der Maske auf hundert Prozent O-Zwei«, sagte er. »Stellen Sie das Kaltluftgebläse an.«

Nachdem sie das getan hatte und den Sauerstoff einsog, wurde der Druck auf der Kehle gelindert.

»Den nächsten Teil möchten Sie sicher nicht versäumen«, sagte er.

»Huh?«

Bei fünfundvierzigtausend Fuß zündete Stone den Nachbrenner. Beim Blick über die Schulter sah York weißes Kondensat aus den Düsen der T-38 quellen. Sie sah auf der Anzeige, wie die Geschwindigkeit auf tausend Kilometer pro Stunde stieg. Und sie stiegen weiter.

Schließlich wurde Mach 1 überschritten. *Mein Gott.*

Sie verspürte eine leichte Erschütterung, und dann verlief der Flug viel ruhiger. Der Lärm der Triebwerke wurde zu einem Flüstern; York begriff, daß das Flugzeug nun so schnell flog, daß es den eigenen Schall abhängte.

Das Cockpit war eine Insel der Ruhe, der Leichtigkeit des Fliegens. Sie wußte, daß der Überschallknall inzwischen die Erde erreicht hatte. Einen Meter vor ihr saß Stone in seiner eigenen Kanzel, das einzige Lebewesen im Umkreis von mehreren Kilometern, und das Flugzeug um sie herum war eine isolierte Insel der Realität, leuchtender Farben, warmer Luft und harter Oberflächen, hier oben in der Unendlichkeit des Himmels. Sie fühlte sich Stone irgendwie näher, als ob sie an ihn gebunden wäre.

»Wie geht es Ihnen?« fragte Stone. Die aus dem Funkgerät dringende Stimme zerriß die Stille.

»Oh, gut, Phil«, sagte sie. »Es geht mir gut. Das ist...«

»Ich weiß.« Er sah sie über die Schulter an. Die Augen waren hinter der Sonnenbrille verborgen. »Und im Orbit fliegen Sie mit der zwanzigfachen Geschwindigkeit und in viel größerer Höhe. Vielleicht verstehen Sie nun, weshalb ein paar von uns so scharf sind aufs Fliegen.«

Sie schnitt eine Grimasse. »Ist mein Widerwille denn so offensichtlich?«

»Für mich schon. Ich mache Ihnen deshalb keinen Vorwurf. Aber Sie müssen auch lernen, den Standpunkt der anderen Seite zu verstehen.«

»Was geht Sie das überhaupt an?« fragte sie in plötzlichem Trotz.

Er lachte ungerührt. »Vielleicht mehr als Sie glauben. Natalie, ich habe Sie im Büro beobachtet. Ich glaube, Sie haben ein großes Potential. Ich glaube, wir brauchen Leute wie Sie im Programm. Aber Sie müssen noch lernen, im Team zu arbeiten.«

Unvermittelt brachte er die Maschine wieder in den Sturzflug und vollführte ein paar wilde Rollen.

York zog den Beutel heraus. Wie ein Häufchen Elend saß sie da und starrte auf die Beine, während die Welt sich um sie drehte.

Die T-38 stürzte wie ein fallender Stein auf die Landebahn zu. Die Landung, als sie dann kam, erfolgte sanft und schnell.

Die Mechaniker halfen York aus dem Cockpit. Ihr war nicht mehr schlecht, aber sie fühlte sich desorientiert, als ob sie kleiner und leichter geworden wäre. Der bleierne Himmel über ihr und die feuchtwarme Luft setzten ihr zu.

Stone klopfte ihr auf die Schulter. »Sie haben sich gut gehalten«, sagte er.

»Ich hätte mich fast übergeben.«

»Aber sie haben es nicht getan. Ich sagte Ihnen doch, daß Sie Potential hätten, York.«

»Ja. Vielleicht.«

Sie stand dort auf dem Rollfeld von Ellington und sah zu den Wolken empor. Sie erinnerte sich an diese paar Sekunden der Schwerelosigkeit und schwenkte die Arme nach oben.

Stone beobachtete sie.

Verlegen klemmte sie sich den Helm unter den Arm, nickte Stone knapp zu und begab sich auf den Weg zum Umkleideraum.

Donnerstag, 27. November 1980
Tjuratam-Kosmodrom, Kasachstan

Der Himmel war wolkenlos und erstrahlte in einem satten Blau. Jenseits der Startanlagen peitschte der Wind Sand über die kahle, flache Steppe. Bert Seger war froh, daß er sich in der Sicherheit dieses Beobachtungsraums befand, fünf Kilometer von der Startzone entfernt.

Hinter sich hörte er das Gemurmel der anderen Gäste – Manager, Politiker, Akademiker und Prominenz –, die sich eher für das üppige Buffet zu interessieren schienen und für die Verfolgung politischer und diplomatischer Ziele, die mit dieser gemeinsamen Mission verbunden waren.

Seger hatte ein Fernglas umhängen; nun setzte er es an die Augen und betrachtete den Startkomplex.

Die große N-1-Rakete ragte in den Himmel. N für *Nositel* – der *Träger*. Die Rakete saß auf einer Art Bühne am Rand einer Flammgrube. Die mobile Versorgungseinheit war bereits herabgesenkt worden; eine Dreiviertelstunde vor dem Start waren die Türme um neunzig Grad gekippt worden, so daß die Rakete frei stand. Sie hob sich nun als vertikaler Strich von dieser weiten, horizontalen Landschaft ab.

Seger sah Brennstoffschwaden aus den Stufen der N-1 entweichen, und der Dunst führte in der unbewegten Luft zu Schlierenbildung. Die drei unteren Stufen bildeten einen Kegelstumpf, der sich an der Grundfläche verbreiterte, und die oberen Stufen sowie das Raumschiff selbst waren als Zylinder auf diese Baugruppe gesetzt. Die oberen Stufen glichen in Größe und Form einer Saturn IB. Und irgendwo in diesem Komplex, so wußte Seger, verbarg sich das Raumschiff Sojus T-3; und *darin* verbargen sich wiederum zwei Kosmonauten und saßen die letzten Minuten des Countdowns aus.

In seiner Gesamtheit wirkte das Gerät wie ein Kreml-Turm. Daß es sich bei der N-1 um keine amerikanische Konstruktion handelte, sah man auf den ersten Blick. Doch die N-1 war dennoch der Stiefbruder der Saturn. Sie war nach dem Krieg von einer Gruppe Deutscher entwickelt worden, die an denselben Nazi-Projekten gearbeitet hatten, die von Braun und seine Leute nach White Sands mitgenommen hatten. Noch ein Kind der V-2.

»Hier.« Fred Michaels trat an seine Seite und reichte

ihm ein Glas Wodka. »Sie sehen so aus, als ob Sie das vertragen könnten.«

Seger beäugte den Hochprozentigen skeptisch. »Danke, aber ich trinke nicht an einem Starttag, Fred.«

»Trinken Sie. Das ist ein Befehl. Bert, das ist Ihr Start, nicht unserer.«

Seger rang sich ein Lachen ab und nahm den Drink. »Sie haben recht. Ich muß wohl immer alles unter Kontrolle haben.«

»Ich kenne das Gefühl. Aber Sie müssen lernen, sich zu entspannen, wenn Sie eh nicht imstande sind, in den Ablauf der Dinge einzugreifen.«

Michaels hatte natürlich recht. Die Sowjets und die Amerikaner hatten für diesen Flug Personal der jeweiligen Kontrollzentren ausgetauscht, so daß ein paar Amerikaner in Kalinin stationiert waren. Und im Kosmodrom von Tjuratam hatte man die Amerikaner bis zu diesem Beobachtungsbunker vorgelassen. Doch das war auch schon alles. Weder Seger noch sonst jemand von der amerikanischen Abordnung war in der Lage, die Abwicklung dieses Starts in irgendeiner Hinsicht zu beeinflussen. »Ich bin nur froh, daß nicht zwei von *unseren* Jungs da drinstecken«, sagte er. »Ich würde sie nicht mit dieser verdammten Kiste fliegen lassen. Fred, wir würden der N-1 nicht einmal die Zulassung für den bemannten Raumflug erteilen.«

Ungerührt zog Michaels seine antike Taschenuhr aus der Westentasche und las die Zeit ab. »Dann ist das sowjetische Raumfahrtprogramm also eine Luftnummer, was, Bert?«

Seger nippte am Wodka. Das war ein höllischer Stoff, doch der Alkohol schien wirkungslos zu verpuffen. »Das ist nicht mehr lustig, wenn man – wie wir nun – einen Einblick in die sowjetischen Startvorbereitungen bekommt. Die Überprüfung erfolgt überwiegend in der Bodenstation. In der Startzone selbst tun sie kaum noch etwas. Teufel, es gibt dort fast keine elektronischen Überwachungsgeräte und nur eine leistungsschwache Computerschnittstelle. Dadurch erfolgt der Start zwar schneller, doch die Zuverlässigkeit leidet darunter. Kein Wunder, daß bei diesem Triebwerk so viele Pannen aufgetreten sind.

Und wußten Sie schon, daß die Rollachse nur eine Nick- und Gierregelung hat? Das verdammte Ding vermag nicht mal den eigenen Azimuth zu kontrollieren, und man muß die ganze Tragstruktur schwenken, um diese Momente auszugleichen...«

»Noch mal von vorn; diesmal aber verständlich, Bert.«

»Die Saturn V ist imstande, mit Hilfe des Bordcomputers sich selbst in den Orbit zu steuern. Die N-1 nicht. Je nachdem, wo sie hinwollen, müssen sie das Ding *ausrichten*...«

Dies war das Haupt-Kosmodrom der Sowjets, ihr Gegenstück zu Kennedy. Es war mitten in Zentralasien gelegen, ein paar hundert Kilometer vom Aral-See entfernt: wo die Amerikaner den Atlantik als Schießplatz nutzten, bedienten die Sowjets sich ihres riesigen, menschenleeren Herzlands. Die nächste Stadt war Tjuratam, ein kleiner, fünfundzwanzig Kilometer entfernter Eisenbahnknotenpunkt. Der Ort hatte nicht von dem spektakulären Kosmonauten-Hotel profitiert, das man im Zentrum hochgezogen hatte und war so ärmlich und heruntergekommen wie eh und je.

Die Startzone war heute sogar vom Rest des Kosmodroms isoliert, der sich vielleicht dreißig Kilometer östlich befand. *Sie gehen kein Risiko ein. Und ich kann es ihnen auch nicht verübeln.*

Seger fühlte sich abgeschnitten, isoliert und hilflos. *Ich bin hier näher an der chinesischen Grenze als an Moskau.*

Nun, er hatte alles in seiner Macht Stehende unternommen, um zum Gelingen der gemeinsamen Mission beizutragen. Er hatte in mühevoller Arbeit dafür gesorgt, daß seine amerikanischen Mitarbeiter und ihre sowjetischen Kollegen effektiv und sicher zusammenarbeiteten. Zum Beispiel hatte er bald erkannt, daß die Sprachbarriere sich nicht nur auf die Lücke Russisch-Englisch beschränkte, und eine Art Sprachendienst eingerichtet, der die NASA-Fachsprache in allgemeinsprachliches Englisch übersetzte, das dann von den russischen Dolmetschern übertragen wurde. Hinzu kam die alltägliche Routine. Sein Planungschef war im letzten Jahr mit einem ganzen Stapel Unterlagen nach Rußland geflogen. Sein sowjetischer Kollege war sage und schreibe mit einem Bleistift bewehrt gewesen. Nicht nur, daß es kein Papier in den Büros gab; selbst jetzt existierte zum Beispiel nur eine Kopie des Sojus-Missionsplans für dieses gemeinsame Projekt, das auf lange Papierrollen geschrieben und an die Wände des sowjetischen Planungsstabs in Kaliningrad gepinnt war. Seger rätselte noch, ob die Sowjets das absichtlich machten, um ihnen Informationen vorzuenthalten, oder ob nur ein Mangel an Kopiergeräten herrschte.

Nun lief auf einem Monitor ein Film über die beiden Kosmonauten – Wladimir Wiktorenko und Aleksandr Solowjow – ab. Die in Druckanzüge gehüllten Männer verließen gerade ihre Unterkünfte und bestiegen einen Bus. Der Bus sah aus wie ein gewöhnlicher Reisebus.

Seger spürte eine Aufwallung, das Bedürfnis, die Kollegen zu beschützen. Er sprach ein Gebet für die Unversehrtheit der Kosmonauten und berührte dabei den Kruzifix-Anstecker.

Michaels bekam das mit und hob eine Augenbraue.

»Sie sollen das auch nicht auf die leichte Schulter nehmen, Bert. Ich glaube, Sie machen gerade einen – wie heißt das? – Kulturschock durch. Teufel, Bert, das sind nicht unsere Jungs. Wir müssen den Sowjets eben zubilligen, daß sie wissen, was sie tun. Auch wenn wir nicht so recht davon überzeugt sind. Immerhin scheint die N-1 die Funktion eines Trägersystems zu haben. Sie haben zweimal mit einer unbemannten Sojus den Mond umkreist und sie zur Erde zurückgebracht. Und wir haben Muldoon, Bleeker und Stone im Mondorbit, die schon auf ihren Vogel warten; den Sowjets ist auf jeden Fall an einem Erfolg gelegen.«

»Vielleicht. Ich wünschte nur, sie würden unseren Jungs gestatten, die Startanlagen etwas zu modifizieren.«

Michaels brach in Gelächter aus. »Das wäre wirklich eine tolle Maßnahme gewesen. Wir brauchen den Erfolg aber auch, Bert. Das wissen Sie selbst.«

Seger mußte ihm beipflichten.

Der Film wurde nun musikalisch unterlegt; es war eine getragene Weise, und ein Kommentator erklärte in holprigem Englisch, daß dieses Stück simultan in die Sojus übertragen wurde, um die Kosmonauten zu beruhigen. *Meine Fresse*, sagte Seger sich. *Sie müssen sich vorkommen, als ob sie in einem Aufzug steckengeblieben wären.*

Beim Blick auf die Uhren sah Seger, daß es noch eine Minute bis zum Start war. Er hob das Fernglas.

Die Elektrokabel und Brennstoffleitungen fielen wie Nabelschnüre von der Wandung des Schiffs ab, und die N-1 stand nun frei da: groß, primitiv, zerbrechlich. *Mein Gott. Das Ding sieht aus wie ein Tauchsieder.*

Die Zündung würde in vier Sekunden erfolgen.

Rauch und Flammen schlugen aus der breiten Basis der N-1, wälzten sich über die Steppe, und Feuer füllte die um das Schiff gezogenen Gräben.

Seger sah, daß das flammende Inferno sich noch verstärkte. Die erste Stufe enthielt nicht weniger als dreißig Raketentriebwerke, verglichen mit fünf in einer Saturn.

Die ersten Momente des Starts waren die kritische Phase. Im Gegensatz zur Saturn wurde die N-1 nicht festgehalten, während der Schub sich aufbaute. Statt dessen stieg sie einfach auf, wenn der Schub das Gewicht überstieg. Und einen Unterbrecher für die Triebwerke gab es auch nicht.

Schließlich stieg die große Stufenrakete doch auf ihrer Flammensäule auf. Der Anblick war mit einer Kathedrale zu vergleichen, die sich in die Lüfte erhob.

Nachdem die Stufenrakete sich erst einmal um eine Länge vom Erdboden gelöst hatte, beschleunigte die N-1 schnell. Im weiteren Verlauf neigte sie sich, wobei an der Basis eine Explosion aus Licht auflöderte.

Nun erreichte der Schall den Beobachtungsbunker, und das Fenster vor Seger klirrte; das Licht flutete in den Raum, als ob eine kleine Sonne über der Steppe aufgegangen wäre. Die Druckwellen der Rakete pflanzten sich bis ins Innere seines Körpers fort.

Michaels beugte sich zu Seger herüber. »Es scheint zu funktionieren.«

»Q_{max}«, übertönte Seger das Getöse. »Sie muß noch Q_{max} durchlaufen.« Der Punkt des maximalen aerodynamischen Drucks war der Punkt, an dem bei früheren Flügen Probleme aufgetreten waren. Es war im Grunde das Versagen der N-1 gewesen, wodurch die Sowjets den Wettlauf zum Mond verloren hatten. So hatte zum Beispiel die N-1 bei der letzten Erprobung vor Apollo 11 im Jahre 1969 so heftig vibriert, daß eine interne Leitung gebrochen war. Die ganze Rakete war mit Flüssigsauerstoff besprüht worden. Triebwerke explodierten, Turbo-Pumpen platzten ... Die Explosion hatte die Energie einer taktischen Atombombe und war sogar von amerikanischen Aufklärungssatelliten registriert worden.

Die Uhren sagten sechsundsechzig Sekunden.

»Ich glaube, das war's«, sagte Seger atemlos. »Die Triebwerke werden wieder hochgefahren.«

»Dann wäre das Schlimmste also überstanden?«

»Mitnichten. Nein, dieser Vogel hat es erst überstanden, wenn die fette Dame aus voller Kehle singt, Fred.«

Michaels klopfte ihm auf die Schulter und widmete sich den anderen Gästen.

Lange, nachdem die anderen gegangen waren und der Lärm des Starts sich gelegt hatte, stand Seger noch am Fenster. Er beobachtete den Sonnenuntergang und summierte im Kopf die Starts, die er bereits erlebt hatte.

Zeitdauer der Mission [Tag/Std:Min:Sek]
Plus 121/12:23:34

Gershon stieg durch die Kopplungsöffnung in den Kopplungstunnel ein und schwebte in die Kommandokapsel. Mit dem Kopf voran erreichte er die Spitze der kegelförmigen Apollo-Kabine. Er schlug einen Salto, der ihn von ›oben‹ aus dem Missionsmodul nach ›unten‹ in die Apollo beförderte.

Für Gershon war dieses Manöver einer der merkwürdigsten Aspekte des ganzen Flugs.

Er schloß die Luke hinter sich und lehnte sie an.

Dann setzte er sich auf Stones Platz an der linken Seite der Kabine und befestigte die Checkliste an einem Klettverschluß an der Steuerkonsole. Er hatte eine Tube Orangensaft in der obersten Tasche seiner Kombi. Diese öffnete er nun und nahm einen Schluck. Er rückte das Kopfbügelmikrofon zurecht und vergewisserte sich, daß er Kontakt zum Rest der Ares hatte – sowohl York als auch Stone befanden sich im Missionsmodul –, und dann setzte er eine Nachricht an Fred Haise ab, der gerade als Capcom fungierte. Er wartete jedoch nicht, bis das Signal durchs Sonnensystem geschlichen war und die Antwort eintraf, sondern machte sich gleich an die Arbeit.

Er fuhr die Systeme der Apollo hoch.

Während des Transfers zum Mars und zurück waren nur die lebenswichtigen Systeme der Apollo aktiviert. Leitungen führten von den Sonnensegeln durch den Kopplungstunnel zu Apollo, so daß Apollo nicht die eigenen Energiereserven angreifen mußte. Etwa alle fünfzig Tage mußte Gershon die Systeme von Apollo überprüfen. Er würde dafür sorgen, daß sie auch dann noch funktionierten, wenn die Besatzung mit Apollo den Rückflug antrat und wieder in die Erdatmosphäre eintrat.

Diese Aufgabe machte vielleicht vierzig Prozent seines gesamten Auftrags aus.

Er kramte eine Musikkassette aus der Tasche und schob sie ins Abspielgerät von Stones Steuerkonsole. Violinenklänge – ein leichtes, beschwingtes Stück – durchfluteten die dünne Luft in der Kabine. Gershon schloß die Augen und ließ sich von der Musik verzaubern. Mozarts Vierzigste Symphonie. *Exquisit.* Die Anspannung fiel von ihm ab, und selbst die Kabine kam ihm nun großzügiger vor.

Vietnamveteranen sollten eigentlich dem Bild abgedrehter Jimi Hendrix-Fans entsprechen. Und Image wurde in Houston großgeschrieben: bei zehn Bewerbern mit gleicher Qualifikation waren ›weiche‹ Faktoren wie Image im Zweifelsfall ausschlaggebend.

Also hielt Gershon die Vorliebe für Mozart lieber geheim.

Er war allein in der Kabine, während er die Checkliste abarbeitete. Das Schließen der Luke war ein klarer Verstoß gegen die Vorschriften, und er mußte sich jedesmal Stones Genehmigung holen. Doch Apollo war einer der wenigen Orte der ganzen Mehrstufenrakete, in der man eine echte Privatsphäre hatte. Stone verstand das. Man brauchte einen kleinen *Raum*, etwas Zeit für sich selbst.

Es war eine seltsame Vorstellung, daß es im Umkreis von Dutzenden von Millionen Kilometern nur drei Menschen gab und daß sie dennoch für mehrere Monate in dieser Kollektion von Blechbüchsen zusammengepfercht waren. Die einzigen massiven Trennwände im Missionsmodul umschlossen den Müllschlucker.

Obendrein kamen die drei nicht sonderlich gut miteinander aus. York war nicht sonderlich gesprächig, Stone war zu sehr der gottverdammte Luftwaffenoffizier, um für ein gutes Betriebsklima zu sorgen, und er, Gershon, redete zuviel.

Doch das focht Gershon nicht an. Und seine Kameraden wohl auch nicht, sagte er sich. In Gershons Augen war dieser ganze psychologische Teamgeist-Krempel eh nur Mist. Sie führten diese Mission nicht durch, um Freunde zu werden; sie wollten zum Mars fliegen. Und um das zu erreichen, würden sie die kleinen zwischenmenschlichen Reibereien wohl überwinden.

Solange ein Mensch etwas Zeit für sich hatte und ein bißchen Abgeschiedenheit, war das alles kein Problem.

Er kontrollierte die Anzeigen, Skalen und Monitore und verglich sie mit den Sollwerten auf der per Fernschreiber übermittelten Checkliste. Das Mikrofon hatte er so eingestellt, daß Mozart unterbrochen wurde, wenn er sprach.

Gershon arbeitete gern mit der Apollo-Technik.

Die Grundkonstruktion war zwar schon veraltet, doch seit dem letzten Störfall bei Apollo 13 vor fünfzehn Jahren war kein größerer Defekt mehr aufgetreten. Zumal ›veraltet‹ nicht unbedingt etwas Negatives war. Für einen Piloten war es nämlich der Unterschied zwischen einer noch unbekannten Neuentwicklung und einer robusten Kiste; ›veraltet‹ stand in diesem Fall für ›erprobt‹. In Gershons Augen wäre es eine Schande gewesen, wenn man die Apollo-Baureihe Anfang der Siebziger eingestellt und statt dessen ein neumodisches Raumflugzeug konstruiert hätte. So schön das Space Shuttle auch zu fliegen gewesen wäre.

Durch die Verbesserungen, die Rockwell im Lauf der Jahre vorgenommen hatte, war aus der Grundkonfiguration ein ebenso vielseitiges wie robustes Weltraumfahrzeug geworden. Rein äußerlich unterschied sich das Schiff, das mit der Nase im Kopplungstunnel des Missionsmoduls steckte, kaum von den anderen Apollos, die bisher geflogen waren. Es wies die klassische Konfiguration auf: die zylindrische Betriebs- und Versorgungseinheit, unten der Triebwerkstrichter des großen Antriebssystems und oben der gedrungene Kegel der Kommandokapsel. Doch sonst unterschied diese Apollo – mit der Bezeichnung ›Block V-Konstruktion‹ nach den Rockwell-Ingenieuren, die sie gebaut hatten – sich deutlich von den alten Block II-Versionen, die in den Sechzigern zum Mond geflogen waren. Auch die Unterschiede zu den Block III und IV-Erdorbit-Fähren waren noch ziemlich markant.

Die ersten Mondmissionen hatten lediglich zwei Wochen gedauert. Die Ares-Apollo indes sollte achtzehn Monate im Leerraum überstehen. Und die Temperaturunterschiede, denen Apollo ausgesetzt sein würde, während Ares im Sonnensystem kreuzte, wären viel stärker als bei einem Mondflug. Deshalb waren die meisten Hauptsysteme der Apollo neu konzipiert worden.

Die Betriebs- und Versorgungseinheit verfügte über mehr Treibstoff für die Steuertriebwerke und weniger

Brennstoff für das Haupttriebwerk. Die herkömmlichen Betriebs- und Versorgungseinheiten hatten zuviel Wasser abgeblasen, das von den Bordbatterien produziert wurde; die Ares-Version speicherte das Wasser in Tanks, wodurch vermieden wurde, daß Eispartikel das Schiff umschwärmten. Die ganze Konfiguration war mit mehr Batterien bestückt, und die Kommandokapsel verfügte über mehr Nutzlastraum. Die obere Kopplungseinheit verfügte über eine Luftaustauschleitung, um Luft vom Missionsmodul in die Kommandokapsel zu leiten. Und so weiter.

Zuverlässigkeit war bei Langstreckenflügen unverzichtbar. Viele Systeme der Apollo waren mehrfach gesichert – mit Geradeauskopien, die bei einem Defekt einsprangen –, aber das alte Dreifach-Redundanz-System, das bei den Mondflügen verwendet worden war, hatte sich für Langstreckenflüge als ungeeignet erwiesen. Redundanzen, die das Risiko über eine solche Flugdauer minimiert hätten, hätten ein Raumschiff mit einer gewaltigen Masse und höchstem Komplexitätsgrad erfordert.

Also hatten die Konstrukteure sich eine intelligentere Lösung ausgedacht. Zusätzlich zur bloßen Redundanz waren auch andere Systeme imstande, die Funktionen ausgefallener Komponenten zu übernehmen. Dadurch wurde das Risiko vermindert, daß durch den Ausfall eines Systems gleich mehrere Funktionen beeinträchtigt wurden – wie bei Apollo 13 geschehen. Und an die Besatzung hatte man auch gedacht. Das Schiff war in Modulbauweise errichtet worden, so daß die Baugruppen leicht zugänglich waren und relativ schnell repariert oder ausgetauscht werden konnten. Außerdem gab es Isolierventile, Not-Ausschalter, Prüfgeräte und Diagnosewerkzeuge. Ein paar Baugruppen verfügten sogar über integrierte mikroelektronische Selbsttest-Einheiten.

Außerdem umfaßte der Flug der Apollo zum Mars eine Reihe von Abbruchoptionen. Bei der Rückkehr zur Erde sollte die Apollo mit dem Missionsmodul in einen langgezogenen elliptischen Orbit um den Planeten gehen, wobei die lange Halbachse eine Länge von hundertsechzigtausend Kilometern hatte und die kurze Halbachse eine Länge von achtzigtausend Kilometern. Es handelte sich also um eine weite Kurve, auf der die Mehrstufenrakete sich dem Mond bis auf die halbe Distanz zwischen Erde und Mond nähern und danach wieder abdrehen würde – ein Orbit, den Ares mit einem relativ geringen Brennstoffverbrauch einzuschlagen vermochte. Die Kommandokapsel würde sie aus einer solchen Trajektorie sicher zur Erde zurückbringen, weil die Hitzeentwicklung beim Wiedereintritt geringer war als bei einer Rückkehr vom Mond. Und falls Apollo dennoch ausfallen sollte, würde die Besatzung im Orbit überleben, bis Rettung in Gestalt einer anderen Apollo kam.

Und falls sie es nicht einmal in den Erdorbit schafften – wenn zum Beispiel das J-2S, das einzige Triebwerk der letzten Stufe der MS-IVB-Zusatzrakete versagte –, waren sie immer noch in der Lage, aus dem freien Fall einen direkten Wiedereintritt zu versuchen. Der Hitzeschild an der Unterseite der Kommandokapsel war verstärkt und versteift worden, so daß sie eine reelle Chance hatten, den Eintritt in die Erdatmosphäre zu überstehen. Die Geschwindigkeit wäre nur um etwa fünfzehn Prozent höher als bei einer Rückkehr vom Mond.

Und wenn die Lebenserhaltungssysteme des Missionsmoduls während des Flugs ausfielen, hatte die Besatzung immer noch die Möglichkeit, sich in die Kommandokapsel zurückzuziehen und sie als Schutzraum beziehungsweise als ›Rettungsboot‹ zu nutzen. Wo

Gershon nun allein hier war, wirkte die Kommandokapsel recht geräumig; wenn sie sich jedoch zu dritt hier aufhalten müßten, würden es ein paar harte Wochen oder gar Monate werden.

Doch das wäre immer noch besser als der Tod.

Jeder Aspekt der Mission war unter Berücksichtigung eines möglichen Defekts geplant worden, um in jeder Phase eine Option bereitzustellen und keine ›toten Zonen‹ zuzulassen, in denen es keine Abbruchmöglichkeit gab. Die Konstrukteure hatten an fast alles gedacht.

Gershon summte die Mozart-Melodie bei der Arbeit.

Diese Inspektion war lästige Routinearbeit für Gershon, doch andererseits war alles auf diesem Flug lästige Routinearbeit für Gershon. So war es nun mal auf jedem beschissenen Langstrecken-Raumflug.

Gershons Stunde würde kommen, wenn er das MEM durch die dünne Luft des Mars steuerte. Doch im Grunde hatte er bisher nur für – wie lange? – vierzig, fünfzig Minuten – eines Flugs mit voller Kraft gearbeitet, der anderthalb Jahre dauern würde. *Kein sehr gutes Nutzlastverhältnis, Ralph.* Aber das war schon in Ordnung. Das war ein Preis, den zu zahlen Gershon bereit war. Weil er sich nämlich auf einer Odyssee zum Mars befand.

Auf den Namen ›Ares‹ war er zum erstenmal in einem zerfledderten alten Schmöker gestoßen, den er in einem Ramschladen in Mason gekauft hatte. Es handelte sich um eine Sammlung von Science Fiction-Geschichten, die jemand namens Stanley Weinbaum verfaßt hatte. Die Titelgeschichte lautete ›Eine Mars-Odyssee‹, bei der vier Männer in einem Schiff namens Ares zum Mars flogen und ihn erforschten. Auch nach all diesen Jahren waren Weinbaums magische Worte ihm noch in lebhafter Erinnerung. Er glaubte, wieder die vergilbten Seiten jenes alten, zerfledderten Taschenbuchs umzublättern.

Als Gershon erfahren hatte, daß man dieses Schiff auf Weinbaums Schiffsnamen taufen würde, war er begeistert.

In seiner Jugend hatte er den ganzen Science Fiction-Kanon abgearbeitet und war noch mit vielen anderen Schiffen zum Mars geflogen. Bradbury hatte ihn nicht sonderlich angesprochen, mit seinen vagen Beschreibungen von silbernen Krabben – feurig pulsierend und mit einer Invasionsarmee an Bord –, die auf die Oberfläche eines paradiesischen, bewohnten Planeten hinabsanken. Clarke hatte seine ›Ares‹ hingegen in allen Einzelheiten beschrieben. Sie bestand aus zwei großen Kugeln, die in Form einer Hantel durch eine hundert Meter lange Röhre miteinander verbunden waren. Die hintere Kugel enthielt Atommotoren – die von AEC-Robotern gewartet wurden –, und in der vorderen Kugel befanden sich die Unterkünfte für die Besatzung, mit vielen Kabinen, einer großen Kantine und einer Beobachtungskuppel...

Der auf der Liege sitzende Gershon saugte noch etwas Saft aus der Tube und strich über die Oberfläche der schmutzigen Instrumentenkonsole. Er grinste. *Kantine – uäh*.

Gershon war so vernarrt in die Apollo-Technik wie andere Männer vielleicht in klassische Automobile. Zum Beispiel in eine Corvette. Apollo war eine ebenso schöne wie funktionale Maschine, die schon große Dinge geleistet hatte. Und selbst nach all diesen Jahren war sie noch immer besser als alles, was die Russen auf die Beine stellten...

Und es schien ihm nur angemessen, daß der erste – reale – Flug zum Mars keine Verwirklichung eines Traums der Fünfziger war, wie von Braun ihn zum Beispiel geträumt hatte, sondern in einer Handvoll zusammengebauter Apollo-Blechbüchsen Wirklichkeit wurde.

Er wußte aber auch, daß mit diesem Flug nicht nur sein Traum, sondern die Träume vieler Menschen wahr wurden. Während Ares seiner langen, spiralförmigen Trajektorie zum Mars folgte, spürte er, daß er nicht allein war: Ares wurde von einer Flotte von Geisterschiffen eskortiert, großen silbernen Gebilden, die den Werken von Clarke und Heinlein und Asimov und Bradbury und Burroughs entflogen waren...

Die Klänge von Mozart erfüllten die Kabine, und Gershon hakte geduldig die Checkliste ab.

Drittes Buch

APOLLO-N

Freitag, 28. November 1980
Apollo-N; Lyndon B. Johnson-Raumfahrtzentrum,
Houston

Rolf Donnelly parkte den Wagen vor Gebäude 30, dem Kontrollzentrum. Pfeifend stieg er aus.

Auf einem Parkplatz in der Nähe des Gebäudes hatte man ein neues Schild aufgestellt: MCC M&O ANGESTELLTER DES MONATS. Donnelly lachte. Willkommen im Öffentlichen Dienst! Sie befinden sich nun im Kontrollzentrum, und gute Arbeit wird mit einem eigenen Parkplatz honoriert!

Er atmete die warme Herbstluft ein. Auf frische Luft würde er in der nächsten Zeit verzichten müssen; wenn ihm an der Arbeit in Gebäude 30 etwas nicht gefiel, dann der Umstand, daß es keine Fenster hatte. Langsam ging er an den Lüftungsgittern der Klimaanlage entlang, die in die Mauern des Gebäudes eingelassen waren. Im Frühling nisteten dort Vögel, doch nun waren keine Anzeichen von Besiedlung durch Federvieh zu erkennen.

Donnelly betrat das Gebäude. Er war Flugleiter, und nun würde er den Flug von Apollo-N leiten.

Die großen Monitore an der Stirnseite des Raums zeigten spektakuläre Bilder von Kennedy: gen Himmel strebendes Metall, wabernder Rauch, sonnenhelle Flammen.

Die Saturn VN erhob sich von der Startplattform.

Die Apollo-N war nun seit ein paar Sekunden unterwegs, und im Kontrollzentrum wurde ruhig und konzentriert gearbeitet. Von seiner Position in der Befehls- und Kontrollreihe, dritte Reihe von vorn, hatte Donnelly alles im Blick: die Tischreihen, die Computerarbeitsplätze mit den klobigen alten Bildschirmen und Tastaturen, die an den Tischen verschraubt waren und von den Leuten seiner Gruppe bedient wurden. *Indigo*

Team. Die Arbeitsplätze waren mit Handbüchern, Kaffeetassen und Notizblöcken übersät.

»Roll- und Nick-Programm«, ertönte Chuck Jones' Stimme über die Luft-Boden-Schleife. Die schwankende Stimme war für Donnelly kaum zu hören. »Alles in Ordnung. Der Himmel wird heller.«

An den braungetünchten Wänden hingen Flugpläne, die bis Gemini 4 zurückreichten, und Bilder ehemaliger Flugdirektoren, die in den jeweiligen Missionsfarben gerahmt waren. Die Monitore glühten im abgedunkelten Raum.

Die Rakete stand schon über dem Startturm. Im fließenden Übergang übernahm Indigo Team von der Kennedy-Leitstelle die Missionskontrolle.

Donnelly spürte einen Adrenalinstoß.

Die Saturn VN kippte vornüber und stieg in östlicher Richtung in einem Bogen über dem Atlantik auf. Die Rakete steuerte sich selbst und schwenkte die kardanisch aufgehängten Triebwerke, um der vorbestimmten Trajektorie zu folgen. Die Besatzung, bestehend aus Jones, Priest und Dana, hatte im Moment nur den Status von Passagieren, und die nukleare Rakete stellte vorerst lediglich eine Nutzlast dar.

Natalie York, die in dieser Schicht als Capcom fungierte, rief das Raumschiff: »Apollo, Houston... Ihr seid voll auf Kurs.«

»Roger, Houston. Dieses Baby läuft wirklich gut.«

Zahlenkolonnen scrollten über die Bildschirme, und Donnellys Controller berieten sich leise über die Kommunikationsverbindungen.

Es handelte sich um Yorks ersten Einsatz als Capcom. Sie wirkte ruhig und souverän, und Donnelly war vollauf zufrieden mit ihr.

Der Flug verlief gut. Rolf Donnelly spürte es. Im Moment konnte er die Hände in den Schoß legen.

Diese Mission war in vielerlei Hinsicht einmalig.

Zum ersten Mal hatten die USA versucht, gleich *zwei* ehrgeizige Flüge auf einmal durchzuführen und nicht weniger als sechs Astronauten ins All geschickt: Jones, Dana und Priest gingen im Rahmen des NERVA-Testflugs auf der Spitze der Saturn VN in den Orbit, und Muldoon, Bleeker und Stone befanden sich bereits im Moonlab im Mondorbit und warteten auf ihr Rendezvous mit den Russen. Es war auch das erstemal, daß die NASA beide Kontrollzentren gleichzeitig betrieb.

Und dies war natürlich auch der erste bemannte Flug der S-NB, der neuen dritten Saturn-Stufe mit dem NERVA 2-Nuklearantrieb.

Die Management-Reihe, die sich im MOCR hinter Donnelly befand, war voll besetzt. Zum Beispiel saß dort Bert Seger, direkt hinter Donnelly, diesmal mit einer weißen Nelke im Knopfloch. Und im Leitstand im hinteren Bereich des MOCR hatte Donnelly Fred Michaels höchstpersönlich ausgemacht, der an einer Zigarre zog und ebenso verwundert wie besorgt die Zahlenkolonnen beobachtete. Dies war ein überaus wichtiger Flug, der vor den Augen der gesamten Öffentlichkeit stattfand.

Doch Donnelly machte sich keine Sorgen; zumindest noch nicht. Die Controller in diesem Raum waren gleichzeitig auch Leiter von drei- bis fünfköpfigen Teams, die in den Nebenräumen des MOCR arbeiteten; um überhaupt ins MOCR kommen, hatten die Controller zuvor selbst bei zahlreichen Missionen in den Nebenräumen arbeiten müssen. So hatte auch Donnelly Karriere gemacht. Die Controller wurden oft von der Luft- und Raumfahrtindustrie abgeworben, wo höhere Gehälter winkten: der Dienst im Kontrollzentrum machte sich gut bei Bewerbungen. Doch das ging schon in Ordnung, weil dadurch nämlich der Altersdurchschnitt gedrückt wurde.

Donnelly hegte jedenfalls keine derartigen Ambitionen. Im MOCR befand man sich nämlich viel näher am Brennpunkt der Entscheidungsfindung als die Kommandanten aller bisherigen Flüge; das galt sogar für die Kommandokapsel des aktuellen Raumschiffs. Hier liefen alle Fäden zusammen; in diesem Raum hatte Donnelly das Sagen. Was ihn betraf, so war das besser als Fliegen.

Die Flugdauer betrug nun eine Minute.

Die beim Start aufgetretenen Vibrationen klangen ab.

»Der verdammte Vogel gibt merkwürdige Geräusche von sich«, rief Jones.

Jim Dana vermochte Jones' Gesicht hinter dem Helm nicht zu erkennen.

Er hatte auch keine Zeit mehr, darüber nachzudenken. Die Beschleunigung drückte Dana nieder, während die fünf starken Triebwerke der S-IC-Stufe feuerten. *Zwei, drei, vier Ge...* eine Klammer legte sich um seine Brust.

Damit war das Schlimmste aber schon überstanden. Merkwürdigerweise hatte die Belastung sogar etwas Tröstliches. Es lief alles nach Plan. Vielleicht irrte Jones sich. Bisher war es wie in den Simulationen. *Fast...*

Plötzlich wurde er nach vorn in die Gurte geschleudert. *Was zum...?* Der ruhige Flug war mit einemmal turbulent geworden. War ein Triebwerk ausgefallen? Nun wurde er zurückgerissen und auf die Liege gepreßt; und dann wurde er wieder nach vorn geschleudert. Der Ruck war so heftig, daß die Gurte durch die Gewebelagen des Anzugs hindurch Quetschungen an Brust und Bauch verursachten. Dann wurde er wieder zurückgerissen...

»Ein Tanz!« rief Jones. »Haltet die Hüte fest, Jungs.«

Nun erfolgten die Vibrationen fünf- bis sechsmal pro Sekunde, und zwar mit erstaunlicher Heftigkeit. Wie viele Ge das wohl waren? Und dann diese Oszillationen...

Dana sah nichts mehr; die Kabine verschwamm vor seinen Augen, und er hatte das Gefühl, als ob man ihm Oberkörper, Kopf und Beine traktierte. *Wir müssen den Flug abbrechen. Wir werden das nicht überleben. Es wird uns zerreißen.* Er versuchte, den Kopf zu drehen und zu sehen, ob Jones nach dem Not-Aus-Hebel griff.

Das MOCR bekam von diesem Höllenritt nichts mit.

Für die Controller im Kontrollzentrum der NASA verlief die Brennphase der ersten Stufe normal. Nur im Pendant der Marshall-Ingenieure, dem sogenannten Huntsville-Führungszentrum, wurde das Problem erkannt.

Über eine geschlossene Schleife informierte Marshall Mike Conlig in Houston. »Die S-IC taumelt. Die Beschleunigungsmesser zeigen plus beziehungsweise minus acht Ge an.«

Conlig saß auf der rechten Seite des ›Schützengrabens‹ – in der ersten Reihe des MOCR in Houston – und fungierte als Triebwerks-Controller, wobei er insbesondere für die neue NERVA-Stufe verantwortlich war. Das Taumeln wurde dadurch verursacht, weil die Eigenfrequenz der Schubkammern der F-1-Triebwerke fast der strukturellen Frequenz der gesamten Mehrstufenrakete entsprach. *Mein Gott*, sagte er sich. *Wir haben doch extra Schwingungsdämpfer eingebaut, um den Eintritt einer Resonanzkatastrophe zu verhindern.* Offensichtlich hätten diese Arschlöcher in Marshall bei der neuen Saturn VN mit der nuklearen dritten Stufe mehr Resonanzversuche durchführen müssen. *Die Mission wird vielleicht daran scheitern.*

Er schickte sich an, dem Flugleiter Meldung zu machen.

Doch nun vernahm er wieder das Flüstern von Houston. »Die Amplitude flacht ab.«

Das Taumeln legte sich so schnell, wie es begonnen hatte.

Verglichen damit waren die drei oder vier Ge auf Danas Brust geradezu eine Erleichterung.

Er sah auf die vor ihm schwebende Missionsuhr. *Zehn Sekunden. Länger hatte es nicht gedauert. Zehn Sekunden.*

Er drehte den Kopf, um nach den anderen zu sehen und stellte dabei fest, daß er einen Tunnelblick hatte. Er konzentrierte sich auf Chuck Jones' Gesicht. »Chuck? Ben? Seid ihr in Ordnung?«

Jones Hand umklammerte den Not-Aus-Hebel, und Dana fragte sich, welcher Willenskraft es wohl bedurft hatte, ihn nicht zu betätigen. »Houston, wir haben einen Tanz aufgeführt«, sagte Jones. »Wir sind durchgeschüttelt worden wie Erbsen in einer Dose.«

»Roger.« Natalie York klang verwirrt. Womöglich wußten die Leute in Houston noch gar nicht, was die Besatzung eben durchgemacht hatte. Sie hatten die Beschleunigungsmesser nicht im Blick gehabt. Dana hoffte nur, daß sie wenigstens die restliche Telemetrie überwachten.

Und nun stürzten die Ereignisse des Startvorgangs auf sie ein. »Drei Minuten«, rief Jones. »Macht euch bereit für das Absprengen der Stufe, Jungs.«

Dana schüttelte den Kopf, und die Dunkelheit am Rand des Gesichtsfelds verschwand. Mit Unbehagen dachte er an die zusätzliche Belastung, die das Absprengen der Stufe für die durchgeschüttelte S-NB bedeutete.

Rolf Donnelly hatte das Vergnügen des Tanzes nicht gehabt. Er hatte auch erst das Vergnügen, davon zu erfahren, als er den mündlichen Bericht der Besatzung erhielt.

In dieser Phase des Flugs hatten die Leute in Marshall mehr oder weniger die Leitung übernommen, weil sie ihren Vogel schließlich am besten kannten. *Aber ich weiß nicht, wieso wir den Flug während dieses verdammten Taumelns nicht abgebrochen haben. Sie müssen wirklich scharf darauf sein, ihre nukleare Stufe in den Orbit zu schicken.*

Der Aufstieg in den Orbit war immer die schwierigste und gefährlichste Phase einer Mission: in dieser Phase wurden Unmengen von Energie verbraucht, um mehrere Tonnen Metall auf eine Orbitalgeschwindigkeit von acht Kilometern pro Sekunde zu beschleunigen. Der Wiedereintritt war wesentlich einfacher, weil man ihn nämlich selbst zu kontrollieren vermochte. Der Aufstieg war die Phase mit dem größten Risiko, die Phase, in der Donnelly immer mit Problemen rechnete.

Er mußte sich stärker beherrschen als im bisherigen Verlauf des Flugs.

Das Problem bestand darin, daß die Deutschen in Marshall ihre Fertigkeiten in einer Ära automatisierter, unbemannter Flugkörper entwickelt hatten. Es war unmöglich, per Funk den Kurs einer V-2 zu korrigieren, wenn sie erst einmal davon abgewichen war. Auch heute noch war die Vorstellung, eine Rakete im Flug zu kontrollieren, ihnen fremd. Also hatten die Deutschen alles getan, um ihre Controller, die beteiligten Menschen, in Roboter zu verwandeln – in eine Verlängerung der Maschine. *Improvisieren Sie nicht. Verhalten Sie sich diszipliniert. Halten Sie sich an die Dienstvorschrift: Sie werden fürs Handeln bezahlt und nicht fürs Denken.*

Donnelly schwor sich, in dieser Hinsicht auf Veränderungen hinzuarbeiten. Er wollte nicht noch einmal in eine Situation geraten, wo er sich auf das Urteilsvermögen der Leute aus Marshall verlassen mußte.

Dennoch – obwohl die Saturn sich etwas oberhalb des geplanten Pfads befand, der an der Stirnseite des Raums dargestellt war – schien die Besatzung die Turbulenzen unbeschadet überstanden zu haben, und die Telemetrie des Triebwerks war normal. Die Mehrstufenrakete hatte die Abstoßung der ersten Stufe, der ausgebrannten S-IC, überstanden, und die Brennphase der zweiten Stufe verlief ohne Komplikationen.

Vielleicht werden wir es trotzdem schaffen...

Donnelly spürte einen Druck im Rücken. Es hielten sich Leute im Leitstand auf – VIPs, Prominente, Vertreter des NASA-Hauptquartiers, Politiker und Familienangehörige der Besatzungsmitglieder –, von denen manche wußten, daß es Schwierigkeiten gab. Dann war da noch Fred Michaels, der sich die Nase an der Glasscheibe plattdrückte. Und neben Michaels stand Gregory Dana, Jims Vater. Donnelly kannte Dana senior zwar nicht persönlich, aber er wußte, daß er eine Art Missionsspezialist aus Langley war. Der Druck, den der Mann ausübte, war noch schlimmer als der Stress, den Michaels' Anwesenheit ihm verursachte. *Gottverdammt, das ist mein Sohn dort oben.*

Donnelly war auf dem aufsteigenden Ast. Er sah einer glänzenden Zukunft entgegen – noch ein paar Jahre hier in der Arena, und dann würde er vielleicht zum Programm-Manager befördert werden. Und wenn er diese komplexe und schwierige Mission gemeistert hatte, könnte er sich eine bunte Feder an den Hut stecken.

Er liebte seine Arbeit. Und er wollte noch viel mehr erreichen; er wollte den Flug zum Mars leiten. Er *wollte* nicht, daß diese Mission ein Mißerfolg wurde.

Doch nun war es an der Zeit, die Atombombe zu zünden.

Apollo N schüttelte sich, als Sprengbolzen die ausgebrannte zweite Stufe, die S-II, abtrennten. Dana trieb schwerelos in der Kabine und wartete auf den zweiten Schub.

»Los geht's!« sagte Jones in seinem Tennessee-Dialekt. Er wirkte ruhig und entspannt – *als ob er das jeden Tag machen würde.*

Und wenn Chuck Jones äußerlich noch so ruhig war; selbst er mußte gespannt sein wie eine Uhrfeder, sagte Dana sich, weil nämlich der entscheidende Moment des Flugs bevorstand. Bei der dritten Stufe der Mehrstufenrakete handelte es sich nicht um die alte, bewährte S-IVB, welche die Mondraketen in den Erdorbit und noch weiter gebracht hatte; es war eine S-NB mit dem ersten einsatzbereiten NERVA-Triebwerk. Und das verdammte Ding mußte nun zünden, um sie in den Orbit zu befördern, oder sie würden, wie Dana wußte, den Atlantik überfliegen und in der Sahara eine harte Landung hinlegen.

»Apollo, Houston«, meldete York sich, »Go für den Orbit. Go für den Orbit.«

Für lange Sekunden flog das Raumschiff antriebslos dahin, und schließlich erhielt Dana einen Tritt in den Rücken.

»Sie hat gezündet«, sagte Chuck Jones atemlos. »Was sagt ihr dazu. Wir reiten auf einer gottverdammten Atombombe.«

Die NERVA-Zündung war nicht so heftig wie die vor sechs Minuten erfolgte Zündung der zweiten Stufe; der Flug verlief nun gemächlicher, und der Schub von hundert Tonnen drückte ihm nur ein Ge ins Kreuz.

Danas Fenster wurde mit irdischem Licht ausgefüllt. Die Apollo wies nun mit der Nase zur Erde.

Er wurde so heftig in die Gurte geschleudert, daß er keine Luft mehr bekam. *Mein Gott. Was ist nun wieder los?*

Die Nase des Raumschiffs schwenkte wieder nach oben. Metall stöhnte, und das hell erleuchtete Antlitz der Erde schob sich am Fenster vorbei. Er schlug mit dem Helm gegen den Metallrahmen der Liege. Blaues Licht zuckte über das Helmvisier.

»Wir reiten hier auf einem Mustang, Houston«, sagte Chuck Jones mit belegter Stimme. »Sagt uns bitte, was wir tun sollen.«

»Booster, Flug. Ich brauche Informationen.«

Für Donnelly hatte es den Anschein, als ob der kleine, stilisierte Saturn auf der Anzeigetafel betrunken sei, so erratisch kurvte er um die programmierte Trajektorie.

Doch die Stimme, auf die es nun angekommen wäre, schwieg. Mike Conlig meldete sich nicht bei ihm.

»Booster, Flug«, wiederholte er. »Haben Sie Informationen für mich?«

Er wußte aber auch, was los war, ohne daß Conlig es ihm sagte. Die S-NB selbst schien noch zu funktionieren. Dieses Nicken mußte noch vom Taumeln herrühren. Die Rakete hatte schon Overshoot gehabt, als die Stufe abgestoßen wurde. Sie flogen kopfüber. Die Nase hing zu tief. Nachdem die S-NB gezündet hatte, flog die Rakete zunächst mit Overshoot weiter. Dann hatte sie das Nukleartriebwerk geschwenkt und versucht, die Nase zu heben und sich auf den Erdmittelpunkt auszurichten. Für eine Weile kämpfte das Lenkungssystem gegen die kardanische Triebwerksaufhängung mit den begrenzten Freiheitsgraden an. Und als die S-NB dann zu merken schien, daß der Pfad zu flach wurde, richtete sie sich wieder auf ...

Und so setzte dieser Rückkopplungsprozeß sich fort, während die Instrumenteneinheit der S-NB versuchte, das Schiff wieder auf eine – unerreichbare – Flugbahn zu bringen.

Wo, zum Teufel, steckte Conlig?
»Booster, Flug. *Booster.*«

Mein Gott, sagte Fred Michaels sich, der vom Leitstand an der Rückseite des MOCR zuschaute. *Ich will den Flug nicht abbrechen.*

Es wäre ein denkbar ungünstiger Zeitpunkt für einen Abbruch gewesen.

Die neue Reagan-Regierung formierte sich nach dem erdrutschartigen Wahlsieg, und Michaels schaute besorgt in die Zukunft. Er führte Carters Niederlage darauf zurück, daß Ted Kennedy während der Vorwahlen dem Erdnußfarmer die Gefolgschaft gekündigt hatte; andererseits war Michaels der Ansicht, daß Carters Zeit ohnehin abgelaufen war. Und nun kam Reagan, drohte den Russen wegen Polen und Afghanistan und versprach, die Geiseln im Iran zu befreien...

Vielleicht würde Reagan mit demselben Elan auch den Weltraum erobern; aber man wußte es eben nicht.

Michaels hatte einen wichtigen politischen Verbündeten im Weißen Haus verloren, und die Kennedy-Karte stach nicht mehr so richtig.

Dennoch hatte der Apollo-N-Flug der NASA eine umfassende Medienpräsenz beschert – zum Teil sogar mit wohlwollender Diktion, weil die NASA die Sicherheitsmaßnahmen beim Umgang mit den radioaktiven Substanzen publik gemacht hatte. Der Bericht über den Start hatte sogar eine höhere Einschaltquote erzielt als die Folge von ›Dallas‹, in der es um die Klärung der Frage von nationalem Interesse ging, wer auf JR geschossen hatte. Michaels legte keinen Wert darauf, daß anstatt dieser vorteilhaften Meldungen eine neue Apollo-Katastrophe auf den Titelseiten erschien – nicht jetzt und auch nicht in Zukunft...

Bert Seger, der ein paar Reihen hinter Michaels im Leitstand saß, wußte, daß es sich bei diesem Flug um die umstrittenste NASA-Mission seit den militärischen Besatzungen von Skylab A handelte. Auf dem Kennedy-Gelände hatten Protestversammlungen stattgefunden. Eltern hatten ihre Kinder mitgebracht, und Transparente mit der Aufschrift THREE MILE ISLAND waren entfaltet worden. Der Sicherheitsdienst des Raumfahrtzentrums hatte die Demonstranten vom Startgelände und den Zuschauertribünen ferngehalten. Doch für Bert Seger, der gerade aus Tjuratam zurückgekommen war und dringend an den Start mußte, war es ein echtes Spießrutenlaufen gewesen.

Seger war nun schon seit Jahren in dieses Projekt eingebunden. Er hatte den Zorn, den er auf den Gesichtern der Demonstranten gesehen und in den Nachrichten sowie über die Konferenzschaltungen der NASA mitbekommen hatte, als höchst beunruhigend empfunden.

Und noch beunruhigender war das Rumoren innerhalb der NASA. Ein paar Astronauten, dieser Joe Muldoon mit seiner großen Klappe zum Beispiel, hatten sich etwas zu freimütig über die Einsatzbereitschaft beziehungsweise über die fehlende Einsatzbereitschaft von NERVA geäußert. Zum Glück war Muldoon zur Zeit hinter dem Mond und vermochte deshalb keinen Schaden anzurichten.

Doch Muldoon und die anderen hatten in Seger den Keim des Zweifels gesät. War er vielleicht zu weit vorgeprescht? Wenn es heute zu einem Debakel kam, dann konnte die NASA in Anbetracht der zu erwartenden Proteste gleich nuklearen Treibstoff über der Ostküste ablassen.

Tags zuvor, in der Leitzentrale von Kennedy, hatte die Besatzung von Apollo-N Seger ein von allen signiertes Foto in einem Messingrahmen überreicht. Es zeigte die drei lächelnd im Raumanzug. Die Widmung lautete: *Für Bert – In Ihren Händen.*

»Booster, Flug. Booster, verdammt.«

Donnellys Stimme drang wie ein summendes Insekt aus Conligs Kopfhörer und erschwerte ihm das Nachdenken.

Die Missionsbestimmungen waren klar und eindeutig. Wenn in dieser Phase des Starts ein Fehler auftrat, sollte Conlig in seiner Eigenschaft als Triebwerks-Controller die Abbruchtaste betätigen. Der stilisierte Saturn wich noch immer vom Pfad ab. *Aber*...

Aber die Abweichung war doch nicht so gravierend, wie es zunächst den Anschein gehabt hatte. Zumal die Rakete nun auch nicht mehr taumelte.

Die S-NB war ein ›intelligentes‹ Gerät. Mittels der schwenkbaren Triebwerkstrichter war sie imstande, die Flugbahn weitgehend selbst zu korrigieren. Es sah so aus, als ob das Triebwerk alles tat, um den vorgesehenen Kurs zu halten. Die Trajektorie war noch immer unter Kontrolle.

Conlig mußte sich überwinden, Donnelly zu antworten. »Äh... Flug, Booster.«

»Mein Gott, Booster. Reden Sie.«

Conlig atmete durch. »Flug, Booster. Wir scheinen wieder alles unter Kontrolle zu haben.«

Nun gingen Anfragen von den anderen Controllern ein: Flugführung, Flugdynamik, und die Jungs in der System-Reihe hinter Conlig meldeten sich auch. Von der Oszillation um die Trajektorie abgesehen, war alles in bester Ordnung.

»Sicher, Booster?« fragte Donnelly.

Sind Sie wirklich sicher, daß Sie diesen Vogel unter Kontrolle haben? Sind Sie sicher, daß Sie nicht für einen Abbruch plädieren wollen?

Sind Sie sicher, daß Sie wissen, was Sie tun, Conlig?

Conlig hatte den Eindruck, daß der Raum, ja die ganze Welt auf ihn einstürzten; der Kopfhörer brannte förmlich auf den Ohren, und der Saturn auf der Anzeigetafel war wie ein Menetekel seiner Unentschlossenheit.

Ich sollte eigentlich abbrechen. Aber wo das Ding nun schon mal fliegt...

»Sind Sie sicher, Booster?« hakte Donnelly nach.

»Die Daten sprechen dafür, Flug.«

»Roger.« *Ich will Ihnen mal vertrauen, Conlig.*

Conlig starrte auf das Saturn-Symbol, als ob er es mit schierer Willenskraft dazu veranlassen könnte, aufzusteigen und in den Orbit zu gehen.

Er wußte, daß niemandem mit einem Abbruch gedient war, wenn es nicht unbedingt sein mußte.

Die Brennphase dauerte zweieinhalb Minuten. Apollo-N war auf eine Geschwindigkeit von acht Kilometern pro Sekunde beschleunigt worden und hatte in dieser Zeit vierhundert Kilometer zurückgelegt.

Dann schaltete die S-NB-Stufe das NERVA-Triebwerk ab.

Jones las die Werte auf der Anzeige ab. »Natalie, sagen Sie den Jungs aus Marshall, daß ihr Vogel sich prächtig gehalten hat. Nur daß wir mit dem Arsch voran in den Orbit gepprescht sind.«

»Roger«, erwiderte York lapidar. »Ich werde es weitergeben, Chuck. Danke.«

Mike Conlig wußte, daß Natalie in ihrer Eigenschaft als Capcom nur ein paar Meter von ihm entfernt saß.

Ich hätte abbrechen sollen. Aber ich habe es nicht getan. Ich habe sie weiterfliegen lassen.

Er drehte sich nicht um, weil er den Blickkontakt mit Natalie vermeiden wollte.

Donnelly spürte, wie ein Teil der Anspannung von ihm abfiel.

Er befragte die Controller; sie meldeten, daß die Systeme des Schiffs, trotz allem, einwandfrei funktionierten. *Wir haben es geschafft. Allerdings weiß ich nicht, wie.*

Bert Seger wußte, daß sie nur Glück gehabt hatten. Er war entschlossen, den Kameraden aus Marshall wegen dieser Sache den Arsch aufzureißen. Die S-IC war ins Taumeln geraten. Die erste Stufe der Saturn hätte sie nicht im Stich lassen dürfen – nicht nach mehr als zehnjähriger Erfahrung, nicht nach so vielen Flügen.

Seger betrat das MOCR und beugte sich über Donnellys Station. »Wenn Sie auch nur die geringsten Zweifel an der Zuverlässigkeit des NERVA-Triebwerks aus Marshall hegen, bringen Sie die Jungs sofort wieder runter.«

Freitag, 28. November 1980
Apollo-N; Lyndon B. Johnson-Raumfahrtzentrum, Houston

Sie stopften die Druckanzüge in Netztaschen und verstauten sie unter den Liegen. Nun trug Jim Dana nur noch eine Kombi über der Unterwäsche.

Er befand sich nun in einer Höhe von hundertsechzig Kilometern, eintausendsechshundert Kilometer von Cape Canaveral entfernt und flog mit einer Geschwindigkeit von acht Kilometern pro Sekunde. Auf der mittleren Liege, die Füße zu den Sternen gerichtet, sah er durchs Fenster der Kommandokapsel auf den Heimatplaneten hinunter.

Beim Anblick der sonnenbeschienenen Erde geriet er schier in Verzückung. Sie stand als leicht gekrümmte Wand aus Farbe und Licht vor ihm, die das Universum in zwei Hälften teilte; leuchtend weiße Wolken lagen wie Federn über dem Land und dem Meer.

Ben Priest, der rechts von Dana lag, grinste ihn an. »Wie fühlst du dich?«

»Als ob ich hier oben geboren wäre.«

Chuck Jones öffnete den Sicherheitsgurt, stieß sich von der linken Liege ab und schwebte zur Instrumentenkonsole hinauf. »Wir sind im Orbit, meine Herren«, sagte er. »Willkommen im Astronauten-Korps. Nun müssen wir nur noch herausfinden, ob wir es hier aushalten.«

Priest und Jones schickten sich an, die Flugbahn des Schiffs und die geschätzte Geschwindigkeit mit den Bodenstationen und den Meßflugzeugen abzugleichen. Dana hörte, daß Jones bei der Arbeit summte. Dana hatte die Aufgabe, die Navigationsplattform auszurichten.

Er schwebte nach oben und klappte die mittlere Liege hoch. In der Mikrogravitation wirkte die enge Kabine recht geräumig. Dana tippte mit der Fingerspitze gegen eine Instrumentenkonsole; das genügte, daß er an den anderen vorbei in den Nutzlastraum unter den Liegen driftete.

Er schwebte zwischen Kühlröhren und Staufächern. Zum erstenmal seit dem Start hatte er die Gelegenheit, sich auszustrecken; die Füße stemmte er gegen die Luke, und der Kopf wies auf den Boden. Er spürte leichte Schmerzen in Bauch, Brust und in den Knien: Nachwirkungen des Taumelns. Dennoch war es nicht so schmerzhaft gewesen, wie er erwartet hatte; der Druckanzug hatte ihn offensichtlich geschützt.

Dana schwebte hinunter zum Trägheits-Meßgerät. Bei der Navigationsplattform handelte es sich um eine Metallkugel mit dem Durchmesser eines Strandballs. Innerhalb der Hülle befand sich eine Scheibe, die von drei ineinander verschachtelten Kugeln fixiert wurde.

Das Ding glich einem Tisch in einem Boot, der kardanisch montiert war, um unabhängig vom Schaukeln des Boots in der Waagrechten zu bleiben. Mit diesem System ›bestimmte‹ das Raumschiff seine Position relativ zu einer Bezugstrajektorie. Die Kontrolle der Ausrichtung war ein Routinevorgang und wurde bei jedem Flug auf der Prüfliste abgehakt. Doch nun bestand die Gefahr, daß das Taumeln und die Kreiselbewegungen, denen die Apollo-N während des Starts ausgesetzt gewesen war, die Plattform verstellt hatten.

Um die Plattform neu zu kalibrieren, mußte Dana sich mittels eines optischen Teleskops und eines Sextanten an ein paar Sternen orientieren. Er wählte aus einem Katalog ein paar Sterne aus und ließ sie vom Raumschiff suchen. Wenn der Stern nicht exakt im Fadenkreuz des Teleskops stand, würde Dana eine Korrektur vornehmen, und der Computer übertrug diese Korrektur dann an die Plattform, woraufhin sie sich selbst ausrichtete.

Er wählte das Sternbild Orion, mit dem markanten, aus drei Sternen bestehenden Gürtel in der Mitte. Er beschirmte die Augen vor dem Licht der Erde und der Kabinenbeleuchtung und zielte mit dem Teleskop in die Richtung, wo Orion sich befinden mußte. Schließlich machte er die drei schwachen Punkte aus, die vom hellen Sirius flankiert wurden. Sie standen genau dort, wo sie sein sollten...

Er grinste. Die Justierung stimmte also noch. Vielleicht hatten sie das Schlimmste überstanden, und der Rest des Flugs würde ohne Komplikationen ablaufen.

Das erste Ziel der Flugerprobung war bereits erreicht: die S-NB war offensichtlich imstande, sich selbst und ein bemanntes Raumschiff in den Orbit zu bringen. Nun mußte noch der Nachweis erbracht werden, daß es möglich war, NERVA mehrmals hintereinander sicher zu starten. Während des einwöchigen

Flugs würde Apollo-N auf langgezogene elliptische Orbits geschickt werden und hundertsechzigtausend Kilometer weit in den Raum ausgreifen – fast die Hälfte der Entfernung zum Mond.

Mittels eines starken Ultraviolett-Teleskops sollten viele wissenschaftliche Arbeiten ausgeführt werden: Sonnenbeobachtungen, Untersuchungen der äußeren Atmosphäre sowie Erdbeobachtungen und -aufnahmen. Neben der Ausrüstung in der Kommandokapsel waren noch verschiedene Sensoren für Außenexperimente in einem Instrumentenfach der Betriebs- und Versorgungseinheit deponiert. Doch die Wissenschaft war nur zweitrangig, wie Dana wußte. Der eigentliche Zweck der Mission war folgender: *sorgt dafür, daß die verdammte NERVA funktioniert und vom Raumschiff aus kontrolliert werden kann, ohne daß sie die Umwelt radioaktiv verstrahlt.*

Nachdem er die Sterne angepeilt hatte, bestimmte er mittels des Sextanten den Winkel zwischen zwei Fixsternen. Dies diente der Überprüfung des ›Gedächtnisses‹ der Plattform; Danas Berechnungen mußten eine Genauigkeit von einem zehntausendstel Prozentpunkt aufweisen: das Ziel waren fünf Nullen hinter dem Komma, eine Anzeige von –.00000 beim Abgleich des Sternenwinkels.

Dana erzielte –.00003: vier Nullen und ein ›paar Zerquetschte‹.

Inzwischen hatte er sich an die Mikrogravitation gewöhnt. Als er die Hände ausstreckte, merkte er, daß er sich in der Luft drehte wie ein Tannenzapfen.

Das Gefühl war wundervoll. Ihm war zum Lachen zumute.

Ralf Donnelly befand sich im Mittelpunkt eines Netzes aus Informationen, Argumenten und Extrapolation, einem Netz, das sich über das ganze Land zog: aus

Marshall in Alabama über Rockwell in Downey, den Erbauern der Apollo, über Boeing, wo die telemetrischen Daten der ersten Stufe S-IC einer gründlichen Analyse unterzogen wurden, bis hin zu dem Dutzend und mehr Gruppen hier im MOCR, den Nebenräumen und in Gebäude 45. Er stellte sich vor, wie die Drähte glühten, während Bodenkontrolle und Raumschiffsbesatzung lange Checklisten durchgingen, mit denen die Antriebssysteme, die Triebwerksaufhängung, die Kreiselsteuergeräte, Computer und Lebenserhaltungssysteme überprüft wurden. Die Ergebnisse wurden landesweit publik gemacht.

Dann gingen die ersten Antworten ein und wurden vom Indigo-Team gefiltert und zu einem Puzzle zusammengesetzt.

Das Taumeln der S-IC war anscheinend auf einen unerwarteten Resonanzmodus der Saturn VN, der neuen Saturn/NERVA-Stufe, zurückzuführen. Das hätte jemandem auffallen müssen, und zwar lange vor der Montage der Stufe.

Hatte die Qualitätskontrolle bei diesem Programm etwa gepennt? Donnelly hielt allen Beteiligten zugute, daß sie unter großem Zeitdruck gestanden hatten. Dennoch: *an mir wird es nicht liegen, wenn es schiefgeht.* Es hörte sich so an, als ob ein paar Dumpfbacken bei Boeing oder Marshall dieses Motto vergessen hätten, und ausgerechnet bei dieser Mission.

Doch was nun, nachdem der Schaden einmal eingetreten war?

Die Logik hätte geboten, den Flug abzubrechen und die Besatzung wieder nach Hause zu bringen. Schließlich war das Raumschiff nicht für die Belastung ausgelegt, der es beim Start ausgesetzt gewesen war.

Doch Donnelly war von Haus aus Physiker und im Grunde seines Herzens Wissenschaftler geblieben. *Ver-*

giß einmal die Missionsbestimmungen und die Politik: was sagen die Daten?

Die Saturn hatte schließlich versagt, nicht NERVA. Und nun war die Saturn abgestoßen, und die Triebwerks-Leute versicherten ihm, daß alles in Ordnung sei und daß das Taumeln der S-NB nicht annähernd so stark zugesetzt hatte, wie es vielleicht zu befürchten gewesen wäre. Inzwischen hakten die anderen Subsystem-Teams die jeweiligen Punkte auf den Checklisten quasi im Schnelldurchgang ab.

Hinter ihm, in der Management-Reihe und im Leitstand, fanden sich immer mehr hohe Tiere ein und ließen sich vor lauter Sorge noch mehr graue Haare wachsen. Bert Seger war dort, zusammen mit den Direktoren für die Flug- und Besatzungsoperationen; und hinter Seger erkannte Donnelly Tim Josephson.

Die strategische Bedeutung des Flugs war für jeden offensichtlich: NERVAs Nukleartechnik mußte ein Erfolg werden – sie mußte nachweislich sicher sein –; wenn die Öffentlichkeit nicht besänftigt und das Nuklearprogramm beschnitten oder gar eingestellt wurde, nun, dann konnte man dem Mars gleich ›Adieu‹ sagen.

Donnelly mußte den Dienstweg einhalten. Traditionsgemäß durften nur der Flugdirektor oder der Missions-Arzt einen Flug abbrechen. Die Führungsspitze der NASA hatte bisher noch keine Entscheidung eines Flugdirektors während einer Mission revidiert.

Das war eine Tradition, mit der Donnelly nicht gerade in seiner Schicht brechen wollte.

Natalie York saß in ihrer Eigenschaft als Capcom in der EDV-Reihe vor Rolf Donnelly. Sie musterte die Gesichter der Controller. Sie hatte sie während des intensiven Trainings für diese Mission kennengelernt, während der langwierigen und komplexen integrierten Simulationen und während der anschließenden Saufgelage. Es handelte sich durchweg um junge Männer. Sie waren alle so intelligent, daß sie sich schon auf einer Gratwanderung zwischen Genie und Wahnsinn befanden. Das stellte in sozialer Hinsicht ein Handicap dar und machte sie zu unsteten und letzten Endes instabilen Persönlichkeiten.

Sie alle hatten, während sie das Raumschiff in den Orbit geleiteten, unter großem Druck gestanden, und nun mußten sie erneut schwerwiegende Entscheidungen treffen.

Mike saß im ›Schützengraben‹ – in der Reihe vor ihr, etwas nach links versetzt. Er war über die Konsole gebeugt und wirkte äußerst angespannt. Sein Haar war ungekämmt und fettig. Er war gerade in eine gedämpfte Diskussion mit einem Kollegen von Mitchell verwickelt.

Bei ihr keimten wieder die alten Zweifel an Mikes Eignung auf, und sie fragte sich, ob er solchen Streßsituationen überhaupt gewachsen war, wo es um vom Kurs abgewichene Raketen und bemannte Raumschiffe ging und wo die Missionen oft solche Wendungen nahmen, daß blitzschnelle Reaktionen erforderlich waren ...

Sie hatte das Bedürfnis, die Hand auszustrecken und ihn zu berühren, um ihn aufzumuntern oder zu beruhigen. Doch sie wußte, daß er das jetzt als Störung empfinden würde. Mike befand sich nun auf seiner eigenen Flugbahn und hatte sich ebenso ihrer Kontrolle entzogen wie die Saturn/NERVA-Stufe, die sich selbst ins All steuerte.

Wie dem auch sei, sie mußte sich auf ihre eigene Arbeit konzentrieren. Diese Aufgabe war ein großer Augenblick für sie. York war nun keine Astronauten-Anwärterin mehr. Sie war nun offiziell in den Dienstplan eingetragen, und die Ernennung zur Capcom war ihr erster operativer Einsatz. Obendrein war es ein großer Vertrauensbeweis.

Diese Tätigkeit war weitaus schwieriger, als sie vermutet hatte. Der Capcom war die einzige Person, welche mit der Besatzung Kontakt hielt. Bei ihr liefen alle Informationen zusammen, die von innerhalb und außerhalb des Kontrollzentrums kamen; sie mußte ständig präsent sein und sämtliche Informationen, die sie erhielt, filtern und bündeln. Niemand arbeitete ihr zu; sie mußte in Echtzeit entscheiden und handeln.

Sie war der Ansicht, daß sie bisher gute Arbeit geleistet hatte. Allerdings nahm niemand von ihr Notiz, weder auf die eine noch auf die andere Art. Das würde sich jedoch ändern, wenn sie Mist baute.

Ich hoffe nur, daß du heute die richtigen Entscheidungen triffst, Mike. Um Himmels willen, Ben ist dort oben...

Jones und Priest schwebten in die Schlafkabinen hinunter, die sich im Nutzlastraum befanden. Bei diesen Kabinen handelte es sich im Grunde nur um ein zwei Meter langes Regal mit einem Abstand von dreißig Zentimetern zwischen den einzelnen Brettern – ausreichend, um eine Hängematte darin unterzubringen.

Dana schnallte sich auf der Liege vor der Steuerkonsole an. Sie bot immer noch den größten Schlafkomfort. Doch als Pilot der Kommandokapsel mußte Dana das Kopfbügelmikrofon auch nachts aufbehalten, für den Fall, daß Houston eine dringende Mitteilung für die Besatzung hatte. Und selbst wenn Houston das Geschnatter verringerte, hörte er immer ein statisches Rauschen, das dem Schlaf nicht unbedingt förderlich war.

Doch das spielte keine Rolle.

Meine erste Nacht im All. Die Kabine der Kommandokapsel wurde von einem Summen durchdrungen und glühte in grauem und grünem Licht. Es war angenehm warm. Das war der Traum eines kleinen Jungen vom perfekten Versteck. Das Blatt einer Checkliste trieb in einer Luftströmung über seinen Kopf hinweg; er pustete, und das Blatt blähte sich leicht und driftete davon.

Er blickte zum Fenster. Apollo-N überflog gerade einen Gebirgszug. Die Auffaltungen erweckten den Eindruck, die Erde sei ein Reliefglobus, der sich unter ihm drehte; dichte Wolken drängten sich wie eine turbulente Flüssigkeit an eine Seite der Bergkette.

Er war den Widrigkeiten des irdischen Lebens entrückt: der Routine, des zeitraubenden Trainings, des Medienzirkus', den er so haßte. Er erinnerte sich an das endlose Warten auf den ersten Flug. All diese Probleme erschienen ihm nun ebenso platt und zweidimensional wie die Oberfläche der Erde, und er verspürte ein zärtliches Gefühl für Mary und die Kinder, für seine Eltern und den ganzen Planeten, auf dem er geboren war.

Mein Gott, es ist wahr. Ich wurde geboren, um ins All zu fliegen. Die Technik, die Wissenschaft, die Aussicht, zum Mars zu fliegen – nichts davon zählt mehr im Vergleich zu diesem Augenblick. Ich möchte nie mehr zurück.

Sie überprüften alle Systeme. Die Telemetrie sah gut aus, das Trägheitsnavigationssystem war nachgestellt, und die Subsysteme waren ebenfalls kontrolliert worden. Die Jungs im Kontrollzentrum, die Ingenieure und die Herstellerfirmen mit ihren Meßplätzen sagten, ja, wir wissen, wo der Fehler gelegen hat; und, nein, wir glauben nicht, daß ein weiterer Störfall eintreten wird.

Ich weiß, wie wir das Risiko ausschalten, sagte Donnelly sich. *Indem wir gar nicht erst fliegen.*

Donnelly erhob sich und drehte sich zu Bert Seger um, der hinter ihm in der Management-Reihe stand.

»Bert, ich empfehle, die Mission fortzusetzen. Sämtliche Parameter haben sich wieder normalisiert.«

Seger, der noch unter der Zeitverschiebung litt, nickte nur.

Es war vier Uhr morgens. Die Entscheidung war gefallen.

Donnelly setzte sich wieder. Er hatte die ganze Zeit die Hände auf die Flugpläne gelegt; als er die Hände nun hob, sah er zwei konturierte, feuchte Abdrücke auf dem Papier.

Montag, 1. Dezember 1980
Moonlab

Adam Bleeker machte als erster von der Moonlab-Besatzung die anfliegende Sojus aus. »He, Phil, Joe. Kommt mal her.«

Stone schwebte zum Panoramafenster der Messe.

Die Silhouette der Sojus T-3 zeichnete sich vor dem hellbraunen Mond ab, der gemächlich vorbeiglitt.

Die zylindrische, mit einer flachen Kuppel gekrönte Gestalt der Sojus glich einer Pfeffermühle. Der zylindrische Körper war die Instrumentenkapsel und enthielt elektrische, Lebenserhaltungs- und Antriebssysteme. Zwei mattschwarze Sonnensegel wuchsen wie Schwingen aus den Flanken der Instrumentenkapsel. Auf einem Ausleger war eine Parabolantenne montiert. Stone erkannte die flache Basis des Raumschiffs; dort war ein toroidaler Brennstofftank angebracht, der von kleinen Triebwerkstrichtern eingefaßt war. Die Kuppel an der Oberseite der Pfeffermühle war die Landekapsel: Unterkünfte für die Kosmonauten und die Kabine, in der sie sich während des Wiedereintritts in die Erdatmosphäre aufhalten würden. Stone wußte, daß die Landekapsel für Missionen im Erdorbit noch mit einem großen eiförmigen Orbitalmodul, einer Arbeits- und Wohneinheit, verbunden gewesen wäre.

Die Hülle des Schiffs glänzte türkisfarben; der irdische Farbton bildete einen Kontrast zu den öden, tristen Farben des Mondes. Drastisch ausgedrückt, glich Sojus in Stones Augen einem Schrotthaufen. Bei den Solarzellen handelte es sich um große schwarze Rechtecke, die schlampig auf die Sonnensegel gepflastert waren. Dicke Kabel verliefen an den Kanten der Sonnensegel entlang; Stone sah faustgroße Lötstellen, wo irgendein besoffener Techniker geschludert hatte.

Das Ding entstammte den primitiven Anfängen des Maschinenbaus. Die anfliegende Sojus mutete Stone wie ein Objekt aus einem Paralleluniversum an.

Die Besatzung zog sich vom Fenster zurück; vor der Ankunft der Sowjets gab es noch einiges zu tun.

Stone schwebte durch das Loch im Gitterrost-Boden empor und erklomm die Stange, die zum Multiplen Kopplungsadapter an der anderen Seite des Wasserstofftanks führte, der auch als Experimentalkammer genutzt wurde. Drei Raumschiffe hingen an den Kopplungsöffnungen. Auf der einen Seite die Apollo, welche die Besatzung von der Erde heraufgebracht hatte und die Tausende von Schulkindern als *Grissom* kannten. *Grissom* vermochte im Notfall fünf Personen aufzunehmen; hierfür waren im unteren Nutzlastraum der Kommandokapsel zwei zusätzliche Liegen eingebaut worden. Des weiteren gab es einen Teleskopträger, ein kleines Labormodul mit vier Sonnensegeln und einer Batterie wissenschaftlicher Experimente und Sensoren. Der Träger stammte von der ursprünglichen Wiederaufstiegsstufe einer Mondfähre und war von Grumman-Ingenieuren zweckentfremdet worden; in einer anderen Realität würde diese Wiederaufstiegsstufe die Astronauten von Apollo 16 vom Mond zurück zur Apollo-Kapsel befördert haben.

Die dritte Komponente, die an der Kopplungsöffnung festgemacht hatte, war ein gedrungener Zylinder mit der Bezeichnung ›Sojus-Kopplungsmodul‹, eine Schnittstelle zwischen den inkompatiblen Atmosphären und Andocktechniken von Sojus und Apollo. Wiktorenko und Solowjow würden an diesem Modul andocken und es als eine Art Luftschleuse benutzen, um ins Moonlab zu gelangen.

Nun unterzog Stone das Kopplungsmodul einer letzten Überprüfung. Was sonst eine ziemlich langweilige Arbeit war, ödete ihn diesmal nicht so an. Immerhin war das Modul ein neues Stück Technik. Die Leute lebten und arbeiteten nun schon seit fünf Jahren in Moonlab, und sie verstanden ihr Handwerk.

Nach getaner Arbeit driftete Stone wieder in die Messe. Nun mußte er mittels eines Sextanten die Position der Sowjets bestimmen.

Im Verlauf seiner Beobachtungen löste Sojus sich aus dem Mondschatten und zeichnete sich nun vor dem Hintergrund der Sterne ab.

»Moonlab, hier spricht *Komarow*. Moonlab ...«

Muldoon antwortete für Moonlab. »Wir hören Sie, *Komarow*. Die UKW-Verbindung ist gut.« Wiktorenko in der Sojus-Kapsel hatte Englisch gesprochen, und Muldoon erwiderte in holprigem Russisch.

Nun stellte Muldoon eine Konferenzschaltung zwischen Moonlab, Sojus und den beiden Kontrollzentren in Houston und Kalinin her, wobei er zunächst die Verbindungen testete und den Systemstatus bestätigte.

Sojus drehte sich, so daß die Kapsel nun auf das Moonlab gerichtet war. »Moonlab, *Komarow*. Wir sind bereit für das Andockmanöver. Ich werde die Boje einschalten.«

Ein Licht blitzte auf der Hülle von Sojus auf. Es war durch das Panoramafenster gut zu sehen.

»Ich sehe Sie, *Komarow*.«

»Und ich Sie, Joe. Euer elegantes Moonlab ist auch kaum zu übersehen. Wir haben die Raumanzüge an und sind bereit zum Andocken. Wir haben sogar eine Fliege umgebunden, um mit euch gepflegt zu Abend zu essen.«

Houston und Kalinin gaben simultan grünes Licht für das Andockmanöver. Sojus drehte sich langsam um die Längsachse und rollte um sechzig Grad, um sich korrekt am Kopplungsmodul auszurichten. Durch die Sonnensegel wirkte Sojus beinahe wie ein Vogel, wie eine Metall-Schwalbe, die den Mond umsegelte.

Sojus kam langsam und zögernd rein, wobei die Kapsel immer wieder kleinere Lage- und Bahnkorrekturen ausführte. Einmal entfernte das Schiff sich wieder ein Stück weit vom Moonlab. Die Moonlab-Besatzung und Houston schwiegen; Stone lauschte dem leisen und hektischen, auf russisch geführten Dialog zwischen *Komarow* und Kalinin.

Komarows Flugeigenschaften waren offenkundig unter aller Sau. Sojus war zwar eine flexible Raumfähre, befand sich indes auf dem technischen Niveau der amerikanischen Gemini. Deshalb hatte sie nichts von der fortschrittlichen Technik und Leistungsfähigkeit der Apollo. Mit der Ausrüstung des Schiffs waren eine präzise Lage- und Bahnregelung sowie eine akkurate Translation ausgeschlossen. Die meisten Operationen der Mission wurden von vorprogrammierten Ereignis-Sequenzern ausgeführt.

Die schlechte Manövrierfähigkeit der Sojus hatte in der Planungsphase des gemeinsamen Flugs zu etlichen Reibungen geführt. Auf amerikanischer Seite hatte man angeregt – und das war durchaus ernst gemeint –, daß Sojus als ›passiver‹ Partner fungieren und daß

Apollo das Moonlab wie einen Tender zum Andocken an die Sojus heranführen solle ...

Jedenfalls sah es so aus, als ob die Sojus nun zum Endspurt ansetzte. *Komarow* kam immer näher und füllte schließlich Stones Blickfeld aus. Er hörte Muldoon auf russisch rufen.

»Fünf Meter ... drei Meter ... einer ...«

Ein leises Klirren und das Klacken einschnappender Klampen ertönten.

»Gut gemacht, Wlad«, rief Muldoon. »Gute Vorstellung, *towarischtsch*. Sie sind gerade mal mit dreißig Zentimetern pro Sekunde 'reingekommen.«

»Stimmt. Und nun schütteln Apollo und Sojus sich die Hände, hier im Schatten des Monds. Ja?«

Die Kosmonauten krochen in den engen Kopplungstunnel und verriegelten ihn. Dann mußten sie drei Stunden dort ausharren, bis der Druck die Werte von Moonlab erreicht hatte.

Stone drang in den Tunnel im Kern des Kopplungsadapters vor, in der Nähe des Eingangs zum Sojus-Modul. Muldoon und Bleeker erwarteten ihn bereits. Der ohnehin schon enge Tunnel war mit Instrumentenkisten und Sauerstoffflaschen zugestellt. Stone hatte den Auftrag, die kleine Filmkamera zu bedienen und die Bilder vom Händeschütteln zur Erde zu senden.

Sie hörten ein leises Klopfen. Muldoon öffnete die Luke.

Wladimir Wiktorenko kam mit einem strahlenden Grinsen zum Vorschein und schüttelte Muldoon die Hand. »Mein Freund. Ich freue mich sehr, Sie zu sehen.« Mit Elan zwängte er seinen gedrungenen Körper durch die Luke und umarmte Muldoon herzlich. Dann überreichte er ihm ein Päckchen mit Brot und Salz, eine traditionelle russische Begrüßung. Nach dem Kommandanten tauchte Solowjow auf. Nun steckten sie zu fünft im Tunnel des Kopplungsadapters und umarmten sich grinsend, wobei sie ständig in die Kamera schielten.

Dann führte Muldoon sie durch das verwinkelte Moonlab in die Messe. Wie die Etikette es verlangte, äußerten Wiktorenko und Solowjow sich lobend über die Station. Dennoch fand Stone das nett von ihnen.

Die wichtigste Aufgabe jeder neuen Besatzung bestand darin, mit Hilfe der Betriebs- und Versorgungseinheit der Apollo den Orbit des Moonlab zu stabilisieren. Das Schwerefeld des Monds war so schwach, daß ein Objekt im Mondorbit nicht sofort abstürzte. Das würde eine Weile dauern. Und als Stone mit der *Grissom* die Station zum erstenmal angeflogen hatte, fühlte er sich versucht, den ›Dingen ihren Lauf zu lassen‹.

Nach fünf Jahren war die äußere Hülle des Moonlab ziemlich ramponiert. Kleine Meteoriten hatten den Schild perforiert. Die Sonnensegel waren ebenfalls von Meteoriten getroffen worden, so daß die Energieversorgung nur noch die Hälfte der maximalen Leistung erreichte. Die Innenbeleuchtung funzelte trübe, und defekte Lüfter waren durch improvisierte Belüftungsrohre ersetzt worden. Stone hatte inzwischen genug von lauwarmen Mahlzeiten, lauwarmem Kaffee und lauwarmem Waschwasser.

Und es sah aus wie in einer Rumpelkammer. Stone wähnte sich eher in einem Schutzbunker als in einem Laboratorium – die Oberflächen waren verschrammt, die Ausrüstung geflickt, die Wände mit Müll verkrustet. Das Moonlab war von Anfang an ein Provisorium gewesen. Ein Ausbau war nicht vorgesehen, und wenn die neuen Besatzungen Experimentalzubehör oder Ersatzteile mitbrachten, hatten sie die Teile einfach an einer noch freien Stelle am Wasserstofftank befestigt und den Kram dann zurückgelassen. Nach fünf Jahren wuchsen die Wände nun nach innen, als ob sie mit metallischen Korallen bewachsen wären. Manchmal waren die benötigten Teile gar nicht mehr aufzufinden, und man mußte über Funk bei den früheren Besatzungen anfragen, wo sie den Krempel gelassen hatten.

Moonlab wurde wohl saubergehalten – das war Vorschrift –, aber als *rein* konnte man die Station nicht bezeichnen. Kein Wunder, waren hier doch hochqualifizierte Piloten und Wissenschaftler zugange. Sie wollten ihre Zeit natürlich nicht mit profanen Wartungs- und Instandhaltungsarbeiten vergeuden, sondern ihrer Qualifikation gemäß arbeiten. Nur daß dieser Dünkel zuweilen unerfreuliche Folgen zeitigte.

Wie die schwarzen Schimmelpilze, die sich hemmungslos in der Dusche ausbreiteten.

Die Toilettenbelüftung funktionierte auch nicht mehr richtig. Und wenn man nachts schlafen wollte, rappelte es ständig in der Kiste. Von den Leuten, die für längere Zeit im Moonlab stationiert gewesen waren, hatten manche dem Vernehmen nach einen bleibenden Gehörschaden erlitten.

Es war viel schlimmer als beim erstenmal. Nun rächte sich Bert Segers Entscheidung aus dem Jahr 1973, diese Station aus dem Erdorbit in den Mondorbit zu beordern.

Vielleicht sollte ich doch nicht über diesen großen Traktor, die Sojus, die Nase rümpfen. Wenigstens fühlen die Sowjets sich dort zuhause. Das Moonlab ist auch nicht besser als ein Moskauer Hotel.

Dennoch hatte das Moonlab den Charakter einer Experimental-Station, um die Auswirkungen längerer Aufenthalte im Weltraum zu untersuchen. Das Moonlab war ein Raumschiff des Typs II. Typ I wurde überhaupt nicht repariert, sondern nach Gebrauch wieder zur Erde gebracht, wo das Schiff entweder verschrottet oder, wie Apollo, instandgesetzt wurde. Typ II, wie die Raumstationen, sollten repariert werden, jedoch mit logistischer Unterstützung von der nahen Erde. Typ III, das ferne optimale Ziel, wäre in der Lage, für ein paar Jahre *ohne* logistische Unterstützung zu überdauern. Eine Mars-Mission würde zwangsläufig mit einem Typ III-Raumschiff durchgeführt werden müssen, eine Entwicklungsstufe über dem Moonlab.

Ohne die Erfahrungen von Moonlab und Skylab in langfristigem Betrieb wäre die Mars-Mission undenkbar.

Sie erreichten die Messe. Der Kunststofftisch war am Gitterrost befestigt, und die Besatzung hatte fünf Sitze bereitgestellt. Sie setzten sich an den Tisch, hakten die Beine unter die Streben der Sitze, und Stone richtete die Kamera so aus, daß sie die ganze Gruppe erfaßte.

Nun wurde die Vorstellung erst richtig eröffnet.

Flaggen wurden ausgetauscht, einschließlich einer UN-Flagge, welche die Sojus mitgebracht hatte und die Apollo wieder zur Erde mitnehmen würde. Jede Besatzung hatte halbierte Gedenkmünzen aus Aluminium und Stahl mitgebracht, die Muldoon und Wiktorenko nun gemeinschaftlich zusammenfügten. Dann wurden Schachteln mit Saatgut aus den jeweiligen Ländern ausgetauscht: die Amerikaner überreichten eine hybride Weißfichte, und die Sowjets Schottische Kiefer, Sibirische Lärche und Nordische Tanne.

Nun war es Zeit für das rituelle Mahl. Weil am Tag der Ankunft die Amerikaner Gastgeber waren, wurden den Kosmonauten in den üblichen Plastikbeuteln Kartoffelsuppe, Brot, Erdbeeren und Grillfleisch serviert. Das Essen wurde von gekünsteltem Gelächter und verkrampften launigen Sprüchen begleitet. Morgen waren die Russen an der Reihe und würden den Amis – wie Stone aus eigener Anschauung wußte – Fisch, Fleisch und Kartoffeln aus Dosen, Schmelzkäse, Trockensuppe, püriertes Gemüse und Haferschleim aus Tuben vorsetzen; außerdem würden Nüsse, Schwarzbrot und Dörrobst gereicht werden.

Beim Essen blickte Stone skeptisch in die Kamera, die ihn aus überhöhter Position anglotzte. Wie alle bisherigen Weltraum-PR-Aktionen würde auch diese wieder ein Reinfall werden. *Mein Gott*, sagte er sich. *Hoffentlich guckt niemand zu.*

»Natürlich«, hob Wiktorenko nun an, »gilt auch hier das Wort des Philosophen, der da sagt, das Wichtigste bei einem guten Mahl ist nicht, was man ißt, sondern mit wem man speist.« Dann holte er fünf Metallampullen aus einer Tasche seiner Kombination. ›Wodka‹ stand auf den Ampullen. Die Astronauten leckten sich gierig die Lippen, und nachdem sie die Ampullen dann geknackt hatten, stellten sie fest, daß sie mit Borschtsch gefüllt waren, den sie nun grinsend in die Kamera hielten. *Ein russischer Scherz... Zum Totlachen*, dachte Stone und rang sich ein Grinsen ab, das kläglich mißglückte.

Nachdem die Reste der Mahlzeit beseitigt waren, endete die Fernsehübertragung. Schließlich mußte die Besatzung sich auch einmal entspannen. Doch Bob Crippen, der an diesem Tag als Capcom Dienst tat, meldete sich aus Houston: »Moonlab, wir haben eine Überraschung für euch. Sprechen Sie, Mister President; Sie sind mit Moonlab verbunden.«

Der vertraute Georgia-Dialekt drang aus dem Lautsprecher: »Guten Abend, meine Herren. Oder sollte ich lieber ›Guten Morgen‹ sagen? Ich melde mich aus dem Oval Office im Weißen Haus. Dies ist wohl das bemerkenswerteste Telefongespräch, Joe, seit John Kennedy mit Ihnen und Neil Armstrong auf dem Mond gesprochen hat. Das ist nun schon elf Jahre her...«

Die Besatzungen saßen am Tisch und blickten mit starrem Lächeln in die Kamera.

Carters Ansprache war mit Banalitäten gespickt und

wollte überhaupt kein Ende nehmen. Solowjow und Wiktorenko waren erschüttert. Carter war ja noch dämlicher als Breschnew.

Es wäre nicht so schlimm, sagte Stone sich, *wenn wir nicht wüßten, daß Carter bald abtreten wird. Und daß er das Raumfahrtprogramm immer voll unterstützt hat.*

Nun widmete Carter sich jedem einzelnen Astronauten und Kosmonauten. »Na, Joe. Ich glaube, das ist Ihr erster Flug seit elf Jahren.«

»Ja, Sir, das ist mein erster Flug seit der Mondlandung. Es ist wundervoll, wieder im Weltraum zu sein.«

»Hätten Sie vielleicht einen Rat für die jungen Leute, die hoffen, bei späteren Weltraum-Missionen mitzufliegen?«

Muldoons Gesicht war wie aus Stein gemeißelt. Stone wußte genau, was er dachte. *Klar. Mach dich nicht selbst zum Trottel, indem du der NASA am Zeug flickst.* »Nun, Sir, ich würde sagen, der beste Rat, den ich ihnen geben kann, ist der, daß sie sich für ein Ziel entscheiden und es dann mit aller Kraft anstreben sollten...«

Solange Carter nicht fragt, ob er seine Frau vermißt, sagte Stone sich, wird Muldoon Ruhe bewahren; es wußte nämlich jeder in Houston, daß Jill ihn ein paar Monate vor dem Start verlassen hatte. In der Zeitung hatte es aber noch nicht gestanden.

Wiktorenko, der Stone am Tisch gegenübersaß, brachte fünf weitere ›Wodka‹-Kartuschen zum Vorschein und verteilte sie wortlos. Stone öffnete seine Kartusche und roch daran. Wiktorenko nickte ihm zu und sah ihm dabei ins Gesicht. *Ja, diesmal ist es wirklich Wodka. Aber sie werden glauben, es sei Borschtsch. Ein doppelter Scherz! Ha, ha...*

Stone leerte die Ampulle in einem Zug und zerquetschte sie in der Faust. Diesmal mißlang ihm sein Grinsen nicht.

Während die banalen Reden und Zeremonien weitergingen, warfen die von niemandem beachteten Mondberge Schatten auf die Tischplatte.

Mittwoch, 3. Dezember 1980
Apollo-N; Lyndon B. Johnson-Raumfahrtzentrum,
Houston

Rolf Donnelly kontrollierte ein letztesmal die Abteilungen.
»Habt ihr alles im Griff dort oben, INCO?«
»Positiv, Flug.«
»Was ist mit euch, Kontrolle?«
»Sieht gut aus.«
»Lenkung, alles okay?«
»Systeme klar.«
»FIDO, was ist mit euch?«
»Alles klar. Die Trajektorie ist zwar ein bißchen flach, Flug, aber kein Problem.«
»Booster?«
»Bereit für Zündung, Flug«, sagte Mike Conlig.
»Rog. Capcom, wie geht's der Besatzung?«
Natalie York tat wieder Dienst als Capcom. »Apollo-N, Houston, seid ihr bereit?«
»Positiv, Houston«, meldete Chuck Jones über die Luft-Boden-Schleife.
»Rog«, sagte Donnelly. »An alle Controller: los geht's! Dreißig Sekunden bis zur Zündung.«
»Apollo-N«, sagte York, »bereit für Zündung.«

Apollo-N driftete über den nächtlichen Pazifik; Ben Priest sah eine Schüssel aus weißem Licht in den Gewässern dort unten – den Widerschein des Mondes –, und die Lichter eines großen Schiffs in dieser milchigen Einöde.

Die Besatzungsmitglieder lagen nebeneinander auf den Liegen. Die Druckanzüge umhüllten sie wie Kokons. Priest bekam Herzklopfen. *Wir haben alles getan, um die verdammte Kiste in den Griff zu bekommen; nun müssen wir Vollgas geben und weiterfliegen.*

Zehn Sekunden vor der Zündung erschien eine ›99‹ auf der Anzeige. Chuck Jones streckte die Hand aus und drückte auf den Knopf.

Die Zahlen, die auf der Konsole erschienen, sagten Mike Conlig, daß der nukleare Kern von NERVA Betriebstemperatur erreichte. Flüssigwasserstoff strömte bereits aus dem Tank der S-NB und wurde in die Lamellen des Druckmantels und des Triebwerktrichters gepumpt. Conlig wußte, daß der Brennstoff *jetzt* den radioaktiven Kern erreichte, wo er in sonnenheißen Dampf umgewandelt werden würde.

Die Kerntemperatur stieg an und folgte dabei der in den Handbüchern abgebildeten Kurve…

Nein, das stimmt nicht. Der Anstieg erfolgte zu schnell.

Betrübt sah Conlig, wie die Zahlen von den Sollwerten abwichen.

Als NERVA gezündet wurde, erzitterte das Raumschiff.

Priest wurde sanft, aber nachhaltig in den Sitz gedrückt. Perfekt. *Genauso wie bei den Simulationen.*

»Alles klar«, sagte York. »Wir verfolgen eure Flugbahn. Ihr seid genau auf Kurs.«

Priest hatte den Auftrag, die Druck- und Temperaturwerte der S-NB-Stufe, bestehend aus dem NERVA-Triebwerk und dem Wasserstofftank, im Auge zu behalten. Jones beobachtete die Anzeige für die Lage- und Bahnregelung mit dem künstlichen Horizont. Er war jederzeit bereit, die manuelle Steuerung zu übernehmen, falls die automatischen Systeme ausfielen. Dana las die Geschwindigkeit von der Anzeige ab: »Zehn Kilometer pro Sekunde... elf...«

Mike Conligs Mund war wie ausgedörrt. Über die Schleife vom Nebenraum drang ein Kreischen an sein Ohr.

Seine Welt war im Moment ein grüner Bildschirm mit weißen Ziffern.

Die Computer aktualisierten laufend die Daten, und ihre Bedeutung zu erschließen, war gar nicht so einfach. Er mußte die verschiedenen Datenquellen in der rechten oberen Ecke des Monitors betrachten, um sich zu vergewissern, daß die Quellen die Daten auch korrekt aktualisierten. Wenn er die Daten falschen Quellen zuordnete, bestand die Gefahr, daß er die Lage falsch beurteilte.

Doch darüber war er erhaben. Er wußte genau, was der stetige Datenfluß ihm mitteilte. Der NERVA-Kern war noch immer überhitzt.

Er versuchte den Wasserstoffdurchfluß des Kerns zu verstärken. Das würde einen Teil der überschüssigen Wärme abführen.

Doch der erhoffte Erfolg blieb aus. Statt dessen sagte eine Anzeige ihm, daß der Wasserstoffdurchfluß nun *abnahm.*

Vielleicht gab es einen Defekt in der Wasserstoffzuleitung. Vielleicht war eine Pumpe ausgefallen. Oder vielleicht handelte es sich um seinen Angstgegner, die Kavitation, die irgendwo in den Brennstoffleitungen aufgetreten war.

Die Kerntemperatur stieg weiter an. Das Kreischen im Ohr verstärkte sich.

Verdammt, verdammt. Er würde die Brennphase abbrechen müssen. Und das bedeutete dann wohl das Ende der Mission; er bezweifelte, daß man ihm nach einem solchen Fehlschlag die nochmalige Zündung des Triebwerks erlauben würde.

Er schickte einen Befehl an die Moderatortrimmung des Triebwerks. Er würde die Reaktion im NERVA-Kern verzögern und dadurch die Temperatur verringern.

Wieder tat sich nichts.

Wenn die Temperatur einen bestimmten Wert überschritt, bestand die Gefahr, daß die Brennelemente sich verzogen, vielleicht sogar schmolzen. Und dann wäre es nicht mehr möglich, die Steuerelemente in den Kern einzuführen. War dieser Fall schon eingetreten?

Wenn ja, war die Situation seiner Kontrolle entglitten. Während Conlig den Anstieg der Werte verfolgte, verspürte er den ersten Anflug von Panik.

Priest erkannte die Vulkankegel von Hawaii, die wie große, rissige Blasen wirkten. Die Erde fiel merklich zurück, als ob er sich in einem Aufzug befände. Der Flug war wirklich ein Erlebnis.

Er fühlte einen Anflug von Überschwang. *Die verdammte Atombombe funktioniert!*

Es geschah ganz plötzlich.

Conlig beobachtete einen Leistungsanstieg, der durch den überhitzten Kern bedingt wurde. Dann stieg der Widerstand, den der Kern dem Wasserstoffdurchfluß entgegensetzte, steil an. Im ganzen System bildeten sich Blasen. Die Brennstoffpumpen versagten. Auch die Brennstoffzuleitungen drohten unter dem steigenden Druck zu bersten.

Die gesamte Struktur des Kerns kollabierte.

Der Druckanstieg im Reaktor betrug nun über fünfzehn Atmosphären pro Sekunde. Zudem liefen aufgrund der exorbitanten Temperaturen nun chemische und exotherme Reaktionen im Kern ab.

Und nun wirkte der erhöhte Druck im Reaktor auf die

Pumpen zurück, so daß deren Überdruckventile platzten. Wo die Pumpen nun ausgefallen waren, kam der Wasserstoffdurchfluß des Kerns gänzlich zum Erliegen.

Die Sicherheitsventile des Reaktors wurden ausgelöst und bliesen Wasserstoff in den Weltraum ab. Das entspannte die Lage zunächst. Doch es war nur von kurzer Dauer; die Ventile hielten dem enormen Druck und Durchsatz nicht stand und barsten.

Und nun wirkte der gewaltige Druck auf die Struktur des Druckmantels selbst ein.

Ich habe ihn verloren. Ich habe den Reaktor verloren. In wenigen Sekunden war sein Lebenswerk zerstört worden. Er wollte reagieren und den Vorfall dem Flugleiter melden. Doch der Mund war wie ausgedörrt, und die Kiefermuskulatur hatte sich verkrampft.

Plötzlich ertönte ein lauter, dumpfer Knall, und die Kommandokapsel bockte wie ein Mustang.

Dana, der auf der mittleren Liege angeschnallt war, spürte, wie das Raumschiff erbebte. Ein dumpfes Rattern und Knarren drang von unten in die Kabine, und das Metall der Kabine stöhnte unter der Belastung. Die Geräusche glichen irgendwie dem niederfrequenten Gesang einer Walherde.

Der Hauptalarm schrillte als piepsendes Stakkato in Danas Kopfhörer.

Er drehte sich zu seinen Kameraden um. Jones starrte auf die Instrumentenkonsole, und Priest machte große Augen. *Das war verflucht keine Routine, was auch immer los war.*

Jones stellte den Alarm ab.

Das Gefühl des Schubs brach sofort ab. Es war wie ein Zusammenstoß zwischen zwei langsam fahrenden Autos. Dana wurde sachte in die Gurte gedrückt.

»Jim«, sagte Jones. »Das Licht des Hauptalarms ist an. Überprüfen Sie das.«

Dana sah auf seine Konsole. Eine rote Unterspannungslampe glühte. *Verdammt. Ich hätte das sofort sehen müssen.* Dana war für die Systeme der Kommandokapsel verantwortlich.

»Bestätige«, sagte er. »Wir haben eine Hauptalarm-Unterspannungsanzeige.« Er wunderte sich, daß er das so gelassen gesagt hatte. Nun überprüfte er die Spannungs- und Stromkreise; sie zeigten erratische, unzusammenhängende Werte.

Plötzlich machte es ›ping‹ und ›plopp‹. So hörte es sich an, wenn Metall sich durchbog und brach. Das Raumschiff erbebte von neuem. *Irgendein verdammtes Teil ist unter uns explodiert.*

Die Erde wirbelte an den Fenstern vorbei. Eigentlich hätten die Triebwerke der Betriebs- und Versorgungseinheit feuern müssen, um das Raumschiff zu stabilisieren. Nur daß er die Elektromagneten nicht klacken hörte.

Jones nahm Kontakt zu Houston auf: »Natalie, wir sind ein gerupfter Vogel. Wir haben ein Problem.« Er löste die Gurte und schwebte zum linken Fenster hinauf. Dana wußte, daß er einem alten Piloteninstinkt folgte: in einem solchen Moment mußte man, unabhängig von der Telemetrie, eine Sichtprüfung des Vogels vornehmen, nach Lecks suchen und gegen die Reifen treten. Man mußte sich selbst vom Zustand der Maschine überzeugen.

Dana schaute an Ben Priest vorbei durchs Fenster zur Rechten.

Er sah Funken stieben und irgendwelche Brocken, die an der Kommandokapsel vorbei nach oben flogen. Das Material war rotglühend.

Und nun roch er etwas im Helm. Es erinnerte ihn irgendwie an Hampton: an seine Kindheit, ans Meer.

Ozon!

Donnelly mußte sich den Wortlaut der Meldung gar nicht erst anhören. Er *spürte*, was los war, sah es an der veränderten Körpersprache der Controller und hörte es aus den gehobenen Stimmen heraus.

Irgend etwas war schiefgelaufen. Die Ursache war zunächst noch unklar; alles, was Donnelly mitbekam, war eine Flut von Symptomen, die von seinen Controllern festgestellt worden waren.

»Wir haben mehr als nur ein Problem.« Das war EECOM, der die elektrischen Anlagen und Lebenserhaltungssysteme der Apollo-N überwachte. »Ich habe hohe Dichte bei CSM EPS«, rief er. »Hört zu, Leute. Der Druck auf Brennstoffzellen 1 und 2 ist verschwunden.« Das war Controller-Jargon für *auf Null gefallen*. »Und jetzt verliere ich auch noch den Druck und die Temperatur bei Sauerstofftank 1.«

Natalie York funkte die Besatzung an. »Hier ist Houston. Wiederholen Sie das bitte.«

»... Wir haben ein Problem«, sagte Jones über die Luft-Boden-Schleife. »NERVA ist ausgefallen, und wir haben eine Unterspannung in Hauptbus A.«

»Roger. Hauptbus A. Bleiben Sie dran, Apollo-N; wir suchen den Fehler.«

»Wir haben einen Computer-Warmstart. Wir wissen nicht, woran es liegt.«

Ein Warmstart erfolgte dann, wenn ein außergewöhnliches Ereignis den Computer veranlaßt hatte, selbsttätig herunterzufahren und wieder zu starten. Donnelly ließ sich das von einem anderen Controller bestätigen.

Die Besatzung bestätigte die Bus A-Unterspannung.

Die elektrische Energie für die Apollo-N wurde in drei Brennstoffzellen in der Betriebs- und Versorgungseinheit erzeugt. Der Strom floß dann von den Zellen durch die A- und B-Busse – Hauptleitungen, welche die Komponenten des Raumschiffs mit Strom versorgten. Ein Unterspannungs-Alarm bedeutete also, daß die Stromversorgung des Raumschiffs zusammenbrach.

Donnelly wollte sich das Problem von EECOM bestätigen lassen. »Sehen Sie eine Bus-Unterspannung, EECOM?«

»... Negativ, Flugleiter.«

EECOM hatte jedoch gezögert.

Er weiß mehr, als er mir sagt. Er will das Problem erst einmal selbst lösen. Was, zum Teufel, ging hier vor? Die Mission schien sich vor seinen Augen zu einer Katastrophe auszuwachsen.

Donnelly wandte sich erneut an EECOM, um weitere Informationen abzufragen. »Die Besatzung meldet noch immer Unterspannung, EECOM.«

»In Ordnung, Flugleiter. Ich habe Probleme mit den Meßwerten. Die will ich erst beheben.«

Probleme mit den Meßwerten. EECOM registriert also die Unterspannung. Aber er traut den Instrumenten nicht. Bei den vielen Abweichungen vermutet er einen Defekt an der Telemetrie. Er will sichergehen, bevor er Meldung macht.

»Ich nehme an«, sagte Donnelly, »daß Sie den Reserve-EECOM eingeschaltet haben, um die Lage zu klären.«

»Er ist schon hier.«

»Roger.«

Nun schaltete INCO, der Instrumenten- und Funk-Controller sich ein. »Flugleiter für INCO. Die Hochleistungsantenne hat auf das obere Seitenband umgeschaltet.«

Was, zum Teufel, hatte das nun wieder zu bedeuten? »INCO, können Sie den Zeitpunkt dieser Veränderung bestätigen?« Falls das möglich war, ergab sich vielleicht ein erster Hinweis darauf, was dort oben vorging...

Bevor INCO zu antworten vermochte, erfolgte eine weitere Meldung. »Flugleiter für Lenkung. Wir registrieren Lage- und Bahnänderungen.«

»Was soll das heißen, Lage- und Bahnänderungen?«

»Die RCS-Ventile scheinen geschlossen zu sein. Sie müßten aber geöffnet sein.«

Probleme mit der Lage- und Bahnregelung. Probleme mit der Antenne. Probleme mit den Sauerstofftanks und den Brennstoffzellen.

Eine solche System-Signatur war ihm in keiner Simulation untergekommen, die er bisher durchlaufen hatte. Allerdings handelte es sich bei Apollo-Saturn trotz zwölfjähriger Flugerprobung noch immer um ein Experimentalsystem. Ein neues Flugzeug wurde viel intensiver als ein Raumschiff getestet, bevor es die Musterzulassung erhielt.

Wo lag also das Problem? *Vielleicht* lag es daran, daß die Instrumente falsche Werte anzeigten, wie EECOM anscheinend vermutete. Es war aber auch möglich, daß die Betriebs- und Versorgungseinheit explodiert war und die Rakete vom Kurs abgebracht hatte. Oder vielleicht hatte sich woanders eine Explosion ereignet und die Betriebs- und Versorgungseinheit beschädigt.

INCO meldete sich wieder. Die Probleme mit der Antenne waren ein paar Sekunden nach der Zündung der NERVA aufgetreten.

Donnelly schaute wieder auf die Anzeigetafel, auf der die Flugbahn dargestellt wurde. Das Raumschiff wich deutlich von dem Pfad ab, dem es hätte folgen müssen, wenn die NERVA richtig funktionierte.

Es sah so aus, als ob die S-NB ausgefallen wäre.

»Lenkung, bestätigt ihr diese Abweichung?«

»Rog, Flugleiter.« Lenkung war der Boden-Navigator und wurde auch mit mehreren Problemen auf einmal konfrontiert, während das Raumschiff von seiner Trajektorie abwich und die Lageregelung versagte.

»Booster, wie sieht's bei euch aus?«

Mike Conlig antwortete nicht. Donnelly sah, daß er zusammengesunken an der Konsole saß. »Booster?«

»Die Besatzung meldet Ozongeruch in den Helmen«, sagte York.

»Flugleiter, hier ist der Arzt. Eine Kontraindikation ist eingetreten.« Der aus Oklahoma stammende Flugarzt mit einem Bürstenhaarschnitt saß bei den System-Jungs in der Reihe vor Donnelly, links von Natalie York. Er trug einen Button mit der Aufschrift FUCK IRAN. Seine Stimme war angespannt.

Donnelly schaltete ihn auf eine geschlossene Schleife. »Reden Sie, Doktor.«

»Flugleiter, ich registriere einen starken radioaktiven Fluß in der Kabine des Raumschiffs. Und Veränderungen bei den Vitalfunktionen der Besatzung.«

Donnelly erinnerte sich an Yorks Meldung. *Sie riechen Ozon. Sauerstoff, der durch Strahlung ionisiert wurde. Strahlung von der NERVA. Allmächtiger Gott.*

Dann war es also Realität. Die Instrumente funktionierten doch. *Und die Russen haben dieses Jahr einen gottverdammten Vietnamesen mit einer Saljut in den Orbit geschickt. Die Presse wird uns ans Kreuz schlagen.*

Wegen der zwei simultan ablaufenden Missionen war Bert Seger für drei Tage nicht im Büro gewesen und nutzte nun die Gelegenheit, die Post durchzugehen. Nach ein paar Minuten klingelte die ›Quasselstrippe‹, die Leitung, über die er mit dem Führungspersonal in Gebäude 2 verbunden war.

Es war irgendein Problem beim Apollo-N-Flug aufgetreten, und Seger sollte lieber zum MOCR kommen.

Verärgert legte Seger die Post weg. Mit der NERVA war doch ständig etwas anderes los.

Die Nadel des Voltmeters für Bus A sackte auf den Grund der Skala. Weitere Warnlampen leuchteten auf.

Dana überprüfte Brennstoffzelle 1 der Betriebs- und Versorgungseinheit, die Bus A mit Strom hätte versorgen sollen. Sie war tot. Nun schaltete Dana die Systeme der Kommandokapsel von Bus A auf Bus B, was mit den behandschuhten Fingern eine diffizile Arbeit war.

Nun leuchtete noch ein rotes Licht auf. Spannungsabfall auch an Bus B. Er überprüfte Brennstoffzelle 3, von der Bus B versorgt wurde; sie war ebenfalls tot.

Mein Gott. Wir haben die Betriebs- und Versorgungseinheit verloren. Das ist eine Neuauflage von Apollo 13.

Er zwang sich zur Ruhe und machte Meldung. Mary würde sicher zuhören, wahrscheinlich auch die Kinder. »In Ordnung, Houston, ich habe einen Warmstart versucht, und die Brennstoffzellen 1 und 3 zeigen beide graue Marken. Ich habe eine Verstopfung im Fluß.«

»Verstanden, Apollo-N. EECOM hat bestätigt.«

Die Erde zog in ihrer ganzen Schönheit an den Fenstern vorbei. Sie ahnte nichts von dem Drama, das sich im All anbahnte.

Das Raumschiff und das Zusatztriebwerk waren durch diesen rätselhaften Knall in Rotation versetzt worden. Dana wußte, daß die Lage- und Bahnregelungssysteme des Schiffs dem langsamen Taumeln hätten entgegenwirken müssen, doch von einer Korrektur war nichts zu spüren.

»Chuck, ich glaube, die Lage- und Bahnregelung der Betriebs- und Versorgungseinheit ist ausgefallen.«

»Rog«, sagte Jones. »Houston, die Reaktionssteuerung ist ausgefallen – bei der Betriebs- und Versorgungseinheit und bei der S-NB.«

Wenn die Betriebs- und Versorgungseinheit wirklich explodiert war, dann bedeutete dies das Ende der

Mission. Dennoch mußte die Besatzung in der Lage sein, aus diesem niedrigen Orbit zur Erde zurückzukehren.

Eine expandierende Wolke aus glitzernden Eiskristallen driftete am Fenster zu seiner Rechten vorbei. Irgendwo in der Mehrstufenrakete mußte ein Leck sein. Es war ein schönes Bild, wie die Wolke über dem leuchtenden Antlitz der Erde stand.

Weitere Alarmlampen leuchteten auf, während die Probleme sich multiplizierten und immer mehr Komponenten ausfielen.

Donnelly sagte dem Arzt, er solle ihm die Meßwerte des Strahlungsdosimeters über die geschlossene Schleife mitteilen.

EECOM meldete sich: »Flugleiter, ich möchte Bus A und Bus B an die Batterie anschließen, bis wir die Ursache für die Anomalien gefunden haben. Wir bestätigen Unterspannung.«

Donnelly versuchte, die Stimme des Arztes zu ignorieren und sich auf den Vorschlag von EECOM zu konzentrieren.

EECOM wollte die Kommandokapsel mit Batteriestrom betreiben. Kurzfristig wäre das wohl eine Lösung. Doch mittelfristig mußten die Batterien der Kommandokapsel geschont werden, um der Besatzung den Wiedereintritt in die Erdatmosphäre zu ermöglichen. »Wie wäre es, nur einen Bus an die Batterie zu hängen anstatt beide?«

»Bleiben Sie dran, Flugleiter.« EECOM würde sich nun mit seinen Experten in den Nebenräumen beraten.

Aus einer Vielzahl von Indikatoren, nicht zuletzt des Berichts der Besatzung, ging hervor, daß die NERVA sich ein paar Sekunden nach der planmäßigen Zündung abgeschaltet hatte. »Booster, haben Sie irgendwelche Informationen für mich?«

Conlig antwortete noch immer nicht. Der Kerl wirkte wie erstarrt.

»Die Besatzung wird schwere gesundheitliche Schäden erleiden«, sagte der Arzt über die geschlossene Schleife. »Obwohl sie es vielleicht noch gar nicht weiß. Flugleiter, in wenigen Minuten werden die ersten Ausfallerscheinungen eintreten.«

Die Lenkung meldete sich. »Die Lage des Vogels ist noch immer instabil. Sie müssen ihn stabilisieren. Sonst droht Kardansperre.«

»Ich habe verstanden, Lenkung.«

›Kardansperre‹ hieß, das Taumeln war so heftig, daß das Trägheitsrichtgerät versagte. Die Plattform konnte man visuell nachstellen. Doch falls Donnelly zu einem Not-Wiedereintritt gezwungen wurde, mußte das Schiff sofort neu ausgerichtet werden.

Dennoch hatte er das unbestimmte Gefühl, daß eine falsche Ausrichtung, selbst eine Kardansperre noch die geringsten Probleme waren, die das Raumschiff im Moment hatte.

»Houston für Apollo-N.« Das war Jim Dana; für Natalie klang Jims Stimme schwach, aber beherrscht. »Wir sehen eine Art Gas, das aus dem Bündel ausströmt.«

York bekam eine Gänsehaut.

»Rog, Apollo-N«, sagte sie. »Wissen Sie, ob es aus dem Tank der S-NB oder der Betriebs- und Versorgungseinheit ausströmt?«

»Wir wissen es nicht. Möglicherweise aus beiden.«

Sie hatte den angespannten Dialog der Controller verfolgt. Die Controller vermuteten noch immer, daß die Häufung der Anomalien auf einen Defekt der Instrumente oder der Telemetrie zurückzuführen war.

Doch wenn Gas aus dem Schiff ausströmte, war das sicher nicht die Ursache. Das Problem *konnte* nicht von defekten Meßgeräten oder einem Fehler in der Elektronik verursacht worden sein. Zumal sie sah, daß der Arzt neben ihr auf eine geschlossene Schleife geschaltet hatte.

Etwas Schlimmes war Apollo-N widerfahren – ein Ereignis mit zerstörerischer Wucht hatte ein Raumschiff mit einer Atombombe im Schlepptau heimgesucht, das sich dort oben im Erdorbit befand.

Sie schaute zu Mike hinüber. Er war noch immer über die Konsole gebeugt und flüsterte ins Mikrofon. *Wieso spricht er nicht mit dem Flugleiter?*

Plötzlich wurde ihr bewußt, daß sie mit der rechten Hand den Metallrahmen umklammerte, an dem die Konsole für Reparaturarbeiten ausgezogen wurde.

Ihre Kehle war wie ausgedörrt, und sie mußte schlucken, bevor sie wieder etwas zu sagen imstande war.

Ben ist dort oben. Was, zum Teufel, geht dort vor?

Im Leitstand erkannte Gregory Dana, daß das stilisierte Raumschiff auf der Anzeigetafel von der programmierten Trajektorie abwich, und er bekam auch so viel von den Unterredungen der Controller mit, um zu erkennen, daß Jims Schiff etwas Schlimmes zugestoßen war.

Der Leitstand füllte sich – ebenso wie das MOCR-›Amphitheater‹ – mit Personal von den Freischichten, was die Krisenstimmung nur noch verstärkte.

Ralph Gershon vom Astronauten-Korps gesellte sich zu Dana. Dana hatte ihn durch Jim kennengelernt.

Gershon warf einen Blick auf das Tohuwabohu im MOCR und stieß ein verächtliches Schnauben aus. »Mein Gott. Sehen Sie sich dieses Chaos an. Es ist immer wieder das gleiche. *Was ist geschehen? Wo sind wir? Was sollen wir tun?* Dieses verdammte Scheuklappendenken. Und inzwischen treibt der Vogel mit gebrochenen Flügeln am Himmel.«

Gebrochene Flügel.

Sie mußten Schwierigkeiten mit dem Nukleartriebwerk haben. Daraus resultierten dann alle anderen Probleme.

Sie müssen die Besatzung von diesem verdammten Triebwerk wegschaffen. Dana begriff nicht, weshalb das nicht längst schon geschehen war.

Er schaute sich um und fragte sich, ob diese Szenen im Fernsehen übertragen wurden. Was, wenn Mary, Jake und Maria das sahen? Was, wenn Sylvia das sah?

Gregory sprach ein stummes Gebet.

Die NERVA ist explodiert. Das muß die Ursache sein.

Jim Dana lag auf der Liege. Er glaubte förmlich zu *spüren*, wie die radioaktiven Teilchen in den Körper eindrangen. Es war, als ob eine leichte Brise in den Knochen wehte. Gesicht und Oberkörper schienen in Flammen zu stehen. Er fühlte ein Brennen und Ziehen in den Schläfen, und die Augenlider schmerzten, als ob sie mit Säure benetzt worden wären.

Bei jedem Atemzug mußte sich die Lunge mit Radionukleiden füllen.

Der Hals schmerzte, und er hustete.

Mittwoch, 3. Dezember 1980
International Club, Washington

Die ›Führungsriege‹ hatte sich zum Dinner im International Club in der 19. Straße eingefunden. Der designierte Vizepräsident Bush war anwesend, des weiteren Senatoren und Abgeordnete, die Schlüsselpositionen im Raumfahrt- und Haushaltsausschuß innehatten. Die Gäste standen mit Drinks in der Hand im Foyer.

Unter der Oberfläche aus Konversation und Kontaktpflege ließ Fred Michaels die Ereignisse des Tages Revue passieren.

Michaels hatte das Konzept der ›Führungsriege‹ von seinen Vorgängern bei der NASA übernommen. Die Gruppe setzte sich aus den Führungsspitzen des Raumfahrtprogramms zusammen: Michaels und seine leitenden Angestellten sowie hohe Tiere von Rockwell, Grumman, Boeing, McDonnell-Douglas und IBM. Es war ein elitärer Club, den Michaels vier- bis fünfmal im Jahr zusammentrommelte.

Heute war ein guter Tag gewesen, befand er. Die Konferenz der ›Führungsriege‹ war erfolgreich verlaufen, und Bushs Abschlußrede hatte Anlaß zur Hoffnung gegeben. Michaels hatte schon befürchtet, die Unterstützung des aus der aktiven Politik ausscheidenden Ted Kennedy zu verlieren; er und sein Bruder waren indes noch immer Befürworter des Raumfahrtprogramms. Und Bush schien sich heute, wenn schon nicht als Befürworter, so zumindest als Bundesgenosse zu geben.

Ja, ein guter Tag. Michaels war dennoch angespannt und hatte ein flaues Gefühl im Magen. Es war ihm einfach nicht möglich, sich mitten in einer Mission zu entspannen. Er wußte, daß es Hunderttausende von möglichen Defekten gab, von denen jeder einzelne vielleicht das Ende des Fluges bedeutete, die Besatzung womöglich das Leben kostete und vermutlich der Mars-Initiative den Todesstoß versetzt hätte – und nicht zuletzt auch seiner Karriere. Wie, zum Teufel, sollte man sich da entspannen? Zumal sich nicht nur eine, sondern gleich *zwei* amerikanische Besatzungen im Weltall befanden, von denen die eine mit einer Atombombe im Schlepptau die Erde umkreiste und die andere mit diesen Russen den Mond umkreiste. Was für eine Situation.

Immerhin schien die S-NB noch so gut zu funktionieren, daß Hans Udet – der ranghöchste Deutsche in Marshall, der am Projekt beteiligt war –, sich in der Lage gesehen hatte, der Runde heute abend beizuwohnen. Und nun sah Michaels ihn auch, wie er eine Gruppe Kongressabgeordneter mit dem ganzen preußischen Charisma und Charme begrüßte, dessen er fähig war. *Udet wirkt doch ganz zuversichtlich. Wieso, zum Teufel, sollte ich mir dann Sorgen machen?*

Und dann stand das Telefon nicht mehr still. Im Rückblick vermochte Michaels nicht mehr zu sagen, für wen der erste Anruf bestimmt war.

Er sah den Vorstandsvorsitzenden von Rockwell in ein Gespräch mit einem anderen Mann vertieft. Dann verließen die Manager von Rockwell geschlossen den Raum. Als sie nach ein paar Minuten zurückkamen, waren sie sichtlich gestresst. Sie streiften durch den Raum und hielten Ausschau nach bestimmten Personen; Michaels sah, daß die Nachricht – wie auch immer sie lautete – die gesamte ›Führungsriege‹ in eine gedrückte Stimmung versetzte.

Michaels' Pager meldete einen Anruf von Tim Josephson, der sich noch immer im ein paar Blocks entfernten NASA-Hauptquartier aufhielt.

»Fred, die Besatzung hat die NERVA verloren. Die technischen Parameter haben den Grenzwert überschritten. Äh... es sieht so aus, als sei das Ding explodiert.«

»Mein Gott. Und die Besatzung?« fragte Michaels schroff. »Was ist mit der verdammten Besatzung, Josephson?«

»Das läßt sich von hier aus schwer sagen, Fred«, sagte Josephson mit ruhiger und analytischer Stimme. »Die Daten ergeben kein klares Bild. Ich würde sagen, wir müssen mit dem Verlust der Besatzung rechnen.«

Ein Kellner hatte noch einen Anruf für Michaels.

Diesmal war es Bert Seger aus Houston. Mit hoher Stimme und in abgehackten Sätzen teilte Seger ihm weitere Einzelheiten mit: der Reaktor der NERVA war durchgegangen, die Betriebs- und Versorgungseinheit war schwer beschädigt, das Ausmaß der Schäden an der Kommandokapsel stand noch nicht fest...

Michaels unterbrach ihn. Kein amerikanischer Astronaut war bisher im Weltraum umgekommen. Kein NASA-Direktor hatte bisher eine Besatzung verloren. »Holen Sie sie nach Hause, Bert.«

Michaels spürte, wie jemand ihn am Arm packte. Es war Udet; der hochgewachsene Deutsche lächelte, und sein Gesicht war durch den Alkohol schon mit einer leichten Röte überzogen. Udet wollte Michaels einem Senator vorstellen.

Michaels nahm Udet auf die Seite und erzählte ihm die Neuigkeiten.

Udets Lächeln verflog. Er schien sich in sich selbst zurückzuziehen; er hielt sich kerzengerade, und das Gesicht war maskenhaft starr. Mit präzisen Bewegungen stellte er das Glas auf einem Tablett ab.

»Was ist zu tun?«

»Hans, ich möchte, daß Sie im Weißen Haus anrufen und dem Präsidenten mitteilen, was geschehen ist. Sagen Sie ihm, ich würde mich umgehend mit ihm in Verbindung setzen. Und dann möchte ich, daß Sie flugs nach Marshall zurückkehren.«

Der Deutsche nickte. Michaels sah ihm nach, als er steif den Raum verließ.

Er erinnerte sich, daß Segers Telefonstimme entfernt und schrill geklungen hatte, als ob sie zu kippen drohte. Michaels verspürte einen Anflug von Besorgnis. *Der Mann steht unter unglaublichem Druck. Natürlich hört er sich komisch an. Hauptsache, er hält durch, bis er den Vogel runtergeholt hat.* Um Segers geistige Verfassung konnte Michaels sich immer noch kümmern.

Mein Gott. Ich werde ein paar verdammt gute Karten brauchen, um dieses Spiel zu gewinnen.

Michaels widmete sich wieder seinen Gästen in der Empfangshalle. Offensichtlich hatte die Nachricht sich schon herumgesprochen. *Teufel, sie müssen mir nur ins Gesicht sehen.* Ein Mann weinte sogar.

Im Speisesaal deckten die Kellner den Tisch; niemand nahm von ihnen Notiz.

Michaels fand Bush und sprach kurz mit ihm. Dann bat er um Ruhe und verkündete die Neuigkeit offiziell.

Dann löste die ›Riege‹ sich schnell auf. Die Vertreter der Firmen, deren Technik von der Havarie betroffen war, nahmen die nächste Maschine nach Houston.

Michaels entschuldigte sich bei Bush, verließ den Club und wies seinen Fahrer an, ihn zum NASA-Hauptquartier zu bringen.

Mittwoch, 3. Dezember 1980
Apollo-N; Lyndon B. Johnson-Raumfahrtzentrum,
Houston

Im Astronauten-Büro herrschte in dieser Nacht Ruhe. Ralph Gershon war als einziger anwesend. Als MEM-Spezialist war er nicht unmittelbar an den aktuellen Missionen beteiligt. Die meisten Piloten arbeiteten entweder für die Flugführung in den Simulatoren oder waren zur Raumfahrt-Industrie abgestellt.

Doch Gershon waren die Probleme mit der NERVA zu Ohren gekommen. Er war ins MOCR hinübergegangen, doch hatte es dort nichts für ihn zu tun gegeben. Er stand den Leuten nur im Weg und machte sie nervös. Also hinterließ er für den Notfall seinen Aufenthaltsort und sichtete im Büro die Post.

Das Telefon klingelte. Er nahm beim ersten Läuten ab.

»Ralph? Ich bin froh, daß ich Sie erreiche.«
»Natalie? Sind Sie noch immer im Dienst?«
»Ja. Rolf Donnelly hat mich gebeten, Sie anzurufen. Ich...«
»Ja?«
»Wir befürchten, daß wir die Besatzung verlieren.«

Gershon hörte Stimmen im Hintergrund des MOCR, angespannt und schrill.

York wandte sich mit der Bitte an Gershon, dafür zu sorgen, daß Astronauten und ihre Frauen die Familien der verunglückten Besatzungsmitglieder besuchten.

Gershon erklärte sich sofort dazu bereit und legte auf.

Es war eine Tradition, die bis zu Mercury zurückreichte: schlechte Nachrichten wurden von einem Astronauten oder seiner Frau überbracht – von jemandem also, der selbst den Risiken und dem Druck ausgesetzt und deshalb in der Lage war, den Angehörigen mit dem erforderlichen Feingefühl zu begegnen.

Gershon holte das Telefonbuch hervor. Er würde mit den Leuten anfangen, die in der Nähe der betroffenen Familien lebten.

Das war einer der härtesten Aufträge, die er in seinem ganzen Leben ausgeführt hatte.

Er wählte die erste Nummer.

Gasaustritt.

Donnelly begriff die Weiterungen dieser Beobachtung so gut wie jeder andere.

»In Ordnung, Indigo Team«, sagte er über die Schleife, »ihr müßt die Ruhe bewahren. Wir halten uns an die Missionsregeln und erinnern uns an die Prioritäten.

Fangen wir noch einmal ganz von vorn an. EECOM sagt mir, daß die Büchse noch dicht sei.« Sprich ein hermetisch abgedichtetes Schiff, in dem die Besatzung zu überleben vermochte. »Mit Situationen wie diesen sind wir in den Simulationen schon oft konfrontiert worden« – *aber noch nie in der Realität, verdammt* –, »und Sie wissen, daß eine unbeschädigte Hülle das Allerwichtigste ist. Solange sie hält, bleibt uns genug Zeit zum Überlegen. Wir müssen dieses Problem lösen, aber wir dürfen die Dinge nicht durch Spekulationen komplizieren. Los geht's!«

Die Ansprache schien ihre Wirkung nicht zu verfehlen; die Atmosphäre im MOCR schien sich etwas zu entspannen, und die Gestalten in den weißen Hemden schienen sich etwas zu entkrampfen. Donnelly nickte zufrieden; vielleicht hatte er die Blase der Panik, die sich aufgebläht hatte, zerstochen.

Donnelly wußte, daß er systematisch vorgehen mußte. Er würde das tun, was im Fachjargon als ›down-mode‹ bezeichnet wurde und aus einer gegebenen Anzahl von Optionen die geeigneten herausfiltern. Er mußte so viele Missionsziele wie möglich verwirklichen und gleichzeitig darauf achten, daß er das Leben der Astronauten nicht gefährdete. *Wenn man schon nicht auf dem Mond landen kann, sollte man wenigstens versuchen, ihn zu umkreisen.* Und er wollte sich nicht ohne Not seiner Optionen begeben, weil er nicht wußte, was sonst noch alles auf ihn zukommen würde. Er mußte sich einen Handlungsspielraum bewahren. Es war zum Beispiel denkbar, daß er das S-NB-Triebwerk noch für den Wiedereintritt brauchte, falls sich herausstellte, daß die Betriebs- und Versorgungseinheit der Kern des Problems war.

Paß auf, wo du hingehst, damit du nicht in Scheiße tappst. So lautete das Motto. Das Problem war nur, daß Donnelly fast keine Optionen mehr hatte.

Im Hintergrund hörte er Natalie York mit der Besatzung sprechen: »Apollo-N, wir arbeiten daran. Wir werden euch da raushelfen, sobald wir etwas haben, und ihr werdet die ersten sein, die es erfahren.«

Braves Mädchen.

»Danke, Houston«, erwiderte Chuck Jones. Jones' Stimme klang trocken und schwach in der Luft-Boden-Schleife.

Als Reaktion auf den Klang von Jones' Stimme herrschte im MOCR für kurze Zeit betretenes Schweigen, trotz der bernsteinfarbenen Lichter vor Donnelly.

Er überflog das MOCR. Jeder Controller starrte auf seinen Bildschirm und vergrub sich immer tiefer in die Probleme, die in seinem Aufgabenbereich auftraten. Als ob diese Probleme losgelöst von den anderen zu betrachten wären.

Plötzlich hatte Donnelly nagende Zweifel. *Mache ich das überhaupt richtig?* Die Controller kapselten sich von den Kollegen und vom realen Raumschiff dort oben ab; ein paar von ihnen redeten sich wahrscheinlich noch immer ein, daß nichts Schlimmeres passiert sei als ein Triebwerksausfall und ein paar Instrumenten-Mißweisungen.

Wir wissen aber, daß das nicht stimmt. Die Besatzung hat einen Knall gehört. Und sie sehen ausströmendes Gas.

Er mußte zu den Controllern sprechen und sie anhalten, im Team zu arbeiten.

»In Ordnung«, sagte er, »ich möchte jeden in der Schleife haben. Retro, Lenkung, Steuerung, Booster, GNC, EECOM, INCO, FAO. Gebt mir ein Licht, bitte.«

Ein bernsteinfarbenes Licht auf der Konsole des Flugleiters bedeutete ›Sprechen und Hören‹; damit bat der Controller um Aufmerksamkeit. Nach und nach wechselten die Lichter von grün (›Hören‹) auf bernsteinfarben.

Außer dem Booster.

»Gottverdammt«, fluchte Donnelly. »Booster, Flug. Geben Sie mir bitte bernstein.«

»Verstanden«, sagte Mike Conlig hastig. Die letzte Lampe wechselte auf bernsteinfarben.

»In Ordnung, Leute, sagt mir, wo wir stehen. Was ist der dringendste Punkt? Wer fängt an?«

»Flug, Lenkung. Die Lage- und Bahnabweichung...«

»Rog. Capcom, bitte informieren Sie die Besatzung, daß sie sich aus einer drohenden Kardansperre herausmanövrieren müssen.«

»Verstanden«, sagte York.

Nun kam Bert Seger in staksendem Gang aus der Management-Reihe. Jede Geste des hageren Mannes zeugte von Nervosität. An Donnellys Ellbogen blieb er stehen. Er stöpselte sich in eine Konsole ein und hörte die Schleifen der Controller ab.

»Flug.« Das war EECOM. »Ich glaube, im Moment wäre es das Beste, alle Systeme herunterzufahren. Wir sollten uns die Telemetrie ansehen und versuchen, die Systeme dann wieder hochzufahren.«

Das klang verdammt optimistisch für Donnelly. »Bleiben Sie dran, EECOM.« Er wollte die Systeme der Kommandokapsel nicht herunterfahren, um sich die Option offenzuhalten, die Besatzung schnell runterzubringen. »Gut, wer kommt als nächster?«

Dieses Arschloch vom Booster, Mike Conlig, sprach noch immer nicht mit ihm.

»Es ist die NERVA«, sprach Seger ihm ins Ohr.

»Ja. Ich...«

»Diese abgefuckte Atombombe ist geplatzt. Und es sieht so aus, als ob sie die Betriebs- und Versorgungseinheit auch zerstört hätte. Das fällt sogar mir auf. Rolf, Sie sind zu langsam. Sie müssen sie von diesem Ding wegbringen und nach Hause holen.«

»Aber...«

»Tun Sie es, Rolf, oder ich werde das Kommando übernehmen!«

Donnelly schloß für eine Sekunde die Augen. *Mein Gott. Da geht meine Karriere den Bach runter.*

»Kommunikation, bitte übermitteln Sie der Besatzung neue Instruktionen.«

Apollo-N nickte und gierte. Metall stöhnte, und Priest spürte, wie sein Magen sich verkrampfte.

»Wir müssen die NERVA abstoßen«, sagte Chuck Jones mit raspelnder Stimme. »Die Strahlung bringt uns sonst noch um. Tun Sie es, Jim.«

Dana reagierte nicht.

Priest schaute nach links.

Jim Dana lag auf der mittleren Liege. Er schien das Bewußtsein verloren zu haben. Sein Gesicht unter dem Helm war mit Blasen bedeckt; an manchen Stellen hatten sich Streifen von Fleisch abgelöst und hingen in der Luft. Er schien sich übergeben zu haben; Kügelchen einer hellbraunen Flüssigkeit hingen an der Innenseite des Helmvisiers.

Priest streckte die Hand nach Danas Station aus. Die Trennung der Apollo-N vom S-NB-Zusatztriebwerk war ein Routinemanöver, das jeder von ihnen durchzuführen in der Lage war. Doch Priests Gehirn war wie in Watte gepackt, und er hatte Schwierigkeiten, die Konsole vor sich zu erkennen. Außerdem spürte er mit dem Handschuh des Druckanzugs die Schalter nicht. Er fummelte am Handschuh herum, doch die Hand schien geschwollen zu sein, und der Handschuh saß ziemlich fest. Schließlich hatte er den Handschuh abgestreift und ließ ihn davonschweben.

Verwundert betrachtete er die Hand. Die Haut wies einen dunklen Braunton auf. *Nukleare Bräune. Was sagt man dazu.*

Er legte ein paar Schalter um.

Ein paarmal ertönte ein lauter Knall, und die Kapsel wurde durchgeschüttelt.

»Houston, die Trennung ist erfolgt«, sagte Jones.

Die Erde glitt nun schneller an den Fenstern vorbei, während die befreite Apollo-N sich von der S-NB entfernte. Nach der Trennung schien das Taumeln schwächer zu werden; Priest vermutete, daß das Nicken hauptsächlich durch das aus der S-NB ausströmende Gas verursacht worden war.

Jones betätigte die Hebel, welche die Steuertriebwerke der Betriebs- und Versorgungseinheit hätten aktivieren sollen. Er versuchte, das Taumeln aufzuzehren und das Schiff zu stabilisieren. »Mist«, sagte er. »Noch immer nichts, Houston; die Lage- und Bahnregelung funktioniert nicht.«

»Verstanden, Apollo-N«, sagte Natalie York. »Wir arbeiten daran. Vermeiden Sie Kardansperre.«

Priest sah, daß die rote Warnfläche ins Sichtfenster des künstlichen Horizonts wanderte – eine Kardansperre stand unmittelbar bevor.

»Scheiße«, knurrte Jones, »ich wüßte nicht, wie ich das verhindern sollte, Natalie.«

Nun geriet durch das Taumeln das Nukleartriebwerk in Priests Blickfeld. Der schlanke, schwarzweiße Zylinder wirkte geradezu ästhetisch, wie er sich von ihm entfernte. Er hob sich gegen die leuchtende Erdoberfläche ab und glänzte im Sonnenlicht. Aber er sah auch, daß an der Basis des Wasserstofftanks durch die Wucht der Explosion eine Platte aus dem Druckmantel des Reaktorkerns gesprengt worden war. Priest sah die im Innern des Mantels verlegten Röhren und die Mylar-Isolierung. Und der Wasserstofftank selbst war aufgerissen worden; noch immer entwichen dünne Gasschwaden aus dem Behälter.

Priest fragte sich flüchtig, ob er eine Kamera auf den Booster richten solle.

Jones beschrieb Houston die S-NB. »Von dem verdammten Ding fehlt eine ganze Seite. Ich sehe Kabel herumhängen, und die Basis des Wasserstofftanks ist zerfetzt. Es sieht wirklich schlimm aus...«

Während die S-NB weiterrollte, sah Priest durch die Basis des aufgerissenen Tanks bis hinauf zum NERVA-Reaktor selbst. Dort indes sah er einen weißglühenden Lichtpunkt. *Das ist der gottverdammte Kern. Der Reaktor ist geplatzt und hat den Kern freigelegt.* Von dem biologischen Schild war nichts zu sehen. Er mußte weggesprengt worden sein. Vielleicht waren das die rotglühenden Bruchstücke gewesen, die er an den Fenstern der Kommandokapsel hatte vorbeifliegen sehen.

Als er den Schrotthaufen betrachtete, spürte er Wärme im Gesicht: Hitze, die vom Kern ausstrahlte, als wäre er eine winzige, eingefangene Sonne.

Er warf einen Blick auf die Anzeige des Dosimeters. Der Kern strahlte mit dreißigtausend Röntgen pro Stunde, und diese Strahlung durchdrang das Schiff mit einem unsichtbaren Hagel aus Gamma- und Neutronenstrahlen.

Dreißigtausend! Dieser Wert war schier unvorstellbar. Die Obergrenze lag gemäß den Missionsbestimmungen bei einem *Tausendstel* Röntgen pro *Tag*.

»Wir genießen wohl eine Art von Privileg«, sagte Priest. »Noch nie in der Menschheitsgeschichte war jemand aus so geringer Distanz einer so intensiven Strahlungsquelle ausgesetzt. Selbst die Opfer von Hiroshima kamen hauptsächlich durch die Hitze und Druckwelle ums Leben und weniger durch die Strahlung selbst...«

Jones stieß ein keckerndes Lachen aus und schloß die Augen. »Wieder eine Premiere im Raumfahrtprogramm. Ich danke dir, Gott.«

Mittwoch, 3. Dezember 1980
Timber Cove, El Lago, Houston

Gregory Dana mußte sich regelrecht aus dem JSC freikämpfen. Dutzende von Reportern drängten sich am Tor und wollten bei den Lagebesprechungen der NASA anwesend sein. Der Parkplatz vor Gebäude 2, dem Büro für Öffentlichkeitsarbeit, war belegt.

Es war schon stockfinster, als Dana endlich das Ranchhaus in der Lazywood Lane erreichte.

Jim und Mary wohnten in einer schönen Gegend. Timber Cove war eine Siedlung, die in den Sechzigern ein paar Kilometer vom JSC entfernt angelegt worden war. Die properen Straßen waren mit individuell gestalteten Ranchhäusern gesäumt, die in den grünen Gärten wie Holzspielzeug wirkten. Das üppig sprießende Gras war mit Rauhreif überzogen, und die Kiefern auf den Rasenflächen hoben sich dunkelgrün, fast schwarz gegen die Straßenbeleuchtung ab.

In der Gegend lebten fast nur NASA-Angehörige und deren Familien. Früher hatte Jim immer damit angegeben, daß kein Geringerer als Jim Lovell mit seiner Familie im Haus neben ihm gewohnt habe. Hier hatte Dana in glücklicheren Tagen mit Jake Baseball gespielt, Papierflieger für Klein Mary gefaltet und mit seinem Sohn die politischen und technischen Aspekte der Raumfahrt erörtert ...

Dana blieb noch für ein paar Minuten im Wagen sitzen. Mit einemmal fühlte er sich völlig kraftlos. Dann kurbelte er die Scheibe runter, und eine kühle Brise umfächelte sein Gesicht.

Er hörte den Regen auf das Dach prasseln und das Klirren der Kette, mit der Jim sein Boot gesichert hatte.

Er nahm die Brille ab und putzte sie mit seiner zerknitterten Krawatte.

Noch heute abend würde Gregory nach Virginia zu

Sylvia fliegen müssen und sie hierher bringen. Er hatte schon ein paarmal mit ihr telefoniert – im Kontrollzentrum hatte man ihm eine Leitung freigeschaltet –, wobei sie ziemlich gefaßt gewirkt hatte. Doch Dana vermochte sich nicht vorzustellen, wie sie reagieren würde, wenn sie direkt damit konfrontiert wurde.

Und wie reagiere ich denn? Bin ich mir überhaupt des ganzen Ausmaßes der Sache bewußt? Mein Sohn, mein einziger Sohn ist vielleicht im Orbit gefangen, und sein Körper ist von Marshalls nuklearer Höllenmaschine verstrahlt. Es war eine Situation, sagte er sich, auf deren Bewältigung ein menschliches Herz einfach nicht programmiert war.

Und unter dem ganzen Kummer fühlte er einen dumpfen Zorn, weil das alles nicht hätte sein müssen – es hatte keinerlei Veranlassung bestanden, Atomraketen zu bauen, um zum Mars zu fliegen.

Er setzte sich wieder die Brille auf, stieß die Wagentür auf und stieg aus.

Ein Adventskranz hing an Jims Haustür.

Verwundert stellte er fest, daß es ihm körperliche Schwierigkeiten bereitete, die Auffahrt hinaufzugehen. Er schaute auf die in braunen Schuhen steckenden Füße, die sich scheinbar ohne sein Zutun auf dem Kiespfad hoben und senkten.

Er erreichte die Tür.

Er war erschöpft, als ob er einen steilen Aufstieg hinter sich hätte. *So schlimm wird es schon nicht werden*, redete er sich ein. *Klingel einfach an der Tür; das ist alles, was du zu tun hast.* Seger hatte gesagt, daß inzwischen jemand vom Astronauten-Büro erschienen sein mußte. *Dann mußt du ihr wenigstens nicht die Nachricht überbringen.* Zumal Walter Cronkite vom CBS wohl ohnehin schon Horrorszenarien entwarf.

Du mußt ihr nicht einmal die Nachricht überbringen. Dann drück auf die Klingel, verdammt noch mal!

Doch er schaffte es nicht. Seine Hände baumelten nur schwer und schlaff an den Hüften.

Mittwoch, 3. Dezember 1980
Apollo-N; Lyndon B. Johnson-Raumfahrtzentrum,
Houston

»Apollo-N, Houston. Wir werden euch nach Hause bringen. Ihr müßt nur die Ruhe bewahren, und dann bringen wir euch runter. Die Systeme der Kommandokapsel sehen diesmal gut aus. Ihr möchtet vielleicht den Erste-Hilfe-Kasten hervorholen...«

Natalies Stimme war ruhig und beherrscht, und trotz der sich verstärkenden Schmerzen in Brust und Augen spürte Priest eine Aufwallung von Stolz. *Gut gemacht, Frischling.*

»Ich glaube nicht, daß wir das schaffen«, sagte er. »Ich bezweifle, daß auch nur einer von uns an den Erste-Hilfe-Kasten herankommt, Natalie.«

»Haltet die Stellung, Apollo-N.«

»He, Fliegenauge«, sagte Jones zu Priest. »Ich habe Jims Nadel einstecken.«

»Welche Nadel?«

»Seine Fliegerspange. Das goldene Abzeichen. Er ist nun kein Frischling mehr. Ich wollte sie ihm nach der Brennphase überreichen. Möchtest du sie ihm geben? Er wird sich sicher freuen.«

»Später vielleicht, Cuck. Ich glaube, er schläft.«

»Sicher. Später vielleicht.«

Donnelly vernahm das Stimmengewirr auf den Schleifen. Er war wie betäubt, und seine Existenz kam ihm unwirklich vor, als ob die Strahlung seinen Körper kontaminiert hätte.

Der Wiedereintritt würde eine heikle Sache werden.

Die System-Jungs gingen hastig eine Checkliste durch, um die Kommandokapsel so zu konfigurieren, daß sie aus eigener Kraft den Rückflug schaffte. Gleichzeitig fragten die Mitarbeiter der Abteilung Flugbahn sich, wo sie den Vogel runterbringen sollten; nach Möglichkeit in der Nähe eines Kriegsschiffs, das die Besatzung sofort aufnahm und medizinisch versorgte ...

Plötzlich wurde er sich bewußt, daß er seit geraumer Zeit nichts mehr gesagt und nicht einmal auf direkte Anfragen der Controller reagiert hatte.

Mein Gott, was für ein Schlamassel!

Bei Schichtende drehte York sich um und hielt nach Mike Ausschau, doch sein Platz in der Booster-Reihe war schon von jemand anderem besetzt – von einem ihr unbekannten Marshall-Techniker. Mike war gegangen, ohne daß sie es bemerkt hätte – und genauso wenig, so sagte sie sich, hatte er sich von ihr verabschiedet.

Sie wollte Mikes Ablösung schon fragen, wohin er gegangen sei, doch der neue Triebwerks-Controller war bereits in die Arbeit vertieft.

Ein paar der Controller, die nun Feierabend hatten, gingen ins *Singing Wheel*, eine traditionelle Astronauten-Kneipe in der Nähe des JSC. Sie fragten York, ob sie auch mitkommen wolle, doch sie lehnte ab.

Nachdem sie das JSC verlassen hatte, fuhr sie auf schnellstem Weg zum Portofino. Mike war nicht dort.

Rastlos streifte sie durch das Apartment; sie fühlte sich eingesperrt, und die Bilder vom Mars, die an den Wänden hingen, deprimierten sie.

Sie nahm ein Bad. Dann legte sie sich auf das Doppelbett und versuchte zu schlafen. Es war schon nach dreiundzwanzig Uhr. Doch sie fand keinen Schlaf; sie spürte noch immer den Druck des Kopfhörers auf den Ohren, sah die über den Bildschirm flimmernden Zahlen und hörte die flüsternden Stimmen auf den Schleifen.

Sie schaltete das Fernsehgerät ein, um Nachrichten zu sehen. Apollo-N dominierte natürlich jeden Kanal, doch substantielle Informationen erhielt sie nirgends.

Ben ist dort oben.

Mike war noch immer nicht da.

Sie zog sich wieder an, steckte die Geldbörse ein und fuhr zum *Singing Wheel*.

Ein paar Controller vom *Indigo Team* waren noch da. Das *Wheel*, ein aus roten Ziegelsteinen gemauerter Saloon mit Antiquitäten, die jedenfalls als solche bezeichnet wurden, war normalerweise ein Forum für angeregte Gespräche. Das Personal des Kontrollzentrums traf sich hier, um sich nach den Simulationen zu entspannen oder um Meilensteine wie die Rückkehr zur Erde zu feiern. Doch heute nacht herrschte eine verhaltene Stimmung. Die Leute saßen an den Tischen, tranken und unterhielten sich leise. In dieser Hinsicht, so wußte York, glichen die Controller den Fliegern, wenn sie einen Kameraden verloren hatten: sie verarbeiteten das, indem sie einfach nur dasaßen und das ›Wie‹ und ›Weshalb‹ erörterten und sich darüber betranken.

York leistete ihnen bis in die frühen Morgenstunden Gesellschaft.

Schließlich erhob Donnelly sich vom Pult und griff nach dem Logbuch. Er sah auf die Wanduhr und trug die verstrichene Zeit der Mission ein. Dann trug er sich aus. Seine Hände zitterten, und die Unterschrift fiel entsprechend krakelig aus.

Er blätterte im Logbuch zurück. Die letzten paar Seiten waren schlicht unleserlich.

Donnerstag, 4. Dezember 1980
Lyndon B. Johnson-Raumfahrtzentrum, Houston

Es war bereits nach Mitternacht, als Bert Seger Fay vom Büro aus anrief.

Er bat Fay, ihm ein paar frische Sachen zu bringen. Er mußte veranlassen, daß man ihr einen Sicherheitsausweis ausstellte. Nachdem das ganze Ausmaß der Havarie publik geworden war, hatte man das JSC und Cape Canaveral hermetisch abgeriegelt.

Er erkundigte sich nach den Kindern, ohne daß er die Antworten seiner Frau überhaupt registriert hätte. Dann sagte er Fay, daß er sie liebte und legte auf.

Es war klar, daß er für eine Weile in Houston oder vielleicht auch in Cape Canaveral bleiben würde, falls beziehungsweise wenn die Kommandokapsel nach dem Wiedereintritt geborgen wurde. Fred Michaels hatte ihm bereits gesagt, daß Carter die Bildung einer Präsidialen Kommission veranlaßt hatte, die sich mit der Havarie befassen sollte. Der Präsident erwartete eine volle Aufklärung von seiten der NASA, und die Verantwortung hierfür oblag Bert Seger.

Seger hätte auch nichts anderes erwartet.

Er hatte immer schon gewußt, daß er früher oder später die Verantwortung für den Tod eines Astronauten würde übernehmen müssen.

Die Systeme, die sie bauten, waren einfach nicht zuverlässig genug, um Sicherheit zu garantieren. Das Astronauten-Korps bestand nach wie vor hauptsächlich aus Testpiloten, die das Risiko kannten und es in Kauf nahmen. Dann machte Seger sich um das Bodenpersonal schon mehr Sorgen. Die Leute würden nämlich mit dem Bewußtsein leben müssen, versagt zu haben. *Wegen mir wird es nicht schiefgehen.* Was geschah, wenn dieses Motto sich in *Es ist wegen mir schiefgegangen* verwandelte?

Das Telefon klingelte. Es war Tim Josephson, der über die Besetzung des internen Untersuchungsausschusses der NASA reden wollte, der als flankierende Maßnahme zur Präsidialen Kommission gedacht war.

Seger zwang sich, sich auf Josephsons Aussagen zu konzentrieren.

Er und Josephson verständigten sich bald auf eine Liste, auf der nur noch ein Astronauten-Vertreter fehlte.

»Wie wäre es mit Natalie York?« fragte Seger. »Sie war Leiterin der Kommunikation, als die Stufe explodierte. Sie hat sich auch unter Druck als besonnen und analytisch erwiesen. Und sie ist eine Freundin von Priest.«

Josephson war damit nicht einverstanden. »York ist noch ein Anfänger. Außerdem ist sie mit Mike Conlig liiert. Hatten Sie das etwa vergessen? Wie soll sie einen Fall beurteilen, bei dem es vielleicht um Konstruktionsmängel und suspekte Managementpraktiken geht und in den noch dazu ihr Freund verwickelt ist?

Sie zogen weitere Namen in Erwägung und verwarfen sie wieder.

Josephson fiel ihm ins Wort. »Bert, ich werde Ihnen sagen, wen Fred haben will. Joe Muldoon.«

»Muldoon? Sind Sie verrückt? Muldoon ist wie eine Bombe, die jeden Moment explodiert.«

»Stimmt schon. Er hat wohl ein großes Maul, doch das verleiht ihm vielleicht einen Nimbus der Unabhängigkeit, was im Moment nicht schaden kann. Zumal er ein Mond-Spaziergänger war. Fred hat viel Zeit für ihn.«

»Muldoon ist auch gar nicht verfügbar. Er befindet sich im Mondorbit.«

»Aber er wird in einer Woche zurückkommen. Solange haben wir noch Zeit...«

Die Kontroverse dauerte noch für eine Weile an, doch schließlich fügte Seger sich.

Er hatte Bedenken, jemanden wie Muldoon, dem es an Fingerspitzengefühl und Umgangsformen gebrach, in eine derart exponierte Position zu hieven. Wegen dieses Zwischenfalls würde der Schmutz kübelweise über der NASA ausgeschüttet werden, insbesondere aus Marshall. Er schauderte bei der Vorstellung, womit Muldoon, der Astronauten-Held, die Presse wohl füttern würde.

Er würde den Deckel draufhalten müssen.

Als Josephson auflegte, war es drei Uhr morgens.

Seger wußte, daß er Schlaf brauchte. Für solche Fälle bewahrte er ein Feldbett im Schrank auf.

Er zog die Schuhe aus und kniete nieder zum Gebet. Doch es gelang ihm nicht, sich zu konzentrieren; im Geiste erstellte er ständig neue Prioritätenlisten.

Eigenartigerweise waren die Zweifel, die er im früheren Verlauf der Mission gehabt hatte – Zweifel, die durch die Feindseligkeit der Atomkraftgegner gesät worden waren –, nun verflogen, wo der schlimmste Fall eingetreten war. Er vertraute auf seine Fähigkeit, die Sache zu bewältigen – was gleichbedeutend mit den Fähigkeiten der NASA war. Schließlich handelte es sich nur um einen verdammten technischen Defekt. Einen Defekt, den man beheben würde, nachdem man ihn identifiziert hatte.

Und die NASA hatte schon früher vergleichbare Probleme bewältigt: er erinnerte sich, daß gerade einmal zwei Jahre nach dem Brand in Apollo 1 Armstrong und Muldoon auf dem Mond gelandet waren. Und nachdem Apollo 13 auf dem Weg zum Mond explodiert war, hatten die Astronauten nicht nur den Heimweg geschafft, sondern sie hatten daraufhin mit Apollo 14 die erfolgreichste Mission überhaupt durchgeführt.

Er berührte das goldene Kruzifix am Revers. Er fühlte sich leicht, geradezu beschwingt. Sie würden es schaffen; dessen war er sich nun sicher. Mit Gottes Hilfe.

Doch das Beten fiel ihm schwer. Irgendwie hatte er das Gefühl, daß Gott in dieser Nacht weit entfernt von ihm war.

Gegen vier Uhr morgens schlief er endlich ein. Und um sieben war er wieder auf den Beinen und führte die ersten Telefongespräche.

Donnerstag, 4. Dezember 1980
Apollo-N; Lyndon B. Johnson-Raumfahrtzentrum,
Houston

Inzwischen schmerzte der ganze Körper – bis an die Grenze des Erträglichen und darüber hinaus. Jede einzelne Zelle befand sich in Agonie. Priest hatte das Gefühl, als ob sein Körper innen und außen mit Säure benetzt wäre und sich allmählich auflöste.

Er trug noch immer den Druckanzug, und das war vielleicht seine Rettung. Der Schmerz glich nämlich einem heftigen Juckreiz; er hätte sich wahrscheinlich wundgekratzt, wenn er die Haut erreicht hätte. Doch der Anzug hatte auch seine Nachteile. Der Magen rebellierte schon seit Stunden, und er hatte sich im Helm übergeben, der Alptraum eines jeden Fliegers. Doch wenigstens drifteten die Kügelchen aus Erbrochenem ihm nun nicht mehr vor dem Gesicht umher, sondern hatten sich irgendwo festgesetzt: am Helmvisier oder vielleicht auch im Haar oder auf der Haut. Doch das war ihm egal, solange er das verdammte Zeug nicht mehr sah.

Außerdem roch er nichts mehr, und auch das war wohl nur von Vorteil.

Er versuchte den Kopf zu drehen und nach Chuck

und Jim zu sehen. Doch es gelang ihm nicht. Allerdings hatten sie schon auf seinen letzten Zuruf nicht geantwortet. Sie wirkten unversehrt in den Druckanzügen, wie er selbst wohl auch. Das Erbrochene, der Kot und der menschliche Schmerz waren in den Anzügen eingeschlossen, so daß die Kabine der Kommandokapsel antiseptisch und aufgeräumt wirkte, bis auf die Reihen glühender Warnlampen auf dem Instrumentenpanel.

Zumal er sich auch gar nicht von seinem Fenster abwenden wollte. Dieses Fenster war ihm überaus wichtig, weil es ihm einen Blick auf die Nachtseite der Erde gewährte. Er sah Polarlichter: bunte Wellen, die von den Polen abwärts liefen, hohe Luftschichten, die unter der Einwirkung des Sonnenwinds rot und grün glitzerten. Und er sah Blitze hoch oben in der Atmosphäre, und manchmal auch Lichtbahnen, welche die Netzhaut für lange Sekunden blendeten – Meteore, Körnchen interstellaren Staubs, die in die Atmosphäre eintauchten...

Priest hatte früher mit dem kleinen Petey zu den Meteor-Schauern emporgeblickt, die am Himmel über dem Dach ihren Reigen veranstalteten. Und nun beobachtete er, wie Meteore *unter* ihm verglühten. *Das ist vielleicht ein Höllentrip, Petey.*

Es leuchteten noch andere Lichter in der Nacht.

Im Herzen von Südamerika sah er ein großflächiges Glühen: ein Feuer, das Bäume im Zentrum des Amazonas-Regenwalds verschlang. Und während Apollo-N die Wüsten überflog, erkannte er das helle Funkeln von Öl- und Gasquellen, die wie eingefangene Sterne in der Finsternis leuchteten.

Die Städte blendeten ihn schier mit ihrer Helligkeit. Wenn sie von Wolken überlagert waren, sogen diese das Licht auf und filterten es, so daß die jeweilige Stadt wie eine große, amorphe Schale aus Licht erschien. Und wenn der Himmel klar war, erkannte er jedes Detail mit einer Präzision, als ob er mit einer T-38 im Tiefflug über die Häuser jagte. Straßen und Autobahnen erschienen ihm als gelbe und orangefarbene Bänder aus Licht, und die großen Gebäude loderten wie Schachteln voller Diamanten. Er sah die Scheinwerfer von Autos auf Brücken und Fernstraßen leuchten. Es war, als ob er das ganze Licht und die Wärme spürte, die durch die Atmosphäre zu ihm heraufdrang...

»Wir brauchen deine Hilfe, Ben. Du bist der einzige, mit dem wir dort oben reden können. Bleib dran.«

»Ja.« *Aber es tut weh, Natalie...*

»Ich weiß, daß es hart ist, Ben. Komm schon. Arbeite mit mir zusammen. Kommst du an die Checkliste für die Zündung heran? Sie hängt an einem Klettverschluß über...«

»Hilf mir da durch, Natalie.«

»Ja. Ja, sicher. Tu einfach das, was ich dir sage. Wir schaffen das schon. In Ordnung. Schubschalter auf Normal.«

»Schubschalter normal.«

»Einspritz-Vorventile auf.«

Um diesen Schalter zu erreichen, mußte er den Arm ausstrecken. Der Schmerz schoß in Schüben durch Rücken und Arme. »Gut. Einspritz-Vorventile auf.«

»Eine Minute bis zur Zündung, Ben. Translationsregler aktivieren.«

Priest zog am Hebel, bis der Schriftzug AKTIVIERT erschien. »Aktiviert.«

»Gut. Und nun die Trimmung.«

Priest betätigte den Translationsregler; durch das kurze Feuern der Reaktionsdüsen ruckte die Apollo-N nach vorn, wodurch das Schwappen des Treibstoffs in dem großen SPS-Triebwerk der Betriebs- und Versorgungseinheit neutralisiert wurde. Dies diente zur Stabilisierung für die bevorstehende Brennphase, die den Abstieg aus dem Orbit einleitete.

»Gut. Sehr gut, Ben. Dreißig Sekunden«, sagte York. »Schubdüsen aktivieren, Ben.«

Priest entriegelte den Regler und drehte ihn um hundertachtzig Grad. »Aktiviert.«

»Sag's noch mal, Ben.«

»Aktiviert.« Sogar der Hals schmerzte, verdammt.

»Fünfzehn Sekunden. Du hast es geschafft, Ben. Setz dich wieder hin.«

Sicher. Und was, wenn das SPS nicht feuert? Wer weiß, in welchem Zustand die Betriebs- und Versorgungseinheit sich befindet, nachdem die verdammte NERVA unter ihr explodiert ist; wir verlieren seit der Explosion Energie und Telemetrie ... Und man konnte auch nur hoffen, daß die Systeme der Kommandokapsel – die Lenkungselektronik und Computer zum Beispiel – von NERVA nicht allzu stark in Mitleidenschaft gezogen worden waren; er glaubte jedoch nicht, daß die konzentrierte Röntgenstrahlung das Gehirn des Schiffs nicht in Mitleidenschaft gezogen hatte.

Er rüstete sich für den Stoß in den Rücken.

»Zwei... eins... Zündung!«

Nichts.

Er schauderte, wobei die Spannung in den schmerzenden Muskeln sich in Krämpfen löste.

»In Ordnung«, sagte York ruhig. »Leg den Delta-Vau-Schalter um, Ben.«

»Delta-Vau umlegen.« Er griff nach dem Schalter für die manuelle Zündung und legte ihn um, ohne den Schmerz im Arm zu beachten.

Nun ertönte ein Zischen, und ein unregelmäßiger Schub des Retro-Triebwerks setzte ein, der ihn auf die Liege drückte.

Eine grüne Lampe leuchtete vor ihm auf. »Bremszündung«, wisperte er.

Der Druck auf den wunden Rücken nahm zu, und er wünschte sich die Mikrogravitation zurück. Doch sie kehrte nicht zurück, und er mußte den Schmerz ertragen.

»Bestätigte die Bremszündung, Ben.« Yorks Stimme zitterte. »Wir bestätigen das. Wir erledigen den Rest. Du mußt nur bei mir bleiben.«

Der Schmerz überwältigte ihn, und er vermochte keinen klaren Gedanken mehr zu fassen.

Die Erde glitt am Fenster vorbei. Das SPS funktionierte und änderte die Flugbahn des Schiffs.

»Laßt euch sagen, daß dieses alte SPS ein Sahnestück von Triebwerk ist, Houston«, flüsterte er. Obwohl ein Reaktor unter ihm durchgegangen war, war das Ding angesprungen und brachte ihn wieder nach Hause. Was sagt man dazu?

Nun redete jemand mit ihm. Vielleicht war es Natalie. Durch den Nebel des Schmerzes vermochte er nicht einmal mehr ihre Stimme zu erkennen. Diese letzte Checkliste hatte ihm alles abverlangt. Entweder brachte dieser Vogel ihn nach Hause oder nicht; es gab verdammt nichts, was er noch zu tun imstande war.

Er sah Natalies Gesicht vor sich: ernst, hager, etwas zu lang. Die buschigen Augenbrauen waren vor Konzentration zusammengezogen. Er erinnerte sich an ihr Gesicht über dem seinen, im Dunkeln, in jener Nacht nach der Landung von Mars 9.

Das Bild von Karen indes stand nicht vor dem geistigen Auge.

Was hatte er durch Gleichgültigkeit, Karrierebesessenheit und Unschlüssigkeit nicht alles verloren im Leben – gewiß aber in Herzensdingen. Und das alles für ein paar Stunden im All.

Er würde das ändern, wenn er auf der Erde angekommen und wieder gesund war. *Bei Gott, das werde ich.*

Das Triebwerk verstummte, und der Balsam der Mikrogravitation verschaffte ihm für ein paar Minuten die ersehnte Erleichterung.

Ein dumpfes Rattern ertönte an der Grundfläche der Kabine. Das war der Ring aus Sprengbolzen an der Basis der kegelförmigen Kommandokapsel, die per Fernsteuerung von Houston gezündet wurden und die beschädigte Betriebs- und Versorgungseinheit abstießen.

Vielleicht sah er die Betriebs- und Versorgungseinheit wegdriften. Seine Pflicht bestand wahrscheinlich darin, eine Kamera zu suchen und das verdammte Ding zu filmen. *Sicher.* Er war nicht einmal mehr imstande, die Hand zur Faust zu ballen; bei jedem Versuch spürte er einen explosiven Schmerz.

Nun erhob sich etwas über die Erdatmosphäre; es war eine goldbraune und angenehme Erscheinung. *Der Mond.* Er füllte die Mitte des Fensters aus. Er dachte an Joe Muldoon und seine Leute, die dort oben mit den Sowjets zusammen waren; wahrscheinlich würde Muldoon die Fortschritte beim Wiedereintritt verfolgen.

Er spürte einen Stoß im Rücken, und wieder wogte Schmerz über seine Haut. Das waren die Steuertriebwerke der Kommandokapsel: Houston oder der Bordcomputer versuchten, die Kommandokapsel im zirka sechzig Kilometer breiten Wiedereintrittskorridor zu halten.

Durch den Schmerz spürte Priest, wie eine Art Sicherheit von ihm Besitz ergriff. Soweit er wußte, war das der Punkt in der Wiedereintritts-Sequenz, wo die Automatik ohnehin hätte anspringen müssen. Apollo-N funktionierte wieder nach Plan – zum erstenmal, seit der Kern der NERVA durchgegangen war.

»Haben Sie schon die voraussichtlichen Bahndaten, Retro?«

»Noch nicht, Flug.«

Es wurde verdammt knapp. *Irgend etwas läuft falsch. Was verschweigt er mir?*

Für Rolf Donnelly stellte der Moment, in dem die Kommandokapsel in die Atmosphäre eindrang, das größte Risiko beim Wiedereintritt dar. Dann hing nämlich alles vom Hitzeschild ab. Und falls der Schild durch die Explosion Risse bekommen hatte, würde die Kapsel platzen und wie ein Meteor verglühen. In dieser Hinsicht waren ihm die Hände gebunden; hier galt allein das ›Prinzip Hoffnung‹.

Bisher hatten sie kaum an der Atmosphäre gekratzt. Doch aus heiterem Himmel befürchtete er, die Kommandokapsel zu verlieren.

Der ›Retro‹ genannte Controller im ›Schützengraben‹ hatte den Auftrag, den Eintrittswinkel der Kommandokapsel zu überwachen. Unmittelbar vor dem Abstoßen der Betriebs- und Versorgungseinheit hatte Retro Donnelly gemeldet, daß der Anflugwinkel von Apollo-N exakt in der Mitte des Eintrittskorridors lag. Es lief alles wie am Schnürchen. Und das bedeutete, daß die voraussichtlichen Bahndaten, die Retro prognostiziert hatte, noch immer gültig waren. Die voraussichtlichen Bahndaten definierten den Vektor, der seinerseits den Eintrittswinkel des Raumschiffs in die Atmosphäre bestimmte.

Doch Retro mußte die voraussichtlichen Bahndaten noch an den Bordcomputer der Kommandokapsel übermitteln. Und nun, ein paar Minuten vor dem Eintritt in die Atmosphäre, wurde Donnelly Ohrenzeuge einer Diskussion zwischen Retro und FIDO, dem Flugdynamik-Controller, der Retro die aktualisierten Prognosen zur Flugbahn des Raumschiffs übermittelte.

»Das glaube ich Ihnen nicht, FIDO!« plärrte Retro.

Donnelly spürte, wie ihm die Galle hochkam. »Präzisieren Sie, Retro. Wollen Sie mir nicht sagen, was bei Ihnen los ist?«

»Overshoot, Flug. Wir stehen bei null komma drei eins Grad.«

Noch immer innerhalb des Korridors. Dennoch war die Bahn in diesem Punkt zu steil. Und wenn diese Tendenz anhielt, würde Retro die voraussichtlichen Bahndaten revidieren müssen. »Haben Sie vielleicht eine Ahnung, was dort oben los ist, Retro?«

»Keine Ahnung, Flug.« Nun hatte zum erstenmal Anspannung in der Stimme von Retro gelegen, und Donnelly sah, daß er dem neben ihm sitzenden FIDO über die Schulter blickte, um sich die aktualisierten Daten für die Flugbahn zu besorgen.

Würde die Flugbahn noch steiler werden? Das kam auf die Ursache an. Wenn zum Beispiel eine der Schubdüsen für die Lage- und Bahnänderung blockiert war und ständig Vollschub gab, würde diese Tendenz anhalten. Wenn jedoch Treibstoff oder Kühlmittel aus einem Leck in der Hülle entwichen, dann würde das dem Overshoot entgegenwirken.

Das Problem war nur, daß niemand die Ursache kannte. Niemand kannte das Ausmaß des Schadens, der durch die Explosion des Reaktors an der Kommandokapsel entstanden war.

Wenn Donnelly die Besatzung schon verlieren sollte, wäre es ihm lieber gewesen, wenn die Kommandokapsel zu steil in die Atmosphäre eingetreten und verglüht wäre. Wenn die Kapsel die Atmosphäre nur streifte, wieder in den Orbit ging und dort oben mit einer Fracht von drei radioaktiven Leichen die Erde umkreiste, wäre das Raumfahrtprogramm nämlich gestorben.

Erneut startete er eine Abfrage bei den Controllern. Keiner von ihnen war in der Lage, ihm genauere Daten zur Flugbahn zu präsentieren. Außerdem wurde in dem Maße, wie die Luft um die Kommandokapsel ionisiert wurde, die Telemetrie instabil.

Das ist ein Glücksspiel. Ich muß Retro einfach machen lassen. Ändert er die Zahlen nun oder nicht?

Retro meldete sich erneut: »Overshoot reduziert sich, Flug.«

»Ich brauche die voraussichtlichen Bahndaten, Retro.«

»Ja.« Wieder hörte Donnelly die Anspannung in der Stimme von Retro. Der Controller war ein junger Mann, der sich nun dem entscheidenden Moment in seinem Leben näherte und eine Entscheidung treffen mußte, mit deren Konsequenzen er fortan würde leben müssen.

Donnelly sprach ein stummes Gebet; was er nun gar nicht brauchte, waren unschlüssige und vor Furcht wie gelähmte Mitarbeiter. Wie dieses abgefuckte Arschloch von Conlig.

»Overshoot hält an. Ich bestätige die voraussichtlichen Bahndaten.«

»Wiederholen Sie, Retro.«

»Ich bestätige die voraussichtlichen Bahndaten. Falls der Overshoot anhält, wird er höchstens ein zehntel Grad betragen.«

Plötzlich wurde Donnelly sich bewußt, daß er während der ganzen Zeit die Luft angehalten hatte. Er stieß die Luft in einem Schwall aus. »Rog, Retro.«

Nun sah er Dunst vor dem Fenster, ein rosiges Glimmen, das an einen Sonnenaufgang erinnerte. Zuerst glaubte er, es würde vom Retro-Triebwerk herrühren. Doch dann erkannte er, daß es sich um ionisiertes Gas handelte, Atome der obersten Schicht der Erdatmosphäre, die durch den Zusammenstoß mit dem Hitzeschild der Apollo-N aufgebrochen wurden.

Er verspürte einen Druck auf dem Unterleib – schwach zwar, doch stark genug, um den Schmerz erneut auflodern zu lassen. Er glaubte, einen Schrei auszustoßen. Die Kabine vibrierte. Die Erdatmosphäre griff nach der Kommandokapsel, und Apollo-N wurde hart abgebremst.

Plötzlich erfolgte ein schneller Druckanstieg, und er wurde auf die Liege gepreßt. Er spürte, wie die Haut innerhalb des Druckanzugs sich spannte und aufriß. Er glaubte auszulaufen, als ob der Körper nicht mehr Substanz hätte als eine matschige Frucht.

Nun wurde die Kabine von kaltem weißen Licht durchflutet, das die Instrumentenbeleuchtung überblendete.

Die letzten Augenblicke vor dem Abbruch der Funkverbindung wirkten fast wie ein Routinevorgang. Als ob es sich um eine ganz normale Mission gehandelt hätte und nicht um den gefährlichsten und heikelsten Wiedereintritt seit Apollo 13. Das Schweigen wurde nur von den Aktualisierungen der Lage- und Bahndaten der Kommandokapsel unterbrochen, der Stationierung der Bergungsschiffe und der festen Stimme von Natalie York, der Leiterin Kommunikation, die versuchte, mit der Besatzung in Kontakt zu bleiben.

Man weiß ja nie, sagte Donnelly sich.

Und dann brach die Telemetrie von Apollo-N ab.

Im MOCR wurde es still. Nun blieb ihnen nichts mehr übrig als zu warten.

Es war durchaus möglich, daß eventuelle kleine Risse im Hitzeschild durch die Hitze des Wiedereintritts sozusagen geschweißt wurden. *Möglicherweise.* Doch das war nur eine weitere Unbekannte. Falls der Schild indes beschädigt war und versagte, würden sie den Vogel ohnehin verlieren.

Priest, in eine Wolke des Schmerzes eingehüllt, lag auf dem Rücken und wurde regelrecht zusammengestaucht, während die Kabine sich schüttelte und Flammen von der Grundfläche der Kommandokapsel schlugen und am Fenster züngelten.

Die glühenden Brocken des Hitzeschilds, die am Fenster vorbeischossen, waren *groß*. Vielleicht stimmte etwas nicht. Vielleicht versagte der Schild.

Falls wir überhaupt in die Atmosphäre eintreten. Falls ich nicht halluziniere; falls wir nicht schon tot sind.

Wie dem auch sei, er vermochte sowieso nichts daran zu ändern.

Ben Priest, der mit dem Hintern voran auf die Erde stürzte, wartete darauf, daß die Sonnenhitze durch die Basis der Apollo-N drang und ihn verzehrte. Das wäre die Erlösung.

»Netzwerk, noch kein Kontakt zum Begleitflugzeug?«

»Nein, Flugleiter.«

Vier Minuten verstrichen. Fünf. Spätestens jetzt hätte die Funkverbindung nach dem Abbruch wiederhergestellt sein müssen.

Auf den Schleifen war nichts zu hören außer statischem Rauschen – »ARIA 4 hat soeben ein Signal aufgefangen, Flug.«

»Rog«, sagte Donnelly, wobei er kaum die eigene Stimme erkannte.

Das MOCR geriet in Wallung – die müden Gestalten regten sich und grinsten verhalten.

Es war ein seltsames Gefühl, eine Art Halb-Erleichterung. Das Signal besagte noch lange nicht, daß die Besatzung am Leben war – zumal die Elektronik des Fallschirmsystems vielleicht einen Defekt hatte –, doch zumindest war die Kommandokapsel noch unversehrt.

Er hörte, wie York immer wieder mit trauriger Stimme die Besatzung rief.

Das Glühen war verschwunden und einem gewöhnlichen blauen Himmel gewichen. Der Schwerkraftmesser zeigte den Wert 1,0 an, und er stürzte mit dreihundert Metern pro Sekunde dem Ozean entgegen. Trotz seines kritischen Zustands bekam er die Landung in allen Einzelheiten mit.

Ein Knall ertönte: das war die Fallschirmabdeckung, die sich von der Spitze der konischen Kommandokapsel löste. Und dann knallte es noch einmal, als die drei Bremsfallschirme sich öffneten. Er sah weiße Gewebebahnen vor dem Fenster.

Er spürte einen Stoß im Rücken, als die Bremsfallschirme sich öffneten und den Fall der Kommandokapsel stabilisierten.

Dann hörte er ein lautes Zischen; das Ventil, das den Druckausgleich zwischen der Kabine und der Außenumgebung bewirkte, hatte sich geöffnet. Nun war es nur noch eine Frage von Sekunden, bis ...

Jetzt. Noch ein Knall. Das mußten die Hauptfallschirme sein, die drei Fünfundzwanzig-Meter-Schirme, an denen Apollo-N zur Meeresoberfläche hinabsank.

Als die Hauptfallschirme sich aufblähten, schüttelte die Kabine sich. Priest wurde auf der Liege gerüttelt, und der Schmerz wurde schier unerträglich.

Durchs Fenster sah er einen Ausschnitt des blauen Himmels und ein paar Wolken.

Eine entfernte Stimme ertönte im Kopfhörer. Sie klang ebenso freundlich wie kompetent. »Apollo-N, Apollo-N, Air Boss 1, das Radar hat euch fünfzig Kilometer südöstlich vom Bergungsschiff geortet. Willkommen zuhause, meine Herren; wir holen euch in null Komma nichts an Bord.«

Priest wollte antworten. Doch er war schon zu weit entfernt, zu tief in die Hülle seines Körpers eingesunken.

Auf den Bildschirm an der Stirnseite des MOCR wurde eine Aufnahme von Apollo-N eingeblendet. Alle Hauptfallschirme hatten sich geöffnet und wirkten wie drei große weißrote Kanzeln.

Der Jubel war so laut, daß Donnellys Kopfhörer übersteuerte, und er mußte um Ruhe bitten.

Funkverkehr drang aus dem Kopfhörer.

»Hier ist Recovery 2. Ich sehe die Schirme. Geht auf exakt zwölfhundert Meter runter.«

»Positiv, wir haben eine Kapsel in Sicht ...«

Es gab eine Checkliste, welche die Besatzung nun abarbeiten mußte, wie Priest sich verschwommen erinnerte. Sie mußten zum Beispiel das Druckventil schließen, die Positionslampen einschalten und die Fallschirme kappen, damit die Kommandokapsel nicht von ihnen durchs Wasser geschleppt wurde.

Doch es gab niemanden, der das erledigte.

Priest versuchte, sich zu entspannen und den Schmerz zu unterdrücken.

Nun erfolgte ein heftiger Aufprall, und eine Woge qualvollen Schmerzes brandete durch den geschundenen Körper.

Wasser drang durch ein offenes Ventil über Priest ein und bespritzte ihn. Der Schwall war so stark, daß er schon glaubte, die Hülle der Kommandokapsel wäre aufgerissen.

Und nun kippte die Kommandokapsel. Er spürte das Rollen und sah, wie der Ozean sich vor dem Fenster drehte.

Als die Fenster untertauchten, wurde es dunkel in der Kabine. Priest hing in den Gurten, und das Inventar der Kabine ging in einem Regen um ihn herum nieder: Papiere, Urinbeutel, Waschlappen. *Stabil 2*, sagte er sich. *Kopfüber. Chuck wird wütend sein. Wir haben's verbockt. Niemand hat die Fallschirme gekappt.*

Er hing wie eine Fledermaus in der umgekippten Kabine. Die Dunkelheit wurde nur von der wie ein Weihnachtsbaum funkelnden Instrumentenkonsole durchbrochen. Gleich würden die Luftsäcke die Kommandokapsel wieder aufrichten und in die Position *Stabil 1* bringen.

Er schloß die Augen.

Sonntag, 7. Dezember 1980
NASA-Hauptquartier, Washington

Das erste Bild zeigte die fünfköpfige Besatzung, wie sie um den kleinen Tisch in der Messe von Moonlab saß. Joe Muldoon befand sich im Mittelpunkt der Gruppe und hielt ein Blatt Büttenpapier in der Hand.

Hier ist die Besatzung von Moonlab, die live aus dem Mondorbit zu Ihnen spricht. Wir fünf – unsere Gäste Wladimir Wiktorenko und Aleksandr Solowjow sowie Phil Stone, Adam Bleeker und ich – haben den Tag verbracht, indem wir das Flugprogramm abgearbeitet, Aufnahmen gemacht und die Systeme des Raumschiffs gewartet haben ...

Tim Josephson, der in seinem Washingtoner Büro am Schreibtisch saß und das Interview in einem tragbaren Fernsehgerät verfolgte, mußte sich förmlich zum Atmen zwingen. *Mach kein großes Aufhebens darum. Laß es dabei bewenden, Muldoon.*

Nun berichteten die fünf Astronauten von ihrer jeweiligen Arbeit – in der Teleskopkuppel, an den biomedizinischen Geräten, mit der problematischen Moonlab-Ausrüstung.

Das Interesse an den bisherigen Übertragungen dieser Mission – mit Ausnahme des ersten ›Händeschüttelns‹ – war minimal gewesen. Keiner der größeren Sender hatte eine Direktübertragung gebracht, und die

Angehörigen der Astronauten hatten ins JSC kommen müssen, um auf dem laufenden zu bleiben.

Doch das alles hatte sich nach der Explosion der NERVA geändert, und die Leute empfanden wieder eine morbide Faszination beim Anblick der Menschen, die im Weltraum ihr Leben riskierten. *Das ist die höchste Einschaltquote seit Apollo 13,* sagte Josephson sich. *Mach jetzt bloß keinen Scheiß, Joe!*

... Wir sind weit weg von zu Hause, und es ist schwer, diese Gewißheit zu verdrängen. Stellt man sich die Erde als Medizinball vor, dann wären die Skylabs kleine Modelle, die den Ball in einem Abstand von ein paar Zentimetern umkreisen. Der Mond indes hätte die Größe eines Fußballs und wäre sechs Meter entfernt. Und dort befinden wir uns nun.

Wir sind im Dienst der Wissenschaft hier. Wie Sie vielleicht wissen, befinden wir uns in einem geneigten Orbit und sehen deshalb viel mehr vom Mond, als es den Besatzungen der alten Apollos vergönnt war. Wir haben eine ganze Batterie von hochauflösenden und synoptischen Kameras an Bord sowie einen Laser-Höhenmesser und andere Sensoren, die es uns ermöglicht haben, die gesamte Mondoberfläche in unterschiedlichen Maßstäben zu kartieren.

Und wir haben ein paar interessante Entdeckungen gemacht. So haben wir zum Beispiel auf der Rückseite des Monds einen großen Einschlagkrater mit einem Durchmesser von ungefähr vierhundertfünfzig Kilometern entdeckt – das ist fast ein Viertel des Mondumfangs. Ich habe gehört, daß der Mond viel interessanter sei, als man zunächst angenommen hatte. Das gilt auch für Neil und mich, als wir unseren ersten Mond-Spaziergang machten.

In diesem Moment überfliegen wir das ›Meer der Stille‹. Wenn man den Mond von der Erde aus betrachtet, ist das rechts von der Mitte. Also können Sie uns nun sehen. Und in unserem großen Teleskop erkenne ich manchmal das Funkeln der zurückgelassenen Landestufe.

Und nun hat die Besatzung von Moonlab eine Botschaft,

die sie in diesen schwierigen Zeiten den Menschen auf der Erde übermitteln möchte.

Mein Gott, sagte Josephson sich. *Das klingt gar nicht gut. Was nun?*

Adam Bleeker driftete vom Sitz in Richtung Kamera. Er nahm die Kamera, wobei seine ausgestreckte Hand grotesk verzerrt wurde und richtete sie auf das Fenster der Messe. Das Bild stabilisierte sich; es hatte zwar eine niedrige Auflösung und war verschwommen, doch Josephson erkannte die blaue Sichel der Erde, die sich über die monochrome Öde des Monds erhob.

Nun ertönte die Stimme von Phil Stone:

> *Verlaß mich nicht; schnell kommt die*
> *Dämmerung; Dunkelheit umfängt mich; Herr,*
> *verlaß mich nicht. Wenn alle Hilfe versagt*
> *und es mir an Trost gebricht, Helfer der*
> *Hilflosen, o verlaß mich nicht...*

Stones Stimme klang fest. Durch die Funkverbindung erhielt sie eine rauhe Klangfarbe. Dann ertönte die Stimme von Solowjow. Sie war stark akzentuiert und klang schrill und nervös.

> *Schnell ist ein Tag im Leben vergangen;*
> *Die Freuden der Erde verblassen, ihr Ruhm*
> *schwindet dahin; Veränderung und Verfall,*
> *wohin ich auch blicke; O Du, der sich*
> *niemals ändert, verlaß mich nicht...*

Was, zum Teufel, tut Muldoon da? Nachdem die Astronauten von Apollo 8 eine Bibellesung im Mondorbit abgehalten hatten, war die NASA allen Ernstes von einem Atheisten verklagt worden, der die verfassungsmäßige Trennung von Staat und Religion verletzt sah. Und bei den Sowjets ist Religion überhaupt verpönt! Und nun trägt ein Kosmonaut in einer amerikanischen Raumstation einen Psalm vor. Mein Gott. Was für ein Schlamassel.

Und doch – und doch...

Adam Bleeker rezitierte frohgemut:

> *Ich brauche Deine Gegenwart in jeder Stunde;*
> *Was, wenn nicht Deine Gnade, vermag der*
> *Macht des Verführers zu widerstehen?*
> *Wer außer Dir könnte mir Führung und Halt*
> *geben? Durch Wolken und Sonnenschein,*
> *o verlaß mich nicht...*

Und doch geschah hier etwas, das Josephson nicht ins Kalkül gezogen hatte. Die alten, schlichten Worte hatten eine schier elektrisierende Wirkung und erlangten ungeahnte Aktualität; man würde nicht vergessen, wer diese Männer waren, was sie geleistet hatten, wo sie waren.

Nun sprach Wladimir Wiktorenko in holprigem Englisch:

> *Mit Deinem Segen fürchte ich keinen Feind;*
> *Krankheit ficht mich nicht an, und Tränen*
> *sind ohne Bitterkeit. Wo ist der Stachel des*
> *Todes? Wo, Grab, dein Sieg? Ich werde immer*
> *triumphieren, solange du mich nicht verläßt...*

Joe Muldoon rezitierte den letzten Vers.

> *Halt mir das Kreuz vor die brechenden Augen;*
> *Leuchte mir durch die Dämmerung und weise*
> *mir den Weg in den Himmel; Der himmlische*
> *Morgen bricht an, und die irdischen Schatten*
> *fliehen; im Leben und Tod bleib bei mir, o Herr.*

Und die Besatzungen von Apollo und Sojus wünschen Ihnen eine gute Nacht und alles Gute. Möge Gott Sie segnen.

Das Bild der Erde verblaßte.

Tim Josephson standen Tränen in den Augen. Peinlich berührt beugte er sich über den Papierkram. Zum Glück war er allein.

Montag, 15. Dezember 1980
Cape Canaveral

Bert Seger schlug im Hangar ›O‹ des Luftwaffenstützpunkts von Cape Canaveral sein Lager auf.

Die Luftwaffe hatte der NASA den Hangar überlassen, um nach der Bergung die Daten aus der Kommandokapsel der Apollo-N auszulesen.

Die Kommandokapsel war natürlich eher Opfer als Ursache der Havarie. Dennoch war die Kommandokapsel der einzige Überrest der Apollo-N-Stufe, der den Experten für eine Untersuchung zur Verfügung stand, und man erhoffte sich viele Hinweise auf die Ursache des Unfalls. Also würde man das Raumschiff in die Einzelteile zerlegen müssen.

Bei Segers erstem Besuch in Hangar ›O‹ hatte sich noch kaum etwas getan. Niemand hatte in der Apollo-Kapsel etwas angefaßt – außer den Medizinern des Bergungsschiffs, die in Strahlenschutzanzüge gehüllt die verstrahlten Körper der Astronauten aus der Kapsel geborgen hatten –, und die Untersuchungsteams scheuten vor konkreten Maßnahmen zurück. Sie hatten Angst, diese unter den Augen der Öffentlichkeit ablaufende Operation zu verpfuschen.

Also führte Seger ein paar Telefonate, sichtete ein paar alte Unterlagen und übermittelte Muldoon per Funk ein paar Verfahrensratschläge. Muldoon, der sich noch auf dem Rückflug vom Mond befand, war damit einverstanden.

Der erste Schritt bestand nun darin, eine an einem

schwenkbaren Ausleger befestigte Lucite-Plattform zu montieren, die durch die Luke der Kommandokapsel paßte und das Innere des Raumschiffs untersuchte. Auf diese Weise vermochten die durch die Strahlenschutzausrüstung behinderten Ermittler sich auf Händen und Knien im Innern der Kapsel zu bewegen. Sie waren in der Lage, die Kabine zu inspizieren, Aufnahmen zu machen und Teile zu demontieren und dabei unnötige Berührungen zu vermeiden.

Die folgenden Maßnahmen legte Seger dann selbst fest.

So war er zum Beispiel anwesend, als eine Besatzungs-Checkliste – die vom Meerwasser durchtränkt und kaum noch zu entziffern war – aus dem Raumschiff geborgen wurde. Das Demontage-Team hatte hierfür und für alle anderen Aktionen ein TOTE*-Blatt erstellt. Bevor die Checkliste auch nur angerührt wurde, las der Leitende Ingenieur die jeweilige Instruktion vom TOTE-Blatt ab. Ein Qualitäts-Manager von Rockwell wurde hinzugezogen, und ein NASA-Inspektor fand sich ebenfalls ein. Ein Fotograf wurde bestellt. Ein Rockwell-Techniker stieg vorsichtig ins Raumschiff ein und löste unter Beachtung der spezifizierten Prozedur die Checkliste vom Klettverschluß. Der Techniker mußte die einzelnen Arbeitsschritte bei der Bergung der Checkliste sowie eventuelle Anomalien dokumentieren.

Dann übergab der Techniker die Checkliste dem Rockwell-Qualitätsmanager, der sich davon überzeugte, daß es sich auch um das richtige Teil und die richtige Teilenummer handelte. Anschließend trug er die Ergebnisse ins TOTE-Blatt ein. Nun übernahm der

---

* TOTE-Einheit (Konstruktionslehre): Veränderungs- und Prüfprozeß – *Anm. d. Übers.*

NASA-Inspektor die Liste und dokumentierte seine eigenen Beobachtungen. Der Fotograf machte eine Aufnahme von dem Teil. Der Ingenieur steckte die Liste in einen Plastikbeutel, versiegelte und beschriftete ihn und brachte ihn ins Depot.

Falls es dem Ingenieur aufgrund widriger Umstände nicht gelungen wäre, die Checkliste zu bergen, hätte man alle Bemühungen zunächst eingestellt und einem Prüfungsausschuß ein geändertes TOTE-Blatt zugeleitet, um die Modifikationen absegnen zu lassen.

... Und so weiter, und so fort.

Die Arbeiter in der radioaktiv verseuchten Kommandokapsel waren inzwischen mit Strahlenschutzanzügen ausgestattet worden. Sie mußten alle paar Stunden duschen und sich einer Strahlenmessung unterziehen.

Es war eine schwere und diffizile Arbeit, die dadurch kompliziert wurde, daß nur zwei, maximal drei Leute auf einmal in die Kommandokapsel paßten. Doch Seger bestand auf dieser Prozedur, und Muldoon unterstützte ihn. So hatten sie es nach dem Feuer mit Apollo 1 gemacht, und so würden sie es auch mit Apollo-N machen. Es war genau die Art von Arbeit, in die Seger sich gern verbiß.

Zuweilen dachte er an die Begleitumstände des Flugs zurück. Er erinnerte sich an die zornigen Gesichter der Demonstranten am Tag des Starts. Dieser Anblick verfolgte ihn noch immer. Und er erinnerte sich, wie die interne Kommunikation seiner Organisation, sogar innerhalb des Kontrollzentrums selbst, an jenem Tag versagt hatte. In seiner Eigenschaft als Leiter des Programm-Büros hatte Seger seinen Leuten schon seit Jahren einen engen Finanz- und Zeitrahmen gesteckt, und sie hatten die Aufgaben auch bewältigt. Doch nun fragte er sich, ob nicht gravierendere Probleme unter der Oberfläche geschwelt hatten, die er nur nicht gesehen hatte. Teufel, vielleicht hatte er sie auch nicht sehen *wollen*.

Nun, falls es solche Probleme gab, würde er sich darum kümmern. Man mußte rational handeln und Zweifel überwinden, wenn man vorankommen und etwas erreichen wollte. Die Besatzung war sich der Risiken bewußt gewesen, als sie das NERVA-Raumschiff bestiegen hatte. Sie hatte den höchsten Preis gezahlt. Und nun war Seger es ihnen schuldig, daß sie ihr Leben nicht umsonst geopfert hatten. Die NASA mußte daraus lernen und weitermachen.

Wenn er sich nicht gerade im Hangar aufhielt, verbrachte Seger viel Zeit mit Telefongesprächen, bei denen er mit Fred Michaels, Tim Josephson und anderen die Zukunft des Raumfahrtprogramms erörterte.

Es war unstrittig, daß der Zwischenfall das Programm zurückwarf. Doch Seger wollte das kompensieren, indem er die ›Komplett-Test‹-Methode anwandte. Beim nächsten Flug, so forderte Seger, solle wieder eine bemannte Saturn/NERVA starten. Vielleicht sollte man noch ehrgeiziger sein, eine S-NB aus dem Erdorbit holen und auf eine Mondumlaufbahn bringen.

Doch damit war Michaels nicht einverstanden. Michaels sagte, falls sie nicht gleich zu einer Einstellung des Nuklearprogramms gezwungen würden, sollten sie lieber noch ein paar unbemannte Tests durchführen und dann das Apollo-N-Missionsprofil wiederholen. Wenn Apollo-N eine sinnvolle Mission gewesen war (und wenn nicht, wieso hatten sie dann drei Leute verloren?) schuldeten sie es dem Programm und dem Andenken an die Besatzung, die Mission durchzuführen.

Seger hielt das für ein rein emotionales Argument.

Sie kauten das stundenlang durch. Manchmal bedauerte Seger es, daß seine persönliche Meinung so stark von Michaels' und Josephsons Standpunkt abwich. Er mußte sich vorsehen, daß er sich nicht selbst ins Abseits stellte. Wo der erste Schock der Havarie jedoch abgeklungen war, kehrte seine Zuversicht zurück. Er hatte die Sache im Griff. Der Unfall war eine abgeschlossene Sache und lag noch innerhalb der Bandbreite dessen, was menschliche Wesen zu verstehen und zu lösen imstande waren, und man durfte nicht zulassen, daß diese Tragödie die größeren Ambitionen beeinträchtigte.

Er versuchte, im Büro ein Nickerchen zu machen, doch er fand keinen Schlaf.

Spätestens um sieben Uhr morgens war er entweder in ›O‹ oder telefonierte mit den Leuten in Cape Canaveral, Houston und Marshall, die sich rund um die Uhr mit den Facetten der Havarie beschäftigten.

Am Ende der ersten Woche flog er nach Houston und verbrachte den Abend mit seiner Familie. Am nächsten Tag fuhr er mit Fay nach Timber Cove und El Lago und stattete den Frauen und Familien von Jones, Priest und Dana einen Besuch ab.

Und am Sonntag hieß es zurück nach Cape Canaveral, wo er sich wieder in die Untersuchungen stürzte.

Er arbeitete mit einer Intensität, die bisher unerreicht war. Das war die einzige Möglichkeit, seine Gefühle wegen des Zwischenfalls zu sublimieren: er mußte sie mit Arbeit ausbrennen und dafür sorgen, daß so etwas sich nicht wiederholte. Und einen großen Teil der Freizeit verbrachte er allein in der Kirche, mit Gebeten und in Kontemplation versunken. Auf diese Art bewältigte er das alles.

In gewisser Weise hatte er auch Spaß daran. In dem Maße, wie er die Dinge in den Griff bekam, wurde er von Kraft, Mut und Zuversicht erfüllt. Er betete jeden Tag und hatte das Gefühl, daß Gott ihm beistand.

Machmal brauchte er etwas Unterstützung beim Einschlafen. Ein paar Tabletten oder ein, zwei Schnäpse. Das gestattete er sich. Er stand unter Strom, wie er seiner Frau sagte; er war wie ein Flugzeug, das den Nachbrenner gezündet hatte.

Donnerstag, 8. Januar 1981

... Bei der Einlieferung litt Oberst Priest an Übelkeit, Schüttelfrost und innerer Unruhe. Er hatte glasige Augen. Die Körpertemperatur betrug vierzig Grad. Man hatte ihn aus dem Druckanzug geschnitten. Er mußte sich wiederholt übergeben und litt an Schwellungen des Gesichts, des Halses und der oberen Extremitäten. Die Arme waren so stark angeschwollen, daß der Blutdruck nicht mit der normalen Manschette gemessen werden konnte. Die Krankenschwestern mußten sie verlängern.

Er war zeitweilig bei Bewußtsein und vermochte manchmal klar und logisch zu denken, doch ich gelangte zu der Auffassung, daß er zu schwach war, um sich zum Hergang des Unfalls zu äußern.

Die Angehörigen und ein paar meiner Mitarbeiter fühlten sich wegen Priests Sprachschwierigkeiten und der zeitweiligen Verwirrtheit unbehaglich.

Vierundzwanzig Stunden nach der Einlieferung gab ich die Anweisung, vier Knochenmarksproben aus Priests Brustbein und Beckenknochen (jeweils vorn und hinten) zu nehmen. Priest ließ den Vorgang geduldig über sich ergehen. Anhand der Proben wurde die Strahlenbelastung des Körpers bestimmt.

Am vierten und fünften Tag nach der Einlieferung hatte Priest starke Schmerzen, die von Verletzungen der Schleimhäute des Mundes, der Speiseröhre und des Magens herrührten. Die Schleimhäute lösten sich in Schichten ab. Priest litt sowohl an Schlaf- als auch an Appetitlosigkeit. Am sechsten Tag schwoll das rechte Schienbein, von dem sich nun auch die Haut löste, an. Es fühlte sich an, als ob es kurz vor dem Platzen stünde; dann wurde es steif und schmerzte.

Am siebten Tag ordnete ich nach der Diagnose einer starken Agranulozytose – eines Rückgangs der Anzahl in körniger Form vorliegenden Leukozyten, die für die Immunabwehr zuständig sind – eine Gabe von siebenhundertfünfzig Millilitern Knochenmark mit Blut an.

Dann wurde Priest in einen mit ultraviolettem Licht sterilisierten Raum verlegt. Eine Periode von Darmsyndromen setzte ein: Darmentleerungen erfolgten fünfundzwanzig- bis dreißigmal alle vierundzwanzig Stunden und enthielten Blut und Schleim. Es wurden Tenesmus, Rumoren und Flüssigkeitstransport in der Region des Blinddarms festgestellt.

Aufgrund der schweren Läsionen im Mund und Oesophagus nahm Priest für mehrere Tage nichts zu sich. Wir versorgten ihn intravenös mit Nährlösung. In der Zwischenzeit erschienen weiche Bläschen am Damm und Gesäß, und das rechte Schienbein war bläulich-purpurn angeschwollen. Es glänzte und ließ sich leicht eindrücken.

Am vierzehnten Tag fiel Oberst Priest das Haar aus. Es war ein kurioser Vorgang: das Haar am Hinterkopf und am restlichen Körper fiel aus. Er wurde schwächer, und die Phasen der Bewußtlosigkeit und Verwirrtheit wurden länger.

Am 2. Januar, einem Freitag, dem dreißigsten Tag nach dem Unfall, sackte Priests Blutdruck plötzlich ab.

Siebenundfünfzig Stunden später starb Oberst Priest; als unmittelbare Todesursache stellte ich akute myokardiale Dystrophie fest.

Unter dem Mikroskop war Priests Herzgewebe nicht mehr zu erkennen. Die Zellkerne waren nur noch Klumpen aus zerrissenen Fasern. Die Feststellung ist zutreffend, daß Priest an der Strahlung selbst gestorben ist und nicht an sekundären biologischen Veränderungen. Meine Herren, die Rettung solcher Patienten ist unmöglich, wenn das Herzgewebe erst einmal zerstört ist.

Von der dreiköpfigen Besatzung der Apollo-N war nur Oberst Priest noch am Leben, als die Kapsel nach dem Wiedereintritt geborgen wurde. Die Strahlung vom explodierten Kern der NERVA hatte Oberst Priest von hinten erfaßt und Rücken, Waden, Damm und Gesäß am stärksten in Mitleidenschaft gezogen.

Seine Mutter, Ehefrau und Sohn waren bei seinem Tod zugegen.

Bericht der Präsidialen Kommission zum Zwischenfall mit Apollo-N, Band 1: Aussage von Dr. I.S. Kirby vor dem Medizinischen Analysegremium (Auszug). Washington, DC: Bundesdruckerei, 1981.

Januar 1981
Lyndon B. Johnson-Raumfahrtzentrum;
Clear Lake, Houston

In einem der Nebenräume des MOCR wurden die telemetrischen Daten untersucht, die das Kontrollzentrum in den letzten Minuten vor der Havarie von Apollo-N empfangen hatte. Die Wände waren mit Ausdrucken von jedem Sensor tapeziert, mit dem die Besatzung und das Raumschiff verbunden gewesen waren.

Hier saß Natalie York nun. Sie hörte die Bänder mit den Stimmaufzeichnungen aus der Kabine der Kommandokapsel ab, las Protokolle durch und versah sie mit Anmerkungen.

Die Besatzungsmitglieder hatten sich wie Wissenschaftler verhalten. Das war auch nicht verwunderlich – schließlich ging es darum, Daten zu sammeln. Hatten den Astronauten schon zu einem früheren Zeitpunkt Hinweise vorgelegen, daß sich Probleme mit der NERVA anbahnten? Vielleicht würde eine gründliche Analyse der Bänder Aufschluß darüber geben und weitere Anhaltspunkte für die Aufklärung des Falls liefern.

Und York war in ihrer Eigenschaft als Leiterin der Kommunikation an jenem Tag geradezu prädestiniert, ihre Worte zu interpretieren.

Sie mußte sich die Bänder immer wieder anhören.

Bei jedem Durchgang hatte York den Eindruck, den ganzen Zwischenfall noch einmal zu durchleben. *Ist es wegen mir schiefgegangen?* – Wenn Mike nur nicht so passiv gewesen wäre. Wenn sie nur mehr Gespür für die Entwicklung bewiesen hätte – wenn sie imstande gewesen wäre, Ben zu warnen, daß der Kern außer Kontrolle geriet, hätte er die Kontrolle über die Kommandokapsel übernommen und das verdammte Ding abgeschaltet...

Schließlich gelangte York an den Punkt, wo sie spürte, daß es ihr das Herz zerreißen würde, wenn sie sich Bens schwächer werdende Stimme noch einmal anhören müßte.

Ich glaube, die Sache zwischen uns wird für immer offenbleiben, Ben. O Gott.

Man hatte ihr nicht einmal erlaubt, ihn vor seinem Tod noch einmal zu sehen.

»Mama?«

»Ich komme zu dir, Natalie.«

»Nein, Mama.«

»Versuch nicht, mich davon abzubringen. Ich weiß, daß du mich jetzt brauchst.«

»Wieso?«

»Ich weiß, wieviel Ben dir bedeutet hat.«

Das verschlug York zunächst die Sprache; sie wollte sogar schon auflegen. »Was weißt du davon?«

»Du bist nicht sehr erfahren in dieser Hinsicht, nicht wahr, meine Liebe? Ich habe dich auf der Party gesehen, kurz nachdem du nach Portofino gezogen warst... Es war offensichtlich, Natalie. Selbst wenn ich nicht deine Mutter gewesen wäre, hätte ich es gewußt. Ich mußte mir nur ansehen, wie ihr beide miteinander umgegangen seid. Wie ihr euch geflissentlich aus dem Weg gegangen seid. Und wenn ihr euch dann doch begegnet seid, schient ihr so vertraut, als ob ihr euch auch ohne Worte verständigen würdet ...«

Mein Gott. Ich bin wohl keine sehr gute Schauspielerin. Wissen dann alle Bescheid?

Ein Schlüsselbund rasselte an der Tür.

»Ich muß Schluß machen, Mama.«

»Ich komme dich besuchen.«

»Nein.«

»Ben Priest war verheiratet, nicht wahr? Ich habe es in ...«

»Mach's gut, Mama.« Sie legte auf.

Mike Conlig stand im Raum und schaute sie an. Er trug eine Reisetasche mit Aufklebern von Fluggesellschaften, aus denen hervorging, daß er in Marshall gewesen war.

Es war das erstemal, daß sie ihn seit der Havarie gesehen hatte. Das war über einen Monat her.

»Du warst erstarrt«, sagte York spontan. »Du warst *erstarrt*. Was, zum Teufel, hast du dir dabei gedacht, Mike?«

Mike stellte die Tasche ab und ging mit seinem schweren Mantel im Apartment auf und ab. Er hatte einen ungepflegten Pferdeschwanz, und sein Bart überwucherte den Hals. »Ich war nicht erstarrt«, sagte Conlig.

»Wenn du wußtest, daß du kein Wort mehr rausbringen würdest, hättest du deinen Platz zur Verfügung stellen müssen«, sagte York. Sie spürte einen Kloß im Hals und einen Druck hinter den Augen; doch sie mußte das durchstehen, ohne die Fassung zu verlieren. »Du hattest eine Verantwortung! Diese Männer im Orbit hatten sich auf dich verlassen ...«

Mit unwirschem Gesichtsausdruck schaute er auf sie herab. »Ich sehe dich seit einem Monat zum erstenmal wieder, und du gehst gleich zum Angriff über. Ich wünsche dir ein gutes beschissenes Neues Jahr, Natalie. Dann habe ich sie also getötet. Willst du das damit sagen?«

»Aber die verdammte NERVA war noch nicht einsatzbereit. Oder?«

»Natalie, du weißt doch gar nicht, wovon du sprichst.«

»*Oder?* Du hattest seit Jahren an den Kühlsystemen gearbeitet, und dann hat sich das verdammte Ding überhitzt und ist explodiert...«

»Ich wußte, was ich tat, Natalie.«

»Du wußtest, daß es bei der NERVA zu einer Kernschmelze kommen würde?«

»Nein.« Er schüttelte den Kopf. »Nein, verdammt. Natalie, ein Abbruch wäre die einfachste Sache von der Welt gewesen. Wenn ich abgebrochen hätte, wäre die Mission verloren gewesen...«

»Aber nicht die drei Menschen.«

»...und vielleicht«, fuhr er verstockt fort, »hätten wir nie erfahren, was schiefgegangen ist. Und wir hätten das Leben von drei weiteren Leuten riskieren müssen, um es herauszufinden.« Er zupfte sich nervös am Bart. »Es ging so schnell, daß ich einfach nicht sicher war. Ich hoffte, die Lage würde sich wieder stabilisieren und wir würden die NERVA unter Kontrolle behalten. Es hätte auch anders kommen können, Natalie, und dann wäre es uns erspart geblieben, weitere Menschenleben zu riskieren. Doch genau das müssen wir nun tun. Es ist eine reine Kosten-Nutzen-Frage.«

Sie war entsetzt. »Mein Gott, bist du ein Arschloch. Du hast sie umgebracht.«

»Aber das stimmt doch nicht«, sagte er mit quengelnder Stimme. Er fühlte sich mißverstanden. »Schau: Die NASA ist einfach zu vorsichtig. Jede Sicherheitsmaßnahme erhöht die Komplexität und die Kosten einer Mission. Mit geringerem Sicherheitsaufwand wäre es uns gelungen, den Mond etwas früher zu erreichen und viel mehr Forschungsarbeiten durchzuführen, und…«, fuhr er trotzig fort, »ja, und wir hätten ein paar Märtyrer geschaffen…«

»Wie kannst du nur von Märtyrern sprechen? Wenn du es nicht verbockt hättest, wäre Ben jetzt noch am Leben. Und die anderen, verdammt.«

»Ach, sicher. Der wertvolle Ben. Darum geht es dir also, stimmt's?« Er war nun richtig wütend.

»Was soll das jetzt heißen?«

Er schnaubte. »Ich weiß alles über dich und diesen abgefuckten Ben Priest, Natalie. Komm schon. Ich weiß es seit Jahren.«

Du auch? Sie wollte das schon dementieren und ihm sagen, daß er sich irrte. Doch Ben war tot. Das wäre unter ihrer Würde.

Er schüttelte den Kopf. »Ich will die Einzelheiten gar nicht wissen. Es interessiert mich einen Scheiß. Und weißt du was? Ich glaube, es hat mich nie interessiert.«

Sie beobachtete ihn, wie er im Raum umhertigerte. Er wirkte wie ein Fremder, ein Außerirdischer in ihrem Apartment. »Nein. Es hat dich nie interessiert, nicht? Ich kann nicht glauben…«

»Was?«

»Ich kann nicht glauben, daß ich dich jemals geliebt habe.«

Er stutzte und schaute sie an; doch dann wurde sein Gesicht wieder maskenhaft starr vor Zorn. »Ja, schön, glaub was du willst.«

»Wie kannst du das ausgerechnet jetzt sagen? Ben ist tot, um Gottes willen.«

»Ich weiß, daß er tot ist!« schrie er. »So tot wie meine abgefuckte Karriere!«

»Ist das alles, was dich interessiert?«

Nun verzehrte er sich fast vor Wut. »Ja. Ja, vielleicht ist das alles. Das und die Tatsache, daß es wahrscheinlich das Aus für das Nuklear-Programm bedeutet.«

»Raus hier!« sagte York.

»Omelett und Eier, Natalie! Man erreicht nichts, wenn man nicht ein paar Risiken eingeht. Und mit dem, was wir aus diesem Flug gelernt haben – falls wir wieder fliegen dürfen –, werden wir es beim nächstenmal richtig machen.« Unter der Wut in seiner Stimme glaubte sie noch immer Verletzlichkeit herauszuhören, das Flehen um Verständnis. »Mein Gott, Natalie, wir könnten schon auf dem Mars sein. Aber die abgefuckte NASA...«

Sie wandte sich von ihm ab. »Hau ab! Hau ab, Mike!«

Sie sah ihm nicht einmal nach.

Mike hatte in gewisser Weise recht. Er hatte eine Wahrheit ausgesprochen, die von vielen in der NASA auch als solche empfunden wurde. Wenn wir nur keine Rücksicht auf die öffentliche Meinung nehmen müßten und mit voller Kraft weitermachen dürften ...

Geringere Zuverlässigkeit bedeutete nämlich geringere Entwicklungskosten und eine schnellere Umsetzung in die Praxis.

Das war ein ebenso heimtückisches wie verführerisches Argument.

Die Maschine ist alles! Ja, wir müssen Menschen in diese Maschinen stecken, und wir haben ein paar Probleme damit, und ein paar von ihnen zerbrechen an ihren Erfahrungen, und ein paar weitere sterben auf qualvolle und wenig heldenhafte Art – wie der liebe Ben, der in einem Krankenhausbett verrottet und einen Monat nach dem Flug gestorben war –, *aber der Zweck heiligt nun einmal die Mittel.*

Zumal wir keinen Mangel an Bewerbern haben.

Und am schlimmsten war, daß die NASA – ein Kind des Kalten Kriegs – nie die Wahrheit über eine Situation sagte, wenn sie nicht dazu gezwungen wurde. Und schon gar nicht, wenn diese Wahrheit ihr eine schlechte Presse bescherte. Das alles verbarg sich hinter dem Glanz: die Gefahren, das qualvolle Sterben, der fast psychotische Wunsch mancher Ingenieure und Besatzungsmitglieder, ins All zu fliegen.

Es ist nicht nur Mike. Es gibt nicht einmal ›sie‹, denen man die Schuld geben könnte.

Alle Astronauten steckten mit drin: all jene, die sich freiwillig selbst für die gefährlichste Mission meldeten und der Verschleierungstaktik Vorschub leisteten. Das galt sogar für Ben. Er hatte an NERVA mitgearbeitet; er mußte von ihrer mangelhaften Einsatzbereitschaft gewußt haben.

Auch ich, gestand sie sich schließlich ein. *Sogar ich bin schuldig. Für die Arbeit bei der NASA kompromittiere ich meine wissenschaftlichen Grundsätze. Doch das ist noch nicht alles.*

Indem ich an dem Programm teilgenommen habe, indem ich ihm meine stillschweigende Unterstützung gewährt habe, bin ich genauso mitschuldig an Bens Tod wie die defekte NERVA.

Sie setzte sich auf einen Stuhl, schlang die Arme um den Körper und legte den Kopf auf die Knie.

Und nun muß ich mich entscheiden. Soll ich aussteigen? Vielleicht die Wahrheit in die Welt hinausschreien?

Oder soll ich bleiben, damit Bens Tod nicht umsonst war?

Etwas in ihrem Innern, kalt und hart und selbstsüchtig, sagte ihr, daß Ben es war, der gestorben sei, und nicht sie. Und der Mars war immer noch da und wartete auf sie.

Vielleicht rationalisierte sie nur; vielleicht versuchte sie nur, ihr Verbleiben im Programm zu rechtfertigen.

Und vielleicht hatte sie Mike mit seinem Gerede von den Märtyrern nur deshalb rausgeworfen, weil ein Teil ihrer Seele seiner brutalen Analyse zustimmte.

Am nächsten Tag ließ sie die Schlösser auswechseln, packte Mikes Kram und schickte ihn nach Huntsville. Und dann bot sie das Apartment in Portofino zum Verkauf an.

Dienstag, 20. Januar 1981
NASA-Hauptquartier, Washington

Nachdem das Manuskript des internen Berichts der NASA auf seinem Schreibtisch gelandet war, bestellte Michaels Seger, Muldoon und Udet zu einer Besprechung in sein Washingtoner Büro.

Die drei saßen in einer Reihe an der anderen Seite des Schreibtischs. Muldoon wirkte angespannt, ärgerlich und unbehaglich. Seger machte einen energischen und fast schon zu fröhlichen Eindruck. Und Udet gab sich reserviert und musterte Michaels und die anderen Anwesenden mit seinen himmelblauen Augen.

Michaels nahm das Manuskript in die Hand und legte es wieder auf den Tisch. »Ich habe versucht, das zu lesen. Ich weiß, daß ich jeden Punkt beantworten muß. Meine Herren, ich möchte, daß Sie diese verfluchte Explosion mit mir durchgehen. Schritt für Schritt, von vorne nach hinten und zurück – so lange, bis ich es begriffen habe. Haben Sie das verstanden? Hans, möchten Sie anfangen?«

Udet nickte energisch. »Natürlich, Fred. Der Defekt trat auf, als wir die S-NB auf die Wiederanlauf-Zündung vorbereiteten. Ich möchte Sie indes darauf hinweisen, daß die Rakete während der ersten Brennphase einwandfrei funktioniert hatte...«

»Ich erinnere mich.«

»Die Moderatoren wurden eingeregelt, um den Kern auf die Betriebstemperatur von dreitausend Grad zu bringen. Die Turbopumpen wurden gestartet, und dann floß Wasserstoff durch den Kühlmantel und den Kern. Wir registrierten einen Schubanstieg auf den Nominalwert; das Kabinen-Protokoll belegt, daß die Besatzung davon Kenntnis hatte. Dann ...«

»Und dann«, sagte Joe Muldoon trocken, »ist ein Störfall eingetreten.«

Der Fluß des flüssigen Wasserstoffs in die Kühlmäntel geriet ins Stocken, sagte Udet. Später stellte sich heraus, daß sich in den Rohrleitungen, die den Wasserstoff zum Triebwerk transportierten, ein Leck gebildet hatte.

»Hätte man den Kern nicht runterfahren müssen, als das eintrat?« fragte Michaels.

»Ja, das ist die Standard-Prozedur«, sagte Muldoon. »Ohne Kühlmittel überhitzt sich der Kern.«

»Wir hatten gerade einmal einen Sekundenbruchteil, um eine Entscheidung zu treffen«, sagte Udet. »Mehr nicht. Bei einem Abbruch hätten wir vielleicht das ganze Triebwerk verloren, und die Mission wäre ein Fehlschlag geworden. Und vielleicht grundlos, wenn die Flußprobleme sich selbst behoben hätten.«

»In Ordnung, Hans. Fahren Sie fort.«

»Wir regelten die Moderatoren ein, um die Kerntemperatur zu senken, bevor wir ihn abschalteten. Doch es gelang uns nicht, die Zieltemperatur zu erreichen ...«

»Und hier haben wir auch schon den ersten grundlegenden Konstruktionsfehler, Fred«, sagte Muldoon.

Udet und Seger beugten sich nach vorn, um Widerspruch einzulegen, doch Michaels bedeutete ihnen, zu schweigen.

»Wir hatten nur einen Regelkreis – den Moderator des Reaktors – und folglich nur eine Option zum Herunterfahren. Als die wegfiel, war es uns nicht mehr möglich, den Temperaturanstieg umzukehren.«

Michaels nickte. »Hans?«

Udet machte eine ausladende Geste. »Wir müssen

einen Kompromiß finden zwischen Zuverlässigkeit und Gewicht, Fred. Das ist seit jeher das Dilemma des Raumflugs: soll man lieber die Nutzlast erhöhen oder doch ein zusätzliches Redundanzsystem einbauen? Unserer Ansicht nach war das Moderator-System in diesem Fall hinreichend zuverlässig, um den Flug zu vertreten – auch ohne die Installation eines weiteren Sicherheitssystems, das nur zu einer unnötigen Erhöhung des Gewichts geführt hätte.«

»Bert? Möchten Sie sich dazu äußern?«

Seger, dessen Augen funkelten, zuckte die schmalen Schultern. »Wir haben alles getan, was in unserer Macht stand; wir haben alle Tests durchgeführt. Aber wir haben dennoch einen Fehler gemacht. Beim nächsten Flug einer NERVA werden wir das behoben haben.«

So etwas kommt eben vor. Diese Antwort war kaum geeignet, die Kommission des Weißen Hauses zufriedenzustellen, sagte Michaels sich düster.

»Weiter, Hans.«

»Inzwischen«, sagte Udet, »wußte die Besatzung, daß der Schub nach der ersten Brennphase ausgesetzt hatte. Seit der ersten Störung im Fluß waren erst ein paar Sekunden verstrichen. Nun stieg der Wasserstofffluß deutlich an«, sagte Udet. »Ein Strahl spritzte aus der lecken Leitung. Der Wasserstoff überschritt den nominalen Durchsatz und flutete den Kern förmlich. Wir haben den Moderator weiter heruntergeregelt ...«

»Und an dieser Stelle hätte gemäß der Standardprozedur der Reaktor wieder heruntergefahren werden müssen«, sagte Muldoon barsch. »Der Regelbereich war zu schmal geworden; wir hatten den Kern nicht mehr unter Kontrolle. Dennoch haben wir die Automatik erneut übergangen.«

»Wir versuchten, die Mission zu retten«, sagte Udet.

»In Ordnung. Wir sollten uns an die Fakten halten;

rechtfertigen können wir uns später. Was geschah dann?«

»Dann brach der Kühlmittelfluß in den Kern ab«, sagte Udet. »Vielleicht haben die Leitungen in diesem Augenblick ganz versagt.«

»Das ist der entscheidende Moment, Fred«, sagte Muldoon. »Wir haben einen Reaktor, der bereits instabil ist. Durch die Wasserstoffflut ist der Kern isotherm geworden – das heißt, überall herrscht dieselbe Temperatur –, so daß die Veränderungen simultan im ganzen Kern erfolgen. Und der Kühlmittelfluß ist unterbrochen – die wichtigste Wärmesenke des Kerns, der Wasserstofffluß durch den Mantel, ist verschwunden.«

»Also erhitzt er sich nun.«

»Also erhitzt er sich nun. Im gesamten Bereich des Kerns. Und viel schneller als zuvor.«

»Wir versuchten, ihn herunterzufahren«, sagte Udet. »Doch der Moderator war zu weit außerhalb des Kerns, um schnell genug zu reagieren. Der Wasserstoff im Kern und im Mantel erreichte den Siedepunkt und expandierte ...«

»Und dann ist der Kern durchgegangen«, sagte Muldoon. »Weil der Reaktor für einen positiven Temperaturkoeffizienten ausgelegt war.«

Michaels seufzte und verschränkte die Hände hinter dem Kopf. »Tun Sie einfach so, als wüßte ich nicht, wovon Sie sprechen.«

Muldoon grinste verkniffen. »Ich weiß. Ich habe auch eine Weile gebraucht, um die Zusammenhänge zu erkennen. Schauen Sie: angenommen, die Temperatur des Kerns steigt. Nehmen wir außerdem an, der Kern sei so ausgelegt, daß bei einem Temperaturanstieg die Reaktivität sinkt – das heißt, die Reaktionsgeschwindigkeit sinkt automatisch. Das wird als ›negativer Temperaturkoeffizient‹ bezeichnet. In diesem Fall hat man eine negative Rückkopplungsschleife: die Reaktion fällt ab, und die Temperatur fällt ebenso.«

»Gut. Es handelt sich um eine Art Selbstkorrektur. Auf diesem Prinzip basieren die Reaktoren von Atomkraftwerken. Doch im Fall der NERVA war dieser Koeffizient *positiv*, zumindest in einem Teil des Temperaturbereichs. Als die Temperatur anstieg, erhöhte die Reaktivität sich auch...«

»Und die Geschwindigkeit der Kernspaltung erhöhte sich ebenfalls und führte somit zu einem weiteren Anstieg der Temperatur...«

»Und so weiter. Ja.«

Michaels sah Udet düster an. »Ich habe das abgefuckte Prinzip nun begriffen, Hans. Wieso, zum Teufel, sind wir mit einem instabilen Reaktor geflogen?«

Udet beugte sich nach vorn. Er war blaß im Gesicht, und die Halsmuskulatur war vor Zorn angespannt. »Sie müssen wissen, daß wir hier keine Reaktoren für Atomkraftwerke bauen. Wir machen keinen ›Dampf unter dem Kessel‹. NERVA 2 ist ein Hochleistungs-Triebwerk, ein semi-experimentelles Flugmodell. Stabilität genießt bei uns nicht immer höchste Priorität.«

Michaels runzelte die Stirn. *Und du haßt es, auf diese beschissenen Fragen zu antworten, nicht wahr, Hans?* »Und weshalb brauchen wir Instabilität? Wie meinen Sie das?«

»Es gleicht einem Hochleistungsflugzeug, Fred«, sagte Seger. »Ein Schiff, das zu stabil ist, wird sich suhlen wie ein Schwein – bildlich gesprochen. Deshalb ist Instabilität ein bewußtes Konstruktionsmerkmal. Ein instabiler Vogel ist in der Lage, schnell von einer Fluglage in die andere zu wechseln; wenn man das zu kontrollieren vermag, erhält man eine große Manövrierfähigkeit.«

»Das ist aber ein großes ›wenn‹, Bert. Zumal wir in der Praxis offenkundig nicht in der Lage waren, den

Vogel zu kontrollieren. Hans, weshalb haben Sie das Regelsystem nicht entsprechend ausgelegt?«

Udet unterstrich jedes seiner Worte, indem er mit der Handkante auf Michaels' Schreibtisch hieb. »Wegen... der... inakzeptablen... Gewichtszunahme.«

Michaels hatte allergrößte Bedenken, diesen Mann vor der Kommission aussagen zu lassen. »Weiter. Was geschah dann?«

»Die Ereignisse liefen dann in schneller Folge ab«, sagte Udet. »Die Leistungsabgabe stieg exponentiell an und verdoppelte sich in Sekundenbruchteilen. Die Brennstoff-Kügelchen – mit pyrolytischem Kohlenstoff überzogenes Urankarbid – wurden durch den thermischen Schock aufgrund des plötzlichen Leistungsanstiegs zertrümmert. Die Flußkanäle innerhalb des Kerns schmolzen. Die Moderator-Systeme versagten. Es erfolgte eine Wasserstoffexplosion, die den Druckmantel und den biologischen Schild zerstörte...«

»In Ordnung.« Michaels schauderte. »Den Rest kennen wir bereits.« *Mein Gott. Was für ein Schlamassel.* »Dann wurde das alles also durch ein beschissenes Leck in einer Wasserstoffleitung verursacht.«

Bert Seger nickte. »Das Szenario ist wohl nicht so schlimm, wie Sie vielleicht befürchtet hatten«, sagte er dann. Michaels war perplex.

»Nicht so schlimm? – Wovon, zum Teufel, reden Sie, Bert?«

»Die Beeinträchtigung des Wasserstoffflusses rührte von einem simplen Materialfehler her. Es handelte sich um Risse, die auf zirka zwei Metern Länge in einer Edelstahl-Brennstoffleitung mit einem Durchmesser von fünfzehn Millimetern aufgetreten sind, die flüssigen Wasserstoff vom Tank zum nuklearen Triebwerk transportierte. Mehr nicht. Es dürfte ein leichtes sein, das abzustellen.«

»Und weshalb ist die verdammte Leitung überhaupt gerissen?«

»Nun, wir hatten einen neuentwickelten Schwingungsdämpfer eingebaut«, sagte Seger. »Jede Leitung war mit zwei schwingungsdämpfenden Faltenbälgen bestückt, deren Oberfläche aus einem Drahtgeflecht bestand. Als die neue Leitung Schwingungstests auf dem Boden unterzogen wurde, haben sie perfekt funktioniert.«

»Wieso...«

»Es stellte sich heraus«, sagte Udet, »daß der durch die Leitung fließende flüssige Wasserstoff in der Atmosphäre Eisbildung auf dem Drahtgeflecht verursachte. Und dadurch veränderte die Charakteristik der Bälge sich so sehr, daß sie nicht mehr in der Lage waren, die Schwingungen der Leitungen zu dämpfen.«

»Aha«, sagte Michaels. »Aber im Vakuum kann sich doch gar kein Eis bilden.«

»Und die Bälge vibrierten dann wie Preßlufthämmer«, sagte Joe Muldoon. »Als die erste Saturn-Stufe schließlich ins Taumeln geriet, waren die Bälge überfordert. Sie platzten einfach.«

»Weshalb haben Sie die Eisbildung nicht bemerkt, während Sie die Bälge auf dem Boden einem Vakuumtest unterzogen?« fragte Michaels Udet.

Udet sah Michaels ins Gesicht; er machte einen ruhigen, ja beinahe zuversichtlichen Eindruck. »Wir haben dieses Bauteil keinem Vakuumtest unterzogen. Wir sahen hierfür keine Notwendigkeit.«

Michaels hielt seinem Blick für lange Sekunden stand, doch es kam nichts mehr: keine weiteren Informationen, keine Rechtfertigung, keine Entschuldigung. »Ich stecke ganz schön in der Scheiße. Joe?«

Muldoon beugte sich über den Schreibtisch und tippte auf den Bericht. »In dieser Hinsicht sind wir verantwortlich, Fred. Diese gottverdammten Bälge waren hochkritische Komponenten: das heißt, ihr Versagen hätte zum Verlust des ganzen Raumschiffs geführt. Aber wir haben sie nicht unter realen Einsatzbedingungen getestet. Und, was noch schlimmer ist, wir haben mittlerweile auch Beweise für Probleme mit den Bälgen, die beim unbemannten S-NB-Testflug aufgetreten sind – obwohl die Mission seinerzeit nicht gescheitert war.«

Ich bin totes Fleisch, erkannte Michaels.

Der Defekt wäre vorhersehbar gewesen, und das war immer tödlich. Und wie immer hatte wohl ein kleines Arschloch von Techniker in Marshall oder Cape Canaveral einen Bericht geschrieben, der exakt den Defekt vorhersagte, der dann auch eingetreten war, einen Bericht, der von der Führung der NASA verlacht und zurückgehalten worden war, ein Bericht, der nun ohne Zweifel irgendeinem Kongressabgeordneten in die Hände fiel …

»Verantwortlich. Mein Gott. Wie ich dieses Wort hasse.«

Michaels erhob sich. Er trat ans Fenster, verschränkte die Arme auf dem Rücken und ließ den Blick über Washington schweifen. Der durch den Smog weichgezeichnete Himmel wurde bereits dunkel.

»Ich will die Konsequenzen dieser Angelegenheit nicht beschönigen, meine Herren. Das ist eine Katastrophe, vom Verlust der Besatzung ganz zu schweigen. Alle Grünen dieser Welt werden mich aufs Korn nehmen. Allein schon wegen der Bergung der radioaktiven Kommandokapsel sind wir ins Kreuzfeuer der Kritik geraten. Vor dem Flug gab es bereits eine starke Opposition gegen den Transport radioaktiver Substanzen ins All. Und nun machen die Russen von ihrer beschissenen Sojus aus Bilder des verdammten radioaktiv glühenden Kerns, den wir im Orbit zurückgelassen haben.

Sie haben recht, Joe; ich bezweifle nicht – genauso wenig wie die Öffentlichkeit, der Kongress und das Weiße Haus –, daß wir verantwortlich sind. Und nun müssen wir bei uns aufräumen, und zwar so, daß jeder es sieht.

In Ordnung, meine Herren. Welche Maßnahmen empfehlen Sie als nächstes?«

Seger meldete sich. »Meine Empfehlung lautet, wegen dieser Sache nicht in Panik zu geraten, Fred. Ich habe Sie verstanden; die Havarie, die wir erlitten haben, wäre vermeidbar gewesen. Daran besteht kein Zweifel. Aber die Probleme sind lösbar und überschaubar. Wir müssen die S-NB so bald wie möglich wieder ins All schicken – und zwar mit einer Besatzung – und den Mars in Angriff nehmen. Wir dürfen nicht die Nerven verlieren. Das ist die Botschaft, die Sie dem Kapitol überbringen müssen, Fred.«

Alles nur Floskeln, sagte Michaels sich, vorgetragen in der für Seger typischen skurrilen und draufgängerischen Art und Weise.

»Hans?«

Udet seufzte. »Bert hat recht. Wir müssen das NERVA-Programm weiterverfolgen. Das ist die einzige Option, wenn wir zum Mars fliegen wollen.«

»Teufel, ich muß Ihnen widersprechen«, sagte Muldoon schroff. »Ihnen beiden. Ich glaube, daß wir, falls man uns nach diesem ganzen Schrott überhaupt noch fliegen läßt, das ganze System auf den Prüfstand stellen müssen: Raumschiff, Triebwerksstufen, Organisationsabläufe – einfach alles.«

»Und wenn Sie das tun«, sagte Seger hitzig, »dann riskieren Sie, alles zu verlieren. Am Ende dieses Prozesses wird ein unausgereiftes System stehen, überzüchtet und mit zu vielen Veränderungen befrachtet, das uns eine Reihe von Problemen bescheren wird, von denen wir uns bisher nicht haben träumen lassen.« Erneut richtete er seinen glasigen Blick auf Michaels. »Sehen Sie, Fred, dies ist eine lausige Sache, und ich wünschte, sie wäre nie passiert, weil sie mich wohl mein ganzes Leben lang verfolgen wird: was habe ich falsch gemacht, wie hätte ich das vermeiden können und so weiter. Und ich werde alles in meiner Macht Stehende tun, um einen solchen Unfall in Zukunft zu verhindern. Doch letztlich fliegen wir hier Experimental-Raumschiffe. Der Tod ist der ständige Begleiter eines Testpiloten – das war immer schon so. *Man verliert ganze Besatzungen*. Und das ist eine Wahrheit, mit der wir leben müssen.«

Michaels grunzte. *Das Problem ist nur, daß man uns wohl nicht erlauben wird, damit zu leben.*

Nachdem Udet, Seger und Muldoon gegangen waren, stand er noch für lange Zeit am Fenster.

Er vermochte sich nicht vorzustellen, daß die bemannte Raumfahrt ganz eingestellt werden würde. Das würde sich nämlich so verheerend auf die amerikanische Luft- und Raumfahrtindustrie auswirken, daß eine solche Maßnahme politisch nicht durchzusetzen wäre.

Doch rechnete er fest damit – und nahm es im Grunde schon als gegeben hin –, daß die NERVA erledigt war.

Und wie sollten sie ohne NERVA zum Mars fliegen, in dieser Dekade oder später? Würden sie sich damit begnügen müssen, im niedrigen Erdorbit herumzuhampeln?

... Vielleicht hatte er aber dringlichere Probleme.

Seger hatte geklungen, als ob er langsam die Nerven verlöre. Das beunruhigte Michaels. Beide Häuser des Kongresses würden jeweils eigene Anhörungen zu dem Zwischenfall anberaumen, sobald die Präsidiale Kommission ihren Bericht vorgelegt hatte. Michaels hatte inzwischen eine Ahnung, welcher Ton bei diesen Anhörungen angeschlagen werden würde: es waren Bestrebungen im Gange, Ingenieure der NASA – womit hauptsächlich Seger gemeint war – wegen grober Fahrlässigkeit anzuklagen.

Doch Michaels hatte von Tim Josephson und anderen gehört, daß Seger sechzehn Stunden am Tag arbeitete, drei bis vier Stunden schlief und die Freizeit in der Kirche verbrachte. Es hatte den Anschein, daß Seger sich mit körperlicher Erschöpfung und religiösem Eifer kasteite. Doch selbst das war manchmal noch zu wenig, und – wie Michaels gehört hatte – konsumierte Seger Tabletten und Alkohol, um sich noch den Rest zu geben.

Michaels befürchtete, daß Seger eine Anhörung nicht durchstehen würde. Und wenn er dann noch solche Sprüche brachte wie ›begrenzter Schaden‹ und ›alles unter Kontrolle‹, würden sie alle wie selbstgefällige Bastarde dastehen, und die Kongreßabgeordneten würden sie ans Kreuz schlagen.

Er schenkte sich einen Drink ein. *Teufel. Wollten wir vielleicht doch zu viel auf einmal?*

Er wurde die Erinnerung an den glasigen, fiebrigen Ausdruck in Segers Augen nicht mehr los.

Er wußte, daß er eine Entscheidung treffen mußte.

Mittwoch, 21. Januar 1981
Lyndon B. Johnson-Raumfahrtzentrum, Houston

Am Tag nach der Besprechung in Washington rief Fred Michaels Bert Seger in Houston an.

Er legte Seger ans Herz, Urlaub zu nehmen.

Seger war dazu aber nicht bereit. Er fühlte sich fit und war voller Tatendrang, zumal er bei der Aufklärung der Unfallursachen immer besser vorankam.

Sie beendeten das Telefonat, ohne die Angelegenheit abschließend geklärt zu haben.

Später am Tag besuchte Tim Josephson, der seit der Katastrophe außerhalb von Houston gearbeitet hatte, Seger im Büro.

»Sehen Sie, Bert, wir möchten, daß Sie einmal ordentlich ausspannen.«

»Aber ich habe das doch schon mit Fred besprochen.«

»Ich auch. Und ich habe bereits eine Pressemitteilung verfaßt, die morgen rausgehen wird.«

»Dann können Sie auch gleich meinen Rücktritt verkünden«, empörte Seger sich.

Josephson hielt seinem Blick stand und musterte ihn prüfend. »Bert, Sie sind überreizt. Sie sind nicht mehr in der Lage, einen klaren Gedanken zu fassen.«

»Ach, wirklich? Woher, zum Teufel, wollen Sie das denn wissen? Sind Sie etwa ein Arzt, daß Sie mir eine Diagnose stellen können?« Er starrte auf Josephsons schmales, intelligentes Gesicht. »Was geht hier vor, Tim? Überreizt – was, verdammt noch mal, soll das? Ich glaube, Sie lassen sich von Gerüchten, Halbwahrheiten und Dingen leiten, die Sie gar nicht begreifen.«

»Wirklich?« fragte Josephson trocken.

»Wirklich. Hören Sie, mir und meinen Leuten geht es gut. Wir arbeiten mit den Jungs in Huntsville zusammen. Mit Gottes Hilfe werden wir das durchstehen. Was auch immer Sie gehört haben, ich werde keinen Zusammenbruch erleiden.«

»Darum geht es auch gar nicht, Bert. Niemand will...«

»Hören Sie, Tim. Wenn Sie eine psychiatrische Untersuchung anberaumen wollen, dann tun Sie das. Ich werde den Rat jedes kompetenten Psychiaters befolgen. Wenn er der Ansicht ist, daß ich mich einer Therapie unterziehen sollte, dann werde ich Ihnen Bescheid sagen. Aber ich akzeptiere weder von Ihnen, von Fred Michaels oder von sonst einem Amateur einen Befund meiner Psyche. Haben Sie das verstanden?«

Josephson machte einen nachdenklichen Eindruck. Dann nickte er mit ausdruckslosem Gesicht und verließ das Büro.

Seger widmete sich wieder seiner Arbeit; er hoffte, daß *das* nun erledigt sei.

Doch wenig später rief Josephson zurück und sagte, daß er noch für diesen Abend ein Gespräch mit zwei Psychiatern im Houston Medical Center arrangiert habe.

Segers Gespräch mit den Psychiatern dauerte drei Stunden, und sie teilten ihm ihre Schlußfolgerungen sofort mit.

Er stehe offensichtlich unter Stress, sagten sie, doch habe er keine Psychose. Es bestand nicht die Gefahr, daß Seger unter anhaltendem Druck zusammenbrechen würde.

In Hochstimmung kehrte Seger ins Büro zurück. Er rief Tim Josephson an und sagte ihm, er könne die Pressemitteilung zurückziehen. Dann kniete er im abgedunkelten Büro nieder und sprach ein Dankgebet.

Er hätte lachen mögen; er hatte nämlich das Gefühl, die Psychiater genasführt zu haben.

Am nächsten Tag rief Fred Michaels erneut an. Er versuchte, ihm eine neue Stelle schmackhaft zu machen, eine höhere Position im Büro für Bemannte Raumfahrt.

»Sie haben sich lang genug mit der Technik befaßt, Bert, und Sie haben verdammt gute Arbeit geleistet. Doch nun brauchen wir jemanden, der uns dabei hilft, die NASA durch das Fahrwasser der nächsten paar Jahre zu steuern. Diese Aufgabe wird mindestens genauso schwer werden wie die Herausforderungen, vor denen wir bisher gestanden haben. Ich möchte, daß Sie auf die politische Ebene befördert werden. Ich möchte Sie mit den Kabinettsmitgliedern bekannt machen. Mit diesem Job hätten Sie den Gipfel erreicht, Bert.«

Klar. Den Gipfel im flachen Washington.

Seger zögerte. »So, wie Sie es sagen, hört es sich gut an, Fred.« *Aber ich weiß, was wirklich dahintersteckt.* »Fred, ich sage es Ihnen noch einmal in aller Offenheit: ob Sie mich nun aus dem Weg räumen oder nicht, es wäre ein Fehler, nun bei unseren Systemen umfassende Änderungen vorzunehmen. Verbesserungen sind offensichtlich vonnöten, aber sie sollten nur das Notwendigste umfassen. Sonst würden wir am Ende ein noch unzuverlässigeres System mit neuen Fehlerquellen bekommen...«

»Sehen Sie, Seger, ich kann das nicht mehr hören. Ich stimme nicht mit Ihnen überein. Ich sehe es eben nicht so, und ich glaube auch nicht, daß dies die herrschende Meinung in der NASA ist. Und ich weiß mit Sicherheit, daß es nicht die herrschende Meinung im Kapitol ist.«

»Was wollen Sie damit sagen, Fred? Ich bin doch bei Ihren Seelenklempnern gewesen, und...«

»Ich weiß.«

»Ich bin kein Psychotiker, Fred.«

»Das weiß ich auch«, sagte Michaels ruppig. »Und das freut mich auch für Sie. Aber das ist im Grunde gar nicht die Frage.«

»Was dann?«

»Ob Sie zum jetzigen Zeitpunkt der richtige Mann sind, um das Programm zu leiten.«

Seger nahm eine Heftklammer vom Schreibtisch und verbog sie.

Freitag, 30. Januar 1981
Soldatenfriedhof von Arlington

Michaels fröstelte trotz des Überziehers. Der Himmel war verhangen, und die Wolken schienen direkt über den Wipfeln der Bäume zu hängen. *Gott sei Dank ist das die letzte.*

Die Trauergäste standen in mehreren Reihen gestaffelt: dort war Jim Danas Familie – der arme, alte Gregory Dana, der Träumer aus Langley, stand in der ersten Reihe und hielt seine Frau und seine verwitwete Schwiegertochter umarmt. Dort waren die obligatorischen NASA-Manager und Ingenieure, Kongressabgeordneten und Senatoren; und dort war der Vizepräsident der Vereinigten Staaten höchstpersönlich. Ganz vorne war eine Reihe von Astronauten angetreten und salutierte ihrem gefallenen Kameraden: Muldoon, York, Gershon, Stone, Bleeker und andere – Männer, welche die erste Mercury geflogen hatten, Männer, die auf dem Mond gelandet waren, Männer – und Frauen –, die vielleicht auf dem Mars landen würden. Und dort war Wladimir Wiktorenko, der mit Joe Muldoon in den Mondorbit gegangen war und auf dessen Erscheinen Muldoon bestanden hatte – Afghanistan hin oder her –, um das Astronautenkorps von der anderen Seite der Welt zu repräsentieren.

Es wurden drei Gewehrsalven abgefeuert, und ein Hornist blies eine getragene Weise. Die präzise choreographierte Beisetzung mit militärischen Ehren wollte kein Ende nehmen und wurde dadurch um so schmerzlicher.

Plötzlich ertönte ein Donnern, daß der Boden erbebte. Erschrocken blickte Michaels gen Himmel.

Vier Düsenjets flogen aus südwestlicher Richtung in rautenförmiger Formation an, nicht mehr als hundertfünfzig Meter über dem Boden. Die weißen Maschinen hoben sich gegen den bleiernen Himmel ab. Als die Staffel mit kreischenden Triebwerken über die Trauergemeinde hinwegjagte, scherte der Flügelmann aus der Formation aus und stieg senkrecht in den Himmel. Binnen weniger Sekunden war er in den Wolken verschwunden.

Die anderen drei Jets flogen mit glühenden Nachbrennern nach Norden.

Michaels wußte um die Symbolik der Formation. Der fehlende Mann. Er sah, daß die am Grab angetretenen Astronauten, Anfänger und Veteranen gleichermaßen, zu den Flugzeugen hinaufschauten.

Nachdem die Zeremonie beendet war, kämpfte Michaels sich durch die mit schwarzen Mänteln bekleidete Menge zu Joe Muldoon durch.

»Joe, ich muß Sie sprechen. Ich habe einen Auftrag für Sie.«

Muldoon sah ihn nur finster an. Er ragte wie ein Turm über Michaels auf, unbeugsam und einschüchternd. Die Muskeln zeichneten sich unter der Uniform ab, und das Gesicht war maskenhaft starr. Michaels sah, daß ein heiliger Zorn in dem Mann loderte.

Michaels holte tief Luft. Diesen Zorn mußte er sich nun zunutze machen. »Ich möchte, daß Sie das folgende für sich behalten: Ich werde Bert Seger versetzen. Ich lobe ihn ins Programm-Büro hoch. Ich habe ihm eine Stelle in Washington besorgt.«

»Das wird er nicht akzeptieren.«

»Er wird es akzeptieren *müssen*. Zum Teufel, Sie haben Ihn doch in dieser Besprechung mit Udet erlebt. Ich mußte ihn aus der Schußlinie nehmen.«

Muldoon schüttelte den Kopf. »Bert hat verdammt hart gearbeitet. Und nichts davon war seine Schuld...«

»Ich will hier auch keine Schuldzuweisungen machen«, sagte Michaels dezidiert. »Das überlasse ich dem Kapitol. Mir geht es nur darum, das Programm voranzubringen, von der derzeitigen Phase bis zum Abschluß. Und in meinen Augen ist Bert Seger nicht mehr der richtige Mann für diese Aufgabe.«

»Wer sonst?«

»Sie.«

Muldoon schaute ihn mit offenem Mund an. Seine Augen waren runde blaue Scheiben, eine Karikatur der Verblüffung. »Ich? Sie machen wohl Witze. Ich bin kein Manager. Ich bin das Arschloch mit dem großen Maul, das Sie beinahe geschaßt hätten, wenn Sie sich erinnern.«

»Ja, Sie sind manchmal ein Arschloch«, antwortete Michaels patzig. »Aber ich vertraue Ihrem Urteilsvermögen bei den Dingen, auf die es ankommt. Sie sind schließlich ein Mond-Spaziergänger. Und Sie haben die Moonlab-Mission gut ausgeführt. Diese Übertragung...«

»Das war eine Provokation...«

»Moment. Hier unten hatte diese Übertragung die Wirkung einer Katharsis. Ich glaube, sie hat vielen Leuten, in der NASA und darüber hinaus, bei der Bewältigung des Unfalls geholfen. Und Sie haben sich bei der Untersuchung der Havarie bewährt.« Er seufzte. »Sehen Sie, Joe, ich brauche Sie, weil wir verdammt in der Klemme stecken. Ich weiß noch immer nicht, welche Richtung Reagan einschlagen wird. Aber ich weiß, daß wir durch den Unfall sehr schlechte Karten im Kapitol haben. Ich halte es für sehr wahrscheinlich, daß wir das nukleare Raketenprogramm werden einstellen müssen. Und vom MEM existiert noch nicht einmal die Hülle; auch vor diesem Desaster hingen wir schon Monate zurück... Was ich brauche, ist eine energische, harte, charismatische Person – *Sie*, Joe –, welche das Programm in den Griff bekommt und Marshall, der Luft- und Raumfahrtindustrie und den anderen Beteiligten Dampf macht.«

Muldoon ließ den Blick über den Friedhof schweifen. »Ich möchte eines klarstellen«, sagte er leise. »Wenn ich diesen Auftrag annehme, muß ich aber aus dem aktiven Dienst ausscheiden.«

Michaels atmete durch. »Ja. Beide Aufgaben können Sie nicht übernehmen.«

»Wenn ich also diesen Job annehme, um Ihren Arsch zu retten, verspiele ich die Chance, zum Mars zu fliegen.«

»Ich möchte Ihnen da nicht widersprechen, Joe. Aber wenn Sie den Auftrag *nicht* annehmen, wird *niemand* die Chance haben, zum Mars zu fliegen – weder zu meinen Lebzeiten noch zu Ihren.«

Muldoons Lippen zuckten. »Das ist ein höllischer Preis, den ich zahlen soll.«

»Das weiß ich.«

»Und es ist auch nicht *in Ordnung*, Fred«, sagte Muldoon. »Was werden all diese Ingenieure, Manager und Raum-Kadetten wohl dazu sagen, wenn Sie einen Kommißkopp wie mich an die Spitze der Organisationspyramide setzen?«

Michaels lächelte. »Nun, in den Tagen von Apollo hüpften die Manager ständig um das Organigramm herum, ohne ihm allzu viel Beachtung zu schenken. Vielleicht brauchen wir diesen Geist wieder. Sie sollten sich wirklich keine Sorgen wegen der Farbe des Teppichs machen, Joe. Und falls jemand Ihren Rang und Status in Frage stellt – nun, dann kommen Sie einfach zu mir.«

»Nein, zum Teufel«, sagte Muldoon. »Wenn irgendein Sesselfurzer *mich* anzuscheißen versucht ...«

»Heißt das, Sie übernehmen den Job?«

»Das heißt, daß ich darüber nachdenken werde. Sie sind ein Bastard, Michaels.«

Sie gingen zu den wartenden Fahrzeugen.

Dienstag, 3. Februar 1981
Osero Tengis, Kasachstan

Der über die Steppe fegende Wind drang durch die Lagen von Yorks Druckanzug. Sie versuchte herumzulaufen, um sich warmzuhalten. Doch der mit Drähten verstärkte Anzug sowjetischer Machart erwies sich für die Fortbewegung als hinderlich, und sie ermüdete rasch. Obendrein drückte ihr der ›Anhang‹, die aufgestülpte Öffnung an der Vorderseite des Anzugs, auf die Brust.

Neben ihr hatte Ralph Gershon sich in sich selbst zurückgezogen. Er hatte den Kopf auf den Kragen des Anzugs gelegt und den Helm unter den Arm geklemmt. Gershons Augen waren glasig. Er hatte, wie York nicht zum erstenmal auffiel, die Macke, sich gleichsam in einen privaten Kosmos zurückzuziehen, wenn die Außenwelt gar zu beschissen war. Um diese Macke beneidete sie ihn nun.

Das Modell der Sojus-Kommandokapsel im Maßstab eins zu eins stand in der kasachischen Ebene. Ein paar verbeulte Lastkraftwagen ohne Anstrich waren um die Kapsel geparkt. Neben der Sojus stand der Tieflader, der die Kapsel hierher gebracht hatte. In fünfzig Metern Entfernung befand sich ein sowjetischer Militärhubschrauber, dessen Rotoren sich langsam drehten. Kabel gingen von der Kommandokapsel aus, schlängelten sich über die staubige Steppe und führten zu Winden, die im Hubschrauber montiert waren.

Es lag ein schwacher Grasgeruch in der kalten Luft. Das Erdreich war mit einer gelblichen steinharten, glasierten Schicht überzogen, aus der vereinzelte Grasbüschel wuchsen. An manchen Stellen lag noch Schnee. Wladimir Wiktorenko hatte ihr gesagt, die Steppe würde sich zu Beginn des Frühjahrs in ein Blumenmeer verwandeln. York vermochte das kaum zu glauben.

Sie kannte nicht den Grund für die jüngste Verzögerung. Techniker standen tatenlos herum, wobei Zeitpläne und Ablauforganisation anscheinend Fremdworte für sie waren. So schien das in der Sowjetunion eben zu laufen, selbst beim Raumfahrtprogramm.

York bemühte sich um Toleranz, was ihr indes schwerfiel. Sie hatte nicht die Zeit, mit einem Haufen schlafmütziger Techniker in der Steppe rumzuhängen. *Weitermachen. Bringen wir's hinter uns.*

Nun stapfte der kompakte Wladimir Wiktorenko zielstrebig zu ihr herüber. Den Helm hatte er bereits aufgesetzt. »Also«, sagte er und klopfte ihr auf die Schulter. Sie hatte schon mit so etwas gerechnet, weshalb es ihr gelang, das Gleichgewicht zu wahren. »Sind Sie bereit für den Flug? Und Sie, Ralph?«

Gershon hob den Kopf vom Kragen des Anzugs; wie eine Schildkröte, die den Kopf aus dem Panzer steckte.

York starrte auf die Wand der Kommandokapsel, und ihre Besorgnis stieg. »Wir sind nicht in die Sojus eingewiesen worden. Wo ist die Luke? Oben?«

»Ja, sie ist oben. Ich werde als erster einsteigen.« Er tippte zuerst ihr auf die Schulter, dann Gershon. »Dann Sie, und dann Sie. Sie werden sehen, daß es ganz einfach ist.«

Die Techniker kicherten. Yorks Ressentiments wuchsen.

»Wladimir, weshalb lachen Ihre Leute über mich?«

Er hob die Augenbrauen. »Wlad-*im*-ir«, sagte er und betonte dabei die zweite Silbe. »Ach, es ist nichts.«

»Und ob was ist.« Zorn wallte in ihr auf. Seit Apollo-N spürte sie diesen Zorn und ließ ihn an jedem aus, der ihr dumm kam. Sie vermutete, daß das auch ein Grund war, weshalb man sie trotz ihrer Beteiligung an der Untersuchung der Havarie hierher geschickt hatte.

Sie war ihnen im Weg. Sie sollte sich hier in der Steppe abkühlen.

Nur daß das nicht funktionierte.

Sie stakste zu einem der Techniker hinüber, einem bulligen Kerl in einem ölverschmierten Hemd, das sich über seinem Wanst spannte. »Was ist denn so lustig? Hä?«

Wiktorenko kam zu ihr und faßte sie am Ellbogen. »Sie müssen ruhig bleiben, meine Liebe.«

Sie schüttelte seine Hand ab. »Ja, sicher. Sobald diese rüpelhaften Arschlöcher...«

»Nein«, sagte er, und nun lag ein metallischer Klang in seiner Stimme.

»Wieso nicht, zum Teufel?«

»*Soj-us*.« Er sprach das Wort so aus, wie sie es als Amerikanerin getan hatte. Sogar für Yorks Ohren klang es nun schräg. »Darüber amüsieren sie sich. Ich vermute, Ihre englische Transliteration ist ungenau«, sagte er gelassen. »Es liegt vielleicht am ›j‹. Sehen Sie, in der Standard-Orthographie bezeichnet ›ju‹ einen kyrillischen Buchstaben, weshalb das ›j‹ und das ›u‹ nicht getrennt werden dürfen. Die Silben lauten *So-jus*. Weil die Betonung auf der zweiten Silbe liegt, schwächen wir das unbetonte ›o‹ von ›So‹ zu einem ›a‹ ab. Und dann hat ›jus‹ ein langes ›u‹, wie ›Schuh‹. *Sa-juhs*. Und dann müssen Sie noch beachten, daß Schlußkonsonanten stimmlos sind. *Sa-juhs. Sa-juhs.*«

Sie versuchte es ein paarmal, was mit einem ironischen Klatschen des stämmigen Technikers quittiert wurde.

»Schon besser«, sagte Wiktorenko. »Sehen Sie, nun ist es Ihnen gelungen, eins der wenigen russischen Wörter korrekt auszusprechen, von denen man erwarten sollte, daß sie einem amerikanischen Astronauten geläufig sind.«

Sie registrierte den skeptischen Blick des Technikers

und erwiderte ihn. Diese Russen waren noch größere Machos als ihre amerikanischen Kollegen.

Doch vielleicht hing das auch mit der internationalen Lage zusammen. Sie versuchte sich vorzustellen, was diese Männer beim Gedanken an ihre in Afghanistan kämpfenden und sterbenden Landsleute empfanden und was ihnen bei ihrem Anblick – einer verwundbaren, isolierten Amerikanerin – durch den Kopf ging. Sie erinnerte sich an die aggressive antisowjetische Rhetorik, die seit Reagans Amtsantritt im Weißen Haus Einzug gehalten hatte. Sie hatten wohl das Recht, sie zu verachten, sagte sie sich.

Ihr Zorn verflog. Teufel. *Vielleicht habe ich es auch verdient.*

Sie schauderte und versuchte, diese Gedanken zu verdrängen.

Eine Strickleiter schlängelte sich aus der Sojus zum Boden herab.

Sie kniete auf dem Dach der Kommandokapsel, wobei ein kräftiger Techniker ihr Hilfestellung gab. Die Kapsel glich einem überdimensionierten Autoscheinwerfer, der auf der Streuscheibe stand. Der grüne Anstrich bildete einen markanten Kontrast zum ausgewaschenen Braun des Erdbodens. Von hier oben wirkte die Steppe deprimierend in ihrer unendlichen Weite. Sie war menschenleer bis auf die kleine Gruppe, die sich um die Kapsel versammelt hatte. Der metallisch graue Himmel glich einem Deckel, der über das Land gestülpt war.

In der Ferne erspähte sie ein silbernes Glitzern, bei dem es sich vielleicht um ein Gewässer handelte. Irgendein einsamer Salzsee.

Wiktorenko stieg zuerst in die Kapsel. Er sagte York, sie solle ein paar Minuten warten, bevor sie ihm folgte – er müsse erst noch die Bolzen überprüfen, mit denen die Sitze befestigt waren. Sie hatte den Eindruck, daß er das ernst meinte.

Schließlich steckte Wiktorenko den Kopf aus der Luke und bedeutete ihr mit einem Winken, einzusteigen. Der Techniker nahm ihr die Überschuhe und den Schutzüberzug ab, den sie über dem Helm getragen hatte.

Auf den ersten Blick glich die Kabine dem Interieur einer Apollo-Kommandokapsel, die schließlich dem technischen Stand der Sojus entsprach. Drei primitive, ausgeformte Liegen waren strahlenförmig angeordnet und berührten sich an den Fußenden. Zögerlich, mit den Füßen voran, ließ sie sich hinab.

Wladimir Wiktorenko hatte sich bereits auf dem Sitz des Kommandanten auf der linken Seite der Kabine plaziert. Er bedeutete ihr, auf der anderen Seite Platz zu nehmen. »Seien Sie mein Gast!«

Sie schraubte sich nach unten, bis sie die Konturen des rechten Sitzes unter sich spürte. Die Liege war zu kurz und stauchte Schultern und Waden. Die Liegen in einer richtigen Sojus waren der Größe der jeweiligen Kosmonauten angepaßt; in diesem Trainingsgerät hatten die Liegen jedoch ein einheitliches Format und waren zudem durch den häufigen Gebrauch verschrammt und abgenutzt.

Die Kapsel war eng, sogar im Vergleich zu den Apollo-Attrappen, und sie war mit Ausrüstung für die Landung vollgepackt: Fallschirme, Notrationen, Luftkissen und Überlebensausrüstung. Die wichtigsten Instrumente waren in einem Pult vor Wiktorenko zusammengefaßt: ein Monitor, Orientierungsregler zur Rechten und Steuerungsregler zur Linken. Vor einem Fenster in einer Seite der Konsole war ein optisches Orientierungssystem installiert. York identifizierte nur ein paar Instrumente. Doch das war auch egal, denn sie würde ohnehin nicht selbst fliegen. Zumal es sich bei den meisten Instrumenten dieses Modells ohnehin nur um Attrappen handelte.

Die Einrichtung der Kapsel war ausgesprochen rustikal. Überall waren scharfe Kanten, und manche Regler waren so weit von den Kosmonauten entfernt, daß sie die Konsolen nur mit Hilfe von eigens hierfür ausgegebenen Stäben zu bedienen vermochten. Die Kapsel war spartanisch primitiv und zweckmäßig.

An Yorks rechtem Ellbogen befand sich ein kleines rundes Fenster. Sie schaute hinaus und versuchte, sich in den Anblick des grauen Himmels und der flachen Steppe zu versenken.

Nun zwängte Ralph Gershon sich durch die Luke. Er schlug mit Stiefeln und Knien gegen die Konsolen und gegen York und Wiktorenko. Der Russe lachte herzhaft, packte seine Beine und verhinderte so, daß Gershon größeren Schaden anrichtete.

Gershon ließ sich auf den mittleren Sitz fallen und drückte sie an die Wand. Ihre Schienbeine hatten Kontakt, ohne daß eine Rückzugsmöglichkeit bestanden hätte. »Mein Gott, Ralph.«

Gershon hatte einen Kaugummi im Mund und wirkte recht aufgeräumt. »Komm schon, York. So schlimm isses nun auch wieder nicht. Wenigstens sind wir nun vor dem abgefuckten Wind geschützt.«

Wiktorenko langte über Gershons Kopf hinweg und drückte die innere Luke zu, die wie ein dicker Metallstopfen aussah. Abrupt brachen das Pfeifen des Windes und das Geplapper der Techniker ab, und York hatte nun das Gefühl, sich in einer Sardinenbüchse zu befinden. In einer Gruft.

Sie hörte, wie die Techniker die Außenluke zuknallten.

Das Geräusch des Hubschraubers reduzierte sich zu einem gedämpften Brummen. Sie spürte, wie der Herzschlag sich beschleunigte. Dann schlug etwas gegen die Hülle, und ein schabendes Geräusch ertönte. York vermutete, daß Kabel über die Wandung des Raumschiffs glitten.

Scheinbar ungerührt nahm Ralph Gershon den Kaugummi aus dem Mund und klebte ihn unter den Sitz.

Der Motor des Hubschraubers brüllte auf. Durchs Fenster sah sie eine kurze Serie von Lichtblitzen – die Rotorblätter, welche die Kommandokapsel bestrichen –, und dann wurde die Sojus nach oben gerissen, als ob sie sich in einen Aufzug verwandelt hätte.

York spürte, wie ihr die Luft aus der Lunge entwich, und die Druckpunkte der Liege bohrten sich ihr in Rücken und Hüfte.

Vor dem Fenster schaukelte die zurückweichende Steppe wie Form-Gips in einer Simulation hin und her. Sie sah einen kleinen Kreis aus Ingenieuren, die mit ihren Mützen winkten und deren Gesichter wie staubige Blumen gen Himmel gerichtet waren.

Von der Kapsel aufgewirbelter Staub stob in konzentrischen Kreisen über die Steppe, und die Techniker wichen zurück und beschirmten die Augen.

Dann sah sie den Boden nicht mehr: vor dem Fenster stand ein Ausschnitt des wolkigen Himmels.

York wurde es warm im Druckanzug. Sie spürte, wie der Schweiß sich am Steißbein sammelte. Die Füße indes waren kalt. Das Kühlsystem des sowjetischen Anzugs war wohl noch nicht ganz ausgereift. Sie versuchte, die Zehen zu krümmen, was bei dem mehrlagigen Gewebe nicht einfach war.

Der neben ihr liegende Gershon bestand nur aus Ellbogen.

Eine Fernsehkamera – ein vorsintflutliches Gerät, das noch aus den Fünfzigern zu stammen schien – hing über Gershons Kopf an der Kabinenwand. York wußte nicht, ob sie eingeschaltet war oder nicht. Eine

Metallminiatur, ein Raumfahrer, baumelte an einer Kette vor der Linse; während die Kabine wie ein Pendel unter dem Hubschrauber schwang, schaukelte die Miniatur hin und her.

Wiktorenko sah, wie sie die Figur betrachtete. »Das ist mein Freund Boris.« Er sprach es *Ba-riis* aus. »Boris ist ein wichtiger Bestandteil der Sojus.« Er wies auf die Kamera. »Sie ist ständig auf Boris ausgerichtet. Durch die Beobachtung dieses Hampelmanns weiß die Bodenstation genau, wann Schwerelosigkeit eintritt. Genial, nicht?«

Nun schwang die Kapsel nach rechts. York wurde vom Gewicht der beiden Männer an die Wand gedrückt.

Wiktorenko brüllte vor Begeisterung. »Wie in Disney World! Ha ha! Ralph und Natalie. Ihr müßt euch vorstellen, daß wir in einer *echten* Sojus zur Erde zurückkehren, nachdem wir etwa hundert Tage an Bord unserer prächtigen Raumstation Saljut verbracht haben. Wir haben den leichten Stoß beim Wiedereintritt – gerade einmal drei oder vier Ge, dank der intelligenten aerodynamischen Konstruktion der Kommandokapsel – überstanden, und wegen der Reibungshitze der Atmosphäre ist das Fenster mit Ruß überzogen. Doch dann stoßen wir die Fensterblenden ab und sehen einen sonnigen Morgen über Kasachstan. Und nun kommen die Fallschirme: die drei Bremsfallschirme öffnen sich in schneller Folge, *plopp plopp plopp*, und dann entfaltet der Hauptfallschirm sich wie ein großes weißes Segel.« Wiktorenko imitierte den Fall einer Feder. »So sinken wir trotz des Gewichts von drei Tonnen wie eine Schneeflocke hinab...«

Sie schloß die Augen. Sie wußte, daß irgend etwas schiefgehen würde. Es war nur eine Frage der Zeit, der Schwere des Störfalls und ob sie die Situation meistern würde, wenn es soweit war. Es war wie in einer Simulation: es war ein sadistisches Spiel, und Wiktorenko bestimmte die Spielregeln. Und der Bastard wußte das auch.

»Und nun«, sagte Wiktorenko, »naht der Augenblick der Wiedervereinigung mit dem Mutterplaneten! Doch ihre Umarmung ist fest. Deshalb sind eure Sitzflächen mit Preßluft gefüllt, um die Wucht des Aufpralls zu mindern. Und weniger als zwei Meter über dem Boden werden Bremsraketen feuern, um den Aufprall zu dämpfen. Natürlich haben wir keine Bremsraketen, denn in diesem Fall handelt es sich nur um ein Trainingsmodell... Wenn wir Glück haben, weht nur ein schwacher Wind; andernfalls machen wir vielleicht ein paar Sätze...«

Es rauschte im Funkgerät, und dann wurde auf russisch eine kurze Nachricht durchgegeben. Wiktorenko bestätigte und schaute auf einen Chronometer. »Drei, zwei, eins.«

Schlaffe Kabel peitschten gegen die Hülle. Der Hubschrauber hatte die Kapsel abgeworfen.

Die Kommandokapsel *fiel* und riß sie mit in die Tiefe.

Mit lautem Poltern prallte die Sojus auf eine harte Oberfläche.

Der Aufprall war heftiger, als York erwartet hatte. Sämtliche Druckpunkte der Liege malträtierten ihren Körper.

»Fuck«, sagte Gershon atemlos.

Wenigstens bin ich wieder unten. Sie ließ den Blick durch die Kabine schweifen. Bis auf das entfernte Geräusch des Hubschraubers war es still in der Kapsel. *War es das schon? Ist es vorbei – sind wir unten?*

Dann kippte die Kapsel langsam nach links, so daß ihr Gewicht nun auf Gershon lastete.

»Fuck«, wiederholte Gershon.

»Was, zum Teufel, ist los, Wladimir?« rief York.

Das Fenster hinter Wiktorenko verdunkelte sich kurz, obwohl York nicht sah, wodurch. Wiktorenko grinste. »Offensichtlich ist etwas schiefgelaufen.«

Nun neigte die Kapsel sich auf die andere Seite, von York aus gesehen nach rechts, und das Gewicht der beiden Männer drückte wieder auf York. Vor dem Fenster gluckerte lehmiges, silbergraues Wasser.

Das ist es also. Das ist die sorgfältig geplante Panne. Die Sojus sollte eigentlich auf festem Boden landen ...

»Fuck«, sagte Gershon.

»Willkommen im Osero Tengis«, sagte Wiktorenko. »Der Tengiz-See ist ein Salzsee mit einer Breite von dreißig Kilometern und befindet sich hundertfünfzig Kilometer von ...«

York stöhnte. »Müssen wir da wirklich durch? Ich meine, eine Notlandung im Wasser proben? *Nachdem* wir von einer Sojus aus dem Orbit geborgen wurden?«

»Würden Sie lieber unvorbereitet in eine solche Situation geraten? Unser Training ist kompromißlos praxisorientiert, müssen Sie wissen. Unsere Kosmonauten werden auf alle nur denkbaren Notfälle vorbereitet.«

»Aber nicht auf die undenkbaren«, wandte York ein.

»Die kann man vernachlässigen; in den meisten Lagen, die bei einer Mission auftreten, gibt es Optionen. Diese Übung deckt nur *einen* Eventualfall ab. Dafür dürfen Sie sich bei meinem alten Freund Joseph Muldoon bedanken.«

Gershon löste den Kaugummi von der Sitzfläche des Stuhls, knetete ihn, um ihn wieder weich zu machen und steckte ihn in den Mund. »Muldoon kann mich im Arsch lecken«, sagte Gershon. »Und Sie mich auch.«

Der Russe musterte ihn ebenso entsetzt wie fasziniert.

»In Ordnung, Wladimir«, sagte York, »wir werden das Spiel mitmachen. Welcher Drill?«

»Überlebensausrüstung«, sagte Wiktorenko und öffnete den Reißverschluß seines Druckanzugs.

York war der ganzen Sache überdrüssig. Doch sie hatte keine Wahl.

Sie nahm den Helm ab und zwängte ihn hinter den Sitz.

Die äußere Lage des Anzugs war ein Einteiler aus grober Kunstfaser mit Taschen, Schlaufen und Patten. Er wurde vorn geöffnet und enthüllte die als ›Blinddarm‹ bezeichneten Gewebelagen, die mit Gummibändern fixiert waren. Als York die Bänder abstreifte, entfaltete das Material sich.

Während der Außenanzug wie ein Ballon, aus dem man die Luft herausgelassen hatte, in sich zusammenfiel, widmete York sich nun der inneren Schicht aus einem luftdichten, elastischen Material.

In dem engen Raum, die Kabinendecke ein paar Zentimeter vor der Nase, war sie kaum imstande, sich zu bewegen, und stieß laufend gegen Regler und Schalter. In der Kabine herrschte nun Chaos, wo die drei Körper sich wanden und abgelegte Ausrüstungsgegenstände herumflogen.

»Es geht leichter, wenn ihr euch gegenseitig helft«, rief Wiktorenko fröhlich.

»Verpiß dich«, sagte Gershon.

Nachdem sie sich des Druckanzugs entledigt hatte, stand sie nun in der Thermo-Unterwäsche da und schickte sich an, die Überlebensausrüstung anzulegen: einen roten Pullover, eine Springerkombi, eine Jacke, eine dick gefütterte Hose, noch eine Jacke ...

»Das ist erbärmlich«, knurrte Wiktorenko. »Erbärmlich! Ihr müßt als Team arbeiten. Auf dem Mars, fünfundsechzig Millionen Kilometer von der Erde entfernt, gibt es nur eure Besatzung. Ihr müßt um Hilfe bitten, wie ein Kind seine Mutter um Hilfe bittet – instinktiv und selbstverständlich. Habt ihr verstanden? Und diese Hilfe muß selbstlos und unverzüglich gewährt werden. Sonst werdet ihr keinen Erfolg haben. Morgen muß das besser werden.«

»Sie belieben zu scherzen«, sagte York barsch. »Wir sollen da noch mal durch?«

Wiktorenko setzte den Vortrag fort, während er seine Ausrüstung anlegte. »Hören Sie zu. Die Ausbildung der Sowjets ist härter als Ihre, und ein paar Leute bei der NASA haben das bereits erkannt. Bei manchen unserer Übungen besteht keine Möglichkeit, Hilfe anzufordern. Es gibt keine Rettungsmannschaft. Weil es auf dem Mars auch keine gibt! Es hat schon alles seinen Sinn. Wenn man nämlich erkennt, daß eine Situation vielleicht gesundheitsschädlich oder gar lebensgefährlich ist, ändert die Lage sich. Mit einemmal muß man sich konzentrieren.

Im Weltraum muß man den Mut und den Einfallsreichtum aufbringen, auch dann noch an der Lösung eines Problems zu arbeiten, wenn ein Durchschnittsmensch, der auf Rettung hofft, schon längst aufgegeben hätte. Und dieses Bewußtsein will ich bei euch wecken.«

York war müde. Sie litt Schmerzen und war gereizt. Es gab wirklich eine Fraktion in der NASA, die den harten Ansatz der Sowjets befürwortete und hauptsächlich aus Luftwaffen-Veteranen bestand, die ohnehin der Ansicht waren, die NASA-Astronauten würden verhätschelt. Joe Muldoon zum Beispiel, Wiktorenkos alter Mondorbit-Kumpel. *Genau, verhätschelt. Vor allem diese gottverdammten Bindestrich-Astronauten, die zum Mars fliegen wollen ...*

»Aber dieses ganze Macho-Training hat Ben Priest und den anderen nichts genützt, stimmt's?« sagte sie.

Wiktorenko musterte sie. »Nein«, sagte er mit sanfterer Stimme. »Es hat Ben Priest nichts genützt.« Er zupfte an den Ärmeln des dicken Pullovers. »Hören Sie, Natalie. Es gibt ein altes russisches Märchen. Eine junge Frau namens Maruschka war berühmt für ihre wundervollen Stickereien. Die Kunde von ihr drang bis zu Kaschei dem Unsterblichen, einem bösen Zauberer. Er verliebte sich in sie und hielt um ihre Hand an. Doch sie wies ihn trotz seiner Zauberkräfte ab; sie war nämlich ein bescheidenes Mädchen und wollte in dem Dorf bleiben, wo sie geboren war.

Der erzürnte Kaschei verzauberte sie in einen Feuervogel mit leuchtendem Gefieder und sich selbst in einen großen schwarzen Raubvogel. Der Raubvogel schlug die Klauen in den Feuervogel und flog mit ihm davon.

Als Maruschka erkannte, daß sie sterben würde, stieß sie ihr Gefieder ab. Die Federn fielen auf das Land, das sie so liebte.

Maruschka starb, aber ihre Federn hatten magische Kräfte. Sie blieben lebendig, aber nur für diejenigen, welche ihre Schönheit zu würdigen wußten und sie mit anderen teilten ...

So ist es auch mit dem Tod der Menschen. Der Tod eines *Kosmonauten* ist nie vergebens, Natalie York.

Die Kommandokapsel ruckte nun heftiger und pendelte um dreißig bis vierzig Grad durch. Wasser klatschte gurgelnd gegen die Hülle. York hatte einen Alptraum, daß die Kapsel sank und sie mitsamt der schweren Ausrüstung auf den Grund dieses lausigen kleinen Salzsees hinunterzog.

Es ist so heiß hier drin. Das Blut schien sich im Kopf zu stauen; sie spürte das Pulsieren der Halsschlagader und sah einen gelben Schleier am Rand des Blickfelds.

Mein Gott. Ich werde gleich ohnmächtig.

Doch dann kippte die Kabine wieder nach rechts,

und der Magen verkrampfte sich. Speichel sammelte sich am Gaumen. *Nein. Nein, ich werde nicht ohnmächtig.*

Sie wandte sich von den anderen ab und richtete den Blick auf die Wand; als es schließlich soweit war, spritzte das Erbrochene gegen das Fenster und die Wand und rann unter den Sitz.

Sie spürte eine Hand auf der Schulter. »York. Bist du in Ordnung?«

Es war Gershon. Sie verscheuchte ihn mit einer Geste. Sie wollte etwas sagen, doch sie brachte noch immer kein Wort heraus.

Und dann stieg der Gestank Gershon in die Nase. »O Gott.« Er wirbelte herum, hängte den Kopf über die Lehne der Liege und übergab sich ebenfalls, mit lautem Würgen und heftigen Krämpfen.

Wiktorenko lachte. »Also, *Ba-riis*, dann sind nur du und ich richtige Seeleute, eh?«

»Fuck«, stöhnte Gershon.

Das Wasser schlug gegen die Hülle der Sojus, und Boris der Kosmonaut baumelte an seiner silbernen Kette über Yorks Kopf.

Sie fragte sich, was wohl mit Gershons Kaugummi passiert war.

Washington Post, *Montag, 23. Februar 1981*

...Wir haben beschlossen, diesen Leitartikel exklusiv dem Bericht der Präsidialen Kommission über die Apollo-N-Katastrophe zu widmen, die nach wochenlangen gezielten Indiskretionen, Gerüchten und Dementis endlich ans Licht gekommen ist. Der Bericht hat einen Umfang von 3 300 Seiten, ein Gewicht von neun Kilogramm, und die Verfasser nehmen kein Blatt vor den Mund. Aus dem Werk geht eindeutig hervor, daß es sich bei dem Unfall mitnichten um das Resultat eines zufälligen Defekts im statistischen Sinne handelte, sondern vielmehr um die Folge einer fatalen Häufung von Fehlern, verbunden mit einer fehlerhaften Konstruktion.

Die Apollo-N-Katastrophe hat eine neue nationale Debatte entfacht, die von einem skeptischen Kongress angeführt wird und bei der es um die Frage geht, ob das Land weiterhin viele Milliarden Dollar in ein bemanntes Raumfahrtprogramm ohne konkreten Nutzen investieren solle, wo die Nation doch vor so vielen anderen Problemen steht. Aus Meinungsumfragen geht hervor, daß viele Bürger sich die Frage stellen, ob das Programm nicht zu teuer sei. Sie sind der Ansicht, daß ein Flug zum Mars rein politisch motiviert sei, genauso wie das Apollo-Rennen zum Mond.

Inzwischen vertreten viele renommierte Wissenschaftler, wie zum Beispiel Professor Leon Agronski, ein ehemaliger wissenschaftlicher Berater von Präsident Nixon, in der Öffentlichkeit die Ansicht, daß billigere unbemannte Sonden uns mehr über die Beschaffenheit des Mars und der anderen Planeten sagen könnten als Astronauten.

Befürworter des Raumfahrtprogramms weisen hingegen darauf hin, daß der Durchschnittsamerikaner pro Jahr viel mehr für Zigaretten und Alkohol ausgebe als für die Erforschung fremder Planeten und daß das gegenwärtige Programm einen enormen wissenschaftlichen und technischen Nutzen habe.

Was das betrifft, so ist diese Zeitung jedoch skeptisch.

Der heikelste Teil des Kommissionsberichts indes ist eine Anklage der NASA und der wichtigsten Auftragnehmer. Die Untersuchung der Kommission hat viele Schwachpunkte bei der Konstruktion und Entwicklung, bei der Produktion und Qualitätskontrolle ergeben. Es wurden zahlreiche Beispiele genannt, neben dem banalen und vermeidbaren Defekt, der zu der Tragödie geführt hat.

Diese Zeitung ist entsetzt über den unglaublichen Pfusch der NASA-Ingenieure. Nicht einmal ein Schüler im Grundkurs Physik hätte bei einer Weltraum-Mission einen Reaktor mit ›eingebauter Instabilität‹ eingesetzt.

Wahrscheinlich wird diese Nation ihre Bestrebungen fortführen, zum Mars und zu noch ferneren Planeten zu fliegen. Erfolge in der Raumfahrt sind nämlich unabdingbar, um das Image der Vereinigten Staaten als wissenschaftliche und technische Führungsmacht aufrechtzuerhalten: ein Image, das auf die Sowjetunion projiziert wurde, unsere Verbündeten auf der ganzen Welt, die blockfreien Staaten der Dritten Welt, und – was vielleicht am wichtigsten ist – auf die Bevölkerung dieses unseres Landes. Und wir dürfen nicht die ebenso kalte wie zynische politische Kalkulation vergessen, daß eine Einstellung des Raumfahrtprogramms mit einem Schlag drastische Überkapazitäten in der Luft- und Raumfahrtindustrie freisetzen sowie Arbeitsplatzabbau und Firmenschließungen zur Folge haben würde.

Wenn wir nun das Kapitel Apollo-N abschließen und zu neuen Ufern aufbrechen, dürfen wir trotzdem nicht vergessen, daß die trockene technische Prosa des Berichts der Präsidialen Kommission die NASA-Verantwortlichen gravierender Inkompetenz und grober Fahrlässigkeit bezichtigt ...

Freitag, 27. Februar 1981
NASA-Hauptquartier, Washington

Joe Muldoon rief Fred Michaels in seinem Washingtoner Büro an. Dann flog er von Houston herüber. Kurz nach sieben war er da.

Michaels erhob sich nicht. Er bedeutete Muldoon, Platz zu nehmen. »Setzen Sie sich, Joe. Schön, Sie zu sehen. Möchten Sie einen Drink?«

Eine Karaffe und ein paar Gläser standen auf einer Ecke von Michaels' Schreibtisch; Michaels schenkte Muldoon einen Dreifachen ein und reichte ihm das Glas. Es war ein guter Kentucky-Bourbon. Der nüchterne Büroraum war abgedunkelt, und die hellste Lichtquelle war das kleine Fernsehgerät in einer Ecke, das gerade die Nachrichten zeigte. Der Ton war leise gestellt.

Michaels schaukelte auf dem Stuhl und hatte die

Füße auf die Ecke des repräsentativen Schreibtischs gelegt. Die mit einer Goldborte verzierte Weste stand offen, und im trüben Licht traten die tiefen Falten auf Michaels' Gesicht um so deutlicher hervor, während er – auf die für ihn typische Art – darauf wartete, daß Muldoon sein Anliegen vorbrachte.

Nun berichtete Muldoon dem Leiter der NASA über die Fortschritte, die er in seiner neuen Rolle als Leiter des Programm-Büros machte. »Bei den NERVA-Zulieferern ist es zugegangen wie auf einem Rummelplatz, Fred. Und diese Bastarde in Marshall haben ihnen das noch durchgehen lassen.«

Michaels, der mit einem Auge aufs Fernsehgerät schaute, zuckte die Achseln. »Das ist vielleicht ein bißchen hart, Joe. Wir haben sie unter enormen Zeitdruck gesetzt. Vielleicht zu sehr.«

»Nein, daran liegt es nicht. In vielen Fällen handelt es sich schlicht um Schlamperei. Als ich zum Beispiel zum erstenmal die Testinstallation der S-NB bei Michoud inspizierte, stellte sich heraus, daß die Techniker zum Mittagessen ein paar Bierchen zischten. Das ist verflucht verantwortungslos, wenn man an Komponenten für die bemannte Raumfahrt arbeitet. Und dann habe ich gesehen, wie so ein Kerl Flüssigsauerstoff aus einem Bodentank in einen Versorgungsturm pumpte. Ich fragte ihn, wohin er das Zeug denn schickte. ›Keinen Schimmer‹, sagte er. Die Charge wußte nicht, was mit dem Flüssigsauerstoff geschah, nachdem er aus der Düse des Schlauchs ausgetreten war. Und dann habe ich ihnen gesagt, daß jeder Ingenieur sich mit dem jeweiligen System vertraut machen solle – woher das Zeug kommt, wohin es geht und alle potentiellen Schwachpunkte dazwischen. Jeder muß sein System wie seine Westentasche kennen.

Dann habe ich eine Liste von dreißig Punkten erstellt – ich habe Ihnen eine Kopie mitgebracht –, die mir schon in der ersten Stunde gestunken haben. Nachlässige Handhabung des Materials, ungenaue Abgrenzung der Arbeitsbereiche, ineffiziente Arbeitsabläufe...

Sicher, wir stehen unter Zeitdruck. Wenn die Lieferanten aber so schlampig arbeiten, wundert es mich gar nicht, daß sie es nicht schaffen, die Zeitpläne einzuhalten. Und dann reduzieren sie noch die Qualitätskontrolle, um die Fristen einzuhalten, was bedeutet, daß die Ware zu spät geliefert wird *und* von lausiger Qualität ist.«

Michaels nickte und rieb sich das Doppelkinn. »Ja. Ich verstehe. Sie leisten gute Arbeit, Joe. Ich habe mit Ihnen den richtigen Mann für diesen Job ausgesucht.«

»Fred, irgendwo haben wir einen Fehler gemacht. Bei Apollo hatten wir unter dem gleichen Druck gestanden. Nur daß die Sache damals reibungslos geflutscht hat. Doch nun ist Sand ins Getriebe geraten.«

Michaels grunzte und nippte an seinem Drink. »Schon möglich. Aber damals hatten wir auch unter günstigeren Vorzeichen gearbeitet. Ein klares Ziel, wohlwollende Politiker, auch wenn der Kongress den Etat beschnitten hatte und – wie soll ich es ausdrücken? – eine Art von romantischer Aufbruchsstimmung. Es war noch ein großes Abenteuer, Joe, bei dem es jedes Jahr etwas zu entdecken gab. Und wir standen höllisch unter Zeitdruck, weil wir befürchteten, daß die Russen uns überholen würden.

Doch heute«, sinnierte er, »ist es anders. Die Lage hat sich geändert. Obwohl nach wie vor die Perspektive besteht, zum Mars zu fliegen, krebsen wir schon seit einem Jahrzehnt im Erdorbit 'rum. Und was haben wir vorzuweisen, außer ein paar zu Raumlabors umgerüsteten Treibstofftanks, altes Apollo-Gerät, das zehn Jahre nach den Mondlandungen immer noch in Betrieb ist, einem modifizierten Saturn-Triebwerk, das noch kein einziges Mal geflogen ist und einer Höllenmaschine namens NERVA?«

»Schon, aber Sie müssen das positiv sehen, Fred. Skylab A ist noch immer funktionsfähig, obwohl es fast schon vor einem Jahrzehnt gestartet wurde. Was, wenn wir es aufgeben und auf die Erde stürzen lassen würden? Das wäre nicht nur eine unglaubliche Verschwendung, sondern wir würden uns auch noch zum Gespött machen. Zumal Moonlab auch noch dort oben ist...«

»Ja, ja. Trotzdem handelt es sich nur um Apollo-Technik aus den Sechzigern. Nur daß die Entwicklung inzwischen aber nicht stehengeblieben ist, Joe. Der Vorsprung, den wir vor einem Jahrzehnt hatten, ist geschrumpft. Die Russen starten noch immer die Sojus und Saljut...«

»Aber unser Gerät ist besser als das ihre.«

»Vielleicht. Aber ihre Verweildauer im Weltraum stellt unsere diesbezüglichen Leistungen weit in den Schatten. Zumal die Sowjets nicht die einzigen sind. Sogar unsere Freunde füllen die Lücken aus, die wir hinterlassen haben. Die Europäer arbeiten schon seit ein paar Jahren mit ihrer Ariane, so daß wir auch bei kommerziellen Starts gegenüber unseren sogenannten Verbündeten ins Hintertreffen zu geraten drohen.«

Mit seinen Wurstfingern rieb er sich die Nasenwurzel und schloß die Augen. »Ach, zum Teufel. In acht oder neun Jahren werde ich das Raumfahrtprogramm wieder für einen neuen Präsidenten ummodeln. Und dann werde ich wieder herauszufinden versuchen, welche Zukunft vor uns liegt und welche Richtung das Weiße Haus voraussichtlich einschlägt. Vielleicht ist das für euch Jungs nicht so offensichtlich; ich weiß schließlich selbst, wie es ist, wenn man sich im Programm engagiert. Doch die Dinge liegen heute ganz anders als 1971 oder gar 1960, völlig anders...«

»Ich halte sehr wohl die Augen offen, Fred«, quetschte Muldoon hervor. »Ich sehe die Veränderungen durchaus. Trotz Afghanistan ist der Kalte Krieg Schnee von gestern. Oder zumindest wollen die Leute das so sehen. Und wenn das Weltall nur ein symbolischer Kriegsschauplatz war ...«

»Welchen Sinn hat die Raumfahrt dann noch?« Michaels lächelte über das Glas hinweg. »Sie haben ganz recht. Wir hatten das Glück, diese Karte spielen zu dürfen, wenn immer es uns paßte, Joe; vielleicht wäre die Raumfahrt sonst gar nicht möglich gewesen. Doch nun haben die Leute genug und geben uns die Quittung. Doch auf der anderen Seite ...«

»Ja?« fragte Muldoon.

»Auf der anderen Seite haben wir vielleicht doch noch ein paar Ansatzpunkte. Wie Sie wissen, erhöht Reagan die Rüstungsausgaben.«

»Sicher«, knurrte Muldoon. »Genauso wie er die Steuern senkt und den Rest des Haushalts beschneidet.«

»Und ich glaube auch, daß dieser Trend während Reagans Amtszeit andauern wird«, sagte Michaels nachdenklich. »Haig sagt, Carters ganzer Menschenrechtskram sei ein Irrweg gewesen, und wir müßten nun den Sowjets Kontra geben, die noch immer die größte Bedrohung darstellen.«

»Und was bedeutet das für uns, Fred?«

Michaels lächelte müde. »Sie müssen die Ansatzpunkte erkennen. Wir müssen uns so positionieren, daß wir zu dem Teil des Budgets gehören, der erhöht wird und nicht umgekehrt. Wenn das ganze Geld in die Landesverteidigung fließt, dann müssen wir in diesem Strom mitschwimmen und ein wenig für uns umleiten.« Er nippte an seinem Drink. »Dann hätten wir noch Reagan selbst. Diesen alten Hollywood-Cowboy. Sie wissen, daß ich seit Reagans Nominierung mit ihm und seinen Leuten zusammengearbeitet habe. Und ich halte es für möglich, daß er Kennedy nacheifern möchte. Oder ihn sich wenigstens geneigt machen will. Wie Sie wissen, hatte Reagan im letzten Jahr auf der Wahlkampfplattform der Republikaner das Gespann Carter/Kennedy angegriffen, weil sie die NASA mit unzureichenden Finanzmitteln ausgestattet hätten. Nun muß er zu seinem Wort stehen.

Und vielleicht betrachtet Reagan die uneinheitliche Lage, in der wir uns nach dem NERVA-Unfall befinden, auch als Gelegenheit. Als die Gelegenheit, den Gang der Ereignisse zu gestalten. Das Raumfahrtprogramm ist eine Art Lackmus-Test für jede neue Regierung, eine Bewährungsprobe. Wir hatten Kennedy und den Mond, Nixon und das langfristige Mars-Programm... Joe, ich glaube, wenn wir mit einem Programm und einem klar umrissenen Ziel aufwarten, das geeignet ist, unser Image aufzupolieren und uns in ein paar Jahren wieder an die Spitze der Raumfahrt zu setzen – sagen wir, in fünf bis sechs Jahren, also noch innerhalb seiner voraussichtlichen Amtszeit –, wird Reagan es vielleicht kaufen.« Seine wässrigen Augen glänzten. »Und wir müssen jetzt handeln, während seine Administration sich etabliert. Aber...«

»Aber was?«

»Aber Reagan ist nicht Kennedy. Und Bush ist bestimmt nicht LBJ. Eine bloße Ankündigung ist nicht genug. Ich weiß nicht, ob es uns gelingen würde, hinter einem solchen Programm eine Interessenkoalition zu bilden und vor allem zusammenzuhalten. Und falls NERVA ein Schuß in den Ofen wird, was hätten wir Reagan dann überhaupt anzubieten, Joe?« Er schenkte sich noch einen Drink ein. »Meine Güte. Ich sage Ihnen, ich weiß nicht, ob mir das noch einmal gelingen würde. Über die Jahre habe ich im Kapitol viel Kredit verspielt, mit den ständigen Programmverzögerungen und Mehrkosten. Und nun noch diese Katastrophe mit der NERVA. Ich weiß nicht, ob ich in der Lage bin, noch einmal dort hinzugehen und zu kämpfen. Ich weiß nicht einmal, ob ich es überhaupt versuchen sollte.«

Er spielt mit dem Gedanken, aufzugeben, erkannte Muldoon. Die plötzliche Erkenntnis schmerzte ihn, traf ihn fast wie einen körperlichen Schock. Verdammt! *Wieso habe ich das nicht schon früher erkannt?*

Weil, so sagte er sich, er das nicht hatte erkennen wollen.

Eine NASA ohne Fred Michaels an der Spitze war völlig undenkbar für Muldoon und sicherlich auch für die meisten Amerikaner.

Muldoon war hinreichend mit den Abläufen in der NASA vertraut, um zu wissen, aus welchem Holz man als Leiter dieser Organisation geschnitzt sein mußte. Wissenschaftler oder Ingenieure kamen hierfür nicht in Frage. Es mußte jemand sein, der die komplizierte politische Szene ebenso kannte wie die öffentliche Meinung. Es mußte ein Manager sein, jemand, der imstande war, die rivalisierenden Gruppen zu effektiver und effizienter Arbeit zu motivieren. Es mußte ein Mann sein, der einen guten Draht sowohl zum Kongress, als auch zum Pentagon sowie zum Haushaltsausschuß hatte.

Fred Michaels war ein solcher Mann.

Michaels hatte, wie bereits sein Vorgänger James Webb, die Fähigkeit bewiesen, eine politische Lobby hinter einem Raumfahrtprogramm zu formieren und sie – was letztlich der entscheidende Punkt war – mittelfristig aufrechtzuerhalten. Michaels Beständigkeit sowie seine schier unerschöpfliche Energie und sein Engagement hatten wahrscheinlich genauso viel wie Kennedys Fürsprache dazu beigetragen, die NASA während dieser langen und scheinbar fruchtlosen Jahre über die Runden zu bringen.

Mit weniger kompetenten Männern im Büro des NASA-Leiters, wurde Muldoon sich bewußt, wäre die NASA schon vor Jahren in echte Schwierigkeiten geraten.

Und nun, auf der Talsohle, will er aufgeben und sich ins beschissene Dallas verkrümeln.

Muldoon saß im schummrigen Büro, hörte Michaels zu und schaute auf den flackernden Bildschirm.

Das erinnerte ihn an jenen Tag, als sein Vater ihm eröffnet hatte, daß er unheilbar krank sei; damals hatte er sich genauso entwurzelt und unsicher gefühlt.

Ich muß endlich erwachsen werden, sagte er sich.

Aber was, zum Teufel, soll ich denn tun?

März-April 1981
Lyndon B. Johnson-Raumfahrtzentrum, Houston

Aus Joe Muldoons Sicht erlangten die Diskussionen und die Entscheidungsfindung bezüglich der künftigen Gestalt des Raumfahrtprogramms während der nächsten Wochen eine dramatische Dynamik.

Reagan beauftragte seinen Berater im Weißen Haus, die Optionen zu prüfen. In einem Raum des Weißen Hauses mit Blick auf den südlichen Rasen wurde eine Besprechung im kleinen Kreis anberaumt. Anschließend unterrichtete Tim Josephson Muldoon über den Verlauf der Sitzung. Eine Handvoll Leute hatten dort stundenlang kontrovers diskutiert: der Berater des Präsidenten, der Vorsitzende des Haushaltsausschusses, Fred Michaels, Josephson, ein paar Assistenten sowie Michaels' alter Widersacher Leon Agronski.

»Das war wichtig für uns, Joe. Es handelt sich vielleicht um die wichtigste Besprechung seit der Entscheidung für den Flug zum Mond. Doch hauptsächlich haben wir uns wegen der lausigen Entscheidungen gestritten, die uns überhaupt in diese Lage gebracht haben. Und dann hatte Agronski wieder betont, welche Zeitverschwendung die bemannte Raumfahrt doch sei... Ich habe aber noch immer den Eindruck, daß Reagan nach etwas Positivem sucht, einer realistischen und reellen Option, mit der wir alle einverstanden sind. Doch bisher haben wir ihm keinen Kompromiß vorgelegt. Wir laufen Gefahr, uns ins Abseits zu manövrieren. Reagan wird sich etwas anderes suchen, um die Moral der Nation zu heben, und wir dürfen uns dann damit begnügen, im niedrigen Orbit gottverdammte Spionageflüge durchzuführen.«

Muldoon fragte sich, weshalb Josephson in letzter Zeit verstärkt dazu neigte, ihn ins Vertrauen zu ziehen. Muldoon vermutete, daß Josephson viel Zeit damit verbrachte, telefonischen Kontakt zu Leuten inner- und außerhalb der NASA aufzunehmen, um auf seine Art Fred Michaels bei der Bewältigung dieser Durststrecke zu helfen.

Wir haben nicht das Geringste erreicht, hatte Josephson gesagt. Muldoon wußte, daß das stimmte.

Also nutzte Muldoon – der mit den Apollo-N-Untersuchungen und organisatorischen Veränderungen schon voll ausgelastet war – die paar Stunden, die er eigentlich hätte schlafen sollen, für eigene Recherchen.

»Für welches Programm sollen wir uns nun entscheiden?« fragte er Phil Stone und wies mit ausladender Geste auf die Stapel aus Fotokopien, Journalen und Büchern auf dem Schreibtisch. »Wenn die Vorschläge alle eßbar wären, hätte ich schon fünfzig Kilo zugelegt. An Ideen fehlt es uns wahrlich nicht. Sollen wir uns wieder dem Mond zuwenden und seine Bodenschätze ausbeuten? Oder sollen wir einen Asteroiden einfangen, in der Nähe der Erde stationieren und dessen Bodenschätze ausbeuten? Oder wie wäre es mit der

Gründung von Kolonien an den Librationspunkten des Erde-Mond-Systems? Wir könnten aber auch Fabriken im Weltraum errichten und Kristalle, Medikamente oder Metallkugeln aus einem Guß herstellen. Eine andere Möglichkeit wäre der Bau großer hydroponischer Farmen im All, wo die Sonne immer scheint. Oder wir spannen Sonnensegel mit einer Fläche von vielen Quadratkilometern auf, um saubere Energie zu gewinnen. Oder wir zapfen flüssigen Sauerstoff aus der oberen Atmosphäre...«

Der NASA gebrach es gewiß nicht an Visionären, Ideen und Vorschlägen aller Art. Allerdings existierte keine klare Linie. Aufgrund ihrer noch kurzen Geschichte wies die NASA als Organisation Defizite in langfristiger Planung auf; von der Basis und den Zentren wurden fragmentarische Ideen und Pläne an die Oberfläche gespült und meistens in internen Querelen zerrieben.

Stone machte eine Geste. »Das sind alles tolle Ideen, Joe. Trotzdem halte ich sie für undurchführbar.«

»Wie meinen Sie das?«

»Die Sowjets haben einen Vorsprung vor uns, was die Montage großer Strukturen im Orbit betrifft, und sie haben auch mehr Erfahrung mit Langfrist-Aufenthalten im Weltraum. Wir liegen also schon zurück, ehe wir auch nur gestartet sind. Was auch immer wir in diesem Bereich in Angriff nehmen wollten, die Russen würden uns mit Leichtigkeit ausstechen. Zumal der ganze Kram, Fabriken und Kraftwerke im Weltall, irgendwie...«

»Was?«

»Phantasielos ist. Das ist öde. Joe, dieser Kram bringt uns nicht weiter; und seit Apollo sind wir *keinen* Schritt weitergekommen.«

»Was sollen wir dann tun? Wieder irgendeine spektakuläre Aktion durchführen?«

»Zum Mars fliegen. Darum geht es doch schon seit zehn Jahren, nicht wahr?«

»Aber wir hatten nie ein Mars-Programm als Pendant zum Mond-Programm der Sechziger. Wir müssen die Technik Schritt für Schritt entwickeln – die Atomrakete, neue Hitzeschilde, neue Navigationstechniken, Langstrecken-Erfahrung und so weiter. Eines Tages sind wir bestimmt in der Lage, all das zu einer Mars-Mission zu integrieren – allerdings mit einer modularen Struktur, wobei die Module flexibel und für unterschiedliche Missions-Anforderungen frei zu kombinieren sind...«

Stone lachte. »Sie müssen mal wieder hinter dem Schreibtisch hervorkommen, Joe. Sie hören sich schon so an, als seien Sie dort festgewachsen.«

Muldoon grunzte und rieb sich die Augen. »Wie dem auch sei, wir werden auf keinen Fall zum Mars fliegen. Weder Sie noch ich werden das erleben, Phil.«

»Sind Sie sich da so sicher? Die meisten Elemente haben wir doch schon.«

»Aber klar bin ich mir da sicher. Die beschissene Atomrakete ist im Orbit explodiert, wenn Sie sich erinnern. Die Russen schicken noch immer Bilder von dem verdammten Ding, das in der Dunkelheit blau glüht, zur Erde. Nach dem, was ich gehört habe, werden wir keine Genehmigung für den Start einer NERVA mehr bekommen. Und ohne NERVA...«

»Hat Ihre Mars-Mission sich erledigt. Es sei denn, Sie fliegen mit Chemie.«

»Ja«, knurrte Muldoon. »Aber wie? Hier – sehen Sie sich das an.« Er wühlte auf dem Schreibtisch herum, bis er eine Hochglanzbroschüre mit spektakulären Farbfotos gefunden hatte. »Das ist von Udet und seinen Jungs in Marshall. Sie haben ein paar alte Unterlagen überarbeitet, die zum Teil noch aus den frühen

Sechzigern stammen. Haben Sie schon einmal von den EMPIRE-Studien gehört?«

»Nee.«

»Marshall und ein paar Unternehmen der Luft- und Raumfahrtindustrie haben sie 1962/63 erstellt. Damals existierte Saturn-Apollo gerade auf dem Reißbrett, und die Ingenieure fragten sich, was sie so alles damit anfangen könnten. Die Antwort lautete EMPIRE, ein Programm für bemannte interplanetare ›Rundflüge‹ von einem Planeten zum andern. Sehen Sie sich das an. Ein paar der Optionen basierten zwar auf nuklearen Raketenstufen, doch bei den meisten hätte ein chemischer Antrieb genügt. In dieser Zeit wurden viele solcher Studien erstellt. Doch bald darauf war jeder Luft- und Raumfahrtingenieur des Landes Apollo in den Arsch gekrochen, und die Sache hatte sich erledigt.«

Stone blätterte den Bericht durch. »Und was hat Udet nun damit vor?«

»Er will die chemische Mars-Vorbeiflug-Option aus der Mottenkiste holen. Ein paar dritte Stufen der S-IVB sollen in den Orbit gebracht, aneinandergekoppelt und auf eine minimalenergetische, schleifenförmige Trajektorie um den Mars gebracht werden. Man bräuchte dazu zwei, höchstens drei Saturn-Starts.«

»Ein Vorbeiflug am Mars? Was, zum Teufel, soll das für eine Mission sein?«

Muldoon rieb sich das Gesicht. »Wir reden hier von einem vielleicht siebenhundert Tage dauernden Rundflug und einem Arbeitstag auf dem Mars.«

»Ein Vorbeiflug mit interplanetarer Geschwindigkeit…«

»Ach, noch etwas. Der Vorbeiflug würde an der Nachtseite erfolgen.«

Stone lachte. »Das soll wohl ein Witz sein.«

»Eine solche Mission wurde jedenfalls im Jahre 1963

vorgeschlagen. Es ging dabei um den Flug *an sich* – im Grunde wie bei Apollo –, ohne daß jemand sich dafür interessiert hätte, welches Ziel damit verfolgt wurde.«

Stone warf den Bericht auf Muldoons Schreibtisch. »Sie werden dem doch nicht zustimmen, Joe? Aus solchen Aktionen sind wir inzwischen herausgewachsen. Nicht? Auf lange Sicht schlagen sie nämlich auf den Urheber zurück. Verdammt, Udet und seine Jungs sollten es besser wissen. Zumal der Kongreß uns wahrscheinlich eh auslachen würde.«

Muldoon zuckte die Achseln. »Teufel, Reagan würde es vielleicht genehmigen, Phil.«

»Betrachten wir es mal von dieser Warte«, sagte Stone nachdenklich. »Was würde Natalie York wohl dazu sagen?«

Muldoon lachte; doch dann brach das Lachen ab, und er musterte Stone. »Wissen Sie was, Sie haben recht. York hat ein Gespür für solche Dinge.« Auch wenn sie so lästig wie Hämorrhoiden ist, sagte er sich, würde sie keine Mission gutheißen, die den Aufwand vielleicht nicht wert ist. »In Ordnung. Dann müssen wir also eine chemische Mission planen, die in einer vertretbaren Zeitspanne eine Besatzung in den Mars-Orbit bringt – Landung inklusive. Doch das führt uns wieder an den Ausgangspunkt zurück – es sieht nämlich nicht so aus, als ob wir das auf chemischem Wege schaffen würden.

Stone zuckte die Achseln. »Dann lassen Sie sich eine intelligentere Lösung einfallen.«

»Und die wäre?«

»Woher soll ich das denn wissen? Joe, Sie sind doch der Programmdirektor, meine Güte. Es laufen hier genug schlaue Leute 'rum. Sie sollen in die Puschen kommen.« Er machte einen nachdenklichen Eindruck. »Natalie York, hä?«

»Genau. Gibt Ihnen zu denken, nicht wahr?«

Muldoon widmete sich wieder der Untersuchung.

Als er in jener Nacht in einer besseren Abstellkammer am JSC einzuschlafen versuchte, war sein Kopf angefüllt mit den widersprüchlichen Anforderungen der neuen Stelle. Muldoon dachte an eine Konferenz zurück, an der er vor langer Zeit teilgenommen hatte. Sie hatte im von Braun Hilton in Marshall stattgefunden, wie er sich erinnerte: ein Seminar über Mars-Modi. Und dann hatte ein kleiner Mann sich erhoben und den eigenartigen Vorschlag unterbreitet – Muldoon hatte den größten Teil der Konferenz verschlafen und erinnerte sich nicht an die Details –, die geringe Δv, die durch die chemische Technik nur möglich war, durch die Nutzung von Gravitationsschleudern zu erhöhen. Auf dem Flug zum Mars sollte man sich quasi an der Venus abstoßen. Und der kleine Mann hatte dann unter dem Hohngelächter von Udet und den anderen Arschlöchern aus Marshall den Rückzug vom Podium angetreten.

Doch weshalb kam er gerade jetzt darauf?

Um drei Uhr morgens stieg er aus dem Bett und schlurfte zu seinem alten Schreibtisch im Astronauten-Büro. Dann wühlte er sich durch die alten Unterlagen und Tagebücher und versuchte, die flüchtigen Erinnerungen festzuhalten.

Gegen fünf Uhr hatte er gefunden, wonach er suchte. *Gregory Dana. Mein Gott. Er war Jim Danas Vater.*

Um sieben Uhr setzte er sich ans Telefon und versuchte Dana ausfindig zu machen.

Vorsichtig steckte Muldoon die Zehen ins Haifischbecken der NASA-Politik.

Er zog ein paar Fäden und richtete eine Arbeitsgruppe aus Vertretern der NASA und der Luft- und Raumfahrtindustrie ein, welche der Idee, die ihm im Kopf herumspukte, Substanz verleihen sollte. Gleichzeitig verfaßte er einen Bericht an Michaels, in dem er die bisherigen Forschungsergebnisse zusammenfaßte.

Er ließ Tim Josephson eine Endfassung erstellen, wodurch er ihr unausgesprochenes und fragiles Bündnis festigte. Und als Muldoon den Bericht dann an Michaels schickte, ließ er Josephson auch ein Exemplar zukommen, damit der Inhalt ins Weiße Haus durchsickerte.

Natalie York war die Repräsentantin des Astronauten-Büros in Joe Muldoons Arbeitsgruppe. Sie wurde zu einer ersten Besprechung ins NASA-Hauptquartier geschickt.

Vor der Ankunft dort hatte sie sich kaum Gedanken über diesen Auftrag gemacht. Sie freute sich lediglich auf den Kurzurlaub in Washington – so entkam sie nämlich der Tretmühle des Trainings, das vor dem Hintergrund eines aus dem Ruder gelaufenen Programms sinnlos geworden war. Außerdem floh sie aus ihrem leeren, noch nicht verkauften Apartment und vor all den Löchern, die Ben in ihrem Leben hinterlassen hatte.

Daß sie nun an einer solchen Konferenz teilnahm, hätte sie sich noch vor ein paar Monaten nicht träumen lassen – zumal sie nicht damit gerechnet hatte, daß sie nach dem Desaster überhaupt zustandekommen würde.

Muldoon hatte Mitarbeiter aus allen wichtigen NASA-Zentren einbestellt, darunter Udet und sein Team aus Marshall sowie hochrangige Ingenieure und Manager der größten Auftragsnehmer der NASA: Boeing, Rockwell, Grumman, McDonnell, IBM und andere. Der Abzug so vieler leitender Angestellter bedeutete allerdings eine Beeinträchtigung vieler anderer Projekte, einschließlich der Untersuchungen der Apollo-N-Havarie und des Umstrukturierungsprogramms. Und wirklich überschritt Muldoon damit seine Kompetenzen.

Doch offensichtlich hatte er seine neue Position genutzt, um Fäden zu ziehen.

Muldoon stellte sich auf ein Podium in einem überfüllten Konferenzsaal und eröffnete die Sitzung.

»Die Konferenz ist für die nächsten vierzehn Tage anberaumt«, sagte Muldoon. »Das Ziel ist, in dieser Zeit die Grundzüge eines neuen Raumfahrtprogramms zu entwickeln. Nichts weniger. Ich erwarte von Ihnen, daß Sie sich voll engagieren, auch an den Wochenenden. Ich werde diese Gruppe von allen anderen Verpflichtungen freistellen; Sie werden hier in Washington arbeiten. Für Büroräume, EDV-Ausrüstung und Telefonverbindungen habe ich bereits gesorgt...«

Trotz Muldoons kraftvoller Präsentation vernahm York ein unzufriedenes Murmeln. *Wovon, zum Teufel, redet er? Worum geht es bei diesem Plan überhaupt? Ohne die beschissene Atomrakete werden wir bis zur Jahrtausendwende nicht mehr aus dem Erdorbit herauskommen.*

York hatte Muldoon noch nie so erlebt.

Sie kannte ihn bisher als einen komplizierten Menschen: ein Mond-Spaziergänger, der besessen war von der Idee, wieder ins All zu fliegen – ein ungestümer Mann, der kein Blatt vor den Mund nahm und vielleicht zu heftig über die Inkompetenz von Leuten wetterte, die ihm in die Quere kamen. Nun sah sie, wie er einen Saal mit den besten Leuten der NASA im Griff hatte, mit Leidenschaft und Verve und dem sichtlichen Willen zum Erfolg. Er hatte sich erstaunlich entwickelt; nun wurde ihr zum erstenmal bewußt, wie weise Fred Michaels' Entscheidung gewesen war, diesen Mann als Nachfolger von Bert Seger mit der Leitung des Raumfahrt-Programms zu betrauen.

Muldoon skizzierte die Leitlinien für die Konferenz.

»Ich möchte, daß Sie sich auf ein Missions-Profil für eine vierköpfige Besatzung und mit einem dreißigtägigen Zwischenstop konzentrieren. Der Start soll 1985 erfolgen. Diese Mission wird sich grundlegend von den bisherigen Planungen unterscheiden: uns steht nur noch die chemische Technik zur Verfügung, und nun sind Ihre Trajektorie-Experten gefordert.

Selbstdisziplin ist das Gebot der Stunde. Das kann ich nicht oft genug betonen. Das Ziel ist die Entwicklung eines Programms auf der Grundlage dessen, was getan werden muß und was auf der Grundlage der uns zur Verfügung stehenden erprobten Technik möglich ist. Es geht *nicht* darum, wie das Programm Ihrer Meinung nach aussehen sollte. Das Programm und der Zeitplan müssen realistisch sein: keine Versprechungen, die wir nicht einzuhalten imstande sind, keine Utopien...«

Nun dämmerte York, wovon Muldoon sprach, welches Ziel diese Arbeitsgruppe wirklich verfolgte.

Der Marsflug. Vielleicht ist er doch noch möglich.

Zum erstenmal seit Bens Tod fühlte York sich wieder motiviert.

Nach einer Woche hatte Muldoon – inmitten des Chaos aus Computerausdrucken, Fachzeitschriften, Folien, Flipchart-Seiten, halbaufgegessenen Sandwiches und Pappbechern – den Eindruck, daß etwas Machbares sich herauskristallisierte.

Er hatte aus dem Bauch heraus gehandelt und war bestätigt worden. *Wir haben hier wirklich etwas.*

Allmählich begriff er auch, weshalb Michaels ihn mit dieser Aufgabe betraut hatte.

Das Mars-Programm hatte die Entwicklung der NASA seit 1972 geprägt... Nein, sagte Muldoon sich, mehr noch: es hatte die Entwicklung der NASA nach Apollo und aller anderen Programme verzerrt. Die

NASA war von einem unausgesprochenen Ziel besessen: *Menschen auf dem Mars*. Diesem Ziel wurde alles andere untergeordnet: die Erdorbit-Programme dienten der Vorbereitung für die zukünftigen Langstreckenflüge, und die unbemannten Programme wurden entweder eingestellt oder auf operative Zwecke reduziert.

Muldoon wußte nun, weshalb Michaels ein solches Vertrauen ihn in gesetzt hatte. Weil auch er ein Monomane war. Seine eigene Besessenheit war quasi eine verkleinerte Abbildung der Besessenheit der NASA.

Er war die ideale Besetzung.

Nach diesen zwei Wochen hatte Muldoon genug Material für den Leiter der NASA gesammelt.

Muldoon ließ sich von Josephson einen Termin bei Michaels geben. Bei der Besprechung anwesend waren Udet, Gregory Dana, Vertreter der Luft- und Raumfahrtindustrie und sogar zwei Senatoren: sie alle waren glühende Verfechter des neuen, embryonischen Programms.

Muldoon skizzierte den Missions-Modus. »Wir brauchen noch immer ein Orbitaltransfer-Triebwerk, um das Schiff von der Erde zum Mars und zurück zu befördern. Hierfür hatten wir ursprünglich die S-NB vorgesehen.« Er warf einen Blick auf Michaels. »Doch auch ohne die S-NB haben wir noch eine Option, Fred. Eine Option aus dem Bereich der chemischen Technik. Es bestünde die Möglichkeit, die S-II, die zweite Saturn-Stufe, zu modernisieren. Uns liegen bis 1972 zurückreichende Konstruktionsunterlagen von Rockwell vor, in denen die entsprechenden Verbesserungen für die S-II beschrieben werden – indem man sie mit Wiederanlauf-Triebwerken, Verniertriebwerken, Andockvorrichtungen etc. ausrüstet.«

»Ja«, grunzte Michaels. »Und diese Studien sind seit

Anbeginn von diesen Bastarden aus Marshall zerpflückt worden.«

Udet starrte reglos auf Muldoons Folie.

»Ich bräuchte eine Bestätigung«, sagte Dana, »daß die Entwicklung der S-II innerhalb des gesteckten Zeitrahmens möglich ist.«

Michaels nickte. »Die bekommen Sie, Doktor.« Er machte sich eine Notiz.

Muldoon legte eine andere Folie auf. »Treibstoff. Unter der Annahme, daß Wasserstoff/Sauerstoff verwendet wird, haben wir den folgenden Treibstoffbedarf errechnet: tausend Tonnen für den Start von der Erde, dreihundert Tonnen für die Landung und den Wiederaufstieg vom Mars sowie siebzig Tonnen, um wieder in den Erdorbit zu gehen. Das sind beim Start der Mission insgesamt eintausenddreihundertundsiebzig Tonnen im Erdorbit. Und es wäre noch viel mehr, wenn wir nicht in der Lage wären, mit Doktor Danas Schwerkraft-Hilfsmanöver Brennstoff zu sparen. Die maximale Masse, die wir mit der Saturn VB in den Orbit bringen, beträgt etwa vierhunderttausend Pfund – ungefähr einhundertachtzig Tonnen ...«

»Die Saturn VB muß aber erst noch erprobt werden«, sagte Dana.

»Dessen bin ich mir bewußt.« Muldoon legte wieder eine andere Folie auf. »Das ist aber nicht akut, Doktor; wir haben genug Zeit, um diesbezügliche Probleme zu lösen. Und so würde die Mission ablaufen: Zunächst würden wir eine modifizierte, leere S-II in den Orbit schicken. Dort würde die S-II an eine neue Einrichtung andocken, die wir als Orbitale Montageanlage bezeichnen. Ein simples Gerät, das aus einem Gitterrohrrahmen und Steuertriebwerken besteht; wir würden es in einen Orbit in der Nähe von Skylab bringen.

Anschließend würden unbemannte VBs Zusatztanks in den Orbit bringen. Jeder dieser Außentanks wird siebenhundert Tonnen flüssigem Wasserstoff und Sauerstoff enthalten, die sicher voneinander isoliert sind. Die Tanks würden dann an der Montageanlage festgemacht. Mit weiteren Saturn VB-Flügen würde der Brennstoff in Behältern nach oben gebracht und in die Tanks beziehungsweise in die S-II-Stufe gefüllt. Dazu werden mindestens zehn Saturn VB-Starts erforderlich sein. Bedenken Sie, daß die Saturn VB-Konfiguration sich vor allem durch ihre Wiederverwendbarkeit auszeichnet – die vier Feststoff-Booster werden überholt und wiederverwendet –, wodurch die Kosten pro Start deutlich reduziert werden. Wir entwickeln bereits Einrichtungen, die ein schnelles Drehen der Startplattform und die zügige Überholung des Fluggeräts ermöglichen. Außerdem sind wir in der Lage, die Treibstoff-Flüge mit anderen Zielen zu kombinieren, beispielsweise mit der Flugerprobung des Mars-Exkursionsmoduls. Zum MEM liegen im übrigen noch keine Spezifikationen vor. In ein paar Wochen werden wir eine Aufforderung zur Angebotsabgabe aussprechen, falls die Mission genehmigt wird...«

Dann wartete Josephson mit einer Reihe von Präsentationen auf; er zeigte Tabellen und Diagramme zu den Kosten und dem zeitlichen Ablauf der Entwicklung und Erprobung. Die Folien mit den Finanzdaten basierten auf der Annahme eines Programms der intensivierten Erprobung der verschiedenen Komponenten und Konfigurationen im mondnahen Raum, an dessen Ende drei operative Missionen stehen sollten. Die Referenten zeigten das Potential der neuen Technik auf: sie ermöglichte nicht nur eine Landung auf dem Mars und die Rückkehr zum Mond, sondern auch die Errichtung einer Mars-Basis sowie Orbitalmissionen zur Venus. Das neue Programm diente also nicht nur als Grundlage für einen einmaligen Flug zum Mars, sondern für die Expansion ins Sonnensystem.

Michaels mit seinem pausbäckigen Politiker-Gesicht folgte der Präsentation, ohne eine Miene zu verziehen. Zeitweilig saß er sogar mit geschlossenen Augen da, als ob er gleich einschlafen würde.

Nachdem die Präsentation beendet war, massierte Michaels sich die Nasenwurzel und die Tränensäcke unter den wässrigen Augen.

Nachdem die anderen gegangen waren, bat er Muldoon, noch zu bleiben.

»Sie haben verdammt gute Arbeit geleistet, Joe. Sie haben mich überzeugt. Zumal ich schon unter dem Druck des Weißen Hauses stehe, mit einem solchen Vorschlag aufzuwarten.«

Muldoon bekam daraufhin Herzklopfen.

Michaels öffnete eine Schublade und holte eine Flasche Kentucky-Bourbon und zwei Gläser heraus; dann schenkte er jedem von ihnen einen Schuß ein. »Sagen Sie mir, wie Sie die langfristigen Planungen der NASA beurteilen.«

Muldoon wollte erst einen ausführlichen Kommentar geben. Doch dann beschloß er, sich kurz zu fassen.

»*Welche* langfristigen Pläne?«

Michaels grunzte. »Sie haben's erfaßt. Die Zentren legen uns alle möglichen gottverdammten Pläne vor. Das ist schön und gut. Aber seitdem ich dieses Amt bekleide, habe ich noch nie die Notwendigkeit für eine langfristige Strategie der NASA gesehen. Und wissen Sie auch, weshalb? Weil das bemannte Raumfahrtprogramm einer starken Opposition gegenübersteht. So ist es immer schon gewesen, und so wird es immer sein. Und jeder Plan, den ich vorlege – jede verdammte Aussage – ist ein gefundenes Fressen für die Opposition. Das habe ich alles von Jim Webb gelernt, damals in den Sechzigern. Webb hat Apollo mit vollem Einsatz verteidigt – auch wenn das letztlich seine Entlassung bedeutete. Er wußte, welche Bedeutung ein Erfolg von

Apollo haben würde; und erst recht wußte er um die Konsequenzen eines Mißerfolgs oder der Einstellung des Programms. Das ist mit ein Grund für den Schlamassel, in dem wir nun stecken. Aber wir müssen die Lektion lernen, Joe. Selbst wenn das bedeutet, daß wir eine Hypothek auf die Zukunft aufnehmen...«

Michaels schenkte ihnen noch ein paarmal ein und erzählte noch ein wenig über Taktik, Details der Vorschläge und davon, wie man die Unterstützung des Militärs, der Luft-und Raumfahrtindustrie und anderer Interessengruppen erlangte.

Langsam begriff Muldoon, worüber Michaels laut nachdachte und welchen Weg er suchte. *Er redet über Taktik. Er mag müde sein, aber fertig ist er noch nicht. Er sagt uns, was er tun muß, um es zu erreichen. Er hat es uns abgekauft.*

Nach der Besprechung mit Michaels suchte Udet Dana auf. »Doktor Dana. Wir müssen uns unterhalten. Ich glaube, daß wir im Grunde dasselbe Ziel verfolgen.«

»Früher hätte ich das wohl auch so gesehen.« Danas Stimme war unnatürlich hoch, und die Augen hinter der Brille waren ausdruckslos. »Heute bin ich mir da nicht mehr so sicher. Ich habe mich damit abgefunden, daß ich es *nicht* mehr erleben werde, wie Menschen zum Mars fliegen – falls der Versuch mit zu hohen Risiken behaftet ist.«

Ja, ja. Trotzdem hast du Muldoons Einladung angenommen, in dieser Arbeitsgruppe mitzuwirken. Wenn dieser Traum wirklich so vage ist, wie du behauptest, wärst du doch gar nicht hier.

Udet spürte ein eigenartiges Hochgefühl, fast ein Gefühl der Verwandtschaft mit diesem kauzigen Männchen. *Du hast die Schlacht bereits gewonnen, Hans. Du solltest jetzt nicht übermütig werden.*

Allerdings hörte Udet nicht auf die innere Stimme.

»Doktor Dana. Ich glaube, es gibt einiges zwischen uns, das einmal ausgesprochen werden sollte. Wir arbeiten nun schon seit vielen Jahren zusammen. Und trotz persönlicher Differenzen haben wir große Leistungen vollbracht. Ich werde dieses Schiff bauen. Und es wird ein Denkmal für Ihren Sohn werden.«

Danas Kopf schwenkte wie ein Geschützturm herum. »Sie hatten mit meinem Sohn nichts zu tun, Udet. Vereinnahmen Sie ihn nicht für Ihre Zwecke.«

»Natürlich nicht. Ich meinte auch nur ...«

»Und was uns betrifft, Sie und mich – wir haben viel tiefere Wurzeln, als Sie vielleicht glauben.«

Udet verspürte einen Anflug von Furcht. »Sagen Sie mir, was Sie damit meinen.«

»Daß ich im *Mittelwerk* war.«

Dana nahm seine Aktentasche an sich und ging mit einem knappen Kopfnicken davon.

Udets Hochgefühl, die triumphale Stimmung, verflog mit einemmal; nun fühlte er sich, als ob er mit einer Pistole hantiert hätte, ohne zu wissen, daß sie geladen war.

Das *Mittelwerk*. Es war hier, eines dieser nach Tausenden zählenden Gespenster. *Mein Gott.*

Dieser absurde kleine Mann hat vielleicht absolute Macht über mich.

Nach der Besprechung mit Michaels entwickelten die Dinge eine Dynamik, die Muldoon verblüffte.

Der neue Vorschlag stieß bei Leon Agronski vom MIT* auf Ablehnung, was aber auch zu erwarten gewesen war. Agronski nahm die NASA aufs Korn, weil sie der bemannten Raumfahrt in seinen Augen eine zu große Bedeutung beimaß. Und er machte ökonomische Vorbehalte geltend. Er legte Studien vor, wonach die

---

* MIT = Massachusetts Institute of Technology – *Anm. d. Übers.*

Ausgaben für Forschung und Entwicklung der Luft- und Raumfahrtindustrie fünfunddreißig Prozent der nationalen F&E-Ausgaben ausmachten, die F&E der Luft- und Raumfahrtindustrie indessen in der volkswirtschaftlichen Gesamtrechnung mit nur *vier* Prozent der Wertschöpfung bei den Rohstoffen zu Buche stand.

Doch Michaels konterte mit Belegen, wonach zwei Drittel des Wirtschaftswachstums seit der Weltwirtschaftskrise von 1929 bis zum Start des Sputnik durch neue Techniken bedingt waren und daß die Investitionsrentabilität für die NASA im Jahre 1980 ungefähr dreiundvierzig Prozent betrug.

Wie Michaels erwartet hatte, diskreditierte Agronski das neue Programm auch als wissenschaftliche Scharlatanerie. Michaels erwiderte, daß die NASA die Erbringung mehrerer Astronauten-Monate auf dem Mars plante, und zwar für einen Bruchteil der Kosten von Apollo, wo gerade einmal ein paar Mann-Wochen auf dem Mond erbracht worden waren...

Gleichzeitig eröffnete Michaels eine neue Front und trat in Verhandlungen mit dem Verteidigungsminister ein, der – zu Recht – argwöhnte, daß Michaels ein paar der Milliarden, die Reagan der Rüstungsindustrie zugesagt hatte, für sich abzweigen wollte. Deshalb brauchte Michaels die Genehmigung des Verteidigungsministers für dieses zivile Weltraumprojekt.

Allerdings stellte sich zunächst einmal die Frage, wieso ein solches Entgegenkommen überhaupt gewährt werden sollte. Nachdem die Sowjets eine ganze Serie von militärischen Saljut-Flügen im niedrigen Orbit durchgeführt hatten, machten der Verteidigungsminister und vor allem die Luftwaffe sich für ein neues Programm stark, das Flüge im niedrigen Erdorbit für Aufklärungs- und sonstige Zwecke zurückschraubte und Experimente mit weltraumgestützten Waffensystemen – wie Laser- und konventionelle Waffen zur Abwehr von

Interkontinentalraketen – förderte, was eher mit Reagans strategischer Denkweise konform ging.

Michaels hatte jedoch ein Trostpflaster für die Militärs. Er setzte ihnen auseinander, daß die Technik der Mars-Mission – zum Beispiel orbitale Betankungstechniken – auch einen militärischen Nutzen hätte. Und er sagte ihnen zu, Militärpersonal auf die Testflüge für die Mars-Mission mitzunehmen und militärisch relevante Experimente durchzuführen.

Außerdem verwies Michaels auf die größeren Zusammenhänge, nämlich auf den Nutzen für die Luft- und Raumfahrtindustrie als solche. Eine neue Initiative in diesem Bereich würde der Wirtschaft einen solchen Schub verleihen, daß es wegen der drohenden Inflationsgefahr schon wieder ungesund war. Und um es den Politikern recht zu machen, nährte er den schon Anfang der Fünfziger aufgekommenen Verdacht, daß von allen Teilstreitkräften die Luftwaffe sich am meisten der politischen Kontrolle entzog, je mehr sie in die Raumfahrt involviert war. Die Luftwaffe hatte nämlich von Anfang an auf ein eigenes Weltraumprogramm gedrungen, das unabhängig von den Aktivitäten der NASA verlaufen sollte. Und in den letzten Jahren hatten etliche Leute den Eindruck gewonnen, daß die Forderungen der Luftwaffe den Zielen des Skylab-Projekts abträglich gewesen seien. Zumal eine bemannte Mars-Mission *in Verbindung* mit der neuen Militärdoktrin sich vielleicht auch öffentlichkeitswirksam ausschlachten ließe: *die Vereinigten Staaten lassen nicht nach in ihren Verteidigungsanstrengungen – und sie sind noch immer reich und mächtig genug, um nach den Sternen zu greifen* ...

Also war es durchaus möglich, ein rein ziviles Raumfahrt-Programm – das mit HighTech gespickt, jedoch dem Zugriff des Verteidigungsministers und insbesondere der Luftwaffe entzogen war – den Politikern schmackhaft zu machen.

Und so ging die von Michaels und Josephson dominierte Diskussion weiter. Die beiden scharten die Kräfte der nationalen Politik um sich, um das Programm nach *ihren* Vorstellungen zu gestalten. Schließlich verlagerte die Debatte sich auf die Ebene der Wirtschaftstheorie und des politischen Diskurses, und Joe Muldoon, ein schlichter Mond-Spaziergänger, hatte nichts mehr zu melden.

Später wurden Michaels und sein Stab, einschließlich Muldoon, zu einer Besprechung ins Weiße Haus geladen, um zusammen mit dem Verteidigungsminister und Vertretern des Haushaltsausschusses die Vorschläge der NASA zu erörtern. Und dann beraumte Reagan selbst eine Kabinettssitzung an, an der auch Vertreter der NASA, des Haushaltsausschusses, des Verteidigungsministeriums und des MIT teilnahmen.

Michaels war sichtlich erschöpft, doch Muldoon sah, daß er auf der Kabinettssitzung seine Position unter Aufbietung aller Kräfte vertrat. Er wußte, daß er kurz vor dem Ziel stand, doch diese letzte Hürde mußte er noch nehmen.

Reagan stellte überraschend pointierte Fragen zu den größeren Zusammenhängen des Vorschlags. Muldoon hatte den Eindruck, daß er sich dabei auf Elemente beschränkte, von denen er selbst profitieren würde – wie Kennedy es vor zwei Jahrzehnten auch getan hatte. Und Michaels bemühte sich, Reagans Erwartungen gerecht zu werden; er deutete an, daß, wie seinerzeit bei Kennedy, eine kühne Weltraum-Initiative ihm größeren Rückhalt im Kongress verschaffen und den Weg für weitere Pläne ebnen wurde...

Doch Reagan waren die Kosten noch immer zu hoch, und er und sein Stab durchforsteten das Programm und setzten den Rotstift an.

Muldoon mußte hilflos mit ansehen, wie sein minutiöses Test- und Entwicklungsprogramm zusammengestrichen wurde, wie die orbitalen Venus-Missionen und Mars-Basen Makulatur wurden und wie von den drei Mars-Flügen am Schluß nur noch einer übrigblieb. Das war unglaublich.

Und im Verlauf der Sitzung nahm Muldoon unterschwellig noch etwas wahr. Die NASA hatte die Sache mit Apollo-N nach allen Regeln der Kunst verbockt, und trotzdem war Reagan bereit, ein neues und umfangreiches Programm zu genehmigen. Aber die NASA mußte einen Preis dafür zahlen. Mit dem Abschuß von Bert Seger und einer Neuorganisation der NASA war es nicht getan.

Muldoon wußte, daß die NASA Buße tun mußte, wenn sie rehabilitiert werden wollte.

Michaels verfaßte einen Abschlußbericht für Reagan, in dem er den Ablauf der neuen Mission beschrieb und ein Programm vorlegte, um die Zustimmung des Kongresses und des Senats zu erhalten.

Er lehnte es ab, das Dokument durch Mitarbeiter des Präsidenten zustellen zu lassen. Statt dessen brachte er den Bericht selbst ins Oval Office und übergab ihn, vor Müdigkeit zitternd, Reagan persönlich.

Ans Deckblatt war ein Rücktrittsgesuch geheftet.

Donnerstag, 16. April 1981
Weißes Haus, Washington, DC

... Unser großes Ziel ist es, den amerikanischen Pioniergeist wiederzubeleben und die Überwindung neuer Grenzen ins Auge zu fassen. Eine dynamische Wirtschaft bietet Anreiz für Initiativen, schafft neue Industrien und stärkt die Wettbewerbsfähigkeit alter Industrien.

Nirgends sonst ist das von größerer Bedeutung als bei unserer neuen Grenze, dem Weltall. Nirgends sonst werden unsere technische Führung und unsere Fähigkeit, die Wohlfahrt der Erde zu steigern, eindrucksvoller demonstriert. Das Weltraumzeitalter ist erst ein Vierteljahrhundert alt. Dennoch haben wir die Zivilisation mit unseren Fortschritten in Wissenschaft und Technik bereits vorangebracht. In dem Maße, wie wir neue Schwellen des Wissens überschreiten und tiefer ins Unbekannte vorstoßen, wird auch die Zahl der Arbeitsplätze sprunghaft ansteigen.

Unsere Vorstöße in den Raum – wo wir große Fortschritte für die Menschheit machen – sind ein Tribut an den Teamgeist und die Leistungsfähigkeit der Amerikaner. Unsere klügsten Köpfe in Politik, Wirtschaft und an den Hochschulen haben sich zusammengeschlossen. Und wir dürfen mit Stolz behaupten: wir sind die Ersten, wir sind die Besten; und wir verkörpern diese Tugenden, weil wir frei sind.

Amerika hat seit jeher die größten Leistungen vollbracht, wenn wir Mut zur Größe besaßen. Und zu dieser Größe werden wir zurückfinden. Wir sind imstande, unsere Träume von den Sternen zu verwirklichen und im Weltraum zu leben und zu arbeiten, zum Wohle des Friedens, der Wirtschaft und der Wissenschaft.

Meine Berater entwickeln zur Zeit eine nationale Weltraum-Politik, die ich im Laufe dieses Jahres in aller Ausführlichkeit vorstellen werde. Diese Politik wird grundlegende Zielsetzungen für das Raumfahrtprogramm der USA enthalten und folgende Aspekte umfassen: die Stärkung der Sicherheit der Vereinigten Staaten, die Aufrechterhaltung der Führung der Vereinigten Staaten in der Raumfahrt, die Stärkung von Investitionen im privaten Sektor der Vereinigten Staaten und der zivilen Weltraum- und weltraumbezogenen Aktivitäten und die Förderung internationaler Gemeinschaftsprojekte im nationalen Interesse. Mit Blick in die Zukunft müssen wir die Führungsrolle in der Raumfahrt bis zum Ende dieses Jahrhunderts und darüber hinaus gewährleisten. Um das zu erreichen, muß das Raumfahrtprogramm eine neue, erfolgversprechende Richtung einschlagen, in der unsere derzeitigen Fähigkeiten im Bereich der chemischen Raketentechnik sowie die Fähigkeit, für längere Zeit im Weltraum zu leben und zu arbeiten, voll ausgeschöpft werden. Und wir müssen es jetzt tun.

Noch heute werde ich die NASA vor dem Hintergrund der neuen Weltraum-Politik anweisen, mit den Vorbereitungen für eine bemannte Mission zum Mars fortzufahren und dieses Ziel innerhalb von fünf Jahren zu erreichen. Eine solche Mission wird einen Quantensprung in Forschung und Entwicklung und in bezug auf das Verständnis der Natur des Universums bedeuten.

Wie die Ozeane früher eine neue Welt für Seeleute und Yankee-Händler eröffnet hatten, eröffnet heute das All ein riesiges Potential für die Wirtschaft ...

Veröffentlichte Dokumente der Präsidenten der Vereinigten Staaten: Ronald Reagan, 1981 (Washington, DC: Presseamt der Regierung, 1981), S. 362.

Donnerstag, 16. April 1981
NASA-Hauptquartier, Washington

Michaels bestellte Tim Josephson in sein Büro. Er hatte die Krawatte gelockert und eine neue Flasche seines bevorzugten Kentucky-Bourbons aufgemacht. Doch den beiden war nicht gerade zum Feiern zumute, während sie im Zwielicht an den Drinks nippten. So erschöpft hatte Josephson Michaels noch nie gesehen.

Josephson hob das Glas. »Auf Sie, Fred. Sie haben in den letzten Wochen Unglaubliches geleistet.«

Michaels nahm einen Schluck. »Ja. Ja, das habe ich wohl. Wir haben Reagan die Zusage abgeluchst. Und wenn ich gehe, ziehe ich die NASA wegen Apollo-N aus der Schußlinie.«

»Fred ...«

»So sieht's aus, Tim«, sagte Michaels mit harter

Stimme. »Das ist meine letzte Aufgabe. So läuft's eben. Der dickste Brocken liegt aber noch vor euch. Ihr müßt dieses Projekt verwirklichen.« Er musterte Josephson. »Und das ist eine Aufgabe, die Sie bewältigen müssen, Tim. Ich habe Sie bereits im Weißen Haus empfohlen.«

Das traf Josephson zwar nicht unvorbereitet, aber dennoch fühlte er einen Anflug von Panik. »Ich... freue mich, daß Sie ein solches Vertrauen in mich setzen, Fred. Aber bin ich wirklich der richtige Mann? Teufel, ich bin ein Bürohengst. Ein Funktionär, der geborene Befehlsempfänger.«

»Mein Gott, als ob ich das nicht wüßte!« sagte Michaels barsch. »Aber ich habe keinen besseren Kandidaten. Sie müssen einfach über Ihren Schatten springen, Tim. Sie werden es schaffen, wenn Sie nur an sich arbeiten.«

Josephson lächelte hinter dem Glas. »Danke, Fred. Sie werden mir fehlen.«

»Und ich möchte, daß Sie sich an Muldoon halten. Nutzen Sie seine Fähigkeiten. Ihr beide werdet ein erstklassiges Team abgeben.«

»Ich werde das beherzigen.«

Michaels starrte in sein Glas. »Wissen Sie, manchmal glaube ich, daß uns irgendwann etwas abhanden gekommen ist. Ich meine, von den Leuten, die am wenigsten an der Entscheidungsfindung beteiligt waren, stammen die besten Ideen. Es waren die Ingenieure in Langley und Marshall – Leute, die ihr Leben der Raumfahrt gewidmet haben. Leute wie Gregory Dana. Wir bedienen uns ihrer Studien und Berichte und nutzen sie als Munition in der politischen Auseinandersetzung. Doch der visionäre Überbau, die Beschwörung des Entdeckergeists und des Schicksals, die Appelle ans Gefühl und die Bemühungen, den geistigen Horizont der Menschheit zu erweitern – all das geht leider unter.«

Josephson nippte am Drink. »Vielleicht ist das auch

eine zwangsläufige Folge, Fred. Bei Apollo war es das gleiche. Wird die Raumfahrt erst einmal in den Rang einer Religion erhoben, erlangt sie eine enorme Macht. Doch sie weckt in uns nicht mehr die alten Träume. Und alle Beteiligten – die NASA, das Weiße Haus, der Verteidigungsminister – wollen das Raumfahrtprogramm nur für ihre Interessen nutzen. So ist das eben.«

»Schon möglich. Und ich weiß, daß die Jungs in Langley über diesen ›Einweg‹-Flug verdammt unglücklich sein werden. Wer, zum Teufel, weiß, wann wir die nächste Gelegenheit bekommen werden? Ich erinnere mich, daß LBJ einmal zu mir sagte, die Amerikaner seien viel besser im Erobern von neuem Terrain als im Halten des alten Geländes. Damit hatte er sicher recht. Egal, zum Teufel damit! Vergessen wir den ganzen politischen Kram, Tim, und träumen wir vom Mars.« Wieder musterte er Josephson. »Ich will Ihnen mal was sagen«, sagte er. »Wo wir nun ein neues Ziel haben, eine neue Apollo, diese Spritztour zum Mars, brauchen wir auch einen neuen Namen. Einen, der das alles zum Ausdruck bringt.«

»Sie haben recht«, sagte Josephson. »Wir hätten das aber schon erledigen sollen, bevor wir die Pressemitteilungen rausschickten.«

»Sie sitzen jetzt auf dem heißen Stuhl«, sagte Michaels. »Wofür werden Sie sich entscheiden, Tim?«

Josephson schürzte die Lippen. »Hmmm. Wie ist man denn auf den Namen ›Apollo‹ gekommen? Das war noch vor meiner Zeit ...«

»Abe Silverstein wählte ihn im Jahre 1960 aus«, sagte Michaels. »Abe war damals Leiter des Büros für Bemannte Raumfahrt – oder vielmehr der Vorläuferorganisation. Silverstein hatte ein Faible für klassische Mythen. Ein Jahr zuvor hatte er schon den Namen ›Mercury‹ ausgewählt, weil er das Bild vom Himmelsboten passend fand. Und weil von Brauns Leute ihr neues Trägersystem dann auf den Namen ›Saturn‹ tauften, konnte Silverstein nicht umhin, wieder einen klassischen Gott zu bemühen.«

»Na gut«, sagte Josephson mit einem sparsamen Lächeln, »aber das kommt mir doch spanisch vor. Stimmt es wirklich, daß von Braun seine Raketen nach Planeten benannte? Da gab es die ›Jupiter‹ und dann die ›Saturn‹ ...«

»Lassen Sie's mal gut sein«, sagte Michaels launig. »Silverstein war Entwicklungsingenieur; manch einer mag solche Leute für Fachidioten halten, doch Silverstein verfügte durchaus über Allgemeinbildung. Er erinnerte sich nämlich aus der Schulzeit an die Geschichte vom Gott, der in einem von vier geflügelten Rössern gezogenen Sonnenwagen fuhr: *Apollo*, Sohn des Zeus. Also recherchierte Silverstein ein wenig, um sich zu vergewissern, daß Apollo nichts auf dem Kerbholz hatte, das ihn in den Augen der amerikanischen Öffentlichkeit kompromittiert hätte – zum Beispiel ein Verhältnis mit seiner Mutter. Doch Apollo hatte eine weiße Weste – und der Name war gebongt.«

Josephson starrte ins Glas und ließ sich das durch den Kopf gehen. »Vielleicht sollten wir dieser Tradition folgen. Ich bin nämlich auch ganz firm in der Mythologie. Apollo hatte einen Halbbruder, der ebenfalls eine große Nummer auf dem Olymp war. Er hatte seine eigene Mythologie und wurde später von den Römern als Kriegsgott übernommen... Kampf und Blutvergießen waren sein Pläsier, und seine beiden Kinder, Phobos und Deimos – *Panik* und *Furcht* – folgten ihm aufs Schlachtfeld ...«

Michaels grunzte. »*Panik* und *Furcht*. Solche Kerle wären im Kapitol gut aufgehoben.«

Josephson lächelte. Der Name paßte wie die Faust aufs Auge.

Und die Presse würde ihn lieben.

Viertes Buch

ANNÄHERUNGEN

Zeitdauer der Mission [Tag/Std:Min:Sek]
Plus 171/13:24:02

»Sechzig Minuten bis zum Perizentrum«, sagte Stone.

Alle drei Besatzungsmitglieder befanden sich auf der Wissenschaftlichen Plattform des Missionsmoduls. Sie hatten sich im Mittelpunkt der achteckigen, mit Schalterbänken und Monitoren angefüllten Kammer angegurtet und die Füße in steigbügelartige Halterungen gesteckt.

Über Yorks Kopf war ein kleines Sichtfenster in die Hülle eingelassen. Ihr Gesicht wurde von weißem Licht beschienen, das die fluoreszierenden Anzeigen überblendete.

Sie sah die obere Hälfte einer dicken fahlen Scheibe, die sich stetig rundete.

Mein Gott. Das ist die Venus.

Für das bloße Auge leuchtete die Tagseite des Planeten in einem grellen Weiß – viel heller als die Erde aus der gleichen Entfernung –, das die Sterne überblendete. Im schmalen Segment der Nachtseite erkannte sie überhaupt nichts.

Die Trajektorie von Ares hatte das Schiff in eine Bahn um die Venus befördert. Nachdem Ares an der Sonne vorbei in Richtung Venus katapultiert worden war, taumelte das Schiff nun auf einer Hyperbel der Gravitationsquelle der Venus entgegen. Ares flog inzwischen mit fast neunzig Kilometern pro Sekunde auf die Venus zu, und die Ränder der Scheibe wanderten bereits aus Yorks Blickfeld aus. Das reflektierte Sonnenlicht warf Schatten auf ihren Schoß.

An einer Arbeitsplatte war eine Kamera befestigt; sie riß den Klettverschluß auf, drückte die Nase gegen das Fenster und machte Aufnahmen.

Die Venus war ungefähr so groß wie die Erde, doch dieser Anblick war nicht mit der Perspektive aus dem

Erdorbit zu vergleichen. Sie erkannte keine Details: die Oberfläche der Venus verbarg sich unter den dicken Schichten einer Hülle aus Kohlendioxid. Aus dieser geringen Entfernung wirkten die Wolken glatt und amorph und verliehen dem Planeten das Aussehen einer riesigen Perle.

Bei näherer Betrachtung erkannte sie auf der rechten Seite der Scheibe nun doch eine Struktur in den Wolken: eine gazeartige Hülle, die sich gegen die Dunkelheit des Weltalls abhob, umgab die massiven Wolkenschichten.

Sie drückte hektisch auf den Auslöser.

»Was machst du da, Natalie?« fragte Stone trocken.

»Ich glaube, ich sehe die Dunstschicht«, sagte sie. Eine Hülle aus schwefelsauren Wolken, welche die Venus umgab und die sich in der Dunkelheit des Weltraums abzeichnete.

»Ja. Aber dieses Bild steht nicht auf dem Plan«, sagte Stone.

Mein Gott. »Na schön, verdammt.« Sie legte die Kamera wieder an ihren Platz. »Ich habe nur etwas gesehen, das zuvor noch kein Mensch gesehen hat. Ich sagte mir, das sei wohl einen Schnappschuß wert.«

»Wenn wir bei diesem Rendezvous von der vorgeschriebenen Trajektorie abkommen«, murmelte Stone und schaute dabei auf die flimmernden Bildschirme, »wirst du keine Gelegenheit haben, den Film zu entwickeln, weil du nämlich nicht mehr nach Hause kommst. Wir müssen uns konzentrieren, Leute.«

Ja, ja. Wir sind im Einsatz. Halte dich an den verdammten Missionsplan.

York konzentrierte sich wieder auf die Anzeigen.

Grinsend blickte Gershon sie über die Schulter an.

Der Plan sah vor, daß Ares an der Nachtseite des Planeten vorbeiflog. Der Schleudereffekt würde die Trajektorie des Schiffs dann um dreißig Grad ändern und Ares eine enorme Beschleunigung verleihen. Bisher war Ares antriebslos um die Sonne gekrochen und hatte sich dabei kaum von der Erde entfernt; nun kreuzte Ares zwischen Venus und Erde. Auch wenn die Mehrstufenrakete gleich in den Schatten der Venus eintrat, würde die Sichtverbindung zur Erde nie abbrechen.

Jedes Besatzungsmitglied hatte während des Rendezvous mit der Venus bestimmte Aufgaben zu erledigen: Stone überwachte die Bahndaten, Gershon verfolgte den Eintritt der Atmosphären-Sonde, die Ares abgesetzt hatte, und York bediente per Fernsteuerung den Instrumententräger des Missionsmoduls.

Einer der Monitore bildete die Wolken im ultravioletten Spektrum ab. Sie leuchteten in satten Blau- und Grautönen, die für das bloße Auge unsichtbar waren: Wolkenstrukturen waberten um den Planeten, komplexe Bögen und Zellen wurden entlang der Breitengrade des Planeten abwechselnd gestaucht und gestreckt. In der computergenerierten Falschfarbendarstellung wies der Planet eine verblüffende Ähnlichkeit mit der Erde auf.

Die Sensorfläche auf dem Ausleger des Rückspiegels war ein Ensemble dicker, primitiv anmutender Röhren, Antennen und Linsen, die alle mit Folie umhüllt waren. Es gab eine Kamera für die Aufnahme der Wolken, ein Spektrometer für den Nachweis von Kohlenstoff, Sauerstoff und Wasserstoff im UV-Bereich, ein Infrarot-Radiometer für die Bestimmung der Wolkentemperatur, ein Magnetometer und Ladungsträger-Teleskope. Vier spindelförmige Radarantennen sollten die Wolkendecke durchdringen und den Streifen der Venus kartieren, den Ares gerade überflog. Die Sensoren waren bereits aktiviert und auf dem Rückspiegel justiert, dem Instrumententräger, der aus der Hülle des Missionsmoduls ragte.

»He«, sagte Gershon. »Dort ist die Sonde. Sie durchstößt gerade die Ionosphäre. Vierhundert Kilometer über dem Boden. Sie nähert sich mit hyperbolischer Geschwindigkeit den Haupt-Wolkenschichten... Was sagt ihr dazu.«

York löste die Füße aus den Halterungen und schwebte zu Gershon hinüber. Gershons Station wurde von einem Monitor beherrscht, der im Moment jedoch nur Schnee zeigte.

Die Sonde war vor dreiundzwanzig Tagen aus einem Schacht an der Grundfläche des Missionsmoduls ausgestoßen und in einen variablen Orbit gebracht worden. Ares flog in einem Abstand von ein paar tausend Kilometern an der Venus vorbei. Die Sonde flog Ares voraus und sollte ein paar Minuten vor der dichtesten Annäherung des Mutterschiffs auf dem Planeten landen. Die Landezone befand sich im Zentrum der Tagseite, in einem Hochland mit der Bezeichnung Ishtar Terra.

Im Moment steckte die Sonde noch im Bremsmodul, einer Art fliegender Untertasse. Die Kameras vermochten die Hülle zwar nicht zu durchdringen, aber durch ein für Funkwellen durchlässiges Fenster an der Oberseite war die Sonde in der Lage, mit Ares zu kommunizieren.

»Ich bin nun in der Atmosphäre«, sagte Gershon, »aber noch immer oberhalb der Haupt-Wolkenbänke. In neunzig Kilometern Höhe. Die Temperatur ist hier niedrig; sie beträgt weniger als minus hundert Grad. Aber das ist auch schon das Minimum; die Werte müßten ansteigen, sobald ich in die Haupt-Wolkenbänke eindringe. Gleich wird die Hülle der Sonde abgesprengt... Drei, zwei, eins. Los geht's! Achte auf den Monitor, Natalie.«

York wußte, daß in diesem Augenblick irgendwo in den Wolken die Untertasse zerfiel. Ein Pilotfallschirm würde den Deckel festhalten, und der Hauptfallschirm würde sich über der Sonde öffnen.

Im Schneegestöber auf dem Monitor war ein verschwommenes gelbes Flackern zu erkennen.

»Toll«, jubelte Gershon. »Nun sehen wir auch was.«

Die fahlen gelben Schlieren auf dem Monitor wurden periodisch heller und dunkler; die Sonde rotierte langsam am Fallschirm, und bei diesem stroboskopartigen Flackern mußte es sich um die Sonne handeln, deren Licht durch den Dunst aus schwefelsauren Teilchen gefiltert wurde.

»Die Sicht wird schlechter und beträgt noch ungefähr sechs Kilometer«, sagte Gershon. »Der Druck beträgt drei Viertel des irdischen Werts in Meereshöhe, und die Temperatur liegt bei fünfzig Grad. Mollig warm. Und dabei bin ich noch immer sechzig Kilometer hoch.«

Sechzig Kilometer. Zweihunderttausend Fuß. Auf der Erde würde das die Obergrenze der Stratosphäre markieren: der Druck betrug dort weniger als ein Prozent des Werts in Meereshöhe.

Der Dunst auf dem Monitor verzog sich. »Toll«, sagte Gershon. »Seht euch das an. Auf einmal habe ich eine grenzenlose Aussicht.«

Yorks Blick fiel auf eine dichte Wolkendecke mit einer blaßgelben Färbung. Die Wolken glichen den Schäfchenwolken auf der Erde. Es war ein fast idyllisches Bild. Darüber spannte sich ein amorpher gelber Himmel, an dem die Sonne nicht zu sehen war.

Die Sonde tauchte in die Wolken ein.

»Ich bin noch vierzig Kilometer hoch. Diese Scheiß-Schwefelsäure habe ich hinter mir. Aber die Außentemperatur liegt inzwischen bei vierhundert Grad. Und der Druck hat eine Atmosphäre überschritten. Drei, zwei, eins. Null. Trennung vom Fallschirm.«

Das Bild flackerte und stabilisierte sich wieder.

Der Druckkörper – das Herz der Sonde – war aus der Hülle geschlüpft und hatte sich vom Fallschirm gelöst. Die Sonde war zwar immer noch fünfunddreißig Kilometer hoch, hatte sich aber schon vom letzten Fallschirm gelöst. Die Luft der Venus war so dicht, daß die Sonde imstande war, den Rest der Strecke im freien Fall zu bewältigen.

Der Druckkörper war eine dickwandige Metallkugel. Rotoren stabilisierten den Körper während des Falls, und die Hülle war von kleinen Fenstern durchbrochen, hinter denen die Instrumente der Sonde hervorlugten.

»He«, sagte Gershon. »Seht euch mal die Zahlen des Massenspektrometers an.« Er tippte gegen einen Bildschirm. »Ich habe da ein paar schwere Wasserstoffisotope in der Luft.«

»Na und?«

Seine Augen verengten sich zu Schlitzen. »*Wasser*, meine Liebe. Hier hat es einmal Ozeane gegeben. Aber sie sind längst durch den Treibhauseffekt verdampft, der durch das Ce-o-zwei verursacht wurde. Aber es hat hier einmal Ozeane gegeben...«

Vielleicht sogar Leben.

Die Sonde rotierte gemächlich in der dichten Luft. Das Licht war dunkelrot, doch die Sichtverhältnisse waren auch nicht schlechter als an einem trüben Tag auf der Erde. Die Sonne entzog sich ihrem Blick; sie sah nur ein diffuses, beinahe unheilvoll anmutendes Glühen, das die Hälfte der Wolkenbank durchdrang, die den Himmel bedeckte.

Und dann sah sie plötzlich die Oberfläche: die Weitwinkel-Kamera der Sonde zeigte ihr das Panorama einer Landschaft, die durch das trübe Licht weichgezeichnet wurde. York machte etwas aus, das wie eine Bodenspalte aussah, die sich vom einen Rand des Bilds bis zum andern zog – nein, das war keine Spalte, wie sie nun erkannte; es war ein Gebirgszug mit einer Länge von mehreren hundert Kilometern, der schließlich in einem Plateau auslief.

»Windgeschwindigkeit runter auf null«, sagte Gershon. »Druck und Temperatur weiter steigend. Die Venus hat keine Luft; dieses Zeug erinnert mich an die Hühnersuppe meiner Mama.« Er tippte gegen den Monitor. »Das ist Ishtar Terra«, sagte er. »Beziehungsweise die Randzone, in deren Richtung wir uns auch bewegen. Wir sind voll auf Kurs. Schau dir das an, Natalie. Elf Kilometer über Normalnull, und ...«

»... so groß wie die Vereinigten Staaten. Ich weiß.« Ishtar Terra war ein markantes Hochplateau, das bereits von erdgestütztem Radar kartiert worden war: so würde wohl auch ein Kontinent auf der Erde aussehen, wenn die Weltmeere verdampft wären.

Erregung überkam York. Dann bot sich ihr vielleicht doch noch die Gelegenheit, geologische Untersuchungen auf dieser Mission durchzuführen.

Venus und Erde waren Zwillinge. Also hatte die Venus vermutlich auch einen heißen, radioaktiven Kern wie die Erde, dessen Wärme in den Weltraum abgeführt werden mußte. Auf der Erde geschah das auf zwei Wegen: Plattentektonik und Vulkanismus. Doch aus den Radarkarten und den Daten der primitiven russischen Sonden ergaben sich keine Hinweise auf Plattentektonik auf der Venus: weder Aufwölbungen noch Verwerfungsspalten.

Deshalb folgte York der geologischen Lehrmeinung, daß der primäre geologische Prozeß für die Abfuhr der Kernwärme ein kontinuierlicher Vulkanismus sein mußte. Der Planet mußte mit aktiven Vulkanen übersät sein, welche die Wärme in die Atmosphäre und in die ultimate Wärmesenke, das Weltall, abführten. Deshalb rechnete sie auch damit, daß Ishtar eine Oberfläche hatte, deren Topographie durch aufsteigende

Magma – flüssiges Gestein unter der festen Kruste – und Lavaströme geprägt wurde. Falls überhaupt Einschlagkrater existierten, wären sie kaum noch als solche zu erkennen und vielleicht schon unter jüngeren vulkanischen Schichten begraben.

Sie wies auf den rechten Ausschnitt des Bildschirms, wo die Konturen von Kegeln sich im dämmrigen Licht abzeichneten. »Schau mal. Das müssen die Maxwell Montes sein.« Die größte Bergkette auf der Venus. Sie sah, daß die Sonde auf die Montes zutrieb, wobei sie sich wie ein Metallballon in einer trägen Strömung verhielt. Die Montes waren in manchen Abschnitten steiler als jedes irdische Gebirge. Die Berge stellten Auffaltungen der Oberfläche dar, beschienen vom diffusen rötlichen Licht und umströmt von dicker Luft; York hatte den Eindruck, über einen untermeerischen Bergrücken hinwegzutreiben.

Etwas erschien am Bildschirmrand: ein kreisförmiges Gebilde an der Flanke der Bergkette.

»He. Was ist denn das?« Und dann wanderte das Gebilde aufgrund der Rotation der Sonde aus dem Erfassungsbereich der Kamera. »Verdammte Scheiße.«

Gershon schaute grinsend zu ihr auf. »Tut mir leid«, sagte er. »Hier gibt's keinen Panoramaschwenk oder Vergrößerung. Das ist nicht die Sportschau.«

Ein Kreis? Handelte es sich vielleicht um einen Krater. Was, zum Teufel, hatte der hier verloren?

Etwas stimmte nicht; York roch es förmlich. Ungeduldig wartete sie, bis die Kamera wieder herumgeschwenkt war; das ging nicht nur quälend langsam vonstatten, sondern das Bild wackelte auch noch, als die Sonde in der sämigen Luft von Turbulenzen erfaßt wurde.

Das kreisförmige Merkmal wanderte von rechts ins Bild.

York drückte sich fast die Nase am Bildschirm platt.

Es war ein fast perfekter Kreis, der von einer Schicht aus dunklerem Material umgeben war: es mußte sich um einen Einschlagkrater handeln, der von einer Auswurfschicht umgeben war. Wie ein Einschußloch inmitten eines Flecks aus eingetrocknetem Blut. Und bei der Größe war der Krater mit größter Wahrscheinlichkeit ein paar hundert Millionen Jahre alt.

Und er war jungfräulich: er war weder von Lavaströmen bedeckt noch von Verschiebungen in der Landschaft verzerrt.

Was bedeutete, daß Ishtar Terra für mindestens denselben Zeitraum schon geologisch tot sein mußte.

Das ist unmöglich. Ihre Gedanken überschlugen sich. *Wenn das charakteristisch für die gesamte Oberfläche ist, wird alles auf den Kopf gestellt.* Keine Plattentektonik und auch kein Vulkanismus?

Der rätselhafte Krater verschwand aus dem Blickfeld, als die Sonde zur Oberfläche hinabsank.

»Zehn Minuten bis zum Perizentrum«, sagte Stone. York sah, daß der Kommandant die Instrumente überwachte, anstatt die Bilder von der Sonde zu betrachten, die ersten Bilder von der Oberfläche der Venus.

Die Sonde näherte sich einer mit zerklüfteten Felsen übersäten Ebene. Sie sah Anzeichen für das Vorhandensein von Winden: Staubablagerungen und ein paar flache Dünen. *Dann ist die Luft also nicht immer so ruhig.*

»Wir kommen rein«, sagte Gershon. »Landegeschwindigkeit sechs Meter pro Sekunde. Noch dreißig Sekunden.«

Etwa fünfundzwanzig Kilometer pro Stunde. Wie bei einem Zusammenstoß zweier langsamer Fahrzeuge: hart, aber nicht unbedingt tödlich.

»Neun. Acht...«

Der Boden schoß nach oben und drehte sich auf die Kamera zu; York wurde leicht schwindlig beim Versuch, Details zu erkennen.

»Zwei. Eins.«

Das Bild verschwamm kurz und wurde wieder klar.

Sie sah die Abbildung einer steinigen Ebene. Die Ebene neigte sich ein wenig, als die Sonde umkippte.

»Treffer!« jubelte Gershon und wedelte mit den Armen. »Willkommen an einem schönen Frühlingstag auf der Venus. Der Luftdruck beträgt angenehme einundneunzig Atmosphären. Die Temperatur wird heute frische vierhundertneunzig Grad Celsius erreichen...«

Heiß genug, um Blei zu schmelzen.

York beugte sich zum Monitor hinab. Die Abbildung wurde durch das Weitwinkelobjektiv an den Rändern gekrümmt. Den Horizont sah sie nicht; die Sicht betrug nicht mehr als ein paar hundert Meter. Die Sonne versteckte sich, aber der Himmel war dennoch hell. Wie an einem Smog-Tag in LA.

Live von der Oberfläche der Venus. York verspürte auf einmal Zuneigung für die kleine Supersonde.

Das flache Land war zu Platten zertrümmert und mit Felsen übersät. Die Platten waren rötlichbraun und schimmerten schwach. Das Licht war so hell, daß ein paar Felsen einen Schatten warfen. Die Oberfläche wirkte wie Ton, der bei zu hohen Temperaturen im Brennofen gewesen war: gesprungen und von Rissen durchzogen.

Ist vielleicht Basalt. Vulkanisch. Wahrscheinlich stark alkalisch. Und diese Platten wirken beinahe wie Sedimente. Aber es gibt hier doch kein Wasser! Handelt es sich dann um Ablagerungen aus der Luft? Nein. Dann ist vulkanischer Ursprung schon wahrscheinlicher. Und woher kommt dieses Geröll? Welche Erosionsmechanismen hatten hier gewirkt? Der Wind oder die saure Atmosphäre?

Wie wurde die Wärme aus dem Planeteninnern abgeführt, wenn es *weder* Plattentektonik *noch* Vulkanismus gab?

Sie erging sich in wilden Spekulationen. *Vielleicht wird sie gar nicht abgeführt. Vielleicht wird die Wärme unter einer stabilen Oberfläche gespeichert, anstatt wie auf der Erde stetig zu entweichen ... und baut sich auf, bis ein Punkt erreicht wird, wo die Litosphäre sie nicht mehr zu halten imstande ist.*

Sie spielte das in Gedanken durch. Die Oberfläche des Planeten *schmolz* periodisch, wodurch die gespeicherte Wärme auf einen Schlag freigesetzt wurde. Und dann erschuf der verdammte Planet sich neu. *Katastrophen-Vulkanismus*, der vielleicht im Turnus von einer halben Milliarde Jahre eintrat: geologische Phasen von mehreren hundert Millionen Jahren wurden zu ein paar tausend Jahren komprimiert.

Ihr stockte der Atem. Das Szenario schien unglaublich. *Eine gewagte Hypothese, die du auf einem gottverdammten Einschlagkrater aufbaust, Natalie.*

Doch wie hätte man diese jungfräuliche Wunde in den Maxwell Montes sonst erklären sollen?

Sie fragte sich, ob sie das veröffentlichen oder schon vorab per Funk zur Erde schicken sollte, bevor sie den Mars überhaupt erreicht hatten.

Aber ohne eindeutige Beweise? Die akademischen Kollegen, denen sie die Theorie vorlegen müßte, verhielten sich nicht immer kollegial. *Ich würde mich nur zum Gespött der Leute machen. Die bekloppte Weltraum-Tussi aus Kalifornien ...*

Die Verteilung der Einschlagkrater wäre aber signifikant, sagte sie sich. Sogar eindeutig. Auf dem Mars und dem Mond traten Krater in bestimmten Regionen gehäuft auf. Auf dem Mars gab es eine junge, unberührte Hemisphäre und eine alte, die mit Kratern förmlich perforiert war. Das gleiche galt für den Mond, wo nach den jungen Meeren und dem alten Hochland differenziert wurde.

Hier wäre das anders – falls ich recht habe. Die Krater

müssen gleichmäßig über die Planetenoberfläche verteilt sein.

Wir bräuchten nur eine hinreichend detaillierte Karte der Oberfläche und müßten die Krater zählen. Dann wüßten wir Bescheid.

Doch eine solche Karte gab es nicht und würde es auch in Zukunft nicht geben. Jedenfalls nicht zu ihren Lebzeiten.

Die Radarkarte, die bei diesem Überflug erstellt wurde, wies eine bisher einmalige Detailfülle auf – allerdings erfaßte sie bloß einen Streifen des Planeten, noch dazu nur auf einer Seite. Eine darauf basierende Zählung der Krater wäre nur bedingt repräsentativ.

Sie schlug mit der Faust auf die Arbeitsplatte. Stone schaute sie verwundert an, doch sie wich seinem Blick aus.

Verdammt. Was haben wir hier überhaupt zu suchen! Um den ganzen Planeten zu kartieren, würde es genügen, für fünfzig Millionen Mäuse eine Sonde anzuschaffen und im Polarorbit zu stationieren. Der Reserve-Lokus für diese Blechdose hat schon mehr gekostet.

Seit fünfzehn Jahren ging fast das gesamte NASA-Budget für die bemannte Raumfahrt drauf. Unbemannte Projekte waren den Erfordernissen der Mars-Mission untergeordnet oder ganz eingestellt worden. Der gravitationsunterstützte Flug zur Venus und zum Merkur war gestrichen worden, die Erforschung der Asteroiden und Kometen sowie die Langstrecken-Sonden zu den äußeren Planeten. Und das große Weltraum-Teleskop, das ›Auge im Erdorbit‹, war auch im Mülleimer gelandet.

Na schön, die Menschen waren auf dem Weg zum Mars. Doch mit Blick auf den Rest des Sonnensystems verharrte die Menschheit noch auf dem Kenntnisstand von 1957: die Monde von Jupiter und Saturn waren noch immer nur Lichtpunkte am Himmel, und die

Scheiben und Ringe der Riesenplaneten waren auch durchs Teleskop nur verschwommen zu erkennen.

Und ich mache da noch mit, sagte sie sich grimmig. *Nach den vollmundigen moralischen Vorsätzen bin ich nun genauso schuldig wie alle anderen. Und vielleicht noch mehr, weil ich es nämlich besser weiß.*

Plötzlich füllte der Bildschirm sich mit Schnee.

Die Sonde war implodiert, durch den Druck zerquetscht worden.

York schaute auf die Uhr. Seit der Landung waren gerade einmal fünfundfünfzig Sekunden vergangen.

Gershon stieß sich von der Konsole ab. »Da haben wir's. Nun ist es offiziell, daß die Venus ein Scheißhaus ist.«

Plötzlich wurde es deutlich dunkler in der Kabine. Sie blickte nach oben. Während Ares in den Schatten der Venus eintauchte, verwandelte die helle Sichel sich in einen Ring, der in den Farben des Regenbogens schillerte *(ich hoffe, die Kameras nehmen das auf)*. Wenig später verblaßte der Regenbogen und verschwand.

Nun klaffte über Ares ein Loch im Weltraum: das war die Schwärze der heißen und leblosen Wolken der Venus.

York kehrte auf ihre Station zurück. »Die Mosaikraster-Kameras laufen«, meldete sie. »Und die planetare Streifen-Photographie. Der Instrumententräger funktioniert einwandfrei.«

»Perizentrum«, sagte Stone unvermittelt. »Hört mal her. Die Zeitdauer der Mission beträgt nun hunderteinundsiebzig Tage, vierzehn Stunden und vierundzwanzig Minuten.« Er sah auf die Anzeigen. »Wir haben heute den achten September 1985 und stehen über der Venus, Leute. Die Entfernung von der Oberfläche beträgt fünftausendachtundvierzig Kilometer mit schwankender Tendenz. Wir sind hunderteinundsiebzig Millionen Kilometer von der Erde entfernt. Die Abweichung von der nominalen Trajektorie beträgt gerade einmal achtzig Kilometer. Toller Schuß.«

York blickte durch das kleine Sichtfenster. Die Augen hatten sich inzwischen an die Dunkelheit angepaßt, und sie glaubte die Wolkendecke zu erkennen, die vermutlich vom Sternenlicht beschienen wurde. Die Wolken-Welt wirkte wie der überdimensionierte Bauch einer Schwangeren, der sich ihr entgegenstreckte.

Irgendwo unter den Wolken blitzte es auf, wie eine Glühlampe, die unter einer Wolldecke angeknipst wurde.

Sie stieß sich zum Sichtfenster ab und schaute hinaus. »Mein Gott.«

»Was denn?« fragte Stone.

Das kenne ich doch aus dem Erdorbit. »Ich habe gerade einen Blitz unter den Wolken gesehen.«

Gershon schaute sie an. »Das ist doch lächerlich. Die Gewitter auf der Erde entstehen dadurch, daß große Teilchen wie Eiskristalle von aufwärts gerichteten Luftströmungen transportiert werden. Die Luft der Venus ist aber so zäh wie Brei. Es gibt keinerlei Hinweise auf Luftströmungen oder große Teilchen. Wie sollten da Blitze entstehen?«

Dann geschah es wieder: ein annähernd elliptischer Blitz, der eine Fläche von vielen Quadratkilometern umfaßt haben mußte. Für einen Augenblick erkannte sie eine detaillierte Struktur in den grauen Wolkenschichten und -bänken. Sie waren in Drehrichtung geschichtet und wurden von unten angestrahlt.

»Streitet euch nicht«, sagte Stone ruhig. »Wenn es hier Gewitter gibt, wird die Kamera sie erfassen. Teufel, Ralph, deine kleine Sonde hat sie vielleicht auch *gehört*.«

Gershon hatte natürlich recht, sagte York sich. Es

gab auf der Venus keinerlei unmittelbare Anzeichen für die Mechanismen, die auf der Erde die Entstehung von Gewittern bewirkten. *Aber was dann? Vulkanismus?*

Betrübt kehrte sie auf ihre Station zurück. *Ein flüchtiger Blick ist nicht genug. Schließlich haben wir es hier mit einem Planeten zu tun. Man müßte schon ein ganzes Jahr im Orbit verbringen, mit einer größeren Palette von Instrumenten und hundert Sonden. Durch diesen Vorbeiflug werden mehr Fragen aufgeworfen als beantwortet.*

»Da kommt man schon ins Grübeln«, sagte Gershon. »Dieses Manöver verhilft uns zu einer Delta-Vau von fast vier Kilometern pro Sekunde. Noch dazu gratis. Das ist mehr, als wir beim Verlassen des Erdorbits aus den Tanks rausgeholt hatten! Und nun fliegen wir mit ungefähr vierzig Kilometern pro Sekunde. Die höchste Geschwindigkeit, die wir bisher erreicht haben...«

»Was sagst du dazu, Natalie«, sagte Stone. »Du fliegst im schnellsten von Menschenhand gefertigten Fluggerät aller Zeiten. Welch ein Flug für jemanden, der eigentlich gar kein Pilot werden wollte.«

Doch York hörte gar nicht zu.

Wir sind nur hier, um dich zu bestehlen, sagte sie sich. Ares hatte überhaupt kein Interesse an der Venus selbst. *Wir brauchen nur deine Energie.*

Licht durchflutete die Wissenschaftliche Station. Sie schaute nach oben. Eine neue Sichel formte sich, als Ares auf die Tagseite des Planeten zuflog.

Dieser erstaunliche Anblick ging ihr nicht aus dem Kopf: der einsame jungfräuliche Krater, der in eine Bergkette geschlagen worden war.

Mittwoch, 3. Juni 1981
Firmensitz von Columbia Aviation, Newport Beach

JK Lee sagte sich, daß er schon lange keinen solchen Mist mehr zu Gesicht bekommen hätte wie die Aufforderung zur Angebotsabgabe für das neue Mars-Exkursionsmodul.

Eine Aufforderung zur Angebotsabgabe war Teil der Standardprozedur, welche die Regierung bei der Vergabe von Großaufträgen befolgte. Diese spezifische Aufforderung zur Angebotsabgabe war an vierzehn Firmen ergangen, darunter McDonnell, Boeing, Rockwell, Lockheed und Martin. Die Antwort sollte innerhalb von zehn Wochen erfolgen. Dann würde die NASA die Angebote mittels einer eigens hierfür entwickelten Punktmatrix auswerten. Damit sollten der technische Ansatz, das vom Bewerber eingesetzte Personal, die Expertise des Anbieters in den relevanten Bereichen und so weiter gewichtet werden. Bei der Ausschreibung eines Großauftrags war die Aufforderung zur Angebotsabgabe an sich schon ein Teil des Projekts.

Das Dokument, das JK Lee nun in Händen hielt – nicht sehr aussagefähig, schlecht fotokopiert, teilweise mit handschriftlichen Einträgen nachgebessert – war miserabel.

Er bestellte Jack Morgan zu sich.

Lee knallte Morgan die Aufforderung zur Angebotsabgabe auf den Tisch. »Sehen Sie sich das an.«

Jack Morgan war ein stämmiger Mann mit grauem Haar und Händen wie Klodeckeln. Er nahm auf der anderen Seite von Lees wuchtigem Stahlschreibtisch Platz.

Nachdem er die Aufforderung zur Angebotsabgabe flüchtig durchgesehen hatte, warf Morgan die Unterlagen wieder auf Lees Schreibtisch.

»Und was halten Sie davon?« fragte Lee.

»Ich würde mir nicht mal den Arsch damit abwischen. So eine schludrige und stümperhafte Arbeit ist mir noch nicht untergekommen.«

»Klarer Fall.« Morgan hatte natürlich recht. Die Vorgaben für das Gewicht des MEM waren außerordentlich strikt, und der mit Blick auf den für 1985 vorgesehenen Start gesteckte Kosten- und Zeitrahmen war so eng, daß er kaum einzuhalten war. Die NASA hatte bei der Aufforderung zur Angebotsabgabe offensichtlich unter enormem Druck gestanden und versucht, ein Programm für die Mars-Mission zusammenzuschustern, während sie noch mitten in der Untersuchung der Apollo-N-Havarie steckte.

»Ich stimme Ihnen zu«, sagte Lee. »Diese Aufforderung zur Angebotsabgabe ist eine Zumutung. Ich wundere mich nur, daß sie das überhaupt so rausgegeben haben. Trotzdem...«

»Trotzdem was? JK – Sie spielen doch nicht etwa mit dem Gedanken, mitzubieten?«

Lee lehnte sich zurück und legte die Füße auf den Schreibtisch. »Wieso nicht?«

»Weil wir den Auftrag eh nicht bekommen würden. Weil es rausgeschmissenes Geld wäre. Ich weiß nicht mal, weshalb man uns dieses Elaborat überhaupt zugeschickt hat.«

Lee glaubte es aber zu wissen.

Zufällig wußte er nämlich, daß Ralph Gershon in dem NASA-Gremium saß, das die Angebote auswertete. Seit sie sich damals bei der Zusammenkunft der Technischen Kontaktgruppe in Rockwells ›Ziegelei‹ kennengelernt hatten, wo Lee einen Astronauten-Novizen zusammengeschissen hatte, weil das MEM wie eine Apollo-Kapsel aussah und seit sie den Ausflug in die Mojave-Wüste unternommen hatten, waren er und Gershon in Verbindung geblieben.

Er sagte sich, daß er Gershon für diese Aufforderung zur Angebotsabgabe wohl noch dankbar sein mußte.

»Wie dem auch sei«, sagte Morgan, »Rockwell wird den Zuschlag für das MEM erhalten; das weiß doch jeder.«

»Ja, aber angenommen.«

»Was?«

»Ich weiß nicht. Nur einmal angenommen.«

»Noch ein kleines Detail«, sagte Morgan. »Wir wären nicht imstande, das Ding zu bauen, selbst wenn wir den Auftrag bekämen.«

»Wieso nicht?«

»Weil wir auf Flugzeugzellen und Avionik spezialisiert sind. Das würde uns als Zulieferer qualifizieren. Wenn man sich aber um den Auftrag für den Bau eines *Raumschiffs* bewirbt, um Himmels willen, muß man sich überall auskennen: Tanks, Triebwerke, Navigations- und Flugführungssysteme, Lenkungscomputer, Hitzeschilde, Lebenserhaltungssysteme ...«

Darauf hatte Lee nur gewartet. »Lebenserhaltungssysteme sind kein Problem.«

»Quatsch, JK«, sagte Morgan. »Wenn Sie glauben, ich würde wegen einer solch hanebüchenen Aktion bei Art Cane meine Haut zu Markte tragen, sind Sie schief gewickelt.« Er stand auf, nahm die Aufforderung zur Angebotsabgabe und warf sie in Lees Papierkorb. »Wenn Sie noch halbwegs bei Verstand sind, lassen Sie es dort liegen.«

»Ja. Werde ich. Danke, Jack.«

Nachdem Morgan gegangen war, lehnte Lee sich im Drehstuhl zurück, brachte die Füße auf dem Schreibtisch in eine noch bequemere Position und zündete sich eine Zigarette an. Der wuchtige, schlachtschiffgraue Stahlschreibtisch war JKs Markenzeichen; er war ein Geschenk von dem Team, mit dem er damals am

B-70-Projekt gearbeitet hatte. Das Möbel hatte ihn seitdem überallhin begleitet.

Er dachte über Jack Morgan nach.

Morgan war im Korea-Krieg Flugarzt bei der Luftwaffe gewesen und war dann sozusagen in die Raumfahrtmedizin hineingeschlittert. Nach dem Krieg hatte er für Rockwell – damals noch North American – gearbeitet und einen Piloten behandelt, der aus einer F-100, einem experimentellen Überschallflugzeug, aussteigen mußte. Die Luft war bei dieser Geschwindigkeit hart wie Stein. Morgan hatte dem Ärzteteam angehört, das dem Piloten das Leben gerettet hatte. Es war erst das dritte Mal in der Geschichte der Luftfahrt gewesen, daß ein Pilot aus einem Flugzeug ausgestiegen war, das schneller als der Schall flog. Also wurde Morgan de facto Pionier in der neuen Disziplin der Raumfahrtmedizin.

Im Lauf der Zeit war Morgan einer von Lees engsten Vertrauten – sprich Saufbrüdern – geworden und in seine Firma eingetreten, nachdem der durch die Entlassung von Stormy Storms desillusionierte Lee Rockwell im Jahre 1967 den Rücken gekehrt hatte.

Lee legte Wert auf Morgans Rat. Was aber nicht bedeutete, daß er ihn oft befolgte.

Nach einer Viertelstunde beugte er sich nach vorn und drückte auf die Taste der Sprechanlage. »Bella, ich möchte, daß Sie ein paar Besprechungstermine für mich anberaumen.«

»Jawohl, JK.«

Er erhob sich vom Stuhl und fischte die Aufforderung zur Angebotsabgabe aus dem Abfalleimer.

Drei Tage später platzte JK Lee ins Büro seines Chefs, Arthur Cane, gefolgt von vier seiner besten Mitarbeiter. Einschließlich Jack Morgan. Sie waren mit Tabellen und Grafiken bepackt und improvisierten eine Präsentation mit dem Motto: ›Weshalb wir uns um den Auftrag für das MEM bewerben sollten‹.

Cane saß hinter einem großen Schreibtisch aus massivem Walnußholz. Der vor ihm liegende Stapel Papiere wurde von einem massiven englischen Füllfederhalter aus Marmor gekrönt.

Arthur Cane war inzwischen über siebzig. Ein klobiges Hörgerät aus Bakelit war an einem Ohr befestigt. Er hatte kein einziges Haar mehr auf dem Kopf. Doch nach all diesen Jahren erkannte Lee noch immer das Leuchten in den Augen des alten Mannes, wenn er über den Firmenparkplatz ging, vorbei an dem großen, glänzenden Windkanal. *Seht her. Ich habe einen eigenen Windkanal.*

Cane war ein Veteran der Luft- und Raumfahrtindustrie. Vor dem Krieg hatte er bei Hughes gearbeitet und dann ein paar Jahre bei den Eierköpfen in Langley verbracht. Die Entwicklung von Flugzeugen war Canes Steckenpferd – ihn reizte der Innovationsschub, der auch auf andere Bereiche ausstrahlte, die Herausforderung, mit Material und Systemen die Grenzen des scheinbar Möglichen zu überschreiten. Langley mit dem beschränkten Budget und den internen Querelen war jedoch eine Enttäuschung für ihn gewesen.

Nachdem Langley schließlich der NASA eingegliedert wurde, war Cane ausgeschieden und hatte eine eigene Firma – Columbia Avionics – gegründet. Nun war er imstande, selbst zu forschen, seinem Riecher zu folgen und die Ergebnisse dann an die NASA und die großen Unternehmen der Luft- und Raumfahrtindustrie zu verkaufen.

Was er auch mit Erfolg getan hatte. Allerdings hatte Cane darauf geachtet, daß Columbia nicht zu schnell expandierte, und er hatte die Firma geschickt vor den Übernahmeversuchen geschützt, zu denen die großen Jungs regelmäßig ansetzten.

Und nun wollte Lee Cane um ein paar Millionen aus dem Firmenvermögen bitten, um bei einem Auftrag mitzubieten, der so groß war, daß er Columbia bis zur Unkenntlichkeit verändern würde. *Deshalb muß ich verdammt genau wissen, wie Art dazu steht.*

Lee machte den Eröffnungszug. Die Einleitung war durch eine neutrale und prägnante Diktion gekennzeichnet. Auf den Putz hauen konnte er immer noch.

Nach Lee sprach Julie Lye, eine intelligente junge Absolventin vom MIT. Lee hatte sie von ihrer eigentlichen Arbeit abgezogen, um dem Vorschlag akademisches Gewicht zu verleihen. Lye legte kurz und bündig die Erkenntnisse dar, die man von den verschiedenen Mars-Sonden gewonnen hatte: die Zusammensetzung der Atmosphäre, die Beschaffenheit des Bodens. Es handelte sich um eine Erläuterung der generellen Problematik, mit der jeder konfrontiert wurde, der Menschen zum Mars schicken, sie dort am Leben erhalten und wieder nach Hause holen wollte. Lyes Vortrag war präzise und überzeugend.

Cane betrachtete sie mit ausdruckslosem Gesicht und gefalteten Händen.

Als nächster sprach Chaushui Xu, auch ein kluges Kind. Der Amerikaner chinesischer Abstammung verfaßte gerade eine Dissertation über seine Arbeit bei Columbia. Xu stellte die Optionen für die Durchdringung der Marsatmosphäre vor und wartete mit Vorschlägen auf, Columbias Expertise in die Problemlösung einfließen zu lassen.

Canes Augen verengten sich zu Schlitzen, als ob er gleich einnicken würde.

Xu wurde nervös und geriet ins Stottern. Doch Lee war unbesorgt; er wußte nämlich, daß für Cane Intelligenz an erster Stelle rangierte und daß er es hier mit den besten Nachwuchskräften der Firma zu tun hatte. Cane hörte sehr wohl zu.

Xu beendete den Vortrag und setzte sich. Er war noch immer nervös.

Nun war Bob Rowen an der Reihe. Rowen, der deutlich älter war als die anderen, hatte damals schon mit Lee am B-70-Projekt gearbeitet. Anschließend war er mit Lee und Storms an der Entwicklung der X-15 beteiligt gewesen. Rowen legte dar, wie Columbia die Herausforderungen im Zusammenhang mit der Avionik des Raumschiffs bewältigen konnte. Bald stand fest, daß ein MEM von Columbia das beste Raumschiff werden würde, das jemals geflogen war.

Rowen war gerade so richtig in Fahrt, als Cane ostentativ das Hörgerät abschaltete und sich seinen Unterlagen widmete.

Jack Morgan beugte sich zu Lee hinüber. »Mein Gott«, flüsterte er. »Und was machen wir nun?«

Lee grinste nur. »Wir machen einfach weiter. Er verfolgt die Präsentation ganz genau, glauben Sie mir. Wenn er nichts von unseren Vorschlägen hielte, wären wir längst draußen.«

Der letzte Referent war Jack Morgan, und er führte aus, wie ein Columbia-MEM vier Menschen für einen Monat das Überleben auf dem Mars sichern würde. Morgan, wegen Canes Verhalten sichtlich irritiert, leierte den Vortrag herunter und nahm dann geräuschvoll wieder Platz.

Nun trat Lee noch einmal vor. Er faßte die bisherigen Ausführungen zusammen und formulierte ein paar Perspektiven für die zukünftige Entwicklung der Firma. Dann wartete er auf eine Reaktion des Chefs.

Er wußte, daß seine Leute unruhig wurden, doch Lee war nicht zum erstenmal hier. Er harrte vor Canes Schreibtisch aus.

Nach zwei Minuten legte Cane den Marmorfüllfederhalter aus der Hand und lehnte sich im Sessel zurück. Er schaltete das Hörgerät wieder ein. »Jk, Sie sind verrückt. Ich weiß nicht, weshalb ich Sie überhaupt noch beschäftige.«

Lee beugte sich vor und legte die zu Fäusten geballten Hände auf den Schreibtisch. »Verdammt, Art, wir sind im Luft- und Raumfahrtgeschäft. Und seit Apollo ist das für uns die erste Gelegenheit für Innovationen.«

Cane rieb sich die Augen. »Wir sind eine Experimentier-Werkstatt. Ein ewiger Zulieferer. Wir gehören nicht zu den Großen.«

»Wer sagt denn, daß es so bleiben muß?« sagte Lee.

»Zumal wir den Zuschlag ohnehin nicht bekommen würden.« Cane zog ein Blatt Papier aus dem scheinbar ungeordneten Haufen auf dem Schreibtisch. »Sehen Sie sich das an. Sehen Sie, gegen wen wir alles antreten. McDonnell, Martin, Convair, General Electric, Boeing. Ganz zu schweigen von Rockwell, die sowieso gewinnen werden. Ein paar von diesen Firmen beteiligen sich schon seit 1972 an der Grundlagenforschung für das MEM. Sie sind uns um Jahre voraus, verdammt. *Jahre*. Und sehen Sie sich das an. Martin hat schon drei Millionen aus eigener Tasche investiert und eine detaillierte Analyse erstellt, die *viertausend Seiten* umfaßt. Und wir fangen bei Null an.«

»Mir ist schon klar«, sagte Lee gestikulierend, »daß wir nicht imstande sind, in einen Konstruktionswettlauf mit diesen Firmen einzutreten. Bedenken Sie aber, daß zum Beispiel Bell mit der X-15 nicht zum Zuge gekommen ist, obwohl die Firma zuvor schon die X-1 gebaut hatte – das Flugzeug, mit dem Chuck Yeager die Schallmauer durchbrach...«

»Ich weiß bestens Bescheid in der Geschichte der Luftfahrt, JK.«

»Entschuldigung. Wie dem auch sei, Bell hätte den Auftrag für die X-15 bekommen *müssen*. Aber was sie vorlegten, war ein futuristisches Raumflugzeug, das seiner Zeit um Jahre voraus war. Rockwell hat schließlich den Auftrag erhalten, indem es der NASA gab, was sie wollte: eine simple, kraftstrotzende Maschine. Und als später die Ausschreibung für Apollo erfolgte, waren es Firmen wie Martin und Douglas, die Millionen in utopischen Kram investierten, fliegende Untertassen, Lifting Bodies und was nicht alles. Und Rockwell hat wieder gewonnen, weil es der NASA das gab, was sie wollte und brauchte: eine Mercury-Kapsel für eine dreiköpfige Besatzung.«

»Ja, JK, nur daß wir diesmal *gegen* Rockwell bieten«, sagte Cane trocken. »Und Sie wollen mir sagen, Sie würden es besser machen als Rockwell und Martin mit ihrer Truppe von dreihundert Ingenieuren, und ...«

»Ja, genau das will ich sagen. Diese Kameraden sind nämlich so sehr damit beschäftigt, ihre Lieblingsprojekte, die sie über die Jahre aufgezogen haben, zu verteidigen, daß sie nicht mehr sehen, was der gottverdammte Kunde *will*, Art.«

Cane ließ sich das durch den Kopf gehen. »Sie sind ein schlauer Bursche, JK. Nur Sie sind in der Lage, unsere Konzeptionslosigkeit in eine Stärke umzumünzen. Um so mehr, weil ich den Eindruck habe, daß Sie wirklich glauben, was Sie sagen.«

»Natürlich glaube ich daran. Sehen Sie, hier bietet sich uns eine einmalige Gelegenheit. *Columbia könnte zum Mars fliegen*. Werden Sie mich nun unterstützen oder nicht?«

Art Cane musterte ihn mit schmalen, wässrigen Augen.

»Ich erteile Ihnen die Erlaubnis, mitzubieten. Aber wenn Sie mehr als zwei Millionen Piepen ausgeben, schwöre ich Ihnen, daß ich Ihnen die Eier abreiße. Und nun verlassen Sie mein Büro.«

Juni 1981
Beschleunigungslabor der Marine,
Johnson, Pennsylvania
Lyndon B. Johnson-Raumfahrtzentrum, Houston

Surrend setzte das *Rad* sich in Bewegung. Die auf eine Liege geschnallte York hatte das Gefühl, ihr würde der Brustkorb zerquetscht werden.

Sie versuchte sich mit dem Gedanken zu trösten, daß laut Aussage der Piloten, die schon ins All geflogen waren, die Ausbildung härter war als die Praxis.

Das war aber nur ein schwacher Trost.

Sie erreichte fünf Ge, und es bedurfte einer bewußten Willensanstrengung, Luft in die Lungen zu saugen. Sie wurde durchgerüttelt, wobei sie sich vorkam wie eine Erbse in einer Dose, die an einer Schnur herumgewirbelt wurde – *ein richtiger Flug verläuft viel ruhiger, Natalie...*

Sie hatte eine Checkliste, die sie abarbeiten sollte, und sie betätigte mit den behandschuhten Fingern die Schalter.

Ein grauer Schleier verhüllte das Blickfeld, als ob im Kopf ein Vorhang zugezogen würde. Das war das erste Anzeichen für einen Blackout. Bunte Lichter auf einer Konsole sagten ihr, welche Fortschritte sie schon gemacht hatte. Wenn sie sich entspannte, wurde der graue Vorhang zugezogen, und wenn sie sich konzentrierte, wurde er zurückgezogen. Sie versuchte, den Schmerz in der Brust zu verdrängen, doch bei jeder Bewegung der Arme und des Kopfes wurde sie benommen. Das war die Corioliskraft – die Kraft, die bei schneller Rotation seitlich auf den Körper wirkte.

York absolvierte eine Reihe simulierter Wiedereintritte aus dem Erdorbit. Und diese Übung, die schlimmste von allen, simulierte eine hohe, steile Flugbahn, als ob die Kommandokapsel zu schnell in die Erdatmosphäre eindrang und brutal abgebremst würde.

Als schließlich acht Ge auf ihr lasteten, vermochte sie die Arme nicht mehr zu bewegen. Sie lag nur noch im Käfig und ließ es über sich ergehen.

Nun wurde der Grauschleier vor den Augen dichter und löste sich nicht mehr auf.

Natürlich ist es schlimmer als eine echte Mission. Die verdammten Ärzte machen das absichtlich.

Die Sicht verschwamm vor ihren Augen. Es gelang ihr kaum noch, die Instrumente abzulesen. Zwölf Ge; viel mehr, als bei einer echten Mission auftreten würden. Genug, um die Augäpfel zu plätten. Der Kopf schlug gegen die Innenseite des Druckhelms. Die Lichter des Labors, in dem der Käfig sich befand, wirbelten an den Fenstern des Kabinenmodells vorbei.

Fünfzehn Ge. Sie war nicht mehr in der Lage, zu atmen. Nun würde sie mit Sicherheit ohnmächtig werden. *Aber ich habe erst die Hälfte hinter mir.* Und die Ärzte beobachteten sie – die Kameras übertrugen jedes Zucken des Gesichts.

Endlich war der Durchgang zuende; der auf der Brust lastende Druck verringerte sich, und sie sog gierig die Luft ein.

Natürlich beklagte niemand sich über die HighTech-Folter, der er in Geräten wie dem *Rad* unterzogen wurde. Genauso wenig wurde die Frage nach dem Bezug dieser Übungen zur praktischen Raumfahrt gestellt, und schon gar niemand gab zu, daß er oder sie Probleme mit diesen Übungen hatte. *Wenn man sich nämlich beklagt, wird das Muldoon gemeldet. Dann notiert er das in dem verdammten System, nach dem er die Besatzungen auswählt, und du kannst den Flug ins All vergessen.* Nach diesen Regeln wurde im Moment gespielt. In seiner Eigenschaft als Leiter des Mars-Programms hatte Joe Muldoon gleichzeitig auch die Funktion des Leiters der Besatzungs-Operationen übernommen.

Es war Muldoon, der die Besatzungen für die Missionen einteilte. Und jeder wußte, daß Muldoon bereits die Besatzungen für die ersten Flüge zusammenstellte, die schließlich in die Mars-Mission münden würden. Das einzige, worauf es im Leben nun ankam – *einzig und allein* – war die Teilnahme an diesen Flügen.

Also mußte York sich zusammennehmen, wenn sie den Käfig verließ.

Wie ist es gelaufen? Sie haben keinen Blackout gehabt, oder?

Ich? Kommt schon. Es war wie ein turbulenter Flug in einem Flugzeug, mehr nicht...

Natürlich.

Als die Ärzte ihr aus dem Käfig halfen, stellte sie fest, daß der Rücken an den Stellen, wo das Blut durchs Fleisch gepreßt worden war, Blutergüsse aufwies. Und sie hatte Kopfschmerzen wie nach einem wüsten Besäufnis.

Kinkerlitzchen. Probleme? Ich? Kommt schon.

Während sie in der Badewanne lag und sich regenerierte, erhielt sie eine Nachricht von Muldoon.

Sie – und der Rest der Astronauten – sollten das nächste Flugzeug nach Houston nehmen und sich bei Muldoon melden.

Das war nicht nur ein ungewöhnlicher, sondern ein noch nie dagewesener Vorgang.

Sie kletterte aus der Wanne und trocknete sich ab. Das leichte Herzklopfen, das sie nun spürte, rührte nicht von der Beschleunigung her.

Ares. Es geht los.

Als York den kleinen Konferenzraum im zweiten Stock von Gebäude 4 betrat, war er bereits überfüllt. Joe

Muldoon saß auf einem Podest an der Stirnseite des Raums an einem Tisch und blätterte in Folien für einen Overhead-Projektor.

York kämpfte sich durch einen Block aus mit Polohemden bekleideten männlichen Astronauten vor und fand schließlich einen Platz an der Rückseite des Raums. Neben ihr saß ein Mann, der schon einmal um den Mond geflogen war.

Muldoon weiß bestimmt, sagte York sich, daß er jede hier anwesende Person absolut im Griff hat.

Eine der Fragen, die sie im Zusammenhang mit dem Auswahlverfahren für die Besatzungen beschäftigte, lautete, ob Männer wie Muldoon es *genossen*, Macht auszuüben. Doch wo sie Muldoon nun beobachtete, wie er nervös mit dem Fuß auf den Boden tappte und in verkrampfter Haltung dasaß, kamen ihr gewisse Zweifel.

Was, von ihrer Warte aus gesehen, nur für ihn sprach.

Der Raum war von lebhafter Konversation erfüllt und hallte von tiefen Stimmen wider, in denen allerdings auch leichte Nervosität mitschwang. Es herrschte eine lockere Atmosphäre, als ob die Leute sich im Grunde gar nicht als Konkurrenten betrachteten. *Eben, schließlich geht es hier nur um die Zusammenstellung der Besatzungen für das wichtigste Raumfahrtprogramm der nächsten Jahre. He, hast du am Samstag die Sportschau gesehen?*

Nun erhob Muldoon sich, stemmte die Hände in die Hüften und überflog das Astronauten-Korps. Mit den blauen Augen und dem Bürstenhaarschnitt wirkte er wie die Karikatur eines Schleifers bei der Armee, sagte York sich.

Die Gespräche verstummten, und Muldoons Blick schweifte über Reihen mit schweigenden Leuten.

Muldoon sprach ohne Mikrofon. Er verzichtete auf eine Einleitung und kam gleich zur Sache. Er sagte:

»Die Leute, die als erste zum Mars fliegen werden, befinden sich hier in diesem Raum.«

»Sie wissen inzwischen von den Einschnitten im Ares-Missionsprofil.«

Er schaltete den Overhead-Projektor ein, und ein Bild wurde auf eine Leinwand hinter ihm geworfen. Es handelte sich um eine maschinengeschriebene Liste, die auf Folie kopiert worden war. »Wir haben acht Flüge angesetzt, sowohl bemannte als auch unbemannte. Wir haben sechs vorläufige Missions-Klassen definiert: A bis F. Hauptsächlich handelt es sich um Missionen im Erdorbit, wo die Systemkomponenten erprobt werden. Mit dem letzten Flug – Missions-Klasse F – wird dann eine Landung auf dem Mars angestrebt.

Anhand der Folie sehen Sie, daß die beiden A-Klasse-Missionen der Erprobung des neuen Saturn VB-Triebwerks dienen, mit dem Apollo- und MEM-Modelle ins All geschossen werden. Die B-Mission ist der erste bemannte Flug in den Erdorbit – oder vielleicht auch Mondorbit –, um der Saturn VB die Zulassung für den bemannten Raumflug zu erteilen. Diesmal werden eine echte Apollo, aber immer noch ein MEM-Modell verwendet. Bei der C-Mission handelt es sich wieder um einen unbemannten Flug, und zwar um die Erprobung eines MEM-Prototypen unter annähernden Einsatzbedingungen. Die D-Mission ist der erste bemannte MEM-Flug in den Erdorbit – ein Dauertest, um die Raumtüchtigkeit zu testen.

Bei den beiden E-Klasse-Missionen handelt es sich wieder um bemannte MEM-Tests, wobei wir die neuen Landesysteme im Rahmen von Landungen auf dem Mond und/oder auf der Erde erproben wollen. Außerdem erwarten wir in dieser Periode die Bestätigung der orbitalen Montage-Prozeduren. Die F-Mission umfaßt dann den Flug zum Mars und ist für den 21. März 1985 angesetzt. Andernfalls müßten wir wieder zwei Jahre auf die nächste Opposition warten. Die exakte Abfolge der anderen Missionen und des jeweiligen Zeitpunkts muß noch bestimmt werden; die Entscheidung erfolgt in Abhängigkeit vom Erfolg der vorhergehenden Mission ...«

York hörte kaum zu. Die anderen wahrscheinlich auch nicht, sagte sie sich. *Es finden also nur fünf bemannte Flüge statt.*

Nur fünf Flüge.

Muldoon zog die Folie unter dem Projektor hervor; sie zeichnete sich als graue Welle im Licht der Projektorlampe ab. Dann legte er die nächste Folie auf.

Es handelte sich um eine Namensliste.

»In dieser Phase wäre es verfrüht«, sagte Muldoon, »die Besatzungen für alle Flüge bis zur F-Mission festzulegen. Ich bin sicher, daß Sie hierfür Verständnis haben. Deshalb sehen Sie hier zunächst die Besatzungen für die Klassen B und D sowie für die erste E-Mission – also die ersten drei bemannten Flüge – und die Ersatzmannschaften ...«

York reckte den Hals und kniff die Augen zusammen, um die Namen auf der unsauber getippten und unscharf projizierten Liste zu erkennen. Mit den Lippen formte sie die jeweiligen Namen.

Die Flüge fanden mit drei- beziehungsweise vierköpfigen Besatzungen statt. Phil Stones Besatzung – mit Adam Bleeker und einem erfahrenen Astronauten namens Ted Durval – sollte die B-Mission durchführen: die erste und somit riskante Erprobung des modifizierten Zusatztriebwerks, der Saturn VB. Es handelte sich um eine reine Luftwaffen-Besatzung. York erkannte die zugrunde liegende Logik, Testpiloten mit einer Mission zu betrauen, die eigentlich einen Testflug darstellte – doch gleichzeitig wurden dadurch auch Akzente für das gesamte Programm gesetzt: ein falscher Akzent indes, denn die Betonung lag auf dem Militärischen. *Noch mehr Kampfpiloten-Scheiß. Wie gehabt.*

Doch die D-Mission, der Dauertest im Weltraum, hatte eine vierköpfige Besatzung, darunter zwei Missions-Spezialisten: *Ralph Gershon*, las sie. Und ...

Natalie York.

Sie versuchte weiterzulesen. Phil Stones B-Missions-Besatzung stellte die Ersatzmannschaft ...

Natalie York.

Immer wieder las sie den Namen; sie traute den Augen nicht und wähnte sich noch immer in der Zentrifuge, wo ihr die Augäpfel geplättet worden waren. *Mein Gott. Das bin wirklich ich, in einer Erstbesatzung. Ich werde in den Orbit gehen.*

Ich werde die erste Amerikanerin im Weltraum sein.

Sie war eine von nur drei weiblichen Astronauten im Korps und die einzige, die Muldoon auf die Liste gesetzt hatte.

Die Spannung im Raum entlud sich. Jubelrufe ertönten, die Leute schüttelten sich die Hände und hieben sich kumpelhaft auf den Buckel. Sogar York bekam ein paar Knüffe ab.

Auf vielen Gesichtern lag ein verkniffenes Grinsen. Sie wußte, was das zu bedeuten hatte; sie dachte nämlich das gleiche. *Ich muß lächeln und so tun, als ob ich mich für dich freuen würde. Aber ich müßte auf der Liste stehen und nicht du, Bastard. Aber vielleicht werde ich doch noch draufkommen – ich bete nämlich zu Gott, daß du dir das Bein brichst oder während der Vorbereitungen Scheiße baust.*

Nun brachte Muldoon die Leute mit einer Geste zum Schweigen. »Wie ich Ihnen schon sagte, halte ich es für verfrüht, über die erste E-Mission hinaus schon

Besatzungen zusammenzustellen. Aber die Auswahl wird nach dem normalen Rotationsprinzip erfolgen. Danke für Ihre Aufmerksamkeit; wenn Sie im Moment keine Fragen haben, dürfen Sie gern in mein Büro kommen...«

Das normale Rotationsprinzip, hatte er gesagt.

Das traf York wie ein Stromschlag, und die Euphorie zerstob.

Sie und alle anderen wußten, was das zu bedeuten hatte. Sie sah wieder auf die Leinwand und stellte Kalkulationen an. *Das bedeutet, daß ich in den Erdorbit gehen werde. Aber nicht weiter. Phil Stone wird zum Mars fliegen. Ich nicht.*

An diesem Tag arbeitete niemand mehr im Astronauten-Büro. York vermutete, daß Joe Muldoon die Ankündigung bewußt auf diesen Termin gelegt hatte.

Sie fuhr zum *Singenden Rad* hinaus. Auf dem Parkplatz standen lauter Sportwagen, und an der Bar fand sie Phil Stone, Adam Bleeker und ein paar Kumpels aus der Zeit beim Militär, die sich bereits systematisch vollaufen ließen. Stone zog einen Hocker heran und reichte ihr ein eiskaltes Bier.

»Glückwunsch«, sagte er aufrichtig. »Dann fliegst du nun doch in den Weltraum. Amerikas erste Frau im All. Auf dich, Natalie. Kommt, Leute...« Er brachte ein paar Toasts mit kühlem Bier aus, die sie geduldig über sich ergehen ließ. »Wie fühlst du dich?« fragte er.

»Durchwachsen«, sagte sie. »Immerhin fliege ich...«

»He, du kannst dich wirklich nicht beklagen. Wie lange bist du nun bei der NASA – drei Jahre? Teufel, wir haben Leute, die drei- oder viermal so lang auf einen Platz gewartet haben wie du. Ich freue mich darauf, auf der D-Mission mit dir zusammenzuarbeiten. Das meine ich ernst, Natalie.«

»Ja«. Sie rang sich ein Lächeln ab.

Stone musterte sie. »Ja, *aber*...«, versuchte er sie aus der Reserve zu locken.

»Aber, Phil, meine ehrliche Meinung ist, daß du das Arschloch bist, das zum Mars fliegt, und nicht ich.«

Er lachte nur und nahm einen Schluck Bier. »Komm schon, Natalie. Es steht doch noch gar nicht fest, wer zum Mars fliegt. Nicht in dieser Phase. Falls die Testflüge keinen Erfolg haben, wird vielleicht überhaupt niemand zum Mars fliegen.«

»Halt mal die Luft an. Du hast doch gehört, was Muldoon gesagt hat. ›Das normale Rotationssystem‹.«

Das ›Rotationssystem‹ stammte noch aus den Anfangsgründen von Mercury und war bis einschließlich Apollo beibehalten worden. Die Aufstellung der Besatzungen erfolgte nach dem ›Frosch-Prinzip‹. Die Regel lautete ›einmal in der Reserve-Besatzung, zweimal aussetzen, einmal fliegen‹. Dann ging es wieder von vorne los. Deshalb stellten Phil Stone und seine Leute auch die Ersatzmannschaft für die D-Mission, Yorks Dauertest-Flug. Falls das Rotationsprinzip zum Tragen kam, würden sie die nächsten beiden Missionen – die E-Missionen – aussetzen und an der F-Mission teilnehmen.

Die zufällig den Flug zum Mars umfaßte.

Stone spreizte die Finger. »Das Rotationsprinzip ist nicht schlecht, Natalie. Zumindest steckt ein System dahinter. Ich meine, Muldoon hat einen verdammt harten Job. Am liebsten würde jeder bei jedem Flug mitmachen...«

»Ach, Scheiße, Phil. Die Rotation läuft doch nicht maschinell ab. Damit läßt sich jede beliebige Besatzung zusammenwürfeln.«

»Schau, Natalie, alles andere als ein Rotationssystem wäre eine Beleidigung für die Astronauten und der Moral abträglich. Das ist meine Meinung, und ich glaube, der alte Joe sieht das genauso. Jede Besatzung muß in der Lage sein, jeden Flug durchzuführen. Es ist wie die Führung eines Geschwaders von Kampfpiloten. Man hat einen Auftrag auszuführen, so viele Einsätze zu fliegen und so viele Piloten zur Verfügung…«

»Aber das hier ist kein Kampfgeschwader. Wir bräuchten handverlesene Besatzungen, die den Anforderungen der jeweiligen Mission entsprechen.«

»Und du bist nun der Ansicht, du müßtest für die F-Mission handverlesen werden?«

Sie nippte am Bier und wurde immer gereizter. »Es wäre eine Dummheit, nicht die Besten für eine Schlüsselmission auszuwählen.«

Er musterte sie amüsiert. »Willst du damit sagen, ich sei nicht der Beste?«

»Verdammt, Phil, das will ich damit nicht sagen, und hör auf, mich so von oben herab zu behandeln…«

Doch nun kam Adam Bleeker herein – der zu Phils Besatzung gehörte und auch ein Kandidat für den Mars war –, und dann erfolgte erst einmal eine lautstarke und joviale Begrüßung.

Für eine Weile beteiligte York sich an der allgemeinen Konversation.

Dennoch schweiften die Gedanken immer wieder zum ihrer Ansicht nach verfehlten Auswahlverfahren ab.

Sie trank noch etwas Bier; es war inzwischen abgestanden und schmeckte schal. Sie stellte das Glas ab und wischte sich die feuchten Hände an einer Serviette ab.

Dann verließ sie die Bar. Die Hälfte der Jungs war wohl schon so besoffen, daß sie ihren Abgang überhaupt nicht bemerkten.

Sie mußte Dampf ablassen.

Ohne sich Gedanken über die Zweckmäßigkeit ihres Tuns zu machen, fuhr sie schnurstracks zum JSC zurück und stürmte in Muldoons Büro.

Muldoon arbeitete gerade einen Stapel Unterlagen durch. »Natalie. Möchten Sie einen Kaffee? Mabel wird...«

»Nein.« Plötzlich wurde ihr bewußt, daß sie zitterte; es schien tief aus ihrem Innern zu kommen. *Es liegt an den drei frustrierenden Jahren bei der NASA. Es liegt an Bens sinnlosem Tod. Es liegt an der Tatsache, daß ich nun schon dreiunddreißig Jahre alt bin und meine akademische Laufbahn dafür geopfert habe, ein paar Monate im niedrigen Erdorbit zu verbringen und zuzusehen, wie die MEM-Komponenten langsam zerfallen.*

Oder, sagte sie sich, *vielleicht haben auch alle recht. Vielleicht bin ich nur eine blöde Hysterikerin.*

Muldoon musterte sie. »Ich nahm an, Sie würden sich freuen, zu einer Erstbesatzung zu gehören.«

»Das stimmt auch.«

Er lehnte sich zurück und stieß einen Seufzer aus. »Aber Sie wollen zum Mars. Und Sie haben die Implikationen des Rotationsprinzips erkannt.«

»Verdammt, Joe, ich bin weit und breit der beste Missionsspezialist für Operationen auf der Marsoberfläche. Sie wissen das auch, und deshalb sollte ich an der F-Mission teilnehmen, um zum Mars zu fliegen und die Praxis zu erwerben, die ich anderen als Theorie vermitteln soll!«

Er faltete die Hände. »Ich kann Ihnen nur sagen, daß wir auch weiterhin nach dem Rotationsprinzip arbeiten werden. Und wenn daraus folgt, daß Phil Stone mit seiner Besatzung zum Mars fliegt, dann ist es eben so. Und wenn aus irgendwelchen Gründen Pannen oder Verzögerungen auftreten und Ihre Besatzung an die Reihe kommt – *durch das normale Rotationsprinzip* –, dann werden Sie Ihre Chance bekommen. Und falls es noch einen zweiten oder dritten Flug gibt...«

»Sie wissen ganz genau, daß es keinen zweiten Flug mehr geben wird. Wir stecken alles, was wir haben, in diesen einen Versuch. Und wenn ich ein Mann wäre, ein zweiter Harrison Schmitt, dann wäre ich schon längst erste Wahl. Aber ich bin nur eine Frau, und deshalb darf ich nicht fliegen.«

»Natalie, so ist das nicht.«

»Kommen Sie schon, Joe. Sagen Sie mir wenigstens einmal die Wahrheit.«

Er verschränkte die Finger. »Die Wahrheit?«

»Die Wahrheit.«

»Ich will nicht verhehlen, daß der Aspekt des Geschlechts Probleme aufwirft, Natalie.«

Der Aspekt des Geschlechts. »Was für Probleme, um Himmels willen? Daß ich nicht in der Lage bin, den Helm über meine Lockenpracht zu stülpen? Joe, wir leben im Jahr 1981...«

»Halten Sie mal die Luft an, Natalie. Sehen Sie, es würde vielleicht anders aussehen, wenn wir das Shuttle gebaut hätten, wenn wir größere Schiffe hätten, mit denen wir sieben oder acht Leute in den Orbit schicken könnten, wenn die Raumfahrt ein Routinevorgang wäre. Dann würde jeden Monat eine Frau ins All fliegen. Aber diese Voraussetzungen sind nun einmal nicht gegeben. Eine gemischte Besatzung würde einen Mehraufwand erfordern, zum Beispiel mit Blick auf Körperpflege und Privatsphäre. Das würde die Nutzlast verringern. Und das wäre nicht gerade von Vorteil, wenn man eine achtzehnmonatige Weltraummission plant«

»Nehmen Sie doch eine rein weibliche Besatzung. Dann bräuchte man keine getrennten Duschen mehr, nicht wahr?«

Muldoons Miene verdüsterte sich. »Natalie, Sie wissen doch, daß Sie damit nicht durchkommen würden. Zumal Sie sich hier mit dem Falschen streiten.«

»Und wer ist dann der Richtige?«

Er zuckte die Achseln. »Die amerikanische Zivilisation. Die ganze Welt. Teufel, ich weiß es nicht. Ich bin nur der arme Wicht, der Sie für die D-Mission empfohlen hat.« Nun sah er sie, wie sie glaubte, etwas wohlwollender an. »Natalie, hören Sie auf meinen Rat. Die Hauptsache ist, daß Sie sich im Rotationssystem befinden. Nur das zählt; das und Ihr voller beruflicher Einsatz. Und ich weiß, daß Sie sich engagieren werden. Wir brauchen Sie im Programm, Natalie. Sie sind ein Element, das uns bisher gefehlt hatte. Sie wären erstaunt, wenn Sie wüßten, wie oft Ihr Name bei uns genannt wird. Und ich weiß auch, was Sie als Leiterin der Kommunikation während Apollo-N geleistet haben.«

Sie zuckte die Achseln. Das war ein Auftrag, für den sie keinen Lorbeer wollte. »Sie brauchen mich im Programm, aber nicht unbedingt in einem Raumschiff zum Mars.«

Er wühlte in den Papieren auf dem Schreibtisch, bei denen es sich um Listen mit Besatzungsaufstellungen handelte. »Vielleicht stimmt das. Vielleicht sind Sie wirklich nützlicher für das Programm – für die wissenschaftlichen Ziele –, wenn Sie hier in Houston bleiben, anstatt auf dem Mars herumzustolpern. Haben Sie es schon einmal von dieser Warte betrachtet? Natalie, Sie sind unzufrieden mit der Teilnahme am Dauertest. Teufel, ich verstehe das; an Ihrer Stelle würde mir das auch stinken. Aber versetzen Sie sich einmal in meine Lage: das Cockpit, in beziehungsweise an dem ich seit Jahr und Tag sitze, ist dieser verdammte Schreibtisch«, sagte er sehnsüchtig, fast verzweifelt. »Zwei Stunden auf dem Mond waren zuwenig für ein ganzes Leben.«

»Und vielleicht zwei Stunden zuviel für Ihre Frau.« Sie konnte einfach nicht an sich halten.

Er warf die Unterlagen auf den Schreibtisch. »Verdammt, York, wieso müssen Sie immer so ätzend sein?«

»Es tut mir leid, Joe.« Sie schüttelte den Kopf. »Es liegt wohl daran, daß ich ...«

»Hören Sie zu«, sagte er unwirsch. »Niemand weiß, was geschehen wird. Sie erfüllen einfach Ihre Pflicht. Tun Sie, was diese Arschlöcher dort draußen auch tun, aber tun Sie es doppelt so oft und doppelt so gut. Und verschaffen Sie sich einen Wettbewerbsvorteil – zum Beispiel durch Ihre Geologen-Ausbildung. Machen Sie sich unentbehrlich. Und wer weiß, wo wir 1986 stehen?«

Für einen kurzen Moment verspürte sie ein eigenartiges Gefühl der Freude – sogar der Zuversicht. *Er hat recht. Ich bin nun schon so weit gekommen, und vielleicht werde ich auch noch die letzten Hürden überwinden. Ich kann es schaffen.*

Doch Muldoon widmete sich schon wieder den Unterlagen auf dem Schreibtisch.

York war wieder auf sich allein gestellt: sie stand draußen in der Dunkelheit, und die Aussichten für die Mission – ihre Karriere, ihr ganzes Leben – waren wieder einmal auf bloße Spekulationen und das ›Prinzip Hoffnung‹ reduziert. Ihre Zuversicht verflog so schnell, wie sie gekommen war.

Sie verließ Muldoons Büro.

Juni 1981
Firmensitz von Columbia Aviation, Newport Beach

Nach dem Aufstehen kam Lee gleich in die Gänge. Jennine servierte ihm zwei Tassen stark gesüßten Kaffees. Bis er die erste geleert hatte, war die zweite so weit abgekühlt, daß er sie in einem Zug leerte, während er zum schwarzen Thunderbird im Hof ging.

Seine erste Aufgabe bestand darin, jemanden zu finden, der sich mit der Aufforderung zur Angebotsabgabe befaßte. Er verbrachte den ganzen Tag damit, durch das Werk zu streifen.

Auf dem Firmengelände von Columbia standen ein paar alte, abbruchreife Fabrikgebäude. Der große Windkanal zwängte sich durch den Komplex. Die Anlagen waren noch ausreichend für die kleinmaßstäblichen Versuche, mit denen Columbia sich hauptsächlich befaßte. Dennoch platzte das Werk schon aus allen Nähten.

Was Lee brauchte, war ein geräumiges Büro.

Schließlich fiel sein Blick auf die Kantine; sie war die einzige Räumlichkeit, die hundert und mehr Menschen faßte.

»Das ist es. Bella, ich möchte, daß Sie die Essensausgabe schließen und die verdammten Servierwägelchen wegschaffen. Ich will Reißbretter und Schreibtische dort unterbringen.« Mit zusammengekniffenen Augen sah er nach oben. »Zuwenig Licht. Sorgen Sie dafür, daß ein paar Oberlichter in die Decke gebrochen werden. Und lassen Sie die Stromversorgung überprüfen; wir brauchen genug Saft für die Computer.«

Ja, Sir, JK. Aber ...«

»Was haben Sie denn immer mit Ihrem ›aber‹?«

»Wo sollen wir dann essen?«

Lee fuchtelte mit der Hand. »Die ganzen gottverdammten USA sind mit McDonalds übersät. Es wird schon niemand verhungern.«

»Ja, Sir, JK.«

Er ließ den Blick durch die Kantine schweifen, mit dem verbeulten Tresen, dem verschrammten Boden und dem Geruch nach Tomatensauce. Hier würde er das Entwicklungszentrum einrichten. Und er würde ein strenges Regiment führen. Er hatte bereits verfügt, daß die Arbeitszeit während der Formulierung des Angebots von sieben Uhr morgens bis neun Uhr abends gehen würde. Und die Arbeit hier würde nur den Kern einer gewaltigen Anstrengung des ganzen Unternehmens darstellen. Gruppen von Ingenieuren würden in Labors und Windkanälen Daten erstellen, um die Behauptung zu stützen, daß Columbia in der Lage sei, *dies* zu tun, diese noch nie dagewesene Maschine zu bauen...

Doch *hier* war der Brennpunkt: es war in diesem großen schmutzigen Raum, wie ihm mit zunehmender Erregung bewußt wurde, wo das Mars-Exkursionsmodul entwickelt werden würde.

Er durchforstete die Organisation und zog jeden von seiner eigentlichen Arbeit ab, von dem er annahm, daß er ihm bei der Formulierung des Angebots von Nutzen sein könnte. Und wenn jemand protestierte, genügte in der Regel schon die Nennung von Canes Namen, um den Renegaten zur Raison zu bringen. Das war Art Canes Unternehmenskultur, sagte Lee sich. Er hatte vielleicht Zweifel am Sinn der Angebotsabgabe gehegt, doch wo sie sich nun dafür entschieden hatten, spannte er das ganze Unternehmen für diese Aufgabe ein. Das Motto lautete ›alles oder nichts‹, und Cane erwartete von der Belegschaft, daß sie Lee nach besten Kräften unterstützte.

Während der ersten Woche versuchte Art Cane, Partner zu gewinnen: potentielle Zulieferer, die Columbias Bewerbung unterstützten. Ein Angebot für einen Kontrakt dieser Größenordnung galt erfahrungsgemäß nur dann als seriös, wenn der Bewerber eine Koalition von Zulieferern um sich geschart hatte.

Auf Canes Empfehlung flogen Lee und Bob Rowen nach Culver City, dem Firmensitz von Hughes Aircraft. Hier hatte Cane sich die Hörner abgestoßen und verfügte noch immer über ein paar Kontakte zu dieser Firma. Cane arrangierte für sie ein Treffen mit einem Vizepräsidenten namens Gene Tyson. Der Zufall wollte es, daß noch keiner der anderen Bewerber um den MEM-Auftrag an Hughes herangetreten war. Hughes als Experte für Steuerungs- und Stabilisierungssysteme wäre der ideale Partner für Columbia.

Doch nachdem Lee und Rowen in Culver eingetroffen waren, ließ Tyson sie drei Stunden lang warten, und nachdem sie ihr Anliegen schließlich vorgetragen hatten, wurden sie von Tyson und seinen Assistenten unter Gelächter aus dem Büro hinauskomplimentiert.

Gene Tyson war ein dicker Mann mit weichen Gesichtszügen, der von einer penetranten Duftwolke umgeben war. Er brachte Lee förmlich auf die Palme. Väterlich legte er Lee den Arm um die Schulter, als er ihn zur Tür brachte. »Hören Sie auf meinen Rat«, sagte Tyson. »Art Cane ist ein toller Hecht. Aber, JK, ich glaube, ihr vergeudet nur eure Zeit. Ganz zu schweigen von meiner. Ihr habt keine Chance, den Zuschlag zu erhalten – nicht den Hauch einer Chance. Ihr seid doch nur ein paar Laborfritzen.«

Also flog Lee nach Newport zurück. Er kochte vor Wut – und war zutiefst besorgt. Wenn nicht einmal Hughes ihr Angebot ernst nahm, wer, zum Teufel, dann? Und ohne Partner befanden sie sich vom Start weg im Nachteil.

Doch je intensiver er darüber nachdachte, desto klarer wurde ihm, daß diese scheinbare Schwäche sich durchaus in eine Stärke verkehren ließ.

»Sehen Sie es mal so«, sagte er zu Art Cane. »Zum Teufel mit ihnen. Zum Teufel mit Hughes. Zum Teufel mit dem Rest. Wir schaffen es auch allein. Wir präsentieren uns der NASA sozusagen als Trainer und nicht als Mannschaft. Das ist es doch, was sie brauchen. Wenn Columbia sich erst einmal als Trainer etabliert hat, können wir uns die verdammten Spieler sogar aussuchen. Soll der Kunde die Entscheidung treffen, wenn er dazu bereit ist; wir dürfen ihn nicht drängen.«

Art Cane schüttelte den Kopf. »Sie sind verrückt, JK. Verschwinden Sie aus meinem Büro.«

Nachdem die Kantine ihrer neuen Bestimmung zugeführt worden war, nahm Lee an einem Tisch auf einem Podest Platz. Er ernannte seine leitenden Angestellten und intelligente Mitarbeiter wie Bob Rowen und Julie Lye zu Gruppenleitern. Doch er behielt immer den Überblick und versuchte Probleme schon im Ansatz zu erkennen.

Das Konzept für das Columbia-MEM nahm schnell Gestalt an.

Lee wollte etwas, das in den Augen des NASA-Prüfungsgremiums ohne großen Aufwand zu bauen war. Also basierte das MEM im wesentlichen auf der Konzeption, die Lee skizziert hatte, als er seinerzeit mit Ralph Gershon in die Mojave-Wüste hinausgefahren war. Das Gerät sah aus wie die Apollo-Kommandokapsel, ein neun Meter hoher Kegel mit einem neun Meter breiten Hitzeschild an der Basis. Die Ingenieure konzentrierten sich nun auf dieses Konzept. Das MEM mit der kegelförmigen, hitzebeständigen Hülle bestand in Anlehnung an die Mondfähre aus zwei Teilen: einer Landestufe für die Landung auf dem Mars, welche als Plattform für eine obere Aufstiegsstufe dienen sollte, die nach Abschluß der Mission in den Orbit zurückkehrte.

Lee schärfte seinen Leuten ein, sich mit Innovationen zurückzuhalten. »Ihr dürft euch austoben, wenn wir den gottverdammten Auftrag gewonnen haben, aber nicht vorher.« So ließ er zum Beispiel keine Änderungen an der äußeren Form der Kommandokapsel zu. Die Steigung des Kegels war schon vor Jahren in Windkanalversuchen des NASA-eigenen Ames Laboratory ermittelt worden. Das Ergebnis hatte sich bei allen darauffolgenden

Apollo-Missionen bewährt, und er würde nicht zulassen, daß einer von seinen Leuten es nun in Frage stellte.

Nach Lees erstem Entwurf sollte das MEM auf fünf teleskopartigen Beinen landen. *Fünf* aus dem Grund, damit das MEM auch beim Bruch eines Beins noch stabil blieb. Das Triebwerk der Landestufe, die Rakete, mit der das MEM die letzten paar Kilometer des Abstiegs zur Marsoberfläche bewältigen sollte, ragte aus der Grundfläche des MEM. Die Treibstofftanks waren um das Triebwerk herum gruppiert. Dann gab es noch Schächte für Oberflächenoperationen, die Platz für Luftschleusen und Ausrüstung boten. Ein Mars-Rover war auch noch an Bord.

Auf der Spitze der Landestufe saß ein kleinerer Kegel: die Kabine der Aufstiegsstufe. Hierbei handelte es sich um eine Glaskuppel, die eine Rundumsicht ermöglichen sollte. Während des Abstiegs zur Oberfläche und des Wiederaufstiegs in den Orbit würde die Besatzung sich in dieser Kabine aufhalten. Sie bot gerade Platz für vier Personen nebeneinander auf Beschleunigungsliegen. Allerdings waren die Liegen zusammenklappbar, damit die Piloten in der Lage waren, den Landeanflug im Stehen auszuführen.

Der Rest der Aufstiegsstufe bestand aus einem Zylinder, der auf der gedachten Hochachse der MEM-Landestufe aufgespießt war. Wenn die Aufstiegsstufe vom Mars abhob, würde sie wie ein Kojak-Lolli aussehen, sagte Lee sich, ein gläserner Lolli auf einem Stiel aus Treibstofftanks und einem Raketentriebwerk, der einen Kegelstumpf zurückließ: die versengte und geköpfte Landestufe.

Das war jedenfalls das Skelett der Marsfähre, und die Arbeitsgruppen formten es nun zu einem Körper, indem sie die Subsysteme entwickelten.

Das *ECLSS** war Jack Morgans Schöpfung. Es verfügte über Molekularsiebe für die Rückhaltung von Kohlendioxid und ein Filtersystem für die Wasser-Wiederaufbereitung. Die *Energieversorgung* wurde durch Brennstoffzellen für die Landestufe und separate, kleinere Zellen für die Aufstiegsstufe gewährleistet. Im Bereich *Lenkung und Steuerung* waren Trägheitsrichtgeräte vorgesehen sowie Radarsysteme für Rendezvous und Landung, weiterhin Steuertriebwerke und kardanisch aufgehängte Haupttriebwerke, um Schubvektorsteuerung zu ermöglichen. Was die *Kommunikation* betraf, so ragten Antennen aus den Konstruktionsmodellen der Aufstiegsstufe: S-Band für eine Bildübertragung zum Orbiter und eine Sprechverbindung zur Erde, VHF für Sprechverbindung zum Orbiter sowie Verbindungen von EVA zum MEM ...

Lee hielt seine Leute an, überall Anleihen zu nehmen. Zum Beispiel bei den Details für die Subsysteme: sie bauten Brennstoffzellen ein, die schon bei der Apollo-Mondfähre verwendet worden waren, und von Gemini übernahmen sie ein L-Band-Rendezvous-Radar. Und was den Treibstoff betraf, sollte man da Stickstofftetroxid/Aerojet 50 nutzen, mit dem Grumman die Mondfähre befeuert hatte? Dieser Treibstoff war hypergolisch – das heißt, er zündete beim Kontakt mit dem Oxidator von selbst, wodurch ein separates Zündsystem überflüssig wurde –, doch hatte er auch einen geringen Wirkungsgrad und war korrosionsfördernd, ganz zu schweigen von der toxischen Wirkung. Schließlich war das MEM kein Gefahrguttransporter. Es hatten auch Versuche mit Gemischen auf Fluor-Basis stattgefunden, waren jedoch nicht sehr weit gediehen, weil Fluor ein schwierig zu

---

* ECLSS = Enviroment Control and Life Support System: Umweltüberwachungs- und Lebenserhaltungs-System

handhabender Stoff war. Was sollte man sonst verwenden?

Die Konstruktion wich immer mehr von Lees ursprünglichen Vorgaben ab.

Zum Beispiel diese Glaskuppel auf der Aufstiegsstufe. Sie hätte der Besatzung zwar ein horizontales Blickfeld von dreihundertsechzig Grad und ein vertikales von hundertfünfunddreißig Grad ermöglicht – als ob sie mit dem Hubschrauber zur Marsoberfläche hinabgeflogen wären. Wenn die Kuppel jedoch aus Verbundglas bestand, wäre sie zu schwer, und leichtere Alternativen wie Plexiglas würden sich im Sonnenlicht, dessen Einstrahlung auf den Mars besonders intensiv war und das zudem einen hohen UV-Anteil hatte, verfärben und spröde werden. Zumal, wie Jack Morgan sagte, zuviel Glas das Umweltüberwachungssystem überlasten würde. Also wurde die schöne Kuppel zugunsten kleiner, schießschartenartiger Sichtfenster gestrichen, wie sie schon von der Mondfähre bekannt waren.

Und die fünf Teleskopbeine wurden auf sechs erhöht, um dem Raumschiff mit der großen Grundfläche eine bessere Landedynamik zu verleihen. Um die Beine gegen übermäßige Belastungen bei der Landung zu schützen, wurde das Innere mit einem Wabenkern aus Aluminium ausgefüllt, der bei einem harten Aufsetzen gestaucht wurde und so die Kräfte neutralisierte ...

Es war eine aufregende Zeit, geprägt von Pioniergeist.

Lee schenkte sich selbst auch nichts; er war ständig im Einsatz, kontrollierte den Fortgang des Projekts, bündelte Kräfte, verglich den Soll- mit dem Ist-Zustand und strich vieles, das er für unbrauchbar erachtete.

Manchmal erinnerte er sich nicht mehr, wann er zuletzt geschlafen oder etwas gegessen hatte. Und manchmal war es nur der Druck in der Blase oder im Darm, durch den er sich seiner Daseinsform als Mensch überhaupt noch bewußt wurde.

Es war noch dunkel, wenn er morgens aus dem Haus ging, und schon dunkel, wenn er abends zurückkehrte.

Es war unglaublich. Er sah nicht einmal die blühenden Apfelbäume im Garten. Und seine Kinder – Bert und Gerry, beide im schulpflichtigen Alter – sah er kaum länger als für ein paar Minuten am Tag.

Jennine widmete er etwas mehr Zeit, doch den größten Teil der Freizeit verbrachte er mit Essen oder – falls er in der glücklichen Lage war, sich zu entspannen – mit Schlafen.

Wo er nun darüber nachdachte, machte er sich doch ein wenig Sorgen wegen Jennine. Sie hatte sich im Lauf der Jahre an sein gewaltiges Arbeitspensum gewöhnt. Obwohl sie nichts von Flugzeugen verstand und sich auch nicht dafür interessierte, schien Jennine doch zu begreifen, daß diese Hyperaktivität wie ein Strohfeuer war; sie würde nicht ewig anhalten, und dann hätte sie ihn wieder für sich allein. Für eine Weile zumindest.

Diesmal wirkte sie jedoch nicht so gelassen, obwohl er nicht genau wußte, was ihr zu schaffen machte.

Sie beide wurden eben älter, sagte er sich. Das war das eine. Und mit den Jungs hatte sie sicher auch alle Hände voll zu tun.

Der Druck, der durch das MEM erzeugt wurde, würde auch wieder verschwinden. Sie würde ihn zurückbekommen... *Aber was, wenn wir gewinnen?*

Dann wird der Druck eben nicht verschwinden. Nicht wahr, JK? Nicht vor 1986. Nicht bevor die Aufstiegsstufe vom Mars abhob und alles gelaufen war.

Doch wie immer mußte er wieder an die *Arbeit* denken und vergaß darüber alles andere.

Er verfolgte zwei Hauptziele. Das eine betraf die Einhaltung des Termins für die Angebotsabgabe, und das andere bestand darin, das Gesamtgewicht des MEM in dem Rahmen zu halten, der in der Aufforderung zur Angebotsabgabe spezifiziert worden war.

Zunächst beauftragte er Bella, eine Art Kalender zu erstellen, den er überall im Werk aushängte und ständig aktualisieren ließ. *NOCH SECHSUNDVIERZIG TAGE BIS ZUR ANGEBOTSABGABE! UND ROCKWELL LIEGT NOCH IMMER VOR UNS!* Lee war mächtig stolz darauf. »So einen Kalender hatten sie auch in *When Worlds Collide*. Erinnern Sie sich, Bella? Wo sie ein Raumschiff bauten, um damit die Erde zu verlassen?«

»Ja, Sir, JK.«

Das Gewicht stellte sie tatsächlich vor die größten Probleme.

Lee wußte aus Erfahrung, daß die Vorgaben der Lastenhefte in der Praxis kaum einzuhalten waren. Je intensiver die Ingenieure sich mit den Subsystemen beschäftigten, desto umfangreicher und komplexer wurden sie. Das ließ sich anscheinend nicht vermeiden. Also führte Lee fortan eine Liste mit Prognosen für das Gewicht aller Komponenten und Subsysteme.

Jeden Morgen zitierte Lee die Gruppenleiter in sein Büro. Dieser Vorgang, den er ›durch den Wolf drehen‹ nannte, war ihm noch vom Strategischen Bomberkommando geläufig. Exakt um sieben Uhr fünfundvierzig wurden die Türen verschlossen; die Stühle wurden an die Wand geschoben, und Kaffee gab es auch keinen, damit die Leute die Sitzung nicht als gemütliches Beisammensein mißverstanden. Dann legte jeder Mitarbeiter das Hauptproblem des Tages dar und präsentierte Lösungsvorschläge.

Auf diesen Sitzungen verteilte Lee Aufstellungen mit dem Gewicht aller Komponenten, aus denen hervorging, in welchem Maß die aktuelle Konstruktion den Grenzwert überschritt. Er verzichtete aber darauf, Gewichtsvorgaben für die einzelnen Subsysteme zu machen – es ging ihm nämlich um den optimalen Synergieeffekt für das gesamte Raumschiff –, doch hielt er seine Leute jeden Tag dazu an, das Leergewicht des Schiffs zu verringern.

Dennoch wurde das Gewicht nicht schnell genug reduziert, und bald wurde das Gewichtsproblem zu seiner Hauptsorge.

Es kam nicht darauf an, ob sie am Tag der Angebotsabgabe etwas über dem Grenzwert lagen. Wenn sie den Zuschlag erhielten, würde sowieso noch jede Menge Detailarbeit anstehen. Doch im Moment hatte es den Anschein, als ob das Columbia-MEM nicht einmal die groben Vorgaben erfüllte.

Die NASA hatte die Gewichtsbeschränkung verlangt, weil das Schiff die neue, auf chemischer Technik basierende Gravitationsschleuder-Systemkonfiguration aufnehmen sollte. Deshalb waren die Vorgaben viel stringenter als bei den früheren Entwürfen auf Nuklearbasis.

Insgeheim befürchtete Lee, daß sie vielleicht zu streng seien, als daß sie zu realisieren wären.

Durch eine Intervention von Lees engstem Verbündeten wurde dieses Problem schließlich akut.

Jack Morgan nahm Lee beiseite. Morgan machte ein langes und für seine Verhältnisse ungewöhnlich ernstes Gesicht. »JK, ich glaube, wir stecken in Schwierigkeiten.«

Morgan unterbreitete Lee die Zahlen, die er für die Umweltüberwachungs- und Lebenserhaltungssysteme des MEM erstellt hatte. Er präsentierte ihm Daten, die bereits als Arbeitsgrundlage für Apollo gedient hatten und welche die Voraussetzungen definierten, unter denen ein Mensch für einen Tag auf dem Mars zu überleben vermochte: Nahrung, Bekleidung, Luftvorrat, Entsorgung, Privatsphäre, EVA-Gebrauchsgegenstände.

»Sehen Sie hier. Und hier.« Morgan präsentierte Lee eine Reihe von Optionen mit unterschiedlicher Gewichtsverteilung der ECLSS-Elemente. »Es ist ausgeschlossen, vier Leute für dreißig Tage auf der Oberfläche am Leben zu erhalten. Das wären hundertzwanzig Mann-Tage. Es haut einfach nicht hin. Das ist eine Nummer zu groß für uns.«

Lee verspürte einen Anflug von Panik. Es hatte wirklich den Anschein, daß sie mit der Konstruktion überfordert waren.

Schlagartig wurde er sich des Schlafmangels bewußt, der nicht eingehaltenen Mahlzeiten und des Adrenalins, das er verfeuert hatte; er fühlte sich krank und ausgebrannt.

Komm schon, JK. Reiß dich zusammen. Wenn es für dich ein Problem ist, dann ist es auch eins für Rockwell, McDonnell und all die anderen Arschlöcher. Du mußt einen Weg finden, das in einen Vorteil für uns umzumünzen.

Morgan schaute ihn besorgt an. »Alles in Ordnung, JK? Sie sehen irgendwie...«

»Spielen Sie jetzt nicht den Doktor, Jack.«

»Mein Freund, so, wie Sie sich verschleißen, werden Sie eines Tages einen Doktor brauchen. Das ist mein Ernst, JK.«

»Sie sind also nicht imstande«, fuhr Lee unbeirrt fort, »hundertzwanzig Mann-Tage auf dem Mars zu erbringen. Na schön. Wieviel würden Sie denn schaffen?«

»Vielleicht fünfundsiebzig Prozent«, sagte Morgan nach einer Bedenkpause. »Sagen wir neunzig Tage.«

Scheiße. Weniger, als ich mir erhofft hatte. »Dann würden unsere vier Leute also für wie lange auf dem Mars bleiben – für dreiundzwanzig Tage?«

»Damit würde die Verweildauer auf dem Mars um ein Viertel verkürzt werden, JK. Ich glaube nicht, daß die NASA das akzeptieren wird.«

Lee schüttelte den Kopf. »Nein, wird sie nicht. Aber es muß noch einen anderen Weg geben«, sagte er nachdenklich. »Neunzig Manntage, ojemine! Und was, wenn wir nur drei Leute nehmen würden? Dann wären die dreißig Tage kein Problem.«

Morgan schüttelte spontan den Kopf. »Das ist unmöglich. In der Aufforderung zur Angebotsabgabe ist ausdrücklich von vier Leuten die Rede. Nachdem die NASA schon so viel Geld investiert hat, um ihre Leute zum Mars zu schicken, will sie vierundzwanzig Vierstunden-EVA-Zyklen ablaufen lassen. Sie wollen, daß jeweils zwei Leute sich jeden Tag so lange wie möglich auf der Marsoberfläche aufhalten. Sie wollen ein Schichtsystem mit einem ›roten‹ und ›blauen‹ Team...«

»Das ›rote‹ Team und das ›blaue‹ Team können sich mal gegenseitig im Arsch lecken«, sagte Lee unwirsch. »Das ist nicht der einzige Schwachpunkt in dieser beschissenen Aufforderung zur Angebotsabgabe.«

Lees Gedanken jagten sich.

Drei Leute anstatt vier. Wenn das möglich wäre, sagte er sich, hätte das Einsparungen zur Folge, die nicht nur auf die Vorgaben für das MEM selbst durchschlugen, sondern auf das ganze Programm. So müßten zum Beispiel nur drei Viertel des Lebenserhaltungssystems zum Mars und zurück befördert werden. Und dabei würde die Effizienz der Oberflächen-Aktivitäten gar nicht oder nur geringfügig verringert werden.«

Genau das würde er der NASA beweisen müssen!

Wenn er das schaffte, sagte er sich mit zunehmender Erregung, würden ihre Erfolgsaussichten sich deutlich verbessern.

Der Anflug von Panik verschwand, und Lee fühlte

sich wieder stark und vital. Er verspürte einen erneuten Adrenalinstoß. Er packte Morgan am Arm. »Dann müssen wir uns nur noch überlegen, wie wir drei Personen in ein Vierundzwanzigstunden-EVA-Schichtmuster integrieren. Hören Sie, Jack. Dieses Problem müssen Sie für mich lösen.«

Als Simulator war das kaum zu bezeichnen: es handelte sich lediglich um einen Raum im Raum, der von einem der größeren Columbia-Labors abgeteilt worden war. Er verfügte zwar über ein rudimentäres Lebenserhaltungssystem – Nahrung und Wasser –, doch war der Raum nicht von der Außenwelt abgeschlossen.

Aus dem Erste-Hilfe-Kurs, den Morgan bei Caltech leitete, heuerte er drei Leute an, die gegen Bezahlung für einen Monat dort ausharren sollten.

Jeden Tag absolvierten die Probanden ein simuliertes EVA: sie legten Übungs-Raumanzüge und mit Bleigewichten gefüllte Tornister an und simulierten Experimente auf der Marsoberfläche. Dann erklommen die Probanden eine Leiter, um die Rückkehr ins MEM zu simulieren und sich gegenseitig den Marsstaub in Form von Talkumpuder abzusaugen.

Die Teilnehmer experimentierten mit Arbeits- und Schlaf-Rhythmen und versuchten, die Schichten auf der Oberfläche zu optimieren.

Die Versuchsanordnung war primitiv, aber effektvoll. Nach einem Monat waren die Probanden zwar etwas gelangweilt und ziemlich erschöpft, befanden sich jedoch in einem guten Allgemeinzustand. Ihre Kondition war sogar besser als zu Beginn der Simulation. Die Erschöpfung war normal; die richtige Besatzung hätte den ganzen Rückflug – sieben Monate – Zeit, um sich zu erholen.

Morgan notierte das für Lee, und dieser war hochzufrieden mit den Ergebnissen. Nicht genug damit, daß seine Drei-Mann-Idee wie eine Bombe im Prüfungsausschuß einschlagen würde – er würde ihnen auch detaillierte Vorschläge zur Ablauforganisation des Marsaufenthalts um die Ohren hauen: Schichtzyklen, die Notwendigkeit, Arbeits- und Schlaf-Rhythmen schon vor der Ankunft auf dem Mars festzulegen, die Definition von Erholungsphasen und so weiter.

Wie Phönix aus der Asche. Der Triumph schien zum Greifen nahe.

Während der Termin unaufhaltsam nahte, nahm Lee die Probe-Präsentationen der jeweiligen Gruppen ab.

Allmählich entstand vor dem geistigen Auge ein Bild vom Ablauf der Ereignisse. Er, Xu, Rowen, Lye, Morgan und ein paar andere würden auf einem Podium in irgendeinem Hotel oder Konferenzzentrum einem Auftrieb von NASA-Ingenieuren gegenübersitzen. Sie würden sechzig Minuten haben, um ihr Konzept zu präsentieren.

Je länger er indes den Präsentationen lauschte, desto klarer wurde ihm auch, daß es keinen Sinn hatte, in einer Stunde fünf bis sieben Referenten vorzuschicken. Eine einzige Person mußte die gesamte Präsentation übernehmen und jeden Aspekt des Angebots abhandeln, jedes verdammte Subsystem. Die anderen würden sich in Bereitschaft halten, um Fragen zu den jeweiligen Fachgebieten zu beantworten.

Nun nahm er Unterlagen mit nach Hause – Manuskripte, Dokumente, Notizen – und lernte jeden Aspekt des Systems, das er vorstellen würde, auswendig. Er las das Zeug sogar noch im Bett.

Wenn Jennine dann aufwachte und irgend etwas vor sich hinbrabbelte, stellte er erschrocken fest, daß es schon vier Uhr morgens war oder zu einer anderen nachtschlafenden Zeit. In einer Stunde mußte er schon wieder raus. Mit neuem Fleiß an die gleiche...

Doch er war energiegeladen. Er glaubte es selbst nicht. Die Tage verflogen nur so. Er hatte das Gefühl, ihm wären Flügel gewachsen.

Schließlich stellte er sich ein Feldbett ins Büro. Damit hatte er wieder viel Zeit gespart.

Lee bekam einen Anruf von Art Cane.

»Ich mache mir allmählich Sorgen wegen der Kosten, die ihr mir verursacht. Wenn wir den Zuschlag nicht erhalten, geht uns der Arsch auf Grundeis. Was macht übrigens mein Zwei-Millionen-Etat?«

»Wir kommen damit hin, Art.«

Das war eine ausgemachte Lüge. Lee wußte nur zu gut, daß er die Zwei-Millionen-Grenze längst überschritten hatte und daß er am Ende das Drei- oder Vierfache benötigen würde.

Was Art in Lees Augen so liebenswert machte, war gerade auch sein Mißtrauen gegenüber elektronischen Buchhaltungs-Systemen. Er bestand darauf, die Zahlen jeden Monat selbst schriftlich von Hand zu überprüfen und die Salden zu berechnen. Er analysierte und interpretierte sie mehr oder weniger von Hand. Wie zu der Zeit, als er die Firma gegründet hatte.

Deshalb hinkte Cane der aktuellen Entwicklung mindestens um einen Monat hinterher. Und wenn er ein wenig trickste, wäre Lee in der Lage, die Buchungen und Zahlungen um einen Monat hinauszuschieben, so daß er eine Gnadenfrist von insgesamt zwei Monaten hatte.

Das genügte Lee. In zwei Monaten wäre die Sache nämlich unter Dach und Fach. Wenn er den Vertrag erst einmal in der Tasche hatte, würde keine Krämerseele mehr nach den Kosten fragen. Und wenn er den Zuschlag nicht erhielt, würde Art ihm sowieso das Fell über die Ohren ziehen. Wie dem auch sei, das Wichtigste war, daß er *jetzt* über die benötigten Ressourcen verfügte.

»Ich habe gerade einen Anruf von McDonnell-Douglas erhalten«, sagte Cane.

»Ach ja? Und?«

»Sie wollen gemeinsam mit uns ein Angebot für das MEM abgeben. Was halten Sie davon, JK? Ich möchte, daß Sie darüber nachdenken...«

Dann erging Cane sich in der Schilderung von Details.

Lee überlegte angestrengt.

Bei objektiver Betrachtung rangierte ein solches Angebot von McDonnell gleich hinter einem vergleichbaren Vorschlag von Rockwell. McDonnell hatte Mercury und Gemini gebaut, die ersten beiden Generationen bemannter amerikanischer Raumschiffe sowie die dritte Stufe der Saturn V. Dadurch empfahlen sie sich als gute und vertrauenswürdige Partner. Zumal Lee wußte, daß es zahlreiche Stimmen in der NASA gab, die mit Rockwells Leistungen bei Apollo unzufrieden waren und dies auch immer wieder zum Ausdruck brachten. Diese Fraktion innerhalb der NASA, die nach Lees Dafürhalten auch Vertreter in den Prüfungsausschuß entsenden würde, hätte gegen eine Wiederbelebung der bewährten Partnerschaft mit McDonnell sicher keine Bedenken.

Aus welchem Blickwinkel man die Sache auch betrachtete, sie hatte Hand und Fuß.

Lee fiel Cane ins Wort. »Kein Interesse«, sagte er.

Art Cane verschlug es die Sprache.

»Hören Sie«, sagte Cane schließlich. »Sie wissen, daß ich Ihnen diesen Handel nicht aufzwingen werde. Das ist nicht mein Stil, JK.«

»Das weiß ich, Sir. Aber es ist unsere Bewerbung. Scheiß auf McDonnell. Vielleicht engagieren wir sie später als Zulieferer. Wer braucht die schon?«

»JK ...«

»Ich brauche Ihre Rückendeckung, Art.«

»Teufel, Lee«, sagte Cane in brummigem Baß, »Sie wissen doch, daß Sie meine volle Unterstützung haben. Lassen Sie mich aber bloß nicht hängen.«

»Sie wissen, daß ich Sie nicht hängen lasse, Art. Und nun gehen Sie aus der Leitung. Ich habe zu arbeiten.«

Montag, 6. Juli 1981
Trainingsgebäude für Raumflugbesatzungen,
Jacqueline B. Kennedy-Raumfahrtzentrum

Natalie York und Ralph Gershon saßen nebeneinander im Doppelkegel-Simulator Nummer Drei des Mars-Exkursions-Moduls. York schwitzte im engen Druckanzug. Das Innere der MEM-Kabine war dem Original authentisch nachgebildet, doch von außen war dieser Bewegungssimulator eine ungeschlachte Maschine, deren schwere weißgestrichene Hydraulik die Kabine fast völlig verbarg.

»In Ordnung, Ralph, wir geben euch Zündung plus eins auf der Prüfanlage«, sagte der Leiter der Simulation.

York sah, daß die Leuchtplatten der Anzeigen, Meßgeräte und Skalen zum Leben erwachten. Zuckende Nadeln und flackernde Bildschirme zeigten Triebwerkstemperatur, Kammerdruck sowie Treibstoff- und Sauerstoffmengen an.

Gershon saß links, auf dem Pilotensitz, und York rechts neben ihm. Die großen rechteckigen, auf Augenhöhe eingelassenen Kabinenfenster vermittelten der Kabine den Anschein eines Flugzeugcockpits. Das grüne Glühen der Instrumentenbeleuchtung durchdrang die Kabine; York hatte förmlich den Eindruck, sich unter Wasser zu befinden.

Nun sah York rote Schlieren vor dem Fenster – eine simulierte Marslandschaft, lachsrosa und sanft geschwungen, füllte die Scheibe aus. Die Landschaft wirkte wie Form-Gips, der von einer computergesteuerten Kamera bestrichen wurde. Der Himmel war schwarz und sternenleer – wohl eine schlichte Leinwand. Orangefarbene Lichteffekte simulierten die Lichtreflexe der Schubdüsen des Doppelkegels in der dünnen oberen Marsatmosphäre.

»Die Brennphase war gut«, sagte der Versuchsleiter. »Die Restgeschwindigkeit beträgt dreißig Prozent, und das Nick-Manöver ist auch erfolgreich verlaufen.«

»In Ordnung«, sagte Gershon.

Anzeigen flackerten, und Akronyme liefen über den Monitor vor York.

»Wir haben den Resttreibstoff der vorderen Retros abgelassen«, meldete sie Gershon. »Rekonfiguration der OMS- und Reaktionssteuerungssysteme nach Brennschluß ausgeführt. Außenstromaggregat aktiviert. Zwei von drei APUs laufen. Das ist normal.«

Gershon betätigte einen Schalter. »Versuchsleiter, ich stelle beim künstlichen Horizont eine starke Abweichung von den Lage- und Bahndaten fest. Ich werde das Gerät manuell zentrieren. Haben Sie ein Problem damit?«

»Kein Problem, Ralph. Wir sind damit einverstanden.«

»Eintritts-Schnittstelle«, sagte York. »Wir sind in der Atmosphäre, Ralph. Hundertachtundfünfzigtausend Fuß. Nase um vierzig Grad nach oben gerichtet.«

»Schau'n wir mal, welche Überraschung sie nun für uns haben«, sagte Gershon.

»Du wirst allmählich paranoid, Ralph.«

»Sag nur.«

Nun rollte der Form-Gips schneller an den Fenstern vorbei.

»Reibungshitze«, sagte York. Die Sensoren zeigten an, wie die Unterseite des Raumschiffs sich erhitzte.

Der auf Rockwells aktueller Studie basierende Doppelkegel war die fortschrittlichste MEM-Konfiguration der Luft- und Raumfahrtindustrie. Er tauchte mit der Unterseite voran in die Atmosphäre ein und flog dann wie ein normales Flugzeug weiter. Deshalb war nur die Unterseite mit hitzebeständigen Kacheln verkleidet, die eine Wärmesenke darstellten und die Energie der spärlichen Luftmoleküle des Mars absorbierten.

»Stellt euch auf den Abbruch der Funkverbindung ein«, sagte der Versuchsleiter trocken. »Wir sehen uns auf der anderen Seite, Leute.«

»Hoffentlich«, sagte Gershon.

Vor Yorks Fenster verdichtete sich pinkfarbenes Plasma.

»Wie kitschig«, grunzte Gershon.

»Mir gefällt's«, murmelte York.

York und Gershon überflogen die Systemanzeigen und glichen sie mit den Checklisten ab, die an den Konsolen klebten. Nun wurde die Simulation zur Routine, fast schon langweilig...

York wußte aber auch, daß, wenn es sich um den Ernstfall gehandelt hätte, nun Bremskräfte auf sie wirken würden, während das Raumschiff immer tiefer in die Marsatmosphäre hineinstieß. Ihr Pulsschlag beschleunigte sich. Diese Simulation, die eher für Ingenieure als für Astronauten entwickelt worden war, war ziemlich primitiv: es handelte sich nicht einmal um eine Bewegungssimulation, sondern um ein Schattenspiel, einen Abklatsch der Wirklichkeit. Dennoch entwickelte die Simulation in dieser statischen Kabine eine solche Dynamik, daß die Phantasie angeregt wurde und ihr eine Vorstellung davon vermittelte, wie es sein würde, aus dem Orbit auszuscheren und auf die Oberfläche des Mars hinabzusteigen.

Plötzlich überkam sie der kindische Wunsch, das hier wäre die Realität. Daß sie sozusagen im Schnelldurchgang die noch vor ihr liegenden Jahre des Trainings und der Ungewißheit hinter sich brachte.

Ach, wie sehr ich mir das wünsche.

Selbst wenn ich mit Ralph Gershon vorliebnehmen müßte, sagte sie sich.

»Hundertdreißigtausend Fuß. Übergang zur aerodynamischen Steuerung.«

»Rog«, sagte Gershon und betätigte den Steuerknüppel und die Pedale.

Der Doppelkegel war bei diesem computergenerierten Flug schon so tief in die Atmosphäre eingetaucht, daß der Druck den Einsatz der vorderen Bremsraketen überflüssig machte. Die Atmosphäre war so dicht, daß sie den Steuerflächen des Doppelkegels Widerstand entgegensetzte.

Im Moment, so wurde York sich bewußt, war der Doppelkegel ein Zwitter aus Raumschiff und Flugzeug.

»Dynamischer Druck zehn Kilogramm pro Quadratmeter«, sagte York. »Hundertzwanzigtausend Fuß.«

»Verstanden«, sagte Gershon.

Nun waren die letzten Retros abgeschaltet. Das Raumschiff hatte sich in einen Gleiter verwandelt, wobei nur noch die aerodynamischen Steuerflächen die Einhaltung des Gleitpfads gewährleisteten.

Das Glühen vor den Fenstern erreichte nun seine maximale Intensität und durchlief das Spektrum von Rosa über Gelb bis hin zu Blauweiß. Der Farbübergang war nicht fließend, sondern erfolgte durch den Filterwechsel des Computers abrupt.

Gershon betätigte den Steuerknüppel und die Pedale, die wiederum das altmodische aerodynamische Steuerungssystem des Doppelkegels betätigten. »Das Schiff reagiert ziemlich träge.« Er schob den Knüppel nach vorn. »Ich versuche zu landen. Voller Ausschlag der Höhen- und Querruder nach unten. Das Heck kommt zu weit hoch. Ich habe kein Gefühl mehr für das Schiff. Scheißgerät. Da haben wir's. Overshoot. Gut, bringen wir das Ding wieder hoch. Sinkgeschwindigkeit beibehalten. Steuerknüppel ran. Höhen- und Querruder rauf, Auftrieb wegnehmen, Hinterteil wieder absinken lassen. Scheiße. Wo bleibt denn die Reaktion... Ach. Na endlich. Der Kahn wälzt sich ja wie 'ne Sau im Schlamm.«

York wußte, daß der Doppelkegel im Vergleich zu einem richtigen Flugzeug ein schwerfälliges und unhandliches Gerät war. Das Fliegen des Doppelkegels glich eher dem Führen eines Boots: man mußte die Steuerflächen schwenken und warten, bis die dünne Luft der neuen Konfiguration Widerstand entgegensetzte und das Schiff die gewünschte Richtung einschlug.

»Hundertdreitausend Fuß«, rief sie. »Auf geht's«, sagte Gershon. »Erste Kehrrolle.«

In der Vorstellung des Elektronengehirns drehte der Doppelkegel sich jetzt um achtzig Grad nach rechts. York sah die Landschaft an sich vorüberziehen; der Form-Gips schien zu zittern, als die Aufnahme wegen eines Defekts der Kamera verwackelt wurde.

Der Doppelkegel sollte eine Reihe von S-Kurven in der oberen Marsatmosphäre vollführen. Der Flugpfad war eine Frage der Energie-Einteilung: das Raumschiff mußte beim Erreichen des Landepunkts die Orbital-Energie aufgezehrt haben, andererseits in jedem Punkt der Trajektorie über genug Energie verfügen, um diesen Landepunkt auch zu erreichen. Also mußte das Schiff den durch die bikonische Form erzeugten Auftrieb und die durch den Abstieg erzeugte kinetische Energie nutzen, um die Hitze abzuführen und den Landepunkt zu erreichen...

»Overshoot«, murmelte Gershon. »Fünfundachtzig Grad. Sechsundachtzig. Rollen nach links, um das zu kompensieren. Kommen Sie, Versuchsleiter. Wollen Sie uns Schwierigkeiten machen? Rollen nach links. Gut. Alles klar. Erste Rolle abgeschlossen. Weiter. Zweite Kehrrolle.« Gershons Stimme war angespannt, und die Bewegungen waren hektisch und mechanisch.

Er nimmt diese Spiele zu ernst, sagte York sich.

An diesem Punkt würde der Doppelkegel mit einem Vielfachen der Mars-Schallgeschwindigkeit fliegen. Mit nachglühenden Triebwerken würde er am Marshimmel seine Bahn ziehen, und die tote, öde Landschaft, die seit einer halben Milliarde Jahre im Dornröschenschlaf lag, würde von einem Überschallknall nach dem andern widerhallen.

Das wäre gewiß eine spektakuläre Phase der Mission, sagte sie sich. Der Traum eines jeden Piloten.

Vielleicht, sagte York sich melancholisch, hätte die auf Eis gelegte Raumfähre ein ähnliches Flugvergnügen bereitet. In langgezogenen Kurven aus dem Orbit auszuscheren und in großer Höhe über die Wüste hinwegzuziehen, wäre doch etwas anderes gewesen, als in einer Apollo mit dem Arsch voran ins Meer zu klatschen. *Durch die Streichung des Shuttles haben wir viel versäumt.*

»Einundsechzigtausend Fuß«, las sie ab.

»Rager. Reduziere Luftbremse auf fünfundsechzig Prozent. Gib mir die Luft-Daten.«

»Rog.« York legte einen Schalter um. Natürlich tat sich nichts. Ein richtiger Doppelkegel indes hätte nun eine Anzahl von Staudrucksonden ausgefahren, um die Messungen des dynamischen Drucks und der Luftgeschwindigkeit zu bestätigen.

»Sieht gut aus«, sagte Gershon. »Beenden dritte Rolle.« Er grinste York an. »He, vielleicht kriegen wir diesen Scheiß doch noch geregelt.«

»Vielleicht. Fünfzigtausend Fuß.«

»Bereit für vierte Rolle.«

Der Form-Gips, der nun nicht mehr von Plasmaschwaden verhangen war, drehte sich erneut.

»Die Rolle ist gleich beendet. Komm schon, Baby... mach schon... Verdammt...«

Jetzt kommt's, sagte York sich. Jede Simulation hatte nämlich ihre Tücken. Sie bekam Magenkrämpfe.

Der künstliche Horizont rotierte. Gershon bearbeitete die Kontrollen und ging die Notfall-Checklisten durch. »Die Steuerflächen greifen. Aber nicht genug. Verdammt noch mal. Was ist hier los?«

York schaute aus dem Fenster. Gershon war nicht imstande, das Rollen abzustellen, und die Landschaft war nun fast um neunzig Grad geneigt; der Computer hatte wohl beschlossen, den Doppelkegel kopfüber aufzuhängen.

Der Versuchsleiter brach die Funkstille. »Empfehle Abbruch«, sagte er ungerührt.

»Leck mich«, sagte Gershon und arbeitete weiterhin die Listen durch, kontrollierte die Instrumente und legte Schalter um.

Das tut ein Pilot also in einer solchen Situation, sagte sich York. Er *geht das Handbuch durch. Gefragt sind logisches Denken und schnelles Handeln. Versuch A. Wenn das nicht klappt, Versuch B. Wenn das nicht klappt, Versuch C...*

Die reliefartige Landschaft stand nun exakt über ihnen, und die virtuellen Krater und Canyons hingen wie ein rotes Dach über ihnen.

Mit Schrecken wurde York sich bewußt, daß erst ein paar Sekunden vergangen waren, seit das Problem zum erstenmal aufgetreten war. Sie hatten also eine Frist von ein paar Sekunden, um die Ursache eines möglicherweise komplexen und multiplen Störfalls zu ermitteln.

Unter diesen Voraussetzungen war es aussichtslos.

Wenn etwas schiefging, mußte man sofort aussteigen. Oder man würde sterben. Das war eine ganz einfache Gleichung.

»Ralph, wir müssen abbrechen.«

Gershon beachtete sie nicht, sondern arbeitete stur weiter.

Die Landschaft drehte sich weiter und kam sichtlich näher. Der überschallschnelle Doppelkegel drohte ins Trudeln zu geraten.

»Abbruch«, forderte sie Gershon erneut auf. »Mein Gott, Ralph, wenn wir erst ins Trudeln geraten, sind wir erledigt.«

Der vor dem Fenster wirbelnde virtuelle Marshimmel bewirkte in der Kabine ein regelrechtes Blitzlichtgewitter. Sie hatte die streiflichtartige Vorstellung einer Kamera auf einem Ausleger, der über Form-Gips rotierte.

Wenn das Wirklichkeit wäre, dann würde der Kopf gegen den Helm hämmern, und die Corioliskraft würde die Trommelfelle zum Platzen bringen. Wenn das Wirklichkeit wäre, würde das Schiff zerbrechen, und ich würde es vielleicht sogar noch bei vollem Bewußtsein erleben...

»MEM, wir empfehlen den Abbruch. Wir empfehlen...«

»Ralph! Mein Gott! Ralph!«

Die Kabine erzitterte, ein lautes Knirschen ertönte, und eine weiße Staubwolke wallte auf.

Die Landschaft erstarrte.

»Willkommen auf dem Mars«, sagte der Versuchsleiter trocken. »Wir berechnen gerade die Größe des Kraters, den ihr geschlagen habt.«

»Leck mich doch im Arsch«, sagte Gershon, nahm den Helm ab und schleuderte ihn durch die virtuelle Kabine.

Die beiden stiegen aus dem Simulator. Von außen sah er aus wie die Nase eines Flugzeugs, ein abgerissenes Cockpit, von dessen Rückseite Drähte und Kabel baumelten.

Die Techniker grinsten sie an. »He, Ralph, Sie haben die Kamera zerstört. Sie ist auf den Form-Gips geknallt. Was sagen Sie dazu?«

Gershon lachte nicht. Er drehte sich zu York um und wies mit einem behandschuhten Finger auf ihr Gesicht. »Das war der letzte Flug, bei dem Sie mir Befehle erteilt haben!«

Sie war eher belustigt als betroffen; solche Ausbrüche hatte sie schon öfter erlebt. Im Grunde kam sie mit Gershon ganz gut aus. Auf seine bärbeißige Art schien er sie bei solchen Übungen auch als gleichrangig anzuerkennen, obwohl er einmal ihr Ausbilder gewesen war. Dennoch platzte ihm des öfteren der Kragen.

»Befehle? Ich? Sie sind doch der Pilot, Ralph.«

»Dann vergessen Sie das auch nicht«, knurrte er und ließ sie stehen.

Phil Stone kam zu ihr. Er trug einen hellblauen Overall und hatte die Hände in den Taschen vergraben. »Sie dürfen das nicht persönlich nehmen.«

»Tu ich auch nicht«, sagte York achselzuckend und streifte sich die Handschuhe ab. »Gleich wird er die Techniker anpöbeln. Und dann den Versuchsleiter. Und dann Sie... bis hinauf zum Direktor der NASA. Ich war eben die erste. Er haßt es, zu versagen.«

»Er hat nicht versagt«, sagte Stone. »Dieser Störfall war nicht zu beheben.«

»Das Überschall-Trudeln...«

»Ich habe ein Buch über Überschall-Trudeln geschrieben«, sagte er. Doch sie vermutete, daß der Aufhänger irgendeine Kriegsgeschichte war. »Ich habe es mitbekommen. Aber zu diesem Zeitpunkt war ohnehin nichts mehr zu machen.«

»Was ist denn geschehen?«

»Wollen Sie denn nicht bis zum ›Nachspiel‹ warten?« Das ›Nachspiel‹ war die Abschlußbesprechung, bei der die Übung gnadenlos verrissen wurde.

»Eine kurze Zusammenfassung würde mir schon genügen.«

»Die Bugdüsen des Reaktionssteuerungssystems haben plötzlich gefeuert. In dem Moment, als ihr in die vierte Kehrrolle gegangen seid. Die Steuerflächen waren dem zusätzlichen Drehmoment nicht gewachsen.«

»Aber dieses Feuern wurde von den Instrumenten nicht angezeigt«, sagte sie nach einer Weile. »Zumal es völlig ausgeschlossen ist, daß das Reaktionssteuerungssystem zu diesem Zeitpunkt aktiviert wurde. Wir hatten nämlich den Resttreibstoff abgelassen.«

»Das glauben auch nur Sie.« Er grinste. »Eins nach dem andern, nicht?«

»Mein Gott.« Sie steckte die Handschuhe in den Helm. »Manchmal glaube ich, diese Kameraden wollen, daß wir versagen.«

»Nein. Aber ihr müßt, wenn es sein muß, hundertmal versagen, damit ihr es im entscheidenden Moment richtig macht. Aus diesem Grund seid ihr hier. Bei einer Simulation ist noch niemand ums Leben gekommen. Zumal es sich hier in erster Linie um eine Erprobung der bikonischen Konstruktion und nicht um einen Testflug für die Piloten handelte.«

York wußte, daß das stimmte. Die Doppelkegel-Simulation war nämlich so unbeliebt, daß nur ausgesprochene Simulator-Freaks damit arbeiteten, Leute, die um jeden Preis Zeit im Simulator schinden wollten, um eine bessere Plazierung im Rotationssystem zu erhalten.

Leute wie Natalie York und Ralph Gershon.

»Und ich glaube auch nicht, daß er jemals fliegen

wird«, fuhr Stone fort. »Es gibt einfach zu viele Fehlerquellen. Der Prozentsatz der Doppelkegel-Bruchlandungen, die in den Simulationen gebaut werden, ist ein Witz...«

»Leider sieht Ralph das nicht so.«

»Er ist vielleicht der Beste, den wir haben«, sagte Stone leise.

Es wunderte sie, das ausgerechnet von Stone zu hören.

»Er hat nicht aufgegeben«, sagte Stone. »Er hat alles versucht, um das Schiff abzufangen. Wenn jemand imstande gewesen wäre, das MEM zu retten, dann er.«

»Sie haben sich übrigens auch ganz gut gehalten«, sagte er. »Ein Abbruch war die zweitbeste Option.«

»Und was war die beste?«

»Was Ralph getan hat. Kommen Sie mit.« Er klopfte ihr auf den Rücken. Den Druck der Hand spürte sie trotz des dicken Anzugs. »Vor dem ›Nachspiel‹ spendiere ich Ihnen noch einen Kaffee.«

Sie verließen das Trainingsgebäude.

Mittwoch, 12. August 1981
Firmensitz von Columbia Aviation, Newport Beach

Am Abend vor der Präsentation flogen sie nach Newport News: Lee, Morgan, Xu, Rowen, Lye und all die anderen – sogar Art Cane, der beschlossen hatte, Lees Präsentation persönlich zu leiten und somit das Engagement der Firma noch einmal zu betonen.

Sie quartierten sich in einem Hotel in der Nähe von Langley ein, wo die Präsentationen stattfinden sollten. Morgan suchte die Bar auf und kippte sich hochprozentigen Rum hinter die Binde.

Lee indes ging mit Kästen voller Dias auf sein Zimmer.

Am Tag zuvor hatte er für Cane noch einmal eine Probe-Präsentation durchgeführt und mit Schrecken festgestellt, daß er noch immer um fast zwanzig Minuten überzog. Deshalb wollte er nun noch ein paar Dias aussortieren.

Gegen halb vier Uhr morgens klopfte Jack Morgan an die Tür. Er war rappelvoll und machte einen Schnappschuß von Lee, der an einem mit Dias übersäten Schreibtisch saß. »Um Himmels willen, JK, lassen Sie den Mist liegen und gehen Sie ins Bett. Wenn Sie's jetzt noch nicht drauf haben, dann schaffen Sie's bis nachher auch nicht mehr.«

Lee fügte sich. Er räumte die Dias weg und legte sich ins Bett. Er machte sogar das Licht aus und lag im Dunklen da.

Doch hatte er die Dias deutlicher vor Augen, als wenn er direkt davorgesessen hätte.

Nachdem er vielleicht für eine halbe Stunde so dagelegen hatte, stieg er aus dem Bett, duschte und rasierte sich und ging wieder an die Arbeit.

Als der telefonische Weckdienst sich meldete, blickte er aus dem Fenster. Der Planet hatte sich weitergedreht, und es war wieder heller Tag.

Eine halbe Stunde vor Beginn der Columbia-Präsentation ging Lee zur Rezeption hinunter, um sich mit den anderen zu treffen. Bob Rowen hatte einen klobigen tragbaren Computer dabei, im dem die ganze Columbia-Präsentation gespeichert war. Sie war segmentiert und mit Indices versehen, was Lee in die Lage versetzte, schnell auf jede Frage zu reagieren.

Lee begrüßte die anderen, wobei er versuchte, Zuversicht und Sicherheit auszustrahlen.

Doch plötzlich krampfte sich ihm der Magen zusammen. Gleich würde er sich übergeben.

Jack Morgan hatte Lee beobachtet und bugsierte ihn

nun auf eine Toilette, wo er eine dünne, braune Flüssigkeit erbrach: das war der Kaffee.

Morgan sagte nichts, aber Lee wußte auch so, was er dachte. In den letzten zehn Wochen hatte er von Adrenalin, Kaffee und einem gelegentlichen Imbiß gelebt. Geschlafen hatte er in dieser Zeit fast überhaupt nicht.

Morgan sagte ihm, er solle die Hose runterlassen. Dann setzte er ihm eine Spritze mit Vitamin B-12 und noch einem Zeug. Aber es wirkte und brachte Lee wieder auf die Beine. Nach ein paar Minuten war er imstande, sich den anderen als Strahlemann zu präsentieren.

Sie betraten den Ballsaal, wo die Präsentation stattfinden sollte.

Die Mitglieder des MEM-Prüfungsausschusses saßen in mehreren Reihen gestaffelt vor dem Podium: es handelte sich um fünfundsiebzig hochrangige NASA-Vertreter.

Lee kannte viele der Kommissionsmitglieder vom Sehen. Er sah Hans Udet aus Marshall und Gregory Dana aus Langley – die Intimfeinde saßen stocksteif nebeneinander –, und dann ortete er Ralph Gershon, der sich im rückwärtigen Bereich des Raums plaziert hatte. Gershon nickte Lee grinsend zu.

Joe Muldoon saß in der Mitte der ersten Reihe. Er leitete die Sitzung. Obwohl Muldoon nun ein hohes Tier war, sagte Lee sich, stand der blaue Nadelstreifenanzug, in den er sich gezwängt hatte, ihm immer noch nicht zu Gesicht.

Im Raum knisterte es förmlich vor Spannung.

Als die Columbia-Truppe Platz nahm, ging die Gruppe, die vor ihnen an der Reihe war, nach vorn. Es war McDonnell, deren Angebot für eine Zusammenarbeit Lee abgelehnt hatte. Und zu McDonnells Partnern gehörte Hughes, die wiederum Columbias Avancen zurückgewiesen hatten.

Der Kontrast zwischen den beiden Gruppen stach Lee ins Auge. Der McDonnell/Hughes-Kader bestand aus dynamischen Männern im mittleren Alter, mit zurückgekämmtem Haar und souveränem Auftreten. Da war zum Beispiel Gene Tyson von Hughes, der wie eine ganze Parfümerie roch und den Eindruck machte, als ob er gerade der Titelseite eines Lifestyle-Magazins entstiegen sei. Lee hingegen hatte seinen eigenen Diaprojektor mitgebracht, und sein ganzer Rückhalt bestand aus Kollegen, die noch halbe Kinder waren, und einem Doktor mit einem Kater.

Lee hatte McDonnells Bericht bereits zu Gesicht bekommen. In diese Studie waren viele Millionen Dollar investiert worden. Sie basierte auf dem Doppelkegel-Konzept, einer Variante des Themas, mit dem auch Rockwell sich befaßte. Die Studie war fundiert und so umfangreich, daß niemand bei Columbia Zeit gefunden hatte, sie durchzulesen.

Tyson kam zu Lee herüber. »Ach, JK. Es überrascht mich, Sie hier zu sehen.«

»Wir sind zufällig vorbeigekommen«, sagte Lee. »Da haben wir spontan etwas zusammengewürfelt und wollen mal schau'n, was dabei rauskommt.«

Tyson lachte, klopfte Lee auf die Schulter und ging davon.

Nun schritt Art Cane gemessen und würdevoll zum Podium. Er war eine eindrucksvolle Erscheinung. Er erläuterte kurz, weshalb seine Firma sich um diesen Auftrag bewarb, und erwähnte ihre Tradition und Unternehmensphilosophie.

Anschließend ging Lee nach vorn. Er lächelte die Leute im Gremium an und nickte ihnen zu. Nachdem er Cane kurz und förmlich die Hand gegeben hatte, stellte er sich ans Pult und rief das erste Dia auf.

Der Raum wurde verdunkelt und das Dia auf die Leinwand projiziert.

Donnerstag, 24. September 1981
Lyndon B. Johnson-Raumfahrtzentrum, Houston

Phil Stone und Adam Bleeker schauten sie unverwandt an.

Die drei befanden sich in einem Konferenzraum, den man dem Auswahlkomitee für die Ares-Landezone zur Verfügung gestellt hatte. Die Wände waren mit Abbildungen vom Mars förmlich tapeziert: Fotos des Mariner-Orbiters, Karten des Geologischen Instituts der USA, Falschfarbendarstellungen der Stratosphäre und geologische Karten. Die Tischreihen waren mit weiteren Grafiken, Bildern und Aktenordnern bedeckt.

York entrollte ein Plakat und heftete es über Karten und Fotos an die Wand. Es handelte sich um eine schlichte Vierfarbenkarte mit vielen Fähnchen.

»Der Mars«, sagte sie. »Mit allen Details, die Sie im Moment wissen müssen. Dies ist eine geologische Karte des Planeten, die auf der Grundlage von Mariner-Daten erstellt wurde.« Das stimmte allerdings nicht, denn diese Karte war Kinderkram und allenfalls geeignet, dem Betrachter einen groben Überblick zu verschaffen. *Ganz nützlich, wenn man den Mars bombardieren will, aber für Studienzwecke völlig ungeeignet.* »Also. Was fällt Ihnen auf?«

Stone grinste. »Ich sehe sieben kleine Sternenbanner und sieben kleine Flaggen mit Hammer und Sichel und zu jedem Fähnchen einen Kommentar.«

»Zu den Fahnen kommen wir noch. Zuerst widmen wir uns der Geologie. Beschreiben Sie einfach, was Sie sehen.«

Bleeker zuckte die Achseln. »Nord und Süd unterscheiden sich voneinander«, sagte er artig. »Die obere Hälfte der Karte ist rosa und die untere gelb. Mehr oder weniger.«

»Richtig. Die Geologie gründet sich auf die Prämisse, daß ein Planet weder eine homogene Kugel noch ein chaotischer Brocken ist. Ein Planet besteht aus einzelnen Stücken – sogenannten geologischen Einheiten. Jede Einheit wurde zu einer bestimmten Zeit auf eine bestimmte Art und Weise geformt. Sie hat drei Dimensionen, und wir Geologen sind immer bestrebt, unter die Oberfläche zu blicken und die dreidimensionale Struktur zu rekonstruieren, die sich der direkten Betrachtung entzieht. Die Beziehungen zwischen den Einheiten geben uns Aufschluß über die Altersstruktur, die Prozesse, die sie geformt haben und wie weit sie sich unter der Oberfläche erstrecken...«

Stone schaute verstohlen auf die Uhr.

»Widmen Sie mir auch Ihre volle Aufmerksamkeit, meine Herren?«

Stone und Bleeker sahen sich an wie ertappte Sünder.

»Sie tun nur Ihre Arbeit, Natalie«, sagte Bleeker in aller Gemütsruhe, »und wir sind froh, daß Sie den Ausschuß für die Auswahl der Landezone leiten...«

»Ich leite ihn nicht. Ich gehöre ihm nur an.«

»Wie auch immer. Aber während des einjährigen Flugs zum Mars werden wir uns nur mit diesem Kram befassen. Hat das nicht noch solange Zeit?« Wie immer klang Bleeker ruhig, überlegt, vernünftig und farblos.

Ein Jahr? Ja, aber ich werde euch nicht das Händchen halten oder Denkanstöße geben. Ich werde Lichtminuten entfernt sein...

Und dieser Kamerad würde voraussichtlich zum Missions-Spezialisten des Ares-Flugs ernannt werden. *Mein Gott.*

Phil Stone brachte Bleeker mit einer Handbewegung zum Schweigen. »Machen Sie weiter, Natalie. Die Wissenschaft ist wichtig. Sie haben unsere Aufmerksamkeit.«

»In Ordnung«, sagte sie. »Die Sonden zeigen uns, daß der Mars zwei typische Landschaftsformen aufweist. Das gelbe Gebiet im Süden ist mit Kratern übersät und scheint sehr alt zu sein. Und der rosa Bereich im Norden besteht aus glatten, jungen Ebenen. Der Planet beult sich am Äquator aus, so daß der Großteil des Südens über Normalnull liegt und der Großteil des Nordens darunter.«

»Sie sagen ›alt‹ und ›jung‹«, bemerkte Stone. »Was bedeutet das?«

»›Jung‹ bedeutet vielleicht eine halbe Milliarde Jahre. Die Ebenen sind vulkanischen Ursprungs – erstarrte Lava-Felder. Und das alte kraterübersäte Gebiet ist drei bis vier Milliarden Jahre alt. Fast so alt wie der Planet an sich...«

»Dann kommen wir zu den Flaggen«, sagte Bleeker. »Ich schätze, diese sieben Hammer-und-Sichel-Fahnen markieren die Stellen, für welche die Sowjets sich interessieren.«

»Ja. Sie haben recht...«

»Das wäre also geklärt«, sagte Stone gemütlich. »Werfen wir mal einen Blick auf die amerikanische Auswahl. Diese zwei weißen Streifen oben und unten auf der Karte – ich nehme an, das sind die Polarkappen.«

»Ja.«

»Aber ich sehe dort keine Flaggen.«

»Nein. Die hohen Breiten kommen für uns nicht in Frage.« Ein von der Erde anfliegendes Raumschiff würde automatisch in eine Parkbahn gehen, die ziemlich genau entlang des Äquators verlief. Wollte man aus dem Orbit ausscheren, um zu den Polen zu gelangen, würde das zu viel Energie kosten. »Aber das ist sehr bedauerlich, weil die Pole nämlich interessant sind.«

»Woraus bestehen die Kappen? Aus Wassereis?«

»Vielleicht. Der Orbit des Mars ist elliptischer als die Erdumlaufbahn, so daß es dort ausgeprägte Jahreszeiten gibt. Im Süden gibt es kurze, heiße Sommer und lange, kalte Winter. Zumal die Kappen vermutlich eine unterschiedliche Zusammensetzung haben. Wir glauben, daß die Kappe im Norden aus Wassereis besteht. Aber die südliche Kappe besteht wahrscheinlich aus Kohlendioxid – also aus Trockeneis.«

»Die Pole geben uns viele Rätsel auf.« Sie durchquerte den Raum und trat vor die Vergrößerung eines Fotos. Sie zeigte ein dickes Band, das ein bräunliches Terrain durchzog.

»Was ist das?« fragte Bleeker. »Sieht aus wie geschmolzene Schokolade.«

»Bei diesen Bändern handelt es sich um neun bis zwölf Meter starke Ablagerungen, die sich auf einer Länge von mehreren hundert Kilometern um die Pole ziehen. Sie bestehen aus einem Gemisch aus Staub und Eis, das von den Mars-Winden abgelagert wurde. Die Bänder sagen uns, daß der Ablagerungsprozeß variiert. Die Zyklen umfassen vielleicht Jahre oder sogar Jahrtausende. Was ist aber die Ursache für diese Variation? Es gibt drei mögliche Mechanismen. Zuerst die exzentrischen Änderungen des Marsorbits.«

»Wodurch ist das bedingt?« fragte Stone.

»Mars befindet sich viel näher am Jupiter als die Erde. Die Masse des Jupiter beeinflußt die Umlaufbahn des Mars. Oder vielleicht liegt es auch daran, daß die Achsneigung des Planeten sich ständig ändert.«

»Das wäre plausibel«, sagte Stone. »Die überschwere südliche Hemisphäre wirkt sich auf das Trägheitsmoment des Mars aus. Der Planet muß taumeln wie ein Spielzeugkreisel.«

Sie lächelte. »Zumindest in geologischen Zeitaltern.«

»Und was ist der dritte Mechanismus?«

»Daß die Wärmeleistung der Sonne aus irgendwelchen Gründen schwankt.«

Bleeker runzelte die Stirn. »Das müßte sich aber auch auf das Erdklima auswirken.«

»Das ist richtig. Und wegen dieser Schichtung sollten wir auch eines Tages zu den Polen fliegen. Der Mars ist wie ein staubiger Spiegel, Phil, Adam. Beim Blick in diesen Spiegel lernen wir gleichzeitig etwas über die Erde.«

Die beiden ließen sich das für einen Moment durch den Kopf gehen.

York war zufrieden mit sich. Selbst wenn sie ihnen nichts Neues erzählte, sondern nur ihre Selbstgefälligkeit ins Wanken brachte und sie zum Nachdenken über die Bedeutung des bevorstehenden Flugs anregte, hätte sie schon etwas erreicht.

Sie schaute wieder auf die Vergrößerung der Polarregion. Die Aufnahme war viel schlechter als die Bilder, die von moderneren Sonden übermittelt wurden und die sich auf die Kartierung der äquatorialen Landezone beschränkt hatten. Wegen der Besonderheiten des Mars-Programms wußte man paradoxerweise viel weniger über den Planeten, als man sonst vielleicht in Erfahrung gebracht hätte.

Und es lag in den Händen dieser beiden Männer, der Mission zum Erfolg zu verhelfen.

»Ich vermute«, sagte Adam Bleeker, »daß wegen der Probleme mit den hohen Breiten auch der Ort nicht in Frage kommt, den Sie so weit im Süden markiert haben, Natalie.«

»Vermutlich. Aber es gibt noch einen interessanten Ort. Amphitrites Patera – ein alter Vulkan, der viel älter ist als die Vulkanplateaus der nördlichen Hemisphäre. Wir wissen noch nichts Genaues über seine Entstehung. Vielleicht wurde der Vulkanismus durch die gewaltigen Einschläge ausgelöst, welche die massiven Einschlagkrater im Süden verursachten. Sie sehen diese senffarbenen Punkte im Mittelpunkt der südlichen Hemisphäre: das sind Argyre und Hellas – große Einschlagbecken, die über drei Milliarden Jahre alt sind. Hellas übertrifft alles, was wir bisher auf dem Mond entdeckt haben – es ist noch größer als beispielsweise das Mare Imbrium. In Hellas ist auch die sowjetische Mars 9-Sonde gelandet.«

Stone stieß einen Pfiff aus. »Das kommt also dabei raus, wenn man in nächster Nähe des Asteroidengürtels Quartier bezieht.«

Argyre war mit einem Sternenbanner markiert.

»Wollen Sie damit sagen, daß wir Argyre anpeilen sollen?« fragte Bleeker.

»Es wäre zumindest eine Möglichkeit. Argyre ist sehr alt und sehr tief. Aber die Becken sind von konzentrischen Kreisen – Bergketten – umgeben, die eine Landung erschweren würden.

Wie Sie sehen«, fuhr sie fort, »ist in der westlichen Hemisphäre am meisten los. Dieses purpurne Gebiet, das sich hinauf nach Norden erstreckt, ist der Tharsis-Buckel: er erhebt sich im Durchschnitt mehr als acht Kilometer über das umliegende Terrain. Und bei diesen roten Punkten handelt es sich um die großen Schildvulkane.« Sie zeigte auf die entsprechenden Stellen. »Ascraeus, Pavonis und Arsia Mons; und hier, im Nordwesten, befindet sich Olympus Mons: am Fuß beträgt der Durchmesser etwa sechshundert Kilometer, und die Caldera hat immer noch einen Durchmesser von achtzig Kilometern. Olympus ist so hoch, daß er über die Atmosphäre hinausragt. Er ist von orographischen Wolken umhüllt, die dadurch entstehen, daß die Luft an den Hängen emporströmt...«

»Sicher«, sagte Bleeker, »aber ich habe gehört, daß Olympus von der Oberfläche aus betrachtet gar nicht so spektakulär sein soll.«

Sie zuckte die Achseln. »Schon möglich. Sehen Sie hier.« Sie suchte ein ganz bestimmtes Bild. Schließlich hatte sie es gefunden und gab es den Astronauten. Das Bild zeigte einen großen Vulkan aus der Vogelperspektive. Der Schlot wurde von einer scharfen, markanten Klippe umlaufen. »Das ist eine Computerdarstellung auf der Basis der Mariner-Daten. Der Blick fällt von schräg oben auf das Objekt.«

Stone wies auf die Klippe. »Wie hoch ist das?«

»Der Steilhang? Etwa fünf Kilometer.«

»Mein Gott. Eine fünf Kilometer hohe Klippe?«

»Glauben Sie's oder lassen Sie's bleiben.«

Beide Männer starrten auf das Bild der Klippe. Bleeker hob in gespielter Resignation die Hände.

Sie unterdrückte ein Grinsen. Astronauten waren leicht zu beeindrucken, wenn man es nur richtig anstellte.

»Wie ich sehe, haben Sie diese großen Vulkane auch mit Flaggen markiert«, sagte Stone.

»Ja. Olympus Mons ist der jüngste und gleichzeitig der größte. Die jüngsten Lavaströme auf dem Mars stammen von ihm. Aber Olympus ist etwa dreißig Kilometer hoch...«

»Zu hoch für eine Luftbremse«, sagte Bleeker. »Deshalb scheiden die anderen Tharsis-Vulkane wohl auch aus.«

»In Ordnung«, sagte Stone. »Östlich von Tharsis sehe ich einen gezackten blauen Streifen entlang des Äquators. Ich vermute, das ist das Mariner-Tal.«

»Ja. Valles Marineris. Die Schluchten sind viertausend Kilometer lang, sechseinhalb Kilometer tief und annähernd zweihundert Kilometer breit. Wir wissen jedenfalls, daß das Valles-System nicht durch Wasserkraft ausgewaschen wurde. Viele Canyons sind ›Sackgassen‹. Also ist auch kein Wasser hinein- oder herausgeflossen; vielmehr handelt es sich hier um eine geologische Verwerfung, wie etwa das Rift Valley in Afrika.«

»Es hat den Anschein, als ob das Tal eine Verlängerung des Tharsis-Buckels wäre«, sagte Bleeker.

»Ja. Und das ist sicher kein Zufall. Als der Buckel sich aufwölbte, taten sich vielleicht Risse und Spalten in der Oberfläche auf und Magma strömte aus. Das muß Erdbeben und Auffaltungen zur Folge gehabt haben.«

»Es wäre also möglich, Valles Marineris als Landezone auszuwählen«, sagte Stone.

»Schon möglich«, sagte York. »Diese Flagge markiert eigentlich einen Seitenarm namens Condor Chasma. Die Schichtung der Wände erteilt uns Aufschluß über die Entstehung des Canyons.«

»Aber ich möchte wetten, daß es ein ziemlich schwieriges Gelände für eine Landung ist.«

»Nein. Die kleineren Schluchten sind teilweise ein paar Kilometer tief. Wenn man den Ort für ein paar Monate untersuchen und eine Drohne einsetzen würde…«

»Die Zeit haben wir aber nicht«, sagte Stone. »Gut, Natalie. Das reduziert die Auswahl auf zwei Orte. Das Gebiet zwischen den alten Vulkanen in der südlichen Hemisphäre und die vulkanischen Ebenen im Norden.«

»Ja. Das Gebiet in der östlichen Hemisphäre« – auf der Tharsis gegenüberliegenden Seite des Mars – »heißt Nilosyrtis Mensa. Ein solches Gelände bezeichnen wir als ›gefrittet‹.« Sie zeigte ihnen das Schwarzweißbild einer pockennarbigen Oberfläche.

»Toll«, sagte Stone. »Das sieht aus wie geschmiedetes Kupfer.«

»Wir vermuten, daß diese waschbrettartige Landschaft die Folge eines Erosionsprozesses der älteren, südlichen Hemisphäre ist.«

»Ein verdammt ungünstiger Landeplatz«, sagte Bleeker.

»Ja, und man bräuchte lange Traversen, um das Gelände systematisch zu kartieren.«

»In Ordnung. Dann scheidet das also auch aus.«

Die letzte Flagge markierte den westlichen Ausläufer des Tharsis-Buckels, an der Grenze zwischen der nördlichen und südlichen Hemisphäre. Sie steckte in der Mitte eines grünen Streifens, der sich von Nord nach Süd durch die Valles zog. Dieser grüne Streifen bildete zusammen mit dem blauen Band der Valles ein Kreuz auf dem Äquator.

Dies ist eine Region, die von fließendem Wasser geformt wurde. Jedenfalls hat es den Anschein. Es gibt dort Kanäle, die von Valles Marineris ausgehen und durch die nördlichen Ebenen verlaufen.«

Stone lächelte. »Dann sind das also die berühmten, vom Wasser geprägten Merkmale, von denen Sie uns im *Singing Wheel* erzählt haben.«

»Dieses Gebiet befindet sich am Äquator«, sagte sie. »Wir haben hier eine Mischform aus jungen und alten geologischen Typen. Und das ist wichtig für uns. Gemischtes Gelände ist in der Regel komplex und zerklüftet. Doch diese Landschaft wäre für eine Landung gut geeignet. Und wenn es irgendwo Wasser gibt, dann dort. Vielleicht unter der Oberfläche. Und wo Wasser ist...«

»Ist vielleicht auch Leben.« Stone erhob sich vom Stuhl und ging zur Karte hinüber. Er trat so dicht heran, daß er die Beschriftung neben dem Fähnchen erkannte. »*Mangala Vallis*. Was bedeutet das?«

»Die größeren Valles sind jeweils mit dem Namen des Planeten in verschiedenen Sprachen benannt worden. Hier, östlich von Marineris, haben wir sogar ein Ares-Tal...«

»Und Mangala?«

»Sanskrit. Die älteste Sprache der indoeuropäischen Gruppe.«

»Dann ist Mangala vielleicht das älteste Wort für Mars in der westlichen Welt.« Stone lächelte. »Das gefällt mir.« Er blieb vor der Karte stehen und drehte sich zu York um. »Dann haben Sie der Auswahlkommission also Mangala Vallis untergejubelt. Aus rein operativen Gründen natürlich. Ein Ort, den Sie zufällig besser kennen als sonst jemand. Nicht wahr, York?«

Er grinste, und Bleeker auch.

»Noch immer scharf auf meinen Platz, Natalie?« fragte Bleeker launig.

Ihr lief es kalt den Rücken hinunter. *Die Kerle haben mich durchschaut.*

Aber vielleicht ist das gar nicht so schlecht. Wenn Bleeker weiß, daß ich ihn im Visier habe, wird er die Geologie vielleicht etwas ernster nehmen.

Und er müßte sich nur noch einen Ausrutscher erlauben...

Sie rollte die Karten zusammen. »Was sagen Sie dazu? Ich lasse Ihnen das Manuskript meines Beitrags im nächsten *Journal of Geophysical Research* zukommen. Er handelt von Mangala. Ich wünsche eine spannende Lektüre.«

»Was nun?« fragte Stone. «Sind wir fertig?«

»Schön wär's. Das war erst der Anfang – der angenehme Teil. Nun kommen wir zur Klimatologie des Mars. Wir stellen sie der Klimatologie der Erde gegenüber und...«

Nörgelnd setzten die Burschen sich wieder.

So verging der Tag, und im kleinen Raum wurde es immer wärmer.

Oktober 1981

Insgesamt fünf Firmen gaben ein Angebot für die Produktion des Mars-Exkursionsmoduls ab: Rockwell, McDonnell, Martin, Boeing und JK Lees Firma, Columbia.

Die Arbeit des MEM-Prüfungsausschusses war langwierig und kompliziert. Es war alles eine Frage der Gewichtung der Kriterien; Ralph Gershon hatte so etwas noch nie gesehen. Es gab Unterausschüsse zur Beurteilung der ›administrativen Kapazität‹ des Anbieters, der ›Geschäftsmethoden‹ und der ›technischen Qualifikation‹. Gershon saß selbst in drei Unterausschüssen. Und jeder Unterausschuß bewertete die Angebote anhand eines Punktschemas mit ein paar hundert Kriterien.

Für Gershon ergab das alles keinen Sinn. Würde der Zuschlag wirklich auf der Grundlage dieser Zahlen erfolgen? Wenn man die Entscheidungsfindung zu einem mechanischen Prozeß degradierte, wäre es eines Tages auch möglich, die NASA durch einen Computer zu ersetzen.

Es war offensichtlich für Gershon, daß Columbia in diesem Wettbewerb die plausibelste Strategie verfolgte. Die NASA und die großen Unternehmen der Luft- und Raumfahrtindustrie hatten fast ein ganzes Jahrzehnt mit Studien, Vorschlägen und Beurteilungen von exotischen Marsfähren vergeudet, ohne je zu konkreten Ergebnissen zu gelangen. Lees Leute indes waren unkonventionell vorgegangen, hatten sich gar nicht erst mit den ausgelutschten Konzepten aufgehalten und statt dessen ein Gerät präsentiert, das so aussah, als ob es in ein paar Jahren flugfähig sei.

Leider war Intuition bei der Beurteilung des Angebots kein relevantes Kriterium. Obwohl Columbia die technische Konzeption kompetent vermittelt hatte – wobei man die Problematik des ›menschlichen Faktors‹ hervorragend gelöst hatte –, stellte Columbias Status als kleiner Hersteller von Experimentalgerät ein Handikap dar. Man traute Columbia schlicht und einfach nicht zu, ein komplettes Raumschiff zu liefern.

Die ersten Beurteilungen plazierten Rockwell auf Platz Eins, Boeing und McDonnell lagen gleichauf auf Rang Zwei, und Columbia war weit abgeschlagen.

Gershon erhob auf der Abschlußsitzung Einwände gegen die Beurteilung: »Verdammt, Sie haben doch die Ergebnisse der Simulationen vorliegen. Ich reiße mir selbst den Arsch auf beim Versuch, einen Doppelkegel zum Fliegen zu bringen. Wir müssen dem Bewerber den Vorzug geben, der am ehesten in der Lage ist, ein flugfähiges Gerät zu bauen...«

Joe Muldoon sprang ihm bei. Also wurden die Beurteilungen einer Revision unterzogen, woraufhin Columbia etwas besser abschnitt.

Dennoch folgte Muldoon im für Tim Josephson bestimmten Abschlußbericht der Empfehlung der Kommission: ›Rockwell International wird als der geeignete Auftragnehmer für das Mars-Exkursionsmodul betrachtet...‹.

Nachdem sein Auftrag nun beendet war, kehrte Gershon nach Cape Canaveral zurück, um an der ersten A-Klasse-Mission von Ares zu arbeiten – einem unbemannten Probeflug der modernisierten Saturn VB.

Nach ein paar Tagen wurde er erneut ins JSC bestellt, um seine Unterschrift unter den MEM-Abschlußbericht zu setzen. Gershon hatte die Schnauze voll von dem ganzen Kram.

Muldoon fing ihn ab.

»Wo soll's denn hingehen?«

»Es ist doch vorbei, oder? Kommen Sie, Joe. Sie wissen genauso gut wie ich, daß Columbias Vorschlag der einzige war, der innerhalb einer vertretbaren Frist in die Praxis umzusetzen gewesen wäre. Und nun haben wir sie abgelehnt.«

»Natürlich weiß ich das. Aber es ist noch nicht vorbei.«

»Machen Sie Witze? Wir haben gerade den Abschlußbericht unterschrieben, um Himmels willen. Columbia hatte nie eine Chance.«

»Sie lernen schnell, mein Junge, aber Sie müssen trotzdem noch viel lernen. In diesem Spiel ist ein unterzeichneter Abschlußbericht erst der Auftakt für die Verhandlungen.«

»Was soll das nun schon wieder heißen?«

»Ich möchte, daß Sie etwas für mich erledigen.«

Ein paar Tage später flatterte ein langes Telegramm auf JK Lees schlachtschiffgrauen Schreibtisch.

Er rief Jack Morgan zu sich und schob ihm das Telegramm über den Tisch zu.

Morgan las den Text sorgfältig durch, wobei er Lee aus dem Augenwinkel beobachtete.

Absender des Telegramms war Ralph Gershon, einer der Astronauten im Prüfungsausschuß. Hauptsächlich handelte es sich um Fragen zu Columbias Angebot. Es ging ordentlich zur Sache, und die erste Frage war geradezu ein Hammer. Die Unternehmens-Geheimsprache lautete im Klartext: *Wie sollte ein beschissener Haufen von Amateuren wie der von Columbia wohl die Entwicklung eines komplexen Raumschiffs wie des MEM auf die Reihe kriegen?*

»Das war es wohl«, sagte Morgan und warf Lee einen Blick zu. »Wir sind draußen.«

Morgan hatte Lee noch nie so niedergeschlagen erlebt wie in den paar Monaten, die seit der Präsentation des MEM nun schon vergangen waren. Nachdem die Anspannung sich gelegt hatte und der Schlafmangel und die anderen Entbehrungen sich bemerkbar machten, war Lee in eine starke Depression verfallen. Zumal inzwischen ans Licht gekommen war, daß Lee den Etat überzogen hatte. Das hatte böses Blut in der Firma gemacht. Während der MEM-Übung hatte Morgan sich ernstliche Sorgen wegen des Raubbaus gemacht, den Lee mit seiner Gesundheit trieb. Ganz zu schweigen davon, was er seiner Familie zumutete. Nachdem die Sache mit dem MEM sich nun erledigt hatte, wußte Morgan, daß Lee verstärkt auf seine Gesundheit achten mußte. Vielleicht würde er mit Jennine sprechen, damit sie ihn zur Vernunft brachte.

Doch Lee lehnte sich gemütlich zurück. Er machte einen agilen, gelösten Eindruck und hatte wieder dieses Funkeln in den Augen, das Morgan als Signal für Lees Hyperaktivität zu deuten gelernt hatte.

»Teufel, nein«, sagte Lee nachdrücklich. »Haben Sie es noch nicht kapiert? Diese verdammte Nachricht besagt, daß wir nach wie vor im Rennen sind. Sonst hätten sie uns wohl kaum diese Fragen gestellt.«

»Und was werden Sie nun tun?«

»Ihnen die Antworten geben. Was sonst.« Lee hackte auf die Taste der Sprechanlage. »Bella. Ich möchte, daß Sie ein paar Anrufe tätigen. Trommeln Sie so schnell wie möglich die MEM-Gruppenleiter zusammen. Und buchen Sie für uns alle einen Flug nach Houston. Für – lassen Sie mich überlegen – zwei Tage.«

»Aber heute ist Sonntag, JK.«

»Sie fangen schon wieder mit Ihrem ›aber aber aber‹

an«, sagte Lee. »Ich hatte Ihnen das doch schon einmal gesagt...«

»Ja, Sir, JK.«

Morgan war entgeistert. »Das ist doch nicht Ihr Ernst. Das hat es noch nie gegeben, daß ein Bewerber während des laufenden Auswahlverfahrens persönlich vorstellig wird.«

»Gibt es vielleicht ein Gesetz, wonach das verboten ist?«

»Gewiß ein ungeschriebenes.«

Lee zog die Augenbrauen hoch. »Das tangiert mich nicht mal peripher.«

Nach der Visite der Columbia-Delegation am JSC wurde die Beurteilung noch einmal revidiert, und die Vorsitzenden des Prüfungsausschusses leiteten das Angebot an Tim Josephson in Washington weiter.

In Anlehnung an das Bewertungsschema sprachen Muldoons Leute sich nach wie vor für Rockwell aus, nur daß Columbia inzwischen auf dem dritten Platz rangierte.

Der NASA-Direktor lauschte aufmerksam.

Dann bedankte Josephson sich beim Gremium und bat Joe Muldoon, Ralph Gershon und ein paar andere, noch etwas zu bleiben.

»Sagen Sie mir die Wahrheit«, verlangte er in einem Ton, den Gershon als leidenschaftslos und typisch bürokratisch empfand. »Gibt es noch andere Faktoren außer denjenigen, die vom Prüfungsausschuß berücksichtigt wurden und die ich bei meiner Entscheidung in Betracht ziehen sollte?«

»Teufel, ja«, sagte Muldoon. »Sie sollten sich das Angebot von Columbia noch einmal ansehen, Tim.«

»Und weshalb?«

»Weil es meiner Meinung nach in technischer Hinsicht am substantiellsten ist. In einigen Punkten ist es vielleicht noch etwas unausgegoren, doch unterm Strich ist es das fundierteste Angebot von allen. Die Hilfe kompetenter Zulieferer wird das organisatorische Handikap von Columbia auf jeden Fall neutralisieren...«

Gershon mußte ein Grinsen unterdrücken. Nachdem er Muldoon, Josephson und den Rest der Truppe in den letzten paar Tagen bei der Arbeit beobachtet hatte, war er zu dem Schluß gelangt, daß die Leitung einer Organisation viele Parallelen zum Fliegen eines Flugzeugs aufwies. Gewiß, man mußte die Instrumente im Blick haben; doch die Rohdaten, auch wenn man sie noch so gründlich interpretierte und analysierte, waren eben nur *eine* Einflußgröße von vielen. Wenn man Entscheidungen zu treffen hatte, bei denen es um Leben und Tod ging, mußte man sich letztlich doch auf den ›siebten Sinn‹ verlassen, bei dem Daten, Erfahrung und das *Gefühl* für ein Schiff auf rätselhafte Art verschmolzen.

Und genau das taten Tim Josephson und Joe Muldoon nun, sagte er sich. Sie hatten das *Gefühl*, daß das Angebot von Columbia das richtige war, und das bedeutete vielleicht in letzter Minute einen Sinneswandel zu JK Lees Gunsten.

Dennoch fiel es Josephson schwer, die Schlußfolgerungen der formalen Bewertung zu ignorieren. Vor zwei Jahrzehnten hatte Jim Webb sich schon einmal über die Empfehlung des Prüfungsausschusses hinweggesetzt, als er Rockwell den Zuschlag für Apollo erteilte. Und seitdem waren die Gerüchte über Korruption und geheime Absprachen nicht mehr verstummt.

Als Gershon nach Cape Canaveral zurückflog, hing die Sache noch immer in der Schwebe.

Lees Depressionen wurden immer schlimmer. Obwohl sein unorthodoxer Besuch in Houston erfolgreich gewesen war, besagten die Gerüchte aus Washington nur eins: daß Rockwell den MEM-Kontrakt bereits in der Tasche hatte. *Teufel*, sagte er sich, *das war von Anfang an klar. Wie konnte ich mich überhaupt dazu versteigen, mitbieten zu wollen?*

Am Tag nach der Rückkehr aus Houston – es war zehn Uhr morgens – schaute er aus dem Fenster des Büros. Er spielte mit dem Gedanken, nach Hause zu gehen und etwas Zeit mit Jennine zu verbringen. Und mit seinem Sohn Bert, dessen Baseball-Schulmannschaft an diesem Abend ein Spiel hatte. Vielleicht wäre es gut, wenn Lee sich mal wieder blicken ließe.

Dann rief Joe Muldoon an.

»Wäre es Ihnen möglich, heute nach Houston zu kommen?«

Lee war konsterniert. »Ich weiß nicht. Die Flüge...«

»Heute abend wäre gut. Ich würde mich freuen, mit Ihnen zu reden. Kommen Sie in mein Büro im JSC.«

Vielleicht wollte Muldoon es Lee persönlich sagen, auch wenn er deshalb extra nach Houston fliegen mußte.

Lee dachte an Bert und das Spiel. Diese Option erschien ihm attraktiver.

Er verständigte Bella und bat sie, ihm einen Flug nach Houston zu reservieren.

Er erreichte das JSC am späten Nachmittag. Während des Flugs und der Fahrt vom Flughafen hatte er sich seelisch und moralisch schon auf die Hinrichtung vorbereitet.

Muldoon führte ihn ins Büro und schloß die Tür. Dann gab er ihm die Hand und sagte grinsend: »Glückwunsch. Ich wollte es Ihnen persönlich sagen. Sie haben den Zuschlag für das MEM erhalten.«

Zum erstenmal im Leben verschlug Lee es die Sprache.

»Darf ich es meinen Leuten sagen?«

Muldoon schaute auf die Uhr, eine massive Astronauten-Breitling. »Wir dürfen es nicht publik machen, solange die Börse noch geöffnet ist... ach, zum Teufel damit!«

Er gestattete Lee zwei Telefonate.

Lee telefonierte von Muldoons Büro aus. Er zog auch in Erwägung, Jennine anzurufen.

Dann rief er Art Cane an.

Und dann klingelte er bei Gene Tyson bei Hughes durch und rieb es ihm genüßlich unter die Nase.

Muldoon lud Lee an diesem Abend zum Essen und zu ein paar Bierchen ein. Lee ließ sich ordentlich vollaufen und amüsierte sich prächtig.

Doch um fünf Uhr stand er schon wieder auf, verfolgte die Morgennachrichten im Fernsehen und packte die Reisetasche.

Er schaute flüchtig in den Spiegel an der Wand. »Mein Gott«, sagte er laut. »Ich werde ein Raumschiff bauen, das drei Amerikaner zum Mars bringt.«

Dann holte eine Nachricht ihn wieder in die Wirklichkeit zurück.

Eine Saturn VB war explodiert. Er sah das Bild einer weißen, mit orangefarbenen Einsprengseln durchsetzten Wolke, und die Feststoff-Booster jagten auf einer erratischen Bahn durch den Himmel, wobei sie eine Rauchfahne hinter sich herzogen.

Die Kommentatoren sagten, das würde das Ares-Programm um Jahre zurückwerfen.

Mein Gott. Hastig band Lee sich die Krawatte und stürmte aus dem Raum.

New York Times, *Dienstag, 15. Dezember 1981*

...Heute sind die letzten Überreste des tragischen Apollo-N-Weltraumflugs in einer unterirdischen Deponie des NASA-Weltraumbahnhofs Cape Canaveral in Florida begraben worden.

Ich habe mich mit Aaron Raab vom Jacqueline B. Kennedy-Raumfahrtzentrum über die Probleme unterhalten, die sich in diesem Zusammenhang ergeben. Raab wurde 1946 in Tulsa, Oklahoma, geboren. Er trat im Juli 1967 in die NASA ein – ein paar Monate nach einer anderen Tragödie, wo in der auf der Startrampe stehenden Apollo 1 ein Feuer ausbrach und die Astronauten Grissom, White und Chaffee verbrannten.

Gleich nach der Apollo-N-Katastrophe schulterte Raab die schwere Bürde als ›Trümmer-Manager‹.

Nachdem das Bergungsschiff die Apollo-N-Kommandokapsel nach Port Canaveral gebracht hatte, wurde die Fünf-Tonnen-Kapsel, mit der die NASA-Astronauten Dana, Jones und Priest zur Erde zurückgekehrt waren, bis zur letzten Schraube zerlegt. Die Einzelteile wurden für Untersuchungszwecke in verschiedenen Lagerhallen ausgebreitet. Unter Raabs Leitung wurden die jeweiligen Baugruppen der Kommandokapsel in der ursprünglichen Konfiguration relativ zueinander angeordnet, um den Untersuchungsbeamten die Arbeit zu erleichtern. Der von Präsident Reagan eingesetzte Untersuchungsausschuß wachte derweil mit Argusaugen über den ganzen Vorgang. Die Komponenten blieben fast für ein ganzes Jahr so liegen. Nachdem die Untersuchung abgeschlossen und die Berichte geschrieben waren, führte die NASA nämlich eine interne Untersuchung durch.

Es wurde erstaunlich wenig Gerät eingesetzt, um die Komponenten zu bewegen: ein leichter Kran, ein Gabelstapler und zwei Pritschenwagen.

Weil die Kommandokapsel aus dem Salzwasser des Ozeans geborgen worden war, mußten ein paar Bauteile mit Korrosionsschutz behandelt werden, damit sie nicht rosteten. Besondere Maßnahmen waren erforderlich, um die Stimmenrecorder der Apollo-N zu konservieren. Kurze Zeit nach der Bergung wurden die Recorder zum Johnson-Raumfahrtzentrum in Houston geschickt, wo sie von IBM restauriert und von einer Arbeitsgruppe ausgewertet wurden. Leiter der Gruppe war ein weiblicher Astronaut namens Natalie York.

Die letzte Ruhestätte der Kommandokapsel ist vielleicht bizarr, aber praktisch. Das Raumschiff liegt nun tief unter der Erde im Silo einer Minuteman-Rakete, in einer ruhigen Ecke von Cape Canaveral. Der Ort umfaßt ein Silo (Komplex 31) und vier gewölbeartige, unterirdische Geräteräume.

Es war nicht einfach, den Silo seiner neuen Bestimmung zuzuführen. Der Silo-Komplex wurde seit zehn Jahren nicht mehr genutzt und war dementsprechend heruntergekommen. Die Geräteräume beherbergten noch immer eine umfangreiche elektronische Ausrüstung für Raketenabschüsse, die Raabs Team erst fortschaffen mußte, bevor sie die Trümmer von Apollo-N einzulagern vermochten. Die Geräteräume selbst befanden sich in einem schlechten Zustand und mußten für eine langfristige Lagerung umgebaut werden. Obwohl es keine Umweltschutzauflagen gab, mußten die unterirdischen Anlagen zumindest wasserdicht gemacht werden; man stellte nämlich fest, daß in den späten Sechzigern der Boden von Komplex 31 durch einen Rohrbruch etwa einen Meter hoch unter Wasser gesetzt worden war. Also wurden die Wasserrohre abgesperrt, bevor die Wrackteile von Apollo-N dort eingelagert wurden.

Die Trümmer wurden von NASA-Kameramännern gründlich dokumentiert. Die ganze Operation lief unter strengen Sicherheitsvorkehrungen ab, wobei die Wrackteile rund um die Uhr bewacht wurden, um morbide Souvenirjäger abzuschrecken.

›Wir haben die Komponenten in der Kammer systematisch geordnet‹, sagte Aaron Raab mir. ›Wir haben die Baugruppen nach Funktion und Lagererfordernissen sortiert. Zunächst haben wir die größeren Komponenten eingelagert. Alles, von dem wir glaubten, daß es später noch gebraucht würde, haben wir in einem leicht zugänglichen Bereich deponiert. Die Mitarbeiter der Qualitätskontrolle von Cape Canaveral haben alles in offiziellen Logbüchern verzeichnet. So kennen wir den genauen Lagerort jedes Teils.‹

Jeden Besucher der Gruft wird wohl ein mulmiges Gefühl beschleichen, doch stellt das Inventar einen Fundus dar, auf den Wissenschaftler jederzeit zurückgreifen können. Allerdings ist laut Aussage von Raab nicht geplant, die Kammern in regelmäßigen Abständen zu öffnen, um den Zustand der Wrackteile zu ermitteln.

Heute war ich dabei, wie Aaron Raab die letzten Bauteile der Kommandokapsel am dafür vorgesehenen Ort niedergelegt hat. Dann wurde ein zehn Tonnen schwerer Betondeckel mit Stahlrohren gesichert, die anschließend über der Gruft verschweißt wurden.

Ein Jahr nach der Havarie hat Apollo-N endlich die letzte Ruhestätte gefunden...

Januar 1982
Washington, DC

Anfangs hatte Bert Seger sich noch für den neuen Posten in Washington begeistert. Schließlich war er zum Inspektor der NASA befördert worden und erwartete, in seiner Eigenschaft als Führungskraft im Büro für Bemannte Raumfahrt auch ein Wörtchen mitzureden. Als er indes die neuen Organigramme studierte und sah, daß er sich fernab der Berichtswege der Hauptakteure wie Joe Muldoon befand, begriff er, daß man ihn aufs Abstellgleis geschoben hatte. Er hatte Sinekure, war weggelobt worden, damit er bei den Apollo-N-Untersuchungen nicht im Weg war.

Er fühlte sich einfach nicht wohl im Hauptquartier. Er hatte ein paar Aufträge und führte auch ein paar Projekte durch, die zwar den Tag ausfüllten, aber nicht ihn selbst. Oft saß er stundenlang allein im Büro, las Zeitung und wartete darauf, daß das Telefon klingelte.

Er machte ausgedehnte Spaziergänge durch Washington.

Er fand Lieblingsbänke in den weitläufigen Parkanlagen und schlenderte durch Museen. Die Beschaulichkeit und die Zeitlosigkeit der Museen hatten es ihm angetan.

Die Abende waren nicht besser.

Fay war mit den Jungs in Houston geblieben, und Seger flog jeden Freitag nach Hause. Fay wollte nicht umziehen, weil die Jungs gerade eingeschult worden waren, und Seger akzeptierte das widerstrebend.

Wenn er sich sonntags beziehungsweise montags für den Rückflug nach Washington rüstete, stellte Fay ihm einen kleinen Blumenstrauß zusammen. Jeden Tag steckte er sich ein anderes Blümchen ins Knopfloch, doch am Wochenende waren sie verwelkt, und überhaupt war es nicht dasselbe.

Er hatte einfach zu viel Zeit zum Grübeln.

Immer wieder ließ er jenen Flug Revue passieren – und das, was er in all den Jahren bis zum Start von Apollo-N getan hatte.

Hätte er während des Flugs etwas anders machen sollen; hatte er etwas übersehen, das Jones, Priest und Dana vielleicht gerettet hätte? Und in welchem Maß war er für die Schlamperei und Nachlässigkeit in der langjährigen Entwicklung verantwortlich, die schließlich zur Zerstörung der Nuklearrakete geführt hatte?

Er fand keine Antworten. Im Rückblick fielen ihm tausend Dinge ein, die er hätte anders machen können. Doch hatte es keinen Sinn, sich zu quälen; im nachhinein war man nämlich immer schlauer. Er hatte sein Bestes gegeben, in jedem Abschnitt seiner Laufbahn.

Doch das war auch kein Trost. *Es ist in meiner Schicht passiert.*

Im Flur des Apartments, das er zur Miete bewohnte, hing ein kleines messinggerahmtes Foto. Es zeigte drei in Raumanzüge gehüllte Astronauten. *Für Bert – In Ihren Händen.*

Seger verließ die Wohnung nie, ohne einen Blick auf das Foto geworfen und die Inschrift gelesen zu haben.

Er machte ein katholisches Kirchlein ausfindig, das nur ein paar Blocks vom Hauptquartier entfernt war und besuchte es fortan regelmäßig. Er ging drei- bis viermal pro Woche zur Messe. Das alte Ritual versetzte ihn zurück in die Kindheit und spendete ihm Trost.

Er war betroffen – geradezu schockiert – von der Armut im Umfeld der Kirche. Welch ein Kontrast zum wenige Blocks entfernten NASA-Hauptquartier. Und das in der Hauptstadt der reichsten Nation der Erde.

Allmählich wurde ihm bewußt, daß er sich schon zu lang im Schneckenhaus der NASA verkrochen und das einzige Ziel der Organisation, den Flug zum Mars, geradezu besessen verfolgt hatte. Er hatte Scheuklappen vor den Augen gehabt. Und das galt vielleicht auch für den ganzen Verein.

Er erinnerte sich, wie schockiert er wegen des Aufmarschs der Atomkraftgegner in Cape Canaveral gewesen war.

Die Welt außerhalb des JSC hatte sich weiterentwickelt. Seger hatte das Gefühl, daß der schützende NASA-Kokon zerfiel und er von einem grellen Licht beschienen wurde.

Er ging in die Bibliotheken und las alte Zeitungen durch – Blätter, von denen er damals nur die Sportseite und die Berichte über die NASA gelesen hatte. Bei der Betrachtung der körnigen Mikrofiche-Bildschirme glaubte er in eine lang zurückliegende Zeit einzutauchen. Doch das war die Welt, in der er gelebt hatte, die Geschichte seines Landes.

Seger kam es so vor, als ob die Vereinigten Staaten auseinanderfielen.

Das Land steckte in einer tiefen Rezession. Reagan verbreitete eine Art simplizistischen Optimismus. Seger hatte indes den Eindruck, daß die Kluft in der Gesellschaft immer breiter wurde. Amerika spaltete sich: diejenigen, die ohnehin schon im Überfluß lebten, rafften in blinder Gier immer mehr Geld zusammen, und die Armen – vor allem die Farbigen in den Innenstädten – gerieten in einen Strudel aus Drogen, Kriminalität, Obdachlosigkeit und fehlender Ausbildung.

Und dann sah Seger, daß Reagan auf der Talsohle der Rezession die Rüstungsausgaben massiv erhöhte. Und dazu gehörten auch Mittel für Atomwaffen. Im nächsten Jahr sollten Marschflugkörper in Mitteleuropa stationiert werden, obwohl sich in diesen Ländern starker Protest regte. Und hier hatte es noch stärkeren Protest gegeben, las er.

Die Menschen hatten wieder Angst. Ein Vertreter des Verteidigungsministeriums hatte die Bevölkerung auf die Schutzfunktion eines Bunkers im Garten hingewiesen, wenn die Bombe platzte. *Man muß nur Klappspaten an die Leute ausgeben, und dann werden sie das schon schaffen.*

Seger ging bis zum Störfall im Atomkraftwerk von Three Mile Island zurück. Angesichts der – administrativen und technischen – Parallelen zwischen diesem Desaster und dem Zwischenfall mit Apollo-N lief es ihm kalt den Rücken hinunter.

Nachdem er solcherart seinen geistigen Horizont erweitert hatte, empfand er die Berichterstattung über die NASA auch als besorgniserregend. Die Äußerungen der Journalisten zeugten von Skepsis, Zorn, Verachtung und Ressentiments. Er erinnerte sich, daß Eisenhower vor einer weiteren Zunahme der militärischen und wirtschaftlichen Macht gewarnt – und sich damit gegen die Fortsetzung des Raumfahrtprogramms ausgesprochen – hatte, weil eine Technokratie dem Geist des individualistischen Amerika zuwiderlief. Wollte man der Nation diese Entwicklung aufzwingen, wäre das Scheitern schon vorprogrammiert. Dennoch war Kennedy dieses Risiko eingegangen. Und Seger hatte den Eindruck, daß das Land nun den Preis dafür zahlte.

Das Weltraumprogramm war, wie ihm nun bewußt wurde, die Wurzel allen Übels. Welchen Sinn hatte es überhaupt? Die viel beschworene Übertragung von Innovationen auf andere Bereiche war Makulatur, weil besagte Innovationen früher oder später sowieso erfolgt wären. Allmählich begriff er, daß die NASA nur aus dem Grund zum Mars fliegen wollte, um ihre Existenz zu rechtfertigen und die Personalstärke beizubehalten, die nach der Einstellung der Mondflüge nämlich viel zu hoch war.

Allerdings wäre die Verwendung des NASA-Etats für ›irdische‹ Projekte auch sinnlos gewesen. Seger war sicher, daß das Geld irgendwo versickert wäre, ohne daß es einen konkreten Nutzen gestiftet hätte. Doch darum ging es auch gar nicht. Das Raumfahrtprogramm glich einer wuchernden Pflanze, die ihre gesamte Energie in eine marsrote Blüte steckte, während die Gesellschaft, in der sie verwurzelt war, vermoderte.

Das war einfach unanständig. Genauso wie das ehrgeizige zivile Nuklearprogramm und die Aufrüstung...

Nun war die Mars-Mission in Segers Augen fast schon Blasphemie.

Er spürte eine neue Klarheit der Gedanken, während er sich mit diesen Ideen befaßte. Eine neue Entschlossenheit.

Er wußte natürlich, daß das eine Auswirkung des Apollo-N-Traumas war. Dieses einschneidende Erlebnis würde ihn wohl für den Rest seines Lebens prägen. Vielleicht befand er sich sogar in einem leichten Schockzustand. Doch das war egal. An der Wahrheit gab es nichts zu deuten, wie auch immer sie sich manifestierte, und er hatte nun das Gefühl, die Dinge von einer höheren Warte aus zu betrachten. Zum erstenmal in seinem Berufsleben sah er das Weltraumprogramm aus der ungetrübten Perspektive eines Außenstehenden.

Diese neue Wahrnehmung empfand er als großen Trost.

Als er das nächstemal die Messe besuchte, fragte er den Priester, ob er die Predigt halten dürfe.

Zeitdauer der Mission [Tag/Std:Min:Sek]
Plus 313/11:33:22

313/11:33:22 CDR ...Ich für mein Teil möchte diese Fernsehübertragung nutzen, um unsere Dankbarkeit gegenüber all jenen zum Ausdruck zu bringen, die uns den Weg bereitet haben. Zunächst einmal waren es die Anstrengungen von geschichtlichen Persönlichkeiten, von Wissenschaftlern aus der ganzen Welt, deren Leistungen es uns nun ermöglichen, einen Vorstoß in die Tiefen des Sonnensystems zu wagen. Dann danken wir dem amerikanischen Volk, das den Willen bekundet hat, dieses große Forschungsabenteuer fortzusetzen. Weiterhin danken wir vier Regierungen und Kongressen für den Mut, den Willen des Volkes in die Praxis umzusetzen. Es entspricht sicher der Wahrheit, wenn ich sage, daß Amerika nach den Mondlandungen fast eine Abkehr von der Raumfahrt vollzogen hätte. Politischer Mut und Weitsicht waren erforderlich, um uns dorthin zu bringen, wo wir heute stehen. Und wir danken der NASA und den Firmen, die das Raumschiff gebaut haben: die Saturn-Raketen, das Missionsmodul, die Apollo und das MEM. Unser Flug zum Mars mag Ihnen wie ein gemütlicher Ausflug erscheinen. Ich möchte Ihnen versichern, daß das Gegenteil der Fall ist. Die Saturn VB-Trägerrakete, die uns in die Umlaufbahn brachte, ist ein überaus kompliziertes Stück Maschinenbau. Jedes Teil hat perfekt funktioniert. Dieser Schalter, auf dem meine Hand liegt – ich hoffe, Sie sehen ihn –, hat allein auf dieser Schalttafel über dreihundert Gegenstücke, und in der Kommandokapsel und im MEM gibt es noch viel mehr. Dann gibt es Myriaden Unterbrecher, Hebel, Regelstäbe und sonstige Bedienelemente. Die MS-II, die große Raketenstufe am hinteren Ende der Ares-Mehrstufenrakete, hat bisher tadellos funktioniert; und das muß auch so bleiben, denn sonst kämen wir nicht mehr zur Erde zurück... Wir hatten bisher volles Vertrauen in die Funktionsfähigkeit und Zuverlässigkeit der Ausrüstung, und wir vertrauen auch weiterhin darauf, daß die

Ausrüstung sich bewährt. Doch das ist nur möglich, weil viele Menschen daran mitgearbeitet haben: die amerikanischen Männer und Frauen, die diese Maschinen in den Fabriken montiert haben. Die Mitarbeiter der Qualitätssicherung, die die Montage und die Erprobung nach der Montage mit äußerster Sorgfalt kontrolliert haben. Die Astronauten, die vor uns ins All geflogen sind und die Ares-Baugruppen im Orbit zusammengebaut haben. Und das Personal im Lyndon B. Johnson-Raumfahrtzentrum, welches das Management übernommen, die Mission geplant, die Flüge überwacht und die Besatzungen ausgebildet hat. Diese Operation hat Ähnlichkeit mit einer Nachrichtensendung im Fernsehen: auf dem Bildschirm sind nur wir drei zu sehen, doch hinter den Kulissen stehen noch Tausende weitere – Hunderttausende. Und jeder einzelne von ihnen hat mit vollem Einsatz gearbeitet.

313/11:35:10 MMP [UNHÖRBAR]

313/11:35:12 CDR Und jeder einzelne von ihnen hat mit vollem Einsatz gearbeitet. Diesen Menschen gilt unser besonderer Dank, und auch allen Menschen, die uns heute nacht sehen und hören. Und wir gedenken den Besatzungen, den Astronauten, die im Verlauf des Raumfahrtprogramms ihr Leben gelassen haben. In dieses Gedenken schließe ich sowohl Russen als auch Amerikaner ein. Ich möchte Ihnen sagen, daß ich um jeden Toten trauere und daß dieser Preis zu hoch war. Aber durch ihr Opfer haben diese tapferen Männer und

Frauen diese Mission erst ermöglicht. Gott segne Sie. Und nun wird Ralph Ihnen etwas zeigen: die Markierung, die wir auf der Oberfläche des Mars zurücklassen wollen. Ralph?

313/11:35:45 MMP Da ist sie. Ich werde sie in die Kamera halten. Ich hoffe, Sie sehen sie. Wenn ich sie vielleicht etwas drehe. Für alle, die sie nicht sehen, werde ich die Markierung nun beschreiben. Es handelt sich um eine Diamantscheibe ähnlich einer Münze. Sie hat einen Durchmesser von etwa einem Zoll und eine Stärke von ungefähr drei Millimetern. Es ist ein Einkristall-Diamant. Mit einem Excimer-Laser wurde eine Botschaft in den Diamanten gefräst. So entstanden eine Graphitschicht und eine darüberliegende Diamantschicht. Die Markierung besteht aus Diamant, weil er der dauerhafteste Werkstoff ist, den wir kennen. Er wird das MEM und andere Geräte um Millionen Jahre überdauern. Wie Sie wissen, ist dies der erste und vorerst auch letzte Flug zum Mars. Aber für Menschen, die vielleicht nach uns zum Mars fliegen, ist die Markierung wie eine Zeitkapsel; und sie ist auch eine Botschaft an zukünftiges Leben auf dem Mars, an intelligente Wesen, die sich eines Tages vielleicht dort entwickeln werden. Die Markierung hat Ähnlichkeit mit einem Mikrofiche. Die Informationen sind so klein, daß ich sie mit bloßem Auge nicht erkenne. Die Markierung enthält Grüße von allen Nationen der Erde, eine Karte des uns bekannten Sonnensystems und Informationen zum biologischen Aufbau des Menschen. Im Diamant eingeschlossen sind Gesteinsproben von der Erde und vom Mond sowie menschliches Gewebe. Und darüber hinaus trägt das Artefakt eine Liste mit den Namen aller vierhunderttausend Amerikaner, die am Projekt Ares mitgearbeitet haben. Wir halten es für angemessen, einen solchen Gegenstand als Andenken an unsere Mission auf dem Mars zurückzulassen.

313/11:37:07 CDR In Ordnung. Natalie, ich glaube, Sie sollen die Leute nun über die Rufzeichen informieren, die wir für den Rest der Mission verwenden werden.

313/11:37:11 MSP Vielen Dank. Ich weiß, daß der Weltraum-Jargon die Leute manchmal arg verwirrt.

313/11:37:15 CDR Heißes Mikro.

313/11:37:17 MSP Das verwirrt die Leute. Und mich schon ganz und gar. Nehmen wir zum Beispiel den Raumfahrer-›Kalender‹. Wir zählen die Tage von dem Moment an, als wir mit der Saturn VB-Rakete vom Jacqueline B. Kennedy-Raumfahrtzentrum gestartet sind. Deshalb haben wir heute MET 313 Tage – das heißt, die Zeitdauer der Mission beträgt dreihundertdreizehn Tage. Wir haben die Erde vor mehr als dreihundert Tagen verlassen. Für Sie hingegen ist wie gehabt Dienstag, der 28. Januar 1986. Und die Sache mit den Rufzeichen ist noch so ein Problem. Wie kommt's, daß Raumschiffe manchmal Rufzeichen haben – Namen wie *Eagle* und *Columbia* bei Apollo 11 –, und daß Houston uns dann wieder nur ›Ares‹ ruft? Die Antwort ist die, daß wir mit Rufzeichen arbeiten, wenn mehrere Raumschiffe an einem Flug beteiligt sind und im Funkverkehr auseinandergehalten werden müssen. Und das gilt auch für diesen Flug, wenn wir in ein paar Monaten den Mars erreichen und im MEM dort landen. Anders als bei den Apollo-Missionen haben wir die Schiffe noch nicht benannt, weil bisher keine Veranlassung dazu bestand. In unserer Eigenschaft als Besatzung sagten wir uns, auf dem langen Flug zum Mars hätten wir noch genug Zeit, uns Namen auszusuchen.

313/11:38:18 MMP   Genau. Das tun wir, anstatt uns Videos reinzuziehen.

313/11:38:25 CDR   [UNHÖRBAR]

313/11:38:28 MSP   Heute werde ich Ihnen also sagen, welche Namen wir ausgesucht haben. Ich weiß, daß viele Schulkinder uns zuhören und hoffe, das wird den Geschichtsunterricht etwas lebendiger gestalten. Ihr sollt erkennen, daß die Erforschung des Mars im Grunde eine Fortsetzung der großen Forschungsreisen ist, von denen in den Schulbüchern berichtet wird. Phil, wenn Sie ...

313/11:38:46 CDR   Sicher. Wir haben beschlossen, unser Raumschiff nach berühmten Segelschiffen von Entdeckern zu benennen... äh... um daran anzuknüpfen, was Natalie gerade gesagt hat. Und ich freue mich besonders über den Namen, den wir dem Missionsmodul – dort werden wir während der Reise leben – gegeben haben. Im Missionsmodul hatten wir nämlich die Venus erforscht, während wir an diesem Planeten vorbeiflogen. Wir haben beschlossen, es nach dem Schiff zu benennen, mit dem Captain James Cook im Jahre 1769 nach Tahiti gesegelt ist, um den Venusdurchgang zu beobachten: *Endeavour*. – Ralph ...

313/11:39:17 MMP Genau. Dann hätten wir noch die Apollo, mit der wir den Rückflug zur Erde antreten werden. Sie haben wir auf den Namen *Discovery* getauft. Diesen Namen trugen gleich zwei Schiffe: das Schiff von Henry Hudson, der im Jahre 1610 eine Nordwest-Passage zwischen dem Atlantik und dem Pazifik suchte, und das Schiff, mit dem Cook Hawaii, Alaska und die Westküste von Kanada erkundete. Und nun zurück zu Natalie.

313/11:40:00 MSP Und nun zum MEM, dem Exkursionsmodul. Es wird das erste Raumschiff sein, mit dem Menschen auf der Oberfläche des Mars landen. Wir benennen es nach einem berühmten Schiff der amerikanischen Kriegsmarine, das in den siebziger Jahren des neunzehnten Jahrhunderts eine lange und erfolgreiche Forschungsreise im Atlantischen und Pazifischen Ozean unternommen hat.

313/11:40:19 CDR Ja.

313/11:40:21 MSP Wir taufen das MEM auf den Namen *Challenger*.

Auszug aus der ›Technischen Luft-Boden-Stimmentranskription von Ares‹, NASA, Lyndon B. Johnson-Raumfahrtzentrum, Januar 1986, pp. 1367ff. Akte Ares, Geschichtliches Forschungsamt der NASA, NASA-Hauptquartier, Washington, DC.

Montag, 11. Januar 1982
George C. Marshall-Raumfahrtzentrum,
Huntsville, Alabama

Der Konferenzraum war fast vollbesetzt, doch in der ersten Reihe war ein Stuhl für Udet reserviert worden. Er nahm Platz und schlug die Beine übereinander.

Gregory Dana stand auf dem Podium und rückte die Brille mit den dicken Gläsern zurecht. Gleich würde er sprechen. Es hatte Udet nicht überrascht, daß Dana zum Leiter des Untersuchungsausschusses ernannt worden war.

Ein Bild wurde auf eine Leinwand hinter Dana projiziert. Es zeigte die Saturn VB ein paar Minuten vor dem Start auf der Rampe 39B in Cape Canaveral. Die wuchtige MS-IC, die erste Stufe, schimmerte weiß im Sonnenlicht. Aus dem Gerät wuchsen breite Heckflossen, und die vier Feststoff-Booster klebten an der Stufe. Das Gebilde sah aus wie der Säulenstumpf eines antiken Tempels. Die zweite Stufe hockte als kompakter, elfenbeinfarbener Zylinder auf der MS-IC, und auf der Spitze thronte eine silbergraue, unbemannte Apollo-Kapsel aus Grobblech.

Schläuche führten vom großen, komplexen Startturm zur Rakete und versorgten beide Flüssigkeits-Raketenstufen mit Flüssigsauerstoff und Treibstoff. Anschließend wurden die zweite Stufe mit flüssigem Wasserstoff und die erste Stufe mit RP-1 – Kerosin – betankt. Dampffahnen wehten um den oberen Abschnitt der Rakete. Als sie sich schließlich auflösten, erkannte Udet das Glitzern von Eis auf dem Metall und der Isolierung.

Ein stahlblauer Himmel hing über der Rakete und der hitzeflimmernden Startrampe.

Udet wurde bei diesem Anblick warm ums Herz. Obwohl er schon viele Raketen gesehen hatte, betrachtete er solche großartigen Fluggeräte – diese heroischen Maschinen –, die von Menschenhand aus den Rohstoffen der Erde geformt worden waren und zu anderen Planeten geschossen wurden, noch immer mit kindlichem Staunen.

Zumal in diesem Fall das Gefühl der Ehrfurcht dadurch gesteigert wurde, weil er wußte, was der Stufe AS-5B04 in wenigen Sekunden widerfahren würde.

Udet schaute sich um. Joe Muldoon saß neben Dana auf der Bühne. Er leitete die Konferenz. Viele Führungskräfte der NASA schienen anwesend zu sein, Delegierte aus Marshall, aus Houston und dem NASA-Hauptquartier, darunter Berater von Tim Josephson. Außerdem waren die Unternehmen stark vertreten, deren Systemkomponenten heute einer kritischen Beurteilung unterzogen wurden.

Auf der Tagesordnung stand eine Zusammenfassung des vorläufigen internen Berichts der NASA, der sich mit den Problemen beschäftigte, die vor einem Vierteljahr beim Start der Saturn VB-Stufe AS-5B04 aufgetreten waren. Die endgültige Version des Berichts hing davon ab, wie das Publikum und die NASA-Hierarchie auf den Inhalt der Kurzfassung reagierte.

Es herrschte eine Atmosphäre der Anspannung, Besorgnis und Resignation.

So kurz nach der Apollo-N-Tragödie bedeutete ein neues Desaster, der erstmalige Verlust einer Saturn, für die NASA selbst eine Katastrophe. Udet hörte das Gemurmel. *Wem, zum Teufel, sollen wir es denn diesmal in die Schuhe schieben?*

Dana begann mit seiner dünnen, brüchigen Stimme zu sprechen. Der ohnehin schon wie ein Ladestock dasitzende Udet versteifte sich noch mehr.

»Sechs komma sechs Sekunden vor dem Start wurden die mit Kerosin betriebenen F-1A-Haupttriebwerke der Saturn sequentiell gezündet und auf Vollschub hochgefahren, während die gesamte Struktur noch fest mit der Startrampe verbunden war. Der Schub der Haupttriebwerke drückte die Saturn-Baugruppe gegen den Widerstand der Haltebolzen, mit denen sie an der Startrampe verankert war, nach oben. Als die Haltebolzen brachen, wurde der ›Dehnung‹ der Rakete überhaupt kein Widerstand mehr entgegengesetzt...«

Auf der Leinwand hinter Dana wallten Wolken aus Rauch und Dampf an der Basis der Saturn-Rakete auf. Dann zündeten die vier Feststoff-Booster, und feurige Lohen schlugen aus den Triebwerkstrichtern. Die Kamera wurde durch die akustische Energie, die von der Rakete erzeugt wurde, zu Schwingungen angeregt – weil der Film aber keine Tonspur hatte, lief die Startsequenz in gespenstischer Stille ab.

Das Bild erstarrte. Die Rauchwolken blähten sich nicht weiter auf, sondern verwandelten sich in scheinbar massive weißgraue Kuppen, die wie schmutziges Eis wirkten.

Die Gesichter der versammelten Menschen leuchteten im Schein des gefrorenen Raketenlichts.

Ein Zeiger wies auf einen verschwommenen weißen Fleck an der Grundfläche der MS-IC, direkt unter dem ›A‹ der Aufschrift ›USA‹ auf der Hülle des Zusatztriebwerks.

»Null komma sechs acht sieben Sekunden nach dem Start«, sagte Dana, »zeigen die fotografischen Daten das Ausströmen von Dampfschwaden aus der unteren Hülle der MS-IC, direkt oberhalb des Triebwerksverkleidung.« Dana blickte über die Schulter und rümpfte die Nase. »Das ist deutlich zu sehen. Die beiden Kameras auf der Startrampe, die das Leck normalerweise lokalisiert hätten, waren außer Betrieb. Aus Computeranalysen der Filme von anderen Kameras geht aber eindeutig hervor, daß der Dampf an der Stelle der MS-

IC ausströmte, wo die Zuleitung vom Sauerstofftank den Treibstofftank verläßt.«

Die MS-IC enthielt zwei große kryogenische Tanks, wobei der Sauerstofftank sich über dem Treibstofftank befand. Mächtige Saugleitungen beförderten den Flüssigsauerstoff durch den Kerosintank in die fünf großen F-1A-Triebwerke an der Basis der Rakete, wo er dann entflammte. Dana wollte damit sagen, daß irgendein Problem an dieser Zuleitung aufgetreten sei.

Der Film lief erneut ab; diesmal in extremer Zeitlupe. Der Rauch wallte mit der Behäbigkeit eines Gletschers um die Saturn auf. Weiße Pfeile zeigten auf die Dampfschwaden an der Grundfläche der MS-IC.

»Von null komma acht drei sechs bis zwei komma fünf null eins Sekunden nach dem Start wurden drei weitere Stöße registriert. Die multiplen Stöße in dieser Sequenz traten mit einer Frequenz von vier Hertz auf, was ungefähr der Frequenz der strukturellen Belastungsdynamik und der daraus resultierenden Verformung der Rakete entspricht...«

Diese verdammte ›Dehnung‹!

»Sie sehen auch die rautenförmigen Schockwellenfronten im Abgasstrom der F-1A, ein weiteres Symptom für die Resonanz der Mehrstufenrakete. Drei komma drei sieben fünf Sekunden nach dem Start war der Dampf zum letztenmal unterhalb der Booster zu sehen. Dann vermischte er sich mit den Raketenabgasen und der Atmosphäre. Andere Dämpfe in diesem Bereich wurden als schmelzendes Eis von der Basis der MS-IC oder als Raketenabgase identifiziert, die sich in den Schalldämpfungs-Wasserbecken der Startrampe in Dampf verwandelt hatten...«

Nun lief der Film wieder mit normaler Geschwindigkeit ab.

Die Saturn kippte vom Startturm weg und drehte sich wie vorgesehen auf den Rücken. Udet erkannte zwischen den vier gleißenden Trichtern der Feststoff-Booster das fahle, fast unsichtbare Feuer der Kerosin-Sauerstoff-Haupttriebwerke.

»Zu diesem Zeitpunkt«, fuhr Dana fort, »meldete die Telemetrie erstmals eine signifikante Reduzierung des Brennstoffflusses zu den Haupttriebwerken der MS-IC.«

Das Bild erstarrte erneut. Das Publikum geriet durch den abrupten Abbruch des hypnotischen Flusses der Startsequenz in Wallung. Ein Pfeil wies auf die fünf Trichter des Haupttriebwerks.

»Das erste sichtbare Anzeichen für den Schubabfall beim Haupttriebwerk wurde auf einer Vergrößerung des Films achtundfünfzig komma acht acht Sekunden nach dem Start entdeckt. Auf dieser Darstellung ist es als Eintrübung der Abgaswolke des rechten Triebwerkstrichters der F-1A zu erkennen – genau hier.

Auf dem nächsten Bild des von derselben Kamera stammenden Films ist der Schubabfall bereits ohne Vergrößerung zu erkennen.« Der Triebwerkstrichter war dunkel angelaufen, und seine vier Pendants waren auch in Mitleidenschaft gezogen. »Ungefähr zur gleichen Zeit zeigte die Telemetrie eine Differenz zwischen den Drücken in den Brennkammern des Haupttriebwerks. Der Druck in der Kammer rechts außen war am niedrigsten; das war also die Ursache für die Abnahme des Brennstoffdurchflusses.

Zweiundsechzig Sekunden nach dem Start versuchte das Steuersystem die Kräfte zu kompensieren, die durch den uneinheitlichen Schub der Haupttriebwerke verursacht wurden...«

Der Film lief langsam weiter. Die Haupttriebwerke stockten oder erstarben, doch aus den Feststoff-Boostern schlugen unverändert feurige Lohen. Enorme Kräfte wirkten auf die Mehrstufenrakete ein, während die Booster den Ausfall der Haupttriebwerke zu kompensieren versuchten.

Eine Lageänderung der Mehrstufenrakete war für das bloße Auge zunächst nicht zu erkennen, doch Udet wußte, daß die Saturn zu diesem Zeitpunkt schon um ihr Leben kämpfte.

Dana räusperte sich und rückte die Brille zurecht. Die Bewegungen waren sparsam und präzise; fast schien er um Entschuldigung zu heischen. »Die Analysen haben ergeben, daß die primäre Ursache für den Defekt zu diesem Zeitpunkt bei den Speiseventilen lag, die in die Unterseite des Sauerstofftanks der MS-IC eingelassen sind. Durch sie fließt der Sauerstoff in die Haupttriebwerke. Tests haben gezeigt, daß unter bestimmten Bedingungen die Ventil-Konstruktion ins ›Flattern‹ gerät und den Sauerstofffluß absperrt, was einen Totalausfall aller F-1A-Triebwerke zur Folge hat. Wie wir es hier beobachtet haben. Die Frequenz des potentiellen Flatterns liegt im Bereich der Frequenz der Start-›Dehnung‹ und der Schwingungen, die durch Instabilitäten beim Brennen der Feststoff-Booster auftreten...«

Udet massierte sich die Nasenwurzel und versuchte die Gereiztheit zu unterdrücken, die in ihm aufstieg. *Das wissen wir schon. Meine Arbeitsgruppe in Marshall und die Auftragnehmer haben diese Primärursache binnen einer Stunde nach dem Defekt unabhängig voneinander ermittelt.* Aufgrund der ›Dehnung‹ hatte die Saturn vom Start weg mit drei bis vier Hertz vibriert. Dann waren bei einem der Booster Längsschwingungen mit etwa der gleichen Frequenz aufgetreten. Solche Oszillationen waren zuvor auch schon beobachtet worden. Diesmal hatten die Schwingungen jedoch fast gleichzeitig eingesetzt. Deshalb induzierte diese Frequenz, wie sich später herausstellte, stehende Wellen im Ventilsystem, das den Flüssigsauerstoff zu den Haupttriebwerken beförderte...

Das wissen wir längst, und wir arbeiten bereits an der

Lösung des Problems. Ist das alles, was Sie uns zu sagen haben, Doktor Dana?

Doch nun legte Dana erst richtig los und sagte, daß schon ein paar Tests, die während der Konstruktionsphase der MS-IC erfolgt waren, die Möglichkeit einer Resonanzkatastrophe aufgezeigt hätten. Dennoch sei das bei der Konstruktion der Stufe nicht berücksichtigt worden. Er wies sogar auf die Probleme hin, die beim Flug der Apollo-N aufgetreten waren, als die Rakete wegen ähnlicher Resonanzeffekte ins Taumeln geraten war.

Die Bezugnahme auf die Apollo-N-Havarie machte Udet klar, in welche Richtung der Bericht zielte.

Das war lächerlich; jeder, der sich der Komplexität eines Raumschiffs wie der Saturn – mit Millionen beweglicher Teile – bewußt war, wußte auch, daß es unmöglich war, bei der Konstruktion *jedes* vorstellbare Problem auszuschließen. Dazu hatte man weder die Zeit noch die Ressourcen; der realistische Ansatz bestand darin, die Risiken abzuwägen und einen Kompromiß zu finden zwischen dem, was vertretbar war und was geändert werden mußte. Wenn man auf die perfekte Rakete warten wollte, konnte man ewig warten!

Udet war zum Umfallen müde. Er war bereits achtundsechzig Jahre alt. Und manchmal – vor allem nach von Brauns Tod – fragte er sich, ob der Kampf die Mühe überhaupt noch wert war, ob er noch die Kraft hatte, die Amerikaner von der Notwendigkeit der großen Raketen zu überzeugen, die er für sie baute.

Udet war in Wernher von Brauns Fußtapfen getreten, als dieser vor einem Jahrzehnt in den Ruhestand gegangen war. Er hatte sogar Wernhers Büro im neunten Stock der Marshall-Zentrale geerbt. Dennoch gab Udet sich nicht der Illusion hin, er sei ein gleichwertiger Ersatz für Wernher. Die Amerikaner hatten von

Braun regelrecht vergöttert: er rief bei ihnen denselben Reflex hervor, sagte Udet sich gehässig, wie Fernsehprediger und Autohändler. Zumal es den Anschein hatte, als ob seine Vergangenheit – eine mögliche Verstrickung in Kriegsverbrechen während der Zeit in Peenemünde – Wernher nicht tangierte.

Wie dem auch sei, Wernher war nun tot. Und Udet befand sich in einer ganz anderen Situation. Er wußte, daß er die Aura des typischen preußischen Aristokraten ausstrahlte, auch wenn er sich noch so sehr bemühte, das abzustreifen. Die Amerikaner vertrauten Udet nicht und unterstellten ihm ständig Übles, was sie bei von Braun nie getan hatten.

Und er hatte mitansehen müssen, wie Gregory Dana in der Hierarchie der NASA aufgestiegen war. Der Umstand, daß er der Vater des verlorenen Helden James war und daß sein anfangs geschmähter Missions-Modus nun als Grundlage für das neue Mars-Programm diente, hatte Dana fast in den Rang eines Volkshelden erhoben.

Und nun verriß Dana mit leidenschaftsloser Stimme Udets Lebenswerk, wie ein gnadenloser Staatsanwalt.

Udets dunkler, gnomenhafter Zwilling.

»Etwa achtundsiebzig Sekunden nach dem Start entwickelte sich eine Dynamik, die dann in kürzester Zeit zum Abbruch des Flugs führte. Die telemetrischen Daten, welche durch die visuellen Beweise der Fotos gestützt werden, zeigen mannigfaltige Aktionen der Flugsysteme, während die Saturn gegen die Kräfte der Zerstörung ankämpfte.

Nach achtundsiebzig komma neun Sekunden brach die untere Strebe zwischen Booster Vier und der MS-IC. Vielleicht wurde sie auch abgeschert. Dieser Vorgang wurde offenbar durch die enorme Scherbelastung verursacht, der die Rakete nach dem Ausfall der

Haupttriebwerke unterlag. Daraufhin schaukelte Booster Vier um die obere Befestigungsstrebe. Aus diesen Bewegungen resultierten die abweichenden Gier- und Nick-Werte der übrigen drei Zusatztriebwerke.

Nach neunundsiebzig komma eins vier Sekunden wurde ein um den gesamten Umfang der MS-IC verlaufendes Muster aus weißem Dampf beobachtet. Dies markierte das strukturelle Versagen des Treibstofftanks der MS-IC, das in der Abtrennung der unteren Kuppel des Tanks kulminierte. Das Ausströmen großer Mengen RP-1 aus dem Tank erzeugte einen plötzlichen Vorwärtsschub von etwa fünfzehnhundert Tonnen, wodurch der Treibstofftank durch den Triebwerksmantel in Richtung der S-II geschoben wurde. Ungefähr zur selben Zeit drang der schlenkernde Booster Vier in den unteren Teil des Flüssigsauerstofftanks der MS-IC ein. Diese Struktur versagte nach achtundsiebzig komma eins drei sieben Sekunden, was durch den in diesem Abschnitt ausströmenden weißen Dampf ersichtlich wird...«

Jedes einzelne der auf der Leinwand erscheinenden Bilder wurde von Dana trocken und analytisch kommentiert. Die Aufnahmen waren durch die Entfernung und den ausströmenden Dampf unscharf; dennoch war deutlich zu sehen, wie der halb losgerissene Booster sich in die Flanke der ersten Stufe bohrte.

Dann füllte gleißende Helligkeit das Bild aus.

»Innerhalb weniger Millisekunden entzündete der aus der Unterseite des geborstenen Tanks strömende Treibstoff sich mit explosiver Wucht. In diesem Punkt der Trajektorie war die mit Mach eins komma neun zwei und in einer Höhe von sechsundvierzigtausend Fuß fliegende Saturn bereits in einen Feuerball gehüllt. Das Reaktionssteuerungs-System des Apollo-Raumschiffs fiel ebenfalls aus, und es kam zu einer hypergolischen Verbrennung des Treibstoffs. Die rötlich-braune

Farbe dieser Verbrennung ist am Rand des Feuerballs sichtbar. In diesem Punkt explodierte auch die zweite Stufe und fachte den Feuerball mit weiteren fünfhundert Tonnen Brennstoff und Sauerstoff an. Die einer starken dynamischen Belastung ausgesetzte Rakete war mittlerweile in mehrere große Sektionen zerbrochen, die aus dem Feuerball hervorstießen. Aus dem Film geht hervor, daß es sich bei diesen Sektionen um die Instrumentenkapsel mit einer Vielzahl durchtrennter Kabel handelt sowie um das Haupttriebwerk der ersten Stufe, aus dem noch immer Dampf austritt...«

Die oberen Sektionen der Saturn explodierten nicht. Sie hatten sich bereits von der zerbrechenden Rakete gelöst und wirbelten durch die Luft, die bei dieser Geschwindigkeit so hart wie Stein war. Die Luft schlug die Saturn gleichsam kurz und klein.

Nun erschien auf der Leinwand das Bild, das schon seit Tagen über die Mattscheiben flimmerte: ein orangefarbener Feuerball hing über Florida, und die vier Feststoff-Booster jagten auf erratischen Bahnen durch den Himmel, wobei sie weiße Rauchwolken wie erstarrte Blitze hinter sich herzogen.

Dana war aber noch nicht fertig: »Hundertzehn Sekunden nach dem Start veranlaßte der Sicherheitsbeauftragte die Zerstörung der Booster. Wäre dies ein bemannter Flug gewesen, hätte der Rettungsturm die Apollo-Kommandokapsel nach dem Ausfall der Haupttriebwerke von der Rakete abtrennen müssen. Hätte das Rettungssystem jedoch versagt – wofür ein paar Systemkomponenten sprechen, die später aus dem Atlantik geborgen wurden –, wäre die Kapsel dem Feuerball möglicherweise unbeschadet entkommen. Es besteht kein Grund zu der Annahme, daß eine Explosion in der Kapsel selbst stattfindet oder daß sie durch Hitze und Feuer signifikant in Mitleidenschaft gezogen wird. Wenn die Kapsel beschädigt würde, dann wohl eher durch die hohen Kräfte beim Aufprall auf das Wasser als durch die Explosion selbst...«

Nun wurden zum erstenmal Unmutsäußerungen im Publikum laut.

Reflexartig erhob Udet sich.

»Ich verwahre mich gegen den Ton der letzten Äußerungen. Es handelt sich um reine Spekulationen. Die AS-5B04 war Gott sei Dank *nicht* bemannt, und wenn sie es doch gewesen wäre, hätten wir keinen Grund zu der Annahme, daß das Rettungssystem versagen würde, zumal ich keinen Sinn darin sehe, derart detailliert und *in aller Öffentlichkeit* Hypothesen über das Schicksal der Besatzung eines bemannten Raumflugs anzustellen.« Die Lichtreflexe des orangefarbenen Feuerballs – dessen Standbild noch immer auf der Leinwand zu sehen war – spielten über seine Brille und seine Wangen.

»Soll ich darauf antworten, Gregory?« fragte Joe Muldoon in seiner Eigenschaft als ›Moderator‹.

Dana bekundete mit einem Achselzucken seine Zustimmung.

Muldoon wandte sich dem Publikum zu, wobei die Konturen des hageren Gesichts sich im Schein der Lampe abzeichneten. »Hans, ich glaube nicht, daß wir in der Lage sind, diese Sache zu beschönigen. Wir müssen sehr wohl die Weiterungen für das bemannte Raumfahrtprogramm erörtern. Und wir müssen uns der Tatsache stellen, daß es schon bei früheren VB-Tests Anzeichen für destabilisierende Schwingungen beim Brennen der Feststoff-Booster gegeben hat...«

»Der Verlust der AS-5B04 wurde nicht durch den Defekt eines Feststoff-Boosters verursacht!« schrie Udet.

»Dennoch sind Probleme bei den Boostern aufgetreten, und sie haben zum Verlust der Rakete beigetragen«, sagte Muldoon. »Das haben wir doch gesehen. Überhaupt habe ich den Eindruck, daß die ganze Konstruktion schon von der Konzeption her riskanter ist als die alten Flüssigbrennstoff-Konfigurationen. Bedenken Sie, daß sogar Saturn V-Starts erfolgreich waren, bei denen wir ganze Triebwerke verloren hatten. Wenn man aber auf einem dieser verdammten Feststoff-Booster reitet, stellt sich nicht die Frage, *ob* die Post abgeht, sondern nur, in welche Richtung. Niemand von uns will den Einsatz der modernisierten Saturns einstellen; es geht nur darum, daß wir die Konsequenzen der Kompromisse, die wir bei der Konstruktion eingegangen sind, offen diskutieren. Wenn wir nicht mit offenen Karten spielen, wird der Kongress uns nämlich das Fell über die Ohren ziehen.«

Muldoon ließ den Blick über die versammelten Delegierten schweifen. »Ihr wißt, in welcher Lage wir uns befinden, Leute; das Haushaltsdefizit ist in diesem Jahr so hoch, daß jedes Programm – einschließlich Ares – Gefahr läuft, vom Haushaltsausschuß gestrichen zu werden. Sie mögen nun einwenden, es sei ungerecht, daß man bezüglich unserer Fehler aus einer Mücke einen Elefanten macht, während andere Behörden noch viel größere Böcke schießen und nicht dafür zur Verantwortung gezogen werden –, doch unsere Behörde steht nun einmal im Rampenlicht. Sie müssen das als Tatsache akzeptieren. Also müssen wir uns eine blütenweiße Weste bewahren. Fragen könnt ihr zum Schluß stellen, Leute; ich will das hier erst noch zu Ende bringen...«

Udet, der noch immer stand, wagte keine Widerrede. *Kompromisse. Ihr redet von Kompromissen. Das Programm ist doch ein einziger Kompromiß. Für die Saturn VB haben wir von Anfang an nur die Hälfte der beantragten Mittel bekommen. Die Hälfte! Ohne Kompromisse würdet ihr jetzt nicht ins All fliegen. Und dann lamentiert ihr über die Konsequenzen, über den Verlust einer einzigen Rakete!*

Er hielt das nicht mehr aus. Entschuldigungen murmelnd, drängte er sich an den neben ihm sitzenden Leuten vorbei, bis er den Gang erreicht hatte. Dann stakste er in den hinteren Bereich des Raums.

Mein Gott. Sind wir wirklich schon auf das Niveau dümmlicher Schuldzuweisungen gesunken? Ich verlange nur – und mehr habe ich nie verlangt –, daß ihr mir das Werkzeug gebt, das ich brauche, um meine Arbeit zu erledigen. Um den Traum zu verwirklichen. Auch mit der Hälfte der Ressourcen werde ich noch Lösungen für euch finden! Aber für Wunder bin ich nicht zuständig; ich vermag keine hundertprozentige Sicherheit und Zuverlässigkeit zu garantieren. Wann werdet ihr das endlich begreifen?

Es schien ein weiter Weg bis zur Tür. Alle wichen seinem Blick aus.

Danas gleichmütige Präsenz auf dem Podium war wie eine schwärende Wunde in Udets Seite.

Samstag, 5. Juni 1982
Newport Beach

Die Ereignisse trieben dem Höhepunkt entgegen.

Es war ihr Hochzeitstag. Obwohl JK ihr Blumen und ein Kärtchen mitbringen würde und ihr schon am Morgen einen Kuß auf die Wange gegeben hatte, wußte Jennine aus Erfahrung, daß es seine Sekretärin Bella war, die solche Ereignisse in seinem Terminkalender vermerkte und auch die Karte und den übrigen Kram besorgte. JK selbst verschwendete keinen Gedanken daran.

An diesem Abend wollten sie ausgehen. Das machten sie vielleicht zweimal im Jahr. Doch JK kam nicht nach Hause. Das war nicht ungewöhnlich. Als Jennine ihn im Büro anrief, war Bella am Apparat. Sie setzte ihr höflich auseinander, daß er nicht in der Firma war. Im Klartext hieß das: *er ist mit den Jungs einen bechern gegangen.* Und so war es dann auch. Jk kam nach elf stockbesoffen nach Hause und parkte den Wagen undiszipliniert in der Einfahrt.

»Du solltest in diesem Zustand nicht mehr fahren«, sagte Jennine. Sie haßte den nörgelnden Tonfall, der sich bei ihr in solchen Momenten immer einstellte.

»O Gott, das Essen. Schatz, es tut mir leid«, lallte JK. »Ich hab's glatt vergessen. Wir holen's morgen nach. In Ordnung?«

Nein, du Idiot. Es ist nicht in Ordnung. Überhaupt habe ich das Gefühl, daß es nie in Ordnung war.

Sie ging zu Bett.

Nach einer Stunde legte er sich zu ihr. Er streichelte ihr zärtlich das Gesicht, fuhr übers Nachthemd und legte ihr die Hand auf die Brust.

Doch sie wandte sich ab. Sie war viel zu angespannt und verärgert. Nicht nur, daß sein Atem nach Schnaps stank; er roch aus jeder Pore nach Alkohol.

Immerhin war er bei ihr. Bei diesem Gedanken beruhigte sie sich und glitt in den Schlaf ab. *Immerhin ist er bei mir. Vielleicht gelingt es mir morgen, ihn zu überreden, wenigstens einmal früher nach Hause zu kommen.*

Bevor sie einschlief, klingelte das Telefon. JK reagierte sofort. »Lee.«

Sie hatte die Entwicklung von Columbias MEM-Programm mitverfolgt. Weil JK Arbeit mit nach Hause nahm und dort auch regelmäßig Geschäftsbesprechungen anberaumte – wobei er sie fast nie vorher informierte –, verfolgte sie das Programm *gezwungenermaßen* mit.

Einmal nahm JK sie nach Boston mit, wo die Firma Avco den Hitzeschild des MEM herstellte. Es war ein faszinierender Ort. Die Beschichtung des Hitzeschilds bestand aus wärmeabsorbierendem Epoxidharz, einer Substanz, welche die Avco-Ingenieure ›Avcoat 5026-

39‹ nannten. Eingeschlossen war das Epoxidharz in einem Wabenkern aus Titan, der mit der Unterseite der Kapsel verklebt wurde. Das Epoxidharz wurde mit einer Spritzpistole in die einzelnen Zellen gepumpt. Diese Arbeit mußte von Hand erfolgen, wobei die Techniker insgesamt zweihunderttausend Waben zu befüllen hatten. Falls eine Röntgenuntersuchung eine Luftblase an den Tag brachte, wurde die entsprechende Zelle mit einem Zahnarztbohrer entkernt und mit einer neuen Füllung beschickt.

Jennine beobachtete den Vorgang durch eine Glasscheibe. Die mühselige Handarbeit mutete geradezu mittelalterlich an. Und sie fragte sich, was für ein Gefühl es wohl war, an etwas zu arbeiten – es mit den Fingerspitzen zu berühren und zu formen –, von dem man wußte, daß es eines Tages vielleicht auf dem Mars landete.

Avco würde die Erprobung des Hitzeschilds schrittweise intensivieren: anfangs würde man ihn mit Flammenwerfern bestreichen und zuletzt einem raketengetriebenen Eintritt in die Erdatmosphäre unterziehen...

Daß JK sich die Mühe machte, ihr Einblicke in seine Arbeit zu gewähren, war jedoch die Ausnahme und nicht die Regel. Meistens mußte sie auf ihn verzichten oder stumme Dienerin bei seinen Geschäftsbesprechungen spielen.

Jennine hatte JK im Jahre 1955 geheiratet.

Damals hatte er als Flugzeugingenieur bei Caltech gearbeitet, dem in Pasadena angesiedelten California Institute of Technology.

Die Hochzeit fand in einer katholischen Kirche in der Nähe von Jennines Elternhaus in New Orleans statt. Sie hatte ihre Stelle als Rechtsanwaltsgehilfin in einer großen Kanzlei aufgegeben und war JK tausend Meilen weit gefolgt, um ihm in privater wie beruflicher Hinsicht eine Stütze zu sein. So war das eben üblich im Jahre 1955.

Als Hochzeitsgeschenk spendierten Jennines Eltern ihnen für ein paar Wochen einen Mietwagen. Sie fuhren damit nach Vermont, um den Altweibersommer zu genießen. Immer, wenn es Herbst wurde, dachte sie an diese Flitterwochen zurück.

Nach den Flitterwochen flogen sie in den Westen, und dann fuhr JK mit ihr nach Pasadena, wo er ein kleines Haus gemietet hatte.

Bei der Ankunft warteten schon ein paar von JKs Kollegen auf sie. Zunächst glaubte sie, es handele sich um eine Art Begrüßungsfeier. Doch weit gefehlt; wie sich herausstellte, war im Windkanal von Caltech eine Panne aufgetreten.

Also hatte JK ihr einen Kuß gegeben, sich ins Labor verzogen und sie mit dem ganzen Gepäck in der Einfahrt stehenlassen. Als JK nach Hause kam, wurde es schon dunkel.

Die Flitterwochen in Vermont lagen nun siebenundzwanzig Jahre zurück, und Jennine und JK waren seitdem nicht mehr zusammen in Urlaub gefahren.

Und dieses verdammte Mars-Programm war das schwierigste Projekt, an dem JK bisher gearbeitet hatte. JK war von Haus aus Techniker und auch ein guter Manager – sagte Jennine sich –, wenn er mit relativ kleinen Gruppen arbeitete und ein überschaubares Projekt leitete. Doch nun hatte er einen Auftrag von nationaler Bedeutung, bei dem es sich noch dazu um das wohl komplexeste Bauprojekt aller Zeiten handelte.

Hinter den ohnehin schon komplexen Arbeitsabläufen bei Columbia standen all die Zulieferer, mit denen Columbia zusammenarbeitete: Honeywell (und *nicht* Hughes, wie JK genüßlich bemerkt hatte) arbeitete an der Stabilisierung und Steuerung, Garrett Corporation an der Innenausstattung der Kabine, Rocketdyne, eine Tochtergesellschaft von Rockwell, lieferte die Hauptantriebssysteme, Pratt & Whitney entwickelten die Brennstoffzellen und so weiter.

JK wollte die mannigfaltigen unkoordinierten Änderungen vermeiden, womit Rockwell sich in den Sechzigern bei der Entwicklung von Apollo selbst behindert hatte. Deshalb hatte er einen Kontrollmechanismus implementiert, der eventuelle Änderungen dokumentierte. Und das hatte wiederum zu Konflikten mit den Astronauten – einschließlich Joe Muldoon – geführt, der sich seit den Tagen von Apollo in dieser Hinsicht als federführend betrachtete.

Und so ging das immer weiter.

Einmal zeigte JK ihr ein PERT-Diagramm für die MEM-Entwicklung: ein Projektplan, in dem alle Aufgaben in ihrer logischen Verknüpfung dargestellt waren. Dabei handelte es sich um einen scheinbar banalen, umfangreichen Computerausdruck mit vielen Kästchen und einem Gewirr aus Verbindungslinien.

»Und was machst du damit?«

JK lachte nur und tat so, als ob er den Plan in den Papierkorb werfen wollte. »Nichts! Hab gar nicht die Zeit, ihn durchzulesen!«

Das Projekt glich einem Ungeheuer, und JK versuchte es niederzuringen.

Sie sah, daß die Sache Lee an die Substanz ging. Doch wenn er Entspannung suchte, dann nicht bei ihr. Statt dessen ging er mit Bob Rowen, Jack Morgan oder anderen Kumpels in Newport Beach in irgendeine Kaschemme. Dann kam er in den frühen Morgenstunden stockbesoffen nach Hause und schlief den Rausch aus. Daß er ein Alkoholiker war, glaubte sie aber nicht; das Trinken war nur ein weiterer Beleg dafür, daß JKs Leben nicht in geordneten Bahnen verlief, sondern zwischen Extremen pendelte.

Und am nächsten Morgen – Kater oder nicht – schüttete er zwei Tassen stark gesüßten Kaffees hinunter und setzte sich wieder an den Schreibtisch.

Die Nacht war so still, daß sie sogar die Stimme am anderen Ende der Leitung hörte.

»JK, Sie sollten lieber herkommen«, wisperte Julie Lye mit insektenhafter Stimme. »Ich führe gerade den Drucktest am Sauerstofftank durch. Es ist eine katastrophale Panne aufgetreten. Ich stehe vor der Testgrube. Wir hatten sie mit sieben Tonnen Stickstoff-Tetrachlorkohlenstoff gefüllt. Und nun stecken bloß noch ein paar Titansplitter in den Wänden.«

»In Ordnung. Ich bin gleich da.« JK leierte Instruktionen herunter, während er die Hose suchte. Nun beschrieb Lye ihm den Hergang der Explosion. Es genügte ein Blick auf die Verteilung der Bruchstücke, um die Stärke der Explosion zu bestimmen, die den Tank zerfetzt hatte. Dann wären weitere strukturelle Tests erforderlich, wobei man die Tanks mit Wasser unter Druck setzen würde und nicht mit Stickstoff. Auf diese Art sollte ermittelt werden, ob das Versagen eine mechanische Ursache – zum Beispiel eine defekte Schweißnaht – hatte, oder ob eine chemische Reaktion des Brennstoffs erfolgt war. Anschließend würde Lye sich mit dem Hersteller der Tanks in Verbindung setzen, einem in Indianapolis ansässigen Unternehmensbereich von General Motors. Der Hersteller müßte dann identische Versuche durchführen, um zu ermitteln, ob das Teil durch die Lieferung beschädigt worden war oder ob ein Materialfehler vorlag ...

Er erteilte noch Anweisungen, als er das Schlafzimmer verließ. Dann knallte er den Hörer auf die Gabel und stürmte aus dem Haus, ohne sich von Jennine verabschiedet zu haben.

Sie lag da und versuchte krampfhaft einzuschlafen. Es funktionierte nicht.

Sie hatte das Gefühl, daß etwas in ihr zersprang – als ob sie einer von JKs gottverdammten Brennstofftanks wäre, der unter maximalem Druck stand.

Sie stieg aus dem Bett und ging barfuß ins Bad. Dort hatte sie ein paar Flaschen mit Beruhigungsmitteln deponiert.

Sie warf einen Blick in den Spiegel und sah eine Frau mit hängenden Schultern und ergrauendem, strähnigem Haar. Das Gesicht war von Sorgenfalten zerfurcht.

Sie stopfte die Pillen wie Gummibärchen in sich hinein. Sie hatte den Eindruck, das Bild im Spiegel, das die Pillen in den Mund stopfte, sei jemand anders – vielleicht eine Frau im Fernsehen. Sie fühlte überhaupt nichts.

Schließlich warf sie die leeren Flaschen in den Müll und legte sich wieder ins Bett.

Selbst nach dieser radikalen Maßnahme wollte der Schlaf sich nicht einstellen.

Nach einer Weile griff sie nach dem Telefon und wählte Jack Morgans Privatnummer. Wie durch ein Wunder war er zu Hause und ließ sich nicht in irgendeiner Pinte vollaufen. Sie sagte ihm, was sie getan hatte.

Gegen sechs Uhr morgens stürmte JK ins Haus. Das Haar war zerzaust, die Krawatte fehlte und das Hemd hing über die Hose.

Jack Morgan saß auf dem Bett. Er war nur mit Schlafanzug und Bademantel bekleidet und rubbelte Jennines Glieder. »Wo, zum Teufel, haben Sie gesteckt? Ich habe Sie schon vor einer Stunde angerufen.«

Jk erzählte vom Sauerstofftank, von kontaminiertem Stickstoff-Tetrachlorkohlenstoff und dergleichen, doch Jack schaute ihn nur grimmig an.

JK verstummte bei diesem Blick und versuchte die Regie zu übernehmen. »Haben Sie schon das Krankenhaus verständigt? Der Magen muß ausgepumpt werden.« Das war typisch JK. Erst zu spät kommen und dann alles an sich reißen wollen.

»Der Magen muß nicht ausgepumpt werden«, erwiderte Jack schroff. »Aber sie wird sehr lange schlafen. Und dann muß sie zur weiteren Beobachtung ins Krankenhaus eingeliefert werden.« Mit einem Kopfnicken wies er auf den Nachttisch. »Die Nummer liegt dort.«

JK machte einen unsteten und verwirrten Eindruck. Er setzte sich aufs Bett. Dann nahm er Jennines Hand und massierte, wie Jack es getan hatte, den Unterarm. Er hatte zwar warme Hände, doch sie zitterten, und die Berührung war entweder zu fest oder zu leicht. Sie rang sich ein Lächeln ab, wodurch sein Selbstvertrauen etwas stieg. Die Massage wurde gleichmäßiger.

»Das ist eine verteufelte Sache«, sagte er mit brüchiger Stimme. »Eine verteufelte Sache.«

»Hören Sie zu«, sagte Jack Morgan. »Sie müssen endlich aufwachen, JK. Sie müssen sich mehr um Ihre Familie kümmern. Und um sich selbst auch. Sonst wird Jennine Sie verlassen, und niemand wird ihr deshalb einen Vorwurf machen. Und ich werde sie sogar von hier wegbringen.«

JK war am Boden zerstört. Ihm wurde bewußt, daß er das wirklich nicht hatte kommen sehen.

»Ach so«, sagte er. »Dann war das wohl ein Hilfeschrei, huh.«

Ach, JK. Psychologengeschwätz. Sie schloß die Augen und dachte an das Gesicht im Spiegel, an den stetigen Fluß der Pillen, die sie schluckte. *Entspreche ich wirklich schon diesem Klischee?*

JK massierte ihr für eine Weile stumm den Arm. Und dann laberte er sie mit der Geschichte vom defekten Tank voll. »Erstaunlicherweise explodierten die Tanks nur, wenn sie mit Stickstoff-Tetrachlorkohlenstoff gefüllt waren«, sagte er. »Also wußten wir, daß irgendeine chemische Reaktion ablaufen mußte. Aber die Tanks explodierten nur hier in Newport. Wir haben identische Versuche bei den Herstellern durchgeführt, und dort ist es nicht passiert.

Also mußte es am Stickstoff-Tetrachlorkohlenstoff selbst liegen. Wir verfolgten seine Herkunft zurück. Er stammt von einer großen Raffinerie, die von der Luftwaffe betrieben wird. Nun rate mal, was wir gefunden haben? Der Stoff, mit dem wir in Newport arbeiteten, stammte aus einem späteren Los als der Stoff in Indianapolis. Unser Stoff war reiner. Das Indianapolis-Los war mit winzigen Wasseranteilen verunreinigt. Also haben wir in Newport neue Laborversuche durchgeführt. Wir fanden heraus, daß *zu* reiner Stickstoff-Tetrachlorkohlenstoff – mit einem Reinheitsgrad von über neunundneunzig Prozent – korrosionsfördernd ist! Er greift Titan an! Mit einem Spritzer Wasser, wie beim Indianapolis-Los, läßt das Problem sich aber beheben. Wie dem auch sei, zum Teufel mit dem Zeug. Wir werden wohl auf Sauerstoff-Methan als Treibstoff umsteigen. Der Wirkungsgrad geht in Ordnung, er ist ungiftig, und er ist für Monate im Weltraum lagerfähig, obwohl er nicht einmal hypergolisch ist ...«

Jennine hörte stumm zu. JK hatte noch immer ihren Arm in der Hand. Er hatte sich in die Geschichte hineingesteigert und schwadronierte nun von der technischen Detektivarbeit und dem ganzen anderen Kram. Sie spürte, daß er den Arm nur noch mechanisch rubbelte.

Sie dachte an das gewaltige Projekt, an die Teile des Mars-Raumschiffs, die aus allen Staaten der USA in die Montagehallen in Newport transportiert wurden: Treibstoff- und Sauerstofftanks aus Buffalo und Boulder, Instrumente aus Newark und Cedar Rapids, Ventile aus San Fernando, Elektronik aus Kalamazoo und Lima. Und wahrscheinlich hinterließ jedes einzelne Teil eine unsichtbare Spur aus Alkoholmißbrauch, Herzanfällen und Ehescheidungen.

Sie sagte sich, daß JK wirklich imstande sein müßte, sich in ihre Lage zu versetzen.

Das ist der ultimative Härtetest, JK. *Das ist ein Vernichtungstest. Nichts anderes als ein Vernichtungstest.*

Dienstag, 10. August 1982
Lyndon B. Johnson-Raumfahrtzentrum, Houston

»Sie werden mich also nicht fliegen lassen.«

Joe Muldoon lehnte sich auf dem Bürostuhl zurück, wobei dieser unter seinem Gewicht knarrte. Ein leerer Pappbecher stand auf dem Schreibtisch, der inmitten des hochwertigen Briefpapiers und der ledernen Schreibunterlage deplaziert wirkte. Nun griff er sich den Becher und zerdrückte ihn in einer schnellen Bewegung. »Sie sehen das falsch, Natalie. Deshalb möchte ich es Ihnen auch persönlich erklären, ehe Sie es hintenrum erfahren...«

»Ich weiß das zu schätzen. Aber Sie lassen mich trotzdem nicht fliegen.«

»Sie sind nicht die einzige am JSC, die eine Enttäuschung verkraften muß. Ich habe es Ihnen doch schon gesagt: weil wir die verdammte Saturn VB verloren haben und weil man uns den Etat noch mehr gekürzt hat – verdammt, Natalie, dafür, daß das Land schon seit einem Jahr in der Rezession steckt, kann ich wohl nichts –, müssen wir das Programm straffen. Und wir müssen die Frist für den Marsflug einhalten. Die Besatzung der ersten E-Klasse-Mission wird nun eine Mission fliegen, die wir als D-Plus bezeichnen und in der die Ziele der ursprünglichen D- und E-Klasse-Missionen gebündelt werden. Und ...«

»Also hat die D-Mission, mein Weltraum-Dauertest, sich erledigt. Joe, ich weiß besser über den Mars Bescheid als jeder andere im Astronauten-Büro. Und trotzdem lassen Sie mich nicht fliegen.«

Muldoon riß sich sichtlich zusammen. »Natalie, Sie müssen mir glauben. Das ist nichts Persönliches. Zumal ich glaube, daß es kein großer Verlust für Sie ist. Gerade weil Sie so viel wissen, werden Sie uns hier unten viel mehr nützen, als wenn Sie im niedrigen Erdorbit in einer Blechbüchse rumhängen und zusehen würden, wie der Lack verblaßt. Ich brauche Sie hier, Natalie, mit Ihrer Expertise über den Mars. Damit wir nicht vergessen, weshalb wir überhaupt dorthin fliegen.«

Sie ließ sich das durch den Kopf gehen und versuchte, den Zorn zu unterdrücken. »In Ordnung. Ich habe wohl keine andere Wahl. Aber ich werde weiterhin trainieren, auch im Simulator, und ich werde jede Gelegenheit nutzen, um mehr Flugerfahrung zu sammeln. Und wenn Sie mir nun sagen, ich soll das sein lassen, dann werde ich auf Nimmerwiedersehen durch diese Tür verschwinden; Mars-Experte hin oder her.«

Er hob die Hände. »Genug! Tun Sie, was Sie nicht lassen können.«

Ihre Augen verengten sich zu Schlitzen, als ein neuer Verdacht sie beschlich. »Gleichberechtigung«, sagte sie.

»Hä?« Er wirkte verwirrt.

»Das Gesetz für die Gleichberechtigung von Mann und Frau. Es ist im Juni verabschiedet worden.« Sie spürte, wie eine irrationale Wut in ihr aufstieg. »Das politische Klima hat sich geändert. Ist *das* der Grund, weshalb Sie glauben, auf mir rumhacken zu können?«

»Verdammt, Natalie, damit hat das nichts zu tun!«
Sichtlich ungehalten beugte er sich vor. »Wissen Sie, Ihnen und den anderen Frauen wäre viel mehr gedient, wenn sie nicht ständig mit solchen Neurosen kokettieren würden.«

Sie funkelte ihn an. Muldoon saß in soldatischer Haltung auf dem Stuhl und musterte sie mit einem nachdenklichen Ausdruck in den blauen Augen. Sie erkannte, daß er es wirklich gut mit ihr meinte und daß er von der Richtigkeit seiner Aussagen überzeugt war.

Sie traute sich nicht, noch etwas zu sagen.

Später wollte sie sich in dem schäbigen Apartment, das sie in Timber Cove zur Miete bewohnte, betrinken, was ihr aber nicht gelang.

Ihr Leben ging den Bach runter. Mit vierunddreißig war sie schon ziemlich alt für eine Wissenschaftlerin, die sich mit Feldforschungen befaßte, und ihre akademische Laufbahn war wohl auch nicht mehr zu retten. Das Engagement im Raumfahrtprogramm – die Zeit, die sie in Simulationen und Überlebenstraining investiert hatte –, war zu Lasten der Forschung gegangen, und sie wußte auch, daß sie mit den Veröffentlichungen, deren Qualität und Quantität von Jahr zu Jahr abnahmen, bei einer Rückkehr an die Universität keinen Blumentopf gewinnen würde.

Und wofür hatte sie das alles auf sich genommen? Sie hatte die einzige Chance – so vage sie auch gewesen war – verloren, echte Weltraum-Erfahrung zu sammeln.

Der Mars war weiter entfernt als je zuvor.

Es sah so aus, als ob sie es verbockt hätte, als ob sie in ihrem Leben einen Fehler nach dem andern gemacht hätte.

Mike Conlig war längst Geschichte. Und sie war

noch immer allein, obwohl sie mit diesem Zustand eigentlich zufrieden war.

Doch sie vermißte Ben schrecklich.

Montag, 6. Dezember 1982
Firmensitz von Columbia Aviation, Newport Beach

Der MEM-Simulator in Newport war ein klobiges Gerät, das nur wenig Ähnlichkeit mit dem gefälligen Design des endgültigen Raumschiffs aufwies. Der in einer Ecke der Montagehalle aufgestellte Simulator sah aus wie ein Auto nach einem Crashtest. Er war von Großrechnern flankiert.

Ralph Gershon stieg aus dem Simulator. Er war stinksauer. »Das abgefuckte Teil ist eine Zitrone«, sagte Gershon. »Eine große, dicke Zitrone, JK.«

JK Lee wartete an der Luke auf ihn. Sein rundes Gesicht war sorgenvoll zerfurcht. »Mein Gott. Sprechen Sie mit mir, Ralph.«

»Schauen Sie«, sagte Gershon, »der Simulator soll das echte Gerät abbilden – das ist doch der Witz bei der ganzen Sache. Und dann sieht es gar nicht gut aus, wenn der linke Steuerknüppel *hier* sitzt, wenn er beim echten Gerät dort *drüben* plaziert wäre. JK, konstruktive Änderungen müssen Sie auch beim Simulator berücksichtigen.«

»Teufel, das weiß ich auch, Ralph. Aber was soll ich denn machen? Die MEM-Konstruktion ist dermaßen im Fluß, daß sich immer ein paar hundert Änderungen auf einmal ergeben, und da ist es ausgeschlossen, den Simulator jedesmal auf den neuesten Stand zu bringen...«

»Das ist aber noch nicht alles«, sagte Gershon, streifte die Handschuhe ab und stopfte sie in den Helm. »Das Ding an sich ist Murks. Die Änderungen, die schon eingeflossen sind, sind nämlich nicht aufeinander abgestimmt.« Er sah den gequälten und angespannten Ausdruck in Lees Gesicht und fühlte einen Widerstreit zwischen der Sympathie für den Mann und dem Zorn, der ihn gepackt hatte. »Sehen Sie, JK, ich muß mich in dieser Sache an Cane wenden. Das ist meine Aufgabe, verdammt. Es ist unmöglich, sich mit einem derart schlechten Simulator auf einen Einsatz vorzubereiten, zumal der Simulator selbst in meinen Augen eine große Gefahr für das Projekt darstellt.«

Lee zog ihn vom Simulator weg und zündete sich eine Zigarette an. »Mein Gott, sagen Sie mir doch, was los ist. Die Änderungen sind mein Alptraum, Ralph. Die Änderungen sind noch mein Tod.« Er skizzierte das Bild einer ganzen Industrie, die den Weg zum Mars ebnete. Die gesamte Nation konzentrierte ihre handwerklichen und wissenschaftlichen Anstrengungen auf ein einziges Problem, und hier zeichnete das Ergebnis dieser Anstrengungen sich bereits ab. »Wir betreten in vielerlei Hinsicht Neuland«, sagte Lee. »Da ist es nicht verwunderlich, daß nichts auf Anhieb klappt. Uns flattern jede Woche *tausend* Änderungswünsche aus dem ganzen Land ins Haus. Und bei jeder Änderung muß die Peripherie der jeweiligen Komponente auch geändert werden. Und ich sage Ihnen auch, wer in dieser Hinsicht die Schlimmsten sind.« Er beäugte Gershon. »Ihr Nasen im Astronauten-Büro.«

Gershon lachte. Es überraschte ihn nicht, das zu hören.

Die Astronauten hatten noch immer großen Einfluß, sowohl offiziell als auch inoffiziell. Schließlich riskierten sie ihr Leben. Lee versuchte, sie wie alle anderen in seinen ›Änderungswunsch-Prozeß‹ zu integrieren, damit alles seine Ordnung hatte. Jedoch war er sich auch der Notwendigkeit bewußt, daß diese Gruppe ihm gewogen blieb. Deshalb hatte er auf demselben Gang, wo sein Büro lag, ein ›Separée‹ für die Astronauten eingerichtet. Der Raum verfügte über eine Dusche und ein paar Feldbetten, so daß die Raumfahrer hier ein Refugium hatten und Zuflucht vor der Presse fanden. Und er hatte sie auch schon zu sich nach Hause eingeladen, wo Jennine sie großzügig bewirtete und wo er ihnen Honig ums Maul schmierte und sie förmlich in den Himmel hob. Die Astronauten betrachteten JK Lee fortan als den größten Glücksfall, der dem Raumfahrtprogramm seit der Erfindung des Klettverschlusses beschieden war.

Jedenfalls solange, sagte Gershon sich, bis er ihren nächsten Änderungswunsch ablehnte.

Nun erregte etwas in einem anderen Bereich der Werkstatt Lees Aufmerksamkeit. Er ging zum Maschinenführer einer Sechs-Tonnen-Revolverdrehbank hinüber, der dünne Scheiben von einer komplizierten Aluminiumstruktur abschälte. Das Ding hatte die Ästhetik eines Kunstwerks, und Gershon war in seiner Eigenschaft als Experte für MEM-Systeme nicht in der Lage, das Objekt zu identifizieren oder seine Funktion zu bestimmen. Lee nahm die Konstruktionszeichnung, die dem Werktätigen als Vorlage diente. Dann rief er Gershon zu sich; Lee war erregt, und der offenbar peinlich berührte Maschinenführer vermied es, Gershon in die Augen zu sehen. Gershon tat der Mann leid.

»Sehen Sie sich das an«, sagte Lee und wedelte Gershon mit der Zeichnung vor dem Gesicht herum.

»Was ist denn damit?«

»Unsere Unternehmenspolitik sieht vor, daß Zeichnungen mit über einem Dutzend Änderungen neu gezeichnet werden müssen. Auf dieser Zeichnung erscheinen aber über hundert Änderungen, um Himmels willen. Und es kommt noch besser.« Er nahm die Komponente in die Hand, die der Maschinenführer bearbeitet hatte. »Das Ding hier ist Schrott! Das weiß ich jetzt schon! Ehe es überhaupt fertig ist!« Er warf das Werkstück auf den Boden, wo es scheppernd aufprallte.

Der irritierte Maschinenführer wischte sich die Hände an einem Lappen ab und hielt Ausschau nach dem Vorarbeiter.

Lee stakste verkrampft davon; Gershon klemmte sich den Fliegerhelm unter den Arm und folgte ihm.

Lee wirkte hager, und die Haut war so straff, als ob sie von Drähten unter dem Fleisch gespannt wäre. Seine Haltung war gebeugt. Lee wurde von Nervosität und Adrenalin schier verzehrt.

Gershon hielt sich schon seit geraumer Zeit in Newport auf und verfolgte die Entwicklung des MEM. Er hatte sich den Jungs von den Biowissenschaften als Versuchskaninchen zur Verfügung gestellt, war durch Luken gekrabbelt und Leitern in Sandkästen mit marsrotem Sand hinabgestiegen.

Er hatte viele Stunden in bemalten Sperrholz-Attrappen des Raumschiffs verbracht und sich vorzustellen versucht, daß dies real sei, daß er sich ganz allein in den Weiten des Sonnensystems befand und mit einem Raumschiff auf dem Mars landen wollte. Wie seinerzeit Pete Conrad.

Er wollte zum besten Kenner des MEM avancieren. Bald würde er dieses Ziel erreicht haben.

Er hatte erkannt, daß dieser Ort, die Firma Columbia Aviation, auf Hochtouren lief und von der erbarmungslosen, zerstörerischen Energie von JK Lee angetrieben wurde. Doch unter diesem Druck und in Anbetracht der Komplexität des Projekts hing ständig das Damoklesschwert des Scheiterns über der Firma.

Dennoch rückte Gershon nicht von dem Standpunkt ab, den er schon bei der Aufforderung zur Angebotsabgabe vertreten hatte: daß nämlich die Columbia-Vision des MEM – inspiriert und umgesetzt von JK Lee – am ehesten geeignet war, ein Fluggerät zu bauen, mit dem Menschen in ein paar Jahren zum Mars flogen.

Gershon hatte strenge Maßstäbe an Columbia angelegt. Doch er wollte auch, daß das Projekt ein Erfolg wurde. Er wollte zum Mars fliegen, verdammt, und nicht JK Lees Skalp an die Wand nageln.

Während er noch diesen Gedanken nachhing, stolperte er über einen Draht, der über den Boden gespannt war. Und als er den Blick senkte, sah er noch mehr Drähte, lose Bauteile und verstreute Ausrüstung: Teile des Raumschiffs, die von der Springflut der Spezifikationsänderungen mitgerissen worden waren und nun wie Wrackteile auf dem Boden verstreut lagen.

Montag, 21. Februar 1983
Luftwaffenstützpunkt Ellington, Houston

Gershon ging mit dem Fliegerhelm unter dem Arm um das Trainingsgerät herum. Natalie York begleitete ihn. Ihr Haar wurde von der Brise zerzaust, und die Augen verbargen sich hinter einer Sonnenbrille.

Ralph Gershon konnte nicht an sich halten. »*Das* ist das MLTV? Heilige Scheiße«, sagte er.

Der Astronaut Ted Curval aus Phil Stones Erstbesatzung fungierte heute als ihr Vorgesetzter. »Sie üben heute am Marslandungs-Trainingsgerät Nummer Drei. Hammerhart, was?« sagte er grinsend.

Beim Marslandungs-Trainingsgerät handelte es sich um einen Gitterrohrrahmen auf sechs Landebeinen. In der Mitte sah Gershon eine nach unten gerichtete Düse, um die sich ein paar Treibstofftanks gruppierten. Die Düsen für die Reaktionssteuerung klebten wie metallische Beeren an den vier Ecken des Gitterrohrrahmens. Dann gab es noch zwei große Hilfsraketen, die ebenfalls nach unten gerichtet waren. Das Cockpit enthielt einen teilweise mit Aluminium ummantelten Schleudersitz. Auf eine Seite war mit großen Lettern ein NASA-Logo gepinselt; darüber befand sich eine schwarze, mit einer Schablone gezeichnete ›Drei‹. Das Ding war etwa drei Meter hoch, und die Füße beschrieben einen Kreis mit einem Durchmesser von fast vier Metern. Weil das Gerät nicht verkleidet war, hatte man einen freien Blick auf die Innereien: Düsen, Raketen, Treibstofftanks, Rohrleitungen, Kabelbäume und so weiter. Irgendwie wirkte das Ding obszön, als ob man ihm die Haut abgezogen hätte.

Im Licht der tiefstehenden Morgensonne warf der Vogel einen langen Schatten auf dem weitläufigen Rollfeld.

»Scheiße« betonte Gershon erneut und drehte sich zu Curval um. »Das Teil sieht aus wie ein Gerät aus einem abgefuckten Zirkus.«

»Das brauchen Sie mir nicht zu sagen«, sagte Curval. »Aber von allen Fluggeräten, die wir haben, kommt diese Kiste einem MEM am nächsten. Wenn Sie ein MEM fliegen wollen, mein Junge, müssen Sie lernen, mit diesem Ding klarzukommen.« Curval grinste fröhlich, lachte ihn geradezu aus.

Ted Curval war einer der Alten Köpfe. Er verfügte über das klassische Astronautenprofil: als Marineflieger hatte er angefangen, war später sogar als Ausbilder tätig gewesen und hatte inzwischen viel Weltraumerfahrung gesammelt. Also befand Curval sich im Auswahlverfahren für Ares gegenüber Gershon im Vorteil, zumal er bereits echte MLTV-Einsätze geflogen war. Wogegen Gershon es trotz aller Bemühungen und des Aufenthalts bei Columbia bisher nur in die stationäre Anlage von Langley geschafft hatte, wo ein MEM-ähnliches Modell an Trossen von der Decke hing.

Also gehörte Curval zu Phil Stones Besatzung und

würde demnächst zum Mars fliegen. Und Ralph durfte als Zaungast zusehen.

Aber egal. Mit dem heutigen Tage würde Ralph Gershon seine Referenzen um MLTV-Erfahrung bereichern. Zum Teufel mit Ted Curval und all den anderen arroganten Arschlöchern.

Was Gershon betraf, so war die Sache erst entschieden, wenn der Vogel am 21. April 1985 von der Startrampe abhob.

Gershon stülpte sich den Helm über den Kopf und flankte in den Gitterrohrrahmen des MLTV. Geschmeidig glitt er auf den Sitz. »Toll. Paßt wie angegossen.«

Curval trat vor. »He, Gershon ...«

Gershon schnallte sich gerade an. »Der Sitz ist ein Weber Null-Null, stimmt's?«

»Kommen Sie da runter, Mann. Sie sind unvorbereitet. Sie dürfen nicht ...«

»Und die Düse dort drüben ist ein General Electric CF-700-2V-Turbofan. Kommen Sie schon, Ted, ich kenne mich mit der Ausrüstung aus. Ich bin hergekommen, um das Ding zu fliegen und nicht, um mir Ihr Genöle anzuhören.« Er schaute auf die Steuerkonsole. Sie war mit ein paar Instrumenten bestückt, einem Monitor und zwei Kopfbügelmikrofonen. Wie bei den Simulationen.

Er blinzelte; die Augen schmerzten beim Blick ins grelle Sonnenlicht. Auf der Plexiglas-Windschutzscheibe sah er feine Linien, die dort eingeätzt waren – eine mit Zahlen versehene Strichplatte.

Plötzlich verstärkte der Schmerz sich. »Au.« Er schlug den Arm vors Gesicht. Die Augen juckten unerträglich und tränten obendrein.

»Zuerst«, sagte Curval trocken, »sollten Sie das Visier schließen. Sie werden von Wasserstoffperoxid eingenebelt, das aus den Steuerdüsen austritt. Wissen Sie *wirklich*, was Sie tun, Mann?«

Gershon klappte das Visier herunter und kniff die Augen zusammen. »Es ist mein Hals, den ich mir breche, Ted. Was kümmert Sie das denn?«

»Gut«, sagte Curval schließlich. »Gut, Sie haben gewonnen.«

Curval ging zusammen mit York zum Führungsfahrzeug und kletterte in den Aufbau. Wenig später hörte Gershon Curvals Stimme im Kopfhörer. »In Ordnung, Ralph. Wir bringen das MLTV nun auf fünfzig Fuß Höhe, umkreisen zweimal den Block und fliegen wieder nach Hause. Eine leichte Übung. Damit Sie ein Gefühl für das Gerät bekommen. Und dann erhalten Sie eine Augenspülung. Haben Sie das verstanden?«

»Sicher.«

Gershon aktivierte das Triebwerk, das hinter seinem Rücken aufbrüllte. Staub wurde vom Boden aufgewirbelt und legte sich auf das Helmvisier. Die Steuerdüsen spien Dampf, als ob es sich beim MLTV um eine Dampfmaschine handelte, um das Werk eines viktorianischen Ingenieurs, der seine Phantasie von einem Fluggerät Wirklichkeit hatte werden lassen.

Die Landebahn fiel nach unten weg. Der Steigflug war ebenso kurz wie rasant. Das MLTV hatte Ähnlichkeit mit einem geräuschvollen Aufzug.

»Juhuuu!« jubelte Gershon. »Jetzt geht die Post ab!«

Von den vier Pendants des MLTV Nummer Drei waren während des letzten halben Jahrs zwei Exemplare abgestürzt. Die Piloten hatten sich mit dem Schleudersitz gerettet. Die Absturzursache war bislang ungeklärt. Allerdings waren Senkrechtstarter schon aufgrund ihrer Konzeption instabil, weshalb man wohl eine gewisse Quote an Bruchlandungen einkalkulieren mußte. Die NASA hoffte indes, daß diese Abstürze kein Indikator für Konstruktionsfehler des MEM selbst waren.

Wie dem auch sei, das MLTV mußte einer Flugerprobung unterzogen werden. Allerdings war niemand erpicht, sein Leben dafür zu riskieren, wo der Marsflug sich noch in weiter Ferne befand.

Niemand außer einer Person, die Himmel und Erde in Bewegung setzen würde, um ins Auswahlverfahren zu kommen.

Nachdem Gershon das MLTV auf eine Höhe von knapp zwanzig Metern gebracht hatte, verlangsamte er den Aufstieg.

Das Funktionsprinzip des eigentümlichen Fluggeräts war klar ersichtlich. Es ritt quasi auf dem Abgasstrahl des Triebwerks. Stabilisiert wurde das Gerät durch die vier Peroxid-Steuertriebwerke, wobei die am Rahmen montierten Vernierraketen richtungsabhängig feuerten. Er mußte die Reaktionssteuerung nicht einmal betätigen, um das Fluggerät zu stabilisieren, weil die Raketen nämlich selbsttätig feuerten, mit klackenden Elektromagneten und zischenden Gasstößen.

Er experimentierte mit den Kontrollen. Das MLTV hatte eine Dreihundertsechzig-Grad-Gierkapazität, was bedeutete, daß das Gerät in beiden Richtungen um die Hochachse zu rotieren vermochte. Er jubelte, als die Welt sich um ihn drehte. Außerdem gab es eine Nick- und Rollkontrolle, was dem Gerät eine perfekte Manövrierfähigkeit verlieh. Jedoch wirkte der Schub der Triebwerksdüse nicht senkrecht nach unten, so daß er aufgrund der Abweichung von der Vertikalen Kapriolen über dem Rollfeld schlug...

»He, machen Sie langsam«, schrie Curval ihm ins Ohr.

... und genau so mußte man ein MEM auch fliegen. Doch er mußte aufpassen, nicht zu stark abzukippen, weil das MLTV sonst instabil wurde.

Das Licht der tiefstehenden Sonne blendete ihn. Die

Augen tränten noch immer, wodurch das Ablesen der Instrumente erschwert wurde.

Etwa hundert Fuß über dem Boden kam er zum Stillstand und betrachtete das Führungsfahrzeug.

»Sie sollten lieber runterkommen und eine Augenspülung vornehmen lassen, Ralph«, sagte Curval.

»Wie lange reicht der Treibstoff der Kiste?«

»Vielleicht für sieben Minuten.«

»Und wie lange würde eine Landesequenz dauern?«

»Ralph ...«

»Sagen Sie's mir.«

»Drei, vier Minuten.«

Er sah auf die Uhr; er war erst seit zwei Minuten in der Luft. Noch reichlich Zeit.

Er zog das MLTV senkrecht hoch.

»Ralph, schwingen Sie Ihren Arsch hier runter!«

»Ich werde nur auf eine Art runterkommen, und zwar mit einem angetriebenen Abstieg.«

»Dafür sind Sie nicht ausgebildet.«

»Ich habe über fünfzig Simulationen gemacht. Kommen Sie schon, Mann. Ich weiß, was ich tue. Die Kiste läuft wie ein Uhrwerk. Ich möchte sie reinbringen.«

Curval hörte sich an, als ob er erstickte. »Gottverdammt, Sie Arschloch, wenn Sie das Gerät zerstören, werde ich Sie regreßpflichtig machen.«

Gershon grinste nur. »Sicher.« Was konnte Curval schon tun? – Nichts, solange Gershon hier oben war und Curval dort unten festsaß.

Gershon stieg auf dreihundert Fuß. »Ist das hoch genug, um den Abstieg einzuleiten?«

Er hörte, wie Curval nach Luft schnappte. »Suchen Sie den Knopf für die automatische Steuerungssequenz.«

Gershon fand den Knopf und drückte ihn. Der Schub wurde zurückgenommen, und das MLTV kippte ab. Dann brüllte das Triebwerk erneut auf, und das Übungsgerät stabilisierte sich wieder.

»In Ordnung«, sagte Curval. »Folgendes: das Geheimnis des MLTV besteht darin, daß es *zwei* unabhängige Antriebssysteme hat. Die Turbofan-Düse drosselt nun den Schub, um zwei Drittel Ihres Gewichts zu neutralisieren. Wenn alle Systeme ausfallen würden, würden Sie nicht einmal mit einem Drittel Ge fallen – wie auf dem Mars. Haben Sie das verstanden? Die Düse wirkt der Schwerkraft entgegen, um die Verhältnisse auf dem Mars zu simulieren.«

»Sicher.«

»Aber Sie fallen eben nicht, weil die beiden Wasserstoff-Peroxid-Hubraketen unter Ihrem Arsch gerade gefeuert haben, um Sie oben zu halten. Und mit Hilfe dieser Hubraketen, die das Landesystem des MEM emulieren, müssen Sie die Landung durchführen. Sie landen, indem Sie den Schub der Raketen drosseln. Sie gehen sozusagen auf dem eigenen Abgasstrahl runter.«

»In Ordnung.«

»Sie haben noch zwei Kontrollen, Ralph. Die Lageregelung zur Rechten und die Schubregelung zur Linken. Möchten Sie die beiden mal ausprobieren?«

»Sicher.«

Die Kontrollen kannte Gershon noch von den Simulationen. Die Lageregelung erfolgte mittels einer Rasterschaltung; beim Betätigen des Schalters feuerten die Bremsraketen, und das MLTV neigte sich in Schritten von jeweils einem Grad. Die Schubregelung bestand aus einem Kippschalter; wenn Gershon ihn umlegte, feuerten die Auftriebsraketen und verliehen dem MLTV eine Delta-vau von dreißig Zentimetern pro Sekunde.

Nach dem Übergang vom antriebslosen in den angetriebenen Flug verschlechterten die Flugeigenschaften des MTLV sich merklich; Gershon hatte den Eindruck, das Gerät steckte in einer viskosen Suppe. Wegen der effektiven Schwerkraft von einem drittel Ge mußte er den Vogel dreimal so steil runterziehen wie zuvor, um eine Bahnänderung vorzunehmen. Wenn er einmal in Bewegung war, ließ er das Trägheitsmoment wirken, bis er die nächste Bahnänderung vornahm. Das MLTV reagierte träge auf die Steuerbefehle. Er mußte sich das jeweils einfachste Flugmanöver schon im voraus überlegen.

Dieser Flug – das Balancieren auf einer Rakete – war schwieriger als erwartet, und auch schwieriger als alle Lagen, mit denen er bisher in den Simulationen konfrontiert worden war. Er mußte erkennen, daß die ganze fliegerische Routine, die er mühsam erworben hatte, in diesem Fall nutzlos war.

»In Ordnung, Junge. Sie haben einen Computer an Bord, auf dem nun ein PGNS-Programm abläuft«, verkündete Curval. Bei diesem PGNS-Programm handelte es sich um ein Lenkungs- und Navigations-Softwarepaket. »Als Simulator-Experte sind Sie gewiß befähigt, mit Hilfe des Computers zu landen. Sie müssen nur die Koordinaten eingeben und die Raketen feuern lassen.«

»Ich weiß Bescheid. Kommen Sie schon, Ted. Mir geht der Sprit aus. Lassen Sie mich das Ding runterbringen.«

»Gut. Zuerst peilen Sie durch die Windschutzscheibe einen Landeplatz an. Dann erscheint eine Zahl auf dem Bildschirm…«

Gershon schaute nach draußen und sah in einer Entfernung von vielleicht zwölfhundert Metern eine fette ›Drei‹ auf dem Rollfeld. Er hielt es für angemessen, mit dem MLTV Nummer Drei mitten in dieser Markierung zu landen.

Mit der Lage- und Bahnregelung richtete er das MLTV auf, bis die Markierung auf der Strichplatte, mit der er das Ziel aufgefaßt hatte, mit der Zahl auf dem

Computermonitor übereinstimmte. »Achtunddreißig«, meldete er Curval.

Das MLTV schwebte auf das Ziel ein. Das PGNS-Programm berechnete nun eine Flugbahn, die ihn zur ›Drei‹ brachte beziehungsweise in eine Position direkt über ihr.

»Ich bin zwar kein Mathematiker«, sagte Curval, »aber die Grundlagen sollten Sie schon kennen, Ralph, um die Logik dieses Vorgangs zu verstehen.«

»Na schön.«

»Das PGNS basiert im Grunde auf dem gleichen System wie die alte Mondfähre. Zur Ausrüstung des MLTV gehören auch ein Computer und ein Radar, mit dem Sie den angetriebenen Abstieg bewerkstelligen. Der Computer ermittelt nun Ihre *gegenwärtige* Position und Geschwindigkeit sowie den *Ziel*-Vektor – der dicht über dem Boden endet – und bestimmt eine schöne Kurve zwischen beiden Punkten, der Sie dann folgen. Alle paar Sekunden aktualisiert der Computer die Daten und berechnet eine neue Kurve. Wenn Sie dann die Strichplatte mit den Zahlen abgleichen, die auf dem Monitor ausgegeben werden, erscheint der berechnete Landepunkt direkt hinter der Markierung.«

»Ich habe verstanden.« Er glitt über das Rollfeld.

»Wollen Sie einen anderen Landepunkt wählen, betätigen Sie einfach die Lage- und Bahnregelung und richten das Fenster neu aus. Das PGNS führt dann eine Neuberechnung durch. Sie können die Lage- und Bahnregelung auch sperren und in den Gleitflug gehen. Und die Sinkgeschwindigkeit ändern Sie, indem Sie...«

»Ich weiß Bescheid, Ted. Ich...«

Nun schaltete Natalie York sich ein. »Ralph. Hier ist Natalie. Ich glaube, Sie sollten hochziehen.«

»Hä? Wieso denn?«

»Sie kommen zu schnell rein. Und zu niedrig.«

Er überflog die spärlichen Instrumente, ohne daß ihm irgendwelche Unregelmäßigkeiten aufgefallen wären. Es stimmte wohl, daß er schnell und niedrig reinkam, doch das war Absicht; er wußte nämlich, daß Curvals Gebabbel ihn viel Zeit gekostet hatte, und der Treibstoff wurde knapp. »Was ist Ihr Problem, York?«

»Ich befürchte, Sie überlasten das PGNS.«

»Kommen Sie schon. Hier oben läuft alles wie geschmiert.«

»So einfach ist es leider nicht, Ralph«, wandte sie ein und hielt ihm einen Vortrag über optimale Polynome, Kurven höherer Ordnung und anderen Kram, der Gershon zum einen Ohr rein und zum anderen wieder raus ging.

Er hörte gar nicht mehr hin.

Er schwebte über dem Rollfeld ein. Das PGNS arbeitete einwandfrei, und er mußte die Steuerung kaum betätigen. Plötzlich überkam ihn das Gefühl, etwas Großes geleistet zu haben. Er hatte einen Erfolg zu verbuchen. *Dazu bin ich also auch in der Lage, Ma. Ich habe eine weitere Sprosse auf der beschissenen Leiter zum Mars erklommen.*

Er überließ die Landung der Automatik. Er hatte Curval gezeigt, was für ein toller Hecht er war und wollte seine Geduld nicht überstrapazieren. Vielleicht gelang es ihm, Curval zu überreden, das MTLV aufzutanken und ihn wieder hochzuschicken. Beim nächstenmal würde er versuchen, den Landeplatz ein paarmal zu ändern.

Diese große alte ›Drei‹ füllte das Blickfeld aus, wobei sie aus seiner Perspektive spiegelverkehrt erschien. Sie wirkte leicht verschwommen durch den Staub, den die Raketen und Düsen aufwirbelten.

Nun kippte das MLTV nach hinten, um die Geschwindigkeit aufzuzehren. Er überprüfte die Zahlen;

die Daten auf dem Bildschirm änderten sich synchron mit der Peilung auf der Plexiglasscheibe.

Das MLTV sackte durch, als die Hilfsdüsen plötzlich den Schub drosselten.

Das war vielleicht doch etwas heftig.

York quatschte ihm noch immer die Ohren voll, wobei sie ihn beim Nachdenken störte. Er verfolgte die Flugbahn und versuchte, sich den Landepunkt bildlich vorzustellen.

Sie hatte recht – irgend etwas stimmte nicht. Er ging zu schnell runter.

Es verstrichen wieder ein paar Sekunden, während er auf eine Einflüsterung des Instinkts hoffte. Ja: die Flugbahn beschrieb eine enge Kurve, die den Boden vielleicht hundert Meter vor der ›Drei‹ tangieren würde.

Was nun? Vielleicht funktionierte das PGNS nicht exakt, oder vielleicht mußten diese verdammten Strichplatten am Fenster neu kalibriert werden. Wenn er noch in der Luft zum Stillstand kam, das Ziel aber verfehlte, würde er es eben mit der abgefuckten Ausrüstung begründen...

Nur daß er nicht zum Stillstand kam. Die Hubraketen setzten aus, und er stürzte dem Boden entgegen.

York und Curval riefen etwas.

Er sah, wie der Boden förmlich unter ihm explodierte und eine hohe Auflösung mit einer unerfreulichen Detailfülle erlangte, wobei Schmutz, Staub und Unebenheiten im Beton das Licht der Morgensonne reflektierten.

Er drückte auf den Knopf, um die Automatik auszuschalten.

Er vergeudete erst gar keine Zeit mit dem Versuch, die Lage des MLTV zu korrigieren; statt dessen gab er Schub auf die Turbofan-Düse und zog das Fluggerät hoch. Er fühlte den Druck der Beschleunigung;

knackige zwei Ge, die ihn davor bewahrten, den Beton zu küssen.

Er ging auf eine Höhe von vielleicht hundert Fuß. Dann drosselte er den Turbofan und legte eine weiche Landung hin.

York rannte auf das MLTV zu.

Techniker in weißen Schutzanzügen umringten das Gerät. Ralph Gershon war inzwischen ausgestiegen. Das Haar war vom Helm plattgedrückt worden, und das Gesicht war verschwitzt. Die Augen waren gerötet, was sie auf die Dosis Peroxid zurückführte, die er abbekommen hatte.

»Gershon, Sie Arschloch«, begrüßte Curval ihn. »Ich sagte Ihnen doch, wenn Sie das Gerät zerstören...« Curval baute sich vor Gershon auf. Die schaufelartigen Hände hatte er zu Fäusten geballt. Er schickte sich an, Gershon durchzukauen und auszuspucken.

In gewisser Weise war sein Zorn berechtigt, sagte York sich; wenn Gershon, dieser Tausendsassa, sich umgebracht oder ein eminent wichtiges Gerät wie das MLTV zerstört hätte, wäre das ein schwerer Rückschlag für das gesamte Programm gewesen. Also gelangte York zu dem Schluß, daß Gershon einen Anschiß brauchte und hörte sich das für ein paar Minuten an.

Dann trat sie vor und schob sich zwischen die beiden Männer. »Eigentlich«, sagte sie, »war es gar nicht Ralphs Schuld.«

Nun wandte der noch immer wütende Curval sich ihr zu.

»Es lag am Landeprogramm. Ich glaube, es ist mit einem Virus verseucht, Ralph. Es hätte Sie beinahe umgebracht.« Sie drehte sich zu Curval um. »Das beweisen wir, indem wir Ralphs Flugbahn ein paarmal in den Simulationen ablaufen lassen.«

»Was, zum Teufel, verstehen Sie denn vom Programmieren?« fragte Curval.

Sie seufzte. »Teuflisch wenig. Aber ich bin doch die verklemmte Streberin; erinnern Sie sich? Das ist zwar nicht mein Fachgebiet, aber in Mathematik bin ich so bewandert, daß ich die Funktionsweise von Routinen wie dem PGNS kenne.

Sehen Sie.« Mit den Händen imitierte sie den Abstieg des MLTV. »Das PGNS versucht, zu jedem Zeitpunkt und unter Berücksichtigung der Geschwindigkeit eine ideale Kurve zwischen der momentanen Position und dem Ziel zu ermitteln. Zauberei ist das nicht. Nur Mathematik. Und die unterliegt nun mal Beschränkungen.

Die Kurven, die das Programm verwendet, sind Polynome. Kurven mit Schnörkeln. Je höher die Ordnung des Polynoms, desto verschnörkelter die Kurve. Die Anzahl der Kurven ist endlich; als ob man aus einer bestimmten Anzahl von Kurven eine Art Kennfeld zusammenstellen wollte. Je komplizierter die Daten sind, mit denen man das Programm füttert, desto verschnörkelter wird die Kurve, die aus den Datenpunkten resultiert. Soweit klar?«

»Und wieso ist das so schlimm?« fragte Gershon, wobei er sich dümmer stellte, als er war. »Und wieso muß ich darüber Bescheid wissen?«

Sie mußte an sich halten. »*Weil das Programm nicht weiß, wo der Boden ist*. Es ist schließlich kein menschlicher Pilot, Ralph, sondern ziemlich dumm. Die Leistung des PGNS beschränkt sich darauf, zwei Punkte im Raum durch eine Kurve zu verbinden. Wie die Kurve aussieht, interessiert das Programm nicht. Und wenn der Verlauf der Kurve Sie zufällig *unter* die Erde befördert und dann wieder an die Oberfläche...«

Curval stieß einen Pfiff aus. »Weil Ralph also tief und schnell flog...«

»... war das PGNS nur in der Lage, Polynome höherer Ordnung zu berechnen. Eine Kurve mit lauter Schnörkeln.«

»Hubschrauber-Erfahrung«, murmelte Gershon.

Dieser Gedankensprung verwirrte York. »Huh?«

»Hubschrauber-Erfahrung. Das ist ein schöner Vogel und leicht zu fliegen. Aber die Routine, die man als Pilot eines Flugzeugs erworben hat, nützt einem dabei überhaupt nichts.« Offensichtlich hatte er ihr nicht zugehört. Oder vielleicht hatte er sich aus ihren Ausführungen auch nur das herausgepickt, was er noch nicht wußte und hatte dann schon den nächsten Schritt auf dem Weg zum Mars gemacht. »Wenn das MEM solche Flugeigenschaften hat, befinden Leute mit Hubschrauber-Erfahrung sich im Vorteil. Das steht mal fest.«

»Und Sie verfügen wohl über derartige Erfahrung?«

»Nein. Aber das wird sich bald ändern.«

Er klemmte sich den Helm unter den Arm und stapfte über das Rollfeld zum MLTV zurück. Der kleine Mann strahlte eine unerschütterliche Entschlossenheit aus.

Curval kratzte sich am Hinterkopf. »Was für ein Tag. Was für ein Arschloch.«

Schon möglich, sagte York sich. *Aber auf mich wirkt er wie ein Arschloch, das schon bald zum Mars fliegen wird.*

November 1983
Newport Beach

Als er das flache Feldsteingebäude betrat, das den Managern von Columbia als Büro diente, spürte Gershon sofort die gespannte Atmosphäre.

Das Abnahmezeugnis war ein Meilenstein in der Entwicklung eines Raumschiffs, der Moment, wo das Schiff offiziell die Vertragsbedingungen erfüllte und

Eigentum der Regierung der Vereinigten Staaten wurde. Und weil Raumschiff 009 das erste für eine bemannte Mission konzipierte MEM war – für den D1-Flug, wo das Schiff die Raumtüchtigkeit unter Beweis stellen sollte –, stand Columbia Aviation unter einem enormen Erwartungsdruck.

Ein Dutzend hochrangiger NASA-Vertreter und etliche Leitende Angestellte von Columbia waren an dem Projekt beteiligt: Chaushui Xu, Bob Rowen, Julie Lye und andere. Leute, mit denen Gershon sich vertraut machen mußte.

Doch der Abnahmetest verzögerte sich.

JK Lee, der heute als Konferenzleiter fungieren sollte, war noch nicht am Arbeitsplatz erschienen. Dem Vernehmen nach hatte er sich schon seit Freitag nachmittag nicht mehr blicken lassen. Und nun war Montag morgen, und jeder wußte, daß Lee normalerweise auch am Wochenende arbeitete. Gershon war leicht beunruhigt. Das sah Lee überhaupt nicht ähnlich.

Gershon zapfte an einem der allgegenwärtigen Automaten einen Becher Kaffee und zog eine Tüte Erdnüsse.

Es war noch kein einziger Probeflug erfolgt, und das MEM-Programm krankte jetzt schon an Verzögerungen, Pannen und Budgetüberschreitungen. Columbia geriet ins Kreuzfeuer der Kritik: von der NASA, vom Kongress und von Zulieferern.

Gershon wußte, daß Joe Muldoon so unzufrieden mit der in seinen Augen laschen Durchführung des Projekts war, daß er eine ›Tiger-Team‹-Revision angeordnet hatte. Diese Technik hatte die NASA bei der Luftwaffe abgekupfert. Das von Phil Stone angeführte ›Tiger-Team‹ hatte ungehinderten Zutritt zum Werksgelände von Columbia und war befugt, die gesamte Ablauforganisation zu kontrollieren. Gershon wußte, daß das ›Tiger-Team‹ auch heute hier war, trotz des Abnahmetests. Der Abschlußbericht stand kurz vor der Fertigstellung. Dies und der Abnahmetest erfolgten zusätzlich zur regulären Qualitätssicherung. Zu diesem Zweck weilten vierhundert NASA-Mitarbeiter in Newport und schauten der Belegschaft von Columbia über die Schulter. Das verstärkte den Druck auf JK Lee und seine Leute, die ohnehin schon aus dem letzten Loch pfiffen.

Endlich erschien JK Lee, mit schlampig gebundener Krawatte und einem Stapel Unterlagen unter dem Arm. Gershon hatte den Eindruck, daß sein linker Arm steif war. Lee legte die Unterlagen auf das Rednerpult an der Stirnseite des Raums und begrüßte zunächst ein paar der NASA-Vertreter.

Dann trat er ans Pult und bat um Aufmerksamkeit.

»Wir beschäftigen uns heute mit der Abnahmeprüfung für Raumschiff 009«, sagte er. »Es geht um die Herstellung der Einsatzbereitschaft, die Checkout-Prozeduren und die Triebwerkskopplungs-Prozeduren in Cape Canaveral. Wir sollten vermeiden, uns in Konstruktionsänderungen zu verzetteln; wir behandeln den spezifischen Checkout *dieses* Raumschiffs in seiner aktuellen Konfiguration.«

Er schaute in die Runde. »Ich möchte auch nicht, daß auf dieser Sitzung olle Kamellen durchgekaut werden. Wir wissen sehr wohl, daß das Schiff nur langsame Fortschritte macht. Das will ich auch gar nicht beschönigen. Wir haben noch nicht einmal die Versuchsreihen abgeschlossen, so daß der Abnahmetest im Grunde nur vorläufig ist. Aber ich arbeite daran...«

Darob wurden Unmutsäußerungen laut, doch niemand stellte Lee persönlich zur Rede.

Gershon nahm die umfangreichen Unterlagen zur Hand.

Unter Lees Leitung arbeiteten die Anwesenden die Mängel-Liste ab. Die meisten Probleme waren geringfügig und schon in früheren Sitzungen diskutiert worden. Lee versuchte, die einzelnen Punkte schnell abzuhandeln, wobei er Diskussionen erst gar nicht zuließ und dafür sorgte, daß die Gruppe ihre Energie in die Erstellung eines Maßnahmenkatalogs für jedes Problem investierte.

Dennoch war die Liste so umfangreich, daß Gershon sich auf einen langen Tag einstellte; und vielleicht würden sie es heute gar nicht mehr schaffen.

Lee war heute gut in Form, sagte Gershon sich. Er war zwar überdreht, hakte die Punkte auf der Tagesordnung aber zügig ab. Erregte irgend etwas den Unmut der Anwesenden, entschärfte er die Situation mit einem Scherz. Er schuf eine entspannte Atmosphäre, die ein konstruktives Arbeiten ermöglichte.

Trotzdem schien Lee Probleme mit dem linken Arm zu haben. Er rieb sich ständig am Ellbogen, und es fiel ihm auch schwer, für längere Zeit zu stehen.

Zum Mittagessen war ein Buffet angerichtet. Gershon lud sich einen Teller voll und schlang das Essen hinunter. Dann lud Lee ihn zu einer Werksbesichtigung ein. Gershon folgte der Einladung. Zum jetzigen Zeitpunkt wäre es politisch klüger gewesen, wenn Lee sich bei den hohen Tieren von der NASA eingeschmeichelt hätte. Gershon hatte Columbia über die Jahre auch kritisch betrachtet. Doch hatte Lee offenbar nicht den Gefallen vergessen, den Gershon ihm erwiesen hatte, indem er ihn bei der Aufforderung zur Angebotsabgabe für das MEM bevorzugt behandelte.

Sie betraten den sogenannten Reinraum. Hier wurden die vier Testgeräte unter antiseptischen Bedingungen montiert. Lee und Gershon mußten sich in eine Liste eintragen und weiße Kittel sowie Plastikhauben und -überschuhe anziehen. Der Vorarbeiter ersuchte sie, den markierten Pfaden zu folgen und sich doch bitte vom Raumschiff fernzuhalten.

Der weißgetünchte, in hellem Licht erstrahlende Raum erstreckte sich in alle Richtungen. Das Personal arbeitete an großen Geräten. Die Besucher vernahmen leises Murmeln, metallisches Klirren und surrende Maschinen. Große Winden und Kräne hingen vom verstärkten Dach, bereit zur Aufnahme schwerer Lasten.

Der Reinraum erinnerte Gershon eher an das Atelier eines Bildhauers als an eine Fabrik; die Arbeitsabläufe wirkten keineswegs routiniert. Weil vom MEM nur eine Kleinserie produziert wurde, erweckte die Werkshalle eher den Eindruck eines Experimentallabors.

Und inmitten dieser Szenerie nahmen vier konische Körper Gestalt an, als ob sie sich aus einer superkonzentrierten Lösung herauskristallisierten. In Gershons Augen sahen die silbrigen, von Düsen und Fenstern durchbrochenen Körper aus wie religiöse Artefakte, wie aufgereihte Pyramiden.

Dies hier war die Manifestation von Lees Leistung, sagte Gershon sich. Inmitten des Management-Chaos – und laufender Änderungen, unbequemer Kunden, konstruktiver Probleme und Budgetüberschreitungen – schlüpfte JK Lee in die Rolle eines Zauberers und schuf in einer Werkshalle in Newport Beach vier Mars-Raumschiffe.

Jeder dieser Kegel verkörperte eine Botschaft: *Dies ist ein bemanntes Raumschiff. Der KVP^3 – der Kontinuierliche Verbesserungsprozeß in der dritten Dimension – wird ihre sichere Rückkehr gewährleisten.*

Lee grinste. »Das habe ich bei einem Automobilhersteller geklaut«, sagte er und rieb sich erneut den Arm. Er wirkte abgespannt und müde, und es gebrach ihm an der Energie und Vitalität, die Gershon sonst immer bei ihm wahrgenommen hatte. Vielleicht sog der Abnahmetest ihm die ganze Energie aus dem Körper.

Sie verhielten vor einem der glänzenden Raumschiffe. »Raumschiff 009«, sagte Lee. »Das Objekt des heutigen Abnahmetests und das erste MEM, das eine Besatzung tragen wird. Toll, nicht?«

Das neun Meter hohe MEM türmte sich wie ein Metallzelt vor Gershon auf. In der schimmernden, hitzebeständigen Hülle klafften noch viele Lücken, und er sah die Subsysteme im Innern – als ob es sich um ein Schnittmodell gehandelt hätte.

Er betrachtete den Aufbau des Schiffs. Entlang der Achse des MEM verlief die schlanke Röhre der Aufstiegsstufe – ein Raumschiff im Raumschiff –, mit der eckigen Kabine an der Spitze. An der Grundfläche des MEM saß der massive Halb-Torus, der als Wohnmodul während des Aufenthalts auf dem Mars diente. Von dort schlängelte der Zugangstunnel sich zur Aufstiegsstufe an der Spitze der Stufenrakete. Und dem Wohnmodul gegenüber waren die Treibstoff- und Oxidatortanks montiert, die gleichzeitig als Gegengewicht fungierten: große Kugeln für die Landestufe und kompakte Zylinder für die Aufstiegsstufe, die wie Beeren einer asymmetrischen Traube gruppiert waren.

Eine Laufbühne auf Rädern stand neben dem MEM. Von der Bühne führten Stege ins Innere des MEM, und Gershon sah Arbeiter in weißen Overalls, die bäuchlings an Kabelbäumen, Schalttafeln und Rohrleitungen arbeiteten. Sie wirkten wie Würmer, die in der leuchtenden Maschine herumkrochen.

Gershon ging in die Hocke, um einen Blick ins Innere des Wohnmoduls zu werfen. Er sah die großen Schränke, in denen die Mars-Schutzanzüge und die EVA-Ausrüstung verstaut werden würden. Die lindgrünen Wände des Wohnmoduls waren mit vierundzwanzig Schalttafeln und fünfhundert Schaltern besetzt. Überall waren Warnlampen plaziert. Da und dort quollen Drähte aus einer Schalttafel, doch ein paar der Schalttafeln und Lampen waren bereits funktionsfähig. Das glühende Licht zauberte Reflexe auf die Experimentiertische und die wissenschaftliche Ausrüstung.

Gershon wäre in der Lage gewesen, den Aufbau des Schiffs mit verbundenen Augen zu skizzieren. Nachdem er so viele Jahre bei Columbia und so viele Stunden in verschiedenen Simulatoren zugebracht hatte, kannte er die Position jedes verdammten Schalters. Er durfte mit Fug und Recht sagen, die Hälfte der Schalttafeln, die er von seinem Standort aus sah, selbst konstruiert zu haben.

Es roch nach Kabeln, Schmierstoffen, Ozon und Metall. Obwohl das MEM noch unvollendet war, wirkte es jetzt schon unvergleichlich lebendiger als jeder Simulator. Es war wie das Cockpit eines fabrikneuen Flugzeugs.

Und es war *behaglich*. Ein solches Versteck hätte Gershon sich als Kind gewünscht, eine Kombination aus Werkstatt, Funkstation und Clubhaus.

Es würde ihm nichts ausmachen, hier für einen Monat auf dem Mars auszuharren, sagte er sich; nicht im geringsten.

Sofern er überhaupt die Gelegenheit dazu bekam.

Die Anwesenden gerieten in Wallung, und Gershon straffte sich, um die Ursache hierfür zu ermitteln.

Jack Morgan kam mit einem Dokument in der Hand auf Lee und Gershon zu. »JK! Haben Sie das schon gesehen?«

Gershon identifizierte das Dokument als Zusammenfassung des vorläufigen Berichts, den Phil Stones ›Tiger-Team‹ über das MEM-Programm verfaßt hatte.

Es handelte sich um eine Fotokopie mit dem Vermerk ›Vertraulich‹; Gershon vermutete, daß ein Sympathisant innerhalb der NASA Columbia diesen Bericht zugespielt hatte.

Lee überflog den Inhalt. »Mein Gott«, sagte er. »Mein Gott.«

Jack Morgan stand daneben, wobei er die Hände rhythmisch zu Fäusten ballte.

Gershon hatte den Eindruck, daß Lee zitterte. Er rieb sich ständig den linken Arm, als ob er an Schmerzen litte. »Hört euch das an. ›Der Fortschritt und die Perspektiven des Programms überzeugen mich nicht... Ich vermag auch keinerlei Anzeichen für eine zukünftige Leistungssteigerung zu erkennen...‹ *Blöder Schwanzlutscher!* ›Meine Leute und ich haben jegliches Vertrauen in die Kompetenz von Columbia Aviation als Organisation verloren... Ich hege starke Zweifel an Columbias Absicht und Entschlossenheit, den Auftrag ordnungsgemäß auszuführen...‹«

Jack Morgans Zorn schien sich durch die Beobachtung von Lee zu verflüchtigen. »JK, was haben Sie denn mit Ihrem Arm?«

Lee fuchtelte mit beiden Armen herum. »Vergessen Sie meinen Arm! Hören Sie zu: ›Meines Erachtens sollte die NASA drastische Maßnahmen in Betracht ziehen, einschließlich der Möglichkeit, den Auftrag anderweitig zu vergeben...‹.«

Morgan runzelte die Stirn und faßte Lee am rechten Ellbogen. »Hören Sie *mir* zu, Arschloch. Sie kommen jetzt mit in mein Büro.«

Lee wollte sich losreißen, doch Morgan ließ nicht locker und bedeutete Gershon mit einem Kopfnicken, den anderen Arm zu ergreifen.

Zögernd nahm Gershon Lees knochigen Ellbogen.

Dann bugsierten Morgan und Gershon JK Lee aus dem Reinraum hinaus, vorbei an den glotzenden Technikern. Die drei hatten noch immer die Schutzkleidung an.

Lee fuchtelte mit dem Bericht herum und brüllte wie ein alttestamentarischer Prophet: »›Es ist mir nicht zuzumuten, weiterhin mit einem Auftragnehmer zusammenzuarbeiten, der die Regierung bei einem Multi-Milliarden-Dollar-Projekt von nationaler Bedeutung in die Bredouille bringt…‹ Zum Teufel mit dir, Mr. Phil abgefuckter Stone!«

Nachdem sie Morgans Büro betreten hatten, baute dieser ein tragbares EKG auf.

Lee beäugte das Gerät. »Was soll das?«

»Krempeln Sie die Ärmel hoch, JK.«

»Mein Herz ist in Ordnung.« Lee ließ sich auf Hände und Füße nieder und machte zu Gershons Erstaunen Liegestütze. »Sehen Sie!« rief Lee und schaute zu Morgan hoch, wobei er sich fast den Hals verrenkte. »Wenn ich eine Herzattacke hätte, wäre ich schon tot.«

Jack ignorierte Lees Sprüche. Er bückte sich, packte Lee beim Schlafittchen und stellte ihn wieder hin. Dann drückte er Lee auf einen Stuhl und befestigte die EKG-Elektroden.

Lee hielt noch immer den Stone-Bericht in der Hand. »Seht euch das an! Er hat sogar eine Liste von Leuten erstellt, die gefeuert werden sollten! Sie und ich sind auch dabei, Jack! – Schwanzlutscher!«

Morgan betrachtete die EKG-Kurve und schaute dann Lee an. »Sie müssen ins Krankenhaus.«

»Hühnerkacke«, pöbelte Lee. »Ich stecke mitten in einem abgefuckten Abnahmetest.« Er stand auf und wollte zur Tür hinaus.

Morgan verstellte ihm einfach den Weg und nickte Gershon zu. »Rufen Sie Mr. Cane an«, trug er ihm auf. »Sagen Sie ihm, er müsse mit Lee reden.« Dann drehte er sich um und schrie einen Assistenten an, er solle die Sanitäter holen.

Ohne sich über die möglichen Folgen seines Handelns im klaren zu sein, griff Gershon zum Telefon.

Lee zitierte weiter aus dem Bericht: »Schaut euch einmal diesen Scheiß an. Versäumte Fristen. Verspätet eingereichte Zeichnungen. Budgetüberschreitungen. Ja, ja. Aber begreifen die denn nicht, wie *komplex* diese Sache ist? Oder welches Chaos ihre Leute hier verursachen, wenn sie wieder mal auf einer *Änderung* bestehen? Es bringt überhaupt nichts, sich nur die Papiere anzusehen, sondern man muß einen Blick auf die verdammte *Hardware* werfen. Sicher, wir liegen im Zeitplan zurück. Aber das ist doch ein Witz.« Er schaute Morgan flehentlich an. »Es ist eine Hexenjagd, Jack. Genau das ist es. Eine abgefuckte Hexenjagd.«

Gershon hielt Lee den Hörer hin. »Art Cane möchte Sie sprechen.«

Art Cane befahl ihm, das Werksgelände zu verlassen.

Zwei Sanitäter rannten den Gang entlang. Sie hatten einen Rollstuhl dabei.

JK Lee schaute sich verwirrt um. Er trug noch immer die Überschuhe und die Plastikhaube aus dem Reinraum.

Die Sanitäter ignorierten seinen schwachen Protest, setzten ihn in den Rollstuhl und transportierten ihn eilends ab.

Mit zitternden Händen zündete Morgan sich eine Zigarette an.

Gershon merkte, daß er selbst auch zitterte. »Mein Gott«, sagte er zu Morgan. »Das habe ich nicht gewußt.«

Morgan nahm die Plastikhaube ab. »Wirklich? Teufel, JK ist nicht der einzige, der bei diesem verfluchten Programm fast draufgegangen wäre. Haben Sie noch nicht davon gehört? Es wird als das Ares-Syndrom bezeichnet.«

Es war doch ein Herzanfall gewesen; es erwischte Lee, kurz nachdem die Sanitäter ihn ins Krankenhaus gebracht hatten.

Als Lee nach ein paar Tagen wieder zu sich kam, ließ er sich zuerst ein abhörsicheres Telefon ins Zimmer stellen. Dann rief er in der Firma an.

Er stach in ein Wespennest.

Die endgültige Version von Phil Stones ›Tiger-Team‹-Bericht war – sofern eine Steigerung überhaupt möglich war – noch vernichtender als die Version, die ihnen im Sommer zugespielt worden war. Und es kursierten wilde Gerüchte in der Presse, wonach die NASA einen anderen Auftragnehmer für das MEM suchen wollte.

Schließlich war der Punkt erreicht, wo die Spekulationen ihrerseits Spekulationen zu gebären schienen – Lee hatte sogar schon Artikel *über* die Anzahl der Artikel gesehen, die zu den MEM-Problemen erschienen waren. Lee hatte den Eindruck, daß seine Leute mehr Zeit mit der Auswertung des Pressemülls sowie der Gerüchte in der NASA und in der Firma selbst verbrachten als mit dem Raumschiffbau.

Was Lee betraf, so war das alles nur heiße Luft; die NASA war nämlich gar nicht in der Lage, Columbia fallenzulassen, wenn sie an der für 1986 geplanten Landung auf dem Mars festhalten wollte.

Dennoch mußte Columbia irgendwie reagieren.

Art Cane setzte in Lees Abwesenheit eine weitere interne Revision an.

In den folgenden Tagen analysierte ein hochkarätiges Team das gesamte Programm und befragte Hunderte von Leuten. Die ganze Sache war vertraulich; die benutzten Räume wurden sogar auf Wanzen untersucht. Diese Maßnahmen sollte die Belegschaft eigentlich beruhigen, doch Lee war sicher, daß sie den Leuten höllisch Angst machen würde.

Zumal die ersten Ergebnisse *dieser* Revision keinen Deut günstiger ausfielen als Stones Schlußfolgerungen.

Der zur Hilflosigkeit verurteilte Lee kochte vor Wut. *Es gibt überhaupt nichts auszusetzen an dem gottverdammten Programm. Sie nehmen meine Firma ohne jeden Grund auseinander. Das ist wirklich eine Hexenjagd.*

Und das alles geschah, ohne daß Lee die Möglichkeit zum Eingreifen gehabt hätte. Seine Leute sorgten sich um ihre eigene Position und um Lees Zukunft.

Also rief Lee Jack Morgan an und sagte ihm, er wolle aus dem Krankenhaus entlassen werden.

Damit war Morgan natürlich nicht einverstanden. Lee lag gerade einmal zwei Wochen im Krankenhaus.

Morgan besuchte ihn dort und brachte auch gleich Jennine mit, damit sie ihn zum Bleiben überredete.

»JK, du wirst noch für mindestens zwei Wochen hierbleiben müssen, vielleicht sogar für einen Monat.«

Lee war wütend. Der Zorn über den Verrat seines Körpers schien wie Stickstoff-Tetrachlorkohlenstoff durch die Adern zu rinnen. Die flüchtige Substanz zerfraß ihn förmlich. Er stieg aus dem Bett und machte Liegestützen. »Seht ihr?« keuchte er. »Um Himmels willen, was ist nur los mit euch? Seht ihr denn nicht…«

Jennine schrie auf. Sie preßte die Hände auf die Wangen, so daß das Gesicht nur noch ein schmales, feuchtes Band war.

»Hör auf. *Hör auf*, JK!«

Sie schlossen einen Kompromiß. Drei Wochen nach dem Herzanfall wurde er entlassen.

Bestandteil der Abmachung war, daß er noch für mindestens zwei Wochen zu Hause blieb und auch dort nur arbeitete, wenn es unbedingt sein mußte.

Er versuchte fernzusehen. Es lief ein deprimierender Streifen namens *Der Tag danach*, der von einem Atomangriff auf Lawrence, Kansas, handelte. Jeder empfahl ihm, sich den Film anzusehen.

Nach einer Stunde feuerte er die Fernbedienung in die Ecke. Jason Robards mochte er eh nicht leiden.

Nach zwei Tagen hielt er die Isolation nicht mehr aus und holte den Thunderbird aus der Garage.

Jennine versuchte erst gar nicht, ihn aufzuhalten. Sie sah nur zu, wie er aus dem Haus ging. Er vermied es, ihr ins Gesicht zu sehen. Bei dem verletzten Ausdruck in ihren Augen bekam er Gewissensbisse.

In der Firma herrschte Chaos. Es war noch schlimmer, als er erwartet hatte. Die NASA-Leute tummelten sich noch immer auf dem Werksgelände, und Art Cane sprang im Dreieck; er war überzeugt davon, den MEM-Kontrakt zu verlieren.

Also versuchte Lee, wieder die Regie zu übernehmen.

Zuerst warf er alle Außenstehenden raus – die NASA-Leute und den Rest –, deren Anwesenheit er als nicht zwingend erforderlich für den Fortschritt des MEM erachtete. Dafür brauchte er gerade einen Tag. Die NASA-Größen waren damit natürlich nicht einverstanden, aber er warf sie trotzdem raus.

Dennoch grämte er sich ein wenig, weil Art Cane diese Maßnahme nur verhalten unterstützte.

Dann verbrachte er ein paar Tage mit der Durchsicht der beiden Revisionsberichte und strich die Passagen, welche politisch motiviert beziehungsweise irrelevant waren, von Ahnungslosigkeit kündeten oder einfach nur *dumm* waren, rot an. Am Schluß war fast der ganze Text rot eingefärbt.

Die Revisoren – sowohl die internen als auch die externen – hatten sich darauf gestürzt, was er als ›leichte Beute‹ bezeichnete: Fristversäumnisse, theoretische und praktische Probleme. Für Lee waren Zeitpläne schön und gut – es waren eben Prognosen, die von der

Führung verlangt wurden und um deren Realisierung man sich auch bemühte –, doch Tatsache war, daß Columbia die Hälfte der Zeit nicht wußte, was man hier überhaupt baute, welche Schlußfolgerungen aus den aktuellen Testergebnissen zu ziehen waren oder welche Änderungen die Konstruktionsgruppen in Marshall, Houston oder sonstwo sich wieder einfallen ließen. Bei einem Programm wie dem MEM war es im Grunde unmöglich, sich an einen Zeitplan zu halten. Lee war sicher, daß die Verzögerungen gewiß nichts mit der *Kompetenz* seiner Leute zu tun hatten; sie waren eher ein Maßstab für die inhärente Komplexität der Arbeit, die sie hier zu bewältigen versuchten.

Columbia baute ein *Raumschiff*, um Himmels willen; man mußte nur durch den Reinraum gehen und sich die vier im Werden begriffenen Versuchsgeräte anschauen, um zu wissen, daß Lee trotz des Rauschens im Blätterwald auf Erfolgskurs war.

Nach ein paar Tagen ging er zu Art Cane und knallte ihm die zwei dicken Revisions-Berichte auf den Schreibtisch. Jeder Absatz war von Lee redigiert worden. Entweder hatte er die Textstellen unter Verwendung von Korrekturzeichen ergänzt oder als irrelevanten Scheiß markiert, wobei er die jeweiligen Passagen einfach durchgestrichen hatte.

Mit skeptischer Miene blätterte Cane die Wälzer durch. Doch er akzeptierte Lees Vorlage und sagte ihm, er solle die Kommentare zu den Berichten noch einmal formell abfassen.

Als nächstes versammelte Lee alle Werksangehörigen, die am MEM-Programm beteiligt waren – inzwischen fast tausend Leute – in der alten Kantine. Der Raum diente noch immer als Konferenzraum, und die Wände waren mit Netzplänen und anderen Grafiken tapeziert. Lee vergrößerte ein Foto des ersten MEM – Raumschiff 099 –, so stark, daß es die Wand hinter ihm ausfüllte. Die große silberne Pyramide machte sich gut als ›Wandgemälde‹. Lee stellte sich vor seinen Leuten auf einen Tisch, stemmte die Hände in die Hüften und ließ den Blick über das Meer aus gramvollen Gesichtern schweifen.

»Ich weiß, daß ihr eine schwere Zeit durchmacht, Leute. Ein paar Besserwisser behaupten, bei uns wüßte die rechte Hand nicht, was die linke tut. Wir haben gewiß Fehler gemacht. Doch nun beheben wir sie. Und tief im Innern weiß ich – und ihr wißt es auch –, daß wir auf dem richtigen Weg sind. Und ich weiß auch, daß mit dem Raumschiff alles in Ordnung ist. Wenn die NASA im April fliegen will...« – das Zieldatum für die D1-Mission, dem ersten bemannten Flug –, »dann werden wir bereit sein.

Ich möchte, daß Sie alles andere vergessen und nur auf diesen ersten Flug hinarbeiten. Wir werden uns auf dieses eine Raumschiff konzentrieren und es zum Fliegen bringen. Wenn dieser Flug nämlich ein Erfolg wird, glaubt mir, dann läuft auch der Rest des Programms wie geschmiert. Das geht dann ruckzuck.

Und noch eins.« Er schaute in die Runde. Die Gesichter der Leute wirkten durch die gleichmäßige Ausrichtung zu ihm irgendwie jünger, und er verspürte plötzlich einen starken Beschützerinstinkt. »Noch eins. Ich weiß, daß ich mir keine besseren Mitarbeiter wünschen könnte. Und nun laßt uns wieder an die Arbeit gehen und Geschichte schreiben.«

Das war Routine für Lee, die Variation einer Ansprache, wie er sie schon bei vielen Projekten gehalten hatte, um seine Mitarbeiter zu motivieren. Bei der B-70 hatten die Leute ihm sogar zugejubelt.

Doch diesmal jubelte niemand; die Leute nickten nur mit dem Kopf. Und als er fertig war, machten sie einfach kehrt und gingen wieder an die Arbeit.

Er kletterte von dem wackligen Tisch herunter,

wobei Jack Morgan ihm Hilfestellung gab. Er hatte ein flaues Gefühl im Magen. Er fühlte sich isoliert und irgendwie verwundbar.

Vielleicht war es wieder das Herz.

Zum Teufel damit! Er stützte sich leicht auf Jack Morgan und unternahm eine Werksinspektion. Er wies auf Probleme hin, raunzte Techniker an und machte den Gruppenleitern Feuer unter dem Hintern.

Dienstag, 8. November 1983
Lyndon B. Johnson-Raumfahrtzentrum, Houston

Joe Muldoon war kein glücklicher Mann.

Er hatte eine Entscheidung zu treffen, und heute war der Tag, wo er sie treffen mußte.

Er hatte die Namen der dreiköpfigen Ares-Besatzung – des Kommandanten, des Missions-Spezialisten und des Piloten des Mars-Exkursions-Moduls – auf einen Zettel geschrieben, der vor ihm auf dem Schreibtisch lag.

CDR: Stone. MSP: Bleeker. MMP: Curval.

Ares sollte in weniger als achtzehn Monaten starten, und die NASA stand vor dem Problem, eine Besatzung auszuwählen. Die Öffentlichkeit war noch nicht informiert, und die NASA gab diesen Druck nun an Joe Muldoon weiter, der schließlich für die Auswahl der Besatzung zuständig war.

Im wissenschaftlichen Lager regte man sich darüber auf, daß alle drei Astronauten, die als Erstbesatzung für den Mars-Flug vorgesehen waren, aus den Reihen des Militärs stammten. Adam Bleeker, der in den von York geleiteten Geologiekursen gute Leistungen erbrachte und dem von allen Seiten Intelligenz, Kompetenz und Erfahrung als Astronaut bescheinigt wurde, war in den Augen der Eierköpfe dennoch eine Fehlbesetzung als Missions-Spezialist. Die Akademie der Wissenschaften und das Geologische Institut der USA betonten immer wieder, daß die NASA mit Natalie York über eine exzellent qualifizierte Mars-Expertin verfügte, aber einfach nicht bereit sei, sie bei der Mission zu berücksichtigen. Und die anderen Wissenschaftler im Astronauten-Korps, die Geochemiker, Geophysiker und Biowissenschaftler, waren auch übergangen worden.

Es war genau das gleiche wie bei Apollo, sagten sie.

York hatte gezeigt, daß sie auch unter Druck gute Arbeit leistete – zum Beispiel als Capcom bei Apollo-N –, und sie hatte eine eindrucksvolle Bilanz im Simulator vorzuweisen. Sie wäre für den Flug wohl geeignet.

Muldoon wußte, daß er der wissenschaftlichen Lobby den Wind aus den Segeln nehmen würde, wenn er York zur Missions-Spezialistin ernannte. Zumal, so sagte er sich, eine Ernennung von York auch den günstigen Nebeneffekt hätte, ein paar andere Interessengruppen ruhigzustellen – die Minderheitenvertreter –, die sich schon die ganze Zeit darüber beschweren, daß die NASA angeblich nur Männer weißer Hautfarbe ins All schickte.

Also aktualisierte er die Namensliste unter diesen Gesichtspunkten:

CDR: Stone. MSP: York. MMP: Curval.

Doch York war eine Anfängerin.

Er erinnerte sich, was York beim Vorstellungsgespräch gesagt hatte. *Wir müssen einen Wissenschaftler zum Mars schicken. Aber ein toter Wissenschaftler auf dem Mars würde uns nicht viel nützen.* Es handelte sich hier nicht um eine lustige Landpartie, sondern um eine langfristige Weltraum-Mission mit dem Einsatz ebenso komplexer wie störanfälliger Technik.

Wenn er sich vor Augen führte, was sie hier überhaupt taten, kam die Sache ihm manchmal richtig irreal vor. Sie wollten drei Menschen in einem labberigen Ensemble aus Blechbüchsen auf eine fündundsechzig Millionen Kilometer weite Reise schicken. Und dann hegten sie auch noch die Hoffnung, daß die Erzeugnisse des Maschinenbaus, die in Lees Klitsche in der Provinz zusammengeschraubt wurden und die Erfahrung, die man binnen einer Generation mit Flügen in der Erdatmosphäre gesammelt hatte, hinreichend seien, um der Besatzung eine sichere Landung auf der Oberfläche eines fremden Planeten zu ermöglichen.

Die Größe – die Kühnheit – des Projekts war schier überwältigend. Dabei war *er* immerhin schon auf dem Mond spazierengegangen.

Vielleicht gingen sie wirklich zu weit – und zu schnell, wie viele Leute sagten...

Er tat das mit einem Achselzucken ab. Wie dem auch sei, sie würden zum Mars fliegen.

Was Muldoon betraf, so war es besser, einen Menschen auf den Mars zu schicken, als wissenschaftliche Forschungen mit ungewissen Resultaten zu betreiben. Von seinem Standpunkt aus wurden die Erfolgsaussichten dadurch maximiert, indem er seine drei besten Flieger hochschickte: Leute, die den extremsten körperlichen Belastungen, die der Heimatplanet zu bieten hatte, gewachsen waren. War nur zu hoffen, daß das auch für den Mars reichte...

Obwohl er durchaus von York beeindruckt war, hatte er dennoch Bedenken. *Diese Intensität.* Beim Eintritt in die NASA hatte sie einen Groll gegen die ganze Welt gehegt, und soweit er es zu beurteilen vermochte, war dieser Groll in der Zwischenzeit nur noch stärker geworden. *Dieses gottverdammte Zusammenziehen der Augenbrauen.* Sie würde ihre Kameraden binnen eines Monats in den Wahnsinn treiben.

York war einfach noch nicht soweit. Es war eine Schande.

Er strich die Liste durch.

Zumal es auch gar nicht die Besetzung des MSP war, die ihm im Moment die größten Sorgen bereitete, sondern der MMP.

Er hörte von den Missions-Controllern und anderen viel Schlechtes über Ted Curvals Leistungen.

Curval war einer der besten Testpiloten, mit denen Muldoon bisher zusammengearbeitet hatte. Und Phil Stone, sein Kommandant, verhielt sich ihm gegenüber äußerst loyal. Doch es haperte an Curvals Einstellung.

Curval war unglaublich arrogant. Er betrachtete seine Ernennung als selbstverständlich und schien die Ansicht zu vertreten, es genüge, die Leute mit seiner Anwesenheit zu beglücken, während des Trainings Faxen zu machen und dann ins MEM zu steigen, wenn es soweit war. Null Problemo. So entsprachen zum Beispiel die Leistungen im Simulator nicht den Erwartungen der Simulationsleiter.

Muldoon hatte Stone schon darauf angesprochen; er war der Ansicht, daß es Stone als Kommandanten der Besatzung oblag, Curval zur Raison zu bringen.

Jeder wußte, wie schwierig es war, die Beherrschung eines Systems zu erlernen, das um Größenordnungen komplexer war als alle Raumschiffe, die bisher geflogen waren. Das enthob Curval aber nicht der Verpflichtung, sich zusammenzunehmen. Nur daß Curval keinerlei Anzeichen der Besserung zeigte, ganz zu schweigen von der Einsicht in die Notwendigkeit einer solchen Besserung.

Insgeheim verglich Muldoon Curval mit einem anderen guten Piloten: Ralph Gershon.

Muldoon beobachtete Gershon schon seit einer Weile. Der Mann übernahm bereitwillig jeden Auftrag, der ihm erteilt wurde. Muldoon hatte Gershons Leistungen im Simulator verfolgt und vernommen – ironischerweise von Ted Curval selbst –, mit welcher Entschlossenheit Gershon versucht hatte, ans Marslandungs-Trainingsgerät heranzukommen und daß er das Gerät nun virtuos beherrschte. Darüber hinaus hatte er viel Zeit in Newport Beach verbracht und sich an der langwierigen Entwicklung des MEM beteiligt.

Gershon brachte sich allmählich selbst in eine Position, wo er sich automatisch als MEM-Pilot qualifizierte.

Dessen war er sich wohl bewußt – wahrscheinlich arbeitete er sogar darauf hin –, doch ein Fehler war das nicht. Damit bewies Gershon nämlich, daß er das System durchschaut hatte und sich an die Spielregeln hielt.

Der Kontrast zum selbstgefälligen Curval war augenfällig. Muldoon schätzte Gershons Potential als Pilot zwar nicht ganz so hoch ein wie das von Curval, doch Curval zeigte keinerlei Anzeichen, daß er sich des Potentials überhaupt bewußt war, das er besaß.

Zumal die Ernennung von Gershon auch eine andere Fraktion der Minderheiten-Lobby ruhigstellen würde. Amerikas erster Schwarzer im Weltall... Andererseits war Muldoon nicht bereit, sich bei seiner Entscheidung von solchen Erwägungen leiten zu lassen. Wenn der Eindruck aufkam, daß Gershon unverdient bevorzugt wurde – wenn er bei dieser Mission Leuten vorgezogen wurde, die besser qualifiziert waren –, dann würden Muldoon sofort hundert Kündigungen auf den Schreibtisch flattern. Und Muldoon würde sie bündeln, seine eigene Kündigung obendrauf legen und Josephson zusenden. In dieser Hinsicht würde er keine Kompromisse eingehen.

Was ihm viel mehr Sorgen bereitete, war der Umstand, daß Gershon als Astronaut ein Anfänger war. Und dann stellte sich natürlich auch die Frage nach

Gershons Belastbarkeit – was auch ein Grund dafür war, weshalb er trotz der langen Zugehörigkeit zur NASA noch immer nur dem ›Bodenpersonal‹ angehörte.

Gershon war in Vietnam gewesen.

Das war ein anderer Krieg gewesen als die Waffengänge, von denen die Alten sangen. Gershon war ein Einzelgänger, ein Junggeselle, der vielen Kollegen zu wild und exzentrisch war – vor allem den älteren Semestern, die auf ihre Weise erzkonservativ waren.

Das stempelte Gershon zum Risikofaktor. Letztlich kam es jedoch darauf an, daß Gershon das MEM wahrscheinlich noch in Situationen landete, wo viele Piloten entweder abbrechen oder sogar eine Bruchlandung verursachen würden.

Und wenn Muldoon ihn für die anstehende D1-Mission einteilte und ihm erlaubte, das MEM im Erdorbit einer Flugerprobung zu unterziehen, würde er seine Fähigkeiten vielleicht unter Beweis stellen und den Makel des Anfängers verlieren.

Muldoon notierte drei Namen.

CDR: Stone. MSP: Bleeker. MMP: Gershon.

Das sah gar nicht so schlecht aus. Die Besatzung bestand nach wie vor aus lauter Piloten – und zwar Kampfpiloten. Gershon wies brillante Züge auf, die Curval abgingen und die vielleicht zwischen Erfolg und Mißerfolg entschieden, wenn die Mission auf dem fünfundsechzig Millionen Kilometer entfernten Mars auf des Messers Schneide stand. Außerdem wußte Muldoon, daß er sich darauf verlassen konnte, daß Gershon – im Gegensatz zu Curval – jede Arbeit übernehmen würde, die im Rahmen der Mission anfiel, einschließlich der Drecksarbeit. Wie der Geologie.

Zumal Stone und Bleeker, beides ruhige und nervenstarke Vertreter, Gershon gewiß stabilisieren würden.

Also Gershon.

Damit würde er die quengelnden Wissenschaftler bestimmt nicht besänftigen, doch über deren Kritik mußte er erhaben sein. Bleeker war ein guter Mann, und er hatte keinerlei Veranlassung, ihn fallenzulassen.

Obendrein zog er ins Kalkül, daß mit der Ernennung des Anfängers Gershon Natalie York endgültig aus dem Rennen war; vor allem, wenn Gershon bei der D1-Mission Erfahrung sammelte. Ein Anfänger beziehungsweise Novize in der Besatzung war schon genug; zwei waren seiner Ansicht nach geradezu lachhaft.

Er griff zum Telefon und beauftragte Mabel, ihn mit Stone, Bleeker, Gershon und Curval zu verbinden.

Er fragte sich, ob er York auch anrufen solle. Dann gelangte er zu dem Schluß, das sei nicht erforderlich.

Donnerstag, 12. Juli 1984
Cheney-Palouse Scabland, Macall,
Bundesstaat Washington

Es war noch nicht einmal zehn Uhr, und die Sonne brannte schon auf Phil Stones Kopf und Rücken. Er spürte, wie der Schweiß sich unter dem Kragen und der leichten Fliegerhaube sammelte und das Hemd unter dem schweren Tornister tränkte.

Er hatte den Eindruck, daß der Boden nur aus schwarzem Fels bestand, und die Hitze, die der wolkenlose Himmel wie ein Hochofen abstrahlte, traf ihn mit voller Wucht. Im Umkreis von Meilen gab es nichts außer Felsen, spärlichem Gras und Geröll.

In einem Plastikbeutel, der an Stones Gürtel baumelte, befanden sich Luftbildaufnahmen des Gebiets und ein paar topographische Karten des Geologischen Instituts der USA. Nun entfaltete er eine Karte und ließ den Blick schweifen. Er versuchte, die Landmarken, die er sah, auf den Fotos und Karten wiederzufinden. Die Fotos waren retuschiert worden, so daß die Auflösung der Qualität der Aufnahmen entsprach, die Mariner vom Mars gemacht hatte.

Die Landschaft war einmalig. Sie wirkte wie das Werk eines Bildhauers und bestand aus Hügeln und Canyons, von denen ein paar direkt in den Fels gefräst waren. So etwas hatte er noch nie gesehen.

»Ich weiß nicht, wo wir sind«, gestand er. »Es ist verdammt schwierig. Vom Boden aus wirkt die Gegend ganz anders.«

Adam Bleeker, der neben Stone ging und ebenfalls mit Helm, Tornister und Mars-Stiefeln bepackt war, blieb stehen. Bleeker zog einen zweirädrigen Karren mit der Bezeichnung MET*. Bleeker beugte sich nach vorn und stützte die Hände auf die Knie. Sein blondes Haar schien im Sonnenlicht zu lodern. »Ich habe eine Vorstellung, wo wir sind«, sagte Bleeker müde.

»Was?«

»Etwa anderthalb Kilometer östlich von der Bahnlinie. Ich habe gerade das Pfeifen einer Lokomotive gehört.«

Natalie Yorks Stimme ertönte im Kopfhörer. »Wiederholen Sie bitte, EVA** Zwei; ich habe nicht verstanden.« York spielte Capcom im vergleichsweise komfortablen Zelt.

Bleeker richtete sich auf. Er schaute Stone kurz in die Augen und formte mit den Lippen einen lästerlichen Fluch.

»Roger, Natalie«, sagte Stone. »Auf der Marsober-

---

* MET = Modular Equipment Transporter: Modularer Ausrüstungs-Transporter
** EVA = ExtraVehicular Activities: Aufenthalt/Tätigkeit außerhalb des Fahrzeugs

fläche braucht man eine gute Kondition. Wir haben einen hohen Flüssigkeitsbedarf.«

»Dann trinkt was, ihr Babies.«

Bleeker fluchte stumm, doch Stone bedeutete ihm, damit aufzuhören. »Sie hat recht, verdammt noch mal. Komm weiter.« Er griff hinter den Kopf, wo zwei kurze Plastikschläuche aus dem Tornister ragten. Er führte einen Schlauch zum Mund und sog daran; schaler Tang floß über die Zunge.

Bleeker saugte auch Wasser aus seinem Tornister, machte eine Mundspülung und spie die Brühe dann auf den felsigen Boden. Es zischte; das Wasser verlief und verdunstete schnell.

»Probier mal den Tang«, sagte Stone.

»Bei Tang muß ich ständig furzen.«

»Ja, aber du mußt das Kalium ersetzen, das du durchs Schwitzen verlierst. Ist gut fürs Herz ...«

»Seid ihr beiden Helden in der Lage, weiterzumachen?«

»Ach, halt die Klappe, York«, sagte Stone.

Sie strafften sich und marschierten weiter.

Dann kamen sie an ein breites, langgezogenes Bett aus Geröll und Lehm. Der felsige Untergrund stach wie schwarze Knochen durch die Lehmdecke. »Wir sind auf etwas gestoßen, das wie Löß aussieht, Natalie«, sagte Stone. »Ablagerungen in einem Flußbett.« Er merkte, daß er keuchte und sah, daß Bleeker, der sich mit dem schweren MET abmühte, so stark schwitzte, daß sein T-Shirt schon durchnäßt war. »Ich glaube, wir sollten ein SEP* aufstellen.«

»Roger, EVA Eins.«

Ich geb dir gleich ›Roger‹. Im Zelt sitzen und Wissenschaftler spielen war viel angenehmer, als sich über

---

* SEP = Surface Experimental Package: Oberflächen-Experimental-Paket

dieses vulkanische Schlachtfeld zu schleppen. Zumal diese Übung noch schlimmer war als der wirkliche Einsatz: der Mars-Anzug hätte nämlich eine *Klimaanlage*.

»Adam, bilde mal die Vorhut. Geh in dieser Richtung, den Löß hinauf.«

»In Ordnung.« Bleeker stellte das MET ab, schulterte den Tornister und stapfte mit den blauen Mars-Stiefeln durch den Löß.

Stone kramte ein Paar Handschuhe aus dem MET. Die aus schwerem Gewebe bestehenden und mit Draht verstärkten Textilien sollten die Druckhandschuhe simulieren, die sie auf dem Mars würden tragen müssen. Nachdem er die Handschuhe übergestreift hatte, holte er das SEP aus dem Karren. Das SEP – eine Kollektion wissenschaftlicher Instrumente – hatte die Form einer Hantel und auch das entsprechende Gewicht. Es sollte ihnen ein Gefühl für das Gewicht vermitteln, welches das Originalteil in der Mars-Schwerkraft hatte.

Bleeker hatte inzwischen etwa dreißig Meter zurückgelegt. »Hierher«, rief er. »Hier kommt man besser voran.«

Stone ging in seine Richtung. »Also, Natalie, ich baue nun das SEP auf.«

»Rog.«

Es war anstrengend, mit den steifen Handschuhen die Hantel am Griff zu packen und sie vom Körper wegzuhalten. Nach vielleicht zehn Metern blieb er stehen und setzte das SEP ab.

»Das ist doch nur Sperrholz, Phil«, sagte Bleeker und lachte.

»Verdammt noch mal«, schrie Stone, »mußtest du so weit gehen?«

»Das weißt du doch.«

Bleeker hatte natürlich recht; auf dem Mars würden

sie sich mit den SEPs so weit vom MEM beziehungsweise vom Marsrover entfernen müssen, bis sie sicher waren, daß der von den Fahrzeugen aufgewirbelte Staub die Geräte nicht mehr beeinträchtigte.

Er streifte die Handschuhe ab und schleuderte sie in die ungefähre Richtung des MET, ohne sich zu vergewissern, wo sie gelandet waren.

Bleeker stieß einen Pfiff aus. »Meinst du, das war korrekt, Skipper?«

»Melde mich doch.«

Er schaffte die SEP-Attrappe zu Bleeker und setzte sie ab. Gemeinsam bauten sie die Instrumente auf.

Die Montage des SEP glich dem Aufbau eines Grills. *Lösen Sie die Schrauben. Nehmen Sie die Kartons aus den Styropor-Verpackungen. Stampfen Sie die Erde fest* – was im Kiesbett gar nicht so einfach war – *und stellen Sie die Instrumente auf. Achten Sie darauf, daß die Instrumente in die richtige Richtung weisen und daß sie den richtigen Abstand haben. Und sehen Sie zu, daß Sie sie nicht verschmutzen – gottverdammt!*

Das fertige SEP glich einem Stern mit vielen Zacken. Die Stromversorgung für das Radioisotop stand in der Mitte, und die Instrumente waren im Kreis darum angeordnet. Sie waren durch dünne orangefarbene Kabel miteinander verbunden. Das Seismometer war diese silbrige Farbdose. Ein stummelartiger meteorologischer Sensor ragte in die Luft – das SEP würde den Astronauten während des Aufenthalts auf dem Mars auch als Wetterstation dienen, und diese spinnenartige Skulptur mit einer Blattgoldauflage war ein Magnetometer. An der Vorderseite der Baugruppe waren zwei stereoskopische Kameras montiert. Gekrönt wurde das ganze Ding von einer filigranen S-Band-Antenne, die auf eine imaginäre Erde gerichtet war.

Die SEPs würden an mehreren Punkten aufgebaut werden, während die Astronauten die Traversen vervollständigten. Die SEPs würden noch Daten übertragen, lange nachdem Stone und seine Besatzung zur Erde zurückgekehrt waren. Sie wären eine Art Denkmal für die Mission. Und wo Stone nun auf die aus Sperrholz und Pappkarton bestehende Attrappe des SEP hinabschaute, war er stolz auf seine Leistung. Er hatte das Gefühl, einen Auftrag erfolgreich ausgeführt zu haben.

»In Ordnung, Natalie, das SEP ist installiert«, sagte er. »Was nun?«

»Rog. Gemäß der Checkliste müßte einer von euch nun das CELSS aufbauen und der andere Proben nehmen.«

»Ist es noch nicht Zeit zum Mittagessen?« fragte Bleeker mit kläglicher Stimme.

Stone lachte. »Ich tue dir einen Gefallen, Adam. Du baust das CELSS* auf, und ich sammle die gottverdammten Proben.«

Sie trotteten zum MET zurück, und Stone saugte noch ein wenig von dem faden Tang aus dem Tornister.

Ich würde viel lieber die Olympiade gucken und mir ein paar kühle Bierchen reinziehen, sagte er sich. Doch dazu hatte er keine Zeit. Er hatte den Eindruck, daß er seit dem Eintritt in die NASA überhaupt keine Freizeit mehr gehabt hatte.

Stone half Bleeker dabei, den Bausatz des CELSS-Modells aus dem MET zu wuchten. Das CELSS war ein kleines aufblasbares Treibhaus. Verpackt hatte es die Form einer Scheibe. Stone und Bleeker legten die Scheibe auf den Boden, und Bleeker pumpte das Treibhaus mit einem Blasebalg auf. Bald hatte die Scheibe sich zu einer über einen Meter hohen Kuppel aufgebläht.

---

* CELSS = Controlled Enviroment Life Support System: Umweltüberwachungs- und Lebenserhaltungssystem

Dabei geriet Bleeker noch mehr ins Schwitzen. »Mein Gott, Phil, es ist eine Knochenarbeit, die verdammte Pumpe mit diesen Stiefeln zu betätigen.«

»Möchtest du vielleicht ein paar Steine einsammeln?«

»Nein, nein«, sagte Bleeker. »Dann bleibe ich lieber im Gemüsegarten.«

Er holte einen Aluminiumspaten aus dem MET und kratzte lustlos auf dem Boden herum. Später würde er einen kleinen Bewässerungsapparat in der Kuppel aufstellen und Setzlinge pflanzen – Sojabohnen und Kartoffeln. Das Konzept war, daß die Pflanzen durch die luftdurchlässige Hülle des Treibhauses die kohlendioxidreiche Mars-Luft aufnahmen und die Kunststoff-Kuppel einen Großteil der Sonnenwärme speicherte. Die – wenn auch spärlichen – Ergebnisse der sowjetischen Sonden besagten, daß im Marsboden außer Phosphor und Wasser alles enthalten war, was die Pflanzen zum Gedeihen brauchten. Also würde Bleeker den Boden mit einem entsprechenden Nährstoffzusatz anreichern.

Bei diesem CELSS handelte es sich nur um ein Experiment; der Anbau von Gemüse war bei der ersten Expedition nicht vorgesehen. Es sollte nur der Nachweis erbracht werden, daß Pflanzen überhaupt auf dem Mars gediehen, wobei diese Erkenntnisse dann als Grundlage für zukünftige Missionen dienen würden – und sogar für die erste ständige Kolonie, die allerdings noch in den Sternen stand.

Außerdem würde Ares ein Langfrist-Experiment mit der Bezeichnung ISPP* mitführen. Die Besatzung würde Geräte aufstellen, die Sauerstoff aus verdichteter Mars-Luft zogen, sowie Wasserstoff und Sauerstoff aus unterirdischen Reservoirs. Falls es möglich war,

---

* ISPP = In Situ Propellant Production: Treibstoffherstellung vor Ort

den Treibstoff und den Oxidator für den Rückflug auf dem Mars zu produzieren, wär man in der Lage, das Gewicht und die Kosten zukünftiger Schiffe um weit mehr als die Hälfte zu reduzieren.

Stone brach in nördlicher Richtung auf und zog das MET hinter sich her.

»In Ordnung, Natalie. Ich verlasse nun diese Lößschicht und betrete etwas, das wie ein Kiesbett aussieht. Ich sehe Schichten. Stromlinienförmige Rillen. Es sieht so aus, als ob hier Wasser geflossen wäre...«

»Wieso nimmst du nicht ein paar Proben?« rief York.

»Rog.«

Er suchte eine halbwegs ebene Stelle aus und stellte das Kalibrierungs-Gnomon auf. Dann ging er um das Gnomon herum und fotografierte es von allen Seiten. Anschließend führte er die mechanischen Tests durch. Er drückte eine unter Federspannung stehende Platte auf den Boden und trieb eine zylindrische Sonde in den Boden. Die Bodenprobe steckte er in einen Zerkleinerer, der wie ein Nußknacker aussah. Die Daten gab er sofort an Natalie York durch.

Nachdem er die Stelle gründlich dokumentiert hatte, nahm er Oberflächenproben. Er löste das Material mit Zangen, Rechen und Schaufeln und versuchte, mit dem Hammer ein Stück aus einem Felsen herauszubrechen.

Die Landschaft erstaunte Stone. Er machte nun schon seit einem Jahr allmonatlich eine geologische Exkursion und war inzwischen recht bewandert in dieser Disziplin. Doch eine solche Landschaft hatte er noch nicht gesehen.

Das EVA-Training fand überwiegend in den hochgelegenen Wüsten im Westen der USA statt. In Nevada waren anderthalb Quadratkilometer Wüste so hergerichtet worden, daß sie der Marsoberfläche aus der Perspektive der sowjetischen Sonden entsprach. Man hatte sogar eine Attrappe der MEM-Landestufe aufgestellt. In einem Schacht des MEM befand sich ein Mars-Rover in Originalgröße, der auch über alle Funktionen des echten Geräts verfügte. *Das* war mal eine Simulation nach Stones Geschmack: in einem Rover mit Allradantrieb durch ein Gelände zu brettern, das die Illusion einer *Mars*wüste vermittelte ...

Doch wußte er immer noch nicht, worum es heute überhaupt ging. In welchem Zusammenhang stand diese Gegend im Staate Washington, durch die sie diesen beschissenen Golfwagen der Apollo-Klasse zogen, mit den Lagen, die sie vielleicht auf dem Mars bewältigen mußten?

Nach einer guten halben Stunde hatte er das MET mit sorgfältig ausgewählten und ebenso wertlosen Proben des Staates Washington vollgeladen. »In Ordnung, Natalie, ich glaube, wir sind hier fertig.«

»Gut gemacht, Phil. Wir machen noch einen Spürhund aus dir. Aber ich habe noch immer nichts von der Morphologie des Geländes gehört.«

Er stieß ein Knurren aus und wischte sich mit der staubigen Hand den Schweiß von der Stirn. »Gönn mir mal 'ne Pause.«

»Komm schon, Phil. Wenn ein Geologe sich ein umfassendes Bild von einem Ort machen will, genügt es nicht, nur Proben zu nehmen. Das müßtest du eigentlich wissen. Sag mir, was du siehst.«

Stone setzte sich wieder in Bewegung. Der Tornister drückte auf die Schultern, doch bei näherer Betrachtung erkannte er nun ein Muster, eine Logik, die der Formation der Landschaft zugrunde lag. Über dieser Erkenntnis vergaß er die Unbilden des Marschs.

»Ich sehe unterschiedliche Merkmale: nackten Fels, Sedimente und Ablagerungen. Rückstände von fließendem Wasser.«

»Gut.«

»Das Land ist ziemlich wertlos. Ist vielleicht noch als Weideland zu gebrauchen; hier wächst nicht viel, und auf dem nackten Fels gedeiht schon gar nichts. Das Gestein ist wohl Basalt. Vulkanischen Ursprungs. Die Makroformen im Fels sind überwiegend Kanäle. Die Kanäle verlaufen gerade: es gibt kaum Krümmungen. Sie sehen wie verbreiterte und vertiefte Flußbetten aus. Vielleicht durch Vergletscherung? Große Eiszungen haben Täler gegraben, vertieft und das Erdreich bis auf den Fels abgetragen...«

»Laß die Spekulationen, Phil. Die gottverdammten Apollo-Astronauten haben auch die ganze Zeit spekuliert und die Leute nur verwirrt. Beschränke dich auf Beobachtungen.«

»Sicher.« Testpiloten auf dem Mars, die sich noch dazu in Spekulationen ergingen – Natalies schlimmster Alptraum. »Ich sehe Anzeichen von Kanal-Anastomose. Und isoliertes Hochland zwischen den Kanälen.«

Der beim CELSS wartende Bleeker schaute skeptisch auf. »Anasto-was?« rief er.

Stone stellte sich Yorks Gesicht bei dieser Bemerkung vor. Daß Bleekers Kenntnisse in Geologie recht dürftig waren, wunderte ihn nicht. Der Mann stand unter starkem Druck; Bleeker nahm nämlich nicht nur an Exkursionen wie dieser teil, die als flankierende Maßnahme für die Lande-Mission dienten, sondern er bereitete sich auch auf die D1-Mission im Erdorbit vor, die im nächsten Monat stattfinden sollte.

Andererseits müßte Bleeker das doch wissen, sagte Stone sich; schließlich war er als Oberflächen-Spezialist für die Lande-Mission auserkoren.

»Anastomose, du Arschloch. Das steht alles in deinem Geologiebuch für Kinder im Vorschulalter. Wo ein Kanal sich verzweigt und einen Durchstich zu einem anderen Kanal geschaffen hat. Sieh mal, wie die

Kanäle dort drüben sich verzweigen und wieder vereinigen. Und schau mal dorthin, zu diesem isolierten Hochland. Es ist von den neuen Kanälen abgetrennt worden.«

Das isolierte Hochland glich einem steinernen Tisch, der mitten in der Ebene stand.

»Ja. Ich sehe es. Und wodurch wurde der Durchbruch verursacht?«

»Phil ...«

»Schon gut, Natalie. Stell mir nicht solche Fragen, Adam. Ich soll doch nicht spekulieren.« *Handelt es sich vielleicht doch um Vergletscherung. Muß so sein. Was, zum Teufel, hätte die Landschaft sonst so verwüsten sollen? Ein Lavastrom vielleicht?*

»Weitere Makroformen?« fragte York.

Stone erklomm einen Felsen, wobei ihm der schwere Tornister gegen den Rücken schlug. Er ließ den Blick schweifen. »Noch mehr Hochland, das aus den Sedimenten gefräst wurde. Es sieht aus wie ...«

»Wie?«

»Glatt. Stromlinienförmig.« Wie Inseln in einem ausgetrockneten Fluß. »Dann sehe ich noch Kiesbänke. Sie sind vielleicht sechs bis neun Meter hoch. Sehen aus wie Sandbänke. Sie scheinen hinter Löß oder Fels aufzutreten. Wie Schwänze. Der Fels weist Kanäle auf. In Längsrichtung. Die Kanäle verlaufen an den Inseln und Kiesbänken vorbei.«

Er erreichte ein Bett mit Lehm und Sand. »Hier ist noch mehr Löß, glaube ich. Ich sehe ...«

»Was?«

»Wellen. Erstarrte Wellen im Löß. Wie kleine Dünen. Die Dünen sind geschichtet. Sieht aus wie ein ausgetrockneter Fluß.« Er ging über den Fels. »Ich sehe Narben im Gestein. Kreisförmig, ein paar Zoll tief, Breite von dreißig Zentimetern aufwärts. Bogenkanten, glaube ich.« Von Steinen geschlagen, die von der Strömung mitgerissen wurden ... »Der Abschnitt sieht aus wie ein Flußbett«, sagte er. »Ja. Das ist die Topographie eines ausgetrockneten Flußbetts – allerdings vergrößert. Kanäle, Bänke und Inseln. Geformt von fließendem Wasser im großen Maßstab ...«

Aufgeregt schaute er sich um; mit einemmal sah er die Geologie mit anderen Augen – mit Natalie Yorks Augen: die tief eingeschnittenen, durchbrochenen Kanäle, die mächtigen Lößablagerungen, die isolierten Inseln. »Mein Gott. Ist es das, Natalie? Ist es das, was du uns zeigen wolltest? Wurde diese Gegend von einer *Flut* geformt?«

»Du spekulierst schon wieder, Stone.«

»Ach, komm schon, York.«

»In Ordnung. Du hast recht, Phil. Jedenfalls ist das die bevorzugte Hypothese.«

Bleeker wandte sich vom halb fertigen CELSS ab und ging zu Stone hinüber. »Was ist?«

»Im späten Pleistozän – vor vielleicht zwanzigtausend Jahren – waren große Teile Idahos und West-Montanas von einem großen See bedeckt. Er hieß Missoula und hatte eine Ausdehnung von vielen tausend Quadratkilometern. Begrenzt wurde der See von einem Eisdamm. Schließlich brach der Damm, und eine riesige Flutwelle wälzte sich über dieses Gebiet. Dutzende Millionen Kubikmeter pro Sekunde, vielleicht das Tausendfache der Fracht des Amazonas ...«

»Mein Gott«, sagte Stone.

»Ja. Die Flüsse vermochten die Wassermassen nicht mehr aufzunehmen und traten über die Ufer; die Täler wurden verbreitert und vertieft, und es entstanden Hunderte von Querverbindungen zwischen den Kanälen, wobei das Erdreich bis auf den Fels abgetragen wurde. Auf einer Fläche von vielen tausend Quadratkilometern wurden die Oberflächen-Strukturen vernichtet und der Basaltuntergrund freigelegt. Und eine vergleichbare Fläche wurde unter Ablagerungen begraben.

Zurück blieben Hunderte in den Fels gefräster Katarakte, Becken und Canyons sowie Spitzkuppen, Hochland und über zehn Meter hohe Kiesbänke.

Dies ist das *Scabland*, Phil. Es gibt nur wenige Gebiete auf der Erde, wo die Auswirkungen großmaßstäblicher, katastrophaler Überflutungen so deutlich zu sehen sind.«

Bleeker schob die Pilotenhaube zurück und kratzte sich am blonden Schopf. »Das ist faszinierend, Natalie. Aber ich wüßte nicht, was das mit uns zu tun hat.«

»Gut. Phil, ich habe dir noch einen Stapel Fotos gegeben. Sie sind in der linken Seitentasche von Adams Tornister.«

Stone kramte in Bleekers Tasche und brachte einen mit Folie umhüllten Stapel mit Schwarzweiß-Fotos zum Vorschein. Er schaute sie sich an und zeigte sie dann Bleeker.

Kraterübersäte Ebenen: die Bilder stammten offensichtlich vom Mars. Doch hier war ein Kanal, der tief in ein Gelände eingeschnitten war, das wie die rauhe, uralte Landschaft der südlichen Hemisphäre aussah. Hier war ein Kraterkomplex, der von Anastomose-Kanälen durchzogen wurde. Hier war ein Krater mit einer stromlinienförmigen Insel, die wie eine Kiesbank aussah; und ›flußabwärts‹ vom Krater gab es Erosionsmarken, die parallel zur Insel verliefen ...

Stone wußte nicht so recht, was er damit anfangen sollte. »Willst du damit sagen, der Mars sei von einer Sintflut heimgesucht worden – wie dieses *Scabland* im Staate Washington?«

York zögerte. »*Ich* glaube das jedenfalls. Und viele meiner Kollegen vertreten diese Ansicht auch, seit die Aufnahmen von Mariner vorliegen. Ich studiere das Gebiet, das du auf den Fotos siehst, seit 1973. In dieser

Hinsicht dürfte ich wohl die führende Expertin sein. Die Analogie zwischen den Merkmalen des terrestrischen *Scablands* und der Mars-Morphologie ist meines Erachtens zu deutlich, als daß es sich um einen Zufall handeln könnte.«

»Aber es gibt auch Gegenstimmen«, provozierte Stone sie.

»Ja«, räumte sie ein. »Manche sagen, die Merkmale des Mars-›Scablands‹ seien zu groß, um von Wasser geformt worden zu sein. Schumm ist zum Beispiel ein Vertreter dieser Schule.«

»Wer?« fragte Bleeker.

»Schumm sagt, die Marskanäle müßten durch Spannungs-Faktoren in der Planetenoberfläche entstanden sein. Risse, die später vielleicht durch Vulkanismus und Windtätigkeit modifiziert wurden.«

»Scheint ein ziemliches Arschloch zu sein«, sagte Stone und betrachtete die Bilder. »Ich stehe auf deiner Seite, Natalie.«

»Wenn diese Marskanäle durch Fluten entstanden«, sagte Bleeker, »woher, zum Teufel, ist dann das ganze Wasser gekommen? Und wohin ist es abgeflossen?«

»Ich wette, dafür hat sie auch schon eine Theorie«, murmelte Stone.

»Ich habe nicht verstanden, EVA Eins.«

»Mach weiter, Natalie.«

»Unterirdische wasserführende Schichten. Unten wurden sie von massivem Fels begrenzt – vielleicht fünfzehn Kilometer stark – und oben von einer dicken Eiskappe im Regolith. Was auch immer Tharsis angehoben hat – ein Konvektionsprozeß im Mantel vielleicht –, muß die Verwerfung verursacht haben, die dann zur Überflutung führte. Der Druck des Wassers war schließlich stärker als der Druck des Gesteins. Und dann mußte nur noch ein Riß in der Eiskappe auftreten, damit das Wasser unter hohem Druck an die Oberfläche strömte.«

»Mein Gott«, sagte Stone. »Im Marsgestein eingeschlossene Ozeane. Wie sollen wir deine Theorie bestätigen, Natalie?«

»Was wir brauchen, sind drei Leute, die mit einem MEM auf dem Mars landen und ein paar Kernbohrungen niederbringen.«

Nun erkannte Stone die Stoßrichtung. Er betrachtete noch einmal die Fotos. »Welches Gebiet ist auf diesen Fotos abgebildet?«

»Das ist einer der größten Abflußkanäle. Es ist Mangala Vallis, Phil. Das Mars-*Scabland*: eure Landezone.«

Stone grinste. *Hat sie es doch wieder einmal geschafft. Mangala Vallis. Wofür Natalie York, die Vorsitzende des Ausschusses für die Auswahl der Landezone und potentielle Mars-Astronautin zufällig die weltweit führende Expertin ist.*

Und Adam Bleeker kennt noch nicht einmal den Begriff ›Anastomose‹. Ich hoffe nur, der Junge schaut ab und zu mal über die Schulter.

Zeitdauer der Mission [Tag/Std:Min:Sek]
Plus 349/11:14:03

Zwanzig Tage vor dem Einschwenken in den Orbit war der Mars auf die Größe einer Scheibe angewachsen. Am Terminator sah sie bereits mit bloßem Auge Spalten und Löcher in der Oberfläche: Krater und Canyons, die das Licht der Sonne reflektierten.

Der Wiedererkennungseffekt war erstaunlich. Fast hatte sie das Gefühl, schon einmal dort gewesen zu sein. Sie sah die große Spalte der Valles Marineris – eine Wunde, die noch aus einer Entfernung von einer Million Meilen zu sehen war –, die aus Wassereis bestehende Polkappe im Norden, die wegen des bevorstehenden Winters angeschwollen war und die großen schwarzen Calderas der Tharsis-Vulkane.

Der Mars war wirklich eine kleine Welt, sagte sie sich. Einige wenige Merkmale – Tharsis, die Marineris-Canyons, Syrtis, die große vereiste Senke von Hellas im Süden –, die im Verhältnis zum Volumen des Planeten überproportioniert waren, dominierten die Krümmung.

Grundsätzlich entsprach der Mars ihren Erwartungen. Er hatte große Ähnlichkeit mit den Photomosaik-Globen am JPL. Aber sie stellte auch erstaunliche Unterschiede fest. Die vorherrschende Farbe auf dem Mars war nicht Rot, sondern Braun; die Oberfläche changierte in Tönungen aus Bronze, Ocker und Rostbraun. Es bestand ein deutlicher Kontrast zwischen der nördlichen und südlichen Hemisphäre, wobei das jüngere Terrain im Norden der Äquatorlinie eine hellere Färbung aufwies, die fast bis in den gelben Bereich ging.

Weil Ares den Planeten nicht parallel zum Einfall der Sonnenstrahlen anflog, wies der Mars dem Raumschiff fast nur die Nachtseite zu. Die Ockerfärbung schien intensiver zu werden, wenn das Sonnenlicht im spitzen Winkel einfiel. Diese Merkmale verliehen der kleinen Kugel eine markante Rundung. Der Mars glich einer kleinen Orange und war – auch bei einer 360°-Peilung – neben der Sonne das einzige Objekt am Himmel, das nicht nur als Lichtpunkt erschien.

Im bisherigen Verlauf der Mission – im Leerraum zwischen den Planeten, wo es außer der Sonne und den Sternen nichts zu sehen gab –, war York oftmals von schweren Depressionen befallen worden. Die dumpfe, öde Routine des Langstrecken-Flugs hatte ein übriges bewirkt. Sie hatte sich in ihr Schneckenhaus zurückgezogen, bei der Erledigung ihrer Aufgaben ›auf Autopilot geschaltet‹ und die Gesellschaft der Kameraden gemieden. Sie vermutete, daß die anderen ähnlich litten, doch schienen sie Mittel und Wege gefunden haben, damit klarzukommen: Gershon vertiefte sich in die Technik des Schiffs, und Stone widmete sich den ›Bonsai‹-Erbsen.

Sie hatte jetzt schon Angst vor dem Rückflug; vor dem geistigen Auge erschien er wie eine hohe schwarze Barriere.

Doch das lag noch in weiter Ferne. Nun kletterte sie erst einmal aus der Grube hinaus und näherte sich dem warmen, ockerfarbenen Licht des Mars.

In der Freizeit betrachtete sie fast nur noch die immer größer werdende Kugel und identifizierte immer mehr Landmarken, die noch kein Mensch mit bloßem Auge gesehen hatte – als ob sie immer größere Teile des Mars für sich beanspruchte.

Montag, 6. August 1984
MEM-Raumschiff 009, Niedriger Erdorbit

Während sie sich auf die Zündung vorbereiteten, spielte Bleeker *Born in the USA* auf dem Bord-Kassettenrecorder ab. Bruce Springsteens Stimme übertönte das Klicken und Surren der MEM-Ausrüstung.

»Treibstofftanks für das Aufstiegs-Antriebssystem unter Druck«, sagte Bleeker.

»Rager«, erwiderte Gershon.

»Aufstiegszuleitungen sind geöffnet, Absperrventile sind geschlossen.«

Ted Curval mimte heute den Capcom. »*Iowa*, hier spricht Houston. Weniger als zehn Minuten. Alles sieht gut aus. Nur noch ein Hinweis. Wir wollen Rendezvousradar-Umschaltung in den LGC-Modus auf der Oberfläche bei neunundfünfzig ... Wir nehmen an, die Steuerung ist im Modus Autopilot.«

»Stop«, sagte Gershon, »Tasten-Rückstellung, Abbruch bei Abbruch Stufen-Rückstellung.«

Bleeker drückte auf die Knöpfe. »Rückstellung.«

»Unsere Empfehlung für die Flugführung ist PGNS«, sagte Curval. »Ihr habt Freigabe für Zündung.«

»Rog. Wir sind Nummer Eins auf der Startbahn ...«

Während hundertsechzig Kilometer über der Erde Gershon und Bleeker die Checkliste für die Zündung abarbeiteten, befanden MEM und Apollo sich im Formationsflug. Die vom Kommandokapsel Bob Crippen gesteuerte Apollo glich einem mit Juwelen besetzten silbernen Spielzeug, das sich gegen den leuchtenden Teppich der Erde abhob. Und das MEM war ein großer glänzender Kegel, der mit einer Höhe von neun Metern Apollo zum Zwerg degradierte, welche von abgestoßenen Mars-Hitzeschilden und gewellter Folie umgeben war.

Die sechs Landebeine waren ausgefahren. Doch MEM 009 würde nirgendwo landen.

Gershon stand neben Bleeker in der engen Kabine der MEM-Aufstiegsstufe. Er vermochte sich kaum zu rühren in dem orangefarbenen Druckanzug. Vor Gershon befand sich eine Konsole mit Skalen, Schaltern und Instrumenten. Außerdem gab es zwei manuelle Regler; einen pro Person. Die Wände waren mit Unterbrechern bestückt, und auf dem Boden verliefen unverkleidete Kabelstränge und Rohrleitungen. Die Kabine hatte je ein Dreiecksfenster zu beiden Seiten der Hauptkonsole. Sie waren mit spinnenförmigen Markierungen versehen, die bei der Landung auf dem Mars als Leitsystem dienen sollten. Blaues Erdlicht schien durch die Fenster und zauberte Farbtupfer auf die Konsolen.

Hinter Gershon befanden sich drei Beschleunigungsliegen, von denen zwei hochgeklappt waren. Bei einem Landungs-Flug wäre noch ein drittes Besatzungsmitglied an Bord: der Missions-Spezialist, der während des einmaligen Flugs des MEM den Status eines Passagiers hatte.

Die Einrichtung der Kabine war funktionell und folgte reinen Nützlichkeitskriterien; die Wände waren überwiegend unlackiert, so daß die blanken Nieten zu sehen waren, und die Kabelbäume waren von Hand verdrillt worden, als ob ein Heimwerker sich daran versucht hätte.

Das MEM war ein Experimental-Raumschiff: in Tausenden von Mannstunden in mühseliger Handarbeit hergestellt, basierte es auf konservativen Entwürfen, die sich schon im Einsatz bewährt hatten. Die scheinbar primitive Konstruktion war das Merkmal der Raumfahrt-Technik, über das die Leute sich am meisten wunderten, weil sie optisch ansprechende Massenware gewöhnt waren. Mit *Star Trek* hatte dieses Gerät nicht die geringste Ähnlichkeit.

Doch für Gershon war das MEM *real*, beinahe irdisch.

In einem von Menschenhand geschaffenen Schiff auf dem Mars zu landen: für Gershon, den begeisterten Raumfahrer, war das eine wundervolle Vorstellung.

Natürlich nur, solange die Mutter auch funktionierte.

»Noch zwei Minuten«, gab Curval von unten durch. »T minus zwei Minuten.«

»Roger«, sagte Bleeker und stellte die Musik ab.

Beim Blick auf die Konsole erkannte Gershon, daß die Aufstiegsstufe nun hochgefahren war und keinen Strom mehr aus den Batterien der unteren Stufe sog. Gleich würde sie sich in ein autonomes Raumschiff verwandeln.

In diesem Test, der einen Start von der Marsoberfläche simulierte, sollte die MEM-Konfiguration sich teilen. Die Röhre der Aufstiegsstufe mit den klobigen Treibstofftanks sollte sich von der Landestufe lösen.

Gershon wußte, daß die Ingenieure bei Columbia und Marshall dieser Phase der Mission mit Bangen entgegensahen. Es gab eine Vielzahl möglicher Fehlerquellen. So bestand die Gefahr, daß die Zündung der Aufstiegsstufe erfolgte, während der Triebwerkstrichter noch in der Landestufe des MEM steckte. Was, wenn es zu einem Rückschlag kam, einem Überdruck, noch bevor die Aufstiegsstufe sich von der Landestufe gelöst hatte …?

Nun, gleich würden sie es wissen.

»Steuerung durch PGNS«, sagte Bleeker. »Ansprechempfindlichkeit minimal, ATT-Regelung, Modus Autopilot.«

»Auto«, bestätigte Gershon.

»Eine Minute«, sagte der Capcom.

»Habe Steuerung auf Abbruchregelung geschaltet.«

Gershon aktivierte die Zündung. »Hauptschalter an.«

»Rog.«

»Ihr habt Freigabe, *Iowa*«, sagte Curval.

»Rager. Macht die Startbahn frei.«

Bleeker drehte sich zu ihm um. »Bist du bereit?«

»Sicher.«

»Die Mutter wird uns einen kräftigen Tritt geben.« Damit sprach Bleeker auf den Drill an. »In Ordnung, Ralph. Bei fünf Sekunden drücke ich auf TRENNUNG STUFE und TRIEBWERK ZÜNDEN. Und du drückst auf WEITER.«

»Rager.«

»Los geht's! Neun. Acht. Sieben. Sechs. Fünf…«

Am Fenster vor Gershons Gesicht driftete der leuchtend blaue Horizont der Erde vorbei, wobei die Wolken als komplexe, räumliche Skulptur über dem Meer hingen.

Auf dem Computermonitor vor Gershon erschien eine ›99‹, die Aufforderung zum Weitermachen. Er warf einen Blick auf Bleeker.

Bleeker legte den Schalter für die Zündung um. »Triebwerk bereit für Aufstieg.«

Gershon drückte auf den Knopf mit der Aufschrift WEITER.

Plötzlich ertönte ein Knall, und der Boden der Kabine erbebte. Pyrotechnische Schneider kappten die Schrauben, Bolzen, Kabel und Wasserschläuche, welche die obere und untere Stufe des MEM miteinander verbanden.

Ein Gewicht legte sich auf Gershons Schultern.

»Triebwerk der ersten Stufe steigt auf«, sagte Bleeker. »Auf geht's!« Er lächelte. »Schön.«

Nach der ebenso unerwarteten wie unglaublichen Aufnahme in die Mars-Besatzung hatte Gershon sich darüber gefreut, daß er am D1-Testflug teilnehmen sollte, auch wenn sein erster Flug ins All nicht unbedingt die glorreichste Mission des MEM-Versuchsprogramms war. Dieses Prädikat gebührte wohl der verbliebenen E-Mission, bei der es darum ging, mit einem verbesserten MEM in die Erdatmosphäre einzutreten und in der Salzwüste nahe des Luftwaffenstützpunkts Ellington zu landen. Mit diesem Auftrag war eine erfahrene Besatzung unter dem Kommando von John Young betraut worden. Doch die D1, eine elftägige Flugerprobung im Erdorbit, war gewiß der wichtigere Test. In einem unerprobten Raumschiff würde die Besatzung jede Phase der Marslandung üben, mit Ausnahme des Eintritts in die Atmosphäre und des raketengestützten Abstiegs. Des weiteren würden sie viele Notfallprozeduren proben, von denen vielleicht das Überleben künftiger Missionen abhing.

Gershon und Bleeker hatten sich mit dem MEM

schon über hundertfünfzig Kilometer von Apollo entfernt. In einem Raumschiff, an das anzudocken noch niemand versucht hatte. Dessen Hitzeschild zu schwach war, um eine Rückkehr auf die Erde zu ermöglichen. Und zu allem Überfluß fand der Flug auch noch im niedrigen Erdorbit statt, wo Kommunikation und Navigation die Besatzung vor größere Probleme stellte als beispielsweise bei einem Mondflug.

Wenn sie diesen Flug erfolgreich beendeten, würde das MEM die Zulassung als bemanntes Raumschiff erhalten. Und dann müßte nur noch der Mars-Hitzeschild einem Test unterzogen werden. Es war ein Raumflug für Genießer, ein Flug für echte Testpiloten.

Außerdem hatte Gershon sich gern in die Mission vertieft, weil er so der Aufmerksamkeit entkam, die seine Ernennung als Mars-Astronaut erregt hatte. *Der erste schwarze Mann im All: der erste Bruder auf dem Mars.* Er lernte zwar, damit umzugehen, aber es war dennoch ausgesprochen lästig. Zumal es dabei nicht einmal um seine Person ging.

Was ihn betraf, so war er einzig und allein Ralph Gershon und keine Marionette.

Dennoch erwies die Mission sich als Rohrkrepierer: vom Start weg nichts als Probleme.

Es fing schon vor dem Start an. Gershon hatte gesehen, wie JKs Leute von Columbia sich die Haare rauften beim Versuch, Raumschiff 009 in der Montagehalle von Cape Canaveral durch die Endkontrolle zu bekommen. Es hatte Zeiten gegeben, da Gershon vom Scheitern des Projekts überzeugt gewesen war.

Nachdem sie schließlich doch in den Orbit gegangen waren und den Kopplungstunnel zwischen Apollo und MEM geöffnet hatten, war Gershon in einen Schneesturm aus Fiberglas geraten. Es war aus der Isolierung der Tunnelwandung ausgetreten. Gershon und

Bleeker hatten die ersten Stunden im MEM damit verbracht, den Müll abzusaugen. Am Ende klebte das Zeug im Haar, an den Wimpern und im Gesicht, so daß sie aussahen wie gerupfte Hühner.

Anschließend waren Bleeker und Gershon durchs ganze MEM gekrabbelt und hatten die Subsysteme umfangreichen Tests unterzogen. Und bei jedem dieser Tests waren Probleme aufgetreten, die eine Diagnose und einen erneuten Test erforderten.

Dann war ein eigenartiger, säuerlicher Geruch aus dem Umweltüberwachungs-System des Wohnmoduls gedrungen, als dessen Ursache sie schließlich ein Stück Isolierung ausmachten, das hinter einer Verkleidung verschmorte. Bei der elektrischen Anlage waren ein paar Störfälle aufgetreten, die den Ausfall ganzer Instrumentenkonsolen zur Folge hatten. Dann führte das Trägheitsrichtgerät sich – bildlich gesprochen – auf wie ein Schwein und wälzte sich in der Metallkugel, so daß es ständig aus der Arretierung sprang. Obendrein ließen die Antennen des MEM sich nicht mehr ausrichten, so daß die Verbindung zu Apollo und zur Erde zeitweilig unterbrochen war...

Dieser Verdruß hatte das Verhältnis zwischen Besatzung und Bodenstation erheblich belastet. Während sie sich mit dem Raumschiff herumärgerten, hatte Bleeker zu seinem Leidwesen erfahren, daß Houston sich weigerte, Kompromisse bei den wissenschaftlichen und PR-Elementen des Flugplans zu schließen – die, was Bleeker und Gershon betraf, im Vergleich zu den konstruktiven Zielen der Mission ziemlich weit unten rangierten. Also zeigte Bleeker ein für seine Verhältnisse ausgesprochen resolutes Verhalten und legte sich mit den Flugleitern an. Er ließ Fernsehübertragungen platzen und strich ganze Abschnitte aus dem Flugplan.

Als der Capcom der Besatzung eröffnete, die

Flugleiter wollten die Kommandokapsel im Sturzflug runterholen, hielt Gershon das nur bedingt für einen Witz.

Schließlich war Gershon der Probleme so überdrüssig, daß er eine Flasche in Form einer Zitrone aus dem Proviantraum holte und sie vor der Kamera zwischen den Fenstern des MEM aufhängte. Damit wollte er die Wertschätzung der Besatzung für das Schiff zum Ausdruck bringen.

Im Moment hörte Gershon nur das dumpfe Rasseln der sich öffnenden und schließenden Kugelventile des Aufstiegs-Triebwerks. Das Geräusch hatte etwas Tröstliches und gab ihm die Gewißheit, daß die Mission planmäßig verlief.

Die Erde entfernte sich von Gershon, während die Aufstiegsstufe sich dem Rendezvous mit der *New Jersey* näherte, der im Weltraum wartenden Apollo. Der Aufstieg verlief so glatt, daß Gershon sich in einem gläsernen Aufzug wähnte.

Er hatte nicht viel zu tun. Weil das Triebwerk der Aufstiegsstufe keinen Reservemotor hatte – *es mußte funktionieren* –, war es so einfach wie möglich konstruiert und bestand nur aus zwei beweglichen Teilen: Kugelventile, die Treibstoff und Oxidator in die Brennkammer leiteten. Das mit Sauerstoff und Methan beschickte Triebwerk verfügte weder über ein Drosselventil noch über eine Starterklappe; wenn man den Hauptschalter umlegte, sprang das Triebwerk an und brannte für etwa zehn Minuten. Das genügte, um die Besatzung vom Mars wegzubringen und in eine Parkbahn zu gehen.

Gershon beugte sich in den Gurten nach vorn. Durchs Fenster sah er die abstürzende Landestufe. Der stumpfe Kegel, in dessen Mitte ein tiefes Loch klaffte, schleppte die gekappten Kabel und Schläuche nach.

Die Isolierfolie war vom Abgasstrahl der Aufstiegsstufe zerrissen worden, und Gershon sah kreisförmig wegdriftende Fetzen.

JK Lee stand im Leitstand an der Rückseite des MOCR und rauchte eine Zigarette nach der anderen. Auf allen Bildern, die in den letzten Tagen vom MEM zur Erde geschickt worden waren, erkannte man deutlich die kleine Plastikzitrone, die unter dem Richtteleskop schwebte. Er wußte dieses Symbol durchaus zu deuten: es handelte sich um eine Botschaft von der Besatzung – wahrscheinlich von Ralph –, die für ihn bestimmt war.

Doch das berührte ihn nicht und tat seiner Hochstimmung keinen Abbruch. Nein, Sir! Natürlich hatte die Besatzung Probleme, doch damit hatte sie rechnen müssen; schließlich ging es bei diesem Testflug darum, Fehler aufzuspüren. Es enttäuschte ihn, daß Ralph Gershon das nicht begriff. Für Lee war nur wichtig, *sein Schiff* dort oben im Orbit zu beobachten, Pannen hin oder her; *sein Schiff*, das wider Erwarten doch noch rechtzeitig ausgeliefert worden war.

Lee fühlte einen großen Triumph. Es kam ihm so vor, als ob er, um diesen Tag zu erleben, gegen alles und jeden hatte kämpfen müssen – die NASA-Führung, die Zulieferer, die Astronauten, halb Columbia, sogar gegen seinen eigenen, treulosen Körper. Doch er hatte es geschafft, und die Manifestation dieser Leistung befand sich nun dort oben im Orbit, erschien überlebensgroß auf den Bildschirmen an der Stirnseite des MOCR und auf den Fernsehbildschirmen in der ganzen Welt. Welch ein Sieg! Lee hatte das Gefühl, den größten Triumph seiner Laufbahn errungen zu haben. Dahinter würde sogar der Moment zurücktreten, wo ein anderes seiner Babies, die im Reinraum zu Newport das Licht der Welt erblickt

747

hatten, die Teller der Landebeine auf den Mars selbst stellte.

Ralphs abgefuckte Zitrone interessierte ihn nicht im geringsten.

Er brach in Gelächter aus, ohne sich um die Reaktion der Leute zu scheren und holte die nächste Zigarette aus der Packung.

»Sechsundzwanzig Sekunden«, sagte Bleeker. »Wir werden leicht nach vorn kippen. Ein sehr glatter, sehr ruhiger Flug.«

Gershon bereitete das MEM auf das Nickmanöver vor. Im Glauben, es befände sich fünfzehnhundert Meter über der Oberfläche des Mars, sollte das MEM sich der Programmierung gemäß leicht aufrichten, um sich im Mars-Orbit mit dem Rest des Ares-Verbunds zu treffen.

Der Horizont wanderte nach rechts aus.

Gershon, auf dem ohnehin schon ein Gewicht lastete, wurde in den Gurten nach vorn gerissen.

Das Manöver hatte zum richtigen Zeitpunkt stattgefunden. Doch das Nicken selbst war ihm heftiger erschienen, als er erwartet hatte.

Und das Nicken hielt an; hinter dem Fenster rollte die Wolkendecke der Erde nach oben und verwandelte sich von einem Boden in eine Wand.

»Was, zum Teufel, ist das?« sagte Bleeker.

»Heißes Mikro, Adam«, rief Ted Curval.

Sie wissen selbst nicht, was geschieht, wurde Gershon sich bewußt.

Die leuchtende Landschaft zog nun über seinem Kopf hinweg, und Schatten wanderten über die Unterbrecherbänke. Dampf, der aus den Düsen der Lagekontrollsteuerung austrat, waberte vor dem Fenster.

Doch die Automatik übernahm nicht wieder die Kontrolle. Die Rotation beschleunigte sich.

»Mein Gott«, sagte Bleeker sarkastisch. »Das ist das reinste Karussell. Mir fliegen noch die Augen aus dem Kopf.«

Ein orbitaler Sturzflug: Gershon erkannte, daß Bleeker recht hatte.

Bald rotierte das MEM mit einer Umdrehung pro Sekunde, und die Erde raste an den Fenstern vorbei. Sonnenlicht schien stroboskopartig in die Kabine, blendete die Männer und raubte ihnen die Orientierung.

Die Instrumentenkonsole verschwamm vor Gershons Augen. *Nun mußt du mal was für dein Geld tun, Junge.*

Er legte eine Reihe von Schaltern um und versuchte, das Problem methodisch einzugrenzen. Vielleicht hatte ein Steuertriebwerk sich nicht abgeschaltet; diese Möglichkeit prüfte er zuerst. Worum auch immer es sich handelte, er mußte die Drehbewegung schleunigst abstellen; sonst bestand die Gefahr, daß die Lenkungssysteme völlig blockierten. Er mußte auf manuelle Steuerung gehen, bevor das eintrat.

Er packte den Steuerknüppel und aktivierte die Lagekontrollsteuerung, wobei er die Erde als Bezugspunkt nahm. Er versuchte, dem Taumeln der Aufstiegsstufe entgegenzuwirken und die *Iowa* zu stabilisieren.

Zunächst verstärkte die Rotation sich noch; es war, als ob die Steuertriebwerke keine Wirkung zeigten. Ihm wurde schwindlig. Er und Bleeker legten hektisch Schalter um. Wenn sie das MEM nicht bald unter Kontrolle brachten, bestand die Gefahr, daß sie ohnmächtig wurden; und dann wäre Apollo unmöglich in der Lage, an die rotierende *Iowa* anzudocken. Doch bis Apollo überhaupt eintraf, wäre das Schiff wohl schon auseinandergebrochen.

Endlich gelang es ihnen, das Haupttriebwerk und die Abbruchregelung zu deaktivieren. Nun, wo die

Automatik abgeschaltet war, wirkte die Lagekontrollsteuerung dem Nicken entgegen.

Bleeker schaltete das Triebwerk der Aufstiegsstufe ab. Die Rotation verlangsamte sich.

Mit Hilfe des künstlichen Horizonts ermittelte Gershon, wann die Stufe sich wieder stabilisierte; das Trommelfell war durch die Achterbahnfahrt gerissen.

Bleeker klang angespannt, als ob er sich gleich in den Helm erbrechen würde. »Mein Gott. Du hattest recht, Ralph. Dieses Schiff ist ein Seelenverkäufer.«

Gershon konzentrierte sich auf den Erdhorizont; langsam bekam er wieder einen klaren Kopf. »Nein«, sagte er. »Ein Seelenverkäufer ist zwar heruntergekommen, aber noch einsatzbereit. Dieses Ding hingegen ist *gefährlich*.«

Von der Bodenstation aus informierte Curval sie, daß Bob Crippen bereits mit Apollo vom hohen Orbit abstieg, um sie zu bergen.

August 1984
Houston; Newport Beach

JK Lee hielt sich für den Rest der Mission im MOCR auf, bis zu dem Moment, wo Bleekers Besatzung mit der Kommandokapsel zur Erde zurückkehrte.

Art Cane erwartete ihn vor Gebäude 30.

»Art!« Grinsend ging Lee zu seinem Chef. »Ich wußte gar nicht, daß Sie hier rausfahren würden.«

Cane, der hemdsärmlig in der schwülen Hitze von Houston stand, sah aus wie ein alter Baum, der das Laub verloren hatte. »Das hatte ich zuerst auch nicht vor. Steigen Sie in den Wagen, JK.«

Beim Fahrzeug, das auf dem Parkplatz vor Gebäude 30 abgestellt war, handelte es sich um eine gemietete Stretch-Limousine mit einer Bar im Fond. Es war angenehm kühl im Wagen. Lee stieg ein. Er war froh, der Hitze entronnen zu sein und zündete sich eine Zigarette an.

Cane nickte dem Fahrer zu, und das Fahrzeug fuhr sanft an.

Lee musterte Cane. »Solche Extravaganzen sehen Ihnen gar nicht ähnlich, Art.«

Cane zuckte die Achseln und lockerte die Krawatte. »Ich bin ein alter Mann, JK. Was soll ich sagen? Ich verkrafte die texanische Hitze nicht und brauche eine Klimaanlage.« Cane faltete das Jacket auf dem Schoß akkurat zusammen und legte dann die Hände darauf. »Sehen Sie, JK. Sie wissen doch, unter welchem Druck wir stehen.«

»Sicher.«

»Dieses gottverdammte ›Tiger-Team‹. Und der Abnahmetest von 009, die Verzögerungen bei der Auslieferung des Vogels nach Cape Canaveral und die Probleme mit den Treibstofftanks. Und nun die Schwierigkeiten im Orbit.«

»Aber das haben wir doch alles im Griff, Art«, sagte Lee und berichtete in aller Ausführlichkeit, daß die Rotation des MEM auf einer falschen Schalterstellung in der Kabine beruht hatte. »Als das Aufstiegstriebwerk feuerte, sagte der Schalter der Abbruchregelung, es solle die Kommandokapsel für ein Notfall-Andockmanöver anpeilen. Nur daß die Apollo zu diesem Zeitpunkt noch meilenweit entfernt war.« Er lachte. »Also geriet das MEM ins Taumeln und suchte krampfhaft nach dieser alten Kommandokapsel...«

Cane hob den Arm. Die Haut war so schlaff, daß die Hand Lee an eine Hühnerkralle erinnerte. »Ja«, sagte er. »Aber es war kein Fehler der Besatzung, oder? Ich meine, sie glaubte, daß der Schalter in der richtigen Stellung war. *Wir* hatten den Schalter falsch markiert. Also war es *unser* Fehler und nicht der ihre.« Er schüttelte den Kopf. Durch das eingefallene Gesicht wirkte er noch älter, als er ohnehin schon war. »Mein Gott, JK, wieso, zum Teufel, haben Sie eine solche Gurke freigegeben? Die Besatzung hätte dabei umkommen können.«

»Ach, kommen Sie, Art. So schlimm war es nun auch wieder nicht. Das Problem ist schnell behoben. Alle Probleme, die wir bisher hatten, waren schnell behoben. Schließlich geht es bei diesen Testflügen darum, Fehler aufzuspüren. Ich nehme die D1-Unterlagen, Transkripte und Testergebnisse mit nach Newport Beach, und auf dieser Grundlage werden wir die letzten Schwachstellen im Gerät ausmerzen.« Der Flug seiner Maschine hatte ihn wieder aufgerichtet und ihm neue Kraft verliehen; er war geradezu enthusiastisch. »Und nicht nur das, auf der Grundlage dieser Erkenntnisse will ich einen neuen Rekord aufstellen. Ich will, daß 010 beim Checkout das Schiff mit der geringsten Mängelquote ist, das jemals an Cape Canaveral ausgeliefert wurde. Wieso auch nicht, zum Teufel? Wir werden Geschichte schreiben, Art. Wo ich die D1 nun hinter mir habe, mache ich mit Volldampf weiter ...«

Cane schnitt ihm das Wort ab. »Hören Sie mir zu, JK. Es gibt ein paar Dinge in diesem Geschäft, von denen Sie keine Ahnung haben. Ich spreche nicht von spezifischen Problemen. Ich spreche von ...« – er machte eine wischende Handbewegung – »einem kumulativen Effekt.«

Lee war ebenso beunruhigt wie verwirrt. »Kumulativ?«

»Eins kommt zum andern. Es ist eine Frage des Images. Es hat schon viele Kommentare zur Leistung der Apollo-Technik gegeben – wobei es sich immerhin um bewährtes Gerät handelte, das die Astronauten sicher wieder nach Hause brachte. Und vergleichen Sie das nun mit den Problemen des MEM. *Vielleicht hätte doch Rockwell den Zuschlag bekommen sollen*, heißt es hinter vorgehaltener Hand. Unter solchen Umständen muß man sich seiner Sache hundertprozentig sicher sein. Da nützt es auch nichts mehr, die aufgetretenen Fehler zu beheben. Hat man sich erst einmal in eine solche Lage manövriert, werden alle möglichen Fragen gestellt. Fragen bezüglich der Kompetenz meines Unternehmens.« Lee hörte Frustration und Zorn aus Canes schwacher Stimme heraus. »Wenn sie einen erst als Versager abgestempelt haben, ist man erledigt.«

Er wandte sich Lee zu. Die wässrigen Augen glänzten im vor Zorn und Kummer zerfurchten Gesicht. »Und genau das ist uns nun passiert, JK. Die NASA, der Kongress, die Presse – sie haben uns – *mich* – als Versager abgestempelt.«

Der Schmerz, der in seinen Worten mitschwang, ging Lee ans Herz. »Mein Gott, Art, so schlimm ist es auch wieder nicht.«

»Sie wissen, daß man schon wieder erwägt, uns den Vertrag zu kündigen.«

»Das können sie nicht tun«, sagte Lee. »Das wissen Sie doch. Nicht ohne den Zeitplan über den Haufen zu werfen.«

»Man will einen Großteil der Arbeiten am MEM an Aerojet, Boeing, General Electric, McDonnell und Martin übertragen«, sagte Cane, der zunehmend in Rage geriet. »Und vielleicht drücken sie uns dann noch Projektmanager von Rockwell aufs Auge...«

»Das wollten sie doch schon die ganze Zeit tun«, sagte Lee lachend.

»Das ist kein Witz, verdammt noch mal«, sagte Cane barsch. »Vielleicht wird die NASA es nicht tun. Vielleicht kann sie es nicht. Aber sie *spricht* davon. Und das ist der Punkt. Gottverdammt, begreifen Sie das denn nicht? Die NASA will uns zeigen – und dem

Kongress und der Presse –, wie ernst sie die ganze Sache nimmt.

Und in der NASA sind schon Köpfe gerollt. Wußten Sie das? Leute, die Faxen gemacht haben, anstatt ein Auge auf uns zu haben.« Er leierte eine Namensliste von Leuten in Marshall und Houston herunter.

»Na und; sehen Sie, Art, diese Leute saßen hauptsächlich in der Verwaltung. Es ist verdammt egal, ob sie gehen oder bleiben. Nur auf die Ingenieure kommt es an. Das wissen Sie doch auch.«

»Aber es kommt überhaupt nicht darauf an, was ich denke. Verstehen Sie das denn nicht, JK? Es handelt sich um eine Absichtserklärung. Für Sie mag das abstrakt erscheinen, wie ein Spiel; aber glauben Sie mir, für die Politiker ist es höchst real. Wir müssen irgendwie reagieren.«

Schlagartig verflog Lees Euphorie, und er wurde sich der Problematik in ihrer ganzen Tragweite bewußt. »O mein Gott, Art. O nein. Das können Sie nicht tun.«

Cane legte Lee die Hand auf den Arm. »Es tut mir leid, JK. Aber ich muß es tun. Wohin ich sehe, Termin- und Etat-Überschreitungen. Eine schlampige Arbeitsorganisation. Ein Testflug, der fast in einem Fiasko geendet hätte, noch dazu in einem tödlichen Fiasko.«

Lee schaute auf den Hinterkopf des Fahrers und sah die NASA-Straße Eins an den Wagenfenstern vorbeigleiten. Er versuchte sich auf das Hier und Jetzt zu konzentrieren: die nach Leder riechenden Sitze, die kühle Luft, die aus den Düsen der Klimaanlage strömte. Doch er war wie betäubt, als ob er wie Adam Bleeker und seine Besatzung in einem Druckanzug isoliert wäre.

»Ich hätte fast mein Leben für dieses gottverdammte Projekt geopfert, Art.« *Und meine Ehe.* »Sie wissen, daß wir kurz vor dem Ziel sind, nicht wahr?«

»Ja, JK. Ich...«

»*So* dicht dran.« Er hob Daumen und Zeigefinger. »Und ich bin es gewesen, der Sie überhaupt so weit gebracht hat. Die ganze verdammte Konzeption, das von Apollo abgeleitete Design des MEM, das alles stammte von *mir*, Art. Und ich bin es gewesen, der das Projekt vorangetrieben hat. Und nun wollen Sie mich abservieren, nur um einem Haufen fauler Säcke in Washington Genüge zu tun, die sogar zu blöd zum Scheißen sind...«

»Das reicht, JK.«

»Und wer soll mich ersetzen? Bob Rowen? Vielleicht Jack Morgan? Oder...«

»Nein. Niemand aus der Firma. JK, ich habe beschlossen, einen professionellen Programm-Manager zu Ihrem Nachfolger zu bestimmen. Ein Top-Mann soll in Ihre Fußstapfen treten...«

»Wer denn? Wem wollen Sie meinen Job geben?«

Cane wandte den Blick ab. »Gene Tyson.«

Lee starrte ihn erst fassungslos an und brach dann in schallendes Gelächter aus. Tyson: die schleimige fette Ratte von Hughes, die Lee während der Angebotsabgabe für das MEM hohnlachend aus dem Büro hinauskomplimentiert hatte. »Gene Tyson. Wollen Sie mich veräppeln?«

»Gene ist ein fähiger Ingenieur und ein guter Mann.«

»Sicher, Art. Aber er ist kein...«

Cane schaute ihn an. »Kein was? Kein *JK Lee*?«

»Verdammt richtig. Zumal es sowieso nicht funktionieren würde. Meine Leute würden nicht mit ihm zusammenarbeiten. Sie würden mich nicht...« *Verraten.*

Cane hustete und wandte den Blick wieder ab. »Tyson hat das Angebot bereits angenommen. Und mit Ihren Leuten habe ich auch schon gesprochen.«

»Ich... das gibt's doch nicht.«

»Mit Morgan, Xu, Lye, Rowen und ...«
»Und sind sie damit einverstanden?«
Cane zuckte die Achseln. »Ich möchte nicht gerade sagen, daß sie sich darüber gefreut hätten. Aber ...«
Aber sie haben es akzeptiert. Und die Hurensöhne haben mir kein Sterbenswort gesagt.
»Hören Sie, Art. Tun Sie das nicht. Wir haben ein gutes Schiff gebaut. Und an der Arbeitsorganisation gibt es auch nichts zu beanstanden. Wir müssen nur noch ein paar Feinabstimmungen vornehmen, und dann machen wir einen Durchmarsch zum Mars. *Es ist alles in Ordnung*, Art. Davon bin ich überzeugt.«
»Das glaube ich Ihnen«, sagte Cane. Seine Stimme war nun härter und kälter. »Das Problem ist nur, JK, daß außer mir kaum noch jemand daran glaubt.«

Lee flog nach Hause und erzählte Jennine, was vorgefallen war. Er spürte einen Anflug von Zorn und Ressentiment. »Ich hoffe, das freut dich. Ich hoffe, das ist eine gute Nachricht für dich.«
Trotz dieser sinnlosen Provokation erschien kein Ausdruck der Verärgerung auf ihrem müden, eingefallenen Gesicht. »Ach, JK.« Sie ging zu ihm hinüber und umarmte ihn.
Nach einer Weile spürte er, wie die Anspannung nachließ. Er erwiderte die Umarmung.

Am nächsten Tag ging er in die Firma. Er parkte den Wagen an der üblichen Stelle, so als ob nichts geschehen wäre.
Als er sein Vorzimmer betrat, war Bella in Tränen aufgelöst. Er traute sich nicht, etwas zu sagen, sondern klopfte ihr nur auf die Schulter.
Im Büro warteten sie schon auf ihn; sie waren vor dem alten, schlachtschiffgrauen Schreibtisch angetre-

ten: Morgan, Xu, Lye, Rowen. Sie machten lange Gesichter, und keiner war in der Lage, ihm in die Augen zu sehen.

Ein Geruch nach süßlichem Rasierwasser durchzog Lees Büro.

Dort – hinter Lees Stahlschreibtisch – stand Gene Tyson.

Lee ging geradewegs auf Tyson zu und reichte ihm die Hand. »Glückwunsch, Gene. Art setzt großes Vertrauen in Sie. Sie haben einen höllischen Auftrag, aber die Leute, die Sie unterstützen, sind die besten ihres Fachs. Ich weiß, daß Sie es schaffen werden.«

Tyson ergriff die Hand. »Ich werde mich an einem Spitzen-Mann messen lassen müssen. »In der Übergangszeit bin ich ohnehin auf Ihre Hilfe angewiesen. JK...« Er schaute sich im Büro um. »Sie müssen hier nicht ausziehen. Das ist nicht nötig. Ich meine...«

»Nein.« Lee ließ Tysons Hand los; er hatte den Schweiß von Tysons weicher Hand an den Fingern. »Nein, das ist schon in Ordnung, Gene. Ich brauche nur einen Tag, um das Büro zu räumen.«

»Natürlich.«

Immerhin hatte Tyson so viel Takt, um das Büro nun zu verlassen.

Nachdem Tyson gegangen war, kam JK sich selbst fehl am Platz vor.

»Verdammt, JK«, sagte Bob Rowen unvermittelt, und sein Mondgesicht unter dem graumelierten Stoppelhaar erweckte den Eindruck, als ob er jeden Moment in Tränen ausbrechen wollte. »Ich wollte nicht, daß es so kommt. Das wissen Sie. Das MEM ist Ihr Schiff.«

Lee legte ihm die Hand auf die Schulter und rüttelte ihn sachte. »Nun müssen Sie das Ruder rumreißen, mein Junge«, sagte er leise. »Und ich wüßte niemanden, dem ich das eher zutrauen würde.«

»Wir kennen uns nun schon so lange, JK. Seit der alten B-70.«

»Mein Gott, es ist doch nicht so, als ob ich zum Mars fliegen würde. Ich werde sowieso fast jeden Tag in der Firma sein.« Das stimmte; Cane hatte ihm eine Stabsstelle angeboten, so daß er den Rang eines Vizepräsidenten auch weiterhin innehatte. »Wenn Sie mich brauchen, müssen Sie nur zum Telefon greifen.«

Nun brachen bei Rowen die Dämme. »Ich weiß, JK. O Gott.«

Lee hatte das Gefühl, auch losheulen zu müssen. *Wieder so ein Vernichtungsversuch.*

Er trat zurück und klatschte in die Hände, um sich Gehör zu verschaffen.

»Kommt schon, Leute. Geht wieder an die Arbeit.«

Seine Leute wollten die Verabschiedung fortsetzen und weitere Lobreden halten.

Er scheuchte sie aus dem Büro.

Nachdem sie gegangen waren, stand er für eine Weile da und betrachtete den wuchtigen Stahlschreibtisch. Das Möbel, das auf einem in den graublauen Unternehmensfarben gehaltenen Teppich stand, sah aus wie das Wrackteil eines Schiffs in der Weite des Meeres.

Er hielt es nicht mehr aus.

Er verließ das Büro und schloß die Tür hinter sich. Dann bat er die schluchzende Bella, seine Sachen zu packen und ihm nach Hause zu schicken.

Draußen wartete Jack Morgan. »Kommen Sie«, sagte Morgan. »Ich mach heute mal blau. Wir fahren zur Balboa Bay runter und schütten uns mit Lemon Hart zu.«

Lee hielt das für eine ausgesprochen gute Idee. Doch auf dem Parkplatz vollzog sich plötzlich ein Sinneswandel.

»Nein«, sagte er. »Danke, Jack, heute nicht.«

»Hmh?« Die Besorgnis eines Arztes mischte sich in Morgans Verwunderung.

Lee grinste. »Ich bin schon in Ordnung. Es ist nur so, daß...«

Morgan klopfte ihm auf die Schulter. »Kein Problem. Dann eben das nächstemal, hmh.«

»Klar.«

Lee ging zu seinem Sportwagen. Er nahm an, daß Morgan verstanden hatte.

Es ist nur so, daß ich den Tag mit Jennine verbringen möchte.

Montag, 13. August 1984
Lyndon B. Johnson-Raumfahrtzentrum, Houston

Der mit einer blauen Kombi bekleidete Bleeker saß auf einem gepolsterten Stuhl vor Muldoons Schreibtisch. Bleeker hatte große und helle Augen, die nach Muldoons Empfinden immer eine gewisse Ruhe ausgestrahlt hatten. Wie Kirchenfenster. Doch nun sah er Fältchen in den Augenwinkeln, und die Farbe war aus Bleekers Gesicht gewichen.

Als Bleeker zu sprechen anhob, war die Stimme angespannt, aber beherrscht. »Sagen Sie's mir, Joe. Habe ich etwas falsch gemacht?«

»Nein. Nein, natürlich nicht. Das wissen Sie doch.« Muldoon tippte auf den dicken braunen Ordner auf dem Schreibtisch. »Ist nur Ärzte-Scheiß... Hören Sie. Möchten Sie einen Drink?« Er öffnete die unterste Schublade des Aktenschranks. »Ich habe eine gute Flasche Bourbon hier, und...«

»Nein danke, Joe. Wenn Sie es mir bitte sagen würden.«

Muldoon öffnete den Ordner. Es handelte sich um den vorläufigen Bericht der flugärztlichen Untersuchung, die nach der D1-Mission bei Bleeker vorgenommen worden war. Er blätterte den Bericht durch, überflog die Stoffwechsel-Grafiken, Strahlungsdosimetrie-Tabellen, gegengezeichnete Formulare und so weiter. Er fragte sich, wo er anfangen sollte. »Teufel, Adam. Sie wissen doch, wie das mit den Ärzten ist. Man verläßt die Praxis nur in zwei Zuständen: gesund oder ...«

»Oder am Boden. Und ich bin am Boden. Ist es das, was Sie mir sagen wollen, Joe?«

Unwirsch schlug Muldoon mit der flachen Hand die Mappe zu. »Adam, Sie haben unzählige Mannstunden im Weltraum zugebracht, in Skylab, Moonlab und zuletzt bei der D1-Mission ...«

Bleeker zog den Kopf ein.

»Damit haben Sie sich für eine Teilnahme an der Ares-Mission qualifiziert. Richtig? Wir wissen, daß Sie für Langfrist-Missionen geeignet sind, weil Sie sich in dieser Hinsicht bereits bewährt haben. Obendrein haben Sie noch Erfahrung mit der neuen Technik des MEM gesammelt ... Und Sie sind sich über die Konsequenzen eines derart langen Aufenthalts im Weltall im klaren.«

»Wo liegt dann das Problem? Muskelschwund?« Zum erstenmal schien Bleeker beunruhigt. »Ist es das Herz?«

»Nein«, beeilte Muldoon sich zu sagen. »Soweit ich aus diesem Kram schlau werde, ist mit Ihrem Herzen alles in Ordnung. Adam, Ihre Flugtauglichkeit steht hier nicht zur Debatte. Bei Ihnen ist auf den Flügen kaum Muskelschwund aufgetreten, und Sie haben sich schnell wieder erholt.«

»Was dann? Kalziummangel?«

»Das auch nicht. Adam – es ist die Strahlenbelastung.«

»Ich liege noch im Grenzbereich«, sagte Bleeker hastig.

Muldoon bemühte sich, ein Gähnen zu unterdrücken. »Ja, aber für Sie wurden die Regeln geändert. Man muß den Ärzten zugute halten, daß sie ständig dazulernen: die Auswirkungen einer langfristigen, geringen Strahlenbelastung sind bisher kaum erforscht, doch dafür wurden andere Gefahrenpotentiale ermittelt... Haben Sie schon einmal von freien Radikalen gehört?«

Bleeker runzelte die Stirn.

»Freie Radikale sind Bruchstücke von Molekülen. Hoch energetisch. Wie Ionen – aus deren Atomen Ladungen herausgeschlagen wurden –, nur daß sie mehr ›Bums‹ haben. Sie sind stark oxidierend, was bedeutet, daß sie Appetit auf Sauerstoff haben. Sie berauben sogar benachbarte Moleküle ihrer Wasserstoffatome. Und wenn das in den Körperzellen geschieht, ist das unter Umständen schädlich.

Jeder Mensch hat freie Radikale im Körper. Wir brauchen sie für die Stoffwechseltätigkeit. Aber es gibt einen *Grenzwert*. Im Körper findet ein Wechselspiel zwischen Produktion und Absorption statt, so daß ein Gleichgewicht gewährleistet ist. Wenn man jedoch hochenergetischer Strahlung, Sonneneinstrahlung oder extremen Temperaturen ausgesetzt ist...«

»Entstehen mehr freie Radikale.«

»Richtig. Das Gleichgewicht geht verloren.« Muldoon überflog den Bericht ein zweitesmal. »Diese Babies vermehren sich. Ein freies Radikal kehrt in den Normalzustand zurück, indem es dem Nachbarn ein Elektron stibitzt. Nur daß der Nachbar sich dann in ein freies Radikal verwandelt. Der Körper verfügt zwar über einen Abwehrmechanismus gegen diese Dinger, doch besteht die Gefahr, daß er überwältigt oder lahmgelegt wird. Und die Schäden hängen dann davon ab, welche Körperteile in Mitleidenschaft gezogen werden. Wenn eine DNA-Base beschädigt wird, tritt Krebs auf. Wenn Proteine beschädigt werden, verliert man die Kontrolle über die Körperfunktionen. Und wenn Membran-Lipide perforiert werden, treten innere Blutungen auf.«

Bleeker runzelte die Stirn. »*Membran-Lipide*, Joe?«

Muldoon versuchte sich verständlich auszudrücken: daß freie Radikale den Alterungsprozeß beschleunigten, daß sie Krebs sowie degenerative Erkrankungen des Herzens, der Leber und der Lunge verursachten; daß der Verlust des Gleichgewichts der freien Radikale eine Vielzahl anderer Mikrogravitations-Probleme verursachte wie Störungen des Gleichgewichtsorgans im Ohr, Knochenschwund etc.

»Adam, haben Sie schon mal ein Stück Butter in der Sonne stehenlassen?«

»Wird ranzig«, sagte Bleeker nach kurzer Überlegung.

»Da haben Sie's. Das sind die freien Radikale.«

Bleeker starrte Muldoon an und zupfte sich scheinbar unbewußt am Ärmel.

Bleeker schien wirklich die Ruhe weg zu haben. Anders hätte er auch kaum den ganzen Atomkriegs-Scheiß verkraftet, für den man ihn ausgebildet hatte, sagte Muldoon sich. Vielleicht lagen die Psychos mit ihrer Vermutung richtig, daß Bleeker an Phantasiearmut litt.

Doch nun erkannte Muldoon, daß unter der Oberfläche sich eine Spannung aufbaute. Wie würde er wohl darauf reagieren, auf die schlimmste Nachricht seines Lebens?

»Schauen Sie, Adam. Sie müssen das einsehen. Sie sind nicht krank. Es ist nur so, daß wegen dieser Studie Grenzwerte verschärft wurden. Und Sie, mit Ihrer langen Verweildauer im Weltraum, haben diese Grenzwerte bereits überschritten. Wäre die Studie über die freien Radikale schon vor ein paar Monaten veröffentlicht worden, hätten Sie wahrscheinlich nicht einmal mehr an der D1-Mission teilnehmen dürfen. Sehen Sie – vielleicht hätten Sie durch die freien Radikale gesundheitliche Schäden davongetragen. Oder auch nicht. Oder etwas anderes ...«

»Ich habe mich bewährt, Joe, sowohl im Weltraum als auch auf dem Boden. Sehen Sie nur, wie erfolgreich der D1-Flug war. Ich habe es verdient, an diesem gottverdammten Einsatz teilzunehmen.«

»Ich weiß das, aber ...«

»Und ich weiß, was ich von Arztberichten zu halten habe. Sie reden von Risiken. Von Möglichkeiten und Prozentsätzen. Aber nicht von Gewißheiten. Überhaupt wäre es unlogisch. Die Verweildauer der Ares-Besatzung im Weltraum wird meine kumulierten Zeiten sogar noch übertreffen.«

»Aber sie fangen mit niedrigeren Werten an, Adam. Sogar Phil Stone.«

»Joe, die Risiken sind mir egal. Ich will unbedingt fliegen.«

»Auch wenn es Sie das Leben kostet?«

»Auch dann.«

Bleeker hob den Kopf und sah Muldoon wieder mit diesen großen Kirchenfenster-Augen an. Sein Blick war offen und aufrichtig und kündete von unbedingtem Einsatzwillen.

Ich muß ihm die Flausen hier und jetzt austreiben. Er darf sich keine Hoffnungen mehr machen. Und er hatte auch nicht vor, Bleeker von dem Druck zu erzählen, der auf ihn ausgeübt wurde: von den Flugärzten und sogar von Josephson, dem NASA-Direktor höchstpersönlich. Dahinter würde er sich nicht verschanzen.

»Darum geht es überhaupt nicht, Adam«, sagte er, wobei er versuchte, seiner Stimme einen metallisch harten Klang zu verleihen. »Ich darf nicht das Risiko eingehen, daß Sie auf halbem Weg zum Mars plötzlich krank werden. Ich darf das nicht riskieren. Sie würden sonst den Erfolg der Mission gefährden.«

Der Anflug eines Lächelns erschien auf Bleekers Gesicht. Dann erhob er sich ungelenk, wobei er sich noch immer am Ärmel zupfte. »Ich respektiere Ihre Entscheidung, Joe.«

»Meine Güte. Lassen Sie die Höflichkeiten, Adam. Wir unterhalten uns später weiter. Sie wissen, daß ich auf Ihre Unterstützung angewiesen bin. Wir haben nicht mehr viel Zeit, um die Sache zu regeln. Und später – Teufel, es gibt auch beim Bodenpersonal Karrieremöglichkeiten.« Er stieß ein hohles Lachen aus. »Verlassen Sie sich auf mich. Sie sind noch immer im Spiel, Adam.«

»Sicher. Ich kenne meine Pflichten, Joe. Ich werde tun, was ich kann.«

Das ist ein gottverdammter Job. Er ist der fähigste Mann im Astronauten-Büro, und ich muß ihn rausschmeißen. »Ja. Ich weiß, daß Sie das tun werden.«

Bleeker drehte sich noch einmal zu ihm um. »Übrigens – wer soll mich ersetzen? Haben Sie sich schon entschieden?«

Joe Muldoon zögerte.

Sein schönes Rotationssystem war schon Makulatur, seit er Curval rausgeschmissen hatte, und nun zogen die Ärzte auch noch Adam aus dem Verkehr. Plötzlich fühlte er einen irrationalen Zorn auf die Ärzte, die Verwaltung, die Psychologen und den Rest der Truppe, die ihm seine Kompetenz streitig machten.

Er hatte das Bedürfnis, sie vor vollendete Tatsachen zu stellen und die Zügel wieder selbst in die Hand zu nehmen.

Er hatte bereits mit Phil Stone gesprochen, dem Ares-Kommandanten. Stone hatte sich voll hinter Bleeker gestellt. Nachdem er schließlich akzeptiert hatte, daß Bleeker nicht an der Mission teilnehmen würde, hatte Stone indes klare Vorstellungen gehabt, wer in Bleekers Fußtapfen treten sollte.

Nun, Joe, Sie müssen den besten Missions-Spezialisten auswählen. Jemand, der besser ist als Adam. Jemand, der den größten Einsatz gezeigt hat: jemand, der die meiste Zeit im Simulator verbracht hat, der die Erstbesatzung ausgebildet hat und so weiter. Und...

Was?

Und jemanden, der die Dinge, die Mission auf eine Art und Weise betrachtet, wie es alten Hasen wie Ihnen und mir nicht möglich ist. Eine andere Perspektive. Jemand, der sie vielleicht besser zu artikulieren vermag...

Egal, ob Anfänger oder nicht, Phil?

Teufel, ja, Joe. Egal, ob Anfänger oder nicht.

Muldoon mußte grinsen. Er wußte, daß der Kandidat, an den er dachte, lange Zeit mit Ralph Gershon zusammengearbeitet hatte – sowohl im MLTV als auch im Simulator und beim Überlebenstraining. Aber auch nur deshalb, weil sie beide Außenseiter waren und sozusagen eine Schicksalsgemeinschaft bildeten. Dennoch hatten sie ihre Kooperationsfähigkeit unter Beweis gestellt, auch wenn sie wohl nie Busenfreunde werden würden. *Die Seelenklempner werden im Dreieck hüpfen, wenn gleich zwei Neurotiker an einem Flug teilnehmen und nur Phil Stone da ist, um zu verhindern, daß sie sich an die Kehle gehen...*

Ach, scheiß drauf.

Ja«, sagte er zu Bleeker. »Ja, ich habe mich entschieden. Aber, Adam...«

»Ja?«

»Sie weiß es noch gar nicht.«

Montag, 13. August 1984
Ramada Inn South/NASA, Houston

Wladimir Wiktorenko hatte sich der Schuhe entledigt und nippte an einer Flasche Whisky. Er war eigens nach Houston gekommen, um tiefere Einblicke ins Ares-Trainingsprogramm zu erhalten. Im Moment lauschte er mit halbem Ohr den Nachrichten und fragte sich, was er mit dem Abend anfangen solle.

Die Nachrichtensprecherin – eine atemberaubend schöne, junge Frau – sagte, soeben habe man die Besatzung für Ares bekanntgegeben.

Wiktorenko verschluckte sich und ließ die Flasche fallen.

Er setzte sich auf und wischte sich den Whisky vom Mund. Er glaubte, sich verhört zu haben.

Mitnichten: nun erschien ein Bild von Natalie – eine offizielle Aufnahme, wobei sie vor einem undefinierbaren Hintergrund saß, dem Fotographen über die Schulter blickte und sich nervös am Modell eines bikonischen MEM festhielt, das längst nicht mehr aktuell war.

Er griff zum Telefon und rief York an.

»Maruschka! Ich hab's eben gehört! Sie fliegen zum Mars!«

»Das stimmt nicht«, sagte York mit monotoner und emotionsloser Stimme.

»Was? Aber es kam doch in den Nachrichten...«

»Ja. Ich hab's auch gehört. Aber von der NASA habe ich nichts gehört. Und solange sie sich nicht bei mir melden, weiß ich von gar nichts.«

Wiktorenkos Mund öffnete und schloß sich, ähnlich einem Fisch. *Du fliegst zum Mars! Das ist ein Grund zum Jubeln!* York blieb stumm.

»Maruschka. Sind Sie allein?«

»Hm mh.«

Natürlich bist du das. »Erteilen Sie mir die Erlaubnis, zu Ihnen zu kommen und mit Ihnen auf den Anruf von der NASA zu warten? Vielleicht hilft Ihnen das.«

»Wenn Sie möchten. Sie müssen aber nicht kommen. Es geht mir gut, Wladimir.«

»Natürlich geht es Ihnen gut.«

Wiktorenko legte auf, holte sechs Fläschchen aus der Minibar und stürmte aus dem Raum.

York saß allein auf der Couch. Im Hintergrund lief das Fernsehgerät. Sie war mit einem Polohemd und einer Hose bekleidet. An den Wänden des Wohnzimmers hingen die alten Mariner-Aufnahmen, und der Tisch war mit Papieren übersät: offensichtlich verfaßte sie gerade eine Abhandlung über die Oberflächenbeschaffenheit irgendeiner Region auf dem Mars.

Wiktorenko stürmte herein. »Ich habe etwas mitgebracht.« Er kramte die Fläschchen aus der Tasche und baute sie in einer Reihe vor dem Fernsehgerät auf.

»Wozu soll das denn gut sein?«

»Für den Fall, daß Sie den richtigen Anruf bekommen. Oder auch den falschen.«

Dann setzte er sich neben sie und nahm ihre Hand. Wortlos verfolgten sie das Geschehen auf dem Bildschirm. Anfangs war ihre Hand noch steif, doch nach ein paar Minuten umklammerte sie seine Hand regelrecht.

Wiktorenko schrak auf, als das Telefon klingelte.

York ließ es ein paarmal klingeln. Dann entzog sie Wiktorenko die Hand und ging zum Telefon. Ihr Gang war langsam und staksig, als ob sie in einem unsichtbaren Druckanzug steckte.

»York.«

Er hörte, wie sie leise schnaufte.

»Ach, hallo, Mama. Nein. Es stimmt nicht. Vielleicht.

Ich habe es auch nur in den Nachrichten gehört. Die NASA hat sich noch nicht bei mir gemeldet. Bis dahin... Nein, ich glaube nicht, daß ich dort anrufen sollte. Sie wissen, wo ich zu finden bin. Ich warte hier, bis – ja, vielleicht solltest du aus der Leitung gehen, Mama. Ich rufe dich an, wenn ich etwas Näheres weiß. Tschüss. Ja, ich dich auch. Tschüss.«

Sie legte auf und drehte sich mit einem Achselzucken zu Wiktorenko um.

Im Fernsehen brachten sie die Wiederholung einer uralten Serie; Wiktorenko vermochte dem Stakkato der Dialoge kaum zu folgen und fand die Handlung billig und überhaupt nicht witzig.

York saß stumm da. Sie zitterte leicht. Er bezweifelte, daß sie die Bilder überhaupt sah, die über die Mattscheibe flimmerten.

Wieder klingelte das Telefon. York stand auf.

»York.«

»Ja, Sir.«

Dann sagte sie für ein paar Sekunden nichts mehr.

»Ja, Sir. Danke. Ich werde mein Bestes tun. Natürlich. Auf Wiederhören.«

Sie legte auf. Wiktorenko wagte nicht, sie nach dem Inhalt des Gesprächs zu fragen.

York ging zum Fernsehgerät, aus dem unablässig das konservierte Gelächter der hirnlosen Komödie drang. Sie nahm eins der Fläschchen, die Wiktorenko mitgebracht hatte, schraubte den Verschluß ab und warf ihn auf den Fußboden. Dann leerte sie die Pulle in einem Zug.

Wiktorenko konnte nicht mehr an sich halten. Er erhob sich vom Sofa und durchmaß den Raum mit weiten Schritten. Dann faßte er York am Ellbogen. »Na? Gute Nachrichten, Maruschka?«

Sie schaute zu ihm auf; in den Augen unter den buschigen Brauen lag ein verletzlicher Ausdruck. »Es ist wahr«, sagte sie. »Wlad, es ist wahr. Das war Joe Muldoon.«

Wiktorenko hätte jubeln und sie herumwirbeln mögen!... Doch sie stand nur da, schaute zu ihm auf und befingerte die leere Flasche. Er beschloß, sich zurückzuhalten und ihre Reaktion abzuwarten.

Sie ging zum Telefon und rief ihre Mutter an. Dann schlug sie vor, auf weitere Anrufe zu warten.

Also setzte Wiktorenko sich wieder auf das Sofa, hielt Yorks zitternde Hand und schaute sich die blödsinnige Komödie im Fernsehen an. Es war eine bizarre Situation.

»Ich halte das nicht mehr aus«, sagte York nach einer Weile.

»Was?«

Sie machte eine vage Geste. Er hatte den Eindruck, daß sie ihre ganze Selbstbeherrschung aufbot. »Die Ungewißheit. Daß ich keine Kontrolle über mein Leben habe. Mein Gott, nachdem der Dauertest im Weltraum gestrichen wurde, wähnte ich mich weiter vom Mars entfernt als je zuvor. Und nun – aus heiterem Himmel – *das*.«

Er drückte ihre Hand. »Sie sind nie beim Militär gewesen, Maruschka. So läuft das beim Militär. Dort haben Sie keine Wahl und dürfen nicht selbst über Ihr Leben bestimmen. Vielleicht weist eure zivile NASA doch mehr militärische Züge auf, als manch einer sich eingestehen will.«

Das Telefon klingelte. Es war Adam Bleeker, dessen Posten York übernommen hatte. York sprach kurz mit ihm.

»Wie fühlt er sich?«

Sie zuckte die Achseln.

Sie warteten noch für eine Weile, doch es erfolgten keine Anrufe mehr. Zweifellos übten diese Idioten im Astronauten-Büro nun den Schulterschluß und strafften

York – und wohl auch Gershon – mit Mißachtung, weil sie ihre Kumpels, die bevorzugten Kandidaten, aus dem Rennen geworfen hatten.

»Unglaublich!« entrüstete Wiktorenko sich. »In Rußland würden wir uns einem Kameraden gegenüber nicht so schäbig verhalten. Kommen Sie. Wir gehen essen. Möchten Sie in ein Steakhaus, zum Italiener oder doch lieber zum Mexikaner? Sie sind eingeladen! Ich setze es der Sowjetunion auf die Spesenrechnung, Maruschka!«

Erst zierte sie sich, doch dann nahm sie die Einladung an.

Beim Verlassen der Wohnung kam ihnen auf dem Gang ein dicklicher junger Mann entgegen. Über seiner Schulter leuchtete die Lampe einer Kamera.

»Frau York! KNWS-TV. Wie fühlt man sich als erste Frau auf dem Mars?«

Fünftes Buch

ARES

Zeitdauer der Mission [Tag/Std:Min:Sek]
Plus 369/09:27:26

Ockerfarbenes Licht, das seltsam gesprenkelt war, schien neben ihr durch das Fenster der Kommandokapsel: der Mars war inzwischen so groß geworden, daß beim Blick aus dem Fenster nur noch ein Ausschnitt des Planeten zu sehen war.

»Drei Minuten bis zum Verlust des Signals«, meldete Capcom John Young nach oben.

»Roger«, erwiderte Stone.

Die Besatzung saß nebeneinander in der Apollo-Kapsel. York schwitzte im unförmigen Druckanzug, und die kantige Beschleunigungsliege stellte nach der Freizügigkeit des Missionsmoduls eine Beeinträchtigung des Wohlbefindens dar.

»Ares, wir geben euch die Daten für das Einschwenken auf die Marsumlaufbahn durch. Grünes Licht für MOI. Noch zwei Minuten bis zum Verlust des Signals. Seid versichert, daß ihr den besten Vogel fliegt, den wir haben.«

»Danke, John. Wir wissen das zu schätzen.«

Klar. Nur daß Youngs Versicherungen kein Trost für York waren.

Im Moment stürzte Ares im freien Fall am Mars vorbei. Selbst bei einem Totalausfall der MS-II-Triebwerke wären sie noch schnell genug, um der Gravitationsquelle des Mars zu entkommen und eine freie Trajektorie für die Rückkehr zur Erde einzuschlagen.

Falls Stone und die Bodenstation sich jedoch für eine MOI* entschieden, die Zündung für das Einschwenken auf eine Mars-Umlaufbahn, hätten sie die letzte Abbruchmöglichkeit verloren. Dann würden sie in den Marsorbit gehen müssen.

---

* MOI = Mars Orbital Injection: Einschießen in eine Marsumlaufbahn

Die MOI war sozusagen der Augenblick der Wahrheit, der Moment, in dem Ares die zarten Bande der Gravitation und Himmelsmechanik kappte, an denen sie sich zur Erde hätten zurückhangeln können.

Nun schickte Ares sich an, hinter der Rückseite des Mars zu verschwinden. Der Abbruch der Sichtverbindung zur Erde bedeutete gleichzeitig den Abbruch der Funkverbindung, so daß Stone nur noch die Instrumente der Ares zur Verfügung standen, um die Zündung zu überwachen. Ausgerechnet im kritischsten Moment wäre die Besatzung auf sich gestellt – isoliert durch die Zeitverschiebung und die Masse des Mars.

Gemäß der Prognosen des Kontrollzentrums wies das MOI-Fenster eine Abweichung von plus/minus fünfzehn Kilometern von der erforderlichen Höhe über dem Mars auf.

Aber wer, zum Teufel, gab schon etwas auf Prognosen?

Die MS-II würde diesmal kräftig feuern. Deshalb waren die restlichen Module der Stufenrakete – die Stufen der MS-II und der MS-IVB-Zusatztriebwerke, des MEM, des Missionsmoduls und der Apollo – noch immer entlang der Mittellinie der Stufenrakete ausgerichtet, also entlang des Vektors, in der die Beschleunigung wirkte. Nachdem die Brennphase dann abgeschlossen war und sie sich im Marsorbit befanden – falls sie ihn überhaupt erreichten –, würde die Besatzung die Rakete einer komplexen Neupositionierung unterziehen müssen, um die Landung vorzubereiten. Das war vielleicht eine höllische Mission, sagte York sich: das Raumschiff im Marsorbit umzubauen...

»Eine Minute bis zum Verlust des Signals«, sagte Stone.

»Eine Minute«, sagte Young fast simultan. Er setzte die Funksprüche mit einem zeitlichen Vorlauf ab, so daß sie beim Raumschiff eingingen, wenn die Besatzung die Handlung gerade ausführte, auf die er sich jeweils bezog. »Ares, Houston. Eure Systeme sehen gut aus.«

»Bestätige das, John.«

York hörte die Anspannung in Stones Stimme. Gershon lag auf der mittleren Liege. Er war ungewöhnlich still und angespannt.

Das ockerfarbene Licht wanderte. Sie schaute auf.

Ares befand sich im Anflug auf den Mars.

In nicht einmal fünfhundert Kilometern Höhe zog eine gesprenkelte, zerklüftete Landschaft unter York vorbei. Sie erkannte Arabia, ein hellgelbes kreisförmiges Gebiet, und rechts davon einen unregelmäßigen blauschwarzen Abschnitt – das vulkanische Plateau mit der Bezeichnung Syrtis Major Planum. Syrtis war das erste Merkmal des Mars gewesen, das man auf der Erde durch ein Teleskop entdeckt hatte. *Und nun fliege ich über Syrtis hinweg.* Der Abschnitt hatte die Größe ihrer Hand.

Ihr sträubten sich die Nackenhaare. Sie stand so dicht über dem Planeten, daß Syrtis förmlich auf sie zustürzte, während Ares immer tiefer in die Gravitationsquelle des Mars eintauchte. Syrtis zog so schnell unter ihr vorbei, daß es die Lichtverhältnisse in der Kabine beeinflußte.

Die Kugel des Mars schien sich aufzublähen. Mars war im Vergleich zur Erde eine kleine Welt, und selbst in dieser geringen Höhe sah sie noch die Krümmung des Planeten.

Sie versuchte, analytisch an die Sache heranzugehen und das Panorama in geologische Einheiten zu zergliedern... Doch dies war eine vernarbte, alte Landschaft. Das Land war vom Hagel der Meteoriteneinschläge gezeichnet. *Wie blaue Flecken im Gesicht einer Leiche.* Es war ein deprimierendes Panorama, das Antlitz einer toten Welt.

»Dreißig Sekunden«, sagte Stone.

York wandte sich kurz ihrer Station zu. Bei dieser ersten Umkreisung des Planeten arbeitete die wissenschaftliche Plattform mit voller Kapazität und führte Untersuchungen der Oberfläche und der Atmosphäre durch. Wenn die Erde hinter dem Mars verschwand und die Funkverbindung abbrach, würde sogar das Klappen der Trägerwelle noch Aufschluß über die Struktur der Marsatmosphäre übermitteln.

Diese ersten Beobachtungen waren sehr wichtig. Falls die Zündung mißlang und die Mission auf einen bloßen Vorbeiflug reduziert wurde, waren diese Beobachtungen vielleicht die signifikantesten Daten, die Ares zur Erde sandte.

Ares verringerte nun die Sinkgeschwindigkeit und überflog den Terminator. York erhaschte einen Blick auf eine Kraterkette, die das letzte Licht der Sonne reflektierte. Die vom Wind erodierten Ränder warfen lange Schatten auf die uralte Oberfläche.

»Ares, Houston, gleich erfolgt Signalverlust«, sagte Young im weit entfernten Kontrollzentrum. »Guten Flug, Leute.«

»Vielen Dank«, sagte Stone. »Wir sehen dich auf der anderen Seite, John. Zehn. Neun.«

...Dann waren die in der Dämmerung liegenden Krater verschwunden; Ares drang in den Schatten ein und flog über einem dunklen Land dahin. *Das Sonnensystem ist angefüllt mit leeren, dunklen Welten*, sagte sie sich. *Die Erde ist die Ausnahme.* Sie fühlte sich isoliert und verwundbar. Fern der Heimat.

»Drei. Zwei. Eins.«

Statisches Rauschen drang aus den Lautsprechern in den Regalen der wissenschaftlichen Station und aus dem Kopfhörer.

Das Signal war zum erwarteten Zeitpunkt abgebrochen. Das bedeutete, daß die Trajektorie stimmte.

Gershon prustete vor Lachen. »Was sagt man dazu. Wie auf Knopfdruck. He, Phil. Ich frage mich, ob sie das Funkgerät nicht einfach abgeschaltet haben. Wäre das nicht ein toller Spaß? Ich höre John schon sagen: ›Sollen die Arschlöcher doch sehen, wie sie da oben klarkommen...‹«

York sah Stones Profil über der Kopfstütze der Liege. Er grinste, aber es war ein verkniffenes Grinsen. »Gehen wir die MOI-Checkliste durch, Ralph. Noch fünfzehn Minuten bis zur MOI.«

York reckte den Hals und starrte auf die runde dunkle Fläche, die den Mars darstellte. Vor dem geistigen Auge rief sie eine Karte der Oberfläche auf. Ares überflog gerade Hesperia Planum, eine im Osten von Syrtis gelegene Ebene in der Nähe des Äquators.

Sie erkannte Spuren, Konturen und weißen Schimmer in der Dunkelheit. *Muß Sternenlicht sein, das vom Ce-O-Zwei-Eis reflektiert wird.*

Sie hatte Lagerfeuer von Nomaden gesehen, die wie Stecknadelköpfe in den nächtlichen Wüsten der Erde glommen. Doch in dieser Marswüste leuchtete kein Feuer. Von allen Welten des Sonnensystems kannte nur die Erde – mit ihrer sauerstoffreichen Atmosphäre – Feuer.

»Fünf Minuten bis zur Zündung.«

Sie war im Anzug versiegelt und hörte das Zischen von Sauerstoff, das Surren der Lüfter und das kratzende Geräusch des eigenen Atems. Sie fühlte sich isoliert und von den Kameraden abgeschnitten. *Lausige Konstruktion. Mir wäre jetzt danach, jemandem die Hand zu halten.*

»In Ordnung, Ralph«, sagte Stone. »Translationsregelung an.«

»An.«

»Manueller Drehregler Nummer Zwei aktiviert.«

»Aktiviert.«

»Gut. Bereit für die erste TVC-Kontrolle.«

»Druckanstieg im grünen Bereich«, sagte Gershon. »Alles läuft wie am Schnürchen ...«

Dreißig Meter unter ihnen erwachte die MS-II-Einschuß-Stufe aus dem interplanetaren ›Winterschlaf‹. Vorwärmer in den kryogenischen Tanks ließen Dampf ab und bauten einen Druck auf, der Treibstoff und Oxidator zum Austritt aus den Tanks zwang. Stone und Gershon führten derweil Tests der Sequenz durch, die den Wasserstoff und Sauerstoff in den Brennkammern der vier J-S2-Triebwerke zu einem explosiven Gemisch vereinen würde.

Im Fenster über sich erkannte York das Segment eines präzisen, riesigen Kreises, der sich elfenbeinfarben im Sternenlicht abzeichnete.

»O mein Gott.«

Stone bewegte sich im Anzug und sah über die Schulter. »Stimmt was nicht?«

»Sieh dir das an. Ich glaube, es ist Hellas.« Der tiefste Einschlagkrater auf dem Mars. Ausgefüllt war er mit einem weißen See aus gefrorenem Kohlendioxid. Irgendwo dort unten hatten die Sowjets Mars 9 gelandet.

»Du wirst noch reichlich Gelegenheit haben, das zu betrachten«, sagte Stone grunzend. Seine Enttäuschung war offensichtlich. Dann wandte er sich ab und widmete sich wieder der Checkliste für die Zündung.

»Dreißig Sekunden«, sagte Stone. »Alle Werte normal. Bereit für MOI.«

Seine behandschuhte Hand schwebte über dem knubbeligen Auslöser.

York wußte, daß die Brennphase vollautomatisch ablief und von Computern in der Instrumentenkapsel der Stufenrakete kontrolliert wurde, die wie ein mit Elektronik gefüllter Krapfen an der Rückseite des Missionsmoduls klebte. Es handelte sich um ein redundantes

Computer-Netzwerk, das endlose Berechnungen durchführte und dessen Komponenten sich gegenseitig kontrollierten. Es war kaum vorstellbar, daß etwas schiefging. Trotzdem schwebte Stones Hand über dem Knopf – bereit zu übernehmen, falls die Notwendigkeit sich ergab. Auf York wirkte das komisch – und dennoch irgendwie heldenhaft. Geradezu rührend.

»Zwanzig Sekunden«, sagte Stone. »Festhalten, Leute.«

»Alle Systeme sind bereit für MOI«, sagte Gershon.

York kontrollierte ihre Station. »Roger.«

Sie überprüfte noch schnell den Sitz der Gurte und legte den Kopf auf die Kopfstütze der Liege, wobei sie versuchte, den mehrlagigen Druckanzug an der Rücken- und Beinpartie glattzustreichen.

Sie hatte Herzklopfen, und der Schweiß brach ihr aus.

»T minus zehn Sekunden«, sagte Gershon.

Stones Hand schwebte über den Kontrollen.

»Acht Sekunden.«

»Ich habe eine 99«, sagte Stone und drückte auf einen Knopf. »Weitermachen.«

York schnaufte.

»Sechs Sekunden«, sagte Gershon. »Fünf, vier. Trimmung.«

Sie hörte ein kurzes Rattern und bekam einen ›Tritt in den Hintern‹. Acht kleine Feststoffraketen, die kranzförmig um das MS-II angeordnet waren, hatten dem Zusatztriebwerk einen ›Schubs‹ gegeben, um den Treibstoff in Richtung der Pumpen zu drücken, damit er nicht in den Tanks schwappte.

»Zwei. Eins«, sagte Gershon. »Zündung.«

Die Hilfstriebwerke verstummten; statt dessen setzte ein stetiger Schub ein, der auf Yorks Rücken, Hals und Beine wirkte.

Die Kraft wurde immer stärker. Die Stille war geradezu unheimlich. Der von hinten wirkende Schub vermittelte ihr das Gefühl, sich aufzusetzen und nach vorn geschleudert zu werden, in eine ungewisse Zukunft.

»Brennzeit fünfzehn Sekunden«, sagte Stone. »Null komma fünf Ge. Zunehmend.«

Nach einem Jahr in der Schwerelosigkeit war selbst dieser Druck schon enorm. *Soviel zu den Übungen; war alles für die Katz.*

Nun erzitterte die Rakete und sandte Schwingungen aus, die sich in den Wänden der Kabine und den Regalen für die Ausrüstung fortpflanzten. Lose Ausrüstungsgegenstände wurden durchgerüttelt. Hinter sich hörte sie ein Scheppern: ein nachlässig befestigter Ausrüstungsgegenstand hatte sich gelöst und war auf ganzer Länge durch die Kommandokapsel gefallen.

»Ein Ge«, rief Stone. »Zwei.«

Der zunehmende Druck legte sich auf ihre Brust.

»Mein Gott«, sagte Gershon. Er mußte schreien, um das Rattern der Wände und der Ausrüstung zu übertönen. »Das geht noch für acht Minuten so weiter.«

»Mach keinen Aufstand«, sagte Stone barsch. »Zwei komma fünf Ge. Alles läuft prima. Wir sind voll auf Kurs. Drei komma sechs. Haltet durch, Leute.«

Sie vermochte nicht mehr zu atmen. Der Druckanzug umfing sie wie ein Schraubstock. Es war eine ebenso bizarre wie erschreckende Erfahrung.

Sie erkannte erste Anzeichen des Tunnelblicks.

Sie waren allein im Innern eines winzigen Artefakts, das über einem toten Planeten seine Bahn zog und dessen Überleben vom reibungslosen Funktionieren der Maschinen abhing.

»Vier komma drei Ge«, rief Stone. Sie hörte das durch den Schub verursachte Vibrato in seiner Stimme.

»Geschafft. Das ist der Höchstwert. Wir nähern uns dem Perizentrum.«

Stone und Gershon lasen den Status des bisherigen Manövers ab.

»Brenndauer vier vier fünf.« Vier Minuten fünfundvierzig Sekunden. Die Hälfte hatten sie geschafft. »Zehn Werte für die Winkel: BGX minus null komma eins, BGY minus null komma eins, BGZ plus null komma eins...« Die Geschwindigkeits-Abweichung während der Brennphase betrug gerade einmal dreißig Zentimeter pro Sekunde auf jeder Raumachse. »Keine Trimmung. Minus sechs komma acht Delta-vau-ce. Treibstoff achtunddreißig komma acht. Lox neununddreißig plus fünfzig im Ausgleichsbehälter. Erhöhte Werte beim PUGS. Vorgesehen für eine zwei neunzehn komma neun mal zwölf sechs elf komma drei...«

York interpretierte die Zahlen. Die Brennphase verlief störungsfrei. Die Stufenrakete schickte sich an, in einen elliptischen Orbit mit einer Achse von dreihunderttausend beziehungsweise zwanzigtausend Kilometern zu gehen: fast perfekt.

»He, Natalie.« Das war Gershon.

»Was?«

»Guck mal nach oben.«

Mit Mühe legte sie den Kopf in den Nacken. Der Helm begrenzte die Bewegung, und unter der Beschleunigung hatte sie das Gefühl, der Schädel sei durch eine Betonkugel ersetzt worden, die an der Nackenmuskulatur zerrte.

Durch das Fenster sah sie die südliche Ebene des Mars. Und die sich über ihr ausdehnende Landschaft wurde im Zentrum von einem schwachen rosigen Glühen erhellt. Es sah aus wie ein Lichtreflex auf einer großen ockerfarbenen Bowlingkugel.

Es war das Glühen der Verbrennung, das Licht der MS-II.

Zum erstenmal in der vier Milliarden Jahre währenden Geschichte des Planeten wurde die Marsnacht von künstlichem Licht erhellt.

Freitag, 17. August 1984
Lyndon B. Johnson-Raumfahrtzentrum, Houston

Die Fragen stiegen aus einem Lichtermeer auf, das so intensiv war, daß York förmlich einen Sonnenbrand bekam.

»Was für ein Gefühl ist es, zur Besatzung zu gehören?« »Was ist mit den Jungs, die Sie ausgebootet haben?« »Wer wird die Marsoberfläche als erster betreten?« »Wie fühlt man sich im Weltraum?«...

Die drei saßen auf einem improvisierten Podium, wobei Joe Muldoon und Rick Llewellyn, der Leiter des Büros für Öffentlichkeitsarbeit der NASA, als ›Aufpasser‹ fungierten. An der Wand hinter ihnen prangte das NASA-Logo, und auf dem Tisch vor ihnen stand das Plastikmodell eines Columbia-MEM. Der Besprechungsraum im Büro für Öffentlichkeitsarbeit war rappelvoll, und vor dem Tisch befand sich etwas, das die *Alten Köpfe* aus unerfindlichen Gründen als ›goat fuck‹, als ›Ziegenfick‹ bezeichneten – ein Wald aus Mikrofonen und Kameralinsen direkt vor den Gesichtern der Astronauten.

Bisher hatte sich kaum jemand für Yorks Leben, ihren Hintergrund, ihre Motive, ihre Hoffnungen und Ängste interessiert. Nun war auf einmal *alles* interessant: ihr Werdegang, jeder Aspekt ihrer Persönlichkeit.

Das würde wahrscheinlich kein Ende mehr nehmen. Und sie haßte es jetzt schon.

Sie beneidete Phil Stone, mit dem guten Aussehen und dem leichten Kansas-Dialekt – die Ikone des heldenhaften Astronauten –, um die Gelassenheit, mit der er selbst die dümmsten Fragen beantwortete und auch solche, auf die er schon x-mal eine Antwort gegeben hatte. Und Ralph Gershon – *der glorreiche, wagemutige Junggesellen-Astronaut* – war zum Liebling der Presse avanciert: des ansteckenden Grinsens wegen, der flotten Sprüche sowie der gefährlichen und geheimnisvollen Aura, die er verbreitete. Auch wenn Rick Llewellyn jedesmal, wenn er den Mund aufmachte, sichtlich nervös wurde. York hatte dennoch den Eindruck, daß unterschwelliger Rassismus in der gönnerhaften Art und Weise mitschwang, in der Gershon behandelt wurde.

Apropos York: obwohl sie nach eigener Einschätzung am wenigsten in der Lage war, dem Mediendruck standzuhalten, war sie doch diejenige, der das größte Interesse zuteil wurde. Und zwar aus den falschen Gründen.

Es begann am Tag nach der Bekanntgabe der Besatzung. In allen Zeitungen erschien das alte NASA-Foto, auf dem sie mit dem Modell des längst nicht mehr aktuellen Doppelkegel-MEM zu sehen war. ›Diese stille, fleißige und engagierte Wissenschaftlerin…‹ ›Der Rotschopf Natalie York ist mit 37 noch unverheiratet und kinderlos…‹ Wir fragten die Kosmetikerin Marcia Forbes, wie sie die erste Amerikanerin im Weltraum aufpeppen würde. ›Nun, da müßten wir zunächst mal was wegen dieser Augenbrauen tun…‹ ›Diese 35-jährige Einwohnerin von LA mit einer Frisur wie ein Wischmop…‹ ›…Die mittelgroße, brünette Natalie York mit einer Kurzhaarfrisur scheut angeblich die Öffentlichkeit…‹ ›Das dunkle kurze Haar und das aparte südländische Aussehen machen Natalie nicht nur zu einer ebenso glamourösen wie geheimnisvollen Frau, sondern auch zur natürlichen Besetzung als Amerikas erste Frau auf dem Mars…‹

Haar, Augenbrauen und Zähne. Sie wurde noch verrückt.

Inzwischen hatte man auch schon ihre Mutter aufgespürt, die sich über die Publizität freute, sowie Mike Conlig und seine neue Familie, die sich nicht darüber freuten.

Es hätte ihr schon geholfen, wenn die NASA sie auf den Umgang mit den Medien vorbereitet hätte; und wenn es sich nur um ein grundlegendes Kommunikations-Training gehandelt hätte. Doch statt dessen lautete die Prämisse: *Blamieren Sie die NASA nicht.*

Manche Fragen waren pointierter als andere.

»Ist der Fall von Adam Bleeker denn nicht als Beleg dafür zu werten, daß wir noch nicht soweit sind, Menschen auf so lange Missionen zu schicken? Daß wir noch nicht genug über die Auswirkungen der Mikrogravitation auf den Körper wissen? Daß die Ares-Mission an sich eine unverantwortliche Aktion ist?«

»Sie haben sicher recht damit, daß wir noch nicht genug wissen«, sagte Muldoon ruhig. »Doch wir werden dieses Wissen nur erlangen, indem wir ins All fliegen, in der Mikrogravitation arbeiten und die Auswirkungen studieren. Natürlich gibt es auch Gefahren, doch wir akzeptieren sie als Teil des Auftrags. Sie sollten wissen, daß Adam trotz der medizinischen Risiken unbedingt am Flug teilnehmen wollte; und ich weiß auch, daß jeder im Astronauten-Büro gern für ihn einspringen würde ...«

»Ralph, möchten Sie etwas zu den Einsätzen in Kambodscha sagen?«

»Das ist alles in den öffentlichen Archiven enthalten, und ich habe dem auch nichts hinzuzufügen. Das ist lange her.«

»Aber wie haben Sie sich gefühlt, als Sie Berichte fälschen und eine langjährige Tarnung aufrechterhalten mußten, bevor ...«

»Das können Sie in meinen Memoiren nachlesen, Will.«

Gelächter.
»Was ist mit Apollo-N?«
Muldoon biß fast ins Mikrofon. »Äh... was soll damit sein?«
»Ich habe an einer Führung durch das JSC teilgenommen und große, heroische Maschinen gesehen. Lauter Gedenktafeln für Apollo 11. Das Kontrollzentrum als nationaler Wallfahrtsort – na schön. Doch nach dem, was ich am JSC gesehen habe, hätte Apollo-N nicht verunglücken dürfen, und schon gar nicht hätte ein Feuer in Apollo 1 ausbrechen dürfen. Was ist los mit euch Leuten? Wie könnt ihr nur behaupten, es sei alles in Ordnung und es würde nie etwas passieren?«
»Das behaupten wir doch gar nicht«, sagte Muldoon. »Aber wir denken auch nicht den ganzen Tag an den Absturz.«
»So bezeichnet ihr das also? Als *Absturz*? Das verdammte Gerät ist nicht abgestürzt, sondern im Orbit explodiert.«
»Wir müssen aus den Fehlern lernen, weitermachen und dafür sorgen, daß die Verluste nicht umsonst waren. Wir können es uns nicht leisten, über Vergangenem zu grübeln und Pläne nicht zu verwirklichen.«
»Sehen Sie, ich bin nicht von hier. Ich habe gesehen, daß das JSC von Apollo-N-Parkplätzen und Einkaufspassagen umgeben ist. Es gibt sogar einen Apollo-N-Gedächtnispark, um Himmels willen. Meint ihr Leute denn nicht, eine derart spontane und deutliche Reaktion der Öffentlichkeit hätte eine substantiellere Antwort verdient als das Versprechen, ›aus den Fehlern zu lernen‹?«
Ja, zum Teufel, sagte York sich. Manch einer am JSC vertrat die Ansicht, die Passagen und dergleichen seien geschmacklos und irgendwie unwürdig. York teilte diese Meinung nicht; wie der Reporter impli-

zierte, handelte es sich bei solchen Dingen um Symbole, mit denen die Leute im Land auf die menschliche Tragödie reagierten. Natürlich benannten sie Parkplätze und Einkaufspassagen nach Apollo-N: was, zum Teufel, hätten sie denn sonst nehmen sollen?

Aber sie verstand auch die Einstellung der Piloten. Sie nahmen die Toten als gegeben hin, ließen Apollo-N ruhen und machten weiter. Ben hätte es genauso gemacht. Es war für einen Außenstehenden zwar schwer nachzuvollziehen, doch das war eben die NASA-Kultur.

Nur daß York kein Pilot war. Nach Bens Tod hatte sie ihre Rolle in der NASA für lange Zeit kritisch hinterfragt. Als ob nicht schon genug Zweifel an ihr genagt hätten.

Sie entrann diesem Dilemma, indem sie mit sich selbst abmachte, daß sie alles, was sie fortan tat, für Ben tat. So einfach war das.

Eine energische Frau erhob sich. »Natalie, was sagen Sie als Wissenschaftlerin zu dem Vorwurf, die Mars-Expedition sei eine Täuschung? Daß Sie, anstatt zum Mars zu fliegen, für ein Jahr in einem Studio in Nevada weggeschlossen werden und um eine Attrappe des MEM herumhampeln?«

Nun reichte es ihr. York war empört. Sie beugte sich so weit nach vorn, daß sie fast das Mikrofon verschluckt hätte. Ihre Stimme dröhnte aus den Lautsprechern. »Sehen Sie, für einen solchen Mist habe ich wirklich keine Zeit. Wir trainieren für eine Weltraum-Mission, um Himmels willen. Weshalb sollten wir unsere Zeit verschwenden und uns noch mehr unter Druck setzen, nur um auf saudumme Fragen von Arschlöchern wie ...?«

Phil Stone legte die Hand auf das Mikrofon.

»Ich weiß, wie Natalie sich fühlt«, sagte er gleichmütig. »Glauben Sie mir. Diese Bemerkung entbehrt einfach jeder Grundlage. Der beste Beweis, den ich Ihnen für die Echtheit unserer Mission anzubieten vermag, ist folgender: es ist wahrscheinlich technisch einfacher, wirklich zum Mars zu fliegen, als den Flug zu simulieren.«

Damit hatte er die Lacher auf seiner Seite, und der kritische Moment wurde überspielt.

York zwang sich zur Ruhe. Sie wußte, daß Rick Llewellyn ihr später eine Standpauke halten würde.

»Was ist mit Sex?«

»Wie meinen Sie das?« fragte Stone.

Nun stand ein männlicher Reporter in einem zerknitterten Inspektor Columbo-Regenmantel auf. Er hatte ein Grinsen im Gesicht. »Ganz einfach – was ist mit Sex? Ihr seid alle normale, gesunde Erwachsene – Amerikas erste gemischte Raumschiffsbesatzung –, und ihr werdet für achtzehn Monate in diesem kleinen Missionsmodul eingesperrt sein. Und Ralph und Natalie sind nicht einmal verheiratet ... Kommt schon. Zwei Männer und eine Frau. Was für eine Situation.«

Yorks Wangen glühten. *Ich würde am liebsten abhauen.* Genau. Und sich auch gleich von der Mission verabschieden.

Gershon feixte. Ihm machte das alles großen Spaß.

Stone schürzte die Lippen. »Ich weise auf die offizielle NASA-Dienstvorschrift hin. Das steht in den Handbüchern. *Enge Beziehungen zwischen Besatzungsmitgliedern sind zu vermeiden.*« Er lächelte verschmitzt. »Das soll zumindest eine Hilfe sein.« Dies verschaffte ihm einen erneuten Lacherfolg. »Aber ich würde schon sagen, daß dieser Rat prinzipiell richtig ist. Richtig, wir sind alle Erwachsene. Aber eine sexuelle Beziehung zwischen Besatzungsmitgliedern – ganz zu schweigen von einer emotionalen Beziehung – würde die Besatzung destabilisieren. Außerdem würde es unsere Fähigkeit beeinträchtigen, die Besatzung für die gesamte Dauer der Mission zu unterstützen. Und wenn man sich dann noch das negative Potential vor Augen führt – Eifersucht, Vorzugsbehandlung, Mißachtung des Dienstwegs, Vorwürfe und Schuldgefühle nach einem Abbruch der Beziehung und so weiter –, wette ich, daß diese Zurückhaltung bei künftigen gemischten Flügen ohnehin zur Norm wird.«

Gershon legte den Kopf schräg. »Wozu wird sie?«

»Sie sollten bei der Psychologieausbildung besser aufpassen, Gershon.«

Ein weiterer Lacherfolg. Wieder ein entschärfter Moment.

York hoffte, daß die Röte aus ihren Wangen verschwand. Es war bemerkenswert, welche Show Stone hier abzog. Er gab den gleichen Mist von sich, die gleichen Halbwahrheiten, mit denen die NASA die Öffentlichkeit seit den Tagen von Mercury abgespeist hatte.

Und ich bin nun ein Rädchen im Getriebe, sagte sie sich. *Eine Komplizin bei der traditionellen Lüge. Ich bin nun eine Astronautin, und meine menschlichen Bedürfnisse existieren offiziell nicht mehr.*

Die Frage des Reporters war zwar frech, aber sie traf den Kern. Die NASA war in technischer Hinsicht Spitze, sagte sie sich, doch verstand sie es überhaupt nicht, den Bedürfnissen der weichen rosigen Körper gerecht zu werden, die sie in die glänzenden von Braun-Traummaschinen steckte – sie wußten nicht einmal, daß diese Bedürfnisse überhaupt existierten. Oder taten so, als wüßten sie es nicht, weil sie es nicht wissen wollten.

Wie fühlt man sich im Weltraum? Auf dem Mond? Auf dem Mars?

Zunächst kam diese Frage ihr blöd vor: naiv, zu offen – es gab darauf keine Antwort. Und es nervte sie, daß diese Frage, wenn auch mit Variationen, auf jeder Pressekonferenz gestellt wurde.

Heute versuchte Joe Muldoon, sie zu beantworten.

»Ich bin ein ganz normaler Mensch. Aber man könnte dennoch sagen, daß ich etwas Außergewöhnliches getan habe.

Ich möchte Ihnen erzählen, wie es war. Wenn man aus dem Orbit auf die Erde herabschaut, vergißt man alle Probleme: die Rechnungen, die bezahlt werden müssen, den Ärger, den man mit dem Auto hat. Statt dessen denkt man über die Menschen in dieser blauen Schüssel aus Luft nach: die Menschen, die man kennt und die einem etwas bedeuten. Und dann erkennt man, wieviel sie einem wirklich bedeuten...«

Außer Muldoon sprach niemand im Raum.

Sie beobachtete die Fragesteller; die harten, zynischen Presseleute hingen nun an den Lippen des Astronauten. Sogar die Frau, die unterstellt hatte, die Mars-Mission sei eine Verlade, hörte gebannt zu.

»Wenn man sieht, wie die Erde hinter dem Raumschiff zurückfällt...«, sagte Muldoon. »...Wenn man auf dem Mond steht und diese kleine Welt einem zu Füßen liegt: dann wird einem bewußt, daß man einer von zwei Menschen auf dem Mond ist und daß man in der Lage ist, die Hand auf die Erde zu legen...«

Es gab eine Handvoll Männer, die Außergewöhnliches geleistet hatten: sie waren durchs Weltall geflogen und sogar auf dem Mond spazierengegangen – eine unvorstellbare Leistung, eine Leistung, auf die das evolutionäre Erbe der Menschheit sie nicht vorbereitet hatte. Und nun erkannte York, daß die Presseleute – hinter der bräsigen Fassade – darauf reagierten. Es war eine archaische Reaktion.

Du bist dort oben gewesen. Mir war das nie vergönnt. Erzähl mir nur nicht, du wärst ein normaler Mensch. Was ist das für ein Gefühl? Sag's mir.

Wenn die Astronauten zur Öffentlichkeit sprachen – wobei sogar ein Routinier wie Muldoon immer in einen gestelzten Jargon zu verfallen schien –, lief unter dem gesprochenen Wort eine Kommunikation ab, die an archaische Instinkte rührte. Die Worte von Muldoon und den anderen genügten nicht – würden nie genügen. York hatte oft den Eindruck, daß die Leute die Astronauten am liebsten *berühren* würden. Als ob sie Götter wären. Oder als ob Informationen, Wahrnehmungen und Erinnerungen durch die Haut übertragen würden.

Doch *sie* vermochte dazu nichts beizutragen. Wie auch? Sie war bisher nur in einem Schulflugzeug mitgeflogen.

Im Licht der Fernsehkameras fühlte sie sich deplaziert neben einem Mann, der mit den Fingern durch den Mondstaub gefahren war.

Oktober 1984

...Wie oft müssen wir erleben, daß die Diskussion über die Zukunft der RAUMFAHRT zwischen hysterischen Extremen schwankt! Und all das findet vor dem Hintergrund einer Zeit statt, wo Zynismus und AMORALITÄT ins Kraut schießen.

Während die ›Yuppies‹ mit Rolex-Uhren und sportlichen BMWs protzen und während der illusorische wirtschaftliche ›Aufschwung‹ allein durch die vom Präsidenten verordnete massive Erhöhung der RÜSTUNGSAUSGABEN stattfindet, ist die Kluft zwischen den niedrigsten und höchsten Einkommen so breit wie seit zwei Jahrzehnten nicht mehr. Diese Erhöhung der Rüstungsausgaben, die wegen der politischen Unterstützung der NASA auch zur Finanzierung der Mars-Mission dient, schürt die Inflationsgefahr und führt zu einem riesigen DEFIZIT, das eine Hypothek für die nachfolgende Generation darstellt.

Und dieses DEFIZIT ist wiederum eine zynische Manipulation der Wirtschaft durch die Regierung, die nun behauptet, wegen der Belastung durch das DEFIZIT bestünde kein Spielraum für eine Erhöhung der Sozialausgaben in den Jahren nach Präsident Reagans Rücktritt in 1988.

Paradoxerweise führt die entmenschlichende Erfahrung der RAUMFAHRT zu einem tieferen Verständnis der MENSCHLICHKEIT, welche die Astronauten ablegen müssen. Sie vermittelt uns eine neue Perspektive:

– VERACHTUNG für unsere Werke
– Steigerung der SELBSTACHTUNG

Diese neue Perspektive ist geeignet, uns näher an GOTT heranzuführen.

Doch allzu oft schwankt die Erfahrung der RAUMFAHRT, wie sie der Allgemeinheit von der Regierung und öffentlichen Körperschaften vermittelt wird, die der Raumfahrt positiv beziehungsweise negativ gegenüberstehen, zwischen zwei spiegelbildlichen Idolen, von denen eins so falsch ist wie das andere:

– MELLONOLATRIE, das heißt die unkritische Verehrung der Technik als Selbstzweck,
– MISONEISMUS, eine gleichermaßen unbegründete Angst vor und Haß auf Technik.

Gibt es denn ein besseres Argument als dieses, um uns endlich der Raketen mit den tödlichen NUKLEAR-Herzen zu entledigen?...

Auszug aus ›Mellonolatrie und Misoneismus: Die Zwillings-Idole der Raumfahrt‹, Rev. B. Seger, Kirche des Heiligen Joseph, Cupertino. Alle Rechte vorbehalten.

Montag, 3. Dezember 1984
Lyndon B. Johnson-Raumfahrtzentrum, Houston

Ralph Gershon stand in der Schleuse der MEM-Attrappe. Sein Gesicht war hinter dem Helmvisier klar zu erkennen. »In Ordnung, Natalie. Wenn du nun eintreten möchtest.«

»Rog, Ralph.«

Die auf der simulierten Marsoberfläche stehende York machte einen Schritt auf das MEM zu.

Bei der Bewegung zerrten die Brustgurte brutal an ihr, und sie wurde einen Meter in die Höhe gerissen. Sie kippte nach vorn. Der Anzug, in dem ein Druck von fast dreihundert Gramm pro Quadratzentimeter herrschte, blähte sich auf wie ein Ballon. Sie war zur Bewegungsunfähigkeit verurteilt.

Sie kippte wie ein gefällter Baum.

Sie landete auf den Knien und stützte sich mit den behandschuhten Händen im Schmutz ab. Der Erdboden bestand aus eingetrocknetem Houston-Matsch, der mit pinkfarbenen Steinchen übersät war: sie befand sich auf etwas, das die Astronauten fälschlich als einen Gesteinshaufen, eine simulierte Marsoberfläche, bezeichneten. Diese Oberfläche war mehr oder weniger eben, denn ebene Flächen waren der Ort, an dem nach den Vorstellungen der konservativen Missions-Planer das MEM landen sollte.

»Gottverdammtes Geschirr.«

»Du sagst es, Natalie. Darf ich dir helfen?«

»Nein. Nein, ich komme schon klar, verdammt.«

York war an einem Marsgravitations-Simulator vertäut. Das Brustgeschirr war mit Seilen an einer Stange befestigt, wobei die Seile über Flaschenzüge geführt wurden, die ihr Gewicht um zwei Drittel reduzierten. Wie auf dem Mars. Nur daß sie auf dem Mars nicht bei jedem Schritt von einem lächerlichen Strick zurückgerissen werden würde.

Um aufzustehen, mußte sie sich vom Boden abstoßen und warten, bis das Geschirr sie wieder auf die Füße gestellt hatte. Dann konnte sie nur hoffen, daß sie nicht wieder vornüber kippte.

Sie stand schwankend da und breitete die Arme aus, um das Gleichgewicht zu halten. Durch den Helm sah sie, wie die Techniker ihr ironisch applaudierten.

»Beachte die Arschlöcher gar nicht«, riet Gershon ihr.

»Rog.« Sie atmete durch. »Ich versuch's noch mal, Ralph.«

»Nur die Ruhe, Natalie. Tapferes Mädchen ...«

Langsam und bedächtig machte sie einen Schritt vorwärts. Es war viel einfacher, den Fuß zu heben, als ihn wieder aufzusetzen. Bei jedem Schritt beschrieb sie eine flache Parabel durch die Luft und landete dann knirschend im eingetrockneten Matsch. Die Bewegungen waren so träge, als ob sie in einer viskosen Flüssigkeit geschwommen wäre. Es erschien ihr wie ein Traum.

Endlich bekam sie etwas mehr ›Drehmoment‹. Allerdings machte sich nun die Masse des Rückentornisters bemerkbar, und sein Trägheitsmoment lenkte sie von der Ideallinie ab. Jede Richtungsänderung mußte sie vier oder fünf Schritte im voraus einleiten.

Das von Flutlichtern angestrahlte MEM trieb vor ihr; so nah und doch so fern. Die offene Luke der Attrappe klaffte vor ihr, und das fluoreszierende Licht im Innern enthüllte die hölzerne Konstruktion.

Nicht weit vom MEM stand das Modell eines Mars-Rovers. An der Vorderseite war eine Kamera montiert, die nun zu ihr herumschwenkte und sie mit der dunklen Linse anglotzte. Die Kamera war auf Aufnahme geschaltet. York kam sich unter ihrem Blick wie ein Gorilla vor, der im Käfig umhertappte.

Ralph indes beherrschte den Mars-Spaziergang, als ob er auf dem Planeten geboren wäre.

Dies war die Simulation des zweiten Mars-Spaziergangs, bei dem sie zum erstenmal ernsthafte Arbeit verrichten sollten. Beim ersten Spaziergang würde es sich um ein einstündiges Solo handeln, das Phil Stone in seiner Eigenschaft als Kommandant durchführte. Der Zweck des ersten Ausflugs bestand laut Missionsplan darin, die Systeme des Anzugs und die Beweglichkeit im allgemeinen zu testen, den Status des MEM nach der Landung zu überprüfen und eventuelle Defekte am Kommunikationssystem zu beheben. Stones wissenschaftliche Tätigkeit würde sich bei der ersten Exkursion auf die Entnahme einer Bodenprobe beschränken.

Natürlich existierte auch eine versteckte Agenda.

Die Aufmerksamkeit der Welt sowie der NASA-Sponsoren im Weißen Haus und im Kapitol würde sich vor allem auf diesen ersten Spaziergang richten, die ersten zaghaften Schritte, die ein Mensch auf dem Mars machte. Deshalb würde die ganze Zeremonie – das Hissen des Sternenbanners, der Kram mit den Fußabdrücken und die Rede von Präsident Reagan (der gerade einen erdrutschartigen Sieg gegen Teddy Kennedy feierte) – in dieser ersten Stunde außen vor sein. Joe Muldoon hatte nämlich nach seinen Erfahrungen mit Apollo den Rat erteilt, *alle* Punkte des ersten Spaziergangs anhand einer Checkliste und eines Zeitplans abzuarbeiten; einschließlich Reagans Anruf.

Und dann würde das restliche Programm hoffentlich für ernsthafte Arbeit zur Verfügung stehen.

York hielt das für sinnvoll. Sie wußte, wie man solche Dinge handhaben mußte. Allerdings wunderte sie sich noch immer darüber, daß die NASA die Erforschung des Mars von Einschaltquoten abhängig machte.

Endlich erreichte sie das MEM. Sie schlitterte leicht, als sie am Fuß der zur Luke führenden Leiter zum Stehen kam.

Die Stimme des Simulationsleiters ertönte im Kopfhörer. »Natalie, wir möchten, daß Sie einen SNAP aus dem Behälter holen.«

»Rog.« Sie versuchte, die durch die Müdigkeit bedingte Gereiztheit zu unterdrücken. Der Auftrag verlangte von ihr, zum Sperrholz-Modell des Marsrovers hinüberzugehen. Wie eine Marionette drehte sie sich auf dem Absatz um, bis sie direkt auf den Rover blickte. Dann trottete sie über die knirschende Oberfläche.

Das Oberflächen-Erforschungs-Paket war schon aufgebaut; die auf dem Boden verteilten silbernen und goldenen Kästen waren durch ein ›Spinnennetz‹ aus Stromkabeln und Datenleitungen miteinander verbunden. Ein paar Kabel mußten noch angeschlossen werden – darunter das Kabel für die Antenne, die Nachrichten zur Erde abstrahlen sollte. Der Kasten des SNAP-Generators – das nukleare Stromaggregat – stand am Rand. York sollte den Generator aktivieren, indem sie einen Plutoniumbehälter hineinsteckte. Dieser Behälter, bei dem es sich natürlich auch um eine Attrappe handelte, war im Heck des Rovers verstaut. Es handelte sich um einen schlanken Zylinder mit einer Länge von etwa dreißig Zentimetern, der in einem Graphitbehälter lag.

Sie packte die Griffstange und betätigte den Abzugsbügel, wodurch sich Klemmbacken am Ende des Griffs öffneten, mit denen sie den Behälter zu fassen suchte. Die elastischen Druckhandschuhe widersetzten sich jeder Handbewegung; es war, als ob sie die Hand um einen Gummiball schließen wollte.

Nachdem sie die Klemmbacken geöffnet hatte, mußte sie beide Hände einsetzen, um das Ende des Behälters mit der Zange zu packen.

Dann versuchte sie, den Behälter aus dem Staufach zu holen. Doch das verdammte Ding wollte nicht rauskommen.

Die Klemmbacken rutschten vom Behälter ab, und sie taumelte zurück. Sie hörte ihren rasselnden Atem und die über das Geschirr schabenden Seile.

»Hast du eine Idee, Ralph?«

»Bleib, wo du bist. Ich werde mich mal an diesem Ding versuchen.«

Sie hing unauffällig in den Seilen, während Gershon mit dem Rücken voran aus dem MEM kletterte. Er hing nicht an einem Flaschenzug, so daß er gegen das volle Gewicht des Anzugs ankämpfen mußte. Dementsprechend schwerfällig und plump waren seine Bewegungen.

Er stieg die Leiter herunter und packte die Griffstange. Mit Yorks Hilfe gelang es ihm dann, die Klemmbacken um den Brennstoffbehälter zu schließen. Daraufhin zog er an der Stange, wobei er sich zurücklehnte und die Fersen in den eingetrockneten Matsch stemmte. Der Behälter rührte sich nicht.

»Äh... wollt ihr mal 'ne Pause machen?« fragte der Simulationsleiter. »Das Ding ist sicher verkantet.«

»Nee«, sagte Gershon. »Natalie, laß uns mal den direkten Ansatz probieren. Du hältst die Stange hier.«

»Gut.« Mit langsamen Bewegungen nahm sie ihm die Stange ab, wobei sie darauf achtete, den Abzugsbügel festzuhalten.

»Jetzt.« Er zog den Geologenhammer aus ihrem Hüftgürtel. »Und nun zieh, Mädchen.«

Sie umklammerte die Griffstange mit beiden Händen, lehnte sich zurück und zog.

Gershon bearbeitete den Kasten mit schnellen, harten Schlägen, wobei er das ganze Körpergewicht in die Schläge legte.

York spürte, wie der Brennstoffbehälter unter den Schlägen erzitterte.

»Das funktioniert nicht, Ralph.«

»Wart's ab.«

Er wirbelte wie ein Hammerwerfer herum und versetzte dem Kasten beidhändig einen wuchtigen Schlag.

Der Graphitkasten zerbrach in zwei Teile.

Der Brennstoffbehälter kam frei. York taumelte zurück und versuchte, das Gleichgewicht zu bewahren. Diesmal waren die Seile ihr eine Hilfe und hielten sie gerade soweit zurück, daß sie nicht umfiel.

Der Brennstoffbehälter fiel auf den Boden.

Gershon schlurfte zu ihr hinüber. Sein Gesicht wurde vom Helmvisier eingerahmt. »He. Bist du in Ordnung?«

»Sicher. Was ist mit dem Behälter?«

Sie beugten sich über den kleinen Metallzylinder, der im pinkfarbenen Kies lag. Ein Haarriß verlief entlang einer Naht.

»Toll«, sagte Gershon. »Wir haben's verbockt. Wir haben auf dem Mars eine Atombombe detonieren lassen.«

»Es war doch nur eine Attrappe. Das echte Teil wird wahrscheinlich robuster sein.«

»Das hoffe ich, bei Gott.«

»In Ordnung, Leute«, sagte der Simulationsleiter. »Die Herzfrequenz von euch beiden ist leicht erhöht. Das genügt fürs erste. Ruht euch aus. In einer Stunde geht's weiter.«

Jorge Romero stürmte in die Simulationskammer. »Gottverdammt«, wütete er. »Du hast es schon wieder getan, Natalie! Du hast mein verdammtes SEP zerstört! *Und* du warst eine halbe Stunde hinter dem Zeitplan zurück!«

Die vom Geschirr befreite York saß auf dem Rover. Sie hatte den Helm auf den Schoß gelegt und hielt einen Pott Kaffee in der Hand. Sie lächelte ihn an. »Ach, halb so schlimm, Jorge. Ist doch nur eine Simulation.«

Der kleine, zornrote Romero ging auf der simulierten Marsoberfläche hin und her und wirbelte kleine Kiesfontänen auf. »Das ist nun schon die dritte von drei Simulationen, wo meine SEP-Implementation versaubeutelt wurde ...«

Die Ausbildung war anstrengend gewesen. Angesichts des knappen Zeitplans mußten sie und die anderen die komplexen Übungen in einen Achtzehnstunden-Tag pressen, und das über einen Zeitraum von mehreren Wochen. Bei Romeros Auftritt drohte ihr nun der Geduldsfaden zu reißen. *Ich habe keine Zeit für solche Debatten, Jorge.* Doch sie sagte nichts.

»Schau«, sagte sie zu Romero. »Ich weiß, wie du dich fühlst. Aber du mußt auch mich verstehen, Jorge. Bei einer Exkursion kannst du dir soviel Zeit lassen, wie du willst und tage- oder auch wochenlang über einer Probe brüten. In diesem Fall ist das aber anders. Die Mars-Spaziergänge dauern jeweils nur ein paar Stunden. Sie sind noch kürzer als die Mondspaziergänge bei Apollo. Deshalb müssen wir jeden Schritt genau planen. Diese Simulationen sind« – sie machte eine Geste – »Choreographie. Das ist eine andere Art des Arbeitens, sowohl für dich als auch für mich. Man nennt das *Echtzeit*.«

Das stellte Romero keineswegs zufrieden. »Gottverdammt. Ich werde ein Memo für Joe Muldoon verfassen. Ständig diese Pannen. Die Leute von der Flugoperation sind einfach nicht imstande, die Mission ordentlich durchzuführen.«

»Eben das ist doch der Sinn und Zweck der Simulationen, Jorge. Wir sollten die Sache vorantreiben.« Ihr war zum Lachen zumute, doch sie beherrschte sich. »Es tut mir leid, Jorge. Ich weiß, wie du dich fühlst. Ich verstehe dich.«

Er schaute sie böse an. »Ach ja? Dann bist du also noch nicht einmal bei der *operativen* Phase angelangt?«

Sie zuckte zusammen. »Das ist nicht fair, verdammt.«

Sein Zorn schien abzuflauen. Er setzte sich zu ihr auf den Rover. Neben der in dem ballonförmigen Anzug steckenden York wirkte er klein. »Natalie. Ich glaube, du solltest das wissen. Ich werde mich aus dem Programm zurückziehen.«

Sie war konsterniert. »Das darfst du nicht.« Romero war die treibende Kraft bei der Erforschung der Mars-Geologie. Wenn er sich nun vom Programm verabschiedete, würde das den wissenschaftlichen Wert stark beeinträchtigen. »Komm schon, Jorge.«

»Das ist mein Ernst. Ich bin mir fast sicher, daß ich es tun werde.« Mit düsterem Gesichtsausdruck ließ er den Blick über den ›Sandkasten‹ schweifen. »Der heutige Tag hat mich in diesem Entschluß nur noch bestärkt. Und wenn du noch einen Rest von Integrität besitzt, Natalie, solltest du auch aufhören.«

»Jorge, bist du verrückt? Es wird ein Geologe zum Mars fliegen. Was willst du denn noch, um Gottes willen?«

»Ich bin durchaus nicht verrückt. Du wirst bestenfalls eine Technikerin sein, Natalie. Natalie, Ares ist ein großartiges System – aber nur in *operativer* Hinsicht. In wissenschaftlicher Hinsicht handelt es sich lediglich um einen Aufguß von Apollo. Schau dir das an.« Er wies mit ausladender Geste auf das Simulationsgelände. »Mit diesem Gerödel wollt ihr allen Ernstes den Mars erforschen. Mit Flaschenzügen. Mit dem MET. Mit diesem verdammten Strand-Buggy, der nur eine Zuladung von hundert Pfund hat. Und dann noch die Fummelei mit den Handschuhen und dieser albernen Griffstange.« Seine Stimme war angespannt, und das Gesicht rötete sich; sie erkannte, daß er wirklich zornig war. »Natalie, du mußt dich nur umsehen, um zu erkennen, wo der Schwerpunkt bei den Investitionen liegt. Wußtest du schon, daß man mehr Geld in die Entwicklung eines robusten Gewebes für das

Mars-Sternenbanner gesteckt hat als in mein ganzes SEP?«

Operativ. Romero hatte das Wort ausgesprochen, als sei es etwas Obszönes. Früher hätte sie das auch so gesehen, sagte York sich. Doch vielleicht hatte sie nun einen besseren Überblick. Ein Raumfahrtprogramm, noch dazu eine so heikle Mission wie der Marsflug der Ares, mußte sowohl operativen als auch wissenschaftlichen Erfordernissen gerecht werden. Zumal das eine ohne das andere nicht zu haben war.

Sie versuchte, Romero das begreiflich zu machen.

»Geschenkt, Natalie. Ich habe mir das selbst auch schon hundertmal gesagt, und es hat mich nicht überzeugt. Und was dich betrifft...« Er zögerte.

»Ja? Sag es, Jorge.«

»Ich glaube, du hast dich verkauft. Ich habe deine Bewerbung bei der NASA unterstützt. Verdammt, ich habe dich hier reingebracht. Ich hoffte, du würdest etwas ändern. Aber du hast dich angepaßt. Nun haben wir eine Neuauflage von Apollo mit den gleichen verdammten Fehlern. Nur daß es diesmal – zumindest zum Teil – deine Schuld ist. Und meine. Es tut mir leid.«

Er stieg vom Rover und ging davon.

York zitterte im Druckanzug wegen der ungestümen Attacke.

Januar 1985
Lyndon B. Johnson-Raumfahrtzentrum, Houston

Zusätzlich zur Arbeitsbelastung, die stetig zunahm, je näher der Termin des Starts rückte, wurde von der Besatzung die Wahrnehmung von PR-Terminen erwartet. Die Astronauten nannten das ›Theater spielen‹. Für gewöhnlich forderte der Vorsitzende einer Handelskammer einen Vorzeige-Astronauten an, der an Empfängen teilnahm, Hände schüttelte, für Fotos posierte und für gute Stimmung sorgte.

York war völlig ungeeignet für solche Aktionen und wurde deshalb hinter den Kulissen eingesetzt, wobei sie diversen NASA-Zentren und Firmen der Luft- und Raumfahrtindustrie Besuche abstattete, um die Beziehungen zu pflegen. Gershon verbrachte derweil viel Zeit in Newport, wo die Columbia-Ingenieure noch immer daran arbeiteten, die während der D1-Mission und anderen Tests aufgetretenen Mängel am MEM zu beheben und das Mars-Raumschiff endlich fertigzustellen.

Dann wurde York nach Marshall geschickt.

Sie wurde im Sheraton Hotel in Huntsville einquartiert, einer Stadt, die im Baedeker als ›Raketen-Stadt‹ firmierte. Am nächsten Tag unternahmen zwei jungdynamische Ingenieure mit ihr eine Führung durch Marshall. Marshall war aus dem Ballistischen Raketen-Kommando der Armee ausgegliedert und der NASA unterstellt worden, doch der militärische Ursprung war noch erkennbar. Man zeigte ihr einen spektakulären Raketen-Garten im Weltraumorientierungs-Zentrum und einen großen Prüfstand, der bei der Entwicklung der Saturn F-1-Triebwerke verwendet worden war. Die Saturn-Stufen wurden hier montiert und dann auf Wasserstraßen nach Cape Canaveral transportiert: auf Lastkähnen den Tennessee River hinab, anschließend über den Ohio und Mississippi in den Golf von Mexiko und zuletzt an der Küste von Florida entlang, wo sie im Hafen von Cape Canaveral angelandet wurden.

Sie verbrachte fast den ganzen Tag in von Brauns altem Konferenzraum, in der Gesellschaft von ungefähr zwanzig Ingenieuren. Es handelte sich überwiegend um Amerikaner, was ihr Vorurteil widerlegte, daß Marshall von Deutschen dominiert würde. Jeder Ingenieur hielt einen halbstündigen Vortrag auf seinem Fachgebiet, während die anderen ihre Aufmerksamkeit zu gleichen Teilen dem Referenten und ihr widmeten. Das verwunderte sie. Hatten die Jungs denn nichts Besseres zu tun, als zuzuschauen, wie *sie* Raketen-Grafiken betrachtete?

Dann wurde sie zu einer Party in den Country Club der Marshall-Belegschaft eingeladen, der den Namen ›Mars Club‹ trug.

Bei dieser Gelegenheit lernte sie die Leute etwas besser kennen.

Sie waren eine isolierte Gruppe, die im provinziellen Alabama ihrer Arbeit nachging und sich mit Leib und Seele der Raumfahrt verschrieben hatte. Sie brachten einem Astronauten eine weitaus größere Verehrung entgegen, als sie ihm zum Beispiel in Houston zuteil wurde: und noch dazu der Ares-Besatzung, die von Brauns dreißig Jahre alten Traum vom Flug zum Mars verwirklichte. Der Besuch eines Astronauten hier in Alabama ließ sie daran teilhaben und vermittelte ihnen angesichts der chronischen Finanzkrise der NASA und der unsicheren Zukunft der NASA-Zentren neue Zuversicht.

Später besuchte sie die Firma Michoud in New Orleans, wo die großen Zusatztanks hergestellt wurden. Sie hielt sich ziemlich lange dort auf, weil den Tanks während der Mission eine große Bedeutung zukam.

Die Montagehallen glichen riesigen Höhlen, in denen die Tanks in zylindrischen Behältern montiert wurden. Sie verfolgte die Fertigung eines Schotts, einer großen Kuppel, die den großen Flüssigwasserstoff-Tank abschließen würde. Die Kuppel wurde aus Aluminiumstücken zusammengesetzt, was eine Fertigungspräzision erforderte, die von hydraulischen

Pressen nicht erreicht wurde. Deshalb wurde eine Gußform, auf deren Oberseite eine Aluminiumbahn lag, auf den Boden eines über zweihunderttausend Liter fassenden Wassertanks hinabgesenkt. Der Einsatz wurde dann durch Schockwellen in die gewünschte Form gebracht.

York war von der Dimension dieser Fertigungsabläufe überwältigt. Im Verlauf ihrer Studien wurden die Tanks förmlich zu einem Faszinosum, obwohl sie im Grunde die profansten Elemente der ganzen Mission darstellten.

Jeder Tank enthielt zwei massive Kammern für Treibstoff und Oxidator, die durch einen zylindrischen Ring verbunden waren. Die Tanks waren mit einer zehn Zentimeter starken Lage aus Polyurethanschaum und einer reflektierenden Beschichtung ausgekleidet, um die Verdunstung der kryogenen Treibstoffe zu reduzieren. Im Innern der Tanks befanden sich Null-Ge-Abschirmungen und käfigartige Resonanzwände, die verhindern sollten, daß die Flüssigkeiten während des Feuerns der Triebwerke im Tank schwappten. Aufgrund des Gewichts der Flüssigkeiten – etwa tausend Tonnen pro Tank – bestand die Gefahr, daß die gesamte Triebwerksgruppe bei einem solchen Schwappen außer Kontrolle geriet. Außerdem gab es Leitbleche in Form großer Propellerblätter, um das Entstehen von Strudeln zu verhindern, die vielleicht Gasblasen in die Brennstoffleitungen gesaugt hätten...

Wegen der extremen Anforderungen an die Zuverlässigkeit und des breiten Spektrums der Einsatzbedingungen eines Raumschiffs war jede Komponente von Ares in einem Ausmaß mit Technik gespickt, das man als Außenstehender nicht vermutet hätte. Das galt selbst für diese profanen Teile, die Tanks. Wegen der eingeschränkten Testmöglichkeiten war die Diagnose von größter Bedeutung: die Fähigkeit, die Entstehungsgeschichte auch der unscheinbarsten Komponente bis zum Hochofen zurückzuverfolgen, um im Fall einer Panne die Ursache zu ermitteln.

Von dieser Detailarbeit hatten die Leute – einschließlich der Entscheidungsträger im Kapitol –, die über die Preise der von der NASA bestellten Komponenten meckerten, nicht die geringste Ahnung.

Wenn sie sich an Plätzen wie Michoud – ›im prallen Programm‹ – aufhielt, fielen alle Zweifel, welche Romeros Resignation sowie die Skepsis und partielle Feindseligkeit der Presse bei ihr geweckt hatten, von ihr ab. *Wie könnte ich eine Saturn ablehnen?* Wo sie sie doch zum Mars bringen und zur Durchführung wichtiger Experimente befähigen würde. Eine Milliarde Dollar waren in sie investiert worden, und eine Milliarde Menschen würden darauf achten, daß sie gute Arbeit leistete.

An Plätzen wie Michaud war sie überzeugt, daß der Preis, den sie zahlte – der ganze Ärger mit dem Astronauten-Büro, der Karriereknick, die Kompromisse bei der Wissenschaft, das nicht vorhandene Privatleben – gerechtfertigt war.

… Wir sind uns bewußt, daß ein bemannter Raumflug auch als komplexes biotechnisches und soziotechnisches System mit mechanischen und menschlichen Teilen betrachtet werden kann. Ein grundlegendes Verständnis der psychologischen und interpersonalen Dimensionen der Mars-Mission ist notwendig, um unabhängig von den strukturellen, mechanischen und elektronischen Elementen die Wahrscheinlichkeit eines Versagens des menschlichen Teils zu verringern, was die Umstellung des Systems als Ganzes erfordern würde. Psychologische und interpersonale Belastungen können durch die Einrichtung des Raumschiffs, eine optimale Auswahl der Besatzung und die Strukturierung von Situationen und Aufgaben verringert werden…

Für York waren die pseudowissenschaftlichen Vorträge der Psychologen, die Rollenspiele sowie die psychologischen Gruppen- und Einzelauswertungen, welche die Besatzung über sich ergehen lassen mußte, der schlimmste Teil des Trainings. Sie waren entweder todlangweilig oder höchst peinlich oder beides.

York war in den ›weichen‹ Wissenschaften nicht sehr bewandert, und sie wunderte sich darüber, wie beschränkt der Horizont dieser Disziplinen war – selbst in diesem Raumfahrtprogramm, wo Geld keine Rolle spielte. Manche Theorien, die auf sie und ihre Kameraden angewandt wurden, hielt sie im besten Fall für spekulativ. Sie erkannte, daß das Studium der Gruppenpsychologie im Gegensatz zur Individualpsychologie noch in den Kinderschuhen steckte.

Das eigentliche Problem war jedoch, daß bisher kaum Erfahrungen mit Langzeit-Raumflügen vorlagen, so daß die Leitlinien und Techniken, die man ihnen beibrachte, nicht durch die Praxis untermauert wurden.

Bei der Ares-Mission würden Menschen tiefer ins Weltall vorstoßen, als je eine Besatzung zuvor. Um die mentale Befindlichkeit einer Mars-Besatzung zu prognostizieren, mußten die Psychologen sich deshalb auf Fallstudien von analogen Situationen stützen: unterseeische Habitate, Atom-U-Boote, Polarstationen und isolierte Ansiedlungen. Dazu bedienten sie sich sensorischer Deprivationsexperimente, Schlaflosigkeits-Untersuchungen und Studien über soziale Isolation. Wobei sie, wie York sich sagte, diese Analogien manchmal etwas überdehnten.

Sie machte sich mit dem Gedanken vertraut, daß die Luft- und Raumfahrttechnik beim Ares-Flug an die Grenzen ihrer Leistungsfähigkeit stieß. Da war es um so bedenklicher, daß auch die weichen Disziplinen wie

Psychologie bis an die Grenzen ihrer Möglichkeiten strapaziert wurden.

Es war beunruhigend, daß in diesem fundamentalen Aspekt der Mission niemand wußte, ob die Besatzung den Flug auch überleben würde.

Später erfuhr York von Wladimir Wiktorenko, wie die Sowjets solche Dinge handhabten.

Es fing schon bei Kleinigkeiten an: die sowjetischen Missions-Planer berücksichtigten bei der Zusammenstellung der Verpflegung den Geschmack der Besatzung. Mit der gleichen Sorgfalt wurden die Farben für die Wände und die Ausrüstung des Raumschiffs ausgewählt. Jedes Mitglied der Besatzung erhielt einen Kassettenrecorder mit seiner Lieblingsmusik, dazu Aufnahmen von Klängen aus der Natur: Vogelstimmen, Meeresrauschen, Regen. Die Kosmonauten wurden sogar aufgefordert, Lebewesen mitzunehmen, zum Beispiel für biologische Experimente: Pflanzen, Gräser und Kaulquappen – Tropfen des Lebens, sagte Wiktorenko, Tropfen aus dem Ozean des irdischen Lebens.

Die amerikanischen Astronauten neigten dazu, die Sowjets in technischer Hinsicht als rückständig zu betrachten. Doch York gefielen manche der sowjetischen Lösungen. Sie verstanden es, den menschlichen Wesen in den Raketen mit ebenso einfachen wie praktischen Maßnahmen ein behagliches Ambiente zu schaffen.

Sie brachte Wiktorenkos Ideen in die Psycho-Sitzungen mit Stone und Gershon ein.

»... Ich übertreibe gewiß nicht, wenn ich sage, daß die schiere Größe des Öffentlichkeitsarbeits-Programms alles übertrifft, was wir seit Apollo 11 gesehen haben. Natürlich ist auch die ›Stimme Amerikas‹ daran beteiligt. Unseren Schätzungen zufolge erreicht dieser Sender siebenundsiebzig Prozent der Weltbevölkerung außerhalb der USA. Dies ist die größte Operation in der Geschichte des Senders. Noch vor dem Start werden wir zehntausend Tonbänder mit einer Spieldauer von fünfundvierzig Minuten und Manuskripte an amerikanische Informationsdienste in aller Welt schicken. Während der Schlüsselphasen der Mission wird die Stimme Amerikas Live-Übertragungen in sieben Sprachen bringen und Zusammenfassungen in weiteren sechsunddreißig Sprachen.

Außerdem werden wir die bei einer bemannten NASA-Mission üblichen Sendungen durch Sondersendungen ergänzen, und zwar mit neunzig Direktübertragungen. Hinzu kommen Werbemittel, die in den letzten Wochen vor dem Start erscheinen: ein achtundvierzigseitiges Heft mit dem Titel ›Menschen auf dem Mars‹ in einer Auflage von vierhundertzweiundzwanzigtausend Exemplaren sowie neunhunderttausend Postkarten mit den Portraits der Astronauten, also von Ihnen drei. Des weiteren wollen wir die überseeischen Informationsdienste mit einer Million Ares-Buttons versorgen, neun originalgetreuen Mars-Anzügen und hundertfünfundzwanzig Ares-Pavillons mit diversen Darbietungen. Hierfür stellen wir zehntausend Karten vom Mars bereit, achthundertvierzig Saturn-Modelle, zweihundertfünfzig Marsgloben …«

Die Statistik rauschte an ihr vorbei, und die gezeigten Dias trugen nur noch zur Verwirrung bei.

Als Leiter der NASA-Öffentlichkeitsarbeit war Rick Llewellyn aber ein schlechter Redner, sagte York sich. Es fiel ihr schwer, sich länger als für ein paar Sätze auf ihn zu konzentrieren. Sie fühlte sich wieder in die Ausbildung zurückversetzt, an die endlosen, monotonen Nachmittage mit all den Blockdiagrammen.

Doch bei näherer Überlegung war der Inhalt von Llewellyns Diavorführung ein Hammer.

»Nach Ihrer Rückkehr planen wir schon eine Welt-

Tour für Sie. In einem Zeitraum von achtundvierzig Tagen werden Sie fünfunddreißig Länder besuchen und sich mit Leuten von der Presse und vom Fernsehen treffen, mit Wissenschaftlern, Studenten und Lehrern sowie mit Politikern. Sie werden nach Mexiko gehen, nach Kolumbien, Brasilien, Spanien, Frankreich, Belgien, Norwegen, England...

Für die Medien haben wir im Rahmen der Missionsplanung Leitlinien entwickelt. Zuerst repräsentiert Ares natürlich den Menschen auf dem Mars. Das ist die Verwirklichung eines uralten Traums. Es liegt in der Natur des Menschen, sich Herausforderungen zu stellen. Dieser Kram eben. Was den historischen Aspekt betrifft, so beruht Ares auf den Leistungen vieler Wissenschaftler, von Newton über Goddard bis hin zu von Braun. Sie wissen Bescheid. Und mit Blick auf die Gegenwart betonen wir den starken internationalen Bezug von Ares, die weltweite Forschung, den freien Zugang zu Proben und Daten, die Beobachtungsstationen in aller Welt, die Unterstützung durch die Russen bei Ihrem Training und so weiter. Nicht zu vergessen natürlich, daß die Menschheit vom Raumflug profitiert – Sie gehen ausführlich auf die Nebeneffekte ein. Und dann geben Sie der Hoffnung Ausdruck, daß die Ares-Technik trotz der Ausrichtung auf den Weltraum dazu beitragen wird, die Probleme auf der Erde zu lösen...«

Ares als Schaufenster für technokratische Lösungen, sagte York sich bitter. *Jorge hatte doch recht. Es handelt sich nur um einen Aufguß von Apollo.*

Nur daß das Stimmungsbarometer im Vergleich zu den Sechzigern leicht gefallen war. Heute schwadronierte Reagan vom Krieg der Sterne, faselte von Teilchenstrahlen und Lasern und ›intelligenten‹ Geschossen. Der Weltraum mußte wieder einmal als Arena fürs nationale Kräftemessen herhalten. Und Ares diente der Reagan-Administration als Alibi, nationale und internationale Ängste wegen des militärischen Einsatzes der Weltraumtechnik zu zerstreuen. Die Medien hatten Ares und die ›Krieg der Sterne‹-Initiative verquickt. Ares war der ›Dr. Jekyll‹ des amerikanischen Raumfahrtprogramms, und die Strategische Verteidigungsinitiative war ›Mr. Hyde‹. Vielleicht hatte die Regierung das von Anfang an geplant, als sie Joe Muldoon 1981 mit der Neuordnung der Mission beauftragte.

Sie erkannte die Handschrift von Fred Michaels, der noch aus dem Ruhestand in Dallas die Fäden zog. Michaels hatte Reagan Ares und SDI sozusagen als Paketlösung verkauft – und der Öffentlichkeit und dem Kongress. Solange Reagan Milliarden Dollar in die Rüstung pumpte, würde davon auch ein kleines Rinnsal in die NASA fließen und Ares zugute kommen. Geschickt eingefädelt von Michaels. Auch wenn das, wie sie erkannte, absolut unmoralisch war. *Der Zweck heiligte mal wieder die Mittel.*

Sie sah, daß jeder Aspekt der Mission – jeder Gimmick, jedes Spielzeug, jedes Bild – inzwischen eine vielfältige Bedeutung hatte: Ares als ein geopolitisches Symbol. Ares als Meilenstein für die Technokratie.

Doch so würde es wahrscheinlich immer sein. Die Erringung eines politischen Vorteils war letztlich der einzige Grund, weshalb eine Regierung die Raumfahrt *überhaupt* finanzierte.

Und nun mutierte sie, Natalie York, die Zweiflerin an der Raumfahrt, zu einer Ikone des tödlich-glamourösen Weltraum-Geschäfts.

Sie sah zur Leinwand auf und schaute in ihr tausendfaches Spiegelbild. Sie schauderte.

Die Reisen, die Pressekonferenzen, die Fototermine nahmen kein Ende.

Sie verkündete die von den PR-Leuten in eine Formel gekleidete Botschaft. *Ich brauche euch! Leistet gute Arbeit!*

Und überall, wohin sie kam, waren *Leute*: Tausende, die sie anstarrten und anlächelten. Dennoch schienen sie sich irgendwie zurückzuhalten. Als ob sie sie berühren wollten. Und jedesmal applaudierten sie ihr.

Über die Zukunft machte sie sich kaum Gedanken. Für sie lag ›nach der Mission‹ noch in so weiter Ferne, als ob die Mission nie enden würde. Es kam ihr so vor, als ob in dem Moment, wo sie die Kommandokapsel betrat, auch ihr Leben zu Ende wäre.

Doch es würde ein Leben danach geben. Und in gewisser Weise war nichts von dem, was sie auf dem Mars tat – nicht einmal ihr Steckenpferd, die Geologie –, so wichtig wie der schlichte Sachverhalt, daß sie dort gewesen war.

Sie erinnerte sich an den Ausdruck auf den Gesichtern der Presseleute und der Menschen überhaupt, mit dem sie die heimgekehrten Mondfahrer angeschaut hatten. *Wenn ich zurückkomme, werden sie mich genauso ansehen. Das tun sie jetzt schon. Und sie haben ein Recht dazu; schließlich bezahlen sie dafür.*

Und was war mit ihr? Würde sie wie Joe Muldoon werden, eine Art wandelnder Geist, dessen Leben durch das kurze, traumgleiche – und einmalige – Zwischenspiel auf dem Mars umgekrempelt worden war?

Nun sah sie auch eine dunklere Seite an der Faszination, mit der die Leute sie betrachteten. Natürlich wollten sie Zeuge sein, wie diese Frau – die im Grunde eine in den Astronauten-Status erhobene Normalbürgerin war – den Mars betrat und stellvertretend für sie einen unvorstellbaren Schritt in der Evolution vollzog.

Doch sie kalkulierten auch ihren Tod ein...

Montag, 18. Februar 1984
Marion, Ohio

Es war ein typischer Kleinstadtfriedhof: weiße Marmor-Grabsteine standen in Reih und Glied in der gepflegten Anlage. Das offene Grab klaffte wie eine Wunde im Erdboden, die darauf wartete, daß sie wieder geschlossen wurde.

Die Astronauten, Aktive und Veteranen, die zur Beerdigung erschienen waren – unter anderem auch Joe Muldoon und Phil Stone – fügten sich in den schwarzen Anzügen und mit dem militärischen Habitus harmonisch in die Trauergemeinde ein. Schließlich waren Astronauten perfekte Kleinstadt-Helden, nicht mehr und nicht weniger.

Es war ein herrlicher Tag. Der Himmel war strahlend blau, und das Sonnenlicht war Vorbote des nahenden Frühlings.

York fühlte sich betäubt und leer, unfähig zu trauern.

Peter Priest war mit fünfundzwanzig einen schmutzigen Tod an einer Überdosis Kokain gestorben. Er hatte sein Leben vergeudet, sagte sie sich, und nichts erreicht. Was, zum Teufel, gab es da zu betrauern? Und sie hegte auch keine Schuldgefühle wegen ihrer Gefühllosigkeit. Zumal der Junge wahrscheinlich eh nicht mit dem Aufwand einverstanden gewesen wäre, den seine Mutter bei der Beerdigung trieb.

York erinnerte sich an den kleinen Jungen, der vor so vielen Jahren auf dem Testgelände für Nuklearraketen herumgestreunt war. Welche Bedeutung hatte sein Tod nun? Gab es einen Bezug zu den Tagen in Jackass Flats – zum Raumfahrtprogramm an sich, zur Verfolgung seiner Ziele, zum Umstand, daß sein Vater diesem Programm zum Opfer gefallen war?

Und in welchem Licht erschien angesichts dieses tragischen Ereignisses ihre seltsame Beziehung zu Ben?

Sie hätte nicht herkommen sollen. Doch Karen Priest hatte sie darum gebeten: ›Ben hat oft von Ihnen gesprochen. Ich weiß, daß Sie eine gute Freundin von ihm waren. Ich würde mich geehrt fühlen, wenn Sie mit uns Petey gedenken würden...‹

Petey, um Gottes willen. Er wollte immer Peter genannt werden. Ein recht bescheidener Wunsch.

Eigenartigerweise wirkte Karen nicht so traurig, wie York erwartet hatte. Als ob sie Peters Tod als Teil der alten Abmachung begriff, die sie mit ihrem Ehemann getroffen hatte.

Manchmal fragte York sich, ob ihre Gefühlsarmut bei solchen Anlässen noch normal war. Vielleicht war sie durch die Fixierung auf ihre Belange emotional verkümmert. Innerlich so leer wie das Raumfahrtprogramm, wie manche Leute mutmaßten. Sie war einfach nicht imstande, sich in Karen Priest hineinzuversetzen, die binnen weniger Jahre ihren Mann und ihren Sohn verloren hatte. *Vielleicht sollte die NASA eine entsprechende Simulation für mich konzipieren, sagte sie sich bitter.*

Die Beisetzungsfeierlichkeiten waren vorbei, und die Leute gingen zu ihren Autos zurück: die meisten Einheimischen fuhren alte Karren, und die Leute vom Raumfahrtprogramm waren in Mietwagen der Oberklasse vorgefahren.

York wußte, daß Karen die Leute zum Bleiben aufforderte, doch ihre Befindlichkeit stand einem weiteren Aufenthalt entgegen: sie empfand keine Trauer, sondern nur diese schreckliche Leere.

Ein kleiner, übergewichtiger Mann mit dunklem Haar kam auf sie zu. »Hallo.« Er machte einen gepflegten Eindruck und trug einen teuren Mantel. Er lächelte sie an.

Obwohl er ihr irgendwie bekannt vorkam, vermochte sie ihn zunächst nicht einzuordnen. Sie wich zurück und musterte sein Gesicht. Es wäre nicht das erstemal gewesen, daß Presseleute selbst bei einem so privaten Ereignis auftauchten. Zumal sie im Moment nichts sagen oder tun wollte, was an die Öffentlichkeit gelangte.

Sein Lächeln gefror. »Du erkennst mich nicht, oder? Mein Gott, Natalie. Ich schätze, es liegt an der neuen Uniform...«

Es war Mike Conlig.

»Mike! Mein Gott. Was ist denn mit dir passiert?«

Er grinste und strich sich verlegen über das Kinn. »Es gefällt dir nicht?«

»Du hast dich ganz schön verändert, Mike.«

»Was sein muß, das muß sein.«

»Bist du noch immer bei Oakland?« Conlig war nämlich nach dem Apollo-N-Debakel aus der NASA ausgeschieden und zu Oakland Gyroskope gewechselt.

»Sicher.« Er schaute sie nachdenklich an, als ob er sich fragte, wie sie die Neuigkeiten aufnehmen würde. »Ich bin zufrieden. Wir produzieren sogar Teile für die Saturn VB. Vielleicht besuchst du uns einmal.«

»Klar«, sagte sie ohne allzu große Begeisterung.

»Ich arbeite nicht mehr in der Konstruktion, sondern im Management.« Er lachte verlegen. »Dem Vernehmen nach soll ich zum Vizepräsidenten im Bereich Technik ernannt werden. Ist das zu glauben? Und du – wie geht's dir?«

Mir? Ich spiele doch noch immer die Tussi im Weltall. »Gut«, sagte sie zögerlich. »Wenn du Zeitung liest, weißt du wahrscheinlich mehr über mich als ich selbst.«

»Ja. Ich freue mich für dich, Natalie. Ich freue mich, daß du erreicht hast, was du wolltest...« Er wirkte verlegen und erging sich dann in Allgemeinplätzen. »Das öffentliche Interesse an der Mission hat stark zugenommen, nachdem deine Teilnahme bekanntgegeben wurde. Ich verfolge natürlich die Nachrichten. Die Mars-Initiative ist im Lauf der Jahre stark angefeindet worden, nicht wahr? Doch das scheint sich nun abzuschwächen. Es ist wie bei Apollo 11...«

Da mußte wohl etwas dran sein, sagte sie sich: eine Reihe von Leuten hatte ihr das schon gesagt. Die starke Opposition gegen die bemannte Raumfahrt war fürs erste verschwunden, und die Öffentlichkeit konzentrierte sich nun auf die drei Menschen, welche die außergewöhnliche Reise antreten würden. Wenn die Raumfahrt von den Höhen der Technik und der Wissenschaft herabstieg und sozusagen ein menschliches Antlitz bekam, standen die Menschen ihr viel aufgeschlossener gegenüber.

Doch York wußte auch, daß Muldoon, Josephson und andere sich schon die bange Frage stellten, was wohl nach Ares kommen und wie lange diese günstige Stimmung noch anhalten würde.

»Ich glaube, es liegt an dir, Natalie«, sagte Conlig zögernd.

»An mir? Wie das?«

»Wahrscheinlich liegt es daran, daß du eine Frau bist. Und weil du unverkennbar ein menschliches Wesen bist. Keiner von diesen sprachlosen Robotern, die man zum Mond geschickt hat. Grundsätzlich wünschen die Leute dem Raumfahrtprogramm Erfolg; dessen bin ich sicher. Die Astronauten sollen nämlich Neuland betreten. Das ist ein Urinstinkt des Menschen. Zumal wir es uns auch leisten können, wenn Reagan davon spricht, eine *Billion* Mäuse in die Verteidigung zu investieren. Aber das kalte, inhumane Gesicht der NASA wirkt abstoßend auf die Menschen. Doch nun wünschen die Leute *dir* Erfolg, weil du *eine von uns* bist. Du weißt, was ich meine?« Conlig musterte sie.

»Verdammt, Mike. Das ist vielleicht das Netteste, was du je zu mir gesagt hast.«

Seit ihrem letzten Streit und der Sache mit NERVA sah sie ihn nun zum erstenmal wieder. Sie fand, daß es mutig von ihm gewesen war, herzukommen. Wenn *sie* noch solche Schuldgefühle wegen Ben verspürte, wie mußte Mike sich dann erst fühlen.

Doch er wirkte völlig gelassen. Vielleicht hatte er einen Weg gefunden, die Geschehnisse zu verarbeiten und seinen Part in dem Desaster zu rationalisieren. Wenn das wirklich der Fall war, beneidete sie ihn.

»Du mußt mich mal besuchen«, sagte er. »Du mußt Bobbie kennenlernen.«

»Deine Frau, oder?«

Er stutzte. »Ach so, du kennst sie noch gar nicht.« Dann drehte er sich um und wies auf eine schlanke blonde Frau, die bei den Fahrzeugen stand. Sie hielt ein Kind an der Hand und winkte ihnen zu.

»Du hast ein Kind.«

»Zwei.« Conlig grinste stolz. »Das Baby ist bei seiner Großmutter. Von den Kindern wußtest du auch noch nichts. Teufel, Natalie. Bei der Vorstellung...«

Bei der Vorstellung, daß es vielleicht meine wären. Sie verdrängte diesen Gedanken, und Conlig war so taktvoll, nicht mehr davon zu sprechen.

Sie verdrückte sich ziemlich früh. Mike war sehr nett gewesen und hatte ihr unter anderem das Versprechen abgenommen, ihn in seinem Gyroskop-Werk zu besuchen. Sie schieden mit einem Handschlag.

Verwirrt eilte York zum Auto.

Conlig hatte viel souveräner gewirkt, als sie ihn in Erinnerung hatte. Diese Besessenheit, diese Fixierung auf eine einzige Sache waren verschwunden. Vielleicht hatten diese Eigenschaften auch nur den Zweck gehabt, ihn dorthin zu befördern, wo er hingehörte. Dann hatte er sie wie eine ausgebrannte Raketenstufe abgestoßen.

Conligs Position spiegelte sich in seinem Habitus, sagte sie sich: ein wohlhabender, aufstrebender Mittvierziger.

Mike hatte eine Familie gegründet. Wurzeln geschlagen. Er hatte die technischen Wahnvorstellungen der Jugend abgeschüttelt. Er hatte zur menschlichen Rasse gefunden. Er war erwachsen geworden. Er war die Art Mensch geworden, die sie immer vor Augen hatte; allerdings vermochte sie sich nicht vorzustellen, selbst jemals eine dieser Art zu werden.

Und wo stehe ich nun, zum Teufel?

Die Existenz des Mars-Programms hatte die Geschichte des Raumfahrtprogramms entstellt, wie sie nun erkannte. Im Moment bestand der einzige Daseinszweck der NASA darin, die drei auf der Marsoberfläche zu landen und sie wieder nach Hause zu bringen. Sonst war nichts von Belang – nicht einmal die Frage, was danach kommen mochte.

Und in der gleichen Art und Weise hatte der Mars auch ihr Leben umgekrempelt, als ob sie ein maßstabsgetreues Modell der Welt wäre.

Teufel, vielleicht hätte ich doch lieber ›Spürhund‹ bei einer Ölgesellschaft werden sollen. Dann wäre ich jetzt glücklich und viel besser dran. Doch der diabolisch rote Mars hatte ihr die Sinne verwirrt, und um den Planeten zu erreichen, hatte sie alles aufgegeben: ihre Karriere, die Wissenschaft, wahrscheinlich auch die Aussicht auf eine Familie. Zumal ihre Zukunft nach Abschluß der Mission sowieso in den Sternen stand.

Mike Conlig hatte sich ihr heute als Vorbild des Erwachsenen präsentiert, der sie auch hätte werden können. Wenn da nicht der gottverdammte Mars gewesen wäre.

Als sie ins Auto stieg, wurde sie von einer tiefen Depression heimgesucht.

Dienstag, 26. Februar 1985
Lyndon B. Johnson-Raumfahrtzentrum, Houston

In Gebäude 3 befand sich die Cafeteria. York pochte nicht auf den Status als Mars-Astronautin, sondern stellte sich hinter dem ›Fußvolk‹ an der Essensausgabe an. Dann setzte sie sich an einen kleinen Tisch am Fenster. Das Essen war typischer Kantinenfraß – verschmortes Steak mit Reis –, den sie mit Sodawasser runterspülte.

Die Cafeteria war in einem der älteren JSC-Gebäude untergebracht. Es handelte sich um einen düsteren Saal mit kleinen Fenstern und gekachelter Decke – die Architektur der frühen Sechziger, die sie unangenehm an die Schule erinnerte, wo sie immer an Klaustrophobie gelitten hatte.

Adam Bleeker setzte sich zu ihr an den Tisch. »Ist noch ein Plätzchen frei?«

Sie rang sich ein Lächeln ab. Sie hatte ihn gar nicht kommen sehen. Bleekers Gesicht war so ausdruckslos wie immer. *Vielleicht hat er wirklich die Ruhe weg.* »Nein... Ich meine, Teufel, ja, natürlich, Adam. Bitte.«

Er nickte, stellte das Tablett auf den Tisch und setzte sich. Er hatte eine Gemüse-Lasagne auf dem Teller, das Gesundheitsmenü des Tages. Nun spießte er mit der Gabel ein Stück Lasagne auf und führte es zum Mund. Seine Augen wirkten tiefblau und undurchdringlich.

York versuchte, Konversation zu betreiben.

»Hast du viel zu tun?« fragte sie.

Er schnitt eine Grimasse. »Was sonst? Ich habe mehr

zu tun als zu meiner Zeit als Astronaut. Kaum zu glauben, was? Ich mußte schon an so vielen Simulationen teilnehmen, daß ich längst den Überblick verloren habe.«

»Das ist wohl ein Indiz dafür, wie sehr...«

»...du mich brauchst. Ich weiß, Natalie.«

»Schau, Adam. Ich weiß, wie du dich fühlst. Du hast schon für die Mondlandungen trainiert. Und nun zieht ein Anfänger wie ich an dir vorbei...«

»Ich habe Weltraum-Medizin studiert«, sagte er unvermittelt. »In der Freizeit.«

Dieser Gedankensprung verwirrte sie. Vielleicht war das ein Indiz für Adams mentale Verfassung. »Wirklich? Wieso?«

Er musterte sie. »Wieso nicht? Früher habe ich das nie ernst genommen. Und weißt du, was ich herausgefunden habe? Als Mitglied einer Raumschiffsbesatzung bist du ein ›öffentlich bestellter‹ Strahlenarbeiter. Was sagst du dazu. Und mit Blick auf die Strahlendosis, die man im All abbekommt, gelten die Arbeitsschutzbestimmungen.«

»Und was hat das zu besagen? Ich wette, wenn wir uns an die Regeln halten, würden wir nie den Erdorbit verlassen.«

Er lachte. »Das stimmt auch. Im niedrigen Erdorbit wird man bis zu einem gewissen Grad von der Magnetosphäre geschützt. Darüber hinaus ist man ungeschützt. Doch die NASA hat eine Ausnahmegenehmigung für ›außerordentliche Forschungsmissionen‹.«

»Dann haben sie sich also abgesichert.«

»Genau. Wie die Luftwaffe.« Er schaute sie mit einem undurchdringlichen Gesichtsausdruck an. »Ohne den Schutz der Magnetosphäre gibt es viele Risiken dort draußen. Da wären zum Beispiel die Sonnenaktivitäten – Protuberanzen, bei denen man sich in die Schutzunterkunft zurückzieht –, doch dann gibt es noch die konstante Hintergrundstrahlung, kosmische Strahlen aus dem galaktischen Hintergrund. Und Frauen sind...«

»Um fünfzig Prozent anfälliger für Strahlung als Männer. Ich weiß, Adam«, sagte sie.

Er machte einen entrückten Eindruck. »Weißt du, man *spürt* den Unterschied. Du mußt die Erfahrung selbst machen, Natalie; ich vermag sie nicht zu beschreiben. Man spürt, wie das Blut durchs Herz in die Adern strömt. Man kehrt mit ›Hühnerbeinen‹ zurück, wie wir sagen. Das geht aber vorbei. Doch dann unterliegt man einem schnellen Alterungsprozeß... ich bin nicht der einzige, mußt du wissen.«

»Der einzige was?«

»Der einzige Astronaut, der so geendet hat. So weit ich weiß, ist bisher niemand von den Aktiven explizit wegen Strahlenbelastung ausgemustert worden. Doch ein paar der Älteren, die in den sechziger Jahren geflogen sind, leiden nun an Osteoporose. Krebs. Sie sind in den Fünfzigern und Sechzigern und sterben an Krankheiten, die in der normalen Population nicht auftreten.«

Sie fröstelte und legte die Gabel aus der Hand. »Und diese Kameraden sind gerade einmal für zwei bis drei Wochen im All gewesen...«

»Schon. Aber wir haben vier Milliarden Jahre gebraucht, um uns an das Leben auf der Erde anzupassen. Für eine Weile glaubten wir, die Raumfahrt sei ein Spaziergang. Ich vermute, wir setzen wirklich unser Leben aufs Spiel, oder? Doch manche Leute scheinen keine gesundheitlichen Probleme zu haben. Zum Beispiel leiden sie bei der Rückkehr nur an leichtem Muskelschwund. Vielleicht gehörst du auch zu den Glücklichen, Natalie. Vielleicht bist du immun...«

»Wenn wir in einer rationalen Welt leben würden«, sagte York, »dann hätten wir gar kein Missionsprofil wie Ares. Der Ares-Plan ist im Grunde ein Relikt der Sechziger.«

»Genau. Damals ging es nur darum, das Ziel zu erreichen. Niemand fragte, was man tun mußte, um es zu erreichen. Es wäre sinnvoller, nicht nur einen dreißigtägigen Aufenthalt auf dem Mars zu planen, sondern gleich für ein ganzes Jahr dortzubleiben. Auf der Marsoberfläche ist man relativ geschützt. Während der kurzen Flugreise unterliegst du fast der gleichen Strahlenbelastung wie bei einer doppelt so langen Hohmann-Mission, bei der du dich für fünfhundert Tage auf dem Mars aufhalten würdest. Auf dieser einen Mission erhältst du fast die Dosis, die nach den geltenden Grenzwerten für ein ganzes Leben zulässig ist.«

»Gemäß der Arbeitsschutzbestimmungen, richtig?«

»Ja. Überhaupt wäre ein längerer Aufenthalt auf dem Mars besser für dich«, fuhr er fort, »um dir die Gelegenheit zu geben, dich von den Auswirkungen des langen Null-Ge-Flugs zu erholen...

Ach, zum Teufel.« Er stocherte im Essen herum. »Weißt du, im Grunde sind wir noch gar nicht so weit. Seit von Braun vor dreißig Jahren die Vorreiterrolle übernommen hatte, studieren wir Optionen für eine Mars-Mission. Und die grundlegenden Probleme – die Energie, die benötigt wird, um die Gravitationsquelle der Erde zu verlassen und den interplanetaren Raum zu durchqueren – sind noch immer dieselben. Und es ist uns bisher auch nicht gelungen, von Brauns Lösungen grundsätzlich zu verbessern. Wir schießen noch immer große Wasserstoff/Sauerstoff-Raketen ins All, weil uns nichts Besseres einfällt.«

Sie freute sich über Bleekers offene Worte. Vielleicht fand doch ein langsamer Wandel in der NASA-Kultur statt. Doch bei dem Ton, der in seiner Stimme mitschwang, hätte er ihr ebensogut die Fußballergebnisse mitteilen können.

»Ich werde einfach nicht schlau aus dir«, sagte sie unverblümt. »Das habe ich mir auch schon gesagt. Daß wir noch nicht soweit sind ...«

Er nickte. »Dachte ich mir«, sagte er mit einem schwachen Lächeln.

»Aber das wird mich trotzdem nicht davon abhalten.«

»Nein. Und ich würde mich auch nicht davon abhalten lassen, wenn ich fliegen dürfte.«

»Du willst es mir nicht ausreden?« Sie versuchte, ihre Stimme mit Humor zu unterlegen, zweifelte aber am Erfolg ihrer Bemühungen.

»Ich würde es tun, wenn ich eine Erfolgsaussicht sähe«, sagte er ernst. »Aber nicht, daß ich etwas davon hätte.« Er schüttelte den Kopf. »Weißt du, was das Schlimmste war?« fragte er plötzlich.

»Was denn?«

»Daß ich meinem Jungen – Billy – erklären mußte, daß ich nicht zum Mars fliegen würde. Verdammt«, sagte er und sah aus dem Fenster ins Sonnenlicht, das vom Smog über Houston gefiltert wurde.

Sie wußte nicht, was sie darauf erwidern sollte.

Er widmete sich wieder der Lasagne.

Zeitdauer der Mission [Tag/Std:Min:Sek]
Plus 371/01:32:30

Gershon ließ die Bremsraketen der *Challenger* noch einmal kurz feuern, um sich von ihrer Funktionsfähigkeit zu überzeugen.

Elektromagneten klackten.

»Alles klar, Leute.«

Stones Gesicht hinter dem verschrammten Helmvisier war unbewegt, fast schon düster. »Gut. Dann laßt uns, verdammt noch mal, weitermachen«, sagte er.

Gershon grinste.

Die Sprengbolzen knallten, und *Challenger* trennte sich von der restlichen Ares. Dann feuerten die Bremsraketen, die Gruppe der kleinen Feststoffraketen an der Basis des MEM.

Die Zündung brachte *Challenger* in einen niedrigeren Orbit um den Mars.

Die auf die Beschleunigungsliege geschnallte York versuchte sich zu entspannen. *Challenger* würde für ein paar Umdrehungen im neuen Orbit bleiben, während die beiden Piloten und die Controller im Kontrollzentrum die Systeme überprüften.

Die Kabine der MEM-Aufstiegsstufe hatte sich im konischen oberen Hitzeschild verborgen. Nun erhob der Zylinder sich über sie. Die Beschleunigungsliegen waren in die Basis gezwängt. Im schrägen Winkel sah sie die Navigations- und Steuerkonsolen mit dem künstlichen Horizont, und das optische Richtteleskop stieß von der Decke auf sie herab.

Die Fenster der Kabine bestanden aus großen Dreiecken, deren Spitze nach unten wies, so daß die Piloten beim Aufstehen die Landezone erkannten. Direkt über ihrem Kopf befand sich ein kleines rechteckiges Sichtfenster, und der obere Hitzeschild war von einer spiegelbildlichen Öffnung durchbrochen. York sah durch dieses Fenster; eingezwängt zwischen den beiden Piloten fühlte sie sich wie eine Gefangene, die durch ein Fensterchen in der Decke der Zelle schaute.

Im Gegensatz zum relativ angenehmen Ambiente der Apollo-Kommandokapsel mit den Braun-, Grau- und Grüntönen bestand diese Kabine überwiegend aus blankem Aluminium und wirkte zerbrechlich und irgendwie unfertig. Sie sah die Nieten, die das Ding zusammenhielten. Für York war die primitive Einrichtung Ausdruck einer hastigen Entwicklung und einer Technik, die nicht so ausgereift war wie Apollo.

Durchs Fenster sah York, wie die Ares sich vom MEM entfernte. Seit dem Rendezvous im Erdorbit war es das erstemal, daß sie das Schiff wieder von außen sah. Das dicke, brave MS-II-Triebwerk, das sie in den Marsorbit eingeschossen hatte, bildete noch immer den Schwerpunkt der Stufenrakete – obwohl die beiden Außentanks längst abgestoßen worden waren –, und davor war die schlanke MS-IVB-Stufe montiert, die sie wieder in den Erdorbit bringen würde. Die *Endeavour*, das mit Sonnensegeln bestückte zylindrische Missionsmodul, hatte sich von der MS-IVB getrennt, gedreht und mit der Nase voran wieder an der Stufe angedockt. Das Manöver hatte den Zweck gehabt, das MEM von der Verkleidung an der Basis des Missionsmoduls zu befreien. Mittlerweile hatte die *Discovery*, die Apollo-Kapsel, an einem seitlichen Andockpunkt festgemacht und hing nun wie eine Beere an den zylindrischen Treibstofftanks des Missionsmoduls.

Nachdem die *Challenger* in den Marsorbit zurückgekehrt war, würde das MEM abgestoßen und die restlichen Module – die Raketenstufen, das Missionsmodul und Apollo – würden für den Heimflug wieder zu einem Raumschiff-Verbund zusammengesetzt werden.

Im Moment stellte die Ares-Gruppe ein Ensemble von provisorisch aneinander gehängten Zylindern, Quadern und Sonnensegeln dar, die nach dem Abkoppeln der *Challenger* genauso unordentlich wieder zusammengefügt worden waren. Diese orbitalen Bauarbeiten – wobei Module wie Bausteine im Weltraum verschoben wurden – gingen York gehörig auf die Nerven. Wenn sie das Missionsmodul von den Raketen trennten, beraubten sie sich ihrer einzigen Rückkehrmöglichkeit! Doch sie wußte auch, daß jede Stufe über Hilfssysteme verfügte, mit deren Hilfe sie eine Konfiguration herzustellen vermochten, die sie wieder nach Hause brachte – auch wenn sie dabei eine Bruchlandung hinlegten.

Diese Beschränkungen sind nur ein Symptom der lausigen Technik. Eines Tages werden wir vielleicht in der Lage sein, diese Reise halbwegs komfortabel zu gestalten, ohne das verdammte Raumschiff ständig auseinandernehmen zu müssen.

Das montierte Raumschiff hatte nichts mehr von der filigranen, spielzeugartigen Eleganz, die sie bei den Schiffen im Erdorbit beobachtet hatte. Nach einem Jahr im Weltall hatte das ursprünglich blütenweiße Schiff sich gelblich verfärbt, und die schattigen Abschnitte der Hülle nahmen die braune Tönung der pockennarbigen Marsoberfläche an. Die Ares-Gruppe wirkte alt, vom Weltraum zermürbt.

Nachdem Ares außer Sicht war, sah sie beim Blick durchs Fenster nichts mehr außer Dunkelheit.

Dunkelheit und zuweilen einen Ausschnitt ockerfarbenen Geländes.

Die *Challenger* flog über der Nachtseite des Mars dahin.

»Dreißig Sekunden bis DOI*«, sagte Stone. »Alle Systeme klar.«

»Ich bestätige alle Systeme klar«, sagte Gershon.

DOI stand für das Einschwenken in einen langen, elliptischen Orbit, der die Oberfläche des Planeten tangieren würde.

York sah Gershons Hand über dem Auslöser für die manuelle Zündung schweben. *Challenger* war natürlich Gershons Baby; diese Landung – die nächsten paar Minuten – stellten die Krönung von zehn Jahren Arbeit für ihn dar. Angespannt und erwartungsvoll schaute er zu York auf.

---

* DOI = Descent Orbit Insertion: Einlenken in eine Abstiegsbahn

Die Simulationen waren so programmiert, daß der Proband an einem bestimmten Punkt versagte. Doch war das gerade Sinn und Zweck der Übung: Besatzung und Controller mit allen Eventualitäten vertraut zu machen und sie in die Lage zu versetzen, die Situation zu bewältigen. Nun hatte York aber den Eindruck, daß Ralph Gershon umgekehrt programmiert war. *Es wird schwer sein, ihn davon abzuhalten, den Blecheimer eigenhändig zu landen.*

York betrachtete das durchaus nicht als Nachteil.

»Fünfzehn Sekunden«, sagte Stone. »Zehn Sekunden bis DOI. Auf geht's, Leute. Acht. Sechs, fünf, vier.«

Gershons behandschuhte Hand legte sich auf den Auslöser.

»Zwei, eins.«

Die Raketen feuerten in Folge. Sie hörten ein gedämpftes Rattern.

Und dann spürte sie den Schub im Rücken.

»Bremsanzeige an.« Ein Grinsen erschien auf Gershons Gesicht. »Sehr schön!«

Es kam ihr so vor, als ob *Challenger* zurückgeschleudert worden wäre. Die Verbrennung bei Feststoffraketen, so hatte man ihr gesagt, lief kerniger ab als bei Flüssigbrennstoff-Raketen.

Die Brennphase hielt an. Stone verfolgte die Brenndauer. Der Raketenschub von zwanzig Kilotonnen war zu schwach, um ernstlich an der Masse des MEM zu rütteln, und deshalb waren weder ein Rattern noch Vibrationen zu spüren. Man glaubte fast nicht, daß das Schiff überhaupt bremste. Sie spürte nur einen anhaltenden Druck im Rücken und hörte das leise Zischen der feuernden Retros.

Der Schub brach abrupt ab. Die Retros waren auf die Sekunde genau ausgebrannt.

Es hatte sich scheinbar nichts verändert. Challenger war noch immer im Orbit um den Mars, und York war noch immer schwerelos und driftete in den Gurten, mit denen sie auf der Liege befestigt war.

Doch nun folgte das MEM einem Pfad, der es auf einer Kurve nach unten führte, bis das Schiff ungefähr fünfzig Kilometer über der Planetenoberfläche in die Marsatmosphäre eintrat. Der Luftwiderstand würde dann verhindern, daß das MEM wieder aus der Atmosphäre austrat.

Challenger befand sich nun in den Fängen des Mars.

Plötzlich überkam sie die unangenehme Erkenntnis, wie klein und zerbrechlich diese Kapsel war. Dies war *doch* etwas anderes als eine Landung auf der Erde. Bei der Erde handelte es sich um einen bewohnten Planeten mit Ozeanen, auf denen es vor Bergungsschiffen wimmelte.

Hier draußen gab es nur sie drei, die in dieser kleinen Kapsel zusammengepfercht waren und zu einer toten Welt abstiegen. Die Erde war so weit entfernt, daß sie sie nicht einmal mehr sahen. Sie näherten sich nicht dem Ende der Reise, sondern stießen immer weiter ins Unbekannte vor, wobei sie die technische Kapazität ausreizten und tödliche Risiken eingingen. Sie waren so weit von der Erde entfernt, daß das Kontrollzentrum nicht mehr in der Lage war, in Echtzeit mit ihnen zu sprechen. Es war, als ob sie eine weitere Sprosse auf der Leiter erklommen hätten.

Doch was York nun fühlte, war keine Angst, sondern Erleichterung. *Wieder eine Abbruch-Schwelle überschritten.* Je länger die Mission dauerte, desto geringer wurde die Wahrscheinlichkeit einer Panne.

»Gleich erfolgt Abwurf der Bremsraketen«, sagte Gershon.

Stone zählte abwärts. »Drei, zwei, eins.«

York vernahm einen dumpfen Knall, als pyrotechnische Ladungen den Metallkranz sprengten, der die Retros an der Grundfläche des MEM umspannt hatte.

Dann ertönte ein Scheppern an der Hülle, das sich wie das Trapsen eines großen Vogels anhörte: das mußte der Kranz sein, der an der Hülle entlangschrammte.

Nachdem die Bremsraketen nun abgestoßen waren, ging die *Challenger* wie eine Kanonenkugel in den ballistischen Fall über. Der Hitzeschild verlieh ihr die Form eines stumpfen Kegels, die klassische Gestalt einer Kommandokapsel; nur daß das MEM fast dreimal so groß war wie eine Apollo-Kommandokapsel.

Gershon kippte das Raumschiff, so daß die breite Basis, wo der mit einem Titan-Wabenkern verstärkte Hitzeschild am massivsten war, in die sich verdichtende Luft eindrang. Als er die Steuertriebwerke aktivierte, sah York vereinzelte Schwaden aus grauem Dunst vor dem Sichtfenster.

Der Rauch wurde dichter, und die fahlen Schwaden waberten noch am Schiff vorbei, nachdem Gershon die Brennphase schon abgebrochen hatte.

Bald verfärbte der Dunst sich rosa, und sie hörten ein leises Pfeifen, das von draußen in die Kabine drang.

Das Glühen rührte von der Luft des Mars her, deren Atome vom Hitzeschild der *Challenger* zertrümmert wurden.

»Gleich sind wir da!« jubelte Gershon. »Papa Mars nimmt uns unter die Fittiche!«

»Gottverdammt«, sagte Stone mit belegter Stimme.

York spürte erste, verhaltene Bremskräfte: einen leichten Druck im Magen und eine gewisse Schwere in den Beinen.

Eine Lampe an Gershons Station erlosch.

»Super!« rief er. »Wir haben null komma fünf Ge. Wir sitzen in einem Gleiter.«

Null komma fünf Ge: die Schwelle des Luftwiderstands. Und diese Schwelle von null komma fünf Ge überschritten sie nun auf dem Mars.

Die Bremskräfte wurden immer stärker. *Es ist rauher als in den Simulationen. Das dürfte bei der dünnen Luft gar nicht passieren.* Die Atmosphäre mußte doch eine komplexere und differenziertere Schichtung aufweisen als vermutet.

Der Druck, der auf der Brust lastete, war kaum noch zu ertragen.

Mit offenen Augen versuchte sie, jede Einzelheit der Landung aufzunehmen. *Jede Zunahme des Schmerzes wird einem Atmosphären-Wissenschaftler mehr über den Mars sagen.* Wahrscheinlich war sie sowieso nur einer von drei Menschen, die jemals diese Erfahrung machten.

Dennoch hätte sie in diesem Moment darauf verzichten können.

Sie hörte die Elektromagneten der Steuertriebwerke klacken.

Gershon überwachte die Anzeige der Flugführung. »Voll auf Kurs. Eins-vier-sieben Grad ...«

Challenger mußte sich an einen präzisen Eintrittskorridor halten. Die zulässige Abweichung auf beiden Seiten betrug nur einen halben Grad: damit war der Korridor knapp achtzig Kilometer breit.

»Nähern uns einem Ge ... jetzt.«

Nur ein Ge? York hatte jetzt schon das Gefühl, der Anzug bestünde aus Bleiröhren, als ob ein Sumo-Ringer auf ihrer Brust hocken würde. *Entspricht das wirklich der irdischen Schwerkraft?* Nach einem Jahr in der Mikrogravitation schien diese Last unerträglich; es war, als ob sie ihr Leben lang einen schweren Rucksack auf dem Buckel gehabt hätte.

»Eins komma fünf«, sagte Stone.

York stöhnte. Sie wurde auf die Liege gedrückt, und die Arme wurden an den Körper gepreßt. Das an sich geringe Gewicht von Gershons und Stones Ellbogen, die an ihrer Seite ruhten, wurde nun zu einer drückenden Last.

»Haltet durch, Leute«, sagte Stone. »Eins komma acht. Ihr habt im *Rad* viel mehr ausgehalten. Zwei komma eins.«

Gershon betätigte die Kontrollen, und seine Hand schwebte über dem Auslöser für die Reaktionssteuerung.

»Zwei komma fünf«, sagte Stone. »Komma sechs! ... Komma fünf. Komma drei. Na, hab ich's euch nicht gesagt?«

Das Licht, das durchs Fenster über York einfiel, hatte sich in ein weißgraues Glühen verwandelt. In seiner Kälte und Brillanz war es genauso hell wie das Tageslicht auf der Erde. Gershon und Stone wurden im diffusen, unirdischen Licht gebadet; das Orange der Druckanzüge bleichte förmlich aus, und die Gesichter waren hinter den Helmvisieren, auf denen Lichtreflexe tanzten, nicht zu sehen. Sie kamen sich vor wie in einer großen fluoreszierenden Lichtröhre.

Das Gewicht auf Brust und Beinen verringerte sich nun. Sie spürte, wie der Brustkorb sich ausdehnte und wie der Atem wieder ungehindert in die Lunge strömte.

Etwas flog am Fenster vorbei, ein kleines, gelb glühendes Objekt, das wie ein Feuerball aussah. Es handelte sich um einen Teil des Hitzeschilds, der von der Grundfläche des Raumschiffs abgeschmolzen war und die tödliche Wärmeenergie von der Kapsel abführte. Nun flogen noch mehr Stücke in verschiedenen Größen vorbei, von denen ein paar gegen die Hülle der Kabine prallten.

York verspürte einen Anflug von Panik. *Mein Gott. Wenn das so weitergeht, wird die Kapsel noch durchlöchert.*

Das ist die erste Chance, die der Mars hat, uns zu töten, sagte sie sich. *Ich frage mich, ob er sie auch nutzt.*

Für einen Betrachter am Boden würde *Challenger* wie

ein großer Meteor erscheinen, mutmaßte sie, wie ein glühender Meteor mit einem Feuerschweif, der eine komplexe Bahn am dunklen Marshimmel zog.

Die Steuertriebwerke feuerten kurz, und die *Challenger* richtete sich auf.

»Los geht's!« sagte Gershon. »Wir fangen die Maschine ab.«

Das MEM verfügte über eine gewisse Manövrierfähigkeit. Durch die Verlagerung des Schwerpunkts und durch Dreh- und Nickbewegungen hüpfte *Challenger* wie ein Kieselstein über die Schichten der Atmosphäre und stieg dabei zur Oberfläche hinab.

»Drei, zwei, eins«, sagte Gershon.

Nun verspürte York eine starke Verzögerung, einen Schub, der ebenso schnell verschwand, wie er eingesetzt hatte; als ob sie den tiefsten Punkt einer Achterbahnschleife erreicht hätte.

»Toll«, sagte Gershon. »Was für ein Flug. Nun kommt das Zoom-Manöver.«

Challenger stieg kurz auf und führte die Wärme ab, bevor das Schiff wieder in die unteren Luftschichten eintauchte.

Stone tippte gegen eine Glasscheibe. »He. Der Höhenmesser funktioniert sogar. Achtzehntausend Meter.«

York verspürte ein Prickeln an der Schädelbasis. *Achtzehntausend Meter*. Plötzlich hatte der Meßbereich des Höhenmessers sich von Kilometern, die in der Raumfahrt die Basiseinheit darstellten, auf Meter verkleinert. Wie bei einem Flugzeug arbeitete der Höhenmesser nun als Staudruck-Instrument. *Wir sind fast da*. Die Steuertriebwerke sprangen an, und die Kapsel richtete sich wieder auf.

Das Glühen vor dem Sichtfenster wechselte zu Grau und dann zu einem blassen, fleischfarbenen Rosa.

»Auftriebsvektor für Gleitflug«, rief Gershon.

Das MEM ging erneut in den freien Fall über und

tauchte mit einer Geschwindigkeit von hundertfünfzig Metern pro Sekunde in die sich verdichtende Luft ein. Nachdem die Reibungshitze und die Bremskräfte sich deutlich verringert hatten, verlief der Flug verhältnismäßig ruhig. Nun war es wirklich wie in den Simulationen.

Gershon befreite sich von den Gurten und warf sie über die Schulter. Dann stieß er sich von der Liege ab und erhob sich. Stone, der links neben York lag, folgte seinem Beispiel. In der letzten Phase, der angetriebenen Landung, mußte die Besatzung stehen.

Furchtsam löste sie die Gurte. Dann stellte sie sich vorsichtig auf die Liege und hielt sich an den Gurten fest, die an der Wand entlang verliefen.

Sie spürte die Beine kaum. Nach einem Jahr im Weltraum schien York fast vergessen zu haben, wie man aufstand. Der Gleichgewichtssinn war gestört, und die Aluminiumwände der Kabine drehten sich um sie. Sie hatte das Gefühl, drei Zentner zu wiegen.

Dann spürte sie eine Hand auf dem Arm. Stones Hand.

»Mach dir keine Sorgen deswegen«, sagte er. »Das geht vorbei.«

Damit hatte er recht. Auf der Erde stand nach einem Langzeit-Raumflug immer Personal bereit, das einen aus der Kabine zog, in einen Rollstuhl setzte und schnurstracks ins Krankenhaus brachte. Nur daß sie auf dem Mars mit solchen Serviceleistungen nicht rechnen durften...

Stone klatschte in die behandschuhten Hände. »Kommt in die Gänge«, sagte er. Er wandte sich seiner Station zu, und Gershon ging an seinen Arbeitsplatz. Dann arbeiteten sie die anstehende Checkliste ab.

Yorks Aufgabe bestand nun darin, die Piloten zu unterstützen. Sie betätigte die entsprechenden Hebel, um die Beschleunigungsliegen hochzuklappen und den

Boden der Kabine freizumachen. Dann sicherte sie die Piloten mit elastischen Gurten.

Anschließend bezog sie in einer Ecke der Kabine Position und sicherte sich selbst. *Es gibt nur Stehplätze bis zur Landung auf der Marsoberfläche.*

Plötzlich ertönte ein lautes Knacken. Helles Sonnenlicht strömte in die Kabine.

Der obere Hitzschild hatte seine Schuldigkeit getan und zerfiel nun in mehrere Segmente. Die Stücke drifteten am Fenster vorbei und enthüllten eine komplexe Struktur aus Treibstofftanks und Antennen. Ein ›Stopfen‹ flog aus der Unterseite des Raumschiffs und legte den Trichter des Abstiegstriebwerks frei. Sechs Landebeine schoben sich aus den Schächten an der Basis des MEM.

Challenger hatte sich für die Landung konfiguriert.

York lugte aus den Dreiecksfenstern, die den Piloten zur Orientierung dienten. Sie sah Sonnenlicht, einen violetten Himmel und eine bräunliche, gekrümmte Landschaft.

New York Times, *Montag, 4. März 1985*
Deutschstämmiger Nazi-Experte verläßt USA,
um Anklage wegen Kriegsverbrechen zu entgehen

Wie gestern bekannt wurde, hat Hans Udet, ein in Deutschland geborener Raketenexperte der NASA, die amerikanische Staatsbürgerschaft abgelegt und ist nach Deutschland zurückgekehrt, um sich einer drohenden Anklage wegen Kriegsverbrechen zu entziehen.

Udet gehörte zu Wernher von Brauns Arbeitsgruppe, die während des Zweiten Weltkriegs die V-2-Rakete entwickelt hatte. Nach dem Krieg ging er mit von Braun nach Amerika und hat an Weltraumprojekten der USA mitgearbeitet.

Nach von Brauns Pensionierung war Udet zu einem der ranghöchsten NASA-Mitarbeiter aufgestiegen und hat erst vor kurzem die Entwicklung des leistungsgesteigerten Saturn VB-Raketentriebwerks geleitet. Die VB wird eingesetzt werden, um die bemannte ›Ares‹-Mission zum Mars zu schicken und ist schon ein paarmal erfolgreich gestartet, um Komponenten des Marsraumschiffs in den Erdorbit zu bringen.

Das Justizministerium hat Udet nun aufgefordert, die amerikanische Staatsbürgerschaft abzulegen. Andernfalls müsse er mit einer Anklage rechnen, weil er eine leitende Funktion im Konzentrationslager Nordhausen im Harz innehatte, wo die V-2 produziert wurde. Das Ministerium stützt sich dabei anscheinend auf Informationen, die der Regierung seit vierzig Jahren vorliegen.

Udet wird anscheinend nicht bezichtigt, selbst Verbrechen begangen zu haben. Doch man wirft ihm Mitwisserschaft vor und den Umstand, daß er dieses Wissen bei der Beantragung der amerikanischen Staatsbürgerschaft verschwiegen hat. Udet behauptet nach wie vor seine Unschuld, will sich aber aufgrund seines Alters und der finanziellen Situation nicht auf den langen Rechtsstreit einlassen, den eine Klage der Regierung unweigerlich nach sich ziehen würde.

Im Rahmen einer Abmachung mit dem Justizministerium hat Udet im Januar die USA verlassen.

Kollegen in der NASA haben für Udet Partei ergriffen und die Vorgehensweise des Justizministeriums als ›zynisch‹ und ›schäbig‹ bezeichnet. Es herrscht die Ansicht vor, daß das Justizministerium so lange stillgehalten hat, bis Udet – nachdem er jahrzehntelang seine Arbeitskraft in den Dienst der US-Regierung gestellt hat – ins Pensionsalter gekommen ist.

Zu den NASA-Mitarbeitern, die sich für Udet verwendet haben, gehörte auch Dr. Gregory Dana, der Vater des toten Apollo-N-Astronauten James Dana. Recherchen dieser Zeitung haben ergeben, daß der Wissenschaftler selbst während des Krieges als Zwangsarbeiter in Nordhausen interniert war …

New York Times, *Freitag, 8. März 1985*
Frederick W. Michaels, 76, NASA-Direktor

Fred Michaels, der während des turbulenten Jahrzehnts, das auf Apollo folgte, Direktor der NASA war, ist am Dienstag in seinem Haus in Dallas, Texas, gestorben. Er wurde 76 Jahre alt.

Der 1909 in Dallas geborene Michaels beendete 1933 ein Pädagogikstudium an der University of Chicago. Im Anschluß studierte er Rechtswissenschaften und erhielt 1939 die Zulassung als Anwalt. Von 1939 bis 1963 arbeitete er in der Privatwirtschaft, mit einem vierjährigen Zwischenspiel im Haushaltsausschuß. In dieser Zeit stieg er zum Präsidenten der Umex Oil Company und zum Assistenten des Präsidenten von Morgan Industries auf. Außerdem erhielt er einen Posten im Vorstand einer Fluggesellschaft. 1963 trat er in die NASA ein.

Von 1971 bis 1981 war er Direktor der NASA und trat dann wegen des Scheiterns der Testmission von Apollo-N und des Todes der Besatzung zurück.

Michaels' Dienstzeit bei der NASA zeichnete sich durch politische Klugheit aus. Er war ein weitaus ›weltlicherer‹ Direktor als sein Vorgänger, der visionäre, aber glücklose Thomas O. Paine. Michaels löste nicht nur die internen Konflikte zwischen den NASA-Zentren, die seit der Gründung der Weltraumbehörde geschwelt hatten, sondern er führte auch einen Ausgleich mit den Interessen der Politik, des Finanzministeriums und der Luft- und Raumfahrtindustrie sowie der Universitäten herbei.

Michaels wurde wegen fehlender Visionen kritisiert. Unter seiner Regie wurde die NASA in die Organisation der Apollo-Ära zurückgeworfen, für die James Webb (Jahrgang 1906) verantwortlich zeichnete und wo alle Aktivitäten auf ein einziges Ziel ausgerichtet waren – in Michaels' Fall auf die Landung auf dem Mars. Die NASA litt in den siebziger Jahren an Führungsschwäche, und als nach der Apollo-N-Katastrophe sich wieder eine klare Mission abzeichnete, hatte die Weltraumbehörde über das Ares-Projekt hinaus keine Perspektive. Alle Einrichtungen und Systeme wurden in den Dienst von Ares gestellt. Dies ist eine gefährliche Entwicklung. Michaels' Nachfolger stehen vor der großen Herausforderung, die Organisation zusammenzuhalten und die Arbeitsplätze zu sichern, nachdem das primäre Ziel erreicht worden ist.

Jedoch wird die Geschichte Michaels' Leistungen wahrscheinlich eher würdigen als viele seiner Zeitgenossen. In einer Zeit, wo die Etats schrumpften und das zivile Raumfahrtprogramm der USA ins Kreuzfeuer der Kritik geriet, trat er in Webbs Fußstapfen und schmiedete eine dauerhafte politische Koalition für das bemannte Raumfahrtprogramm. Das betrachtete er als wichtigstes Ziel seiner Behörde.

Wie der frühere Präsident John F. Kennedy diese Woche in einem Nachruf sagte, wäre ohne Michaels' geschicktes Taktieren das Raumfahrtprogramm nach Apollo vielleicht eingestellt worden. In diesem Zusammenhang wäre noch zu erwähnen, daß Mr. Kennedy sich seinerzeit für Michaels' Ernennung zum NASA-Direktor eingesetzt hat.

Wie auch immer man das diesjährige ›Mensch-zum-Mars‹-Spektakel beurteilt, entbehrt es nicht einer gewissen Ironie, daß sein Wegbereiter es nicht mehr erlebt hat.

Mr. Michaels hinterläßt eine Frau – Elly –, drei Töchter – Kathleen Lau, Ann Irving und Jane Devlin – sowie acht Enkelkinder.

März 1985
Cocoa Beach, Florida

Es fand eine letzte Pressekonferenz in Houston statt, bevor sie nach Cape Canaveral gebracht wurden. Die Besatzung stand inzwischen unter Quarantäne und mußte das Podium mit einem Mundschutz betreten. Die Masken mußten sie solange anbehalten, bis sie hinter einer transparenten Trennwand Platz genommen hatten.

Die erschöpfte York empfand den Vorgang als bizarr

und irreal, und die Fragen und Antworten hatten durch die endlosen Wiederholungen längst jeden Sinn verloren.

Die Ausgabe der Zeitschrift *Life* vom 28. März brachte eine Titelgeschichte mit der Überschrift ›Bereit für den Mars‹. Der Inhalt war wie gehabt: Stone, der mit seinen Söhnen Ball spielte, Gershon, der am Steuer seines Autos saß und York – nun, York saß in ihrem Kabuff, sichtete die Korrespondenz, stellte einen Nachsendeantrag für die Post, bereitete den Transport des Hausrats in das Lager einer Spedition vor und lächelte dabei unsicher in die Kamera. Sie hatte inzwischen ihre eigenen Klischees produziert. *Die fleißige Wissenschaftlerin. Die alleinstehende Frau, die ihren Weg geht. Die brillante Visionärin, die sich nur auf das Ziel konzentriert.*

Sie hatte die Vorbehalte gegenüber den Medien aufgegeben und betrachtete das alles nur noch als eine Art Sturm im Wasserglas. Die Kolumne in *Life* hätte nämlich noch viel ungünstiger ausfallen können. Sie hielt dem Reporter sogar zugute, aus dürftigem Material das Beste gemacht zu haben.

Ein paar Tage vor dem Start wurden sie vom Hotel ins Besatzungs-Wohnheim im ersten Stock des MSOB* im Kennedy-Raumfahrtzentrum verlegt.

Das MSOB war in Anbetracht der Umstände recht gemütlich. Es gab eine Sporthalle und ein Casino. Und die Unterkünfte für die Besatzungen, die sich in einem Bau befanden, der von außen wie ein schlichtes Bürogebäude aussah, waren gar luxuriös im Vergleich zu den meisten NASA-Einrichtungen: aus einem sterilen

---

* MSOB = Manned Spacecraft Operation Building: Gebäude für Operationen der Bemannten Raumfahrt

Büro ging sie durch eine verschlossene Tür in ein Appartement mit gedämpfter Beleuchtung und je einem Schlafzimmer für die dreiköpfige Besatzung.

Es handelte sich um dasselbe Appartement, in dem die Apollo-Mondfahrer vor dem Start einquartiert worden waren.

Die Schlafzimmer waren individuell eingerichtet; es gab sogar ein Fernsehgerät. Die drei Räume waren mit Bildern verziert: zwei Aktzeichnungen und einem Landschaftsgemälde.

York bekam das Zimmer mit dem Landschaftsgemälde. Über dem Bild befestigte sie die körnigen Vergrößerungen der Mariner 4-Aufnahmen.

Die Astronauten waren hier isoliert. Um die Besatzung vor Infektionen zu schützen – und sie dem Zugriff der Medien zu entziehen –, war nur ›befugtem Personal‹ der Zutritt zum MSOB gestattet. Familienangehörige und Freunde fielen nicht in diese Kategorie.

Zumal York ohnehin niemanden sehen wollte. Ihre Mutter hatte einmal angerufen und von ihren eigenen Sorgen erzählt. Sie würde nicht persönlich zum Start erscheinen, sondern sich von einem lokalen Fernsehsender filmen lassen, wie sie den Start im Fernsehen verfolgte.

Doch sie sah, daß Stone und Gershon, die zwar froh waren, den aufdringlichen Kameras entronnen zu sein, bald einen ›Lagerkoller‹ kriegen würden.

Sie verstand den Sinn dieser Maßnahme nicht. Weshalb durften sie keinen Besuch von Familienangehörigen empfangen? Sicher, die Quarantäne war erforderlich. Aber sie wußte auch, daß Kontakt zu den Kindern und Ehepartnern Balsam für die Seele wäre.

Was auch immer die Vor- und Nachteile der Quarantäne waren, für York war sie eine große Erleichterung. Nachdem sie die schwere Zimmertür geschlossen hatte, ließ sie die Reisetasche auf den Boden und sich selbst aufs Bett fallen und schlief neun Stunden durch.

Zeitdauer der Mission [Tag/Std:Min:Sek]
Plus 371/02:03:23

Ralph Gershon hatte einen trockenen Mund. Das lag am reinen Sauerstoff, der im Druckanzug zirkulierte.

Stone stand zu seiner Rechten, und York war hinter ihnen. Sie sagte nichts.

Gershon überflog die Anzeigen seiner Station. Er hatte bereits die Treibstofftanks des Abstiegstriebwerks unter Druck gesetzt, die erforderlichen Computerprogramme geladen und durchs Richtteleskop eine optische Peilung vorgenommen, um die Trajektorie von *Challenger* zu überprüfen.

Challenger hatte sich während des Sturzes durch die Atmosphäre auf den Rücken gedreht, so daß das Landeradar auf den Boden gerichtet war. Bisher hatte das Radar noch kein Ziel aufgefaßt. Alles, was Gershon durchs Fenster sah, war ein zwischen Pink und Violett changierender Himmel.

»Auf *Los* drei Minuten dreißig bis zur Zündung...«, sagte Stone. »*Los*. Drei dreißig.«

Gershon betätigte den Schalter für die Aktivierung des Abstiegstriebwerks.

Gershon war bereit. Zum erstenmal im Verlauf der Mission hatte er das Kommando. Es vermittelte ihm ein Gefühl der Freiheit und Macht. Er würde schon dafür sorgen, daß nichts schiefging.

Zumal er diese Phase tausendmal im Simulator und MLTV-Trainingsgerät geprobt hatte. Er beherrschte es im Schlaf.

Natürlich. Aber das ist der Mars, mein Junge. Vielleicht hält diese alte Welt noch ein paar Überraschungen bereit.

Das MEM würde mit einer Präzision funktionieren müssen, die von den Testgeräten nicht erreicht worden war.

»Ich habe eine 63 für PDI«, sagte Stone ruhig. 63 war ein Relikt von Apollo, wobei die Bereitschaft des Computers abgefragt wurde, mit PDI fortzufahren, der Einleitung des raketengestützten Abstiegs.

»Tu es«, sagte Gershon. »Ich zünde.«

Stone drückte auf die WEITER-Taste. »Zündung.«

Zunächst spürte Gershon nichts. Doch die Instrumente zeigten an, daß die Landestufe mit zehn Prozent der Höchstleistung feuerte. Es war ein seidenweicher Abstieg.

Nach einer halben Minute arbeiteten die Triebwerke dann mit Vollschub.

Er hörte noch immer nichts, doch dafür wurde die Kabine nun von hochfrequenten Schwingungen durchdrungen. Sie waren unangenehm, als ob der Zahnarzt den Bohrer ansetzte. *Schon die erste Abweichung von den Simulationen.*

Challenger folgte dem vorgesehenen Korridor und bremste leicht ab.

»AGS und PGNS stimmen überein«, sagte Stone. Der nun als Navigator fungierende Stone teilte Gershon mit, daß die redundanten Primär- und Abbruch-Führungssysteme synchron arbeiteten. »Wir sehen gut aus bei drei, nähern uns... Drei Minuten. Höhe zwölftausend Meter.« Bei diesem Wert handelte es sich nach wie vor um eine Schätzung der beiden Führungscomputer; das Landeradar hatte noch immer kein Ziel aufgefaßt. Außerdem verfügte Stone über den Höhenmesser, obwohl das mit dem Druck der unerforschten Marsatmosphäre arbeitende Instrument insofern ein ›Experimentalgerät‹ war, dessen Daten gemäß der Einsatzbestimmungen nicht verwertet wurden.

»Brennphase dauert an«, sagte Stone. »Vier Minuten... Wir sollen für vier Minuten feuern lassen.«

»Rager«, sagte Gershon knapp.

»Die Daten sind gut. Zehntausend...«

Doch nun leuchteten Warnlampen auf Gershons Station auf. Das Landeradar müßte inzwischen arbeiten und die Echos der Signale auffangen, die es zum Boden schickte.

Doch nichts dergleichen.

»Wo bleibt das gottverdammte Radar, Ralph?« fragte Stone.

»Prüf es noch mal durch.«

»Ja.« Stone versuchte es erneut.

»Komm schon, Baby«, sagte Gershon ruhig. »Such dir ein Ziel.« Doch es tat sich nichts. »*Komm schon.*«

»Man soll doch nicht mit der Technik reden«, sagte York trocken.

»Schnauze, Natalie«, sagte Stone abwesend.

Gershon verspürte einen Anflug von Zorn. Die anderen Daten waren noch immer in Ordnung. Sie flogen mit der richtigen Geschwindigkeit, und AGS und PGNS lieferten übereinstimmende Schätzwerte für die Höhe. Doch ohne das Radar war er aufgeschmissen – selbst wenn der Höhenmesser funktionierte. Die Einsatzbestimmungen waren eindeutig: *Falls das Radar in dreitausend Metern Höhe noch kein Ziel aufgefaßt hat, muß die Landung abgebrochen werden.*

»Versuch, den Unterbrecher für das Landeradar zu unterdrücken«, sagte Stone.

Gershon, der vor Zorn schon ganz verkrampft war, zog den Unterbrecher für das Radar heraus und schob ihn dann in den Schacht zurück. »Ist unterdrückt.«

Die Warnlampen glommen vor sich hin. Keine Reaktion.

Er drehte sich um und schaute Stone in die Augen. »Ein guter Tag für eine Landung.«

Will sagen: *Scheiß auf die Bestimmungen. Scheiß auf Houston; sie sind so weit weg, daß sie es erst erfahren werden, wenn wir schon gelandet sind. Wir sind schon zu weit gekommen, um jetzt noch abzubrechen. Ich sage, wir ziehen die Landung durch, und wenn wir uns mit optischen Peilungen behelfen müssen. Scheiß drauf.*

Stone erwiderte den Blick.

Verdammt noch mal, du kaltschnäuziger Bastard. Was wirst du tun? Gershon spürte, wie die Kabine sich aufrichtete; beim Blick aus dem Fenster sah er nicht mehr nur den Himmel, sondern auch den Strich einer roten Landschaft. *Challenger* richtete sich für die letzte Phase der Landung auf.

»Siebentausend Meter«, sagte Stone. »Triebwerk drosseln. Jetzt.«

Nun würde das primäre Führungsprogramm den Schub des Abstiegstriebwerks auf sechzig Prozent reduzieren. Gershon spürte, wie die Schwingungen abebbten. *Alles läuft nach Plan.* »Das ist gut gelaufen«, sagte er. »Besser als in den Simulationen.«

»Sechstausend. Alle Systeme klar. Außer der Radarsperre. Geschwindigkeit runter auf dreihundertfünfzig Meter pro Sekunde.«

Dreihundertfünfzig Meter pro Sekunde. Die Geschwindigkeit eines Flugzeugs. Gershon betätigte die Steuerung. *Ich fliege in der Marsatmosphäre.* Er sah aus dem Fenster. Die Sterne waren nicht mehr zu sehen, und der Himmel erschien als eine riesige Kuppel aus braunem Licht. Und er sah den Boden. Es war eine zerklüftete Landschaft, die unter ihm dahinzog. Die Sicht war gut: die Schatten, die von der tiefstehenden Morgensonne geworfen wurden, enthüllten eine kontrastreiche Detailfülle.

Challenger näherte sich der Landezone in einer weiten Kurve aus südwestlicher Richtung und überflog das alte, kraterübersäte Terrain der südlichen Hemisphäre. Fast wähnte die Besatzung sich in der Simulation einer Mondlandung: ein Krater reihte sich an den anderen, und manche waren so alt, daß sie Mehrfacheinschläge aufwiesen. Doch im Gegensatz zum Mond waren die Kraterböden hier mit Sanddünen bedeckt, und ein Krater sah so aus, als ob die Wände von fließendem Wasser eingerissen worden wären. *Das ist, weiß Gott, nicht der Mond.*

Die stark gekrümmte Landschaft war öde und unwirtlich. Es war ein toter Planet. Hier gab es keine Bodenstation ... *Keine Landebahnbefeuerung. Aber auch niemanden, der die Kiste abschießt.*

»Sieben Minuten dreißig«, sagte Stone. »Fünftausend Meter. Beginn der Einflugschneise. Noch immer kein Radarkontakt.«

Sie befanden sich nun an dem Punkt, wo Gershon erstmals Sichtkontakt mit der Landezone hätte bekommen müssen. Er schaute in Flugrichtung.

Die vorgesehene Landezone befand sich nördlich eines Steilhangs an der Mündung eines Urstromtals. Laut Yorks Beschreibung würde das Tal wie ein ausgetrocknetes Flußbett aussehen. Gershon hatte die Stelle anhand von Orbiter-Fotos und Gipsmodellen studiert, bis er sie so gut wie seine Westentasche kannte.

Doch sie arbeiteten nun unter erschwerten Bedingungen: sie kamen im Tiefflug rein, die Sonne stand niedrig, das Schiff war noch um mehr als fünfzig Grad geneigt, und das Licht spiegelte sich im Fenster ...

Nichts war so, wie es sein sollte. Die Topographie der komplexen, verwüsteten Landschaft änderte sich ständig. Tiefe Schatten wanderten über das Gelände, und die ockerfarbenen Oberflächenmerkmale sprangen ihn förmlich an, wobei der vertikale Maßstab durch den Kontrast vergrößert wurde.

»Viertausendfünfhundert«, sagte Stone. »Noch immer kein Kontakt.«

Scheiße.

»In Ordnung, Ralph, leiten wir die Abbruch-Prozedur ein«, sagte Stone resigniert.

Gottverdammte Hölle, er gibt auf.

»Wir führen ein Nickmanöver durch und aktivieren das Aufstiegsprogramm... Countdown für Missions-Abbruch beginnt bei zweitausendfünfhundert Metern...«

»Nein. Nicht abbrechen«, sagte Natalie York unvermittelt.

Stone schaute sie an. »Hä?«

»Nicht abbrechen. Vielleicht überfliegen wir gerade eine tote Zone.«

»Und was«, fragte Stone trocken, »ist eine tote Zone?«

»Vulkanasche«, sagte sie. »Bimsstein.« Sie legte sich in die Gurte und versuchte, aus den Pilotenfenstern einen Blick auf die malträtierte Landschaft zu erhaschen. »Das ist Materie mit geringer Dichte. Sie erzeugt fast keine Radarechos. Deshalb bekommt das Landeradar auch keinen Kontakt.«

»Vielleicht«, sagte Stone, »ist das Landeradar auch defekt.«

»Nicht abbrechen.«

Stone und Gershon wechselten Blicke.

»Zweitausendsiebenhundert«, sagte Stone. »Noch immer kein Kontakt.«

Gershon wurde sich bewußt, daß sie bereits gegen die Einsatzbestimmungen verstoßen hatten.

»Ralph...«, sagte Stone.

Und in dem Moment erloschen die Warnlampen. Das Radar hatte Kontakt bekommen.

York schnaufte erleichtert.

»Mein Gott.« Gershon hieb mit der Faust auf die Konsole. »Wir haben grünes Licht.«

»Stimmt«, sagte Stone mit belegter Stimme.

Mit Verrenkungen drehte Gershon sich zu York um. »Ich schätze, wir sind während der ganzen Zeit über Bimsstein hinweggeflogen.«

Sie erwiderte den Blick. »Gut möglich.«

Er wußte nicht, ob York ihnen mit dem Bimsstein nur einen Bären aufgebunden hatte. Er schätzte York zwar nicht so ein, aber möglich war alles. Und er wußte auch nicht, ob Stone wirklich abgebrochen oder ihm erlaubt hätte, auch ohne Radar zu landen.

Ihm wurde bewußt, daß er seine Kameraden doch nicht so gut kannte, wie er immer geglaubt hatte.

»Zweitausendvierhundert«, leierte Stone herunter. »Sinkgeschwindigkeit dreißig Meter pro Sekunde. Landung erfolgt in Kürze.«

»Rager.«

Gershon wandte sich den Kontrollen zu. Rechts von ihm war der Lageregler – ein Hebel mit einem Pistolengriff –, und links war ein als Schubtranslationsregler bezeichneter Kippschalter, der die Bremsdüsen aktivieren würde, um die Sinkgeschwindigkeit zu verringern. Diese Komponenten waren durch die Elektronik mit dem Reaktionssteuerungs-Subsystem verbunden, das ihm den größten Teil der Steuerungsarbeit abnehmen würde.

Er gab Schub auf die Bremsdüsen, was vom beruhigenden Klacken von Elektromagneten quittiert wurde.

Er überließ die Steuerung dem Computer. »Manuelle Lage- und Bahnregelung ist in Ordnung.« Er fühlte neuerliche Zuversicht. Das Radar hatte Kontakt, und die Schubdüsen funktionierten wie ein Uhrwerk. Wenn es soweit war, wenn er das Schiff schließlich für die Landung übernahm, würde er dies in der Gewißheit tun, daß alles in Ordnung war.

»Zweitausendeinhundert«, sagte Stone. »Auf geht's! Beginn der Einflugschneise. Ab durch die Mitte.«

Unter der Regie des Computers richtete *Challenger*

sich noch etwas auf, wodurch Gershon nach vorn kippte. Er blickte in Flugrichtung. Am gekrümmten Horizont erschien etwas, das wie eine Klippe aussah, ein Höhenrücken, der die Grenze der Kraterregion markierte. Das Land hinter diesem Höhenrücken hatte ein anderes Aussehen: glatt, ohne Krater, wie Schwemmland...

Und nun tauchte ein Tal unter dem Schiff auf, das sich vom südlichen Plateau nach Norden schlängelte; die Szenerie erinnerte an einen Holzschnitt. Im Nordosten gab es einen einzelnen großen Krater.

Das Szenario stimmte mit den Karten und Modellen am JSC überein.

»Ich hab's!« krähte Gershon. »Ich habe Mangala gefunden! Liegt da wie auf dem Präsentierteller.«

Er übernahm die Steuerung der *Challenger* und bereitete die Landung vor.

Das MEM schwebte über der Landschaft. Das Schiff ritt quasi auf dem Abgasstrahl der Raketen und würde mit der Basis voran landen.

»Neunhundert Meter. Zwanzig Meter pro Sekunde. Alles im grünen Bereich«, sagte Stone. »Bereit zur Landung. Paßt gut auf. Sechshundert. Windgeschwindigkeit drei Meter pro Sekunde.«

Windgeschwindigkeit. Noch eine Einflußgröße, die sie bei Apollo nicht berücksichtigen mußten.

»Gib mir ein LPD«, sagte er zu Stone.

»Dreiundvierzig.«

Er schaute auf die Strichplatte am Fenster und peilte den Dreiundvierzig-Grad-Strich an, die Landepunktmarkierung. Er stellte sich vor, wie der Computer imaginäre Polynom-Kurven aussandte, die ihn wie auf einer gläsernen Straße durch die Marsluft zur Landezone leiteten. *Diese verdammten Schnörkel höherer Ordnung gibt es diesmal nicht.* Obwohl die Hard- und Software des MEM mit anderen Systemen auf Apollo-Basis die primitive menschliche Schnittstelle gemeinsam hatten, waren sie doch um eine Größenordnung leistungsfähiger als der antiquierte Scheiß, mit dem er sich an Bord des MLTV hatte behelfen müssen.

Nun sah er auch die Stelle, an die der Computer ihn führte. Sie war noch etwa zwei Kilometer entfernt und kam schnell näher. Er nahm sie mit der Strichplatte ins Visier...

Scheiße.

Unter der Führung des PGNS zielte *Challenger* auf einen Punkt ein paar Kilometer jenseits des Steilhangs, nördlich der Mündung des Urstromtals. Soweit lief alles nach Plan. Doch aus der Nähe erkannte er nun, daß das Land uneben war, ausgewaschen und von etwas durchzogen wurde, das wie Kiesbänke aussah. Und inmitten der Landezone klaffte ein flacher, erodierter Einschlagkrater, an den sich eine tränenförmige Insel aus Schutt anschloß.

»*Scablands*«, sagte er. »Natalie, das wird dir gefallen. Es bestätigt deine Vermutungen. Das da unten sieht nämlich wie ein abgefucktes Flußbett aus...«

Nur daß er nicht imstande war, das MEM in dieser Scheiße zu landen.

Elektromagneten klackten, und *Challenger* erzitterte. Anhand der Radardaten aktualisierte der Computer ständig die Trajektorie. Dennoch wunderte Gershon sich, mit welcher Häufigkeit die Steuertriebwerke feuerten; viel öfter als in den Simulationen.

Stone gab noch immer Höhe und Geschwindigkeit durch. »Zweihundert Meter, sinken mit neun komma drei Meter pro Sekunde. Hundertachtzig. Abwärts mit acht komma sieben. Hundertsechzig. Abwärts mit sieben komma fünf.«

Entscheide dich, Ralph.

Er legte einen Schalter um und deaktivierte PGNS.

Dann drückte er auf den Translationsregler und betätigte den Schubschalter, um den Fall des MEM zu verlangsamen. *Challenger* quittierte jeden Tastendruck mit klackenden Elektromagneten.

Nun nahm das Schiff die Charakteristik eines Flugzeugs an. Der Übergang war abrupt. Die Schubdüsen sprangen an, und das MEM kippte nach vorn, so daß er in den Gurten hing.

Unter seinem Kommando flog *Challenger* über die Oberfläche des Mars dahin.

Er spürte, daß Stones Blick auf ihm ruhte.

»Ende der Einflugschneise«, sagte Stone. »Hundertfünfzig Meter. Neigung fünfunddreißig Grad. Gehen runter mit sechs Metern pro Sekunde.«

Das MEM fiel noch immer, bewegte sich inzwischen aber auch vorwärts. Das Schiff glitt über das zerklüftete, ausgetrocknete Schwemmland. *Ich muß weiter nach Norden, weg von diesem verschissenen alten Gelände. Ich werde im Norden landen. Auf den glatten Lavaebenen jenseits des Schwemmlands.*

Die Testpiloten hatten ein Motto, das da lautete: *Im Zweifelsfall die längere Landebahn nehmen.* Also flog Ralph Gershon weiter und hielt nach einem geeigneten Landeplatz Ausschau.

»Hundertzwanzig Meter, runter mit zwei komma sieben Meter pro Sekunde. Hundertfünf Meter, runter mit eins komma zwei Meter. Hundert... Achte auf den Treibstoffvorrat, Ralph.«

Achte auf den Treibstoffvorrat. Logo. Die Missionsplaner hatten ihn auf diese Reise geschickt, eine Sonnenumrundung inklusive, auf daß er auf einem fremden Planeten lande – und den Landeanflug mußte er dann mit dem letzten Tropfen Sprit durchführen.

Aber das ist es doch, was du wolltest, Ralph. Nicht wahr? Das ist es, worauf du all die Jahre hingearbeitet hattest. Um in Armstrongs Fußstapfen zu treten und auf einem fremden Planeten zu landen.

Er bekam Herzklopfen.

Dann machte er einen Ort aus, der auf den ersten Blick günstig erschien, doch beim Anflug sah er, daß die Stelle mit Felsen übersät war. Vielleicht noch ein Geschenk für Natalie, aber eine Katastrophe für das MEM, hätte es dort eine Landung versucht. Dort drüben war das Gelände zwar glatter, doch für Gershon mutete der Boden wie Blätterteig an – brüchig und überall Rinnen und Spalten. Wenn auch nur der Teller eines Landebeins einbrach, würde das ganze verdammte MEM umkippen.

Er zog *Challenger* wieder hoch, damit das Schiff nicht zu schnell wurde. Vor ihm lag wieder ein felsiger Abschnitt, und er drehte nach links ab, um ihn zu umgehen.

Auf dem ganzen abgefuckten Planeten, so sagte er sich, gab es keinen Landeplatz.

Schweiß tröpfelte von der Stirne und lief ihm in die Augen, so daß er blinzeln mußte.

Das Gelände spulte sich am Horizont ab, raste auf ihn zu und machte ihm in allen unerfreulichen Details klar, daß es für eine Landung nicht in Frage kam. Es war wie verhext.

»Neunzig Meter, abwärts einen Meter, dreizehn komma fünf vorwärts.«

»Wie sieht's mit dem Treibstoff aus?«

»Sieben Prozent.«

Scheiße. Das war schlechter als in allen Simulationen. Mit Ausnahme der Übungen, wo er eine Bruchlandung gebaut hatte.

Dort. Ein flacher Abschnitt, ein kleines Plateau zur Rechten: nicht mehr als ein Staubfeld. Auf der einen Seite war ein Feld mit großen Felsbrocken, auf der anderen eine erodierte Fläche. Dieser Sektor war nicht größer als ein Parkplatz, hundert Quadratmeter vielleicht, aber es müßte ausreichen.

Er hatte seinen Landeplatz.

Er zog am Steuerknüppel. Das MEM kippte nach rechts ab. Er nahm eine Peilung mit der Strichplatte vor und gab die Daten in den Computer ein. Vor dem geistigen Auge wurden diese unsichtbaren Kurven, Yorks magische Polynome, ausgeworfen und geleiteten ihn zur Landezone.

»Fünfundsechzig Meter. Drei komma neun vorwärts, eins komma zwei abwärts. Drei komma drei vorwärts. Wir kommen gut runter. Anzeigen für Höhe und Geschwindigkeit an.«

Der Schatten von *Challenger* jagte über die zerklüftete Oberfläche des Mars auf ihn zu. Der Schatten hatte die Konturen eines dicken, unregelmäßigen Kegels; er sah das Antennenbüschel und die aus der Basis ragenden Landebeine mit den langen Kontaktsonden.

Es war wirklich nicht viel Luft zwischen ihm und dem Schatten.

Und nun wurden rote, braune und gelbe Staubwolken von der Oberfläche aufgewirbelt und blieben in der dünnen Luft hängen. *Staub und Schatten. Das hat bei den Simulationen gefehlt.*

Das hier ist die Wirklichkeit, Ralph!

Eine Leuchtfläche mit der Aufschrift ›LANDUNG QTY‹ ging an. Der Treibstoff ging zur Neige. War er zu niedrig, wenn der Treibstoff verbraucht war, bedeutete das den sicheren Tod: zu niedrig, um noch abzubrechen, und zu hoch, um sicher zu landen. Das MEM würde abstürzen und wie ein Aluminium-Ei an der Oberfläche zerschellen.

Er versuchte, die Warnlampe zu ignorieren. *Überzüchteter Schrott. Laßt mal einen Profi ans Steuer.*

PGNS entließ das Raumschiff aus dem Landeprogramm, und die *Challenger* setzte zur Landung an.

Er peilte eine Rinne kurz vor dem Landepunkt an, um sie als Bezugspunkt für die Höhe und Bewegung des Schiffs zu verwenden. Er hielt den Blick auf die Rinne gerichtet, während er die Horizontalgeschwindigkeit aufzehrte. Das MEM mußte senkrecht landen, ohne eine seitliche Abdrift. Sonst bestand die Gefahr, daß beim Aufsetzen ein Landebein brach.

Das Raumschiff war in eine Staubwolke gehüllt, die ihm die Sicht nahm und das Fenster mit ockerfarbenem Puder überzog.

»Dreißig Sekunden.«

»Vorwärtsdrift?«

»Alles klar. Hundert Meter hoch. Runter mit einem Meter pro Sekunde.«

Der Staub war überall. Nun sah er auch, wie der Staub auf dem Boden nach allen Seiten wegstob. Beim Anblick der Staubfahnen wurde ihm schwindlig; sie hatten Ähnlichkeit mit dem Nebel, der sich manchmal auf ein Flugfeld legte. Dann machte er einen Felsen aus, der aus dem Dunst ragte und nutzte ihn als Orientierungshilfe.

»Achtzehn Meter. Abwärts mit sechzig Zentimetern pro Sekunde. Sechzig vorwärts. Sechzig vorwärts. Gut.«

Er betätigte den Abstiegsschalter und zehrte die Geschwindigkeit auf, bis *Challenger* gemächlich wie eine Feder dem Mars entgegenschwebte.

»Fünfzehn Meter. Neun. Runter mit achtzig Zentimetern pro Sekunde. Wir wirbeln eine Menge Staub auf.«

Das sehe ich selber, verdammt. Das MEM driftete zurück, ohne daß Gershon den Grund kannte. Der Rückwärtsgang war schlecht, weil er nach hinten nichts sah. Er betätigte die Handregler.

»Sechs Meter.«

Die Rückwärtsbewegung hatte er abgestellt, doch dafür setzte nun eine seitliche Abdrift ein. *Verflucht!* Er ärgerte sich über sich selbst. Im Moment flog er die Kiste wie ein Anfänger.

»Neigungswinkel nach vorn vier Grad. Drei Grad. Leichte Linksdrift. Schwacher Schatten.«

Der Schatten kam näher, und der aufgewirbelte Staub nahm ihm die Sicht auf den Boden. Er versuchte, das MEM in die Vertikale zu bringen.

Er stürzte blind dem Boden entgegen.

»Eins komma zwei vorwärts. Null komma neun vorwärts. Höhe fünfzehn Zentimeter. Linksdrift.«

Gershon verspürte einen leichten Stoß.

»Kontaktlicht«, sagte Stone. »Kontaktlicht, bei Gott.«

Gershon warf Stone einen kurzen Blick zu.

Dann schaltete er hastig das Abstiegstriebwerk ab.

Die Triebwerksvibrationen, die den angetriebenen Abstieg begleitet hatten, ebbten ab. Er hätte das Triebwerk sofort abschalten sollen, als das Kontaktlicht aufleuchtete. Wenn das Triebwerk zu dicht am Boden feuerte, bestand nämlich die Gefahr, daß der Gegendruck der Abgase das Aggregat zur Explosion brachte...

Challenger bewältigte die letzten anderthalb Meter im freien Fall und landete mit einem kräftigen Stoß auf dem Mars. Gershon ging in die Knie, und die Ausrüstung in der Kabine wurde durchgerüttelt.

»Scheiße«, sagte er.

Stone ging die Checkliste durch, die nach der Landung abgearbeitet werden mußte. »Triebwerk stop. ACA entriegelt.«

»Entriegelt.«

»Beide Steuerungsmodi auto. Manuelle Regelung des Abstiegstriebwerks aus. Triebwerkszündung aus...«

Sie hakten den T plus eins-Prüfpunkt ab, die erste Bleiben/Nicht Bleiben-Entscheidung.

Nachdem sie im Schiff Verschlußzustand hergestellt hatten, würden sie es für eine Weile hier aushalten.

Vor Gershons Fenster erstreckte sich ein flacher, naher Horizont. Er sah Dünen, Staub und kleine Felsen, die auf der Oberfläche verstreut waren. Nirgends regte sich etwas. Ohne die auf der Erde existierenden Bezugspunkte wie Gebäude, Bäume und Menschen war es schwierig, den Maßstab der Geländemerkmale zu bestimmen. Die kleine, gelbe Sonne stand tief am gelbbraunen Himmel. Das durchs Fenster einfallende Licht war eine Mischung aus Pink und Braun und wurde vom Helmvisier und den Wangen reflektiert.

Marslicht spielte auf seinem Gesicht.

Er sah Stone hinter dem Helmvisier grinsen. »Houston, hier spricht Mangala Valles. Die *Challenger* ist auf dem Mars gelandet.« Gershon hörte den Überschwang in seiner Stimme.

Gershon, Stone und York schüttelten sich die Hände, klopften sich auf den Rücken und täuschten spielerisch Schläge auf die Helme an.

»Houston, richtet Columbia Aviation Grüße von mir aus. Die alte Gurke hat uns runtergebracht. JK, du bist schon ein ausgebuffter Raketenmann.«

Er kontrollierte seine Station. Es war noch für vierzehn Sekunden Treibstoff im Tank. *Egal; hol's der Geier! Vierzehn Sekunden sind eine lange Zeit. Armstrong hatte auch nur noch für zwanzig Sekunden Sprit, und kein Mensch hat sich darüber aufgeregt.*

Zumal auf absehbare Zeit niemand Gelegenheit haben wird, es besser zu machen als ich.

Donnerstag, 21. März 1985
Luftwaffenstützpunkt Patrick

Mit zusammengekniffenen Augen verfolgte Joe Muldoon, wie das von Houston kommende Flugzeug zur Landung auf Patrick ansetzte.

Obwohl die Sonne erst in ein paar Stunden aufgehen würde, fielen die Firmenflugzeuge schon in Schwärmen in den Luftwaffenstützpunkt Patrick und den Flughafen von Orlando ein. Sämtliche Straßen auf der Halbinsel glichen Bändern aus Licht: überall Staus. Er hatte ein flaues Gefühl im Magen. Vielleicht war er zu spät aufgebrochen.

Doch er war nicht früher weggekommen. Diese Nacht hatte er gar nicht geschlafen, und die vergangene Nacht auch kaum. Die Logistik des Starts war immer komplexer und detaillierter geworden. Die Presse wollte mit Informationen gefüttert werden, die Kommunikation zwischen den NASA-Zentren mußte hergestellt werden, und dann mußten auf den letzten Drücker VIP-Ausweise ausgestellt, Drehorte fürs Fernsehen ausgewählt werden und so weiter.

Teufel, sollte er den Start etwa im Radio verfolgen, mitten im dicksten Stau?

Die Stewardess hatte ihm vor der Landung noch einen Drink angeboten. Er hatte ihn abgelehnt, wie schon die Drinks zuvor. Dazu hatte er immer noch Gelegenheit.

Nach der Landung in Patrick hatte er die Maschine hastig verlassen. Ein junger Mann im Anzug erwartete ihn; er hielt ein Pappschild mit seinem Namen hoch.

»Mr. Muldoon?«

»Ja.«

»Ich bin vom Kennedy-Raumfahrtzentrum. Ein Hubschrauber wartet auf Sie. Hier entlang, Sir.«

»Gott sei Dank.«

Muldoon hatte noch Gepäck im Flugzeug. Er fakkelte nicht lang. Zum Teufel; wenn er ein frisches Hemd brauchte, würde er sich eins kaufen.

Der Assistent und er gingen zügig über das Rollfeld. »Wir fliegen wichtige Leute mit dem Hubschrauber ein, damit sie nicht im Stau stehen müssen«, sagte der junge Mann. Er machte einen hektischen, fast verstörten Eindruck und hatte sich gerade noch unter Kontrolle. Muldoon vermutete, daß der arme Kerl schon die ganze Nacht unterwegs war.

»So schlimm?«

»Teufel, ja, Sir. Alle Straßen nach Merritt Island sind verstopft. Ein einziger Parkplatz. So etwas habe ich noch nie erlebt, Sir.«

Muldoon betrachtete ihn im Licht der Morgendämmerung. Der Junge war nicht älter als zweiundzwanzig. Dann war er 1969 sechs Jahre alt gewesen. *Er erinnert sich nicht.* Er hatte so etwas wirklich noch nie gesehen.

Muldoon fühlte sich alt, von der Schwerkraft förmlich in Ketten gelegt. Genauso hatte er sich '69 nach der Rückkehr zur Erde gefühlt. Seine Arbeit an Ares war fast erledigt, und die Depressionen, die er in all den Jahren abgewehrt hatte – wobei die Verfolgung dieses großen Ziels ihm sehr geholfen hatte –, schlichen sich wieder ein.

Seine einzige Mondlandung war lange her, und er würde nie wieder über die schneeähnliche Oberfläche spazieren.

Sie beschleunigten den Schritt. Der Hubschrauber wartete.

Gebäude für Operationen der Bemannten Raumfahrt, Cocoa Beach

Ein kerniges militärisches Klopfen ertönte an der Tür.

Sie rollte sich auf die Seite und knipste die Nachttischlampe an. Vier Uhr fünfzehn morgens.

»Kompanie aufstehen! Es ist eine klare Nacht, und das Wetter soll gut werden...«

»Danke, Fred.«

Fred Haise war pünktlich. 04:15 war der erste Zeitpunkt auf der Ares-Checkliste.

Die Uhr läuft. Und wird erst in achtzehn Monaten wieder angehalten.

Sie schlug die Decke zurück und stand auf. Dann machte sie das Bett. Sie würde vorerst nicht zurückkommen, doch wollte sie auch keine Unordnung hinterlassen.

Sie schaltete das Fernsehgerät ein und blickte in ihr Spiegelbild, während ein Kommentator berichtete, welche Menschenmengen sich in Cape Canaveral versammelten. Sie schaltete das Ding wieder aus.

Dann gönnte sie sich eine ausgiebige Dusche. Sie genoß es, wie das Wasser auf die Haut prasselte, wie der Schaum an ihr hinabrann und im Abfluß verschwand. Dann drehte sie das kalte Wasser auf. Sie schlotterte und spürte, wie das Blut in den Kapillaren stieg. In der Mikrogravitation zu duschen wäre nicht so einfach; sie ahnte schon, daß sie sich erst nach der Rückkehr zur Erde wieder so frisch fühlen würde wie jetzt.

Sie rubbelte sich mit dem Handtuch ab. Das raspelkurze Haar trocknete schnell. Dann zog sie ein Polohemd, eine Hose und bequeme Schuhe an.

Das blaue Polohemd war mit dem Logo für die Ares-Mission verziert: ein Kreis, dessen Umfang vom Namen ›Ares‹ und den Namen der drei Teileinheiten gebildet wurde. Der Kreis selbst wurde vom stilisierten Ares-Verbund ausgefüllt, der einem roten Stern entgegenstrebte. Die Abgase des Schiffs formten sich zu einem Adler im Design des Sternenbanners, der mit kühnem Blick dem Raumschiff hinterherschaute.

Die künstlerische Gestaltung des Logos hatte sie von vornherein nicht überzeugt. Doch für die NASA hatte es eine patriotische Aussagekraft, und Stone und Gershon war es sowieso egal. Also prangte das kitschige und peinliche Abzeichen nun über der rechten Brust.

Als sie das Zimmer verließ, wurde sie auf dem Korridor bereits von Gershon und Stone erwartet. Sie lehnten an der Wand, hatten die Arme in fast identischer Pose verschränkt und unterhielten sich leise. Sie grinsten sie an.

Sie ging zu ihnen. Dann reichte sie beiden spontan die Hand. Stone und Gershon ergriffen je eine Hand, und zu ihrer Überraschung reichten sie sich dann auch die Hand. Für ein paar Sekunden standen die drei mitten im Gang im Kreis herum und grinsten sich an.

Merritt Island

Bert Seger hätte erwartet, daß die beiden Maultiergespanne ein Verkehrshindernis darstellten. Doch alle vier Spuren von Highway Eins waren schon verstopft. Selbst auf den Nebenstraßen kamen die Autos langsamer voran als die Maultiere, und das Problem bestand nun darin, daß die Tiere beim Zockeltempo der Autos vielleicht ungeduldig wurden.

Er hatte schon gesehen, daß manche Leute die Bemühungen eingestellt hatten, näher an den Startort heranzukommen. Sie stiegen auf die Wagendächer und bauten Fernrohrstative auf.

Eine Reihe schwarzer Gesichter lugte aus den Wagen und betrachtete das Verkehrschaos. Seger hatte ein paar der ärmsten Familien von Washington eingeladen, den Start vor Ort zu verfolgen. Alle gehörten sie der Gemeinde des Kirchleins an, das er in der Hauptstadt entdeckt hatte.

Obwohl er sich inzwischen die Frage nach dem Sinn dieser Geste stellte.

In jeder Tankstelle und Raststätte an der Autobahn –

die ohnehin rund um die Uhr geöffnet hatten – drängten sich Menschen aller Altersstufen, Berufe und sozialer Schichten. Es war ein repräsentativer Querschnitt der amerikanischen Gesellschaft. Er hatte ausgerechnet, daß der Flug zum Mars jeden amerikanischen Bürger etwa fünfzig Dollar gekostet hatte, und es hatte nun den Anschein, daß viele Bürger heute hierher gekommen waren und sich in der reizlosen Landschaft ausbreiteten, um sich von der Vorteilhaftigkeit dieser Investition zu überzeugen.

In dieser Flut von Menschen, so erkannte Seger mit sinkendem Mut, würde sein Fähnlein Demonstranten nichts ausrichten. Vielleicht gab es hier ohnehin genug Beweise dafür, daß es falsch war, drei Amerikaner zum Mars zu schicken, während so viele ihrer Mitbürger Not litten. Da mußte Seger auf diese Mißstände gar nicht erst aufmerksam machen. Er hatte erfahren, daß bei den Ärmsten der Armen noch immer Fälle von *Unterernährung* festgestellt wurden: hier im Raumfahrtzentrum, zu Füßen des Marsraumschiffs! Wenn solche Dinge die Leute kaltließen, dann wäre seine bescheidene Geste ohnehin zwecklos.

Doch er würde nicht aufgeben. Zumal die Wirkung des öffentlichen Auftritts ohnehin von sekundärer Bedeutung war. Wichtiger war, daß es ihm durch die Aktivierung seiner alten NASA-Kontakte vielleicht gelingen würde, näher an die Startrampe heranzukommen als das übrige Publikum. Wenn er ins Fernsehen kam, wäre die Mission schon ein Erfolg.

Jemand in den Wagen stimmte ein Lied an, und die anderen fielen ein, derweil die Maultiere die verstopfte Straße entlangtrotteten. Nach ein paar Worten erkannte Seger das Lied. Es war der Psalm, den die Astronauten aus dem Mondorbit rezitiert hatten, um dem Tod ihrer Kollegen zu gedenken. *Bleib bei mir ...*

Er fragte sich, wo Fay wohl war. Vielleicht saß sie in

Houston vor dem Fernsehgerät. Er hatte nichts mehr von ihr gehört, seit er ihr am Telefon von seinem Vorhaben erzählt hatte, eine eigene Kirche zu gründen. Vielleicht würde sie ihm verzeihen, daß er sie einfach hatte sitzen lassen.

Am Horizont war die Saturn VB als weißer Finger zu sehen, der in Licht gebadet wurde.

Seger überkam ein tiefes Gefühl der Ergriffenheit. Er packte das am Revers befestigte Kruzifix so fest, daß das Metall sich in die Finger grub.

Gebäude für Operationen der Bemannten Raumfahrt, Cocoa Beach

York meldete sich im Fitnessraum, wo eine Krankenschwester sie wog und die Körpertemperatur maß. Dann wurden Herz- und Atemfrequenz sowie der Blutdruck gemessen. Das geschah schnell und gründlich, aber auch mechanisch. Als ob die Krankenschwester – eine fröhliche Frau in den Vierzigern – sich gar nicht für die Ergebnisse interessierte. Immerhin war Yorks Gesundheitszustand der NASA hinlänglich bekannt. Fragmente ihres Körpers, Abstriche und Flüssigkeitsproben waren über ein Dutzend NASA-Einrichtungen verteilt und wurden gehütet wie Mondgestein.

Doch auf einer anderen Ebene ergab es sehr wohl einen Sinn. Es war Teil des Rituals. *Wie ein Priester, dem man die Robe umhängt,* sagte sie sich. Sie war ein besonderer Mensch und mußte auch als solcher behandelt werden.

Dann ging sie ins Kasino. Sie mußte mit den beiden Kameraden an einem Tisch Platz nehmen, der zusammen mit einem anderen Tisch ein T-förmiges Arrangement bildete. Ihr Tisch war der Querstrich des T. Hinter ihr befand sich ein Vorhang. Auf dem Tisch standen eine üppige Blumenvase, um die ein Band mit der Aufschrift ›Ares‹ geschlungen war sowie ein Gesteck aus Seidenschleifen, welche die Form des Missionslogos hatten. Der längere Tisch war auf beiden Seiten mit Leuten besetzt, die sie anstarrten. In der Mitte des Tischs verlief eine angesichts des historischen Moments profane Spur aus Soßenflaschen und Pfefferstreuern.

Ihr kam es vor wie ein Hochzeitsmahl.

Das Mahl gehörte ebenfalls zum Ritual vor dem Start: die Speisekarte umfaßte Steak, Eier, Saft, Toastbrot und Kaffee. Jedem Astronauten, bis hin zu Al Shepard, war das gleiche Menü vor *dem Flug* aufgetischt worden.

York versuchte sich am Steak, doch es war dick und zäh und schmeckte wie Hartgummi.

Sie hatte versucht, diesen Teil des Rituals abzuändern. Ein wenig Müsli und Milch hätten ihr völlig gereicht. Doch die Ärzte hatten sie eindringlich über die Bedeutung von ›rückstandsarmer Nahrung‹ vor dem Start belehrt. Dadurch sollte das Volumen der festen Ausscheidungen verringert werden. Was sich in der Theorie noch gut anhörte, mutierte in der Praxis zu Mahlzeiten, die aus halbgarem Fleisch bestanden.

· Sie schaute in die Runde. Dort saßen Direktor Josephson sowie hochrangige Vertreter der jeweiligen NASA-Zentren und der Luft- und Raumfahrtindustrie. Sie erkannte Gene Tyson von Columbia, der Firma, die das MEM gebaut hatte. Er hockte da wie ein feister, selbstgefälliger Buddha. Es waren noch weitere hochrangige Astronauten anwesend, Bob Crippen, Fred Haise und andere. Und dort waren Ted Curval und Adam Bleeker, die grinsten und Witze rissen, als ob alles eitel Sonnenschein wäre. Doch York empfand das Grinsen als gezwungen und glaubte einen harten Ausdruck in seinen Augen zu erkennen.

Sie sagte sich, daß die neben ihr sitzenden Herren Stone und Gershon gut drauf waren. Sie waren nur zwei Kameraden von der Luftwaffe, die mit den anderen Piloten scherzten. Bescheiden, tapfer, entspannt. Fast schon gelangweilt. *Wieder ein Tag im Büro.* Es war eine gute Darbietung.

Unter der Oberfläche indes – der bemühten Lässigkeit, des leisen Klirrens von Besteck auf den Tellern, des sporadischen Gelächters – war die Atmosphäre im Kasino bis zum Zerreißen angespannt.

York wußte nicht, was sie sagen sollte. Und je länger das Mahl sich hinzog, desto größer wurde die Angst, daß ihr die Stimme versagen würde, wenn sie sich überhaupt zu Wort meldete.

Sie piekste mit der Gabel in das hartgekochte Ei.

Fred Haise schaute immer wieder auf die Uhr. Wie jeder andere Vorgang an diesem Tag war auch das Frühstück zeitlich genau eingegrenzt.

Die Besatzung wurde wieder auf die Zimmer geschickt.

York putzte sich die Zähne. Anschließend überprüfte sie das Handgepäck. Sie würde nicht viel mitnehmen: einen Kalender und ein vergilbtes Mariner 4-Foto. Nun stellte sie jedoch fest, daß, während sie beim Frühstück gesessen hatte, noch ein paar Dinge eingeschmuggelt worden waren. Zum Beispiel ein Kärtchen vom Heiligen Christoph, das ihr allerdings bekannt vorkam: ihr Vater hatte gesagt, diese Karte hätte schon seinen Vater durch den Ersten Weltkrieg begleitet. Dann waren da noch eine Glückwunschkarte von ihrer Mutter und ein Geschenk von ihrer alten Schule, eine Brosche in Form einer Orbitalellipse mit einem winzigen Rubin, der den Mars darstellen sollte.

Und dort erspähte sie ein kompaktes Gebilde: ein kleiner Kosmonaut, dessen Troglodytengesicht sie unter dem Helm lüstern anstarrte. Am Kopf war eine kurze Kette befestigt. Sie grinste. »Hallo, *Ba-riis*.«

Privatsphäre war hier ein Fremdwort; wahrscheinlich hatte man eines der Zimmermädchen bestochen, damit es den Kram einschmuggelte. Aber das war ihr egal. Es gab sowieso nur einen wirklich persönlichen Gegenstand, den sie mitnehmen würde.

Sie schob das Polohemd hoch. An der Innenseite, verdeckt vom Abzeichen mit dem Missions-Logo, steckte die Nadel mit den silbernen Schwingen, die Ben Priest ihr vor so vielen Jahren in Jackass Flats verehrt hatte.

Sie legte die Nadel in den Beutel und machte den Reißverschluß zu.

Sie wog den Beutel in der Hand. Er bestand aus einem Spezialgewebe, einem feuerfesten synthetischen Material, das so robust war wie ein Feuerwehrschlauch. Selbst dieser profane Beutel, bei dem es sich noch dazu nur um einen persönlichen Ausrüstungsgegenstand handelte, entsprach den Anforderungen der Raumfahrt.

Sie schaute sich noch einmal im Raum um, mit dem schmalen Bett, dem kleinen Fenster und dem Fernsehgerät. Sie fühlte sich hier geborgen und hatte das Gefühl, aus einem Nest auszufliegen. Obwohl das überhaupt nicht ihr Zuhause war; sie hatte nur ein paar Tage hier zugebracht. Dennoch war es der letzte Ort auf Erden, den sie für sich beansprucht hatte. Der Ort, wo sie die letzte Nacht vor dem Start verbracht hatte.

Sie nahm einen Stift und schrieb ihren Namen an die Tür. Das war eine Kosmonautentradition, die Wladimir Wiktorenko ihr vermittelt hatte.

Dann öffnete sie entschlossen die Tür und verließ den Raum.

Banana River

Gregory Dana hatte im Holiday Inn übernachtet. Er hatte Glück gehabt, daß noch ein Zimmer frei gewesen war. Jedes Hotel in Zentralflorida war seit Februar ausgebucht. Manche Häuser berechneten sogar für einen Liegestuhl am Swimmingpool den Preis für ein Zimmer. Doch das Personal des Holiday Inn hatte sich an Dana erinnert und ihm das Zimmer gegeben, das er bei seinen Arbeitsbesuchen in Cape Canaveral immer bewohnte.

In der Hotellobby deckte Dana sich mit Autoaufklebern, T-Shirts und Ansteckern für Jake und Maria ein. *ARES: ICH WAR DABEI.* Die Kinder und Mary waren bei Sylvia in Hampton. Die beiden Teenager, die ihrem Vater immer ähnlicher sahen, waren wahrscheinlich schon zu cool für diesen Kram. Doch das focht Dana nicht an. Dann sollten sie es eben für ihre Kinder aufheben.

Dana hatte für einen Tag einen kleinen Kabinenkreuzer gemietet und holte das Boot schon im Morgengrauen ab. Er fuhr zu einem flußabwärts gelegenen Ankerplatz, der sich fünf Kilometer südlich der Startrampe befand.

Er hätte natürlich auch einen Tribünenplatz bekommen oder den Start von einem der NASA-Zentren aus verfolgen dürfen. Doch so war es ihm lieber. Er wollte allein sein. Er brauchte den Freiraum, um Jims zu gedenken – von Rechts wegen hätte Jim nämlich einer der drei Mars-Forscher sein müssen, die in der Spitze der großen Rakete auf Rampe 39-A steckten.

Überhaupt war er gern auf dem Wasser. Deshalb hatte er es auch so lange in Hampton ausgehalten. Und aus dieser Perspektive kam der an der Grenze zwischen Land und Meer gelegene Raumhafen am besten zur Geltung. Es war, als ob drei Elemente – Land,

Meer und Weltraum – sich an diesem Ort vereinigt hätten, hier, wo die Kette von massiven Raketensilos der Erosion des platten Lands Einhalt gebot.

Auf dem Wasser war er genau richtig. Zumal er den Start vom Ankerplatz aus besser verfolgen konnte als von der Tribüne aus.

Er manövrierte durch die Armada von Jachten, Booten, Katamaranen und Kajaks, die sich auf dem Kanal tummelten. Die Wasserstraße war fast so verstopft wie die Autobahnen und Landstraßen. Es würde ein paar Stunden dauern, bis er den Ankerplatz erreicht hatte, doch er hatte schließlich Zeit.

Die Sonne kam zwischen den niedrigen Wolken über dem Golfstrom hervor.

Gebäude für Operationen der Bemannten Raumfahrt, Cocoa Beach

Der Anzugs-Raum hatte die Größe einer Hotelsuite: mit weiß getünchten Wänden, fensterlos, steril. Drei Liegen standen in der Mitte des Raums. Drei orangefarbene Druckanzüge, deren leere Helme wie offene Mäuler klafften, lagen auf dem Boden. Das weiße Licht blendete sie; der Raum wirkte wie ein futuristisches Labor, und die Anzüge sahen aus wie die sezierten Kokons gigantischer Insekten.

Anzugstechniker, die mit weißen Overalls bekleidet waren und Kappen und Mundschutz trugen, kamen auf die Besatzung zu und applaudierten. Ein paar Techniker hatten diesen sanften, verklärten Blick, der York schon in den letzten Monaten auf ihren Reisen durch das Land aufgefallen war.

Nach dem Wohnheim und dem Casino war das die erste wahrhaft unmenschliche Umgebung, in der York sich heute aufhielt.

Sie bekam ein flaues Gefühl im Magen. Sie bemühte sich, das Tempo beizubehalten und war dem vor ihr marschierenden Phil Stone dankbar, daß er sie mitzog; sie mußte nur mit ihm Schritt halten, und alles wäre in Ordnung.

Dann wurde sie von zwei Krankenschwestern hinter eine Trennwand geführt und mußte sich ausziehen. Sie sah, wie ihre Kleidung zu einem Bündel verschnürt und irgendwo deponiert wurde. Sie fragte sich, ob sie die Kleider je wiedersehen würde.

Für einen Moment stand sie nackt an der Schwelle zwischen Erde und Himmel, aller irdischen Güter beraubt.

Ihre Brust wurde betupft, und ein biomedizinischer Instrumentengürtel wurde ihr um die Hüfte gelegt. Vom Gürtel gingen vier Drähte aus, an denen Silberchlorid-Elektroden hingen. Diese wurden an der Brust befestigt. Die kleinen Elektroden waren kalt und hart.

Dann mußte sie sich den Po mit einer Salbe einreiben und schlüpfte in den Fäkalienbeutel, eine Plastikwindel mit einem Loch zum Urinieren. Diese Prozedur war erniedrigend, aber unumgänglich. Falls im Orbit etwas schiefging, würde es fast eine Woche dauern, bis man sie auf die Erde zurückgeholt hatte. *Und während der ganzen Zeit steckst du in diesem Anzug. Du wirst in dieser Zeit Darmtätigkeit haben, egal, wieviel Steak du gemampft hast. Also leg die gottverdammte Windel an.*

Also leitete York den Flug zum Mars damit ein, ihren knochigen Hintern mit Zinksalbe zu bestreichen.

Nachdem sie die Windel angelegt hatte, zog sie eine Art Strumpfhose an. Dann folgten ein bequemer Büstenhalter und eine Garnitur lange Unterwäsche.

Anschließend führte man ihr einen Katheter ein, welcher über eine Röhre zu einem Urinsammelbehälter führte, der aussah wie eine Wärmflasche.

Nun kamen zwei Anzugstechniker mit einem

Druckanzug auf sie zu. Es war ein fabrikneuer orangefarbener Panzer mit den Konturen eines menschlichen Körpers. Arme und Beine baumelten herab. Der Anzug war mit dem NASA-Emblem und dem Missionslogo verziert. Die Techniker sagten ihr, sie solle sich hinsetzen und stopften sie in den Anzug.

Der Anzug hatte drei Schichten. Die innere Lage bestand aus Fünf-Unzen-Nomex, das sich weich wie Satin an die Haut schmiegte. Die äußere Schicht bestand aus reißfestem Beta-Cloth. Die mittlere Lage, die Druckschicht, war eine Neopren-Blase, die von einem Netzwerk aus Schläuchen und Ventilen durchzogen wurde. Aufgeblasen würde sie einen Druck von einem viertel Ge auf den Körper ausüben. Der Anzug war mit Rollen, Kabeln und Gelenken ausgestattet, die sie bei der Bewegung unterstützen sollten, wenn das Ding unter Druck gesetzt war.

York hatte das Gefühl, in einen zweiten Körper zu schlüpfen, bei dem die Adern durch Gummizüge ersetzt waren, die Gelenke durch Rollen und die Muskeln durch Kabel.

Dann trat sie hinter der Trennwand hervor und wurde zu den Liegen geführt. Stone und Gershon waren schon fertig. Sie saßen nebeneinander auf den Liegen. Offensichtlich dauerte das Überziehen eines Kondoms nicht so lang wie die Einführung eines Katheters.

Sechs Techniker nahmen sie unter die Fittiche. Zwei führten sie zu ihrer Liege und bedeuteten ihr, sich zu setzen. Dann verbanden sie den blauen und roten Anschluß an der Brust mit Schläuchen, die ihr von einer Konsole Luft zuführten. Als nächstes zogen sie ihr schwarze Gummi-Druckhandschuhe und schwere Stiefel an. Ein zweites Techniker-Duo stülpte ihr die Astronauten-Haube über den Kopf und fixierte das Mikrofon unter dem Kinn.

Sie kam sich vor wie eine Braut, der man das Hochzeitskleid anlegte. Nur daß es in diesem Fall länger dauerte. Ständig diese Berührungen. Vielleicht lag dieser Vorbereitung ein Subtext zugrunde, ein Urinstinkt, der bis in die Zeit zurückreichte, als die Menschen sich gerade aus den Primaten entwickelten. Sie mußte berührt und gestreichelt werden, bevor sie auf eine gefahrvolle Reise geschickt wurde.

Die letzten zwei Techniker nahten mit dem Helm. Er sah aus wie ein Goldfischglas mit einem schmalen Metallrahmen.

Sie sog ein letztesmal die antiseptische Luft ein, lauschte dem Murmeln der Techniker und spürte den leichten Luftzug der Klimaanlage auf der Haut.

Dann senkte der Helm sich über ihren Kopf. Im Nacken schabte Metall auf Metall.

Sie war versiegelt. Die Außengeräusche ebbten ab, und die Sicht wurde durch die Krümmung des gläsernen Helms verzerrt. Der Atem und das Blut rauschten ihr in den Ohren.

Nun mußte sie sich zurücklegen und für eine halbe Stunde warten, die ihr indes viel länger erschien. Die Konsole füllte den Anzug mit reinem Sauerstoff und entzog dem System überschüssigen Stickstoff.

Die Techniker wuselten um die drei herum, überprüften dieses und jenes und grinsten sie dabei an. Durch das Glas des Helms wurden ihre Gesichter zu Karikaturen verzerrt. Die Techniker folgten einer komplizierten, lautlosen Choreographie. Sie erschienen York wie Arbeitsameisen, die um drei Königinnen herumscharwenzelten.

Ralph Gershon bat einen Techniker, ihm ein Handtuch auf den Helm zu legen. Dann legte er sich zurück und faltete die Hände über der Brust. Allem Anschein nach machte er ein Nickerchen.

Als die Wartezeit vorüber war, streiften die Techniker ihnen gelbe Überschuhe über die Stiefel und hoben sie von den Liegen. Dann verbanden sie die Luftschläuche mit einer tragbaren Einheit im Format eines Koffers und drückten ihr das Gerät in die Hand.

Die drei formierten sich zu einer Linie – Stone zuerst, dann York und Gershon zum Schluß –, um die kurze Strecke vom MSOB zum Transporter zurückzulegen.

Das Gehen war anstrengend. Der Anzug war an sich schon schwer genug, doch mußte sie auch noch den Widerstand überwinden, den die aufgeblasene Druckschicht den Beinen und der Hüfte bei jedem Schritt entgegensetzte. Sie hatte den Eindruck, daß sie an einem elastischen Seil zerrte. Es war ein unangenehmes Gefühl.

Die Ironie dabei war, daß diese unförmigen, antiquierten Druckanzüge im Apollo-Stil nur während der Startphase gebraucht wurden und dann noch einmal für die Rückkehr zur Erde. Für den Rest der Mission würden die Anzüge in der Kommandokapsel des Apollo-Raumschiffs deponiert werden. Für die EVA-Operationen auf dem Mars hielt das MEM nämlich viel modernere Anzüge bereit.

In der Halle wimmelte es von Menschen: Astronauten, NASA-Verwaltungs- und Bodenpersonal, Freunde und Familienangehörige, die stumm applaudierten. Für York war es ein Spießrutenlaufen durch einen Korridor voller lächelnder Gesichter, deren Konturen durch den Helm verwischt und verzerrt wurden.

Sie gingen an Stones Familie vorbei, Phyllis und den beiden Jungen. Stone blieb stehen, stellte den Sauerstoff-Tornister ab und breitete die Arme aus. Er drückte seine Frau an die breite Brust des Anzugs und reichte den Jungen einen behandschuhten Finger. Er strich ihnen durchs Haar und warf ihnen Handküsse zu. Die Jungen wirkten wie Zwerge im Vergleich zu ihrem im aufgeblähten Anzug steckenden Vater.

Doch York wußte, daß der Anzug Stone von seiner Familie isolierte. Weder spürte er sie mit den dicken, elastischen Handschuhen noch vernahm er ihre Stimmen durch den Helm; wenn er überhaupt etwas hörte, dann war es ein leises Raunen. Die einzigen Geräusche im des Anzug waren das Zischen der Luft und das Rasseln des Atems.

Stone war nur ein paar Zentimeter von seinen Söhnen entfernt, doch es hätten genauso gut tausend Meilen sein können.

Sie verließen das MSOB.

Es war noch nicht einmal sechs Uhr. Die Presse war hinter den Absperrungen aufmarschiert, und sie geriet in ein Sperrfeuer als Blitzlichtern. Der letzte Fototermin, bevor sie eine neue Welt eroberten – oder auf der Strecke blieben.

Eine Rampe führte in den Transporter. Als sie Wladimir Wiktorenko am Wagenschlag stehen sah, verlor sie fast die Fassung. Er trug die Galauniform eines sowjetischen Luftwaffenoffiziers.

Phil Stone nahm Haltung an und salutierte vor Wiktorenko. Seine Stimme drang aus Yorks Kopfhörer: »Meine Besatzung und ich sind fertig. Wir melden Bereitschaft für Ausführung der Ares-Mission.«

Wiktorenko salutierte ebenfalls. York hörte seine Antwort zwar nicht, doch sie ahnte zumindest, was er sagte. *Ich erteile Ihnen Starterlaubnis. Ich wünsche Ihnen einen erfolgreichen Flug und eine sanfte Landung.* Noch ein sowjetisches Ritual.

Stone ging zum Transporter, und die Techniker halfen ihm auf seinen Platz.

Nun blieb York vor Wiktorenko stehen. Sein Lächeln

wurde noch herzlicher, und er formte die Lippen zu einem Wort. *Maruschka.*

Sie spürte, wie etwas in ihr durchbrach, etwas, das sie seit dem Moment, als sie an diesem Morgen aufgewacht war, zurückgehalten hatte.

Achtlos ließ sie das Sauerstoffgerät fallen und ging auf Wladimir zu. Auch auf die Gefahr hin, daß der korrekte Sitz der Uniform darunter litt, umarmte er sie mit einer solchen Kraft, daß sie es noch durch die Schichten des Druckanzugs spürte.

Schließlich trat er wieder zurück, und sie rang sich ein Lächeln ab. »Ich habe *Ba-riis* gefunden. Danke.«

Er sagte wieder etwas, griff in die Tasche und holte eine Handvoll Steppengras heraus. Dann steckte er ihr das Kraut in eine Ärmeltasche des Anzugs, ergriff ein letztes Mal ihre Arme und half den Technikern, sie in den Wagen zu verfrachten.

Newport Beach

Es war ein schöner Frühlingsmorgen.

JK Lee trat auf die Veranda und sog die Luft ein. Er hatte einen Riecher für das Wachstum von Pflanzen.

Er mußte husten.

Die Lunge schien sich im Lauf der Jahre an die für ein Flugzeugwerk charakteristischen Ausdünstungen gewöhnt zu haben: Kerosin, Schmierstoffe, Ozon, Gummi, heißes Metall. Nachdem er diesen technischen Kokon nun gesprengt hatte, hatte er das Gefühl, auf einem Planeten mit einer fremden Atmosphäre gestrandet zu sein.

Er zündete sich eine Zigarette an und fühlte sich in der Wolke aus Nikotin und Teer gleich besser.

Er verspürte das Bedürfnis, den Rasen zu mähen.

Also ging er in den Geräteschuppen und inspizierte

den Mäher. Er ölte die Messer und überprüfte die Zündkerzen. Im Schuppen war es warm und dunkel, und es roch nach Holz.

Er hörte die Stimmen der Kommentatoren von Cape Canaveral, die aus den angrenzenden Häusern drangen. Die ganze Nachbarschaft schien an diesem Donnerstagmorgen in den Startvorbereitungen zu stecken. Und nicht nur die Nachbarschaft, sondern ganz Amerika.

Jennine rief ihn ins Haus.

Sie reichte ihm den Telefonhörer. Jack Morgan war dran. Er fragte, ob Lee und Jennine nicht zu ihm rüberkommen wollten, um den Start bei ein paar Bieren zu verfolgen. Lee lehnte nach kurzer Überlegung ab und sagte, er wolle heute im Garten arbeiten.

Lee hatte nämlich gehofft, die NASA würde ihn nach Cape Canaveral einladen, um den Start vor Ort zu verfolgen. Das wäre eine nette Geste gewesen. Doch die Hoffnung hatte sich zerschlagen.

Er und Morgan plauderten für eine Weile über die alten Zeiten.

Morgan hatte Columbia inzwischen verlassen und sich als Spezialist für Raumfahrtmedizin selbständig gemacht. Er verdiente nun viel mehr Geld als früher, indem er als Freiberufler für Columbia arbeitete. Dennoch hatte er der Firma länger angehört als Lee.

Die Degradierung zum Grüßaugust hatte Lee so zugesetzt, daß er in den Vorruhestand gegangen war.

Art Cane war vor einiger Zeit gestorben; nicht einmal achtzehn Monate, bevor das Paradestück seiner Firma, das MEM 014, auf dem Mars landen sollte. Und nun war Gene Tyson – das selbstgefällige Arschloch, das damals JKs Posten übernommen hatte – Chef der Firma.

Wie dem auch sei, Lee widmete sich wieder dem Rasenmäher und rollte das Ding schließlich auf den Rasen. Als er das Gerät startete, übertönte das Knattern des Zweitaktmotors die Stimmen der Reporter von Canaveral.

Nach einer Weile kam Jennine wieder nach draußen. Das Sonnenlicht verlieh ihrem von grauen Strähnen durchzogenen Haar einen silbernen Glanz. Sie reichte ihm ein Glas Limonade, nahm ihn an der Hand und ging mit ihm ins Haus.

Das Fernsehgerät lief natürlich.

Und da war es auch schon, das vertraute Bild der Saturn VB-Stufe, die aussah wie ein Bündel weißer Nadeln. Die in der Hitze des Florida-Morgens flimmernde Luft verzerrte die Entfernung zwischen der Kamera und der Startrampe. JK erspähte die Ausbeulung der MEM-Verkleidung in der Mitte der Stufenrakete: oberhalb der ersten Stufe und der Zusatztriebwerke und unterhalb der filigranen Konturen des Missionsmoduls und des Apollo-Raumschiffs.

»Geh dorthin«, sagte Jennine plötzlich. Sie hatte einen Fotoapparat in der Hand.

»Hä?«

Sie fuchtelte mit der freien Hand. »Stell dich neben den Fernseher. Mach schon.«

Der erst zur Hälfte gemähte Rasen kam ihm in den Sinn.

Dann stellte er sich doch neben das Fernsehgerät.

Langsam hob JK Lee die Hand zum Salut, während auf der Mattscheibe neben ihm das Mars-Raumschiff gezeigt wurde. Seine Frau machte ein Bild von ihm.

Startkomplex 39-A, Merritt Island

Die dreizehn Kilometer lange Strecke vom MSOB zur Startrampe führte größtenteils über den Highway Eins, die Küstenstraße. Obwohl dieser Streckenabschnitt von der Polizei gesperrt worden war, kam der

Transporter mit dem Troß von Begleitfahrzeugen dennoch nur im Schneckentempo voran.

Stone schaute stoisch aus dem Fenster, und Gershon trommelte mit den behandschuhten Fingern aufs Knie.

Das als Rechteck angelegte Kennedy-Raumfahrtzentrum war ein weitläufiger, leerer Komplex, durchzogen von staubigen Straßen und alligatorverseuchten Entwässerungskanälen. Die Gebäude waren mehrstöckige, verwitterte Kästen – sogar noch häßlicher als die Architektur von Houston – mit dem typischen Flair einer Forschungseinrichtung der Regierung. Im Licht der tiefstehenden Morgensonne vermittelte die flache und staubige Anlage dem Betrachter das Gefühl, sich an einem Strand zu befinden.

Hin und wieder sah York hinter der Absperrung Menschen, ›Normalbürger‹, die ihr zuwinkten und applaudierten. Sie fühlte sich wie betäubt und isoliert.

Am östlichen Horizont sah sie die unscharfen Konturen der Startkomplexe, die großen Gerüste, die sich über die Ebene erhoben. Viele der Gerüste waren außer Betrieb und beschädigt; sie wirkten wie Wracks, die an diese triste Küste getrieben worden waren und nun hier vergammelten – an der Grenze zwischen Meer und Land, die von den Gezeiten ständig neu gezogen wurde.

Der Transporter bog vom Highway auf den Zubringer zur Startrampe ab.

Plötzlich sah York zum erstenmal an diesem Tag die Saturn: die kraftvolle weiße Nadel in der Mitte, umringt von vier kompakten Feststoff-Boostern. Und das Ganze wurde vom massiven Gerüst des Startturms umschlossen, der von der achteckigen Grundfläche der Startrampe aufragte. Die Rakete wurde von Flutlichtern angestrahlt, die das Morgenlicht überblendeten. Sie sah die Eisschicht auf den kryogenischen Brennstofftanks. Dampfschwaden traten aus der Zentralsäule aus und zogen wie Wolken über den Startkomplex dahin.

Die Sonne kam hinter einer Wolke hervor und färbte den Himmel orangefarben und golden. Licht spielte über die Startrampe, und die neben dem Startturm stehende Saturn schimmerte wie eine Perle.

Der Transporter fuhr bis an das Betonfundament der Startrampe heran. Die Türen schwangen auf, und Techniker halfen York beim Aussteigen.

Die Saturn ragte vor ihr in den Himmel. Das diffuse Licht der Morgendämmerung verlieh der Rakete eine intensive Präsenz. Mit den Nieten, die sie zusammenhielten und dem weißen Anstrich erweckte sie den Eindruck, in Handarbeit gefertigt worden zu sein. Ihre Komplexität, das *Von-Menschenhand-gefertigt-Sein*, war schier mit Händen zu greifen.

Am Betonfundament der Startrampe war ein Schild angebracht: GO, ARES!

Sie überblickte die ›Kriechspur‹ von der Montagehalle, dem VAB*, bis hierher. Das Gebäude selbst zeichnete sich als schwarzweißer Quader am Horizont ab, dessen Größe nicht zu bestimmen war. Die ›Kriechspur‹ war ein Pfad aus massiven gelben Steinblöcken, der sich schnurgerade zum VAB in die Unendlichkeit erstreckte; er verlief entlang des Kanals, der eigens für die Lastkähne gebaut worden war, welche die Saturn-Stufen zum VAB beförderten. Sie sah die Spurrillen im Straßenpflaster, wo das Gleiskettenfahrzeug die Saturn zum Startkomplex gebracht hatte. Sie wirkten wie die Fußabdrücke eines Dinosauriers.

Nun wurde ihr erst richtig bewußt, worauf sie sich bei dieser Sache überhaupt eingelassen hatte. Das Ereignis, das sie seit Monaten geprobt und diskutiert hatten, stand unmittelbar bevor. Man würde sie wirk-

---

* VAB = Vehicle Assembly Building: Fahrzeug-Montagegebäude

lich in der kleinen Kabine an der Spitze dieser Rakete einschließen und in den Weltraum schießen. *Mein Gott,* sagte sie sich. *Sie machen ernst.*

In den letzten Wochen war York immer wieder zur Startrampe hinausgefahren. Sie hatte die Rampe als lauten, betriebsamen Ort erlebt, der einer Industrieanlage ähnelte: mit laufenden Maschinen, mit Aufzügen, die an den Starttürmen auf und ab glitten, mit Leuten, die emsig umherwuselten.

Doch heute war ein anderer Tag. Heute gab es außer der Besatzung und den Technikern keine Menschenseele im Umkreis von fünf Kilometern.

Nach den vielen Menschen im MSOB und den Blicken, die sie auf das Millionenheer der Zuschauer auf dem Gelände von Cape Canaveral erhascht hatte, war es für York ein niederschmetterndes und schreckliches Erlebnis, sich nun im Epizentrum dieser Betonwüste zu befinden, vor sich die dräuende Masse der Saturn VB. Es war wie eine Begegnung mit dem Tod.

York, die noch immer das Atemgerät trug und deren einziger Begleiter das Wispern des Sauerstoffs war, folgte Stone zum Aufzugskäfig an der Basis des Startturms.

Vielleicht sehe ich die Erde nun zum letztenmal. Hier und jetzt auf dem versengten Beton. Vielleicht ist das wirklich ein Countdown zum Tod.

Jacqueline B. Kennedy-Raumfahrtzentrum

Die vom Atlantik wehende Brise blähte die Flaggen hinter den hölzernen Absperrungen an der Tribüne in der Nähe des VAB. Die Tribüne war mit über zwanzigtausend Zuschauern besetzt, wie man Muldoon gesagt hatte, darunter fünftausend Ehrengäste und viertausend Journalisten. Erschienen waren Prominente, Politiker, Familien und Freunde der Besatzung.

Eine Million Menschen hielten sich im Umkreis von hundert Kilometern um diesen Ort auf.

JFK war auch da. Er saß im Rollstuhl und versuchte, sich mit einer großen Sonnenbrille zu tarnen. Trotzdem wirkte er viel älter als ein Achtundsechzigjähriger. Der Rest von Muldoons alter Apollo-Besatzung war ebenfalls erschienen, und die PR-Experten der NASA ließen die dreiköpfige Truppe – Armstrong, Muldoon und Collins – in Linie hinter dem gebrechlichen, alten Ex-Präsidenten antreten, mit der Saturn im Hintergrund.

Nachdem der Öffentlichkeitsarbeit Genüge getan war, nahm Muldoon Platz.

Er blickte nach Osten, in die Morgensonne. Es war ein klarer, windstiller Morgen, der nur von vereinzelten Wolken getrübt wurde. Der Wetterdienst sagte mit einer Wahrscheinlichkeit von über achtzig Prozent gute Witterungsbedingungen für den Start voraus.

Das VAB stand als wuchtiger Block zu Muldoons Linken, und die Scheiben der davor geparkten Fahrzeuge glänzten wie schillernde Käfer. Auf dem Rasen vor ihm befanden sich Kameramänner, die Fahnenstange und die große digitale Countdown-Uhr. Auf der anderen Seite zog der Kanal sich durchs Blickfeld. Dahinter war eine Baumreihe. Und hinter den Bäumen – am vom Morgendunst eingetrübten Horizont – erspähte er die blaugrauen Formen der beiden Rampen des Startkomplexes 39. 39-A, die Rampe für Ares, befand sich zur Rechten.

Wenn er den Blick weiter nach rechts wandte, sah er weitere Startkomplexe, die wie Skelette in den Himmel ragten: die Interkontinentalraketen, welche entlang der Atlantikküste stationiert waren.

Das Kennedy-Weltraumzentrum hatte sich seit seinem ersten Flug mit Gemini sehr verändert. Noch aus dieser Entfernung sah man, in welchem Ausmaß das Weltraumprogramm gestutzt worden war. Die Zahl der Beschäftigten war um die Hälfte reduziert worden. Der Startkomplex 19, von dem aus er mit Gemini gestartet war, existierte noch und wurde für unbemannte Titan-Starts genutzt. Doch von den insgesamt sechsundzwanzig Startkomplexen des Raumhafens waren nur noch zehn in Betrieb. Die Startrampen zerfielen, und die verrosteten Starttürme waren bereits abgerissen und von der NASA an Schrotthändler verhökert worden.

Doch Komplex 39-A existierte noch. Einst war er von dort mit Apollo gestartet. Und nun stand die Ares-Stufenrakete dort und wartete auf die Startfreigabe.

Hinter Muldoon unterhielten zwei alte Damen sich über die Start-Parties, die sie im Lauf der Jahre in ihren Gärten in Florida veranstaltet hatten, derweil mit Elite-Astronauten bemannte Raumschiffe über den Köpfen am nächtlichen Himmel ihre Bahn gezogen hatten.

Die NASA hatte für die Presse Bürocontainer aufgestellt. Dort gingen nun Reporter ein und aus und deckten sich mit Kopien des Missions-Zeitplans und Werbegeschenken von den Firmen der Luft- und Raumfahrtindustrie ein. In den Ü-Wagen der Fernsehsender, die zu Muldoons Linken in der Nähe des VAB stationiert waren, herrschte geschäftiges Treiben. Die Panoramabildschirme leuchteten im Morgenlicht.

Aus Lautsprechern dröhnten die Stimmen der Astronauten auf der Luft-Boden-Schleife, während das Kontrollzentrum in Houston und die Startzentrale hier in Cape Canaveral die aktuellen Daten durchgaben. Der PR-Leiter verkündete die Etappen des Countdowns. Eine Reporterin, die in der Nähe von Muldoon stand, zweckentfremdete eine zerknitterte Pressemitteilung als Fächer.

Muldoon, der sich in einen schwarzen Anzug gezwängt hatte, schwitzte und hatte Durst. Er fühlte sich alt und rastlos.

Der Nebel löste sich unter der Sonneneinstrahlung auf. Er sah, wie die weiße Nadel der Saturn auf 39-A sich aus dem blauen Dunst schälte.

Start-Kontrollzentrum, Cape Canaveral

Als er die Tätigkeit hier in Cape Canaveral aufnahm, wähnte Rolf Donnelly, der bislang im MOCR in Houston gearbeitet hatte, sich im LCC, dem Start-Kontrollzentrum, wie in einer anderen Welt.

Der ›Abschußraum‹ verfügte zwar über die gleiche EDV-Ausrüstung wie das Kontrollzentrum in Houston, war darüber hinaus aber noch mit sechzig Monitoren ausgestattet, welche die Saturn-Stufenrakete aus unterschiedlichen Blickwinkeln zeigten. Und der Leitstand hinter dem ›Schützengraben‹ hatte ein großes Fenster mit einem Panoramablick auf das fünf Kilometer entfernte Merritt Island und die himmelwärts strebenden Starttürme. Im Gegensatz zum MOCR war der ›Abschußraum‹ nicht von der Außenwelt abgeschottet.

Und im Augenblick des Starts wurde der ›Abschußraum‹ von echtem, ehrlichen Raketen-Licht durchflutet.

Und die Atmosphäre war auch eine andere. Die Controller arbeiteten unabhängig von den Jungs im Kontrollzentrum und hatten einen eigenen Ermessensspielraum, denn sie befanden sich hier im Brennpunkt des Geschehens. Sie wirkten eher wie Techniker. Den LCC-Controllern oblag die Verantwortung für die ersten Sekunden des Flugs; sie waren diejenigen, welche die ›Drecksarbeit‹ erledigen mußten, um die Rakete überhaupt hoch zu bekommen.

In einer solchen Atmosphäre fühlte Donnelly sich

wohl. Kurze Zeit nach dem Apollo-N-Fiasko war er mit seiner Familie nach Florida gezogen, um hier einen beruflichen Neuanfang zu versuchen.

Die Befürchtung, daß von der gequirlten Scheiße etwas an ihm hängenbleiben würde, hatte sich leider bewahrheitet. Nun, er war kein Flugleiter mehr, das Indigo-Team war nur noch eine schlechte Erinnerung, und Donnellys Karriere würde wohl nie mehr im alten Glanz erstrahlen. Wenigstens stand er noch immer im Dienst der NASA.

Sie erreichten T minus fünf Minuten, und die Controller nahmen die letzten Überprüfungen an den Systemen vor, ehe die Automatik übernahm.

»Lenkung?«
»Alles klar.«
»EECOM?«
»Alles klar.«
»Booster?«
»Alles klar.«
»Retro?«
Damit war Donnelly gemeint.
Er schaute auf die Konsole. Sein Blick war getrübt.
»Alles klar«, sagte er.

Jacqueline B. Kennedy-Raumfahrtzentrum

Helikopter flogen über die Startrampen hinweg. Muldoon wußte, daß es sich bei den Piloten um Bob Crippen und Fred Haise handelte, welche die Witterungsbedingungen für den Start erkundeten.

Bei T minus zehn Minuten durchlief der Countdown den letzten geplanten Haltepunkt. Danach gab es kein Halten mehr, und für Muldoon entwickelten die Ereignisse eine Dynamik, als ob er von einer Klippe stürzen würde.

Bei dreißig Sekunden erhob Muldoon sich mit den anderen vom Sitz und richtete den Blick auf die Saturn. Außer sporadischen Dampfschwaden aus den kryogenischen Tanks wirkte die Startrampe so statisch wie ein Werksgelände.

Für einen Moment war es still.

Dampfschwaden – aus dem Schalldämpfungs-Wassersystem – quollen aus beiden Seiten des Triebwerks. Muldoon sah, wie die Halterungen von der Rakete zum Turm zurückschwenkten. *Start des Haupttriebwerks.*

Dann eruptierte ein grelles weißes Licht an der Basis der Saturn.

Die Saturn erhob sich vom Boden und zog eine Schleppe aus weißem Rauch nach, die im Kern orangefarben glühte, als ob sie brennen würde. Das Triebwerk hatte Ähnlichkeit mit einem weißen Knochensplitter, der auf einem Wattebausch aus flüssigem, weißgelben Licht ritt. Dieses Licht, das Feuer der Feststoff-Booster, war von gleißender Helligkeit. *Dies hier*, die Brillanz des Raketenlichts, so sagte er sich, bekamen die Fernsehzuschauer nie zu Gesicht. In diesem Moment würden die Aufnahmen fürs Fernsehen nämlich gefiltert werden müssen, so daß das Raketenlicht abgeblendet wurde, der Himmel dunkelblau und der Rauch dunkelgrau erschienen.

Die Rakete kippte vornüber und stieg in einer steilen Kurve auf: das Nickmanöver war so abrupt, daß es fast den Anschein hatte, als ob die Rakete umkippte. Die Rauchsäule überragte den Startturm inzwischen um ein Vielfaches.

Die Saturn stieß durch eine vereinzelte Wolke, als ob ein Faden durchs Nadelöhr gefädelt würde. Die Oberfläche des Kanals kräuselte sich und reflektierte das gleißende Licht der Rakete.

Zehn Sekunden nach dem Start kam der Schall

schließlich bei ihm an, und zwar in Form einer niederfrequenten Schwingung, die im Körper rumorte. Dann hörte er einen krachenden Donner, der in mehreren Schüben vom Himmel regnete: das waren die Schockwellen der Raketentriebwerke, gewaltige nonlineare Wellenformen, die zusammenfielen und sich dabei überlagerten. Durch diesen Bass hörte er, wie die Leute um ihn herum jubelten und in die Hände klatschten.

Vor ihm, als Silhouette im Raketenlicht, stieß JFK die Faust in die Höhe.

Muldoon spürte, daß eine gewaltige Energie freigesetzt wurde: als ob er an einem großen Wasserfall gestanden hätte. Nur daß diese Energie von Menschen erzeugt und beherrscht wurde. Ihn überkam ein Gefühl des Triumphs und des Überschwangs... gepaart mit großer Erleichterung.

Geschafft. Und nach diesem letzten Kraftakt, so sagte er sich morbide, würde er die Leber etwas anfeuchten. Er hatte seine Schuldigkeit getan. *Keine Ziele mehr.*

Die Saturn stieg in einer weiten Kurve gen Himmel. Die Rauchspur führte geradewegs in die Sonne. Muldoon war so geblendet, daß er die erste Stufe nicht mehr sah.

Die Sicht war verschwommen. Er weinte doch tatsächlich, verdammt noch mal. »Flieg, Baby!« rief er.

Merritt Island

Seger hatte mit seiner Schar Choräle angestimmt und Flugblätter mit der Information verteilt, wonach Ares Plutoniumbehälter für die SNAP-Generatoren ins All trüge. SANKT JOSEPH VON CUPERTINO IST DER SCHUTZHEILIGE DER ASTRONAUTEN. SCHLIESST EUCH UNS AN ZUM GEBET...

Doch die Menschen, welche die Straßen säumten, nahmen keine Notiz von ihnen. Sie waren zu sehr damit beschäftigt, den Start der Rakete zu verfolgen.

Als das Licht der Saturn die Straße überflutete, brachen die Gemeindemitglieder den Choral ab und wandten den Blick gen Himmel.

Die deutlich erkennbare weiße Nadel erhob sich auf einem Feuerstrahl vom Boden. Zu hören war noch nichts.

Überwältigt fiel Seger auf die Knie. Es war der erste Start, den er seit Apollo-N beobachtet hatte. Er ließ die Pamphlete in den Staub fallen, und Tränen traten ihm in die Augen. Er sah, daß ein paar seiner Schäflein ihn verwundert anblickten, doch er wähnte sich wieder im MOCR.

Er wußte, daß er das MOCR im Grunde nie verlassen hatte und auch nie verlassen würde.

»Dies ist heiliger Boden«, sagte er. »Heiliger Boden.«

Kreischende Möwen kreisten über ihm. Sie ahnten nichts vom tödlichen Lärm, der auf sie zuflutete.

Jacqueline B. Kennedy-Raumfahrtzentrum

Muldoon blieb solange auf der Tribüne, bis die Nachricht durchkam, daß Ares den Orbit erreicht hatte. Als er vielleicht eine halbe Stunde nach dem Start zum Parkplatz vor dem VAB zurückging, wo eine Limousine auf ihn wartete, hing der Rauch noch immer am Himmel, eine von Menschenhand erschaffene, riesige Wolke, die sich langsam auflöste.

Sechstes Buch

MANGALA

Zeitdauer der Mission [Tag/Std:Min:Sek]
Plus 374/14:23:48
Mangala-Basis

Durchs Fenster der Luftschleuse sah Natalie Sterne, die in einen schwarzen Himmel eingebettet waren.

Und dort stand Jupiter hoch am Himmel, der von hier aus ein gutes Drittel heller war als von der Erde aus gesehen. Er war so hell, daß er sogar einen Schatten warf. Und im Osten war ein Morgenstern: das weißblaue Licht des stetig strahlenden Sterns überstrahlte das verwaschene Violett der Mars-Dämmerung. Das war natürlich die Erde. Der Zwillings-Planet stand fast in Konjunktion – er befand sich in derselben Richtung wie die Sonne – und näherte sich dem Punkt der dichtesten Annäherung an den Mars. Im Moment stand die Erde als Sichel am Himmel und wandte dem Mars die Nachtseite zu.

Die Sternbilder selbst entsprachen den vertrauten Mustern ihrer Kindheit. Ernüchtert erkannte sie, daß sie im Grunde nur einen Katzensprung gemacht hatten: die Sterne waren noch immer so weit entfernt, daß diese weite interplanetare Reise im Vergleich dazu wie die ersten Gehversuche eines Kindes anmutete. Und das, obwohl die Menschheit für diese Reise, an deren Ziel die Erde selbst zu einem sterngroßen Punkt geschrumpft war, ihre technischen Möglichkeiten voll ausgereizt hatte.

Und der heutige Tag würde den Höhepunkt dieser Reise markieren, wenn Phil Stone als erster Mensch auf dem Mars spazierenging. Das MEM stand nun schon seit drei Tagen auf der Marsoberfläche. Die Besatzung hatte diese wertvolle Zeit investieren müssen, um sich nach der langen Phase in der Schwerelosigkeit wieder an die Schwerkraft zu gewöhnen.

Wie man ihr vorhergesagt hatte, war York seit dem

Start von der Erde etliche Zentimeter gewachsen und ein paar Pfund leichter geworden. Anfangs hatte sie Schwierigkeiten, sich in den engen Räumlichkeiten des MEM zu bewegen; sie lief immer gegen die Wand und vergaß, wo unten war. Und sie hatte die schönsten ›Hühnerbeine‹. *Vorzeitige Alterung, Adam*, sagte sie sich. *Du hattest recht. Wir sind drei alte Leute, die hier auf der Marsoberfläche festsitzen.* Wie dem auch sei, für die ein Drittel der Erdenschwere betragende Mars-Gravitation genügten auch Hühnerbeine.

Nach mittlerweile drei Tagen auf dem Mars war sie noch immer desorientiert, als ob die vom Licht des Jupiter beschienene Landschaft vor dem Fenster nur das Gipsmodell einer Simulation wäre.

Wenn sie nach draußen ging, würde die Landschaft schon real werden.

Stone trat nun auch in die Schleuse. Stone und York trugen Thermo-Unterwäsche sowie ein sogenanntes Kühlungs- und Belüftungs-Oberteil mit wasserführenden Lamellen, die an den Kühler eines Kraftfahrzeugs erinnerten. York hatte den Katheter eingeführt, und Stone hatte den Urinbeutel übergestreift, der wie ein übergroßes Kondom aussah. Die beiden wirkten bizarr, geschlechtslos und irgendwie lächerlich.

»Schöner Anblick«, murmelte Stone. »Ralph behauptet, er würde sogar den Mond mit bloßem Auge sehen.«

»Vielleicht stimmt das. Möglich wäre es jedenfalls.« Der Mond müßte von ihrer Position aus als schwach leuchtender silbergrauer Stern erscheinen, der den Mutterplaneten in geringem Abstand begleitete.

Stone hatte York die Untere Torso-Garnitur mitgebracht – die untere Hälfte des EVA-Anzugs, die Hose mit integrierten Stiefeln. »Komm schon, York; genug herumgetrödelt.«

Sie starrte den Anzug an. Die Situation kam ihr beinahe irreal vor. »Ist es schon soweit, hmh.«

Sie hakte die Ärmel der Kühlweste zwischen Daumen und Zeigefinger ein; dadurch wurde vermieden, daß die Ärmel nach oben rutschten. Sie betrachtete die Hand und das Kunststoffgeflecht auf den Handballen; das war der erste Schritt in der ausgefeilten Ankleide-Zeremonie, und schon bei diesem simplen Handgriff bekam sie Herzklopfen.

Dann stieg sie in die Untere Torso-Garnitur. Die aus mehrlagigem Gewebe bestehende Einheit war schwer und steif, und sie schien sich Stones Bemühungen zu widersetzen, York beim Anlegen zu helfen. Sie war jetzt bereits erschöpft.

Nun schloß sie einen Schlauch an den Katheter an, der zu einem Urinbeutel mit einem Fassungsvermögen von einem Liter führte. Einen Sammelbehälter für Kot gab es jedoch nicht; statt dessen trug sie eine Art Windelhose, welche gemäß Dienstvorschrift ›die Darmtätigkeit absorbieren würde, die während eines EVA nicht unterdrückt werden kann‹.

York würde versuchen, es zu unterdrücken.

Nun kam der Harte Oberkörperschutz an die Reihe, abgekürzt HUT*. Ihr HUT hing an der Wand der Luftschleuse. Er glich der oberen Hälfte einer Ritterrüstung und verfügte über einen integrierten Lebenserhaltungs-Tornister.

Sie duckte sich unter den HUT und hob die Arme. Dann richtete sie sich auf und wand sich in den HUT. In der Dunkelheit der fabrikneuen Schale roch es nach Kunststoff, Metall und Watte.

Sie steckte die Arme in die Ärmel und schob die Hände hindurch, wobei die Kühlschlangen den Daumen quetschten. Die Schultern wurden schmerzhaft zurückgebogen. Es war ein beschwerlicher Vorgang. Und dabei waren diese Anzüge noch viel unkompli-

---

* HUT = Hard Upper Torso

zierter als die alten Mondanzüge; die Apollo-Besatzung hatte die Anzüge auf der Mondoberfläche regelrecht *montieren* und die Schläuche an die Wasser- und Sauerstofftornister anschließen müssen.

Sie schob den Kopf durch den Helmring. Stone grinste sie an. »Hallo.« Dann zog er den HUT ruckartig herunter, brachte die metallenen Hüftringe der beiden Hälften zur Deckung und arretierte den Bajonettverschluß.

Nun half sie Stone in den Anzug.

York und Stone steckten schon seit fast zwei Stunden in der engen Luftschleuse. Der Druck der *Challenger*-Atmosphäre betrug siebzig Prozent des Luftdrucks auf Meereshöhe. Sie bestand aus einem Gemisch aus Stickstoff und Sauerstoff, doch um die Flexibilität der Anzüge zu gewährleisten, wurden sie nur mit Sauerstoff mit einem Viertel des Drucks auf Meereshöhe versorgt. Also mußten York und Stone vorab reinen Sauerstoff atmen, um den Stickstoff aus dem Blut zu lösen.

Es war ein beschwerliches Ritual. Zumal die Einsätze auf dem Mars auf drei, maximal vier Stunden begrenzt waren. Die Apollo-Tornister hatten eine Kapazität von sieben Stunden gehabt. Doch der Mars besaß die doppelte Schwerkraft des Mondes, so daß die Marsanzüge proportional leichter sein mußten, was wiederum eine entsprechend geringere Kapazität zur Folge hatte. Und nach jedem EVA mußten die Anzüge einer langwierigen Reinigung unterzogen werden: die Besatzung mußte den Marsstaub absaugen, der stark oxidierend war und die Lunge zerstörte, wenn er in die *Challenger* gelangte.

Die kurzen EVAs mit der flankierenden Vorbereitung, Reinigung und Dekontaminierung würden fast jeden Tag auf dem Mars ausfüllen. Es würde ein mühsames Tagewerk werden.

York setzte sich die Astronauten-Haube auf, und

dann stülpte Stone ihr den Helm über den Kopf und arretierte den Verschluß.

Zum Schluß kamen die Handschuhe; sie hatten eine enge Paßform und schnappten im Ärmelring ein.

Stone legte einen Schalter auf der Brustplatte um. Sie hörte das vertraute leise Summen der Pumpen und Lüfter im Rückentornister und spürte die Sauerstoffbrise im Gesicht. Er klopfte auf den Helm und hob den Daumen vor dem Visier.

Sie nickte und lächelte. Dann hob sie den Arm; am Ärmel war eine Reflektorplatte angenäht, mit deren Hilfe sie die Schaltfläche an der Brust sah. Sie zeigte die Quantität und den Druck des Sauerstoffs und Kohlendioxids an und war darüber hinaus mit diversen Warnlampen bestückt. York sah, daß der Sauerstoffdruck sich stabilisierte.

Stone überprüfte die Funkverbindung. »Hallo, Natalie. Anton Berta Cäsar ...« Seine Stimme war leise und blechern und wurde von gedämpften Echos begleitet, die durchs dicke Glas des Helmvisiers drangen.

Sie kontrollierte die Kunststoffröhrchen, die in den Helm hineinragten und saugte Wasser und Orangensaft an. Der O-Saft war in Ordnung, aber das Wasser war zu warm. Doch das war eine Lappalie. Sie regelte den Innendruck des Anzugs kurz aufs Maximum hoch, um ihn auf etwaige Undichtigkeiten zu überprüfen. Dann befestigte sie den Spiralhefter mit der EVA-Checkliste am Ärmelbund.

Nachdem sie die Anzüge durchgeprüft hatten, unterzogen sie sich einer gegenseitigen Musterung. Stones Anzug war schneeweiß mit hellblauen Überschuhen. Das Sternenbanner prangte an den Ärmeln.

»Sind wir soweit?« fragte Stone.

Sie war nun von *Challenger* isoliert: ein autarkes System, ein Miniaturraumschiff sozusagen. Sie sog kühlen Sauerstoff ein. »Ja. Gehen wir an die Arbeit.«

»Roger.« Er wandte den Blick von ihr ab und rief Gershon, der sich oben in der Aufstiegsstufe befand. »Ralph, wir warten auf grünes Licht für Druckausgleich.«

»Rager, Phil; ihr habt grünes Licht für Druckausgleich.« Gershon würde den Premieren-Ausflug von der Kabine in der Aufstiegsstufe verfolgen.

Stone betätigte einen Schalter an der Wand. York hörte das Geräusch ausströmender Luft, und um das auszugleichen, schien das Geräusch der Atmung anzuschwellen.

»Roger«, sagte Stone. »Alles klar. Wir warten nur noch, bis der Kabinendruck so weit abgesunken ist, daß wir die Luke öffnen können.«

Das Manometer zeigte York, daß der Druck bereits auf hundert Millibar abgefallen war.

»Ich stelle einen sehr niedrigen statischen Druck in eurer Schleuse fest«, sagte Gershon. »Meint ihr nicht, ihr könntet die Luke nun öffnen?«

»Ich versuch's mal«, sagte Stone.

Der Ausstieg aus der Schleuse erfolgte durch eine dicht über dem Boden eingelassene Luke. Der Öffnungsmechanismus bestand aus einem schlichten Hebel. Stone bückte sich, legte den Hebel um und zog. York sah, daß die dünnwandige Luke sich nach innen wölbte. Aber sie blieb geschlossen.

»Verdammt noch mal.«

»Laß mich mal ran.« Sie ging in die Hocke und packte die Luke an der Ecke, wo sie etwas von der Wand abstand. Durch die mit einem Drahtgeflecht verstärkten Gummihandschuhe hatte sie kaum Gefühl in den Händen. Dennoch gelang es ihr, die Luke ein Stück weit aufzubiegen.

Durch den Spalt zwischen Luke und Rahmen drang ockerfarbenes Licht.

»Ich glaube, ich habe die Dichtung aufgebrochen.«

Stone zog wieder am Hebel, und diesmal ließ die Luke sich mühelos öffnen.

York sah ein leichtes Schneegestöber, als der letzte Rest der Luft in die Marsatmosphäre entwich.

Sie traten zurück, damit die Luke aufschwingen konnte.

Nun erkannte York die ›Veranda‹, die Plattform, die am oberen Ende des Landebeins der *Challenger* angebracht war. Diese Plattform würde Stone nun gleich betreten. Sie war mit braunem Pulver überzogen, das durch die Landung aufgewirbelt worden war. Und hinter der Plattform sah sie die Oberfläche des Mars: sie sah aus wie Sand und war von radialen Linien durchzogen, die von *Challenger* wegführten. Dieses Muster hatte das Abstiegstriebwerk beim letzten Feuern in den Boden gebrannt.

Die Landschaft war so öde, daß sie einem vergleichbaren Terrain auf der Erde gar keine Beachtung geschenkt hätte. *Doch dies hier war Mangala Vallis*: nun war sie nur noch durch ein paar Meter dünner Marsluft von der Oberfläche getrennt, die sie im Verlauf des bisherigen Berufslebens studiert hatte.

»Natalie«, sagte Stone.

Sie drehte sich um; im Licht der Luftschleuse, das einen Kontrast zur bräunlichen Tönung des Mars bildete, schien sein Anzug weiß zu glühen.

»Wir haben auf der Checkliste etwas vergessen«, sagte Stone. »Wir müssen das hier noch anlegen.« Dann holte er die roten EVA-Eins-Bänder aus einer Anzugstasche. Stone würde in seiner Eigenschaft als Missions-Kommandant auch die erste Exkursion auf dem Mars anführen. York war seine offizielle Stellvertreterin, und Stone würde die roten Bänder an Armen und Beinen tragen, damit man ihn auf den Kameraaufnahmen identifizierte.

Doch nun hielt er ihr die Bänder hin.

»Ich verstehe nicht.«

Er lächelte. »Du verstehst sehr wohl. Streif die Bänder über.«

Sie streckte die Hand aus, und er legte ihr die Bänder auf den Handteller. Durch die dicken Handschuhe spürte sie das Gewicht der Bänder gar nicht.

»Das soll wohl ein Scherz sein.«

»Schau«, sagte er unwirsch. »Ich habe auch nicht von dir verlangt, das gottverdammte MEM zu landen, obwohl du wegen des Notfall-Trainings in den Simulationen durchaus dazu in der Lage gewesen wärst. Deine Aufgabe bei der ersten EVA-Exkursion besteht nur darin, in der Gegend umherzulaufen, ein paar Steine aufzuklauben und den Leuten zuhause darüber zu berichten.«

Bei dem unerwarteten Angebot verspürte sie weder Freude noch Stolz, sondern nur Irritation. *Ich drehe schon wieder am Rad.* »Das ergibt doch keinen Sinn, Phil. Du läßt die Chance sausen, als erster Mensch auf dem Mars in die Geschichte einzugehen, um Gottes willen. Welches Arschloch tut denn so was?«

»Ich«, sagte er pikiert. »Das ist wichtig, Natalie. Ich hatte es noch vor dem Start mit Joe Muldoon besprochen. Um zukünftiger Missionen willen muß diese Mission – vor allem diese erste Exkursion – ein Erfolg werden. Das rangiert noch vor der Wissenschaft, obwohl du mir da kaum zustimmen wirst. Natalie, es wird lange dauern, bis Menschen wieder zum Mars fliegen. Deshalb schreiben wir hier Geschichte; selbst wenn wir scheitern, werden die Menschen zum Mars hinaufschauen und sich sagen, ja, es ist möglich; wir sind imstande, dorthin zu fliegen und zu überleben. Wir wissen es, weil jemand es uns gezeigt hat.

Schau, ich bin kein Neil Armstrong. Du bist – eloquenter. Und dies ist dein Ort; dein Tal. Dein Planet, verdammt. Du weißt hier besser Bescheid als sonst ein

Mensch. Deshalb glaube ich, daß du das besser rüberbringen wirst. Zumal...«

»Was?«

Er lächelte – »...ich das Gefühl habe, daß die Menschen mich als ›Den Mann, der die Chance sausen ließ, Erster zu sein‹, noch länger in Erinnerung behalten werden.«

»Ich hoffe, sie leistet den Anweisungen Folge«, rief Gershon.

»So zuverlässig wie immer.«

Sie haben das ausgeheckt, sagte sie sich. *Sie haben mir eine Falle gestellt.*

»Und nimm das Ding da«, sagte Stone.

Sie streckte die Hand aus, und Stone gab ihr eine kleine, vielleicht münzgroße Scheibe. Es war die Diamantmarkierung. »Ich glaube, du solltest sie deponieren. Für Ben. Und die anderen.«

Dann umfaßte er ihre Hand mit beiden Händen und schloß sie um die Markierung. Er schaute ihr in die Augen.

Er weiß Bescheid, erkannte sie plötzlich. *Über Ben und mich. Alle wußten sie Bescheid, die ganze Zeit über.*

Sie steckte die Markierung in eine Probentasche am Anzug. Dann streifte sie sich wie in Trance die roten Bänder über Arme und Beine und klappte das goldene Helmvisier herunter.

Stone hielt ihr die Luke auf. Unbeholfen ging York auf die Knie und wandte der Luke das Hinterteil zu. Dann kroch sie rückwärts auf die Plattform.

»Los geht's! Die Richtung stimmt, Natalie. Komm etwas auf mich zu. Gut, jetzt runter. Roll dich nach links. Zieh den linken Fuß nach rechts – nein, andersrum. Das machst du gut.«

Sie schabte am Lukenrahmen entlang. Kühlschlangen gruben sich ihr ins Bein.

Das Blut hämmerte in den Ohren.

»In Ordnung, Ralph. Ich bin auf der Plattform.« Sie packte die Reling zu beiden Seiten der Plattform.

Sie schaute auf. Die weiße Außenhaut war von der Landung mit Staub überzogen und erhielt nun durch die über dem Mars aufgehende Sonne eine gelbe Tönung. Sie war schon so weit draußen, daß sie die Schleuse in vollem Umfang überblickte. Sie klaffte als Rechteck aus hellem, fluoreszierendem Licht in der Hülle der *Challenger*. Innerhalb des Rechtecks war Phil Stone in die Hocke gegangen und schaute zu ihr heraus. Er nickte im Helm.

Sie kroch weiter rückwärts über die Plattform, wobei sie das rechte Bein als ›Fühler‹ benutzte. Schließlich stieß sie mit dem Zeh gegen die oberste Sprosse der Leiter.

Sie hielt sich an der Reling fest und richtete sich auf.

Dann tauchte sie in den Schatten der *Challenger* ein; die aufsteigende Sonne war hinter der Masse des Raumschiffs verborgen, und der Himmel über ihr war noch immer schwarz, obwohl die Sterne bereits verblaßten. Steif drehte sie sich um. Der flache, klare Horizont bildete einen markanten Kontrast zur staubigen und steinigen Ebene. Die einzige Farbe war ein gesprenkeltes Rostbraun, wie eingetrocknetes Blut. Die Schatten waren lang und scharf konturiert.

Die Veränderung des Maßstabs war überwältigend. Sie hatte viele Monate in der Enge des Missionsmoduls zugebracht, wo es nur zwei Maßstäbe für die Entfernung gegeben hatte: ein Meter und – mit Blick auf das Universum – unendlich. Bei der räumlichen Wahrnehmung und der Fläche, die sich um sie ausbreitete, drohte sie die Orientierung zu verlieren; diesen Effekt hatte die Ausbildung nicht berücksichtigt. Für einen Moment glaubte sie, nach hinten zu kippen, und sie umklammerte die Reling der Plattform.

»Natalie?«

»Ich bin in Ordnung, Phil. Es ist nur...«

»Ich weiß«, sagte Stone. »Ein großer Moment, nicht?«

»Genau.«

»Natalie, hast du schon die MESA rausgeholt?« fragte Gershon.

Die MESA, die Modulare Ausrüstungs-Speicher-Baugruppe, befand sich links neben der Leiter hinter einem Deckel in der Landestufe. York streckte die Hand aus und löste eine Verriegelung, worauf der Deckel wie eine Zugbrücke nach unten schwang. Auf ihm war eine Kamera montiert.

»Ralph, die MESA ist ausgeklappt.«

»Bestätigt, Natalie. Ich schalte die Kamera nun an.«

Die dunkle Linse der Kamera erfaßte sie und folgte jeder ihrer Bewegungen, nachdem Ralph die Servomotoren aktiviert hatte. Sie war verlegen, ohne daß sie einen Grund dafür gehabt hätte.

»Ich warte auf die Aufnahmen. Mann, ich kriege ein Bild. Der Kontrast ist sehr stark – ich sehe nur bunte Schlieren –, und obendrein steht das verdammte Bild auf dem Kopf. Doch ich erkenne ziemlich viele Details, und – jetzt hat sie sich selbst korrigiert. Natalie, ich sehe dich auf der Leiter stehen.«

York nickte in die Kamera. *Aber sie sehen mein Gesicht nicht hinter dem Visier.*

Sprosse um Sprosse stieg sie die Leiter hinab. Die Abstände zwischen den Sprossen waren ziemlich groß, und im steifen Anzug bestand die beste Art der Fortbewegung darin, sich von einer Sprosse zur nächsten fallen zu lassen.

Die letzte Sprosse befand sich einen Meter über dem Boden. Sie stieß sich von der Leiter ab und ließ sich fallen. Der Fall ging wie in Zeitlupe vonstatten; sie schätzte die Zeit, die sie für die Bewältigung des letzten Meters brauchte, auf fast eine Sekunde. Auf der Erde wäre das doppelt so schnell gegangen.

Die blauen Stiefel landeten auf dem weißen Metall des einen Meter durchmessenden Landetellers der Landestufe. Hier, im Schatten von *Challenger*, war es noch so dunkel, daß sie kaum die Hand vor Augen sah.

Sie hielt sich mit den behandschuhten Händen an der Leiter fest und versuchte, wieder die unterste Stufe zu erklimmen. Sie mußte sich vergewissern, daß eine Rückkehr möglich war. Doch der Anzug war zu steif, als daß es ihr gelungen wäre, das Bein so hoch zu heben.

»Saublöde Konstruktion.«

»Heißes Mikro, EVA-Eins«, sagte Gershon milde.

Sie ging leicht in die Hocke und sprang. Weil die Beine im Anzug eingezwängt waren, mußte die Kraft für den Sprung von den Zehen und Knöcheln übertragen werden. Obwohl die Mars-Gravitation an ihr zog, schoß sie über die unterste Sprosse hinaus. Sie prallte gegen die Leiter, doch gelang es ihr, die Füße auf die Sprosse zu stellen.

Außer Atem hüpfte sie wieder auf den Landeteller.

Sie überflog die Marsoberfläche.

»In Ordnung. Ich stehe am Fuß der Leiter. Die Landeteller des MEM sind etwa zehn Zentimeter tief in die Oberfläche eingesunken; die Eindrücke sind konturiert. Weil es hier natürlich kein Wasser gibt, beruht die Kohäsion des Bodens wohl auf Elektrostatik...« *Keine Analysen, York; sag ihnen nur, wie es aussieht.* »Die Oberfläche sieht aus wie ein feinkörniger Sandstrand. Bei näherer Betrachtung indes ist er noch viel feinkörniger als Sand, was auch die gute Haftung erklärt. An manchen Stellen ist er sogar fein wie Puder.« Sie trat sachte gegen den Regolith, wobei sie Furchen im Boden hinterließ. »Ich habe mit dem Zeh Rinnen in den Boden gezogen. Die Oberfläche zerbröselt, wenn ich dagegen trete. Ich habe den Eindruck, daß es sich beim Oberflächenmaterial um eine Durikruste handelt. Sie besteht aus Staubpartikeln, die durch aufsteigendes Grundwasser zusammengebacken wurden und aus Salzen, die bei der Verdunstung des Wassers ausgefällt wurden.«

Sie sah, daß etwas Marsstaub sich auf dem Landeteller abgelagert hatte, und als sie nun das Bein hob, sah sie, daß auch etwas Staub am Stiefel haftete. »Der Staub klebt in dünnen Schichten an der Sohle und an den Seiten der Stiefel. Er ist also kohäsiv und adhäsiv. Es sieht so aus, als ob er bis zu einer Steigung von ungefähr siebzig Grad haftet ...«

»Natalie«, sagte Ralph Gershon, »dreh dich bitte um und schau für eine Minute in die Kamera.«

»Wiederhole das, Ralph.«

»Rager. Ich möchte, daß du in den Erfassungsbereich der Kamera trittst. Natalie, Phil; der Präsident der Vereinigten Staaten befindet sich in seinem Büro und möchte ein paar Worte an euch richten.«

»Es wäre uns eine Ehre, Ralph«, sagte Stone.

Sie überprüfte die Checkliste am Ärmel. Reagan war auf die Minute pünktlich. Schließlich war er auch ein erfahrener Schauspieler.

Sie wandte sich der MESA zu.

Sie stellte sich vor, wie die Bilder von ihr zur Erde gesendet wurden: sie würde als steife, eckige Gestalt auf dem Landeteller erscheinen, wobei ihre Konturen durch die Falschfarbendarstellung mit dem karmesinroten Mars verschmolzen.

Sie nahm eine Hasselblad-Kamera von der MESA-Plattform. Es war eine Fummelei, die Kamera über der Brustplatte zu befestigen.

Sie drehte sich langsam, während die Kamera ein Panorama-Mosaik aufnahm. Dann nahm sie eine kleine Filmkamera und befestigte sie an der Brustplatte neben der Hasselblad.

Die Funkverbindung wurde schlechter, als die Stimme eines Houston-Capcoms ertönte. »Sprechen Sie, Herr Präsident. Die anderen halten den Mund!«

Natalie und Phil, ich spreche zu Ihnen über eine Funkverbindung vom Oval Room im Weißen Haus.

Reagangs sonore Stimme klang lebhaft und interessiert. *Er spielt die Rolle gut*, sagte sie sich. Sie straffte sich, als ob sie Haltung annehmen wollte.

Die NASA-Techniker haben mir gesagt, es würde vier Minuten dauern, bis meine Worte Sie erreichen, und noch einmal vier Minuten, bevor ich Ihre Antwort höre. Wir werden wohl kaum ein richtiges Gespräch führen können. Ich möchte nur soviel sagen, während Sie vom Mangala-Tal zu uns sprechen. Unsere Fortschritte im Weltall – wo wir große Schritte für die Menschheit machen – sind ein Tribut an den Teamgeist und die Leistungsfähigkeit der Amerikaner. Und wir dürfen mit Stolz behaupten: wir sind die Ersten, wir sind die Besten; und wir verkörpern diese Tugenden, weil wir frei sind.

Amerika hat seit jeher die größten Leistungen vollbracht, wenn wir Mut zur Größe besaßen. Und zu dieser Größe werden wir zurückfinden. Wir sind imstande, unsere Träume von den Sternen zu verwirklichen und im Weltraum zu leben und zu arbeiten, zum Wohle des Friedens, der Wirtschaft und der Wissenschaft...

York – die auf dem Landeteller in der Realität der glühenden Landschaft stand und das Gewicht des Tornisters auf dem Rücken spürte – hörte sich den Sermon geduldig an.

...Ich werde nun Schluß machen, Natalie und Phil, aber ich möchte, daß Sie uns noch ein paar Minuten Ihrer Zeit widmen. Bitte erzählen Sie uns, was für ein Gefühl es ist, endlich auf der Oberfläche des Mars zu stehen.

Reagan verstummte, und es zischte im Lautsprecher.

»Danke, Herr Präsident«, sagte Stone. »Wir betrachten es als eine Ehre und ein Privileg, auf dem Mars zu sein und nicht nur die Vereinigten Staaten zu repräsentieren, sondern die gesamte Menschheit. Natalie ...«

Natalie, erzähl ihnen, was für ein Gefühl das ist.

Die älteste Frage und gleichzeitig die am schwierigsten zu beantwortende Frage der Welt – und vielleicht auch die wichtigste, sagte sie sich.

Die einzige Frage, auf welche die Apollo-Astronauten keine Antwort gewußt hatten.

Und nun muß ich eine Antwort finden.

Die Sonne stieg am rosigen Himmel empor. Der Mars erschien als eine rotbraun schillernde Schale, die mit dem vom Staub reflektierten Licht gefüllt war. Noch immer fiel strahlend weißes Licht aus der Luke. Es war nicht von dieser Welt.

»Jawohl, Sir. Das MEM steht im Tiefland nördlich von Mangala Vallis. Es ist ein Spätherbst-Morgen – wir befinden uns hier in der nördlichen Hemisphäre des Mars, wo in acht Tagen die Wintersonnenwende eintritt. Der Himmel hat eine ockerfarbene Tönung. Die Landschaft ist von einer lachsrosa Staubschicht überzogen. Der Rote Planet ist im Grunde gar nicht so rot: die vorherrschende Farbe ist ein pastelliges Gelbbraun. Grün und Blau gibt es überhaupt nicht. Falls die Menschen jemals den Mars kolonisieren – nein, es muß heißen *wenn* –, werden wir viele neue Wortschöpfungen für Brauntöne kreieren müssen.

Ich stehe fast auf dem Marsäquator. Damit Sie ungefähr wissen, wo ich mich befinde: der große Tharsis-Buckel mit den drei mächtigen Schildvulkanen ist ein paar tausend Kilometer östlich von meiner Position gelegen, und Olympus Mons, der größte Vulkan des Sonnensystems, liegt ungefähr genauso weit im Norden.

Die Region, in der wir uns befinden, ist ein Ausläufer von Tharsis. Obwohl die Oberfläche hier scheinbar so flach wie ein Strand ist, stehe ich, wenn ich dem MEM den Rücken zuwende, auf einem Abhang mit einem Gefälle von ein paar Zehntel Grad.«

Sie ließ den Blick über das Panorama von Mangala Vallis schweifen.

»Das MEM steht auf einer Oberfläche, die mit Geröll übersät ist. Die Größe der Felsen schwankt etwa zwischen einem halben und zwei Metern. Die Felsen weisen Blasen auf. Das heißt, in der Gesteinsoberfläche sind Bläschen eingeschlossen, was wiederum bedeutet, daß es sich bei den Felsen wahrscheinlich um Brocken erstarrter Lava handelt. Das Gestein ist durchgehend punktiert und gerillt. Das ist vermutlich durch Winderosion bedingt. Ich sehe auch kleinere Formationen, die wie Kieselsteine aussehen, doch bin ich ziemlich sicher, daß es sich um Zusammenballungen von Durikruste handelt. Zusammengebackene Bruchstücke der Oberfläche. Die Oberfläche kann man eigentlich nicht als Sand bezeichnen; sie ist viel feinkörniger und gleicht eher Puderzucker. Ich bin sicher, daß der Staub das Resultat der langsamen Verwitterung der Felsen ist, die von starker Oxidation begleitet wird. Die Felsen weisen die rotbraune Färbung auf, die für Smektit-Lehm charakteristisch ist...

Ich sehe, daß geologische Prozesse auch heute noch diese Landschaft formen. Die Oberfläche ist eindeutig vom Wind gescheuert worden: die Landschaft ist erodiert, und der Staub unter meinen Füßen ist sicher schon um den ganzen Planeten getragen worden. Vom geologischen Standpunkt wird hier eindeutig eine Ereigniskette abgebildet: Einschlag, Wind, vulkanische Tätigkeit, möglicherweise Überflutungen, wahrscheinlich Grundeis.

Der Mond ist eine alte Welt; wir schätzen sein Alter auf eine Milliarde Jahre oder mehr. Doch wo ich nun hier stehe, ist es offensichtlich für mich, daß der Mars, ebenso wie die Erde, sich noch in einem Entwicklungsprozeß befindet. Er lebt sozusagen noch.«

Dann meldete Natalie sich für lange Zeit nicht mehr.
»Natalie«, sagte Stone sanft. »Alles in Ordnung?«
»Ja. Ja, alles in Ordnung, Phil.«

Sie stellte sich vor, wie ihre Worte zur Erde und darüber hinaus abgestrahlt wurden; sie wünschte sich, sie könnte sie zurückholen. *Mit Worten ist es nicht zu beschreiben. Es wird nie mit Worten zu beschreiben sein.*

Aber ich habe mein Bestes getan.

Es war an der Zeit.

»Ich trete nun vom Landeteller hinunter«, sagte sie.

Sie hielt sich mit der rechten Hand an der Leiter fest und beugte sich nach links. Dann hob sie den Stiefel über die Lippe des Landetellers, schob den Fuß etwas nach vorn und senkte ihn ganz vorsichtig in den Staub.

Alle waren still: Stone, Gershin, die entfernte Erde. Es war, als ob die gesamte Schöpfung sich in diesem Moment auf sie konzentrierte. Sie testete das Gewicht und hüpfte in der geringen Schwerkraft auf einem Bein. Der Mars-Regolith war massiv genug, um sie zu tragen. Doch das hatte sie auch vorher schon gewußt.

Sie stand mit einem Bein auf diesem primitiven Artefakt von der Erde und mit dem anderen auf dem jungfräulichen Boden von Mangala. Sie ließ kurz den Blick über die tote Landschaft schweifen. Das Blickfeld wurde vom Helmvisier begrenzt, und sie sah, wie das pastellige ockerfarbene Licht ihr über Nase und Wangen spielte – über das Gesicht eines Menschen auf dem Mars.

Sie hielt sich an der Leiter fest und stellte den rechten Fuß auf den Boden. Dann ließ sie die Leiter zaghaft los und stand nun freihändig auf dem Mars.

Sie machte einen Schritt nach vorn, und noch einen. Die Stiefel hinterließen deutliche Spuren mit dem

Abdruck des Sohlenprofils. Sie wünschte sich, sie könnte die Schuhe ausziehen und den feinen, pulvrigen Sand des Mars-Strands unter den Füßen spüren.

Der Anzug war schön warm. Sie hörte das Surren der Hochleistungslüfter im Rückentornister. Das Helmvisier gewährte ein Blickfeld von hundertachtig Grad, so daß sie nicht befürchten mußte, von Klaustrophobie heimgesucht zu werden.

Sie machte noch ein paar Schritte.

Sie hüpfte über die Oberfläche. Die Bewegung auf dem Mars war eine traumartige Synthese aus Gehen und Schweben. Die Fortbewegung war einfach, sogar noch einfacher als in den Simulationen. Doch die Masse der Ausrüstung auf dem Rücken wirkte sich sehr wohl aus, und sie mußte sich nach vorn beugen, um das Gleichgewicht zu bewahren. Weil die Knie im Anzug eingezwängt waren, kam die Kraft für die Bewegung aus den Knöcheln und Zehen. *Aber ich habe kräftige Affenzehen, die mich durch den Marsstaub tragen.*

Sie hatte das merkwürdige Gefühl, daß die Schemen von Armstrong und Muldoon sie begleiteten – als ob ihr Ausflug ein Nachhall der berühmten Weltraumexpedition dieser Männer wäre. Das war eine Vorstellung, die ihre Leistung irgendwie schmälerte.

Sie drehte sich zur *Challenger* um. Die pyramidenförmige Silhouette des MEM ragte im Licht der geschrumpften Sonne vor ihr auf. Das auf den sechs Landebeinen ruhende Schiff bot einen bizarren Anblick. Sie befand sich noch immer im Schatten der *Challenger*. Das Umgebungslicht hatte die Helligkeit eines irdischen Sonnenuntergangs und überzog die *Challenger* mit einem blaßrosa Anstrich, der hart mit dem aus der Luke fallenden perlgrauen, fluoreszenten Licht kontrastierte. Der von diesem Licht angestrahlte Stone wirkte wie ein Marsmensch.

Die intensive rote Tönung rührte vom Staub her, der

in der Luft hing. Sie wußte, daß der Staubgehalt zehnmal so hoch war wie über Los Angeles an einem Smog-Tag. Zumal es hier nicht einmal Regen gab, der den Staub aus der Luft wusch.

Sie entfernte sich nun von der *Challenger* und ging der Sonne entgegen. Dann marschierte sie an der Grenze des Schattens von der *Challenger* entlang nach Westen. Das MEM warf einen Schatten in Form eines langen Spitzkegels auf die steinige Oberfläche.

Sie trat aus dem Schatten ins Licht.

Sie drehte sich um. Sonnenlicht beschien ihr Gesicht und spiegelte sich auf dem Helmvisier.

Sonnenaufgang auf dem Mars: der Himmel war anders, die Art, wie das Licht vom Staub gestreut wurde...

Die über der Silhouette von *Challenger* aufgehende Sonne wurde von einem elliptischen Hof aus gelbem Licht umgeben, der an einem braunen Himmel hing. Es sah unwirklich aus.

Die Sonne hatte hier nur zwei Drittel der Größe, mit der sie sich einem Beobachter auf der Erde präsentiert hätte.

Sie schauderte, obwohl sie wußte, daß die Temperatur im Anzug sich nicht verändert hatte. Die geschrumpfte Sonne und der amorphe Himmel machten den Mars zu einer kalten, isolierten Welt.

Sie drehte sich um, wobei die Kamera einen Schwenk über die Landschaft vollführte. Fast wäre sie bei der Drehung auf dem Marsstaub ausgerutscht.

Sie entfernte sich weiter von der *Challenger* und zog eine Spur über den jungfräulichen Regolith. Sie hatte das Gefühl, als ob der lange, dünne Kommunikationsstrang, der sie mit der *Challenger* und dem Heimatplaneten verband, noch dünner würde und vielleicht sogar ausfaserte, so daß sie auf dieser kalten Hochebene strandete.

Je höher die Sonne stieg, desto deutlicher sah sie, daß das Land nicht völlig eben war; die Farben wiesen eine unterschiedliche Schattierung auf. Und im Westen sah sie etwas, das wie niedrige Sanddünen aussah. Doch die Dünen waren unregelmäßiger als terrestrische Sanddünen, was wohl an der geringen Größe der Oberflächenpartikel liegen mußte; im Grunde handelte es sich um Staubverwehungen.

Im Westen sah sie eine Linie, eine schwache Kontur im Sand. Es sah aus wie ein flacher Bergrücken, der von ihr wegstrebte.

Sie entfernte sich immer weiter vom MEM.

Nach vielleicht fünfzig Metern hatte sie den ›Bergrücken‹ erreicht. Es handelte sich um den Rand eines Kraters mit einem Durchmesser von etwa fünfzig Metern. Die Wände des Kraters waren erodiert, und dahinter befand sich eine tränenförmige Kuppe.

Bei dieser stromlinienförmigen Kuppe mußte es sich um ein Erosionsmerkmal handeln, wie man es auch in irdischen Flußgabelungen fand. Und sie glaubte, eine Schichtung in den Flanken der Kuppe zu erkennen. Es war wie in den Scablands.

Mit steifen Beinen stieg sie in den Krater hinab und wirbelte dabei Staub auf, der an den Beinen und am HUT haftenblieb.

Der Atem ging schneller, wodurch das Helmvisier beschlug.

Im Windschatten des Kraterrands funkelte etwas – etwas, das die Mond-Geister von Armstrong und Muldoon schlagartig bannte, etwas, das ihr das Gefühl vermittelte, der Kreis ihres Lebens habe sich endlich geschlossen. *Ich schätze, ich muß wohl doch ins Rampenlicht treten.*

Es war Reif.

Sie bückte sich unter Verrenkungen und scharrte dann mit den Fingern im Staub des Kraterbodens, wobei sie Furchen in die Oberfläche zog. *Wie ein Kind, das am Strand spielt. An einem planetengroßen Strand.* Überall, wo sie schürfte, stieß sie auf die gleiche weiche, pulverige Oberfläche, auf die gleichen Zusammenballungen, die wie Kieselsteine aussahen.

Sie führte den Handschuh zum Gesicht, um die Bodenprobe näher zu betrachten. Es war irgendwie frustrierend. Der Regolith-Brocken war so leicht, daß sie das Gewicht nicht spürte. Wegen des dicken Handschuhs vermochte sie nicht einmal die Textur der Materie zu ertasten. Und die Sonne blendete sie, und das Surren der Pumpen und das Zischen im Kopfhörer übertönten alle Geräusche, welche die Marswinde vielleicht herantrugen.

Die Situation erschien ihr irreal, und sie fühlte sich isoliert. Sie war zwar *hier*, doch hatte sie noch immer keinen Kontakt zum Mars. Eine geologische Exkursion hätte sie sich aber anders vorgestellt.

York schloß die Finger um die Probe, und die ›Kiesel‹ zerbröselten. Sie waren nur Fragmente einer kreideartigen Durikruste.

Sie ließ den Staub zu Boden rieseln; ein großer Teil blieb jedoch am Handschuh haften und färbte ihn rostbraun.

Nun holte sie die Diamantmarkierung aus der Probentasche des Anzugs und hielt sie in der Hand. Die Münze fing das Sonnenlicht auf und streute es, so daß der zuvor glühende Diamant sich nun als glitzerndes scharlachrotes Juwel gegen den ockerfarbenen Mars abhob.

Sie fühlte eine ebenso plötzliche wie unerwartete Aufwallung von Stolz. Patriotismus war ihr in höchstem Maße suspekt, und vielleicht war diese Expedition, wo sie für ein paar Tage wie Karnickel auf dem Mars herumhüpften, wirklich ein ausgemachter technokratischer Unfug. Dennoch mußte sie einräumen, daß ihr Land, das gerade einmal auf eine zweihundertjährige Geschichte zurückblickte, seinen Bürgern einen Spaziergang auf der Oberfläche zweier fremder Welten ermöglicht hatte.

Und falls irgendeine Katastrophe alles Leben auf der Erde auslöschen sollte, bevor die Menschen wieder zum Mars flogen, würde diese Markierung mit dem Sternenbanner noch immer von der gewaltigen Leistung der Menschheit künden: die Markierung und das Wrack von *Challenger* sowie drei Mondfähren-Landestufen auf dem Mond.

Wenn ich mir vorstelle, daß wir beinahe nicht hierher gekommen wären; wenn ich mir vorstelle, daß wir das Raumfahrtprogramm nach Apollo eingestellt hätten.

York ließ die Markierung fallen. Sie segelte in der schwachen Schwerkraft ins Loch, das sie ausgehoben hatte. Da funkelte der Diamant nun auf dem Kraterboden.

Dann griff sie wieder in die Tasche. Mit einiger Mühe kramte sie eine silberne Spange im kitschigen Stil der Sechziger hervor: eine Sternschnuppe mit einem langen Kometenschweif.

Für dich, Ben.

Sie ließ die Spange zur Diamantmarkierung in die Senke fallen. Dann füllte sie das Loch mit Staub und strich die Oberfläche glatt.

Die Fußabdrücke, die Armstrong und Muldoon auf dem Mond hinterlassen hatten, waren noch dort – würden es noch für viele Millionen Jahre bleiben, bis Mikrometeoriten-Erosion sie schließlich unkenntlich gemacht hatte. Doch hier war es anders. Die Spuren, die sie heute hinterlassen hatte, würden einige Monate, vielleicht Jahre überdauern; doch am Ende würde der Wind sie mit Staub auffüllen.

In ein paar Jahren wären ihre Fußabdrücke vom

Winde verweht, und die Grube, die sie gegraben hatte, wäre nicht mehr aufzufinden.

»...Natalie?«

Nun erst wurde ihr bewußt, daß sie die ganze Zeit nichts mehr gesagt hatte.

Sie drehte sich zur *Challenger* um. Sie hatte sich schon so weit vom menschlichen Artefakt entfernt, daß es wie ein weißes Spielzeug erschien, das sich gegen den glühenden Himmel abzeichnete. Sie sah das perlgraue Innere der Luftschleuse, die in der Mitte des MEM eingelassen war, und darüber war der dicke Zylinder der Aufstiegsstufe mit den traubenförmigen Treibstofftanks.

Über die knackige Durikruste zog sich eine Spur von der *Challenger* bis zu ihrem Standort. Sie befand sich bereits außerhalb des Staubrings, den die Landerakete des MEM gezogen hatte. Die Spur sah so aus, als ob ein einzelner Mensch bei Ebbe am Strand entlanggegangen wäre; nur daß sie die einzigen Fußabdrücke auf dem ganzen Planeten waren.

Mein Gott, sagte sie sich, *wir sind hier. Wir sind zwar aus den falschen Motiven und mit den falschen Methoden hergekommen, doch wir sind hier – und nur darauf kommt es an. Und wir haben Boden und Sonnenlicht gefunden, Luft und Wasser.*

»Ich bin zu Hause«, sagte sie.

Nachwort

VERLORENER MARS

In unserer Welt war *Challenger* nicht der Name einer Marsfähre, sondern der Raumfähre, die im Januar 1986 explodierte und die siebenköpfige Besatzung in den Tod riß. Anstatt eine Landung auf dem Mars in Angriff zu nehmen, markierte dieses Desaster den Tiefpunkt des amerikanischen Raumfahrtprogramms.

Doch es hätte auch ganz anders kommen können.

Nach dem Start von Apollo 11 im Juli 1969 forderte ein überschwenglicher Vizepräsident Spiro Agnew, ›daß die USA das ebenso klare wie ehrgeizige und optimistische Ziel formulieren sollten, bis zum Ende des Jahrhunderts ein bemanntes Raumschiff zum Mars zu schicken‹. Und die NASA sah sich durchaus in der Lage, dieses Ziel zu erreichen.

Wenn Amerika jemals bereit war, den Plan eines Flugs zum Mars zu verwirklichen, dann im Jahr 1969.

Doch was ging schief im Jahr 1969? Weshalb hat Präsident Nixon sich gegen die Mars-Option entschieden?

Und wie hätten Dinge sich in einem alternativen Universum entwickelt, in dem Natalie York auf dem Mars gelandet ist?

Im Februar 1969, ein paar Monate vor der ersten Apollo-Mondlandung, richtete die neu gewählte Regierung Nixon eine ›Arbeitsgruppe Weltraum‹ unter dem Vorsitz von Vizepräsident Agnew ein, um Ziele für die Zeit nach Apollo zu formulieren. Die Arbeitsgruppe sollte dem Präsidenten im September berichten. (Präsident Nixons Memorandum hatte Ähnlichkeit mit dem im Roman reproduzierten Dokument – jedoch *ohne* den handschriftlichen Zusatz …)

Die Planung für die Raumfahrt nach Apollo trat in diesen Monaten in die entscheidende Phase. Und in dieser Phase verlor die NASA den Kampf um den Mars.

Für die Raumfahrt-Befürworter des Jahres 1969 legte die *technische* Logik es nahe, auf der Grundlage der Leistungen von Apollo Zug um Zug die Kolonisierung des Sonnensystems zu betreiben, Missionen zum Mars eingeschlossen. Doch die *politische* Logik war eine andere.

Die Apollo-Ära – in der die Anstrengungen einer halben Million Amerikaner in die Raumfahrt geflossen waren –, war aus einer Reihe besonderer Umstände geboren worden, die 1969 nicht mehr vorlagen. Schon eine Woche nach Juri Gagarins erstem Flug ins All sandte Präsident Kennedy ein Memorandum an Vizepräsident Johnson, in dem er um Optionen bat: ›Haben wir die Chance, die Sowjets zu schlagen, indem wir ein Weltraumlabor einrichten, den Mond umkreisen, eine Rakete zum Mond schicken oder eine bemannte Rakete zum Mond schicken. Gibt es irgendein anderes Weltraumprogramm, das spektakuläre Ergebnisse verspricht, die uns den Sieg bringen…?‹

Obwohl die NASA zu diesem Zeitpunkt schon einen Zeitplan für ein Mondprogramm erstellt hatte, gab es keinen Grund, unbedingt das Mondziel zu favorisieren. Vielmehr tadelte Kennedy hinter den Kulissen seine technischen Berater, weil sie keine Empfehlungen für substantiellere, für die Erde relevante Projekte wie Meerwasserentsalzungsanlagen vorlegten.

Als Kennedy nun im Jahre 1961 die berühmte Erklärung abgab, binnen eines Jahrzehnts einen Menschen zum Mond zu schicken, war das neue Programm keineswegs ein Grundstein für die methodische Erforschung des Weltraums. Kennedy reagierte damit nur auf den sowjetischen Vorsprung in der Raumfahrt und auf das Desaster in der Schweinebucht, das zu einem Ansehensverlust der Regierung geführt hatte.

Somit existierte 1969 also *keine* innere Logik, die in gerader Linie von Apollo zum Mars geführt hätte. Dieser Sachverhalt wurde seinerzeit offensichtlich von vielen Angehörigen der NASA übersehen. In technischer Hinsicht war Apollo Selbstzweck – ein System, das dafür ausgelegt war, zwei Menschen zum Mond zu befördern, und genau das leistete es auch; die politischen Ziele waren genauso klar definiert – die Sowjets im Weltraum zu überholen – und wurden ebenfalls erreicht. Nachdem Apollo seinen Zweck erfüllt hatte, lagen keine Gründe mehr vor, die eine Definition neuer Ziele erfordert hätten. Zumal 1969 keine Bedrohung wahrgenommen wurde, die einem neuen Programm die notwendige politische Unterstützung gesichert hätte.

Dennoch hatte die NASA zwischen 1961 und 1968 in sechzig Studien die technische Durchführbarkeit einer Mars-Mission geprüft. Deshab war es für die Visionäre ein Schlag ins Kontor, als die Bilder, welche die frühen Mariner-Sonden vom Mars zur Erde sandten, nur eine öde, mondähnliche Kraterlandschaft zeigten. Die wissenschaftliche Begründung für einen Marsflug wurde dadurch zwar nicht tangiert, doch als Kolonialwelt war der Mars nicht geeignet. Das hatte für die NASA zur Folge, daß manche Programme gestreckt und andere gestrichen wurden.

Erschwerend kam hinzu, daß während der Apollo-Periode die NASA die Langfristplanung vernachlässigte und deshalb schlecht auf 1969 vorbereitet war.

Allerdings war das eine bewußte Politik von James Webb, dem NASA-Direktor von 1961 bis 1968. Webb war nämlich der Ansicht, daß der Erfolg von Apollo das Selbstbewußtsein der Bevölkerung der USA stärken und daß auch nur der geringste Hinweis auf die Planung eines ebenso langfristigen wie kostspieligen Mars-Programms die NASA des Quentchens Kraft berauben würde, die sie für die Durchführung von Apollo brauchte.

Schon 1966 geriet der NASA-Etat unter Druck.

Am 16. September 1968 trat Webb zurück, nachdem er sich mit Johnson wegen der letzten Kürzungen überworfen hatte. Als die ›Arbeitsgruppe Weltraum‹ die Arbeit aufnahm, waren nur die Finanzierung der Apollo-Mondlandungen sowie eines Anschlußprogramms für die Apollo-Anwendung gesichert.

Präsident Nixon war an sich kein Gegner der Raumfahrt. Doch war die neue Regierung nicht imstande, mit Blick auf den andauernden Vietnamkrieg große Summen in die Raumfahrt zu investieren. Davon wurde der neue NASA-Direktor Thomas O. Paine in Kenntnis gesetzt, während er mit Nixon zu der Stelle flog, wo Apollo 11 gewassert war.

In Anbetracht derart deutlicher Signale taktierte die NASA unter Paine politisch äußerst ungeschickt.

Schon in der Vorlage an die ›Arbeitsgruppe Weltraum‹ klagte die NASA solch hehre Ziele ein wie ›Kommonalität‹*, ›Wiederverwendbarkeit‹ und ›Wirtschaftlichkeit‹ – das Programm, mit dem die NASA liebäugelte, war ausbaufähig und teuer und umfaßte eine Raumstation, eine bemannte Mars-Mission, eine neue Generation automatisierter Raumschiffe sowie Forschungs- und Technik-Programme. Diese Taktik war kontraproduktiv. Selbst Befürworter bescheidenerer Programme, für die der Weg – sprich der Flug zum Mars – das Ziel war, gingen auf Distanz.

Als die NASA dann noch versuchte, den Nutzen staatlich geförderter Forschung und Entwicklung hervorzuheben, trat sie in den nächsten Fettnapf. Es be-

---

* Verwendung von gleichen Bauteilen bei verschiedenen Modellen – *Anm. d. Übers.*

stand kein Zweifel daran, daß die NASA ein erstaunlicher Erfolg war – als technokratische Übung in Managementwissenschaften und Projektsteuerung. Zumal nur ein Fünftel der Rede, die Kennedy 1961 gehalten hatte, der Raumfahrt gewidmet war: Kennedy hatte das Raumfahrtprogramm nämlich als Teil einer umfassenden *technokratischen* Lösung für diagnostizierte Bedrohungen und Probleme betrachtet – Bekämpfung der Armut im eigenen Land, Eindämmung der kommunistischen Expansion, Hilfe für die Dritte Welt.

1969 stand bereits fest, daß die Technokratie bei der Verwirklichung der großen Ziele versagt hatte. Profitiert hatte allein der Machtkomplex des technokratischen Staats. Nixon schien die antitechnokratische Grundströmung seiner Zeit zu spüren, und er erkannte auch, daß die Technokratie im Widerspruch zu Amerikas älterer, Jefferson'scher Tradition stand, die Politik auf kommunaler Ebene sowie demokratische Mitsprache favorisierte.

Im Verlauf des Jahres 1969 wurden auch die Mittel für NERVA gekürzt, das Forschungsprogramm für nukleare Raketen, an dem man seit 1957 in Nevada arbeitete. Obwohl die Versuchsstation in Nevada erst 1972 geschlossen werden sollte, machten die Einschnitte im Jahr 1969 bereits alle Hoffnungen auf die Flugerprobung einer nuklearen Rakete zunichte. Ohne NERVA, die als Grundvoraussetzung für eine Mars-Expedition betrachtet wurde, war die Schlacht um den Mars verloren. (Im Roman gelingt NASA-Managern es, diese Kürzungen zu verhindern.)

Vor diesem Hintergrund – und ohne einen starken und engagierten Fürsprecher, dessen Rolle Jack Kennedy im Roman übernahm –, war die Weltraumbehörde bald gezwungen, ihre ehrgeizigen Vorschläge zu den Akten zu legen. Im Manuskript des Berichts, den die NASA im April 1969 für die ›Arbeitsgruppe

Weltraum‹ abfaßte, klang das dann so: ›Wir *empfehlen*, daß die USA sich auf eine bemannte Mars-Expedition zu einem frühen Termin vorbereiten‹. In der veröffentlichten Version war der Satz dann dergestalt verwässert worden: ›Bemannte Expeditionen zum Mars *könnten* 1981 beginnen‹ (Hervorhebung von mir).

Mit Agnew gab es sogar im Weißen Haus einen Befürworter der Mars-Mission – auch wenn er ausgebuht wurde, als er das Projekt der Öffentlichkeit präsentierte. Der Berater des Weißen Hauses, John Ehrlichman, sagte später, daß es ihm nicht gelungen sei, Agnew davon abzubringen, eine Landung im Jahr 1981 auf die Liste der Empfehlungen der ›Arbeitsgruppe Weltraum‹ zu setzen, obwohl damals schon feststand, daß die Mars-Mission mit den Budget-Prioritäten der Regierung Nixon kollidierte. Agnew bestand dennoch darauf, die Angelegenheit mit Nixon zu diskutieren. Es ist nicht überliefert, was Nixon zu Agnew sagte, doch nach einer Viertelstunde rief Agnew Ehrlichman an und erklärte ihm, daß die Mars-Mission von der Liste der ›Empfehlungen‹ in eine andere Kategorie überführt würde, die unter ›Technisch machbar‹ firmierte.

Die Vorschläge des Berichts der ›Arbeitsgruppe Weltraum‹, der dem Präsidenten im September 1969 vorgelegt wurde, entsprechen weitgehend den jeweiligen Inhalten des Romans.

Die ›Arbeitsgruppe Weltraum‹ schlug eine Reihe von Elementen vor: eine Raumfähre, Raumstation-Module, einen Weltraumschlepper, nukleare Raumfähren und ein Mars-Exkursions-Modul (MEM). Die Vielzweck-Module konnten für eine Reihe von Missionsprofilen konfiguriert werden; nur das MEM wäre marsspezifisch gewesen.

Die früheste Mars-Mission wäre am 12. November 1981 von der Erde gestartet. Bestanden hätte sie aus zwei Schiffen mit Nuklearantrieb, die jeweils eine Besatzung von sechs Mann gehabt hätten. Die Expedition hätte am 14. August 1983 zurückkehren sollen, wobei die Astronauten von Raumfähren zur Erde zurückgebracht worden wären.

Eine Reihe von Finanzierungsvorschlägen wurde vorgelegt, die von einem ›Sprint‹ zum Mars im Jahr 1982 bis zu einer Minimallösung reichten, wonach alle bemannten Flüge nach Apollo gestrichen werden sollten. Drei zentrale Optionen wurden präsentiert: Option I umfaßte eine Marslandung 1984 mit einem Kostenmaximum von neun Milliarden Dollar pro Jahr. Option II umfaßte eine Marslandung 1986 mit einem Kostenmaximum von acht Milliarden Dollar pro Jahr, und Option III nannte keinen festen Termin bei fünf Milliarden Dollar pro Jahr.

Die Vorschläge der Arbeitsgruppe sahen die Möglichkeit einer kontinuierlichen Revision der Programme vor, während Entscheidungen über ehrgeizigere Programme – wie der Mars – verschoben werden konnten.

In Anbetracht der massiven Lobbyarbeit der Luft- und Raumfahrtindustrie wurde erwartet, daß wenigstens ein paar Elemente dieser Vision überlebten. Doch die Öffentlichkeit und die Politik reagierten unverzüglich – und die Reaktion war negativ.

Während die NASA noch auf Nixons offizielle Antwort auf den Vorschlag der ›Arbeitsgruppe Weltraum‹ wartete, geriet die Weltraumbehörde bei der Aufstellung der Etats für das Haushaltsjahr 1971 erneut in Bedrängnis.

Der von weiteren Kürzungen bedrohte Paine bemühte sich, Prioritäten zu setzen. Eine Skylab-Station und das Apollo-Sojus-Test-Projekt (ASTP) waren die einzigen Überlebenden des Apollo-Anwendungs-Programms. Apollo 20 fiel weg, um eine Saturn V für Skylab freizumachen. Die verbleibenden Apollo-Missionen, 13 bis 16, sollten so gestreckt werden, daß zwei Missionen im Anschluß nach Skylab folgten. Für ein Mondprogramm nach Apollo gab es keine Perspektive. Viking wurde auf 1975 verschoben.

Im Januar legte Nixon Paine die Ergebnisse einer Meinungsumfrage vor, wonach 56% aller Amerikaner der Ansicht wären, die Kosten für Apollo seien zu hoch. Nixon brachte sein Bedauern wegen der Kürzungen zum Ausdruck, doch für ein teures Raumfahrtprogramm fehlten einfach die Mittel. Paine verlangte jedoch vom Präsidenten, sich nachhaltiger für die Belange der NASA einzusetzen, was zu schweren Verstimmungen zwischen beiden führte. Mitarbeiter des Weißen Hauses gelangten daher zu folgendem Schluß: ›Wir brauchen einen neuen Direktor, der dem Größenwahn der NASA Einhalt gebietet... jemanden, der mit uns anstatt gegen uns arbeitet und... das Programm so gestaltet, daß es dem Präsidenten zum Vorteil und nicht zum Nachteil gereicht.‹

Im März 1970 genehmigte Nixon offiziell die dritte und kostengünstigste Option der ›Arbeitsgruppe Weltraum‹. Er formulierte es vorsichtig: ›Wo die ganze Zukunft und das ganze Universum noch vor uns liegen... sollten wir nicht zuviel auf einmal verlangen. Bei der Erschließung des Weltraums müssen wir kühn, aber auch überlegt handeln.‹

Nixon gab sechs spezifische Ziele vor: die verbleibenden Apollo-Missionen, Skylab, eine stärkere internationale Zusammenarbeit in der Raumfahrt (insbesondere ASTP), die Reduzierung der Kosten von Weltraumoperationen (Space Shuttle-Studien), die beschleunigte praktische Anwendung der Weltraum-Technik sowie unbemannte planetare Erforschung. Nixon erwähnte dabei ein großes, *aber langfristiges* Ziel, das wir im Auge behalten sollten... um *schließlich* Menschen zum Planeten Mars zu schicken (Hervorhebung von mir). Nixon distanzierte die NASA in organisatorischer Hinsicht von der Apollo-Vergangenheit: ›Wir müssen die Weltraum-Aktivitäten als Teil eines kontinuierlichen Prozesses begreifen... und nicht als eine Abfolge einzelner Sprünge, von denen ein jeder eine massive Konzentration an Energie und Willen erfordert und der in kürzester Zeit erfolgen muß.‹

In diesem Stadium hatte die NASA den Kampf um den Mars bereits verloren, und Nixon hatte sich (zunächst einmal) für das Space Shuttle entschieden. In dieser ebenso kurzen wie wichtigen Rede faßte Nixon praktisch die amerikanische Weltraum-Politik für die siebziger Jahre zusammen.

In der Zeitlinie von *Mission Ares* nimmt Nixon diesen Erlaß noch vor der Veröffentlichung zurück; an dieser Wegscheide nimmt die Geschichte dann einen ganz anderen Verlauf.

Auch nach Nixons Erwiderung auf den Bericht der ›Arbeitsgruppe Weltraum‹ war die Zukunft der bemannten Raumfahrt der USA noch lange nicht gesichert. Um Rücklagen für zukünftige Programme zu bilden, strich Paine am 2. September 1970 zwei weitere Apollo-Missionen. Doch Paine war bei der Regierung Nixon in Ungnade gefallen und trat am 15. September zurück.

Kritiker im Kongress indes forderten weitere Kürzungen des NASA-Etats. Das bekannte Konzept der teilweise wiederverwendbaren Raumfähre wurde aus der Notwendigkeit geboren, die Entwicklungskosten zu halbieren. Doch nicht einmal das stellte die Kritiker zufrieden. Im November 1971 übersandte der neue NASA-Direktor James Fletcher dem Präsidenten ein geharnischtes Memorandum, in dem er ihn darauf hinwies, daß die USA es sich nicht leisten könnten, ganz auf die bemannte Raumfahrt zu verzichten, daß die Raumfähre das einzige sinnvolle Programm sei, das mit dem bescheidenen Etat verwirklicht werden könne und daß die Luft- und Raumfahrtindustrie schwer darunter leiden würde, wenn die Raumfähre nicht startete.

Doch wußte Fletcher zu diesem Zeitpunkt noch nicht, daß die NASA mit Caspar Weinberger einen mächtigen Verbündeten innerhalb der Regierung gefunden hatte. Weinberger hatte in seiner Eigenschaft als Stellvertretender Leiter des Verwaltungs- und Haushaltsausschusses Nixon am 12. August 1971 einen Brief geschrieben, in dem er sich für die Raumfähre (*nicht* für ein Mars-Programm!) aussprach. Der NASA-Etat war nach wie vor von Kürzungen bedroht, und nur aus dem Grund, weil es dort etwas zu kürzen gab, sagte Weinberger. Weitere Einschnitte im NASA-Etat würden nur bestätigen, daß unsere besten Jahre vorbei seien, daß wir den Rückzug antreten, die Verteidigungsanstrengungen reduzieren und uns freiwillig des Status als Supermacht und Nummer Eins in der Welt begeben. Nixon fügte in einem handschriftlichen Zusatz auf dem Memo hinzu, ›Ich stimme Cap zu.‹

Im Dezember erfuhr Fletcher, daß Nixon grundsätzlich bereit war, die Raumfähre weiterhin zu unterstützen. Die für diese Entscheidung ausschlaggebenden Faktoren waren Weinbergers und Fletchers Memos, der Umstand, daß ohnehin schon so viele HighTech-Programme gestrichen worden waren und – in Anbetracht der Entscheidung, das Hyperschall-Transport-Projekt (SST) zu streichen –, der Wunsch, ein neues Raumfahrtprogramm aufzulegen, um im Wahljahr 1972 die Arbeitslosigkeit im Zaum zu halten.

Am 5. Januar 1972 verkündete Nixon die Entscheidung, mit der Entwicklung eines ›völlig neuen Typs eines Weltraum-Transportsystems fortzufahren, das dazu dienen soll, das unbekannte Weltall der siebziger

Jahre in vertrautes Terrain zu verwandeln, das in den achtziger und neunziger Jahren für die Erschließung durch die Menschheit bereit ist ...‹

So endete der mühsame Prozeß der Entscheidungsfindung für die Zeit nach Apollo. Im Januar 1972 initiierte Nixon das Space Shuttle-Projekt anstelle des Mars-Programms.

Der Mars war verloren. Doch auch die Raumfähre hatte auf der Kippe gestanden – der traurige Rest der großen Vision der ›Arbeitsgruppe Weltraum‹ –, und mit ihr das bemannte Raumfahrtprogramm der Vereinigten Staaten.

Dadurch, daß in *Mission Ares* Präsident Kennedy das Attentat des Jahres 1963 überlebte, hat die Geschichte einen Weg beschritten, der von unserer Trajektorie abwich: langsam zwar, aber doch weit genug, daß am Ende das amerikanische Raumfahrtprogramm auf den Mars zielte. Die Stationen der Entscheidungsfindung, die in *Mission Ares* nachgezeichnet werden, weisen enge Parallelen zu den Ereignissen in unserer Welt auf. Es hätte – mit einer kleinen Ausnahme – so ablaufen können.

Doch selbst wenn man sich 1969 für den Mars entschieden hätte, wäre es unbedingt erforderlich gewesen, eine politische Koalition für das Mars-Programm zu schmieden, die dann über Jahre oder Jahrzehnte hätte aufrechterhalten werden müssen – eine Periode, in der ständig das Damokles-Schwert der Etatkürzungen über der NASA geschwebt hätte. Um den Mars zu erreichen, hätte es für die NASA eines Fred Michaels' bedurft: eines zweiten Webbs – keines zweiten Paines.

Zumal ein Mars-Programm im Stil von Apollo in vielerlei Hinsicht Segen und Fluch zugleich gewesen wäre.

Wie Nixon schon gesagt hatte: falls das Mars-Programm realisiert worden wäre, hätte die NASA sich weiterhin als ›heroische‹ Behörde profilieren können, anstatt die organisatorische Reife zu erlangen, die der jetzige NASA-Direktor Dan Goldin noch immer anstrebt. In wissenschaftlicher Hinsicht hat Apollo in den sechziger Jahren andere Weltraumprogramme dominiert – oft zu deren Nachteil. Die Programme ›Lunar Orbiter‹ und ›Surveyor‹ wurden zu Kartographen für Apollo degradiert. Falls das Mars-Programm doch aufgelegt worden wäre, hätte Viking vielleicht ein ähnliches Schicksal erlitten, und die Finanzierung von Programmen, die nicht im Zusammenhang mit dem Mars-Projekt standen – wie die unbemannte Erforschung der äußeren Planeten –, wäre erst recht gefährdet gewesen.

Andererseits wurden durch die Aufgabe des Mars-Projekts und anderer großer Pläne der NASA *keine* Mittel für andere Projekte frei; das Geld wurde schlicht und einfach nicht bereitgestellt. Wenn ein Mars-Programm durchgeführt worden wäre, hätte es gewiß viele positive Nebeneffekte gehabt: so hätten die USA zum Beispiel Erfahrung in der orbitalen Montage und bei Langfrist-Missionen gesammelt.

Nicht zuletzt bedauern wir, daß wir das Schauspiel verpaßt haben, das Natalie York uns geboten hätte, wenn sie 1986 in Mangala Vallis auf dem Mars spazierengegangen wäre.

Stephen Baxter

ARES-MISSIONSPROFIL

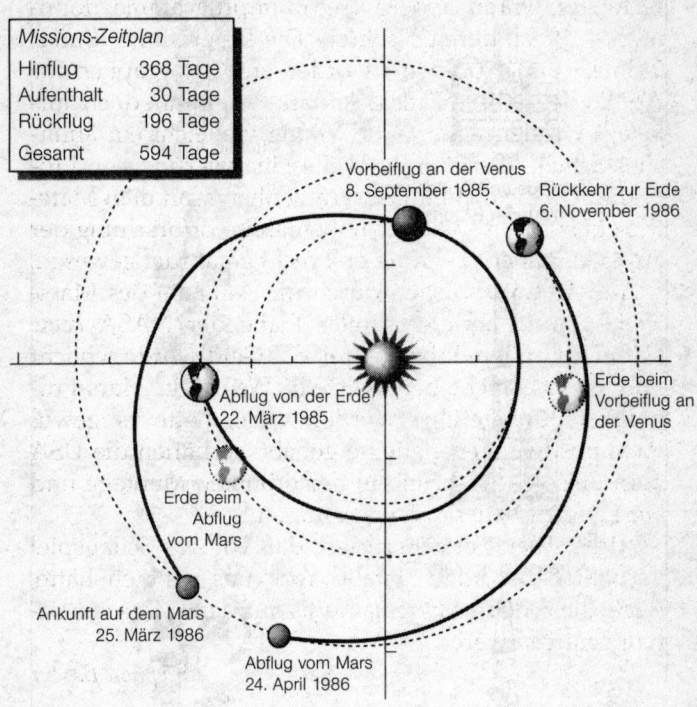

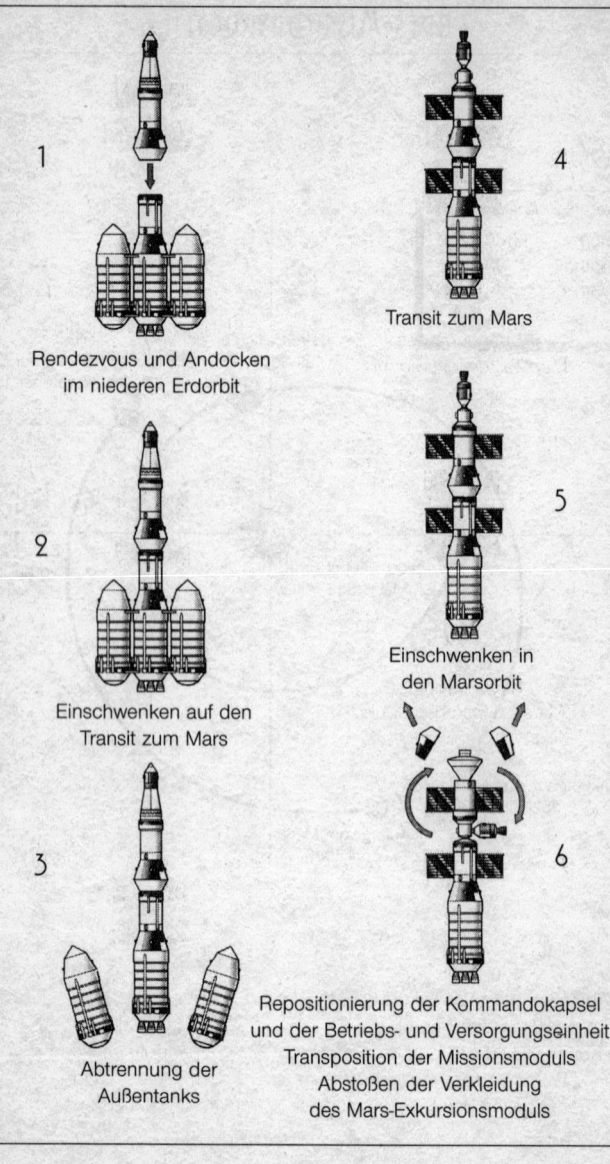

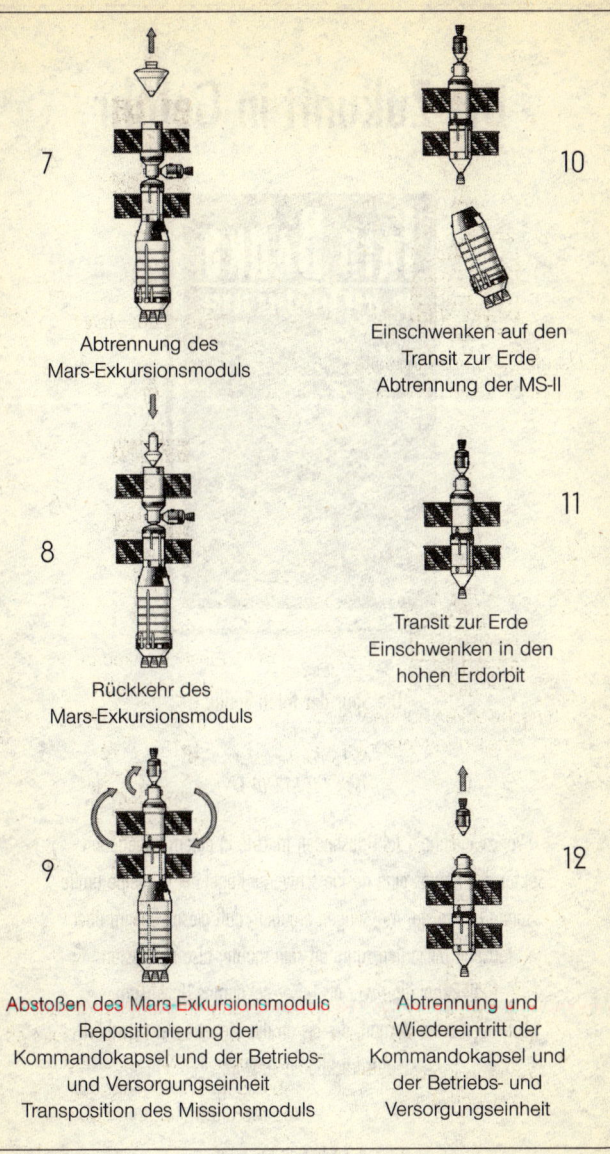

Die Zukunft in Gefahr

Iain Banks
Die Spur der toten Sonne
Roman
559 Seiten. Gebunden
ISBN 3-453-12901-1

Vor zweieinhalb Jahrtausenden tauchte in einem entlegenen
Sektor des Raums eine riesige schwarze Kugel auf, die eine uralte
Sonne umkreiste. Messungen ergaben, daß dieses Gestirn über
tausend Milliarden Jahre alt sein mußte, also mindestens
fünfzigmal älter war als unser bekanntes Universum.
Ein fulminanter Roman, der bis an die Grenzen des sprachlich
Ausdrückbaren vorstößt.

HEYNE

William Gibson

Kultautor und Großmeister des »Cyberpunk«

Cyberspace
06/4468

Biochips
06/4529 und 01/9584

Mona Lisa Overdrive
06/4681 und 01/9943

Neuromancer
01/8449

William Gibson
Bruce Sterling
Die Differenz-Maschine
06/4860

01/9584

Heyne-Taschenbücher

Lois McMaster Bujold

Romane aus dem preisgekrönten Barrayer-Zyklus der amerikanischen Autorin

Waffenbrüder
Band 7
06/5538

Spiegeltanz
Band 8
06/5885

06/5885

06/5538

Heyne-Taschenbücher